W0469423

btb

Hoch oben im Norden Norwegens spielt diese Geschichte, kurz vor der Jahrtausendwende. Der junge Henrik Vankel arbeitet hier als Aushilfslehrer. Selbsthass, Einsamkeit und Schamgefühle bestimmen sein Leben. Schon lange ist er aus der Welt gefallen, schon lange versteht er die Zeichen seiner Mitmenschen nicht mehr – schon lange verschwimmen ihm Traum und Realität. Bis ihm eines Tages klar wird, dass er sich verliebt hat. In eine seiner Schülerinnen. Eine eigentlich unmögliche Liebesgeschichte. Ist dies wirklich die Rettung – oder der Auftakt zum endgültigen Zusammenbruch?

Karl Ove Knausgård wurde 1968 geboren und gilt als wichtigster norwegischer Autor der Gegenwart. Die Romane seines sechsbändigen, autobiographischen Projektes wurden weltweit zur Sensation. Sie sind in über 30 Sprachen übersetzt und vielfach preisgekrönt. 2015 erhielt Karl Ove Knausgård den WELT-Literaturpreis, 2017 den Österreichischen Staatspreis für Europäische Literatur. Er lebt in London. »Aus der Welt«, 1998 in Norwegen erschienen, ist sein Debüt als Autor, das nun erstmals auf Deutsch erschienen ist. Der Roman wurde bei seiner Veröffentlichung in Norwegen gefeiert als eines »der wichtigsten Bücher der letzten 25 Jahre« *(Dagbladet)* und mit dem Norwegischen Kritikerpreis ausgezeichnet. Es war das erste Mal, dass dieser Preis einem Debütanten verliehen wurde.

Karl Ove Knausgård

Aus der Welt

Roman

Aus dem Norwegischen
von Paul Berf

btb

ERSTER TEIL

1

Manchmal schloss ich nachts die Schule auf, ging durch das flache, unbeleuchtete Gebäude, betätigte dabei einen Lichtschalter nach dem anderen und sah, wie das Licht die Dunkelheit über mir aufriss, als wäre ein Schwarm schlummernder Insekten geweckt worden und schwärmte nun gereizt in die Räume aus. Hier und da lagen von den Schülern vergessene Dinge herum: ein an die Wand geworfener Sportbeutel, übersät mit den Namen von Fußballspielern, die mit dicken, runden Kinderbuchstaben geschrieben waren, ein Heft auf dem Fenstersims, dekoriert mit Herzen und verschiedenen Zahlen, die einen Code zu bilden schienen, eine Strickmütze, die schwach nach Obst roch. *Apfel*, dachte ich und fragte mich, wem sie gehören mochte. Ich legte sie zurück und ging weiter, öffnete die Tür am Ende des Flurs und gelangte in den großen Raum, in dem auch meine Klasse unterrichtet wurde. Die Gruppenarbeiten, mit denen wir uns ein paar Wochen zuvor beschäftigt hatten, hingen noch an der Wand. Die schlichten Zeichnungen von Pflanzen und Algen, Seevögeln und Muscheln, die gewellte Borte, die das Meer darstellen sollte. DAS UFERLEBEN BEI EBBE. *Ein Projekt von Kenneth, Hanna, Simen, Annette und Miriam.* Die gleichen Namen standen auf den Regalen am hinteren Ende des Raums, kleine Namenszettel, die sie selbst geschrieben und an einem der ersten Tage nach den Sommerferien aufgeklebt hatten. Dort verwahrten sie ihre alten Klassenarbeiten und vollgeschriebenen Schulhefte, Dinge, die für niemanden außer ihnen selbst von Bedeutung waren, dennoch zog ich eine der Schubladen auf und sah die Papiere durch, die darin lagen, legte sie zurück und zog eine neue auf, nahm mir Regal für Regal vor, um zu schauen, ob sie etwas von Bedeutung hinterlassen hatten, persönliche Gegenstände, irgendetwas: eine rührende Zeichnung, ein vergessenes Tagebuch, eine versteckte Liebeserklärung – kleine Zeichen, die mir etwas mitteilten, was ich nicht wusste, oder etwas in mir auslösen mochten. Zärtlichkeit vielleicht, Vertrautheit.

Vertrautheit? *Vertrautheit?*

Nein, nein, deshalb jedenfalls nicht. Nichts wurde in mir geweckt, auch nichts gestillt. Ich lief einfach ein wenig herum. Als die Wolkendecke über den Bergen aufriss und sich das fahle Licht des Mondes auf den Schulhof legte, sah ich, dass der Schnee draußen zusammengesunken war. Ich sah das grobmaschige Netz an einem der Klettergerüste im Wind sachte hin und her schwingen und dass die Holzlatte, an der es befestigt war, vor Nässe glänzte. Die Wolken, die sich zusammenballten, die Dunkelheit, die sich herabsenkte, die Landschaft, die erneut verschluckt wurde. Im Fenster wurde jetzt nur noch der unscharfe Widerschein des Raums reflektiert. Mein eigenes undeutliches Gesicht. Daran erinnere ich mich. Dass ich dort stand. Doch dann muss ich unmerklich fort und in diese Gedanken geglitten sein, die sich selbst nicht kennen, die sich wie Erinnerungen nur greifen lassen, wenn sie längst vorbei sind, denn meine nächste Erinnerung ist, dass ich, den Kopf in die Hände gestützt, am Lehrerpult saß. Von Übelkeit erfüllt und kalt starrte ich ihr Pult an, außer Stande, das regelmäßige, monotone Geräusch einzuordnen, das ich lange gehört hatte, aber erst jetzt bemerkte.

Ding, ding, ding, ding.

Wie aus einem Traum stand ich auf und ging auf die Toilette. Ohne Licht zu machen, kniete ich vor der Toilettenschüssel, steckte mir den Finger in den Hals und übergab mich. Längere Zeit lag ich ausgestreckt auf dem unebenen Fußboden, ehe ich mich aufraffte, mir den Mund ausspülte und hinausging. Dort wurde das Geräusch lauter. Es war der Wind, der die Schnur gegen die Fahnenstange schlug. Ich blieb stehen. Es tat gut, so dazustehen, den milden Wind auf meinem Gesicht zu spüren, die rieselnden Laute von schmelzendem Schnee zu hören und zu sehen, wie das Wasser aus den Fallrohren in einem *V* nach dem anderen über die glänzende Fläche des Asphalts floss. Den Hauch von Salz im Wind zu spüren. Es war ein Geruch, den ich kaum noch wahrnahm, dachte ich; er erinnerte mich an die ersten Wochen, die ich dort gewohnt hatte. Ich entsann mich meiner kindlichen Freude, wenn ich auf dem Weg zur Arbeit manchmal vor dem Haus innehielt und sah, wie die Wolken sich über dem Meer auftürmten, die Wasserfläche, die grau und silbern unter dem regenschweren Himmel schimmerte, die Nebelschwaden, die flach über den Berg glitten. Und wie das Geräusch der Wellen, die gleich unterhalb meines Fensters schäumend an Land schlugen, wenn ich abends zu Bett ging, mir das Gefühl von etwas fast Unwirklichem gaben, von etwas Fremdem, das langsam verschwand, je tiefer ich in den Schlaf sank, nur um erneut Form anzunehmen, wenn ich viele Stunden später erwachte, ein gleichmäßiges Meeresrauschen, das immer da war, das niemals aufhörte und das ich jetzt wieder bemerkte.

Sshhh Sshhh Sshhh Sshhh

Um den bitteren Geschmack von Erbrochenem loszuwerden, den ich noch im Mund hatte, nahm ich etwas Schnee von einem der zusammengesackten Haufen an der Wand und ließ die Zunge darüber gleiten. Er war porös und kalt und sorgte dafür, dass ich mich etwas besser fühlte. Ich ging die Straße hinab. Am Geschäft, an der Fischverarbeitung, am Postamt und den dunklen Häusern vorbei. Überall herrschte Stille. Ich sah zwei Fahrräder, die an einer Wand lehnten, Bruchstücke ausgebleichter Feuerwerkskörper tauchten auf einer Rasenfläche aus dem schmelzenden Schnee auf, ich sah eine Gardine, die sich sachte über der wabernden Wärme eines Heizkörpers bauschte, ein Paar Stiefel vor der Haustür, einen zerlumpten Wimpel, der in den Windstößen vom Meer heftig schlug. Aber keinen einzigen Menschen. Alle schliefen.

Auch sie.

Bei dem Gedanken wurde mir wieder schlecht. Als gäbe es eine Verbindung zwischen ihr und meinem Körper, dachte ich, ein geheimes Bündnis, das mich nicht einschloss. Als läge es nicht in meiner Hand.

Ich blickte hoch und sah vage das Dach des Hauses, in dem sie lag, in dem Zimmer, wo sie schlief, hinter der Tür, die den ganzen Abend geschlossen gewesen war, die ich dennoch regelmäßig angestarrt hatte. Ich seufzte und schaute mich jedes Mal ein wenig um, wenn eine Pause in unserer Unterhaltung entstand, ließ den Blick zufällig zu der Tür schweifen, versuchte zu bestimmen, welche Musik sie hörte, überlegte, dass sie vielleicht am Schreibtisch saß und schrieb. Oder lag sie im Bett und las? Die ganze Zeit war ich angespannt, wartete ich darauf, dass die Tür aufgehen und sie herauskommen würde. Trotzdem war ich unvorbereitet, als es geschah. Was auch für sie galt. Als sie mich entdeckte, röteten sich ihre Wangen. *Was ist, Miriam, willst du nicht bald mal ins Bett gehen*, sagte ihr Vater, und ich streckte mich nach einer Zigarette, um die Scham zu überspielen, die mich augenblicklich überkam. Die Wärme im Gesicht, die flackernden Augen, die Hände, die sich nicht mehr auf natürliche Art bewegen ließen. Ich muss geglüht haben. Aber ihr Vater und Henning unterhielten sich weiter, alles war wie zuvor, sie ging ins Bad, *jetzt zieht sie sich aus*, ein vibrierendes Gefühl des Wohlbehagens, als sie spürt, wie der leichte Baumwollstoff über ihre schmalen Schultern gleitet, *jetzt denkt sie daran, dass ich hier sitze*. Ein Lächeln im Spiegel, eine Hand auf der Wange. Oh ja. Denn als sie wieder herauskommt, traut sie sich stehenzubleiben, sie lässt sich Zeit, verharrt im Türrahmen und sieht mich herausfordernd an.

»Gute Nacht, Henrik«, sagt sie und bekommt die Aufmerksamkeit, die sie sich wünscht. Sie sehen sie geistesabwesend mit dem nackten Fuß über den Teppich vor sich streichen: Ihr Blick ruht auf mir. Als wären nur wir zwei im Raum, zieht sie vorsichtig das weite T-Shirt straff, lächelt kurz und dreht sich dann um. Aus den Augenwinkeln sehe ich, dass ihr Vater sich vorbeugt. Sie öffnet ihre Tür. Er füllt mein Glas.

»Schade, dass du nur ein Jahr bleibst«, sagt er und reibt mit dem Daumen unter dem Rand am oberen Ende des Flaschenhalses, leckt an ihm. Ich hebe ihm zugewandt das Glas und lächele.

»Ja, das ist schade«, erwidere ich. »Es gefällt mir wirklich gut hier.«

Wir prosten uns zu. Ihr Vater steht auf, muss sich auf die Lehne der Couch stützen, um nicht zu fallen. Er geht durch den Raum und ins Bad. Ich drehe mich um und sehe aus dem Fenster. Es schneit und schneit. Unsere Spuren sind fast verschwunden, geblieben sind nur Andeutungen, dunkle Mulden im Licht vom Fenster. Kurz darunter verschwinden die Schneewehen in der Dunkelheit. Keine Bäume, nichts, nur Berge, und schließlich das Meer, erkennbar als ein dünner, weißer Rand in allem Schwarzen, wo die Wellen sich am Land brechen. Dort schneit es auch, denke ich, aber ohne Folgen. Das Meer schluckt alles, was kommt, das Meer vereinnahmt alles.

»Was machst du da, Henrik?«, sagt Henning.

Seine Augen fixieren mich. Aber ich muss natürlich antworten, greife nach dem Glas und trinke, streiche mir über den Mund.

»Was ich mache?«, sage ich.

Vielleicht hat sie darauf gewartet, auf den Klang meiner Stimme, vielleicht liegt sie in ihrem Zimmer mit geschlossenen Augen wach und lauscht. Sehnt sich. Zieht das Knie an, es gleitet über den Stoff des Lakens, eine Hand ruht auf der Bettkante, reglos; sie ist kurz davor einzuschlafen. Sie denkt an mich, sieht mich vor sich, mein Gesicht, meine Augen, meine Hände, die über ihre Haut streichen, sie spürt es, sie erinnert sich, sie sehnt sich.

Henrik Henrik Henrik

Mein Herz bebte.

Selbst die schlimmsten Erinnerungen haben früher oder später etwas Gutes, immer gibt es etwas, dessen Nähe die Gedanken suchen können. Die Nostalgie ist schamlos. Nicht, was du gemacht hast oder was mit dir gemacht wurde, nicht, wie es dir ging, sondern *dass du dort warst*. In einer anderen Welt.

Ein Ort direkt am Meer, im nördlichsten Norwegen, dorthin war ich gezogen, dort blieb ich fast neun Monate, vom wahnsinnigen Sommer mit Sonne rund um die Uhr bis zum ebenso wahnsinnigen Winter: Im Dezember wurde es in der Tagesmitte für eine Stunde hell, das war alles, ein gräuliches Aufflackern, so kurz, dass Morgen- und Abenddämmerung eins waren. Der Tag war ein Schacht in der Nacht, ein Graben, den die Dunkelheit langsam füllte. Dann aber kippte es, dann war es der Tag, der expandierte und geduldig die beiden Wände der Dunkelheit beharrlich weiter auseinanderschob. Sachte wurde der Himmel geöffnet und das Licht strömte herein, immer mehr Licht im Laufe des Frühjahrs, bis zum Mai, in dem die Dunkelheit so geschwächt war, dass sie nur noch eine Stunde Zeit um Mitternacht für sich beanspruchen konnte. Wie ein alternder Vater, dachte ich, er liegt im Schlafzimmer und wird sterben, im Haus verbreitet sich Erleichterung, er ist so schwach. Dennoch mobilisiert er all seine Kräfte und steht auf, einmal am Tag gesellt er sich zu den anderen, um mit ihnen zu essen, blass und welk sitzt er unter ihnen. Aber das reicht. Noch immer ist er von Furcht umgeben. Erst als er wieder im Bett liegt, wagen sie es, ihre Stimmen zu erheben. Und das geschieht immer öfter, seine Ausflüge werden kürzer und kürzer, bis er es eines Tages nicht mehr schafft und das Haus ihnen allein gehört. Alle Herzen freuen sich. Er wird sterben.

Aber stirbt er auch?

Nein, er stirbt nicht. Er schöpft neue Kraft. Seine Stärke wächst. Er zeigt sich in der Tür, es ist Herbst, die Luft kühlt ab, er wird stärker und stärker, kurz darauf ist er die ganze Zeit da, mitten unter ihnen, und sie beugen sich ihm, müssen sich ihm aufs Neue beugen.

Doch selbst *das* werden sie eines Tages vermissen, wie ich schon bald diese Monate vermissen werde, die ich da oben verbracht habe. Denn die Nostalgie ist schamlos. Sie erinnert sich nur an das, woran sie denken will, und zwingt dich zur Sehnsucht. Die Nostalgie schert sich nicht um *dich* und was *dir* wichtig ist, was es wert ist, in Erinnerung zu bleiben oder was lieber verdrängt werden sollte. Sie beharrt. Sie sagt: Es gibt immer etwas, was man vermisst. Und anfangs bist du ganz ihrer Meinung; wie sollst du auch anderer Meinung sein, wenn du gespürt hast, wie das Glück in dir tobt? Aber dann erinnerst du dich, dann schaust du dich in der Erinnerung um, dann kommt das, was du zu vergessen versuchst, *nein, habe ich das getan, habe ich das getan*, und kein Licht der Welt ist schön genug, um in dir Bestand zu haben, auch das Licht musst du zurückzwingen, in einem Versuch, dich zu wehren. Es führt etwas mit sich, woran du nicht denken darfst. Als gäbe es irgendwo in deinem Inneren einen Feind, jemanden, der in einem steten Strom alte Geschehnisse in dein Bewusstsein sendet, denkst du, jemanden, den du vor langer Zeit enttäuscht hast und der nun mit rachsüchtiger Gewandtheit die Mauern der Verdrängung umgeht und sich fortwährend Zugang zu deinen Gedanken erzwingt. Wenn du stark genug bist, kannst du sie zurücksenden, ohne sie dir anzuschauen, ihnen mit dem Denken einen kleinen Stoß versetzen, *nein, nein, nicht das*, woraufhin sie langsam in die Tiefe zurückfallen, aus der sie gekommen sind, ohne Schaden angerichtet zu haben.

Das ist der Segen der Verdrängung.

Doch sie hat ihren Preis. Manchmal denkst du, dass du all deine Kraft darauf verwenden musst, in Schach zu halten, was passiert ist, dass sie schwindet und schwindet und du nicht mehr stark genug bist zu bewältigen, was *geschieht*, hier und jetzt, dass du schwach und lebensunfähig und erbärmlich bist, ich armer, armer Kerl denkst du, um jäh umzuschwenken, *das ist doch verrückt*, denkst du als Nächstes, hier herumzuliegen und dich selbst zu verhöhnen, schließlich lebst du nur einmal, eine begrenzte Zahl von Jahren, und es kommt dir wie eine maßlose Verschwendung vor, sie damit zu verbringen, dich selbst schlechtzumachen. Vollkommen idiotisch, denkst du, aber was kannst du tun?

Vielleicht jemand werden, der handelt, statt jemand, mit dem gehandelt wird. Jemand sein, der mit klinischer Distanz analysiert, was sich abgespielt hat, jemand, der versteht.

Wäre es möglich, mit Hilfe klaren Denkens und kühlen Intellekts eine dieser gewaltigen Erinnerungen in den Operationssaal der Vernunft zu bugsieren, sie dort zu sezieren und zu versuchen, jeden Bestandteil zu verstehen? Denn ist es nicht unerträglich, in der Gewalt unbekannter Kräfte zu sein, sich von etwas leiten zu lassen, was jenseits der Reichweite deines Willens liegt?

Unerträglich und entwürdigend. Also entsendest du eine Expedition in die Tiefe deiner selbst. Flackernder Lichtschein vor feuchten Gehirnwindungen, die eine oder andere versteinerte Erinnerung, eine bleiche Trauer, die sich davonschleppt, kaum noch lebendig. Die Expeditionsteilnehmer lassen sie in Frieden, sie wird ohnehin bald sterben. Sie haben Wichtigeres zu tun, setzen ihren Weg durch die Gehirnwindungen fort, gelangen immer tiefer, spüren die steigende Wärme, an einem Ort in unmittelbarer Nähe herrscht gewaltige Aktivität. Sie eilen weiter. Plötzlich ist da etwas, was an ihnen vorbeischießt, eine jähe Bewegung, die alles stoppt. *Was war das?* Ängstlich richten sie die Taschenlampen tiefer ins Dunkle. Sie halten die Luft an. Dann lacht einer von ihnen. *Das war nur eine Eingebung!* Als sie weitergehen, herrscht eine heitere Stimmung, sie lassen die Lichtkegel umherschweifen, lächeln angesichts all der unnützen Informationen, die hier gesammelt sind. Aber schon bald werden sie wieder ernst. Vor sich entdecken sie ein rötliches Licht und begreifen, dass sie näher kommen. Ehrfürchtig halten sie am Rand des Abgrunds. Ihr Führer zeigt: *Dort verläuft die Gehirnbrücke, zur anderen Seite hinüber, da vorn ist der Stirnlappen. Und wir müssen da hinunter.* Sie legen sich hin und robben zur Kante vor. Sie starren in das Unterbewusstsein hinab. Es glüht und brodelt vor Aktivitäten. Gedanken werden zermahlen und durchgeknetet, zerschlagen und geschmolzen und zu immer neuen Formen gehämmert und geschlagen.

»*Da* hinunter?«

»Ganz genau, mein Junge. Hier!«, sagt der Führer und reicht ihm Seil und Haken.

Ein solcher Abstieg ist schmerzhaft, jeder Haken muss tief verankert werden, um den notwendigen Halt zu geben, manchmal tut es weh zu denken. Doch langsam dringen sie tiefer hinab, bis sie auf dem Grund stehen und sich verwirrt umsehen können. Alle möglichen verzerrten und eigenartigen Geschöpfe quillen aus diesem unförmigen Chaos hervor, manche kommen ihnen bekannt vor, andere lassen sie angsterfüllt zurückschrecken. Nach sorgfältigen Erwägungen entscheiden sie sich für eines davon. Eine Riesenerinnerung, die noch intakt ist. Sie liegt regungslos da und ruht in sich selbst. Mit viel Mühe gelingt es ihnen, ein Seil um sie zu schlingen. Sie klettern erneut zum Gipfel hinauf, wo sie sich umdrehen und beginnen, an den Seilen zu ziehen. Langsam löst sich die Erinnerung und hebt ab, sie ziehen und ziehen, wippen sie schließlich über den Rand und können sie durch die Gänge zum Bewusstsein schleppen, wo sie bereits erwartet werden: Vertreter der Vernunft stehen um einen Tisch herum bereit. Das Licht beleuchtet unbarmherzig und grell die extrem scharfen Instrumente, die hinter ihnen aufgereiht liegen. Die Stimmung ist angespannt und erwartungsvoll. Was für eine Erinnerung mag es sein?

Sie schnallen die umfangreiche Erinnerung am Tisch fest und greifen mit sicherer Hand zu ihren Werkzeugen. Die Sektion kann beginnen.

Es ist eine gute Erinnerung. Es ist die erste Frostnacht, als die Feuchtigkeit am Abend auf dem Erdboden gefror und du in der Dunkelheit schwer atmend die Straße hinabkeuchtest. September in Nordnorwegen. Daran kannst du denken. Sauge den Geruch von Berg in den plötzlichen Taschen aus rauer Luft auf der Straße ein. Fühlt sich das gut an? Wie die Stiche in der Lunge sich bei jedem Atemzug gut anfühlen. Die kalte, schneidende Luft, die feuchte, schmutzige Lunge. Du läufst und läufst. Hhha-ha hhha-ha hhha-ha durch die Dunkelheit. In den Tunnel hinein. Dort drinnen geht es leicht aufwärts, und du läufst schneller. Noch fünfzig Meter, dann kannst du auf dem Plateau vor seiner Öffnung stehen und auf den Ort hinabschauen, während du wieder zu Atem kommst. Der Sauerstoffmangel als ein fast panischer Schmerz in der Brust. Aber das geht rasch vorüber. Du lächelst und machst an die Felswand gelehnt Dehnübungen, siehst den Sauerstoff vor dir, der sich über die arme, vertrocknete Lunge ergießt, wie die Bläschen sofort anschwellen und die Luft gierig aufsaugen, das Einzige, was sie je begehrt haben.

Was hast du dort gemacht, was hast du gefühlt, *woran hast du gedacht?*

Es war September, und ich arbeitete in dem kleinen Ort seit einem Monat als Lehrer. Vieles war noch ungewohnt, aber ich hatte ein paar Leute kennengelernt, ich begann die Arbeit in den Griff zu bekommen, es schien ein schönes Jahr zu werden. Ich hatte sogar angefangen, abends laufen zu gehen! Wie zu erwarten, hielt ich nicht länger als eine halbe Stunde durch, ein, zwei Kilometer am Fjord entlang; wenn ich hinter dem Tunnel stehenblieb, waren meine Beine von der Anstrengung weich und schwach.

Das letzte Stück ging ich, den Hügel hinab und durch den Ort, diese kleine Ansammlung von Häusern, die eingeklemmt zwischen dem Meer auf der einen und einem steilen Gebirgsmassiv auf der anderen Seite lag. Eine Fischverarbeitung, ein Geschäft, ein Postamt, eine Kirche und eine Schule. Dreihundert Seelen wohnten und arbeiteten dort, an diesem kahlen, ungeschützten Ort. Grauer Himmel, graue See, grauer Berg. Und jeden Tag zogen die Wolken wie schwere, träge Wale vom Meer heran, verloren dabei stetig an Auftrieb und sanken langsam auf das Land zu. Über dem Fjord schleiften ihre Bäuche über die graugrüne Dünung, füllten die Luft zwischen den Häusern und sättigten alle Farben mit Nässe. Immerfort die gleiche Bewegung. Alles kam vom Meer. Die ohnehin unwirtliche Landschaft sah sich im Laufe des Herbstes einem Angriff nach dem anderen ausgesetzt, eine Offensive, die an Intensität ständig zuzunehmen schien, der Wind stieß auf keine Hindernisse, er jagte über das Meer, blies sich auf und traf das Dorf mit gewaltiger Wucht. Eines Nachts riss er ein Hausdach mit, das in die Luft gehoben und in der Ferne niedergeschleudert wurde, eines Nachmittags kippte er einen Wohnwagen um, eines Morgens erfasste er eine Frau und stieß sie die Böschung vor dem Haus hinunter; ich sah es vom Fenster aus, wie sie sich verstört aufrappelte und sofort umschaute, um zu prüfen, ob jemand sie bei ihrem Sturz beobachtet hatte.

In den ersten Wochen erfreute mich das. Ich war zu nichts verpflichtet, ich war ein Außenstehender, die baumlose Landschaft und das menschenfeindliche Wetter waren für mich bedeutungslos, ein Jahr sollte ich dort wohnen, danach würde ich wieder fortgehen.

Aber was war mit den Menschen, die dort lebten? Ging es *ihnen* gut?

Wenn sie gehässig und verbittert in ihren Häusern gehockt, sich gegenseitig die Schuld gegeben und einer infantilen Raserei der Selbstgerechtigkeit hingegeben hätten, wie man es in anderen kleinen Siedlungen tat, wären sie langsam zugrundegegangen. Denn was hatten sie schon außer einander? Sie besuchten sich gegenseitig, feierten gemeinsam, saßen gemeinsam im Geschäft und nippten an einer Tasse Kaffee, arbeiteten gemeinsam auf den Fischerbooten und in der Fischverarbeitung, reisten sogar gemeinsam in den Süden, sie schliefen miteinander, heirateten und bekamen Kinder, die gemeinsam spielten, so war es und so war es immer gewesen. Sie hatten nichts anderes. Die Aushilfslehrer, wir, die wir Jahr für Jahr zu ihnen zogen, wurden sicher mit einer gewissen Befriedigung betrachtet, dachte ich, da wir alle die gleiche Entwicklung durchliefen, von der ersten südostnorwegischen Begeisterung: *Ich habe einen Adler gesehen! Ich habe einen Fisch gefangen!* bis in dieses langsame Verschlucken und Verzehren des Fremden, das jede kleine Ortschaft in Gang setzt – vom Tag deiner Ankunft, an dem all deine Gedanken um andere Orte und andere Menschen kreisen, bis zu dem Tag, an dem du fortgehst und es die Einwohner des *Dorfs* sind, an denen dir etwas liegt, an dem es die Geschehnisse im Dorf sind, die dich beschäftigen. Solche Dinge, die unmerklich ablaufen: Du redest mit einigen, du denkst an sie, wie sie an dich denken, ihr trefft euch wieder, woraufhin du anderen vorgestellt wirst, und vielleicht streift dich ein leichtes Bedauern darüber, wie sie dich wahrnehmen – dann hat es angefangen, dann stecken sie in dir.

Wie du in ihnen steckst.

Doch da oben war das nichts Bedrohliches, ihre Freundlichkeit war kein Deckmantel für verborgene Motive, sie war ehrlich gemeint, so waren sie einfach. Sie waren mir wohlgesonnen. Dennoch: Das an sich ist noch nie ein Kriterium für Güte gewesen. Entscheidend ist, ob du dir selbst wohlgesonnen bist.

Und wie stand es um sie? Waren sie sich selbst wohlgesonnen?

Sie arbeiteten hart, Tag für Tag draußen in den Fischgründen, und wenn sie an Land gingen, tranken sie, so lebten sie. Ich wurde nicht schlau aus ihnen. Es kam mir vor, als löste sich ihre Persönlichkeit in einem Lächeln und in Witzen auf, sie entzogen sich jeder Beschreibung, die sich nicht auf das richtete, was sie die meiste Zeit taten: arbeiten, essen, schlafen, feiern. Lustige Gestalten. Wenn man sie anpikste, zogen sie sich zurück, wenn man sie bedrängte, wandten sie sich ab, sie scheuten alles Unangenehme und Ernste, sie tranken und lachten und gaben

Geld aus, ich verstand sie nicht, trotzdem luden sie mich ein, gaben mir einen aus, *als wäre ich einer von ihnen*, dachte ich anfangs, aber nein, das war nicht der Grund. Sie interessierten sich überhaupt nicht für mich, so wenig, wie sie sich für sich selbst interessierten. Was ich tagtäglich im Geschäft, in der Post, auf der Straße sah, wozu ich nickte und lächelte und wobei ich mit ihnen trank, war ihr kleinster gemeinsamer Nenner, ein Kompromiss, denn nur ein Idiot schafft es, sich mit seiner Persönlichkeit und seinem Ernst als Bürde auf den Schultern dort, in diesem Ort, seinen Weg zu bahnen, nein, das schüttelt man lieber zu Hause ab. Das sind Probleme, von denen sich dein böser Zwilling ernährt. Er, der hinter den Vorhängen lebt und wirkt, er, der Fremde scheut, er, der nur sich liebt.

Mir war beim Gehen bereits kalt geworden. Der Wind blies durch den dünnen Trainingsanzug, trotzdem fehlte mir die Kraft zu laufen, so erschöpft und zittrig war ich, aber als ich zu dem kleinen Hügel vor dem Haus kam, entdeckte ich sie, vier Mädchen aus meiner Klasse, sie standen vor meiner Tür und warteten. Sie hatten mich noch nicht gesehen. Ich lief los. Sie drehten sich um, schauten zu mir hoch und unterhielten sich dabei. Ich spurtete die letzten Meter und war völlig ausgepumpt, als ich vor ihnen stehenblieb. Ich spürte, wie mir das Blut in die Wangen stieg. Sie lachten über mich, weil ich zu sehr außer Atem war, um etwas zu sagen, ich konnte nur auf die Tür zeigen, *wollten sie mit hineinkommen?*

Die Mädchen liefen abends durch die Gegend oder hingen vor der Videothek herum, es passierte nicht viel, manchmal besuchten sie einen ihrer Lehrer. Hanna, Katarina, Miriam und Annette. Ohne ihre Jacken auszuziehen, nahmen sie auf der Couch Platz, alle vier, alberten herum und kicherten, ihre Ärmel raschelten, ab und zu wurde eine von ihnen rot, weil sie sich verstellt und mit hohler Stimme gesprochen hatte: Das sollte ich sein. Ich lächelte und setzte Kaffee auf, fragte wie immer, ob sie auch einen wollten, nein, keinen Kaffee. Ich setzte mich auf die andere Seite des Tischs, zündete mir eine Zigarette an, hustete, weil die Kehle noch zugeschnürt war nach der Anstrengung, sie lachten wieder, schauten sich eine Weile im Zimmer um, knufften sich ein wenig, sagten, *ja, wollen wir mal gehen* – und dann gingen sie.

Und ich?

Von einer Art Zärtlichkeit erfüllt, sah ich sie in Richtung Geschäft davonziehen, es freute mich, dass sie kamen. Gleichzeitig brachten sie mich immer dazu, mich plump und hölzern zu fühlen, viel zu groß für sie, ihr verlegenes Lächeln und ihre errötenden Gesichter; irgendetwas an ihnen brachte mich aus dem Konzept. In der Schule war es anders, dort ließen sie sich manipulieren und kontrollieren, denn ich wusste alles über sie, und sie wussten nichts über mich. Aber hier? Was hatten sie an sich, das mich so aus der Fassung brachte, was war es?

Manchmal kamen andere, kleinere Kinder zu Besuch, sie waren kein Problem, im Umgang mit ihnen reichte es, sich anders zu verhalten, als sie es von einem Erwachsenen erwarteten, und schon lachten sie. Wenn man ihnen etwas erzählte, von dem sie genau wussten, dass es nicht stimmte – zum Beispiel, dass ich gar nicht Henrik war, sondern sein Zwillingsbruder –, starrten sie mich überrascht an, *Oh, nein!* Und ich, *Oh, doch*, und sie, *Nein?*, und ich fragte sie, was sie von Henrik hielten, war er nicht eigentlich ziemlich dumm, und ihre Augen leuchteten, wenn sie nickten.

Ich dachte, dass sie einer anderen, feineren Rasse angehörten, die in einer einfacheren Welt lebte als meiner, unbeeinflussbar, denn nichts hier färbte auf sie ab, sie waren immer sie selbst und ich hatte nie Probleme mit ihnen. Die Mädchen dagegen hatten angefangen, sich von ihren eigenen Leuten zu distanzieren. Sie waren dreizehn und stammten aus demselben Ort, aber nun waren sie auf dem Weg in etwas für sie Unübersichtliches und Unverständliches. Ich merkte es ihnen an. Die hilflose Härte, die ihnen in der letzten Zeit zu eigen war, diese kantigen, überlegten Bewegungen, die den Drang kontrollierten, einfach herumzulaufen und zu spielen, an nichts zu denken, nur zu lachen und zu lachen und zu lachen. Ihre Augen, die sie schnell verdrehten, wenn sie bei Gleichaltrigen kindliche Züge entdeckten, um sie so als unwürdig abzustempeln, ihre Finger, die Kaugummis in langen Bändern aus dem Mund zogen und sie drehten, während sie mit dieser Miene bemühten Lebensüberdrusses auf den Schulhof starrten, der sie immer öfter kennzeichnete, die tuschelnden Gespräche, die im Klassenzimmer geführt und abrupt abgebrochen wurden, wenn ich eintrat; sie schoben sich zu ihren Plätzen, ich sah, dass sie zu verbergen versuchten, wie aufgedreht sie waren, wenn sie die Hände auf ihr Pult legten und zu mir hochsahen, und ihre Erleichterung, wenn ich etwas Dummes sagte, denn dann konnten sie resigniert aufstöhnen, dann konnten sie die Augen verdrehen, dann konnten sie diejenigen sein, die es besser wussten.

In seltenen Fällen konnte ich allerdings beobachten, wie diese ständige und kräftezehrende Verleugnung aufgehoben wurde. Unvermittelt befanden sie sich eines Tages plötzlich zusammen mit den anderen Kindern auf der Hügelkuppe, schlaksig und linkisch überragten sie den Schwarm rundlicher, dick bekleideter Zehnjähriger, die in ihren glatten Steppjacken, ihren Schals und Mützen, Fäustlingen und klobigen Stiefeln um sie herumwimmelten, adäquat ausgerüstet für das, was sie dort trieben, sich in den Schnee bohren, Löcher graben und johlend Böschungen hinunterrutschen. Aktivitäten, in die sich die dünn bekleideten, dreizehnjährigen Mädchen nun stürzten, ich sah sie; kreischend warfen sie sich hinaus, und wenn sie sich ein paar Sekunden später am Fuß des Hügels erhoben, verschwendeten sie keinen Gedanken daran, den Schnee abzubürsten, um die Kleider trocken zu halten, worauf sie sonst peinlich achteten, nein, selbstvergessen stapften sie unverzüglich wieder durch den tiefen Schnee hinauf, um sich, vor Freude lachend, erneut hinauszustürzen.

Eine Erlösung. Aber es war nicht etwa so, dass sie dadurch ihre Würde verloren hätten, wie es bei mir der Fall gewesen wäre, wenn mein Körper kichernd inmitten der Kinderschar hinabgerutscht wäre. Für mich war es dafür zu spät. Für sie lag es noch in Reichweite, wenngleich knapp: Ich sah, dass die Zehnjährigen sie ein wenig erstaunt ansahen, ehe sie es akzeptierten, und ihr fieberhaftes Verhalten ließ mich begreifen, dass es ihnen im Grunde ein wenig schmeichelte, dass die Mädchen plötzlich mit ihnen zusammen sein wollten. Sie nutzten die Chance, um sich ihnen zu zeigen, gewollt männlich stieß einer von ihnen Katarina um, irgendwie wusste er, was sonst undenkbar gewesen wäre, war jetzt erlaubt. Aber ich? Ich musste mich damit begnügen, sie zu betrachten, diese unendlich charmanten, dreizehn Jahre alten Mädchen, die sich selbst für einen Moment vergessen hatten, und die mich nun, erneut auf der Hügelkuppe, erblickten und mir lächelnd zuriefen, ich solle doch mitmachen.

So wechselten die Mädchen zwischen ihren beiden Stadien, und damit wechselte auch ihr Bild von mir. Auch ich veränderte mich für sie. Ein Mann, neben den sie sich setzen, dem sie spielerisch, anschmiegsam die Hand geben konnten, bis er sich verwandelte und zu jemandem wurde, den sie verstohlen anstarrten, der sie erröten ließ und dem sie auf keinen Fall nahe zu kommen wagten, obwohl sie es so gerne gewollt hätten.

Aber das alles war ihnen nicht bekannt. Sie wussten nicht, was vor sich ging.

Nun komm schon, Henrik!, jaulten sie, und ich schüttelte lächelnd den Kopf, und sie machten weiter; die ganze Pause tobten sie gemeinsam mit den sonst so unwürdigen Grundschulkindern. Als ich sie am Anfang der nächsten Schulstunde vom Lehrerpult aus musterte, merkte ich, dass etwas von dieser Stimmung noch in ihnen steckte. Nass und erhitzt setzten sie sich auf ihre Plätze. Sie waren aufgekratzt und wollten nur Unfug machen, versuchten mich zu erweichen, indem sie quengelten und wimmerten wie kleine Kinder, die Köpfe auf die Pulte legten und mich mit bettelnden Augen ansahen, *Bitte, bitte, Henrik.*

»Kommt überhaupt nicht in Frage«, sagte ich und klopfte mit dem Stapel Aufgabenblättern auf das Lehrerpult.

»Nun sei doch nicht so!«

»Komm schon, Henrik, sei lieb!«

»*Henrik* ...«

»*Nein*«, sagte ich und gab mich streng. Sie spürten, dass sie zu weit gegangen waren, sie richteten sich auf, und als ich durch die Reihen ging und die Aufgaben austeilte, verweigerten sie mir ihren Blick. *Wenn er es unbedingt so haben will.* Mürrisch und widerwillig begannen sie zu rechnen, mit einem Ernst, dessen Konsequenzen sie nicht ahnten, zu dem sie sich dennoch zwangen.

Ich setzte mich auf den Stuhl am Lehrerpult und sah Henning draußen im Laufschritt unter das Dach des Regenunterstands eilen. Er warf einen Blick auf uns, ehe er durch die Tür am anderen Ende des Gebäudes verschwand.

Es dämmerte bereits. Ein schwacher Puls aus Licht war alles, was wir bekamen, als hätte der Himmel keine Kraft mehr, als drehte er sich bloß zur Seite, um weiterzuschlafen. Schwarz und schwer ließ er den Schnee durch sich hindurch fallen.

Alle arbeiteten. Hanna hatte Probleme, sie starrte Löcher in die Luft, als würde sie grübeln, aber ich wusste, wie es ihr erging. Schon die Angst, es nicht zu schaffen, machte es ihr unmöglich, sich zu konzentrieren. Ihr nachdenklicher Blick war eine Ablenkung, eine Entschuldigung dafür, dass sie nichts schrieb. Am Pult vor ihr saß Miriam über die Aufgaben gebeugt, den Ellbogen auf die Tischplatte gestützt und die Hand gegen die Wange gefaltet. Sie schrieb. Ich hätte zu ihr gehen können, nur um sie zu riechen, dachte ich, den Geruch ihres warmen, feuchten Wollpullovers aufzunehmen. Die Süße des Atems. Mit Sicherheit geschärft von dem Mundspray, das sie benutzten, diesem apothekenartigen Geruch aus der Dose, die zu Beginn des Tages von Mädchen zu Mädchen geworfen wurde, *tst* in den Rachen gesprüht; sie schmatzten kurz, zufrieden. *Darf ich auch mal!* Sie waren eine kleine Gemeinschaft, in der alle möglichen Gegenstände zirkulierten, die Runde machten, sie bildeten Allianzen und betrieben Spionage, komplizierte Ränkespiele mit unterschiedlichen Zeichen, die nur Eingeweihte verstanden, und wenn es zu Ausschluss und Verbannung kam, wurde dies mit großer Konsequenz und Kraft betrieben. Plötzlich verstießen sie alte Freunde in tiefste Finsternis, als wären sie eine irre religiöse oder politische Sekte. Aber in einer Sekte hat das Verstoßen natürlich einen Grund: Zweifel, Unsicherheit, unterschiedliche Überzeugungen. Bei ihnen gab es keinen Grund, ihre Grausamkeit war launisch und basierte auf unklaren Begriffen, deren Inhalt sich kontinuierlich veränderte.

Ich stand auf und ging durch die Pultreihen. Sofort zu Hanna zu gehen, hätte sie an den Pranger gestellt, als würde sie immer Hilfe benötigen, als rechnete ich ohnehin damit, dass sie welche brauchte. Sie waren dreizehn Jahre alt, und ich wusste, wie es ihnen ergehen würde. Schon in der dritten, vierten Klasse zeichnet es sich deutlich ab. Aber dann ist es zu spät. Wenn man es sehen kann, ist es zu spät. Und es gab nichts, was ich tun konnte. Hanna, zum Beispiel, ich konnte ihr nicht helfen, obwohl ich erkannte, dass sie bald aufgeben und sich gegen die Schule wenden würde, die sie so quälte, *Oh Mann, das ist alles so langweilig*, um anschließend ein neues Leben zu beginnen, von dem sie den anderen atemlos erzählen würde. Eine Pionierin im Schmutzigen. Sie wissen, wer sie ist, sie erkennen sie, sie ist eine von denen, die mitmachen. Schamlos wird sie von ihnen genommen. Hinten im Auto, auf der Fahrt, sie spürt eine Hand, die am Reißverschluss zerrt, bleibt still sitzen, keine Zärtlichkeit, nichts, die Hand fummelt an ihr herum, sucht. Die Haare unter dem Slip. Finger. Sein betrunkener Atem. *Sssch.* Sie spürt einen Finger in sich, ist den Tränen nah, weiß nicht, was sie tun soll, schaut hinaus. Eine Träne auf der Wange? In einem abgeschlossenen Zimmer auf einer Party. Sie wissen, wer sie ist, sie ist eine von denen, die mitmachen. Sie wälzt sich herum, weiß in der Dunkelheit, sie verachten sie, sie stöhnt unter ihnen, wimmert.

Der Tummelplatz der jungen Dummen.

Hanna entdeckte, dass ich sie anstarrte, und senkte den Kopf. Schrieb etwas, strich etwas durch. Dann, endlich, konnte sie mir ein Zeichen geben. Ich lehnte mich über ihre Schulter.

»*Die hier kriege ich nicht hin*«, flüsterte sie und tippte mit dem Finger auf das Blatt.

Ich zeigte ihr, wie es ging.

»Ach ja, so geht das!«, flüsterte sie.

»Schaffst du die nächste?«, sagte ich.

»Vielleicht«, antwortete sie. »Ich denke schon.«

»Es ist das gleiche Prinzip«, sagte ich. »Du löst sie auf die gleiche Art.«

»Ja«, sagte sie.

»Soll ich es dir zeigen?«

»Mhm.«

Ihre Augen hatten etwas Mechanisches, als sie auf die Zahlen starrte, die meine Hand schrieb, als fehlte es ihnen an Empfindsamkeit; der Blick, der aus ihr kam, war bereits voll; nichts von dem, was sie sah, fand dort noch Platz.

»Findest du das schwer?«

Sie schüttelte den Kopf. Im selben Moment kehrte Henning zurück.

Ich richtete mich auf.

»Mach es einfach wie ich«, flüsterte ich und ging zu ihm. Er hielt die öligen Hände ein wenig vom Körper weg, schien sich aber unmittelbar zuvor mit der einen durch das Haar gestrichen zu haben.

»Kannst du mir kurz helfen?«, sagte er. »Ihn nur schnell anschieben.«

Am anderen Ende des großen Raums stand Josephsen und

sah uns an. Als er meinem Blick begegnete, drehte er sich wieder um und zeigte auf eine seiner Schülerinnen. Sie stand mit einem Seufzer auf und ging zur Tafel.

»Es dauert nur zwei Minuten«, sagte Henning.

»Ja, klar«, erwiderte ich und wies die Klasse an, in meiner Abwesenheit weiterzumachen. Sie waren träge und würden ruhig sitzenbleiben, dachte ich; für anderes fehlte ihnen die Kraft. Ein Freitag in Schnee und Dunkelheit: so schwermütig, wie es nur geht. Trotzdem tat es gut hinauszukommen. Erst dadurch bemerkte ich das Summen der Neonröhren, die leisen Stimmen aus den anderen Klassen, trockene Laute von Füßen, die über den filzigen Teppichboden rieben, das Rascheln von Papier, das Husten. All das, was einem überhaupt nicht auffällt, was einen aber dennoch ermüdet.

»Schieb du hinten an«, sagte Henning, öffnete die Tür und streckte den Arm ins Wageninnere. Schnee legte sich in Flocken auf sein Haar. Ich lehnte mich vor und presste die Hände auf die geschwungene Unterseite des Kofferraumdeckels. Unter der warmen Haut war das Metall kalt und hart. Es war ein gutes Gefühl. Henning rief *Und eins und zwei und eins und zwei*, und der Wagen begann, auf den Reifen vor und zurück zu rucken. Das Auto sollte einen sanften Anstieg hinauf, das war schnell erledigt; von dort konnte man es einfach hinunterrollen lassen. Er lief ein paar Meter neben dem Wagen, tat einen Satz hinein und knallte die Tür zu. Das Auto ruckte, als er den Gang einlegte. Ein Husten, noch eins, und der Motor sprang an.

Ich stand da und sah ihm hinterher. Eine unerwartet klare Farbe in diesem dichten Grau und Weiß. Selbst ganz unten, auf Höhe des Geschäfts, war die Kontur des Wagens scharf und abgegrenzt. Henning fuhr in schnellem Tempo wieder aufwärts, um die Kontrolle über den Wagen nicht zu verlieren. Das Motorengeräusch breitete sich aus, wie Kielwasser, schoss es mir durch den Kopf, eine Welle auf jeder Seite, schwächer und schwächer.

Er hielt vor mir und kurbelte das Seitenfenster herunter.

»Ich fahre in die Stadt. Kann ich dir etwas mitbringen?«

»Hmm … *Nein.*«

»Sicher?«

»Mm.«

»Okay!«

Er wandte das Gesicht ab und wollte losfahren, legte die Hand auf den Schaltknüppel.

»Gehst du nicht zu dem Fest?«, fragte ich.

Der Schnee rutschte langsam über die Windschutzscheibe, bis er in die Reichweite der Scheibenwischer kam und weggefegt wurde.

»Ich weiß nicht, ob ich Lust dazu habe«, meinte er und rieb mit dem Handrücken innen die beschlagene Scheibe frei. Dann drehte er sich zu mir um. »Du gehst hin?«

»Ich weiß es nicht genau«, antwortete ich. »Nicht, wenn ich allein gehen muss.«

Er lächelte.

»Da besteht ja wohl keine Gefahr!«

Ich sagte nichts.

»Du kannst ja Linda mitnehmen«, meinte er.

Er dachte, ich würde betteln.

»Kann ich machen«, erwiderte ich. »Ich weiß aber auch noch nicht, ob ich wirklich Lust habe. Mal sehen.«

»Okay«, sagte Henning. »Bis bald!«

Er fuhr den Hügel hinauf, um auf dem Schulhof zu wenden. Auf den ersten Metern drehten die Reifen im feuchten Schnee durch. Ich kehrte in die Klasse zurück, wo die Stimmung jetzt lockerer war, sie wirkten rastlos, waren wieder mehr miteinander beschäftigt: Blicke, Winke, Flüstern.

Ich begegnete Miriams Augen und lächelte sie an.

»Bekommst du das?«, fragte sie und hob das Blatt ein wenig an.

»Nein, wir besprechen die Aufgaben am Montag«, antwortete ich.

»Das sagst du nur, weil du keine Lust hast, sie zu korrigieren«, sagte Kenneth laut. Er lachte.

»Ist die Stunde vorbei?«

Ich sah auf die Uhr.

»Ja«, sagte ich. »Das ist sie.«

Drei der Jungen gingen hinaus. Die anderen blieben sitzen, holten Pausenbrote und Saftflaschen aus den Ranzen, dieses rührende Ritual.

»Warum grinst du so? Henrik!«

»Wegen euch«, sagte ich und stand auf. »Könnt ihr nicht einfach ruhig sitzenbleiben, damit sich keiner über euch beschwert?«

»Was ist denn so lustig an uns?«, fragte Miriam.

»Gehst du heute Abend auf das Fest, Henrik?«, sagte Katarina.

»Du darfst dich nicht so besaufen, wie du es sonst immer tust!«, sagte Kenneth.

»Gehst du?«, sagte Katarina.

Ich merkte, dass ich lächelte, als ich das Lehrerzimmer betrat. Es war verwaist. Die Radspuren von Hennings Auto wurden schon wieder zugeschneit. Ich füllte Wasser in die Glaskanne, gab fünf Löffel Kaffeepulver in den Filter, saß auf der Couch und blätterte in der Lokalzeitung, als die Kaffeemaschine anfing zu klackern, als wäre sie ein kleines Tier, das gerade erwacht war.

Die Tür ging auf. Ich sah auf. Es war Linda. Sie warf einen kurzen Blick in den Spiegel, sah anschließend mich an.

»Du hast Kaffee gekocht«, sagte sie und setzte sich auf die Couchkante. Ich las, war durch ihre Anwesenheit aber zu abgelenkt, um zu verstehen, was da stand. Sie krümmte ihre Finger und musterte die Nägel, ich blätterte um, sie seufzte, ohne dass ich *Was ist los, bist du müde*, hätte bemerken können, denn sie seufzte, als säße sie allein.

»Schön, dass Wochenende ist«, sagte ich.

Sie sah zu mir hinüber und lächelte.

»Ja«, sagte sie.

Jetzt war es unmöglich, einfach weiterzulesen. Ich musste mehr sagen.

Ich streckte mich.

»*Aaahh*«, sagte ich und drehte mich sozusagen zufällig um und warf einen Blick auf den menschenleeren Schulhof.

Es entstand eine Pause.

Sie war wieder in Gedanken versunken. Jetzt waren es meine Hände, die in der Gunst ihres Blickes standen. *Sie* fand die Situation nicht bedrückend, warum sollte ich es dann tun? Warum sollte ich nicht dort sitzen können und mich nicht dafür interessieren, was geschah? Ein bisschen Selbständigkeit, in meinen eigenen Gedanken, ist das zu viel verlangt? In ihnen sollte ich ja wohl der Alleinherrscher sein. Aber nein. Als sie den Blick von meinen Händen abwendete und auf meine Augen richtete, nestelte ich augenblicklich an der Zeitung herum. Wenn sie wollte, konnte sie mein Verhalten deuten, dachte ich, während ich nicht die geringste Ahnung hatte, was sich in ihrem Inneren tat. Nicht die geringste. Denn Linda kannte ich auf zwei Arten, und die eine lag so weit von der anderen entfernt, dass es mir schwerfiel, die beiden zu vereinen, wenn ich sie wie jetzt vor mir sah.

Sie wohnte in der Wohnung über mir, das Haus war hellhörig, ich hörte die beiden tagtäglich über meinem Kopf umhergehen. Linda und ihren Mann Richard. Dump, dump entfernten sich die Schritte. Und dann Stimmen. Worte zu verstehen war unmöglich, nur die Stimmen drangen durch den Fußboden zu mir herab, und anhand ihrer musste ich mir erschließen, welche Stimmung bei den beiden herrschte. Er steht vor dem Kleiderschrank im Schlafzimmer und ruft etwas zu ihr hinüber, die im Wohnzimmer sitzt. Keine Worte, nur diese fragende Stimme. Dennoch fühlte ich deutlich, dass das, was zu mir durchsickerte, mich nichts anging. Wer kann allein in einem Schlafzimmer liegen und die harten, wütenden Stimmen zweier erwachsener Menschen hören, ohne sich daran zu erinnern, wie es war, ein Kind zu sein, regungslos in seinem Bett zu liegen und auf Nuancen zu horchen, vielleicht einen Namen aufzuschnappen, den eigenen, was Papa wirklich von einem hält. Oder Mama. Was, wenn *sie* dich auch nicht mag? Die Gewissheit, dass deine Eltern eine Welt für sich haben, in die du niemals aufgenommen werden kannst. Ganz still liegen und Gott bitten, dass sie nett zueinander sind. Oder nur das Kissen aufs Ohr pressen, um sie auszusperren, diese Stimmen, denn wenn du sie nicht hörst, existieren sie auch nicht.

Dump dump auf dem Fußboden. Ich malte mir aus, dass Linda sich in den Türrahmen stellte und ihn betrachtete, der über die Kommode gebeugt stand; irgendetwas konnte er nicht finden. Oder ging es um etwas, das er gefunden hatte? Einen Beweis für den Verdacht, der schon so lange in seinem Kopf wütete. Vielleicht endete es damit, dass sie miteinander schliefen, direkt über meinem Kopf, erst wälzten sie sich etwas herum, und dann ging es richtig los, ich stellte mir vor, dass sein Gesicht sich an ihren offenen Schoß schmiegte, sie windet sich und stöhnt, wenn er sie leckt, es geschieht drei Meter über mir, ich höre alles, höre, dass sie sich windet, höre, dass er auf einem Bein herumhüpft, um die Hose auszuziehen, Linda lacht, und dann geschieht etwas, denn dann beginnt sie zu schreien und zu schreien, als würde er sie misshandeln, ich höre jede Nuance in ihren Stimmen, jedes einzelne Stöhnen registriere ich, es ist Richard, der sie vollpumpt, sie schreit, *Was treiben die beiden da*.

Diese Person, die in den Nächten unter diesem stillen Mann lag und sich wand, die vor Freude stöhnte und aus Genuss schrie, konnte ich einfach nicht mit der Frau in Einklang bringen, die ich jeden Tag in der Schule sah, sie, die leise zwischen ihren konzentrierten Erstklässlern umherging, die sich über sie beugte, um ihnen einen anderen Weg vorzuschlagen, etwas Bestimmtes zu tun; freundliche Ratschläge, die sie veranlassten, die Zunge im Mundwinkel herauszustrecken und sich noch mehr anzustrengen, um ihrer geliebten Lehrerin zu gefallen. Manchmal stand ich da und betrachtete sie, wenn sie dort mit zerzausten Haaren, bleicher Winterhaut und geröteten Wangen saßen. In diesen ersten Stunden waren sie so friedlich und still. Einer von ihnen legte das Kinn in die Hände und war mit seinen Gedanken weit weg. Vorsichtig standen sie auf, wenn die freie Stunde in der Tagesmitte begann und Linda ihnen vorlesen wollte, ich beobachtete sie dann oft, die Kinder, es war fast ein bisschen unheimlich, wenn sie nacheinander ihre Plätze verließen und zu ihr gingen, sich um ihre Füße scharten und mit großen Augen vor ihr saßen, während sie las, abwesend, als lauschten sie in Wahrheit etwas in ihnen selbst.

In ihnen selbst? Und was sollte das sein?

Es muss von Anfang an in ihnen gewesen sein. Etwas, das nach und nach verschwindet, denn eine solche Trance existiert bei Erwachsenen nicht, dieses absolute aus sich selbst Herausfallen, wenn man zuhört. Etwas lockt sie, und sie lassen sich locken. Jeder von ihnen verschwindet für sich selbst.

Ja, das ist unheimlich.

Lange grübelte ich darüber nach, was daran so unheimlich war, Kinder, denen vorgelesen wird, ich verstand mein Gefühl nicht, und Henning, dem ich davon erzählte, sah mich bloß verständnislos an, *Unheimlich? Die meisten würden wohl eher sagen, dass es heimelig ist, wenn Kindern vorgelesen wird.* Es gelang mir nicht, ihm zu erklären, was ich meinte. Nicht weiter verwunderlich, denn solche Empfindungen existieren außerhalb der Gedanken, und selbst wenn ein Wort es treffen würde, ist nicht sicher, dass andere die gleiche Bedeutung in es hineinlegen wie man selbst. Und Genauigkeit ist essentiell, wenn man über etwas so Ungenaues wie eine Empfindung spricht. So, nicht so, sondern so. *Unheimlich?*, sagte Henning, und niemals werde ich erfahren, was er damit meinte. *Unheimlich?*, dachte ich, wieso unheimlich, was bedeutete das?

Dass sie wehrlos waren, vielleicht, *ja* – denn es ist das Privileg des Kindes, dass man sich um es kümmert. Nur Kinder können umgeben von anderen schlafen, ohne dass irgendjemand es unangenehm findet. Aber wenn *wir* das tun, in einem Park auf der Bank einschlafen, auf der Couch des Nachbarn, im Friseurstuhl, im Bus oder auf einem Bürgersteig in der Stadt, wird man uns missbilligend anstarren, denn ein solch offensichtlicher Schlaf hat etwas Groteskes, etwas Entwürdigendes: Du berufst dich damit auf eine Unschuld, die du nicht mehr hast, *Als hättest du nichts zu verbergen.* Oder ist es vielleicht die Bloßstellung, deren Anblick wir nicht ertragen, das Wehrlose, dass du nicht mehr die Kraft hast, der Welt zu begegnen, du hast aufgegeben, du sitzt mitten im Menschengewimmel des Einkaufszentrums und schläfst, schamlos. Alle sehen es. Schlafen kannst du zusammen mit den Menschen, die dir am nächsten stehen, mit jemandem, der dich und deine Geheimnisse ohnehin kennt. Und die totale Trance, ist sie nicht wie der Schlaf, ist es nicht sie, vor der dieses seltsame, grausame Märchen warnt? Der Rattenfänger von Hameln, der die Kinder verzaubert und sie dazu verlockt, mit ihm zu kommen, sie haben keinen eigenen Willen mehr, keine Kraft, sie folgen ihm einfach, aus der Welt heraus und in den Berg hinein, der sich hinter ihnen schließt. Was mag in dieser Stadt passiert sein, welche Katastrophe war so schrecklich, dass die Erinnerung daran noch existiert, jetzt auch in mir, wovor ist er eine Warnung, dieser orpheusgleiche Flötenspieler, der die Kinder in den Tod führt? Welcher Macht gaben sie sich hin?

Es ist der Tod, dem sie sich hingeben, aber das wissen sie nicht. Und das ist unheimlich, weil es passiert. Es ist immer einer unter uns, der stirbt. In meiner Klasse war es Kurt. Ich erinnere mich noch gut, wir gingen in die zweite Klasse, als er verschwand. Ein Suchtrupp im Wald am ersten Abend, sie fanden nichts, es war im März, er war ja wohl hoffentlich nicht aufs *Eis* hinausgegangen? Am nächsten Tag spielten wir Fußball auf der Wiese, an einem Sonntag mit klarem und blauem Himmel, der Boden war mit Raureif überzogen, und unter denen, die älter waren als wir, herrschte eine aufgekratzte Stimmung, verschiedene Theorien kursierten, eine wüster als die andere. Gemeinsam mit Erling ging ich am Nachmittag, als der Himmel sich verdunkelte und das Laub auf der Erde unter unseren Füßen knirschte, in den Wald. An manchen Stellen lag noch Schnee. Jetzt, da die Sonne nicht mehr wärmte, fror ich an den Händen. Kalt und still ging ich neben Erling, ohne wirklich zu wissen, wonach wir suchten.

Wir hörten ihre Stimmen lange, bevor wir sie sahen. Versteckt zwischen ein paar Bäumen sahen wir ein Auto mit Anhänger, das direkt am See parkte, eine Gruppe von Männern, die am Ufer stand, mehrere Seile, die vom Land aus über das grünliche Eis liefen. Irgendetwas ging dort vor. Unablässig schauten sie nach vorn. Leise Stimmen, glühende Zigaretten, die ab und zu hart auf die Erde geworfen und ausgetreten wurden. Ein Ruf. In der Wuhne wird etwas sichtbar.

»*Schau*«, sagte Erling.

Ein Kopf ohne Gesicht taucht aus dem Wasser auf.

»Das ist ein Froschmann«, sagte ich.

»Weiß ich«, erwiderte Erling. »Schau mal.«

Der Taucher legte eine Lampe auf das Eis, krabbelte hoch und drehte sich um. Auf allen vieren hievte er etwas anderes aus dem Wasser. Etwas Schweres.

»Ist das Kurt?«, sagte Erling.

Das Bündel wurde auf das Eis gezogen, der Taucher löste das Seil und führte es unter den Armen des Körpers hindurch, und wir sahen Kurt langsam über das Eis rutschen, als einer der Männer an Land an dem Seil zog. Der Kopf, der willenlos über die Unebenheiten hüpfte und holperte. Dann kam ein weiterer Taucher aus dem Wasser. Die beiden legten sich auf den Bauch und robbten umständlich an Land. Sie glichen zwei Echsen. Ich hatte Angst, aber wir blieben stehen. Zwei schwarze Echsen, die über das Eis krochen. Die Männer, die an Land warteten.

Als wüssten sie nicht recht, was sie tun sollten. Einer von ihnen kniete vor Kurt, richtete sich wieder auf und ließ Kurt liegen wie einen Fisch im Schnee. Die ganze Zeit lag er dort, während die Froschmänner sich neben ihm von ihren Bleigewichten befreiten und die Schwimmflossen abstreiften. Die Masken waren in die Stirn geschoben, als hätten sie zwei Sätze Augen: ein Augenpaar starrte in den dämmrigen Himmel hinauf, die beiden anderen konzentrierten sich auf das, was vor ihnen geschah – das ganze Hantieren an Gummi und Metall, diese Strahlen der Taschenlampen, die überallhin irrten, mit Ausnahme der Stelle, an der Kurt lag, denn das Schlimmste, was passieren konnte, war passiert, der Körper, der nun langsam am Harsch festfror, war ohne Leben, er war tot, und es gelang uns nicht wirklich, uns vorzustellen, wie das sein mochte, als der Lehrer uns am nächsten Tag in der Klasse erzählte, was passiert war. *IST er nicht mehr? Meinst du, dass es ihn nicht mehr GIBT? Aber wir haben ihn doch GESEHEN?*

Die größte Trauer, ein Kind zu verlieren, der grausamste Zeitpunkt zum Sterben, in der Kindheit, über das Eis laufend, irgendetwas hat dich alles vergessen lassen, du läufst einfach, siehst den Wald schwarz am anderen Ufer, es ist Abend, der Matsch spritzt um deine Füße, du schluchzt vor Wut und Verzweiflung. Atemlos läufst du weiter und weiter hinaus, das hast du dir nämlich überlegt, einfach zu laufen, denn am Ende wirst du verschwinden, früher oder später gibt das Eis unter deinen Füßen nach und du ertrinkst, der arme, arme Kleine, ganz allein mit dir selbst sinkst du durch das schwarze, kalte Wasser, *was hast du nur getan?*

Aber Linda dachte nicht so. Kinder hatten für sie nichts Unheimliches, das wusste ich, sie wünschte sich selbst eins, sprach oft darüber, scherzhaft, *Du hast doch gute Gene, Henrik, kannst du nicht mal vorbeischauen, wenn Richard abends unterwegs ist?*, sagte sie etwa, und wir lachten, aber ich wusste, dass sie wusste, dass ich sie hörte. Es war eine Herausforderung. Eine Art Spiel. Manchmal lud sie mich zu sich ein, wenn sie zum Beispiel am Abend gebacken hatte und Richard nicht da war, dann klopfte sie an und fragte, ob ich ihr Gesellschaft leisten wolle. Sicher. Auf ihrer Couch sitzen, während sie in Jogginghose mit einem Teller dampfender Rosinenbrötchen aus der Küche hereintapste, den sie vor mir auf den Tisch stellte, *Iss nur, Henrik*, und ich nehme mir eins, aus Höflichkeit, eigentlich mag ich es nicht zu essen, wenn andere mir dabei zusehen, aber für sie kann ich eine Ausnahme machen, denke ich und schlinge es hinunter, so schnell es nur geht. Vielleicht spricht sie an diesen Abenden über sich selbst, weil sie mich so harmlos findet, über Dinge, bei denen ich bezweifle, dass Linda sie anderen anvertraut. Auch sie ist als Aushilfslehrerin aus dem Süden gekommen, darüber reden wir, sie erzählt mir von früheren Beziehungen, vor allem, weil sie sich über diese ganz zufällig dem nähern kann, was sie auf dem Herzen hat: Richard. Er ist krankhaft eifersüchtig und misstrauisch. Sie muss über jede ihrer Bewegungen Rechenschaft ablegen; wenn er aus beruflichen Gründen in einer anderen Stadt ist, ruft er zu Hause an und verlangt, genau zu erfahren, wo sie gewesen ist und mit wem sie geredet hat. Ab und zu prüft er es nach, fährt im Ort herum und spricht mit den Leuten über seine Frau, leichthin, dennoch außerstande, das Misstrauen hinter den unschuldigen Fragen zu verbergen. Er ist völlig verrückt und versucht mit enormer Energie, sie zu kontrollieren. Jeder Schritt, den sie macht, jeder Gedanke, jedes Wort, das sie ausspricht, kann eine andere, verborgene Bedeutung haben; davon ist er überzeugt, und danach richtet er sein Leben aus.

Eines Abends rief er auf dem Weg zum Flughafen aus dem Auto an. Sie kehrte mir den Rücken zu und sprach mit leiser Stimme, aber ich begriff trotzdem, worum es ging. Sie erwähnte meinen Namen, dass ich bei ihr sei, und ja, sie habe mich eingeladen, *Aber mein Gott, Richard*, sagte sie. Als sie auflegte, wandte sie sich um und verdrehte die Augen. Richard war wieder auf dem Weg nach Hause. Ein wenig verlegen saßen wir da und warteten auf ihn. Das Motorengeräusch, das Knallen der Autotür, die Schritte im Schnee, die Haustür.

»Du hättest sagen sollen, dass du vorbeikommst, Henrik!«, meinte er und umarmte Linda flüchtig. »Haben wir nicht irgendwo noch eine Flasche Wein?«, rief er aus der Küche, sie sah mich resigniert an, als wir das Ploppen hörten, das Klirren der Gläser, die er zu uns hereintrug, als wäre es völlig normal, dass er auf dem Weg zum Flughafen abrupt kehrtmachte, die Besprechung fallen ließ, an der er am nächsten Tag teilnehmen sollte, und stattdessen in rasendem Tempo hierher fuhr, um mit seiner Frau und seinem guten Freund Henrik, dem Lehrer, ein Glas Wein zu trinken.

»Ich weiß nicht, was ich tun soll, Henrik«, sagte sie häufig, wenn wir an diesen Abenden allein waren. »Ich kann ihn nicht einfach verlassen, nicht *hier!* Ich lebe doch gern hier, ich kann mir nicht vorstellen, fortzugehen, aber wenn ich ihn verlasse, kann ich *hier* unmöglich bleiben, so viel ist sicher.«

Das war derselbe Mensch, der nun sanft und freundlich vor mir saß, eine Frau, die nur Gutes wollte, dachte ich, und mit ihrem guten Willen sehr weit ging. Wie ließ es sich sonst erklären, dass sie sich sogar diesem Mann hingab? Denn das war es doch, was ich hörte; sie gab die Kontrolle über sich auf und lag dort offen für ihn, Richard, diesen schweigsamen, eifersüchtigen Mann.

Jetzt strich sie mit zwei Fingern über die Tischkante, immer wieder die gleiche Strecke.

»Ist Henning in die Stadt gefahren?«

Ich blickte überrascht auf, nickte und legte gleichzeitig die Zeitung fort.

»Hat er da eine Frau gefunden?«, fragte sie.

Sie sah mich an.

»*Er*, nein? Nein«, sagte ich.

Sie lachte und stand auf.

»Soll ich dir eine Tasse mitbringen?«

»Danke, das wäre nett«, antwortete ich.

Sie ging zum Schrank, streckte sich und holte zwei Tassen heraus, die sie auf der Arbeitsfläche abstellte. Wusste sie, dass meine Augen ihr folgten? Spürte sie diese hastigen Blicke? Leichte Berührungen wie von Licht, ein Kitzeln, das in ihr aufsteigt, die Beine und Oberschenkel hinauf, die Hüften, die Brüste. Die Lippen …

Sie sah mich lächelnd an.

»Ohne alles?«, sagte sie und hatte bereits eingegossen, kam mit den Tassen, die sie vorsichtig in den Händen balancierte, auf mich zu.

Doch, das musste sie merken. Aber es war nicht gesagt, dass sie wusste, wie eindeutig das war, exakt, *wie* gierig unsere Blicke waren. Für sie waren es vielleicht nur Blicke. Aber Henning, der nach einem halben Jahr hier oben kurz vor dem Platzen war, stand manchmal abrupt auf, wenn sie nebeneinander gesessen und sie ihn ungewollt mit ihrer Hüfte angestoßen oder die Hand auf seinen Arm gelegt hatte, wie sie es oft tat, wenn sie sich mit anderen unterhielt, Berührungen, die mehr waren, als er aushielt, er stand auf, ging auf die Toilette im Flur und glaubte nicht, dass irgendwer begriff, was die intensive Stille dort zu bedeuten hatte, das ablenkende Abziehen, sein betont forscher Ton, wenn er wieder herauskam. Ich sollte es ihm natürlich sagen. Sollte ihm erzählen, wie diese Minuten von außen wirken, in denen man mit verschiedenen Dingen beschäftigt ist und einander möglichst nicht in die Augen sieht. Es sei denn, Enoksen beschließt, die Situation zu retten. Als Schulrektor fühlt er sich vielleicht besonders verantwortlich, was weiß ich, jedenfalls füllt er die Pausen im Lehrerzimmer wenn nötig mit Themen. Enoksen übernimmt freudig die Verantwortung, er schaltet sich gern ein, er ist der Typ, der in die Hände klatscht und sie sich reibt, sobald er einen Raum betritt, *Jetzt wird ge-*

redet! Aber nicht, ohne einen Blick für seine Leute zu haben. Mir begegnet er mit der Einsicht, dass ich intelligenter bin als er, eine Bedrohung, die ihn Vorsichtsmaßnahmen ergreifen lässt: Auffallend oft schneidet er in unseren Gesprächen Themen an, die er besser beherrscht als ich, und wenn das nicht funktioniert, zieht er einen Vorteil aus der Autorität, die ihm seine Position verleiht, indem er mich, stets herablassend, stets nachsichtig korrigiert. *Deine Klasse verliert den Respekt vor den anderen Lehrern.* Wenn ich mich verschlafe, fährt er mit dem Auto vor und klopft an meine Tür und gibt nicht auf, bis ich ihm öffne. Ab ins Auto, er fährt schnell, ich bin ein Schuljunge mit dem Ranzen auf dem Schoß. Außerdem bin ich der Einzige, der so behandelt wird. Enoksen hatte schnell begriffen, wer ich war, er wusste, was erforderlich war, um mich dahin zu bringen, wo er mich haben wollte. So etwas merkt man. Manchmal kam er in meine Klasse und stellte sich wie zufällig ganz hinten in den Raum, während ich unterrichtete. Vorgebeugt stand er dort und kaute auf seiner Unterlippe, wodurch sein Bart auf und ab wippte, still, ernst – und nie sagte er nach diesen Stunden etwas zu mir, keine Kritik, kein Lob, das war nicht nötig, er war da, das reichte. Und was hätte mir seine Kritik oder sein Lob auch bringen sollen?

Ein einziges Mal verlor ich die Fassung, nicht, weil ich nicht verstand, was passierte, und nicht wusste, wie ich mich verhalten sollte, nein, ich verstand, was passierte, und warum, ich verstand ihn und meine eigene ausbleibende Reaktion und immense Feigheit, trotzdem konnte ich nichts tun, gelang es mir nicht, mich ihm zu widersetzen.

Am Vortag war ich nicht in der Schule gewesen. Ich hatte den ersten Bus aus der Stadt verpasst und war daraufhin noch einen Tag dort geblieben; mir war klar, dass er mich darauf ansprechen wollte, deshalb hatte er mich in sein Büro gebeten, als ob ich nicht *wüsste*, dass dies nicht gut von mir war, als wäre mir nicht bewusst, dass er, der Rektor, gegen diese Abwesenheit etwas einzuwenden haben könnte.

Jetzt würde er mich darüber aufklären.

Ich klopfte an und trat ein. Er saß da und tat so, als läse er irgendwelche Papiere, *Wie kommen sie nur auf diese Dinge*, er blickte nicht auf, ließ mich lange vor seinem Schreibtisch stehen.

Dann legte er die Blätter auf den Schreibtisch, rückte den Stuhl ein wenig nach hinten und sah mich an.

»Du warst gestern nicht bei der Arbeit, Henrik?«, sagte er.

»Stimmt«, antwortete ich.

Sein Blick blieb auf mich gerichtet.

»Ich war in der Stadt und habe den Bus verpasst. Tut mir leid.«

Links von ihm stand eine Schublade des Aktenschranks offen. Ich dachte, dass sie einem vorgeschobenen Unterkiefer ähnelte. Vor dem Fenster war, mit dem Rücken zu uns, Josephsen postiert und behielt ein paar Kinder im Auge, die in der Dunkelheit spielten. Plötzlich rief er einen Namen. Seine Stimme war überraschend nah, und Enoksen zuckte zusammen. Unwillkürlich drehte er den Kopf und sah hinaus. Als er sich einen Augenblick später erneut mir zuwandte, geschah es langsam, als versuchte er, die vorherige Bewegung aufzuheben. Als wäre Würde für ihn vor allem eine Frage der Geschwindigkeit.

Er senkte den Kopf ein wenig und rückte die Mappe vor ihm gerade.

»Wir sind hier nur zehn Lehrer. Wenn du nicht kommst, muss ein anderer für dich einspringen.«

»Ja«, sagte ich und sah nach unten.

Vielleicht sprach er deshalb weiter:

»Ich finde nicht, dass das ein guter Grund ist, nicht zur Arbeit zu erscheinen. Wenn du es nicht schaffst, rechtzeitig den Bus zu nehmen, darfst du eben nicht in die Stadt fahren.«

Das Unglaubliche an seinen Worten brachte eine lange unterdrückte Wut in mir zum Überkochen, *brüllend*, denke ich heute, alles in mir sammelte sich zu dieser einen, ohrenbetäubenden

Wut. Aber meine Hände blieben ruhig, die Füße standen auf dem Boden wie zuvor, das Gesicht zeigte keine Regung, mein Blick war leer. Ich steckte ein. Denn es war so: Der Ton, den er mir gegenüber anschlug, wirkte beschwörend, machte jeglichen Zorn vollkommen zunichte. Wut sollte hart und zielgerichtet sein, mit dem Rest des Körpers und den Gedanken kommunizieren, dann hat sie die gewünschte Wirkung: zu zerstören. Aber meine Wut war *sanft*, sie hatte nicht die Kraft, etwas zu bewirken. Meine Wut hatte vor langer Zeit einen Pakt mit den Tränen und der zitternden Stimme geschlossen. Meine Wut drang deshalb nie nach außen. Ihre einzige Möglichkeit, in die Welt zu treten, bestand in ihrer Allianz mit den Tränen und der zitternden Stimme, nur so konnte meine Wut sich äußern und für andere sichtbar werden. Deshalb schrie ich meine Wut über das Unerhörte in seinen Worten nicht heraus, nein, mir traten Tränen in die Augen, und mit einer sanften, leicht belegten Stimme sagte ich:

»Was? Was haben Sie gesagt?«

Er betrachtete mich prüfend, presste die Fingerkuppen gegeneinander, während die Handflächen auf seinem Bauch ruhten. Als dächte er, ich wäre völlig unreflektiert und als wüsste er nicht, dass dies die Pose ist, die Autorität und Stärke, Kontrolle und Effektivität in sämtlichen Filmen signalisiert, in denen solche Männer auftauchen, und das allein hätte ausreichen müssen, um mich Kraft schöpfen zu lassen und ihn in seine Schranken zu weisen. Jemand, dessen Körpersprache *so* billig war, sollte sich anhören müssen, wie erbärmlich er ist, jemand sollte ihn auf seine Kleinkariertheit und Dummheit hinweisen, es sollte leicht sein, seinen schwachen Punkt zu finden, eine Wunde, in die man den Finger legen konnte, nur um ihm zu zeigen: *Ich kenne deine Schwäche*, jedoch nicht, um dieses Wissen zu nutzen. Es reicht, dass er weiß, du weißt.

»Ich habe nur gesagt, dass du lieber nicht nach Tromsø fahren solltest, wenn du es nicht schaffst, pünktlich zur Arbeit zu kommen. Es war Einar …«, bei diesen Worten drehte er sich um und nickte zu Josephsen hin, der immer noch draußen stand, »es war Einar, der deine Klasse übernehmen musste, und ich glaube nicht, dass ihm das gefallen hat. Glaubst du das?«

Ich antwortete nicht.

»Hm?«, sagte er auf diese gespielt sanfte Art, die sie benutzen, um ihr eigenes Auftreten zu rechtfertigen. *Ich bin doch freundlich zu ihm gewesen, es gab überhaupt keinen Grund, so wütend zu werden.* Ich kannte den Tonfall, und selbst jetzt, im Alter von sechsundzwanzig Jahren, lähmt er mich, als hätte er eine hypnotische Qualität und würde mich in die Vergangenheit zurückwerfen: Ich bin zehn Jahre alt und weine vor Wut, ohnmächtig, aber bald wird diese Wut mich überwältigen und zum Berserker machen, eine so große Wut, dass selbst die anderen, älteren Kinder Angst vor mir bekommen. Ich gehe einem von ihnen an die Gurgel und reiße ihn zu Boden, knalle seinen Kopf auf den Asphalt, alles geschieht so schnell, dass er nicht dazu kommt, sich zu verteidigen, ich schlage mit der Faust in sein Gesicht, spüre den Nasenknorpel unter den Fingerknöcheln, er blutet, ich schlage ihm die Lippen vor den Zähnen blutig, dabei weinend und brüllend, sein Gesicht ist weich und feucht, er versucht, sich zu schützen, ich schlage und schlage und höre nicht auf, bis zwei erwachsene Arme mich packen und hochreißen.

»Glaubst du das?«, sagte Enoksen, und ich schaffte es nur, verneinend den Kopf zu schütteln. Ich stand dort wie hypnotisiert, von den Nuancen seiner Stimme in Schach gehalten. Wutentbrannt und den Tränen nahe ging ich, zutiefst gedemütigt schloss ich die Tür hinter mir und überlegte, wie ich mich rächen könnte.

Aber was war mit ihm? Was dachte er, nachdem ich gegangen war? Fand *er* die Situation unerträglich? Fand er es unerträglich peinlich, mich zu mustern, als ich vor ihm stand, schämte er sich dafür, wie er mit der Situation umgegangen war, trieb ihn das in schlaflose Nächte und regte sich in ihm daraufhin das Bedürfnis,

Buße zu tun, niederzuknien und um Vergebung zu bitten, weil er mich *nicht* respektvoll behandelt hatte, weil er mich *nicht* als einen Ebenbürtigen betrachtet hatte, sondern im Gegenteil zu mir gesprochen hatte, als wäre ich weniger intelligent und nicht intelligenter als er, und somit wie zu einem Kind, einem Schuljungen auf dem Teppichboden des Rektors?

Das tat er ganz sicher nicht.

Aber vielleicht fragte er sich in den Minuten, nachdem ich das Büro verlassen hatte, *warum* er so gehandelt hatte, *warum* es ihm so wichtig gewesen war, mir überlegen zu scheinen, wie ein Mensch mit Macht, eine wichtigere Person?

Das tat er sicher auch nicht.

Das waren meine Fragen an ihn, an sich selbst hatte er keine, dachte ich, es sei denn, er wurde nachts abrupt von dem einen fürchterlichen und quälenden Gedanken geweckt: *Was habe ich nur aus meinem Leben gemacht?*

Bevor ich meine reichlich vagen Rachepläne konkretisieren konnte, kam er mir allerdings entgegen. Es geschah beim letzten Treffen der Lehrer vor den Weihnachtsferien. Wir saßen über diese idiotischen kleinen Teller mit einem Stück Kuchen für jeden gebeugt, wie man es vor Weihnachten in den Lehrerzimmern des ganzen Landes zu tun pflegt, als er aufstand und eine Rede hielt, in der er mir ausdrücklich dankte und so das Gespräch, das wir in seinem Büro geführt hatten, wie eine Lappalie erscheinen ließ, *Das* war der *wahre* Rektor und *so* war unser Verhältnis, *ich* war hier kleinlich und schäbig, während er sich nun als der großmütige Mensch zeigte, der er eigentlich war und schon immer gewesen war.

Dann reiste ich ab. Zwei Wochen in Südnorwegen, und mein ganzes Dasein erschien mir anders. Ich begriff, dass ich mich von Nebensächlichkeiten hatte leiten lassen, dass Kleinigkeiten unverhältnismäßig großen Raum in meinem Leben einnahmen. Als hätten sich da oben unmerklich die Proportionen verschoben; plötzlich war ich in etwas hineinmanövriert worden, das ich selbst nicht sah. Es übernahm vollständig die Kontrolle, prägte und veranlasste mich, Dinge zu tun, die mir sonst im Traum nicht eingefallen wären. Mir fehlte die Perspektive. Wie die Leute auf der deutschen Autobahn, die jeden Sinn für die Geschwindigkeit verloren: Nachdem sie etliche Kilometer in einem rasenden Tempo zurückgelegt haben, blinken sie, bremsen und fahren zu einer Tankstelle ab, wo die Frau auf dem Beifahrersitz die Tür öffnet und in der Gewissheit aussteigt, dass der Wagen praktisch schon steht. Aber nein, der Boden, auf den sie den Fuß setzt, wird unter ihr weggezogen, als wäre er ein Teppich, und sie stürzt, vielleicht wird sie schwer verletzt, vielleicht schlägt sie sogar mit dem Kopf auf den Beton und kommt ums Leben, denn das passiert. Man sitzt womöglich in der Raststätte, vor Schlafmangel zitternd trinkt man ein paar Tassen Kaffee und raucht Zigaretten, um für die Weiterfahrt wach genug zu sein. Rein zufällig blickt man auf und schaut hinaus: Ein Auto rast an den Tanksäulen vorbei, die Tür öffnet sich, und eine Frau wirft sich hinaus, *iiiih*, rollt davon, es sieht wirklich schrecklich aus, sie bleibt liegen, du grinst. Denn was ist das für ein Phänomen?

»Hier«, sagte Linda und reichte mir eine Tasse.

»Danke«, sagte ich und blies auf die Oberfläche. Als ich an dem Kaffee nippte, bekam ich Lust auf eine Zigarette. Er war viel zu stark.

»Er ist ein bisschen stark geworden«, sagte ich, als ich die Tasse abstellte.

»Das macht nichts«, erwiderte sie.

Aus den Augenwinkeln beobachtete ich sie, während sie trank, hielt Ausschau nach einer Grimasse, die sie nicht schnitt. Was wäre gewesen, dachte ich, wenn ich sie plötzlich umarmt und geküsst hätte an einem dieser Abende, hätte sie mich dann von sich gestoßen und gesagt, *Nein, Henrik, lass das*, auf diese ruhige Art, die eine Niederlage nur noch schlimmer macht, könnte sie nicht wenigstens wütend werden, dachte ich gereizt, das wäre wenigstens ein Gefühl, dann wäre Bewegung in ihr, dann gäbe es Hoffnung.

Hoffnung?

Hoffnung auf was?

Ich wollte sie doch gar nicht haben. Sie war acht Jahre älter als ich, reif, sicher, aber keineswegs brillant, wollte ich mit ihr zusammen sein, nein, das wäre ganz furchtbar, ich sehe vor mir, wie sie sich neben mich legt und meinen Namen flüstert, eine Frau, die sich kleiner macht als ich, um meine Liebe zu bekommen, das ist unwürdig, *Mein geliebter Henrik*. Eine Zärtlichkeit, die ich abschütteln muss. Aber warum dann dieser Wunsch, ein einziges Mal brutal mit ihr zu schlafen, wie eine Bestrafung?

Ich sah sie wieder an. Sie holte eine Illustrierte aus ihrer Tasche und drehte ein wenig den Kopf, als sie sich auf der Couch zurücklehnte. Wie eine Katze, dachte ich; die Krallen im Nacken, genau dort, wo die Pfote nicht hinreicht. Die Ärmel ihres Pullovers waren bis kurz unter die Ellbogen hochgeschlagen, als wollten sie effektiv wirken, aber die Handgelenke waren ja so dünn; ich hätte sie brechen können, wenn ich es gewollt hätte.

Ich hustete, um ein plötzliches Lächeln zu überspielen. Zwei Tage zuvor hatte ich einen Brief an Richard geschrieben, abends im Arbeitszimmer in der Schule gesessen und einen Entwurf nach dem anderen verworfen. *Weißt du, wen Linda wirklich liebt?*, hatte ich geschrieben. *Weißt du, wo sie letzten Samstagnachmittag wirklich war? Weißt du eigentlich, was da vorgeht, Richard?*, hatte ich geschrieben, war lange mit dem Brief in den Händen sitzengeblieben und hatte überlegt, ob ich ihn wirklich abschicken sollte, doch, ich hatte mich in der vorherigen Nacht entschlossen, wach gelegen und in Gedanken lange Briefe formuliert. Aus irgendeinem Grund hatte ich Lust, ihn an seiner schwächsten Stelle zu treffen, seine kranke Liebe zu Linda noch zu steigern, damit sie ihm alle Macht nahm, ich wollte ihn noch etwas weiter treiben, hatte ich mir überlegt, das Ganze für ihn unmöglich machen. Solche Fantasien, die wachsen, wenn man wach liegt und nicht schlafen kann, diese langen und verschnörkelten Wege in die dunkle labyrinthische Landschaft, die man am nächsten Tag nicht mehr wiedererkennt, weil dann andere Gesetze gelten und das, worüber man so intensiv nachgegrübelt hat, nicht mehr zählt. Die Prämissen sind verschwunden. Man steht auf, und vielleicht streift es einen, während man das Waschbecken mit heißem Wasser füllt und sein beschlagenes Spiegelbild anstarrt: *Habe ich das wirklich gedacht?*

So auch dieses Mal. Aber als ich die Tür öffnete und hinausging, entdeckte ich Richard, er stand vor seinem Auto und faltete die kleine Plane zusammen, mit der er immer die Windschutzscheibe abdeckte. Ich blieb stehen und beobachtete ihn. Die Peinlichkeit seines ganzen Wesens zu sehen, stürzte einen fast in Verzweiflung, die kleinen, exakten Handbewegungen, diese vorgeblich abgeklärte Kontrolle, die keinen einzigen Fleck auf der Tischdecke duldet, sofort und mit großen Gesten und nachsichtiger Miene wird sie abgenommen, *Kann in diesem Haus denn gar nichts ordentlich gemacht werden*, und wie ein Opfer, wortlos, weggetragen. Allem, was aus dem rigiden Muster dafür herausfällt, wie die Dinge getan werden *müssen*, wird auf die gleiche Art begegnet: entweder in Gestalt von tausend Vorwürfen oder, wenn die Grenze erreicht ist, als eine Orkanbö aus Wut – sie reißt alles um, was ihr im Weg steht.

Beim bloßen Anblick seiner pedantischen Bewegungen wurde mir schlecht, ich brauchte Bewegung, wie ein Ertrinkender Luft brauchte, und eilte im Laufschritt die Straße hinab.

Richard hatte sich ins Auto gesetzt und hupte mir zu, ich grüßte andeutungsweise mit der Hand, als hätten wir zwei irgendetwas gemeinsam. Eine Vereinnahmung, die ich auch vorher schon bemerkt hatte, wenn ich ihm an den Briefkästen, im Geschäft oder vor ihrer Tür begegnet war. Seine Freundlichkeit mir gegenüber. *Komm doch mal rauf, wenn dir was fehlt, kannst du es dir immer von uns leihen, Henrik, ich habe ein paar Flaschen Bier im Kühlschrank, komm vorbei, dann gucken wir zusammen Fußball* – und ich lächelte und nickte und war genauso freundlich, denn ich fand keinen Grund, ihn anders zu behandeln. Wäre ich unfreundlich und kurz angebunden gewesen, hätte ich jegliches freundschaftliche Auftreten abgebrochen und nie auch nur ein Wort mehr als absolut notwendig mit ihm gewechselt, hätte er gedacht, dass mit mir etwas nicht stimmte, und nicht, wie es eigentlich war, mit ihm. Aber wenn er etwas getan hatte und wusste, dass es mir bekannt war, etwas, das mir in seinen Augen einen Grund geben konnte, verärgert und abweisend zu sein, dann würde es funktionieren, dann würde er nicht denken, dass ich eigensinnig war.

So ist das in den zwischenmenschlichen Beziehungen: Sowohl das Recht zurückzuweisen, als auch das Recht zu verurteilen muss man sich verdienen.

Als ich an dem Tag ins Lehrerzimmer kam, hatte ich mich deshalb entschieden. Und der Gedanke gefiel mir. In meiner Souterrainwohnung zu liegen und zu hören, wie das Misstrauen wuchs, die Eifersucht pochen zu hören, ohne etwas mit ihnen zu tun zu haben, denn es waren Menschen, die ich streng genommen gar nicht kannte und die mir nichts bedeuteten, wenn man davon absah, dass wir im selben Ort wohnten und den gleichen Job hatten. Und dass ich wusste, wie er war.

Genau wie Linda es wusste, dachte ich und beobachtete, wie sie mit der Hand ihre Haare geistesabwesend hinter das Ohr strich, während ihre Augen lasen.

Sie musste gemerkt haben, dass ich sie ansah, denn im nächsten Moment legte sie die Zeitschrift in den Schoß und wandte sich mir zu.

»Wenn du Lust hast, kannst du heute Abend vor dem Fest bei uns vorbeikommen, Henrik. Du gehst doch zu dem Fest?«

»Ich denke schon«, antwortete ich und blickte im selben Moment auf. Enoksen und Josephsen kamen zur Tür herein. Beide hielten eine Thermoskanne und belegte Brote in den Händen.

»Hier sitzt ihr also!«, sagte Enoksen und knallte die Thermoskanne auf den Tisch, zog den Stuhl heraus und setzte sich. Josephsen öffnete die Schranktür und nahm eine Tasse heraus.

»Kommen viele?«, sagte ich zu Linda.

Sie lächelte sanft und schüttelte den Kopf.

Was meinte sie damit? Dachte sie, dass ich mich vor vielen Leuten fürchtete, lächelte sie deshalb?

Neben mir packte Enoksen seine Brote aus und sah uns dabei an. Immer auf der Hut für den Fall, dass etwas passieren würde, was seiner Aufmerksamkeit entgehen könnte.

»Ja, heute Abend wird gefeiert«, sagte er und schlang einen Bissen hinunter. Seine Finger umklammerten die Brotscheibe, einige Krümel blieben unter dem Mundwinkel in seinem Bart hängen. Josephsen stellte seine dampfende Tasse auf dem Tisch ab und setzte sich neben mich.

Ich lächelte Linda zurückhaltend zu und stand auf, ohne die beiden anzusehen.

Draußen standen die Kinder wie Pinguine unter dem Regenunterstand. Mit hängenden Armen und schläfrigen Augen starrten sie auf den Schnee, der vor ihnen schwer und nass fiel.

»Ich muss noch etwas wegarbeiten, bevor es zu spät wird«, murmelte ich und ging ins Arbeitszimmer, obwohl ich wusste, dass es mir schwerfallen würde, mich zu konzentrieren, wenn ich mit dem Rücken zu ihnen saß – als wäre ich irgendwie schutzlos, eine unbegründete Furcht, von der ich dennoch erfüllt war; ich konnte sie nicht sehen, ich konnte nicht wissen, was sie taten. Das war unangenehm. Ständig hörte ich die Tür auf- und zugehen, kurze Begrüßungen und den Austausch kurzer Mitteilungen, das Schlurfen von Hausschuhen auf dem Teppich, das Blättern in Zeitungen, ein Seufzen, den fernen Lärm vom Schulhof. Mit der Zeit nahm ein Gespräch Gestalt an. Sie unterhielten sich über einige CDs, die verschwunden waren, über die Lawinengefahr, die bei diesem Wetter anstieg, vielleicht musste evakuiert werden wie im Vorjahr, als man zwei Wochen lang die Turnhalle benutzen musste, ohne dass etwas passiert war, keine Lawine.

Ich konnte nicht klar denken und presste die Hände auf die Ohren, während mein Blick über die Seiten trieb, ohne etwas aufzunehmen, alles glitt vorüber, und wenn einmal etwas hängenblieb, waren es nur einzelne Sätze, die ich innerlich wiederholte, ohne ihnen einen Sinn zu geben. Am Ende legte ich die Bücher zurück und schwang auf meinem Stuhl herum.

Josephsen saß vorgebeugt und kaute seine Brote. Ab und zu spülte er mit Kaffee nach, hastig, als stünde er unter Zeitdruck. Josephsen hatte mich am Tag meiner Ankunft in Empfang genommen. Er hatte an der Bushaltestelle gewartet, um mir zu zeigen, wo ich wohnen würde, ein kleiner Mann zwischen vierzig und fünfzig, dessen Augen unablässig registrierten, was ich tat, ohne mich jemals direkt anzusehen. Nach einem kurzen Händedruck plauderte er auf dem ganzen Weg zur Wohnung gebeugt neben mir gehend, er stellte mir keine Fragen und war darauf erpicht, mich allein zu lassen, sobald er mir gezeigt hatte, wie alles funktionierte.

»Wenn du Fragen hast, komm einfach vorbei«, sagte er, als wir fertig waren. Er putzte seine Brille mit dem Hemdärmel. Ohne sie veränderte sich sein Gesicht dramatisch, als wäre es sich nicht mehr über sich selbst im Klaren. Als machte es eine Pause von allem. Befreit blinzelten die Augen in diesen Sekunden, bis er die Brille wieder auf die Nasenwurzel setzte und das Gesicht zurückkehrte, wie zuvor auf der Hut.

»Das mache ich«, sagte ich. »Vielen Dank.«

»Ja, ja«, sagte er. »Ich muss dann auch mal nach Hause.«

Am Küchenfenster stehend sah ich ihn mit kurzen, schnellen Schritten die Straße hinabgehen. Ein Tempo, das nichts mit Effektivität zu tun hatte. Was ich betrachtete, war nervöse Eile. Eine träge Seele in einem eifrigen Körper. So war Josephsen. Er unterhielt sich mit allen gleich unbeschwert, wusste zu allem etwas zu sagen, begegnete der Welt mit Plauderei. Seine Freundlichkeit mir gegenüber war jedoch gespielt. Das merkte ich sofort. Wie ein Köter hatte er an mir geschnuppert und sich sofort eine Meinung gebildet. Wenn ich einer solchen allumfassenden Freundlichkeit begegne, werde ich jedes Mal argwöhnisch, ich traue ihr nicht. Ihr fehlt es an Präzision, sie ist unklar, und der Hass, den sie übertüncht, ist so gebändigt, dass er eines Tages aufbegehren, entströmen und sich auf das stürzen wird, was er so lange im Verborgenen begehrt hat. Hat man *dann* dieser Freundlichkeit getraut, steckt man in Schwierigkeiten, dann ist man schutzlos, und der Hass trifft einen mit voller Wucht da, wo man am verletzlichsten ist, im Herzen.

Das ist gefährlich.

Jetzt murmelte er an Enoksen gewandt, der murmelnd etwas erwiderte. Ich wusste, dass sie auch außerhalb der Schule gemeinsam viel Zeit verbrachten, an den Wochenenden fischen gingen, mit moosgrünen Freizeitjacken und kniehohen Gummistiefeln bekleidet, jeder mit einem kleinen Messer ausgerüstet, das vom Gürtel herabbaumelte. Im Herbst gingen sie auf die Jagd. Manchmal sah ich sie vor mir, wenn sie durch Büsche und Unterholz brachen, mit Enoksens Töle hechelnd neben ihnen, Josephsen, der vor Anstrengung schwer atmend errötete, Enoksen, der ihn fröhlich anstieß, wenn der Vogel zur Erde taumelte und der Knall des Schusses noch in ihren Ohren klingelte.

Worüber mochten sie sich unterhalten? Was hielten sie voneinander? Ich bezweifelte, dass Josephsen diese Ausflüge in Regen, Matsch und Nebel wirklich gefielen, wahrscheinlich würde er lieber daheim im Warmen sitzen und fernsehen.

Ich lächelte vor mich hin, Irene begegnete meinem Blick und erwiderte mein Lächeln. Dann hob sie den Vorhang an und schaute auf den Schulhof hinaus. Es schneite heftig. Sie hatte Aufsicht, konnte sich aber nicht aufraffen, sackte stattdessen auf der Couch zusammen. Enoksen ließ sie gewähren, er las seine Zeitung, die aufgeschlagen auf dem Tisch lag. Die alte

Hilda strickte, ich sah ihren strengen, missbilligenden Blick auf Irene und die Selbstgerechtigkeit, die sie empfand, als er ignoriert wurde, den Zorn, der sich anstaute und manchmal in wühlmausartigen Wutanfällen aus ihr herausbrach. Jetzt beherrschte sie sich, aber ihre Hand verriet sie, sie ruckte schnell am Faden, erst einmal, dann noch einmal, fester.

Ich stand auf und ging zum Fenster. Drei Jungen aus der neunten Klasse standen an der Wand, rauchten und schirmten die Glut mit den Handtellern ab, jederzeit bereit, die Zigaretten wegzuwerfen, falls ein Lehrer in der Tür auftauchen sollte. Meine Mädchen blieben in der Nähe des Eingangs. Sie schienen sich zu langweilen. Nur Annette redete. Ihre durchdringende Stimme war schwach vernehmbar, gedämpft zu etwas Fernem, was nicht wirklich zu dem eifrigen Gesicht passte, das ich da draußen sah. Die anderen Mädchen wirkten nur mäßig interessiert, ließen die Blicke ziellos umherschweifen, wechselten immer wieder das Standbein, strichen sich mit der Hand durchs Haar: kleine Bewegungen, die sie vergaßen, noch während sie ausgeführt wurden.

Die Kinder aus der Grundschule waren auf dem Fußballplatz hinter dem Regenunterstand. Das Gelände um den Eingang war den Schülern der Mittelstufe vorbehalten, eine Beförderung, auf die sich diese Mädchen während der ganzen sechsten Klasse gefreut hatten. Wenn der Spielplatz und das Fußballfeld ein Limbus für diejenigen waren, die nichts anderes als die Kleingötter der Kindheit kannten, befanden sich die Mädchen im Fegefeuer. Drei weitere Jahre mussten sie warten, bis sie Zugang zu dem Leben bekamen, das sie anstrebten, das paradiesische Dasein mit glitzernden Festen, fremden Jungen und langen Autofahrten durch die Finnmark.

Hinter mir betrat jemand den Raum. Ich drehte den Kopf. Es war Irene. Sie legte einen Stapel Blätter im Regal ab, hob die Abdeckung des Kopierers an und platzierte ein Blatt auf der Glasfläche. Ich überlegte, dass ich etwas Nettes sagen sollte, aber dann kehrte sie mir den Rücken zu, um die Kopiertaste zu drücken, und ich schaute erneut aus dem Fenster. Hörte den gleichmäßigen, runden Laut hinter mir, jedes Mal, wenn das Licht aufflackerte. *Poff. Poff. Poff.* Das Ticken der kopierten Blätter, wenn sie gegen die Plastikkante schlugen, ihre langsamen, gleichwohl sicheren Finger, die sie raschelnd einsammelten.

Vor dem Fenster gingen zwei Jungen aus der achten Klasse an der Wand entlang vorbei. Sie schnitten Grimassen unterdrückten Lachens, als sie sich von hinten meinen Mädchen näherten. Vorsichtig blieben sie stehen und gingen in die Hocke, sammelten Schnee in den Händen, die Mädchen merkten nichts, die Jungen richteten sich wieder auf, und dann legten sie blitzschnell einen Arm um jeweils einen Hals, rieben ihnen den Schnee ins Gesicht und prusteten los. *Mein Gott, seid ihr kindisch*, rief Katarina, zog an ihrem Schal und wischte mit harten, wütenden Bewegungen den Schnee fort. Hanna biss dagegen an, wischte etwas Schnee auf und lief ihnen so schnell sie konnte hinterher. Die Jungen stürmten am Fenster vorbei. Als Hanna an Kenneth vorbeikam, streckte er eine Hand aus und bekam ihre Schulter zu packen. Ihr Oberkörper wurde augenblicklich gestoppt, während ihre Beine noch einen Moment weiterliefen, so dass sie aus dem Gleichgewicht geriet und hinfiel. Ihr Kopf schlug auf den Asphalt. Sie blieb regungslos liegen. In der nächsten Minute war der Schulhof voller rennender Kinder und lauter Stimmen.

Ich ertrug es nicht zuzusehen. Ertrug es ebenso wenig, gemeinsam mit den anderen Lehrern im Lehrerzimmer zu sitzen und den Schülern zu begegnen, die jeden Moment hereinstürzen würden – erregt und empört würden sie den Ablauf des Geschehens schildern und sich nicht besänftigen lassen, bis einer der Lehrer seufzend aufstand und sie nach draußen begleitete, um die Situation zu klären, zu trösten und Schuld zu verteilen und so die Ordnung unter ihnen wiederherzustellen. Bis jetzt hatte jedoch keiner im Lehrerzimmer wahrgenommen, was auf dem Schulhof passiert war. Noch spannen sie kleine Netze aus Langeweile um sich herum, änderten die Sitzhaltung, blätterten eine Zeitungsseite um, verschoben eine Tasse auf dem Tisch, kauten mit leeren Augen einen Bissen trockenes Brot, während sie an Dinge dachten, die sie tun würden, Dinge, die sie getan hatten, Dinge, mit denen sie in Kontakt gekommen waren, all das, was in der Summe ihr Leben ausmachte. Ein Leben, das gleich aufstehen und den eifrigen Schülern folgen wird, während es gedankenlos einen Krümel aus dem Mundwinkel streicht und spürt, wie die Wärme des Körpers sich löst und in die raue Luft im Freien aufsteigt. Es wird sich einen Weg durch die Kinder bahnen, die es zu allen Seiten umgeben. Kinderstimmen, Kinderaugen, Kindergedanken, Kinderschuld, Kinderscham.

Ich eilte an ihnen vorbei in den Flur hinaus, zog die Jacke vom Haken, ohne mich umzudrehen, streifte sie mir über und ging in den großen Raum. Zu spät fiel mir ein, dass die Schüler mich von draußen sehen würden, nun, da ihre Aufmerksamkeit so geschärft war. Was sollte ich tun? Ich schaute mich um. Ahnte die Kinder als Schatten auf dem Schnee. Ich muss so tun, als hätte ich etwas zu erledigen, dachte ich und öffnete die Schubladen im Lehrerpult vor mir. Nichts. Nur ein Lineal und ein paar Notizbücher. Ich nahm eines der Bücher und ging hinaus, kehrte durch den Flur zurück, konnte nicht innehalten und einfach herumstehen, das war undenkbar, konnte nicht in die leeren Klassenzimmer gehen, denn was hatte ich dort verloren? Auch die Toilette war keine Möglichkeit, da sie im Lehrerzimmer lag.

Ich sah auf die Uhr. Die Pause dauerte immer noch zehn Minuten. Und ich hatte das Ende des Flurs erreicht. Sollte ich hier zehn Minuten lang wie ein Idiot auf und ab gehen?

Was machte ich hier eigentlich?

Zum Glück hatte ich die Jacke angezogen. Darin lagen meine Zigaretten. Ich konnte hinausgehen und rauchen. Ich war Raucher, es würde also ganz natürlich erscheinen, dass ich eine Zigarette brauchte, dagegen war nichts zu sagen, überlegte ich und öffnete die Tür. Sie hatten sich unter dem Fenster versammelt. Vielleicht lag sie dort immer noch bewusstlos. Ich überlegte, ob ich nicht doch zu ihnen gehen sollte, nein, lieber nicht, dann löste sich jemand aus der Menge, nicht länger gebannt von dem, was vorgefallen war, dann war es wohl nichts Ernstes, dachte ich und konnte erleichtert um die Ecke verschwinden. Mit dem Notizbuch in der Hand stapfte ich durch den nassen Schnee an der Außenwand des Schulgebäudes entlang davon.

Ich blieb stehen, zündete mir eine Kippe an und lehnte mich an die Wand, sah auf den Fußballplatz hinaus. Der Neuschnee dämpfte alle Geräusche, ließ den Lärm der Kinder, die dort spielten, kompakter klingen, als verließen die Stimmen sie langsamer, beschwert vom fallenden Schnee, der graunassen Luft.

Als ich die Zigarette halb geraucht hatte, kamen zwei Kinder in vollem Tempo über den Platz geschossen.

»*Henrik! Hallo, Henrik!*«

Quietschende Regenhosen, glänzende, nasse Winterjacken, leuchtende Augen. Kim und Andreas aus der vierten Klasse. Andreas warb um meine Gunst, Kim trottete nur hinterher. In dieser Woche waren sie beste Freunde gewesen, was Andreas in vollen Zügen ausnutzte. *Komm, Kim! Schau mal, Kim!*, rief er, sobald die Stunden vorbei waren, um ihren neuen Status zu markieren. Wenn in der Klasse etwas passierte, drehte er sich sofort zu Kim um: *Wir zwei gehören jetzt zusammen, nicht?* Und Kim trottete mit. Er war ein Neutrum, jemand, den alle als Freund benutzen konnten. Keiner brauchte das mehr als Andreas, deshalb tat es ein bisschen weh, seine Übertreibungen zu sehen. Es war nur eine Frage von Tagen, bis Kim sich einem anderen zuwenden würde, weil er Andreas' Aufmerksamkeit leid war.

»Wir graben gerade eine supertiefe Schneehöhle, willst du mal sehen?«, rief Andreas.

Drei, vier kleine Gestalten waren oberhalb des Fußballplatzes an der Arbeit. Ein Hang, den sie mit bloßen Händen aushöhlten.

»Die nächste Stunde fängt gleich an«, sagte ich.

Sie blieben vor mir stehen.

»Wofür hast du das?«, fragte Kim und zeigte auf das orange Notizbuch, das ich noch in der Hand hielt.

Ich lächelte.

»Wenn ihr etwas falsch macht, schreibe ich es jedes Mal auf.«

»Lass sehen!«

»Das ist geheim.«

»Steht da auch was über mich drin?«, erkundigte sich Kim.

»Er macht nur Spaß«, sagte Andreas. »Stimmt doch, Henrik?«

Ich schüttelte den Kopf.

»Und was steht da über mich?«

»Wollen wir mal sehen«, sagte ich und öffnete das Buch. »Andreas … Andreas … Andreas …«

Ich sah ihn an.

»Willst du es hören?«

»ÖÖÖÖHHH«, sagte er und verzog das Gesicht zu einer Grimasse.

Aber Kim hatte es nicht begriffen.

»Jetzt sagt schon!«, meinte er.

»Da steht nichts, du Idiot!«, sagte Andreas.

Ich tippte die Asche von der Zigarette und nahm einen neuen Zug. Sie blieben stehen und wanden sich ein wenig. Ich sah, dass Andreas nach etwas suchte, was er sagen konnte.

»Stimmt es, dass du nicht Auto fahren kannst?«, sagte er schließlich.

Ich lächelte.

»Wer hat das gesagt?«

»Miriam.«

Sie sprachen also über mich. Niemals hätte sie so etwas von allein gesagt, dachte ich, es musste eine Bemerkung am Esstisch gewesen sein. Sie unterhalten sich darüber, was im Laufe des Tages passiert ist. Vertraulichkeit. *Schmeckt gut!* Kartoffeln,

Fischfrikadellen, Zwiebeln und Butter. Sie sticht die Gabel in eine dampfend heiße Fischfrikadelle und legt sie auf ihren Teller. *Henrik hat erzählt, dass er nicht einmal einen Führerschein hat!*, sagt sie. Andreas lacht, das ist das Dümmste, was er jemals gehört hat. *Reichst du mir bitte die Kartoffeln, Miriam?*, sagt ihr Vater, ihre Mutter fragt sie, wie die Mathearbeit gelaufen ist, Miriam hält den Finger hoch und hebt die Augenbrauen, schluckt und greift schnell nach ihrem Wasserglas, trinkt. *Das war heiß!*, sagt sie. Die Mutter sieht sie weiter an. *Ganz okay*, erklärt Miriam unter den Augen ihrer Mutter, führt erneut die Gabel zum Mund, pustet. *Henrik hat gesagt, dass du dich ruhig ein bisschen mehr anstrengen könntest*, sagt ihre Mutter. *Dass du problemlos besser stehen könntest, wenn du willst.* Und für eine Sekunde denkt sie an den Elternsprechtag: der Geruch von angebranntem Kaffee, das Summen des Kopierers, das schwache Surren von Stimmen, die im Flur warten, bis sie an der Reihe sind, meine Finger, die leicht nervös die beiden Blätter mit Notizen geraderücken, die vor mir liegen. Unsere Blicke streifen einander. Sie hat die gleichen grünen Augen wie ihre Tochter, und mir wird warm ums Herz. Die gleiche, etwas abwesende und distanzierte Haltung, die auch Miriam zu eigen ist, über die wir uns unterhalten.

»Nun, das Einzige, was ich an Miriam auszusetzen habe«, sagte ich, »ist, dass sie sich nicht sonderlich viel Mühe gibt, sie tut immer nur so viel, wie sie unbedingt tun muss. Aber niemals mehr.«

»Mhm. Bei Miriam ist so viel anderes los«, erwiderte sie, und die Art, wie sie das sagte, mit dem Hauch eines Lächelns auf den Lippen, ließ mich erneut schaudern. »Es ist nicht leicht, sie dazu zu bringen, regelmäßig etwas für die Schule zu tun.«

Am liebsten hätte ich sie gefragt, was sie mit *So viel anderes* meinte.

»Aber es läuft ja gut«, sagte ich.

»Keine Probleme?«

Ich schüttelte lächelnd den Kopf. Sie stand auf und griff nach der Tasche, die sie aus irgendeinem Grund dabeihatte.

»Vielen Dank, Henrik«, sagte sie, zog ihren Mantel an und schlang den Schal um den Hals.

»Grüßen Sie Ihre Tochter von mir«, sagte ich.

»Das mache ich. Tschüss!«

»Tschüss«, sagte ich. Sie warf einen kurzen Blick in den Spiegel, ehe sie die Tür hinter sich schloss. Ich stand am Fenster und beobachtete sie, als sie mit schnellen Schritten die Straße hinabging. Der Wind schnappte nach dem Schal, sie ordnete ihre Haare mit einer Hand, und ich dachte, dass sie bald daheim sein würde, wo Miriam gespannt darauf wartete, was ich über sie gesagt hatte. Vielleicht aßen sie zu Abend, vielleicht reagierte sie störrisch, wenn die Mutter sie bat, in Zukunft mehr für die Schule zu tun; mürrisch knallte sie die Tür zu und drehte in ihrem Zimmer die Musik laut. Eine Irritation, von der am Tag darauf nur Reste geblieben sind, ein resignierter Blick zur Mutter, die beim Essen meckert, *Es gibt ja so viel anderes, was wichtig ist.*

»Rauchen ist hier verboten«, erklärte Andreas triumphierend und zeigte auf die halbgerauchte Zigarette in meiner Hand.

Kim wirkte ungeduldig. Gunstbezeugungen waren etwas, womit er nichts anfangen konnte.

»Es klingelt gleich«, meinte er zu Andreas und schien vor Lust, sich dort hinten tiefer in den Schnee zu bohren, fast zu platzen.

»Verrat es keinem«, sagte ich und schnippte die Kippe fort. Sie blieb glühend auf dem Schneehaufen vor uns liegen. Andreas streckte sich nach ihr, presste sie *tst* in den Schnee.

»Jetzt lauft zu den anderen«, sagte ich. »Es sind noch fünf Minuten, bis es klingelt. Na, kommt schon.«

Andreas sträubte sich zunächst, er hatte mehr auf dem Herzen, aber als er Kim über den Platz davonrennen sah, lächelte er herzerweichend, rief mir ein unnötiges *Tschüss, Henrik* zu und lief ihm hinterher.

»Jetzt warte doch, Kim! Warte auf mich!«

Ich blieb oft noch eine halbe Stunde im Lehrerzimmer sitzen, nachdem die anderen gegangen waren, eine Art Dekompression, denn unabhängig davon, wie friedlich der Tag verlaufen war, blieb ich von einem Tempo erfüllt, das größer war als das, was die langsamen Abende abzubauen vermochten. So bin ich immer gewesen, wenn die Übergänge zu abrupt sind, habe ich das, was geschehen ist, stets in das mitgenommen, was geschieht, so wie ein Taucher den Druck vom Meeresboden mitnimmt, wenn er zu schnell an die Oberfläche aufsteigt.

Nachdem Enoksen als Letzter die Tür hinter sich geschlossen hatte, ging ich deshalb zur Küchenzeile und goss mir noch eine Tasse Kaffee ein, schaltete die Maschine aus und stellte mich ans Fenster. Anfang des Schuljahrs steckte er regelmäßig den Kopf zur Tür herein und verabschiedete sich, bevor er ging, doch mittlerweile war ihm das nicht mehr die Mühe wert. Als existierte ich nicht, löschte er das Licht im Flur und schloss die Außentür ab, ohne einen Blick zu dem Fenster zu werfen, an dem ich stand, überquerte er den Schulhof, mit eiligen Schritten ging er zu seinem Auto, das er immer an derselben Stelle parkte, direkt neben dem Regenunterstand. Den Schlüssel hielt er in der Hand bereit. Wenn die Tür offenstand, warf er seine Tasche auf den Beifahrersitz, fegte mit schnellen Bewegungen den Schnee von der Windschutzscheibe, trat ein paar Mal gegen den Reifen, ehe er endlich einsteigen und sich richtig hinsetzen konnte. Er drehte den Zündschlüssel. Brumm, brumm. Lange blieb er so sitzen, die Hände auf das Lenkrad gelegt und mit dem Motor im Leerlauf. Dann entdeckte ich, dass er gefahren war. Nur eine dreckige Scholle Schnee, die sich von der Unterseite der Karosserie gelöst haben musste, war geblieben, im Wirrwarr von Reifenspuren zurückgelassen worden. Ich hatte es nicht mitbekommen. Die ganze Abfolge von zurücksetzen, wenden und auf der Straße beschleunigen war mir entgangen. Fünfzehn Sekunden vielleicht, nicht mehr; über den Reifenspuren hing noch ein Striemen Abgase in der Luft.

Das war mir auch früher schon passiert, allerdings nicht oft; kurze oder längere Augenblicke, in denen ich leer bin und in mir selbst verschwinde. Eine Frau steigt zum Beispiel an einer Tankstelle aus einem Auto, schraubt den Tankdeckel ab und steckt den Zapfhahn hinein, steht da, die Arme in die Hüften gestemmt, und füllt den Tank, das sehe ich. Als Nächstes sehe ich, dass sie aus dem Geschäft kommt, und ich begreife, dass es eine Zwischenzeit gegeben hat, in der sie den Zapfhahn wieder eingehängt haben, in die Tankstelle gegangen und bezahlt haben muss, ehe ich mich wieder einklinke und anwesend bin. Nicht, dass ich die Augen geschlossen hätte, nicht, dass ich weggesehen hätte; ich habe die ganze Zeit an derselben Stelle gestanden und zur Tankstelle gesehen. Noch kürzere Intervalle im gleichen Stil: Mein Vater steigt eine Leiter herunter, die er an die Hauswand gelehnt hat, es ist Herbst, er entfernt Tannennadeln aus der Dachrinne. Im nächsten Moment packt er mich fest am Arm. Zehn Sekunden weg. Oder fünf: Ich stehe auf der Kante eines glattgeschliffenen Felsens, danach ist mir als Nächstes bewusst, dass ich tief unten im Meer schwimme, über einen tangbewachsenen Felsrücken, die Sonne fällt in schrägen Schächten durch das grünliche Wasser.

Der längste Sturz in mich selbst, an den ich mich erinnern kann, ist eine knappe halbe Stunde lang gewesen, eines Nachts saß ich auf einer Bank in Kristiansand, die Kirchenglocke schlug drei, danach erinnere ich mich an nichts, nicht daran, was ich sah, nicht, was ich dachte – oder *ob* ich dachte –, und dann schlug dieselbe Glocke halb vier, und ich kam wieder zu mir.

Ich stelle es mir als Erschütterungen tief in den Verwerfungen des Unterbewusstseins vor, Stöße, die sich fortpflanzen und oben im Bewusstsein winzig kleine Spalten aufreißen. Die Zeit zerbröselt. Auf der einen Seite ist alles normal, dann komme ich zu einer Spalte und die andere Seite ist verschoben. Fünf Sekunden, zehn Sekunden, eine halbe Stunde. Ich habe das anderen gegenüber niemals erwähnt. Vielleicht geht es allen so, kleine

Stürze aus der Zeit, vielleicht keinem, ich weiß es nicht. Aber der Gedanke ist schön: dass es Dinge an uns gibt, die wir für einzigartig halten und deshalb keiner Menschenseele erzählen. Dinge, die wir alle kennen und zu denen wir alle schweigen.

Ein Bulldozer räumte den Parkplatz vor dem Geschäft. Bebend und grollend schaufelte er den Schnee zu Haufen auf. Ich schauderte innerlich, als ich das metallene Maul über den Asphalt schaben hörte. Beim Vorbeieilen setzte er im selben Moment zurück, und der Motorenlärm schwoll an. Der kleine Deckel über dem Auspuffrohr klapperte synchron dazu, als sähe ich das Geräusch selbst, das sich, fett und grauschwarz, hinauswälzte.

Ich war erleichtert, in das ruhige, menschenleere Geschäft zu kommen. Nur Mortensen saß dort. Die Wampe gegen den Rand der Verkaufstheke gepresst, blickte er zu mir auf, als ich hereinkam. Er nickte kurz.

Guten Tag, Krämerseele, dachte ich und musste wohl gegrinst haben, denn er sah mich leicht fragend an.

»Es schneit ganz schön«, sagte ich.

»Mhm«, sagte er.

»Ja, ja«, sagte ich. »Will nur ein bisschen einkaufen.«

Will nur ein bisschen einkaufen? Was sollte ich dort wohl sonst tun? Wie kann man nur so etwas Idiotisches sagen, dachte ich und nahm mir einen Korb, ging los und holte Waren aus den Regalreihen, ohne groß darüber nachzudenken, was ich eigentlich brauchte. Ein Brot auf jeden Fall, und Milch. Ein wenig Brotbelag vielleicht. Leberwurst. Und Salami. Butter... ist noch da. Orangen? Ja. Eine gute Idee. Und Tomaten. Mal sehen. Noch was? Nein...

Ich sah mich um.

Nein. Das müsste alles sein.

Als ich die Waren vor Mortensen auf die Theke legte, konnte ich es nicht lassen, seine kurzen, fetten Finger anzustarren. Wie zwei kleine Tiere arbeiteten sie im Luftraum vor ihm, das eine griff die Waren und drehte sie, um nach dem Preis zu schauen, das andere tippte auf die Tasten der Kasse. Mortensen selbst stand träge und schmaläugig in der Mitte dieser emsigen Bewegungen.

»Und einen Beutel Tabak, bitte«, sagte ich.

»Blättchen?«, fragte er.

Ich nickte.

»Rizla oder Big Ben?«

»Egal«, antwortete ich. »Rizla. Nein, doch nicht, geben Sie mir Big Ben.«

Ich lehnte mich vor und nahm eine Plastiktüte aus dem Regal unter der Theke. Er legte das Zigarettenpapier zu den anderen Einkäufen und kratzte sich scharrend am Kinn, während seine Augen auf mir ruhten. Ich kramte zwei zerknitterte Hunderter aus der Tasche und reichte sie ihm.

»Danke«, sagte er und öffnete die Kasse. »Wie läuft es denn da oben?«

»In der Schule?«, fragte ich, steckte die Hand in die Tüte, um sie zu weiten, schüttelte sie mehrmals fest und begann, die Waren hineinzulegen.

»Mhm«, sagte er.

»Gut«, sagte ich und hob gleichgültig die Schultern.

»Dann gefällt es Ihnen hier«, sagte er.

Das war eine jähe Schlussfolgerung, aber ich gab ihm recht und nickte.

»Ja, ja«, sagte er und drehte sich zu dem Regal mit der Schokolade um; anscheinend musste da etwas geordnet werden. Ich blieb, leicht verlegen, noch ein paar Sekunden stehen, denn die Situation war in der Schwebe geblieben, und ich war mir nicht sicher, ob in unserem Gespräch nur eine Pause eingetreten oder ob es vorbei war.

»Ja, ja«, sagte ich.

Er warf mir einen Blick über die Schulter zu und hob die Augenbrauen, *Du bist noch da?*, und ich spürte die Wärme in meinem Gesicht aufsteigen, öffnete rasch die Tür und trat in das Schneetreiben hinaus. Ich senkte den Kopf gegen die wirbelnden Schneeflocken, die überall hineinstachen, und eilte heimwärts. Ein Mann starrte mich an; er kniete am hinteren Ende einer halbfertigen Garage und goss den Boden. Als ich vorbeikam, nickte er mir schweigend zu. Ich nickte ebenso schweigend. Er strich sich mit dem Oberarm über die Stirn, die Maurerkelle zeigte senkrecht nach oben, kleine Wolken aus kondensierter Luft platzten rund um sein Gesicht. Irgendetwas an dem, was ich sah, sprach mich stark an, ich verspürte das Bedürfnis stehenzubleiben und einfach dorthin zu schauen, in diese offene, trockene Höhle, die in dieser verschneiten Landschaft so leuchtete. Den rumpelnden Zementmischer anzustarren, die Zementsäcke, den Sandhaufen in der Ecke, die Leitungen, die auf dem staubigen Boden zwischen Krempel und Gerümpel herumlagen: krumme Nägel, Bretterenden, Streifen aus Plastik und kleine Büschel gelbes Isoliermaterial von den glänzenden Glaswolleballen, die an der Wand aufgestapelt lagen. Der Atem des warmen Körpers, der nun die Arbeit wiederaufnahm, die Krümmung der Hände um die Werkzeuge und die erfahrenen Bewegungen über den feuchten Zement. Das kalte, präzise Licht. Der Schnee, der sich unablässig sanft auf das Dach über ihm legte, der in wirbelnden Mustern zwischen mir und der Garage durch die Luft fiel, der auf der Stirn schmolz und zu Wasser wurde, das langsam in die Augen und über die Wangen lief. Ich weiß nicht, was es war, nur, dass ich es einfach nicht konnte, dass es unmöglich war, stehenzubleiben und zu schauen. Er würde sich umdrehen und mich mit seinen fragenden, verständnislosen Augen ansehen, was eine Erklärung verlangen würde. Aber was hätte ich tun sollen, zu ihm hinlaufen und ihn umarmen? Hätte ich mit feuchten Augen ihn und seine charmante Garage in den höchsten Tönen loben sollen? *Es ist ja so toll, dich arbeiten zu sehen*, hätte ich natürlich sagen können, wenn ich unbedingt auf eine Tracht Prügel aus gewesen wäre.

Ich lächelte, schwang im Gehen die Tüte hin und her und warf einen Blick auf die Uhr; es war erst halb vier.

Die Straße, der ich folgte, verlief einen knappen Kilometer am Meer entlang, bis sie in einem langgestreckten U eine Kurve beschrieb und zurückführte, am Fuß des Berges vorbei, der jetzt unsichtbar war, er verschwand kurz hinter der Reichweite der Straßenlaterne, glitt in das Dunkel hinauf, das alle Unterschiede auflöste, auch den zwischen Himmel und Meer. Alles war schwarz. Der letzte Außenposten des Lichts war der Lichtschein der Laternen auf dem Kai unter mir. Sie öffneten eine kleine Luke in der gewaltigen Dunkelheit. Einen Schnitt. Glitzerndes schwarzes Wasser, fallender Schnee.

Ja, halb vier.

Es blieb noch eine Stunde, bis Richard von der Arbeit heimkommen und die Post durchsehen würde. Vielleicht prüfte er als Erstes den Poststempel, entdeckte einen Brief aus der Stadt, was mag das sein, denkt er und schlitzt ihn auf, zieht das anonyme Kopierpapier heraus und liest, *Was zum Teufel?*, während sein Herz in der Brust zu hämmern beginnt und sich wieder dieses üble, schwarze Gefühl in seinem Bauch ausbreitet. Die Sache nimmt ihren Lauf, die Eifersucht hat Nahrung bekommen.

Wollte ich ihm übel mitspielen?

Ich blieb stehen. Warum hatte ich das getan? Was ging er mich überhaupt an? Wozu sollte das gut sein?

Nein, oh nein.

Vielleicht war es noch nicht zu spät, dachte ich, vielleicht hatte sie die Post noch nicht hereingeholt, vielleicht lag sie noch dort. Dann konnte ich den Brief an mich nehmen, während ich so tat, als würde ich meine eigene Post herausholen. Ja. Das war gut.

Aber ihr Briefkasten war leer. Linda stand am Küchenfenster und sah mich an. Ich hob die Hand, sie winkte auch. Es war also zu spät, dachte ich, stampfte auf der Schwelle vor dem Kellereingang den Schnee von meinen Schuhen und tastete zwischen den vielen Münzen in meiner Tasche nach dem Schlüssel. *Es lässt sich nicht ändern.* Ich schloss auf und trat in den Flur, schaltete das Licht an und schob die Tür hinter mir zu.

Ich war erleichtert, endlich alleine zu sein.

Ruhig und still.

Ich gehe also durch die Wohnung, verbrenne ein paar Zeitungen im Ofen, er bollert und die Flammen flackern, ich spüle, stehe im Türrahmen und blicke in das Zwielicht des Wohnzimmers, auf die leeren Möbel, all die kleinen Gegenstände, die Fensterscheiben, die klirren, wenn der Wind in der Dunkelheit vorbeiströmt, auf den Spiegel, der stumm wiedergibt, was immer vor ihm sein mag. Jetzt ist es ein Buch, ein altes mit zerschlissenem Rücken, es liegt aufgeschlagen auf einer Armlehne. Denke ich, dass es einem Rochen gleicht, der auf dem Meeresgrund ruht und wartet, wird es sich vielleicht in Bewegung setzen, wenn ich schlafe, und langsam und schwer durch das Dunkel des Gehirns gleiten? Fast blind nimmt er nur Schatten wahr. Das ist das Vergessen, denke ich. Wenn ich schlafe, gleitet er durch das Gedächtnis und wirbelt Schlick auf: meine Träume. Wenn die Partikel, die sie zurücklassen, sachte fallen und den Grund bedecken, sind sie vergessen, so bedeutungslos, wie Sand bedeutungslos ist.

Ein Segen.

Dann höre ich Richards Auto und erstarre: Was tut *sie*, wenn er kommt? Kleine rastlose Schritte, fieberhafte Aktivitäten in letzter Sekunde?

Nichts.

Ich gehe ins Wohnzimmer und stelle mich in die Ecke, unter ihre Küche. Seine Schritte über den Fußboden. Aber keine Stimmen. Ist sie nicht da? Dann greift er nach dem Briefstapel, mustert die Umschläge, öffnet das Schreiben. Liest. Schwarz steht er über mir, zwei Meter über mir, die Füße auf den Boden gestemmt, liest er.

Weißt du, wen Linda wirklich liebt?

Ich gehe zu dem Regal mit der Stereoanlage und lege eine CD ein, drehe lauter und verfluche mich selbst, stehe am Herd und brate mir ein paar Eier, sitze am Küchentisch, esse und lese nebenbei eine Zeitung, bin kurz davor hinauszugehen, überlege es mir anders und rauche stattdessen eine Zigarette, ehe ich ins Schlafzimmer gehe und mich hinlege, um zu schlafen, finde aber keinen Schlaf. Ich liege auf dem Rücken und starre in die Dunkelheit. Ich denke, dass ich tot und begraben bin und mich nicht bewegen kann. Dass die Schritte über mir die Schritte der Trauernden sind. Eine Frau, die ich früher kannte, öffnet das rostige Tor und geht den Kiesweg hinab, ich höre sie da oben, sie kommt näher. Der Kies knirscht unter ihren Fußsohlen. Sie bleibt stehen. Es wird still. Ich sehe sie vor mir, auf den Knien vor dem Grabstein, drei Meter über meinem Kopf. Sie weint. Ich habe Erde im Mund. Ich kann mich nicht rühren. Über ihr ist der Himmel, denke ich, und der Wind, der ihre Haare zerzaust, riecht nach Salz. Sie weint, lässt die Finger über den rauen Stein gleiten, als wäre sie blind und wollte meinen Namen ertasten. *Henrik Vankel. 1970–1996. Sehr geliebt. Zutiefst vermisst.* Noch ist die Trauer jäh und überwältigend, noch wird sie von all den Dingen ausgelöst, die sie an mich erinnern, von den Reliquien. Noch ertappt sie sich dabei, auf das Geräusch meiner Schritte auf der Treppe zu horchen, noch wacht sie nachts auf und glaubt, dass ich lebe, dreht sich mir zu und erwartet, mein schlafendes Gesicht zu sehen. Niemand da. Denn ich liege hier. Schon bald wird der Schmerz jedoch von ihr abfallen, bald wird sie gegen ihre Erinnerungen an mich immun und mein Tod etwas sein, woran sie sich gewöhnt hat, bald werde ich auch dort, in ihrem Inneren, verblassen und verschwinden. Bald gelingt es mir nur noch, als seltene und längst vergessene Erinnerungen zu ihr vorzudringen, sie nehmen die Form der Welt an – viele Jahre werde ich noch da draußen sein. Wie ein Song im Radio, von dem ich weiß, dass sie ihn mochte, wie Bilder aus einem Park in London im Fernsehen, wo wir einst lachend auf dem Rasen zusammenlagen, wie eine Treppe in einem Hauseingang im Stadtteil Mølenpris in Bergen, wo ich sie zum ersten Mal küsste, wie die Wellen, die in Spornes an das Geröllufer schlugen, wo wir eines Nachts spazieren gingen und wütende Möwen über uns kreisten. Wie der Brief, den meine Mutter zufällig findet und ihr schickt, weil ich darin über sie geschrieben habe, sie war gerade draußen, ich sah sie durch das Fenster und schrieb das auf, sie pflanzt einen Baum im Garten, das rührt mich, schreibe ich, aus irgendeinem Grund rührt es mich, wenn sie ein Loch in den Rasen gräbt. Vielleicht ist es die braune herausgeschaufelte Erde auf dem grünen Gras, die mich rührt, vielleicht sind es ihre Bewegungen: wie sie die Wurzeln behutsam in der Mulde platziert, den Baum mit der einen Hand festhält und mit der anderen zuschaufelt, wie sie die Handflächen ins Kreuz stemmt, als sie sich aufrichtet und streckt, ihr Lächeln, wenn sie entdeckt, dass ich sie die ganze Zeit beobachtet habe. Das schrieb ich in einem Brief vor langer Zeit, in einer anderen Welt, und wenn sie ihn liest, tauche ich wieder vor ihr auf, aus unermesslicher Tiefe erreiche ich sie, plötzlich entsinnt sie sich. *Oh, Henrik, Henrik.* Diese Bruchstücke, die ich in der Welt von mir liegen ließ. Ich selbst bin nicht mehr. Mit gähnendem Kiefer ruhe ich hier. Ich kann mich nicht rühren, ich kann nicht sehen, ich liege und lausche. Das weiße Rauschen des Meers. Das Tosen des Winds. Die fernen Rufe kreisender Möwen. Ein Auto, das wütend hupt: *Du musst jetzt kommen.*

Sie erstarrt, flüstert mir vielleicht etwas zu, es ist so windig, ich höre nichts. Sie knöpft den Mantel zu, dreht sich um und geht, ich merke es, die Schritte werden leichter und leichter, bis sie verschwinden.

Dann ist es wieder still.

Vielleicht regnet es da oben. Vielleicht wird es dunkel; es ist nicht leicht, den Überblick über die Zeit zu behalten, wenn man so in der Erde liegt. Vielleicht ist es schon Sommer. Oder höre ich den Herbst mit seinen vom Meer aufziehenden Stürmen?

Nein. Das müssen die wirbelnden Schneeflocken des Winters sein, sie pressen sich zwischen die Fugen der Steinmauer, legen sich auf die Erde und bedecken alles, verbergen alle Unebenheiten der Landschaft, füllen alle Räume aus – und ein paar Tage später liegt der Schnee meterhoch, eine wogend weiche und eisig kalte Decke, die den Friedhof verhüllt und so den Unterschied zwischen ihm und der Landschaft davor auswischt: Alles ist weiß. Und kalt. Die Kälte dringt in die Erde ein und lässt sie erstarren, monatelang ist alles starr und kalt, bis die Luft eines Tages wieder so mild wird, dass der Schnee schmilzt und die grauweißen Wehen pappig werden. Sachte und für das Auge kaum merklich sinken sie in sich zusammen, so dass die Grabsteine von Neuem auftauchen, Frühling für Frühling, jedes Mal ein wenig schiefer. Kleine, schiefe Türme in einer Stadt, deren Einwohner das Wüten der Zeit nicht mehr bemerken. Es ist den Lebenden vorbehalten. Nur die Lebenden können sehen, wie Wind und Regen den gesprenkelten Granit des Grabsteins glatt von Grün werden und die eingemeißelten Namen in langsamer Verwitterung verschwinden lassen, während der Stein sich ebenso langsam nach vorne neigt und eines Tages umgekippt daliegt. Es regnet, es schneit, die Sonne scheint und der Wind weht, die Jahre vergehen, und du, der du nun über das umgefallene Friedhofstor steigst, auf den halb verrosteten Draht trittst und fast darin stolperst, siehst in den Grabsteinen Denkmäler aus einer fernen Vergangenheit. Aus einem exotischen und pittoresken Jahrhundert, denkst du und stehst an der Steinmauer, lässt den Blick über die schiefen Grabsteine schweifen, die vereinzelt aus Büschen und Dickichten aufragen, gehst weiter und bleibst vor einem stehen, bückst dich in dem Versuch, die Inschrift zu entziffern. Ein H, siehst du, gefolgt von etwas, das an ein I erinnert, und dann, ganz deutlich, ein N und ein R.

Hier liegt er, denkst du. *Hinr.* Ein Mensch aus einer anderen Zeit als deiner, aus einem längst vergangenen Jahrhundert, über das du dennoch einiges weißt. Geschichten, die du gelesen,

Bilder, die du gesehen hast, Mythen, Sagen. *Was für eine Zeit das gewesen sein muss.* Fabriken und Flugmaschinen, Fernseher und Rundfunkgeräte, Labors und Krankenhäuser, Industrie und Bergbau, die schönen Ölbohrinseln weit draußen im Meer, wie in die See geschlagene Nägel. Das Lächeln fremder Menschen auf verblichenen Fotos, die Tonaufnahme eines lachenden Menschen, der seit Hunderten von Jahren tot ist, er lacht und lacht, und in dem Film, den du hast, kann man sehen, wie sehr er sich zusammenreißen muss, um die Fragen des Moderators zu beantworten. Die antiken Filme, die du so liebst. Besonders gut gefällt dir einer aus dem Jahr 1981, den du besitzt. Regelmäßig schaust du ihn dir an, er ist unendlich schön, denkst du, die Anfangsszene, in der er weit oben auf einem Gerüst steht und ein Eisenrohr in der Hand hält, unter sich das Straßengewirr der Stadt. Sirenen, der Klang von Metall gegen Mauer, brummende Generatoren. Er stupst den Helm ein wenig hoch und geht zum Geländer. Einer der Kräne schwingt über das Hausdach. Der Container, der an der Kette hängt, schaukelt sachte hin und her. Die Sonne über der Stadt ist an dem harten, blauen Himmel fast weiß.

Die Stadt der Vergangenheit.

Ein Augenblick in der Tiefe der Zeit wird eingefangen, und du denkst daran, dass sie tatsächlich *dort* waren, dass sie schliefen und aßen und arbeiteten und *damals* durch die Straßen der Stadt liefen. Und dass du dies nun sehen kannst. Oh ja. Hochhäuser, Verkehrsknotenpunkte, U-Bahnen, schlingernde Waggons und verschneite Parks, Schaufensterpuppen in leuchtenden Fensterdekorationen, ein Mann, der die Feuerzeugflamme vor dem Wind abschirmt, Hydranten, überfüllte Mülleimer in verfallenen Hauseingängen. Es ist eine ganze, vor langer Zeit verloren gegangene Welt, in der sie sich bewegen. Das rührt dich. Gleichzeitig hat es etwas Beängstigendes. All diese großen Begebenheiten, die im Laufe der Geschichte aufgezeichnet wurden, die Kreuzzüge im dreizehnten Jahrhundert, die Pest im vierzehnten Jahrhundert, die Renaissance, die Epoche der Aufklärung und die vielen berühmten Entdecker, Vasco da Gama, Magellan, Christoph Kolumbus, die in einer Zeit lebten, in der es noch Orte gab, die nicht Teil des kollektiven Gedächtnisses waren, Orte auf dem Erdball, an die noch keiner seinen Fuß gesetzt hatte. Aber sie existierten, sie lagen da, als Möglichkeiten. Die Unbekannten des Raums. Jetzt ist nur das Unbekannte der Zeit geblieben. Was geschehen wird, worauf wir jeden Tag warten. So wie man seit jeher auf die Zukunft gewartet und gesehen hat, wie sie zunächst Gegenwart und danach Vergangenheit geworden ist, für eine Weile im Gedächtnis der Menschen erhalten bleibt, die dabei gewesen sind und es gesehen haben. Erzählungen, Skizzen, akribische Aufzeichnungen im Laufe der Geschichte, die du lesen und bei denen du denken kannst: So war es. Einige wenige Begebenheiten in den Leben der Menschen, die hier waren, sind schriftlich festgehalten worden, manche von ihnen schrieben Bücher, du kannst lesen, wie es ihnen erging, was mit einigen von ihnen passierte, die Stimmung, die Angst, die Freude. Woran sie glaubten. Vage Bilder von längst verschwundenen Gesichtern, Vermutungen, Ungefähres. ABER DANN TAUCHEN SIE AUF! DANN KANNST DU SIE SEHEN! Ab der Mitte des neunzehnten Jahrhunderts. Sie haben die Fotografie entdeckt, sie haben gelernt, ihre Welt in Bildern festzuhalten. Nach tausend Jahren Geschichte, in denen alles, was sich ereignete, gleich wieder verschwand und nur in den Erinnerungen weiterlebte, tauchen sie auf und sehen dir unverwandt in die Augen. *Wir waren hier. Und so erging es uns. Siehst du? Siehst du?* Ja, du siehst, du siehst, und es beängstigt dich. Wussten sie, was sie taten? Sie häuften sich selbst an, bewilligten sich ewiges Leben, füllten die Welt mit Bildern von toten Menschen im Leben. Gespenstern. Denn ihre Körper sind seit langem verwest und haben sich aufgelöst, nichts existiert mehr von ihnen, trotzdem sind sie hier und werden für dich zu Wiedergängern. Bilder von Millionen Menschen, die sich weigern zu verschwinden, die darauf beharren weiterzuleben, immer und immer wieder in demselben Augenblick. Du weißt nichts über sie, sie wissen nichts über dich. Sie sind Gesichter aus der Tiefe der Geschichte, und du denkst: Sie starren über den Rand. Sie schauen in deine Zeit hinein. Aber ihre Blicke sind leer. Ihre Blicke sind unwissend. Sie wissen nichts.

Sie sind Gespenster.

Und manchmal schenkten sie dem Todesaugenblick ewiges Leben. Das ist das Schlimmste, wenn sie beschlossen, just diesen Augenblick, in dem sie die Welt verließen, zu verewigen, ein Reigen, er stirbt wieder und wieder, es hört niemals auf. Dieses Attentat, bei dem der Kopf des Präsidenten zurückgeschleudert wurde, als das Projektil einschlug, das Blut, das in den Schoß der Frau an seiner Seite gepumpt wurde, das eigentümliche Licht des Films, die unwirklichen Farben. Die Details. Ihr helles Kleid. Der Wind, der durch die Baumkronen weht. Die vielen Flaggen in der Menschenmenge, die Sonne, die auf die Karosserie scheint, das langsame Tempo der Limousine. Alles ist wie immer. Während die Kugel durch die Luft schwirrt und noch niemand etwas ahnt, blitzt das reflektierte Licht um sie herum, alles ist wie immer, die Sonne scheint, die Menge jubelt, der Mann, den sie feiern, blinzelt und winkt, und *da* trifft ihn die Kugel, *da* wird der Kopf zurückgeworfen, als wäre er gegen eine unsichtbare Wand gestoßen, *da* entdecken die anderen, dass etwas passiert ist, und die Wagenkolonne beschleunigt.

Vor vierhundert Jahren, denkst du, und sein Blut trocknete zu Staub und wurde vom Wind in der Welt verteilt. Vielleicht genau hierher, denkst du und streichst mit dem Zeigefinger über den Grabstein, ein an diese Stelle gewirbeltes Präsidentenatom, denkst du und leckst an dem Finger, ehe du dich vorbeugst, um ein weiteres Mal zu versuchen, die Inschrift zu entziffern. Hinrik Vinkel? Nein. *Vonkel.* Aber Hinrik? Es heißt doch keiner Hinrik? Hunrik? Nein. Das ist auch kein Name. *Hanrik*, vielleicht. Ja, das muss es sein.

Hanrik Vonkel.

Was er alles gesehen haben muss! Vielleicht war er dort, wo der Präsident ermordet wurde, vielleicht sah er es im Fernsehen! Zupft geistesabwesend an seiner Krawatte, während er eine Flamme aus dem Feuerzeug klickt und sich eine Marlboro ansteckt. Oder eine Lucky Strike? Und dann zuckt er zusammen. *Was? Der Präsident ist ermordet worden?* Und dann ruft er nach seiner Liebsten. Sie kommt mit einem um den Kopf geschlungenen Handtuch aus dem Bad. *Unser Präsident ist ermordet worden!*, ruft er, entsetzt, aber gleichzeitig muss ihm natürlich klar sein, dass es ein historischer Augenblick ist. *Mach keine Witze, Hanrik!*, ruft sie zurück, öffnet den Kühlschrank und holt eine Coca Cola heraus. Oder vielleicht eine Pepsi, denkst du, während du mit einem Finger über die Furchen im Stein streichst. Ist das eine Sieben? 197...? Aber dann kann er *das* ja gar nicht gesehen haben. Die siebziger Jahre? Was hat sich da ereignet? Du durchforstest dein Gehirn nach Informationen, aber dir will einfach nichts Bahnbrechendes aus gerade dieser Epoche einfallen. Die Beatles hatten sich aufgelöst, und andere gute Bands gab es damals doch nicht? Definitiv nicht. Berühmte Bücher? Nein? Oder *doch*, denkst du. Wurden damals nicht *Bluthunde*, *Die Namen*, *Mao II* geschrieben? Ein würdiger Abschluss für ein Jahrhundert voller grandioser Literatur. Aber das war es dann auch. Andere Errungenschaften von Wert kamen nicht zustande, denkst du, die Malerei starb ja schon Anfang des Jahrhunderts aus, als der erste der Weltkriege ausbrach, genau wie das Theater, obwohl man es künstlich am Leben erhielt, wie immer bei Ausdrucksformen, die sich selbst überlebt haben, eine Nostalgie, das Verlangen nach einer Größe, die nur die Vergangenheit schenken kann, jene Aura, die der Gegenwart fehlt. Denn sie sehen sie nicht, die Aura der Gegenwart, den Menschen, die in ihr leben, bleibt sie verborgen. Nie verstehen sie, was eigentlich verdient hat, im Gedächtnis zu bleiben.

Der arme Hanrik Vonkel. Wäre er nur siebzig Jahre später

geboren worden, hätte er sie hören dürfen: *Telegram.* Ihm wäre ein Schauer über den Rücken gelaufen, Jubeltränen wären ihm in die Augen gestiegen. *Das hätte dir gefallen, Hanrik Vonkel,* denkst du, *Was für eine unglaublich gute Band!*, denkst du und lächelst vor dich hin. Dann spürst du einen Tropfen, der deine Stirn trifft, und schaust zu dem dunkler werdenden Himmel auf. *Wird Zeit, dass ich nach Hause komme.* Als du gehst, rollt der Donner wie Wellen über den Horizont. Im nächsten Moment gießt es in Strömen. Du siehst die Tropfen von der Mauerkrone aufspritzen, ziehst dir die Jacke über den Kopf und läufst über den zugewucherten, verfallenen Friedhof, auf dem die ausgetrocknete Erde über mir sofort die Nässe aufnimmt. Wo ich liege, merke ich von all dem nichts. Weiterhin regungslos nach all den Jahren. Ich versuche eine Bewegung, drehe den Fuß ein wenig. Er gleitet sanft über das Bettlaken. *Wie schön das ist.* Ich hebe die Hand. Ich setze mich auf. Ich werfe einen Blick zum Radiowecker.

Bald halb sieben.

Die ersten Gäste waren schon gekommen. Die Reste ihres schallenden Lachens in der oberen Etage drangen gelegentlich zu mir herunter, zusammen mit dem monotonen Wummern des Basses aus den Boxen und vereinzelten, klingenden Lauten aus der Küche, deren Fenster offen stand. Ich dachte, dass Linda Essen auf dem Herd briet und schmorte. Küchenschürze, erhitzte Wangen, dieser Knick im Handgelenk, wenn sie mit dem Handrücken über ihre verschwitzte Stirn streicht. Glücklich? Nein, dachte ich und ging zum Schrank, um ein sauberes Hemd herauszusuchen. Nicht glücklich. Aber das geht mich nichts an. Gott sei Dank hatte ich nichts gehört. Nur das Motorengeräusch, als Richard heimkam, die Tür, die geöffnet und geschlossen wurde, die Schritte auf dem Fußboden. Aber keine lauten Stimmen, keine Vorwürfe, keine Anschuldigungen. Vielleicht begriff er, dass jemand ihn zum Narren halten wollte. Vielleicht wollte er warten, vielleicht würde er Beweise sammeln, seine Überwachung verstärken, dachte ich und zog ein Hemd heraus, das ich ins Bad mitnahm.

Was bin ich doch nur für ein Idiot.

Ich stand lange unter der Dusche, es war herrlich; mir war etwas kalt geworden, nachdem ich so lange stillgelegen hatte. Von allen Ritualen ist es das beste: lange unter heißem Wasser zu duschen, sich zu rasieren und gründlich abzutrocknen, ehe man saubere Kleider anzieht. Weißes Hemd, dunkles Jackett, Krawatte, schwarze Schuhe. Der Klang von Absätzen auf dem Wohnzimmerboden, ungewohnt: Bald wird etwas passieren. Eine CD anstellen, eine Flasche eiskaltes Bier öffnen und eine letzte Zigarette rauchen, bevor du gehst. Ganz ruhig sitzt du da und denkst: *Jetzt geht es mir gut allein mit mir selbst.*

Es war ein paar Minuten nach sieben. Ich stellte die leere Bierflasche in den Schrank unter der Spüle und nahm mir eine neue aus dem Kühlschrank, öffnete sie und kehrte ins Wohnzimmer zurück. Ich wollte noch ein wenig warten, ehe ich zu ihnen hinaufging, erst etwas trinken, um den Augenblick, in dem ich auftauchen würde, etwas weniger peinlich zu gestalten, diese Meter, die ich aus dem Flur und ins Wohnzimmer zurücklegen musste, wo sie sitzen und mich anstarren würden. Seltsam. Sie waren meine Kollegen, ich sah sie jeden Tag, es gab keinen Grund, sich zu fürchten. Doch nun waren sie festlich gekleidet, nun lachten sie – ab und zu so laut, dass ich die unterschiedlichen Typen des Lachens deutlich unterscheiden konnte –, nun waren sie aus einem anderen Grund zusammen.

Deshalb trank ich ein paar Bier, bevor ich aufbrach. War daran etwas auszusetzen? Nein, das war es nicht, dachte ich und lehnte mich auf der Couch zurück. Löste das Etikett von der Flasche ab, knüllte es zu einer kleinen Kugel zusammen, die ich ins Zimmer schnippte. Das Fest, das noch nicht existierte, würde bald existieren, und zwar in einer und nur einer möglichen Version. Bis jetzt existierte es jedoch nicht. Bis jetzt stand das Gemeindehaus da oben geschlossen und still. Es sei denn, die Band baute die Bühne auf, und ein paar vom Festkomitee gingen von Tisch zu Tisch, dachte ich; sie zünden Kerzen an, rücken Tischdecken gerade und platzieren Aschenbecher darauf, schleppen Limonadenkästen zum Getränkestand und holen die Kasse mit dem Wechselgeld heraus, tragen gestapelte Stühle in den Raum, schieben sie scharrend an ihren Platz. Alles Bewegungen, die in dem leeren Raum widerhallen. Die Geräusche steigen steil zur Decke auf, breiten sich aus und ersterben, ohne dass auch nur einen Augenblick Zweifel daran bestanden hätte, woher sie kamen, was ihr Ursprung war. Aber dann, je mehr Leute hereinströmen und ihre Geräusche verbreiten, wird ihre Zahl so überwältigend groß, dass man sie nicht mehr auf die Bewegung zurückführen kann, aus der sie kamen, die Verbindung wird abgeschnitten, und die Geräusche schweben auf eigene Faust zur Decke, suchen Gleichgesinnte und erproben spielerisch neue Kombinationen. Auf der Toilette rieselt die Spülung, während der Urin plätschernd die Metallplatte trifft und in den Abfluss rinnt und ein Knöchel ungeduldig an die Kabinentür klopft und eine Stimme herausplatzt, *Sitzt du fest, oder was ist?* Füße bewegen sich, Hosenställe werden geschlossen und Wasserhähne aufgedreht: Der Wasserstrahl spritzt auf das Porzellan, als im selben Moment die Tür aufgeht und sich der Lärm des Fests hereinwälzt, woraufhin sich alle fühlen, als wären sie abrupt versetzt worden und befänden sich nun plötzlich an einem anderen Ort. Eine Variation von Lauten, die nur dieses eine Mal erprobt wird. Sie wird sich niemals wiederholen. Die Kombination ist einmalig. Aber sie bemerken es nicht. Denn die Laute scheinen konstant zu sein, scheinen sich frei und unabhängig in ihrer eigenen Welt in der Luft über ihnen zu bewegen. Eine Kolonie, die den Raum ausfüllt, die sich unter die Decke schwingt und verspielt über den Menschen treibt, die unten umhergehen.

Das hält einige Stunden an, bis die Leute nach und nach den Saal verlassen und auch die Laute weniger werden, woraufhin sich erkennen lässt, was wirklich geschehen ist, dass die Kakophonie ein Ergebnis von etwas war, dass sie eine Ursache hatte, die sich nun aufteilt und auseinandergeht.

Denn die Laute geben deshalb nicht auf. Die Laute trennen sich und folgen ihrem jeweiligen Festgast als Schatten. Sie knarren, wenn die Füße über den Schnee bewegt werden, husten, wenn die Kehle freigemacht werden soll, knirschen, wenn Knie in Hosen gebeugt werden, seufzen *ahhh,* wenn der Schnaps bei einer Nachfeier irgendwo eine Kehle hinabrinnt. Wie eine hungrige Katze folgen die Laute ihrem Herrn. Er kann sie niemals loswerden. Selbst wenn er schläft, sind die Laute noch da. Gurgelnd schlägt das Herz im Blut, heiser strömt die Luft durch die Atemorgane, während das ferne Tuckern eines Bootsmotors im Wind lauter und leiser wird.

»Ja, ja, Henrik.«

Meine Stimme klang gekünstelt und machte mich grinsen. Vielleicht würde an diesem Abend etwas passieren, dachte ich und schlang die Finger um das eiskalte Glas der Flasche. Etwas Gutes. Wenn ich nicht auf das Fest ginge, würde ich es niemals erfahren. Dann dachte ich an meinen Bruder Klaus, was er wohl in diesem Moment machte. Vielleicht dachte er an mich. Vielleicht fragte er sich, ob er mich anrufen sollte. Nach all dem, was geschehen war. *Warum nicht?*, dachte er vielleicht und hastete in Bergen über den Torgalmenningen; den Regenschirm schräg gegen den Regen haltend, der über den Platz fegte, hielt er Ausschau nach einer Telefonzelle. Während ich die Kippe im Aschenbecher ausdrückte und die Hände aneinander rieb, um sie zu wärmen, trat er vielleicht unter das Plastikgehäuse, das den Münzfernsprecher abschirmte, den er ausgewählt hatte, legte den Regenschirm auf dem Apparat ab und fischte ein paar Münzen aus der Tasche. Es galt, mich anzurufen, ehe der erste Impuls bekämpft worden war, und der Stolz, den er hinuntergeschluckt hatte, zurückkehrte. Ich war trotz allem sein Bruder. Und nichts konnte so groß sein, dass es dieser Tatsache im Weg stand, oder?

Ich stand auf und ging ins Bad, um mir die Hände mit heißem Wasser zu waschen. Als ich ins Wohnzimmer zurückkam, blieb ich stehen; der Gedanke an Klaus stellte sich wieder ein, wie er die Nummer eintippte und sich den Hörer ans Ohr klemmte, auf die Verbindung wartete. Die Klingeltöne, die durch meine Wohnung schrillten, würden von einer einfachen Handbewegung unterbrochen werden, gefolgt vom Klang der Stimme, die ihm so vertraut war. *Ja, hallo, hier spricht Henrik?*

Ich stand vollkommen still und lauschte.

Tat ich das?

Ja, ja, ja. Oh ja, oh ja. Das tat ich. Aber ich *glaubte* nicht, dass er anrufen würde, noch dazu an einem Freitagabend, ich hielt nur kurz inne, für den Fall der Fälle, und ging danach zum Fenster.

Das Telefon klingelte natürlich nicht. Warum sollte es auch?

Fassungslos über mich selbst hob ich die Flasche an den Mund und leerte sie in einem langen Schluck, während ich beobachtete, wie der Schnee über dem schweren, ruhigen Fischerboot, das landwärts glitt, in der Luft tanzte.

So war es.

Eine Minute später klingelte es an der Tür. Ich war mir sicher, dass es Linda war, ließ mir Zeit, schaltete die Lampen aus und überprüfte, dass die Herdplatten ausgeschaltet waren, es klingelte noch einmal, und ich ärgerte mich ein wenig, als ich schließlich aufmachte; wir hatten es doch nicht eilig.

Es war Miriam.

Als ich öffnete, kehrte sie mir im selben Moment den Rücken zu, um zu gehen, und als sie zu mir hinsah, erkannte ich, wie sehr es sie erleichtert hatte, dass ich nicht zu Hause war. Aber dann machte ich auf, und so musste sie sich umdrehen und mich ansehen.

»*Miriam*?«

Sie errötete.

»Bist du allein? Wo sind die anderen?«

Ich folgte ihrem Blick; da war etwas mit dem Schnee, ihr Fuß trat in die Erde. Im Licht zwischen uns fielen senkrecht Schneeflocken.

Es ging kein Wind.

Ich wusste nicht, was ich sagen sollte, also trat ich hinaus und schloss die Tür hinter mir.

»Du willst gehen?«, fragte sie.

Ihre Stimme war ruhig, aber ihre Augen, die schnell zu mir hochblickten, waren ängstlich.

Ich sah auf meinen Mantel hinab.

»Mm«, antwortete ich. »Ich bin auf dem Sprung zu Linda.«

»Aha«, sagte sie.

Für einen kurzen Moment begegnete ihr Blick meinem. Eine unerwartete Wärme breitete sich in mir aus. Dann ging sie. Der Schnee reichte ihr bis zu den Knöcheln. Das fiel mir auf, der weiße Schnee, der sich in die feinen Falten und Spalten auf ihren Hosenbeinen gelegt hatte. Der Widerschein des gelben Lichts auf ihren schmalen Schultern, die schwache Rundung der Hüften, die eng sitzende Mädchenjeans, die kleinen Stiefeletten, von denen bei jedem ihrer Schritte Schnee rutschte.

»Miriam«, sagte ich. »Warte mal.«

Sie blieb stehen und drehte sich um. Es war etwas Steifes an ihr. Weil ich sie ansehe, dachte ich. Sie verlor immer ihre Natürlichkeit, wenn ihr bewusst wurde, dass ich sie ansah. Wenn sie durch das Klassenzimmer geht, um etwas in den Papierkorb zu werfen, und ich sie ansehe, werden ihre Bewegungen steif, hölzern geht sie durch den Raum, und ich habe Lust, mich vor sie zu stellen, sie zum Lachen zu bringen, sie dahin zu bringen, sich selbst zu vergessen, ihr mit der Hand über die Wange zu streichen, ohne dass sie angespannt ist, die Finger durch ihre Haare gleiten zu lassen, sie an mich zu drücken.

»Ich habe eigentlich gar keine Lust, auf das Fest zu gehen«, erklärte ich, steckte den Schlüssel in die Tür und schloss ab. »Aber ich muss. Ich habe gesagt, dass ich komme.«

»Mhm.«

Ihre Haare waren trocken, sah ich. Der Schnee begann erst jetzt, sie zu bedecken. Sie strich mit den Fingern hindurch, und ich begriff, dass sie kurz vorher ihre Mütze abgesetzt hatte. Für mich, dachte ich und bückte mich, sie wollte hübsch für mich sein, dachte ich, ich formte einen Schneeball in den Händen und warf ihn so fest ich konnte abwärts. Er traf mit einem leisen Klatschen die Wasseroberfläche.

Sie lächelte. Auch ihre Wangen glänzten im Licht, nass von geschmolzenem Schnee.

Ich wollte nicht, dass sie ging.

»Enoksen ist da«, sagte ich leise und verdrehte die Augen. »Es ist nichts Besonderes. Aber morgen bin ich zu Hause. Magst du dann vorbeikommen?«

Sie nickte.

»Versprichst du mir das, Miriam?«

Sie nickte wieder.

Ich war voller Zärtlichkeit für sie, als ich dort stand und meine Augen ihr folgten, die kurzen japanischen Schritte den Hügel hinauf, wie ihre Bewegungen sich gewissermaßen lockerten, als sie auf die Straße kam und sich unbeobachtet wähnte; rasch eilte sie davon, setzte ihre Mütze auf und lief kurz, um dann ein paar Meter zu rutschen, was mich schmunzeln ließ, es rührte mich. Ich sah, wie erleichtert sie darüber war, fortgekommen zu sein. Dass sie alleine zu mir gegangen war! Vielleicht hat sie das seit Tagen geplant, dachte ich und blieb noch einen Moment stehen. Ihr hatte davor gegraut, und sie hatte mit sich selbst diskutiert, ob sie es wirklich tun sollte, ob sie ohne die anderen kommen sollte, sie war alles in Gedanken durchgegangen, hatte überlegt, was sie sagen, was sie anziehen sollte, was geschehen würde. Und dann passierte das Einzige, womit sie nicht gerechnet hatte. Dass ich weder da war, noch nicht da war, dass sie weder mit mir reden durfte, noch um das Ganze herumkam. Vielleicht errötete sie in diesem Moment aus Scham über sich selbst, darüber, was ich von ihr denken mochte, wenn sie alleine kam und hineinwollte, *zu mir*, ihrem Lehrer! Jetzt ging sie nach Hause und bereute es. Nach Tagen der Planung bis ins kleinste Detail, um in meinen Augen vorteilhaft zu wirken, damit ich sie ansah und dachte, dass sie hübsch war. Die grünen Augen, die kurzgeschnittenen Haare, der langgliedrige Körper. Peinlich berührt angesichts der Situation windet sie sich ein wenig, aber trotzdem: Sie hatte den Mut, sie hatte die Kraft gehabt, es durchzuführen, hier zu stehen, vor mir, ihrem Lehrer, ihn an einem Freitagabend auf eigene Faust zu besuchen. Ich wusste, wie sie sich fühlte. Ihre Nervosität hat mich wohl angesteckt, dachte ich, als ich endlich die Treppe hinaufstieg, um zu klingeln. Arme Miriam. Denn was hatte *ich* gesagt? *Bist du allein? Wo sind die anderen?* Die Überraschung verriet mich, sie muss gedacht haben, dass ich die Situation seltsam und ihr Verhalten unverständlich fand. Dass sie ein Kind war.

Deutete irgendetwas in meinem Verhalten ihr gegenüber etwas anderes an?

Nein, sicher nicht. Ich behandelte sie wie ein junges Mädchen, das überraschend ihren Lehrer besucht. Mit etwas anderem konnte sie nicht rechnen. Dennoch dürfte sie gehofft haben, dachte ich, dass ich ihr meine Aufmerksamkeit schenken würde. Dass ich sie hereinbitten und mit ihr zusammensitzen würde … um *was* zu tun? Was mochte sie sich ausgemalt haben? Dass wir reden würden? Vielleicht hatte sie ja etwas auf dem Herzen, etwas, das sie erlebt hatte, und keinem anderen anvertrauen konnte. Denn sie vertrauten mir. Vielleicht war es so. Etwas bei ihr zu Hause.

Was hatte ich mir eigentlich eingebildet? Dass sie in mich *verliebt* war? Miriam, dreizehn Jahre alt, verliebt in *mich*? Nein, nein, nein! Warum sollte sie? Großer Gott, hatte ich jetzt völlig den Verstand verloren, dachte ich und hob den Finger zum Klingelknopf. Er war festgefroren, ließ sich nicht hineindrücken, ich klopfte stattdessen mit dem Knöchel gegen das Türglas, aber die Musik in der Wohnung war offenbar zu laut. Ich wartete noch einen Moment. Dann öffnete ich die Tür und ging zu ihnen hinein.

2

Am nächsten Tag erwachte ich von flüsternden Stimmen direkt vor dem Haus. Mit schwerem Kopf setzte ich mich auf und blickte in die Dunkelheit hinaus. Zwei Jungen starrten mich durch das Fenster an. Ihre Gesichter leuchteten vor Furcht und Überraschung, als sie mich entdeckten. Sie nahmen in dem tiefen Schnee entlang der Hauswand Reißaus, ich hörte, wie sie sich mit Mühe einen Weg zum Meeresufer bahnten, wo sie nicht länger an sich halten konnten und laut loslachten. Dann fiel mir, in einem plötzlichen Bild, wieder ein, was am Vorabend passiert war. Die wachsende Aggression. Ich trinke und trinke. Es ist Morgen, ich bin benebelt vom Alkohol, ich gehe los. Überzeugt, an einem völlig anderen Ort zu sein, folge ich dem Fjord wie eine Maschine landeinwärts, bis vor mir ein entgegenkommendes Auto hält. Mein eigener verbissener Schatten, der im Licht der Scheinwerfer über den Schnee flackert. Großer Gott. Sie müssen in dem Wagen gesessen und über mich gelacht haben, über diesen starken Willen auf Abwegen. Vielleicht haben die Kinder schon davon gehört, dachte ich und legte mich ins Bett zurück, vielleicht waren sie deshalb gekommen, um zu spionieren. Um zu schauen, wie ich war, wenn ich mich veränderte.

Mehr. Da war mehr.

Richard hatte mich freundlicher behandelt als nötig. Ständig wollte er mich in die Gespräche einbeziehen, ständig wollte er mit mir anstoßen, die ganze Zeit benutzte er meinen Namen, *Was sagt Henrik?*, und dann lachte er. Seine Wahl war an diesem Abend auf mich gefallen. Ich sah, dass es Linda quälte. Aber sie konnte nicht eingreifen. Erstens balancierte er weiter haarscharf zwischen einem freundlichen und vermeintlich freundlichen Verhalten. Zweitens würde ein Eingreifen nur seine Eifersucht schüren, ich hatte ihn regelrecht im Ohr, *Henrik in Ruhe lassen? Warum denn das? Soll ich nicht freundlich zu ihm sein dürfen?*

Immer wieder erhob er an diesem Abend mir gegenüber sein Glas.

»Prost, *Henrik*!«, sagte er und lachte mit Augen, die vor schwarzer Freude funkelten.

»Prost«, erwiderte ich und hob mein Glas mit Wodka und Saft an die Lippen. Als ich das Glas senkte und ihn wieder ansah, war er bereits mit etwas anderem beschäftigt. Abwesend starrte er auf die wogende Menschenmenge, die sich fortwährend durch den heißen, lärmenden Festsaal bewegte, in dem wir uns aufhielten.

Vergiss ihn, dachte ich und schob den Stuhl zurück, um außerhalb der Reichweite ihres Gesprächs zu sitzen. Nach mehreren Stunden in ihrer Gesellschaft, erst in Lindas und Richards Wohnung, danach hier, an einem Tisch im Gemeindehaus, hatte ich sie satt: Schließlich waren es Menschen, die ich jeden Tag in der Schule sah, und es hatte sich gezeigt, selbst wenn sie tranken und allmählich betrunken wurden, hatten sie einem nicht mehr zu bieten – sie waren wie immer. Denn der Rausch verändert uns nicht. Er bewirkt nur eins, von sämtlichen Vorbehalten abzusehen, die sonst alles umgeben, was wir sagen und anpacken. Auf diese Weise entfernen wir uns von der Wahrheit, die ja unendlich nuanciert ist, mit so vielen Schichten, dass es keinem gelingt, sie alle zu überblicken, wie eines dieser Bilder von in Spiegeln reflektierten Spiegeln, in denen die Bewegung niemals endet: Egal, wie klein das Bild ist, es gibt immer noch eins, das noch kleiner ist. Endlos. Wahrheit lässt sich nur aus der Distanz betrachten, denn wenn wir dorthin gelangen, hat sie sich schon weiterbewegt, als wären wir von einem magnetischen Feld umgeben, das wir gleichzeitig auch sind, wodurch wir die Wahrheit in dem Moment abstoßen, in dem wir uns ihr ernsthaft annähern. Dass die wenigsten sich diese Erkenntnis zu eigen machen, liegt natürlich daran, dass sie in letzter Konsequenz jedes praktische Leben lähmen und die ganze Menschheit daraufhin aussterben würde. Querulantisch säßen wir dort, die letzte Generation, und würden alles in Frage stellen, weiter und weiter würden wir gehen, näher und näher kommen: Was *ist* dieses Brot, eigentlich? Und das Brot? Erst würde es trocken und hart werden, dann aufweichen und sich grünblau verfärben, bis wir mit einem verfaulten Brei zwischen den Fingern dasäßen. Ausgehungert und ohne klüger geworden zu sein, sähen wir es vor unseren Augen verschwinden.

Ist das nicht der Grund, aus dem wir trinken? Die einzige Möglichkeit, uns anzunähern, ist illusorisch, aber deshalb nicht weniger verführerisch: Einfachheit ist anziehend, deshalb trinken wir, und deshalb sagen wir, dass man aus dem Mund Betrunkener und Kinder die Wahrheit vernimmt. Für ein paar Stunden wird alles immer einfacher, bis du das letzte Stadium erreichst und ohne einen Gedanken im Kopf umkippst.

Einfacher wird es nicht mehr.

Aber wahr?

Nein, nein, nein.

Vorbehaltlos saßen sie um mich herum und plauderten. Irene und Enoksen unterhielten sich, sah ich, was offenbar unterhaltsam war, denn Irene lachte laut und war nicht mehr zu bremsen. Unbewusst hob sie die Hand zum Kopf und berührte flüchtig ihr hochgestecktes Haar, als wollte sie es prüfen. Sie hat sich Mühe gegeben, dachte ich, sich für diesen Anlass herausgeputzt. Im Badezimmer gestanden und sich geschminkt. Konzentriert müssen ihre Augen die Bewegungen der Hände verfolgt haben. Aus dem Wohnzimmer ein gleichmäßiges, schwaches Surren von Stimmen und Lachen, das sind ihre Eltern, die fernsehen. Hätten sie nur ausgewählt, was sie sehen wollen, dann, aber nein, sie würden *alles* sehen, denkt sie und hebt unwillkürlich die Augenbrauen, als sie die Lippen rundet und die Hand den feuchten Stift darüber zieht. Ja, ja. Sollten sie ruhig da herumsitzen. *Sie* würde jetzt ausgehen. Sie summt und bleibt sekundenlang regungslos stehen und mustert sich, bis sie die Kappe des Lippenstifts aufsetzt, ihn ins Badezimmerregal stellt und den Raum verlässt. Zufrieden zieht sie Mantel und Schuhe an und steckt den Kopf zur Tür herein, um ihnen Bescheid zu sagen, dass sie geht. Die Eltern lächeln ihre übergewichtige Tochter an und freuen sich über die Andeutung von Vorfreude, die sie vergeblich zu verbergen sucht. Als die Tür hinter ihr ins Schloss fällt, sehen sie sich an.

Unterwegs zum Vorglühen in Lindas und Richards Wohnung eilt sie den Anstieg hinauf. Die Vorstellung, dass sie später jemandem leidtun könnte, ist ihr vollkommen fremd. *Ich? Und warum?* Sie hastet davon, ich drehe mich auf der Couch und sehe sie durch das Fenster: Die eisige Luft lässt sie eine Hand erst auf das eine, dann auf das andere Ohr legen, als sie ihren Weg im Laufschritt fortsetzt. Unmittelbar darauf hören wir sie im Flur. Die Stiefel werden aufgeschnürt, die dicken Socken ausgezogen, und mit ihren breiten Händen presst sie zierliche, hochhackige Abendschuhe um ihre Füße. Vielleicht wirft sie noch einen letzten prüfenden Blick in den Spiegel, ehe sie ins Wohnzimmer kommt, wo wir ihr entgegenblicken.

Die hölzernen Schritte, die ihr die ungewohnt hohen Absätze aufzwingen, die künstlich festen Haare, die wie losgelöst vom Kopf wippen, die fast vulgär geschminkten Augen.

»Hallo!«, hatte sie gesagt, uns andeutungsweise mit der Hand zugewunken und auf dem äußersten Rand der Couch Platz genommen, während wir uns nichts anmerken ließen. Oder war ich der Einzige, der es bemerkte?

Verstohlen hatte ich mich umgeschaut. Alles war noch so wie vor ihrem Eintreffen. Irenes Auftritt war also wie erwartet, begriff ich, das Gespräch ging weiter, als wäre nichts passiert. Elastisch hatte es umgehend auch Irene eingeschlossen, die eine Stunde später neben mir durch den Ort ging, den ganzen Weg vom Vorglühen zum Gemeindehaus hinauf, übersprudelnd von Plaudereien, denen ich nicht folgen konnte, da mich ablenkte, was am frühen Abend passiert war. Meine Gedanken kreisten um Miriams unerwarteten Besuch und den Willen, der in diesem Besuch zum Ausdruck gekommen war. Vielleicht hatte Irene sich über meine Geistesabwesenheit geärgert, was wusste ich; jedenfalls hatte sie sich sofort mit Enoksen unterhalten, als wir in dem halb gefüllten Festsaal Platz nahmen.

Nun saß sie da und lachte über etwas, das er gesagt hatte.

Ich seufzte leise vor mich hin, wippte den Stuhl zurück und zog den Vorhang, der das Fenster verdeckte, zur Seite. Eine Gruppe Jugendlicher stand im Lichtkegel der einzigen Straßenlaterne und trank sich Mut an. Weiter unten lag die Schule mit dunklen Fenstern, von Leben geleert. Jetzt war dort keiner. Alles war still.

Ich dachte an die Schwimmhalle, das Wasser, das glänzend und glatt dalag, das ferne Säuseln des Belüftungssystems an der Decke, vielleicht eine Dusche, die im Umkleidebereich tropfte, *Dipp, dipp, dipp, dipp,* ohne dass jemand da war, es zu hören. Kein williger Körper, der die Wasserfläche durchpflügte und mit langen, zähen Zügen schwamm. Niemand, der mit den Händen über dem Beckenrand hing und erschöpft durchatmete, nachdem er unter Wasser über dem Beckenboden hin und her geglitten war und die Lunge schmerzhaft nach Luft geschrien hatte. Es gab keinen, der vor dem großen Fenster an der Kopfwand stand und auf die Lichter des Orts hinausblickte, der sah, dass sie in der flutenden Dunkelheit schwach zitterten, und daran dachte, wie schön es war, sich dort nachts aufzuhalten. Mit gleichmäßigen Bewegungen durch das bläuliche Wasser des Beckens zu schwimmen, während draußen die Stürme wüteten. Nun aber wurde es von nichts gekräuselt, nun lag es da und ruhte in sich selbst, es war niemand da, der es sah und vielleicht dachte, dass die regungslose Wasserfläche hart wirkte, wie aus Glas.

Ich zog den Vorhang zu und wandte mich erneut dem Tisch

zu. Lindas Blick ließ mich erkennen, dass sie mich schon eine ganze Weile angesehen hatte. Sie lächelte. Dann stand sie auf. Ich starrte zum Ausgang, um die Erwartung zu überspielen, die das in mir weckte. In dem Moment kam eine Frau herein, sie knöpfte ihre Jacke auf und ließ gleichzeitig den Blick auf der Suche nach Bekannten durch den Saal schweifen. Plötzlich stieß jemand sie an, sie musste einen Schritt zurückweichen und begann sofort, den Ärmel abzubürsten, an dem der Jungspund sie berührt hatte, der nun mit glasigen Augen weiter in den Raum hinein torkelte. Er hatte nicht alles Erbrochene wegbekommen, sah ich, ein paar gelbbraune Brocken hingen noch in seinem Pullover. Aus den Augenwinkeln erahnte ich, dass Linda Enoksen eine Hand auf die Schulter legte, als sie an ihm vorbeikam. Irgendwo trat jemand gegen eine Flasche, die schräg über den Boden und unter einen Tisch rollte. Als wären wir an Bord eines Schiffs, dachte ich und drehte den Kopf. Linda begegnete lächelnd meinem Blick.

Sie ging neben mir in die Hocke.

»Du bist heute Abend so ernst, Henrik«, sagte sie. »Stimmt etwas nicht?«

Ihr Unterarm ruhte auf der Tischplatte. Der Stoff ihrer weißen Bluse war dünn, in den Falten konnte man die Haut darunter erahnen. Glatt vor Schweiß, dachte ich, es war ja so warm.

Ich schüttelte den Kopf und trank den letzten Schluck in meinem Glas.

»Nein«, sagte ich. »Mir geht es gut.«

Ich begriff, dass meine Art, dies zu sagen, abweisend wirkte, weshalb ich sie ansah und lächelte. Sie richtete sich auf.

»Möchtest du tanzen?«

Tanzen?

Sie mit meinen ungelenken Bewegungen im Kreis drehen. Der Kampf darum, sie auf Distanz zu halten, wenn sie Nähe sucht.

»Ich glaube eher nicht.«

»Jetzt komm schon, Henrik«, sagte sie. »Nur ein Mal.«

Ich schüttelte den Kopf und hoffte, dass sie mich nicht weiter bedrängen würde. Sonst würde ich dort wie ein Kind sitzen und mich weigern müssen.

»Später vielleicht«, sagte ich.

»Wenn du ein bisschen mehr getrunken hast?«

Ich sah schnell zu ihr auf.

Es war ein Scherz, sie lächelte.

»Aber dann tanzen wir!«, sagte sie. »Okay?«

Als sie sich im Raum entfernte, beobachtete ich verstohlen Richards Reaktion. Ob er sie im Auge behielt. Nein, er ließ sie gehen, er redete mit Josephsen, dennoch hatte ich das Gefühl, dass ihr eine Aufmerksamkeit folgte. Etwas von den Augen Unabhängiges. Dass er jederzeit wusste, wo sie war, und was sie machte, eine Fähigkeit, die er durch langjähriges Misstrauen trainiert hatte.

Tanzen?

Die Musiker der Band auf der Bühne wiegten ihre Köpfe hin und her und lächelten wie Schwachsinnige. Linda stand an der Getränkeausgabe und sah schräg zu ihnen hoch. Im selben Moment lehnte sich Irene über den Tisch und schien ein Gespräch beginnen zu wollen. Glücklicherweise sah ich es kommen und wandte den Blick gerade noch rechtzeitig zur Seite. Dadurch hatte sie keinen Ansatzpunkt, konnte sie nirgendwo anfangen. Aus den Augenwinkeln nahm ich wahr, dass sie aufgab und auf ihren Stuhl zurücksank.

Abgesehen von Richard und Josephsen saß nun jeder für sich. Eine Mattigkeit hatte sich unter ihnen ausgebreitet, eine dieser Lücken, die früher oder später entstehen, wo mehrere Menschen sich versammeln. Enoksens Frau rauchte mit müden Bewegungen. Enoksen selbst starrte zu Boden, etwas zusammengesunken, als wäre der Aufstieg des Rauschs zu steil gewesen, so dass er sich nun auf dem Gipfel ausruhte. Erschöpft graute ihm vor dem langen Abstieg. Sein Gesicht war breit und flach wie etwas, das man im Wald findet, dachte ich, ein Baumstumpf, ein Stein oder auch ein Knollengewächs. Etwas Knorriges, und als er sich mit dem Handrücken den Mund abwischte und den Kopf drehte, um sich im Saal umzuschauen, stellte ich mir vor, dass er in einem Dickicht gleich hinter einer Hütte läge, trocken und hübsch anzuschauen. Ich mustere ihn mit nachdenklichen Augen. Dann bücke ich mich und greife nach ihm. Mit einiger Mühe schleppe ich ihn auf dem Waldweg den Hügel hinab. Atemlos hieve ich ihn in den Holzschuppen, wo ich mit sicheren Bewegungen sämtliche Zweige entferne. Hebe seinen Arm und hacke ihn knapp unter der Schulter ab. Teile ihn anschließend mit einem gut gezielten Hieb gegen den Ellbogen. Knack. Der zweite Arm. Knack. Knack. Danach die Beine. Mehrere Hiebe, schräg auf die Leiste. Ich wische mir den Schweiß von der Stirn und lege die Gliedmaßen zu einem kleinen Stapel zusammen. Der Kopf wird am Hals abgetrennt, danach platziere ich ihn auf dem Hackklotz und spalte den Schädel mit einem einzigen, perfekten Hieb. Mit vollen Armen wanke ich zur Hütte, die Füße hinterlassen im Raureif kaum einen Abdruck auf dem Erdboden, der Atem ist weiß, es ist kalt und ich friere, als ich mich vor den offenen Kamin setze, um Feuer zu machen. Ich hebe einen Arm auf die Feuerstelle, reiße etwas Haar aus, das ich darunterlege, damit das Feuer schnell anzündet, ein paar Zehen und Finger, ehe ich einen Oberschenkel und einen Fußknöchel dazulege. Es knistert und Funken sprühen, ab und zu ertönt ein leiser Knall, ich reguliere die Lüftungsklappe und mache es mir anschließend mit einem Buch gemütlich, während sich im Wald lautlos die Dunkelheit herabsenkt.

Wie betrunken ich war, begriff ich erst, als ich aufstand und der Stuhl hinter mir umkippte. Ich ließ ihn liegen, bahnte mir einen Weg durch den Saal und ging auf den Parkplatz hinaus. Nach der Wärme im Haus empfand ich die Luft noch schneidender und kälter. Lange stand ich da und starrte in den Himmel, das Gewölbe aus funkelnden Sternen; es war so schön. Und dann empfand ich große Freude. Für einen kurzen Moment war ich von einer Freude erfüllt, deren Ursache ich nicht kannte, sie perlte in mir hoch, sekundenlang *wusste ich, dass ich glücklich war*.

Miriam.

Das war es. Sie war allein gekommen, um mich zu besuchen, sie hatte vor mir gestanden, verlegen und hilflos, der Wille, der sie dorthin geführt hatte, reichte nicht für mehr. So weit, bis zu mir aus freiem Willen – aber von diesem Punkt an lag alles bei mir. Sie hatte sich vor mich gestellt. Sich mir hingegeben? Ja. Und ihr Anblick hatte mich gerührt. Den ganzen Abend hatte das wie eine Ahnung in mir gelegen. Die Ahnung von etwas Schönem. So war es. Doch als ich so den Grund für das überwältigende Gefühl von Freude fand, verflüchtigte es sich, als wäre der Grund kleiner als die Freude selbst, als schaffte er es nicht, die Freude zu bewahren, es fiel in sich zusammen, denn welchen Grund zur Freude gab es eigentlich? Der Besuch einer dreizehnjährigen Schülerin? In welcher Welt ist das ein Grund zur Freude?

Ihre Hilflosigkeit, die mich gerührt hatte, verwandelte sich in Mitleid. Sie konnte einem leidtun. Genau wie ich, Henrik, der Mann, der keinen besseren Grund zur Freude hatte. Was für ein Leben führte er dann?

Ich drehte mich um, wollte wieder hineingehen, als die Gang bei den Autos nach mir rief.

»Henrik! He, Henrik!«

Sie boten mir einen Flachmann an. Ich rieb mit der Hand über den Hals und trank. Es war reiner Schnaps. Ich schauderte und hustete. Ein paar von ihnen lachten. Ich spürte ihre Blicke auf mir und schaute zum Himmel hoch, als ich die Flasche weitergab.

»Ganz schön kalt«, sagte ich.

Dazu sagte keiner etwas. Sie waren erst achtzehn, zwanzig Jahre alt, und ich hatte einen völlig falschen, altherrenhaften

Ton angeschlagen. Ich hob erneut den Blick und verachtete die Hilflosigkeit meines Versuchs.

»Weiß jemand, *wie* kalt es ist?«, sagte ich, um meinen ersten Kommentar in ein besseres Licht zu rücken.

Sahen sie sich an?

Einer von ihnen zuckte mit den Schultern, ein anderer trank gierig aus einer Flasche Bier, die Stimmung war irisierend, und es lag an mir, dass sie sich jetzt so verhielten, sie konnten mich nicht ignorieren. Dämpfte meine bloße *Anwesenheit* ihre Stimmung?

Worüber hatten sie gesprochen, bevor ich kam?

Alltägliche Dinge. Eine lockere Unterhaltung, bei der keiner darüber nachdachte, was er sagen sollte. Und jetzt schwiegen sie.

Ich holte den Tabakbeutel heraus und drehte mir eine Kippe. Als ich aufsah, begegnete ich dem Blick von einem aus der Gruppe. Er warf den Kopf ein wenig, hielt die Bierflasche in Hüfthöhe.

»Dein Kumpel, dieser Henning, was macht der heute Abend?«

»Er ist in der Stadt«, antwortete ich und leckte über den Rand des Blättchens.

»Hat er sich da eine Braut angelacht?«, fragte einer. Ich strich mit zwei Fingern über das Papier, knipste die Tabakfäden an den Enden ab und steckte mir die Kippe in den Mund, während sie um mich herum grinsten. Was gab es da zu kichern, dachte ich und suchte in meinen Taschen nach dem Feuerzeug. Darüber, dass er sich eine Braut angelacht hatte?

»Henning, nein!«, sagte ich und senkte den Kopf, als mir einer von ihnen Feuer gab. Er hielt schützend die Hand vor die Flamme, ohne mich anzusehen.

Ich nahm einen Zug. In der kalten Luft reizte der Rauch meine Kehle, und ich verspürte den Drang zu husten.

»Henning und Henrik«, sagte einer von ihnen.

Sie lachten laut.

Ich senkte rasch den Blick, um von der Röte abzulenken, die ich hilflos aufsteigen spürte, denn wenn sie wussten, worauf sie achten mussten, konnten sie es auch so sehen. *Henning und Henrik*. Was glaubten sie? Henning und Henrik? Redeten sie so, war es das, was sie dachten? Wenn wir abends zusammensaßen, kommentierten sie es dann so, Henning und Henrik? Jedes Mal, wenn sie uns sahen?

Nein.

Nein?

Nein. Ganz und gar nicht. Wenn es so wäre, hätten sie es *mir* nicht gesagt. Henning und Henrik? Das klingt einfach gut, dachte ich und merkte, dass ihr Lachen verstummt war. Ich schaute zum Eingang. Dort standen zwei Männer und pissten gegen die Wand, wobei sie sich über die Schulter hinweg unterhielten.

Ein weiteres Mal griff ich nach der Flasche.

»Was ist mit dir, Henrik, hast du keine im Auge?«

Mein Magen zog sich bei jedem Schluck zusammen.

»Ob ich eine im Auge habe?«

Wieder kehrte das Bild von Miriam zurück. Ihre ängstlichen Augen. So viel schöner, als ihr selbst bewusst war. Wieder erfüllte es mich mit Freude. Und mit Verachtung für diese stumpfsinnigen und leeren Blicke, das viele Bier, das sie sich hinter die Binde kippten, um so besoffen wie möglich zu werden, dachte ich und hasste mich selbst dafür, dass ich stehengeblieben war, bei ihnen, und ihnen eine Antwort schuldig blieb, ihnen unterlegen war, dafür, dass es mir einfach nicht gelang, mich über etwas so Simples zu erheben.

»Ja, du weißt schon. *Weiber.*«

Lachen.

»Ein paar Mädchen aus der neunten Klasse sehen jetzt richtig gut aus.«

»Das hast du ja wohl gesehen.«

Lachen.

»Benedicte«, meinte einer von ihnen.

Das reichte schon, jetzt ging sie ihnen durch den Kopf. Ein Lächeln, das sie ihnen irgendwann großmütig geschenkt hatte, das sie in Erinnerung behielten und in einem Augenblick wie diesem hervorholten. Lächelnd beugt sie sich zu dem heruntergekurbelten Autofenster, sie glotzen und schlucken, ihre Brustwarzen streichen über den Stoff des weißen T-Shirts, ihre Bewegungen sind selbstsicher, sie weiß, dass die Jungen sie haben wollen. Das freut sie noch immer. Sie ist erst sechzehn, und sie sind um die zwanzig, trotzdem wollen sie mit ihr reden, trotzdem gelingt es ihnen nicht, ihre Begierde zu verbergen, wenn sie so die Hand auf das Dach stützt und sich vorbeugt.

»Und Katrine«, sagte ein anderer.

»Katrine? *Katrine?* Die findet sich selbst unglaublich toll.«

Ich applaudierte Katrine innerlich und sah meine Chance gekommen, sie zu verlassen, als ein Auto den Anstieg hochschoss und sie sich um es scharten. Sie merkten nicht, dass ich ging, und so verschwand ich, ohne ein Vakuum zu hinterlassen, das sie mit ihren sonst unumgänglichen höhnischen Kommentaren gefüllt hätten.

Lange stand ich direkt neben dem Eingang an die Wand gelehnt. Niemand beachtete mich. Alle, die vorbeikamen, hatten den in sich gekehrten Blick des Rauschs. Ich selbst fühlte mich leicht und gut, spürte, dass ich Lust hatte, etwas zu tun, über das Klägliche und Bedrückende aufzusteigen, in dem ich eben noch gewesen war, und wusste, dass es kein Problem wäre. Mein Gott, es kam doch nur darauf an, mit den Leuten zu reden, herumzugehen und nicht ständig darüber nachzudenken, welchen *Eindruck* das hinterließ. Hier! Als wäre es möglich, etwas zu tun, das *hier*, in diesem Chaos, einen Eindruck hinterließ!

Durch den Entschluss besserte sich meine Laune. Eine Zeitlang überlegte ich, ob ich zu dem Tisch gehen sollte, an dem Miriams Mutter saß, lieber nicht, das wäre auffällig, dachte ich, und worüber sollten wir uns auch unterhalten?

Weder Richard noch Linda saßen an unserem Tisch. Auch Irene und Enoksen fehlten. Ich sah mich nach ihnen um und entdeckte sie auf der Tanzfläche. Enoksen führte Irene mit Tanzschulschritten. Ich musste grinsen. Offenbar hatte er mit seiner Frau irgendwann einen Kurs für Standardtänze belegt. Man erkennt sie sofort, sie stechen durch ihre Sicherheit heraus; stolz darauf, wirklich tanzen zu *können*, schwingen sie sich präzise im Kreis, ohne zu bedenken, wie entlarvend diese trippelnde Leichtigkeit ist, was das über sie aussagt. Standardtänze! Noch dazu in diesem grauen, etwas zu kurzen Anzug. Man fragte sich wirklich, wie das passieren konnte, war er *gewachsen*? Es hatte etwas Armseliges, dass er sich nicht ordentlich zu kleiden verstand, weil es ein solcher Kontrast zu seiner Strenge war und deshalb besonders deutlich wurde. Nur nicht für ihn selbst. Die Mädchen sahen es alle, und vielleicht rührte es sie sogar, vielleicht tat er ihnen leid, weil die Strenge und die Kraft, die ihn zusammenhielten, dadurch Risse bekam, wie es zum Beispiel heute gewesen war, als Linda ihn eingeladen hatte. Sie hatte ihn mit seinem Vornamen angesprochen, *Osmund*, wie eine unerwartete Liebkosung, und ich dachte: *Sie macht ihn wehrlos.*

In solchen Details steckt Macht: Sie fegen etwas Staub von den Schultern ihrer Männer, und schon haben sie diese unschädlich gemacht, sie rücken auf der Treppe zu einer festlichen Gesellschaft ihre Krawatten gerade, und die Männer müssen sich damit abfinden, sie streichen mit der Hand über ihre Wangen, und die Männer haben dem nichts entgegenzusetzen. Der Abstand, den sie zur Welt halten, wird aufgehoben, diese Frauen dringen zu ihnen durch, wie ihre Mütter es einst taten, als sie sich bückten und sie umarmten, ehe sie zur Schule liefen, als die Mütter mit strenger Miene die Haare kämmten und sie hilflos, mit hängenden Armen dastanden und sie gewähren lassen mussten.

Ich lächelte und sah Enoksens Frau vor mir, die seinen Kopf tätschelt, während er weinend daliegt. Die Schluchzer, die seinen

Körper übermannt haben, verzerren sein Gesicht, lassen seine Stimme brechen. *Ist ja gut, mein Junge, ist ja gut.*

Im Laufe des Abends hatten sie allerdings kaum miteinander gesprochen. Als wäre sie die ganze Zeit auf dem Sprung, hing ihre Tasche immer noch über der Schulter, verkniffen saß sie da; vielleicht machte die Umgebung sie unfrei, vielleicht hatte sie das Gefühl, dass dieses Fest, das wie ein pummeliges Kind johlend, ohne einen Gedanken an sich selbst davonstolperte, unter ihrer Würde war.

»Sie sind Krankenschwester?«, sagte ich.

Ich wollte ihr etwas geben, das war der Gedanke, den der zunehmende Rausch hervorgebracht hatte, deshalb legte ich meine Hand auf ihre Schulter und begegnete ihren überraschten Augen.

Sie nickte, und ich sah, wie ihre erste Überraschung von Misstrauen ersetzt wurde. Ich musste den Abstand zwischen dem Bild überbrücken, das sie von sich selbst hatte, eine Frau zwischen vierzig und fünfzig, die sich bei Anlässen wie diesen nicht mehr zurechtfand, und dem Bild, das sie mit Sicherheit von mir hatte, ein betrunkener und aufdringlicher Kollege ihres Mannes, der plötzlich auf die Idee gekommen war, mit ihr zu reden. Ein junger Mann Mitte zwanzig, welches Interesse sollte er daran haben, mit ihr zu reden, was steckte dahinter, wollte er sich über sie lustig machen? So dachte sie. Sie betrachtete mich, als wäre ich ein Gegenstand, der plötzlich vor ihr abgestellt worden war, ohne dass sie begriff, was er mit *ihr* zu tun haben sollte. Also versuchte ich, geschickt zu sein, ich fragte sie nach verschiedenen Dingen, die ihre Arbeit betrafen, und achtete darauf, kleine Bemerkungen fallen zu lassen, die sie verstehen ließen, dass ich wusste, wovon ich sprach, dass ich nicht nur in Anstalten wie der gearbeitet hatte, in der sie Stationsschwester war, sondern mir meine Gedanken dazu gemacht hatte. Die neue Reform, zum Beispiel, war es überhaupt möglich, ihr nicht ablehnend gegenüberzustehen? Wie konnte es nur dazu kommen, fragte ich, so etwas auf den Weg zu bringen, ohne vorher die nötigen Vorbereitungen getroffen zu haben, wir redeten hier schließlich von *Menschen*, sagte ich, und nicht von *Tieren*.

Nach fünf Minuten in diesem Stil misstraute sie meinen Motiven nicht mehr, sie richtete sich auf, und ihr Gesicht wurde eifrig angesichts dieser unerwarteten Chance, über das zu sprechen, was sie interessant fand. Ich fragte, sie antwortete. Sie erzählte, wie es noch in den siebziger Jahren gewesen war, als man häufig nur eine einzige Nachtschwester für eine ganz Abteilung hatte, dass die Bewohner nachts fixiert wurden, damit man sie unter Kontrolle hatte; ich lauschte und blickte in regelmäßigen Abständen aufmerksam und interessiert in ihr Gesicht, gerührt von meiner eigenen Güte, standen mir Tränen in den Augen.

Das wusste ich ja gar nicht, sagte ich, *fixiert? Wirklich?*, und das Gespräch ging weiter, ich fragte sie, ob sie selbst hier zur Schule gegangen sei, *denn Sie sind doch von hier?*, und sie lächelte und sagte nein, das sei sie nicht, *er* komme von hier, *Wann haben Sie ihn kennengelernt?*, fragte ich, sie erzählte, dass sie sich Anfang der siebziger Jahre als Studenten in Oslo begegnet seien, und ich lachte innerlich schallend. Sie saß hier und erzählte *mir* von ihrer Verliebtheit in Enoksen, dass sie schwanger geworden war und sie heiraten mussten, was war das, dachte ich, warum entblößte sie sich vor *mir*, war sie *dumm?*, dachte ich und schenkte ihr ein entschuldigendes Lächeln, während ich nach meinem Glas griff, das ich füllte und aus dem ich trank, schluckte, *Und dann sind Sie hierher gezogen?*, sagte ich, sie nickte ruhig, *Es ist gut, dass manche Menschen Verantwortung übernehmen,* sagte ich, *dass nicht alle, die etwas aus sich machen wollen, weggehen*, sagte ich und kam auf meinen Respekt vor Enoksen, ihrem Mann, zu sprechen und fragte mich, ob er vielleicht etwas zu viel arbeitete? Sollte er nicht manchmal lieber erst an sich und dann an die Arbeit denken? *Es ist wichtig*, sagte ich, *auf sich selbst achtzugeben. Aber… es ist natürlich idiotisch, hier zu sitzen und das Ihnen zu sagen!*

So saßen wir zusammen, als Enoksen zurückkam. Sie ahnte nicht, dass sie ihn verraten hatte. Das würde sie erst herausfinden, wenn er später von ihr hören wollte, über was in aller Welt sie sich so interessiert mit *Henrik* unterhalten hatte.

»Es war wirklich nett, mit Ihnen zu reden«, sagte ich und zwinkerte ihr zu, ehe ich aufstand.

»Sie gehen?«, fragte sie.

Enoksen sah sie leicht fragend an. Ich konnte mir ein Lächeln nicht verkneifen, ich begegnete seinen strengen Augen und lächelte triumphierend, ehe ich ihm den Rücken zukehrte.

Eine Weile ging ich nur umher, grüßte Leute und plauderte mit ihnen, es spielte keine Rolle mehr, was sie von mir dachten. Ich war das, was sie sahen. Nicht mehr und nicht weniger. Ich trank und ich ging. Lehnte mich an die Wand und rauchte, stand in der Toilette vor dem Spiegel und lächelte mich an, *Also du bist Henrik*, spürte, dass der Alkohol sich inzwischen auf meine Gedanken auswirkte, sie versöhnlicher und kompatibler machte, mit anderen zusammen zu sein. Ist das nicht die Aufgabe des Alkohols, uns einander anzugleichen, fragte ich mich und stand an der Essensausgabe an. Das Gesicht des Mädchens hinter dem Tresen glänzte in dem grellen Licht von Schweiß. Vielleicht war es auch der Dampf aus den Töpfen. Sie holte mit der Metallzange eine Wurst heraus, ich sah kurz Fettaugen, die zwischen den Stöcken aus Fleisch schwammen, ehe sie den Deckel darüber schob und die Wurst geschickt in ein Brot steckte, das sie unmittelbar zuvor in ihrer Hand aufgeklappt hatte.

»Senf und Ketchup?«, sagte sie, ohne mich anzusehen.

Ich nickte und lächelte. Sie schüttelte die Ketchupflasche mehrmals, es spritzte kurz, ehe er gleichmäßig herausrann. Die Bewegungen ließen ihre Brüste wippen, und ich richtete den Blick auf das Fenster hinter ihr, auf die präzise Wiedergabe des Raums, verschleiert von Wasserdampf.

»Fünfzehn«, sagte sie.

Während ich in meinen Taschen nach Geld kramte, starrte sie mit Augen, die vor Langeweile leer waren, an mir vorbei. Ich stellte mir vor, dass sie mit genau diesem Blick unter mir liegen würde. Breite, weiße Schenkel, weiche Brüste, Augen, die vor Langeweile leer waren.

»Hier«, sagte ich und legte die klirrenden Münzen auf den Tresen, griff mit der anderen Hand nach dem Brot und spürte, dass mir das Wasser im Mund zusammenlief, als ich ihn öffnete und mit den Zähnen ein Stück abbiss. Erst das trockene Brot, dann die harte Würstchenhaut, die knackt, wenn die Zähne sie durchschneiden. Ich strich mir mit der Hand über den Mund, um Ketchup zu entfernen, und ging kauend von Neuem in den Saal. Die meisten Gesichter an den Tischen kannte ich, aber nicht gut genug, um Lust zu haben, mich zu ihnen zu setzen. Dann kam ich zu Miriams Mutter. Sie saß mit Katarinas Mutter in der hintersten Ecke. Warum sollte ich eigentlich nicht mit ihnen reden? Die Mütter von zwei meiner Schülerinnen. Ich bin schließlich Lehrer!, dachte ich und blieb stehen, um den Rest der Wurst hinunterzuschlucken, ehe ich zu ihrem Tisch ging.

Ihre Mienen erhellten sich, als sie mich sahen.

»Nehmen Sie Platz, Henrik!«, sagte Katarinas Mutter und zog einen Stuhl heraus. »Setzen Sie sich!«

Verwirrt von dieser Herzlichkeit tat ich, was sie sagte, saß da und lächelte breit neben diesen beiden Frauen, deren Kinder ich unterrichtete, das war so gut. In meinem Inneren hatte sich etwas gelöst. Ich überwachte mich nicht mehr. Ich konnte alles Mögliche denken, ohne von schonungslosen Selbstreflexionen bestraft zu werden, die sonst unaufhörlich über dem Gedankenstrom des Bewusstseins kreisten, die niemals zögerten anzugreifen, wenn ihnen ein schwacher Gedanke ins Auge fiel, der unreif oder auf andere Art unfertig war: Blitzschnell stürzten sie dann durch die Luft, um ihre Krallen in ihn zu schlagen. Gnadenlos wurde er aus dem Strom herausgezogen und an Land geschleift, wo ein ganzer Schwarm dieser Aasfresser des Geistes dazustieß, um in diese hilflose Vorstellung zu hacken, bis sie in Fetzen gerissen und anschließend verspeist worden war. Danach hoben sie ab, die gierigen Vögel der Selbstkritik, danach nahmen sie erneut ihr ruheloses Kreisen über dem Bewusstsein auf, unermüdlich nach neuen Opfern Ausschau haltend. Und niemals mussten sie lange warten. Regelmäßig gingen mir Gedanken durch den Kopf, die so armselig waren, dass ich schon errötete, *noch bevor* ihre Krallen zuschlugen, *noch bevor* ihre Schnäbel loshackten und alles Leben aus ihnen rann.

Wie die Selbstreflexionen zuweilen aufblicken, wenn sie sich um ihre Beute versammelt haben. Wie ihre Blicke leer und schwarz und tot sind. Wie sie manchmal mit ihren großen Schwingen schlagen und sich *gegenseitig* hasserfüllt und unversöhnlich angreifen. Wie das Aas zurückbleibt und jede Ähnlichkeit mit einem Gedanken verschwunden ist; die Teile sind auseinandergerissen und zerhackt und verdorrt. Wie sie langsam zerbröseln und verschwinden und mir so endlich inneren Frieden schenken. Bis ein neuer herausgezogen wird und das Ganze von vorn anfängt.

Aber an diesem Abend wurde keiner umgebracht. An diesem Abend durften sie alle leben. Selbst die idiotischsten Impulse durften ungestört durch mein Bewusstsein treiben. Irgendwann hatten die Selbstreflexionen die Flucht ergriffen. Der Alkohol hatte alle Gedanken im selben Strom vereint, nichts von dem, was ich dachte, stach heraus, *alles* war, wie es sein sollte, es gab nichts, worauf sich herumhacken ließ, und ich lächelte und lächelte und wusste nicht, was ich Gutes tun konnte.

»Wirklich tolle Töchter haben Sie!«, sagte ich. »Beide!«

Sie sahen sich an. Sie konnten es nicht lassen, dachte ich, denn so hatten sie mich nie zuvor gesehen. Aber das war nicht weiter schlimm. Sie sollten sich ruhig ansehen. Sie sollten ruhig überrascht sein.

»Was trinken Sie?«, fragte ich und zog eine der Tassen zu mir heran, beugte mich über sie und sog den sterilen, gleichwohl scharfen Duft ein, der von der schwarzen Oberfläche aufstieg.

Sie lachten.

»Möchten Sie?«

Das sagte Katarinas Mutter.

»Ja«, antwortete ich. »Gern. Aber ich habe keine Tasse.«

Sie stand auf, griff nach einer Tasse am anderen Ende des Tischs und blickte auf.

»Die hat noch keiner benutzt.«

Miriams Mutter hob mit der einen Hand die Kaffeekanne an und schraubte mit der anderen gleichzeitig den Deckel ab, und als sie mir eingoss, dachte ich, dass sie etwas Gutes an sich hatten, diese sicheren, kleinen Bewegungen, die nichts von sich selbst wissen und deshalb so natürlich sind.

»Sie wollen doch sicher einen Schuss?«

Ich nickte. Daraufhin kam die Schnapsflasche auf den Tisch. Rasch wurde etwas von ihrem Inhalt in die Tasse gegossen, ehe die Flasche wieder verschwand. Und diese Menschen waren Mitte vierzig!

Ich lachte in mich hinein.

»Ist er stark genug?«, fragte sie, als ich die Tasse auf den Tisch zurückstellte. Ich schluckte und nickte.

»Sie sind ganz verrückt nach Ihnen, Henrik«, sagte sie.

»*Henrik, Henrik, Henrik*«, sagte Katarinas Mutter, die Stimme ihrer Tochter nachahmend, gleichzeitig ihre eigene Resignation übertreibend, indem sie jedes Mal, wenn sie den Namen aussprach, den Kopf fallen ließ.

»Sie haben sogar angefangen, Hausaufgaben zu machen!«, sagte Miriams Mutter.

»Kürzlich ist sie morgens zum Frühstück gekommen und hatte sich *geschminkt*«, sagte Katarinas Mutter. »*Für wen machst du dich denn so schön?*, habe ich gesagt, und sie ist rot angelaufen und wütend geworden, *Doch nicht etwa für Henrik!*, habe ich gesagt, und Sie hätten sie sehen sollen! *Henrik, nein! Der Idiot!*«

Sie lachten beide. Miriams Mutter legte die Hand auf meinen Arm, vielleicht hatte sie gesehen, dass ich mich auf meinem Stuhl wand, wenn auch nur ein bisschen, denn das gefiel mir natürlich, ihre Gutmütigkeit, ihre Energie, an der sie mich nun teilhaben ließen.

»Sie sind wirklich süß«, sagte sie.

»Außerdem haben sie endlich einen richtigen Lehrer bekommen«, sagte Katarinas Mutter.

Ich deutete ihr zugewandt eine Verbeugung an, um zu verdeutlichen, dass mir ihr Kompliment nicht entgangen war.

»Aber Miriam meint, Sie bleiben nur bis zum Sommer?«

»Ich denke schon«, sagte ich.

»Und wohin gehen Sie dann? Sie werden keinen besseren Ort finden als diesen.«

»Ich weiß nicht ...«, sagte ich und zuckte mit den Schultern.

»Sie fühlen sich wohl hier, nicht wahr?«

»Oh ja. Ich fühle mich hier sehr wohl.«

»Sie dürfen nicht weggehen, Henrik.«

Sie legte wieder die Hand auf meinen Arm. Ich lächelte sie an.

»Meine Schwester wohnt in Kristiansand, habe ich Ihnen das schon erzählt?«

»Ach wirklich?«

»Ja, oder ganz in der Nähe. Ich weiß nicht mehr, wie der Ort heißt.«

»Slettheia?«

Sie schüttelte den Kopf.

»Oder Søm?«

»Nein.«

»Hånes? Oder Vågsbygd?«

»Vågsbygd! Das ist es. Sie hat jemanden aus dem Ort geheiratet. *Jebsen.* Sie wissen nicht zufällig, wer das ist?«

Ich lächelte.

»Großer Gott, Helene, da wohnen fünfzigtausend Menschen, denkst du, er kennt sie alle?«

»Man kann nie wissen! Es könnte doch sein!«

»Und was macht sie dort?«, erkundigte ich mich.

»Grete? Ach, mittlerweile ist sie nur Hausfrau. Aber sie hat eine Ausbildung zur Pharmazeutin gemacht.«

»*Pharmazeutin?*«, sagte ich und spürte eine Hand auf meiner Schulter.

Ich drehte mich um.

»Hier sitzt du also«, sagte Linda. Sie wirkte rastlos. Vielleicht lag es an der brennenden Zigarette zwischen ihren Fingern, vielleicht auch daran, dass ihr Blick unablässig durch den Raum schweifte. »Ich habe mich schon gefragt, was aus dir geworden ist.«

»Im Mai reisen wir übrigens dorthin«, sagte Miriams Mutter.

»Nach Kristiansand?«, sagte ich und drehte mich zurück.

»Ja. Ihre älteste Tochter geht dieses Jahr zur Konfirmation.«

Linda lehnte sich über den Tisch und drückte die Zigarette im Aschenbecher aus. Dann setzte sie sich umstandslos auf meinen Schoß und unterbrach so das Gespräch, als hätte sie Anspruch auf mich.

»Wir haben einen Tisch da hinten«, sagte sie und zeigte. »Komm mit.«

»Na ja …«, sagte ich, überrumpelt davon, dass sie mir plötzlich so nah war. Sie, die ich so oft angesehen hatte. Nun saß sie auf meinem Schoß. Nun pressten sich ihre Schenkel auf meine. Nun sah ich das feine Schimmern von Schweiß in ihrem Nacken, die weichen Flaumhaare, ahnte die Linien ihres Rückens unter der dünnen Bluse, dachte daran, wie es wäre, sie behutsam zu streicheln, die Hände über ihre Brüste gleiten zu lassen und zu spüren, dass die Brustwarzen steif wurden, sie vielleicht zu küssen. Dieser schwache Geschmack von Salz, Augen, die geschlossen werden, ein Mund, der meinen Namen wispert.

Aber wahrscheinlich hatte sie sich nur so hingesetzt, um etwas zu demonstrieren. Wenn Richard sah, dass sie es ganz selbstverständlich tat, würde er begreifen, dass es harmlos war, denn *das* würde sie doch niemals absichtlich tun, während er zusah, wenn mehr dahintersteckte? Nein, dachte sie und setzte sich auf meinen Schoß, zündete sich kokett eine Zigarette an, es war harmlos. Aber für ihn? Konnte er so klar denken, dass er winzige Nuancen wie diese überhaupt wahrnahm?

Weißt du, wen Linda wirklich liebt?

Ihr Arm streifte meinen Arm, als sie sich drehte. Ich spürte den leichten Stoff der Bluse auf der Haut und musste schlucken. Der Körper fühlte sich schwer an, jede Bewegung und jeder Gedanke musste von einem tieferen Ort mobilisiert werden, durch Schichten aus Unsicherheit und Zweifeln gepresst werden.

»Weißt du, ob Henning heute Abend kommen wollte?«

»Ich glaube eher nicht«, sagte ich und musste mich räuspern. »Nein, ich denke nicht.«

Sie drehte sich ein wenig. Schweiß klebte den Stoff an manchen Stellen an die Haut, was mich ebenso erregte wie die weichen Schenkel und runden Hüften, sie war mir so nah. Der Puls, der im Hals schlug, ihre Wärme auf meinen Schenkeln. Sie musste es merken. Spüren, dass ich steif wurde. Vielleicht erregte sie das. Sie windet sich, merkt, dass ich hart werde, raucht, um an etwas anderes zu denken, aber es geht nicht, sie reibt sich die ganze Zeit vorsichtig an mir, und ich lege den Arm um sie. Auf alle, die uns sehen, wirkt es natürlich, sie sitzt auf meinem Schoß, ich lege kameradschaftlich den Arm um sie. Ich streiche ganz leicht mit den Fingern über den Bauch, nur ganz leicht, lasse die Fingerspitzen den Stoff der Bluse berühren, drücke die Falten vorsichtig auf die Haut darunter, während ich ebenso vorsichtig den Unterleib zu ihr hochschiebe. Ein genüssliches Kitzeln, das sie bemerken muss, denke ich, sie merkt es, lässt mich dennoch weitermachen. Sie hat selbst Lust. Warum sollte sie sich sonst auf meinen Schoß setzen? Und sie hat sich so gesetzt, dass weder die beiden Mütter noch Richard mich sehen können, er sieht nur sie und ein wenig von meinem Oberkörper, mein Gesicht kann er nicht sehen, ebenso wenig wie meine Hand.

Ich lege sie schwer auf ihren Oberschenkel.

Oh nein.

Behutsam streichele ich sie, an der Seite des Schenkels aufwärts, weiterhin vertrauenswürdig, ich bin mir nicht sicher, ob ihre Regungslosigkeit Zustimmung signalisiert oder ob sie nicht merkt, dass sich langsam etwas aufbaut.

Sie lehnt sich vor, um den Aschenbecher zu erreichen. Ich hebe die Hand. Als sie sich zurücklehnt, lege ich sie auf ihre Hüfte. Ihr Blick streift mich. Sie lächelt. Ich lächele auch. Sie dreht sich. Ich umfasse den Stoff der Bluse mit den Fingern. Behutsam werde ich sie aus der Hose ziehen und die Hand darunter schieben. Ihre Haut an meiner Handfläche fühlen. Keiner wird es sehen. Nur sie und ich wissen, was geschieht, und sie lässt mich gewähren, denke ich, sie wird dasitzen und rauchen und vor sich hin sehen, während meine Hände sie behutsam streicheln. Sie spürt die Lust stärker werden, muss aber sitzenbleiben, wir sind von Menschen umgeben, die sie kennt, was kann sie also anderes tun, als die Spannung und Erregung zu genießen, eventuell die Augen zu schließen, während meine Hände über ihre Haut fahren. Zarte Bewegungen, von denen kein anderer etwas weiß. Es gibt nur mich und sie. Ein Spiel. Und das Versprechen von mehr, später.

Bei mir, heute Abend, in meinem Bett, sie kommt zu mir herunter, sie hat sich von Richard fortgeschlichen, er liegt schlafend über unseren Köpfen, während ich sie ausziehe. Die Ungeduld in unseren Bewegungen. Der schnelle Atem. Ihr pochendes Herz. *Oh Henrik, endlich.*

Der Gedanke ließ mich innehalten. Ich wollte den Augenblick genießen, ihn in die Länge ziehen. Sie war so nah. Aber es gelang mir nicht. Meine Lust war zu groß. Ich zog an der Bluse und drehte gleichzeitig den Unterleib zu ihr hin. Die Bluse löste sich aus dem Hosenbund. Sie begann, sich zu mir zu drehen. Ich schob die Hand unter den Stoff, strich über ihren Bauch, spürte die Haut feucht an den Fingern. Legte die Hand um die nackte Brust und streichelte zart die Brustwarze, ehe meine ganze Hand ihre Brust umschloss.

Oh nein.

Ich wälzte mich auf die andere Seite des Betts und vergrub das Gesicht im Kissen. Selbst dort, allein in der Dunkelheit meiner eigenen Wohnung, selbst dort durchströmte mich die Scham. Hatte ich das *getan*? Was muss sie von mir gedacht haben? Was hatte ich mir eingebildet, was hatte ich mir nur dabei gedacht, Linda, *Linda*, nein, nein und dann *dort!* Mitten unter all diesen Menschen? Was hatte ich mir nur dabei gedacht?

Als ich die Hand auf ihre Brust legte, drehte sie sich augenblicklich von mir weg. Mit einem Satz sprang sie auf, und ich wurde, brutal, in etwas anderes hineingeworfen. Linda starrte mich an, zunächst ungläubig, bis ihr Blick sich langsam mit Verachtung füllte und ich begriff, wie grausam ich mich geirrt hatte.

Ohne mich aus den Augen zu lassen, steckte sie die Bluse wieder in die Hose. Ich senkte den Blick. Ihre jähe Bewegung hatte die Blicke anderer auf sie gezogen. Es war etwas vorgefallen. Es war etwas getan worden. Wie in dem Moment, nachdem eine Stimme voller Wut erhoben wurde, wandte sich die Aufmerksamkeit aller in der Nähe uns zu. Das war unerträglich, denn was sollte ich tun?

Mit gerötetem Kopf saß ich da und starrte auf den Fußboden vor mir.

In der nächsten Sekunde richtete ich mich auf, als wäre nichts passiert, schob den Stuhl ein wenig zurück und zog gleichzeitig die Schachtel Zigaretten aus der Jackentasche. Ich klopfte eine heraus und steckte sie mir in den Mund. Als würde ich mich in diesem Augenblick teilen und zu zwei Personen werden: einer, die so große Verzweiflung empfand, dass alles unklar und im Zusammenbruch war, eine andere, die kalt zu überspielen versuchte, was passiert war, die rücksichtslos zu ihr aufblickte.

»Hast du mal Feuer?«, sagte ich.

Das waren meine Worte. *Hast du mal Feuer.*

Ihr Blick daraufhin.

Verächtlich und mit schmalen Augen starrte sie mich an. Ich hätte auch in die Hose machen können, als ich dort saß, die Pisse für alle sichtbar am Oberschenkel entlang auf den Fußboden rinnen lassen können, es war das gleiche Gefühl. Das Herumfummeln, die Schande. Und dann der Versuch, es zu überspielen. Nichts hätte dümmer auf sie wirken können. Diese erbärmliche Frage übertünchte nichts. Sie öffnete. Jetzt sah sie Henrik.

Und Henrik?

Er musste ihren Augen ausweichen. Er musste den Blick senken. Denn sie hatte recht. Wäre es möglich gewesen, hätte ich getan, was sie tat, hätte ich mir selbst nach einem letzten höhnischen Blick den Rücken zugekehrt und wäre gegangen, hätte ich Henrik voller Verachtung stehengelassen. Hätte ich im Laufe des Abends zu ihm geschaut und gedacht: *Was für ein Idiot da drüben sitzt, was für ein dämlicher Gesichtsausdruck.* Vielleicht hätte ich beschlossen, diesem Henrik in Zukunft aus dem Weg zu gehen. Denn was trieb er da? Hatte er sie nicht befummelt? Seine ekligen, langen Finger, der ausweichende Blick. Die sanfte Stimme. Nun saß er dort allein, und es brabbelte in seinem Kopf. Voller Selbstmitleid saß er da und stocherte in sich selbst herum. Warum ist er nicht nach Hause gegangen? Liegt irgendwem daran, dass er hier ist?

Wer soll das sein?

Wäre er im Laufe des Abends aufgestanden und zu mir gekommen, ich wäre ihm ausgewichen. Hätte so getan, als sähe ich ihn nicht. Denn worüber unterhielt Henrik sich mit den Leuten? Interessierte mich das? Nein, es interessierte mich nicht. Aber falls er sich mir doch aufgedrängt hätte, wie er es manchmal tat, hätte ich ihm in die Augen gesehen und gefragt: *Was willst du hier eigentlich? Denkst du, wir mögen dich?*

Die Röte, die ekligen Finger, die sanfte Stimme.

Geh nach Hause, Henrik. Geh ins Bett und schlaf. Du sorgst dafür, dass es uns schlecht geht. Du bist unangenehm.

Du bist das personifizierte Unangenehme.

Aber es sollte noch mehr passieren.

Es sollte noch viel mehr passieren.

Wie ein Idiot blieb ich sitzen, als Linda ging. Mein brutales Projekt war abrupt gestoppt worden, und die Umgebung, die eben noch schattengleich gewesen war, nicht wirklich existiert und keine Bedeutung für mich gehabt hatte, war alles, was zurückblieb, aber es gelang mir nicht, ihr von Neuem Bedeutung zuzumessen und Fülle zu geben. Während die Scham glühte, betrachtete ich das idiotische Geschehen um mich herum, Gesichter, die lachend schwabbelten, Körper, die sich in einem Begehren aneinanderpressten, das keiner mehr verbergen wollte. Ist das eine Art, zusammen zu sein? Umherzutorkeln und Menschen etwas zuzurufen, die du dein Leben lang gesehen hast, denen du dich aber erst jetzt anvertraust, denen du Dinge enthüllst, für die du dich später schämen wirst, der Lust nachgeben und dich an der erstbesten Frau reiben, die dir über den Weg läuft, ohne zu merken, wie schäbig und unwürdig der Raum ist, in dem sich das Begehren abspielt. Wackelige Campingtische und billige Plastikstühle, der Fußboden voller verwischter Fußabdrücke in einer Mischung aus Schmutz und geschmolzenem Schnee, die Blatt Toilettenpapier im Flur vor den Waschräumen, die armseligen Teelichter, die man auf Servietten gesetzt hatte, um Atmosphäre zu schaffen, das Geplapper, all dieses Gerede, das aus einer Quelle sprudelte, die nie zu versiegen schien. Tranken sie deshalb in so rauen Mengen? Sie wussten, dass der Saal hässlich und erbärmlich war, sie wussten, dass ihre Körper verlebt und fett waren unter den zehn Jahre alten Anzügen und

Versandhauskleidern, und weil das Verhältnisse waren, auf die sie keinen Einfluss hatten, blieb ihnen keine andere Wahl, als sich selbst zu ändern. Sie tranken, bis die Köpfe sich änderten und all das Schäbige in einem neuen Licht erschien. Der Rausch macht es zu etwas Schönem, zu einem Ort für Schönheit, einem Festsaal, einem Ball. Zu einem Ort, an dem sie sich in einem dummen Glück austoben durften.

Was konnte ich anderes tun, als mir nichts anmerken zu lassen und ein weiteres Mal das Glas an die Lippen zu heben? Das Gespräch mit den beiden Müttern wiederaufzunehmen, war unmöglich, denn es war auch besudelt worden. Welche Freude hatte ich daran gefunden? Mich mit diesen zwei Frauen mittleren Alters zu unterhalten, sollte das etwa eine angemessene Beschäftigung für mich sein?

Sie gaben sich, als hätten sie nichts Ungewöhnliches bemerkt, deshalb konnte ich aufstehen und etwas murmeln, dass ich gehen würde, sie murmelten auch etwas, und so, in der Gewissheit, dass alles, was mich umgab, vollkommen nebensächlich war, bewegte ich mich ein weiteres Mal durch den Saal. Gleichgültig blieb ich bei einer Gruppe nach der anderen stehen und bekam, was ich haben wollte, mehr zu trinken, sie alle gaben mir bereitwillig einen aus und verlangten nichts von mir. Sie fanden es in Ordnung, dass ich wie ein böser Schatten am Rande des Gesprächs stand und mich an ihrem Schnaps bediente.

Vor der Bühne tanzte eine Frau, sie war sicher über siebzig, sie hob das Kleid mit beiden Händen über die Knöchel, trat mit den Beinen. Um sie herum klatschte man im Takt der Musik, das war ja so lustig, sie war doch so alt, trotzdem tanzte sie, trotzdem stellte sie sich zur Schau, das beklatschten und bejubelten sie, ihren runzeligen, eingefallenen Körper, der sich so lustig drehte. Es war abstoßend. Ich sah zwei junge Männer, die wie Böcke gegeneinanderprallten, die Stirn knallte gegen die Nase, der eine sank blutend um, umgeben von Kameraden, die ihre Verachtung hinausschrien und erst Ruhe gaben, als der andere von zwei Wachmännern hinausbegleitet wurde. Höhnisch grinste er sie an und ging zu einem Auto hinaus, um weiter zu feiern. Ich sah einen älteren Mann betrunken torkeln, er musste sich an der Wand abstützen, um die Kontrolle über seinen Körper zurückzugewinnen. Ich sah Leute, die beim Tanzen knutschten, ich sah Hände, die über Rücken und Schultern wanderten, Hüften, die sich an Hüften rieben, Bäuche, die gegen Bäuche gepresst wurden, Pickel, Warzen, Wülste. Leute, die jedes Mal, wenn sie jemanden erkannten, riefen und jubelten, *Hallo du!* Ich sah einen ausschlagenden Arm, der drei Flaschen umwarf, und eine Frau, die im nächsten Moment aufstand, auf ihren klatschnassen Oberschenkel herabsah und dann, ein wenig unentschlossen, mit der Hand darüber strich, als könnte sie das Bier so wegbekommen. Ich sah Linda, die sich erst mit dem einen, dann mit jemand anderem unterhielt, ohne mir und meinem Blick ein einziges Mal Beachtung zu schenken.

Mit der Zeit verschwand ich auch für mich selbst, mit der Zeit dachte ich nicht mehr daran, wo ich war oder was ich tun sollte. Ich trank. Ich ging. Ich trank mehr, ich ging mehr. Und das reichte mir, es war schön. Das einzige Gefühl, das manchmal in mir aufflammte, war die Angst vor dem Moment, in dem es nichts mehr zu trinken gab, wenn alle Flaschen geleert waren und der letzte Gast nach Hause gegangen war, wenn alles vorbei war, aber ich tröstete mich damit, dass es noch lange nicht so weit war, stolzierte herum und gab nichts mehr darauf, was sie dachten oder glaubten.

Ich war das, was sie sahen.

Ich weiß nicht, wie lange ich so umherstreunte. Eine Stunde vielleicht, schwer zu sagen, man verliert jegliches Gefühl für Zeit, wenn man betrunken ist, sie vergeht unabhängig von einem, man hat seine eigene Zeit bekommen. Und ist es nicht befreiend, so außerhalb von allem durch die Gegend zu torkeln? Nicht mehr zu denken, nicht mehr zu fühlen. Sich einer

Benommenheit hinzugeben, die so groß ist, dass alle Nuancen erstickt werden und es nur dem simpelsten und stärksten aller Gefühle gelingt, sich zu behaupten: dem Begehren. Es überlebt selbst die äußerste Benebelung des Geistes. Es leuchtet warm und weich. Ganz gleich, wie verzweifelt du bist, ganz gleich, wie tief du dich verirrt hast, ganz gleich, wie entfernt du gelandet bist, wirst du doch immer das Licht des Begehrens erblicken und deine Schritte sicher von ihm leiten lassen. Das Licht des Begehrens ist das einzig Vertraute in dieser fremden Umgebung, in der du gelandet bist, es strahlt so gleichmäßig, und du begibst dich unverzüglich in diese Richtung. Wie sollst du da einen falschen Schritt machen können? Es führt dich doch geradewegs zum Kern deiner selbst! Also geh! Also folge dem Licht des Begehrens! Dass es jeglicher Raffinesse beraubt ist, muss dich nicht interessieren. Ist nicht gerade das der Grund dafür, dass es ihm gelingt, sich zu behaupten, trotz der Gefühllosigkeit, die alle anderen Gedanken betäubt hat? Doch, das ist der Grund, raffiniert ist es nicht mehr, es ist roh und primitiv, und so simpel, dass selbst der Unbegabteste unter uns versteht, wohin er seine Schritte lenken muss. Aber was macht das schon? Ist das nicht sogar ein Vorteil? Denn jetzt bist du nicht mehr wählerisch. Alles, was du siehst, wird im dunklen Licht des Begehrens betrachtet. Jetzt lässt du dich durch den Raum treiben und erregen, ganz gleich, von was. Hauptsache weiblich.

Selbst von Irene?

Selbst von Irene.

Sie steht mit drei Freundinnen direkt vor der Bühne.

»Ich habe nach dir gesucht, Irene«, murmelte ich und stellte mich neben sie, ganz nah, es konnte nicht nah genug sein. Denn die Lust hatte das Kommando übernommen, ich wollte sie haben, ihren fetten Körper unter mir spüren. Keine meiner früheren Bewertungen galt noch, ich hatte nichts mehr gegen die Trägheit, in der sie sich stets wiegte, gegen ihre körperliche Langsamkeit, von der ich annahm, dass sie auch auf ihre Gedanken abfärbte, oh nein, ich stellte mich neben sie, und als sie meinem Blick begegnete, fragte ich sie, ob sie tanzen wolle.

War sie überrascht?

Ja, sie war überrascht, freute sich vielleicht sogar, in ihrer Welt hagelte es nicht gerade Angebote von Männern, und sie drückte meine Hand, als wir zur Mitte der Tanzfläche gingen. Ich presste mich an sie, und ja, sie schwoll an, ich muss nur pressen, dachte ich und strich mit der Hand ihren Rücken hinab und über die üppigen Hüften, sie lehnte den Kopf an meine Brust, und so tanzten wir, langsam, immer im Kreis, mein Geschlecht steinhart und der Atem schwer, meine Hände fest auf ihre Hüften gedrückt, ich ließ sie gleiten, zwischen ihre Schenkel, ich wollte sie spüren, ich wollte grapschen, aber sie schob mich ein wenig von sich, *Nicht, Henrik*, und ich ärgerte mich, ließ mir aber nichts anmerken, *Entschuldige*, sagte ich, und wir tanzten weiter, mit einem etwas größeren Abstand zwischen uns, bis ich es von Neuem versuchte, bis ich mich wieder an sie schmiegte. Und jetzt zog sie sich nicht zurück; wieder strichen meine Hände über ihre Hüften, wieder ließ sie es geschehen. Ihre Stirn glänzte schweißnass, als sie lächelnd zu mir aufsah. Ich erwiderte ihr Lächeln. Mir gefiel die Macht, die ich über sie hatte. Während wir einander in die Augen sahen, ließ ich meine Hand erneut zwischen ihre Schenkel gleiten, um zu sehen, ob ihr Blick sich verändern würde. Das tat er. Fast reflexartig zuckten ihre Augen, sie zog sich zurück, blieb stehen. *Hör auf damit*, sagte sie, jetzt wütend.

Es ging mir wirklich auf die Nerven.

Ich strich mit den Fingerknöcheln über ihre Wange.

»Jetzt zier dich nicht so«, sagte ich.

Die Überraschung leuchtete in dem fetten Gesicht.

»*Mein Gott*«, sagte ich, und als sie etwas sagen wollte, legte ich die Hand auf ihren Mund, rieb damit über ihre Lippen und spürte, wie sie unter diesem Griff langsam nachgaben, das war ekelhaft, ich zog die Hand zurück und wandte mich ab, noch ehe sie reagieren konnte.

Konnte sie etwas anderes erwarten, so träge und schwer, wie sie war, was erwartete sie eigentlich, dachte ich, wischte meine Hand am Oberschenkel ab und nahm Kurs auf den Ausgang, stieß Leute fort und musste mir auf meinem Weg Bemerkungen und Blicke gefallen lassen, als hätten die Aggressionen im Raum zugenommen. Wenn ich jetzt ging, würde ich bald zu Hause sein, dachte ich. Was für eine Erleichterung.

Ich bahnte mir einen Weg zum Ausgang. Aber dort stand, an die Wand gelehnt, Henning. Ich eilte auf ihn zu und wollte schon seinen Namen rufen, als ich sah, dass er sich mit Linda unterhielt. Aber es war zu spät, er hatte mich entdeckt, es führte kein Weg an einer Begegnung vorbei.

Ich blieb vor den beiden stehen, und meine Augen fixierten Henning, als wären wir nur zu zweit. Das schien ihm unangenehm zu sein, denn er war nicht in der Lage, meinem Blick zu begegnen, und sah zu Boden.

»Bist du doch noch gekommen«, sagte ich.

»Ich wollte nur kurz vorbeischauen«, erwiderte er.

Hatte sie es ihm erzählt? Reagierte er deshalb so ausweichend?

»Scheiße, ich bin blau«, sagte ich.

»Das sieht man«, erwiderte er. »Lass es mal ein bisschen ruhiger angehen, Henrik.«

Er wollte meinem Blick nicht begegnen.

»Und warum?«, entgegnete ich hitzig. »Warum soll ich es ruhiger angehen lassen?«

Er antwortete nicht, warf nur Linda einen Blick zu. Er dachte, ich würde es nicht merken, ich sah den Blick, den die beiden wechselten. In mir sank alles. Trotzdem machte ich weiter.

»Komm mit rein, Henning!«

Aber er wollte nicht.

»Nicht jetzt«, sagte er. »Ich wollte nur kurz vorbeischauen.«

»Dann gehst du nach Hause?«

»Bald.«

»Okay«, sagte ich, so ruhig ich konnte. »Wir sehen uns.«

Wütend auf mich selbst ging ich die Treppe hinunter und auf den Parkplatz. *Komm mit rein!*, hatte ich gesagt. Und als er nicht wollte, war ich gegangen. Als wäre er für mich der einzige Grund gewesen zu bleiben. Jetzt würde ihm klar sein, wie viel er mir bedeutete. Und danach würde er daran denken, wie wenig ich ihm bedeutete.

Dass ich es aber auch niemals lerne, dachte ich außer mir vor Wut und drehte mich um. Sie standen noch zusammen. Auch Linda musste bemerkt haben, wie ich strahlte, als ich Henning sah. Aber warum sollte ich mich damit quälen? Es war nichts. Offenbar dachte sie, sie sei zu gut für mich, anscheinend war ich unter ihrer Würde. Aber von Richard ließ sie sich tyrannisieren. *Das* war in Ordnung. *Das* war okay.

Was für Idioten.

Ich ging die Straße hinab. Der eiskalte Wind riss die oberste Schneeschicht mit und trieb sie in Stößen durch die Luft. Ich presste beim Gehen die Hände auf die Ohren. Meine Atemzüge klangen eingeschlossen, was sich offenbar auch auf mein Sehvermögen auswirkte: Plötzlich sah ich alles wie aus großer Ferne. Als wäre ich eingesperrt. Als wäre selbst mein Blick in diesem Körper gefangen, der ging und ging. Der Widerhall meiner Atemzüge im Kopf. Das Herz, das schlug und schlug. Als wäre ich ein geschlossenes System, eine Maschine mit eigenem Antrieb. Ein Perpetuum mobile, das sich danach sehnte heimzukommen, das sich danach sehnte zu schlafen, das die Kälte spürte, die unter der dünnen Hose die Oberschenkel umschloss, und deshalb schneller wurde. Im Laufschritt eilte ich bergab. Und dann rutschten, ohne dass ich es hätte verhindern können, die Beine unter mir weg, und ich fiel rücklings und schlug mit dem Kopf auf die Erde. Von dem unerwarteten Schmerz wurde mir schlecht. Ich lag vollkommen still und spürte die Übelkeit in mir aufsteigen. Das Blut pochte im Kopf. Ich schaffte es gerade noch und mit Mühe, auf alle viere zu kommen, ehe der Mageninhalt auch schon aufgestoßen wurde und aus meinem Mund spritzte.

Wie ein Köter stand ich dort und erbrach mich auf den Schnee.

Bevor ich weiterging, rieb ich mir mit etwas Schnee über Mund und Stirn. Der kalte Wind half, merkte ich, der Schnee, der in die Wangen stach, hatte eine angenehme Wirkung, ich fror nicht mehr, ging mit schnellen Schritten den Hang hinab und freute mich darauf, nach Hause zu kommen. Dann allerdings kehrte die Übelkeit zurück. Der Schmerz in meinem Kopf verstärkte sich, als der Puls schneller schlug. Ich musste mich noch einmal übergeben.

Oh verdammt.

Mich mit den Händen auf einen Laternenpfahl stützend, krümmte ich mich, als die Magenmuskeln sich in einem Krampf zusammenzogen, der lediglich, bitter und gelb, etwas Galle herauskommen ließ, und bei der nächsten Attacke war dann nur noch zäher Speichel übrig.

Ich schmolz etwas Schnee auf der Zunge und spuckte aus. Wischte die Tränen fort, die meine Wangen heruntergelaufen waren, und blickte zum Gemeindehaus hinauf. Dort wurde weitergefeiert. Noch immer trug der Wind die Musik zu mir herüber, in kurzen Windstößen, lauter und leiser werdend, je nachdem, wohin der Wind wehte. Ein Auto fuhr über die Hügelkuppe. Sekunden später kam es an mir vorbei und wirbelte eine feine Schicht Pulverschnee auf, der mich erneut die Augen zukneifen ließ. Als ich sie wieder öffnete, entdeckte ich drei Gestalten auf dem Weg nach unten. Sie gingen Hand in Hand die Straße hinab. Ich kannte sie. Es waren Irene und ihre zwei Freundinnen.

Sie konnte ich haben.

Sie war nicht abgeneigt gewesen, es hatte ihr nur nicht gefallen, dass andere das Begehren sehen konnten, das auf sie gerichtet war. Das Gefühl, dass die Begierde allen gilt, ist demütigend. Allein mit ihr wäre es etwas anderes, dann würde sie sich mir hingeben, dann konnte ich sie nehmen.

Schon der Gedanke erregte mich. Dass sie gerade die Straße

herunterkam. Dass ich sie bekommen würde, wenn ich nur etwas Geduld hatte.

Ich ging den Anstieg zur Schule hinauf und hockte mich unterhalb des Werkraums an die Wand. Von dort hatte ich freie Sicht. Die Übelkeit steckte mir noch in den Knochen, und um sie zu vertreiben, presste ich Schnee auf Stirn und Wangen, was ein wenig half, genau wie der eisige Wind. Auf der Straße unter mir umarmten sich die Frauen freundschaftlich. Die beißende Kälte ließ die Zeremonie kurz ausfallen; ohne sich die Zeit für die üblichen Floskeln zu nehmen, trennten sie sich und gingen heim. Sie glichen drei Eskimos, als sie dick eingepackt durch das Schneetreiben liefen, immer kleiner wurden sie, bis ihre beiden Freundinnen ganz verschwunden waren und ich mich aufrichten und Irene die steile Seitenstraße hinabfolgen konnte.

Oberhalb des Hauses blieb ich stehen. Die Fenster waren dunkel. Zwei kurze Holzskier standen an die Wand gelehnt. Unter dem Dachfirst neben der Garage lag das vertrocknete Skelett eines Weihnachtsbaums. Schnee fegte über die Einfahrt und wurde von den hohen Schneewällen am Straßenrand zu dem Hang hochgepresst, auf dessen Kuppe ich stand.

Ich hatte keinen Gedanken im Kopf. Ich stand nur da und starrte auf die leere Einfahrt hinunter. Erst als ich hörte, dass hinter mir jemand grölend die Straße herunterkam, reagierte ich. Erst in dem Moment verband ich das Haus dort unten mit etwas. Erst da dachte ich, dass Irene darin war. Vielleicht war sie schon ins Bett gegangen. Ich sah ihren Körper vor mir, sie war nackt und stand im Bett wie ein Tier vor mir, ich drang in sie ein. So war es. Deshalb stieg ich über den Schneewall und bahnte mir mit großer Mühe einen Weg die Böschung hinunter, denn jetzt war mir diese Idee gekommen, die mir so gut erschien, jetzt wollte ich nicht aufgeben, jetzt wollte ich zu ihr. Deshalb rutschte ich die letzten Meter hinunter, deshalb blieb ich vor dem Haus im Windfang stehen, deshalb drückte ich die Türklinke herunter.

Die Tür war nicht abgeschlossen.

Der Flur dahinter lag im Dunkeln. Schemenhaft sah ich eine Reihe von Kleiderhaken mit Jacken, eine Reihe von Schuhen auf dem Boden, Mützen und Schals in einem Korb an der Wand. Ohne das Licht einzuschalten, öffnete ich die nächste Tür und gelangte in einen weiteren Flur. Ich blieb stehen, um zu lauschen. Eine Wanduhr tickte, der Wind heulte draußen, ansonsten war es still. Und gemütlich, dachte ich, immer noch verfroren, nachdem ich so lange regungslos in dem kalten Wind gestanden hatte.

Hatte sie sich schon hingelegt?

Ich ging durch den Flur und öffnete die Tür am hinteren Ende. Sie führte ins Wohnzimmer. Drei große Fenster zum Meer hin, dicht an dicht Topfpflanzen auf den Fensterbänken, überall schwere Möbel. Stickereien und Teppiche an den Wänden. Ein Korb mit Stricksachen auf dem Fußboden neben der Couch, ein Stapel Illustrierte auf dem Tisch, daneben ein rotes Brillenetui.

Ich setzte mich auf die Couch. Nahm diesen schwachen, leicht unangenehmen Geruch von alten Menschen, Essensdünsten, stillstehender Luft wahr. Lange blieb ich so sitzen, ohne zu wissen, was ich dort tat, ohne zu denken, dass ich es nicht wusste. Ich saß einfach nur da und stierte vor mich hin.

Irgendwo im Haus ging eine Tür.

Sie war hier.

Ich stand auf. Von der jähen Bewegung wurde mir schwindlig. Ich legte eine Hand auf die Augen und blieb einen Moment stehen, ohne mich zu rühren. Dann ging ich weiter in das Zimmer hinein und versuchte gleichzeitig zu bestimmen, woher der Laut gekommen war. Ich öffnete die Tür zur Küche. Keiner da. Als ich durch die nächste Tür trat und wieder in den Flur von vorhin gelangte, kam es mir vor, als wäre ich Teil eines Spiels, dass ich durch die Korridore lief und durch Türen trat, um alle auszulöschen, die sich mir in den Weg stellten, die von mir wussten, die sich hinter den Wänden befanden und mir entgegenkamen, sobald ich eine bestimmte Linie überschritt.

Ich stützte mich mit den Händen an der Wand ab, senkte den Kopf, berührte mit der Stirn die kalte Holztäfelung und schloss die Augen, um mich zu konzentrieren.

Irene.

Wo mochte ihr Schlafzimmer sein?

Ich blieb vor einer der drei Türen stehen. Kein Mucks. Vorsichtig öffnete ich sie, schob mich hinein und blieb regungslos in dem Zimmer stehen, damit meine Augen sich an die kompakte Dunkelheit gewöhnen konnten.

Jemand atmete. Vage sah ich die Konturen eines Betts, schlich möglichst lautlos näher heran und beugte mich darüber. Es waren ihre Eltern. Sie schliefen tief und fest, lagen beide auf dem Rücken, jeder unter seiner Decke. Sein Mund stand offen. Er sah stumpfsinnig aus, fand ich, geistlos. Seine Lippen vibrierten bei jedem Ausatmen ein wenig. Auch sie wirkte schwachsinnig, wie sie dort mit einer Hand über der Bettkante und gähnendem Mund lag.

Ich drehte mich um und ging zur Schrankwand am anderen Ende des Zimmers. Hemden und Jacken. Im nächsten Regal T-Shirts und Unterwäsche. Was für eine Tristesse. Gar nichts Interessantes? Ich öffnete den Schrank daneben. Auf einem der Böden lagen Taschen und Schuhe, in dem Fach darunter verschiedene Kopftücher und Schals, fühlte ich, und rieb einen von ihnen zwischen den Fingern; der Stoff war dünn und ließ sich nur erahnen, es fühlte sich an, als wäre die Haut an den Fingerkuppen wellig geworden. Als ich ihn zurücklegte, bemerkte ich etwas Hartes unter den Stoffschichten. Ich begriff, dass sie dort ihre Wertsachen versteckt hatte. Kleine Schachteln mit Broschen, die sie geerbt hatte, Schmuckstücke, die man ihr geschenkt hatte. Ich nahm eine von ihnen, eine recht kleine Schatulle mit einer dünnen Kette, die ich durch meine Finger gleiten ließ, als hinter mir etwas geschah. Das Bettzeug raschelte.

Ich stand vollkommen still und starrte zum Bett hinüber. Irenes Mutter setzte sich auf. Ihre Bewegungen waren noch vom Schlaf geprägt. Sie streckte den Arm nach einem Glas aus, das auf dem Nachttisch stand. *Gluck, gluck, gluck, gluck.* Sie stellte das Glas zurück. Anschließend rülpste sie. Ich bekam Platzangst. Ich musste mich darauf konzentrieren, still zu stehen, nicht dem Impuls nachzugeben, durch den Raum zu laufen, um hinaus zu kommen, frische Luft zu atmen, den Wind im Gesicht zu spüren. Ich durfte mich nicht von der Stelle rühren.

Vorsichtig legte ich den Schmuck zurück und beobachtete gleichzeitig, wie sie sich wieder hinlegte. Ein wenig ungeduldig probierte sie ein paar Stellungen aus, bis ihre Atemzüge sich wieder stabilisierten und raspelnd durch die Kehle liefen und ich die Schranktür schließen und mit vorsichtigen Schritten durch das Zimmer gehen konnte.

Im Flur kehrte die Übelkeit zurück. Ich stieß ein wenig Säure auf und musste mehrmals schlucken, ehe ich die nächste Tür öffnete. Auch dort war alles dunkel, aber nicht ganz so undurchdringlich, hier war der Vorhang zur Seite gezogen worden, das blasse Licht der Lampe unter dem Dachvorsprung fiel in einem schrägen Viereck auf den Fußboden. Das Bett war leer.

Sie hatte sich also noch nicht hingelegt.

Ich setzte mich auf die Matratze. Eine Welle der Lust durchströmte mich, als ich die Decke zur Seite schlug und über das kühle Laken strich. In ein paar Minuten würde sie da sein. Es war kaum auszuhalten.

Ich musste sie finden.

Sie stand im Bad vor dem Spiegel und schminkte sich ab. Wasser lief vor ihr ins Waschbecken. Sie hörte mich nicht. Ich stand an die Wand im Flur gelehnt und starrte sie durch die offene Tür an. Als sie sich zum Spiegel vorlehnte, sah ich ihre Brüste und dachte daran, wie es sein würde, hinter ihr zu stehen, den Büstenhalter aufzuhaken und sie in den Händen zu halten. Als sie einen Schritt zurücktrat, betrachtete ich ihre Schenkel, die Hüften, die unter dem schwarzen Slip anschwollen, den ich ihr bald herunterreißen würde. Ich dachte an ihr Geschlecht, wie nass es sein würde, wie sie, weiß und üppig, vor mir stehen und ich in sie eindringen würde, ihr Stöhnen, ihr fetter Leib, der jetzt nur drei Meter entfernt und immer noch ahnungslos war.

Matt vor Begierde hörte ich mich ihren Namen sagen. Aber meine Stimme war sanft und schwach, sie hörte mich nicht, sie befeuchtete den Wattebausch unter dem fließenden Wasser und starrte dabei ihr Gesicht an.

»Irene«, sagte ich erneut.

Sie fuhr jäh herum. Ich sah, dass die Angst ihr Gesicht eroberte, das gerade noch so ruhig gewesen war. Ihr Körper erstarrte.

»Ich habe solche Lust auf dich«, flüsterte ich.

Aber sie hatte keine Angst mehr. Als sie sah, dass ich es war, fiel alle Angst von ihr ab.

»Raus mit dir«, sagte sie.

Als wäre ich harmlos.

»Geh nach Hause, Henrik«, sagte sie und kam auf mich zu. »Du bist betrunken. Jetzt, komm schon. Geh nach Hause.«

Sie blieb vor mir stehen. Packte meinen Arm, als wollte sie mich führen.

Und ich?

Ich legte die Arme um sie und versuchte sie zu küssen.

Sie schob mich von sich.

»*So* einfach ist das nicht«, sagte sie.

Ihre Augen waren ernst. Was glaubte sie eigentlich? Ich packte ihre Handgelenke, hielt sie fest, senkte den Kopf zu ihren Lippen. Sie drehte sich weg und kämpfte darum, sich zu befreien. Ohne einen Laut standen wir so, Irene, die sich in meinem Griff wand, ich, der ich den Versuch machte, ihre zusammengekniffenen Lippen zu küssen. Ihre Arme bebten vor Anstrengung. Ich presste sie an ihren Körper. Sie musste einen

Schritt zurückweichen und stieß gegen die Wand. Ich beugte mich zu ihr vor, presste sie dagegen, sie drehte ihr Gesicht weg. Verbissen, schweigend, ohne mich anzusehen, versuchte sie die ganze Zeit, sich zu befreien. Der Schmerz, der in meiner Stirn pochte, die Übelkeit. Mein Gesicht, das sich näherte, ihr keuchender Atem. Lautlos kämpften wir, bis ich aufgab und sie losließ.

Sie strich mit der Hand über den Arm, wo ich sie festgehalten hatte.

»Okay«, sagte ich. »Wenn du es so haben willst.«

Wir sahen uns an.

Und dann ging ich. Durch den Flur und zur Tür hinaus. Ich warf keinen Blick zurück, um zu schauen, ob sie mir hinterher sah. Den Anstieg hoch, auf die Straße, zur Kreuzung hinunter, wo ich, ohne zu zögern, nach links ging und zum Tunnel hinauf stapfte.

Die frische Luft tat gut. Der Schnee, der über die Fahrbahn wehte, erschuf lange, gewellte Muster, kreiste knapp über den unebenen Eisbuckeln, bis ein Windstoß kam und ihn hochriss. Wie eine Wand trieb er davon, bis der Wind nachließ und erstarb. Unter mir hetzte die See gegen das Land, warf Welle auf Welle gegen die Felsen, steil, hitzig. Ich aber dachte an nichts anderes, als zu gehen. Und ich ging. Durch die unerwartete Stille des Tunnels, in dem nur meine eigenen Schritte ertönten, und auf der anderen Seite wieder hinaus, wo der Wind sich sofort auf mich stürzte. Ich steckte die Hände in die Taschen und senkte den Kopf zum Schutz vor den Böen, dachte, dass ich aushalten konnte, was immer geschah, dass ich unbeugsam war und keinen Gedanken an den Wind verschwenden durfte, der durch meine Kleider fuhr. Es kam darauf an, mich auf etwas anderes zu konzentrieren, darauf, dass ich ging, und dann verschwand die Kälte, dann verschwand der Schmerz, dann fiel ich in mich selbst und vergaß alles außerhalb von mir.

Mindestens eine Stunde war ich wahrscheinlich so gegangen, denn ich hatte fast den ganzen Fjord hinter mir gelassen, als ich die Scheinwerfer eines Autos erblickte, das aus dem Tunnel am inneren Ende des Fjords kam. Ich vermied es, den Wagen im Gehen anzustarren, blickte stattdessen auf das Meer unter mir, als er vorbeifuhr, und dachte, meine Strategie wäre erfolgreich gewesen, bis ich hörte, dass der Wagen bremste und zurücksetzte.

»Hallo!«, riefen sie über das Wummern der Stereoanlage hinweg. »He, du! Wo zum Teufel willst du denn in dieser Kälte hin!«

Ich blieb stehen und drehte mich um.

»Es brennt«, sagte ich.

Woher kam das?

Eine Erinnerung an ein Feuer musste sich gelöst und befreit haben, offenbar hatte sie mich widerstandslos übermannt, denn ich entsann mich, dass Löschzüge an mir vorbeigefahren waren, als ich ging, zwei Mal waren sie mit heulenden Sirenen an mir vorbeigefahren, das stand für mich zweifelsfrei fest, so wie ich auch der festen Überzeugung war, dass ich mich auf dem Rückweg in den Ort befand. Und das, obwohl der Fjord unter mir immer schmaler wurde und kein Licht in Sicht war.

»Aber ich kann es nicht finden«, sagte ich. »Wisst ihr, wo es ist?«

Die Musik wurde ausgeschaltet, die Tür ging auf, und ein Mann stieg aus. Von der Rückbank sah ich einen Kopf nach vorn lugen.

»Das ist dieser Lehrer«, hörte ich jemanden sagen.

»Weißt *du*, wo es brennt?«, fragte ich den Mann, der direkt vor mir stehengeblieben war.

Er legte den Arm um meine Schulter.

»Es brennt nirgendwo. Komm jetzt mit uns zurück.«

Was ging ihn das an?

Ich schüttelte ihn ab und ging weiter.

Die Tür schlug hinter mir zu. Gut, dachte ich. Nur um im nächsten Moment zu begreifen, dass sie wiederkamen. Das Auto fuhr jaulend rückwärts an mir vorbei und blieb zwanzig Meter weiter stehen. Ich ging im Licht der Scheinwerfer und fand es unangenehm, dass sie dort sitzen und mich studieren konnten.

Was wollten sie eigentlich?

Ich versuchte, möglichst schnell an ihnen vorbeizukommen. Diesmal waren sie jedoch zu zweit, packten mich von beiden Seiten, schoben mich in den Wagen und lachten dabei leise.

»Du wirst erfrieren!«, sagten sie und knallten die Türen zu, legten einen Gang ein und fuhren los. Die plötzliche Wärme ließ mich spüren, wie kalt mir war. Mein Körper zitterte.

»Mein Gott, er klappert ja mit den Zähnen«, sagte die Frau, die neben mir saß. Ich vermied es, sie und die anderen anzusehen. Der Fahrer drehte die Musik wieder an.

»Bist feiern gewesen, was!«, rief er.

Ich antwortete nicht. Meine Finger schmerzten, als die Wärme zurückkehrte.

»Draußen sind es zehn Grad unter null«, sagte der Mann auf dem Beifahrersitz und drehte sich zu mir um. »Du hättest vielleicht etwas Wärmeres anziehen sollen als diesen Anzug.«

Sie lachten.

Als ihr Lachen erstarb, wurde es still. Ohne dass jemand das Wort ergriff, fuhren wir am Fjord entlang. Sie langweilen sich offenbar, dachte ich, schweigend saßen sie auf ihren Plätzen, mit fahrigen Bewegungen und rastlosen Blicken in die windige Dunkelheit.

Durch den Tunnel und in den Ort, ohne das Tempo zu drosseln. Bis wir auf der Straße vor dem Haus hielten.

»Jetzt geh ins Bett«, sagte der Fahrer.

Ich öffnete gehorsam die Tür und ging die Straße hinab, schloss auf und trat ins Haus. Regungslos blieb ich im Flur stehen und lauschte. Sie fuhren weg. Ich zählte langsam bis zwanzig, ehe ich wieder hinausging. Aber sie hatten nur eine Runde gedreht. Als ich mich dem Anstieg am Tunnel näherte, tauchten sie wieder hinter mir auf. Ohne mich umzudrehen, wusste ich, dass sie es waren, ich erkannte das Wummern der Stereoanlage. Sie folgten mir im Schritttempo, bis wir den Tunnel erreichten. Dann überholten sie und hielten vor mir an.

»Jetzt hör auf damit. Du erfrierst sonst noch«, sagten sie, mussten aber auch lachen. Diesmal gab ich auf, setzte mich hinein und fand mich schweigend damit ab, dass sie mich ein weiteres Mal nach Hause fuhren, und diesmal schloss ich die Tür hinter mir ab, stieg aus den Schuhen, ging ins Schlafzimmer und legte mich zitternd und frierend ins Bett.

Erst zwölf Stunden später kam ich wieder zu mir. Die Uhr auf dem Nachttisch leuchtete 17:34. Ich lag da und hörte, dass die Stimmen der beiden Kinder, die mich geweckt hatten, immer entlegener klangen, je weiter sie sich am Ufer entlang entfernten. Gequält von Schamgefühlen legte ich mich ins Bett zurück, schloss die Augen und versuchte, mich im Schlaf zu verbergen. Aber es war kein Schlaf mehr da. Mir blieb nichts anderes übrig, als dort zu liegen und mich in diesen schauderhaften Gedanken zu winden. Sie waren meine Kolleginnen, Linda und Irene, und am Montag würde ich ihnen in der Schule begegnen. Sollte ich ihnen in die Augen sehen und sie um Entschuldigung bitten? Wenn ich etwas Widerwärtiges zu ihnen *gesagt* hätte, wäre das kein Problem gewesen, damit hätte ich noch davonkommen können. Aber nach dem, was ich *getan* hatte?

Nein, oh nein.

Ich stand auf, zog alle Vorhänge zu, löschte das Licht, steckte das Telefon aus und schloss die Wohnungstür ab, so dass mich keiner erreichen konnte. Lange stand ich im stockfinsteren Badezimmer und duschte. Dann zog ich mich an und ging in die Küche. Das Licht der Straßenlaternen fiel schräg zum Fenster herein und leuchtete in einem schwachen Widerschein auf dem Fußboden. Als ich mich an den Küchentisch setzte, dachte ich, dass die Dunkelheit beruhigend wirkte, wollte aber nicht darüber nachdenken, warum es so war. Manches sollte man erst gar nicht zu erklären versuchen. An gewissen Dingen muss man sich festhalten. Jeder dürfte solche Orte in sich haben, kleine Punkte, die sich ausbreiten und einen mit Wärme erfüllen, wenn sie Widerhall in etwas Äußerem finden. Eine kleine, unansehnliche Freude, die wächst und dir Trost spendet, wenn du ihr nicht den Raum verweigerst, wenn du sie nicht verhöhnst und sentimental nennst oder leugnest, dass es sie gibt, denn das tut man ja, man sitzt an einem Samstagabend in einer dunklen Küche, starrt das rote Lämpchen der Kaffeemaschine an und denkt, *Was für ein lächerliches Gefühl.* Wie kann einen das Licht an einem elektrischen Schalter rühren? Was soll daran berührend sein?

Ich öffnete einen Spalt zwischen den Vorhängen und sah hinaus, um meinen Gedanken eine andere Richtung zu geben. Die Straße war leer. Das erinnerte mich nur wieder an den gestrigen Abend, auch wenn eine dünne Schneeschicht alle Spuren dessen, was passiert war, bedeckt hatte. Ich stand auf und holte mir eine Tasse Kaffee, stellte sie klirrend auf den Tisch. Als das Geräusch verklang, erkannte ich, dass es in der Wohnung über mir schon den ganzen Abend still war. Kein Mucks, kein dumpfes Klopfen. Dann setzte ich mich wieder auf den Stuhl. Starrte aus dem Fenster. Trank Kaffee. Und von einem weit zurückliegenden Ort trieb sachte eine Erinnerung heran. Anfangs sagte sie mir nichts, sie legte sich wie ein fremdes Gefühl in das ansonsten Vertraute, wie etwas, das ich zugleich fühlte und nicht fühlte. Als würde man nach einem Wort suchen, das plötzlich verschwunden ist, es liegt dir auf der Zunge, es ist da, aber du bekommst es einfach nicht zu fassen.

Was konnte das sein?

Ich betrachtete die Straße. Aber dort war die Erinnerung

nicht. Ich betrachtete die Schneewehen vor dem Fenster. Dort war sie nicht. Ich schaute mich im Zimmer um. Nein. Ich hob die Kaffeetasse an den Mund und trank, aber sie war auch nicht dort.

Woran hatte ich gedacht.

An die Stille in der Wohnung über mir. Hing die Erinnerung mit den beiden zusammen?

Nein.

Als ich das Geräusch eines Autos hörte, lehnte ich mich vor und zog den Vorhang ein wenig zur Seite. Daraufhin fiel es mir ein. Ich saß so, wie er immer dagesessen hatte. Das war es. Er schaltete das Licht in der Küche aus. Er setzte sich an den Küchentisch und zog den Vorhang zur Seite. Wenn ich unverhofft hereinkam, ließ er sich nie etwas anmerken, rührte keinen Muskel, saß still und regungslos da und starrte aus dem Fenster in die Dunkelheit hinein. Ab und zu stand er, dann konnten wir ihn von der Straße aus sehen, eine schwarze Silhouette hinter dem Fenster. Offenbar glaubte er, die Dunkelheit mache ihn für Blicke von außen unsichtbar, darum ging es, aber wir sahen ihn, und das war unheimlich, denn alle waren ja daran gewöhnt, von diesem Schatten überwacht zu werden. Keiner kommentierte es. Aber ich merkte es ihnen an: Die Dunkelheit dort hemmte sie. Keiner schrie, keiner prügelte sich, keiner stürzte sich in etwas Unbesonnenes, wenn er am Fenster stand. Erst als sie älter wurden, als sie vierzehn, fünfzehn waren. Dann reagierten sie manchmal trotzig, eine Flasche wurde auf dem Asphalt zerschlagen, ein Moped bäumte sich auf, und eine Stimme rief, *Da steht dieser Mistkerl wieder*, oder sie setzten, wenn ihre Eltern im Sommer in Urlaub waren, den Wagen aus der Einfahrt zurück und fuhren ruckelnd die Straßen hinunter, wobei die Kupplung kreischte und der Motor aufheulte und ihre rostigen Teenagerstimmen vor lange unterdrückter Freude johlten. Es wurde etwas freigesetzt, ihnen wurde etwas klar: Er hat keine Macht über uns. Wir können tun, was wir wollen.

Wir können trinkend auf der Straße stehen und grölen; wir sind sechzehn, und er kann uns nichts sagen. Er kann nichts tun. Er hat keine Macht über uns.

Wo waren wir da, Klaus?

Wo waren wir?

Ich bekam Lust, meinen Bruder anzurufen, besann mich aber sofort wieder. Schließlich hatte sich nichts verändert. Stattdessen ging ich ins Wohnzimmer und schaltete den Fernseher ein. Das bläuliche Licht, das bei jedem Bildwechsel über die Wände flackerte, das Gefühl, sich an etwas anzuschließen, ein Netz, an das auch andere Menschen angeschlossen waren, wir sahen exakt das Gleiche, das war ein gutes Gefühl, es linderte. Nur gelegentlich loderten die Gedanken an den Vorabend auf, daran, wer ich in ihren Augen gewesen war. Kurze Schlaglichter, die ich nicht beeinflussen konnte, ich musste sie wüten lassen, bis sie von selbst davonglitten und ich ihnen entwichen war.

Miriam.

Als ich die Türklingel hörte, wusste ich sofort, wer es war. Sie wollte zu mir, ich hatte sie darum gebeten, jetzt war sie da.

Das durchdringende Klingeln ließ mein Herz schneller schlagen. Wer kann regungslos in einer leeren Wohnung sitzen, wenn es an der Tür klingelt?

Ich zählte die Sekunden, als wäre es ein Blitz gewesen und als wartete ich nun auf den Donner.

Sie steht vor der Tür. Zögert sie? *Dreizehn, vierzehn, fünfzehn*. Langsam hebt sie den Zeigefinger zum Knopf. *Sechzehn, siebzehn, achtzehn*. Hält inne. *Neunzehn*. Dreht sich um. *Zwanzig*. Überlegt es sich anders.

Noch ein Mal.

Ich schaffte es nicht mehr sitzenzubleiben. Mit klopfendem Herzen ging ich so leise wie möglich in die Küche. Von dort konnte ich den Hauseingang sehen. Behutsam zog ich den Vorhang zur Seite. Da stand Miriam mit Händen, die unentschlossen herabhingen, und sah vor sich zu Boden. Dann hob sie den Kopf, ich sah sie, sie stand auf den Zehen und spähte durch das Glas in der Tür hinein. *Er hat doch gesagt, dass er zu Hause ist?*

Geistesabwesend legt sie eine wärmende Hand auf jede Wange, als sie sich umdreht und die Straße hinaufschaut. Sie ist so schön. Das sehe ich jetzt. Ihre Art, die Fäustlinge aus der Tasche zu holen und anzuziehen, ihre Finger, die über den wolligen Stoff gleiten, ohne dass sie darüber nachdenkt. Denn sie denkt an mich. Während ihre Hände arbeiten, versucht sie, mich durch die Scheibe in der Tür zu erspähen. Aber ihr Gesicht ist unergründlich, obwohl sie sich unbeobachtet fühlt, verrät es in diesem Augenblick nichts.

Ich will schon an die Scheibe klopfen, will, dass sie zu mir hereinkommt. Aber in dem Moment macht sie kehrt, um zu gehen, und ich senke die Hand wieder. Sie würde begreifen, dass ich sie angestarrt, ihr Bild aufgesogen habe, eine Gier, die sie nicht verstehen, die ihr aber intuitiv missfallen würde.

Fünf Schritte macht sie, bis sie sich umdreht und zurückkehrt. Ihr Gesicht ist jetzt entschlossen, sie zieht einen Handschuh wieder aus und hebt die nackte Hand zur Türklingel.

Das Geräusch durchschneidet die Wohnung. Ich schließe die Augen. Ich bräuchte nur ein paar Schritte zu machen und die Tür zu öffnen, schon würde sie vor mir stehen. Errötend würde sie mich grüßen und ich sie lächelnd hereinbitten und vor ihr ins Wohnzimmer gehen, damit sie in Ruhe ihre Stiefel und die Jacke ausziehen kann. Und dann? Dann würden wir beide, Miriam und ich, im Wohnzimmer sitzen? Sollte ich mit meinem schwarzen Gewissen und meiner Scham über ihr thronen, wollte ich das? Schwarz und schwer würde ich dort sitzen, vor ihr, die nichts über mich wusste, die verliebt war und es nicht einmal wagte, meinem Blick zu begegnen.

Sie stampfte in der Kälte mit den Füßen auf, streifte den

Handschuh wieder über, und ein letzter Entschluss nahm in ihr Gestalt an, *Anscheinend ist er nicht zu Hause.* Aus der anderen Tasche zog sie eine Mütze, die sie sich aufsetzte, als sie ging. Ich sah sie, und es brach mir das Herz. Aber es wäre schlimmer gewesen, wenn sie hier mit mir gesessen hätte, es wäre eine Qual gewesen, dachte ich, es war trotz allem besser, dass sie ging. Und sie würde nicht zurückkommen. So stark war ihr Wille nicht, dass sie sich dieser Situation drei Mal hintereinander aussetzte.

Ich kam an diesem Abend nicht zur Ruhe, lief ziellos durch die Wohnung, duschte noch einmal, zog neue Kleider an und beschloss, die nächste Woche zu planen, aber als ich den Stapel Blätter auf dem Schreibtisch sah, fehlte mir auch dazu die Kraft, ich stand auf und warf einen Blick in den Kühlschrank, legte mich im kühlen Schlafzimmer unter die Decke und schloss die Augen. Sofort glitten Sequenzen aus der Nacht durch meinen Kopf. Dennoch, an einem anderen Ort in der Tiefe meiner selbst gab es etwas Gutes, woran ich denken konnte. Das Bild Miriams, die vor der Tür wartete. Ihr Gesicht. Wie es sich im Laufe der sechs Monate, die ich sie kannte, verändert hatte, markanter geworden war: der Bogen der Wangen unter den schmalen, grünlichen Augen, die Lippen, mit denen sie lächelte, ohne sie zu öffnen. Um die Lücke zwischen den Schneidezähnen zu verbergen, erkannte ich, und sehnte mich danach, ihr zu erzählen, wie charmant er war, dieser Spalt, diese Unregelmäßigkeit, was mit ihrem Gesicht geschah, wenn sie sich nicht beherrschen konnte und ihre Lippen sich öffneten, die nagende Sehnsucht, die sie dann in mir auslöste.

Sie hatte vor der Tür gestanden. Vor einer halben Stunde hatte sie dort gestanden, dachte ich, einen Meter von mir entfernt. Der warme Körper auf der Eingangsstufe, ihre Augen, der Finger, den sie zum Klingelknopf gehoben hatte. Die Steppjacke, die sie ausgezogen hätte, wenn ich ihr geöffnet hätte, der Pullover darunter, den ich zufällig hätte berühren können, der

Schal, den sie vom Hals gewickelt und an den Kleiderhaken gehängt, die Stiefel, die sie abgestreift hätte, die roten Wangen. Ihr Geruch im Zimmer.

Hatte sie wirklich vor der Tür gestanden? Ich stand auf, ging in die Küche und zog den Vorhang zur Seite. Es stimmte. Da waren ihre Spuren. Ein schiefer, leicht zögernder Pfad zum Haus, eine Ansammlung wartender Fußabdrücke vor der Eingangstür, ein schneller Rückzug mit kurzen Schritten wieder hinauf. Sie war gekommen, sie war hier gewesen.

Daran konnte ich denken.

3

Es schneite die ganze Nacht und bis in den nächsten Tag hinein, unaufhaltsam fielen weiße Flocken aus dem ruhigen, grauen Himmel. Es schien niemals aufhören zu wollen. Als ich am Montag zur Schule ging, lag der Schnee wie ein flauschiger Pelz auf Häusern und Autos, er hatte wankende Türme auf Straßenlaternen errichtet, sich sogar auf die Leitungen gelegt, eine zarte Mauer aus Daunen, die schon der leiseste Windhauch in den Abgrund stürzen würde. Aber es wehte kein Wind. Alles war ruhig. Die weiße, wollige Landschaft, durch die ich stapfte, dämpfte alle Geräusche und packte jede Bewegung ein. Stille ruhte über dem Ort. Selbst die flüchtigen Blicke, die ich auf Gesichter hinter Fenstern werfen konnte, auf Menschen, die eine Tür hinter sich zuschlugen und mit gereizten Bewegungen zur Garage stiefelten, die ihre Tasche an der Wand abstellten, bevor die Hände den kalten Stiel umfassten und Schnee schippten, hatten etwas Fernes. Als ob das alles eigentlich gar nicht passiert, dachte ich. Die Schaufel, die nahezu widerstandslos in die lockere Schneeschicht gleitet. Mit einem scharrenden Laut wird eine Schaufel Schnee nach der anderen durch die Luft befördert, verstreut und fällt sanft auf den Haufen neben der beleibten Gestalt im Mantel. Es ist Mortensen. Er arbeitet schwer und in einem einförmigen Rhythmus. In der Garage hinter ihm steht das Auto mit laufendem Motor. Will er die paar hundert Meter zum Geschäft *fahren*?

»Hallo«, sage ich.

Er blickt auf, schaufelt aber weiter.

»Morgen«, sagt er.

Die Haustür geht auf, und ich begreife, dass seine Frau das Auto nehmen wird. Mit kleinen, vorsichtigen Schritten manövriert sie ihren zierlichen Körper durch die Schneewälle zur Garage und ruft, *Das schaffe ich niemals rechtzeitig*.

Ich strecke beim Gehen die Zunge heraus und fange eine Schneeflocke auf, die sofort schmilzt. Höre Mortensen hinter mir leise schnauben. Irgendwo wird eine Schaufel auf einen Betonboden geschlagen, die Laute werden klackernd von der Wand zurückgeworfen und dann, so jäh wie ein Fall, endet: neuerliche Stille.

Ich denke an den Schnee, der sich im Dunkeln auf den Berg legt, das wachsende Gewicht. Ist der Himmel unter der Kappe aus Finsternis grau?

Grau und schwer. Eine sanfte Hand, ein freundlicher Blick, ein alter Himmel. Dann erwachen wir, dann fahren wir vorbei. Überall Menschen in Bewegung. Mit mürrischem Gesicht ins Bad, in die Küche auf eine Tasse Kaffee und eine Scheibe Brot, ehe der Mantel angezogen und das Haus zugunsten des Autos verlassen wird. Mit behandschuhten Händen entfernt man Schnee von der Windschutzscheibe und wirft seine Tasche auf den Beifahrersitz, bevor man sich hineinsetzt und die Tür zuzieht. Die Autoheizung schickt anfangs nur Kanäle kalter Luft durch das Wageninnere, und die unebene Schicht aus gefrorenem Schnee auf der Scheibe zwingt einen, den Kopf auf den ersten paar hundert Metern zu senken, bevor die Wärme Wirkung zeigt, die Scheiben freischmilzt und man das Tempo erhöhen kann, man fühlt, dass man wach wird, zieht mit einer Hand den Schal aus und öffnet die Jacke; vielleicht schaltet man auch das Autoradio ein, um die letzten Nachrichten zu hören, vielleicht schaut man den Anstieg zur Schule hinauf, wenn man abbiegt und einem eine große, schlanke Gestalt ins Auge fällt, die mit einer Tragetasche in der Hand aufwärts trottet. Vielleicht denkt man: Ich muss schon sagen, er ist ganz schön spät dran!, ehe man sich wieder auf das Fahren konzentriert und mit aufwirbelndem Schnee hinter sich durch den Tunnel verschwindet. *Wie ein Kometenschweif*, denkt der Fußgänger und bleibt stehen, bis der Schnee sich gelegt hat.

Zehn Minuten kommt er zu spät.

Sie saßen geduldig wartend auf ihren Plätzen.

»Hast du verschlafen?«, sagte Katarina.

Von der anderen Seite der Trennwand drang Irenes Stimme an mein Ohr.

Ich legte die beiden Bücher, die ich mitgebracht hatte, auf den Rand des Lehrerpults, obwohl ich nicht vorhatte, sie zu benutzen.

»Wenn *wir* zu spät gekommen wären, hätten wir uns etwas anhören müssen«, sagte Kenneth.

Miriam drehte sich zu ihm um. Sie kritzelte in das Buch, das auf seinem Pult lag, solche Dinge machten sie manchmal, um ihre allumfassende Gleichgültigkeit zu demonstrieren – wenn Kenneth protestierte, würde sie lediglich schnauben und so seine streberhafte Untadeligkeit bloßstellen, wenn er nicht reagierte, würde sie ihn ansehen, *Hast du sie noch alle, siehst du nicht, dass ich etwas in dein Buch kritzele?* Einfälle dieser Art kamen ihnen ständig, sie hatten etwas entdeckt, eine Überlegenheit diesen armen Jungen gegenüber, die sie immer stärker ausreizten. Die gleiche Haltung setzten sie auch bei den Neuntklässlern ein, und zwar mit großem Erfolg. Es funktionierte, sie hatten Macht, begriffen aber nicht, warum alle Jungen sie gewähren ließen, sie merkten nichts von der Nervosität, auf die ihr freches Auftreten stieß, sie wussten nicht, dass die Unsicherheit, die sie sorgsam abschirmten, für *alle* galt, selbst für diesen siebzehnjährigen Teufel, der ihnen mit seinem Tempo und seiner Verwegenheit unerreichbar zu sein schien, wenn er auf seinem Moped durch den Ort bretterte. Und für mich, ihren Lehrer. Hätte ihnen das jemand gesagt, sie hätten es bestritten, denn das war völlig absurd und es wäre ihnen unmöglich gewesen, es zu verarbeiten.

Dass ihr Lächeln irgendeine Bedeutung in meiner Welt hatte. Dass ihr Anblick, wenn sie mit den Händen in den Gesäßtaschen dastanden und sich weltgewandt umschauten, mich dazu brachte, voller Sehnsucht an sie zu denken, wäre eine Neuigkeit mit unüberschaubaren Konsequenzen. Denn ihr großer Trotz und ihre ausgefeilte Opposition wurden von mir stets auf eine Weise zurückgewiesen, die klarstellte, dass ich ihnen überlegen war, sie durchschaute und sie auf die Art dazu brachte, ihr eigenes Verhalten peinlich zu finden. Ich erwiderte ihr Lächeln, wenn sie mich anlächelten, aber von dem gleichen Ort aus, von dem ich auch den Viertklässlern zulächelte: erhaben. Ich sah auf sie herab und lächelte. Ich sah auf sie herab und machte ihnen Vorwürfe, wenn es ihnen an der nötigen Konzentration mangelte, wurde wütend, wenn ich Bosheit unter ihnen aufdeckte, wenn ich der Lehrer war, der ihnen Dinge erzählte, die sie nicht wussten, der ihr Interesse zu wecken versuchte, ich war jemand, der ihnen etwas beibringen würde.

Aber jetzt?

Miriam hatte sich zu Kenneth umgedreht, sie kritzelte in sein Buch, es war das Erste, was sie tat, als sie mich sah. Kein schüchterner, gesenkter Blick, keine errötenden Wangen.

Ich begriff, dass sie sich wappnete.

»Miriam«, sagte ich.

»Hm?«, machte sie, ohne sich umzudrehen.

»Setz dich richtig hin«, sagte ich.

Sie drehte sich um.

»Haben wir angefangen?«, fragte sie. »Ich wusste nicht, dass wir schon angefangen haben.«

Unsere Blicke begegneten sich.

»*Entschuldigung*«, sagte sie. Brav wie ein Schulmädchen. »Ich werde es *nie wieder* tun.«

Einige kicherten.

»Holt eure Schreibhefte heraus«, sagte ich und stand auf. »Und macht euch Notizen zu dem, was ich sage. In der nächsten

Stunde werdet ihr eine Zusammenfassung schreiben. Sie wird benotet.«

»Oh *nein*«, sagten sie. »Es ist doch die erste Stunde am *Montag*«, sagten sie.

»Leg das Heft weg, Hanna«, sagte ich. »Und spuck den Kaugummi aus.«

»*Ooh*«, sagte sie, aber eher mit gespielter Empörung, sie gehorchte, stand auf und kam zum Lehrerpult, wo sie den Kaugummi mit einem leisen, dumpfen Geräusch in den Mülleimer warf.

Ich lächelte ihr zu, setzte mich auf die Pultkante und begann zu reden. Bald darauf fielen die Faxen von ihnen ab, bald saß jeder von ihnen über das Papier gebeugt und schrieb. Sie sollten etwas über Martin Luther und die Reformation lernen. Und weil er die einzige Persönlichkeit aus dem sechzehnten Jahrhundert war, von der sie bisher gehört hatten, verdichtete sich in ihm eine ganze Epoche, ein ganzes Jahrhundert wurde von diesem korpulenten Mann personifiziert, der so standhaft seine Thesen an eine Kirchentür in Deutschland geschlagen hatte, ein ganzes Jahrhundert wurde vor Furcht zu Boden gestreckt, als es in einer Vision Gott sah, es war ein ganzes Jahrhundert, das die Botschaft verkündete, allein der Glaube zähle, und das deshalb später mit einem Bann belegt wurde. Eine Geschichte, eine Anekdote, die mit anderen Anekdoten um den Raum in ihrer privaten Version der Weltgeschichte konkurrierte. Sie waren dreizehn und hatten keinen Überblick darüber, was geschehen war, bevor sie zur Welt gekommen waren. Sie hatten vom Römischen Reich und von der Wikingerzeit gehört, sie wussten, dass Norwegen 1814 selbständig geworden war, und kannten den Brauch der Ägypter, ihre Herrscher einzubalsamieren, die gewaltigen Grabkammern in der Wüste. Sie wussten, dass es einen Punkt in der Geschichte gab, an dem der Mensch zum ersten Mal von der Oberfläche der Erde abhob und wie die Vögel flog, sie hatten von Mozart und Beethoven gehört, von den Dichtern

Petter Dass und Henrik Wergeland, sie wussten, dass Amerika von Kolumbus entdeckt worden war und Vasco da Gama den Seeweg nach Indien gefunden hatte. Sie wussten, dass es einen Ersten Weltkrieg vor dem Zweiten gegeben hatte und dass die Juden einst, geführt von Moses, durch die Wüste geflohen waren; sie wussten, wer Abraham, Isaak und Josef waren. Mehr als ein halbes Leben hatten sie die Geschichten über Jesus von Nazareth gehört, wie er zur Welt kam und sie wieder verließ, die Bewegungen der letzten Tage kannten sie im Detail; Judas' fataler Verrat und die dreifache Verleugnung durch Petrus, das Gebet im Garten von Gethsemane und das Leiden am Kreuz, bis er endlich sein Leben aushauchte und sein Körper langsam kalt wurde. Aber als ich ihnen erzählte, dass der Augustus aus dem Weihnachtsevangelium, der Mann, der alle in Judäa zur Volkszählung rief, *derselbe* war, der das Reich regierte, das Julius Cäsar vor ihm regiert hatte, jenes Reich, das Aquädukte und Brücken baute und seine Untertanen mit Gladiatorenkämpfen, Menschenopfern und Pferderennen im Zirkus unterhielt, sahen sie mich verständnislos an. Ich erkannte, dass die Römer der Bibelgeschichten für sie autonome Gestalten gewesen waren, die nur *dort* existiert hatten: Pontius Pilatus, der seine Hände in Unschuld wusch, die Wächter, die um Jesu Habe würfelten. Mehr Römer gab es in der Geschichte nicht. Und so verhielt es sich mit der gesamten Weltgeschichte. Ihre einzelnen Komponenten waren Begebenheiten, die in ihrem Inneren in Schubladen und Fächer einsortiert waren, die Geschichte bestand aus Erzählungen, die aus dem großen prähistorischen Reich hervorgeholt wurden, so wie die Märchen aus dem großen mythologischen Reich geholt wurden. Abgesehen vom Stempel *Ist passiert*, gab es für sie keinen Unterschied. Sechs Jahre lang hatte man ihnen solche Geschichten erzählt, nicht nur in der Schule, sondern auch im Fernsehen, in Büchern und Zeitungen im Laufe ihres kurzen Lebens, und jetzt, da sie in die Mittelstufe gekommen waren, begann die Arbeit, die Ereignisse in eine Reihenfolge zu bringen, sie in einer Topographie der Zeit hintereinander zu platzieren, eine unendlich lange Kette von Ereignissen, an deren Ende sie selbst standen.

In meinen ersten Wochen als Lehrer sprach ich viel über diese Dinge, dass alle Menschen zu allen Zeiten genau wie wir nur die Gegenwart hatten, ich versuchte sie dahin zu bringen, sich vorzustellen, wie es wäre, wenn *damals* auf einmal *heute* wäre, bat sie, als Sklaven Aufsätze in der Wikingerzeit zu schreiben, als Soldaten im Zweiten Weltkrieg und arme Bauern, als der schwarze Tod wütete. *Benutzt eure Fantasie!*, sagte ich und ruderte engagiert mit den Armen. In einer Sachkundestunde ging ich mit meiner vierten Klasse auf den Fußballplatz, ausgerüstet mit einer Rosine, einer Nuss, ein paar Äpfeln, einer Orange, einer Steckrübe und einem Fußball. Während sie mich fragend anstarrten, lief ich herum und maß ab, platzierte den Fußball in der Mitte, *Das ist die Sonne!*, rief ich, und dann verteilte ich die Gegenstände auf dem Platz, so dass die Rosine weit entfernt beim Tor landete, *Das ist Pluto!*, rief ich, *Hä?*, sagten sie, außer Stande, den Vergleich zu verstehen. Josephsen, der mich vom Fenster aus beobachtet und sich gefragt hatte, was in aller Welt ich da machte, deutete an, dass man normalerweise am anderen Ende anfing. *Erarbeite eine Karte von der Gegend hier*, sagte er. *Zeichne die Orte und die verschiedenen Berge ein*, sagte er, und ich lief rot an, als ich erkannte, wie recht er hatte. Aber ich verteidigte mich, ich wollte mich von ihm nicht düpieren lassen, von diesem mittelmäßigen Mann, der sich über mich beugte, um mir zu erzählen, wie die Dinge getan werden mussten. Sein Sohn, Erlend, ging in die vierte Klasse, er war ein träger und verwöhnter Junge, für den nur das Beste gut genug war, das schillerte durch, das war die Motivation, er führte mich als ehrgeiziger Vater auf den rechten Weg, und das sagte ich ihm. *Du machst deine Arbeit, und ich mache meine Arbeit*, sagte ich, *Ich wollte dir nur einen guten Rat geben*, erwiderte er und zog sich zurück, als hätte ihn meine brüske Reaktion überrascht. Dennoch lernte ich etwas von ihm, und später, als er mich einmal zur Seite nahm und über etwas Persönliches sprechen wollte, sagte ich ihm, dass ich damals etwas gelernt hätte und es bereute, mich so abweisend verhalten zu haben. Seine Vertraulichkeit ließ mich sentimental werden, denn er wollte mit mir über Erlend sprechen, der sich darüber beklagt hatte, dass er von seinen Klassenkameraden gemobbt wurde, Erlend, der nachts keinen Schlaf fand, Erlend, der schwer und träge und schlecht im Fußball war. *Warum gehst du nicht zu Irene, sie ist schließlich seine Klassenlehrerin*, fragte ich, und Josephsen sagte, ohne Freude, Erlend habe so begeistert von mir gesprochen, er wisse, dass sie mich mochten, und vielleicht könne ich ja etwas tun, mit ihnen reden. Irene würde bei solchen Dingen tauben Ohren predigen, aber vielleicht könne ich ja etwas erreichen, meinte er, und ich sagte ja, das tue ich doch gern, denn irgendwie war ich ihm dadurch, dass er sich an mich gewandt hatte, überlegen. Ich hatte gesehen, dass es ihn beschämte, zugeben zu müssen, dass sein Sohn gemobbt wurde, sein Sohn nicht so gut zurecht kam unter den anderen Jungen, wie er es gerne gesehen hätte. Aber weil meine Freude über seine Scham so groß war, erzählte ich ihm im nächsten Moment, dass ich damals etwas von ihm gelernt hatte und dafür dankbar war. Ich wollte ihm etwas zurückgeben und so die etwas unbeholfene Art, in der er sich an mich gewandt hatte, überspielen. Ich wollte mich im Gegenzug ein wenig demütig zeigen, und der Augenblick, an den wir daraufhin beide dachten, in dem er mich belehrt und ich ihn zurückgewiesen hatte, obwohl ich wusste, dass er recht hatte, war ein demütigender Augenblick gewesen, der nun, endlich, nützlich wurde.

Was hatte ich gelernt?

Dass die Fantasie einen Ausgangspunkt benötigte. Dass die Fantasie für sich genommen wertlos ist, dass Unwissenheit immer Unwissenheit bleibt, selbst wenn sie nach allen Regeln der Kunst dekoriert wird. Wie eine kleine Schwester sich ins Bad schleichen und heimlich das Make-up ihrer großen Schwester benutzen mag, so hatten sie sich der vielen Farben der Fantasie bedient und wussten es nicht besser, als mit ihnen herumzuschmieren. Das Ergebnis war traurig. Als ich abends die Aufsätze korrigierte, die ich von den Siebtklässlern bekam, dachte ich, dass die kindliche Fantasie, die so einnehmend war, all ihren Charme verlor und hilflos und dumm wurde, wenn sie bei ihnen, den Dreizehnjährigen, auftauchte, dass die Fantasie, die ich bei ihnen sah, nicht expandierte, sondern im Gegenteil implodierte und sie kleiner machte, sie auf ein Niveau herunterzog, das sie längst hätten hinter sich lassen müssen. Ihre Aufsätze waren fantasielos und ohne jedes Wissen sowie voller Rechtschreib- und Grammatikfehler. Ich begriff, wie falsch ich sie eingeschätzt hatte. Dass es einen Unterschied gab, zwischen der Zeit, wenn sie versammelt waren – und zumindest die Mädchen für ihr Alter reif wirkten – und wenn sie allein saßen und etwas schreiben sollten. Sie konnten nichts. Im Spiel untereinander und mir gegenüber waren sie so raffiniert, wie Dreizehnjährige nur sein können, aber Wissen besaßen sie nicht. Ihnen fehlte es an Fakten über die Welt. Mit Ausnahme von drei Schülern waren sie auf dem Niveau von Fünftklässlern. Man hatte sie vernachlässigt, sie hatten immer nur Aushilfslehrer gehabt, die sie sich selbst überlassen hatten, jahrelang hatten sie im Großen und Ganzen nur Aufgaben gelöst, der letzte Aushilfslehrer war Alkoholiker und die meiste Zeit abwesend gewesen. Und dann kam ich.

Die Geschichte! Die Welt! Das Universum!

Alles, was ist, und alles, was war!

Zum Glück begegneten sie mir mit Unwissen und nicht mit Verachtung. Zum Glück lernte ich sie gerade noch rechtzeitig kennen, bevor ihr Selbstbild sich veränderte, während der Wochen, in denen ihre Kinderidentität der sechsten Klasse noch da war und sie mit großen Augen über den Rand zur gleichgültigen, lässigen und leicht missmutigen Art der Mittelstufenschüler hinüberlugten. Wäre ich *jetzt* mit solcher Begeisterung herumstolziert, sie hätten mir ins Gesicht gelacht. Hätten jedes Mal getuschelt und geflüstert, wenn sie mich sahen, dieses höhnische Kichern, das für sie so notwendig war, genau wie ihr allgegenwärtiger Missmut. Wie sonst sollten sie zeigen, dass sie ihre eigenen Gefühle hatten? Wie sonst sollten sie Grenzen zwischen sich und dem Rest der Welt setzen? Wenn sie dreizehn werden, bekommen sie ihre eigene Welt, für die sie sich begeistern, sie liegt da und wartet auf sie: eine Welt aus schönen, muskulösen Männern, aus Popbands, Filmstars, Romantik und Glamour. Diese flüchtigen Blicke in eine Männlichkeit, die sie nicht verstehen, nur erahnen konnten. Was sie in der Wirklichkeit abgestoßen hätte, aber hier gefiltert wurde; sie betrachten sie mit der Unwissenheit und grenzenlosen Unschuld einer Dreizehnjährigen. Du, die du aus diesem Sanften, Braven kommst, in deinem herrlich weichen Jugendbett einschläfst und so rein bist, wie man es nur sein kann, während du in deinen Gedanken diese Männer mit ihren kräftigen Nacken und harten Muskeln liebkost, die dich auf den Postern umgeben, die im schwachen Lichtschein der Straßenlaternen glänzen, weißt du, was du da tust? Verstehst du, was du siehst? Du willst sie doch gar nicht haben, oder? *Eigentlich?* Was siehst du in ihnen, kleines Mädchen, woran denkst du? Willst du, dass sie dich penetrieren, willst du zulassen, dass sie dich herunterdrücken und deine schlanken Schenkel auseinanderschieben oder dich auf den Bauch wälzen und deinen Kopf in einem Griff um deine kurzen Haare straff zurückziehen, willst du auf allen vieren stehen wie ein Tier und es gründlich und brutal geschehen lassen, das kannst du doch nicht wollen? Trotzdem ist es etwas, was du ahnst, als sickerte es aus der Welt zu dir herein, der du dich gerade erst zuwendest, aber in deinen Gedanken ist das ein diffuses, völlig verschwommenes Gebiet, ein Ort, an dem du deine pochende Brust an ihn schmiegen kannst, in der er, von unbändiger Begierde erfüllt, aber beherrscht, an deiner

Seite reitet und dich mit einem Griff auf sein Pferd zieht, dieser freundliche und höfliche Mann, der seine Lust so elegant unter Kontrolle hat, der nur Gutes für dich will. Hinter seiner stillen und starken Erscheinung gibt es in deinen Träumen etwas, was dir guttut; nicht wie jenes andere, das Böse und Dunkle, dieses Drama der Brutalität, das anderen Männern zu eigen ist und dessen Existenz du vage anerkennst. Aber vage ist es ja gerade nicht, es ist hart und präzise, ein genauer und deutlicher Wille. Finger, die sich in deinen Arm bohren, ein Gesicht, das fortsieht, ein Schweigen, das nicht ein gutes Herz oder hingebungsvolle Liebe überdeckt. Das Schweigen der Kälte, das Schweigen der Abwesenheit. Dieses Schweigen ist nicht etwas, das etwas anderes bemäntelt, wie du glaubst, was dir lange Hoffnung schenkt; es ist schlicht Schweigen, Stille, Leere. Es dauert lange, bis du das begreifst, und dann ist es zu spät, du bist zerstört, es hat dich ausgelaugt. Tag für Tag strebst du dieser Leere, dieser Abgewandtheit entgegen, als glaubtest du, dass *du* sie ausfüllen und ihr Leben einhauchen könntest. Als hätte sie etwas mit dir zu tun. Er ist nett zu dir, denkst du, er wird dich sorgsam behandeln, und alles ist ganz toll, denkst du, kurz bevor du an einem späten Abend irgendwo in Norwegen einschläfst. Er sieht dich nur vage in der kreischenden Mädchenmenge, wenn er von seiner Limousine zum Hotel geht, aber das reicht, denkst du, jetzt bist du es, an die er denkt und die er haben will. Wenn du an seine Hotelzimmertür klopfst, bist du es, die er empfängt, der er behutsam durchs Haar streicht, die er behutsam küsst, armes, kleines Mädchen. Du bist es, die sich für ihn öffnet und ihn empfängt, vor dir kniet er nieder, dich will er haben, dein schmutziges kleines Herz.

Davon träumten sie. An diesem Punkt waren sie. Und dort hinein sollte jetzt also auch, laut Lehrplan, Martin Luther. Und dort, in der lutherischen Langeweile, in der Paukerei, in der pietistischen Dürre, war ich ihnen begegnet. Zum Glück erkannte ich, welch ein Fehlgriff diese gewaltige, fast überspannte

Begeisterung gewesen war. *Ihr seid ja dumm!*, hatte ich gesagt, als ich am nächsten Tag in die Schule kam und ihre Aufsatzhefte austeilte. Und sie waren ganz meiner Meinung. Altklug erläuterten sie mir, warum sie nicht so viel wussten, wie sie es eigentlich sollten. *Ihr seid ja dumm!*, sagte ich zu ihnen, und sie fanden ihre Dummheit so peinlich, dass sie widerstandslos die Köpfe senkten und zu schreiben begannen. Wie ein Lehrer in den fünfziger Jahren stand ich an der Tafel und trichterte ihnen Stoff ein, ein mehrmonatiges Beharren, das nichts mit lernen zu tun hatte. Das Wissen, das ich ihnen einbläute, war tot und starr, wie Holzstämme wurde es in ihren kleinen Gehirnen aufgestapelt, und so blieb es liegen, äußerst unhandlich, eine Schicht, die sie zu nichts gebrauchen konnten und bald wieder vergessen würden, dachte ich, zurückgelassen in der Tiefe der Wildnis, die ihre Gedanken bildeten. Nur wenige meiner Schüler würden sich später im Leben dorthin begeben, mit dem richtigen Werkzeug würden sie in der Lage sein, dieses Wissen zu bearbeiten, es die Flüsse des Bewusstseins hinabzuflößen, es vielleicht sogar schaffen, es auf Maß zu sägen und so endlich nützlich zu machen. Bei den meisten würde es jedoch nur unbenutzt, schneebedeckt, versteinert herumliegen.

All das wusste ich, dennoch zog ich die Sache durch, trieb ich sie durch diese Stunden, denen es völlig an Bewegung und Leben mangelte. Zahlen und Buchstaben. Buchstaben und Zahlen. Mir, der ich im Laufe von zwei Wochen der Lehrer geworden war, den ich immer gehasst hatte, gefiel es, sie zu schinden, ich genoss das Gefühl von Kontrolle und Übersicht, das damit einherging. Nach ein paar Stunden zeigten sich stets die ersten Anzeichen von Unruhe, ich scheuchte sie weiter auf die Grenze zu, die sie in sich hatten, ohne sich ihrer bewusst zu sein. Ich versuchte zu sehen, wie weit ich gehen konnte, bis sie aufgaben und sich gegen mich wandten. Dann ließ ich locker, dann machten wir etwas Leichtes, es war eine Zerstreuung, die sie willkommen hießen und freudig annahmen. Im Laufe des Herbstes wurden sie und ich Schritt für Schritt zu einer Einheit. *Deine Klasse verliert den Respekt vor den anderen Lehrern*, sagte Enoksen, womit er recht hatte, ohne dass ich daran etwas hätte ändern können. Denn auch das gefiel mir an ihnen, ihre Art, bei den anderen Lehrern die Grenzen zu verschieben, die ihrem Verhalten hilflos gegenüberstanden und unfähig waren, zu ihnen durchzudringen. Schimpfen? Half nicht. Eine Benachrichtigung an die Eltern? Half nicht. Jedenfalls nicht, solange ich mir in der nächsten Stunde schmunzelnd die Version der Mädchen anhörte, was unmissverständlich bedeutete: Ich stand auf ihrer Seite. Aber ohne es zu *sagen*. Sollten sie sich irgendwann gegen mich wenden, würden sie sich sofort an das halten, was ich ihnen damals gesagt hatte, um mich auf die Art zu brechen, also hielt ich lieber den Mund und lächelte, während sie mir ihre haarsträubend ungereimten Versionen vom Ablauf des Geschehens in der Turnhalle, im Werkraum, auf dem Schulhof erzählten. Sie waren unglaublich frech und auf Hamsunsche Weise gnadenlos, sobald sie Schwäche witterten. Gleichzeitig gefügig und weich und bereit, sich wirklich anzustrengen, wenn sie darum gebeten wurden. Wie jetzt, als sie sich Stichworte notierten, während ich immer weiter über Ereignisse sprach, die ihnen unfassbar fern lagen. Ohne sie zu verstehen, natürlich, aber immerhin. Sie schrieben. Auch Miriam. Mit den Haaren in der Stirn und einem Arm auf dem Pult schrieb sie auf, was ich sagte. Ab und zu strich sie eine Strähne hinters Ohr, ab und zu bewegte sie die Hand oder drehte sich, um jemandem einen Blick zuzuwerfen, Katarina, ein Lächeln, und daraufhin erwachten sie wieder in mir, meine Gefühle, als sie vor meiner Tür stand und wartete. Aber da war ich überspannt gewesen. Jetzt war alles normal. Jetzt gab es eine Wärme, die nicht nur *ihr* galt, sondern sich an alle richtete. Sie waren meine Schüler. Ich mochte sie. Sollte daran etwas verkehrt sein? Wir waren täglich zusammen, wir arbeiteten gemeinsam, sie zeigten mir Seiten von sich, die kein anderer aus ihrem engsten Umfeld sehen durfte, ein reiches Spektrum: Sie waren natürlich und kokett, schüchtern und impulsiv, albern und gekränkt, trotzig und lernbegierig. War es überhaupt möglich, sie *nicht* zu mögen? War es möglich, sie *nicht* gern zu haben, wenn sie mir beharrlich ihr Vertrauen schenkten? Es war normal, dachte ich, und zum ersten Mal seit Tagen war ich ruhig. Alles war normal. Der Schnee, der in der Dunkelheit fiel, das Ticken der Uhr über der Tafel, das Stimmengewirr der Klasse auf der anderen Seite der Trennwand, das Scharren von Bleistiften auf Papier, meine eigene sanfte Stimme, die monoton von den Bauern im ganzen Land erzählte, die einst, vor langer Zeit, alles Wertvolle aus ihren Kirchen geholt und Wagenladung auf Wagenladung an mittelalterlicher Kirchenkunst direkt auf den Scheiterhaufen befördert hatten. Was veranlasste sie, das zu tun? Das Bedürfnis nach Reinheit, das Bedürfnis nach Schlichtheit, sagte ich und wusste, sie waren nicht alt genug, um das zu verstehen, aber sie hörten zu, sie schrieben, alles, was ich sagte, blieb in ihnen. Vielleicht würden sich manche plötzlich an genau diesen Moment erinnern, dachte ich, in zwanzig Jahren, wenn ihnen etwas widerfahren ist und sie irgendwo gequält an einem Küchentisch sitzen, außer Stande zu überblicken, worin sie verwickelt sind, es spielen so viele Faktoren eine Rolle, es muss so viel berücksichtigt werden, es gibt so viele mögliche Motive. *Martin Luther*, denken sie auf einmal und schauen sich um. *Warum habe ich das jetzt gedacht? Martin* LUTHER*? Was soll das, was ist mit mir?*

Ich sah auf die Uhr. Noch eine Minute. Ich stand auf und klappte das Buch auf dem Lehrerpult als Signal zu, dass die Stunde vorbei war. Im selben Moment klingelte es. Die Klasse hinter unserer strömte zur Tür hinaus, ein Gewimmel aus laufenden Beinen und fechtenden Armen, Mützen, die abgezupft und von Hand zu Hand geworfen wurden, aus johlenden Stimmen, die im nächsten Moment verschwunden waren, ehe sie wieder auftauchten, nun aber als gedämpfte Rufe auf dem Schulhof. Meine Mädchen hatten es weniger eilig. Sie zogen sich sorgfältig an, und ihre Schritte zur Tür waren im Vergleich zu dem vorhergegangenen Tohuwabohu so langsam, dass man hätte meinen können, sie wären Adelige, dachte ich und schmunzelte bei dem Gedanken. Prinzessinnen.

Aufgemuntert ging ich zum Fenster und betrachtete die Kinder, die draußen in der Dunkelheit spielten. Ein friedlicher, verschneiter Ort am Rande der Welt, ein letztes Bollwerk, ehe das Meer herrschte, ein Außenposten mit so harten Lebensbedingungen, dass man gelegentlich etwas zu viel trank und Dinge tat, die man am liebsten ungeschehen machen würde. Aus Versehen. Schlimmer war es nicht. Jetzt waren wir auf der Arbeit, um am Ende des Tages, nach einer Mahlzeit und einem Abend vor dem Fernseher, wieder ins Bett zu gehen, das Licht zu löschen und in den Schlaf zu verschwinden. So war es, das taten wir, Tag für Tag, bis alle Spuren dessen, was vorgefallen war, verschwanden oder sich zumindest wie eine Lappalie ausnahmen.

Die Ereignisse an dem unglückseligen Abend hatten in meinem Kopf augenblicklich biblische Proportionen angenommen, als ginge es um Begebenheiten, die so dramatisch waren, dass sie über Generationen hinweg als eine Erinnerung daran überleben würden, wie es einem ergehen konnte, wenn man sich nicht im Griff hatte. Eine Erzählung von Verderben, Schuld und Verdammnis, für immer unerlöst: Die Versöhnung, zu der es niemals kam, ist die Mahnung. *Vergesst nie, wie es Henrik Vankel ergangen ist! Grapsche niemals die Brüste fremder Frauen an. Schleich dich niemals wie ein Dieb in der Nacht in ihre Häuser. Sonst wird es dir und den Deinen schlecht ergehen …*

Aber was genau war passiert, fragte ich mich. Wenn jedes Bruchstück gemustert und die Ereignisse von außen betrachtet wurden, mit mir als handelndem Objekt, losgelöst von allen Gefühlen – was blieb dann übrig?

Ein betrunkener junger Mann.

Ich schrieb die Aufgabe für die nächste Stunde an die Tafel.

Wusch den Schwamm im Becken und wrang ihn aus, sah Henning wie jeden Montag zur zweiten Stunde den Anstieg heraufkommen. Ich grüßte, er erwiderte meinen Gruß. Ich trocknete meine nassen, kreideweißen Hände an der Hose ab und setzte mich ans Lehrerpult. Es klingelte. Die Viertklässler, die aus allem einen Wettkampf machten, kamen rasend schnell zur Tür herein, um die Ersten zu sein. Sie stampften den Schnee von den Füßen, während sie aufgeregt plapperten, hängten ihre Jacken an die Haken und verteilten sich auf ihre Plätze. Henning würde sie unterrichten. Wie üblich waren seine Augen von Müdigkeit gezeichnet, als er den großen Raum betrat, wie üblich erstarb das Stimmengewirr, als sie ihn entdeckten und seine ungeduldige Körpersprache sofort im schlimmsten Sinne deuteten.

»Ich sammele die Hefte in zwanzig Minuten ein«, sagte ich, als meine Schüler auf ihren Plätzen saßen. »Also legt los.«

Ich schaute auf den Plan für den Rest des Tages, um herauszufinden, was ich in der nächsten Stunde tun musste, der Freistunde, die ich immer für Vorbereitungen nutzte. Als ich aufsah, begegnete ich Miriams Blick. Er war auf dem Weg von der Tafel zu dem Buch gewesen, das vor ihr auf dem Pult lag, als er mein Gesicht streifte und dort für ein paar Sekunden verweilte. Es war ein vertraulicher Blick, unsicher, dennoch fest; es lag eine Hoffnung in ihm, die von der Geste, dem Blick selbst zugleich untergraben wurde. Es war ein Blick, der wollte, dass ich etwas bestätigte oder entkräftete, es war ein mutiger Blick. Und er erfüllte mich mit Freude. Aber ich konnte Miriam nichts geben. Ich begegnete ihrem Blick, kniff den Mund zusammen und deutete ein Kopfschütteln an. Ich wusste, dass sie verstand, was ich meinte, was ich ihr verweigerte. Gleichwohl schlug sie nicht sofort die Augen nieder, sie ruhten weiter auf mir, und ich war es, der ihnen auswich. Ich war es, der den Blick senkte, der sich hinter einer plötzlichen Geschäftigkeit verbarg, sie war es, die schaute.

Es war ein Blick, der mich den ganzen Winter begleitete,

der in jeder Stunde als Möglichkeit existierte, und anfangs verwandte ich viel Kraft darauf, ihm auszuweichen.

Miriams schöne Augen.

Ich sah weg, ich sah zu Boden, ich behandelte sie schlechter als die anderen, etwas anderes wagte ich nicht zu tun. Ich wagte es nicht, mich ihr zu nähern. Ich konnte nicht den Arm um ihre Schultern legen, wie ich es bei den anderen tat, ich konnte sie nicht lächelnd ansehen, wenn sie etwas erzählt hatte, das ich amüsant fand, ich musste wegsehen. Ich traute mir selbst nicht. Ich befürchtete, plötzlich rot zu werden, befürchtete, das Gezwungene und Angestrengte würde sich auf meine Bewegungen übertragen und so für alle Welt sichtbar machen, was mir durch den Kopf ging. Ich sah weg. Ich blieb auf Distanz. Und bald ging es vorbei. Es war Januar, es wurde Februar, an einem Vormittag tauchte die Sonne am Horizont auf. Das Auge des Himmels öffnete sich. Ein Aufblitzen, ein Blinzeln, ein erster nervöser Blick. Dann schloss es sich, und alles wurde wieder dunkel. Aber der Vorgang wiederholte sich am nächsten Tag und am nächsten: Denn jedes Mal verging etwas mehr Zeit, bis die Sonne wieder im Meer versank, jedes Mal spaltete sie den immer höheren Himmel über uns. Bevor sie allen Schnee geschmolzen hatte, hakten wir den obligatorischen Skitag mit Kakao, Orangen und Würstchen ab, die wir am Endpunkt der Langlaufloipe, zu der wir am frühen Morgen mit dem Bus gefahren waren, über einem offenen Feuer grillten, ich hielt die Stoppuhr in der Hand und feuerte die Kinder an, die alles gaben, die in dem nassen Schnee davonstakten, den Kopf voller Gedanken an Anerkennung und Erfolg, ich winkte meiner Klasse zu, als sie am Bus auftauchte, nachdem sie sich mehr als eine Stunde vor unseren Lehreraugen verborgen hatte, um sich den obligatorischen fünf Kilometern auf Skiern zu entziehen. Wir fuhren zu einem Schulausflug in die Stadt, sie hatten sich wochenlang darauf gefreut und taten mir unendlich leid, als ich sah, wie unsicher sie im McDonald's waren, umgeben von den städtischen Jugendlichen wurden sie zu Bauern, jegliche Überlegenheit, jegliche Selbstsicherheit war verschwunden: Schweigend aßen sie ihre Hamburger und tranken ihre Cola, während sie halb sehnsüchtig, halb beschämt zu ihren cooleren Brüdern und Schwestern hinübersahen, zu den weiten Hosen, den schwarzen Mützen. *Kommt schon, Kinder!*, sagte ich laut, als wir gehen wollten, woraufhin sie mich eine Stunde lang gekränkt beäugten. Ich paukte ihnen Wortklassen ein und führte einfache chemische Experimente mit ihnen durch, einen Vormittag verbrachten wir auf den Ufersteinen und sammelten alles ein, was wir dort fanden, um es zur Schule mitzunehmen und dort zu bestimmen, sie schlugen in Büchern nach und zeichneten Bilder, die wir aufhängten. Jeden Mittwoch kamen sie mit Gänsehaut und verschränkten Armen aus den Umkleidekabinen, blieben in ihren Badeanzügen am Beckenrand stehen, zogen die Haare zur Seite, ehe sie mit einem kurzen Juchzen hineinsprangen. Glieder, die durch das Wasser glitten, auf und ab wippende Köpfe, die ich hin und her kommandierte, die Flöte, die in der Halle mit einem Klang gegen die Wände gellte, der nirgendwo Halt fand. Ihre Blicke, wenn sie sich auf den Beckenboden stellten, aufrichteten und mir zuwandten, um neue Anweisungen zu erhalten. Das Wasser, das von Schultern und Oberarmen abperlte, die von Nässe zerzausten Haare, der Schnitt der Badeanzüge, der ihre langen Beine hervorhob, die Konturen der Brüste, die sich gegen den nassen Stoff wölbten. Das Gelächter, wenn ich das T-Shirt abstreifte und plump zwischen sie sprang, was später nur eine Erinnerung war, wenn ich abends alleine mit langsamen, geduldigen Zügen im Becken hin und her schwamm, der Lärm der Schüler, den ich manchmal plötzlich vermisste, wenn ich nach meinen monotonen Trainingseinheiten allein in der Sauna saß, das Bild Miriams, die im Türrahmen den Kopf senkt und ihr Haar mit dem Handtuch abtrocknet, das mir in den Sinn kam, wenn ich warm und ermüdet nach Hause ging. Unmerklich war mein Dasein auf einen Wechsel zwischen zwei Orten reduziert worden: Schule und Wohnung. Und obwohl das Bedürfnis, Ordnung in mein Leben zu bringen, ein Grund dafür gewesen war, dass ich hierhergezogen war, der Wunsch nach einem einfacheren Dasein, stimmte der Gedanke mich dennoch traurig: War *das* ein Leben?

In der Welt der Probleme gibt es keine Proportionen. Die Zahl der Probleme ist konstant, und ob sie groß oder klein sind, spielt keine Rolle, eins ist immer das größte, und egal, wie läppisch es später erscheinen mag, ringt man mit aller Kraft damit.

Dass ich ernsthaft geglaubt hatte, ein Umzug würde mir helfen! Was sollte das, hatte ich das Denken eingestellt und mich unmerklich zu den Idioten gesellt? War ich einer von denen geworden, die glauben, dass ihre Probleme sich stets außerhalb von ihnen befinden, einer von denen, die glauben, dass man das Problem nur lokalisieren muss – denn wenn es lokalisiert worden ist, kann man es entweder vernichten, wenn man der dynamische Typ ist, oder es verlassen, wenn man eine defensivere Einstellung zum Leben hat. Hatte ich das gedacht? Glaubte ich, mein Problem läge jetzt noch irgendwo in Bergen herum, während ich, glücklich und befreit, das Weite gesucht und mich in Sicherheit gebracht hatte? Denn mein Problem würde es ja wohl kaum schaffen, aus eigener Kraft den weiten Weg von Bergen bis hierher zurückzulegen? Plötzlich entdeckt es, dass ich fort bin. *Aber die Wohnung ist ja vollkommen leer! Wo ist er nur hin?* Verzweifelt macht sich das Problem auf die Suche nach mir. Rennt durch die Stadt. *Hier nicht.* Am Busbahnhof vorbei und zum Hochtechnologiezentrum. *Hier auch nicht!* Erschöpft und mutlos bleibt das Problem auf dem Danmarksplass stehen, starrt verwirrt auf den dichten Verkehr und erkennt gleichzeitig, dass es ohne mich nicht weiterkommt, dass dieser Mangel es wertlos macht und es ebenso gut aufgeben kann. Resignation. Zurück ins Stadtzentrum, schleppend und traurig wie ein vorzeitig gealterter Mann. *Aber hallo! Was ist denn das?* Das Problem hält inne, ihm fällt etwas ins Auge, das auf der anderen Seite des Überwegs steht und auf Grün wartet. *Ist das nicht…?*

Doch! Ein anderes meiner Probleme, das ich auch zurückgelassen habe. Prüfend betrachten sie einander. Wiedererkennen. Gemeinsame Wut auf mich. Henrik, der sie so brutal im Stich gelassen hat, sorgt dafür, dass die beiden Probleme sich verstehen. Eifrig machen sie sich gemeinsam auf den Weg, nun aber optimistischer, da sie sich darauf geeinigt haben, einen anderen Wirt zu finden, den sie quälen können.

Hatte ich es mir so vorgestellt?

Auch wenn die Probleme ihren Charakter veränderten und kleiner wurden, blieb ihre Menge trotz allem konstant. Meine Unzufriedenheit mit dem einförmigen Pendeln zwischen Schule und Wohnung führte dazu, dass ich abends häufiger Henning besuchte. Wir schauten Videos, wir trainierten gemeinsam in der Turnhalle, jedes zweite Wochenende fuhren wir in die Stadt; Henning kannte dort ein paar Studenten, bei denen wir übernachten konnten, und so bekamen wir etwas dringend benötigte Abwechslung, denn auch Henning wurde gelegentlich von Klaustrophobie übermannt, von dem Gefühl, eingeschlossen zu sein, was den übrigen Einwohnern des Orts fremd war und von ihnen deshalb mit Argwohn gesehen wurde: *Ist es hier für euch nicht gut genug?* Doch, es war gut genug, es war besser als an jedem anderen Ort, an dem ich gelebt hatte, obwohl uns mit der Zeit auch Ereignisse zu Ohren kamen, über die man nur ungern sprach: der Mann, der sich drei Jahre vor unserer Ankunft erhängt hatte, der Mann, der vor zehn Jahren seinen Onkel erschoss und sich anschließend den Gewehrlauf in den Mund steckte und abdrückte, er, der bei einem Autounfall schwer verletzt worden war und nun mit neunzehn Jahren in einem Rollstuhl im Pflegeheim saß. Es waren Tragödien, die man für sich behielt, um uns keinen falschen Eindruck zu vermitteln, *Denn es geht uns wirklich gut! Es ist doch toll hier!*, in die wir jedoch gierig die Zähne schlugen, als wäre etwas in uns stets auf der Hut, als gäbe es einen Willen, der unaufhörlich Distanz suchte, etwas in uns, das sich von einem kleinen Dorf nicht widerstandslos schlucken ließ. Denn im Laufe des Winters war es immer näher gerückt, immer mehr Zeit verging zwischen den Momenten, in denen ich an Menschen dachte, die ich an anderen Orten kannte. Alles drehte sich um meine Schüler, um die Eltern meiner Schüler und um meine Kollegen. Ständige, anstrengende Positionierungen. Henning kam mich niemals besuchen, es war immer umgekehrt, ich besuchte ihn, und das quälte mich. Oft beschloss ich, ihn nicht mehr zu besuchen, bis er mich besucht hatte. Aber dafür war ich nicht stark, nicht stur genug; nach einer Woche fraß ich die Demütigung in mich hinein und klopfte erneut an seine Tür. Lächelnd ließ er mich herein, unangetastet von jeglichen Gedanken an Stolz, Scham und Schuld erkundigte er sich, ob ich einen Kaffee haben wolle, vollkommen unbeschwert nahm er Platz, um unser Gespräch dort wieder aufzunehmen, wo wir es zuletzt unterbrochen hatten. Für Henning war alles, was geschah, nur etwas, das *geschah*, als hätte er streng genommen nichts damit zu tun. Wenn ich ihn ein, zwei Wochen nicht besuchte, würde ich dafür eben meine Gründe haben. So dachte er. Und was stimmte nicht mit mir, da ich nicht so dachte, sondern mich von diesen ewigen Grübeleien darüber, was dahintersteckte, über das Geheime, das Versteckte und den Augen Verborgene zermürben ließ? Nur diese Grübelei führt zur Sehnsucht nach dem Unbeschwerten, und nur diese Sehnsucht hindert einen daran, dorthin zu gelangen. Sie, die dort *sind*, im Unbeschwerten, wo die Dinge einfach geschehen, wo alles zufällig ist und es keine Hintergedanken gibt, wissen einfach nicht, wo sie sich befinden. Dieses fehlende Bewusstsein ist die wahre Bedingung dafür, sich dort aufzuhalten. Sie sehnen sich nicht! Ihnen geht es ja gut!

Und sie fragen sich nicht, warum.

Henning war dort. Irene war dort. Sie wussten nichts voneinander, verstanden sich aber so, als wären sie schon in ihrer

Kindheit befreundet gewesen. Manchmal war ich mit beiden zusammen, und sie unterhielten sich lebhaft, während ich versuchte, mich so gut es ging einzubringen. Seltsamerweise hatten die Ereignisse jener fatalen Nacht Irene dazu gebracht, mir weniger reserviert zu begegnen. Als ich sie eines Abends zu Hause besuchte, um mich zu entschuldigen, hatte sie lediglich geschnaubt, *Hab schon Schlimmeres erlebt,* und gelächelt, ich sei nicht der erste betrunkene Mann, der aufdringlich geworden sei, erzählte sie mir, und ich war überrascht über die Nachsicht, die sie ihrem eigenen Leben gegenüber walten ließ. War ich nicht bei ihr eingebrochen? Hatte ich sie nicht überfallen? Ein Mysterium, dem ich nicht auf den Grund gehen wollte. Die Leute sind, wie sie sind, dachte ich, und Irene ist eben *so*.

Die Beziehung zu Linda wurde jedoch nie mehr wie vorher. Den ganzen Winter blieb sie auf Distanz zu mir. Es war undenkbar, wie früher intime und vertrauliche Gespräche zu führen. Es war etwas zerbrochen, das sich nicht wieder kitten ließ: ihr Vertrauen zu mir. Unfreundlich war sie nicht, nur neutral. Aber Richard hatte sie glücklicherweise nichts erzählt. Er grüßte mich weiterhin, blieb stehen, wenn wir uns vor dem Haus begegneten, plauderte freundlich. An einem Freitagabend Anfang des Frühjahrs stand er vor der Tür und wollte wissen, ob ich Lust hätte, am nächsten Tag mit ihm zum Fischen hinauszufahren. Manchmal fuhr er auf einem der Fischerboote mit, erfuhr ich, es liege ihm noch immer im Blut, sagte er, und da sei ich ihm eingefallen. Es sei ein Erlebnis, das ich mitnehmen solle, solange ich noch die Chance dazu hätte, meinte er. Ich sagte, *Ja, warum nicht*, und erhielt in der Dämmerung am nächsten Morgen auf dem Kai Ölzeug und Gummistiefel. Wir wollten nur einmal hinausfahren und wieder zurück. Ein ganzer Tag an Bord. Ich stand achtern und sah den Ort hinter den schwarzen Bergen verschwinden, die anderen saßen im Ruderhaus, die Hände um ihre Tassen mit starkem Kaffee gelegt, schweigend und mit zerfurchten Gesichtern genossen sie diese Stunden, bevor die eigentliche Arbeit begann. Erfüllt von Frieden stand ich dort und sah den Himmel heller werden, von blauschwarz zu tiefblau und dann einen dünnen Streifen rot knapp über den Bergen. Die Sonne stieg über die Höhen. Ihre ersten Strahlen glitzerten auf den Wellenkämmen. Ich ließ das Geländer los und steckte die kalten, roten Hände in die Taschen, presste die Arme an den Körper. Die Strahlen näherten sich. Das Licht traf den Rumpf und kam krabbelnd wie ein neugieriger Welpe auf mich zu. Er will schnüffeln und mit dem Schwanz wedeln und mich mit der Schnauze anstoßen, dachte ich und musste im nächsten Moment die Augen beschatten, um mich vor dem Sonnenschein zu schützen, der mich überflutete und mit seiner warmen Zunge verspielt mein Gesicht ableckte.

Was wollte Richard?

Wenn ich jemals eine Bedrohung für ihn gewesen war, hatte dies nur daran gelegen, dass sein Misstrauen grenzenlos war und selbst die unwahrscheinlichsten Aussichten nicht außer Acht lassen konnte. Wenn er sich die Mühe machte, mich hier hinaus zu bringen, sah er mich nicht als Bedrohung, sondern als eine mögliche Quelle, einen Zeugen, dem er Informationen entlocken konnte.

Scheinbar unberührt von den Konsequenzen, die seine Fragen haben könnten, versuchte er sie zwanglos in das laufende Gespräch zu schmuggeln, das wir, im Warmen sitzend, mit den Kaffeetassen vor uns, führten. Seine Neugier war metonymisch. Gleichsam zufällig sprachen wir über die Abende, an denen er voller Verzweiflung in einer anderen Stadt saß, ohne mit eigenen Augen sehen zu können, was in seiner Abwesenheit geschah. War das Haus sehr hellhörig? Es gehe ihm manchmal durch den Kopf, dass ich unter ihnen säße und wie viel ich wohl hören könne. Er habe auch einmal so gewohnt, im Studium, es sei so hellhörig gewesen, dass er häufig keinen Schlaf gefunden habe, kein Detail sei ihm entgangen. Ob es mir genauso gehe? Als er damals in seiner Bude in der Stadt wohnte, habe er jederzeit gewusst, wer zu Hause war, mit der Zeit lerne man die Gewohnheiten kennen, wer was machte. Man liege da und spekuliere. Wenn er ein, zwei Tage fort sei, wie so oft, könne ich dann einen Unterschied hören? Es sei schon komisch, wie sich die Geräusche, die noch da waren, veränderten, wenn jemand fort sei, nicht? Daran habe er oft gedacht, was Linda wohl mache, wenn er nicht da sei. Dinge, die man nie erfahren werde. Ob der Wasserfall im Wald weiter rausche, wenn keiner da sei, der ihn höre, verstehst du?

Ich erzählte ihm, wie hellhörig es war. Und dass ich mich so daran gewöhnt hätte, dass ich gar nicht mehr daran dächte. Aber *wenn* sich etwas verändert hätte, *wenn* sich etwas Ungewöhnliches ereignet hätte, wäre es mir bestimmt aufgefallen.

»Aber es ist alles wie immer«, fuhr ich fort. »*Ich* kann jedenfalls keinen Unterschied hören.«

Er erwiderte nichts. Er dachte nach. Richard deutete die Welt auf der Basis eines simplen Naturgesetzes: Wenn ein Vakuum entsteht, wird es sofort versuchen, wieder ausgefüllt zu werden. Wenn er verreiste, kam ein anderer und nahm seinen Platz ein. So dachte er. Nicht bedacht hatte er, dass sich die Ereignisse eben nicht unbeeinflusst vom Beobachter abspielten. Dass die Ereignisse von dem geprägt werden, der beobachtet. Unmerklich kommt es zu Veränderungen, die seiner Gegenwart geschuldet sind. Misstrauen, Untreue, Eifersucht. Wie lange hält man es in einer Beziehung ohne Vertrauen aus? Eine Weile, ein paar Jahre, aber dann?

Dann begegnen sich zwei Augenpaare, dann streicht eine Hand über einen Arm, dann werden die Stimmen gesenkt, und endlich hat sie einen Ort für Verständnis und Aufmerksamkeit gefunden. Jedes Mal, wenn sie daran denkt, steigt die Spannung, jedes Mal wird die Sehnsucht nach ihm etwas stärker. Es ist fast unerträglich, ihn tagtäglich zu sehen, ihm tagtäglich nahe zu sein, ohne jemals ihre Gefühle zeigen, ohne jemals mit anderen darüber sprechen zu können. Alles muss sie für sich behalten. Bis zu jenem Abend, an dem ihr Mann verreist. Dann, dann, *dann* kommt er. Spätabends kommt er, mit schlechtem Gewissen steht er auf ihrer Treppe und klingelt, trotzdem will er es so sehr, dass alle Einwände beiseite gewischt und verdrängt werden, das muss warten. Denn jetzt ist er hier. Jetzt geht es um sie beide.

Es wurde immer unerträglicher, dort zu sitzen. Richard glaubte, seine Motive blieben mir verborgen, und es ist immer schmerzhaft, jemanden zu durchschauen. Der Augenblick, in dem dein Bruder zum ersten Mal schwächer erscheint als du, der Augenblick, in dem du zum ersten Mal deinen Vater mit Mitleid betrachtest, der Augenblick, in dem du begreifst, dass deine Mutter unzulänglich ist. Was du bis dahin als deine eigene Schwäche betrachtet hast, als ein Fehlen von Kraft, das nur dich betrifft, galt in Wahrheit für alle. Selbst für den Strengsten. Die Schwäche existiert auch dort, in etwas, dem du dich unterordnest. Man sollte meinen, es sei eine befreiende Erkenntnis, *Sie sind wie ich*, ein erhebender Gedanke: *Dann werde ich es auch schaffen.* Aber das Gegenteil ist der Fall. Die Erkenntnis ist grausam. Du hattest dich an diese Kraft angelehnt, du hattest dein Vertrauen in sie gesetzt, und nun zeigt sich, dass sie Schwäche verbirgt, jetzt zeigt sich, dass sie gar nicht besser ist als du. Dass es nicht besser wird, als es jetzt ist.

Welch ein fürchterlicher Gedanke.

Dann ist das alles?

Einen tolleren Himmel als den unseren wirst du niemals sehen, eine schönere Landschaft gibt es nicht, und es wird immer nur ein Mond um die Erde kreisen, niemals zwei, wie du dir manchmal vorstellst.

»Ja, ja«, sagte ich und stand auf. Ich lehnte mich ein wenig vor und sah aus dem Fenster. An den Rändern war es weiß von Salz. Auf Deck standen sie in ihrem orangen Ölzeug und verfolgten das Netz, das hinauslief und sich schräg in die Wellen hinter uns senkte.

»Meinst du, ich muss ihnen helfen?«, fragte ich.

Richard lachte.

»Darüber brauchst du dir keine Gedanken zu machen!«, sagte er.

Dann stellte ich mich an die Reling und sah den Fischern bei ihrer Arbeit im hellen Sonnenlicht zu, betrachtete die Wellen, die direkt am Boot kurz und schäumend waren, weiter draußen jedoch zu einer Fläche wurden, die sich im Westen bis zum Horizont senkte. Ich sah die gezackte Bergkette, auf die das Meer im Osten stieß, und dachte an die Tiefe unter uns, an das Tageslicht, das nach wenigen Metern schwand, die Wassermassen, die in der Tiefe über den Grund strömten, die Unterwasserwelt mit ihren Bergen und Vertiefungen, Tälern und schlammigen Ebenen. Dem langsamen Rhythmus der Strömung über dem Meeresboden zu folgen. Durch das Wasser in der Tiefe zu gleiten, über den Rand zu schwimmen und die Berge in einem Abgrund unter dir verschwinden zu sehen, ohne zu fallen, ohne in die Kluft zu stürzen, nur zu gleiten. In Spalten, Rissen, Buchten und Höhlen, um tief innen einen Kiefer zu sehen, der sich öffnet, und schnell dieser Gefahr zu entfliehen, die im nächsten Moment vergessen ist. Du erinnerst dich an nichts, du schwimmst durch kaltes, salziges Wasser und gleitest, ohne es zu wissen, über einen Wald aus Seetang, diese Pflanzen, die zu winken scheinen, wenn sie sich in dem langsamen Rhythmus hin und her wiegen, dem sie preisgegeben sind, im Gegensatz zu dir, denn du kannst der Strömung trotzen und schwimmen, wohin du willst, soweit man die Impulse, denen du folgst, einen Willen nennen kann, der dich nun zu einem von Algen und Muscheln überwucherten Stag geführt hat. Es ist ein Wrack, das vor dir gekippt auf dem Meeresgrund liegt. Du gleitest am Rumpf entlang und schlüpfst durch eine Luke. Es ist dunkel und still. Du schwimmst einen Korridor hinab, eine Treppe hinauf, du gelangst in einen Raum, schwimmst über ein Bett zu einem Fenster, es ist zerbrochen, und du gleitest hinaus und verlässt so dieses Schiff, das für dich nur ein Ding unter vielen ist, das ebenso gut eine Höhle im Fels oder der Kadaver eines Tiers sein könnte, das sich einst im Meer bewegte. Ein riesiges Geschöpf, das vor langer Zeit starb und sank, auf die Seite kippte und regungslos und vergessen auf dem Grund liegen blieb. Dass der Motor und die Instrumente auf der Brücke sich einst als Organe im Inneren des Wesens herausgebildet hatten. Puls, Tempo, Leben. Das Auge des Schiffs, der Mund des Schiffs. Die Verbrennung, die es antreibt, die Abfallstoffe. Die schlichten Gedanken des Schiffs. *Volle Fahrt voraus!* Fracht laden, löschen, fahren. Das Öl in dem hustenden Motor, neue Farbe auf der rostigen Schiffsseite. Der Bug, der durch das kühle Wasser pflügt, das sirrende Rotieren der Schiffsschrauben, der Wind, der über das Deck fährt. *Wie gut das ist.* Ein hunderte Tonnen schweres Monster schwimmt dort. Ein mit Öl beladenes Schiff. Es schaukelt glänzend und schwarz in den Gedanken, während das Boot über das Weltmeer fährt. Ein Schiff ist mit Autos beladen, Reihe auf Reihe, Deck auf Deck gefüllt mit leeren, nagelneuen Autos im Inneren des Schiffs, das sich vorarbeitet, ein Schatten hoch über dir, ein gleichmäßiges Tuckern, das langsam erstirbt. Ein Schiff ist mit Menschen beladen, sie schlafen und essen und liegen tagsüber auf Sonnenliegen an Deck, und nachts tanzen sie in dem großen Saal, stützen sich betrunken auf die Reling und blicken zum tropischen Nachthimmel hinauf, an dem die Sterne so viel näher wirken als hier, hoch im Norden. Hier fährt mein Schiff. Mein Schiff ist mit Säufern und Fischern beladen, einem Lehrer und einem Vertriebsleiter. Mein Schiff rollt in der groben See, es ist klein, es ist kein Schiff, es ist ein Zuber, der zum Fischen hinauswill.

Doch davon weißt du nichts.

Du bist ein Fisch, der nicht weiß, was es bedeutet zu fischen, du schwimmst nur in der Tiefe, gesteuert von deinen Fischimpulsen, *Links, hopp! Rechts, hopp!*, mit einem Körper, der manchmal durch das Wasser schießt, sich dann wieder träge treiben lässt, der manchmal beschleunigt und eine Beute verfolgt, im Zickzack schwimmst du der kleinen Beute mit dem schnell pochenden Herzen hinterher. Dein eigenes schlägt ruhig und schwer. Du öffnest das Maul, und der Fisch gleitet hinein, erst zappelt er ein wenig, du spürst ihn im Maul zucken und schlagen, während deine Augen verfolgen, was vor dir geschieht: der Schwarm silberglänzender, kleiner Fische im schwarzen Wasser. Dann ist er hinabgeglitten, und du schlägst mit der Schwanzflosse und setzt deinen Weg fort. Jetzt aufwärts. Siehst du etwas? Nein, du siehst nichts. Du schwimmst, wie du es immer getan hast. Du weißt nichts vom Fischen. Du hast nie etwas über Netze gehört. Deshalb trifft es dich wie ein Schock. Plötzlich bist du gefangen. Plötzlich spürst du etwas, das sich um deinen Kopf spannt, und du schlägst heftig mit der Schwanzflosse, um es loszuwerden. Aber es geht nicht. Du verstrickst dich nur immer mehr. Es drückt gegen deine Flossen, du schlägst und schlägst mit dem Schwanz, aber es hilft nicht, du bist gefangen. Du hängst im Wasser. Und dann wirst du nach oben gezogen. Gleichmäßig und sicher wirst du hochgezogen, obwohl du die ganze Zeit kämpfst, um dich zu befreien. Es wird heller. Du näherst dich der Oberfläche. Langsam wirst du in eine andere Welt gehoben. Die Luft, die dir nun zum ersten Mal entgegenströmt, als du dich in Panik wüst hin und her wirfst. Es ist hell, es ist kalt, und nirgendwo gibt es Sauerstoff. Du knallst gegen die Bordwand und wirst zappelnd an Deck gehoben. Als Nächstes wird dein Körper von einer behandschuhten Hand gepackt. Ein fester Griff, ein Ruck, und du bist frei. Ein Wurf durch die Luft, ein neuerlicher Aufprall. Dort kannst du liegen und dir das Leben aus dem Leib zappeln. Gegen andere schleimige, spastisch zuckende Fische stoßen. Den Lärm arbeitender Körper hören, den einen oder anderen Ruf, vielleicht nimmst du die Klänge der Gespräche wahr, die einen Meter entfernt geführt werden, vielleicht spürst du, dass ein Blick dich streift.

»Der hier hat eine schöne Größe«, sagte eine Stimme. »Wenn du willst, kannst du ihn bestimmt haben. Ihn mit nach Hause nehmen.«

»Ich weiß nicht …«, sagt die andere Stimme.

»*Magst* du etwa keinen Fisch?«

»Na ja …«

»Frischer Dorsch, mit Rogen und Leber, kann es etwas Besseres geben?«

Richard lehnte sich an die Reling und drehte sich zu mir um.

»Dir ist nicht schlecht?«, fragte er. »Den meisten wird auf den ersten Touren übel.«

Ich schüttelte den Kopf.

»Wir haben ja gutes Wetter«, sagte ich.

Er verstummte und starrte eine Weile hinaus. Regelmäßig zuckte einer der Fischkörper, als hätte er lange regungslos gelegen und nachgedacht, ehe er sich dazu entschloss, einen letzten Versuch zu unternehmen, aus dieser ungastlichen, schrecklichen Welt zu entkommen, in der er sich auf unerklärliche Weise befand. Alle Muskeln spannten sich krampfhaft an. Dann Stille. Dann Krampf. Dann Stille.

Richard lächelte, als wäre ihm etwas Amüsantes eingefallen.

»Weißt du, wer William ist?«, sagte er. »Ja? Er hat zwanzig Jahre als Fischer gearbeitet, und jedes verdammte Mal ist ihm schlecht geworden. Zwanzig Jahre lang, kannst du dir das vorstellen?«

Ich hatte nichts, womit ich seiner Freundlichkeit begegnen konnte. Ich sah ihn an. Er wich meinem Blick aus und starrte zu dem flachen schwarzen Gürtel hinüber, der das Festland war.

»Warum hast du mich gefragt, ob ich mitkommen will?«

Richard lächelte wieder.

»Du hockst doch die ganze Zeit in deiner Bude«, antwortete er und schlug mir auf die Schulter. »Wurde Zeit, dass du mal rauskommst!«

Es entstand eine Pause.

»Schon gut«, sagte er, um abzuwiegeln. »Aber du kannst nicht hier oben gelebt haben, ohne zu sehen, was wir hier *wirklich* treiben. Denn du ziehst doch im Sommer wieder in den Süden?«

»Ja, ich denke schon. Wahrscheinlich.«

Wir blieben schweigend stehen. Unablässig schlug die See weiß gegen den Bug, trieb als Gischt über das Deck, kleine Tropfen, die durch die Luft flogen und fast unmerklich das Gesicht feucht, die Haare nass machten. Ich fror ein wenig. Richard machte keine Anstalten zu gehen.

Mochte er mich?

Das gleichmäßige Tuckern der Maschine, der Geruch von Diesel und Meerwasser, die Möwen, die wie kleine Drachen am Himmel über uns hingen, die rollenden Wellen, deren Kämme weiß schäumten. Der Wind, das Meer. Richard, der direkt neben mir stand und zum Land schaute. Ich wollte sein Bestes. Ich knöpfte die Jacke zu, vergrub die Hände wieder in den Taschen und folgte seinem Blick.

Ich wollte nur sein Bestes.

»Ich habe dir diesen Brief geschickt«, sagte ich.

Er erwiderte nichts. Er war in Gedanken versunken und starrte ausdruckslos vor sich hin.

»Der Brief«, sagte ich.

»Hm?«

»Dieser Brief«, wiederholte ich. »Ich habe ihn dir geschickt. Aber das sollte nur ein Witz sein.«

Seine Augen wurden schmaler. Er versuchte, sich zu konzentrieren.

»Welcher Brief?«

»Ich habe dir vor ein paar Monaten einen Brief geschickt«, sagte ich. »Kurz nach Weihnachten. Du erinnerst dich bestimmt. Aber das war nur ein Scherz. Ich habe das nur zum Spaß gemacht.«

Er drehte sich um und sah mich an.

»Wovon redest du? Ich habe keinen Brief bekommen.«

Am nächsten Vormittag ging ich mit einer schweren Tüte voller Fische in der Hand vom Kai kommend die Straße hinauf. Der Hunger nagte in meinem Magen, wie er es nur nach Nächten mit Übelkeit und Übergeben tut. Und dann Fisch! Ich mochte keinen Fisch, allein der Gedanke an die schleimige, straffe Haut ekelte mich schon an. Trotzdem nahm ich sie aus, schlitzte ihre Bäuche im Spülbecken auf, schnitt die Köpfe ab und entfernte die Innereien. Einen nach dem anderen legte ich in das Gefrierfach des Kühlschranks, ehe ich auf der Rückseite des Hauses zum Ufer hinabging und das Gekröse ins Meer warf. Im Schlafzimmer liegend hörte ich draußen die Möwen schreien und flattern. Seltsam, wie schnell sie den Weg zu unseren Abfällen finden, dachte ich und drehte mich um, ohne einschlafen zu können. Dass die Sonne zum Fenster hereinschien und ihre Strahlen die Wand direkt über meinem Kopf trafen, spielte keine Rolle, auch die Rufe der Seevögel störten mich nicht; es war der Bootsausflug, der mir noch in den Knochen steckte, eine Unruhe, die sich nicht legen wollte, deshalb fand ich keinen Schlaf. Ich hatte ein anderes Tempo im Körper. Die Rufe der Fischer, die ihre Netze ausbrachten, das mahlende Geräusch der Winsch, glänzendes Ölzeug und Wasser, das schäumend über das Deck lief. Die Langleine, die bei jedem Wellenkamm, den das Boot nahm, klappernd hin und her rutschte, das offene, windgepeitschte Meer, in Sonnenlicht getaucht, das Netz, das in der Tiefe schräg unter uns hing.

Der Geruch von Diesel und der Gestank von Erbrochenem.

Das ewig rollende Deck. Die fernen Rufe schwebender Möwen.

Unverständlich. Vollkommen unverständlich.

Was sagen sie zueinander?

Aaaa-aaa-aa-a! Aaaa-aaa-aa-a!

Ich wurde abrupt wach und setzte mich im Bett auf. Für einen kurzen Moment wusste ich nicht, wo ich war. Die Schlange, die sich in das Zimmer geschoben hatte und auf mein Bett zukroch, war fort, und ich begriff, dass sie nur in meinen Träumen existiert hatte, wo sie dafür reichlich lebhaft aufgetreten war; noch immer hämmerte der Puls in meinem Hals aus Angst vor ihrer schleichenden Bewegung, die eben noch ganz deutlich gewesen war. Meine Brust war schweißglatt. Draußen dämmerte es, sah ich, vom Ufer hörte ich das Geräusch der Wellen, und ich wusste wieder, wo ich war.

Ich sah auf die Uhr. Null fünf dreizehn.

Ich hatte sechzehn Stunden geschlafen!

Ausgeruht und ausgehungert ging ich in die Küche, um etwas zu essen, einen Teller Cornflakes mit Milch, die ich in mich hineinschlürfte, während ich wieder an den Brief dachte. Richards Überraschung war echt gewesen, meinen Brief hatte er niemals bekommen, so viel stand fest. Aber ich *hatte* ihn doch abgeschickt? Sicher. Schließlich erinnerte ich mich noch, dass ich vor dem Briefkasten gezögert hatte, lange hatte ich mit dem Brief in der Hand davor gestanden, ehe ich ihn in den Schlitz gesteckt hatte.

Das hatte ich doch nicht nur *gedacht?*

Nein, nein. Ich hatte in der Schule am PC gesessen, vor dem Drucker gestanden, als der Brief herausglitt, ihn in den Händen gehalten, als ich mir zögernd noch einmal die Zeilen durchlas.

Hatte ich? Wirklich?

Ja, das hatte ich. Schluss jetzt. So war es gewesen. Dann war der Brief vielleicht weggekommen, zwischen Reklame gerutscht und im Müll gelandet, das kann passieren, dachte ich.

So war es offenbar gewesen.

Ich spülte den Teller und stellte ihn auf die Arbeitsplatte. Suchte die Bücher zusammen, die ich benötigte, machte mir Brote, während sich die Kanne der Kaffeemaschine langsam mit Kaffee füllte. Ich trank wie immer eine Tasse am Fenster stehend, sah zur Straße hinauf, die frei und schwarz dalag und in der tiefstehenden Morgensonne schimmerte. Ich begriff, dass es noch kalt war. Eine Stunde würde es dauern, bis die Sonne die dünne Raureifschicht geschmolzen hatte, die auf dem Asphalt das Licht reflektierte.

Die Landschaft war präzise und klar. Kein Nebel rundete die Konturen ab, keine Wolken saugten Licht auf, kein Regen dämpfte die Farben und sorgte dafür, dass ihre Schattierungen ineinanderflossen. Jede Farbe leuchtete für sich, und alles, was ich sah, war von Genauigkeit geprägt. Selbst der Rauch, der vereinzelt aus den Schornsteinen aufstieg, tat dies exakt. Er trieb senkrecht hoch, als folgte er einem unsichtbaren Schacht im Raum.

Als ich zur Schule ging, dachte ich daran, wie anders es war, jetzt hier zu leben, wenn es überall hell war, welche Erleichterung darin lag. Aber selbst in der Tiefe des Kellers, der die dunkle Zeit ist, hatte ich mich daran gewöhnt, und was ich vermisst hatte, erkannte ich erst, als die Sonne zurückkehrte und uns das grüne Schimmern auf den kahlen Stellen der Felshänge sehen ließ, den funkelnden, weißen Schnee, den blauen Himmel. Das Blinken in den Fenstern, die Schüler, die in Gruppen den Hügel hinaufgingen, die Autos, die nebeneinander auf dem Parkplatz vor der Fischverarbeitung standen. Blau, grün, rot, schwarz, weiß. Die Frau, die aus der Tür tritt und dabei die weiße Plastikhaube abzieht und ihr Haar in einer Bewegung ausschüttelt, die erst aufhört, als sie eine lose Zigarette aus der Manteltasche fischt und den Kopf neigt, um sie anzuzünden.

Ein paar Sekunden regungslosen Genusses.

Das ist so gut, dachte ich. *Das ist so unglaublich gut.*

Sie umfasst mit der Hand den Unterarm, der die Zigarette hält, blickt auf und sieht mich, das verändert sie, führt dazu, dass ihre Hand winkt, der Mund lächelt.

»Hallo!«, rief sie.

Es war Katarinas Mutter.

Ich blieb stehen, aber sie scheuchte mich davon. Wir haben nichts zu bereden, du hast Wichtigeres zu tun, sieh zu, dass du weiterkommst, sagte sie mit dieser freundlichen Handbewegung. Und ich ging. Ohne der Versuchung nachzugeben, durch das Fenster hineinzuschauen, als ich an dem Haus vorbeikam, das Henning gemietet hatte. Es lag so dicht an der Straße, dass er, wenn er am Küchentisch aß, über die Köpfe streichen könnte, die draußen vorbeiwippten. Ihm war es egal, ob die Leute ihn sahen oder nicht; ohne Scheu waren seine Vorhänge stets aufgezogen, jeder konnte einen Blick hineinwerfen und sehen, was er gerade machte, ob er im Wohnzimmer saß und fernsah, ob er die Zeitung las oder am Computer arbeitete oder Leute eingeladen hatte und mit ihnen im Wohnzimmer trank, alles lag offen, es interessierte ihn nicht.

Nun steckte er den Kopf zur Tür hinaus und rief mir hinterher.

»Warte! Henrik!«

Er hielt eine Scheibe Brot in der einen Hand, knöpfte mit der anderen seine Jacke zu und schloss im Laufschritt zu mir auf.

»Hast du nicht die erste Stunde frei?«, sagte ich.

»Enoksen ist krank. Ich soll seine Stunde übernehmen. Scheiße, er hat mich um sieben angerufen.«

»Das tut dir nur gut«, sagte ich und musste schneller gehen, um mit ihm mitzuhalten. Er lief mit großen Schritten, war bestens gelaunt. Unterwegs verdrückte er das Brot und lachte laut, als ich ihm von meinem Bootsausflug erzählte, der langen Nacht, in der es mir so dreckig gegangen war, dass ich mich nicht bewegen konnte und mich in meiner Koje übergab, das Gefühl, mit dem Kopf in der nassen Kotze zu liegen, während das Boot rollte und rollte und mich ständig neue Wellen von Übelkeit erfassten.

»Es war wirklich grauenvoll, ein Alptraum«, sagte ich, als wir den Anstieg hinaufgingen. »Aber am schlimmsten war, dass die anderen es so lustig fanden, wie ich da lag. *Kotze! Hahaha! Erbrochenes! Hahaha!*«

Normalerweise fand ich es unangenehm, vor der ersten Stunde über den Schulhof zu gehen. Alle Schüler standen dort und starrten einen an, ich verlor jegliche Natürlichkeit und bekam etwas Brüskes, gleichzeitig verachtete ich mein fehlendes Gewicht – war ich *so* leicht und labil, dass ein paar jämmerliche Kinderblicke mich aus dem Natürlichen ins Gezwungene heben konnten? In Hennings Begleitung war es anders. Wir waren eine Welle aus Geplauder und Fröhlichkeit, die kein Blick ins Wanken bringen konnte.

Im Lehrerzimmer schlug uns diese beinahe schlafwandlerische Stimmung entgegen, die manchmal aufkommt, wenn an einem Arbeitsplatz alles ist, wie es sein soll, wenn alles normal läuft und nichts Ungewöhnliches droht. Leute kamen und gingen, Bücher sollten geholt, Seiten kopiert, Dinge überprüft werden – sie gähnten und nickten, rieben sich den Schlaf aus den Augen und sagten Dinge wie *Ja, ja, dann wollen wir mal wieder* oder *Es ist wirklich schön, dass es Frühling ist*, wobei sie sich streckten und erneut gähnten.

Ich legte meinen Beutel auf den Tisch und sah den Rücken von Linda, die im Arbeitszimmer über das Pult gebeugt saß, ihr Gesicht, das sich umwandte, als Henning sie fragte, ob sie einen Kaffee wolle. Um der ganzen Geschäftigkeit nicht im Weg zu stehen, stellte ich mich ans Fenster. Im grellen Gegenlicht sah ich blinzelnd ein Auto, das den Anstieg hochkroch. Es war Josephsen. Er parkte im Schatten der Wand, und ich sah, dass seine Wangen von der Kälte gerötet waren, als er mit verhaltenen Bewegungen den Wagen abschloss und auf die Eingangstür zuging. Diese kurzen, energischen Schritte, die in einem so starken Kontrast zu den dumpfen Blicken standen, mit denen die Schüler ihn musterten. Eine träge Seele in einem eifrigen Leib. Bei mir war es umgekehrt, dachte ich und sah, dass Henning die dampfende Tasse neben Linda auf den Tisch stellte. Er lehnte sich an die Rückseite der Regalreihe, war außerhalb meines Blickfelds; ich sah nur Linda, die manchmal zu ihm hochsah. Ich begriff, dass er etwas Amüsantes sagte, denn sie lächelte dezent, führte die Tasse zum Mund und pustete auf die Oberfläche.

Bis zum Beginn der ersten Schulstunde waren es noch zehn Minuten. Die ersten Schüler hingen bereits vor der Tür herum und warteten darauf, hereinkommen zu dürfen. Ich erinnerte mich noch gut, wie es war. Die erwartungsvolle Stimmung, in der man dort manchmal stand, wenn man an einem der Frühlingstage zur Schule kam, wenn der Schnee geschmolzen war und die Sonne im Laufe des Tages immer wärmer wurde. Der Geruch von nassem Asphalt, der Geruch von Wald, die Bäume, die sich schwach im milden Wind neigen. Du bist zehn und hast gerade erfahren, dass es eine gibt, die deinen Namen überallhin schreibt. Welch eine Freude! Sie geht mit dir in der Hand, haben sie dir gesagt, du bist elf, und vielleicht fragt sie dich in einer Pause, ob du mit ihr gehen willst, denkst du, zwölf Jahre alt, als es klingelt und ihr zur ersten Stunde hineingehen könnt. Schule, von der Schule nach Hause, Schule. Mag sie dich? In der einen Sekunde eine brennend wichtige Frage, in der nächsten vergessen. Es gibt ja so viel anderes zu tun! Fußball spielen! Im Wald Hütten bauen! Steile Felshänge hinaufklettern! Oder den Weg zum Sund hinabgehen und am Fuß der Brücke stehen, neben dem gigantischen Betonpfeiler, der wankt, wenn es stürmisch ist, der jedes Mal erzittert, wenn ein Bus oder Sattelschlepper hinüberfährt, und den ihr nun besteigen werdet. Die dicken Stahltrossen erstrecken sich parallel zum Turm hinauf, man kann in ihnen klettern: die Füße in die untere Lage, die Hände in die obere. Dann kannst du nicht danebentreten, dann kannst du nicht fallen. Dann musst du nur klettern. So hoch du dich traust. Dreißig Meter über der Erde, vierzig. Wie kleine, auf eine Kette gefädelte Kugeln steht ihr da, hoch, hoch über dem Sund, wo der Wind kräftiger bläst und die Jacken flattern, es rauscht in den Ohren, und plötzlich, ohne Vorwarnung, bekommst du Angst. Eine Furcht packt dich, die so groß ist, dass du dich nicht mehr bewegen kannst. Mit aller Macht umklammern deine Finger das kalte Metall, die Füße presst du herab. So stehst du da. Die anderen rufen. Du wagst kaum, den Mund zu öffnen und zu antworten, so groß ist deine Angst, dich zu bewegen. Deine Stimme ist zögerlich, aber selbst so ist sie eine Bedrohung, denn der Bauch bewegt sich, wenn die Stimme durch ihn aufsteigt, du verlierst beinahe den Halt. *Ich hänge fest*, sagst du. Zwanzig Meter unter dir sausen Autos vorbei. Vierzig Meter unter dir liegt das Meer. Der Wind rauscht in deinen Ohren. Du denkst nur an das eine, zu fallen. Du stellst dir vor, die Hand vom Metall zu nehmen, und dein Körper wird von dem Gefühl erfüllt zu fallen. Du hängst fest. *Was ist los, Henrik, komm schon, Henrik*, wird gerufen, doch nun wagst du nicht einmal zu antworten, nun stehst du schweigend und verbissen da, nun geht es darum, nicht einen Muskel zu rühren.

Als sie auf ihren Plätzen endlich zur Ruhe gekommen waren, bat ich Katarina zu lesen. Das Buch aufgeschlagen in der Hand lehnte ich mich an den Fensterrahmen, schaute mal auf die Straße hinaus, mal auf die Seite. Sie konnte immer noch kommen. Vielleicht hat sie verschlafen, dachte ich, vielleicht ist sie auf dem Weg.

Ich sah ins Buch und konzentrierte mich darauf, den Sätzen in Katarinas langsamem Tempo zu folgen. Es gab keinen Kontakt zwischen ihrer Stimme und den Worten, die sie aussprach. Ihre Stimme war monoton und ohne Gefühl, als wäre sie mit einem hydraulischen System ausgestattet, das jede Unebenheit ausglich, mit Federn, die alle Stöße abfingen und ihre Stimme darüber schweben ließen, unbeschwert von dem holprigen Terrain, dem sie folgte. So las sie. Immer weiter. Und wenn sie innehielt, wenn sie zögerte, waren ihre Probleme stets technischer Art: ein doppelter Konsonant, den sie erst nicht herausbekam, eine Verwechslung von *kj* mit *sj*, die ihre Stimme sekundenlang erstaunt klingen ließ. Sie setzte zurück, schaltete, versuchte es noch einmal. Tief unten schaukelten und schlugen die Worte gegen ihre Stimme, während Katarina selbst ruhig und unbeweglich weit über sie erhoben saß. Völlig unangefochten bewegte sie sich so durch den Text.

Die anderen saßen auf ihren Plätzen, und es graute ihnen davor, an die Reihe zu kommen. Ein paar freuten sich, dachte ich, ein bisschen Aufmerksamkeit, dachte ich und starrte aus dem Fenster, den Hügel hinab.

Keine Miriam.

»Das reicht«, sagte ich.

Katarina verstummte, legte den Zeigefinger in das Buch und sah zu mir auf.

»Ist Miriam krank?«, fragte ich und ging durch die Pultreihen.

Sie nickte.

»Glaube schon, Grippe oder so.«

»Das müsst ihr mir sagen!«, erklärte ich. »Woher soll ich das wissen?«

Ich zog die Schublade im Lehrerpult auf und holte das Klassenbuch heraus. Notierte, dass Miriam fehlte, und legte es zurück.

Ich erkannte, dass ich mich darauf gefreut hatte, sie zu sehen, anders konnte ich mir meine Enttäuschung nicht erklären. Sie einfach nur zu *sehen*, das reichte mir, zu wissen, dass ich ein paar Stunden mit ihr verbringen würde, mehr ist es nicht, dachte ich und ließ den Blick über die Klasse schweifen. Das war alles, was ich wollte.

»Okay!«, sagte ich.

Hanna machte sich unter meinem Blick klein und hoffte, unentdeckt zu bleiben. Meistens verschonte ich sie. Aber es war nur eine Frage der Zeit, bis die anderen es bemerkten, *Warum muss Hanna nie lesen?* – und das war schlimmer, denn wir wussten natürlich alle, warum. *Diese* Scham war größer und komplizierter. Während die Qualen lauten Vorlesens vorüber waren, sobald der Nächste übernahm, würde eine solche Befreiung das Signal aussenden, dass ich sie aufgegeben hatte und es ihr aus Mitleid ersparte, dass sie ein hoffnungsloser Fall war.

»Hanna«, sagte ich.

Sie hob unwillig den Kopf.

»Ja?«

»Lies bitte weiter.«

»Aber ich bin doch nicht an der Reihe?«

Ich sagte nichts. Sie schaute in das Buch vor sich.

»Wo sind wir denn?«, murmelte sie.

»Zeig es ihr bitte, Katarina«, sagte ich. Katarina hob ihr Buch hoch und deutete auf die Textstelle. Hanna machte ein säuerliches Gesicht, wiederholte kleine Gesten, als hätte sich etwas in ihr verhakt. Sie begann mit einer Stimme zu lesen, die so leise war, dass man nicht verstehen konnte, was sie sagte.

»Könntest du bitte ein bisschen lauter lesen?«, sagte ich.

Sie erhob die Stimme.

»Nicht das«, sagte ich. »Fang noch einmal von vorn an.«

Sie begann von vorn. Bei jeder kleinsten Schwierigkeit blickten ihre Augen rasch zu mir auf, um Hilfe zu bekommen. Aber ich blieb hart, ließ mir nichts anmerken, ließ ihre Blicke abprallen. Übersah die verstohlenen, schadenfrohen Augenkontakte zwischen Katarina und Annette, tadelte ihr Grinsen nicht, ließ Hanna auf sich gestellt weiterstottern, hob keinen Finger, wenn die Stimme auf ein schwieriges Wort stieß und ihre Wangen sofort rot anliefen, *nein, nein: be-äh … bebachten?*, und sah erst auf, als ihr höhnisches Gelächter entgegenschlug.

»Beobachten«, sagte ich. »Etwas beobachten. Also zuschauen. Lies weiter.«

Ich quälte sie. Ich wusste, es war etwas, woran sie denken würde, vielleicht vor dem Einschlafen, wie weh ihr das tat, dieses Bild von sich an ihrem Pult, während die anderen, die richtig lesen konnten, sie auslachten. Trotzdem bat ich sie aufzuhören und mit eigenen Worten wiederzugeben, was sie gerade gelesen hatte. Das konnte sie nicht, natürlich nicht; jedes einzelne verfügbare Stück Konzentration hatte sie darauf verwendet, sich vorzutasten. Sie hatte keine Ahnung, was sie gelesen hatte. *Ich erinnere mich nicht*, sagte sie und starrte auf das Pult vor sich.

So leicht konnte ich sie nicht davonkommen lassen.

»Dann musst du es eben noch einmal lesen«, sagte ich.

»Nein!«, sagte sie.

Ich schwieg.

Ich sah sie an. Und sie beugte sich. Wieder begann sie zu lesen. Doch nun hing die Drohung, sich erinnern zu müssen, über ihr, es war mehr, als sie bewältigen konnte, sie tastete sich vor und zurück in diesem unübersichtlichen Unterholz aus Buchstaben, verwirrt und zusammenhangslos las sie und nahm dabei sicher die anderen um sich herum wahr, die es einfach nicht lassen konnten, sie seufzten und stöhnten über dieses geballte Unwissen, *Das ist doch ganz leicht*, sagten sie einander mit den Augen, *Warum müssen wir hier herumsitzen und uns das anhören? Sie kann ja nicht einmal lesen.*

Ich konnte nicht sagen, dass es reichte, dass sie nicht weiterlesen musste, dadurch hätte ich mich mit den anderen in der Klasse verbündet, mit ihrer Unzufriedenheit, ihrer Überlegenheit, sie musste es zu Ende bringen. Aber das schaffte sie nicht. Sie näherte sich einer Grenze. Plötzlich gingen die Worte, die sie las, in einen Wutanfall über, *oooOHH!*, rief sie, warf das Buch auf den Boden, stand auf und lief vornübergebeugt aus dem Klassenzimmer, ehe ich reagieren und sie aufhalten konnte.

Die Tür knallte hinter ihr zu.

Es wurde still.

»Mein Gott«, sagte Kenneth. »Das ist doch jetzt echt kein Grund zu *flennen*?«

Das hätte er nicht sagen sollen. Annette und Katarina warfen ihm wutentbrannte Blicke zu. Da gab es nichts zu lachen, hier ging es um Gefühle, Hanna weinte, sie hatte es nicht leicht, aber das zu kapieren, dafür war er offenbar zu dumm.

Annette meldete sich.

»Darf ich rausgehen und mit ihr reden?«

Ich nickte.

Wir machten weiter, ich bat Simen zu lesen. Dann Kristine. Danach Trond Ivar.

Zehn Minuten später kamen sie zurück. Hanna setzte sich, beruhigt, auf ihren Platz; die anderen Mädchen würden sich jetzt schützend vor sie stellen, wusste sie, und keine böswilligen Bemerkungen würden zu ihr durchdringen. Wenn Annette und Katarina jetzt Blicke wechselten, ging es nicht mehr darum, Hanna zu verhöhnen, die nicht lesen konnte, nein, letztlich war sie eine von ihnen, und nun brauchte sie Trost und Fürsorge. Es befriedigte sie, einen Grund zu finden, sich um jemanden zu kümmern, ich sah es ihnen an, die Freude darüber, mit jemandem durch dick und dünn gehen zu können. Eine ihrer Freundinnen brauchte sie.

Wenn jemand ihr Böses wollte, würde er es mit ihnen zu tun bekommen.

Zum ersten Mal seit mehreren Monaten quälte der Gedanke an Miriam mich wieder. Den ganzen Tag über tauchte sie in meinem Kopf auf. Ich sah ihr Gesicht vor mir, die Augen voller Erwartung und Freude, ich dachte daran, wie sie als Letzte zur Tür hinausgegangen war; eine Hand um den Riemen des Ranzens gelegt, die andere stößt die Tür auf, und als sie sich zu mir umdreht, begreife ich, dass sie die ganze Zeit meine Augen gespürt und gewusst hat, dass mein Blick auf ihr ruht, und sie hat sich entsprechend bewegt, spielerisch, denn hier gibt es sonst niemanden, nur sie und mich, deren Blicke sich für ein paar Sekunden begegnen, sie lächelt mich an – und verschwindet durch die Tür. Die kurze weiße Jacke eng um die schmächtigen Schultern gezogen, die Haare, die sie wachsen ließ und die nun den früher kurz geschnittenen Nacken bedeckten, die blaue Jeans. Die Hüften. Und ihr Lächeln, wenn sie mich dort stehen sieht! Die grünen Augen, morgens vor Müdigkeit immer schmal, der dumpfe Körper und abwesende Blick, mit dem sie vor Beginn der Schulstunde aus dem Fenster sieht. Die

Hand, die den Deckel des Ranzens zurückschlägt und die Bücher durchgeht, sie beugt sich vor, kann etwas nicht finden, sie seufzt, aber *Ha! Da!* Ihre Finger nehmen das Buch und heben es heraus. Wie klein ihre Hand ist, denke ich und sehe weg. Das Packpapier, das sie selbst zugeschnitten und korrekt gefaltet hat, in das sie die Ordner eingeschlagen und das sie festgeklebt hat. *Norwegisch für Miriam Halvorsen.* All diese Situationen. Erst als sie nicht da war, begriff ich, welche Bedeutung sie für mich bekommen hatten. Bis dahin hatten sie sich jeden Tag einfach ergeben. Jeden einzelnen Tag konnte ich sie sehen, ihre kleinen Bewegungen in mich aufsaugen, alles, was sie tat und sagte. Wenn sie ihre Haare nach hinten strich, war ich da, es zu sehen und zu denken: *Das hast du früher nicht getan.* Wenn sie gewollt überlegen den Kopf hob und die anderen lachten, war ich stolz auf sie, *Du kommst so gut zurecht.* Nur ich bemerkte den fröstelnden Schauer, der sich ihren Rücken hinauf fortpflanzte und ihre Schultern an einem kalten Morgen auf dem Schulhof ein wenig zittern ließ, sie selbst hatte es schon wieder vergessen, auf die gleiche Art aus dem Gedächtnis geschüttelt, wie sie die Kälte von ihrem Körper abgeschüttelt hatte.

Ich vermisste sie.

Als mir klar wurde, dass sie auch am nächsten Tag nicht kommen würde, war ich enttäuscht. Obwohl ich darauf vorbereitet gewesen war, obwohl ich gedacht hatte, *Sie ist krank, sie kommt bestimmt nicht*, stand ich dort und vermisste sie. Zwei Tage krank. Dann wird sie die ganze Woche fehlen, überlegte ich. Aber dann fiel mir nach der ersten Stunde ein, dass es möglich sein müsste, sie anzurufen. Ich war ihr Klassenlehrer, sie war jetzt zwei Tage nicht in die Schule gekommen, keiner konnte etwas dagegen haben, dass ich sie anrief, um zu hören, wie es ihr ging und wie lange sie fehlen würde. Ob sie Hausaufgaben machen konnte. Dann würde ich eine Mitschülerin mit den Aufgaben zu ihr schicken.

Ich konnte es kaum erwarten. Die Nummer im Telefonbuch

herauszusuchen, mich ins Arbeitszimmer zu setzen und mit pochendem Herzen die Ziffern zu wählen, die sich im nächsten Moment an einer anderen Stelle im Ort als Klingeln manifestieren, es klingelt und sie steht auf; mit leicht schwankenden Schritten geht sie durch den Flur und ins Wohnzimmer, wo das Telefon steht.

»Hallo?«, flüsterte sie.

»Bist du das, Miriam?«

Sie blieb still.

»Hier ist Henrik. Bist du sehr krank?«

»Ein bisschen heiser«, sagte sie, und ich hörte, dass sie lächelte.

»Kannst du Hausaufgaben machen?«

»Denke schon …«

Sie flüsterte immer noch. Ich sah sie vor mir, im Flur stehend, die Haut fieberheiß.

»Wir haben ziemlich viel zu tun«, sagte ich. »Soll ich jemanden mit den Aufgaben zu dir schicken?«

»Ja, in Ordnung«, sagte sie mit dieser heiseren Stimme, die sich ihres Zustands bewusst war und die ganze Zeit für sich selbst um Entschuldigung bat. Ich musste schmunzeln. Ich saß im Arbeitszimmer und schmunzelte, während ich den Hörer ans Ohr presste, ich wollte noch nicht auflegen, wollte mehr erfahren.

»Was denkst du, wie lange du zu Hause bleiben musst?«

»Ein paar Tage vielleicht«, sagte sie.

»Okay«, meinte ich.

Es entstand eine Pause. Ich hörte sie am anderen Ende der Leitung atmen.

»Gute Besserung«, sagte ich.

»Danke«, erwiderte sie. »Tschüss!«

Ich legte auf und schwang den Stuhl herum, legte die Beine auf den Tisch und kritzelte etwas in den Block vor mir.

»Wer war das«, fragte Henning.

»Miriam«, sagte ich. »Sie ist krank. Ich wollte nur mal hören, wie lange sie fehlen wird.«

»Mhm«, sagte Henning und starrte auf den Bildschirm vor sich. Seine Finger klackerten auf der Tastatur.

»Ich glaube, ich gehe heute Abend schwimmen«, sagte ich. »Kommst du mit?«

Er schüttelte den Kopf.

»Ich habe viel zu tun.«

Ich stand auf.

»In Ordnung«, sagte ich und ging hinaus, um eine zu rauchen. Ich setzte mich auf den Brunnen hinter dem Fußballtor und schloss die Augen zum Schutz vor der Sonne. Aus der Menge von Rufen und Stöhnen, von Klatschen, wenn ein Fuß den Ball traf, dumpfem Pochen, wenn er über den nassen Kies sprang, raschelnden Kleidern und laufenden Körpern, löste sich mein Name, eine Aufforderung: *Nun, komm schon, Henrik, mach mit*, und ich dachte: *Warum nicht*, drückte die Kippe auf dem Beton des Brunnens aus und ging zu ihnen. *Henrik gegen den Rest*, riefen sie. Im nächsten Moment lief ich umgeben von einem Knäuel aus lachenden und schreienden Kindern, die mich umringten, sie zerrten an meinem Pullover und versuchten hartnäckig, sich an mir vorbeizuschieben und mir den Ball abzunehmen. Ich stieß sie zur Seite und lief lachend an ihnen vorbei, sie ließen sich mitreißen und wurden wüster, ein Gewirr aus Kindern, die sich an mich pressten, ich lief über den nassen Kies, der Morast glänzte im Sonnenlicht, es war windig, ich foulte ein paar Füße, die sofort hinfielen, sie riefen, ich lief weiter, mit den Kindern an meinen Fersen, hörte mein eigenes Lachen, so viel tiefer als ihres, hörte, dass es überhandnahm und zu etwas wurde, das ich nicht mehr stoppen konnte, *Hahahaha!*, ich lief in der Traube der Kinder und lachte, etwas hatte sich gelöst und ließ sich nicht aufhalten, ich lachte und lachte, musste stehenbleiben, *Hahahaha!*, lachte ich krampfhaft, die Hände auf die Knie gestützt, merkte, dass sie unruhig wurden, dass sie innehielten, aber es wollte einfach nicht nachlassen, ich konnte nichts tun. Gegen meinen Willen stand ich dort hysterisch lachend inmitten einer Schar mich anstarrender Kinder.

An der Straßenkreuzung oberhalb des Geschäfts blieb ich stehen. Dort unten trat Henning mit einer Tüte in jeder Hand aus der Tür. Er hatte mich gefragt, ob wir gemeinsam heimgehen wollten, ich hatte abgelehnt, weil ich mir überlegt hatte, unterwegs bei Miriam vorbeizuschauen, ihr die Hausaufgaben selbst zu bringen, und ertrug den Gedanken nicht, an der Kreuzung vor Hennings fragenden Augen zu stehen, *Du, ich gehe noch kurz zu Miriam …* und er, *Miriam? Warum denn das?* Und ich, *Ach, ich will ihr bloß die Hausaufgaben bringen*, und er, *Warum schickst du nicht einfach eine von den anderen?*, und ich, *Das kann ich genauso gut selbst tun, ist ja schnell erledigt*, und er, *Ja, mach, was du willst*, und ich würde seine Verwunderung mit hineinnehmen, seine Gedanken mitdenken: *Warum machst du dir solche Mühe, eine Schülerin, die krank ist, mal ganz ehrlich, Henrik?*

Ich schaute mich um, wollte sehen, ob mich jemand aus den Häusern in der Nähe im Auge behielt. In einem kleinen Ort wie diesem wird man überall gesehen, es ist unmöglich, am Straßenrand stehenzubleiben, ohne dass sich irgendwer fragt, *Warum steht er da? Will er etwas aus dem Weg gehen?* Und dann sehen sie Henning davoneilen, und daraufhin denken sie sich ihr Teil. *Aha! Die zwei sind sich nicht mehr grün!* Und anschließend entwickeln sie eine Theorie. Bei ihrer Verbreitung verschwindet irgendwann alles Hypothetische, einen Monat später kann es passieren, dass man sich mit ihr in Gestalt einer unanfechtbaren Tatsache konfrontiert sieht, *So, so, ihr vertragt euch also wieder?*

Wie bitte?

Ihr seid doch wegen einer Frau zerstritten gewesen, die ihr in der Stadt kennt, eine Studentin, das weiß doch jeder. Du brauchst gar nicht so zu tun, als wüsstest du nicht, wovon wir reden! Glaubst du, wir sind dumm? Glaubst du, wir haben keine Augen im Kopf?

Henning blieb vor dem Haus stehen, in dem er wohnte, und stellte die Tüten vor der Tür ab, um die Hände zum Aufschließen frei zu haben. Ich setzte mich wieder in Bewegung. Ein Lastwagen fuhr langsam zum Tunnel hinauf. An der Ecke hing lose ein Stück Plane, es schlug in dem starken Wind gegen die Karosserie. Unter mir griff Henning nach den beiden Tüten, stieß die Tür mit dem Fuß auf und verschwand.

Das Haus hatte viele Jahre leer gestanden, nichts war darin verändert worden, es sah alles noch so aus wie an dem Tag, als die alten Besitzer ausgezogen waren, um ihre letzten Lebensjahre in einem Altersheim zu verbringen. Diese schlichten, klapprigen Möbel, diese nüchterne, fast karge Einrichtung, die er umstandslos zu seinem Zuhause gemacht hatte. Ich hätte das nicht gekonnt, hätte immer das Gefühl gehabt, mir das Leben eines anderen zu leihen. Etwas in mir hätte die ganze Zeit darauf gewartet, dass sie, die Toten, zurückkehren, vor mir stehen und mich erstaunt ansehen würden: *Was tun Sie hier?*

Henning war dagegen voller Begeisterung eingezogen. Als ich ihn zum ersten Mal besuchte, scheuchte er mich sofort auf den Dachboden, um mir die Dinge zu zeigen, die dort herumstanden: Koffer mit Kleidern, die an der Brandmauer aufgestapelt lagen, Kleider und Jacken, aufgehängt an der Wand dahinter, Kartons mit alten Briefen und Fotos, Kartons mit Büchern, eine Kiste voller ausrangierter Spiele, in der ich eine Kompanie kleiner, sorgsam lackierter Zinnsoldaten fand, die alle schwarze Punkte als Augen hatten und rote Uniformen mit weißen, schräg über die Brust laufenden Schulterriemen trugen. Sie waren flach und klirrten, als ich sie heraushob. Unter ihnen fand ich einen Skispringer ohne Gesicht, er lag schwerer in der Hand, ich legte ihn zurück und zog ein Küstenboot und ein schwarz lackiertes Auto mit glänzenden Trittbrettern an beiden Seiten heraus. Ganz unten sah ich einen Drachen, dessen Schnur zu einem Knäuel aufgewickelt war, und einen Brummkreisel, darüber hinaus altertümliche Glanzbilder von Engeln. Traurige Cherubim mit molligen Körpern und rosigen Wangen auf einem Papier, das steif zwischen den Fingern knitterte. Ich legte sie fort und ging zu dem kleinen Fenster an der Kopfwand, um auf das Meer zu schauen, als Henning mir ein altes Foto reichte.

»Da hast du sie!«, sagte er.

Es war eine Schwarzweißaufnahme eines Paars vor einem Wagen, der irgendwo vor einem Wald parkte. Sie standen Hand in Hand und lächelten. Er hatte seine Jacke über den Arm gelegt, ihr Arm hing herab. Wie eine Distanzierung, dachte ich, die Freude umfasst nicht *alles*. Weiß der Himmel, womit sie zu kämpfen hatten. Aber auf dem Bild sind sie im Urlaub, sie haben auf einem Rastplatz im Landesinneren gehalten. Obwohl der Himmel dunkel ist und Regen in der Luft liegt, haben sie eine Pause gemacht und ihren Reiseproviant gegessen, vielleicht hören sie in der Nähe einen Fluss rauschen, das eine oder andere Auto, das auf der Straße vorbeifährt, vielleicht hat eins von ihnen geblinkt und ist holpernd auf sie zugefahren. Wer hätte sonst dieses Foto machen sollen? Als ungeübte Reisende sind sie sicher verlegen gewesen. Ergreift der Neuankömmling die Initiative und fragt, woher sie kommen, wohin sie wollen? Fragen, die sie beantwortet, während ihr Mann ein wenig mürrisch die Sachen zusammenpackt und zu dem Auto unter den dicht wachsenden Fichten geht. Ihr zu verstehen gibt, dass sie weitermüssen. *Wir müssen los*, sagt sie. Hält die Kamera in der Hand. *Ob er ein Foto von ihnen machen solle?* Sie findet die Idee gut, aber ihr Mann hat sich bereits in den Wagen gesetzt, sie sieht seinen Widerwillen. Ärgerlich schaltet er mit finsterer Miene den Motor ab und steigt aus, als sie ihn ruft. Der Fremde steht ein paar Meter entfernt, und sie sieht, wie ihr Mann sich verwandelt, sich nach außen wendet und dem Fremden zulächelt, wie verlogen er ist. Denn sein Lächeln wirkt echt, sein Lächeln ist herzlich. Er kann, wenn er will. Nun hängt er sich die Jacke über den Arm und fährt sich mit einer Hand durchs Haar, ehe er sie auf ihre Schulter legt, und sie denkt, *Ist das Hass, was ich empfinde, hasse ich ihn*, während sie lächelt und der Fremde auf den Auslöser drückt.

Klick.

Ich legte das Bild zuoberst in den Karton. Henning hatte einen Brief gefunden, mit dem er wedelte, *1937!*, sagte er und las ihn mir vor. Ich fand das ein wenig makaber, aber er lachte nur und meinte, er habe vor, irgendwann ihr Grab zu besuchen. Das beeindruckte mich. Wahrscheinlich, weil ich jemanden vor mir sah, der nach meinem Tod in *meinen* Sachen herumschnüffelte, das war unangenehm, der Gedanke, wieder herausgesucht zu werden, dass jemand sich ein Bild von mir machte, wenn ich mich nicht mehr verteidigen konnte. Trotzdem begleitete ich ihn. Ein Friedhof, der nicht mehr genutzt wurde, ohne Kirche, nur eine umzäunte Fläche mit Kreuzen und Grabsteinen, auf denen die Namen der Menschen standen, die hier gestorben waren, vom achtzehnten Jahrhundert bis 1960, viele waren ertrunken, viele als Kinder gestorben, viele hatten eigenartige Namen. Als wir vor ihrem Grab standen, meinte Henning, er habe das Gefühl, sie zu kennen. Aber das war nur so dahingesagt, begriff ich später, sein Blick wurde desinteressiert, sobald ich ihn darauf ansprach. Ich dachte, dass es wie mit Träumen war: Enthusiastisch erzählst du von deinen eigenen, sobald du dir die Träume anderer Leute anhören musst, langweilst du dich. So wie die Trauer anderer auf Dauer zu einer Belastung wird. Obwohl du sie verstehst und nachvollziehen kannst, wie es ihnen geht, ist es unmöglich, sich in sie hineinzuversetzen, du gähnst fast vor ihren trauerschweren Augen, denn was geht das dich an? Der Tod ist nur interessant, sobald er sich dir selbst nähert, sobald du ihn zu deiner Sache machen kannst. Menschen sterben schließlich ständig. Und ständig werden Menschen geboren. Das geschieht nicht zum ersten Mal. Frauen werden schwanger, das passiert häufig, obwohl man, den Gesichtern der Eltern nach zu urteilen, die vor Freude und Erwartung fast zu platzen scheinen, meinen könnte, es wäre ein völlig neues Konzept, wie die Welt es noch nie gesehen hat: Geburt. ES IST EIN JUNGE! EIN JUNGE! EIN JUNGE! Die Frau wälzt sich von Glück ermattet in einem Krankenhausbett, ihr Mann steht mit rotem Kopf daneben, das Handy am Ohr. ICH BIN VATER GEWORDEN!

Oh Jubel, oh Freude. Ein Kind ist geboren worden.

Mal wieder. *Noch* ein Kind ist geboren worden, dachte ich und blickte auf den alten, fast farblosen Wimpel herab, den er am Fahnenmast hinter dem Haus gehisst hatte. Er stand straff in der Luft. Der Wind trug das Flattern herüber. *Flappflappflapp.* An der Fjordmündung schäumte die See weiß. Aber der Himmel war blau. Nicht eine Wolke. Der Himmel öffnet alles, dachte ich, und sah die Krümmung der Meeresfläche am Horizont, an der genauen Grenze zwischen Himmel und Meer, die sich nie erreichen ließ, die sich immer mit einem bewegte. Ein Spiel. Man bewegt sich, sie bewegt sich. So ist es, wenn man auf einem Erdball lebt. *Kein Rand zum Überschreiten*, dachte ich und nahm Anlauf, um einen Eisklumpen wegzutreten. Er schlitterte über den Asphalt und wurde schneller, als er die Schicht aus vereistem Schnee am Straßenrand erreichte, rutschte rasselnd die Böschung hinunter und verschwand zwischen den Steinen, die erst kürzlich freigeschmolzen waren. Sie glichen Köpfen, die in der Erde festgefroren waren. Ich blieb stehen und lächelte. Festgefroren in der Erde zu stehen. Zu spüren, dass es Herbst wird, der Regen, der über dein Gesicht läuft, der Wind, eine steife Brise vom Meer. Du schließt die Augen. Du frierst. Du siehst die Fischerboote in ihrem langsamen Tempo vorbeiziehen, kannst dich aber nicht umdrehen, wenn du auf der Straße hinter dir Stimmen und Schritte hörst. Unglaublich irritierend! All diese Menschen, die täglich vorbeikommen, während man dich mit Blick auf das Meer platziert hat. So ergeht es dir. Jeden Tag das Gleiche. Jeden Tag das Meer, und nicht die Straße, die du dir so sehr wünschst. Es sei denn, du hättest ungewöhnliches Glück und würdest zwei Kinderhände fühlen, die eines Tages deinen Schädel nehmen, ihn hochheben und klackernd werfen, so dass du mit Blick zur anderen Seite landest und endlich eine Aussicht auf die Straße hast, wovon du so lange geträumt und wonach du dich so lange gesehnt hast. *Oh, mein Gott, wie schön*, denkst du, *oh, mein Gott, wie gut.* Denn was siehst du? Räder, die vorbeirollen, trottende Füße, die ab und zu stehenbleiben; eines Tages hast du vielleicht Glück und siehst jemanden, der in die Hocke geht, und kannst einen kurzen Blick auf ein Gesicht, auf Hände, eine Taille werfen. Aber die Tage vergehen. Ist es nicht ein bisschen langweilig, dort zu liegen und immer nur diese ewige Straße zu sehen, diese ewigen Beine, diese ewigen Reifen? Und was tuckert da hinten die ganze Zeit? Sind neue Boote dazugekommen? War es früher nicht besser, als du Aussicht auf das Meer hattest und die Wellen ans Ufer schlagen sahst, die Boote, die an dem einen Tag so geduldig hinausfahren und am nächsten hereinkommen? Doch, das war besser. Das war viel besser.

Das waren noch Zeiten.

Und dann fängt es auch noch an zu schneien. Im Laufe eines Nachmittags bist du bedeckt: Alles ist schwarz, aber du findest keinen Schlaf. Du starrst blind und hast alle Zeit der Welt, dein Leben zu überdenken, während du auf den Frühling, die Sonne, den Sommer wartest. Aber jetzt ist Winter. Kälte und Nässe, die Stürme heulen dir um die Ohren. Könntest du dich doch nur bewegen! Wenigstens ein bisschen! Ein Zucken in einem Lid würde schon reichen, denkst du, lieber, lieber Gott, lass mich ein einziges nervöses Zucken bekommen! Ein bisschen Bewegung! Aber du stehst festgefroren da. Wie die Sünder in der tiefsten Hölle festgefroren waren, was dieser Dante sah, als er schließlich mit seinem Begleiter zu Ostern vor so langer Zeit alle Kreise und Abhänge bewältigt hatte. Dass die Regungslosigkeit die grausamste aller Qualen in der Hölle war. Stimmt das? Ist

Stillstand die endgültige Verdammnis? Ist das Ergebnis des Untergangs Unbeweglichkeit?

Dante geht über diese eisbedeckte Finsternis, erkennt die Köpfe der Sünder wie kleine Kuppeln auf der blanken Fläche des Eises. Sie können sich nicht bewegen. An diesem Ort hat die Bewegung für alle Zeiten aufgehört. Außer in ihren Kehlen. Die Kiefer können sie öffnen und schließen, die Zähne klappern vor Kälte, manchmal rufen sie, verzweifelte Rufe steigen aus den festgefrorenen Köpfen auf, er dreht sich um, will sehen, wer da gerufen hat, aber das ist unmöglich, die Stimmen sind losgelöst, treiben durch die Luft, ein Chor, ein gewaltiger Klagegesang; das Einzige, was sie haben, verlässt sie und verschwindet, löst sich auf, woraufhin alles von Neuem beginnt.

Ich blieb an der Einfahrt stehen und blickte zu dem Haus hinauf, in dem Miriam wohnte.

War das so schlimm? War es etwas Besonderes, dass ein Lehrer eine Schülerin besuchte, um ihr die Hausaufgaben zu bringen? Gab es überhaupt einen Grund, es *nicht* zu tun?

Nein, dachte ich, den gab es nicht.

Trotzdem war ich nervös, als ich vor der Tür stand und den Finger zum Klingelknopf hob. Ich hörte es im Haus schrillen, und mein Herz pochte heftig in der Brust.

Ich wich einen Schritt zurück. Ein Besen stand an die Wand gelehnt. Sie benutzten ihn sicher, um den Schnee von den Schuhen abzubürsten, bevor sie eintraten, dachte ich. Die Wand war grau und wies Spuren des nachlässigen Schwungs der Maurerkelle über die Fläche auf: Das hatte ihr Vater selbst gemacht. Das Haus von Grund auf selbst gebaut. Allem Anschein nach irgendwann Ende der siebziger Jahre. Die breiten Fenster ohne Sprossen, die hohe Mauer.

Ich rieb die Hände aneinander. Dann klingelte ich noch einmal. Im selben Moment hörte ich Schritte auf dem Fußboden im Haus.

Ihre Mutter öffnete die Tür.

»Henrik!«, sagte sie. »Du bist das?«

»Ich habe gehört, dass Miriam krank ist«, sagte ich. »Ich wollte ihr nur die Hausaufgaben vorbeibringen. Oder ist sie sehr krank?«

»Nein, nein.«

Sie lächelte. Ihr Haar war ein wenig zerzaust, als hätte sie geschlafen.

»Ich störe doch nicht?«

»Nicht doch. Nein, komm ruhig herein.«

Sie machte einen Schritt zur Seite. Ich ging an ihr vorbei und bückte mich, um meine Schuhe auszuziehen. Ein Schuhregal stand an der Wand, auf dem sie mehrere Paar Schuhe abgestellt hatten. Ich erkannte Miriams Stiefeletten und musste die Freude verbergen, die ich bei ihrem Anblick empfand.

»Geh einfach hoch«, sagte sie. »Du brauchst die Schuhe nicht auszuziehen.«

»Sie sind schmutzig«, erwiderte ich und sah zu ihr auf.

»Das ist schon in Ordnung.«

»Wirklich?«

»Geh einfach hoch.«

Ich richtete mich auf. Es war warm im Haus, und es roch gut, diese Gerüche, die von Familie zu Familie verschieden sind und nur Fremden auffallen. Ein Spiegel hing über einer Kommode neben der Treppe. An die andere Wand hatten sie eine Reihe von Fotos gehängt, aber ich konnte nicht stehenbleiben, um sie genauer zu betrachten, ich ging die Treppe hinauf und wartete an ihrem oberen Absatz, drehte mich fragend zu ihr um.

»Ich muss sagen, du legst dich wirklich ins Zeug, Henrik«, sagte sie. »Den meisten Lehrern wäre das egal gewesen.«

Sie lächelte und ging an mir vorbei.

»Möchtest du einen Kaffee?«

»Nein, danke. Ich gebe es nur schnell ab«, sagte ich und hob den Beutel kurz an. »Ich gehe gleich wieder.«

Ihre Mutter verschwand in der Küche. Ich blieb ein paar Sekunden stehen und blickte ins Wohnzimmer. Dort saßen sie also, Samstagabende mit Limonade und Chips, vielleicht auch einer Pizza, die ihre Mutter gebacken hat, sie sehen fern, der Familienvater mixt sich einen Drink, sieht Miriam an, *Möchtest du mal probieren?* Und sie schüttelt den Kopf, sie hat schon einmal genippt, es schmeckt ihr nicht. Aber Andreas will, er nimmt einen kleinen Schluck aus dem Glas und versucht, die Grimasse zu unterdrücken. *Ahh!*, sagt er und streicht sich mit der Hand über den Mund.

In der Küche wurde ein Schrank geöffnet, hörte ich, Tassen wurden klirrend herausgeholt und auf die Arbeitsplatte darunter gestellt. Ich ging den Flur hinab. Andreas' Zimmer. Sein Name war mit großen Buchstaben in ein Holzschild eingebrannt, das er sicher im Werkunterricht gebastelt hatte. Schliefen seine Eltern im nächsten?

Ich wandte mich um. Ihre Mutter war noch in der Küche. Ich öffnete die Tür und lugte hinein. Kühl, hell. Ein weißer Teppichboden, ein Doppelbett mitten im Zimmer, ein Vorhang, der sich am offenen Fenster bauschte.

Irgendwo im Haus knallte eine Tür. *Durchzug*. Ich sah zur Küche und schloss gleichzeitig behutsam die Tür. Sie hatte nichts gemerkt. Ich ging weiter und blieb vor der hintersten Tür stehen.

Dahinter liegt sie.

Ich klopfte an.

»Herein?«

Miriam lag halb von Kissen gestützt im Bett. Als sie sah, dass ich es war, wurde sie feuerrot und zog die Decke ein wenig höher. Ich schloss die Tür. Sie lag still und sah mich an. Ich wandte den Blick von ihren nackten Schultern ab und sah mich im Zimmer um. Unter dem Schreibtisch stand ein Stuhl, den ich herauszog. Ein Pullover und eine Hose lagen über den Stuhlrücken geworfen.

»Leg sie einfach weg«, flüsterte sie.

Sie lächelte über ihre heisere Stimme, räusperte sich. Ich legte den Beutel auf den Tisch, nahm die Kleider und hielt sie in den Händen.

»Wo soll ich sie hinlegen?«

Wir sahen uns an.

»Leg sie dahin«, antwortete sie und zeigte auf einen Kleiderhaufen, den sie auf eine Tasche an der Wand geworfen hatte.

Sie zog ein Bein unter sich. Ich drehte mich weg. Dachte daran, dass sie dort nackt und warm und ruhig lag. Der Schenkel, der über das Laken glitt, die Finger, die ihre Decke enger um den Körper zogen, die kleinen Brüste. Ich kann so nicht weitermachen, dachte ich. Meine Hände zitterten, als sie die Tüte öffneten, das Plastik zitterte. Was muss sie nur denken.

»Sieh mal«, sagte ich und gab ihr den Blätterstapel, den ich in den Beutel gelegt hatte. Ein Arm glitt unter der Decke hervor und nahm die Blätter, sie setzte sich ein wenig auf und legte sich den Stapel in den Schoß. Es gelang ihr nicht, an etwas anderes als meine Anwesenheit zu denken, das merkte ich ihr an, ihrem Blick, der schnell die Seite überflog, die ich für sie geschrieben hatte.

Ich stützte mich mit der Hand auf den Rand der Matratze und lehnte mich zu ihr hin.

»*Die* und *die* musst du nicht machen«, sagte ich und zeigte auf die Seite.

Die Fieberglut ihres Gesichts. Die feuchten Lippen. Ihre Atemzüge. Die Augen, die mir beharrlich auswichen.

Ich schluckte und richtete mich auf.

»Hast du Fieber?«, sagte ich. »Wenn es dir schlecht geht, musst du nichts davon machen, Miriam.«

Sie lächelte mich an.

»So krank bin ich nun auch wieder nicht«, flüsterte sie.

Unsere Augen begegneten sich wieder. Ich stand auf und ging zum Fenster. Ihr den Rücken zukehrend, sagte ich:

»Sag Bescheid, wenn du etwas nicht verstehst.«

»Ja, klar«, sagte sie.

Das Zimmer war ganz anders, als ich es mir vorgestellt hatte, obwohl die gleichen Dinge darin waren. Ein Bett, ein Schreibtisch, ein Schrank, Wände, tapeziert mit Postern verschiedener Bands und Filmstars. Ihr Rucksack stand neben dem Tischbein. MIRIAM in großen, roten Buchstaben. Das Mäppchen, das ich so oft in ihren Händen gesehen hatte, lag jetzt auf dem Tisch, neben einem Stapel Schulbücher. Ich drehte unmerklich den Kopf und schaute zur offenen Schranktür. Aber es war nicht hell genug, ich konnte nur Kleiderstapel sehen, keine Details.

Sollte ich hingehen und genauer hinsehen? Sollte ich ein Kleidungsstück an mein Gesicht pressen und den Duft frisch gewaschener Baumwolle einsaugen? Schließlich waren hier nur sie und ich. Niemand sonst.

Sie bewegte sich im Bett hinter mir.

»Sieht alles gut aus?«, fragte ich und drehte mich um.

Sie nickte.

»Und wann kommst du wieder in die Schule?«

»Ich weiß nicht«, flüsterte sie. »Da musst du Mama fragen.«

Ich nahm die Tüte in die Hand.

»Okay, Miriam«, sagte ich. »Jetzt solltest du jedenfalls genug zu tun haben.«

Ich ging zur Tür, legte die Hand auf die Klinke, drehte mich um.

»Gute Besserung!«, sagte ich.

Sie hatte sich vorgebeugt, um den Blätterstapel wegzulegen. Mit der anderen Hand presste sie die Decke an den Körper.

»Danke«, sagte sie, ich lächelte und versuchte, ihren Blick noch einmal einzufangen, aber sie sah fort, und ich schloss die Tür hinter mir und dachte darüber nach, was dieses Feindselige bedeuten mochte, das sie überkommen hatte, als ich gehen wollte, das war doch keine Verachtung?, überlegte ich und blieb im Flur stehen. Verachtung, nein, dachte ich, das nicht. Sie war rot geworden, als ich hereinkam. Hatte sich vor mir geniert.

Nichts von all dem, was ich hatte sagen wollen, hatte ich gesagt. Dass sie zu mir kommen könne, wenn sie wolle, dass ich an dem Sonntag leider nicht zu Hause gewesen sei, dass ich an sie dächte.

Ehe ich es mir anders überlegen konnte, öffnete ich erneut die Tür. Sie wandte sich mir im Bett zu. Ich ging zu ihr. Sie sah mich mit überraschten Augen an. Ich legte eine Hand auf die Decke, beugte mich über sie und berührte ihre heißen Lippen mit meinen, ein vorsichtiger Kuss, dann strich ich ihr mit der Hand durchs Haar.

»Du musst zu mir kommen, Miriam«, sagte ich. »Bei mir können wir allein sein.«

4

Ich stand vor einer mächtigen Felswand an dem Berg hinter dem Ort und blickte in die Ferne. Die Sonne war untergegangen, und der Himmel verdunkelte sich. Ein wenig Licht blieb jedoch noch, eine schwache Erinnerung an den Tag, der durch die Nacht verdünnt der Dunkelheit einen flüchtigen bläulichen Schimmer verlieh. Nur das Meer und der Berg waren vollkommen schwarz. Ich ging in die Hocke und spürte die Kälte, die von dem harschigen Schnee aufstieg. Er war hart wie Eis. Ich presste die Handflächen darauf. Unter mir lagen die Häuser und leuchteten in zwei Reihen entlang parallel verlaufender Straßen. Die Schule und die Fischverarbeitung, der Kai und der Tunnel. Mehr war es nicht. Dreihundert Menschen. Es erschien einfach und übersichtlich. Wie ich ihnen einfach und übersichtlich erscheinen musste. Aber sie wussten nicht, was ich dachte. Sie wussten nicht, wovon ich träumte. Sie wussten nicht, dass es etwas zwischen mir und Miriam gab, dass ich sie geküsst hatte und nun vorhatte, mit ihr zu reden und sie zu bitten, es dabei zu belassen, es unter uns bleiben zu lassen. Denn dann würde es gehen. Dann würde Miriam zu mir kommen können. Heimliche Treffen, nur wir beide, verstohlene Augenblicke, an die wir am nächsten Tag denken können, wenn sie vor mir an ihrem Pult sitzt und sich nichts anmerken lässt. Die Freude gehört ihr allein. Sie sieht mich an und lächelt, und für alle, die sie sehen, ist es nur ein Lächeln unter vielen. Denn die Schüler mögen mich, sie lächeln mich an, und ich erwidere ihr Lächeln. Ich lege meine Hand auf ihre Schulter, wenn ich mich über sie beuge, um ihr bei einer Aufgabe zu helfen, so wie ich es auch bei Katarina, bei Kenneth, bei Annette tue. Es gibt keinen Unterschied. Der Unterschied ist in mir, und das kann keiner sehen, genau wie keiner den Unterschied bei Miriam sehen kann, die Freude, die sie empfindet, wenn sie an mich denkt. Sie existiert nur zwischen uns. Zwischen Miriam und mir.

Ich ging den Hang hinab. Weit unter mir kam ein Auto aus dem Tunnel. Die Scheinwerfer wippten Licht auf die Felswand, wenn die Reifen gegen die Löcher in der Fahrbahn schlugen, die durch die Frostverschiebungen des Winters entstanden waren. Im nächsten Moment hörte ich das Motorengeräusch. Als es verklang, blieben nur das Knarren des Schnees und meine Atemzüge zurück. Das Blut, das in den Schläfen pochte. Erhitzt und erregt stieg ich mühsam abwärts. Der Harsch, der im Zwielicht schimmerte, erschwerte es, die Abstände einzuschätzen. Manchmal setzte ich den Fuß ab, wo ich den Boden vermutete, ohne ihn zu treffen, der Fuß trat weiter, und ich verlor das Gleichgewicht und rutschte ein, zwei Meter.

Auf der ebenen Fläche unter dem Berghang dampfte es schwach von Feuchtigkeit und Fäulnis aus dem plattgedrückten Gras und nassen Moos, das an manchen Stellen freigeschmolzen war. Der Geruch erinnerte mich an andere Frühlingsabende an anderen Orten, in Momentaufnahmen entsann ich mich eines Gesichts, das sich einmal zu mir umgedreht hatte, der Kapuze an der Jacke, die im Regen glänzte, der weißen Finger, die sie ausstreckte, damit ich fühlte, wie kalt sie waren. Ich blieb stehen und atmete tief durch, dennoch verblasste das Bild, nur die Stimmung blieb, bis auch sie verschwand und ich die Landschaft um mich herum wieder wahrnahm.

Ich sah, dass ich mich verschätzt und das Haus, zu dem ich wollte, um fast hundert Meter verfehlt hatte. Als ich eine halbe Stunde zuvor auf der Straße vorbeigegangen war, hatte ich sofort erkannt, dass ich Gefahr lief, gesehen zu werden, wenn ich die Einfahrt hinauf und entlang der Hauswand zu ihrem Fenster auf der Rückseite schlich. Sie würden mich vom Wohnzimmer aus sehen können, genau wie die Nachbarn, wenn sie einen Blick aus dem Fenster warfen. Eine Bewegung im Dunkeln, natürlich lehnen sie sich vor und fragen sich, was das ist. Eine Gestalt, die ans Fenster klopft, natürlich fragen sie sich, wer das sein mag. Groß und schlank, sieht er nicht ein bisschen aus wie Henrik? Aber warum schleicht er an einem späten Samstagabend vor dem Fenster der kleinen Miriam herum?

Das ging nicht. Also war ich an der Kapelle über den Straßengraben gesprungen und über das Feld gelaufen, um einen Bogen zu schlagen, mich dem Haus von der Rückseite zu nähern, verborgen vor neugierigen Blicken. Meine Befürchtung, sie könnte etwas gesagt haben, war vollkommen irrational, das wusste ich; dann hätte man längst meinen Vorgesetzten angerufen, ihm die Sache dargelegt und von ihm wissen wollen, was es damit auf sich hatte – und daraufhin wäre ich zur Rede gestellt worden und hätte einen Verweis bekommen oder sogar meine Stelle verloren, denn so war es, selbst ein noch so kurzer, unschuldiger Kuss war in ihren Augen eine Katastrophe. Deshalb stand ich dort. Wenn ich mich doch nur vergewissern könnte, dass sie nichts sagen würde! Dann bräuchte ich mir keine Sorgen mehr zu machen. Und wenn sie nun doch erzählte, was passiert war? Dann würde ich es abstreiten. Ein überspanntes Kind, fiebernd und von Hoffnungen und Kindergefühlen erfüllt, die ihrem Lehrer galten. Was konnte ich dagegen tun? Was konnte ich sagen? Wem würden sie glauben? *So* große Hysterie herrschte ja wohl noch nicht, dass sie ihre Behauptungen ohne Weiteres akzeptieren würden. Ich sollte sie *geküsst* haben? Ganz ehrlich! War sie nicht erst dreizehn, ein Kind? Warum sollte ich das tun?

Aber Miriam würde nichts sagen, das hatte ich ihr angesehen, sie war überwältigt gewesen.

Ich kletterte über den Zaun und betrat den verschneiten Garten. Ihr Fenster war dunkel. Ich sah auf die Uhr. Es war erst halb elf. War sie im Bett?

Ich brach ein Stück Eis los und warf es gegen das Fenster.

Keine Reaktion.

Schlief sie?

Ich warf noch einmal, aber niemand öffnete, niemand steckte den Kopf hinaus, um zu sehen, wer oder was das sein mochte. Vielleicht war sie aufgestanden. *Ich fühle mich gar nicht mehr so schlecht, Mama, darf ich ein bisschen fernsehen?*

Ich zog mich ein wenig zurück und ging vorsichtig weiter, um ins Wohnzimmer zu schauen. Von meinem Standort aus waren nur die Reihe der Blumentöpfe auf der Fensterbank und etwas von der Wand bis zur Decke sichtbar. Ich hatte keine Chance, mit ihr zu sprechen, bis sie nach dem Wochenende wieder zur Schule kam. Ich musste mich auf sie verlassen. Aber jetzt wusste ich, wie sie lebten, und konnte mir vorstellen, was sie taten. Damit muss ich mich zufriedengeben, dachte ich und schlich mich zurück, schlug einen Bogen hinter den Gärten und stieß direkt neben der Kapelle wieder auf die Straße. Nach dem mühsamen Weg im Dunkeln war dies eine Erleichterung. Als hätte ich in dem Moment, als ich den Fuß auf Asphalt setzte, den Schritt in einen anderen Zustand gemacht. Während die Gedanken in der Dunkelheit auf dem Berg verworren und unklar gewesen waren, ein einziges Durcheinander in meinem erhitzten Kopf, kamen sie jetzt zur Ruhe und wurden einfach, klar. Es gab keinen Grund zur Sorge. Es war halb elf, es war Samstag, und ich machte einen Spaziergang durch den Ort.

Vor der Videothek stand ein Auto mit laufendem Motor. Als ich näher kam, hörte ich Stimmen und Lachen. Zwei Mopeds ruhten neben dem Wagen schräg auf ihren Ständern. Ihre Besitzer saßen in der Kälte angelehnt auf der Bank unter dem Fenster. Die Hände in den Jackentaschen, Frostatem. Als ich vorbeiging, nickten sie mir zu. Im selben Moment öffnete sich die Tür und heiße, fettige Luft wallte heraus, schwer von Bratendunst und Zigarettenrauch. Es war einer der Zwanzigjährigen. Er hielt vier Portionen Würstchen in Brot und eine Tüte Chips in den Händen, klemmte eine Cola mit dem Ellbogen fest und beugte sich zum Autofenster herab. Zwei Hände wurden hinausgestreckt, um alles anzunehmen, eine nach der andern wurden die Würstchen ins Wageninnere geholt und unter denen verteilt, wer immer sie waren, die auf der Rückbank saßen.

»Alles okay?«, sagte ich, blieb vor ihm stehen, warf wie zufällig einen Blick in die dunkle Tiefe der Rückbank, wo drei Mädchen mit zusammengepressten Knien saßen und Würstchen aßen. Sie waren im Vorjahr in die neunte Klasse gegangen. Nun hatten sie mit dem Zwanzigjährigen zusammensitzen dürfen, dem König der Siebzehnjährigen.

»Ja, alles okay«, sagte er und stieg ein. »Und du bist draußen und auf Wanderschaft, Henrik?«

Während er sich nach hinten drehte, um zu sehen, ob sie die Pointe erfasst hatten, drückte er mit der einen Hand eine Kassette in den Rekorder, legte mit der anderen den Gang ein, grinste mich an und fuhr Gas gebend und mit Creedence in voller Lautstärke davon.

Von der Hügelkuppe aus sah ich Henning den Anstieg vor meiner Wohnung heraufkommen.

»Bist du bei mir gewesen?«, fragte ich und blieb vor ihm stehen.

Er schüttelte den Kopf.

»Hab bei Linda vorbeigeschaut.«

Warum habe ich danach gefragt. Was soll er denn jetzt denken. Warum sollte er bei mir gewesen sein?

Es entstand eine Pause.

»Ist Richard unterwegs?«, sagte ich, als er Anstalten machte weiterzugehen.

Er grinste.

»Er ist in Oslo.«

»Was für ein Typ«, sagte ich.

»Das kannst du laut sagen.«

»Ja, ja«, erwiderte ich. »Du willst nach Hause?«

»Denke schon. Es tut sich doch nichts?«

»Heute Abend, nein. Sie sitzen bestimmt irgendwo herum und trinken.«

»Es ist kalt«, meinte Henning und schauderte, um zu unterstreichen, wie kalt es war. »Ich werde mal sehen, dass ich nach Hause komme. Okay!«

»Okay. Wir sehen uns, Henning.«

Sobald ich daheim war, zog ich mich aus, drehte die Dusche auf, lehnte mich mit dem Rücken an die Kacheln, schloss die Augen und glitt langsam auf den Fußboden, während das Wasser auf mich herabströmte. Das tat gut. Das heiße Wasser, die kühlen Kacheln. Erfüllt von einem wohligen Gefühl saß ich dort und ließ das Wasser auf mich herabplätschern, bis es eine halbe Stunde später allmählich kühler wurde und ich auf die Beine kam, es abdrehte und zum Fenster ging, um es mit von Nässe aufgequollenen Fingern zu öffnen. Lange stand ich da und sah, wie der Dampf an der Wand regelrecht hochgezogen und als kleine Wolken in die kalte, klare Abendluft entsandt wurde, hörte das Rauschen der Wellen, das sich mit dem auffrischenden Wind vermischte, und dachte, dass Miriam in ihrem Zimmer vielleicht das gleiche Geräusch hörte. Der Körper heiß und empfindlich vom Fieber, die Nacht lang und traumgleich, die Welt anders: Vom Badezimmerfenster aus blickt sie auf den schlafenden Ort hinaus, zu meiner Wohnung: Brennt dort noch Licht? Nein, er ist sicher schon im Bett, hat sich zugedeckt und erinnert sich vielleicht daran, wie es in seiner Kindheit war, das gute Gefühl von reiner Haut auf kühlem, frisch gewaschenem Bettzeug. Dass er sich damals wie heute zum Schlafen zusammenkauert. Dass er in den Minuten vor dem Schlaf damals wie heute endlich Frieden findet und in seinen Gedanken sein kann, wer er will.

Am Montag war ich vorbereitet. Ich ging früher als sonst zur Schule, wollte vor ihr dort sein und sie sehen, bevor sie mich sah, um mir auf die Art eine etwas bessere Position zu verschaffen, sollte sich die Situation ergeben, dass sie ihren Freundinnen erzählte, was passiert war.

Im verwaisten Lehrerzimmer am Fenster stehend, sah ich die ersten Schüler die Straße heraufkommen. Sie blieben vor dem Geschäft stehen. Mit Sicherheit, um auf jemanden zu warten, der sie begleiten sollte, dachte ich. In der Welt der Kinder gehört das zu den wichtigsten Handlungen überhaupt. Jemanden zu begleiten bedeutet Freundschaft, Gemeinschaft. Mit wem du zur Schule gehst, definiert, wer du bist. Gibst du dich mit einem von denen zufrieden, für die sich keiner interessiert, bist du selbst einer, der sie nicht interessiert, die Rangordnung zwischen euch wird dadurch festgelegt, wer auf wen wartet. Steht sie dort und gibt deutlich zu erkennen, dass sie dich gerne begleiten möchte, stehst du über ihr, bettelst du dagegen um ihre Gesellschaft, stehst du unter ihr.

Eine Gestalt lief die Auffahrt oberhalb des Geschäfts herunter. Als sie die beiden anderen erreichte, wurde das Tempo gedrosselt, und alle drei gingen gemächlich zur Schule. In diesem Moment öffnete Enoksen hinter mir die Tür. Er fragte mich, ob ich einen Kaffee wolle, ich nickte, und er goss ihn in eine Tasse, die er zu mir trug.

»Was siehst du dir so genau an?«, fragte er.

»Nichts«, antwortete ich. »Nur die Aussicht.«

»Sie ist schön, nicht?«

»Ja, sie ist wirklich schön«, sagte ich und ergänzte: »Vor allem, wenn die Sonne scheint.«

»Da hast du recht«, meinte er.

Die drei Gestalten kamen näher. Ich erkannte sie. Katarina, Hanne und Miriam. Mit den Händen unter den Riemen ihrer Ranzen kamen sie trödelnd auf den Schulhof. Aber Enoksens Gegenwart störte mich, ich konnte sie nicht beobachten, war gezwungen, den Blick in die Ferne zu richten, und fragte mich gleichzeitig, was er von mir wollte.

Schweigend standen wir zusammen. Aus den Augenwinkeln nahm ich wahr, dass die drei Mädchen ihre Ranzen abstreiften, ehe sie sich an die Wand lehnten und den Hals streckten, um ihre Gesichter von der Sonne wärmen zu lassen.

Ich begriff, dass sie nichts gesagt hatte. Ganz sicher konnte ich mir allerdings nicht sein. Es blieb noch etwas Zeit bis zum Beginn der Stunde, sie war eine ganze Woche krank gewesen, es gab viel zu erzählen. *Weißt du, was Henrik getan hat?*

Enoksen zog an seinem Bart. Ich nippte an meinem Kaffee, den ich in der Hand hielt, spürte, wie sich mein Magen zusammenzog, als ich schluckte; es war fast vierundzwanzig Stunden her, dass ich etwas gegessen hatte.

Ich merkte, dass er mich ansah.

»Ist es nicht schon lange her, dass du einen Elternabend abgehalten hast?«

»Tatsächlich?«, sagte ich.

So etwas sagte er zu den anderen Lehrern nicht. So etwas entschied man selbst.

»Vor Weihnachten«, meinte er. »Du musst bald einen abhalten, damit vor dem Ende des Schuljahrs noch Zeit für einen dritten ist. Es hat keinen Sinn, wenn der Abstand zwischen ihnen zu kurz ist.«

»Ja«, sagte ich.

Eine Bewegung im Freien ließ mich den Kopf drehen. Miriam hatte eine Hand in die Hosentasche gesteckt. Sie zog eine Packung Kaugummis heraus und hielt sie den anderen hin. Katarina schüttelte den Kopf. Annette streckte die Hand aus. Miriam drückte mit Zeigefinger und Daumen auf die Packung, so dass ein Kaugummi herausglitt. Dann nahm sie sich selbst einen. Öffnete den Mund und biss darauf. Wie der scharfe Geschmack auf der Zunge kribbelt. In ihr, da draußen, *jetzt*.

Oh ja.

»Was meinst du, wann?«, sagte Enoksen.

Ich begegnete seinem Blick.

»Nächste Woche«, antwortete ich.

Er nickte kurz, das mochte er: Effektivität. Wieder war eine Entscheidung gefallen, wieder ein Entschluss gefasst worden. Und noch eine potentiell peinliche Pause war eliminiert worden, denn wir hatten uns mehr als zehn Minuten alleine im Lehrerzimmer aufgehalten. Das verlangte ein Gespräch. Und worüber unterhält man sich mit mir?

Zum Glück kam Josephsens Auto den Anstieg herauf. Enoksen setzte sich und blätterte ein wenig in einer der alten Zeitungen aus der Vorwoche, die auf dem Tisch herumlagen. Ich holte ein paar Bücher aus meinem Schrank, um von dem abzulenken, was mich eigentlich interessierte, legte sie auf mein Pult im Arbeitszimmer und schrieb etwas in den Wochenplan, ehe ich mich erneut ans Fenster stellte. Josephsen schloss die Autotür ab, rückte seine Brille gerade, zupfte an den Handschuhen und warf dabei einen Blick zu zwei Jungen hinüber, die auf den Schulhof kamen. Neuntklässler. Ich wusste, dass einer der beiden ihn einmal in den Schwitzkasten genommen hatte, den ganzen Tag hatte er vor Wut und Entrüstung gebebt und vergeblich versucht, seine wahren Gefühle zu verbergen: Ohnmacht und Angst. Aber das war lange her. Ohne sie auch nur eines Kopfnickens zu würdigen, ging er in Richtung Lehrerzimmer. Die beiden Jungen bewegten sich direkt auf meine Mädchen zu. Breitbeinig blieben sie stehen und redeten vor ihnen miteinander. Die Mädchen bekamen etwas Verlegenes, all ihre Bewegungen wurden kleiner; Katarina stocherte mit dem Fuß in der Erde, Annette legte den Kopf schief und strich ihr Haar zur Seite, warf dabei kurze Blicke zu ihnen hoch. Sie verstellten sich. Ich trat näher an das Fenster, um besser sehen zu können, denn auch Miriam stand dort. Aber sie lässt sich nicht beeinflussen, dachte ich, sie hat ein Geheimnis, das die anderen völlig in den Schatten stellt. Sie kann an etwas denken, das sie über die anderen erhebt.

Als die Tür aufging und Josephsen hereinkam, drehte ich mich automatisch um. Er grüßte uns, hängte seinen Mantel auf und schlurfte los, um sich eine Tasse zu holen. Gleich darauf ging die Tür erneut auf. Es war Linda. In den Händen hielt sie einen weißen Pappkarton.

»Wer hat Geburtstag?«, erkundigte sich Enoksen.

»Soweit ich weiß, keiner«, sagte Linda und blieb vor dem Kühlschrank stehen. Sie öffnete die Tür und stellte den Karton in ein Fach.

»Und warum hast du dann einen Kuchen mitgebracht?«, fragte Enoksen.

»Wer sagt denn, dass es ein Kuchen ist?«, erwiderte Linda und lächelte uns verschwörerisch zu.

Ich wusch mir auf der Toilette Hände und Gesicht mit kaltem Wasser, trocknete mich mit einem Papierhandtuch ab und betrachtete mein Gesicht im Spiegel. Es war ruhig und ernst.

So war ich für sie, dachte ich, als ich in den großen Raum ging. Trotzdem durchströmte mich eine neue Welle des Unbehagens bei dem Gedanken, dass Miriam in wenigen Minuten hereinkommen würde. Ich setzte mich und legte das Schulbuch, das wir benutzen würden, auf das Lehrerpult. Das Sonnenlicht fiel schräg zum Fenster herein, durchschnitt den Raum und beschien die Wand neben mir. Schwaden heller Staubkörner schwirrten sachte darin. Als die Tür geöffnet wurde, konnte ich sehen, wie die Luft durch den Raum gepresst wurde und den Staub in Bewegung setzte.

Ich nahm wahr, dass Irene vor der Trennwand stehenblieb.

»Hast du gehört, dass Linda schwanger ist?«

Die Tür fiel hinter ihr ins Schloss. Ich schob den Stuhl ein wenig zurück und legte ruhig ein Bein über das andere, während ich den Kopf drehte.

»Von Richard?«

Sie lächelte ein wenig unsicher, als wüsste sie nicht genau, ob das ein Witz sein sollte.

»Sie hat es gerade gesagt. Sie hat einen Kuchen mitgebracht, um es zu feiern.«

»Sie will es *feiern*?«, sagte ich. »Ist das normal?«

Irene verdrehte die Augen. *Du weißt ja, Linda.* In dem Moment klingelte es, und sie breitete die Arme aus, als wollte sie ihr Bedauern darüber ausdrücken, dass sie zu ihrer Klasse gehen musste. Vor dem Fenster hatten die Schüler sich in Bewegung gesetzt, sah ich und dachte, dass ich unberührt wirken musste, was immer geschehen würde. Ich durfte nicht zulassen, dass Anzeichen von Sorge das Bollwerk aus sicheren Bewegungen und festen Blicken einrissen. Selbst wenn Miriam ihren Freundinnen etwas erzählt haben sollte und sie ständig über mich kicherten und mich mit versteckten Andeutungen überhäuften, musste alles ganz normal ablaufen. Jede Eventualität musste ich diszipliniert von mir weisen. Wir haben noch drei Monate in diesem Schuljahr, würde ich sagen, und ihr seid auf dem Stand von Sechstklässlern. An die Arbeit.

Kenneth und Trond Ivar betraten als Erste den Raum. Leicht überheblich warfen sie die Ranzen neben ihren Pulten ab, ehe sie sich setzten, die Ellbogen auf den Stuhlrücken legten und die Beine unter dem Tisch ausstreckten, eine Position, die verkündete, dass sie sich für nichts interessierten und ertragen würden, was immer es sein mochte. Ich hörte Annettes Stimme im Flur. Selbst wenn sie leise sprach, war sie scharf und durchdringend. Dann hustete jemand. *Miriam*, dachte ich und musste mich beherrschen, um nicht den Kopf zu drehen, sie zu mustern und so zu erfahren, wie sie mir begegnen würde. Ob sie genauso nervös war wie ich. Ob selbst der leichte Druck meines Blicks ihr Herz schneller schlagen ließ, das Blut in Wallung brachte, die Hände zögern und vorsichtig über den Oberschenkel streichen ließ, ohne dass ihr das bewusst war. Oder ob sie alles mobilisiert hatte, um unangefochten zu wirken, sich wie des Öfteren ein wenig frech gab, ein Eigensinn, den ich sonst liebte, jetzt aber nicht ertrüge, weil die Situation dadurch so ambivalent sein würde.

Ich stand auf und stützte mich auf den Rand des Pults. Während sie zu ihrem Platz ging, redete Miriam laut, als ginge ihr nichts anderes durch den Kopf als ihre Worte. Mit gesenktem Kopf setzte sie sich hin, ohne aufzublicken, holte sie ihre Sachen aus dem Ranzen, das Schreibheft, das Lehrbuch, das Mäppchen. Ihr Name in großen, roten Buchstaben. MIRIAM. Ich musste daran denken, dass ich mit dem Rücken zu ihr gestanden hatte, als sie hinter mir in ihrem Bett lag, verdrängte das jedoch und ließ den Blick durch das Klassenzimmer schweifen.

»Seid ihr müde?«, fragte ich.

Miriam öffnete ihr Mäppchen und zog einen Bleistift heraus, mit dem sie sofort zu kritzeln begann. Was hatte sie sich gedacht, so ohne Übergang hereinzukommen, einfach so weiterzumachen, wie sie draußen gewesen war, um mir so aus dem Weg zu gehen, was war das, *schämte sie sich?*

»Ja, rat mal!«, sagte Kenneth.

Ich wusste, dass es ihnen wichtig war, nach dem Wochenende müde zu sein, und musste lächeln.

»Du etwa nicht?«, sagte Katarina.

Ich schüttelte den Kopf.

»Können wir heute nicht mit etwas Leichtem anfangen, Henrik?«, sagte Annette.

»Ja«, sagte Katarina. »Es ist die erste Stunde am Montag. Please!«

»Jetzt komm schon, Henrik«, sagte Hanna.

Alle starrten mich an. Nur Miriam schien das Ganze nicht zu interessieren.

»Und was ist leicht?«, sagte ich.

»Ja!«, rief Trond Ivar.

»Ich habe nichts gesagt«, erklärte ich. »Nur gefragt, was leicht ist.«

Warum mied sie mich?

»Eine Freistunde!«, sagte Kenneth.

Annette stöhnte.

»Du bist so kindisch«, meinte sie.

»Wir könnten zeichnen«, sagte Hanna.

»Ganz ehrlich«, erwiderte ich. »Ihr wollt *zeichnen*? In welche Klasse geht ihr eigentlich.«

Hanna errötete.

»Da euch nichts Besseres einfällt, schlage ich vor, dass wir da weitermachen, wo wir am Freitag aufgehört haben«, sagte ich und nahm das Buch in die Hand.

»Oh, nein«, sagte Annette.

»Das schafft ihr schon«, sagte ich. »Es sind nur noch drei Monate bis zu den Sommerferien. Reißt euch zusammen.«

Sie seufzten und stöhnten, während sie ihre Bücher heraussuchten. Miriam legte den Bleistift weg und öffnete ihr Buch, auch das übergangslos, sie glitt vom einen zum anderen, ohne etwas von sich zu geben. Kein Seufzen, kein Lächeln, kein Blick.

»Miriam«, sagte ich.

Sie blickte schnell auf. Erst da sah ich, dass sie sich geschminkt hatte. Ihre Wimpern und Augenbrauen waren dunkler, die Lippen einen Hauch roter, außerdem hatte sie eine dünne Rougeschicht auf die Wangen aufgetragen.

Sie hatte sich für mich schön gemacht.

Es kostete mich einige Mühe, meinen Jubel zu unterdrücken, als ich sie fragte, ob sie ihr Mitteilungsheft dabeihabe. Sie wollte schön für mich sein! Unendlich erleichtert betrachtete ich die anderen in der Klasse, ob sie mitbekommen hatten, was vorging, aber es war alles wie immer. Ich allein sah ihre Nervosität, als sie mit dem blauen Heft in der Hand aufstand, diese Schritte, die sich ihrer selbst so bewusst waren, die Wangen, die vor Unsicherheit glühten. Die anderen wussten nicht, wonach sie Ausschau halten sollten, für sie war alles wie immer, es waren keine großen Ereignisse in Sicht, sie saßen auf ihren Plätzen und bereiteten sich auf eine weitere langweilige Schulstunde vor. Sie bemerkten die wachsende Anspannung nicht, als Miriam durch den Raum ging, wussten nicht, dass mein Herz heftiger schlug, als ich sah, wie sie beim Gehen den Pullover am Hals zurechtzog, sie ahnten nicht, dass ich ihre Lippen geküsst hatte und sie bald wieder küssen würde. Sie langweilten sich. Sie rutschten auf ihren Stühlen herum. Sie nahmen kaum wahr, dass sie vor mir stehenblieb. Sie sahen ihre kleinen Finger und den dünnen Silberschmuck nicht, der auf der Haut am Hals lag; sie schlugen ihre Bücher auf, als sie mir das Mitteilungsheft reichte, und merkten nicht, dass ich mit meiner Hand über ihre strich. Sie sahen nicht ihre Augen, die sie vor Überraschung aufriss und ebenso schnell verengte. Sie glotzten aus dem Fenster oder starrten auf die Buchseite und wussten nicht, dass Miriam mich kurz und unsicher anlächelte, ahnten nicht, welche Zärtlichkeit ich für sie empfand, als ich meinen Blick von ihr abwandte und die Entschuldigung las, die sie mir gegeben hatte:

Miriam war wegen eines grippalen Infekts die ganze letzte Woche zu Hause. Helene Marie Halvorsen.

»Ist in Ordnung«, sagte ich und zeichnete die Mitteilung ab.

Sie nahm das Mitteilungsheft und kehrte zu ihrem Platz zurück. Ich empfand eine Freude, die so groß war, dass ich nicht wusste, was ich tun sollte, eine nervöse und aufgeregte Energie, die ich auf nichts richten konnte, ich musste mich im Griff haben, ich musste kurz in dem Buch vor mir blättern, musste den Kopf senken und mich ruhig im Nacken kratzen, musste aufstehen und anfangen, alles musste langsam, wohlüberlegt geschehen, ich musste mich einkapseln und durfte meine Freude nicht nach außen dringen lassen, kein Lächeln, kein Hüpfer, kein Ruf, nur Langsamkeit und Langeweile und Ruhe.

Die Stunden schleppten sich dahin, und wir vermieden es sorgsam, einander anzuschauen, um nicht alles noch schlimmer zu machen. Es war fast unerträglich. Zwei volle Stunden stand ich dort und hörte sie lesen, stellte Fragen zum Text und sprach mit ihnen darüber. Sie war doch da! Sie saß fünf Meter von mir an ihrem Pult!

Als es endlich klingelte und meine Freistunde begann, beschloss ich, einen Spaziergang zu machen, ich ertrug den Gedanken nicht, in dem staubigen Arbeitszimmer zu sitzen, während draußen alles in Sonnenlicht getaucht war. Ich musste Raum um mich haben, frische Luft schnappen. Das schwache Aroma von Salz in der Brise vom Meer ließ mich zum Kai hinabgehen. Ich hievte mich auf einen Container, wollte auf ihm sitzen und die Aktivitäten ringsum beobachten. Die Sonne hatte das Dach erwärmt, und als ich mich mit den Handflächen auf das blanke Metall stützte, um mich zurückzulehnen, fühlte ich mich so wohl, dass es kaum auszuhalten war. Es drängte mich zu laufen, den Wind auf meinem Körper zu fühlen und Kilometer auf Kilometer zu laufen, mich zu verausgaben, bis alle Kraft aufgebraucht war und ich irgendwo, müde und glücklich und ohne einen Gedanken im Kopf, in ein Bett sinken konnte.

Ich ließ die Beine vom Rand herabbaumeln und versuchte den Punkt zu bestimmen, an dem die Luft von durchsichtig zu blau überging. Nach einer Weile verschwanden alle Vorstellungen von Entfernung, als hätte sich mein Blick von mir losgerissen und triebe nun eigenmächtig aufwärts in diesem großen Blau, das so stofflich wirkte, sich weiter und weiter hineinbohrte, ohne hinter sich etwas zurückzulassen, als gäbe es keine Abstände. Erst als ich den Kopf senkte und zuließ, dass mein Blick den Bergkamm auf der anderen Seite des Fjords traf, wurde die Ordnung, die uns das Verständnis von Entfernungen schenkt, wiederhergestellt. Der Berg war hart und klar konturiert; eine befreiende Präzision im Verhältnis zur unbestimmbaren und ständig wechselnden Natur von Himmel und Meer.

War nicht alles Reden überall vage und unbestimmt, wie der Himmel und das Meer es waren? So empfand ich es. Das eine führte zum anderen, weich und gestaltlos verlief das Gespräch, es gab keinen Unterschied, keinen Abstand, alles war Reden, dachte ich, und daraufhin saß ich da und fragte mich, was ich sagen sollte, sie redeten und redeten, und ich beschloss, mich zu beteiligen, ich schaltete mich ein und hörte mich selbst etwas sagen, aber was ich sagte, war hart und steif, es war ihnen nicht möglich, darauf einzugehen, sie konnten das, was ich gesagt hatte, nicht weiterspinnen, und meine Sätze blieben zwischen uns so unerschütterlich und gefühllos stehen wie ein Berg. War es nicht so, dachte ich. War es nicht immer so?

Ich blickte zu dem Berg auf der anderen Seite des Fjords hinüber und verachtete mich selbst.

Ein Mann in einem blauen Overall sprang aus einem der Boote an Land, ein Gabelstapler setzte aus dem abgasstinkenden Lager zurück und hielt vor ihm, der Fahrer hob die gelben Ohrenschützer ab, klemmte sie sich um den Hals und schaltete den Motor aus. Sie scherzten und lachten, der eine mit den Händen tief in den Taschen, der andere mit dem Ellbogen auf dem Fensterrahmen, während sein Oberschenkel, auf den sich die andere Hand stützte, unablässig nervös auf und ab wippte. Ich kannte sie flüchtig, hatte aber keine Lust, mit jemandem zu sprechen, nicht jetzt, und als sie mich bemerkten und fragend zu mir hochschauten, sprang ich von dem Container und ging wieder zur Straße hinauf.

Nichts war an seinem Platz, alles bewegte, alles vermischte sich. Mal dominierte das eine Gefühl, mal das andere; in dem einen Augenblick war ich trunken vor Glück, im nächsten voller Verachtung für das, was ich getan hatte, und für den Menschen, der ich war. Aber war das nicht etwas, wovon ich monatelang geträumt hatte? Doch, das war es, und nun geschah es, nun hatte ich sie. Ich durfte mich nicht verraten. Ich konnte andere verraten, nur mich selbst nicht. Es war das Einzige, was ich hatte, dachte ich, und da ich so lange von ihr geträumt hatte, konnte ich nicht darauf verzichten, weil das hieße, mich selbst und sie zu verraten, Miriam, denn war nicht auch sie voller Erwartung? Wollte sie mich nicht auf die gleiche Art, wie ich sie wollte? Solange es dort, zwischen uns, blieb, würde es gehen, dachte ich, wenn sie nichts sagte und ich nichts sagte, würde es für andere außer uns nicht passieren. Und sollte es nicht nur für uns beide geschehen? Oder gab es *andere*, die daran beteiligt sein mussten? Nein, es gab keine anderen, dachte ich, es gab nur sie und mich.

Ich schlenderte die Straße hinab, gab mich ganz dem Gefühl von Frühling hin, der glänzende Asphalt, der milde Wind, der wärmende Sonnenschein, und versuchte zu der Freude zurückzufinden, die ich eine halbe Stunde zuvor empfunden hatte, der Wahrnehmung ihrer Haut, die ich mir noch vergegenwärtigen konnte, der Erwartung, die ich bei dem Gedanken empfand, dass ich bald mehr bekommen würde. Oh ja, das war gut. Wir würden allein sein. Und dann lag es an uns.

Die Mädchen saßen an der Sonnenwand am inneren Ende des Schulhofs, die Schreibhefte im Schoß und ihre Pullover um die Taille gebunden. Als ich vor ihnen stehenblieb, blinzelten sie zu mir hoch.

»Habt ihr frei bekommen?«, fragte ich und ging in die Hocke.

»Spinnst du«, antwortete Annette. »Glaubst du, *Henning* gibt uns *frei*?«

»Wir sollen alles beschreiben, was wir sehen«, sagte Miriam.

»Willst du es hören?«, sagte Katarina.

Ich nickte und schnippte einen Kiesel weg. Henning saß bei Kenneth und Trond Ivar und redete mit ihnen. Die Jungen lachten, und ich fragte mich, was er gesagt hatte.

»*Die Sonne scheint, und der Himmel ist blau*«, las Katarina. »*Es ist nicht eine Wolke am Himmel. Wir sitzen vor der Schule. Es ist kein Ton zu hören. Es ist ganz schön warm. Wir sitzen nebeneinander an der Wand und schreiben. DAS IST SO LANGWEILIG!*«

Sie lachte mich an.

»*Da kommt Henrik*«, las sie und zögerte kurz, ehe sie weitersprach. »*Henrik ist der sexyeste Lehrer der Schule.*«

Die beiden anderen kicherten, ohne aufzusehen.

»*Aber er ist sehr streng mit uns. Jetzt kommt er anscheinend hierher.* Mehr habe ich nicht geschrieben«, erklärte sie und legte das Heft lächelnd in den Schoß. »Was denkst du, welche Note bekomme ich dafür?«

»Das hast du doch nicht wirklich *geschrieben?*«, sagte ich und griff nach dem Heft. Aber sie lachte und gab es an Annette weiter, die es Miriam reichte, als ich versuchte, es in die Finger zu bekommen.

Katarina senkte die Stimme und machte sie hohl:

»*Jetzt müsst ihr euch zusammenreißen*«, sagte sie. »*Ganz ehrlich, Katarina, bis du eigentlich völlig bescheuert?*«

Die beiden anderen lachten über ihre Freundin.

Katarina merkte, dass ich verlegen wurde.

»Ach was, das habe ich nicht geschrieben«, sagte sie. »Aber ich hätte es tun können!«

Ich richtete mich auf, entfernte mich so von den weichen, kichernden Mädchenkörpern. Etwas unentschlossen strich ich mir mit der Hand durchs Haar.

»Es ist lange her, dass ihr mich besucht habt«, sagte ich. »Kommt mal wieder vorbei!«

Es war Miriam, zu der ich sprach, aber sie verstand es nicht. *Hast du mich vergessen?*, sagte ihr Blick, als sie zu mir aufschaute. Ich hielt inne, zögerte, legte etwas unbeholfen die Hand auf ihre Schulter.

»Geht es dir gut, Miriam? Bist du wieder ganz gesund?«

»Sie ist ein bisschen *heiiiser*«, flüsterte Annette.

Miriam kicherte.

»Ja, ja, Mädchen«, sagte ich und richtete mich auf.

»Ja, ja, Henrik«, sagte Katarina.

Hatten sie über *mich* gelacht?

Ich betrachtete das Gesicht, das sie jeden Tag vor sich hatten. Ich wusste, dass es irrational war, dass es zu weit gegangen war. Ich konnte mir das unschuldige Kichern dreizehn Jahre alter Mädchen nicht so zu Herzen nehmen. Ich muss mich zusammenreißen, dachte ich, drehte den Wasserhahn des Beckens auf und wusch mir das Gesicht mit kaltem Wasser. Anschließend setzte ich mich auf den Fußboden, um einen klaren Kopf zu bekommen. Vor der Tür hörte ich die Schritte der Lehrer, die nach und nach aus den Klassenzimmern eintrafen. Einer von ihnen blieb stehen und drückte mehrmals die Klinke herunter. Ich ließ es geschehen, sagte nichts, strich mit dem Finger über das Muster im Fußboden, bis es aufhörte. Minutenlang saß ich so da und versuchte, mir darüber klar zu werden, wie ich mich Miriam gegenüber verhalten sollte und wie ich in den Griff bekommen konnte, was mit mir geschah. Doch die rationalen Gedanken, das in meinem Inneren, was Nein sagte und erkannte, wie haarsträubend die Situation war, in der ich mich befand, stieß ständig auf das Bild von ihr, wie sie in ihrem Zimmer im Bett lag, ihr nackter Körper verhüllt von einer Decke, die ich hätte fortziehen können, dann hätte ich sie so gesehen, wäre vielleicht ihrem Blick begegnet; gelähmt hätte sie zu mir aufgeblickt, bevor die Überraschung verflogen wäre und sie begriffen hätte, was vorging, es dennoch nicht wirklich verstand. Meine Hände, die über ihre Wange streichen, mein Kopf, der sich über sie beugt, der schnelle Atem und ihre warme Haut, das sah ich vor mir, ein Bild, das meine Lust steigerte. Unfähig zu widerstehen, stand ich auf und knöpfte möglichst lautlos meine Hose auf, dabei unablässig das Gesicht im Spiegel betrachtend, die ernsten Augen, die verschwanden, als die Erlösung wie ein Zucken, ein Wimmern durch meinen Körper schoss.

Hatte ich gewimmert?

Ich stand regungslos da und versuchte zu hören, ob sich draußen etwas verändert hatte. Ob eine dieser Pausen eingetreten war. Sie wussten, dass ich hier war; lange ist es still gewesen, und dann wird die Stille plötzlich von einem Wimmern durchbrochen, einem so vertrauten Stöhnen, dass sie sicher rot geworden sind, wenn sie es gehört haben. Von diesen Dingen will man nichts wissen.

Nein. Alles war wie zuvor.

Ich betätigte die Toilettenspülung, wusch mir die Hände und ging zu ihnen. Sie bemerkten nicht einmal, dass ich kam. Sie saßen da und waren mit sich selbst beschäftigt, als wäre nichts passiert. Stricken, Lesen, Essen, Schauen. Jemand lärmte an der Arbeitsplatte in der Kochnische stehend. An diesem Tag war nur an einem Ort etwas geschehen, in meinem Kopf. Und da ich ihn stets mitbringe, wohin ich auch gehe, kommt es mir vor, als würde es überall von Ereignissen wimmeln, dachte ich, obwohl in Wahrheit alles ruhig und friedlich war. Geradezu langweilig, den ausdruckslosen Gesichtern um mich herum nach zu urteilen.

Es war nichts passiert.

»Brauchst du Hilfe, Linda?«, sagte Enoksen und stand auf.

Linda tauchte mit einem Stapel Teller in den Händen auf.

»Ich möchte euch etwas erzählen«, sagte sie und begann den Tisch zu decken. Enoksen kam mit Tassen und Servietten dazu. Irene öffnete ein Paket Kerzen und zwinkerte mir zu. Ich verdrehte die Augen.

»Hast du mal Feuer, Henrik?«

Ich nickte und reichte ihr das Feuerzeug. Sie zündete den Docht an, hielt die Flamme unter eine andere Kerze und ließ deren Wachs in den Kerzenständer tropfen. Als sie fertig war, gab sie mir zerstreut das Feuerzeug zurück, ihre Aufmerksamkeit war auf Linda gerichtet, die in dem Moment ihren Auftritt mit einem Marzipankuchen in den Händen hatte, was mit Beifall aufgenommen wurde. Sie hielt ihn vor sich hoch, damit wir ihn sahen, drehte ihn sogar ein wenig, ehe sie ihn mit einem Lächeln um den Mund auf den Tisch setzte.

Ich will nicht dabei sein, dachte ich und ging in den Flur hinaus. Hinter mir hörte ich Linda die gute Neuigkeit verkünden, den Strom gemurmelter Glückwünsche, der augenblicklich zu ihr aufstieg. Ihnen den Rücken zukehrend zog ich meine Jacke an. Zehn Kuchen mampfende Lehrer, an einem Tisch versammelt, um einen Embryo zu feiern?

Nein, danke.

Als ich die Tür öffnete, rief Linda jedoch nach mir.

»Der ist auch für dich, Henrik!«

Ich drehte mich um.

»Ich habe Aufsicht«, sagte ich.

»Davon kannst du doch sicher befreit werden! Nicht wahr, Osmund?«

Enoksen nickte mit einem Bart voller Creme.

»Natürlich.«

Er winkte mich heran.

»Komm, setz dich!«

Ohne etwas zu erwidern, drehte ich mich um und ging auf den Schulhof hinaus. Drinnen wechselten sie jetzt Blicke und fragten sich, was mit mir los war, *Was ist denn los mit ihm?* All diese Forderungen, denen man niemals entgeht. Immer gibt es jemanden, der erwartet, der haben will, der wünscht. All diese Willensbekundungen, mit denen man sich unaufhörlich konfrontiert sieht. Guter Wille, böser Wille; das spielt keine Rolle. Es zählt allein, dass sie dich niemals in Ruhe lassen.

Ich setzte mich auf den Kanaldeckel. Vielleicht war das hier oben so üblich. Vielleicht war nicht nur Lindas Hang zu Dramatik der Grund für diese makabere Feier. Denn der Embryo konnte nicht mehr als ein paar Wochen alt sein; ihr Körper hatte sich noch nicht verändert, dennoch dachte sie offenbar, dass sich das Glück gewendet hatte, nach fünf Jahren unermüdlicher Versuche war sie endlich befruchtet worden, nun brauchte sie nur noch zu warten, in den Nächten wach zu liegen und zu denken, dass ein Passagier an Bord war. Ein kleines, gieriges Wesen, das in ihrem Bauch treibt, was sie vielleicht ein bisschen gruselig findet, denn das Wesen ist ja direkt mit ihr verbunden, saugt ihre Nahrung auf, ernährt sich parasitisch von ihr und wird langsam größer. Gedankenlos schwebt es im schwarzen Wasser tief im Inneren dieses Menschen, den es niemals gesehen hat und von dem es nichts weiß, denn es hat keine Wahl.

Aber das sollte gefeiert werden.

Hatte ich sie verletzt?

Ich warf einen Blick auf den Fußballplatz. Die Kinder tobten wie üblich vor dem einen Tor. Nach meinem hysterischen Lachanfall hatten sie sich ein wenig zurückgezogen, keiner rief mehr nach mir und wollte, dass ich mitspielte. Aber sie würden die Episode bald vergessen haben oder sich eine Erklärung überlegen, mit der sie sich zufriedengeben konnten; in ein paar Tagen würden sie wieder an mir zerren, dachte ich, und laut lachen, wenn ich mir etwas einfallen ließ, was sie komisch fanden, und jubeln, wenn ich etwas Unerwartetes tat.

Ich hatte sie verletzt, und das stimmte mich traurig. Aber jetzt war es zu spät, um zurückzugehen. Die Zurückweisung war unwiderruflich. Sie hatte nichts Falsches getan, sie freute sich, weil sie ein Kind erwartete, warum konnte ich ihr das nicht gönnen? Warum weigerte ich mich, ihre Freude mit ihr zu teilen? Das war kleinlich und missgünstig. Auch wenn Kaffee und Kuchen nicht unbedingt die eleganteste Art waren, das vielleicht wichtigste Ereignis in seinem Leben mit anderen zu teilen, war es angesichts des kleinen offiziellen Etats öffentlicher Büros, um die Festtage der Angestellten zu feiern, dennoch rührend. Denn sie hatte zu Hause gesessen und sich überlegt, dass sie ihre Kollegen an ihrer Freude teilhaben lassen wollte. Sie hatte sich gefragt, wie sie das machen sollte. Ja, genau, hatte sie gedacht, ich könnte eine Torte kaufen. Der Gedanke hatte ihr gefallen. Mit einem Karton in den Händen in das Lehrerzimmer zu kommen, ihn wortlos in den Kühlschrank zu stellen, so dass alle wissen, es gibt etwas zu feiern, aber keiner errät, um was es geht. Dann deckt sie den Tisch, dann steht sie auf und sagt, dass sie ein Kind erwarte, dann werden alle für sie lächeln und strahlen. *Ach, wie schön, Linda! Das freut mich ja so für dich! Endlich, Linda! Das wurde aber auch Zeit!* Und anschließend, beim Kuchenessen, folgen vermutlich Anspielungen darauf, dass dem etwas ganz Bestimmtes vorausgegangen sein muss, *bevor* sie schwanger wurde, und der eine oder andere zwinkert, als sich unter ihnen Heiterkeit ausbreitet. Das lässt sie schmunzeln. Ja, denkt sie, ein Kuchen ist genau das Richtige.

»Weshalb sitzt du hier? Du rauchst ja nicht einmal!«

Andreas stand vor mir.

»Findest du, das sollte ich tun?«

Er nickte.

Ich holte den Tabak heraus und begann, mir eine zu drehen, er sah mir aufmerksam zu.

»Darf ich auch mal?«

»Bitte sehr«, sagte ich und reichte ihm die Packung. Er ließ sich neben mir auf dem Kanaldeckel nieder. Zog ein wenig an dem Tabak, wie er es bei seinem Vater gesehen hatte, ehe er ihn in das offene Papier legte.

»Bist du ausgerutscht?«, fragte ich und betrachtete seine Hose. Sie war verdreckt von eingetrocknetem Matsch.

»Hab Fußball gespielt«, sagte er.

Wir schwiegen eine Weile. Er war sehr konzentriert, bekam den Rand des Blättchens aber nicht so in den Griff, dass er es zusammenrollen konnte, und ich sah, dass er sich ärgerte, ehe er aufgab, am Klebestreifen leckte und das Papier zu einem feuchten Klecks zusammendrückte.

»Fertig!«, sagte er.

»Was ist das denn?«, sagte ich. »Soll ich das etwa rauchen?«

Er lachte zufrieden.

»Da rieselt ja Tabak heraus!«, sagte ich.

Dann wurden wir still. Ich drehte mir eine neue Zigarette, er kratzte Erdklümpchen von seiner Hose und schaute gelegentlich zu den anderen Kindern hinüber, die vor dem Tor hin und her wogten.

»So soll das aussehen«, sagte ich und hielt die fertige Kippe vor ihm hoch.

»Miriam ist in dich verliebt«, erwiderte er.

Ich ahnte, dass er mich ansah, unfähig, den Triumph zu verbergen, den er empfand, weil er eine so sensationelle Neuigkeit verkündete.

»Was du nicht sagst«, meinte ich und beugte mich vor, um die Flamme vor dem Wind abzuschirmen. »Und woher weißt du das?«

»Sie hat zu Hause in ihrer Schublade ein Schreibheft, in dem überall dein Name steht«, sagte er und leierte immer wieder meinen Namen herunter, jedes Mal in einem unterschiedlichen Tonfall und mit anderem Nachdruck. **Henrik**, *Henrik*, Henrik, Henrik, *Henrik*, Henrik, Henrik, Henrik, **Henrik**.

Ich lachte.

»Das ist wahr!«, sagte er. »Aber sie sagt, es stimmt nicht.«

»Und was sagt deine Mutter dazu?«

»*Henrik, Henrik, Henrik, Henrik*«, fuhr er fort, nun jedoch mit Frauenstimme. Es sollte die seiner Mutter sein.

»Hast du das Heft deinen *Eltern* gezeigt?

Er nickte zufrieden.

»Du hättest sehen sollen, wie wütend Miriam war!«

Wir blieben lange sitzen, ohne etwas zu sagen. Das Unausstehliche, das er ab und zu hatte, war verschwunden, wenn er allein saß und es niemanden gab, vor dem er sich aufspielen wollte. Ich fragte mich, was er dachte. Schließlich hätte er nicht mit mir zusammensitzen müssen, er hätte mit den anderen Fußball spielen, sich in das Getümmel der Kinder eingliedern, laufen und rufen können, statt neben diesem stummen Mann zu schweigen, der nicht redete, weil er nicht wusste, was er sagen sollte.

Ich war kurz davor, ihn wegzuschicken. Aber ich ließ ihn sitzen. Ich versuchte, das nervöse Schweigen in ein ruhiges Schweigen zu verwandeln. Ich bekam Lust, etwas Aufmunterndes zu ihm zu sagen, aber mir fiel nichts ein. Reichte es, einfach bei ihm zu sitzen?

Auf dem Heimweg beschloss ich, mit Linda zu sprechen, sie für mein Verhalten um Entschuldigung zu bitten, eventuell auch zu erklären was an jenem Abend geschehen war, dass ich verstand, warum sie mir seither die kalte Schulter zeigte, aber jetzt waren ja ein paar Monate vergangen, *fast ein halbes Jahr!*, konnte ich sagen, das ist doch kein Grund, sauer aufeinander zu sein, was passiert ist, ist passiert und wird nie wieder vorkommen.

Sie wirkte überrascht, als sie die Tür öffnete und mich sah.

»Hallo«, sagte ich.

»Hallo?«, sagte sie.

»Ich wollte mich nur entschuldigen.«

»Wofür?«

»Für das, was heute passiert ist. Dass ich einfach gegangen bin. Ich habe das nicht so gemeint. Ich bin nur so, ja, ich weiß nicht, das war dumm von mir, aber na ja …?«

Sie begriff nicht, wovon ich sprach.

»Dass du gegangen bist?«

»Ja.«

»Aber das macht doch nichts?«

»Okay …«, sagte ich. »Und dann ist da noch das, was an dem Abend damals passiert ist … als … na, du weißt schon!«

Ich lachte kurz.

Sie sagte nichts.

Ich erkannte, dass sie mich nicht hereinbitten würde. Aber ich konnte auch nicht einfach gehen, ich musste zum Abschluss kommen, ohne mich völlig lächerlich zu machen.

»Ich war nur so … *ja*«, sagte ich. »Ich habe das so unglaublich bereut.«

Sie hatte diese überlegene Haltung, die alles, was man sagt, in der Luft hängen lässt, diese Ruhe, durch die sich die eigenen Sätze gegen einen selbst wenden, bevor sie schwer von Scham zur Erde fallen; alles prallt ab. Ganz gleich, was man sagt, nichts hilft, erst recht keine abgehackten, dahingemurmelten, fieberhaften Entschuldigungen für Monate zurückliegende Vorfälle.

»Ich koche mir gerade etwas«, sagte sie. »Hast du schon gegessen?«

Ich schüttelte überrascht den Kopf.

»Aber ich habe eigentlich auch keinen Hunger«, sagte ich.

»Du kannst mir ja ein bisschen Gesellschaft leisten«, sagte sie und trat zur Seite, um mich hineinzulassen.

Seit dem Fest im Januar war ich nicht mehr bei ihr gewesen. War sie in den vergangenen Monaten nicht wütend auf mich gewesen, war es die ganze Zeit nur mein Problem gewesen?

Ich streifte die Schuhe ab und ging in die Küche. Linda stand am Herd. Sie schaltete die Platte aus und drehte sich zu mir um.

»Was kochst du?«

»Nur eine Gemüsesuppe. Bist du sicher, dass du nichts haben willst?«

Ich setzte mich an den Küchentisch. Sie sah mich an, und ich schüttelte den Kopf.

»Dann nicht«, sagte sie. »Ich will jetzt jedenfalls etwas essen.«

Sie drückte zwei Topflappen um die Henkel des Topfs und trug ihn zum Tisch.

»Gibst du mir bitte einen von den Untersetzern?«

Sie nickte zum Fensterbrett hin. Ich legte den Untersetzer auf die Tischplatte, sie stellte den dampfenden Suppentopf mitten auf den Tisch, nahm eine Schale aus dem Regal, suchte einen Löffel aus der Schublade heraus und setzte sich endlich.

»Richard ist in Oslo?«, fragte ich und zog den Vorhang ein wenig zur Seite, um etwas anderes als sie ansehen zu können, als sie vor mir ihre Suppe aß.

»Ja, genau.«

»Geht es ihm gut?«

»Richard?«

Sie lächelte mich über den Tisch hinweg an. Ich begriff nicht, was dieses Lächeln bedeuten sollte. Ob es ankündigte, dass unser früheres Einverständnis zurück war und darauf anspielte, was sie früher über ihn und ihre Beziehung gesagt hatte, oder ob es im Gegenteil bedeutete, dass zwischen ihnen jetzt alles gut war, seit sie endlich schwanger geworden war.

»*Weißt du, wen Linda wirklich liebt?*«, sagte sie.

Sie betrachtete mich mit ihrem ruhigen Blick und führte gleichzeitig den Löffel zum Mund.

»Weißt du es, Henrik?«

Es war unheimlich. Als hätte sie sich verändert, als spräche ein anderer Mensch durch sie, dachte ich, denn nicht nur ihre Stimme, sondern auch ihre Augen hatten sich verändert, als hätte jemand Besitz von ihr ergriffen. Als wäre sie besetzt worden und müsste ohne eine Chance, es zu verhindern, den Mund öffnen und sich selbst reden hören, sich selbst ruhig Henrik anstarren sehen, der so überrascht war und dem es nicht gelang, das schlechte Gewissen zu verbergen, das ihn schon so lange gequält hatte.

Weißt du es, Henrik?

Es ging nicht mehr um Gefühle, die mit dem Brief verbunden waren, oder wofür der Brief stand, ihre Stimme war neutral und kalt gewesen; sie wollte nur sehen, wie ich reagierte, das war der Gedanke, der mir kam, dass ich Teil eines Experiments war, und als sie nach *einem halben Jahr* enthüllte, dass sie von dem Brief gewusst hatte, überkam mich das Gefühl, unter Aufsicht gestanden zu haben. Alles, was in den letzten Monaten geschehen war, veränderte sich plötzlich. Jetzt sah ich mich mit ihren Augen. Und das war unheimlich.

Ich hatte ihr nicht geantwortet. Wir schwiegen lange. Sie aß, ich starrte aus dem Fenster. Sie profitierte von diesem Schweigen, es war ihr Schweigen, ihr Moment. Ich wusste, dass sie sich freute. Ich wusste, dass ich einen Feind hatte. Aber ich konnte nicht gehen, wollte ihr nichts schenken. Ich musste so lange sitzen bleiben, bis sie schließlich gezwungen sein würde, das Schweigen zu brechen, das sie ausgelöst hatte, um so entweder das Feindselige weiterzuführen – das dadurch deutlich werden und mir die Chance geben würde, dagegenzuhalten – oder einer Normalität den Weg zu ebnen, die mir die Gelegenheit gäbe, sie ohne allzu große Verluste zu verlassen.

Aber sie war gerissener, als ich erwartet hatte. Nach dem Essen stand sie auf und stellte den Teller auf die Arbeitsplatte.

»Du bekommst viel Lob von den Eltern, Henrik«, sagte sie. »Sie sind zufrieden mit dir.«

Durch diesen Kommentar war sie mir überlegen. Was sollte ich darauf erwidern? Es abzustreiten, würde selbstverständlich nichts nützen, so wenig, wie ihr zuzustimmen, denn sie und ich wussten es besser. Wir wussten, dass es auch *andere* Meinungen zu mir gab. Und sie wusste, dass ich es wusste. Sie hatte mich, wo sie mich haben wollte. Wie viel Hohn doch in dieser scheinbaren Anerkennung lag! Und wie schmerzhaft die Niederlage sein würde, wenn ich keinen Weg fand, sie zu neutralisieren. Ihr Angriff war unglaublich raffiniert und wurde ausgeführt, ohne dass sie aus der Deckung herauskam, ich sah keine Stelle, an der ich zum Gegenangriff übergehen konnte. Wenn ich plötzlich versucht hätte, sie zu treffen, indem ich persönlich wurde, indem ich auf etwas Lächerliches oder Unreifes an ihr hinwies, würde sie nur mit den Schultern zucken, leicht boshaft lächeln und mit der gleichen, riesigen Distanz sagen können, *Was ist los mit dir, hast du völlig den Verstand verloren, ich habe doch nur gesagt, dass du deine Arbeit gut machst? Und dann beleidigst du mich?* – und sie hätte recht, ein persönlicher Angriff stünde in keinem Verhältnis zu ihren Worten und würde sich deshalb mühelos abwehren lassen. Es reichte völlig, mich darauf hinzuweisen, dass dieser persönliche Angriff erbärmlich, mies und lächerlich war. Denn *ihr* Angriff kam aus unendlich großer Entfernung. Als ich sie nun mit der gleichen großen Distanz betrachtete, fand ich nichts Tadelnswertes, es gab nichts Greifbares, und selbst wenn, würde sie die zweideutige Bemerkung einfach bloßlegen und der Lächerlichkeit preisgeben können, indem sie die Distanz aufgab und plötzlich ganz nah heranging, sich als Linda von unten hereinschob und sagte, *Armer Henrik, du kannst einem wirklich leidtun*, um mich auf diese Weise vollkommen zu neutralisieren. Dann würde ich mich wieder am falschen Ort befinden und wäre völlig wehrlos.

Konnte ich sagen, dass sie bedauernswert war?

Nein, das konnte ich nicht, denn sie war stark, sie hatte die Situation im Griff, sie war mir überlegen. Wir wüssten, dass es nicht stimmte, wenn ich behaupten würde, sie sei bedauernswert, und daraufhin würde es auf mich zurückfallen. Denn *ich* war bedauernswert. Das wussten wir beide. Sie demütigte mich. Und das war fast unerträglich, denn wer war sie? Eine ungefähr gleichaltrige Frau, die keine andere Ausbildung hatte als drei Jahre an der Lehrerhochschule, die ihr Bestes gab und ihr Wohnzimmer mit Spitze und Kitsch, Nippes und kleinen Schleifen um die Kerzenständer schmückte, in denen die Lichter so heimelig flackerten, wenn sie es sich auf der Couch gemütlich machte, um abends ein gutes Buch zu lesen, eine Frau, die nichts von Musik verstand, aber trotzdem Ansichten dazu hatte, eine Frau, die Politiker kritisch sah, ohne irgendetwas von Politik zu verstehen, eine Frau, die zu wissen glaubte, wer ich war, und mich verurteilte, ohne auch nur ansatzweise etwas über andere Menschen zu wissen, sie kannte nur ihre eigenen Begrenzungen, ein Maßstab, von dem sie natürlich annahm, dass er für alle galt.

Das war die Frau, die mich verhöhnte. Bei Enoksen hätte ich zum Gegenangriff übergehen können, auf ihn war ich inzwischen gut vorbereitet, aber das hier war ein so kunstvoll ausgeführter Überraschungsangriff gewesen, dass es keinen Punkt gab, an dem man zurückschlagen konnte.

Ich war gelähmt.

»Was du nicht sagst«, sagte ich.

»Ja, ja«, sagte ich.

»Ich geh dann wohl mal nach Hause«, sagte ich.

Danach ging ich in meine Wohnung und legte mich gedemütigt und verzweifelt in der Hoffnung schlafen, ein paar Stunden später ruhig und entspannt aufzuwachen. Denn so ist es, selbst der kleine Abstand, den einige Stunden Abwesenheit herstellen, reicht manchmal schon aus, danach erscheint einem das Geschehene unter Umständen unwichtig, eine Bagatelle, die man abschüttelt, wenn man schläfrig die Füße auf den Fußboden setzt. Aufwachen heißt, neu anfangen, deshalb schlafen wir: ein neuer Tag, eine neue Welt.

Jeden Dienstag unterrichtete ich in den ersten beiden Stunden die vierte Klasse, diese kleinen, begeisterten Zehnjährigen, die ohne Schüchternheit alle daran teilhaben lassen wollten, was sie erlebt hatten, wenn möglich die ganze Welt; eifrig zeigten sie auf, um von *ihren* Erfahrungen mit dem Thema zu erzählen, über das ich gerade sprach, kleine vertraute, familiäre Episoden, die ihre Eltern veranlasst hätten, sich an die Stirn zu schlagen, *Oh nein, DAS hast du gesagt?*, wenn sie davon wüssten. Sie waren zehn Jahre alt und bereits vollständig entwickelte Persönlichkeiten. Einer der Jungen war streitlustig und aufbrausend, ein anderer angeberisch und einschmeichelnd, ein dritter träge und in sich gekehrt; es gab einen Klassenclown unter ihnen, einer von ihnen war altklug und legte großen Wert auf makellosen Lebenswandel, einer von ihnen war vollkommen neutral und wechselte die Gestalt, je nachdem, mit wem er zusammen war, ein anderer hatte große Schwierigkeiten, sich zu konzentrieren, und verlor sich ständig in Tagträumen, es gab ein paar Rabauken, die ihre Grenzen für das testeten, was ihnen in ihrer Welt möglich erschien, es gab jemanden, der nur still und bescheiden war und erst sprach, wenn man fragte, es gab jemanden, der bei jeder Kleinigkeit kicherte, und einen anderen, der eine natürliche Autorität besaß, so dass sich alle seinem Willen beugten. Sie waren zehn Jahre alt und hatten noch nicht begonnen, ihr Verhältnis zur Umwelt bis in alle Feinheiten zu justieren. Sie waren miteinander verbunden, aber auf eher mechanische Weise, sie hatten noch nicht den Punkt erreicht, an dem man anstrebt, sich zu verändern, wie die Dreizehnjährigen es taten; deshalb war ihre Verzweiflung, wenn etwas schiefging, so unerträglich, weil es keinen Ausweg gab, sie konnten nur warten und hoffen, dass es eines Tages vorüberging.

Andreas wollte gemocht werden und in seiner Klasse zu den Anführern gehören, das entsprach seiner Natur, bei allem, was er tat, wollte er besser sein als die anderen. Wenn sie zeichneten, hielt er sein Bild hoch und wartete auf meine Anerkennung, wenn ich etwas fragte, zeigte er als Erster auf, *Ich, ich, ich*; wenn er dann nicht die Chance bekam, seufzte er über Mitschüler, die falsch antworteten, *Ich weiß es, ich weiß es, ich weiß es!* Sein Verhalten verprellte die anderen, was ihn quälte, aber ihm stand kein Repertoire zur Verfügung, er konnte nur eins tun, um sie zu zurückzugewinnen, sich noch mehr ins Zeug legen, noch schlauer sein. Robert, der unter den Jungen großes Ansehen genoss und deshalb sein großer Rivale war, hatte dagegen nicht das Bedürfnis, ständig im Mittelpunkt zu stehen. Er wählte seine Momente, inszenierte seine Augenblicke von Heldenmut, vermied gemeinen Klatsch und unfeine Tricks, wenn er sich prügelte – nach dem moralischen Kodex, der in der Welt der Zehnjährigen galt, war er untadelig. Er führte sie, er entschied, was sie tun sollten und wer zu ihnen gehörte. Das ärgerte Andreas natürlich, war er dafür nicht eigentlich besser geeignet? Dauernd gerieten sich die beiden in die Haare. Aber Andreas konnte nicht gewinnen, denn alle wussten, dass früher oder später etwas furchtbar schiefgehen würde, wenn Andreas sie anführte. Er würde sie geradewegs ins Verderben führen, vielleicht kam eines Abends, an dem sie seinen Einfällen gefolgt waren, die Polizei, vielleicht mussten sie die ganze Nacht auf einer Bank in einer Zelle hinter Schloss und Riegel verbringen, denn Andreas würde sich von der Macht berauschen lassen, das wussten sie, er würde immer wüster werden, bis etwas aus dem

Ruder lief. Es war für sie völlig undenkbar, Andreas zu folgen. Seine Chance bestand darin, einzeln mit ihnen zusammen zu sein. Sie nach Hause und in sein Zimmer zu schleifen, ihnen alles zu zeigen, was er hatte, und zu hoffen, dass sich das Gerücht von seiner Freundlichkeit verbreiten würde.

Diese Kinder kennenzulernen, war ein Privileg. Wir sind alle dort gewesen, in der Welt der Zehnjährigen, aber als Gefangene, ohne die Möglichkeit, ihr zu entfliehen und das Ganze von außen zu betrachten. Jetzt konnten sie mir nichts tun, ich war unverletzlich, ein Riese, der zu ihnen gesandt worden war, um ihnen vom Leben in der Welt der Riesen zu erzählen. Und natürlich wunderte ich mich, denn es ist doch eigenartig, dass diese Zehnjährigen trotz ihrer klaren individuellen Züge alle über den gleichen Humor lachen, alle von den gleichen Dingen fasziniert sind und die Welt auf die gleiche Art sehen. Die Erlebnisse, von denen sie mir so bereitwillig erzählten, enthüllten vor allem, wie bedingungslos ihre Bewunderung für die Eltern war, aber auch, wie sehr sie sich von Übertreibungen hinreißen ließen; sie waren Gigantomanen, alle, und blutrünstig: Wenn ich ihnen gelegentlich aus Tausendundeine Nacht vorlas, lachten sie roh und hemmungslos, wenn jemand geköpft wurde, für sie war das etwas Wahnsinniges, und alles Wahnsinnige brachte sie zum Lachen. Als ich ihnen von siamesischen Zwillingen erzählte, weigerten sie sich anfangs, mir zu glauben, *Doch, das ist wahr*, sagte ich, *Sogar ihre Köpfe können zusammengewachsen sein*, und nachdem ich sie davon überzeugt hatte, dass meine Worte der Wahrheit entsprachen, saßen sie lange da und dachten darüber nach, wie es sein mochte. *Stell dir vor, sie haben Geliebte!* Und ich begann, sie mit Geschichten von Odin zu füttern, der ein Auge geopfert hatte, um weise zu werden, vom Polterer Thor, von Sleipner mit seinen acht Beinen und Loki, dem verschlagenen Teufel, der dafür sorgte, dass Balder erschossen wurde, und sich anschließend in einen Fisch verwandelte, um der gerechten Strafe zu entgehen; ich erzählte ihnen von Medusa und ihrem Schlangenhaar, von Proteus, der sich in alles Mögliche verwandeln konnte, von Achilles, der unverletzbar wurde und über das Schlachtfeld stürmen konnte, ohne getroffen zu werden, bis jemand seine Schwachstelle fand. Und der Gedanke gefiel ihnen, dass sie selbst einen Punkt am Körper hatten, der mit diesem Helden Achilles zusammenhing. Als ich von Dante erzählte, der sich verirrte, von drei Raubtieren angegriffen wurde und daraufhin den Eingang zur Hölle fand, wurden sie neugierig und wollten wissen, wie es dort *aussah*. Ich schilderte alle Qualen, alle Grausamkeiten und alles Elend, und sie wurden still. Ich wusste, dass sie es vor sich sahen. Den Dreck, den Gestank, die Schreie, den schwarzen Himmel. Ich erzählte, dass die Teufel durch die Luft flogen und die Sünder in kochende Pfuhle stießen, *Aber sterben sie dann nicht*, fragten sie, *Nein*, antwortete ich, *Sie waren ja schon tot, wir sterben nur einmal*, wozu sie nickten, das erschien logisch, und als ich beschrieb, wie die Teufel mit einem Laut wie von Trompetenstößen furzten und welchen fürchterlichen Gestank sie verbreiteten, prusteten sie vor Lachen.

Sie waren zehn Jahre alt und unterschieden sich voneinander, jeder, dennoch dachte ich, dass sie alle in die gleichen Rollen schlüpften. Auch wenn Jahr für Jahr die Bewohner aus der Welt der Zehnjährigen emigrieren und den Platz einer Welle von Neuankömmlingen überlassen, bleibt die Gesellschaftsordnung konstant, als warte dort ein Vorrat an verfügbaren Lebensweisen, unter denen die Immigranten wählen mussten, ein Vorrat an Lebensregeln, die sie befolgen sollten.

Sie waren so, wie wir in meiner Erinnerung in meiner eigenen Klasse sechzehn Jahre zuvor gewesen waren. Wir hatten über die gleichen Dinge gelacht, auch wir hatten einen Klassenclown, auch wir hatten einen trägen Pummeligen, den wir verhöhnten, auch wir hatten einen lässigen Frechdachs, auch wir hatten einen Neutralen, auch wir hatten einen Anführer und jemanden, der immer im Mittelpunkt stehen wollte. Auch wir hatten

Mädchen, die mit ihren Pferdemagazinen und Brieffreundinnen getrennt von uns herumhingen, Mädchen, die mit uns zusammen sein und Jungensachen machen wollten, Fußballspielen und Obst klauen, auch wir hatten Mädchen, die direkt waren und uns aus irgendeinem Grund bei Spielen dabeihaben wollten, die mit Umarmungen oder Küssen endeten. Auch wir lachten über Blut und Matsch und Kacke und Pisse, auch wir starrten ins Weltall und fragten einander, was in aller Welt *dort* sein mochte. Erling meinte, da draußen brenne es, das habe sein Vater gesagt, und bis heute stelle ich es mir so vor: ein gewaltiges, endloses Flammenmeer, das sich vom Rand des Universums ausbreitet.

Jetzt zeichneten sie. Das machten wir immer, wenn ich es nicht mehr schaffte, die Intensität in der Schulstunde aufrechtzuerhalten. Es kamen Boote, Autos, Panzer, Pferde, Landschaften bei Sonnenaufgang und schlanke Frauen in langen Kleidern dabei heraus. Ich gähnte und streckte mich, es war ein wenig langweilig, am Lehrerpult zu sitzen und die Schüler zu betrachten, also stand ich auf und ging zwischen die Pultreihen, blieb hinter einigen stehen, die mich über die Schulter hinweg ansahen und lächelten, ich sagte, *Das sieht schön aus, Therese, das ist gut, Erlend, du bist ja richtig geschickt!* Ich verschränkte in Lehrermanier die Arme auf dem Rücken und stolzierte zwischen ihnen hindurch, stand am Fenster und blickte auf das überraschende Tiefdruckgebiet hinaus, das im Laufe der Nacht aufgezogen war und den Himmel mit seinen Schwüngen aus Wolken, grau und nass wie Zement, abgedichtet hatte.

Ich nahm den gleichen Weg zurück, um Andreas nicht die Möglichkeit zu geben, sich in den Vordergrund zu spielen. Es ihm zu sagen, brachte nichts, denn er wusste es ja und musste es sich von allen anhören; selbst im Lehrerzimmer hatte ich Kommentare zu Andreas gehört. Obwohl das fehlende Einfühlungsvermögen, von dem die Bemerkung zeugte, mich schockierte, verteidigte ich ihn nicht. Einfühlungsvermögen lässt sich nicht von außen verordnen. Es liegt ja in der Natur mangelnder Sensibilität, sich nicht nach anderen zu richten. Aber Andreas' Schwester kam zurecht, dachte ich; dann würde auch er zurechtkommen. Ein paar schwierige Jahre, bis er den Weg hinaus findet. Dann das Gymnasium und Internat, in dem Jahr, wenn Miriam fertig ist mit der Schule und weiterzieht. Vielleicht würden sie sich unterhalten und über die Zeit lachen, in der sie die große Schwester und er der kleine Bruder gewesen waren, als sie an ihm herummeckerte und sich über ihn ärgerte, weil er in ihren Sachen herumschnüffelte und sie nicht in Ruhe ließ, gleichzeitig war er ihr kleiner Bruder, jemand, den sie beschützen und verteidigen würde, wenn er es wirklich brauchte. In den Pausen wollte sie nichts von ihm wissen. Es war eine kleine Schule, alle waren die ganze Zeit in der Nähe aller anderen, es gab viele Abstände, die sie selbst schaffen mussten, viele Unterschiede, die sie selbst aufrechterhalten mussten.

Andreas sah von seinem Blatt auf, lächelte mir zu und hob die Zeichnung, damit ich sie sah. Ich nickte anerkennend, gab ihm, was er haben wollte, und er beugte sich mit neuem Schwung über das Bild. Er ahnte nicht, dass seine Anwesenheit mich vor allem daran erinnerte, dass ich wachsam sein musste, dass ich mich am Vortag am äußersten Rand bewegt hatte und nun erkannte, dass ich mich seiner Schwester behutsam nähern musste.

Doch erst in der vorletzten Stunde bekam ich die Gelegenheit, mit ihr unter vier Augen zu sprechen. Eine ganze Woche war vergangen, seit ich sie geküsst hatte. Jetzt stand ich vor dem Lehrerzimmer im Flur und brannte darauf zu hören, was sie dachte, was sie wollte.

Sie hatte sich gemeldet und gefragt, ob sie zur Toilette gehen dürfe, ich hatte abwesend genickt und mich bemüht, den Blick starr in den Raum zu richten, als sie aufstand und an mir vorbeiging, anschließend hatte ich ein, zwei Minuten verstreichen lassen, ehe ich die Schüler bat, sitzen zu bleiben, während ich ein Buch holen ging, das ich benötigte. So beherrscht wie möglich hatte ich die Tür hinter mir geschlossen und war bis zum Ende des leeren Flurs gegangen, wo die Toiletten lagen. Dort zu warten, war jedoch unmöglich, einer der anderen Lehrer konnte vorbeikommen, weshalb ich ins Lehrerzimmer ging, wo ich mich hinter die halboffene Tür stellte, um loszugehen, sobald jemand kam. Ich setzte darauf, ihre Schritte auf dem Rückweg zur Klasse zu hören. Die Gummisohlen, die bei jedem Schritt leicht am Boden kleben, die Tür, die erst jetzt am Ende des Flurs zufällt.

Sie zuckte zusammen, als ich herauskam. Ich fühlte mich ungestüm und klobig, als ich mich vor sie stellte, im Vergleich zu mir wirkte sie so zart, ihre unsicheren Augen, ich musste vorsichtig sein.

»Ich wollte nur ein Buch holen«, sagte ich.

»Aha«, sagte sie.

Ich wagte es nicht, sie zu berühren.

»Du musst mich unbedingt besuchen kommen, Miriam«, sagte ich.

Der Abstand wurde nicht kleiner. Dennoch musste ich weitermachen.

»Heute Abend vielleicht? Geht das? Das wäre gut.«

Sie nickte.

»Kann ich machen«, erklärte sie. »Dann musst du aber auch wirklich zu Hause sein!«

Sie lächelte. Und ich mochte sie so sehr dafür, dass sie mir so unerschrocken antwortete, dass es *ihr* gelang, die Situation zu retten!

»Wenn du kommst, bin ich natürlich zu Hause«, erwiderte ich.

Wir sahen uns wortlos an. Und sie begriff. Ihr Blick war fest, rein. Erst als ich die Hand auf ihre Schulter legte, sah sie zu Boden, erst da murmelte sie, dass sie wieder zurück müsse, drehte sich um, öffnete die Tür und schob sich in den Klassenraum. Ich blieb einige Sekunden stehen, um mich zu beruhigen. Dann kehrte ich ins Lehrerzimmer zurück und holte ein Buch aus dem Schrank, um einen Grund für meine Abwesenheit zu haben. Obwohl ich eine Minute später ein Sachkundebuch für die vierte Klasse auf das Lehrerpult legte, reagierte keiner. Schließlich war ich ihr Lehrer. Aber Miriam war berührt, das sah ich; sie hatte sich in sich selbst zurückgezogen und wagte es im Laufe der Stunde kein einziges Mal, den Blick zu heben. Ich wusste, dass sie an mich dachte und dass die Unsicherheit im Verhältnis zu mir, die sie sicher empfunden hatte, nachdem ich sie geküsst hatte – denn warum in aller Welt hatte ich, ihr Lehrer, das getan –, sich möglicherweise verändert hatte, weil sie nun verstand, dass ich sie tatsächlich haben wollte, dass es nicht nur eine spontane Eingebung gewesen war, das Ergebnis eines Impulses, den ihr hübsches Gesicht in mir ausgelöst hatte.

Und an diesem Abend würde sie zu mir kommen.

Ich ertrug es kaum zu warten.

Erst als ich meine Wohnung mit ihrem Blick aufschloss, verspürte ich einen Anflug von Furcht, erst da kam mir die Möglichkeit in den Sinn, dass wir uns nicht verstehen würden, denn was sollten wir tun, worüber sollten wir reden?

Kurz bevor der Laden schloss, stürzte ich hinein, um Chips und Limonade zu kaufen. Stundenlang hatte ich mich mit dem Gedanken getragen, für sie zu kochen, aber glücklicherweise wurde mir rechtzeitig klar, wie das wirken würde, falls jemand davon erfuhr; sie zum Essen einzuladen, hieß, um sie zu werben, war ein Auftakt zu etwas, das für eine Dreizehnjährige zu groß war, es würde lächerlich und irre wirken; *Da saßen sie, Henrik und Miriam, mit Kandelaber und weißer Tischdecke und Gläsern aus Kristall, du hättest es sehen sollen, er kam mit einem dampfenden Tablett voller Essen zu ihr, und sie saß klein und ängstlich da und kaute Kaugummi, weißt du was! Dieser*

Henrik tickt nicht ganz sauber. Jemanden wie den können wir hier nicht herumlaufen lassen. Denk an unsere Töchter! Rufst du an oder soll ich es tun?

Denn was würde geschehen? Nichts würde geschehen. Miriam würde mich besuchen, ein wenig verliebt in ihren Lehrer kam sie auf eigene Faust zu ihm, sie wollte gern in seiner Nähe sein, sitzen, wo er immer saß, die Dinge ansehen, die er immer ansah, während der Lehrer sich ein bisschen gelangweilt mit ihr unterhielt, sie über verschiedene Dinge ausfragte, damit sie sich nicht dumm und klein vorkam, wenn sie ging. Vielleicht fragt er, ob sie Chips möchte, vielleicht nickt sie, und er steht auf und ist froh, dieser etwas peinlichen Situation für einen Augenblick zu entrinnen, er öffnet die Tüte und schüttet Chips in eine Schüssel, die er ins Wohnzimmer trägt und zwischen ihnen auf den Tisch stellt, vielleicht schaltet er auch den Fernseher ein, vielleicht bleibt sie noch ein paar Minuten, und als sie schon gehen will, sagt er, was in ihrem Zimmer passiert sei, habe nichts zu bedeuten gehabt, was sie denn glaube, er habe sie nur kurz umarmen wollen, bevor er ging, du erinnerst dich? –, und sie nickt, denn auch Miriam wusste, dass es, *eigentlich*, so war, dass sie den Vorfall in ihren Gedanken genossen, ihn gehegt und gepflegt hatte und er in ihrer Fantasie gewachsen war, wenngleich sie begriff, wie aussichtslos das war, und dass er seine Einladung nur ausgesprochen hatte, weil er sie nicht enttäuschen, sie nicht endgültig zurückweisen wollte, aber durchblicken ließ, dass ihre Gefühle für ihn natürlich nicht erwidert wurden, er war sechsundzwanzig Jahre alt, mit anderen Worten doppelt so alt wie sie, und obwohl er sie gern hatte, *sehr gern*, wie er sagte, hegte er nicht die Gefühle für sie, die sie sich vielleicht erhofft hatte.

»Gibt's heute Abend ein Video?«, fragte Mortensen und schob die Waren ans Ende der Theke.

»Vielleicht«, sagte ich. »Das Wetter ist ja so schlecht.«

»*So* schlecht ist es nun auch wieder nicht. Ihr Leute aus dem Süden seid nur so verwöhnt.«

Heute gut gelaunt, Mortensen?

»Gegen Abend soll es jedenfalls aufklaren«, sagte er und stand auf. »Ich könnte mir denken, dass es dann auch wieder kälter wird.«

Er ging zur Tür und zog klirrend einen Schlüsselbund aus der Hosentasche.

»Ich würde jetzt gerne zumachen.«

Er hielt mir die Tür auf. Der Regen hatte den Schnee von den Hängen und aus den oberhalb gelegenen Gärten gewaschen, übrig geblieben waren nur die Haufen entlang der Straße, vereinzelte Wehen in den schlimmsten Schneemulden. Ein paar Möwen schaukelten mutlos in den langsamen Wellen, die am Ufersaum an die Steine schlugen. Der Himmel war schwer und verschleierte die Aussicht auf die Berge auf der anderen Seite des Fjords, man erahnte sie nur als eine kräftigere Farbschattierung in der Tiefe des Graus. Eine Stunde später, als ich in der Wohnung auf und ab ging und auf sie wartete, sah ich jedoch, dass der Himmel sich an der Fjordmündung öffnete, schmale Streifen von Blau, die der Wind weitete, es hörte auf zu regnen, und ein, zwei Stunden später war die Wolkendecke verschwunden.

Das Licht nach Regen ist das schönste Licht. Es hat eine Mattheit, es ist mild, gleichwohl kühl wie die Hand einer Mutter, die über die Stirn streicht, die sich zu ihr neigt, sie lächelt und flüstert seinen Namen, eine Zärtlichkeit, die kaum auszuhalten ist. Obwohl er gerade erfahren hat, dass sie auf dem Weg der Besserung ist, steckt die Angst, dass sie aus seinem Leben verschwinden könnte, noch in ihm, deshalb ist er gerührt, und wenn sie ihm behutsam durch das Haar streicht, versteht sie, dass sie die Starke ist, dass sie es ist, die leuchtet.

5

Miriam hängte ihre Jacke an den Haken im Flur. Um sie nicht verlegen zu machen, war ich sofort in die Küche gegangen, hatte Wasser in den Glaskolben der Kaffeemaschine gefüllt, und hörte dabei, wie sie im Flur ihre Schuhe auszog und sie ordentlich an die Wand stellte, die Jacke aufknöpfte und aufhängte, mit leicht zögerlichen Schritten ins Wohnzimmer ging.

Sie war da!

Ich goss Wasser in den Behälter, streute Kaffeepulver in den Filter, schaltete die Maschine ein und rief:

»Möchtest du einen Kaffee, Miriam?«

Sie stand am Fenster, die Hände in die Gesäßtaschen geschoben, und drehte sich zu mir um, als ich hereinkam.

»Ich habe auch Cola, wenn dir das lieber ist.«

Sie deutete mehrmals ein Kopfnicken an.

»In Ordnung.«

Ich wollte ihr nur das Gefühl geben, dass sie sich gut hielt. Dass sie sich nicht zu schämen brauchte, wenn sie meine Wohnung verließ, sich nicht mit Unbehagen und Unzufriedenheit herumquälen musste, ich wollte, dass sie lachte und nicht daran dachte, wer sie in meinen Augen war. Aber als ich Gläser aus dem Küchenschrank holte, war ich ganz gebannt von ihrem Anblick; dieses halb Unsichere, halb Erwartungsvolle ihrer Bewegungen, als sie sich zu mir umdrehte, hatte sie mir nie zuvor gezeigt. Es ist etwas freigesetzt worden, dachte ich, aus dem Weg geräumt worden. Jetzt war sie bei mir, und das veränderte alles. In der Schule war sie eine Schülerin, und wie sie sich in meiner Anwesenheit gab, war davon geprägt, es gab kleine Vorstöße und Finten, die nur möglich waren, weil sie dort wie die anderen Schüler wusste, welchen Platz sie im Verhältnis zu mir einnahm. Dort war alles harmlos, all ihre Vorstöße würden niemals zu etwas führen, was sich verwirklichen ließe, dort nahm sie an einem Spiel teil, das keine anderen Konsequenzen hatte als ein paar errötende Wangen, ein paar Sekunden schnell vergessener Scham. Deshalb konnte sie sich auf ihrem Stuhl strecken, dabei die Brüste vorschieben und mich gleichzeitig herausfordernd anlächeln, um zu schauen, wie ich reagierte, deshalb konnte sie sich vorbeugen und die Stretchhosen straffen, wohlwissend, dass ich direkt hinter ihnen stand; aus demselben Grund konnten sie unschuldigen Worten durch einen Blick, ein Kichern, eine gekünstelt unschuldige Stimme eine andere Bedeutung geben. Als sie daheim im Bett lag und ich das Zimmer betrat, war all das fort gewesen, weil ihr die Sicherheit fehlte, sie war überrascht gewesen und hatte keine Position gefunden, von der aus sie mir begegnen konnte, sie musste dort liegen und mich ansehen, errötend und verletzlich, ein Kind.

Aber hier?

Es war nicht so, dass ich zu ihrer Welt hinabstieg. Sie stieg zu meiner herauf.

Ich blieb mit den Gläsern und der Limonade in den Händen im Türrahmen stehen und betrachtete sie. Sie bemerkte mich nicht. Sie ließ den Finger über die Sprossen des Fensters gleiten und sah hinaus. Sie drehte sich um und schaute sich im Zimmer um. Sie ging zu der Reihe von CDs über der Stereoanlage, zog eine heraus und hielt sie in der Hand, sie war bei mir, sie sah, was ich sah, legte die Hülle fort und machte ein paar Schritte in den Raum hinein. Sie blieb vor dem Spiegel stehen. Zupfte den dünnen, schwarzen Pullover an den Schultern zurecht. Drehte sich leicht zur Seite und betrachtete ihren Körper im Profil, dabei vorsichtig lächelnd. Ich hielt es nicht mehr aus, sie anzuschauen.

Ich wollte sie an mich pressen, ihren Körper an meinem fühlen, das war alles, was ich wollte. Aber es war unmöglich.

Ich schob die Tür mit dem Fuß ganz auf und ging zu ihr hinein.

»Ich trinke auch einen Schluck Limonade«, sagte ich.

Sie setzte sich auf die Couch. Die Hände im Schoß, die Knie geschlossen. *Cola!*, dachte ich, *Was soll sie davon bloß halten, wie bei einem Kindergeburtstag*, dachte ich und goss mit glühenden Wangen Cola in ihr Glas.

»Soll ich Musik auflegen?«, fragte ich.

»Kannst du machen.«

»Was möchtest du hören?«

Sie zuckte mit den Schultern.

»Magst du dir etwas aussuchen?«, sagte ich, froh darüber, ihr die Chance geben zu können, etwas zu tun.

Sie stand auf und kniete sich vor das Regal.

»Du hast so viel seltsame Musik!«, sagte sie.

Ich stellte mich hinter sie. Beugte mich herab. Sie strich ihre Haare, die ihr im Weg waren, hinter das Ohr, und ich begriff, dass sie das tat, um die Unsicherheit zu überspielen, die sie wegen meiner Nähe empfand.

Sie war so schön.

»Ist die gut?«, fragte sie und hielt mir eine Hülle hin, ohne ihr mit den Augen zu folgen.

Ich nickte.

Sie öffnete sie und holte die CD heraus, hielt sie zögernd in der Hand und starrte die Tasten vor sich an, ich kam ihr zur Hilfe, drückte auf *Eject*, der kleine Plattenteller glitt summend heraus, sie legte die CD darauf. Dann lugte sie zu mir hoch. Mir stieg der Geruch ihres Haars in die Nase, fruchtig, ich nahm das Parfum wahr, das sie aufgelegt hatte, schwerer; ich dachte, dass es ihrer Mutter gehörte. Sie hatte im Bad danach gegriffen, den Flacon in der Hand gehalten, einen Moment gezögert, einen kurzen Stoß auf die Haut am Hals gesprüht, die Nase angesichts des intensiven Dunstes gerümpft, über sich selbst gelächelt.

»Schalt sie einfach an«, sagte ich, und als sie sich drehte, um zu tun, was ich gesagt hatte, stieß ihr Arm an mein Knie. Eine vorsichtige Berührung nur, Pulloverstoff, der über meine Hose glitt, trotzdem war es mehr, als ich ertrug. Ich richtete mich jäh auf und ging in die Küche, öffnete das Fenster, stützte mich mit den Händen auf die Fensterbank, lehnte mich in die kalte Luft hinaus und atmete mehrmals tief durch.

Aus dem Wohnzimmer drang ein Dröhnen.

Dann wurde es still. Unmittelbar darauf ging die Musik wieder an. Diesmal leise. Ich lächelte vor mich hin, beruhigt von ihrer Unbeholfenheit in dem Moment, schloss das Fenster, öffnete die Chipstüte und schüttete ihren Inhalt in eine Schüssel, die ich zu ihr hinein trug.

Sie saß jetzt auf dem Fußboden und hatte ein Bein unter sich gezogen, ihre Hand drehte vorsichtig am Lautstärkeregler, ich stellte die Schüssel auf den Tisch, *Ist das zu laut?*, fragte sie, ich schüttelte den Kopf, und sie stand auf, und ich konnte nicht aufhören, sie anzusehen. Sie merkte es und bekam etwas Schüchternes. Meine Augen, die über ihren Körper gleiten: der dünne, schwarze Pullover, der sich an ihre Brüste schmiegt, gegen den Bauch gedrückt wird, zur Taille, und in der verwaschenen, enganliegenden Jeans endet; ihre Hüften, die Oberschenkel, die Waden, die kleinen Füße. Sie weiß, was ich denke, wenn sie vorbeigeht. Sie weiß, was ich von ihr will. Deshalb wird sie schüchtern und trinkt einen Schluck Limonade, nimmt sich eine Handvoll Chips und schiebt sich einen nach dem anderen in den Mund, ohne mich anzusehen. Mein Blick ist dennoch in ihr. Alles hängt an mir. Ich habe sie eingeladen, sie ist gekommen, jetzt sitzt sie da und wartet.

Aber ich wusste nichts zu sagen. Wir aßen Chips, es knirschte, wir tranken Cola, sie schäumte, wir hörten die Musik, die sie ausgewählt hatte. Es war unerträglich. Denn es musste doch einen Grund dafür geben, dass ich sie eingeladen hatte? Was würde sie denken, wenn sie gehen musste, ohne dass wir auch nur ein Wort miteinander gewechselt hatten, wenn wir nur Chips geknabbert hatten und verlegen gewesen waren, was sollte das, war ich jetzt wieder sechzehn, war es so, hatte ich nicht mehr zu bieten nach allem, was ich durchgemacht hatte, um sie hierher zu bekommen? War es nicht das, was ich wollte? Hatte ich mir nicht gewünscht, Miriam *hier* zu sehen, in meiner Wohnung? Dann würde der Abstand zwischen uns kleiner werden, hatte ich mir überlegt, und jetzt waren wir hier, und auf sie traf es zu, ihr Abstand war kleiner, sie wusste, wie ich sie sah, sie wusste, was ich dachte. Aber ich? Nein, nein, nein, ich saß da und wusste nicht, was ich sagen, wohin ich sehen, was ich tun sollte. Und dieser Mangel belastete auch *sie*, denn auch *sie* fühlte sich für die Situation verantwortlich, in der wir gelandet waren, auch *sie* fand dieses Schweigen peinlich.

»Ich habe keinem davon erzählt«, sagte sie. »Von dem in meinem Zimmer.«

Es wurde zum ersten Mal erwähnt. Und sie errötete. Indem sie andeutete, dass etwas passiert war, sagte sie indirekt auch, dass zwischen uns etwas war. Dass ich sie haben wollte. Denn sie war sich noch nicht sicher.

»Ich auch nicht«, erwiderte ich.

Wir lächelten uns an.

Danach schwiegen wir wieder.

Ich sah auf die Uhr. Es war sieben. Ich trank das Glas aus und stand auf, schaltete die Stereoanlage aus und den Fernseher ein.

»Die Nachrichten fangen an«, sagte ich und holte mir in der Küche eine Tasse Kaffee. Als ich zurückkam, setzte ich mich neben sie auf die Couch. Sie saß kerzengerade, den Blick auf den Fernseher gerichtet. Ich hatte sie erstarren lassen. Mir war nicht wohl dabei. Konnte ich mich zu ihr umdrehen und sie küssen?

Nein.

Konnte ich mit der Hand über ihre Wange streichen?

Nein.

Konnte ich die Hand auf ihren Schenkel legen, vorsichtig den Pullover hochziehen und ihre kleinen Brüste küssen?

Nein.

Ich musste regungslos neben ihr sitzen und fernsehen, während ich fieberhaft versuchte, etwas zu finden, worüber wir uns unterhalten konnten, etwas, das ihr nicht kindisch vorkam, als würde ich sie unterschätzen, und das auch nicht die große Distanz zwischen uns offenbarte, was ihr sonst das Gefühl geben würde, mir nicht zu genügen, nicht gut genug zu sein.

»Weiß jemand, dass du hier bist?«, fragte ich nach einer Weile. Sie schüttelte den Kopf, sagte aber nichts.

»Selbst deine Freundinnen nicht?«

»Spinnst du!«

Bei dem Gedanken musste sie lächeln. Als sie die Hand zu den Chips ausstreckte, dachte ich, jetzt oder nie. Ich griff nach ihrem Arm, nahm ihre Hand in meine.

»Wie klein sie ist«, sagte ich. »Schau.«

Ich presste meine Handfläche gegen ihre. Zwischen uns öffnete sich etwas. Denn sie zog die Hand nicht zurück, drückte sie vielmehr an meine, und der Blick, den sie mir zuwarf, löste eine Welle des Glücks in mir aus, die mich durchströmte, das war so gut, trotzdem wagte ich es nicht, denn ihre Augen, die so unverhohlen hingebungsvoll waren, machten mir Angst, sie begegnete mir mit etwas, auf das ich mich nicht einlassen konnte. Obwohl ich es wollte, wusste ich doch, dass ich es nicht konnte. Ich musste meine Hand zurückziehen und versuchen zu überspielen, was sich geöffnet hatte, ich musste so tun, als wäre nichts passiert, und den Abstand größer werden lassen, bis wieder alles normal war.

Wortlos blieben wir nebeneinander sitzen, sahen fern und aßen Chips. Je mehr Zeit verging, ehe etwas gesagt wurde, desto schwieriger würde es sein, etwas zu sagen. Es war unerträglich, und ich musste es beenden.

Ich streckte mich und gähnte kurz.

»Ich habe noch eine Menge Arbeit, Miriam«, sagte ich.

»Aha, okay«, erwiderte sie. »Ich kann ja mal gehen.«

Ich begleitete sie hinaus und lehnte mich an den Türrahmen, während sie sich bückte und ihre Schuhe zuband. Sie richtete sich auf und zog die Haare zur Seite, hob die Jacke vom Haken, schob ihre Hände durch den glatten Polyesterstoff der Ärmel, knöpfte die Jacke zu und sah dabei zu Boden. Es war nicht so gelaufen, wie sie gehofft hatte.

»Also dann Tschüss!«, sagte sie, drehte sich um und wollte gehen.

Dann wäre es zu spät.

»Miriam«, sagte ich.

Sie drehte sich zu mir um. Ich legte meine Arme um sie. Ich drückte sie an mich und strich ihr mit den Händen über den Rücken, und als sie den Kopf ein wenig zurücklegte, um zu mir hochzuschauen, küsste ich sie. Ihre Lippen öffneten sich auf meinen, feucht, weich, ich ahnte ihre Zungenspitze und leckte sie vorsichtig, während das Herz in meiner Brust schlug und schlug und alles in mir vor Freude und Begierde bebte. Denn sie hatte meinen Kuss erwidert, ich spürte ihre kleinen Finger, die über meinen Rücken strichen, ihre Schenkel, die sich an mich pressten.

»Ich liebe dich, Miriam«, flüsterte ich ihr ins Ohr und hielt sie ein paar Sekunden ganz fest, ehe ich einen Schritt zurückwich.

»Aber jetzt musst du gehen«, sagte ich. »Du darfst das keinem erzählen. Das ist wichtig. Du darfst das *niemandem* erzählen.«

»Ja«, sagte sie.

»Kommst du morgen wieder?«

»Ja«, sagte sie.

Sie schien, von ihren Gefühlen überwältigt, am liebsten davonrennen zu wollen, aber ich nahm wieder ihre Hand, und sie nickte, als ich sagte, dass sie sich am nächsten Tag in der Schule nichts anmerken lassen dürfe, dass alles wie immer sein müsse, keiner etwas wissen dürfe, zusammen könnten wir nur hier sein, bei mir. *Das ist wichtig, Miriam*, sagte ich, *Mhm*, sagte sie, noch einmal umarmte ich sie, ehe sie die Tür öffnete, zur Straße hinauflief und aus meinem Blickfeld verschwand.

Mein Gott, war das gut!

Jubelnd ging ich durch die Wohnung und genoss den Gedanken, dass sie da gewesen war und Dinge angefasst hatte, deren Wert dadurch beträchtlich gesteigert worden war: Ich hielt das Glas ins Licht und sah ihre Fingerabdrücke, ich beugte mich zur Rückenlehne der Couch hinab und sog ihren Geruch ein, der noch nicht verflogen war.

All das tat ich.

Oh Miriam, Miriam.

In dieser Nacht schlief ich nicht. Vielleicht wusste ich, dass alles in einem anderen Licht erscheinen würde, wenn ich aufwachte, die Verzweiflung, die Scham, die Angst davor, entdeckt zu werden, und die stärker werdende Forderung, dem Ganzen ein Ende zu machen, abzuschließen, was ich begonnen hatte, und ihr zu sagen: Hör zu, das war nicht gut, ich war nicht ich selbst, du darfst es keinem erzählen, und es wird nie wieder vorkommen. All das, was ich wusste, aber verdrängte. Denn ich *wollte* sie haben, das war das Entscheidende. Die Einwände kamen von außen. Wenn es nur sie und mich gäbe, wäre für Zweifel überhaupt kein Platz gewesen. Und war es nicht eigentlich so? Gab es nicht sie, Miriam, und mich, Henrik? Wenn ich meinem Herzen nicht folgte, wem sollte ich dann folgen? Sollte ich mich von anderen als mir selbst steuern lassen, sollte ich mich selbst verraten und andere das Kommando übernehmen lassen? Nein, nein, nein! Ganz sicher nicht!, dachte ich und lief durch die Wohnung. Aber wenn ich einschliefe, würde ich am nächsten Tag zu einer Kakophonie aus moralisierenden Stimmen aufwachen, ich kannte mich und wusste, dass es so kommen würde. Ich musste es in Gang halten. Ich musste weitermachen. Denn ich wollte sie haben. Es war das Einzige, was ich wollte.

Kurz nach Mitternacht schloss ich die Tür hinter mir und machte mich auf den Weg durch den Ort. Meine Gedanken kreisten um Miriam. Hoffentlich gelang es ihr zu verbergen, was passiert war. Das war der kritische Punkt, davon hing alles ab. Und dort endete jeder Gedanke an Miriam.

Ich ging durch den Tunnel und blieb auf der anderen Seite stehen. Der Himmel wurde nicht mehr richtig dunkel, es war nicht einfach, die einzelnen Sternbilder zu identifizieren, aber ich fand problemlos *Alpha Virginis*, den Frühlingsstern, der erst vor Kurzem wiederaufgetaucht war, nachdem er den ganzen Winter über nicht gesehen werden konnte. Deshalb verbanden sie ihn wahrscheinlich mit Persephone; nach einem langen Winter in der Unterwelt steigt sie wieder herauf, und die Welt füllt sich mit neuem Leben. Aber sie wussten nicht, wie alt das Licht war, wie lange es zu ihnen brauchte. Sie wussten nichts über die Sterne, gaben ihnen nur schöne Namen. Andromeda, Kassiopeia, Aquarius, Cetus. *Der Walfisch*. Ein furchteinflößendes Monster, am Himmel unterwegs, um Andromeda zu schlucken. Aber es kommt niemals an, der Abstand bleibt immer gleich.

Dann dachte ich an Miriam. All meine Gedanken führten zu ihr. Die Assoziation zu Andromeda war so unumgänglich wie unerwünscht, ich würde mich noch früh genug damit quälen, was geschehen war, konnte ich es nicht für einen Moment genießen, für ein paar Tage darin leben und alle Selbstvorwürfe verdrängen?

Als ich fjordeinwärts weiterging, hatte ich beschlossen, die Sache ruhen zu lassen. Wenn meine Gedanken sich Miriam zuwandten, würde ich mich ihnen konsequent verweigern, sie in andere Bahnen lenken und nur Wahrnehmungen, ein Kitzel, ein Sog sein lassen. Einfach gehen. Die kalte, stechende Luft einatmen. Ein Himmel sein mit den Gedanken als vorüberziehende Wolken. Keine Schwerkraft wirkt auf sie ein, kein Problem zieht sie herab, sie schweben für sich. Bis ich erneut in eine Situation gerate, die Überblick und Reflexion verlangt, in der die

Gedanken in eine bestimmte Richtung gelenkt werden müssen, zu einem Zentrum, wo sie sich so leicht auftürmen und so oft alles verdunkeln. Oh, diese Stürme des Geistes! Sie lassen sich nicht kontrollieren, auch nicht beobachten, da sie dich ausfüllen und vollkommen überwältigen. Du hast keine andere Wahl, als sie gewähren zu lassen, in dir ziehen und zerren zu lassen, bis sie endlich zur Ruhe kommen und du wieder bei dir bist und in der Lage, an das zu denken, was passiert ist. Warum geschah, was geschah. Warum du sagtest, was du sagtest. Was sie gemeint, was sie gedacht haben könnten. Allerdings nur hinterher, immer hinterher, zum Handeln war es dann zu spät. Die Gedanken als Nachzügler, ein Stück eingekapselte Vergangenheit in der Gegenwart, ein Fremdkörper. Den ich in mir trug. Aber daran werde ich nicht denken. Das werde ich vermeiden. Und was bleibt dann?

Was hier ist.

Und was ist hier?

Die Leitplanke. Die kantigen, herausgesprengten Steine zum Meer hinab. Vollkommene Stille. Schwarz vor dem Blau des Himmels. Vielleicht eine dünne, matschige Eisschicht darauf. Oh ja. Das raschelnde Geräusch, wenn das Meer die Wellen auf und ab presst und die Eiskörner mitgehoben werden. Henrik, der sieht. Henrik, der geht. Knirsch, knirsch über das Eis. Gefrorenes Schmelzwasser. Als würde alles angespannt. Als hätte jemand beschlossen, dass es jetzt reicht. Genug Schmelze, genug Wärme, genug Bewegung. Können wir hier bitte etwas Ruhe haben? Könnt ihr bitte etwas leiser sein? Habt ihr nicht langsam genug Spaß gehabt? Kinder! Kommt rein, beruhigt euch, geht ins Bett.

Und aus der Landschaft wird das Leben gekippt. Alles erstarrt. Das Wasser gefriert, das Licht bleibt aus. Straff gespannt liegt die Welt, still wacht sie in der Dunkelheit, wartet.

Und wir? Wir heben den Blick und betrachten die Sterne. Wir lassen uns von diesem Licht berühren, das Hunderte von

Jahren gebraucht hat, um zu uns zu finden, dieses prähistorische Licht, das auf seiner Reise durch den Weltraum immer kühler geworden ist und uns tot und kalt erreicht. Wie alles, was uns aus der Vergangenheit erreicht, tot und kalt ist. Denn die Welt ist alt. Aber das Leben ist jung und die Zeit ein Kind, das über seine Spielsteine gebeugt ist. Lächelnd sitzt er dort und spielt, der Kinderkönig. Ohne die geringste Besorgnis bewegt er die Steine, ab und zu ist er es leid und knallt sie gereizt auf das Brett, vielleicht fegt er sie alle herunter, um von Neuem zu beginnen und sich wieder in das Spiel zu vertiefen. Er weiß nicht mehr, was gestern passiert ist, und es kümmert ihn nicht, was morgen passieren wird. Er spielt, er plappert, er ist zufrieden. Wir sind es, die bekümmert sind. Wir wollen wissen, wie alles war und was sein wird. Ein Spiel, Steine auf einem Brett, eine Wahl. Weiterspielen oder sie zusammensetzen, wie sie einmal waren. Rekonstruktion. Denn die Spielsteine sind die gleichen. Alles Gewesene ist noch hier. Manches verfault und verwandelt, manches verborgen und begraben, manches offen sichtbar. Höhlenmalereien, Felszeichnungen, ein Jäger, der einst durch die Berge streifte und starb, eingehüllt in Schnee und bewahrt, eine Frau, hingerichtet und in ein Moor geworfen und bewahrt, ein Hof, einst von Ritualen bestimmt, die keiner mehr kennt, eine Göttin, die du einmal in einem Museum sahst, als Relief herausgehauen in einer Tempelmauer, von der nur Bruchstücke erhalten sind, das ist Medusa, ihre Augen sind nach innen gewendet und wirken leer, waren einst jedoch bemalt, ansonsten ist sie, wie sie immer gewesen ist, seit jener Zeit, in der sie gefertigt wurde, als jemand einen Griff hielt, klopfte, schlug und sie herausmeißelte. Das Hämmern, das durch den Steinbruch hallte, der Schweiß, der von seiner Stirn rann, die Gedanken, die in ihm arbeiteten, während er sah, wie die Gestalt aus dem Steinblock auftauchte. Der Staub in der Luft, die brennende Sonne, der Duft von Wacholder aus dem benachbarten Gehölz, das unaufhörliche Zirpen der Grillen. Ein geschnitzter Knochen, eine geschmiedete Brosche, ein getöpferter Krug, ein errichteter Tempel, eine herausgehauene Statue, aufgestellt zum Schutz der Menschen, die dort wohnen. Eine romanische Kathedrale, eine norwegische Stabkirche, ein Fresko von Giotto, ein Gemälde von da Vinci, seine Notizbücher, anatomische Zeichnungen auf der Basis unzähliger Sektionen, Zeichnungen von Bäumen und Landschaften, all seine Erfindungen. Der Hubschrauber, den er sich vorstellte und irgendwann Anfang des sechzehnten Jahrhunderts zeichnete, der Fallschirm und die vielen Beobachtungen von Vögeln im Flug, vom Gang des Menschen, von den Bewegungen der Hand. Die Phänomenologie der Hand. *Die Bewegungen der Finger bestehen hauptsächlich darin, sie zu beugen und sie zu strecken.* Das ist Leonardo. Der Mensch als eine Welt für sich. *Und dann will ich den Körper in Glieder aufteilen, wie Ptolemäus vor mir die ganze Welt in Provinzen einteilte,* schreibt er, *und welcher Nerv verursacht die Bewegungen des Auges, so dass die Bewegung in einem Auge das andere bewegt?* Alles will er beschreiben, alles will er wissen. *Was Niesen ist. Was Gähnen ist. Fallsucht, Spasmen, Lähmungen, Zittern vor Kälte, Schwitzen, Müdigkeit, Hunger, Durst, Lust. Wie die Nerven manchmal auf eigene Faust handeln, ohne Befehle von den anderen Funktionen der Seele.* Das ist Leonardo. Unersättlich sitzt er dort und schreibt, Seite auf Seite voller Spekulationen, kleiner verschnörkelter Zeichnungen und prunkvoller Waffenschilde, Beschreibungen von Flüssen, Bäumen, Bergen und von Zwischenfällen, deren Zeuge er geworden ist. Einer seiner Schüler, der stiehlt, darüber schreibt er, der Abend, an dem er eine durch Krankheit geschrumpfte Leiche seziert, darüber schreibt er, *die Muskeln waren dünn wie Membranen.* Hunderte von Notizen aus dem sechzehnten Jahrhundert, die immer noch da sind, sie existieren, du kannst sie in den Händen halten. Wie du die Gemälde Poussins und Lorraines, Constables und Corots, Monets und Pissarros, Picassos und Braques sehen kannst, sie sind noch da, du kannst sie betrachten. Sie sind zeitlos. Wir sind die Zeit. Wir sind es, die aufwachsen, wir sind es, die sterben. Und wir sind es, die das alles nicht fallen lassen können, denn an alles Gewesene denken wir voller Staunen und Respekt. Die alten Sitten und Gebräuche, die bis in unsere Zeit erhalten geblieben sind, ein Staatsoberhaupt auf dem Weg durch die Stadt, in einer klapprigen Kutsche, gezogen von vier Pferden, klick, klack auf dem Asphalt, gefolgt von einem Regiment, gekleidet in Uniformen aus fremder Zeit, Schulterriemen und Schwerter und Hüte mit Federbüschen, während wir jubeln und klatschen und fotografieren. Es ist ein Festtag, es ist eine Tradition, es ist in seiner Fürsorge für das, was einmal war, rührend. Einen anderen Sinn hat es nicht. Da müssten wir schon zurückreisen und uns verwirrt in einem anderen Jahrhundert wiederfinden, in einer Welt ohne Tempo und Maschinen, einer langsameren Welt, in der es keine Bilder gibt und der Augenblick absoluten Vorrang hat. Pomp und Pracht und ganz kurz ein Gesicht, das sich im Inneren des Wagens umdreht, es war die Königin, daran wirst du dich erinnern, als du sie ein einziges Mal sahst, davon kannst du deinen Kindern erzählen, dass ihr zusammen dort wart, an jenem Nachmittag, du und deine Königin. Wird sie einer Hinrichtung beiwohnen? Wird ein Körper fallen, ein Genick gebrochen und eine Menge jubeln? Soll ein Verräter auf die Knie fallen, ein Beil zuschlagen, ein Kopf blutig dem aufbrandenden Jubel entgegengestreckt werden?

Das ist es. Und du bist dort. 1796. In dem Jahrhundert, das nun Geschichte ist, in jener Epoche, die jeglichen Sinn verloren hat und jetzt nur als Firnis, Schmuck und Ornament existiert, deren Bedeutung keiner mehr kennt. Der Abstand hat uns abgeschnitten, wir sehen nur noch den Abglanz dessen, was einmal war, das tote Licht, so wie das Licht der Sterne auch nur ein Abglanz ist, steril treibt es durch den Raum und erreicht uns nach Hunderten von Jahren, aller Wärme und Kraft beraubt. Um es zu finden, müsste man dort hinaus gereist sein, eine Expedition entsandt haben, die verstört auf einem Planeten in einem anderen Sonnensystem irgendwo in den Weiten des Weltraums zu sich käme. Müsste man im Schatten nie zuvor gesehener Berge gewandelt sein, unter einem roten Himmel, der sich nun verdunkelt, die Expeditionsteilnehmer bleiben stehen und schauen: Über den Bergen geht ein Mond in solcher Nähe auf, dass sie die zerklüftete Oberfläche sehen, so nah, dass sie glauben, ihn anfassen zu können, eine gewaltige weiße Fläche, von der die Ebene erhellt wird, über die sie gehen, die in dem Kolk glitzert, an dem sie ihr Lager aufschlagen. Erst eine Stunde später entdecken sie es, erst da hebt einer von ihnen den Kopf und blickt zum Nachthimmel auf: *Da ist noch einer!* Weit draußen schwebt ein zweiter Mond, ein Trabant, der sie mit Staunen und Freude erfüllt. Zwei Monde! Toll! Und das Licht der Zwillingsmonde glitzert im Kolk. Tastend tauchen sie eine Hand ins Wasser, das nach der Hitze des Tages noch lauwarm ist, obwohl die Luft kühler wird, ist das Wasser warm, und sie ziehen sich aus und gleiten hinein, ein wenig zögerlich, da sie ja nicht wissen, was sich in der Tiefe verbergen mag. Johlend schwimmen sie umher und bespritzen sich gegenseitig, fröstelnd stehen sie am Ufer und trocknen sich ab, erschöpft legen sie sich eine Stunde später schlafen. Dort, an dem Kolk, ruhen sie in dieser Nacht, und dort wachen sie am nächsten Tag auf. Voller Ehrfurcht sehen sie die Sonne, die am Horizont aufgeht und über den roten Himmel zieht, ängstlich hören sie die Geräusche von Tieren, die keiner je zuvor gehört hat, verstaubt und schmutzig springen sie in den mattgrünen Kolk, wenn die Sonne zu heiß wird, schläfrig ziehen sie sich in den Schatten zurück, um auf einen weiteren Abend zu warten, frierend sitzen sie am Lagerfeuer und blicken zu den Sternen über sich hinauf. Sie heben noch einen Stock auf das Feuer, sie freuen sich schon auf den nächsten Tag, den roten Himmel, den grünen Kolk, die friedlichen und freundlichen Tage da draußen, so unendlich weit entfernt von daheim. Sie rechnen es aus. Zweihundert Jahre, sagen sie zueinander. Das Sonnenlicht, das hier auf uns herabscheint, wird man auf der Erde erst in zweihundert Jahren sehen.

»Das wäre dann ungefähr 1996?«

»1996 im Frühjahr!«, sagt einer und lacht bei dem Gedanken. Denn was für eine Welt wird *das* sein? Auch wenn sie wissen, dass sie der Welt, die sie zurückgelassen haben, mit ihren stinkenden Großstädten, ihrer Armut und großen Dekadenz, nicht ähneln wird, versuchen sie, sich diese Welt vorzustellen. Der Fantasie sind keine Grenzen gesetzt, die Grenze setzt das Material der Fantasie, und sie verläuft bei dem, was es gibt. Wenn es hochkommt, erstreckt sie sich bis zu den Dingen, die dem Existierenden ähneln. Und wie stellen sich die Menschen des achtzehnten Jahrhunderts das zwanzigste vor? Immer noch spielt sich alles langsam ab, sollte der eine oder andere Roboter dazugekommen sein, dann nur, um organische Bewegungen mechanisch auszuführen. Immer noch herrscht Streit zwischen den Menschen, Hass und Begierde werden dort genauso herrschen wie hier, und wer Grund dazu hat, wird weiter viel Zeit und Energie darauf verwenden, sich zu amüsieren; Hand in Hand nähern sich die beiden Reihen einander, es riecht nach Parfum und Puder, die Schuhe klappern auf dem Boden, Seide rauscht, aus einer Ecke strömt Musik durch den Raum. Verbeugung und Knicks, geschwungene Hüte und nackte Füße, die in die Takelage klettern, vor ihm bauscht sich das Segel im Wind, unter ihm wogt das Gelächter, wenn die schwarzen Frauen auf Deck gelassen werden und für ihre Wärter tanzen müssen; seufzend nimmt er seine Uhr in die Hand: Es wird Zeit für den täglichen Spaziergang durch die provinzielle Kleinstadt, in der er wohnt und studiert, wo er seine Vorlesungen hält und seine Kritiken verfasst, die ihn bekannt gemacht haben, diesen wahnwitzigen Versuch zu verstehen, wie alles zusammenhängt. *In Wahrheit.* Wie es *in Wahrheit* zusammenhängt. Es gibt Kriege, es gibt jahrelange Belagerungen, es herrschen Dürre und Armut. Ochsen ziehen den Pflug, Ärzte lassen zur Ader, und Menschen hoffen dabei auf ein Wunder, ein Messer führt einen Schnitt durch, und das Blut wird dunkel und dickflüssig hinausgepumpt: Möge er leben. In einer Kirche kniet eine Frau, sie hat eine Kerze für ihren Sohn angezündet, jetzt faltet sie die Hände und betet zu ihrem Gott, dem Allmächtigen, dem Schöpfer von Himmel und Erde.

»Nein, so wird es ganz bestimmt nicht sein!«, sagen sie und halten die Hände der Wärme entgegen, die von den brennenden Holzscheiten zwischen ihnen ausgeht. Sie spekulieren über alles, was passieren, alles, was entstehen könnte. Denn es gibt keine Grenzen. Niemand kann wissen, was eines Tages auftauchen und was es mit uns anstellen wird.

»Nehmt nur die Erfindung, die uns hierhergebracht hat!«, sagen sie. »Wer hätte *das* damals gedacht, als wir noch Kinder waren!«

Und dann denken sie an die Zeit ihrer Kindheit zurück.

»Wisst ihr noch, die Jahre zwischen 1770 und 1780!«

Ja, sie wissen es noch. Sie lachen und murmeln über die Zeit, in der sie klein und unwissend waren, sie fühlen sich wohl und beginnen, von ihrer Jugend, ihrer Studienzeit zu erzählen.

»Die achtziger Jahre!«, sagt einer von ihnen. »Die Kleidung, die wir damals trugen!«

»Ganz zu schweigen von unseren Haaren!«

Sie fassen sich an den Kopf, sind zufrieden mit der Frisur, die sie jetzt tragen.

»Aber wenn mir damals jemand gesagt hätte, zum Beispiel 1786, dass man in zehn Jahren einen Weg finden würde, Menschen ins Weltall zu schicken, meinst du, ich hätte ihm geglaubt? Oh nein, mein Lieber! Nein, ich hätte ihm ins Gesicht gelacht und ihn vor aller Welt verhöhnt. Das ist das Dümmste, was ich je gehört habe, hätte ich gesagt, ins Weltall!«

»Aber jetzt sitzen wir hier.«

»Ja, jetzt sitzen wir hier.«

Sie werden still. Nachdenklich starren sie in die Flammen.

Denn wenn das Licht von dort bis zur Erde zweihundert Jahre benötigt, heißt dies dann nicht, dass das Licht der heimischen Sonne zweihundert Jahre bis zu ihnen benötigt? Und da sie vor zwei Tagen abgereist sind, am 13. April 1797, denken sie, muss es auf der Erde dann nicht 1597 sein? Das beunruhigt sie sehr. In letzter Konsequenz würde das bedeuten, dass noch keiner von ihnen geboren ist. Dass sie schlicht nicht existieren. Sie schauen sich fragend an. Sind wir, oder sind wir nicht? Doch, wir sind, denken sie. Wir denken ja. Daran herrscht kein Zweifel. Wir sind. Aber in welcher Zeit? *Das* ist die Frage. Und langsam geht ihnen auf, dass sie die Zeit des Lichts mit ihrer eigenen verwechselt haben. Sie sind Menschen des achtzehnten Jahrhunderts und denken ihre Gedanken des achtzehnten Jahrhunderts, ganz gleich, wo sie sich befinden mögen. Dennoch gelingt es ihnen nicht, sich völlig von dem beunruhigenden Gedanken freizumachen, dass es auf der Erde erst 1597 ist. Denn obwohl sie sich den Kopf zerbrechen, fallen ihnen keine Begebenheiten aus *dieser* Epoche ein. Und ein Lexikon haben sie auch nicht dabei. *Das sechzehnte Jahrhundert, verdammt, an irgendetwas müssen wir uns doch erinnern?*

Am Ende beschließen sie, nicht länger zu grübeln und stattdessen zu schlafen. Völlig erschöpft schlafen sie einer nach dem anderen ein. Bald ist es vollkommen still, bald geht das Feuer aus, nur die Glut ist übrig, als sie ein paar Stunden später zu einem weiteren schönen Tag im Weltraum erwachen.

Sie fischen ein wenig in dem Kolk und ziehen ein fettes Vieh heraus, das gut und gern fünf Kilo wiegt, sie kochen es so, dass sich die Rückengräte mit allen kleinen Gräten vom roten Fleisch löst, mit dem sie sich den Bauch vollschlagen, und hinterher ruhen sie, legen sich auf den Rücken, die Hände unter dem Kopf, auf einer schattigen Lichtung, und schlummern ein, nur um ein paar Minuten später geweckt zu werden. Ein mystisches Grollen erreicht sie, der Erdboden bebt leicht, und etwas, das an Donner erinnert, rollt zwischen den Bergen. Oder Füße, denken sie, tausende Tiere, die in ihrer Nähe über eine Ebene laufen. *Was mag das sein?*

Ich lachte. Das Gelächter klang unheimlich, als es vom Berg zurückgeworfen wurde. Es gab keine anderen Geräusche, die ihm Konkurrenz machten; wäre wider Erwarten jemand in der Nähe gewesen, hätte es den Anschein gehabt, als lachte der Berg selbst. Nachdem er sich Millionen Jahre ruhig und so still verhalten hatte, wie nur Berge es können, dachten seine ungeheuer langsamen Gedanken an etwas Amüsantes, und für einen Moment hallte sein Lachen über den Fjord.

Es war ein unheimliches Lachen, und ich beschloss umzukehren. Ich hatte das Bedürfnis, jemanden zu treffen, mit jemandem zu sprechen, vielleicht würde die Disziplin, die ein Gespräch erforderte, mir guttun, dachte ich und eilte los.

Zum Glück brannte bei Henning Licht. Ich blieb vor dem Fenster stehen und sah ihn mit den Beinen auf dem Tisch im Wohnzimmer vor dem Fernseher sitzen. Als ich an die Scheibe klopfte, drehte er sich um, entdeckte mich und winkte mich herein.

»Was treibst du denn noch so spät?«, rief ich, während ich im Flur ablegte.

»Hab mir ein Video ausgeliehen. Ich kann einfach nicht schlafen, wenn es nie richtig dunkel wird!«

»Geht mir genauso«, sagte ich, als ich ins Wohnzimmer trat. Ich räumte ein paar Zeitungen fort, um Platz auf der Couch zu schaffen.

»Was guckst du?«

»Ach, nur irgendeinen Mist. Ich habe den Film sogar schon mal gesehen.«

Ich griff nach der Hülle. Es war ein idiotischer Chevy Chase-Film, den ich auch gesehen hatte.

»Das ist vielleicht das Schlimmste daran, hier zu leben«, sagte ich. »Sie haben so *unglaublich* schlechte Filme.«

»Noch drei Monate«, erwiderte er.

Ich legte den Film auf den Tisch. Er war übersät mit Tellern, halbvollen Tassen, Flaschen und Gläsern, Zeitungen und diversen Magazinen, die er kaufte, wenn er in der Stadt war, ein Durcheinander, das auch die anderen Zimmer füllte, der Stapel von CDs, die er nie in die Hüllen zurücklegte, die Kleider, die im Schlafzimmer auf einem Haufen lagen, das schmutzige Geschirr auf der Arbeitsplatte in der Küche.

»Wollen wir uns einen Umzugswagen teilen?«, fragte ich und kam zu spät darauf, dass ich vor ein paar Tagen wortwörtlich das Gleiche gesagt hatte.

Er sah mich kurz an. Aber er erinnerte sich nicht, jedenfalls wiederholte er sich selbst ohne Ironie:

»Spinnst du? Weißt du, was das kostet? Von hier aus? Scheiße, das sind an die zweitausend Kilometer! Außerdem habe ich hier nicht besonders viel.«

Er breitete die Hände aus, eine Aufforderung, mich umzuschauen und mir die Behauptung bestätigen zu lassen.

»Stimmt.«

»Zum Glück«, sagte er. »Ich denke, ich schicke die Sachen mit der Hurtigroute nach Süden. Das solltest du auch tun.«

»Es sei denn, ich hänge noch ein Jahr dran«, sagte ich und lächelte.

»Ja, klar.«

»Warum denn nicht? *So* schlimm ist es nun auch wieder nicht.«

Ich stand auf, und seine Augen folgten mir.

»Ist etwas passiert?«

»Passiert?«

»Seit Weihnachten habe ich von dir immer nur gehört, wie beschissen es hier ist, und jetzt willst du plötzlich noch ein Jahr dranhängen?«

»Vielleicht. Vielleicht auch nicht.«

»Vielleicht auch *nicht*, denke ich.«

Ich ging in den Flur, um meinen Tabak zu holen.

»Ach übrigens, Henrik!«, rief er.

»Hast du irgendwo Aschenbecher?«, rief ich und öffnete den Schrank über der Spüle.

»Hier steht sogar einer.«

Ich ging wieder hinein.

»Was wolltest du sagen?«

»Ja, genau«, sagte er und schaltete den Videorekorder aus. »Ich habe keinen Bock, das zu sehen. Aber, ach ja, das wollte ich sagen: Ich bin heute im Geschäft dem Vater von Miriam und Andreas begegnet. Er möchte, dass wir abends einmal zu Besuch kommen. Ich habe ihm gesagt, dass wir am Freitag kommen. Oder hast du da schon etwas vor?«

»Warum lädt er uns ein?«, fragte ich und fingerte wieder an dem Film herum, um meine plötzliche Furcht zu überspielen: dass er mich einlud, um mich mit dem zu konfrontieren, was passiert war. Aber das war doch idiotisch. Miriam würde auf keinen Fall ihrem Vater davon erzählen!

»Ich könnte mir vorstellen, dass sie die Fischer satthaben«, sagte er. »Außerdem wollen sie den Lehrern ein wenig auf den Zahn fühlen. Sich über interessante Dinge unterhalten.«

»Mhm«, erwiderte ich. »Was wir ja auch immer tun.«

»Ja?«

»Warum hast du dir den Film ausgeliehen, wenn du ihn schon einmal gesehen hast? Und er dir nicht einmal gefallen hat?«

Henning zuckte mit den Schultern.

»Du weißt, was die Leute hier über die Familie sagen?«

Ich schüttelte den Kopf.

»Sie lachen alle ein bisschen über sie. Sie laden zu *Abendgesellschaften* ein. Und das ist nicht gut. Oder eher: Es ist ein bisschen *zu* gut. Die Leute werden sauer, verstehst du!«

»Wer?«

»Alle.«

Er lachte.

»Aber davon hast du natürlich keine Ahnung!«

»Wie meinst du das?«

»Du mischst dich nicht gerade unter die örtliche Bevölkerung. *Das* kann nun wirklich keiner behaupten!«

»Mag sein«, erwiderte ich und überlegte, ob ich ihn fragen sollte, was sie über *mich* sagten.

Er sah, dass ich ernst geworden war.

»Aber das ist nicht böse gemeint, sie werden nicht ausgestoßen oder so. Die Leute schmunzeln nur ein bisschen. Sie wissen ja, dass sie letztlich genauso sind wie sie selbst. Sie stammen doch auch von hier!«

Ich runzelte nachdenklich die Augenbrauen, als wäre sie mir erst in diesem Moment in den Sinn gekommen.

»Wie findest du eigentlich Miriam?«

»Begabt.«

Es entstand eine Pause. Ich blätterte ein wenig in einer der Illustrierten, merkte, dass Henning etwas rastlos war, und legte sie fort, lehnte mich auf der Couch zurück. Er gähnte. Mir war nicht klar, ob es geschah, um mich loszuwerden, oder ob sein Gähnen echt war.

Es war halb zwei.

Er stand auf, wandte sich mir zu.

»Noch etwas. Ich würde mir gern ein paar CDs von dir ausleihen. Ich habe meine so verdammt satt«, sagte er und nickte zu dem Haufen auf dem Fußboden vor der Stereoanlage.

»Komm einfach vorbei«, sagte ich.

»Schön«, meinte er und gähnte wieder. »Ich denke, ich sollte jetzt versuchen, etwas zu schlafen.«

Er ging in Richtung Flur. Ich folgte ihm, zog mich an, während er ungeduldig wartete, er öffnete die Tür, lange bevor ich fertig war, trommelte mit den Fingern auf dem Glas. Als ich mich endlich sortiert hatte, beeilte er sich, die Tür hinter mir zu schließen. Ich hörte das Schloss zuschnappen. Und danach seine knarrenden Schritte die alte Treppe hinauf. Ich blieb stehen, zögerte ein, zwei Minuten und wusste nicht, ob ich eine Runde durch den Ort drehen sollte, um an dem Haus vorbeizugehen, in dem Miriam schlief, oder sofort nach Hause, aber als das Licht in seinem Schlafzimmer ausgeschaltet wurde, dachte ich, dass er mich sehen könnte und sicher ins Grübeln käme, wenn er entdeckte, dass ich die Straße hinaufging, denn dann würde er sich unweigerlich fragen, warum ich das tat, und vielleicht hatte er kurze Momentaufnahmen von mir mit ihr mitbekommen, die er nie zuvor mit etwas in Verbindung gebracht hatte, nur ein Blick, ein Kommentar, *Und wie findest du Miriam*, was ich ihn fahrlässig gefragt hatte, Details, die für sich genommen unschuldig und bedeutungslos erscheinen, verknüpft aber ein Bild entstehen lassen, einen Zusammenhang, der eine neue Wachsamkeit erzeugt. Und am nächsten Tag würde es für jemanden, der wusste, worauf er achten musste, viel zu sehen geben. Solche Dinge lassen sich unmöglich völlig verbergen, es dringt immer etwas nach außen und wird sichtbar.

Ich musste vorsichtig sein.

Benommen und erschlagen vor lauter Müdigkeit setzte ich mich auf die Bank in dem kleinen Raum, der die Umkleidekabine der Lehrer war. Es war vollkommen still. Die Schüler waren noch nicht gekommen, weitere zehn Minuten würden vergehen, bis zu beiden Seiten ihr Lärm widerhallen würde. Nie waren sie so aufgekratzt wie in diesen Stunden, verspielt und voller Einfälle liefen sie in ihren jeweiligen Umkleideräumen umher. Wenn ich wollte, konnte ich die Tür zu beiden aufschließen, falls etwas passierte, aber das Vertrauen darauf, dass man es nicht tat, solange nichts vorfiel, war absolut, wir waren Lehrer, wir hielten die Tür zur Umkleide geschlossen. Außerdem war der Gedanke demütigend, erwischt zu werden, denn den Mädchen war die Möglichkeit durchaus bewusst, sie würden es hören, wenn das Schloss zur Seite glitt, ein Klicken würde sie auf die Beine bringen, der Raum würde sich mit spitzen Schreien füllen,

Handtücher würden an Oberkörper gepresst werden; empört würden sie ihre Meinung sagen, denn sie wussten, *das* war verletzend, und es war ihr gutes Recht, mich zu beschimpfen und anschließend in das Büro des Rektors zu marschieren und ihm zu erzählen, was geschehen war. Als einer der Jungen es versucht hatte, als ich etwas kränklich war und, die geltenden Regeln missachtend, zum Lehrerzimmer ging, bevor sie fertig waren, ohne hinter mir abzuschließen, hatten die Mädchen vor Wut gekocht, die Tür wieder zugeknallt und waren auf der Stelle zum Lehrerzimmer gerannt, um sich zu beschweren. Ich verwarnte den Jungen, aber es enttäuschte die Mädchen, wie milde ich den Übergriff geahndet hatte, schließlich waren sie nackt gewesen, ohne einen Fetzen Stoff am Leib waren sie eine Sekunde, vielleicht auch zwei, gesehen worden, und war das nicht Grund genug für einen Brief an die Eltern, vielleicht sogar für einen Schulverweis? Nein, hatte ich erwidert, aber falls es sich wiederholen sollte schon. Das ist eine Warnung, ich belasse es für diesmal dabei. Denn zum Teil war es mein Fehler gewesen, ich hatte vergessen, die Tür zur Umkleidekabine abzuschließen und den Jungen so eine Gelegenheit gegeben, die sich keiner von ihnen entgehen lassen würde. Es war nicht weiter schlimm gewesen. Aber wenn *ich* das Gleiche täte, wäre es gefährlich. Sie würden das Klicken hören, mich entdecken, mich beschimpfen. Ich würde jeden Respekt, jegliches Ansehen verlieren. Und wenn es *jetzt* klickte? Dann bräuchte ich nur die Klinke herabzudrücken und die Tür ein wenig zu öffnen, einen Spaltbreit nur, und würde sie sehen können. Die nymphenhaften, leicht gerundeten Mädchenkörper, das Wasser, das an ihnen herablief und ihre Haut leicht rötete, die nackten, kleinen Füße, das strömende Wasser, der Dampf, der unter der Decke hing. Glatte, weiße Kacheln an den Wänden, glatte, weiße Kacheln auf dem Boden. Die Reihe der Duschen, blanke Stahlrohre, die sich am oberen Ende wie Stängel zu den Duschköpfen herabbogen, aus denen in dünnen Strahlen das Wasser strömte, die eingelassene Rinne, die zu den beiden gelöcherten Metallrosten führte. Die schmalen, gewellten Fenster unter der Decke, die der Dampf verschleierte. Eine von ihnen steht nackt auf einem Stuhl und streckt sich, um das Fenster zu öffnen. Die weißen Pobacken, die sich zu den Oberschenkeln hin verschmälern, der Knick in dem Unterschenkel, den sie nach hinten beugt, die geschäftige Miene, wenn sie sich umdreht und vorsichtig herabsteigt. Vor ihr kommen mehrere herein, drehen die Duschen an und machen schnelle Schritte zur Seite, wenn das kalte Wasser herausströmt, halten eine Hand unter den Strahl, bis es warm wird, treten darunter, schließen die Augen. Die Wärme tut so gut auf der Haut, die nach dem kühlen Chlorwasser im Becken kalt und taub ist. Sekundenlang stehen sie nur da, lassen sich vom heißen Wasser mit Wohlbehagen erfüllen, bis sie die Augen wieder öffnen, lachen und sich auf ihre zerstreute Art unterhalten. In einer Reihe stehen sie und duschen, sechs langgliedrige Mädchen, eine von ihnen ist schon fertig, sie geht durch den Raum, und meine Augen folgen ihr. Ihre festen, leicht schwingenden Brüste, das Pfirsichgeschlecht, das noch nicht ganz von den Haaren bedeckt wird, die schmalen Schultern und das Lachen, das zwischen den Wänden widerhallt. Da ist eine, die sich mit beiden Händen über das Gesicht reibt und die Augen schließt, während das Wasser an ihr herabströmt, da ist eine andere, die sich mit kreisenden Bewegungen den Bauch einseift, den Fuß ein wenig anhebt und den Oberschenkel einseift, da ist eine, die den Kopf senkt und gegen das große Handtuch presst, das sie in den Händen hält. Die schnellen Bewegungen, wenn sie das Haar frottiert, die wabernden Welpenbrüste, das angenehme Gefühl, wenn sie den weichen Stoff über die Schultern gleiten lässt, wie sie erst den einen, dann den anderen Arm ausstreckt und abtrocknet, wie sie das Handtuch auf den Fußboden legt, wenn sie fertig ist, in die Hocke geht und die Füße abtrocknet, sich aufrichtet und nackt vor mir steht und mich sehen lässt, was ich bisher nur geahnt habe, ihren langen, festen, aber noch nicht ausgewachsenen Körper. Die Rundung der Hüften. Das glatte Geschlecht mit einzelnen feuchten Haaren, die an der Haut kleben. Die kleine Grube im Bauch, die der Nabel ist. Das Schlüsselbein, das sich als ein Schatten unter dem schlanken Hals erahnen lässt. Die grünen Augen. Vielleicht betrachtet sie sich selbst, vielleicht streicht die Hand prüfend über die kleinen Brüste, und als jemand über sie lacht, blickt sie jäh und etwas verlegen auf, sie ist in Gedanken gewesen und beeilt sich, die Kleider zusammenzusuchen, die sie anziehen will, hebt den Fuß vom Boden und schiebt ihn in den Slip, den sie über Waden und Oberschenkel führt und anschließend sich hin und her wiegend zurechtzieht, ohne zu wissen, dass sie beobachtet wird. Sie zieht die Socken an, und ich sehe die Wirbel in ihrem Rücken, die schmalen Schultern, auf denen die Haare kleben, die noch nass sind. Ich sehe es, wenn sie sich aufrichtet und denen, die noch in der Dusche sind, etwas zuruft, wenn sie sich nicht beeilen, werden sie zu spät kommen, ruft sie und zieht sich ein T-Shirt über den Kopf, schüttelt die Haare, als sie es anhat, und steckt den Fuß ins Hosenbein und zieht sie mit den gleichen wackelnden Bewegungen an wie zuvor den Slip, steht fertig angezogen vor dem Spiegel und betrachtet ihr Gesicht, und bald herrscht dort Gedränge, denn die anderen Mädchen haben den Raum mit ähnlichen Bewegungen gefüllt und wollen sehen, wie sie aussehen, leise Stimmen, die über Alltägliches reden, während nur noch eine Dusche läuft, unter der sie steht, die sich davongeträumt hat und nicht ahnt, dass sie die Gnade verlängert, die dieser Augenblick mir gewährt hat, denn er ist noch nicht vorbei, sie massiert Shampoo in ihr Haar ein und kneift dabei die Augen zu, und das Wasser lässt den Schaum den Hals hinab und über rundliche Brüste laufen, kleine hellrote Brustwarzen, einen kleinen, weißen Bauch, über den Nabel und die Schenkel und Waden und über den Boden, ehe er in einem langsamen Wirbel im Abfluss verschwindet.

Das Einzige, was zwischen ihnen und mir stand, war das

Klicken eines Schlosses. Ich brauchte nur die Tür anzutippen und zu hoffen, dass ich ungesehen blieb. Aber das würde ich nicht tun. Schon der Gedanke machte mir Angst. Als hätte ich es getan, weil es in meinen Gedanken dazu gekommen war, als bestünde nur ein gradueller Unterschied dazwischen, es zu sehen oder mir vorzustellen, was ich sehen würde, so dass ich ebenso gut gleich zusammenpacken und schamerfüllt gehen konnte, denn der Unterschied zwischen Sehen und Tun war noch kleiner. Bei diesen Dingen gibt es keine Nuancen: entweder ist es schändlich oder es ist nicht schändlich. Es ist entweder krank oder natürlich. Aber zu sehen! Warum soll es so schlimm sein zu sehen?

Weil sie wissen, was du denkst. Weil sie wissen, was du willst.

Ich zog mich um und ging in die Halle, als die ersten Jungen lärmend in die Umkleidekabine kamen und ihre Taschen auf die Bänke warfen, stellte mich ans Fenster und sah den Schnee, der zum letzten Mal für lange Zeit auf den Ort herabfiel. Der Winter, der wusste, dass seine Zeit abgelaufen war, hatte all seine Kräfte gebündelt und sich in einem letzten verzweifelten Versuch noch einmal ausgebreitet. Mit Todesverachtung schritt er zur Tat und schneite, als wären wir mitten im Winter und nicht im April, eine Verzweiflung, die in Kürze Resignation und schließlich seinem Untergang weichen würde. Schneien und sterben. Aber es war ein tapferer Versuch. Im Laufe einiger Morgenstunden waren fast zwanzig Zentimeter gefallen. Hoffentlich zum letzten Mal in diesem Jahr, hatte Josephsen im Lehrerzimmer gesagt, und war auf der Stelle von Enoksen korrigiert worden, im November wird es ja wohl schneien? Oder vielleicht schon im *Oktober*? Hatte er das etwa vergessen? Und tatsächlich, das hatte Josephsen und musste kurz über sich selbst lachen.

Ich setzte mich auf den Stuhl an der Wand und nestelte an der idiotischen Pfeife herum, die um meinen Hals hing, während ich darauf wartete, dass die Stunde beginnen würde. Die

Benommenheit durch meine Müdigkeit legte eine Art Membran zwischen mich und alles, was ich sah, alle Abläufe ähnelten einander auf seltsame Weise wie Ereignisse an einem überfüllten Strand, dachte ich, eine Vielzahl kleiner, unterschiedlicher Bewegungen von Hunderten verschiedener Körper, die von fern betrachtet ineinander glitten und zu einer einzigen Bewegung, der Bewegung des Strands, wurden. Er verschwindet, wenn du dich zurücklegst und die Augen schließt, und wird wieder sichtbar, wenn du eine halbe Stunde später die Augen öffnest und ohne Veränderung exakt das Gleiche geschieht. Aber das hat nichts mit dir zu tun, das ist nur etwas, was du vor dir siehst. Bis ein Fuß Sand gegen deinen schlafenden Kopf tritt und du eine Stimme hörst, die deinen Namen ruft, woraufhin du dich aufsetzen musst, woraufhin du grinsen und sagen musst, *Mein Gott, du bist das! Lange nicht gesehen*, und danach bekommen alle Details eine Bedeutung. Und so wusste ich, dass früher oder später etwas ausscheren, meine Benommenheit durchdringen und den Weg in mein Inneres finden würde. Denn es gehört zur Anatomie der Müdigkeit, dass die Benommenheit sich sekundenschnell in ihr Gegenteil verkehrt: Empfindsamkeit. Durch die Benommenheit hast du dich entspannt, nichts geht dich etwas an, es ist nur irgendetwas, das geschieht, deshalb siehst du nichts, deshalb fühlst du dich sicher, und deshalb wird es so ungeheuer unangenehm, wenn deine Empfindsamkeit die Oberhand gewinnt, deshalb können selbst kleinste Details für dich eine größere Bedeutung bekommen: Es schneit, und du weißt, dass du sterben wirst, ein Gesicht scheint direkt vor deinen Augen größer zu werden, und du weißt, dass es böse ist und dich vernichten will, ein Schwimmbecken liegt still und unangetastet vor dir, und du fürchtest dich vor dem Moment, in dem jemand die Wasseroberfläche durchbricht und du denken wirst, dass die Welt nur etwas ist, das ist, das vor uns liegt, und dass nichts von all dem, was auf dieser Welt geschieht, eine Bedeutung hat. Die Welt ist alt und blind. Sie hört nicht, sie sieht nicht, sie denkt nicht, sie fühlt nicht. Ein Wasserspiegel wird durchbrochen, ein Kind lacht voller Freude, und du denkst, das ist der richtige Weg, es zu machen, ein bisschen zu spielen und zu hoffen, dass die Welt für einen Augenblick unschädlich gemacht ist. Das ist sie nicht, begreifst du in plötzlichen Erkenntnissen, die Welt liegt da, sie schneit, sie regnet, sie wird von Sonne und Nebel und Finsternis erfüllt, sie ist kalt, sie ist warm, sie ist blind, sie ist ohne Willen, sie ist nicht gut, sie ist nicht böse, sie will nichts von uns. Sie ist nicht einmal gleichgültig! Sie ist nichts, wie der Tod nichts ist, gleichwohl schlimmer, denn das Nichts der Welt hat von uns nicht einmal einen Namen bekommen. Wir, die wir für alles Namen haben, was existiert, haben nicht die Kraft gehabt, *ihm* einen Namen zu geben, vielleicht waren wir dazu auch nicht fähig, denn es ist von Natur aus ausweichend, wenn du an es denkst, verschwindet es sofort. So wie der Horizont sich mit dir bewegt, entgleitet dir auch das Nichts, ist es auch stets an einem anderen Ort als du. Folglich sind diese Augenblicke gesteigerter Empfindsamkeit ein Privileg, diese wenigen Sekunden, in denen die Welt sich dir nicht entzieht, sondern auf dich zukommt und ihr wahres Wesen enthüllt. Ihre Natur. Ihr Nichts, das dich aufschließt, das deine Seele offenlegt und dir so Einsichten vermittelt. Denn die Seele erkennt es wieder. All das, was du nicht bist, das bist du einmal gewesen und wirst es einmal sein, nicht, was der Tod ist, sondern wozu der Tod sich öffnet: *zu deinem eigenen Nichts.*

Aber dann strömen die Schüler wie kleine Lemminge aus der Umkleide und wimmeln ins Wasser, und dir bleibt nichts anders übrig, als deine eigenen Gefühle zu verachten, was soll das, bist du jetzt zu einem alten Mann geworden? Bist du nicht erst sechsundzwanzig und hast das Leben noch vor dir, willst du hier etwa herumsitzen und lamentieren, während du verdammt nochmal eine *Pfeife* um den Hals hängen hast? Eine Trillerpfeife! Gibt es etwas Dümmeres? Piip! Piip! Piiip! Hierher! Hierher! Kommt schon!

In den ersten zehn Minuten durften sie sich austoben, dann wies ich sie an, eine Weile Bahnen zu schwimmen, saß auf meinem Stuhl und behielt sie im Auge, manche kämpften sich mit dem Kopf über Wasser mühsam voran, andere durchpflügten dasselbe Element furchtlos und delfinartig, denn im Wasser zählt nur Gleichmäßigkeit, Heftigkeit trifft auf Widerstand, denselben Widerstand, den die Gleichmäßigkeit nutzt und in Tempo verwandelt. Alle Bewegungen sollen wie *eine* sein, sagte ich ihnen regelmäßig, manche seufzten darüber, offenbar glaubte ich, *alles* zu wissen, murmelten sie, und ich resignierte und sagte ja, ja, Hauptsache, ihr könnt euch über Wasser halten.

Den ganzen Tag war Miriam zurückhaltend gewesen, den ganzen Tag hatte ich sie übersehen. Jemandem, der uns am Vorabend nicht gesehen hatte, wäre es unmöglich gewesen zu ahnen, was los war. Und das ist gut, dachte ich, so muss es sein, aber dann kamen mir Zweifel. Grenzte Miriams ausweichendes Verhalten nicht an das Gebiet *jenseits* freiwilliger Geheimhaltung, wohin uns die Angst treibt? War es so, hatte ich sie verschreckt, war sie deshalb so verschlossen und ließ nicht den geringsten Hinweis, das kleinste Lächeln, die winzigste Andeutung auf das nach außen dringen, was uns verband?

Sie wirkte den ganzen Tag ernst, auf die anderen wirkte sie sicher in sich gekehrt, und ich hatte nicht erwartet, dass sie so sein würde. Wenn ich sie vor mir gesehen hatte, als ich in jener Nacht wach lag, war sie fröhlich und lebhaft gewesen und fast vor Lust platzend, den anderen zu erzählen, was passiert war, aber dann hatte sie es mit einem kurzen Lächeln in meine Richtung gelassen und über etwas anderes gesprochen. Jetzt schwamm sie in der hintersten Bahn, und ihr Anblick stimmte mich gleichzeitig resigniert, ärgerlich und ängstlich, denn ich hatte etwas in ihr zerstört, war so direkt und heftig gewesen, dass sie damit nicht umgehen konnte, schließlich war sie erst dreizehn, und ich war vielleicht der Erste, den sie jemals geküsst hatte.

War ich das.

Der Gedanke deprimierte mich.

Es war hoffnungslos.

Den ganzen Abend saß ich zu Hause, kämpfte darum, mich wach zu halten, und wartete darauf, dass Miriam kommen würde, aber sie kam nicht. Und ich kannte den Grund. Sie hatte gesehen, dass ich die Beherrschung verlor, und das machte ihr Angst, ich war stürmisch gewesen und kannte keine Grenzen, ich war ein Monster, das sie packte und festhielt und ihr seinen Willen aufzwang. Es war zu groß, als dass sie ihm hätte widerstehen können, sie war wehrlos gewesen und machte sich nun vielleicht Gedanken, wie sie sich gegen mich verteidigen könnte. Vielleicht tat sie das auch gar nicht bewusst, vielleicht war da nur ein Wunsch zu entkommen, für den sie noch keine Worte hatte. Aber dann würde der Wunsch Gestalt annehmen, dann würde sie wissen, dass die Methode darin bestand, jemandem von mir zu erzählen. Das würde mich unschädlich machen. Nur so konnte sie sich verteidigen. Das wusste ich. Und das akzeptierte ich. Denn ich wollte ihr nicht wehtun, sie nicht verletzen oder ängstigen. Also beschloss ich, am nächsten Tag nichts zu unternehmen, alles ihr zu überlassen und mich mit ihrer Entscheidung abzufinden.

Ich ging ins Schlafzimmer und zog mich aus. Mit dem eigenartigen Gefühl von Schnee im Körper, der durch eine Nacht ohne Dunkelheit fällt, legte ich mich ins Bett. Der Entschluss erschien mir richtig. Es tat gut, sich den Konsequenzen seines Handelns zu stellen. Selbst wenn es für mich mit Demütigungen und Hohn enden sollte, würde ich mich damit abfinden, *Ja, das trifft zu, das habe ich getan, ich schäme mich und liefere mich euch aus. Tretet mich, schlagt mich, verhöhnt mich. Das ist gut Das ist gut. Das ist gut.*

Warum war es gut?

Weil es mich trotzdem nicht erreichen konnte.

Ich senkte den Kopf, ich steckte ein, aber das hatte nichts mit *mir* zu tun. Denn ich wusste, wer ich war. Ich wusste, was ich hatte, unabhängig davon, was geschah. Das Erste, das Letzte, das Einzige: mich selbst.

Als ich am nächsten Tag aufwachte und zur Schule ging, stellte ich fest, dass alles noch so war wie am Vortag. Miriam nahm mich nicht wahr, abwesend und verschlossen saß sie an ihrem Pult; dennoch deutete nichts darauf hin, dass sie etwas gesagt hatte, ich hatte nicht den Eindruck, dass sich ihr Verhalten mir gegenüber verändert hatte, so dass ich mich leicht und gut fühlte. Locker bewegte ich mich unter ihnen und war froh, einen Stapel Aufsätze austeilen zu können, die ich schon vor längerer Zeit korrigiert hatte, erst jetzt war ich jedoch konzentriert genug gewesen, sie mitzubringen. Sie machten Fortschritte, sie waren besser geworden, und es gelang ihnen nicht, ihren Stolz zu verbergen, als ich es ihnen sagte. Jedem Einzelnen hatte ich in das Heft geschrieben, dass sich Verbesserungen ablesen ließen, obwohl es gelegentlich schwierig, ja, nahezu unmöglich war, sie zu erkennen, war ich großzügig gewesen und hatte die Fortschritte übertrieben, um ihnen Mut zu machen, um ihnen etwas zu geben, worauf sie am Nachmittag beim Essen stolz sein durften, für das sie Anerkennung bekommen konnten.

Ich dachte, dass es von selbst vorübergegangen war. Das Verkrampfen der Bauchmuskeln, dieser ständige Druck und diese Schauer, die mich manchmal durchliefen, wenn ich unvermittelt an Miriam dachte und mein Herz irgendwie falsch schlug, im Blut versank und nur langsam wieder herauskam und von Neuem schlagen konnte, nun härter und straffer, all das waren Reste, übriggebliebene Gefühle, ein Ersatzteillager der Emotionen, die mich mit Sicherheit das ganze Frühjahr quälen, aber nicht mehr steuern würden, denn ihr Ziel war nicht mehr in der Welt. Sie waren im Leerlauf.

An diesem Nachmittag machte es mir Freude, im Geschäft

einzukaufen, Fischstäbchen und Fischfrikadellen, Hackfleisch und Mehl, Kartoffeln und Reis und eine Stange Lauch in den Korb zu legen, den ich durch die Gänge trug, eine Plastiktüte von der Rolle abzuziehen und sie üppig mit Orangen zu füllen, sie auf die Waage zu legen und auf den Knopf zu drücken, das Etikett mit dem Preis erst auf den Finger zu kleben und anschließend auf der Tüte festzudrücken, eine Dose Mais zu nehmen, sie in der Hand zu drehen und zu denken, *Brauche ich die wirklich?*, und sie zurückzustellen, das gefiel mir alles so gut, das Summen der Kühltheke, das Rauschen der Belüftung und das Klirren von Münzen, wenn die Kassenschublade herausgefahren wurde. Was ist ein Geschäft anderes als ein System, in dem alle die Regeln kennen, die für jeden gelten, ein Depot, das uns zur Verfügung gestellt wird und das wir auf unserer ansonsten so strapaziösen Fahrt durch den Tag gelegentlich betreten, eine neutrale Station, die für unsere Anonymität garantiert, die unseren Bedarf deckt, ohne dafür mehr von uns zu verlangen als etwas Geld? Alles dargeboten unter diesem grellen Licht, dem wichtigsten Kennzeichen unserer Zivilisation, hier, wo selbst das üppigste Überangebot an Lebensmitteln beleuchtet wird, als handelte es sich um Patienten in einem Operationssaal oder Insassen in einem Gefängnis. Nichts als Verdrängung und hartnäckige Leugnung kommen an diesen Orten zum Ausdruck. Warum sollten wir uns sonst vor Fliegen ekeln und Ratten eine solche Hysterie auslösen, wenn es nicht geschähe, weil sie das Geschäft mit unvorhergesehenen Bewegungen füllten, gesteuert von einem Willen, der anders war als unserer, der uns unverständlich blieb? Und wer hält es aus, das Unverständliche wachsen und sich ausbreiten zu sehen, wenn es erst einmal Fuß gefasst hat und es überall wimmelt und krabbelt, fette Fliegen, die auf blutigen Fleischoberflächen stolzieren, nagende Ratten und flatternde Vögel, krabbelnde Larven und blinde Bakterien? Wer verkraftet es, daran erinnert zu werden, dass selbst die Nahrung, die wir zu uns nehmen, von einem Willen stammt, der anders ist als unserer, unverständlich, wer verkraftet es, daran zu denken, dass wir etwas essen, was wir nicht verstehen? Deshalb sorgen wir dafür, dass unsere Lebensmittel absolut regungslos und vollkommen tot sind, deshalb räumen wir sie in summende Kühlregale unter so grellem Licht, dass noch die kleinste Bewegung entdeckt würde und jeder sieht, was da liegt, ist Nahrung, kein Leben.

Aber ich mag das, das sind wir, so sind wir.

Als ich nach Hause kam, versuchte ich das Gefühl von Alltäglichkeit zu verlängern. Bevor ich mir etwas kochte, räumte ich sämtliche Waren in die Schränke, schaltete das Radio ein, hörte die Nachrichten und spülte dabei zum ersten Mal seit fast einer Woche. Donnerstagnachmittag. Bald würde die Küche von Bratendunst und dem Dampf kochender Kartoffeln erfüllt sein, dem Klirren von Teller und Glas, und meiner emsigen Gestalt, die zwischen Kühlschrank, Herd und Tisch unterwegs war. Ich deckte ihn, ich mischte Saftkonzentrat mit Wasser, ich strich mit der Hand über das beschlagene Fenster, um beim Essen hinausschauen zu können. Seit zwei Tagen schneite es jetzt. Mitten im April! Lächelnd schüttelte ich den Kopf und spießte eine Kartoffel auf die Gabel, schlug mit dem Messer auf das eine Ende, um einen Spalt zu erhalten, den ich zwischen Messer und Daumen klemmen konnte, wenn ich die Schale abzog. Ich goss mir Saft ein, schob den Pfannenwender unter drei Fischstäbchen und ließ sie auf den Teller gleiten, ich schaufelte Zwiebeln darauf, schnitt den Brokkoli längs durch, begann zu essen und dachte, dass die Form des Brokkoli nicht zu seiner Größe passte, er glich einem kleinen, grünen Baum und hätte im feuchtwarmen Regenwald stehen, sich in die Höhe strecken und darüber freuen sollen zu wachsen.

Ich stand auf und holte die Butter, die auf dem Herd zischte, goss sie über die etwas zu lange gebratenen Fischstäbchen und setzte mich wieder. Zwei Tage war es her, dass ich zuletzt gegessen hatte, und da waren es auch nur ein paar Chips gewesen, deshalb durfte ich jetzt nicht schlingen. Jeden Bissen musste ich sorgsam kauen und vorsichtig hinunterschlucken, obwohl ich einen Bärenhunger hatte. Wie gut das tut. Es ist vorbei. Es ist endlich vorbei.

Aber es war nicht vorbei.

Es hatte gerade erst begonnen.

An dem Abend kam Miriam zurück. Ich sah fern, als es klingelte, und als ich öffnete, stand sie auf der Türschwelle und lächelte im klaren Abendlicht.

»Miriam!«, sagte ich.

Die große Überraschung in meiner Stimme veränderte ihr Lächeln, das ein wenig unsicher wurde.

»Komm rein!«, sagte ich. »Wie schön, dass du gekommen bist!«

Ihre Schuhe waren voller Schnee. Ich lachte, als sie mit den Füßen auf dem Boden aufstampfte, bat sie, still zu stehen, zog den Reißverschluss der Jacke auf, sie streckte die Arme aus und sah wortlos zu mir auf, als ich sie ihr abnahm und neben meine hängte.

Näher würde ich ihr nicht kommen. Denn das Gefühl, ein Monster zu sein, das sich jedes Mal regte, wenn ich sie berührte, verschwand nicht, das Gefühl, von schwarzer, böser Begierde erfüllt zu sein, steigerte sich, je näher ich ihr kam. Sie war zerbrechlich, die kleinste Unregelmäßigkeit konnte sie aufschrecken lassen wie ein Tier, selbst die unschuldigste Berührung mit den Augen ließ sie erröten. Ich musste vorsichtig sein.

Sie setzte sich wie zuletzt auf die Couch, ich nahm auf der anderen Seite des Tisches Platz und merkte, dass sie sich sicher fühlte, denn sie begann zu reden, erst zögernd und tastend, dann aber immer selbstbewusster, es sei so schwer gewesen, sich nichts anmerken zu lassen! Sie habe mich nicht ein einziges Mal angesehen, alles für sich behalten, aber immer nur an mich und an das gedacht, was passiert sei. Und dann habe ihre Mutter gestern erklärt, sie müsse zu Hause bleiben, sie würden Besuch bekommen, es seien nur ein Onkel und eine Tante gewesen, die sie schon tausend Mal gesehen habe, aber nein, denkst du, das hätte etwas gebracht? Sie habe brav daheimbleiben müssen. Und heute! Erst habe sie dort sitzen und essen, dann ihre Hausaufgaben machen müssen, und dann sei Katarina gekommen und offensichtlich davon ausgegangen, den ganzen Abend zu bleiben. Aber dann sei sie endlich doch gegangen, es sei zum Glück erst acht, also noch nicht zu spät gewesen. Wenn ich zu Hause sein würde!

Sie strahlte.

»Mir ist es genauso gegangen«, sagte ich.

»Wirklich?«

»Ich wusste kaum, was ich tun sollte. Du hast mich ja nicht einmal angesehen!«

»Aber du hast doch gesagt, dass es heimlich sein soll?«

»Aber doch nicht *so* heimlich!«, erwiderte ich und setzte mich auf das Ende der Couch. Als ich ihre Hand in meine nahm und sie küsste, zuckte sie ein wenig zusammen und kicherte angesichts meiner Geste. Aber ich hatte es bemerkt, eine winzige Verschiebung in ihrer Stimmung, ich stand auf und fragte, ob sie auf etwas Lust habe.

Sie schüttelte den Kopf.

»Nicht einmal auf einen Kaffee?«

»Ich weiß nicht, ob ich den mag…«

»Du hast noch nie Kaffee probiert? Niemals?«

»Ein einziges Mal. Aber er war kalt. Das hat *grauenvoll* geschmeckt.«

Das Letzte sagte sie so gekünstelt, dass es nicht sehr einnehmend war. Es war etwas, das sie erst vor Kurzem aufgegriffen und noch nicht verinnerlicht hatte. Als ich in die Küche kam, vergaß ich es allerdings sofort wieder, es ging in der Freude über die Leichtigkeit unter, die zwischen uns entstanden war. Ich goss zwei Tassen ein, und als ich sie ins Wohnzimmer trug, sah ich, dass sie auf der Couch die Beine unter sich gezogen hatte und wie eine Indianerin saß. Das bezauberte mich genauso wie die Skepsis in ihrem Gesicht, als sie die Tasse mit dem dampfend heißen Kaffee an den Mund hob.

»Dann wird es Zeit«, sagte ich. »Hat er dir geschmeckt?«

Sie nickte, aber es gelang ihr nicht, das Zucken im Auge zu verbergen, das der bittere Geschmack ausgelöst hatte.

Danach wurde es still zwischen uns.

Ich wollte gerade den Fernseher einschalten, um das Schweigen weniger lastend zu machen, als es klingelte.

Wir sahen uns an.

»Wenn das Katarina mit den anderen ist, darfst du sie nicht hereinlassen«, sagte sie. Ohne ihr zu antworten, ging ich in die Küche, öffnete einen Spalt im Vorhang und lugte hinaus.

Es war nur Henning. Er hatte die Hände auf die Knie gestützt und atmete schwer, er war im Trainingsanzug und hatte eine Reflektorweste übergestreift.

Als ich die Tür öffnete, richtete er sich auf.

»Ich komme wegen der CDs«, sagte er, immer noch außer Atem.

»Bist du weit gelaufen?«

»Den Fjord entlang landeinwärts und wieder zurück. Scheiße, ich bin völlig fertig.«

Er zog die Mütze ab und strich sich mit der Hand durch die verschwitzten Haare.

»Kann ich reinkommen?«

»Miriam ist da.«

»Aha?«

»Ich glaube, sie hat sich ein bisschen in mich verliebt«, sagte ich und grinste.

Henning zwinkerte mir zu und ging an mir vorbei ins Wohnzimmer, wo er sie musterte und scherzend sagte:

»Also hier treibst du dich abends herum?«

Miriam wurde rot. Henning kniete lächelnd vor dem Regal. Ich schüttelte an sie gewandt hinter seinem Rücken leicht den Kopf, um ihr zu signalisieren, dass das nicht schlimm war.

»Möchtest du eine Tüte?«

»Das wäre gut.«

Er legte einen Stapel Platten in die Tüte, die ich ihm hinhielt.

»Das wird super«, erklärte er. »Ein langes Bad und laute Musik. Du hast nicht zufällig auch Bier?«

»Doch«, sagte ich und wollte in die Küche gehen.

»Das war ein Witz, Henrik. Du darfst dein Bier behalten.«

Mit kniehohen Schritten stapfte er im tiefen Schnee zur Hauptstraße hinauf.

»Jetzt weiß er ja davon«, sagte Miriam.

Ich sagte ihr nicht, was ich ihm erzählt hatte, weil es auf einer Vertrautheit basierte, die sie ausschloss und ihre Gefühle auf etwas Vorübergehendes reduzierte, auf eine kindliche Verliebtheit, aus der sie in ein paar Wochen herauswachsen würde. Trotzdem war der Besuch hilfreich gewesen. Kurz bevor er klingelte, waren wir fast wieder in dem gleichen Schweigen gelandet wie zuvor, denn so zart war die Beziehung zwischen uns, so wenig nährte sie, dass unsere Unterhaltung ständig zu verebben drohte. Wie ein Lagerfeuer, das gerade ausbrannte, musste sie mit neuem Material versorgt werden, damit die Glut wieder Feuer fing. Verging zu viel Zeit, würde die qualmende Glut zu schwach sein, selbst ein kleines Holzscheit in Brand zu setzen, dann würde es dort nur roh und kalt liegen, dann wäre es zu spät. Das Feuer musste pausenlos mit Nachschub versorgt werden. Und Hennings Anwesenheit hatte uns etwas gegeben. Jetzt konnten wir darüber sprechen, wie knapp es gewesen war, Freude loderte auf, es war spannend, fast auf frischer Tat ertappt zu werden, was ich für eine weitere, diesmal deutlichere Warnung nutzen konnte, und sie verstand es, war aber nicht verwirrt, denn Katarinas Schwester, die inzwischen in die neunte Klasse ging, war im letzten Jahr mit einem Zwanzigjährigen zusammen gewesen, nur wenige hatten gewusst, dass sie abends zu ihm ins Auto stieg, schon gar nicht ihre Eltern! – aber sogar *sie* würden bestimmt nichts sagen, meinte sie und wollte mir Hoffnung machen, hier sei es üblich, dass die Jungen älter waren als die Mädchen. Ich war gerührt und wusste nicht, was ich erwidern sollte, ich wusste so viel mehr als sie und war fest entschlossen, nichts zu zerstören, denn *sie* war nicht von Zweifeln und Scham und Schuldgefühlen erfüllt, nein, sie strahlte, weil das, wovon sie heimlich geträumt hatte, in Erfüllung gegangen war, sie dachte nicht darüber nach, sie war nur ein Kind.

»Ich habe versprochen, dass es nicht spät wird«, sagte sie. »Mama wird in letzter Zeit immer so wütend.«

»Dann solltest du jetzt lieber gehen«, sagte ich.

Sie stand auf.

»Du?«, sagte ich.

»Mhm?«

»Es ist besser, wenn es ein wenig dauert, bis du mich wieder besuchst. Weißt du, die Leute reden, und irgendjemand sieht dich bestimmt, wenn du vor der Tür stehst und klingelst.«

»Und wie lange nicht?«

»Eine Woche, vielleicht?«

Sie nickte.

»Nächsten Freitag?«, sagte ich.

»So lange?«

»Dann sind wir sicher.«

Sie drehte sich um und ging zum Fenster. Sie hatte eine Hand in die Tasche gesteckt und blickte auf den Fjord hinaus.

»Wie schön das ist«, sagte sie. »Schau!«

Ich stellte mich hinter sie.

Durch die dichte Wolkenbank, die knapp über den Bergen hing, sah es aus, als käme das blasse, dämmerungsgleiche Aprillicht von unten, als würde das Wasser leuchten, ein silbriges Schimmern, das sich in einem Bogen zu den Schneeflocken erhob, die sachte vom Himmel fielen.

Ich legte die Arme um sie.

Sie erstarrte.

»Da kommen sie zurück«, sagte sie und zeigte auf das Fischerboot, das wir draußen vorbeigleiten sahen, als spürte sie meine Berührung nicht.

»Wer?«, sagte ich und strich mit der Hand behutsam über ihren Bauch.

»Annettes Vater«, antwortete sie, jetzt leiser.

»Du bist so schön, Miriam«, flüsterte ich, zog so vorsichtig, wie ich nur konnte, an ihrem Pullover, der hochrutschte, ich küsste sie in den Nacken und spürte meine Hände auf ihrer Haut.

Sie blieb regungslos stehen.

»Du bist so schön«, flüsterte ich wieder, dunkel und schwer hörte ich meinen Atem schneller gehen, dort spürte ich die kleinen, steifen Brustwarzen, und sie sagte nichts, sank irgendwie zusammen, aber ich war behutsam, ich schloss die Augen und liebkoste sie, Miriam, fuhr mit den Händen über ihren Bauch, über ihre Schenkel, und sie lehnte sich an mich, und ich wollte nicht aufhören, ich wollte, dass es immer weiterging, ich strich mit den Fingern durch ihr Haar und hielt sie fest, während ich sie küsste, und als sie zu mir aufsah, tat sie es mit hingebungsvollen Augen, in denen ich erst später an diesem Abend Furcht entdeckte, denn danach sah sie mich nicht mehr an, danach senkte sie den Blick. Ich begriff, dass ich zu weit gegangen war, als sie den Pullover in die Hose stecken musste und mir bewusst wurde, dass *ich* ihn hochgezogen hatte. Sie sah zu Boden, als sie meinte, sie müsse gehen, und ich blieb einen Augenblick stehen, damit sie sich im Flur in Ruhe anziehen konnte. Als die Begierde verschwand, blieb nur die Angst vor den Konsequenzen dessen zurück, was ich getan hatte. Als ihr Körper für mich keinen Sinn mehr hatte, waren die Berührungen und das Begehren fremd, beschämend und schmutzig, denn Miriam begegnete auch dann nicht meinem Blick, als sie die Tür öffnete und Tschüss sagte, selbst da blickte sie zu Boden. Wieder habe ich sie überrollt, dachte ich, und sie hat nichts anderes tun können, als stehenzubleiben und zu warten, bis es vorbei war, bis diese grapschenden Finger fertig waren mit ihr und sie gehen konnte, dachte ich, diese schäbige Lust, der sie, ohne es zu verstehen, entgegengekommen war und vor der sie sich entblößt hatte.

Ich musste hinaus und mich abreagieren, indem ich ging. Wäre ich doch nur in einer Stadt, dachte ich, und nicht hier, wo alle, die ich sah, wussten, wer ich war, und mir ständig mit ihren Fragen begegneten, wo ich nicht einfach am Straßenrand stehenbleiben konnte, wenn etwas meine Aufmerksamkeit erregte, wo es für alles eine Erklärung geben musste. Ich sehnte mich danach zu verschwinden, ich sehnte mich danach, irgendwo als irgendwer gehen zu können, ein Gesicht zu sein, mit dem kein Mensch etwas verbindet, jemand, der in die U-Bahn gehen kann, ohne dass jemand Fragen dazu stellt, ich sehnte mich danach, die Bahn zu den Randgebieten der Stadt zu nehmen, die erst kürzlich erschlossen worden waren, zu diesen frisch aus dem Fels gesprengten Gewerbegebieten, die noch von Wald umgeben sind. Ausgesperrt von einem Zaun und einer Straßenschneise zwischen den Stämmen, wird er unter Kontrolle gehalten, nur vereinzelt hat man Bäumen gestattet, auf dem Gelände stehen zu bleiben, hohe Kiefern am Ende des Parkplatzes als eine Erinnerung daran, wie es dort früher einmal ausgesehen hat. Mit entblößten Wurzeln stehen sie auf einem Felsen und ähneln einem Schiff, denkst du, wie Gesandte des Waldes in der Fremde. Zwei Willen stehen sich gegenüber, das ist deutlich sichtbar: Wenn man die Dinge ein paar Jahre laufen lässt, wird der Wald näher rücken, wenn man das Gebiet unbebaut zurücklässt, wird der Wald allmählich hereinkriechen, Risse in den Asphalt schlagen, wachsen und keimen und alles mit seinem Grün bedecken: Gras und Moos und kleine Bäume, eine Begierde, die am Anfang noch so klein und scheu wirkt, sich in hundert Jahren jedoch alles unterworfen haben wird. In hundert Jahren ist die Industrie nichts als eine verblasste Erinnerung, Ruinen an einem Ort tief im Wald, der lange zurückgedrängt wurde, als wir uns ausbreiteten und Grundstück für Grundstück in Besitz nahmen. Doch die Zeit der Bäume ist eine andere als unsere. Sie sind so geduldig, dass wir ihren Willen nicht bemerken, sie sind unbeugsam, unausrottbar. Denn früher oder später sind sie wieder am Zug. Wenn wir untergehen, rücken sie vor. Eine ungeheuer langsame Invasion unserer Welt, die leuchtenden Großraumbüros mit ihren Kopierern, Faxgeräten, Telefonen und Computern, ihren Teppichböden und Schreibtischen und Papierkörben und Stühlen. Alles verwittert und wächst zu. Die Kantinen, die Toiletten, die Besprechungsräume, die Büros. Die Lagergebäude, die Zäune, die Parkplätze. Die Autos, die ankommen und wegfahren, durch das Tor und auf die Straße, die in die Stadt führt, unter Fußgängerbrücken hindurch und an Einkaufszentren vorbei, an diesen Asphaltplätzen mit ihren Blumenkübeln und abgewetzten Bänken, um die sich die Jugendlichen scharen, wenn sie wild gestikulierend Bier trinken und von Zeit zu Zeit zur benachbarten Tankstelle hinschauen, zu dem Strom anonymer, schläfriger Kunden, den Lastwagen, die seufzend bremsen, und Fahrern, die schwer und steif herausspringen und mit einer Hand ihr Haar glätten, während sie an den Zapfsäulen vorbei in den leuchtenden Laden gehen, dem du dich langsam näherst. Der Atem der Nachtwanderer, wenn sie leicht ängstlich an deinem dunklen Körper vorbeikommen, das gleichmäßige Rauschen des Verkehrs, das unmerklich verschwindet, du bemerkst es erst, sobald das Geräusch eines Motorrads in rasendem Tempo die Luft durchschneidet und die Stille gewissermaßen in zwei Teile trennt: ein Vorher und ein Nachher.

Oder durch die Straßen im Stadtzentrum mit ihren warmen und überfüllten Straßencafés flanieren, ihren Taxischlangen und jungen Männern, die auf den Bänken vor einer Dönerbude sitzen und gierig Junkfood verschlingen, mit den Reklameschildern, den Schaufenstern, den massiven Geschäftshäusern und der Dunkelheit im Park, den Gestalten, die auf den Wegen vorbeihasten und dich nicht bemerken. Sie verschwenden keinen Gedanken an dich. Für sie existierst du bloß als ein Bild des Augenblicks, und darin gleichst du den schwarzen Bäumen, den gesprungenen Bürgersteigen, den stinkenden Hauseingängen oder dem langsamen Blinken eines Flugzeugs, das in der Dunkelheit über der Stadt steil aufsteigt, die Kabine voller Passagiere, die in ihre Sitze gepresst werden, einige betrachten dabei das glitzernde Band aus Licht tief unter ihnen, andere lesen eine Zeitung, eine Illustrierte, ein Buch, eine Sicherheitsbroschüre. Unbeeindruckt vom Wahnwitzigen am Fliegen schauen sie auf, lassen den Blick durch die hell erleuchtete Kabine schweifen und sehen, dass alle beschäftigt sind, und denken daran, wie radikal sich das verändern würde, wenn etwas schiefginge, wenn einer der Motoren streiken oder die Hydraulik ausfallen würde und die Piloten die Kontrolle über das Flugzeug verlören. Die Panik, die um sich greift, das Heulen und Jammern, wenn die Maschine seitlich kippt und abstürzt. Sie wissen, dass sie sterben werden, einige greifen nach den Händen anderer, manche beten, andere schreien, während aus den Lautsprechern blechern die Anweisungen für die Notlandeprozedur ertönen, der Kopf auf die Knie, die Hände um den Kopf, Brillen absetzen und spitze Gegenstände entfernen, denn nun stürzt ihr ab, immer schneller, jetzt gibt es keine Hoffnung mehr, bald seid ihr ausgelöscht, bald kracht das Flugzeug mit hoher Geschwindigkeit auf die Baumwipfel und bricht auseinander, und alles, was es transportiert hat, fällt heraus wie Münzen aus einem Portemonnaie, das ein alter Mann auf der Ladentheke ausleert, woraufhin die Verkäuferin hilfsbereit Fünfzigöre-Münzen von Einkronen-Münzen und Zehner und Zwanziger sortiert und vielleicht zu der Zeitung nickt, die gefaltet zwischen ihnen liegt, einhundertsechsundfünfzig Tote bei einem Flugzeugabsturz diese Nacht, und sie sagt,

Schrecklich, dieses Unglück, und der Kunde nickt, *Allerdings, das ist schrecklich, so viele Tote.* Schrecklich, ja. Denn auch der Inhalt des Flugzeugs, der im Wald verstreut liegt, muss sortiert werden. Abgerissene Körperteile, verbrannte Leichen und verbogene Metallteile, zersplittertes Glas und zerbrochene Teile des Flugzeugrumpfs, ein Sitz hier, ein zerfetzter Koffer da und all die Gegenstände, deren sentimentales Potential freigesetzt wird, wenn die Räumtrupps das Gebiet durchkämmen und ihnen etwa eine Puppe ins Auge fällt, oder eine Nachricht, die einer der Fluggäste hastig für den meist geliebten Menschen gekritzelt hat, Dinge dieser Art, die sie mehr beeindrucken, als eine blutige Hand oder einen unversehrten Kopf mit Augen und Nase und Mund und Haaren zu finden, die säuberlich gescheitelt sind, da dies alles jetzt so offensichtlich nur noch Dinge unter anderen Dingen sind, während das Sentimentale weiterlebt, weil es an Gedanken und Gefühle knüpft und deshalb unter allen, die das Opfer kannten, weiter im Umlauf ist. Am schlimmsten ist für die Rettungsmannschaften dennoch der Gestank, dieser ganz besondere Geruch, der immer an Schauplätzen von Katastrophen wie dieser anzutreffen ist und den keine Seife abwaschen kann. Er frisst sich ein, kehrt zurück, wie auch die Unglücke zurückkehren. Denn sie gleichen einander, alle, als geschähe dasselbe Unglück immer und immer wieder. Man muss nur warten. Denn wir wissen, dass es eintrifft, so wie wir wissen, wie viele Menschen Jahr für Jahr im Straßenverkehr umkommen. Die Zahl ist stabil. Wir wissen, dass er sterben wird, aber er selbst weiß es nicht, als er den Wagen aus der Einfahrt zurücksetzt, die Hand hinter die Nackenstütze des Beifahrersitzes gelegt, den Blick durch die Heckscheibe auf die Sträucher gerichtet, die den Garten des Nachbarn vor Einblicken schützen, er ahnt nichts, als er blinkt und an diesem Vorsommernachmittag auf die Hauptstraße fährt. Das Fenster heruntergelassen und das Autoradio eingeschaltet, saust er in südliche Richtung, summt und sucht im Handschuhfach tastend nach seiner Sonnenbrille, die er dort zuletzt hineingelegt hat, die nun aber offenbar nicht da ist, hat sie die Brille genommen, seine Brille, denkt er, was will sie denn damit, denkt er und muss bremsen. Gereizt zieht er das Auto auf die andere Spur, *Idiot!*, denkt er und zieht den Wagen wieder gerade, um weiterzufahren, während seine Gedanken die Situation loslassen, in der er sich befindet, und in die Zukunft schweifen. Bis zu den Ferien sind es nur noch zwei Wochen, dann muss er sie nicht mehr jedes Wochenende besuchen. Es wird guttun, denkt er, zwei Wochen im Sommerhaus zu verbringen, Hauptsache, das Wetter hält sich, denkt er, und weiß nicht, dass sich das Wetter ohne ihn halten wird, da er bald gegen die Front eines Lastwagens geschmettert werden wird und für immer aus dieser Welt verschwindet. Es ist schon zu spät, nichts kann mehr getan werden, um ihm beizustehen, wir wissen davon, wir wissen von allen, kennen ihre genaue Zahl, dieses Jahr, nächstes Jahr und im Jahr darauf, wir wissen genau, wie und warum und wie viele, nur nicht, wer. Wir fahren eine halbe Stunde später an der Unfallstelle vorbei, werden von einem Polizisten mit einer Kelle in der Hand vorbeigewunken, ich sehe zahlreiche Männer in Uniform, ein Wrack, bei dem man sich kaum vorstellen kann, dass es einmal ein Auto gewesen sein soll, einen Krankenwagen, der hinter einem Löschzug und zwei Streifenwagen parkt. *Schau nicht hin*, sagt Mutter, aber ich will es sehen, ich bin neun Jahre alt, drehe mich um und starre durch die Heckscheibe hinaus. War irgendwo in dem Wrack nicht ein Gesicht gewesen, ein toter Mann, mit dem ich zwei Tage später in der Schule angeben kann, *Wir wollten nach Kristiansand, und unterwegs haben wir einen toten Mann gesehen, der sich totgefahren hat, echt wahr*, sage ich in der ersten Stunde und wundere mich ein wenig, dass die Lehrerin nicht mehr darüber erfahren möchte, denn wir reden montags in der ersten Stunde immer über alles, was am Wochenende passiert ist, ich freue mich immer darauf, denn wenn sich etwas Besonderes ereignet hat, stelle ich mir vor, wie die anderen mich ansehen. Und die Lehrerin wird sagen, dass dies interessant ist, und vielleicht eine ähnliche Geschichte aus ihrem Leben erzählen. Aber unsere Lehrerin hatte wohl noch nie mit eigenen Augen einen Verkehrsunfall gesehen, nur ich hatte *das* gesehen, und das Bild setzte sich fest, ab und zu träumte ich nachts davon. Diese wüsten Alpträume, die ständig wiederkehren, die Katastrophen, die das Herz hämmern und den Schweiß fließen lassen, obwohl der Körper so ruhig daliegt und der Atem so langsam geht. Nur der Kopf dreht sich mit Augen, die unter den Lidern hin und her fahren, und eine Hand krallt sich in das Laken, wenn das Tempo im Gehirn zu groß wird. Ein geträumter Sog im Magen, als das Auto in der Kurve ins Schleudern gerät und ein anderes Auto auftaucht, es fährt unendlich langsam und hat keine Chance. Wir stoßen frontal zusammen. Eine Frau wird aus dem Auto geschleudert, sie liegt im Schnee, der Kiefer ist zertrümmert, Blut strömt heraus. Rotes Blut, das in dem weißen, porösen Schnee verschwindet. Und so erwache ich neun und elf Jahre alt, dreizehn und fünfzehn, sieben und neunzehn Jahre alt, und immer ist die Geschwindigkeit des Wagens im Körper präsent, zusammen mit einem anderen Rhythmus: dem Puls, der das Blut in den Schnee pocht.

Die Erleichterung, sich aufzusetzen und den Eindruck des Zimmers langsam einsickern zu lassen, die Freude über den Gedanken: *Es war nur ein Traum.* Die Sekunden, in denen du nicht recht weißt, was du glauben sollst, und du noch nicht sicher bist, welche Welt die wirkliche ist. Was du jetzt siehst oder was du gerade gesehen hast? Neunzehn Jahre alt in einer Bude in Bergen, gelähmt vor Angst während dieses langen Augenblicks, bis du wieder weißt, wer du bist und was du tust. Aufwachen. Einschlafen. Aufwachen. Einundzwanzig Jahre alt im Nygårdspark in Bergen, es ist kühler geworden, die Leute sind nach und nach heimgegangen, während du auf dem Rasen gelegen und geschlafen hast, wie dir klar wird, es ist kein Mensch in der Nähe. Die Sonne ist nur ein roter Rand am westlichen Himmel, um dich herum wachsen die Schatten, diese allmähliche Verdichtung von Dunkelheit, die man Dämmerung nennt. Ein schwacher Wind streicht durch die Kronen der alten Bäume über dir. Frierend und unpässlich stehst du auf, gehst den Anstieg hinauf und überlegst, was du tun, wohin du gehen sollst. Nach Hause, um zu schlafen. Aufwachen. Einschlafen. Aufwachen. Einschlafen. Dreiundzwanzig Jahre alt und allein im Urlaub in Kairo, wo die Angst im Traum selbst dann nicht aufhört, als du wach und bei Bewusstsein bist, selbst als du endlich die Umgebung einordnen kannst, in der du dich einen Augenblick zuvor aufgehalten hast, der Ventilator an der Decke und der Staub, der von der Straße hochwirbelt, selbst dann ist sie noch da, die Angst. Sie lässt nicht nach, obwohl du sie benennen kannst. Sie beschleunigt und schießt in den Tag, an dem du durch staubige, laute und sonnenheiße Straßen gehst und alles, was du siehst, das Gefühl nährt, dass du bald sterben wirst. Innerhalb von ein, zwei Tagen, denkst du. Du bist dir sicher, du kaufst ein, zwei Liter Wasser und Lebensmittel für mehrere Tage, und danach schließt du dich ein und legst dich auf das Bett und wartest darauf, dass es vorbeigeht. Du fürchtest dich davor zu leben, und du fürchtest dich davor zu sterben. Dann findest du endlich Schlaf. Das kleine Kind. Ganz allein in der Welt, ist es das, was du denkst? Heiapopeia, Bärchen, bist du so allein, heia? Schlaf jetzt. Schlaf, schlaf, schlaf. Wie gut es doch tut, einfach zu schlafen. Dann wachst du an einem anderen Ort auf. Fünfundzwanzig Jahre alt auf dem Sofa deines Bruders, er ist gerade zum Geschäft gegangen, um etwas für das Frühstück und Zeitungen zu kaufen, du stehst auf und gehst mit nackten Füßen ins Badezimmer, duschst, benutzt sein Rasierzeug und sein Deo, ziehst dich an und sitzt auf dem Stuhl im Wohnzimmer, als er zurückkommt, dein Bruder, zu dem du keinen Kontakt mehr hast, den du nicht mehr kennst, soweit du weißt, ist es denkbar, dass er aus Bergen weggezogen ist, es interessiert dich nicht, du kennst ihn nicht. Du ziehst selbst um, nimmst das Flugzeug zu einer Stadt in Nordnorwegen, schleppst den Koffer durch die Straßen und die Treppen zu der Pension hinauf, in der du am nächsten Morgen aufwachst, es ist der zweite August, und du bist erwartungsvoll und gespannt, jetzt steht dir nur noch eine mehrstündige Busfahrt bevor, bis du diesen Ort sehen wirst, über den du nichts weißt, in dem du dich aber um eine Stelle beworben hast und zu dem du nun unterwegs bist, um das nächste Jahr dort zu leben. Und je näher du ihm kommst, desto stärker werden die Möglichkeiten eingeengt. Ist es nicht so?

Ist es nicht so, Henrik?

Hm?

Henrik?

Jetzt antworte!

Ja, so ist es. Denn als ich im Bus saß, wusste ich nichts über den Ort, zu dem ich fuhr. Der Einzige, mit dem ich gesprochen hatte, war der Rektor, Enoksen, gewesen, der mich prompt eingestellt hatte, als er erfuhr, dass ich einen Universitätsabschluss hatte. Und nun näherte ich mich dem Ziel. Der Bus fuhr durch eine lange, monotone Ebene, auf der es keine anderen Gewächse gab als Moos, Gras und diese gestrüppartigen Zwergbirken, die der Wind gezwungen hatte, dicht am Boden zu wachsen. Die Farben der Landschaft waren bereits herbstlich; nassgrün, blassgelb, rot wie rostiges Eisen. Neben der Straße waren die Farben distinkt und klar getrennt – das Grün des Mooses, das aufflammende Rot des Heidekrauts, das Gelb der Torfsoden –, aber an manchen Stellen begannen sie, sich zu einem weichen, gleichmäßigen Schimmern zu vermischen. Ich lehnte die Stirn an das Fenster. Es dauert nicht mehr lange, dachte ich, denn kurz zuvor hatte ich den Ortsnamen auf einem Schild gelesen, das direkt auf das Bergmassiv zeigte, das in den letzten Kilometern die Aussicht aufs Meer versperrt hatte. Durch einen grob gehauenen, feuchten Tunnel fuhren wir, von einer Welt zu einer anderen, dachte ich. Auf der einen Seite eine Art Hochebene mit sanften, schimmernden Farben, auf der anderen Seite ein enger Fjord mit steilen, glatten Felswänden. Jäh abfallend. Ich streckte den Hals. Die Bergwände leuchteten kahl und mächtig im Licht der untergehenden Sonne. Nicht einmal Moos fand auf ihnen Halt.

Soll ich *hier* leben, dachte ich und merkte, dass ich lächelte, während der Bus weiter hinausfuhr, auf einer schmalen Straße, die man wie einen Regalboden aus dem Berghang gesprengt hatte. Nirgendwo ein Lebenszeichen. Nicht ein Baum, nicht ein Grashalm, nur der blankgeschliffene Berg und das blaugraue Wasser, das, tot und kalt, weiß gegen die Felsen unter uns gepeitscht wurde. Eifrig griff ich nach meiner Tasche und stand auf, ging nach vorn und stand dort glotzend, mit großen Augen wie ein Kind, gespannt darauf, wo er sein würde, der Ort, auf den sich knapp zwei Monate lang meine Gedanken gerichtet, den ich mir vorgestellt hatte, ein Bild, das bald verschwinden und sich nie mehr heraufbeschwören lassen würde, eine imaginäre Konstruktion, zu zerbrechlich, um sich halten zu können unter dem Druck des wirklichen Orts, den ich nun zum ersten Mal sah, als der Bus die letzte Kurve nahm und er unter uns lag.

Es hätte überall sein können. Orte wie diesen findet man entlang der ganzen Küste. Sie ähneln einander. Ein Kai, eine Fischverarbeitung, ein Lebensmittelgeschäft, ein Postamt, eine Schule und ein Gemeindehaus, eventuell ein Kiosk, vielleicht auch eine Kapelle oder eine Kirche oder eine Bankfiliale aus der Zeit, als es noch Auswärtige mit Kapital und einem Glauben an Chancen für Expansion und Profit gegeben hatte.

Man konnte sich fragen, ob mit mir das Gleiche passiert wäre, wenn ich an jenem Tag in Bergen einen *anderen* Namen aus der Liste im Arbeitsamt herausgepickt hätte und in diesem Augenblick auf eine *andere* Ortschaft herabblicken würde. Ob es überhaupt eine Rolle spielte, ob ich in irgendeinen dieser Orte hätte gehen können, ohne dass mein Leben sich entscheidend verändert hätte.

Miriam wäre ich dann allerdings niemals begegnet. Sollte

sie austauschbar sein, sollte sie irgendwer sein, sollte ich mich in eine *andere* als sie verliebt haben, wenn ich mich für einen anderen Namen auf der Liste entschieden hätte?

Nein, nein, nein.

Denn es war Miriam, in die ich verliebt war. Sie wollte ich haben. Ihre grünen Augen sollten mich ansehen und lächeln, ihre Hände mich zärtlich streicheln, ihre Stimme sollte meinen Namen sagen.

Henrik Henrik Henrik

6

Am nächsten Abend kam Henning zu mir. Gemeinsam gingen wir zu Miriams Eltern hinauf. Ich hatte gedacht, ich wäre darauf vorbereitet, wie es sein würde. Aber das stimmte nicht. Der abgetretene Schnee im Flur war noch nicht ganz geschmolzen, sah ich, noch lag Weißes in den glänzenden Pfützen, die langsam neben ihren Stiefeln entstanden. Miriam war zu Hause. Ab und zu hörten wir die hohen Töne des Kassettenrekorders in ihrem Zimmer, die zu uns hinausdrangen, ein Geräusch, das mich unwillkürlich den Kopf drehen und die Tür anstarren ließ, als käme ich ihr auf die Art näher.

Was sie wohl machte?

Vielleicht lag sie auf dem Bett und las. Den Kopf in die Hand gestützt, wie sie es immer tat, mit der anderen hält sie das Buch aufgeschlagen und blättert regelmäßig um. Sie macht es sich gemütlich, sie streckt sich, sie geht zum Schrank, um zu überlegen, was sie am nächsten Tag anziehen soll. Sie öffnet die Schranktür so, dass sie sich im Spiegel ganz sehen kann. Die weiße Bluse? Sie drückt sie mit den Händen an die Brust und runzelt die Stirn. Und? Nein. Sie sieht zu herausgeputzt aus. Der schwarze Pullover? Aber den hat er ja schon gesehen! Hat er ihm gefallen? Mochte er ihn? Sie entscheidet sich für ihn. Sie geht zum Fenster und sieht hinaus, sie räumt ein paar Sachen von ihrem Schreibtisch, sie kehrt zum Bett zurück und legt sich hin. Kauert sich zusammen und beginnt zu lesen. Von Zeit zu Zeit hält sie inne, von Zeit zu Zeit starrt sie vor sich hin. Morgen wird es geschehen. Ihr großes Geheimnis.

Ich blickte auf. Die beiden anderen merkten kaum, dass ich

da war, sie kamen gut ohne mich aus und machten sich keine Gedanken darüber, warum ich so zurückhaltend war. Glücklicherweise saß ich nicht zum ersten Mal mit anderen Menschen zusammen, ohne viel zu sagen.

Ihr Vater stand auf und holte eine neue Flasche Schnaps aus dem Schrank in der Zimmerecke. Wir hatten ganz offensichtlich wenig gemeinsam, nur ein Kraftakt Hennings verhinderte, dass er dies begriff, aber ich sah, dass Hennings Stimmung etwas Anderes, Dunkleres übertünchte. Auch er hatte ein Geheimnis. Ihr Vater ahnte nicht, dass die beiden jungen Lehrer, die er eingeladen hatte, Dinge für sich behielten, die nicht ans Licht kommen durften, dass wir beide uns an diesem Ort in etwas verstrickt hatten, worüber wir mit niemandem sprechen konnten. Nicht einmal zueinander konnten wir etwas sagen. Es ging nicht. Deshalb ließen wir uns beide nichts anmerken. Miriams Vater sah nur, was wir ihm zeigen wollten, zwei Körper, mit denen er Konversation machte und deren Gläser er als guter Gastgeber mit Schnaps füllte, zwei junge Lehrer, die im Laufe des Abends immer abgestumpfter wurden und seine Frau deshalb erst entdeckten, als sie direkt vor ihnen stand. Mit rotem Gesicht nach der frischen Luft lächelte sie uns an, obwohl deutlich sichtbar war, in welchem Zustand wir waren.

»Hier sitzt ihr also!«, sagte sie.

»Nimm dir auch einen Drink!«, meinte der Vater, aber sie schüttelte den Kopf.

»Ich glaube, ich gehe heute mal früh ins Bett«, erwiderte sie. »Aber bleibt ruhig noch sitzen.«

Es war halb zwölf. Miriam hatte sich immer noch nicht gezeigt. Die Mutter wünschte uns eine gute Nacht und verschwand im Schlafzimmer. Unmittelbar darauf folgte der Vater ihr, und ich blieb mit Henning eine Weile allein. Als unsere Blicke sich begegneten, wich er meinem jedoch aus und vermied die sonst unumgängliche Vertrautheit, indem er aufstand und auf die Toilette ging.

Ich stellte mich ans Fenster. Der Schneepflug war gerade vorbeigedonnert, die Fahrbahn war abgehobelt worden und wirkte im Licht der Straßenlaterne hart. Ich fühlte mich wohl dabei, die leichten Schneeflocken zu sehen, die sich auf die glattgeschabte Straße legten, winzige Stürze, bei denen die Formen der Flocken nicht zerstört wurden, weich und leicht lagen sie nebeneinander, anfangs nur als eine schwache bläuliche Schattierung im grellen Licht, aber dann wuchsen sie an, bis alle Formen nass und abgerundet waren, Schicht auf Schicht, die ein Autoreifen früher oder später brutal zusammenpressen würde, zu einer Form, die sie sofort wieder auszufüllen trachteten, als wäre nichts passiert.

Gleichzeitig war es kaum auszuhalten, dort zu stehen, weil Miriam sich hinter einer Tür befand, die nur wenige Meter entfernt war, und ihre Gegenwart prägte alles, was ich sah: Dort auf der Couch saß sie immer, auf diesen Fernseher in der Ecke richtete sich ihr Blick, diese Treppe lief sie täglich hinauf. Vielleicht würde sie gleich in die Küche gehen, dachte ich, drehte mich um und sah dorthin. Von ihrem Vater war nichts zu sehen. Ich ging hin und öffnete die Tür zur Küche, schaltete das Licht ein. Ein weißer Holztisch stand mit vier Stühlen unter dem Fenster. Dort aßen sie also, zu viert, dort wechselte die Stimmung zwischen ihnen je nachdem, wie der Tag gewesen war, dort schmiedeten sie Pläne, dort wuchsen sie auf. Ein Stapel Teller stand auf der Arbeitsplatte, im Spülbecken war ein Topf mit Wasser gefüllt, über dem Herd gab es ein Regal mit Gewürzen und einem dicken Kochbuch. Eine dünne Fettschicht glänzte schwach auf der Abzugshaube. Ich öffnete den Schrank unter der Spüle, wo die Mülltüte an der Innenseite der Tür hing und ordentlich aufgereiht verschiedene Putzmittel standen. Ich drehte mich um und ging zum Kühlschrank. Ein kleiner Notizblock hing an der Wand, daneben baumelte an einer Schnur ein Stift, dort schrieben sie auf, was fehlte, im Moment waren es *Eier, Hefe, LIMONADE, Kartoffeln, Spüli, Wurst, Tomaten.* Ich öffnete die Kühlschranktür und schaute hinein.

»Suchen Sie etwas?«

Der Vater sah mich im Türrahmen stehend an.

Ich drehte mich um.

»Haben Sie vielleicht Eis?«

»Sicher«, sagte er. »In der Gefriertruhe hier.«

Er ging vor und holte eine Tüte mit Eiswürfeln heraus.

»Aber wo haben Sie Ihr Glas?«

»Drüben«, sagte ich und nickte zum Wohnzimmer hin. »Warten Sie kurz.«

Er drückte mit Zeigefinger und Daumen und presste einen Eiswürfel aus dem Plastikbeutel. Er glitt klirrend in das Glas, das ich ihm hinhielt.

»Noch einen?«

»Nein, ist okay. Oder doch. Ich nehme noch einen.«

Als wir ins Wohnzimmer kamen, füllte er mein Glas. Hennings Augen waren träge und seine Stimme ohne Kanten. Die Musik in ihrem Zimmer war verstummt, und ich fragte mich, ob Miriam ins Bett gegangen war. Ich merkte, dass ich mittlerweile wieder wacher war. Vielleicht war es ja noch nicht zu spät, den düsteren, verschlossenen Eindruck, den er von mir haben musste, zu korrigieren.

»Na, dann Prost!«, sagte ich und leerte mein Glas in einem langen Schluck. Meine plötzliche Heiterkeit führte dazu, dass die beiden mich fragend ansahen. Im selben Moment ging die Tür zu ihrem Zimmer auf. Ich konnte nicht anders, musste mich einfach umdrehen, musste sehen, wie sie aussah.

Als sie mich erblickte, erstarrte sie und wurde rot.

»Was ist, Miriam, willst du nicht bald mal ins Bett gehen?«, rief ihr Vater. Sie nickte kaum merklich und verschwand im Bad. Ich streckte mich nach einer Zigarette, die ich mit schwitzenden Fingern anzündete, ich starrte auf den Tisch, um die Wärme in meinem Gesicht zu verbergen, während wir schweigend zusammensaßen. Ich ahnte Hennings Augen auf mir, ihren Vater, der sich streckte und seufzte, zufrieden mit dem inneren Frieden,

den der Rausch ihm beschert hatte. *Mm-m*, sagte er, als würde er irgendetwas zustimmen und sich zugleich wahnsinnig amüsieren, ein Laut, den er an diesem Abend mehrmals von sich gegeben hatte. Er stimmte allem zu, er fand alles in Ordnung, die ganze Welt. *Mm-m*. Ich begriff, dass er keine Ahnung hatte, was vorging, und war erleichtert. Wenn er wüsste, was ich mit seiner Tochter machte, wenn dieser Abend so geplant gewesen wäre, dass er mit einer Konfrontation, einer Entlarvung enden sollte, wäre dies der entscheidende Moment gewesen, so viel stand fest. Welcher Augenblick wäre passender gewesen als der, in dem sich seine Tochter im Bad auszog und ich zitternd im Wohnzimmer saß? Wenn ich entlarvt werden sollte, war das der richtige Moment dafür. Aber Henning? Sein Blick war forschend gewesen. Er kannte mich. Er hatte gesehen, dass ich rot geworden war, als sie herauskam, dass der scherzende Tonfall, in dem ich ihm erzählt hatte, dass sie in mich verliebt sein könnte, sich nicht mehr mobilisieren ließ, dass ich zu tief gesunken war, um aus der Sache herauszukommen, selbst bei ihm nicht, der doch so leicht hinters Licht zu führen war, weil er immer nur das Beste annahm. Nun hatten seine Augen mich gemustert. Wirklich wissen konnte er allerdings nichts, nur raten. Und das war nicht genug.

Als Miriam wieder herauskam, hatte sie sich verändert. Sie hatte Zeit gehabt, sich vorzubereiten. Nur mit einem Slip und einem weiten T-Shirt bekleidet, blieb sie vor der Tür stehen. Sie suchte meinen Blick, während sie kokett mit dem Fuß über den Teppich vor sich strich.

»Dann gute Nacht, Henrik!«, sagte sie. Und dann zog sie das T-Shirt straff, drehte sich ein wenig und lächelte mich kokett an, ehe sie die Tür öffnete und in ihrem Zimmer verschwand.

Das war kein schüchternes junges Mädchen gewesen, das in seinen Lehrer verliebt war, das war eine provozierende Geste gewesen, eine Einladung, die so deutlich war, dass ich nicht klar denken konnte, denn die beiden anderen hatten doch gesehen, was sie an mich gewandt tat, und nun betrachteten sie mich, den Adressaten ihrer Geste, denn wie hing das zusammen, was hatte ihr ein solches Selbstvertrauen eingeflößt? Henning wusste ja, dass sie bei mir gewesen war. Er musste nur eins und eins zusammenzählen. Ihr Vater dagegen ahnte nichts. Er füllte erneut unsere Gläser, rieb mit dem Daumen über den Flaschenrand und leckte an ihm, ehe er sagte:

»Schade, dass du nur ein Jahr bleibst!«

»Ja, das ist schade«, erwiderte ich. »Es gefällt mir gut hier.«

Lächelte Henning? Verhöhnte er mich? *Wenn du wüsstest, warum es ihm hier so gut gefällt.*

Als der Vater zur Toilette ging, drehte ich mich um und sah aus dem Fenster, um Hennings Blick auszuweichen. Er war mir auf der Spur.

»Was treibst du da, Henrik?«, sagte er leise.

»Was ich treibe?«, entgegnete ich. »Wie meinst du das?«

Meine Stimme war aggressiv, und er hakte nicht nach. Seine Sinne sind betäubt, dachte ich, und sein Verdacht ist flüchtig. Er konnte nichts wissen. Wichtig war, dass Miriam keine Angst bekommen hatte, dass nichts zerstört worden war, dass sie mich weiter haben wollte.

Ihr Vater war eingeschlafen. Er saß wie zuvor zurückgelehnt auf der Couch, eine Hand auf der Arm-, die andere auf der Rückenlehne. Anfangs waren wir uns nicht ganz sicher, wir sahen uns an, Henning räusperte sich. Der Vater rührte sich nicht. *Schläft er?*, flüsterte Henning mir zu. Ich zuckte mit den Schultern, stand auf und ging zum Fenster. Draußen regnete es. Hinter mir hörte ich die gleichmäßig schnorkelnden Atemzüge des Vaters, und Henning, der sich noch einmal eingeschenkt hatte.

»Vielleicht sollten wir gehen«, sagte er.

Für einen kurzen Moment zog ich in Erwägung, mich zurück zu schleichen, nachdem ich Henning nach Hause begleitet hatte, sie schliefen ja, dachte ich, es würde also kein Problem sein, unbemerkt in ihr Zimmer zu gelangen. Sie zu wecken. Eine Weile bei ihr zu bleiben, um mich anschließend unbemerkt hinauszuschleichen.

»Sollen wir ihn einfach liegen lassen?«, sagte Henning und nickte zu Miriams Vater hin.

»Warum nicht«, antwortete ich.

Wir gingen in den Flur, zogen uns an, ich stand vor der Wand und betrachtete die vielen Familienfotos, als Henning ungeduldig von der Haustür aus flüsterte. Draußen sackten die weggepflügten Schneehaufen bereits in sich zusammen. Auf der Fahrbahn war der Schnee matschig und nass. Es wehte ein kräftiger Wind. Er stieg vom Meer auf und presste sich zwischen die Häuser, schoss über die Landschaft. Wir gingen beide mit gesenktem Kopf, die Hände in den Taschen. Henning war betrunkener, als ich ihn je zuvor gesehen hatte.

Wir blieben vor meiner Wohnung stehen. Glücklicherweise hatte ich eingesehen, wie verrückt mein Plan war, mich zurück zu schleichen. Was wäre gewesen, wenn sie laut geschrien hätte? Und was wäre passiert, wenn ihre Mutter zufällig aufgestanden wäre und mich in Miriams Zimmer entdeckt hätte? Was hatte ich mir dabei nur gedacht? Hatte ich das wirklich ernsthaft in Erwägung gezogen?

Hennings Kopf wackelte ein wenig, ein winziges Fallen nur, das ihn trotzdem aus dem Gleichgewicht brachte, so dass er ein paar trippelnde Schritte machen musste.

Aus irgendeinem Grund hatte ich keine Lust, allein zu sein.

»Ich habe noch Bier im Kühlschrank. Kommst du noch kurz rein?«, sagte ich.

Er starrte mich lange an. Dann sagte er:

»Das ist vielleicht gar keine dumme Idee.«

Ich überlegte, ob ich ihm etwas geben und sagen sollte, dass ich der Versuchung nachgegeben und sie geküsst hatte. Am sichersten ist eine Lüge, die dem Verdacht recht gibt und auf halbem Weg zur Wahrheit stehenbleibt. Ich würde es jedenfalls wie ein Bekenntnis vorbringen müssen, überlegte ich, und das war gut, das erinnerte an Freundschaft. Denn Henning saß in meinem Wohnzimmer, wir hatten gemeinsam getrunken, jetzt würden wir den Abend wie gute Freunde mit einem letzten Bier beschließen.

Ich wippte die Kronkorken mit einem Öffner von den Flaschen und reichte ihm eine.

Seine Augen waren glasig, als er den Kopf in den Nacken legte, die Flasche zum Mund hob und das Bier durch seine Kehle strömen ließ. Aus der Etage über mir ertönte gedämpfte Musik. Ich sah auf die Uhr. Es war fast zwei.

»Es gibt etwas, was ich dir sagen muss«, begann ich, lehnte mich auf meinem Stuhl vor und drehte den Aschenbecher zwischen den Händen, als würde es mir schwerfallen. »Ich habe wegen etwas ein furchtbar schlechtes Gewissen.«

Er stellte die Flasche auf den Tisch, starrte die Zigarettenschachtel an.

»Nimm dir eine«, sagte ich.

»Danke«, sagte er. »Verdammt, dann bin ich echt betrunken. Wenn ich rauche, meine ich.«

Er schüttelte eine Zigarette heraus und zündete sie an.

»Ja?«, sagte er. »Was hast du denn jetzt wieder angestellt?«

Grinste er? War das ein Grund zu grinsen? Dass ich etwas angestellt hatte?

»Es geht um Miriam«, sagte ich.

Er drehte die Zigarette zwischen den Fingern und verfolgte den Rauch, der im Luftzug leicht wirbelte.

»Ja, klar«, erwiderte er. »Du hast gesagt, dass sie in dich verliebt ist.«

»Ja. Verdammt, Henning, du siehst ja auch, wie unglaublich hübsch sie ist?«

Die Augen, die auf mich gerichtet wurden, rechneten mit dem Schlimmsten. Sie waren argwöhnisch und schmal.

»Als sie gestern hier war und du vorbeigekommen bist … Als

sie dann gehen wollte. Und sie ist ja so hübsch. Und da konnte ich der Versuchung nicht widerstehen und habe sie geküsst. Nur ganz leicht. Es war völlig unschuldig, nur auf die Wange. Aber verdammt, was wird sie jetzt von mir denken? Schließlich bin ich ihr *Lehrer*!«

Henning konnte sich nicht beherrschen. Er warf den Kopf in den Nacken und lachte laut los.

Es wummerte leise, als jemand durch die Wohnung über mir ging. Ich fragte mich, ob sie uns hören konnten. Dieses schallende, betrunkene Lachen, das so befreiend war, in das ich jedoch nicht einstimmen konnte, denn dann würde er mich vielleicht durchschauen. Ich musste so tun, als hätte er mich gekränkt.

»Warum lachst du?«, sagte ich. »Was ist, wenn sie jemandem davon erzählt? Dass ich ihre Gefühle für mich ausnutze. Sie ist doch erst dreizehn.«

»Aber mein Gott. Ein Küsschen auf die *Wange*! Glaubst du wirklich, die Leute sind *so* hysterisch, dass sich deshalb irgendwer aufregt?«

»Glaubst du?«

»Verdammt, du machst wirklich aus jeder Mücke einen Elefanten, Henrik. Kannst du dich nicht mal entspannen? Na los. Prost, auf Miriam!«

Er schlug mit seiner Flasche meine an.

Ich wusste, dass ich ihm, wegen meiner Hilflosigkeit, die ein solcher Kuss auf die Wange einer Dreizehnjährigen verriet, ein bisschen leidtat, trotzdem war das besser, viel besser als der Verdacht, dass sich schlimmere Dinge ereignet hatten. Soll er mich ruhig bemitleiden, dachte ich, als er mich später in dieser Woche im Lehrerzimmer besonders freundlich behandelte, als wüsste er etwas über mich. Das tat er nicht, aber ich ließ ihn in dem Glauben. Es interessierte mich auch nicht mehr, was die anderen dachten, Linda, Josephsen, Enoksen, Irene, meine Kollegen, die ich täglich traf, die alle eine Meinung zu mir hatten, die alle etwas von mir glaubten. *Henrik*, dachten sie und verbanden mit dem Namen etwas anderes als ich. Es war diese Figur, dieser Pseudo-Henrik, auf den ich überall stieß und der im Laufe des Frühjahrs unmerklich meinen Spielraum eingegrenzt hatte; überall begegnete ich ihm und ließ mich von ihm zurückdrängen, ließ ihn das Kommando übernehmen, so dass ich, der echte Henrik, mich mit einem Minimum begnügen musste. Ich tat nur das, wofür ich bezahlt wurde: Ich unterrichtete. In den Pausen saß ich allein im Arbeitszimmer, abends war ich in meiner Wohnung, nachts schloss ich manchmal die Schule auf, ging durch das flache, unbeleuchtete Gebäude, betätigte einen Lichtschalter nach dem anderen und sah, wie das Licht die Dunkelheit über mir vertrieb, flackernd, bis es sich stabilisierte und all die Dinge beleuchtete, zwischen denen ich umherging, die ich anhob und musterte und wieder zurückstellte, um anschließend, ziel- und sinnlos, weiterzugehen, nur weil ich es nicht aushielt, zu Hause zu sein und keinen anderen Ort hatte, an den ich mich begeben konnte. Ich war dort, um den zerstörerischen Gedanken keine Chance zu geben, sich auszubreiten, was sie versuchten, sobald ich irgendwo zur Ruhe kam. Ich musste aktiv bleiben, ich musste etwas tun, ich musste nachts durch die Schule streifen, ich musste im Becken schwimmen oder am Fjord entlang laufen, ich musste Aufgaben vorbereiten und Aufsätze korrigieren, Bücher lesen und dafür sorgen, völlig erschöpft zu sein, ehe ich mich schlafen legte, ich wollte erlöschen, ich wollte verschwinden und am nächsten Tag aufwachen und wissen, dass ich zehn Stunden von ihm entfernt war, der in der Nacht zuvor erloschen war, dass ich jede Nacht größere und größere Areale von Zeit hinter mir ließ, die mich bald, wenn ich genügend Geduld bewies, in etwas Besseres führen würden.

Manchmal saß ich wach da und blickte auf den Ort hinaus, auf das bleiche, schwebende Licht, das nun, da der Himmel erneut sichtbar war, dem des Tages ähnelte, jedoch der Nacht angehörte und mir deshalb das Gefühl gab, Zeuge von etwas zu werden, das nicht für meine Augen gedacht war. Eine fürchterliche Entblößung. Die Welt, wenn sie sich unbeobachtet wähnt. Die Berge auf der anderen Seite des Fjords, und das Meer, das schäumend ans Ufer schlägt, Welle auf Welle von Grau, das zu Weißem gebrochen wird, die Möwen, die willenlos in der Dünung schaukeln. Die Werkzeuge, die an der Wand des Nachbarhauses lehnen, die Stiefel auf der Türschwelle, der nasse Kies in der Einfahrt, das Fahrrad an der Hauswand, die Telefonleitung, die unter dem Giebel befestigt ist, die Masten an der Straße.

Alles ruht in sich selbst.

Dann taucht auf der Hügelkuppe unter dem Berg ein Auto auf, fährt langsam zwischen den Häusern hindurch, und die Regungslosigkeit der Landschaft lässt die Bewegung zu etwas äußerst Wichtigem werden, zu einer Begebenheit. Der Wagen fährt rechts heran und hält. Als die Tür aufgeht, ist es ein junger Mann, der die Füße auf die Erde stellt, der aufsteht und sich streckt, hinausblickt und das Gleiche sieht wie ich: die silberblanke Wasserfläche, die Wolken, die langsamen Luftschiffen gleichen, wie sie dort an dem steilen, glänzenden Berghang vorbeisegeln. Er öffnet die Tür zur Rückbank, hebt ein Bündel heraus, es ist ein Kind, das so, schlafend, vom Auto den kurzen Weg zum Haus getragen wird, wo es in ein paar Stunden aufwachen und sich an nichts von dem erinnern wird, was in dieser leuchtenden Nacht geschehen ist.

Geschah etwas?

Ein Mann fuhr wankend auf dem Fahrrad vorbei, zwei betrunkene Saufkumpane riefen sich Schimpfwörter zu, während sie mühsam heimwärts strebten. Ansonsten war alles still. Geschlossene Dinge in einer Landschaft, die das Licht öffnete, dachte ich, anders konnte ich das Gefühl nicht erklären, das mich überkam. Denn die Landschaft absorbierte sämtliche Bewegungen. Alles, was die Menschen taten, die ich sah, verschwand ja in der Landschaft und war fort. Aus der Welt gedrängt. Er trug ein Kind vom Auto zum Haus, ich sah es mit eigenen Augen, doch jetzt ist das Ereignis fort und wird nie wieder geschehen. Alles, was ich sah, wurde auf diese Weise wertvoll, weil es einzigartig war, und wertlos, weil es vorüberging. So dachte ich. Gleichzeitig gab es jedoch etwas in mir, was sich erinnerte, was in meinem Gedächtnis Begebenheit auf Begebenheit türmte und festhielt, was nun aus der Welt sein sollte. Es gab keinen Ort, wohin ich mich wenden konnte, ich wurde gefüllt, und es gab keinen erlösenden Augenblick wie den Moment, unmittelbar nachdem man sich übergeben hat und man sich gereinigt fühlt, hier existierte keine solche Öffnung. Wie Übelkeit in einem geschlossenen System. Es füllte mich aus und ließ sich nicht stoppen. Es spielte keine Rolle, dass alles, was ich sah, bedeutungslos war. Es war von dem gefärbt, was gewesen war, und von dem, was kommen würde.

Sie stand vor mir, und ich zog ihr die Jacke aus, wir sagten nichts, es gab nur diese kleinen Bewegungen, ich zog den Reißverschluss herunter und hielt den Ärmel, während sie den Arm herauszog; ich hängte sie auf, während sie sich bückte, um die Schnürsenkel zu lösen, und ich gab dem Impuls nicht nach, neben ihr in die Hocke zu gehen und mit meiner Hand über ihren Rücken, den Nacken, durch ihr Haar zu streichen und sie zu küssen, stattdessen wartete ich, bis sie fertig war, und ging mit ihr ins Wohnzimmer. Schon daran gewöhnt, hier zu sein, setzte sie sich auf die Couch, um mir begeistert zu erzählen, was seit dem letzten Mal alles passiert war. *Als sie mich in ihrem Wohnzimmer sitzen sah!* Es war ein Freitagabend, sie konnte etwas länger bleiben, und ich war fest entschlossen, nicht dem Muster der letzten Besuche zu folgen und mich völlig würdelos auf sie zu stürzen, wenn sie gehen wollte. Denn dann wusste ich nicht, wie es ihr ging, dann hinterließ sie einen Raum in mir, den ich augenblicklich mit Gedanken füllte, die alle um das denkbar Schlimmste kreisten. Ich würde geduldig und ruhig sein, alles, was geschah, sollte sich von selbst ergeben, ich wollte sie ansehen und zum Lachen bringen, indem ich ihr erzählte, was die Lehrer über sie und ihre Klassenkameraden und ihre Frechheit sagten, ich wollte sie vergessen lassen, wer ich war – so dass sie die Miriam wurde, die sie für ihre Gleichaltrigen war, nicht kichernd und verlegen, sondern die, zu der die anderen insgeheim aufsahen und der sie gefallen wollten. Sie, die selbstsicher war und entschied, wer dazugehörte und wer ausgeschlossen wurde. Nicht die zögerliche und unsichere Dreizehnjährige, die still vor jemandem sitzt, den sie für unerreichbar hält, sondern die Miriam, die im Gegenteil auftrumpft, weil sie weiß, was sie ihm zu bieten hat, sie ist mehr als gut genug für ihn.

Ich brachte ihr einen Kaffee, sie legte beide Hände um den Becher, als sie trank, kleine, vorsichtige Schlürfer, ehe sie ihn mit einer ruhigen Bewegung auf den Tisch zurückstellte, schon ein Teil von ihr, als wäre das etwas, was sie oft tat, mit ihrem Lehrer einen Kaffee trinken. Was eigentlich ein riesiger Schritt für sie war, hatte sie in kürzester Zeit in etwas Selbstverständliches verwandelt.

Ich fürchtete mich nur vor einem, sie zu langweilen. Deshalb hatte ich ein Video ausgeliehen, das ich nach einer halben Stunde einlegte, als wir uns nichts mehr zu sagen hatten, als ich nicht mehr wusste, welche Fragen ich ihr noch stellen sollte. Und das war gut, denn jetzt war es ganz natürlich, dass jeder auf seinem Stuhl saß und wir uns nicht unterhielten, jetzt würden wir einen Film sehen. Ich zog die Vorhänge zu und schaltete das Licht aus, reichte ihr die Hülle, damit sie sehen konnte, worum es ging, ein Drama, für das ich mich nach einem halbstündigen Hin und Her im Kiosk entschieden hatte. Aber gefiel er ihr? Schwer zu sagen. Sie saß da und schaute auf den Bildschirm. Wenn sie merkte, dass ich sie ansah, wandte sie sich mir zu und lächelte, dieses freundliche Lächeln mit geschlossenen Lippen, von dem ich nie genug bekam, weil es etwas Fürsorgliches hatte, sie wollte mir etwas geben, sie lächelte, und ich wünschte mir, ihr etwas zurückzugeben.

Als der Abspann lief, war es halb zehn.

»Wann musst du gehen, Miriam?«, fragte ich.

»Ich kann bis elf weg sein«, antwortete sie.

»Bis dahin ist es noch lang«, sagte ich.

»Ja«, sagte sie und wand sich ein wenig ratlos. »Was sollen wir tun?«

»Wozu hast du Lust?«, sagte ich.

»Tja, ich weiß nicht«, erwiderte sie und zuckte mit den Schultern. Dann stand sie auf und ging zum Fenster und sah auf die gleiche Art hinaus wie beim letzten Mal. Es war eine Einladung, denn sie errötete leicht und musste den Blick senken, als sie sich zu mir umdrehte.

Ich dachte, jetzt oder nie. Und dass ich beherrscht und ruhig bleiben musste.

Ich stellte mich hinter sie. Ich nahm ihre Hände in meine. Sie drehte sich zu mir um, und ich legte meine Arme um sie. Sie lehnte den Kopf an mich. Jetzt oder nie. Ohne sie anzusehen, nahm ich ihre Hand und führte sie ins Schlafzimmer. Drückte leicht ihre Hand. Und sie folgte mir. Vor dem Bett strich ich mit den Händen über ihren Rücken, ihr Wollpullover war rau und angenehm, und ich zog ihn ihr über den Kopf, sie streckte die Arme hoch, während ihre Augen mich anlächelten, denn so macht man es, wenn man klein ist, man hebt einfach die Arme, wenn einem jemand den Pullover über den Kopf zieht und das Haar zerzaust; sie ordnete es, aber ich konnte nicht warten und legte sie aufs Bett, ich wollte sie haben und zog das T-Shirt heraus, um ihren Bauch zu küssen, den Stoff hochzuschieben und ihre Brüste zu lecken, sie war warm und weich, und ich küsste sie auf den Mund, während meine Hand die nackte Haut streichelte. Jetzt lag sie hier, jetzt hatte ich sie, jetzt war sie mein.

Miriam, flüsterte ich, *oh Miriam*, flüsterte ich und zog ihr das T-Shirt aus, aber jetzt lächelte sie nicht, jetzt sah sie mich mit ihren schönen Augen ruhig an, *Du bist so schön*, sagte ich, denn sie lag vor mir, ihre weiße Haut, und ich konnte ihr nicht widerstehen, ich strich mit der Zunge über ihre Brust, sie war straff und weich, und ich leckte die Brustwarze steif und spürte ihre Hand, die mir durchs Haar strich. Sie wollte mich haben. Hart vor Begierde führte ich die Hand abwärts, über den Bauch und die Schenkel, *oh Miriam*, flüsterte ich und schob sie unter den Hosensaum, der Rand ihres Slips auf der Haut, die Haare, *Nein, nein, nein,* dachte ich, denn im selben Moment spürte ich den Beginn der heftigen Kontraktion und hatte keine andere Wahl, als ganz still zu liegen, während ich langsam geleert wurde. Die klebrige Flüssigkeit, die einfach heraussickerte. Und Miriam, die mich ansah, ohne zu wissen, was passiert war. Ich legte den Kopf auf ihre Brust und hörte ihr Herz hämmern, schnell, ein Vogel. Ihre Finger glitten durch meine Haare, als wollte sie mich trösten. Aber als ich ihren Augen begegnete, begriff ich, dass sie das nicht konnte, dass die Geste zu groß für sie war, dass sie nicht wusste, was passiert war. Oder was passierte. Das schnelle Herz und die tröstenden Finger lösten Schmerz in mir aus. Alles war vorbei. Denn jetzt sah ich alles mit klaren Augen. Sie lag halbnackt auf meinem Bett und wusste nicht, was passiert war. Dass meine Begierde vorbei war, dass ich jetzt in einer anderen Stimmung war. Dass ich den Unterleib auf das Bett presste, damit sie sie nicht bemerkte, die Nässe, die nach außen gedrungen war und so meine Schmach vollendet hatte.

Ich stand auf und achtete darauf, dass meine Hände den Unterleib bedeckten.

»Ich muss nur etwas holen«, sagte ich. »Wartest du?«

Sie nickte. Sie hatte sich in etwas verwickelt, sie fand sich auf einem Bett liegend wieder, bei ihrem Lehrer, nachdem er sich auf sie gestürzt hatte. Was konnte sie anderes tun, als zu nicken?

Ich eilte in die Küche, ich holte die Colaflasche aus dem Kühlschrank, schüttelte sie und ließ den Inhalt auf die Hose spritzen, als ich sie aufdrehte. Danach schenkte ich zwei Gläser ein und trug sie ins Schlafzimmer.

»Ich habe solchen Durst bekommen«, sagte ich. »Möchtest du etwas?«

Sie hatte sich zugedeckt, hielt das Oberbett mit der einen Hand an den Oberkörper, nahm mit der anderen das Glas an. Ich wusste nicht, was ich tun sollte, ich wollte gut zu ihr sein, aber es war nicht gut für sie, hier zu sein.

»Ich habe gekleckert«, sagte ich. »Sieh mal!«

Ich zeigte auf meine Hose.

»Ich glaube, ich muss bald nach Hause«, sagte sie.

Ich verstand sie. Das hatte sie nicht erwartet, unter einer Decke dazusitzen und in meinem Schlafzimmer Limonade trinken zu müssen, so hatte sie sich das nicht vorgestellt, das hatten unsere Küsse nicht angekündigt, das hatte ich ihr nicht versprochen.

Aber ich ließ mir nichts anmerken, ich versuchte, ihr den Eindruck zu vermitteln, als wäre das ganz normal, als ginge es überall so zu, ich lächelte und verbarg meine Scham darüber, dass ich es nicht einmal geschafft hatte, sie zu verführen, die dreizehnjährige Miriam, was jedem Sechzehnjährigen problemlos gelungen wäre, ohne zu zögern, hätten sie sich auf sie gelegt und sie genommen.

Sie genommen? War es *das*, was ich wollte? Sie nehmen?

Ich nahm das Glas, das sie mir reichte, setzte mich auf das Bett und stellte es auf den Fußboden unter dem Bett, als es an der Tür klingelte.

Wir zuckten beide zusammen.

»Du darfst nicht aufmachen«, sagte Miriam leise.

Ich schüttelte den Kopf und lächelte.

»Bist du verrückt!«, flüsterte ich.

Es war mit Sicherheit Henning. Kein anderer käme auf die Idee, so spät noch bei mir zu klingeln. Dadurch fühlte ich mich etwas besser. Miriam musste glauben, dass ständig Leute an meiner Tür klingelten, bei zwei ihrer drei Besuche war es vorgekommen. Und das war gut. Denn sie wusste nicht, wer ich für die anderen war, dass keiner von ihnen etwas von mir wissen wollte, sie hatte ihr eigenes Bild von mir.

»Psst!«, sagte ich und rutschte zu ihr hoch.

»Wer kann das sein?«, wisperte sie.

»Keine Ahnung«, erwiderte ich flüsternd.

Das schuf eine neue Vertrautheit zwischen uns, sie lächelte mich an, als wäre nichts passiert. Nur die Verlegenheit über ihre Nacktheit war geblieben, die Hand, die sorgsam darauf bedacht war, die Decke festzuhalten, damit ich keinen Zipfel von ihr sah.

»Vielleicht ist es dein Vater!«, sagte ich und stand auf. Baute mich vor dem Bett auf und lächelte und nickte mit kugelrunden Augen. *Mm-m*, sagte ich. *Hier bist du also, mein Mädchen.*

Miriam kicherte. Ich lachte und riss das Kissen in ihrem Rücken fort, schlug damit nach ihrem Kopf und rief dabei, *Pfui, Miriam! Pfui! Pfui! Pfui!* Und Miriam lachte! Sie richtete sich kniend auf und versuchte, das Kissen in die Finger zu bekommen, ich schlug damit nach ihr, sie packte es und ich ließ los, sie schlug mir mit dem Kissen ins Gesicht, ich wälzte mich im Bett und schob mich an sie heran, ich fing an, sie am Bauch zu kitzeln, sie gluckste und lachte und rief *Hör auf!*, aber ich ließ nicht locker, sie wand sich und lachte, bis sie fast keine Luft mehr bekam.

Dann wollte sie nicht mehr nach Hause, dann war alles, was passiert war, vergessen, dann lagen wir auf dem Bauch im Bett und kamen nach den Strapazen zu Atem. Es gab so viel, was ich nicht über sie wusste, es gab so viel, wonach ich fragen konnte. Gleichzeitig musste ich darauf achten, sie nicht zu langweilen. Ich kannte ihr sprunghaftes Temperament. Auch wenn sie hier anders war und es ihr offenbar gefiel, über richtige Themen zu sprechen, und sie sich Mühe gab, um meinen Erwartungen zu entsprechen, wusste ich, wie klein die Spielräume waren, wie schnell ihr der Gedanke kommen konnte, dass sie nach Hause musste, um dort noch einmal in Gedanken durchzuspielen, was passiert war, und möglicherweise zu dem Schluss zu gelangen, dass es das letzte Mal gewesen war, dass sie nicht mehr zu mir zurückkehren würde. Jetzt oder nie. Ich musste sie beschäftigen, ihr musste es so gutgehen, dass sie mehr haben wollte.

Aber jetzt lagen wir im Bett und unterhielten uns. Ich erzählte ihr, dass ich einen Bruder namens Klaus hatte, sie wollte wissen, ob er mir ähnlich sei, ich fragte, ob sie ihn sehen wolle, ich hätte ein paar Bilder, sie nickte, und ich holte sie, sie kicherte und meinte, ich hätte als Kind komisch ausgesehen, *Das bist du?*, und ich nickte, das war ich, festgehalten in der für die achtziger Jahre so typischen Kombination aus kurzen Haaren auf dem Scheitel und langen im Nacken, Nietengürtel und schwarzen Kleidern, *Da warst du drei Jahre alt*, sagte ich, *Ein Baby*, sagte ich, und sie lachte bei dem Gedanken, einmal so klein gewesen zu sein. Aber dann hatte sie alle Bilder gesehen, sie fragte, wie viel Uhr es sei, und ich log, ich erklärte, es sei halb elf, damit sie noch ein bisschen blieb, und senkte das Gesicht zu ihrem Kopf und sog den Duft von frisch gewaschenem Haar ein, *Bleib noch etwas, bleib noch etwas*, sagte ich, und sie nickte, sie könne noch etwas bleiben, und ich bat sie, die Augen zu schließen, weil ich die nasse Hose wechseln wollte, und sie öffnete sie erst wieder, als ich mich zu ihr unter die Decke legte.

Diesmal ging ich behutsam vor, diesmal war ich ruhig und ängstigte sie nicht, diesmal lief es gut. Der kaum wahrnehmbare Geruch von Schweiß und Seife, der von ihrer Haut ausging, der süße Atem, die weichen Brüste und ihre Hände, die mir durch die Haare fahren, ich kann nicht genug davon bekommen, ich ziehe ihr den Slip aus und lege mich an sie, spüre das befreiende Gefühl ihrer Haut an meiner, das schwache Aroma von Urin, als ich mit der Wange über ihren Schenkel streiche, die nackte, warme Haut, meine Lippen, die sie zärtlich und behutsam küssen, die glatten Haare, die weichen, feuchten Hautfalten. Ihre Augen, die mich ansehen. Die Atemzüge. Das kleine beschmutzte Herz, das in ihrer Brust schlägt und schlägt.

Ich erwachte abrupt mit dem Gedanken, dass etwas nicht stimmte. Ich setzte mich im Bett auf. Miriam war noch da. Sie schlief neben mir. Ich sah auf die Uhr. Es war halb zehn.

Es dauerte einige Sekunden, bis ich begriff, dass es Morgen war. Ich sprang auf. Dann entdeckte ich sie. Sie pressten ihre Gesichter gegen die Scheibe und starrten herein. Kim und Erlend. Ich stand nackt im Zimmer und sah sie verständnislos an. Hinter mir war Miriam aufgewacht. Sie setzte sich schlaftrunken im Bett auf. Es war zu spät. Die beiden Jungen mussten alles gesehen haben. Ich ging auf das Fenster zu, und sie rannten so schnell sie konnten an der Wand entlang davon, um aus meinem Blickfeld zu kommen, während sie ihr hysterisches Kinderlachen hören ließen.

»Habe ich *hier* geschlafen!«, sagte Miriam. *»Oh, nein!«*

Verzweifelt suchte sie nach ihren Kleidern und zog sich schnell an.

»Was werden sie sagen«, meinte sie, eher zu sich selbst als zu mir. Ich stand da, sah sie an und war von einer seltsamen Teilnahmslosigkeit erfüllt, hüllte mich anstandshalber in den Bademantel und sagte, dass es zu spät sei, sich zu beeilen.

Ihr standen Tränen in den Augen.

»So etwas habe ich noch nie getan«, sagte sie und zog sich das T-Shirt über den Kopf. »Sie werden ausrasten!«

»Du kannst erst gehen, wenn wir uns überlegt haben, was du sagst, Miriam«, erklärte ich. »Das ist wichtig.«

»Vielleicht haben sie nach mir gesucht!«, sagte sie. »Sie haben bestimmt schreckliche Angst!«

Sie zog die Hose hoch und setzte sich auf die Bettkante, um ihre Socken anzuziehen. Ich setzte mich neben sie, legte den Arm um sie.

»Immer mit der Ruhe, Miriam«, sagte ich. »Ich lasse mir etwas einfallen.«

Erst als sie den Anstieg hinaufgelaufen und verschwunden war, kam die Verzweiflung. Ich war unfähig, klar zu denken. Ich wusste nur, dass ich möglichst schnell von hier weg musste. Das Ganze war außer Kontrolle geraten. Mir war klar, wenn ich eine Chance haben wollte, durfte ich nicht daran denken, was passiert war, es saß wie ein Schmerz in meinem Körper und ließ sich nicht abschütteln. Ich steckte den Finger in den Hals und erbrach mich in die Toilettenschüssel, ehe ich mich anzog, einen Koffer mit Kleidern packte, mich in der Wohnung umsah und mich zu konzentrieren versuchte: Gab es noch etwas, was ich mitnehmen musste?

Meine Tagebücher. Sie konnten hier nicht liegen bleiben, sie mussten mit.

Anschließend drückte ich den Koffer zu, trug ihn in den Flur, zog meine Jacke an und trat auf die Straße. Die Zeit drängte, denn ihre Eltern würden sie ziemlich schnell durchschauen, und so jung, wie sie war, würde sie dem Druck nachgeben und ihnen erzählen, was passiert war, was ich getan hatte.

Die Kinder standen auf einer Anhöhe über der Straße und riefen meinen Namen. Mir war übel, und ich hastete mit schlotternden Gliedern an ihnen vorbei, ohne sie zu beachten. Vor Hennings Haus stellte ich den Koffer auf die Türschwelle und klingelte. Niemand reagierte. Ich sah Richard und Linda, die mit Einkaufstüten in den Händen nebeneinander die Straße heraufkamen. Ich klingelte noch einmal. Nichts rührte sich. Ich zog an der Tür. Sie war abgeschlossen. Ich musste mich zu ihnen umdrehen und warten. Sie gingen gemeinsam unter einem Regenschirm, den er über sie beide hielt. Leichter Sprühregen, den ich gar nicht bemerkt hatte. Ich strich mir mit der Hand durchs Haar. Es war nass. Dann versuchte ich es ein letztes Mal. Hielt den Knopf lange gedrückt. Es klingelte und klingelte im Flur.

»Willst du verreisen, Henrik?«, sagte Richard und blieb stehen.

»Es ist etwas Furchtbares passiert«, sagte ich und sah Linda kurz in die Augen, ehe ich den Blick senkte. »Ich muss ein paar Tage fort.«

»Ah ja?«, sagte er.

Dann hörte ich, dass sich oben jemand regte. Das Fenster wurde geöffnet.

»Ich habe es eilig«, sagte ich. »Ich erzähle es euch, wenn ich zurück bin. Okay?«

»Ja, ja«, sagte Richard.

»Was ist los?«, sagte Henning durch das offene Fenster hinaus.

»Hallo, Henning!«, sagte Richard.

»Kommst du am Montag nicht zur Arbeit?«, sagte Linda.

Ich schüttelte den Kopf. »Ich rufe Enoksen an und erkläre es ihm.«

»Na dann, gute Reise!«, sagte Richard.

Sie gingen weiter, ohne dass Linda ein einziges Mal zu Henning hinaufgelugt hatte, der sich mit wirren Haaren und müden Augen aus dem Fenster lehnte.

»Was ist los?«, sagte er wieder.

»Kann ich reinkommen? Es ist wichtig!«, sagte ich.

Er seufzte.

»Warte kurz.«

Vor dem Geschäft parkte Josephsen sein Auto und stieg aus. Dann würden noch einige Minuten vergehen, bis er Erlend traf und erfuhr, was sein Sohn gesehen hatte. Die Erregung über den unerwarteten Anblick. Und dann der Vater, der sofort begriff, was passiert war.

Henning tauchte wieder auf und warf mir den Schlüssel herunter. Ich öffnete die Tür und eilte die Treppe hinauf.

»Was ist denn los mit dir, Henrik?«, sagte Henning. Er saß auf dem Bett und rieb sich den Schlaf aus dem Gesicht. »Es ist doch erst zehn!«

»Du musst mir einen Gefallen tun«, sagte ich. »Es ist wirklich wichtig. Wenn du willst, kann ich dich auch bezahlen. Aber ich muss sofort in die Stadt. Kannst du mich hinfahren?«

»In die *Stadt*?«

»Ja, sofort. Es ist wichtig.«

»Drei Stunden hin und drei Stunden zurück. Das macht sechs Stunden.«

Er sah zu mir auf.

»Ist es *so* wichtig?«

Ich nickte.

»Was ist denn passiert?«

Er stand auf und ging zum Schrank, um sich anzuziehen. Ich zögerte. Ich hatte mir genau überlegt, was ich sagen würde, war mir aber nicht mehr sicher. Und je länger ich zögerte, desto unglaubwürdiger würde ich sein. Die Lüge musste möglichst groß sein, hatte ich gedacht, so groß, dass niemand auf die Idee kommen würde, sie zu bezweifeln. Sag etwas, worüber man niemals lügen würde. Die Idee hatte mir eingeleuchtet, aber jetzt war ich mir nicht mehr sicher. Und vielleicht war es das kurze Zögern, was ihn auf der Hut sein ließ, was seine Zweifel weckte.

Er zog eine Hose an und wiederholte seine Frage.

»Was ist passiert, Henrik?«, sagte er.

Ich machte ein paar Schritte zum Fenster.

So muss es sein, hatte ich gedacht, lass alles zurück, pack nur ein paar Kleider in den Koffer, geh zu Henning und bitte ihn, dich zu fahren. Sag ihm, dass du ein paar Tage weg sein wirst, höchstens eine Woche. *Wo willst du denn hin?*, würde er daraufhin fragen. *Ich muss nach Hause*, hätte meine Antwort gelautet, *es ist wichtig*. Und er würde mich fragend ansehen. *Wichtig? Was ist denn so wichtig?* Und darauf würde ich ihm eine Antwort geben müssen. Was konnte so wichtig sein, dass ich ohne Vorwarnung die weite Strecke bis Kristiansand reisen musste?

Ein Todesfall. Das war mir durch den Kopf geschossen, und ich hatte gedacht: Das ist perfekt.

Mein Vater ist gestorben.

Dann wird er es mir niemals abschlagen können, hatte ich

gedacht. *Schließlich ist mein Vater tot!* Ich *muss* nach Kristiansand. Mein Vater wird *beerdigt*. Und ich bin sein Sohn.

Ich warf einen Blick zum Geschäft hinüber. Wie immer am Samstagvormittag war es leer.

»Ich weiß nicht recht«, sagte Henning hinter mir. Ich erkannte, dass er an der Treppe stand, sich angezogen hatte und auf dem Weg nach unten war. »Nicht, dass ich nicht will, aber ich hatte eigentlich vor, eine Tour in die Berge zu machen. Gibt es denn keine andere Möglichkeit, wie du dahin kommen kannst?«

Langsam drehte ich mich zu ihm um.

Mein Vater ist gestorben.

Aber die Lüge hatte mich bereits in ihrer Gewalt, denn als ich seinen Augen begegnete und Luft holte, um sie auszusprechen, musste ich den Blick senken. Es spielte keine Rolle, dass er nichts wusste. Ich verdächtigte mich selbst, meine Augen flackerten.

»Was ist los mit dir?«

»Mein Vater ist diese Nacht gestorben«, sagte ich leise und sah ihm ins Gesicht. »Ich muss hinfahren.«

Henning senkte den Blick.

»Oh«, sagte er und sah weg.

Er schämte sich für mich.

»Er ist überfahren worden«, sagte ich schnell. »Von einem Bus. Er ist im Krankenhaus gestorben.«

»Oh«, sagte Henning wieder.

Was hatte ich an mir, was ließ ihn sofort verstehen, dass es eine Lüge war? Was war es? Warum sollte ich ihm eine solche Lüge auftischen, wofür hielt er mich?

»Die Beerdigung ist am Montag«, fuhr ich fort. »Aber mein Flug geht heute Nachmittag.«

Nun sah er aus dem Fenster. Warum konnte er mir das nicht einfach glauben. Warum glaubte er, dass ich ihn anlog?

»*Kannst* du mich jetzt fahren oder nicht?«

Als er mich ansah, tat er es, um zu nicken. Aber es geschah

nicht herzlich oder mitfühlend, sein Kopfnicken sagte, *Obwohl ich weiß, was ich weiß, werde ich es tun.*

Selbst die wenigen Meter zum Auto machten mich nervös. Henning wollte frühstücken und ließ sich Zeit, wortlos saß er in seiner Küche und aß, während ich versuchte, meine Rastlosigkeit in den Griff zu bekommen, am Fenster stand und sah, wie der Regen die blanke, wogende Wasserfläche durchlöcherte, ohne dass der sonst so beruhigende Anblick mir half. Fast eine Stunde war inzwischen verstrichen, seit sie gegangen war. Jetzt würde es bald in der Welt sein. Aber Henning wollte essen. Henning wollte sich nicht für mich ins Zeug legen. Er wusste, dass ich log, und verachtete mich, aber darauf konnte ich jetzt keine Rücksicht nehmen, das Wichtigste war, dass er mich fahren *würde*. Dass wir den Ort in ein paar Minuten verließen. Das war die Hauptsache.

Er öffnete die Tür auf meiner Seite. Mittlerweile regnete es stärker. Die Scheibenwischer jagten über die Windschutzscheibe. Als wären sie in Panik, dachte ich. Henning steckte den Schlüssel ins Zündschloss und ließ den Wagen an, als ich einstieg und die Tür zuschlug. Er jagte den Motor ein paar Mal hoch, ehe er den Gang einlegte und zur Straße hinauffuhr.

Die Lüge hatte funktioniert, ich sah es ihm an. Obwohl er bezweifelte, was ich gesagt hatte, durfte er mich seine Zweifel nicht spüren lassen, denn das hieße zuzugeben, dass er mich für verrückt hielt, neben der Spur, und das wollte er nicht, das merkte ich ihm an. Henning wollte mir ja nicht schaden. Deshalb begnügte er sich damit, neutral aufzutreten, deshalb blieb er an der Kreuzung stehen und blinkte, ohne mich eines Blickes zu würdigen. Er war enttäuscht von mir. Hieß das, dass er einmal bestimmte Erwartungen an mich gehabt hatte, ein Bild von mir, das ich soeben verraten hatte? Seltsamerweise heiterte es mich auf, dass er mich nicht für *so* bescheuert hielt. Oder verhielt es sich anders? War es sogar umgekehrt? Vielleich sah ich ja einen endgültigen Beleg, als er den Blick senkte, eine Bestätigung: *So weit geht er also.*

Wir standen an der Kreuzung und warteten, dass der Wagen auf der Hauptstraße vorbeifuhr. Es war Josephsen. Er betätigte die Lichthupe und grüßte im Vorbeifahren. Henning erwiderte den Gruß. Dann fuhren wir. Die Scheibenwischer arbeiteten sich am Regen ab, der über das Glas strömte. Ein Mann, den ich nicht kannte, eilte vor dem Geschäft über den Parkplatz und hielt sich dabei die Jacke über den Kopf. Henning blinkte links, und wir fuhren den Hang zum Tunnel hinauf.

So verließ ich diesen Ort, in einem Auto, das durch den strömenden Regen fuhr und in dem betretenes Schweigen herrschte. Henning, der sich vorlehnte, um beim Fahren die beschlagene Scheibe frei zu wischen, der rauschende Klang der Kassette, die er in das Gerät gedrückt hatte, strömte aus den kleinen Boxen, der Fjord, der nicht mehr zu sehen und von feuchter Luft überwuchert war.

Selbst als wir den Tunnel am inneren Ende des Fjords hinter uns gelassen hatten, fühlte ich mich nicht sicher. Es war kaum zu ertragen, still zu sitzen. Nur die Bewegung der Scheibenwischer, Hennings kleine Lenkbewegungen, die Reifen, die auf dem nassen Asphalt sirrten.

Vielleicht machte es jetzt schon die Runde. Vielleicht sprach Josephsen in diesem Augenblick mit Erlend. Was würde er tun? Der Junge hatte uns doch gesehen. Würden sie mich jagen? Sich in ihre Autos werfen und losrasen, um mich zu erwischen?

Nein. Beruhige dich. In ein paar Stunden bist du in der Stadt, in ein, zwei Tagen bist du zu Hause.

Und Henning ahnte nichts. Trotzdem wollte er nicht mit mir reden.

Warum sollte mein Vater nicht gestorben sein? Er war schließlich nicht unsterblich, er war aus Fleisch und Blut und konnte folglich wie jeder andere auch unter die Räder eines Busses geraten.

Ich sah Henning an. Er starrte stur auf die Straße vor uns. Seine Finger schlugen im Rhythmus der Musik leicht auf das Lenkrad.

»Du bist der Vater des Kindes, nicht? Lindas Kind?«, fragte ich.

Erst antwortete er nicht.

Ich sah, dass ihm einiges durch den Kopf ging.

»Linda hat mir von dem Brief erzählt, den du ihnen geschickt hast«, sagte er nach längerem Schweigen. »Warum hast du das getan? Was hat dich dazu gebracht, so etwas zu tun?«

»Du *bist* der Vater des Kindes?«

Er antwortete nicht. Er fuhr rechts heran und hielt.

»Was bringt dich eigentlich dazu zu glauben, dass ich *dich* in die Stadt fahren will, Henrik?«, sagte er und starrte mich an.

Ich hielt ihm die Handflächen entgegen.

»Entschuldige«, sagte ich. »Es geht mich nichts an. Tut mir leid. Aber ich *muss* in die Stadt. Es ist unglaublich wichtig. Sei bitte so nett. Komm schon. Ich kann dir Geld geben, was auch immer. So viel du willst. Komm schon. *Bitte, Henning.*«

Wortlos sah er in den Rückspiegel, ehe er blinkte und wieder auf die Straße fuhr.

»Danke«, sagte ich. »Das werde ich dir nie vergessen.«

Er hielt vor dem Eingang zum Flughafengebäude. Ich stieg aus, öffnete die hintere Tür und zog den Koffer heraus, beugte mich hinein und sagte:

»Mach's gut, Henning, wir sehen uns.«

»Tschüss«, sagte er kurz, und ich schlug die Tür zu und dachte, dass ich ihn zum letzten Mal sah. Dass ich zum letzten Mal jemanden aus dem Ort sah. Trotzdem fühlte ich mich nicht sicher. Ich betrat das Flughafengebäude und stand am Fenster, bis ich mich vergewissert hatte, dass er tatsächlich gefahren war. Als das Auto in der Kurve verschwand, ging ich hinaus, setzte den Koffer ab und zündete mir eine Zigarette an. Ein

Sportflugzeug näherte sich schwankend vom Meer, weiß und zerbrechlich vor dem grauschwarzen Wolkenmassiv wippte es im Wind hin und her, glitt immer tiefer und setzte holpernd auf, bremste schnell, hielt. Das Motorengeräusch steigerte sich zu einem kurzen Brüllen, ehe es ruhig wurde und die Maschine aus meinem Blickfeld rollte. Ich warf die Zigarette halb geraucht fort, hatte keine Geduld, fühlte mich dort nicht sicher, musste weiter.

Der Fahrer im vordersten Taxi stieg aus, öffnete den Kofferraum und legte mein Gepäck hinein. Ich setzte mich auf die Rückbank.

»In die Stadt«, sagte ich.

»Es geht in die Stadt«, sagte er heiter, aber ich starrte demonstrativ aus dem Fenster, und er versuchte es nicht noch einmal.

»Wohin in der Stadt?«, fragte er, als wir uns dem Zentrum näherten.

»Zum Hurtigrutenkai«, sagte ich. »Wissen Sie, ob da ein Schiff liegt?«

»Heute ist Samstag«, sagte er. »Mal sehen …«

Seine Augen suchten meine im Spiegel.

»Kommt darauf an, in welche Richtung Sie wollen«, sagte er. »Nach Norden oder nach Süden?«

»Nach Süden.«

»Dann haben Sie Glück. Es geht in ziemlich genau zwei Stunden«, sagte er und drehte den Arm, um zu überprüfen, dass die Zeitangabe korrekt war.

Er hob den Koffer heraus, und ich gab ihm einen Fünfziger als Trinkgeld, was ich sofort bereute. Jetzt würde er sich an mich erinnern.

Daraufhin musste ich ein wenig über mich selbst lachen. Schließlich hatte ich niemanden umgebracht. Ich war kein Mörder auf der Flucht. Es war ja nicht so, dass der ganze Ort hinter mir her war, eine lange Reihe, die mit Fackeln am Fjord entlang marschiert, so war es nicht. Ich bin in Sicherheit, dachte ich und schleppte den Koffer den Landgang hinauf. Die Motoren liefen. In zwei Stunden würde das Schiff ablegen. Ich stellte mich an den Tresen, der an eine Hotelrezeption erinnerte. Ein Mann in meinem eigenen Alter saß mit dem Rücken zu mir vor einem Bildschirm. Als er mich hörte, drehte er sich um.

»Ich möchte nach Molde«, sagte ich. »Haben Sie eine freie Kabine?«

Ich unterschrieb, bezahlte und erhielt eine Schlüsselkarte, die ich kurz darauf in das Schloss der Kabine steckte. Ich stellte den Koffer an der Wand ab, zog die Schuhe aus, legte mich aufs Bett. Ich wusste, dass die nächsten Stunden unerträglich sein würden. Ich wusste, dass es irrational war, trotzdem stand ich auf und schloss die Tür ab. Ruhe würde ich erst finden, wenn das Schiff auf dem Weg aus dem Fjord war.

Ich öffnete den Koffer, um zu schauen, was ich mitgenommen hatte. In der Wohnung hatte ich nur ein paar Kleidungsstücke aus den Regalen an mich gerafft und hineingestopft. Aber es sah gut aus. Ich würde zurechtkommen. Das geht vorbei.

Früher oder später geht es vorbei.

7

Wie ein zu schwer beladenes Flugzeug stieg das Geräusch des Nebelhorns an der Fjordmündung langsam auf, ehe es sank und verschwand. *Aaaaa-ja.* Ich stand achtern an der Reling und beobachtete, wie die Lichter der Stadt hinter uns vom Nebel aufgesogen wurden. Als das Schiff drehte und das Hafenbecken verließ, schaffte ich es nicht mehr, meine Tränen zurückzuhalten. Ich weinte wie ein kleines Kind. Eigentlich war das gut: der Rumpf, der die stille See durchschnitt, die rotierenden Schiffsschrauben, die hinter uns Wasser in Gewölben hochwirbelten, der herabgesunkene Himmel, auf den wir Kurs setzten, die Tränen, die unaufhörlich herabliefen.

Als es vorbei war, stieg ich die Treppe zum oberen Sonnendeck hinauf, fegte die Wasserlache von der Sitzfläche eines der dort stehenden Plastikstühle und setzte mich. Es war sonst niemand in der Nähe. Ich saß allein und blickte auf die dunkleren Schatten, die Berge oder auch Wolken sein mochten. Das flache, silbrige Licht des Nebels, der alle Farben in der Landschaft auswischte, ließ die Dinge ringsum noch klarer wirken und noch deutlicher hervortreten. Die Tropfen unter dem Geländer, die langsam Fülle ansammelten, bis sie sich schließlich lösten und herabfielen, das grün gestrichene Deck, der Rost rund um die Nieten der Fenster, meine eigenen geschwollenen Hände. *Aaaaa-ja.* Aus irgendeinem Grund sah ich den Ort vor mir, an dem ich aufgewachsen war. Vielleicht lag es an dem monotonen Klang des Nebelhorns. Denn der gleiche Laut hatte dort über den trostlosen, regnerischen Tagen gehangen. Ein Geräusch, an das wir gewöhnt waren und über das wir niemals nachdachten. So ist es wohl mit allem in der Kindheit: Es ist einfach da. Auf dem Weg zu der schmalen Bucht hörten wir es, zwischen den schwarzen, dicht stehenden Fichten, die immer die Sonne verdeckten und vor denen deshalb noch Schneehaufen auf der Erde lagen, und auf dem Rand des wackeligen Bootsstegs hörten wir sie: die Klage der langweiligen Tage. *Aaaaa-ja*. Wir hatten nichts zu tun. Wir standen auf dem Anleger, die Bretter waren morsch, die sachte wogende Wasserfläche wimmelte durch das Aufschlagen der Regentropfen von kleinen Kreisen. Über den Baumwipfeln auf dem Hügel waren vor dem bleigrauen, zusammengesunkenen Himmel vage die Türme der Brücke zu erkennen. Wir gingen in die Hocke, um nach Fischen zu schauen. Ein paar flitzten um die Pfeiler des Stegs, wir ließen ein paar Steine auf sie fallen und sahen, wie sie unbeeindruckt unseren Senkminen auswichen und sich unverzüglich in sicherere Gewässer begaben. Wir richteten uns auf, wir gingen zurück, über das Feld und durch den Wald zu der Straße, an der die Häuser standen, in denen wir wohnten. *Aaaaa-ja*. Wenn der Regen stärker wird und der Wind plötzlich durch die Landschaft fegt, gehen wir in die Garage von Steinars Eltern. Das Auto steht vor ihr in der Auffahrt, Geir scharrt mit der Fußspitze einen Ring in den Kies, Steinar kommt mit den Boxhandschuhen seines Bruders in den Händen die Böschung auf der Rückseite des Hauses hochgelaufen. Wir haben uns den ganzen Tag gelangweilt. Jetzt wollen wir boxen. Jeder bekommt einen Handschuh. Wir sind zehn, elf, zwölf Jahre alt, wir haben in der Garage einen Boxring markiert, auf dem Rasen vor ihr neigen sich die zarten, frisch gepflanzten Obstbäume im Wind. Wasser strömt aus den Fallrohren und plätschert auf den Kies. Jeder Kampf dauert so lange, bis einer aufgibt. Ich strecke die linke Hand aus und lasse Steinar den Handschuh festschnüren, Erling hält seine rechte Hand hin und lässt sich von Geir helfen. Kurz darauf schlagen wir uns gegenseitig. Aus seinen Nasenlöchern fließt ein wenig Blut. Ein roter Striemen auf der weißen Haut, Erling bekommt schnell Nasenbluten. Aber er gibt nicht auf. Die kleinen Schmerzstiche machen ihn nur noch wütender.

Das dürfte der Unterschied zwischen uns gewesen sein. Erling steigerte sich rasch in eine Wut hinein, in der die Möglichkeit aufzugeben nicht mehr existierte, Schmerz sich zu Willen sammelte. Ich benötigte länger, um dorthin zu gelangen, aber dann war meine Wut größer.

Ich frage mich, ob sie das wussten? Ob sie es irgendwie merkten. Dass es tief, tief in mir einen Punkt gab, an dem der Zorn die Oberhand gewann, diese blinde Wut, die keine Grenzen kannte. Oder spürten sie etwas anderes, was den winzigen Vorbehalt in der Beziehung zu mir erzeugte, etwas, das mir selbst nicht bewusst war?

Ich legte das Gesicht in die Hände und versuchte, die Tränen zurückzuhalten, die unvermittelt zurückkehrten. Mehrmals holte ich bebend Luft, stand auf, stützte mich auf die Reling und ließ den Wind auf mein Gesicht wehen.

Das half.

Durch das Fenster meiner Kabine sah ich zum ersten Mal seit Monaten wieder richtige Bäume. Weit im Landesinneren waren sie als schwarze, bartstoppelartige Flächen auf den schneebedeckten Berghängen zu sehen. Angesichts der Offenheit, die sich in der Landschaft einstellte, als der Nebel sich endlich auflöste, fühlte ich mich besser: Es war Frühling, und ich war auf dem Weg nach Süden.

Ich beschloss, mich, wie es sich für einen Schiffspassagier gehörte, für das Abendessen umzuziehen, zog mich in dem engen Badezimmer aus, drehte das Wasser auf und stellte mich unter die Dusche. Der Boden vibrierte schwach unter meinen Füßen. Die gleiche Kraft ließ die Münzen, die ich auf die Ablage vor dem Spiegel gelegt hatte, klirren und die Kleider, die auf dem Toilettendeckel lagen, leicht vibrieren, ein Zittern, das vom schweren Stampfen der Maschinen mehrere Etagen unter mir herrührte. Es wird auf dem Weg zu mir hinauf veredelt, dachte ich, verfeinert, so wie der Rauch aus den mächtigen Schornsteinen nach und nach verdünnt wurde, wenn er aufstieg und in der Höhe nur ein zarter Streifen vor dem dunkler werdenden Gewölbe des Abendhimmels war.

Ich drehte die Dusche ab und entdeckte, dass ich vergessen hatte, meine Uhr auszuziehen. Das Glas war beschlagen. Ich hielt sie ans Ohr. Sie tickte. Aber das Armband wird bald kein Wasser mehr vertragen, dachte ich, es war an der Schließe aufgeweicht.

Ich zog ein wenig an dem brüchigen Leder. Es riss, und ich seufzte resigniert, legte die Uhr auf die Ablage, holte die nötigen Utensilien heraus, um mich zu rasieren, zog mich an, schlug die Tür zu und ging durch den Flur zu der Treppe, die zum Restaurant hinaufführte. Ich hatte keinen Hunger, aber das Bedürfnis, andere Gesichter zu sehen als mein eigenes, mich zu entspannen und für eine Weile in die Rolle eines Passagiers zu schlüpfen.

Abgesehen von vier Männern mittleren Alters, die am hinteren Ende des Lokals aßen, und einer Kellnerin, die mit den Händen auf dem Rücken regungslos dastand und darauf wartete, dass es etwas zu tun gäbe, war das Restaurant leer. Ich entschied mich für einen Tisch am Fenster, zündete mir eine Zigarette an und griff nach der vor mir liegenden Speisekarte. Die Kellnerin sah immer wieder zu mir hin, um zur Stelle zu sein, sobald ich die Speisekarte weglegte und bestellen wollte. Doch keine Dienstbeflissenheit war groß genug, um die beharrlich schläfrige Stimmung zu erschüttern, die an Bord herrschte, diesen Überdruss, der stets mit dem Mangel an wirklichen Ereignissen einhergeht. Eine Müdigkeit, die man im Herbst und Winter in Urlaubsorten an der Küste findet, in jener leeren Zeit, in der nichts von Bedeutung geschieht, in der das Lächeln der Kellnerinnen matt und ohne Leidenschaft ist, an Orten in der Welt, an denen selbst den schnellsten und professionellsten Bewegungen etwas Träges zu eigen ist.

»Sie möchten bestellen?«

Die Kellnerin stand mit einem kleinen Schreibblock in der einen und einem Stift in der anderen Hand vor meinem Tisch.

»Ja. Mal sehen …«

Ich ließ den Finger über die Liste der Gerichte gleiten, obwohl ich mich längst entschieden hatte.

»Ein … *Entrecôte*«, sagte ich und errötete.

»Okay«, sagte sie. »Und was möchten Sie dazu?«

»Wasser, bitte«, sagte ich.

»*Die Kartoffeln*«, erwiderte sie. »Möchten Sie die Kartoffeln als Bratkartoffeln oder Gratin oder …«

»Bratkartoffeln«, sagte ich schnell.

»Okay«, sagte sie. »Und Wasser?«

»Ja, bitte«, antwortete ich. »Eine Karaffe, wenn Sie haben.«

Ich spürte, dass ich erneut errötete. Als sie ging, überlegte ich, warum Restaurants so beklemmend auf mich wirkten, warum ich mich in ihnen immer so unwohl fühlte und unfähig war, mich über die Berufsgruppe zu stellen, die in unserer Gesellschaft auf der untersten Stufe stand, die Kellner, so dass selbst *sie* sich mir überlegen fühlten. Ihre Arbeit bestand darin, Essen zu servieren. Warum ließ ich mich von *ihrem* Blick einschüchtern? Wenn ich Müllmann oder Fahrradkurier gewesen wäre, hätte ich es noch verstehen können und mich herzlich gern damit abgefunden, ich hätte gewusst, wo ich stehe, und wäre jedes Mal schamerfüllt rot geworden, wenn ich mich hingesetzt und mir die Serviette mit dreckig schwarzen Fingern um den Hals gelegt hätte. Aber *jetzt*? Es war lächerlich und idiotisch. Trotzdem begegnete ich der Kellnerin mit einem flackernden Blick, als sie mit der Wasserkaraffe zurückkehrte.

»Bitte sehr«, sagte sie.

»Vielen Dank«, erwiderte ich. Füllte mein Glas und leerte es in einem Zug. Dann drückte ich die Zigarette im Aschenbecher aus und zündete mir eine neue an. Als ich unmittelbar darauf hörte, wie hinter mir die Tür aufging, musste ich mich einfach umdrehen. Es war ein älteres Ehepaar. Ihre Gesichter waren gerötet von der frischen Luft an Deck. Kurz danach öffnete sich die Tür erneut. Auch diesmal konnte ich es nicht lassen. Ich musste mich umdrehen. Als wäre ich ein Tier in einem Experiment und die Tür mein Stimulus. So konnte ich nicht sitzen bleiben. Aber den Tisch zu wechseln, würde auch auffallen *Warum tut er das?*, aber das ist schnell vergessen, dachte ich, nahm die Karaffe und das Glas und ging in dem Speisesaal ans vordere Ende, von wo aus ich alles beobachten konnte, was geschah, ohne selbst bemerkt zu werden.

Die Kellnerin begab sich zu dem Tisch mit den beiden hinzugekommenen Touristen. Bei jeder Frage, die sie stellte, hob sie die Augenbrauen und schob reptilartig den Kopf vor, wie sie es auch getan hatte, als sie meine Bestellung aufgenommen hatte. Diese Gäste waren in Gestik und Stimmvolumen jedoch souverän. Obwohl die Haltung der Kellnerin in beiden Situationen identisch war, hatte sie sich verändert. Von der Überlegenheit ihrer Pose mir gegenüber zu der Unterwürfigkeit, die sie jetzt überkam, als die Touristen sie wie eine Dienerin behandelten, wie jemanden, der für sie da zu sein hatte. Denn so einfach war es. Ein fester Blick und ein sicheres Auftreten sorgen für eine respektvolle Distanz, ein flackernder Blick und ein bedrücktes Verhalten füllen die gleiche Distanz mit Verachtung. Und so wird es bleiben, solange man eher das anpreist, was gesehen wird, als das, was sieht. Was sieht, hat keine Chance. Meist wird das, was sieht, nicht gesehen, weil ihm eine sichtbare Form fehlt, weil es keinen Körper besitzt, der seinen Willen gestalten kann – ein Mangel, der zu dem weit verbreiteten Missverständnis führt, dass es nicht existiert. Aber selbst wenn das, was sieht, einen Weg *finden* sollte, sichtbar zu werden, heißt das noch lange nicht, dass man deshalb verstehen wird, wovon man Zeuge gewesen ist. Man kann die Kunst der Konversation erlernen und im Stande sein, mit wirklich jedem in wirklich jeder Situation über alles Mögliche zu sprechen, genau zu wissen, wo ein Lächeln eingesetzt werden soll, damit die anderen sich wohlfühlen, genau zu berechnen, welche Frage sie dazu bringen wird, sich verstanden zu fühlen und das Gespräch auf ein neues Thema zu bringen, bevor sie denken, *Was labere ich hier eigentlich*. Man kann lernen, alle Zeichen zu deuten, jegliche Gestik und Mimik zu durchschauen und selbst die verborgensten Motive zu ergründen, aus denen sich ihre Äußerungen speisen, und all diese Erkenntnisse nutzen, um ihnen das Beste zu entlocken, und gleichwohl Gefahr laufen, dass sie fortgehen, ohne *irgendetwas* bemerkt zu haben, dass sie einen, sobald man das nächste Mal auftaucht, nur fragend ansehen, wenn man sie grüßt. Das ist das Dilemma des Sehenden. Sobald das, was sieht, beschließt, die Erkenntnis für etwas zu *nutzen*, wechselt es die Gestalt und wird zu dem, was gesehen wird. Dann ist man das Zentrum der Aufmerksamkeit, redet und gestikuliert und strahlt, dann ist man ein leuchtender Mittelpunkt, an dem sich alle anderen orientieren und zu dem sie sich hingezogen fühlen wie schwirrende Motten. Dann reden sie über einen, wenn man gegangen ist. Dann ist man die Erinnerung der Motte an das Licht. Und das sollte man nur werden, wenn man weiß, was man tut. Wenn man vorher verstanden hat, dass die Motte es eigentlich nicht *mag*, willenlos um das Licht zu kreisen, dass sie diese Seite an sich selbst vielleicht sogar verachtet. Wenn es einem gelingt, über den kleinlichen Hass der Motte auf das Licht zu lachen, kann es funktionieren. Lässt man die Verachtung der Motte jedoch an sich heran, hat man keine Chance. *So herumzustehen und zu glänzen wie ein Idiot! Was sollen sie nur von mir denken?* Deshalb ist die Chance auf Erfolg als Sichtbarer am größten, wenn man nicht nur glänzt, sondern zugleich dumm und unsensibel ist und einfach nicht versteht, wie man auf andere wirkt. Dieses prahlerische und ignorante Beharren, das so selten durchschaut und dem deshalb überall applaudiert wird. Ist man so, kann es funktionieren, aber sollte einem der Erfolg zu Kopf steigen und die Leute sich plötzlich von einem abwenden, wird der Absturz groß sein, weil man auch *dann* nicht begreifen wird, warum geschieht, was geschieht, warum all jene, die einem früher applaudierten, nun über einen lachen, obwohl man die ganze Zeit derselbe gewesen ist.

Die Kellnerin verschwand in der Küche, um die Bestellungen weiterzugeben. Das Ehepaar saß sich schweigend gegenüber. Beide schauten aus dem Fenster. Er zog seine Kappe ab und strich sich mit der Hand durchs Haar, ehe er sie wieder aufsetzte. Hinter den beiden saß ein jüngeres Paar; sie lasen in ihren jeweiligen Büchern und warteten auf ihr Essen. Ich befeuchtete meinen trockenen Mund mit einem Schluck Wasser, schob den Aschenbecher zur Seite und lächelte die Kellnerin an, die das Essen vor mir abstellte. Pflichtschuldig erwiderte sie mein Lächeln. Ich begann zu essen und kontrollierte gleichzeitig, ob jemand mich beobachtete. Nein, nur diese kurzen Blicke, mit denen neue Gäste sich beim Eintreten einen Überblick über die Räumlichkeit verschaffen wollten. Mit der Zeit stieg die Stimmung, es wurde lebhafter und lauter im Raum, die Leute aßen und redeten, die vier gut gekleideten, glatzköpfigen Männer wurden allmählich betrunken und waren zu allem Möglichen bereit, sah ich, denn da war etwas an den Blicken, mit denen sie die anderen Passagiere musterten. Die Verheißung eines Abends mit schwankenden Schritten von der Tanzfläche zum Barhocker, Schweißringe unter den Armen und hochgeschlagene Hemdärmel und vertrauliche Gespräche, in willkürlich ausgewählte Frauenohren gerufen, eventuell eine plötzliche Eile, wenn sie den Mann aus irgendeinem Grund in die Kabine begleitet, fette Finger, die den Schlips lösen und das Licht löschen, um den hängenden Bauch nicht zu enthüllen, bevor es vorbei ist und keine Rolle mehr spielt. Ächzen und Stöhnen und rote Frauenfingernägel, die sich in die Fettwülste auf dem Rücken bohren, das klatschende Geräusch von Körpern mittleren Alters, die sich lieben, ohne sich etwas anderes zu erhoffen, als es schnell hinter sich zu bringen.

Ich lächelte vor mich hin. Wir waren viele Stunden unterwegs gewesen, ich hatte etwas Abstand gewonnen und war den unkontrollierbaren Gefühlen nicht mehr so nahe, wie ich es gewesen war, als wir ablegten. Die Lage hatte sich ein wenig beruhigt. Es war gar nicht so schlecht, dort zu sitzen, langsam zu essen und die anderen Passagiere zu beobachten, mich von ihrer Gegenwart ausfüllen zu lassen, von allem, was sie taten, was sie denken mochten. Allerdings graute mir davor, wieder allein zu sein. Dann würde der Gedanke daran, was passiert war, mir so nahe kommen, dass ich all meine Kraft würde aufbringen müssen, um es von mir fernzuhalten, um Stunde um Stunde wach zu liegen und die Gedanken davon abzubringen, woran ich am liebsten denken wollte. Aufstehen, an Deck gehen, hinausstarren. Und dann kommt wieder hoch, wovon ich glaubte, es wäre vor vielen, vielen Jahren vorbei gewesen. Als würden die Kräfte, die ich mobilisierte, um zu kontrollieren, was gerade erst geschehen war, gleichzeitig die Kontrolle über die älteren Erinnerungen schwächen, die sofort ihre Chance nutzten und, endlich freigesetzt, in mir aufstiegen.

Was es so nicht tagsüber an Deck gewesen? Die vielen Jahre waren zur Seite gezogen worden, als wären sie Falten in einem Vorhang: Plötzlich war es möglich, direkt dorthin zu schauen, wo ich einst war. Zehn Jahre alt auf einer Brücke, zwölf Jahre alt in einer Garage, dreizehn Jahre alt auf dem Bett in meinem Zimmer. Als Bilder sind sie harmlos. Und als Bilder tauchen sie normalerweise vor uns auf, die Erinnerungen, wir sehen sie mit der neutralen Distanz des Betrachters. Sie rühren nicht länger an etwas in dir. Sie sind tot, denkst du. *Sie können mich nicht mehr erreichen*. Aber das stimmt nicht. Sie können wieder lebendig werden. Dann hast du keine Chance, dich zu wehren. Deine Abwehrmechanismen gegen sie haben sich aufgelöst und sind verschwunden, da sie nicht mehr erforderlich zu sein schienen. Etwas Schlimmeres gibt es nicht. Von der Scham eines Sechzehnjährigen besetzt zu sein, wenn du sechsundzwanzig bist, in die Angst eines Zehnjährigen geschleudert zu werden, die bodenlose Verzweiflung eines Zwölfjährigen zu empfinden. Diese Versionen deiner selbst gehen durch dich hindurch wie lebende Tote, es ist grauenvoll, du bist wehrlos, es zerbricht dich, und du heulst und heulst und weißt: Hieraus gibt es keinen Ausweg.

Denn du bist ein geschlossenes System. Nichts verschwindet. Alles kehrt irgendwann zurück.

Wer also preist die Intuition, wer sagt, dass es wichtig ist, in Kontakt mit sich selbst zu kommen, was ist mit ihnen, sind sie schwachsinnig, sollen wir etwa auf *unsere Gefühle hören*?

Das Problem ist nie zu wenig Gefühl gewesen.

Wer war ich, wenn ich mich selbst und was mit mir geschah, nicht verstand?

Ich schob den Teller von mir, trank das restliche Wasser, stand auf und ging zum Büfett in der Mitte des Raums. Mir lief das Wasser im Mund zusammen, als ich den Blick über die verschiedenen Desserts schweifen ließ. Mokkapudding mit Vanillesauce? Oder Milchreis mit roter Sauce? Oder vielleicht eine Orangencreme oder Himbeergelee oder schlicht eine Schale mit eingemachtem Obst?

Halbe Birnen mit Sahne. Und dann eine Tasse Kaffee und eine Zigarette.

Gegen Mitternacht zog ich mich aus, löschte das Licht und legte mich in dem Versuch, Schlaf zu finden, ins Bett. Es kam mir unglaublich vor, dass seit meiner Abreise nur ein einziger Tag vergangen war. Es hätte genauso gut ein Monat sein können, dachte ich, und mich durchlief ein Schauer bei dem plötzlichen Gedanken an Miriam, die vor mir stand, mit Tränen in den Augen, die gar nicht erst versucht hatte, ihre Verzweiflung zu verbergen. Ich hatte sie zurückgehalten, um sie zu beruhigen und damit sie verstand, wie wichtig es war, dass sie nichts von mir erzählte. Dass es unser Geheimnis war und alles zerstört sein würde, sobald andere erführen, was passiert war. *Verstehst du das, Miriam?*, hatte ich gesagt. Sie hatte genickt. Sie verstand. Sie würde sagen, dass sie an dem Abend in eines der Autos gestiegen und zu einer Party mitgefahren war, obwohl sie wusste, dass sie das nicht durfte. Ein paar ältere Jungen und Mädchen, achtzehn oder neunzehn Jahre alt, die sich dann ohnehin nicht für sie interessiert hatten, sie war sich selbst überlassen gewesen, und als sie nach Hause wollte, hatte der Typ sie nicht fahren können, weil er getrunken hatte, also musste Miriam dort schlafen, unter einer Decke auf der Couch im Partykeller, und der Typ, der sie am nächsten Tag nach Hause fuhr, hatte sich vor den Konsequenzen gefürchtet, sie kurz hinter dem Tunnel abgesetzt und war sofort wieder umgekehrt. *Er hieß Kristian*, sagte ich zu ihr, *und du hast ihn vorher noch nie gesehen. Und wenn sie fragen, wo die Party war, musst du sagen, dass es so dunkel war und so viele Häuser gab, dass du dir nicht sicher bist.* Und Miriam hatte genickt. Ich wusste, dass ich sie niemals wiedersehen würde, deshalb drückte ich sie an mich, um sie ein letztes Mal an meinem Körper zu spüren, deshalb strich ich mit der Hand durch das Haar in ihrem Nacken, deshalb küsste ich sie behutsam, ehe ich sie gehen ließ. Sie lief den Hügel hinauf, noch genauso verzweifelt wie zuvor, denn meine Lüge rettete nur mich; *sie* würde dem Zorn ihrer Eltern nicht entgehen. Und vielleicht würde sie im Laufe des Tages zur Besinnung kommen, vielleicht würde sie ihnen alles erzählen.

Aber es war geschehen. Es führte kein Weg zurück. Es musste kommen, wie es gekommen ist, dachte ich und legte mich auf den Rücken, zog das Oberbett unter das Kinn und starrte an die Decke. Ließ das gleichmäßig wummernde Motorengeräusch in mein Bewusstsein fallen. Ich dachte an das Schiff, in dem ich lag, das die Dunkelheit durchschnitt, die Linien aus Licht, die über den Radarschirm wischen, die gelassene Stimmung auf der Kommandobrücke, das Blinken von Instrumenten und die Sicherheit der Bewegungen, die eine leichte Kurskorrektur vornehmen, die Augen, die regelmäßig auf die Instrumententafeln blicken, ehe sie wieder auf die Finsternis vor dem Fenster gerichtet und nicht bewegt werden, bis die Tür aufgeht und jemand hereinkommt, nachdem er einen Rundgang an Bord gemacht hat. Die frische Luft, die in den Raum strömt, der Mann, der seine Hände reibt und sagt, dass jetzt eine Tasse Kaffee guttun werde, und wie läuft es, schaffst du es, dich wachzuhalten?

Dann war Miriam wieder da. Ihr Gesicht, die Augen, die in die Dunkelheit schauen. Sie findet keinen Schlaf, sie wälzt sich im Bett und denkt an das, was passiert ist. Sie weiß nicht einmal, dass ich den Ort verlassen habe. Sie glaubt, dass sie mich am nächsten Tag treffen darf. Und in der Schule wird es einen Aufruhr geben. Es wird nur ein paar Tage dauern, bis sie begreifen, dass ich für immer fort bin. Was würde dann geschehen? Miriam hat niemanden, mit dem sie über all das sprechen kann, was passiert ist. Würde sie es alleine schaffen? Die Einzige zu sein, die wusste, warum ich nicht da war, worüber alle redeten und spekulierten, die Einzige zu sein, die wusste, was vorgefallen war, nachts alleine zu liegen und zu weinen und niemandem etwas zu sagen?

Was hatte ich nur getan.

Ich zog mich an und ging zum Café hinauf. Vor der Verkaufstheke war ein Metallgitter heruntergezogen worden. Es war kein Mensch zu sehen. Ich setzte mich an einen Tisch am Fenster und legte den Kopf in die Hände. Ich wollte nur eins, schlafen. In der Tiefe meines Selbst verschwinden und die Ebene betreten, auf der die Träume Nacht für Nacht ihre Zelte aufschlagen, Zuschauer dieser mirakulösen Vorstellungen sein, in denen alle Dinge gleich wichtig sind und ich keine Verantwortung für irgendwen habe. Wo alles, was geschieht, seiner eigenen geheimen und immer überraschenden Logik folgt. Doch nun war das alles außer Reichweite. Was immer ich anstellte, ich würde keinen Schlaf finden. Und die Gedanken an das, was geschehen war, ließen sich nur für Minuten täuschen. Denn was sollte ich jetzt tun? *Wo sollte ich hin?*

Ich lehnte meine Stirn an die Scheibe, wollte, wenn es möglich war, einen Blick auf die senkrechten Berghänge werfen, aus denen die Küste bestand, auf schaukelnde Bojen und Pricken, bedeckt von Möwendreck an den Untiefen der Schären. Aber alles, was ich sah, waren meine eigenen Augen. Hätte ich doch nur genügend Geistesgegenwart besessen, ein paar Bücher mitzunehmen, dachte ich. Ich kannte nur diese Methoden, mir selbst zu entfliehen. Schlafen und lesen. Und trinken. Aber der Rausch unterscheidet sich von den beiden anderen dadurch, dass seine Grundlage Einschränkung ist, du verschwindest nicht in etwas, das größer ist als du, im Gegenteil, was größer ist, verschwindet in dir, wo es seinen Sinn verliert, so dass du durch die Gegend torkelst wie ein lallender Idiot und nichts mehr erkennen kannst. Du entgehst dir selbst, das ist richtig, aber er, der in dieser Zeit, in der du selbst fort bist, deine Stelle einnimmt, macht seine Arbeit meistens schlecht, auf ihn ist kein Verlass, das meiste, was er in deiner Abwesenheit unternimmt, basiert auf einem schlechten Urteilsvermögen und wird außerdem mit erbärmlichem Timing ausgeführt. Wenn du zurückkehrst, bist du die nächsten Tage, voller Verachtung für seine Charakterlosigkeit und Untauglichkeit, mit Aufräumarbeiten beschäftigt.

Mich noch mehr zu verachten, ist das Letzte, was ich will, dachte ich und sah zu einer Tür, die in dem Moment hinter mir geöffnet wurde. Es war eine Frau in Uniform, sie warf einen kurzen Blick in den Raum, ehe sie die Tür wieder schloss. Ich stand auf und ging über den grell beleuchteten Boden zum Ausgang am anderen Ende des Raums. Er führte auf Deck hinaus. Der Wind, der mir entgegenschlug, war kalt und tat gut. Ich ging zur Reling, legte die Hände auf das regennasse Holz und blickte zu der Radarantenne hinauf, die auf dem Dach über mir rotierte. Unablässig die gleiche Bewegung. Immer im Kreis. Das war unangenehm. Ich dachte, dass es ein Auge war, dass es nach

Leben suchte, doch diese schwirrende Bewegung war blind und mechanisch. Sie erinnerte mich an ein Tier, das geköpft worden ist, es läuft und irrt ohne seinen Kopf herum, es ist nur noch Bewegung ohne Gedanken, es irrt immer weiter umher.

Ich lehnte mich über die Reling und sah auf das Wasser hinab. An der Schiffsseite glitzerten die Lichter aus den Kabinen in kleinen Tümpeln aus Elektrizität. Es war ein seltsamer Gedanke, dass dort unten Menschen schliefen. Jeder allein in seiner Kabine. Das Wasser, das von außen gegen den Rumpf drückt, die Köpfe, die im Schlaf schwerfällig gedreht werden. In der Tiefe unter ihnen huschen Fischschwärme vorbei. Sie schlafen. Die Augen fahren hin und her, wie die Kolben der Maschine unter ihnen auf und ab gehen und das Schiff, in dem sie träumen, durch die Nacht gleiten lassen.

Dann dachte ich, dass ich jetzt dort unten lag. Mich unruhig im Bett hin und her wälzte. Irgendetwas quälte mich. Plötzlich setze ich mich auf und schwinge die Beine auf den Fußboden, richte mich auf, stehe mitten im Raum. Es ist nicht möglich zu sehen, was ich denke. Aber irgendetwas stimmt nicht. Ich spanne alle Muskeln im Körper an, er zittert. Ich lehne mich vor und schaue hinaus, ich lege mich wieder ins Bett, es sieht nicht so aus, als würde ich Frieden finden.

Was quält mich so? Was ist es, Henrik, warum schläfst du nicht? Warum schließt du nicht die Augen und fällst in dich selbst und findest für ein paar Stunden Frieden? Was ist nicht in Ordnung?

»Ich habe etwas Schreckliches getan, Henrik«, sage ich dort unten. »Und jetzt weiß ich nicht, wohin mit mir.«

Das war meine Gefühlslage. Ich konnte nie mehr in den Ort zurückkehren. Ich konnte auch nicht nach Bergen fahren, wo ich studiert hatte und wo Klaus lebte. Aber irgendwo musste ich leben. Irgendwo musste ich sein.

Als ich mich eine Stunde später hinlegte, hatte ich beschlossen, nach Kristiansand zu fahren. Dort hatte ich ein paar Jahre zuvor gewohnt, und einige meiner Freunde aus der Zeit lebten noch dort. Bald war es Mai, Frühling, und dann Sommer: Das würde funktionieren. Für ein paar Monate würde ich irgendeine Bleibe mieten und mir Ruhe gönnen, bis sich die Aufregung gelegt hatte und es niemanden mehr interessierte, was ich getan hatte, was der Grund für meine abrupte Flucht aus dem Ort gewesen sein mochte. Ein paar Monate Ferien, in denen ich reichlich Zeit haben würde, mir zu überlegen, was ich im Herbst tun wollte.

Doch, das würde gutgehen.

Kristiansand.

Dorthin konnte ich fahren.

ZWEITER TEIL

1

Von allen Menschen entschied sie sich für ihn. Und dazu kam es hier, in dieser Stadt.

Eine Begegnung.

Kristiansand, Sommer 1964.

Mutter steht am offenen Fenster des Zimmers, das sie gemietet hat. Ihre Hände stützen sich auf die Fensterbank, und sie blickt auf die Häuserdächer hinaus, ein Gewirr aus Dachfirsten, Giebeln, Schornsteinen und schrägen Flächen, die an manchen Stellen im kühlen Schatten liegen und an anderen vom strahlenden Sonnenschein beleuchtet werden. Das Weiß der Häuserfassaden wird weißer im grellen Licht, sie scheinen einem zu entgleiten und lassen sich nicht fixieren, wenn man sie zu lange betrachtet. Als sie die Augen schließt, bleibt die Farbe noch einen Moment, als wäre sie in Wahrheit ein Teil von ihr. Als würde sie der Welt Farbe verleihen und die Welt nicht ihr etwas von sich geben.

Sie bündelt ihre langen Haare zu einem Pferdeschwanz, während sie sich hinauslehnt, um nachzusehen, welches Geräusch plötzlich die sommerlich stille Straße erobert hat. Nur ein Junge auf einem Fahrrad. Die rostige Kette rasselt bei den Umdrehungen, er wippt über dem viel zu großen Rahmen hin und her. Sie lächelt, bleibt noch einen Moment stehen, lässt sich von der Sonne wärmen, richtet den Blick auf die Dächer, die Bäume, die See: Es ist Sonntag, sie hat frei und alle Zeit der Welt.

In ein paar Stunden wird sie dem Mann begegnen, der zum wichtigsten in ihrem Leben werden wird. Noch wissen sie nichts voneinander. Er schläft noch im Sommerhäuschen seiner Eltern in den Schären, ein paar Kilometer außerhalb der Stadt. Er ist dort, um zu lernen, aber wegen des herrlichen Sommerwetters vergeht die Zeit mit anderen Dingen: Er geht schwimmen und sonnt sich, am Abend sucht er mit einer Lampe Krabben, allein oder mit einem der Freunde, die gelegentlich vorbeischauen; an regnerischen Tagen angelt er mit einer Rute auf den Felsen hinter dem Häuschen stehend, wo das Meer sich öffnet und er die stampfenden Frachter am fernen Horizont vorbeigleiten sieht, wo er spürt, dass einer anbeißt, und den Fisch einholt, das Genick des sich aufbäumenden Fischleibs bricht und den Haken aus dem Kiefer zieht, ehe er den Blinker erneut in einem hohen Bogen auswirft. Er kocht den Fisch, sobald er daheim ist, und isst ihn ohne Beilagen: dampfendes, weißes Fischfleisch, das sich von den Gräten löst, wenn das Messer gesenkt wird und den Bissen zerteilt, ehe es die feuchte, bläulich schwarze Haut abzieht und zur Seite schiebt. Das Messer schabt über den Teller. Eine Butterflocke schmilzt langsam und verläuft gelb, während er isst. Das Licht des regenschweren Himmels erhellt das Zimmer, in dem er sitzt. Das klare, kalte Wasser schwappt im Glas, weil sein Knie gegen den Tisch stößt, als er aufsteht, sich den Mund abwischt und zur Tür geht, wo er sich an den Rahmen lehnt und auf den Regen hinausblickt, der sanft auf den Felsen zum Bootssteg hin fällt, das Gestein dunkel und glitschig zurücklässt, so dass es einem grau gesprenkelten Rücken gleicht. Wal, Robbe. Er denkt, dass er ins Wasser gleitet und langsam, ohne ein Kräuseln an der bleigrauen Oberfläche der See in der Tiefe verschwindet.

Er langweilt sich.

Er ist zwanzig und nennt sich zu der Zeit manchmal Harald A. Vankel, manchmal Ansgar Vankel, manchmal Harald Vankel. In einem der Bücher, die ich aus seiner Jugendzeit besitze, schreibt er seinen Nachnamen Wankel.

Für alle anderen ist er einfach Harald.

Als er ins Haus zurückgeht, tut er es, um zu lernen. Die letzten zwei Jahre hat er an der Universität von Oslo Nordische Sprachen und Deutsch studiert. Dass er in diesem Semester keine Prüfungen absolviert hat, weißt vorerst noch niemand. Er traut sich nicht, es seinen Eltern zu erzählen. Sein Plan lautet, das Examen in Deutsch bis Weihnachten zu bestehen und anschließend eisern zu büffeln, damit er im Frühjahr die Prüfung in Englisch ablegen kann, um die Erwartungen seiner Eltern zu erfüllen.

Nach einer Weile gibt er auf. Es wird ohnehin schon dunkel, denkt er und fischt einen Kopf aus dem Topf, drückt, im Türrahmen stehend, das Fleisch mit den Fingern heraus, lutscht und schmatzt, bis er die Reste des Fischkopfs zum Felsgrund hinabwirft, sich die Finger an den Shorts abwischt und ins Bett geht.

Im Laufe der Nacht klart es auf. Das Zimmer, in dem er schläft, ist eng und langgezogen, Wände und Fußboden sind aus Holz, durch das kleine Fenster an der Kopfseite strömt Sonnenlicht herein. Auf der kleinen Kommode neben dem Bett stehen eine Wasserkaraffe und eine Waschschüssel, auf einem kleinen Teller liegt ein Stück Seife. Ab und zu bewegt er sich, etwas in ihm weiß, dass es draußen hell ist, seine Träume sind leicht, nah an der Wirklichkeit.

Ingrid dagegen ist wach. Sie ist wie üblich früh aufgewacht, um sieben, und obwohl sie so lange im Bett hätte bleiben und dösen können, wie sie wollte, dachte sie nach einer Weile, dass es idiotisch wäre, den halben Vormittag zu verschlafen, wenn das Wetter so schön war, trottete ins Bad und wusch sich das Gesicht mit kaltem Wasser, ehe sie am Fenster stehenblieb, wo sie nun die Hände auf die Fensterbank stützt und ruhig hinausschaut.

Diese Aussicht hat sie in den letzten fünf Wochen täglich genossen – eine Küstenstadt in der Provinz, wie sie sich aus der dritten Etage im Stadtzentrum präsentiert, gesehen durch die

Augen einer jungen Frau, die bis jetzt, von wenigen Ausnahmen abgesehen, nur an ihrem Heimartort benutzt wurden: eine Ortschaft mit Höfen, Wiesen, sanften Berghängen, Gipfeln, einem Fjord, einem Tal, vielen Wäldchen, ein paar Seen. Ein kleiner Hafen mit Booten und ein Kai, an dem das Linienschiff nach Bergen anlegt, ein Postamt und eine Genossenschaft, die alles Mögliche verkauft. Auf dem Kiesplatz vor dem Geschäft hält jeden Morgen der Bus, dort steht eine einfache Benzinpumpe, die ihr als Kind einem Soldaten zu ähneln schien, mit dem Schlauch als Arm und dem Zapfhahn als Hand, geduldig und korrekt an den Kopf gehalten, für immer den Reisenden salutierend.

Ingrid Hegrenes ist siebzehn Jahre alt. Sie hat gerade die Realschule abgeschlossen und spart nun Geld für den Herbst, in dem sie die Pädagogische Hochschule besuchen wird. Das steht seit langem fest.

Aber was tut sie *hier*, was hat sie *hierher* geführt? Zufälle, blindes Schicksal?

Vielleicht.

Ein Jahr zuvor hat sie in einem Hotel in Fjærland gearbeitet, Laken gestreckt, Bettwäsche gewechselt und Teppiche gestaubsaugt, während eines langen, kühlen und regnerischen Sommers. Dort lernte sie ein Mädchen aus Kristiansand kennen, die beiden freundeten sich an, und als sie heimfuhren, blieben sie in Kontakt, schrieben sich lange Briefe, in denen sie sich Dinge anvertrauten, wie nur junge Mädchen es tun können, die einander nicht nahestehen. Sie mussten keine Rücksicht nehmen, denn nichts in Ingrids Welt berührte etwas in Synnøves, sie waren Fremde füreinander, deshalb schrieb Ingrid ihr über Dinge, die sie nicht einmal ihrer Zwillingsschwester Anna anzuvertrauen wagte. Mit ihren verborgensten Gedanken in der Hand ging sie die zwei Kilometer zum Hafen, es waren unauffällige und selbstentblößende Briefe, die sie in den roten Kasten an der Wand des Postamts steckte, wo sie gemeinsam mit anderen Briefen in einen Sack geleert wurden, den jemand über die Straße zum

Kai hinunter trug, wo das Schiff nach Bergen wartete. Aus dem Sognefjord hinaus und zwischen den Inseln an der Küste entlang bis zum Hafen von Bergen, in dem es damals von den Menschen der sechziger Jahre wimmelte. Außer Stande, ihrem Schicksal zu entgehen, dachten sie ihre Sechzigerjahregedanken, während sie in ihrer Sechzigerjahrekleidung dabei waren, ihre Sechzigerjahredinge zu erledigen, zum Beispiel die Postsäcke aus dem Laderaum des Schiffs zu einem Güterwaggon zu transportieren, der bald an einen Zug angehängt und über die Berge gezogen wurde, um am nächsten Tag zu früher Stunde in Oslo anzukommen, wo die Post sortiert und ins ganze Land weiterverschickt wurde, auch nach Kristiansand, Sack für Sack kam im örtlichen Postamt an, ein weiteres Mal würde die Post sortiert werden, bis ein vor sich hin pfeifender Postbote eines Vormittags vor dem Haus hielt, in dem Synnøve wohnte und die spitze Kante des Umschlags, begleitet von einer fröhlichen Version der *Internationalen*, in den Briefkasten plumpste.

Ein gleichmäßiger Strom offenherziger Briefe legte so den Weg über die Berge zurück, bis der Briefwechsel eines Tages mit einer unerwarteten Einladung endete: Wollte Ingrid in diesem Sommer nach Kristiansand kommen? Wenn sie Lust habe, könne sie in der Wäscherei der Eltern arbeiten, eine Unterkunft sei schon organisiert, *Ich hoffe, du kommst, Ingrid!*

Jetzt schließt sie die Augen und lässt ihr Gesicht von der Sonne wärmen. Im Hafen schreien Möwen, in einer Straße wird eine Tür geöffnet und geschlossen, irgendwo ein Auto angelassen. Von der Veranda unter ihr dringt das Summen von Wespen und Hummeln zu ihr hoch, die in den kleinen Blumenkästen sirrend von Blüte zu Blüte fliegen.

Sommer.

Woran hast du gedacht, Mutter? Ob du sicherheitshalber einen Badeanzug mitnehmen solltest? Ob du erst essen und dich dann anziehen solltest, oder umgekehrt? Was sie in diesem

Augenblick wohl daheim machten? *Wie seltsam, dass sie dieselbe Sonne sehen wie ich.* Streifte dich eine Erinnerung, wurde ein Stück Vergangenheit lebendig, als du dort standest, war es so? War es so? Wie der Schatten vor dem Haus daheim immer kleiner wird, je höher die Sonne am Himmel über den Bergen steigt, auf deren Gipfeln noch Schnee liegt. Wie es sich anfühlt, wenn kurze Windstöße Kühle in sich tragen, sobald man sich der Gletscherkante nähert und die eigentümlich blaugrüne Haut des Eises und die Aussicht von dort ins Tal sehen kann: die satte, fruchtbare, grüne Farbe, die das Gras im Juli hat, der Himmelsspiegel des Wassers und das Blinken der Espen im Wind, das Glockengeläut der Schafe, die sich plump zwischen den Baumstämmen bewegen. Als hätten die Sommerwolken sich materialisiert und segelten nun mollig und dumm über den Waldesgrund und schnappten dabei nach Blättern von jungen Bäumen und Sträuchern. Es gab nicht eine Sorge in ihren kauenden Köpfen. Erst wenn man sich nähert und das Geräusch deiner Schritte sie aufschrecken lässt. Sie richten ihren leeren Blick auf dich und stehen da, regungslos, starrend, als wäre *das* eine gute Verteidigung gegen gefährliche Feinde: *Steh still. Steh jetzt ganz still. Vielleicht geht es von selbst vorbei*, aber nein, du kommst auf sie zu, und sie schlittern in den Wald hinein, die Euter über das Heidekraut schleifend, während die zwecklose Angst, von der ihre Gehirne so voll sind, sie mähen lässt. *Mää-hää-hää!*

Sterben würden sie ja alle.

Wenn die Schafe im Herbst zusammengetrieben und von den Bergen ins Tal getrieben wurden, kam die Zeit der zwei alten Brüder. Du erinnerst dich, dass dein Vater die Tiere nacheinander zu ihnen brachte. Die Brüder lebten auf einem der Nachbarhöfe, sie scherzten und lachten und freuten sich, helfen zu können, freuten sich, wie in alten Zeiten aktiv zu sein. Auf dem Weg ins Tal waren die Schafe ein wenig furchtsam geworden, aber Angst hatten sie nicht, die bekamen sie erst, als sie den Geruch von Blut witterten und der Griff ins Fell sie daran hinderte, sich zu befreien, dann packte sie die Todesangst – etwas spät, denn *Zack!*, schon war noch ein Schaf tot.

Du erinnerst dich an den weißen Bottich, den sie unter die hängenden, noch warmen Schafskadaver stellten. Du erinnerst dich an den Dampf, der aufstieg, wenn die Körper aufrissen, an die Därme, die glatt und glänzend herausquollen. Du erinnerst dich daran, wie das herabrinnende Blut sich auf dem weißen Plastikboden sozusagen ringelte, sich sammelte und ganz sachte anstieg, dabei eine dunklere Farbe annahm. Als Anna das Blut mit dir aus dem Keller in die Küche trug, schwappte es zähflüssig im Bottich.

Dein Vater brachte es nicht über sich, sie selbst zu schlachten, und vielleicht verachtete er sich dafür, aber er war eben auch kein Bauer, nicht wirklich, deine Mutter dagegen hatte es im Blut, in deiner Erinnerung kniet sie am Bach und wäscht die langen, ekligen Därme, sie stopft die Würste, sie brüht die Lungen ab, sie salzt, trocknet, schmort und brät das Fleisch in der Küche. Satte, kräftige Gerüche, die du seither stets mit Nebel und herbstlicher Dunkelheit in Verbindung bringst: Schlachtzeit.

Diese Erinnerungen ruhen unverändert in dir. Auch nach allem, was seither geschehen ist. Auch heute Abend könntest du, falls du wach wärst, liebe Mutter, an deine Familie, an deine Kindheit zurückdenken, die exakt gleichen Bilder heraufbeschwören wie an jenem Tag vor fast dreißig Jahren, in dem Zimmer, das du gemietet hattest, als du kurz den Kopf drehtest und die Augen öffnetest, weil ein Kübel mit Spülwasser aus einem Fenster auf der anderen Seite des Hofs geleert wurde. Das Wasser glitt wie eine gebogene Haut durch die Luft und fiel in einem gebündelten Klatschen auf die Erde. Sofort wurde die Feuchtigkeit aufgesogen und war nur noch als dunkleres Feld sichtbar, das sich vom staubigen Kies absetzte.

Sie geht zum Bett und zieht sich das Nachthemd über den Kopf, faltet es ordentlich zusammen und legt es auf die Matratze, ehe sie vor die Kommode tritt und den Rock und die Bluse anzieht, die sie am Vorabend herausgelegt hat. Fertig angezogen löst sie das Band im Haar, wirft den Kopf ein wenig und mustert sich gleichzeitig im Spiegel. Mit einer unzufriedenen Grimasse bündelt sie das Haar wieder zu einem Pferdeschwanz und geht in die Küche, um zu frühstücken.

Das Brummen des Außenbordmotors, das gegen die steile Felswand unten in der Bucht schlägt und die sonst so morgendlich stille Luft durchschneidet, lässt ihn jäh erwachen und sich verwirrt im Bett aufsetzen. Er schwingt die Beine auf den Boden, streicht sich mit der Hand durchs Haar und lauscht konzentriert, um herauszufinden, ob das Boot vorbeifährt oder tatsächlich Kurs auf den Steg nimmt. Das tut es. Er steht auf, läuft in den Flur und schaut zum Fenster hinaus. Es sind seine Eltern. Und sein kleiner Bruder. Sein Vater hat den Motor ausgeschaltet, die Mutter kniet im Bug, das Boot treibt langsam auf den Steg zu. Gustav sitzt auf der Ducht in der Mitte und schaut zum Haus hinauf. Harald eilt ins Zimmer, wirft sich in die Shorts und geht in den Wohnraum, wo er mit raschen Bewegungen Teller, Gläser und Besteck vom Tisch einsammelt und auf die Arbeitsplatte an der Spüle stellt, er muss mehrmals gehen, hat aber zugleich alles im Blick, was draußen geschieht. Sie sind dabei, die Sachen, die sie mitgebracht haben, auf den Steg zu stellen, er hebt den Topf vom Tisch, öffnet das Fenster zum Wald hinter dem Haus und leert das Fischwasser aus. Stapelt die Teller aufeinander, schaut sich um und rafft die Handtücher und das Badetuch an sich, die verstreut auf der Couch liegen, wirft alles in sein Zimmer und schließt die Tür. Jetzt sind sie auf dem Weg vom Steg herauf. Schnell stopft er die leeren Flaschen in eine Tüte, die er außer Sichtweite in der Ecke hinter der Spüle versteckt. Er hebt den Stapel aus Büchern und Blättern vom Fußboden und breitet sie wüst durcheinander auf dem Tisch aus. Anschließend setzt er sich, nimmt einen Stift in die Hand und stützt den Kopf in die andere. So sitzt er da, als sie die Tür öffnen und jeweils einen Sack tragend hereinkommen.

»Ach, ihr seid das?«, sagt er und blickt auf.

Von den jungen Frauen, die dort wohnen, ist noch keine aufgestanden. Ingrid sitzt in der leeren Küche, isst ein paar Scheiben Brot und liest in einer Illustrierten, sie trinkt ein Glas Milch, kehrt in ihr Zimmer zurück, macht das Bett und prüft ihr Äußeres, ehe sie sich in dem sonntäglich stillen Haus die Treppen hinabschleicht und in die Stadt geht. Über der Schulter trägt sie eine Strohtasche mit Badeanzug, Handtuch, einer Packung Kekse und einer Flasche Limonade, Sonnenbrille und einem Roman von Thomas Wolfe. Alles von dem Geld gekauft, das ihr der Sommerjob eingebracht hat.

Auf der Kirchturmuhr ist es kurz vor halb elf. Sie ist etwas zu früh, deshalb sucht sie sich eine Bank im Schatten einer alten Eiche und beobachtet die Leute, die eintreffen, um den Gottesdienst zu besuchen. Die Männer tragen dunkle Anzüge und trotz der Wärme Hüte. Mit gewichtigen Mienen schließen sie ihre Autos ab, stecken die Schlüsselbünde in die Taschen und folgen ihren Frauen in das kühle Dunkel der Kirche. Sie selbst ist nicht mehr in der Kirche gewesen, seit ihr Großvater ein halbes Jahr zuvor beerdigt worden ist. Er hatte seine Frau nur um ein paar Monate überlebt. Alte, sieche Körper, steif bei jeder Bewegung, verbraucht nach einem harten Leben. So erinnert sie sich an die beiden. In der Erinnerung sind sie ihr näher, als sie es im wirklichen Leben waren, denn das Gedächtnis hat das idyllisierende Bild der Mutter von den beiden in sich aufgenommen; und an dem Ort selbst, dem Hof im Binnenland, wo sie in ihrer Kindheit jeden Sommer verbracht hat, war man so gern, dass es in ihrem Denken auf jeden abfärbte, dem sie dort begegnete, so dass alle im versöhnlichen Licht dieses Ortes gesehen wurden. Selbst der alte Mann, den sie dort auf dem Altenteil beherbergten – ihren Urgroßvater, meinen Ururgroßvater, der in einem eigenen Zimmer ans Bett gefesselt war –, wurde von der Aura umgeben, die den Ort in ihrer Erinnerung umgab.

Sie hat den Geruch des Zimmers noch in der Nase, in dem er lag.

Sie ist sechs, sie steht im Flur und lugt zur Großmutter hinein, die über das Bett am hinteren Ende des Zimmers gebeugt steht. Die Großmutter wäscht ihn. Sie reibt den angeschwollenen Bauch mit einem Lappen. Das Seifenwasser rinnt von ihm auf das Laken herab, Tropfen, die rasch zu nassen, dunklen Flecken wachsen. Währenddessen spricht die Großmutter mit leiser Stimme zu ihm. Sein Kopf ruht schwer auf dem Kissen. Ingrid stiert ihn an. Sie denkt an den Schweinswal, den sie vor ein paar Wochen auf den Ufersteinen fanden, als ihr Vater hinauswatete und den Haken in den Speck schlug, um ihn ans Ufer zu schleifen. Sie hatte geweint, weil er tot war, der Vater hatte ihr über den Kopf gestrichen und gemeint, das sei nicht schlimm.

Das Oberbett liegt zum Lüften auf dem Rahmen des offenen Fensters, aber der Luft, die ins Zimmer strömt, gelingt es nicht, den strengen Geruch zu vertreiben, der sie die Nase rümpfen lässt. Es ist der Geruch von Krankheit, es ist der Geruch von Verfall, es ist der Geruch von Laken, die viele Jahre eingenässt worden sind. Es ist ein Geruch, der sich eingefressen hat, zersprungen ist und sich anschließend als kleine, spröde Körner überall verbreitet hat. Früher war er stechend und streng, jetzt aber blieb er blass und schwach im Vergleich zu den frischeren und intensiveren Gerüchen von Schweiß, von Kot, von dem Essen, das ihm gebracht und geduldig jeden Nachmittag mit einem Löffel in seinen Mund geführt wurde. Die Kampferbonbons, die sie ihm in den Mund steckten, weil er sie in seinem früheren Leben so gern gelutscht hatte, verströmten einen schwach süßlichen, zugleich frischen Duft. Inzwischen blieben die Bonbons einfach in seinem Mund liegen, sie schmolzen langsam auf der Zunge oder an der Wange, bis er essen sollte und sie das Bonbon herauspuhlen mussten und es auf den Nachttisch legten, wo es trocknete und am Ende steinhart und geruchlos war wie all die anderen Bonbons, dicht an dicht wie ein Kampferzaun gegen die Wildnis im Bett: die sterblichen Überreste ihres Urgroßvaters. Er, der einst diesen Hof betrieben hatte, nun aber unfähig war, etwas anderes zu betreiben als seinen Körper, und selbst das nur mit Mühe und Not.

All das schlägt ihr entgegen, all das saugt sie sechs Jahre alt auf, während sie sieht, wie ihre Großmutter ihn mit einem Handtuch abtrocknet, ehe sie seinen Kopf ein wenig anhebt und das Kissen zurechtrückt und dadurch Ingrid im Türrahmen entdeckt.

»Da bist du ja, kleine Ingrid«, sagt sie. »Komm her, du kannst die Schüssel mitnehmen und das Wasser ausschütten, willst du das tun?«

Ingrid nimmt die lauwarme Schüssel mit beiden Händen und geht vorsichtig durch das Zimmer. Trotzdem schwappt ein wenig über. *Ausschütten* hat die Großmutter gesagt. Also geht sie hinaus. Erst die Treppe hinunter. Sie hält die Schüssel hoch, der ganze Körper ist steif, nur ihre Füße bewegen sich Schritt für Schritt. Sie hofft, dass ihre Mutter sie sieht, oder noch besser Anna, ihre Zwillingsschwester, die nicht gebeten worden ist, etwas zu tun, die stattdessen in der Küche sitzt und die Beine baumeln lässt. Als sie Ingrid sieht, läuft sie zu ihr.

»Wenn du willst, trage ich sie«, sagt sie.

»Nein«, erwidert Ingrid.

Die Schwester sieht ihr neidisch zu, als sie die Schüssel auf der Erde absetzt und an einem Ende anhebt, damit das Wasser langsam herausrinnt.

»So macht man das nicht! Du musst es werfen!«

Ingrid betrachtet das Wasser, das auf der Erde zu gewölbten Streifen von Schaum wird. Es regnet und hat schon den ganzen Vormittag geregnet. Im Freien kann man eigentlich nichts machen, trotzdem ist der Großvater oben auf der Wiese wie immer bei der Arbeit.

»Wollen wir hochgehen und uns Urgroßvater ansehen?«, fragt sie Anna.

»Das dürfen wir nicht.«

»Aber ich muss die Schüssel zurückbringen«, sagt Ingrid.

Also schleichen sich die kleinen Mädchen nach oben, Ingrid hält weiterhin die Waschschüssel in den Händen. Sie lugen hinein. Das Bett steht so, dass das Licht vom Fenster auf sein Gesicht fällt, damit er, sollte er wider Erwarten irgendwann, während er hier alleine liegt, erwachen, das Feld sieht, auf dem er ein Leben lang gearbeitet und geschuftet hat, das ihm alle Kraft abverlangt und ihm gerade einmal so viel gelassen hat, dass seine lebenserhaltenden Organe funktionieren. Das Herz schlägt, die Lunge atmet, das Blut fließt. Das geschädigte Gehirn steuert diese Funktionen routiniert, blind, lässt etwas Spucke im Mundwinkel blubbern, etwas Schweiß auf der fetten, gelblich weißen Stirn glänzen, ansonsten lässt es ihn in Ruhe.

Es gehen ihm keine qualvollen Gedanken mehr durch den Kopf.

Ingrid schiebt die Schüssel unter das Bett, weil sie glaubt, dass sie dorthin gehört. Anna stellt sich direkt vor ihn.

»Ich bin Anna«, sagt sie. »Bist du sehr krank?«

Beide sehen ihn gespannt an. Aber er bewegt sich nicht. Sein Gesicht zeigt keine Regung. Nur große, feuchte Augen, die an die Decke starren.

»Wir wohnen draußen in Hellevika«, sagt Anna. »Bist du sehr krank?«

»Er versteht nicht, was du sagst«, flüstert Ingrid.

Sie tätschelt vorsichtig seinen Arm. Er ist glatt und kalt. Anna wedelt direkt vor seinen Augen mit der Hand.

»Urgroßvater!«, ruft sie leise, fast wie ein Gesang. »Urgroßvaaater!«

Aber es passiert nichts. Die Augen bleiben leer. Als gäbe es niemanden, der durch sie hinaussieht. Aber er ist doch nicht tot? Ist er tot?

»Ist er vielleicht tot?«, sagt Ingrid.

»Er ist nur krank«, antwortet Anna beruhigend. Um zu zeigen, dass er nicht tot ist, zwickt sie ihn fest in den Arm. Drückt den Zeigefinger und den Daumen zusammen, presst die Nägel in die fette, weiße Haut, ihr Gesicht läuft vor Anstrengung rot an. Aber er rührt sich nicht. Sie löst ihren Griff und sieht Ingrid mit ängstlichen Augen an.

Sie laufen hinaus, stürmen die Treppe hinunter und kommen aufgeregt in die Küche. *Oma! Oma!*, rufen sie beide gleichzeitig, *er ist tot! Urgroßvater ist tot!*

Auf der Bank vor der Kirche bringt die Erinnerung sie zum Schmunzeln. Denn obgleich es beängstigend war, vermittelt sie ihr ein Bild von Anna und Ingrid, den zwei umtriebigen Zwillingen, die sich überall, wo sie waren, zu beschäftigen wussten.

Sie hatten einen riesigen Aufstand ausgelöst. Aus dem ganzen Haus kamen sie herbeigerannt, ihre Mutter, die beiden Tanten, nur um ihn so anzutreffen, wie er in den letzten Jahren immer gewesen war, außer Reichweite, aber am Leben. Er schlief ein paar Monate später ruhig ein, wurde ihr erzählt, sie selbst hat nur diese eine Erinnerung an ihren Urgroßvater.

In dem Turm über ihr dröhnen die Kirchenglocken. Sie sieht auf. Es ist elf.

Müssten sie nicht bald kommen?

»Kommst du mit zum Krabbenfischen?«, fragt Gustav.

Die Mutter öffnet den Rucksack und zieht ein Brot heraus, das sie auf die Arbeitsplatte legt. Harald steht auf und sieht seinen Bruder an.

»Später vielleicht«, sagt er. »Lauf schon mal runter. Ich komme nach.«

Er streckt sich, als hätte er lange über die Bücher gebeugt gesessen.

»Wenn deine Mutter da ist, solltest du dir ein Hemd anziehen«, sagt sein Vater, ohne ihn anzusehen. Er schaut sich um.

Als er vorbeigeht, zwinkert seine Mutter ihm zu. In seinem Zimmer hört er sie räumen und danach die Schritte seines Vaters, der bestimmt Wasser aus dem Brunnen hinter dem Haus schöpfen geht.

»Du musst das nicht tun, Mutter«, sagt er und sammelt die Blätter auf dem Tisch ein. »Mein schmutziges Geschirr spülen, meine ich.«

»Trag bitte den Tisch nach draußen«, erwidert sie.

Er klappt den Campingtisch auf der Terrasse auf. Sie liegt noch im Schatten. Aber der vollkommen stille Naturhafen glänzt in der Sonne. Auf dem Uferfelsen neben dem Bootssteg hockt sein Bruder und pflückt Miesmuscheln, die er als Köder benutzen will.

Sein Vater kommt mit einem schweren Eimer in der Hand zum Haus. Seine Haare, die er stets zurückkämmt, sind an einer Seite nach vorn gefallen. Das macht etwas mit ihm. Der Sohn sieht diese Haare, die in die Augen fallen, und empfindet ein vages Unbehagen. Der Vater setzt den Eimer auf der Terrasse ab.

»Hattest du Besuch?«, fragt er und streicht die Haare zurück.

»Nur ein paar Freunde aus der Stadt«, antwortet Harald und zieht die Schultern hoch. »Sie sind am Freitag herausgekommen.«

»Aha.«

Ein bisschen umständlich schiebt er sich an seinem Vater vorbei, der den Eimer anhebt, um das Wasser in den Plastikkanister an der Wand zu gießen, und geht in den Wohnraum, wo seine Mutter das Essen aufdeckt, das sie mitgebracht haben. Sie hat Butter und Brotbelag auf einem Tablett platziert, auf dem Herd steht der Kaffeekessel, jetzt trocknet sie die Teller ab, die sie gespült hat.

Seine Mutter ist Mitte vierzig. In den zwei Jahren seit seinem Auszug von daheim hat sie etwas Weicheres bekommen. Die Brüste sind schwerer, die Hüften voller geworden. Dick ist sie jedoch nicht. Und ihre raschen Bewegungen, die munteren

Augen und der Mund, der so schnell lächelt, sorgen dafür, dass sie jünger wirkt, als sie ist.

»Soll ich das raustragen?«, fragt er und nickt zu dem Tablett hin.

Sie legt den Teller weg und dreht sich um.

»Was hat das zu bedeuten?«, sagt sie, bückt sich und hält die Tüte mit den Flaschen vor ihm hoch.

»Ich hatte Besuch von ein paar Freunden«, antwortet er. »Sie hatten etwas zu trinken dabei.«

»Wir betreiben hier draußen kein Hotel«, sagt sie.

Er schweigt.

»Weißt du, er mag das nicht«, sagt sie und sieht ihn an. »Stell sie in dein Zimmer, damit er sie nicht sieht.«

Als er die Tüte in die Hand nimmt, lächelt sie und streicht ihm flüchtig über die Wange.

»*Mutter*«, sagt er resigniert. Aber der Vorwurf in seiner Stimme verschwindet in dem Lächeln, das er ihr schenkt.

Sie gehört nicht zu ihnen. Sie ist als Freundin Synnøves dabei. Sie sagt nicht viel, sitzt mit zwei jungen Männern um die zwanzig auf der Rückbank und sieht aus dem Fenster, während sich die anderen unterhalten. Synnøve sitzt vorn, hängt über dem Sitz und lacht und redet mit ihnen. Manchmal denkt Ingrid, dass Synnøve sich für sie schämt und es bereut, sie für den Sommer eingeladen zu haben.

Sie sind unterwegs zu jemandem, von dem sie bisher nur gehört hat, ohne ihm begegnet zu sein: *Harald*. Sie haben sich zwei Autos geliehen und planen, den Tag am Sommerhaus zu verbringen, in dem er wohnt. Sein Name fällt oft, denn Harald ist jemand, über den man sich Geschichten erzählt, der immer etwas weiter geht als andere und so die Aufmerksamkeit anderer auf sich zieht. Aber auch ihren Neid weckt. *Auf Harald ist kein Verlass*, heißt es manchmal, oder: *Du weißt ja, Harald …*

Ingrid begreift nicht, dass sie hinter seinem Rücken so über einen Freund sprechen können, sagt aber nichts. Es geht sie nichts an, sie begleitet die anderen nur, ein schüchternes und stilles Mädchen, das sie noch nicht gut genug kennen, um sie in den spöttischen Umgangston einzubeziehen, den sie untereinander pflegen. Über diesen Harald denkt sie, dass er sicher nur einer von denen ist, die es mit der Wahrheit nicht so genau nehmen, einer, der etwas zu dick aufträgt, um sich in ein vorteilhaftes Licht zu rücken. Leute wie ihn hat sie viele getroffen.

Als die beiden Autos von der Hauptstraße abbiegen und einen holperigen Kiesweg hinabfahren, auf dem die Zweige der Bäume am Wegrand gegen die Dächer klatschen und schlagen, wird auf der Terrasse vor dem Sommerhaus gefrühstückt. Der Vater legt sich die Serviette in den Schoß und setzt sich an den Tisch. Er reibt sich die Hände.

»Jetzt lassen wir es uns schmecken!«, sagt er.

Harald begegnet dem Blick seiner Mutter. Er freut sich über den winzigen spöttischen Hauch, den er in ihren lächelnden Augen wahrnimmt.

»Ja, jetzt lassen wir es uns schmecken!«, sagt sie.

Sein Vater lässt sich nichts anmerken. Er greift nach der Kaffeekanne und gießt ein. Schäumend fließt der Kaffee aus der Tülle und steigt in der Tasse, und der Geruch frisch gekochten Kaffees verbreitet sich über dem Tisch. Harald greift nach einer Scheibe Weißbrot und legt sie auf den Teller vor sich. Die Butter ist hart, und das Brot reißt. Seine Mutter reicht ihm die Marmelade. Sein Bruder schlingt das Essen in sich hinein, er will möglichst schnell fertig werden, damit er weitermachen kann, womit er gerade beschäftigt ist. Gustav hat es leichter als er früher. Als er neun war, wäre es undenkbar gewesen, vom Tisch aufzustehen, wenn noch nicht alle fertig waren. Manchmal ärgert ihn das maßlos, manchmal freut er sich für Gustav. Seine Schwester, Marie, bleibt möglichst für sich. Selbst Harald gegenüber ist sie abwesend und verschlossen. In nur zwei Jahren haben die beiden sich auseinandergelebt. Wenn er an Weihnachten oder in den Sommerferien heimkommt, grüßt sie ihn wie einen Fremden. Allerdings sind sie schon immer sehr verschieden gewesen. Bereits in der Kindheit waren die Unterschiede deutlich zu erkennen gewesen. Sie hat sich eigentlich nicht verändert, denkt Harald wie so oft, in ihr hat sich nur etwas verstärkt. Und das kann er nicht ändern. Ist letztlich ihre Entscheidung, denkt er und stellt die Schale mit Marmelade auf dem Tisch ab, greift nach der Milch, gießt ein. Die weiße Milch wallt hoch und füllt das Glas bis zum Rand. Er trinkt. Auf dem Dach über ihnen fliegt ein Vogel kreischend auf. Die Geräusche von Messern, die gegen Geschirr schlagen, von Kaffee, der in Tassen gefüllt wird, Brettchen, die verschoben werden, und Stuhlbeinen, die auf den Steinplatten knirschen, steigen in dem offenen, stillen Morgen auf.

»Hast du bei dieser Hitze überhaupt etwas gefangen?«, fragt sein Vater.

Sie parken die beiden Wagen auf einem Feld am Waldrand direkt am Weg. Die Besitzer der Sommerhäuser haben ihre Parkplätze mit Sägemehl markiert, viereckige Felder auf dem Gras, worüber die Jungen lachen, als sie aussteigen. Vor jedem Platz stehen hölzerne Schilder mit den verschiedenen Autokennzeichen.

»Ordnung muss sein!«, sagt Ivar, der freundlichste von ihnen. Er öffnet den Kofferraum und holt eine Kühltasche heraus. Ingrid sieht Synnøve an, die zu ihr tritt.

»Keine Angst, sie beißen nicht«, sagt sie leise und lächelt.

Ingrid freut sich. Als sie den schattigen Pfad zu der kleinen Bucht hinabgehen, genießt sie das plötzliche Gefühl von Freiheit, das sie überkommt: Sie ist allein, weit weg von daheim, umgeben von Lachen und fröhlichen Stimmen, es ist Sommer. Sie passiert eine sonnenheiße Felswand und spürt, wie die Luft wärmer wird und die nackte Haut unter ihrem Rock umschließt.

Der Pfad ist voller kleiner Zweige und Fichtennadeln. Sie legt den Kopf in den Nacken und blickt hoch. Grüne Baumwipfel vor einem klaren, blauen Himmel. Vogelgezwitscher. Der Geruch von Wacholderbüschen, der Geruch von warmer, trockener Erde. Dann kommen sie aus dem Wald heraus.

Die Bucht vor ihnen liegt so still, dass es aussieht, als schwebten die Boote auf dem Wasser.

Ingrid sieht gewundene Seile, die um die leuchtend roten Netzbojen treiben, die in ihren Augen fast so aussehen wie Cocktailkirschen, die sie in einer Illustrierten, die sie zu jener Zeit liest, gesehen hat, aber nie im wirklichen Leben. Am Steg steigen die Seile aus dem Meer auf. Ganz unten sind sie nass und grün von Algen, aber an ihrem an Land vertäuten Ende sind die Algen getrocknet und brüchig, das sieht sie, so wie sie auch die knochentrockenen Strandkrabbenschalen sieht, die auf dem stabilen Steg verstreut liegen, die weißen Flecken von Möwendreck, die flachen, glatten Uferfelsen, die von der Böschung hinabgleiten und in Felsbrocken enden, gegen die sanft das Wasser gluckert.

Sie setzen ihre Taschen und Beutel auf dem Kai ab. Zwei von ihnen nehmen einen kleinen Weg, der zu einem Haus in der Nähe hinaufführt.

»Wie still es hier ist«, sagt sie zu Synnøve.

»Einen *Schmusetag* nennen wir das hier. Wenn das Wetter so ist wie heute.«

»Ist es weit, wo wir hinwollen?«

»Nein. Es ist gleich da draußen«, sagt Synnøve und dreht sich zu ihr um. »Du hast doch einen Badeanzug dabei?«

»Ja.«

Oben am Haus klopfen die beiden an die Tür. Ein älterer Mann öffnet ihnen. Sie stehen zusammen und reden, dann kommen alle drei zum Steg hinunter.

»Ein bisschen fängt man immer«, beantwortet Harald die Frage seines Vaters. »Aber die meiste Zeit lerne ich ja.«

»Darüber haben wir gesprochen, deine Mutter und ich«, erklärt sein Vater. »Es ist ja keiner deiner Kommilitonen so fleißig wie du? Und lernt die ganzen Sommerferien?«

»Dann nehmen sie es wohl nicht so ernst wie ich«, entgegnet er. »Reichst du mir bitte die Milch, Mutter?«

Sein Vater schneidet mit dem Messer ein Stück Brot ab und führt die Gabel mit dem Bissen zum Mund. Als er kaut, hält er das Besteck schräg zum Teller gesenkt.

Er schluckt und trinkt einen Schluck Kaffee.

»So ist das also«, sagt er. »Sie nehmen es nicht so ernst wie du?«

Sein Sohn nickt und gießt Milch in seinen Kaffee.

»Ist es nicht eher so, dass du der Einzige bist, der die Prüfung nicht abgelegt hat?«, sagt sein Vater. »Dass sie deshalb frei haben, während du hier lernst?«

Mit einer Ecke seiner Serviette wischt der Vater etwas Ei fort, das in seinem Mundwinkel hängt, und beobachtet gleichzeitig die Reaktion seines Sohns.

Harald kämpft darum, sich nichts anmerken zu lassen. Er schaut zum Steg hinunter. Sein Bruder liegt auf dem Bauch und fischt. Harald ahnt, dass ihre Blicke auf ihm ruhen, und zwingt sich, die Brotscheibe zum Mund zu heben und zu essen, als hätte er nichts gehört.

Sein Vater legt die Serviette in den Schoß zurück und wechselt einen Blick mit seiner Frau.

»Ich habe mit Ivars Mutter gesprochen«, sagt sie. »Er hat ihr erzählt, du hättest die Prüfung nicht abgelegt. Was sollen wir davon halten?«

Ihr Sohn trinkt Kaffee und starrt mit glühenden Wangen zu der schmalen Bucht hinab.

»Dann lügt Ivar«, sagt er schließlich. »Ich habe *cum laude* bestanden. Das habe ich euch doch gesagt.«

»Dann ist es also Ivar, der hier lügt?«, sagt sein Vater.

»So muss es wohl sein«, erwidert der Sohn.

»Aber Harald«, sagt seine Mutter. »Warum in aller Welt sollte Ivar seine Mutter belügen?«

Der Mann, der sie hinausfahren soll, ist doch nicht so alt, wie sie gedacht hat. Als er vor ihnen steht, sieht sie, dass er höchstens fünfzig sein kann, obwohl seine Haare vollkommen weiß sind.

»Ihr wollt also zu Vankels hinaus«, sagt er.

»Ja«, sagt Ole. »Das ist der Plan für heute.«

Der Mann packt das Tauende und beginnt es einzuholen. Es hebt sich zitternd von der Oberfläche und sendet kleine Zuckungen über das ansonsten stille Wasser. Dann spannt sich das Seil, und das Boot wippt und schaukelt, als es herangleitet.

»So«, sagt er, als es an den Fenderreifen entlangquietscht, die an der Kaiwand hängen. »Die Damen zuerst?«

Synnøve und Ingrid steigen ein. Es ist ein Spitzgattboot. Als Ingrid sich auf die Ducht setzt, steigt ihr der intensive Geruch von Lack und Farbe in die Nase, den die Wärme der Sonne freigesetzt hat.

Die anderen heben das Gepäck zu ihnen hinunter, ehe sie ihnen folgen. Der Mann kurbelt den Motor an. Knatterndes Wummern hallt zwischen den Felsen wider.

»Das ist etwas anderes als Bergen, könnte ich mir vorstellen!«, sagt Ivar.

Er hat sich neben Ingrid gesetzt.

»Ja, da hast du recht«, erwidert Ingrid.

Ivar lehnt sich vor und öffnet den Rucksack, der zwischen seinen Füßen steht. Sein Knie berührt ihren Oberschenkel, und sie rückt das Bein ein wenig zu sich. Ihre Schenkel sind so weiß, denkt sie, und daraufhin graut es ihr plötzlich davor, sich umzuziehen. Alle anderen sind braungebrannt, mit feinen hellen, fast durchsichtigen Flaumhaaren auf der Haut. Golden. Und wenn sie den Badeanzug trägt, werden sie ihren blassen Körper sehen.

Die schwarzen Haare auf den Beinen. Sie kann nicht einmal behaupten, sie hätte ihn vergessen, da Synnøve sie nach ihm gefragt hat.

»Möchtest du eine Zigarette?«, sagt Ivar und hält ihr die Schachtel hin.

»Nein danke«, antwortet Ingrid.

»Ingrid raucht nicht«, sagt Synnøve.

»Du rauchst nicht?«, sagt Ivar, zieht eine aus der Schachtel und reißt ein Streichholz an, dessen Flamme er mit der Hand vor dem Wind schützt, als er den Kopf zu ihr beugt.

Sie fahren dicht am Land entlang. Der Wald, der am inneren Ende der Bucht bis zu dem grauschwarzen Streifen der Uferfelsen wächst, so dass diese im Schatten liegen, wird immer lichter, je näher sie der Landzunge kommen, an der sich der Sund zum Meer öffnet. An der äußersten Spitze besteht die Vegetation nur aus gelbem, trockenem Gras und einigen niedrig wachsenden Wacholdersträuchern. Sie dreht den Kopf und starrt zur Mündung des Fjords hinaus, zu den weißen Dreiecken, von denen die ebenmäßige blaue Fläche am Horizont durchbrochen wird.

Ivar taucht eine Hand ins Wasser.

Mit einer plötzlichen Bewegung zieht er sie hoch und bespritzt sie. Aber Ingrid geht nicht darauf ein. Sie lächelt ihn nur zurückhaltend an. Hätte er Synnøve nassgespritzt, denkt sie, hätte diese aufgeheult, *IIIHHH!*, und sich sofort revanchiert. Das Boot wäre voller Rufe und Lachen und Bewegung gewesen.

Aber Ingrid lächelt nur, und Ivar erkennt, dass er sich gründlich verschätzt hat. Schnell wendet er sich einem der anderen zu und sagt irgendetwas, um nicht das Gesicht zu verlieren.

»Da wollen wir hin, Ingrid«, sagt Synnøve und zeigt zur anderen Seite des Sunds.

Ingrid dreht sich um. Das weißgestrichene Häuschen liegt im Windschatten eines kleinen Landvorsprungs ungefähr mitten auf der Insel. Vor ihm steht ein Fahnenmast. Der Wimpel hängt in der stillstehenden Luft schlaff herab.

Auf der gepflasterten Terrasse ist die Mahlzeit fast beendet. Das Schweigen ist bedrückend, wie immer in den Minuten, nachdem jemand seine Stimme erhoben hat.

»Du leugnest es also«, sagt sein Vater. »Es lässt sich ganz schnell feststellen, ob du die Wahrheit sagst. Ich brauche nur anzurufen.«

»Ich finde, das solltest du tun«, entgegnet der Sohn.

Sie sehen sich über den Tisch hinweg an.

»Ja«, sagt der Vater. »Das werde ich ganz bestimmt tun.«

Die Mutter steht auf und beginnt den Tisch abzuräumen.

»Danke für das Essen, Mutter«, sagt der Sohn.

»Ich bin noch nicht ganz fertig, Else«, sagt sein Vater.

Der Sohn geht zum Ende der Terrasse, setzt sich auf das Geländer und lehnt sich gegen die Wand. Es ist ein Protest. Er weiß, dass der Vater ihn normalerweise bitten würde, sich dort nicht zu setzen, weil das Geländer etwas wackelig ist. Er weiß aber auch, dass der Vater seine Argumente von eben nicht abschwächen wird, indem er ihn jetzt wegen einer Lappalie zurechtweist.

Der Vater isst ruhig weiter. In seinem Sohn wallt plötzlich Hass auf. Sein Herz schlägt heftiger, obwohl er regungslos dasitzt.

»Dann willst du jetzt also lernen?«, sagt der Vater, als der Sohn an ihm vorbei hineingeht.

Harald antwortet nicht. Er nimmt den Stapel von Büchern und Blättern vom Tisch, um ihn in sein Zimmer mitzunehmen. Die Mutter steht an der Arbeitsfläche und räumt das Essen weg. Auf dem Herd dampft ein großer Kessel mit Wasser, das sie zum Spülen benutzen will.

»Harald?«, sagt sie.

»Ja?«, sagt Harald und bleibt stehen.

Sie dreht sich zu ihm um.

»Sagst du die Wahrheit?«

Er nickt.

»Wirklich?«

»Ja«, antwortet er.

»Dann vergiss es einfach«, sagt sie.

Er legt den Stapel auf dem Bett ab und zieht das Hemd aus. Unter den Armen ist es schweißnass. Er schüttet Wasser in die Schüssel und beginnt sich zu waschen.

Als er hinauskommt, nickt der Vater zu einem Spitzgattboot hin, das auf sie zuhält.

»Sieht ganz so aus, als würdest du wieder Besuch bekommen«, sagt er.

Harald schirmt seine Augen mit der Hand ab und späht zu dem Boot hinüber, kann aber nicht erkennen, wer es ist. Er geht zum Steg. Er ahnt den Blick des Vaters in seinem Rücken, dreht sich aber nicht um.

»Fängst du was?«, sagt er und bleibt neben seinem Bruder stehen.

»Da drunter ist eine«, sagt Gustav. »Im Tang unter dem Steg. Ich habe sie gerade noch gesehen.«

Harald legt sich hin und senkt den Kopf unter die Kante des Stegs.

»Siehst du sie?«, fragt Gustav.

»Die kleine da?«, erwidert Harald und lacht. »*Die* willst du fangen?«

»Die ist doch gar nicht so klein!«

Harald setzt sich auf.

»Du solltest mit uns nachts nach richtigen Krabben suchen«, sagt er.

»Darf ich das?«

»Vielleicht. Wenn du nett fragst.«

Er dreht den Kopf und sieht, dass sein Vater immer noch allein am Tisch sitzt.

»Wollen die zu uns?«, fragt Gustav.

Sie winken da draußen. Er erkennt Aslaksens Boot und winkt zurück.

»Sieht ganz so aus«, antwortet er.

Jetzt sieht er, wer es ist.

Ingrid dreht sich und schaut zum Steg hinüber. Ein kleiner Junge, der in Norvalds Alter zu sein scheint, steht auf und winkt ihnen zu. Neben ihm steht jemand, der Harald sein muss. Er ist größer, als sie ihn sich vorgestellt hat. Schlank und hochaufgeschossen. Die Sonne hat seine Haare fast weiß gebleicht.

Aslaksen steuert direkt auf den Steg zu. Als er jeden Moment ins Holz zu krachen scheint, legt er den Rückwärtsgang ein, und Ole wirft Harald das Tau zu.

»Hallo!«, grüßt Harald.

»Wir machen einen Ausflug«, sagt Ole.

»Das sehe ich«, erwidert Harald. Er geht in die Hocke und hält das Tau straff, als die Wellen erneut das Boot erfassen und schaukeln lassen.

»Meine Eltern sind hier«, sagt er. »Es passt gerade nicht so gut.«

»Heißt das, wir haben den weiten Weg *umsonst* gemacht?«, sagt Ivar.

»Könnt ihr nicht zu der Landzunge da draußen fahren?«, sagt Harald und zeigt. »Das ist eine gute Badestelle. Und ich komme dann gleich zu euch?«

Seine Augen sind hellblau. Leuchtend setzen sie sich von seiner braunen Haut ab. Ingrid denkt, dass sie fast unwirklich aussehen. Als wären die Augen zwei Steine. Synnøve sucht ihren Blick und lächelt. *Ich weiß, was du denkst.*

Ingrid errötet leicht, als sie ihr Lächeln erwidert.

»Was haltet ihr davon?«, fragt Harald.

»Da draußen?«, sagt Ole und zeigt. Harald nickt. Ole dreht sich zu Aslaksen um.

»Kleine Kursänderung«, sagt er. »Wir wollen dahin!«

»In Ordnung«, erwidert Aslaksen.

»Bis gleich«, sagt Harald und geht mit langen Schritten zum Sommerhaus hinauf.

»Und wer war das?«, fragt der Vater.

»Ole«, sagt Harald. »Mit ein paar Freunden.«

»Das hier ist kein Hotel«, sagt sein Vater und schließt die Augen in der Sonne. Er legt ruhig ein Bein über das andere, als Harald schnaubend hineingeht, um seine Badesachen zu holen. Hat er sie nicht gerade weggeschickt? Was will er eigentlich? Dass kilometerweit um ihre Hütte kein Mensch ist, der sie kennt?

Als er mit den Sachen unter dem Arm hinauskommt, erwartet Gustav ihn.

»Gehst du schwimmen?«, fragt er.

Harald nickt.

»Kann ich mitkommen?«

»Nein.«

Gustav sieht seinen Vater an.

»Jetzt lass denn Jungen doch mitkommen!«, sagt der Vater.

»Nein«, wiederholt Harald. »Er muss bei euch bleiben.«

Und damit geht er. Den Hügel hinauf und am Fels entlang. Es war ein Fehler, ihnen zu sagen, dass er hier draußen lernen würde. Aber er glaubte einen Grund dafür haben zu müssen, um diesen Sommer nicht zu Hause zu verbringen. Und das Studium schien ihm ein guter Grund zu sein. Es würde sie denken lassen, dass er arbeitsam und fleißig war, und sein Vater würde es ihm kaum abschlagen können. Natürlich funktionierte es nicht wie gewünscht. Denn wer lernte schon im Sommer? *Er* ganz bestimmt nicht. Das reichte völlig, um seinen Vater misstrauisch zu machen.

Er geht in den Wald, um nicht über das Grundstück der Nachbarn laufen zu müssen. Der Besuch kam gerade im richtigen Moment. So blieb es ihm erspart, sich der Stimmung am Sommerhaus auszusetzen.

Auf der Felskuppe am äußersten Punkt der kleinen Insel sieht er das Spitzgattboot kurz hinter ihm tuckernd näher kommen. Im Laufschritt eilt er über die flachen Uferfelsen, um dazusitzen und sich nichts anmerken zu lassen, wenn sie an Land gehen.

Ole springt in das knietiefe Wasser. Der Grund ist glatt, und er muss sich am Dollbord festhalten, um nicht zu fallen. Der Kiel scharrt über den tangbewachsenen Fels, als er das Boot zum Land schleift.

»Also um sechs!«, sagt Ivar.

Aslaksen nickt.

Harald schiebt das Boot wieder hinaus. Die anderen tragen ihr Gepäck ein Stück weit den flachen Felsen hinauf. Er ist schwarz und glühend heiß. Ingrid sucht ihr Handtuch heraus und breitet es neben Synnøve aus. Die anderen setzen sich um sie herum. Die Luft steht. Nicht der leiseste Lufthauch kräuselt die Wasseroberfläche. Ingrid steht auf und geht zur Felskante. Der Tang wird in der See, die sachte gegen den Stein schwappt, hin und her geweht. Auf dem Grund schimmert der Sand golden, fast grün durch das blanke Blau des Wassers.

»Komm, wir gehen uns umziehen!«, sagt Synnøve hinter ihr.

Sie dreht sich um und sieht, dass die Jungen sich Handtücher um die Hüften geschlungen haben. Die eine Hand hantiert unter dem Tuch, die andere hält es fest, während sie unablässig mit ihren Hüften schlenkern. Es sieht lustig aus, und sie muss grinsen.

Sie merkt, dass Harald sie ansieht. Als stünde sie an der Kante eines Abgrunds, empfindet sie einen plötzlichen freudigen Sog im Bauch.

Diese Augen.

»Ich habe dich gar nicht begrüßt«, sagt er. »Du bist Ingrid?«

Sie nickt.

»Richtig«, sagt sie.

Er streckt die Hand aus und hebt fragend die Augenbrauen. Die andere Hand benutzt er, um sein Handtuch hochzuhalten.

Sie lacht und gibt ihm die Hand.

»Ingrid!«, sagt sie.

»Harald!«, sagt er. »Aber jetzt musst du mich kurz entschuldigen.«

»Kommst du?«, ruft Synnøve.

Sie klettern die Felsen hinauf und gehen zu einem Gehölz mit einigen Laubbäumen, in dem sie sich ungestört umziehen können. Ingrid holt den Badeanzug aus der Tasche und kehrt Synnøve den Rücken zu, die ihrem Beispiel folgt und sich ihrerseits von Ingrid abwendet. So stehen die beiden jungen Frauen und ziehen sich Rücken an Rücken mit schnellen Bewegungen aus. Erst als sie den Badeanzug trägt und die Kleider in den Beutel gelegt hat, dreht Ingrid sich um. Sie ahnt, dass Synnøve ihr schon eine ganze Weile zugesehen hat. Die Schatten der Laubkronen über ihnen flimmern auf ihren nackten Schultern und ihrem Gesicht, das jetzt näher kommt.

Synnøve legt die Arme um Ingrid und löst das Band in ihrem Haar.

»So!«, sagt sie.

Sie lächeln sich an.

»Er gefällt dir, stimmt's?«, fragt Synnøve.

»Wer?«, sagt Ingrid und schüttelt ihr Haar mit Hilfe der Finger aus.

»Jetzt tu nicht so.«

»Harald?«

»Ja.«

»Er ist schon schick.«

»Du solltest dich vor ihm in Acht nehmen«, sagt Synnøve und hängt sich den Rucksack über die Schulter, dreht sich um und geht zurück.

»Und warum?«, fragt Ingrid.

Erst bekommt sie keine Antwort. Sie folgt dem Rücken ihrer Freundin durch das Gebüsch in die Sonne hinaus. Sie bleiben am höchsten Punkt stehen und sehen, dass die Jungen schon im Wasser sind. Die Hitze flirrt in der Luft vor ihnen wie eine Wand. Synnøve legt ihre Hand auf Ingrids Schulter.

»Auf Harald ist kein Verlass«, sagt sie.

Unter ihnen klettert Harald gerade auf einen Felsvorsprung

vier, fünf Meter über dem Wasser. Die Augen der Mädchen folgen ihm.

»Woher weißt du das?«, fragt Ingrid. »Hat er etwas getan?«

Er schaut kurz zu ihnen hoch. Dann nimmt er Anlauf und wirft sich hinaus, schießt mit ausgestreckten Armen durch die Luft wie ein Flugzeug oder ein Vogel, führt sie zusammen, als er das Wasser trifft und mit einem leisen Klatschen in der Tiefe verschwindet.

»So etwas merkt man einfach«, sagt Synnøve. »Komm!«

Während die anderen wie Seehunde springen und tauchen und kraulen und im Wasser toben, stapft Ingrid vorsichtig, Schritt für Schritt hinaus, wo der Felsgrund am flachsten ist, und hält sich dabei an Tangdolden fest, um nicht das Gleichgewicht zu verlieren. Erst als ihr das Wasser bis zur Taille reicht, schwimmt sie los. Sie ist keine geübte Schwimmerin und hasst es, Wasser in die Augen zu bekommen, deshalb hält sie den Kopf hoch und gleitet nur ein paar Meter vom Land entfernt sachte durch das Meer.

»Sieh dir mal Synnøves Freundin an«, sagt Harald.

Er sitzt auf der Kante des Felsens, von dem er vorhin gesprungen ist, und lässt die Beine baumeln.

Ivar dreht sich um und sieht hin.

»Sie schwimmt wie eine alte Frau!«, sagt Harald und grinst.

Aber Ivar erwidert sein Grinsen nicht.

»Sie ist nur ein bisschen schüchtern«, sagt er. »Das ist doch ganz normal.«

Das ist nicht die Antwort, mit der Harald gerechnet hat.

»Ja, du hast wahrscheinlich recht«, sagt er und bereut seinen Kommentar.

»Kann es sein, dass du sie magst?«, fragt er nach einer Weile.

»Kann schon sein«, sagt Ivar. »Du nicht?«

»Keine Ahnung«, meint Harald und zuckt gleichgültig mit den Schultern.

Unter ihnen kämpft Ingrid sich an Land. Sie rutscht ein paar Mal aus, ehe sie trockenen Felsen unter den Füßen hat und zu ihrem Handtuch gehen kann, um sich abzutrocknen. Mit dem Tuch in den Händen neigt sie den Kopf vor und reibt sich mit dem Stoff mehrmals über das Gesicht und frottiert anschließend Schultern und Oberarme, ehe sie das Handtuch ausschüttelt, auf dem Felsen ausbreitet und sich setzt, um den restlichen Körper von der Sonne trocknen zu lassen. Sie kneift im grellen Licht für einen Moment die Augen zusammen, bis ihr einfällt, dass sie eine Sonnenbrille dabeihat. Sie liegt in der Tasche, denkt sie und sucht mit der Hand auf dem Boden neben ihr. Da. Wenn sie die Brille trägt, kann keiner erkennen, wohin sie schaut. Ohne den Kopf zu drehen, stützt sie sich mit den Händen auf dem Felsen hinter sich ab und blickt schräg zu den beiden Jungen hoch.

Sie denkt, dass er sich verändert hat. Jetzt ist er nicht mehr zugewandt und voller Energie wie vorhin, als sie dachte, dass er auch die anderen mit Energie erfüllte, lachte und rief und sie untertauchte, den Felsen hinauflief und sich gefährlich nah bei Synnøve ins Wasser warf, die daraufhin aufschrie. Jetzt sitzt er vollkommen still, und sein Blick geht in die Ferne. Er hebt die Hand und tätschelt vorsichtig sein Haar am Kopf mit einer Geste, die Ingrid ein wenig feminin findet. Aber sein Brustkorb ist kräftig, die Nase gerade und markant, die Stirn hoch. Der Mund? Er ist anders, so wie die Augen anders sind. Weicher.

Sie fragt sich, woran er denkt. Sie weiß ja *nichts* über ihn! Grübelt er? Denn in seinen Augen bemerkt sie etwas, das ihr wie Wehmut vorkommt. Hat Synnøve sie deshalb vor ihm gewarnt? *Das merkt man einfach.* Aber was merken sie?

Das Betrübte. Denn wenn er lacht und seine Augen dennoch ein wenig traurig bleiben, könnte es so aussehen, als meinte er es nicht wirklich, als wäre sein Lachen nicht ganz echt.

Hast du das gedacht, Mutter? Hast du das damals schon gedacht?

Er war nicht wie die anderen, sagt sie immer, wenn ich sie frage, warum sie sich ausgerechnet für ihn entschieden hat. *Er war speziell. Das war das Erste, was mir an ihm auffiel, als ich ihn sah. Er hatte etwas.*

Ivar und Harald unterhalten sich.

»Hattest du nicht Kekse mitgebracht?«, sagt Synnøve hinter ihr.

»Stimmt. Hast du Hunger?«

Ingrid sucht die Packung heraus und reicht sie Synnøve.

Worüber mögen die beiden sich unterhalten?

»Es ist schön hier«, sagt sie.

»Ja«, sagt Synnøve. »Du bereust nicht, dass du den Sommer bei uns verbringst?

»Oh nein.«

Synnøve hält ihr die geöffnete Packung hin. Sie nimmt sich mit der einen Hand einen Keks und zieht mit der anderen die Limonade heraus.

»Hast du einen Öffner?«

Synnøve schüttelt den Kopf.

»Aber du kannst sie mit meiner Flasche aufmachen. Einen Moment.«

Während sie wartet, sieht Ingrid erneut verstohlen zu den Jungen auf dem Felsen hinauf und fragt sich, worüber sie reden. Ivar behält die Mädchen im Auge, während Harald mit leiser Stimme zu ihm spricht.

»*Mein* Fehler ist das jedenfalls nicht«, sagt er.

»Okay«, erwidert Ivar und hebt beschwichtigend die Hände. »Ich hätte es nicht sagen sollen. Aber jetzt ist es nun einmal passiert. Und ich kann nichts dafür, mit wem meine Mutter redet und was sie sagt.«

»Ist dir klar, dass sie mir deshalb die Hölle heiß machen?«, sagt Harald.

Er sieht Ivar an. Ivar blickt weiter zu den Mädchen hinunter.

Synnøve hat die eine Flasche zwischen ihre Knie geklemmt. Jetzt dreht sie die andere um und setzt den Kronkorken darunter und rückt ihn ein wenig hin und her, um den Punkt mit dem größten Widerstand zu finden. Dann zieht sie. Die Limonade spritzt heraus, und die beiden Mädchen lachen lauthals, springen auf und trocknen sich mit schnellen Handbewegungen ab.

»Es gibt einen Weg, wie du es wiedergutmachen kannst«, sagt Harald.

»Aha?«, meint Ivar.

Als er sich Harald zuwendet, lächelt er noch über die Mädchen unter ihnen.

»Und der wäre?«

Harald steht auf.

»Komm mit und entschuldige dich dafür, dass du gelogen hast.«

»Wie bitte?«

»Hast du nicht gehört, was ich gesagt habe?«

»Nie im Leben, Harald. Nein.«

Er schüttelt den Kopf und schaut zu Harald hoch, der seinem Blick begegnet.

»Das bist du mir schuldig.«

Es entsteht eine Pause.

Als Ingrid das nächste Mal hochsieht, gehen die beiden am Fels entlang davon. Kurz darauf sind sie außer Sichtweite. Sie nimmt die Sonnenbrille ab, legt sich möglichst bequem auf den heißen Stein und schließt die Augen. Das ist herrlich. Die Wärme breitet sich langsam in ihrem Körper aus, macht sie weich und benommen, und die Stimmen, die sie anfangs noch voneinander zu unterscheiden und den einzelnen Personen zuzuordnen versucht, vermischen sich zu einem gleichmäßigen Murmeln. Sie hört das Wasser, das gleich unter ihr an Land schwappt, jemanden, der hinter ihr mit Papier oder etwas Ähnlichem raschelt, bestimmt Synnøve, denkt sie, öffnet jedoch nicht die Augen, sie mag sich nicht bewegen, sie ist warm und schläfrig und liegt ganz, ganz still, die Geräusche sind immer ferner, das rote, vibrierende Feld hinter den Augenlidern, das die Sonne ist, wird immer dunkler, ihr Atem geht regelmäßig, das Herz schlägt langsam, sie ist kurz davor einzuschlafen.

Und dann schläft sie ein.

Die anderen haben sich auf dem Felsen über ihr ausgestreckt, sie trinken Limonade, essen Kekse, sonnen sich. Synnøve sitzt lebhaft in der Mitte. Seit fast zwei Jahren trifft sie sich mit ihnen. Die meisten sind Freunde ihres Bruders Torgeir, so hat sie die Clique kennengelernt, lange war sie bloß Torgeirs kleine Schwester, aber seit er in den USA studiert, ist sie aus eigenem Recht, als sie selbst, Synnøve, mit ihnen zusammen.

»Sieht so aus, als ob sie eingeschlafen ist«, sagt Ole.

Sie schauen zu Ingrid hinunter.

»Ingrid?«, sagt Synnøve. »Schläfst du?«

Ingrid rührt sich nicht.

Synnøve grinst und lehnt sich ein wenig vor.

»Habe ich euch davon erzählt, als wir an ihrem ersten Tag einkaufen waren?«, sagt sie mit gesenkter Stimme.

»Nicht, dass ich wüsste«, antwortet Ole.

Synnøve kichert bei dem Gedanken. »Sie ist ja so schüchtern. Na, jedenfalls ist sie zur Ladentheke gegangen und hat gesagt: *Ich hätte gern eine Schrippe …*«

»Eine was?«, sagt Ole.

»Ja, genau«, erwidert Synnøve. »Das hat die Verkäuferin auch gesagt. *Eine was?* Und Ingrid darauf: *Eine Schrippe. Ich möchte gern eine Schrippe.* Und dann hat sie auf das Brotregal gezeigt. *Ach so, Sie meinen ein Brötchen, das sollen Sie haben.*«

Sie lachen und werfen dabei Blicke zu ihr hinunter, um zu sehen, ob sie etwas gehört hat. Nein. Sie liegt vollkommen still.

»Die arme Ingrid«, sagt Synnøve und bereut ihre Worte bereits. »Wenn sie noch länger so liegen bleibt, holt sie sich einen tüchtigen Sonnenbrand.«

Sie steht auf, geht zu ihr und legt ihre Hand auf Ingrids Arm.

»Du holst dir einen Sonnenbrand«, sagt sie.

Ingrid öffnet die Augen.

»Ich bin wohl eingeschlafen«, sagt sie und setzt sich blinzelnd auf. »Habe ich lange geschlafen?«

»Nein, nein. Aber du kannst hier nicht alleine herumliegen. Komm mit zu den anderen.«

»Was soll ich denn sagen?«, fragt Ivar und läuft halb, um mit Harald Schritt zu halten.

»Sag, dass du deine Mutter angelogen hast, und entschuldige dich dafür.«

»Aber *warum*? Warum sollte ich so etwas tun? Das werden sie doch sicher wissen wollen.«

»Sag ihnen, dass du neidisch auf mich warst.«

»*Neidisch*?«

»Ja?«

»Ich soll mich vor deinen Eltern demütigen, nur weil du dich nicht traust, ihnen zu erzählen, dass du die Prüfung nicht abgelegt hast?«

»Ja.«

»Mein Gott, Harald.«

Ivar bleibt stehen. Harald dreht sich zu ihm um.

»Du hast es versprochen.«

Haralds Mutter hockt vor dem Blumenbeet an der Hauswand. Sie hat ihre Bluse ausgezogen, und als sie sich vor ihnen aufrichtet, schaut Harald fort, um den weißen Büstenhalter und die schweren Brüste nicht zu sehen, die er gleichwohl ahnt.

Er wünschte, sie hätte sie nicht einfach ausgezogen.

»Ihr seid das?«, sagt sie.

»Wo ist Vater«, fragt Harald und spürt Ivar, der ein paar Meter hinter ihm wartet.

Sieht er sie an?

»Er wollte etwas reparieren«, antwortet sie. »Ich glaube, er ist unten am Bootshaus.«

»Komm mit, Ivar«, sagt Harald und geht hinunter.

Sein Vater sitzt an die Wand gelehnt und schirmt die Augen zum Schutz vor der Sonne ab, als sie näher kommen. Auf dem Felsen neben ihm stehen ein Farbeimer voller alter Nägel und das Handbeil, das er als Hammer benutzt. Die Haare, die man vage zwischen den offenen Knöpfen des alten Hemds sieht, das er hier draußen immer trägt, sind grau, die Haut ist kreideweiß. Aber Gesicht und Arme sind sonnengebräunt.

»Nun?«, sagt er.

»Ivar möchte dir etwas sagen«, erklärt Harald. »Stimmt's, Ivar?«

»Ja«, sagt Ivar.

»Und das wäre?«, fragt der Vater.

»Ich habe meiner Mutter leider gesagt, dass Harald im Frühjahr keine Prüfung abgelegt hat. Aber das ist nicht wahr.«

»Es ist nicht wahr?«, sagt der Vater.

»Nein«, antwortet Ivar.

»Warum hast du das gesagt, wenn es nicht stimmt?«

»Ich weiß es nicht.«

»Wir hatten uns gestritten«, wirft Harald ein. »Du warst bestimmt wütend auf mich, was?«

»Ja«, sagt Ivar.

»Dann ist es also nicht wahr«, sagt Haralds Vater.

»Nein«, bestätigt Ivar. »Ich bin gekommen, um mich zu entschuldigen.«

Harald sieht seinen Vater mit triumphierenden Augen an. *Da siehst du es, Vater.* Der sitzt weiter ruhig da und sieht zu ihnen auf.

»Ja, ja«, sagt er. »Es sieht wohl ganz so aus, als müsste ich mich bei dir entschuldigen, Harald.«

Harald bleibt stumm.

»Nimmst du meine Entschuldigung an?«

»Ja, das tue ich«, sagt Harald.

»Schön«, meint sein Vater. »Damit ist die Sache erledigt.«

»Hat er das wirklich geglaubt?«, fragt Ivar, als sie außer Hörweite sind.

»Ach was«, sagt Harald und grinst. »Aber das ist jetzt ein bisschen dein Problem, verstehst du?«

»Nein.«

»Jetzt gilt dein Wort. Du bist derjenige, der lügt.«

»Aber was ist mit dir? Du hast doch verdammt nochmal keine Prüfung abgelegt!«

»Gerade hast du vor ihm gestanden und gesagt, das hätte ich. Oder etwa nicht?«

Es ist fast vier. Wind ist aufgekommen. Ein milder Landwind, der das Wasser kräuselt und die Bäume in dem Gehölz hinter ihnen säuseln und mit den Blättern rascheln lässt, die blinken, wenn die hellere Unterseite hochgedreht wird und die dunkelgrüne Oberseite danach in einem Schimmern zurückfällt, eine Bewegung, die sich bei jedem Windstoß wiederholt.

Aber kühl ist es nicht.

Ingrid spürt, dass durch das Salz die Haut ihrer Arme spannt, als sie sich aufsetzt, nachdem sie lange in der Sonne gelegen hat. Ihr Kopf ist ein wenig schwer von dem vielen Licht.

Harald kommt prustend aus dem Meer. Das Wasser glänzt auf seinem Körper und tropft von der Badehose auf den Felsen, als er neben ihr stehenbleibt.

»Schwimmst du nicht gern?«, fragt er.

»Da, wo ich herkomme, gehen wir nicht so oft schwimmen«, antwortet sie.

»Nicht?«, erwidert er und setzt sich auf den Felsen direkt über ihr.

»Nein«, sagt sie.

Ihm ist aufgefallen, dass sie ihn im Laufe des Tages einige

Male angesehen hat. Jetzt sitzt er bei ihr, um herauszufinden, was dahintersteckt.

»Und woher kommst du?«, fragt er.

»Aus einem kleinen Ort am Ende des Sognefjords«, antwortet sie.

»Hat er auch einen Namen?«

Sie lacht kurz.

»Er heißt Hellevik.«

»Hellevik«, wiederholt er. »Ist es schön da?«

»Ja. Ich finde schon.«

»Dann muss es schön sein«, sagt er.

Er sieht ihr in die Augen, und sie spürt von Neuem den Sog im Bauch.

Es entsteht eine Pause.

Sie befürchtet, dass er aufstehen und gehen könnte, wenn sie nicht bald etwas sagt.

»War das dein Bruder, der vorhin neben dir gestanden hat?«, fragt sie.

Er nickt und schaut zu den anderen hinauf.

»Ja, Gustav.«

»Ich habe einen Bruder im selben Alter«, sagt sie.

»Ach wirklich«, sagt er.

Sie begreift, dass er ihr nicht mehr richtig zuhört.

»Er heißt Norvald«, sagt sie.

»Tatsächlich?«, sagt er.

Ohne darüber nachzudenken, tut sie daraufhin das einzig Richtige. Sie setzt ihre Sonnenbrille auf und legt sich auf den Felsen, um sich zu sonnen. Sie schließt ihn aus. Ohne es zu wissen, bringt sie ihn dadurch ins Grübeln.

Sie wirkt kühl, abweisend auf ihn. Als hätte sie ihn erst interessiert angesehen, aber dann, nachdem sie sich ein wenig unterhalten haben, das Interesse an ihm verloren. Damit kann er sich nicht abfinden. Als er sich zu den anderen setzt, ist er es, der sie von Zeit zu Zeit ansieht. Er will ihr wieder auffallen.

Eine halbe Stunde später erblickt er auf der Felskuppe Gustav. Er ist wahrscheinlich wie so oft allein auf der Insel herumgelaufen und hat es, neugierig, wie er ist, nicht geschafft, sich von ihnen fernzuhalten.

Ihm fällt ihr Interesse an seinem Bruder ein, und er steht auf.

»Gustav!«, ruft er. »Komm her!«

Als er bei ihnen ist, begrüßen ihn alle. *Hallo, Gustav, hallo, du bist's, Gustav, und, wie geht es dir?* Angesichts der ganzen Aufmerksamkeit wirkt Gustav erfreut, aber auch ein wenig verlegen. Harald packt ihn zusammen mit Ole, sie halten den schmächtigen Jungenkörper an Armen und Beinen und schwingen den schreienden Gustav hin und her, und sie lachen und zählen bis zehn, ehe sie ihn mit großem Hallo ins Wasser werfen.

Als sie am Abend heimfahren, bleibt er ihr so in Erinnerung, ist das der Blick, mit dem sie Harald sieht: die Bewunderung des kleinen Bruders für ihn und Gustavs Stolz darauf, den er nicht verbergen kann, mit den Freunden seines Bruders zusammen sein zu dürfen, die Art, wie Harald sich um ihn kümmerte, der tief untertauchte und ihn einige Sekunden auf seinen Schultern stehen ließ, bis er das Gleichgewicht fand, woraufhin sie gemeinsam in die Höhe schossen und Gustav mehrere Meter ins Wasser hinausgeworfen wurde, wobei Haralds Bruder vor Freude juchzte.

Die Sonne steht tief über dem Meer. Die Schatten der Brückenpfeiler ragen weit in den Sund hinein. Sie sieht das Auto, in dem sie sitzen, als ein dunkles Schattenfeld neben ihnen fahren. Sie ist müde und nachdenklich und denkt daran, was an diesem Tag geschehen ist, an die Begebenheiten, die bereits fern sind, sie haben sich in einer anderen Welt als der abgespielt, zu der sie jetzt unterwegs ist: das Bett, das in ihrem Mietzimmer wartet, das Klingeln des Weckers, der Arbeitstag in der stickig feuchten und heißen Wäscherei, das Abendessen in ihrer Bleibe, und danach eventuell ein Spaziergang mit Synnøve, unten im Tresse-Park, am Meer entlang, nach Markens hinein, oder, wenn das

Wetter schlecht ist, einfach auf dem Bett liegen und den ganzen Abend lesen.

Aber gerade diese Distanz führt dazu, dass die Ereignisse da draußen in ihr weiterleben. Manchmal ist sie von der gleichen Stimmung erfüllt und verspürt intensive Sehnsucht. Sie steht außerhalb des Ganzen, und in ihrem Inneren bekommt jedes Detail eine Bedeutung und jeder Blick einen Sinn. Als sie sich zum zweiten Mal allein unterhielten, war dieses leicht Abwesende und Zerstreute, das ihn beim ersten Mal überkommen hatte, völlig verschwunden, er blieb präsent, und sie dachte, dass er sich ihr näherte. Denn wenn er es wollte, prägte Harald den Augenblick, in dem er war, er wurde um ihn zusammengezogen, und dann war es unmöglich, nicht zu merken, dass er dort war, es war unmöglich, sich nicht von seinem Blick berühren zu lassen, wenn er einen ansah.

Während sie aus dem Autofenster schaut und das Ende des Flugplatzes weit innen im Fjord sieht, denkt sie, dass da etwas war an ihm. Dass er etwas dabeihatte, als er neben ihr saß. Etwas Anderes und mehr als nur sich selbst, denkt sie. Ole, der jetzt neben ihr sitzt, oder Ivar, der den Wagen fährt, führten keine Veränderung herbei, als sie kamen, die Clique wurde einfach um eine Person erweitert, das war alles. Als Harald bei ihnen war, merkte sie, dass sich etwas veränderte. Aber nicht nur in ihr, es war stärker, galt für alle. Die Atmosphäre zwischen ihnen veränderte sich. Gleichzeitig blieb ein Teil von ihm auf Distanz zu den anderen. Es war beispielsweise undenkbar, ihm die Hand auf die Schulter zu legen, es wäre wie eine Kränkung, man würde ihm zu nahetreten. Auch das galt nicht für die anderen.

Sie sieht ihn vor sich. Die sonnengebleichten, salztrockenen Haare, die eisblauen Augen und das Glimmen in ihnen, wenn er *lächelte* und nicht nur die Lippen zur Seite zog.

Und sie erschreckt sich.

So denkt nur jemand, der verliebt ist!

Bin ich verliebt?, denkt sie und lächelt, ohne sich dessen bewusst zu sein. *Bin ich in ihn verliebt?*

Die Antwort, die sie sich im nächsten Moment gibt, ist ungeheuer befriedigend.

»Du siehst so verschmitzt aus, Ingrid!«, sagt Synnøve vom Beifahrersitz aus.

Die ungewollte Aufmerksamkeit, die ihr zuteil wird, als die anderen sie plötzlich ansehen, macht ihr nichts mehr aus.

»Ich musste nur an etwas denken«, sagt sie und lächelt.

»Lass hören!«, erwidert Synnøve.

»Nein«, sagt Ingrid. »Es ist ein Geheimnis.«

»Seit wann hast du denn *Geheimnisse*, Ingrid?«, sagt Synnøve und hebt den anderen zugewandt die Augenbrauen. Denn sie versteht intuitiv, dass sie Ingrid jetzt weiter in den Kreis hineinziehen kann als vor ein paar Stunden, ohne das unangenehme Gefühl zu haben, sich über sie lustig zu machen. Das freut sie. Sie mag Ingrid, sie sind gute Freundinnen, sie würde sich nur wünschen, Ingrid wäre etwas lebhafter, wenn sie mit ihren Freunden zusammen waren, und sich nicht so verstecken.

»Bis morgen!«, sagt sie durch das Fenster, als sie Ingrid nach Hause gefahren haben.

»Tschüss!«, sagt Ingrid und winkt ihnen nach, ehe sie aufschließt und die Treppen zu ihrem Zimmer in der obersten Etage hinaufläuft. Sie legt sich sofort aufs Bett, mit Schuhen und allem, streckt Beine und Arme seitlich aus und gibt sich ganz dem jubelnden Gefühl hin, das ihr Eingeständnis im Auto in ihr ausgelöst hat, das Herz pocht, sie zittert am ganzen Körper: *Ich bin verliebt!*

Sie ist verliebt. Und wie alle Verliebten weiß sie nicht, was sie tun soll, nichts genügt mehr, alles Alltägliche verliert jeden Sinn und macht sie rastlos: Wovon sie erfüllt ist, lässt sich nicht von Dingen befriedigen, die ihr nur ein paar Stunden zuvor genügt haben. Jetzt lesen! Oh nein, das kann sie nicht. Kochen und essen? *Jetzt?* Nein, nein, nein!

Es zählt nur eins, nur eins ist gut genug.

Sie muss ihn wiedersehen.

Die Nacht ist hell und kühl. In dem aufgeheizten Dachgeschoss findet Ingrid keinen Schlaf. Sie hat sich den Nacken und die Schultern verbrannt, ihre Haut glüht, und sie steht auf, zieht sich an und geht in die Stadt, zum Meer hinunter, wo sie sich auf eine Bank an einem Kiesweg setzt und auf die See hinausschaut. Sie fragt sich, was er da draußen wohl macht. Sie fragt sich, wie sie ihn wiedersehen kann. Synnøve zu fragen, ob sie bald wieder dort hinaus fahren, geht natürlich nicht. Wohnen seine Eltern mit ihm zusammen oder sind sie nur an diesem Tag dort gewesen? Ist sie ihm aufgefallen, wie er ihr aufgefallen ist?

Was tut er jetzt da draußen? Schläft er?

Wenn er schliefe, würde sie gern bei ihm sitzen und ihn ansehen, während er schläft. Ganz still, ohne dass er es merkt. Stunde um Stunde, die ganze Nacht hindurch. Und dann könnte sie gehen, bevor er aufwacht.

Das würde ihr reichen!

Oder sitzt er wie sie da und sieht in die Ferne?

Wenn er das täte, würde sie gern neben ihm sitzen. Sie müssten sich nicht unterhalten. Ihr würde es schon reichen, mit ihm zusammenzusitzen und zu sehen, was er sieht.

Man stelle sich vor, sie wäre unsichtbar und könnte ihm ohne sein Wissen folgen. Sehen, was er macht. Dann würde sie ihn kennenlernen, wie kein anderer ihn kannte. Ihm über den Nacken streichen, und er spürte ihre Berührung, drehte sich erstaunt um, ist da jemand? Nein, es war wohl nur ein Windstoß.

Er lehnt sich auf dem Campingstuhl zurück. Auch er findet in dieser Nacht keinen Schlaf, hat dafür aber andere Gründe als Ingrid. Er denkt nicht an sie, als er mit offenem Hemd auf der Terrasse sitzt und die vergessene Pfeife seines Vaters raucht. Er hat mehr als genug mit sich selbst zu tun. Ihm ist bewusst, dass er andere Menschen beeindrucken kann, dass er auffällt, und manchmal legt er es darauf an und freut sich über das Ergebnis, zum Beispiel die Bewunderung, die er in Ingrids Augen geweckt hat. Aber sobald er das hinter sich lässt, gleitet es auch aus seinem Bewusstsein.

Er denkt nicht an sie.

Er legt ein Bein über das andere und bläst Rauch aus, die Pfeife ruht in seiner Hand. Um ihn herum ist es vollkommen still.

Woran dachtest du, Vater? *Wer warst du?*

Ein Auto, das draußen plötzlich durch die Straße schlittert, lässt mich die Augen öffnen. Auf dem Rücken in einem fremden Bett liegend, starre ich hoch, auf Risse in einer fremden Decke, eine Gipsrosette, Feuchtigkeitsflecken wie ein dunklerer Farbton im Weiß. Ich habe die Tür offen gelassen und spüre, dass die trockene, staubige Luft in Bewegung ist. Ich setze mich auf und wippe ein wenig auf der ungewohnt weichen Matratze. Ein Spinnennetz in einer Ecke der Decke erzittert im Luftzug, fast unsichtbar im schwachen Licht der Schreibtischlampe. Hier sind sogar die Spinnweben alt und tot. Aber für den Preis kann man vermutlich nichts anderes erwarten. Und *so* schlimm ist es ja nun auch nicht, oder? Ein fleckiger Teppichboden, ein schmutziges Fenster, auf der Außenseite von den Abgasen und dem Asphaltstaub mehrerer Jahre bedeckt, das Fett vieler hundert Handabdrücke, als Verfärbung rund um die Türklinke sichtbar. Aber mir gefällt das, ich finde, es ist irgendwie passend.

Es ist meine erste Nacht hier. Ein altes Haus am Rande des Stadtzentrums von Kristiansand, der Stadt, in der Vater aufwuchs, der Stadt, in der sie sich kennenlernten. Und der Stadt, in der Vater sich heute aufhält.

Er ist hier irgendwo.

Ich habe Vater nie nach seiner Kindheit gefragt. Ich habe keine

Ahnung, wie es ihm damals ging, wer er war. Trotzdem habe ich ein Bild vor Augen. Denn sein Zimmer ist unverändert geblieben, es ist intakt, und als meine Großeltern einmal beide nicht da waren, schlich ich mich hinauf und bewegte mich erstaunt zwischen seinen Sachen. Es war schwierig, nahezu unmöglich, sie mit dem Mann in Verbindung zu bringen, den ich kannte. Im Bücherregal standen Reihen von Jungenbüchern, *Der Graf von Monte Christo*, *Die drei Musketiere*, *Zwanzig Jahre danach*, *20.000 Meilen unter dem Meer*, *Die geheimnisvolle Insel*, *Robinson Crusoe*, *Captain Marryat*, *Entführt oder Die Abenteuer des David Balfour*, *Der seltsame Fall des Dr. Jekyll und Mr. Hyde*, *Die Schatzinsel*. Die unterste Regalreihe bedeckten zahlreiche Jahrgänge des *Detektivmagazins*, auf ihnen fand ich einen Stapel Blätter mit der Aufschrift *Archiv, Das Detektivmagazin, Harald Ansgar Vankel*, gefolgt von Spalten mit Nummer, Jahrgang und dem Titel der Hauptgeschichte in Druckbuchstaben, die kleineren Geschichten in Schreibschrift. Aber er besaß auch andere Bücher. Eins von ihnen war *Aufbruch ins Weltall – von der Sternendeutung bis zur Raumfahrt*, illustriert mit Farbzeichnungen des Sternenhimmels, des Monds und der verschiedenen Planeten, in den letzten Kapiteln flankiert von anspornenden und fantasievollen Spekulationen über die Raumfahrer der Zukunft: *Aufenthalt auf anderen Planeten, Ausrüstung für Raumfahrer. Raketen: Pläne und Probleme. Weltraumstationen – natürliche oder von Menschenhand erschaffene?*

Das Buch war 1959 erschienen. Da war er fünfzehn. Zehn Jahre vor der ersten Mondlandung muss er fasziniert in seinem Zimmer gesessen und vom Weltall gelesen haben. Abends stand er vielleicht auf der freien Fläche vor dem Haus und blickte mit dem Fernglas, das jetzt in einer der Schreibtischschubladen liegt, in den Sternenhimmel hinauf. Dort liegt auch das Herbarium, sorgsam und akribisch ausgeführt wie alles, was er machte, Jahreszahlen, Fundorte und Arten und Familien verzeichnet in einem linierten Feld am unteren Rand jeder Seite.

Schrieb er Tagebuch?

Ich durchsuchte den Karton mit alten Schulbüchern, ohne Hinweise auf etwas in der Art zu finden. Stattdessen fand ich in der untersten Schublade einen dünnen Stapel Briefe. Die Absenderin war eine Engländerin, sah ich, sie hieß Maria Sutton und wohnte in einem Ort namens Sutton, Norfolk. Ich öffnete einen Brief und las zunächst das Datum, 9.11.1962, und danach die Anrede, *Dear Harald!*, ehe ich ihn zurücklegte, ich wollte nichts darüber wissen, ich legte alles so an seinen Platz zurück, wie es gewesen war, und schlich mich wieder hinaus.

In diesem Zimmer wohnte er bis zu jenem Herbst, in dem er als Achtzehnjähriger nach Oslo zog, dort schlief er in den folgenden Weihnachts- und Sommerferien, abgesehen von den Ferien, für die er in das Sommerhäuschen zog, in dem er sich von Ende Juni bis Anfang August 1964 aufhielt.

Ich sehe ihn vor mir.

Die Nacht ist hell, und die Felsen zwischen Haus und Steg strahlen noch Wärme ab. Wenn er aufstehen und hinuntergehen würde, wäre das Gestein lauwarm unter seiner Hand, das getrocknete Tanggewirr am Ufersaum würde zwischen seinen Fingern zerbröseln, das Wasser würde sich auf der Haut kühl anfühlen.

Aber er steht nicht auf. Er ist müde und klopft die Pfeife im Aschenbecher aus. Die herausgefallene Asche glüht eine Weile in der zarten Dunkelheit, bevor sie erlischt. Er steht auf, um hineinzugehen. Die Luft ist ein wenig kühl, er trägt nur Shorts und ein kurzärmeliges Hemd, die kleinen Härchen auf seiner Haut stellen sich auf. Vielleicht ist er erleichtert, weil er in der Gewissheit schlafen kann, dass seine Eltern in die Stadt zurückgefahren sind und er beim Aufwachen allein sein wird. Woran könnte er noch denken? Ein kurzer Hauch von Ingrid, bevor er einschläft, ihr verlegenes Lächeln, als sie den Kopf hebt und zu ihm hochschaut, als er zum zweiten Mal zu ihr kommt?

Wohl kaum. In diesen Minuten vor dem Einschlafen geht ihm wirklich alles, nur das nicht durch den Kopf. Der Vater, die Mutter, die Schwester, die Freunde. Wie der Herbst sein wird, wie gut er bei der Prüfung abschneiden und wie befriedigend es sein wird, wenn er es ihnen auf diese Weise gezeigt hat. Welche Arbeit er später finden wird. Mit den Noten, die ihm vorschweben, wird er sich seine Stelle aussuchen können. *Sie* werden zu ihm kommen und nicht umgekehrt. Er wird einfach dasitzen und ein Angebot nach dem anderen entgegennehmen und den Kopf schütteln, bis er schließlich doch eins erhält, das selbst *er* nicht ausschlagen kann. Der Stolz seiner Mutter und der schlecht überspielte Neid des Vaters. Bewundert zu werden, das kann er sich vorstellen. In die Stadt zurückzukehren und *jemand zu sein*, das ist es, was er will.

Vielleicht denkt er an ein paar schöne Erinnerungen, vielleicht gibt es Bilder, die er sich vor Augen führt, wenn er einschlafen will. Vielleicht denkt er an das Haus der Großeltern am äußeren Ende der Insel Tromøya vor Arendal, wo seine Großmutter das Zepter schwang, bis sie uralt und vertrocknet einschlief und eines Nachts vor gar nicht so vielen Jahren starb.

Daran kann er denken. Dieses Haus ist für ihn eine Freistatt gewesen. Ein Ort in der Welt, an dem er seine Ruhe hatte. Die Großmutter war eine Frau, die wusste, wer er war, und ihn entsprechend behandelte: Sie hörte sich aufmerksam an, was er ihr erzählte, und erzählte selbst Geschichten, denen er gerne lauschte, von ihrem verstorbenen Mann, Haralds Großvater, Henrik Knutsen, der das Haus Anfang des Jahrhunderts gekauft hatte. Wie so viele andere in seinem Alter hatte auch Henrik großes Fernweh geplagt, als er alt genug war, sich eine Arbeit zu suchen, und wie so viele andere in dieser Gegend heuerte er auf einem Schiff an. Im Frühjahr seines siebzehnten Geburtstages stand er im Bug eines Schiffs, auf dem er angemustert hatte, und blickte zu der Insel hinüber, die sie langsam hinter sich ließen, als sie aus dem Galtesund dampften. Die weißen und roten Häuser an den Hängen auf Skilsø, die graue Schotterstraße, die an der Küste entlangführte und sich zwischen den dicht wachsenden Bäumen nur erahnen ließ, die Felskuppen und all die kleinen Anlegestellen, Måkereiret, Torjusholmen und dann, als die Insel zurückfiel, die Häuser an der Außenreede Revesand, wo er aufgewachsen war. Auf der anderen Seite sah er am äußeren Ende des Fjords Torungene, den Leuchtturm, der in den ersten Sonnenstrahlen von Osten blinkte.

Das Schiff war die *Viking*, der Kapitän Axel Krefting, die Reederei Smith & Thommesen, man schrieb das Jahr 1882. Sie wollten ins Eismeer, und das erste Ziel war das Eis im Meer vor Jan Mayen, wo sich die Sattelrobben in jedem Frühjahr und Vorsommer in riesigen Mengen sammelten, um zu werfen. Zwanzig Jahre sollten vergehen, bis er sich entschloss zurückzukehren, sich niederzulassen und vielleicht eine Frau zu finden, die er heiraten konnte. Seine Wahl fiel auf Kristine, und sie erzählte ihren Enkelkindern Geschichten aus Henriks Leben. Er war Robbenjäger gewesen, er war durch das neue Land USA gezogen und hatte verschiedene Jobs angenommen, wo immer es Arbeit für ihn gab. Wie ein Geächteter war er von Ort zu Ort gefahren und hatte sich im Sommer und Herbst als Erntehelfer auf Farmen verdingt, im Winter in diversen Städten gearbeitet; einen Winter war er Holzfäller, ein Leben, das ihm eine Zeitlang zusagte: Der Familienmythologie zufolge verschlug es ihn für ein paar Jahre als Pelztierjäger weit in den Norden des Kontinents, bis er es leid war und wieder südwärts zog, in den Besitz einer für seine Verhältnisse beachtlichen Stange Geld gelangte, dennoch als einfacher Matrose auf einem Schiff anheuerte und ein paar Jahre zwischen den Häfen der Welt zur See fuhr, bis er schließlich heimkehrte, um für immer sesshaft zu werden. Das alles erzählte Kristine ihren beiden aufmerksam lauschenden und große Augen machenden Enkelkindern, denn die Welt, die Henrik Knutsen bereist hatte, war bereits untergegangen. Eine Holzfällerkoje tief im Wald, irgendwo auf einem anderen Kontinent, ein Kanu, das ruhig den Fluss hinabgleitet, an den Siedlungen der Indianer vorbei, Dampfschiffe in Häfen, in denen auch noch Segelschiffe vor Anker liegen, die nackten, abgetakelten Masten, das Tauwerk. Die Schaufelräder an den flachbodigen Flussschiffen, die Dampflokomotiven mit Landstreichern als blinden Passagieren in leeren Güterwaggons, die Landarbeiter, die bei Sonnenuntergang schmutzig, staubig und erschöpft vor der Scheune stehen bleiben und auf die Prairie hinausblicken, die sich so weit erstreckt, wie das Auge reicht, während sie darauf warten, etwas zu essen zu bekommen, um sich anschließend schlafen zu legen, ehe die Ernte am nächsten Tag weitergeht in dieser Welt, in der alles von einer dünnen Schicht gelben Kornstaubs bedeckt ist. Eine lärmende Straßenbahn mitten im Chicagoer Winter, ein Skelett aus Eisenträgern und Beton, das im Frühjahr in New York Tag für Tag in den Himmel wächst, die Einwanderer, die in den Lagerhallen ähnelnden Gebäuden auf einer Landzunge vor der Stadt Schlange stehen, ein Bär, gesehen als ein großer, brauner Torfhaufen durch das Auge eines Fernrohrs, der den moosbedeckten Waldgrund zwischen starren Fichten irgendwo in Alaska hinauftrottet. Für die beiden Kinder waren es Märchen, fantastische Erzählungen, die keine Verbindung zu ihrer Wirklichkeit hatten, ein Leben, das sich für sie genauso gut auf einem anderen Planeten in den fernen Weiten des Sonnensystems hätte abspielen können. Und vielleicht dachten sie das auch, wenn sie abends zum Sternenhimmel hinaufblickten, *dort jagte Großvater, am Großen Bären.*

Kristine war viele Jahre jünger als Henrik. Sie gebar ihm zwei Söhne und eine Tochter, die er streng und autoritär erzog. Für sie war er ein ferner Vater, der starb, als sie dreizehn, fünfzehn und siebzehn waren, was sie, abgesehen von der Tochter, die ihm nahegestanden hatte, nicht in tiefe Trauer stürzte. Sie vermissten ihn, wie Kinder ihre Eltern vermissen, eine Sehnsucht, die sie überstehen, indem sie dichten und fantasieren, bis die

Sehnsucht allmählich verschwindet und auch die Trauer zu einer Kindheitserinnerung wird.

Was ihre Söhne betraf, war Kristine ehrgeizig und ambitioniert. Als Henrik starb und die zwei ältesten Söhne die Universität beziehungsweise die Handelshochschule besuchen sollten, als die ersten Akademiker in der Familie, fand sie, dass der Name Knutsen nicht mehr gut genug für sie war, weshalb sie den Familienrat einberief, in dem ein Name nach dem anderen vorgeschlagen und verworfen wurde, bis Roald, ihr ältester Sohn, spaßeshalber *Wankel* vorschlug.

»Vankel?«, sagte seine Mutter und mag an *von* gedacht haben, an Adel, an etwas Schlankes und zugleich Würdevolles. Edles.

»Ja, Wankel«, sagte Roald. »Das ist eine bestimmte Art von Benzinmotor. Der Wankelmotor.«

»Er ist bestimmt nach seinem Erfinder benannt worden«, meinte seine Mutter. »Vankel, ja, Vankel. Was haltet ihr davon, Roald und Kristian Vankel?«

Roald lachte und schüttelte den Kopf, nein, nein, kam überhaupt nicht in Frage.

Aber es blieb bei Vankel. Keiner der vier, die an diesem Nachmittag anwesend waren, hat später verraten wollen, welche anderen Möglichkeiten im Raum standen, sie fanden es ein wenig peinlich, wollten die Geschichte des Namens am liebsten vergessen und hofften wohl, dass man in einer oder zwei Generationen glauben würde, es wäre schon seit Jahrhunderten der Familienname gewesen.

Kurz darauf zogen die Söhne aus, studierten und ließen sich ein paar Jahre später beide in Kristiansand nieder. Kristian bekam, wie sein Vater, zwei Söhne und eine Tochter, von denen die beiden ältesten sich wie gesagt oft nach ihrer Großmutter sehnten, weil sie dort wie kleine Persönlichkeiten behandelt wurden und wo sich der einzige Mensch befand, der auf ihrer Seite war: Kristine, ihre Großmutter, meine Urgroßmutter.

Ich weiß, dass er sie sehr gern hatte.

Vielleicht ist er in seinen Gedanken bei ihr und bei den Sommern, die er da draußen verbrachte, ehe die Gedanken in ihrem jähen Fall zum Schlaf weiterstürzen und aus dem Bewusstsein verschwinden. Außer Stande, die Bilder zu kontrollieren, die ihm durch den Kopf gehen, liegt er dort, die Decke hat er im Schlaf auf den Fußboden geworfen und das Fenster zum Wald steht offen: Vielleicht knacken Äste, wenn im Dunkeln ein Tier vorbeiläuft, vielleicht heben Möwen von den Felsen ab, wo sie ihre Nester haben, um die schleichenden Eierdiebe mit kreischenden Rufen und halsbrecherischen Sturzflügen fortzulocken, vielleicht herrscht überall vollkommene Stille, als würde sich die sonnentrunkene Landschaft erholen und für ein paar Stunden ruhen, bevor ein neuer Tag sie in Besitz nimmt.

Auch Ingrid schläft irgendwann in dieser Nacht. Als sie am nächsten Morgen zu früher Stunde aufwacht, erscheint ihr alles, was sich am Vortag ereignet hat, unwirklich, fast wie ein Traum, und sie betrachtet abschätzig ihr sonnenverbranntes Gesicht im Spiegel, lehnt sich vor und reibt mit dem Finger über die Nasenwurzel, um die kleinen Hautschuppen zu entfernen, die sich bereits gelöst haben. Dann wird sie plötzlich wieder von Freude durchströmt und lacht über sich selbst. Sich jetzt mit solchen Lappalien abzugeben! Was am Vorabend klare, scharfe Bilder gewesen waren, erschien nun verblichen, die Ereignisse des Vortags durchwehten sie nur noch als ein Gefühl.

Aber was für ein Gefühl!

Sie ging völlig darin auf, sie verbrachte den ganzen Tag darin, machte alles mit einer sorglosen Leichtigkeit, geistesabwesend und fröhlich arbeitete sie an der Seite Synnøves und der beiden anderen Mädchen im Keller, sie wuschen Kleider, sie trockneten Kleider, sie reinigten Kleider und bügelten sie, ehe sie zusammengefaltet und in Stapeln lieferfertig abgelegt oder in durchsichtigen Plastikhüllen auf den Ständern im Geschäft eine Etage über ihnen aufgehängt wurden.

In der Mittagspause geht sie mit Synnøve über die Straße und kauft wie sie ein Puddingteilchen und eine Limonade, die sie auf den Hinterhof mitnehmen, wo sie sich an die Wand setzen, essen und sich von der Sonne wärmen lassen. Als komme es von einem Ort in weiter Ferne, hören sie das Rumpeln der Waschmaschinen im Keller. Als die Hintertür aufgeschlagen wird und von Dampfschwaden umhüllt Synnøves Mutter herauskommt, schwillt es an und klingt voller.

»Für dich ist ein Brief gekommen, Ingrid!«, ruft sie. »Möchtest du ihn haben?«

Ingrid nickt, und Synnøves Mutter kommt zu ihnen.

»Nett habt ihr es hier, Mädchen«, sagt sie.

»Wir, oh ja!«, erwidert Synnøve.

Sie gibt Ingrid den Brief.

»Hast du Lust, heute Abend zusammen mit uns zu essen?«, fragt sie.

»Ja, sehr gern«, antwortet Ingrid und blinzelt mit dem Brief in der Hand zu ihr hoch. »Danke.«

»Nichts zu danken«, sagt die Mutter lächelnd und verschwindet geschäftig wie immer die Treppe hinunter.

»Von wem ist er?«, fragt Synnøve.

Ingrid dreht den Umschlag um und liest auf der Rückseite.

»Er ist von meiner Mutter.«

»Willst du ihn nicht lesen?«

»Das mache ich später«, antwortete Ingrid und legt ihn neben sich auf die Steinplatten.

Als sie gleichzeitig ihre Limonadenflaschen heben und zum Mund führen, müssen sie lachen.

»Anna und mir passiert das ständig«, sagt Ingrid. »Aber wir sind ja auch Zwillinge.«

Sie sehen sich an.

»Vielleicht sind wir ja Zwillingsseelen«, sagt Synnøve.

»Du bist jedenfalls meine beste Freundin«, erwidert Ingrid.

Synnøve senkt den Blick.

»Was ist?«, fragt Ingrid.

Sie denkt, dass Synnøve nicht das Gleiche für sie empfindet und ihre Worte unpassend gewesen sind und die Situation für ihre Freundin heikel gemacht haben, weil sie unfähig ist, zu lügen und zu sagen, Ingrid sei *ihre* beste Freundin.

»Es gibt etwas, weswegen ich ein schlechtes Gewissen habe«, sagt Synnøve.

»Aha?«, sagt Ingrid.

»Weißt du noch, als wir an deinem ersten Tag in die Bäckerei gegangen sind?«

»Ja?«

»Ich habe die Geschichte gestern den anderen erzählt. Wir haben über dich gelacht.«

»Und worüber?«

»Erinnerst du dich nicht mehr? Du hast nach Schrippen gefragt.«

Ingrid lacht.

»*Das* soll so schlimm sein?«

»Na, ich habe dich doch verleumdet«, wendet Ingrid ein, kann ihre Erleichterung aber nicht verbergen und kichert kurz.

»Das ist doch keine Verleumdung«, widerspricht Ingrid ihr. »Es ist ja wirklich passiert.«

»Ja.«

Sie schweigen kurze Zeit.

»Sagt ihr wirklich Schrippen bei euch?«, fragt Synnøve nach einer Weile.

»Nein. Ich glaube eigentlich nicht.«

»Aber woher hast du das dann?«

»Ich wusste einfach nicht, was man hier sagt. Wo ich herkomme, isst man keine Brötchen! Aber das Wort habe ich irgendwo gelesen und gedacht, man würde es hier benutzen.«

Sie sieht Synnøve lächelnd an.

»Aber das stimmt offensichtlich nicht.«

»Nein«, sagt Synnøve. Mit spitzer Lehrerinnenstimme sagt sie:

»Sprich mir jetzt bitte nach, Ingrid: Brötchen!«

Sie lachen, bleiben noch ein paar Minuten an der sonnenbeschienenen Wand sitzen, ehe sie das Papier zusammenknüllen und in den Keller mitnehmen, wo sie gut gelaunt weiterarbeiten.

Brötchen waren nicht das einzige Phänomen, das Ingrid nur theoretisch bekannt war. Seit sie lesen konnte, hatte sie Bücher verschlungen und von fremden Welten in anderen Ländern und zu anderen Zeiten gelesen. Ihr Vater hatte seinerzeit dafür gesorgt, dass es in ihrem Ort eine Bibliothek gab, und dort liehen Anna und sie sich stapelweise Bücher aus, die sie gierig lasen, Schmöker über die große, allumfassende Liebe, die anscheinend immer auf bösartigste Weise von der Umwelt und dem Schicksal bekämpft wurde, Romane, die sie so schnell lasen, dass die Details und alle Nebenhandlungen, auf die sie stießen, verschwammen und zu einer einzigen Farbe, einer einzigen Stimmung verschmolzen, die sie kaum bemerkten auf ihrer atemlosen Reise zum Ziel, dem Bestimmungsort, zu dem die eine große Frage sie in rasendem Tempo führte: Bekommen sie einander am Ende?

Ingrid war siebzehn und hatte nie zuvor empfunden, was sie an diesen Tagen in diesem Sommer fühlte. Sie hatte darüber gelesen, dass die Welt sich plötzlich verändere und alles andere als dieses eine sinnlos erscheine, aber so skeptisch, wie sie im Grunde war, bezweifelte sie, dass es sich wirklich so verhielt. Dass man überwältigt wird, die Kontrolle über sich selbst verliert und bereit ist, alles zu opfern, sich hinzugeben – und gleichzeitig wächst die Selbstbezogenheit, was für Außenstehende, die emotional unbeteiligt sind und nur sehen, welche Folgen die Gefühle haben, ein grässlicher Anblick sein kann. Gehörte das nicht in die Welt des Romans und nur dorthin? Geschah es nicht ausschließlich in den Romanen, dass man hilflos in eine verrückte Welt aus Gefühlen und Begehren geworfen wurde und alles andere verdrängte, nur um einen *Mann* zu bekommen?

Einen Mann?

Sie hatte doch viele gesehen. Die Jungen, mit denen sie aufgewachsen war, waren ja heute Männer, plumpe, großmäulige und furchtbar langweilige junge Männer, die schon bald wie die etwas älteren Männer im Ort sein würden, mit denen ihr Vater aufgewachsen war und die immer noch zu Hause wohnten, auch sie waren Männer. Was sollte sie also glauben, wenn sie von diesen überwältigenden Gefühlen und dem ganzen Chaos las, das die Liebe auslöste, und dann, ein paar Stunden später, die beleibten Flegel betrachtete, die sie im Wohnzimmer lachend mit ihrem Vater zusammensitzen sah, oder die Jünglinge, die errötend und pickelig vor dem Geschäft herumhingen, hatten diese beiden Bereiche überhaupt etwas gemeinsam?

Nein, das hatten sie nicht. Und wenn sie ihre Eltern musterte, sah sie zwei Menschen, die zusammen arbeiteten, zusammen aßen und zusammen schliefen, die zusammen stritten und sich anschließend versöhnten, jeden Tag, jedes Jahr, das sie gelebt hatte, waren sie zusammen gewesen, und auch *das* hatte nichts mit der gewaltigen Liebe zu tun, an der sich Anna und sie schwindelig und hungrig lasen und von der sie niemals genug bekommen konnten.

Aber Literatur ist Literatur, sie ist ohne Gefühle. Die Gefühle muss man selbst hineinlegen. Dort und nur dort existieren sie. Während das Herz in Ingrids Brust eines späten Abends schneller schlug, als sie unter der Decke lag und von dem jungen und armen, aber schönen Mann las, der zum ersten Mal der reichen, aber ganz natürlichen und ebenso schönen jungen Frau begegnete, empfand sie deshalb ihre eigene Sehnsucht und ihr eigenes Begehren. Wenn sie weinte, lag es an ihrer eigenen Trauer. Natürlich war es so. Selbst wenn sie die großen Gefühle so separierte, dass sie nur in der Welt der Bücher galten und nicht in der Wirklichkeit, waren und blieben es doch *ihre* großen Gefühle.

Sie existierten selbst in der modernen und zukunftsgläubigen Gesellschaft, die sie umgab, mit ihren glänzenden Herden und schimmernden Kaffeekannen, ihren Telefonen aus schwarzem

Bakelit, ihren Waschmaschinen und Staubsaugern, ihren Satelliten und Atombomben und Mixern, selbst dort, in diesem automatisierten und durchgeplanten Jahr 1964 existierten die großen Gefühle.

Ingrid und Anna!

Als Ingrid am Abend nach dem Essen bei Synnøve in ihr Zimmer zurückkehrt, setzt sie sich an den schmalen Schreibtisch und greift zu Stift und Papier, um einen Brief nach Hause zu schreiben. Zum ersten Mal seit langem vermisst sie ihre Familie. So geht es ihr immer, wenn sie die Briefe von daheim liest. Meistens schreibt ihr Vater, dem es leichtfällt, sich auszudrücken. Ihrer Mutter fällt das schwerer, jeder Satz ist für sie ein Kampf, sie müht sich ab mit dem, was sie sagen will, als schleifte sie einen schwer beladenen Schlitten, als wäre sie ein Kaltblüter, der in unwegsamem und steinigem Gelände all seine Kraft einsetzen müsste.

Ingrid begreift, dass ihre Mutter zu Papier bringt, was die Tochter in ihren Augen wissen muss, und in ihrer Fürsorglichkeit liegt eine Zärtlichkeit, die durch die Entfernung, wenn sie nicht mehr von ihr umgeben ist, erst recht spürbar wird. Sie ist so unsichtbar, wie die Mutter selbst es in diesen Briefen ist. Sie schreibt über die anderen, nie über sich selbst, sie schreibt über Ingrids kleinen Bruder, den neun Jahre alten Norvald, der mit Angelrute und Messer in der Fülle des Sommers umherstreift; sie schreibt über den Verdruss ihrer Schwester Anna, die sich im Reich des Altvorderen eingesperrt fühlt; rastlos tut sie, was sie tun muss, erzählt die Mutter, und Ingrid schmunzelt, als sie es vor sich sieht, die Schwester, die ihre Augen mal wieder über eine idiotische Kuh verdreht, die es unter dem Zaun hindurch auf die Weide des Nachbarn geschafft hat, über noch einen Tag voller Pflichten und Strebsamkeit in einem Leben, das ihr unsinnig erscheint, seit ihre Schwester sich in Kristiansand aufhält, eine eigene Arbeit, eigenes Geld, neue Freunde hat. Anna könne sich nicht einmal dazu aufraffen, auf die Feste des Jugendvereins zu gehen, schreibt sie, an den Abenden bleibe sie aus Protest im Haus, tagsüber arbeite sie und spreche nur das Nötigste. Sie schreibt über Onkeln und Tanten, Nichten und Neffen und Nachbarn, über die Tiere, über die Erde und über das Wetter; vielleicht weiht sie Ingrid schließlich in ihre Sorge um Ingrids Vater ein, er sieht immer schlechter, es heißt, er müsse operiert werden, um nicht völlig zu erblinden, und daraufhin bekommt Ingrid ein schlechtes Gewissen, das von den abschließenden Worten ihrer Mutter, *denk an mich*, noch verstärkt wird.

Ihre Mutter schreibt förmlich, fast feierlich, und die ungewohnte Briefform scheint sie zu zwingen, ungewohnte Gedanken zu formulieren. So ist sie, immer ist sie für die anderen auf eine Weise da, die diese erst viele Jahre später als einflussreich erkennen. Längst erwachsen merken sie, dass sie von ihr geprägt wurden, denn wenn sie eines Abends mit ihren Kindern in der Küche sitzen und sie längst nicht mehr lebt, sehen sie sich plötzlich von außen und erkennen, *sie machen es wie sie damals*. Die Forderungen der Mutter an sie sind zu ihren Forderungen an ihre eigenen Kinder geworden, was sie von sich selbst verlangte, verlangen sie jetzt, unmerklich, unweigerlich von sich. Und daraufhin begreifen sie schlagartig, was sie gedacht haben muss, wie es gewesen ist; und in ihnen regt sich eine neue Trauer: *Jetzt* sollte sie hier sein, *jetzt* könnten sie miteinander reden.

An diesem Abend denkt Ingrid nicht so, aber sie ahnt die Fürsorge und schreibt einen langen Antwortbrief, aus dem hervorgeht, dass sie alleine gut zurechtkommt, aber trotzdem ihre Familie vermisst und sich darauf freut, nach Hause zu kommen. Ganz unten fügt sie einen kurzen Gruß an Norvald ein. Danach nimmt sie den Brief an Anna in Angriff. Das ist schwieriger. Sie kaut auf ihrem Stift und denkt gründlich nach. Da Ingrid in diesem Sommer nach Kristiansand wollte, musste Anna daheimbleiben und den Eltern zur Hand gehen, es gab viel zu tun, auf eine von ihnen konnten sie verzichten, aber nicht auf beide. Und so fiel es Anna zu, mürrisch und einsilbig zu sein und die Schwester um ihr ganz sicher ausschweifendes Leben in der Stadt zu beneiden. Es erfordert Takt und Geschick und sprachliches Fingerspitzengefühl, Anna zu schreiben. Denn was soll Ingrid ihr *darauf* antworten?

Sie schreibt, dass sie sich langweile, sie schreibt, wie hart sie arbeite und wie schlecht sie verdiene, sie schreibt, es sei ein regnerischer Sommer, und Synnøve mache sich hinter ihrem Rücken über sie lustig, die meiste Zeit sitze sie in ihrem Zimmer, sehne sich nach Hause und freue sich auf den Herbst, wenn sie in Bergen zur Schule gehen werde.

Nachdem sie unterschrieben hat, kann sie sich jedoch nicht mehr beherrschen, sie muss ein *PS* anfügen, in dem sie schreibt, dass sie schrecklich verliebt sei; *er heißt Harald und sieht aus wie ein Gott.*

Ingrid lächelt in sich hinein, als sie den Umschlag zuklebt. Jetzt kann sich Anna so ihre Gedanken machen. Natürlich wird ihr klar sein, dass alles, was sie bis dahin gelesen hat, gelogen ist, und wenn sie den Brief weglegt, wird ihr das Bild des selbstzufriedenen Lächelns ihrer Schwester vorschweben.

2

Anfangs war es nur ein Gedanke, den sie augenblicklich als unrealistisch verwarf, aber als er wiederkehrte, war er gewachsen und stärker geworden, so dass sie ihn ernsthaft in Betracht zog und das Für und Wider abwog: Sollte sie alleine hinausfahren und ihn besuchen?

Nein. Das sollte sie besser nicht tun. Sie hatten kaum miteinander gesprochen, sie kannten sich nicht, sie konnte nicht einfach bei ihm hereinplatzen und glauben, dass Harald sie genauso unwiderstehlich finden würde wie sie ihn.

Sie arbeitete hart, sie aß wenig und machte abends lange, einsame Spaziergänge.

Am Dienstag hatte sie sich entschieden: Ich fahre.

Am Mittwoch ging sie zur Bushaltestelle und schrieb sich alle Abfahrtzeiten der Busse auf, die auf der Hauptstraße an dem Bootshafen vorbeifuhren, an dem sie gewesen waren.

Am Donnerstag hatte sie es sich anders überlegt.

Am Freitag ging sie zum Weinmonopol und stellte sich in die Schlange, um eine Flasche Wein zu kaufen. Sie war vier Jahre zu jung, der Verkäufer sah sie an und fragte sie spöttisch, was sie hier wolle, im Weinmonopol?

»Ich hätte gern eine Flasche Wein«, antwortete sie. Ihre Wangen glühten, was der Verkäufer offenbar charmant fand.

»So, so«, sagte er. »Und was für einen Wein?«

»Einen Rotwein«, sagte sie.

»Einen Rotwein?«, wiederholte er und grinste. »Wissen Sie, wir haben hier einige.«

»Ich brauche nur einen«, erklärte sie, »einen, der nicht zu teuer ist.«

Er musterte sie, und sie fühlte sich gezwungen, hinzuzufügen: »Sie ist für meinen Freund.«

»Na, dann werde ich mal einen schönen für Sie aussuchen«, sagte er.

Sie fühlte sich gedemütigt, fand sich aber damit ab, denn ihr standen schlimmere Prüfungen bevor, es machte nichts, wenn er grinste, es zählte allein, dass er ihr eine Flasche Wein gab, ihr Geld nahm und ihr die Flasche in einer Tüte überreichte.

So.

Am Samstag regnete es. Nach Feierabend eilte Ingrid nach Hause, wo sie sich umzog. Es lief nicht, wie sie es sich vorgestellt hatte, sie musste einen dicken Wollpullover, Gummistiefel und Regenjacke anziehen, es war kalt und ungemütlich für Juli, vielleicht war er nach Hause gefahren, dachte sie, denn wer hockt schon gern in einem Sommerhäuschen, wenn es in Strömen gießt?

Vielleicht sollte sie zu Hause bleiben.

Oh nein. Sie hatte es beschlossen. Dann würde sie es auch durchziehen.

Sie wollte ihn haben.

Mit einer Flasche Wein, einem Handtuch, einem Badeanzug und einem kurzen Rock für schönes Wetter, Zahnbürste und Sonnenbrille und Broten, belegt mit noch warmem Ei, im Rucksack, machte sie sich auf den Weg. Zur Bushaltestelle und in den Bus, der sie aus der Stadt, über die Brücke und bis zu der Straßenkreuzung fuhr, die sie rechtzeitig sah, obwohl sie befürchtet hatte, sie nicht zu erkennen, so dass sie an der Schnur ziehen konnte, woraufhin der Bus rechts heranfuhr, um sie, wie geplant, dort aussteigen zu lassen.

Sie wollte ihn haben.

Auch wenn sie diesen Willen in Gedanken nicht so konkret

in Worte zu fassen vermocht hätte, war es das, was sie dorthin trieb, sie wollte ihn haben, und verwirklichen konnte sie das nur, wenn sie zu ihm hinausfuhr und ihm ihren Willen demonstrierte. Dann hatte er die Wahl. Dann lag es an ihm.

Der schmale Kiesweg, der zu der Bucht führte, war viel länger, als sie gedacht hatte. Aber es tat ihr gut zu gehen, es linderte ihre Nervosität, sie betrachtete die Landschaft, die sie umgab, überall war es grün und üppig, einzelne Sommerhäuser säumten den Weg, an manchen Stellen sah sie kurz den Fjord, grau und schwer im Regen, einen Bootssteg mit einem halb gesunkenen Boot, das nur von seiner Vertäuung oben gehalten wurde, all das sah sie, als ein Auto auf sie zukam. Eine Familie saß darin, und sie nahm an, dass der Regen sie vertrieben hatte, und daraufhin kam ihr wieder der Gedanke, dass Harald vielleicht gar nicht da war. Sie würde anklopfen und ihr niemand öffnen. Wenn sie sich daraufhin umdrehte, würde der Fährmann schon auf dem Rückweg sein und sie auf der Insel, im Regen, übernachten müssen.

Ich muss ihn ja nur bitten zu warten, überlegte sie. Wenn Harald nicht da war, konnte sie zu ihm zurückgehen und wieder ins Boot steigen, zurücktrotten und den Bus nach Hause nehmen.

Nass und müde und ein bisschen dümmer als bei ihrem Aufbruch.

Sie grinste und dachte, dass es andererseits keinen Grund gab, schwarzzusehen, es war durchaus vorstellbar, dass alles nach Plan lief und er da war. Hatte er an sie gedacht? Wollte er sie auch?

Endlich gelangte sie zu dem kleinen Platz, auf dem sie an jenem Tag vor so langer Zeit die Autos geparkt hatten. Eine ganze Woche war seither vergangen!

Sie nahm den Pfad wie zuletzt, es tropfte von den Ästen, die Erde war nass und weich, und Wind wehte in die Bucht, die See war schwarz und nicht blau wie beim letzten Mal, das Boot ganz außen zerrte wie ein angebundenes Tier an seiner Vertäuung und wippte in den hohen Wellen auf und ab.

Sie blieb auf dem Steg stehen und starrte ein wenig zögerlich zu dem Haus des Fährmanns über ihr hinauf. Wollte sie es sich noch einmal anders überlegen, war das ihre letzte Chance. Aber dann nahm sie zwischen den Fenstersprossen ein Gesicht wahr und begriff, dass man sie dort schon gesehen hatte. Das war der Ansporn, den sie benötigte. Die Daumen unter die Riemen des Rucksacks geklemmt, nahm sie den Pfad durch den Garten. Bevor sie an die Tür klopfte, setzte sie die Kapuze der Regenjacke ab und strich sich mit der Hand durchs Haar.

»Guten Tag«, sagte sie, als er ihr öffnete. »Ich heiße Ingrid Hegrenes. Ich war letzten Sonntag mit ein paar anderen hier …«

»Ich erinnere mich«, erwiderte er. »Und jetzt wollen Sie alleine übergesetzt werden?«

»Ja, wenn Sie so freundlich wären.«

»Zu Vankel?«

Ingrid nickte.

»Ja, ja«, sagte er. »Wenn Sie zehn Minuten warten können?«

»Ja«, sagte Ingrid.

»Aber kommen Sie doch herein!«, meinte er, als sie keine Anstalten machte, sich zu rühren. »Sie können ja schlecht im Regen stehenbleiben.«

Sie trat in den Flur.

»Kommen Sie!«, rief er.

Sie streifte ihre Stiefel ab und betrat den Raum, in dem er verschwunden war. Es war die Küche, aus der jemand sie ein paar Minuten zuvor beobachtet hatte.

Er saß am Tisch, aß und zeigte auf den Stuhl auf der anderen Seite des Tisches.

»Sie wollen also zu Vankel«, sagte er.

Ingrid nickte und legte die Hände in den Schoß. Durch die offene Tür sah sie einen Teil des Wohnzimmers: eine Holzbank an der Wand, dahinter ein Kachelofen mit einer Kiste voller

Holzscheite davor, und dahinter wiederum ein Fenster zum wildwüchsigen Rasen des Gartens, ein paar Apfelbäume, ein abgedeckter Brunnen.

Eine Uhr tickte laut und gleichmäßig.

»Sie wollen Harald besuchen?«

Sie sah ihn an. Er aß und erwiderte ihren Blick nicht.

»Ja«, sagte sie. »Kennen Sie ihn?«

»Kennen und kennen«, antwortete er. »Das Sommerhaus da draußen haben sie jedenfalls schon mindestens so lange, wie er lebt.«

Eine Bewegung auf dem Fußboden veranlasste Ingrid, sich umzudrehen. Eine große Katze tapste aus dem Wohnzimmer herein. Als Ingrid die Hand ausstreckte, kam sie, um daran zu schnuppern. Sie kraulte die Katze im Fell hinter den Ohren, das Tier rieb sich mit fast geschlossenen Augen am Stuhlbein und schnurrte leise, fast unhörbar.

»Bis jetzt sind noch nie Mädchen gekommen, die alleine dahin gebracht werden wollten«, sagte er.

Lächelte er?

Nein.

Sie streichelte die Katze und sagte, den Blick auf den Boden gerichtet:

»Einmal muss ja das erste Mal sein.«

Er lachte und stand auf, um zur Spüle zu gehen.

»Weiß er denn, dass Sie kommen?«, fragte er, während er sich die Hände unter dem Wasserhahn wusch.

Sie schüttelte kurz den Kopf.

»Sie kennen ihn auch gar nicht, oder?«

»Nur ein bisschen«, antwortete sie. »Ich bin ihm ein paar Mal begegnet.«

»Einmal, denke ich«, sagte er. »Wollen wir?«

Als sie die Tür öffnete und in den Garten hinaustrat, goss es in Strömen. Sie setzte die Kapuze ihrer Regenjacke auf und band sie zu, während der Fährmann im Schuppen neben dem Haus verschwand. Im nächsten Moment kam er mit einer Regenhose zurück, die er ihr zuwarf.

»Ziehen Sie die an«, sagte er.

Der Regen schlug hart auf die Blätter in den wogenden Bäumen, prasselte auf die Felsen zu beiden Seiten, als sie zum Bootssteg hinabgingen. Ingrid stand mit klatschnassen Wangen und hängenden Händen da, während er das Boot zum Land zog.

»Wenn sie herausbekommen, dass er Besuch von einer Frau hatte, schmeißen sie ihn achtkantig raus. Nur dass Sie es wissen«, sagte er.

Sie fragte sich, was das bedeuten sollte. Würde Harald sie nach Hause schicken, war es das, wovor er sie warnte?

Der Fährmann rieb sich die Hände und nickte zum Boot hin, das nun parallel zum Steg lag.

Sie stieg an Bord.

»Sie müssen sich nach hinten setzen«, sagte er. »Es ist ganz schön windig.«

Und so fuhren sie hinaus, sie saßen beide auf der hintersten Ducht und hatten das Ruder, das seine Hand hielt, zwischen sich.

»Warum fahren Sie mich dann überhaupt zu ihm?«, fragte Ingrid. »Wenn seine Eltern es nicht erlauben?«

»Aber meine Liebe, das geht *mich* doch nichts an!«, erwiderte er.

»Nein«, sagte sie.

Sie umrundeten die Landzunge hart am Land, kamen diesmal jedoch nicht auf ein spiegelblankes Meer hinaus, denn jetzt war die See wüst und aufgewühlt, weiße Wellenkämme ließen den Rumpf immer wieder erzittern, wenn sie das alte Boot angriffen, das einiges gewohnt war und sich nicht aus der Ruhe bringen ließ, sondern die Wellen mit dem Bug wegschlug und auf seine geduldige Art langsam und rollend die See durchpflügte.

»Dann werden Sie ihnen nichts davon erzählen?«, sagte Ingrid. »Ich will ihn nicht in Schwierigkeiten bringen, verstehen Sie?«

Der Fährmann blickte nach vorn und schien fast beleidigt zu sein, dass sie so etwas auch nur andeutete. Aber sie wollte sichergehen und sah ihn an, um eine Bestätigung zu bekommen. Das sah Ingrid eigentlich nicht ähnlich. Aber nichts an dieser Expedition sah ihr ähnlich.

Die folgende Pause dauerte so lange, dass sie schon dachte, er hätte ihre Frage vergessen, als er plötzlich sagte:

»Also, wenn ich ganz ehrlich sein soll...«

Er warf ihr einen kurzen Blick zu, ehe er sich wieder auf das Meer vor ihnen konzentrierte.

»Sie müssen entschuldigen, dass ich so direkt bin«, erklärte er. »Aber die Sache ist die, dass ich für diese Familie nicht viel übrighabe. Ich habe nichts dagegen, ihnen Knüppel zwischen die Beine zu werfen.«

»Ich bin also ein Knüppel zwischen den Beinen?«, sagte Ingrid, ohne nachzudenken.

Er lachte.

»Aber nein, nicht doch«, sagte er. »Ich mische mich hier nur in Dinge ein, die mich eigentlich nichts angehen. Andererseits konnte ich es Ihnen ja auch schlecht abschlagen, als Sie da im Regen standen.«

Er sagte es, als läge der Moment bereits Jahre zurück.

Dann tauchte das Sommerhaus vor ihnen auf, und Ingrid dachte an Anderes.

Es wurde nichts mehr gesagt, bis das Boot am Steg anlegte und Ingrid fragte, wie viel sie ihm schuldig sei, den Geldbeutel aus dem äußeren Fach ihres Rucksacks zog und ihn bezahlte, bevor sie an Land stieg.

»Könnten Sie bitte kurz warten, bis ich weiß, ob er da ist?«, sagte sie.

Der Fährmann nickte, und Ingrid ging mit pochendem Herzen über die Felsen zu dem Häuschen hinauf.

Harald hat den ganzen Tag auf dem Sofa gelegen und einen der Kriminalromane gelesen, die er auf die Insel mitgenommen hatte. Seine Haare sind zerzaust, und sein Geist ist benommen vom Lesen und von der Langeweile, ein Hauch von Nichts, der immer dann erschüttert wird, wenn er auf die Felsen hinausgeht, um zu pinkeln, und die kühle Luft ihn packt und die Welt wieder in Brennweite rückt.

Als es klopft, glaubt er zunächst, ein Tier oder Vogel hätte etwas auf der Terrasse umgekippt. Er steht auf und geht zum Fenster. Dort sieht er eine Gestalt in orangen Regenkleidern vor der Tür stehen. Unten am Steg liegt Aslaksens Boot.

Er hat Besuch bekommen.

Wer in aller Welt mag das sein, denkt er und öffnet die Tür.

»Hallo«, sagt Ingrid.

»*Du* bist das?«, sagt Harald völlig verblüfft.

Ingrid dreht sich um und winkt. Aslaksen winkt ebenfalls und legt ab.

»Warum kommst ...«, sagt Harald, als sie sich wieder zu ihm umdreht. Im selben Moment begreift er und verstummt.

»Ich dachte mir, dass du hier draußen ja ganz allein bist«, sagt Ingrid. »Dass du dich vielleicht freuen würdest, Besuch zu bekommen?«

»Ja, na klar, sicher«, sagt Harald.

Sie sehen sich kurz an. Ingrid ist unsicher. Sie sieht, dass er versteht, warum sie gekommen ist. Sie sieht auch, dass er unfähig ist, die Initiative zu ergreifen.

Oder es vielleicht gar nicht will.

»Darf ich reinkommen?«, sagt sie.

»Ja, klar«, antwortet Harald und weicht einen Schritt zurück.

Während Ingrid sich dreht und windet, um das Ölzeug und die Stiefel im Flur loszuwerden, hockt Harald vor dem Ofen in der Stube. Seine Hände sind eiskalt, die Luft ist feucht und kühl, ohne dass er es in seiner bleichen Benommenheit, aus der er gerade aufgeschreckt ist, bemerken würde.

Ingrid bleibt verlegen im Raum stehen.

Sie trägt einen weiten, schweren Wollpullover, ihre Beine stecken in dicken Wollsocken in der gleichen Farbe und mit dem gleichen Muster: blau und schwarz. Ihr Pony ist nass, die Haare kleben an der Stirn. Ihre Wangen sind gerötet und glänzen vom Regen.

»Es ist ein bisschen kalt hier«, sagt Harald.

»Mir ist warm«, sagt Ingrid. »Es war ziemlich mühsam, hier heraus zu kommen!«

Harald sagt nichts, er zerknüllt Zeitungspapier und legt es unter die Scheite im Ofen. Ingrid schaut sich um. Ein Holzfußboden mit Flickenteppichen darauf, in der Ecke ein Schrank, ein Tisch und ein altes Sofa, eine kurze Küchenbank entlang der Wand unter dem Fenster, das zum Wald hinter dem Haus hinausgeht. Regentropfen werden vom Wind gegen die Scheiben geworfen und rinnen in langsamen, ungleichmäßigen Streifen an der Außenseite des Glases herab.

Das Papier flammt im Ofen auf, und Harald schließt die Ofenklappe. Sie sieht, dass seine Finger rußig sind. Er richtet sich auf.

Sie denkt, dass es ein großer Fehler gewesen ist, hierher zu kommen.

Zwischen ihnen ist nichts. Es ist das vollkommene Nichts.

»Möchtest du dich nicht setzen?«, sagt er.

Dann sitzen sie sich an einem Tisch in einem Sommerhaus irgendwo in den südnorwegischen Schären gegenüber, während es draußen schüttet und sie sich nichts zu sagen haben, wenn man von diesen kleinen, trivialen Fragen absieht, die sie nutzen, um die vielsagenden Pausen möglichst vor sich herzuschieben.

»Bist du schon lange hier?«, fragt sie.

»Seit einem Monat«, antwortet Harald. Er schaut auf seine Hände, die gefaltet in seinem Schoß liegen. »Ich bin hier, um zu lernen.«

»Aha«, sagt sie. »Was lernst du?«

»Deutsch. Habe ich als Nebenfach. Sprichst du Deutsch?«

»Ein bisschen.«

»Ich habe ein paar Jobs als Dolmetscher gehabt«, sagt er. »In Oslo.«

»Tatsächlich?«

»Ja. Für die Botschaft.«

Er befeuchtet den Finger mit der Zunge und reibt mit den Fingern über den Ruß auf dem Handrücken, während er spricht. Auch *Botschaft* gehört zu diesen Worten, die Ingrid nur aus der Welt der Literatur kennt. Sie sieht vor sich, dass Harald mitten in der Nacht von einem Chauffeur in Livree in seinem Studentenzimmer abgeholt wird. Er zieht sich an, während er schon die Treppe hinunterläuft, und hat gerade die Arme in den Mantel bekommen, als er sich in den schwarzen Botschaftswagen mit matten Fenstern setzt, der im nächsten Moment auf dem Weg durch die Straßen Oslos ist.

Es wird still zwischen ihnen.

»Und du arbeitest mit Synnøve in der Wäscherei?«, sagt Harald.

Ingrid nickt.

Es wird wieder still.

Harald streckt sich und seufzt.

»Hier draußen gibt es nicht viel zu tun«, sagt er. »Aber wenn du Lust hast, können wir Karten spielen?«

Es ist eine Katastrophe. Alles ist schiefgelaufen. Ingrid wünscht sich weit, weit weg, sie wünschte, sie wäre niemals gekommen, sie wünschte, sie wäre ihm niemals begegnet.

Was für eine Qual.

Da sitzen nun diese beiden jungen Menschen und spielen Karten. Sie unterhalten sich nicht. Sie halten ihr Blatt gefächert vor sich und tun so, als zögen sie verschiedene Spielvarianten in Erwägung, obwohl sie eigentlich beide aneinander und an die unangenehme Situation denken, in der sie sich befinden.

Es ist kein anderer da. Sie sind ganz allein.

Sie spielen Mau-Mau.

Die Entfernung, die sie zurücklegen müssen, ist riesig. Von ihrem jeweiligen Rand aus müssen sie sich einander nähern. Das ist die Forderung, die sie stellt. Das hat sie in Gang gesetzt. Ohne es selbst zu wissen. Denn als sie dort zusammensitzen, denkt sie nicht, dass es begonnen hat, im Gegenteil, sie denkt, dass es vorbei ist, und freut sich darauf, wieder allein in ihrem Zimmer zu sein und das Ganze möglichst schnell wieder vergessen zu können. In Ingrids Gedanken war er ihr die ganze Zeit über nahe, war er bei ihr gewesen, bis jetzt, da er auf der anderen Seite des Tisches sitzt und ganz fern ist. Haralds Gedanken war sie fern gewesen, er hatte kaum einmal an sie gedacht, bis jetzt, da sie auf der anderen Seite des Tisches sitzt, ganz nah.

Hat sie vor, bei ihm zu übernachten?

Kann er sie das fragen?

Die Entfernung ist riesig, aber jeder der beiden gibt sich auf seine Weise große Mühe, sie zurückzulegen und sich so weit anzunähern, dass ihre Gegenwart für beide zumindest natürlich und erträglich wird.

»Soll ich Kaffee aufsetzen?«, fragt er, als sie ihre dritte Partie beendet haben.

»Ja, danke«, antwortet sie.

Er geht mit der Kaffeekanne hinaus und füllt sie mit Wasser aus dem Kanister auf der Terrasse. Sie hebt sein Buch an, um zu schauen, was er liest, reibt die Hände an den Innenseiten der Oberschenkel und blickt auf, als er zurückkommt.

»Und in welche Schule gehst *du*?«, fragt er, stellt den Herd an und setzt die Kanne darauf.

»Ich fange diesen Herbst an der Pädagogischen Hochschule in Bergen an«, sagt Ingrid.

»Die haben dich angenommen? Bist du nicht genauso alt wie Synnøve?«

Sie nickt und kann nicht verbergen, wie stolz sie ist.

»Bevor ich hierhergekommen bin, habe ich die Aufnahmeprüfung abgelegt. Und es ist gut gelaufen.«

»Wow«, sagt er.

Er setzt sich wieder. Jetzt müssen sie darauf warten, dass das Wasser kocht. Der Kessel zischt, ehe er zur Ruhe kommt und Stille herrscht. Nur das Prasseln des Regens auf dem Fenster, das Rauschen des Windes in den Bäumen. Das leise Bullern des Ofens.

Es gibt doch so viel, was sie wissen möchte. Es gibt doch so viel, wonach sie fragen könnte. Was seine allererste Erinnerung ist, welche Musik er mag und welche Bücher er liest, ob er den Kaffee mit Milch trinkt oder lieber schwarz, was seine Lieblingsfarbe ist, und mag er Tiere? Kann er tanzen? Was er über Politik und den Sozialismus denkt. Hat er Mathematik in der Schule gehasst, und was ist sein Leib- und Magengericht? Geht er oft ins Kino, wie ist sein Zimmer in Oslo, und hat er schon einmal eine Freundin gehabt? Einen Bruder hat sie gesehen, hat er noch mehr, oder eine Schwester, und wenn ja, wie alt ist sie? In welchen Ländern ist er schon gewesen? Treibt er Sport, weiß er, wie man einen Spaten handhabt oder ist er ein Träumer mit zwei linken Händen, der die Sterne beobachtet, und wenn es so ist, wovon träumt er dann? Hat er Mykle gelesen, hat er Hamsun gelesen, hat er Olav Duun gelesen? Ist er einer dieser Jungen aus der Stadt, die für das Neunorwegische nur Verachtung übrighaben, ist er ein Faulpelz, der morgens gern lange schläft, worüber lacht er, woran denkt er? Und am wichtigsten von allem: Mag er sie?

Aber er ist ihr nicht nahe genug.

Er holt zwei kleine Porzellantassen aus dem Schrank in der Ecke und stellt die eine auf einer Untertasse vor ihr auf den Tisch, platziert die Kaffeekanne auf einem Untersetzer in der Mitte und geht zur Fensterbank, um die Pfeife und den Aschenbecher zu holen.

Sie merkt, dass seine Laune sich verändert hat. Dadurch wird die Stimmung leichter, als hinge alles, was zwischen ihnen geschieht, von ihm ab. Er gießt Kaffee in die zierlichen, geblümten Tassen und erkundigt sich nach dem Ort, an dem sie wohnt, will wissen, wie es dort aussieht und wovon sie leben, er säubert die Pfeife mit einem Pfeifenreiniger, klopft die Asche heraus und stopft den Kopf mit neuem Tabak, sie erzählt ihm von ihrer Familie, dass ihr Vater Fahrer und Kleinbauer und ihre Mutter Hausfrau ist, und dass sie eine Zwillingsschwester hat, die übrigens nächstes Jahr in Oslo wohnen wird.

»Aha«, sagt er, zieht an der Pfeife und hält dabei ein Streichholz daran.

Sie lächelt. Er sieht komisch aus mit Pfeife, sie passt nicht wirklich zu ihm. Das glatte Gesicht, der junge Mund, die lebhaften Augen – und dann diese altmodische Pfeife und diese ganzen altmodischen Bewegungen, die zu ihr gehören.

»Was findest du so lustig?«, fragt er, bläst eine blaue Wolke zur Decke aus und muss ein wenig husten.

»Mein Vater raucht auch Pfeife«, antwortet sie. »Aber zu dir passt das irgendwie nicht.«

»Nicht«, sagt er.

Ist er beleidigt?

»Aber es riecht gut«, ergänzt sie.

»Es schmeckt auch gut«, sagt er. »Willst du probieren?«

Sie lächelt leicht verblüfft und schüttelt den Kopf, aber er reicht ihr die Pfeife, und sie steckt zögernd das Mundstück zwischen die Lippen und saugt vorsichtig.

Er lacht laut.

»Zu dir passt sie ehrlich gesagt auch nicht so gut!«

Sie spürt, dass sie errötet. Dann erreicht der Rauch ihre Lunge, und sie fängt an zu husten und gibt ihm mit gesenktem Kopf die Pfeife zurück. Sie trinkt einen Schluck Kaffee, um ihren rauchtrockenen Hals zu befeuchten, und ahnt, dass seine Augen leuchten, als er sie ansieht.

Er muss einen bestimmten Gedankengang verfolgt haben, denn plötzlich schlägt er sich an die Stirn:

»Stimmt ja«, sagt er. »Ich habe Krabbenreusen ausgelegt!«

Er begegnet ihrem Blick.

»Kommst du mit? Es dauert nicht lange.«

»Gern«, sagt sie.

»Am besten rudern wir sofort los, bevor es dunkel wird.«

»Jetzt gleich?«

»Ja, komm.«

Nun haben sie etwas zu tun. Zwei Gestalten in Ölzeug gehen zum Bootshaus hinunter, die eine öffnet es und winkt die andere zu sich. Gemeinsam schleifen sie das alte Ruderboot heraus, über die Balken, die im Berggrund verankert liegen und auf das Steinufer führen. Es ist schwer, wippt auf dem Kiel hin und her und kippt manchmal fast um, liegt aber schließlich im Wasser, woraufhin sie sich zu ihm umdrehen und fragen kann:

»Musst du das Boot jedes Mal raus- und reinziehen, wenn du es benutzt?«

Er reicht ihr das Tau und steigt hinein, setzt die Rudergabeln ein und nimmt das eine Ruder vom Boden.

»Komm«, sagt er.

Sie setzt einen Fuß auf die Ducht im Bug und stößt das Boot mit dem anderen ab.

»Es liegt an meinem Vater«, sagt er, sticht das Ruder ins Wasser, verlagert das Gewicht und stakt hinaus, als säßen sie in einer Gondel.

»Es ist eine seiner Regeln. Er fürchtet sich vor Diebstählen. Hier draußen wird alles eingeschlossen.«

»Ist das nicht ein bisschen umständlich?«, sagt sie.

Er grinst, setzt sich und beginnt zu rudern.

Langsam gleiten sie am Land entlang. Bei jedem Zug beschreiben die Ruderblätter einen Bogen im Wasser. Sie gleiten dahin. Das Wasser direkt neben dem Boot ist grau und glänzt, weiter draußen wird es dunkler und nimmt die gleiche Farbe an wie der grauschwarze Himmel. Die gelb verbrannten Grassoden in den Spalten zwischen den hellen Felskuppen und Erhebungen sind vom Regen dunkler gefärbt worden, während die Bäume, die sich weiter oben schwerfällig bewegen, grün und frisch sind.

Sie lässt die Hand durch das ruhige Wasser schleifen, über das sie gleiten, betrachtet seinen Rücken, die gleichmäßigen Bewegungen, denkt an seinen schlanken Hals, der jetzt von der Kapuze verdeckt wird, wie unmöglich es ist, ihn zu umarmen, ihn Haut an Haut zu spüren, es geht nicht. Sie kann ihn nur aus der Distanz ansehen. Die langen, schlanken Finger, die um den Schaft der Ruder geschlossen sind, der einzige Flecken nackter Haut zwischen all dem regenglänzenden Ölzeug.

Er rudert. Sie sitzt ganz still hinter ihm, bringt keinen Ton heraus. Alles, was er sieht, ist das Wasser, das sie hinter sich lassen, das Sommerhaus, das hinter den Felskuppen verschwindet, das Land, das auf der anderen Seite des Sunds liegt. Er könnte allein sein, denkt er, gäbe es da nicht die nie nachlassende Gewissheit, dass sie hinter ihm sitzt und ihn vielleicht ansieht.

Kurz darauf lässt er die Ruder auf der Reling ruhen und dreht sich um.

»Magst du dich vielleicht nach achtern setzen?«, fragt er. »Damit wir uns sehen können?«

Nichts will sie lieber als das.

Die erste Reuse liegt in ruhigem Wasser an der Landseite eines kleinen Felseneilands etwa zehn Meter vom Land entfernt. Zwei Korkstücke schaukeln leuchtend weiß im Wasser, um sie herum treibt ein sich ringelndes Seil, sie sieht es, beugt sich vor und greift danach, während er die Riemen streicht und das Boot einigermaßen ruhig hält. Auf dem Grund im schwarzen Wasser tief unter ihnen baumelt ein halb aufgefressener Dorschkopf an einem Seil, das in der Reuse befestigt ist. Um ihn herum haben sich vier Krabben angesammelt. Sie sind gefangen, interessieren sich aber nur fürs Fressen, packen mit ihren Scheren Fischstücke, attackieren gelegentlich andere Krabben, wenn diese zu aufdringlich werden. Sie merken nicht, dass sich die Reuse, in der sie sich befinden, abrupt vom Grund löst und durch das Wasser nach oben steigt. Sie sind beschäftigt, und als sie unten im Wasser etwas Gestalt annehmen sehen, krabbeln und kriechen sie weiter um ihre Beute herum. Langsam wird die Reuse sichtbar, ein grünweißes Feld das immer deutlicher wird, je länger sie an dem Tau zieht, bis sie sich umdreht, um ihn anzulächeln, als sie die Hand auf den Holzkasten legt.

»Ich habe sie!«, ruft sie und hebt sie an Bord.

Die Krabben wimmeln darin umher.

»Sind welche drin?«

»Eins, zwei, drei, vier!«, sagt Ingrid.

Harald steht auf und setzt sich vor sie, packt den Panzer der ersten Krabbe und zieht sie vorsichtig aus dem Drahtgeflecht. Verzweifelt versuchen die vielen Beine, irgendwo Halt zu finden, aber es geht zu schnell, und dann liegt die Krabbe hilflos rücklings auf dem Boden des Boots.

Die Scheren schließen sich auf dem Panzer. Dann bleibt sie regungslos liegen.

»Mein Vater wirft Krabben immer zurück, wenn er welche im Netz hat«, sagt Ingrid.

»Was?«, sagt Harald. »Aber die schmecken doch so gut!«

Er löst die drei anderen Krabben heraus, rollt das Seil zusammen und legt die Reuse in die Mitte des Boots.

»Mögt ihr keine Krabben?«

Ingrid schüttelt den Kopf:

»Krabben fressen Ertrunkene.«

»So etwas Dummes habe ich ja noch nie gehört«, sagt Harald.

Als sie zurückrudern, nachdem sie die beiden letzten Reusen hochgeholt haben, liegen in einer Reihe zehn Krabben vor ihren Füßen.

Alle auf dem Rücken mit zusammengelegten Scheren. Sie

geben einen tickenden Laut von sich. *Klick klick klick klick.* Vom Meer her frischt der Wind auf. Sie sieht die Bäume auf der Insel blind im Dunkeln unter den finsteren Wolken schwanken, die über den Himmel fahren. Das Wasser um sie herum öffnet und schließt sich um jeden einzelnen Tropfen, der fällt, Kreis für Kreis, so weit das Auge reicht. Sie stößt mit dem Zeigefinger eine der Krabben an. Die Scheren werden gestreckt und fuchteln durch die Luft. *Klick klick klick klick.*

Es ist fast ein bisschen unheimlich.

Harald steht am Ufer und füllt einen großen Metalltopf mit Meerwasser. Ingrid sieht ihm im Türrahmen stehend zu. Plötzlich wird ihr innerlich kalt.

Er ist ein Fremder, über den sie nicht das Geringste weiß.

Er steht am Steinufer, lässt Wasser in den Topf strömen, richtet sich auf und hebt den Topf an den Henkeln an, dreht sich zu ihr um.

Er könnte alles Mögliche denken.

Um etwas Zeit für sich zu haben, geht Ingrid hinter dem Haus zum Plumpsklo hinauf, wo sie die Tür mit dem Haken schließt und sich setzt. Die Luft ist trocken und staubig. Der Regen schlägt auf das Blechdach über ihr. Sie stützt den Kopf in die Hände und schließt die Augen. Die Gefühle, die sie den ganzen Tag durchströmt haben, und die konstante Anstrengung, mit jemandem zusammen zu sein, den sie nicht kennt und den sie haben will, machten es schwierig, klar zu denken. Was denkt er über sie? Sie ist zu ihm gekommen, er weiß durchaus, was das bedeutet, äußert sich aber nicht dazu. Es kommt ihr vor, als würde er sie die ganze Zeit vor sich herschieben.

Soll sie nach Hause fahren?

Das wäre kein Problem. Er könnte sie hinüberrudern, sie könnte die fünf Kilometer gehen und den Bus in die Stadt nehmen. Dann wäre es vorbei, aber es hätte sich nichts verändert.

Sie steht auf und schaut durch das kleine, schmutzige Fenster. Er ist auf dem Weg zum Haus hinauf.

Er hält den Topf, der durch das Wasser schwer ist, vor sich, als er mit vorsichtigen Schritten über die glitschigen Felsen stapft. Er hat Lust auf sie. Die Lust rast manchmal durch ihn hindurch, als ginge es einen Abgrund hinab, ein jäher Sturz, der ihn leer zurücklässt. Als sie sich mädchenhaft drehte und im Wasser nach der Reuse Ausschau hielt, fühlte er es, als sie auf der anderen Seite des Boots stand und ihm half, es an seinen Platz zu schleifen, fühlte er es, als er nun die Tür auftritt und in die Wärme tritt, fühlt er es. Sie ist ja so nah, sie ist da. Warum sonst sollte sie kommen, wenn es nicht darum ging, dass sie ihn haben wollte?

Aber es war kein Wort gesagt worden.

Er stellt den Topf auf den Herd und hört, dass sie hinter ihm zur Tür hereinkommt.

»Hallo«, sagt sie.

»Da bist du ja«, erwidert er.

Die Krabben krabbeln in einem Eimer zu seinen Füßen. Als die kleinen Blasen im Wasser aufsteigen, steht sie neben ihm und sieht zu, als er Krabbe für Krabbe aus dem Eimer hebt und in das heiße Wasser fallen lässt. Die Scheren scharren in der Luft und versuchen nach dem zu greifen, was sie festhält, bis die Krabbe auf einmal frei ist und sich für eine Sekunde bewegen kann, wie sie möchte. Im nächsten Moment zeigt die Hitze Wirkung, und die Bewegungen werden gleichsam welk und verschwinden, während sich die Krabbe langsam dreht und zum Boden fällt.

»Sie fühlen nichts«, sagt Harald. »Es ist ganz human.«

Sie lächelt über seine Wortwahl.

Sie sitzen sich am Tisch gegenüber und warten darauf, dass die Krabben kühl genug sind, um gegessen zu werden. Die Luft in dem Häuschen ist feucht von salzigem Dampf. Vor dem Fenster ist es dunkel.

Ingrid fällt ein, dass sie eine Flasche Wein mitgebracht hat. Sie geht in den Flur, öffnet den Rucksack und holt sie heraus. Darunter sieht sie kurz das graue Butterbrotpaket und muss über sich selbst schmunzeln. Warum hat sie das gemacht?

Das Glas der Flasche ist kühl an den Fingern. Warum sie den Wein mitgebracht hat, weiß sie jedenfalls.

Sie richtet sich auf, geht in den Wohnraum und bleibt mitten darin stehen.

Er dreht sich um, will sehen, was los ist.

»Du hast *Wein* dabei?«

Sie nickt.

Er steht auf und kommt zu ihr. So stehen sie zusammen, einen halben Meter voneinander entfernt. Sie nimmt seinen Geruch wahr, salziges Wasser und ein wenig Schweiß, milde Seife und den ganz besonderen Geruch, dem sie nun zum ersten Mal nahe genug ist, um ihn zu bemerken, und den er selbst nicht riecht: der Geruch seiner Haut.

Sie gibt ihm die Weinflasche, er legt sie in seine Hände und liest das Etikett.

»Ich werde heute achtzehn«, sagt sie.

Er sieht sie an.

Sie haben sich noch nicht berührt. Nicht einmal zufällig. Gäbe es dafür eine bessere Gelegenheit als diese? Kann man sich einen passenderen Moment für eine Umarmung vorstellen? Ein kleiner Schritt nach vorn, und er könnte die Arme um sie legen, sie küssen. Sie feiert an diesem Tag ihren achtzehnten Geburtstag. Sie hat diesen weiten Weg zurückgelegt, um mit ihm zusammen zu sein. Jetzt stehen sie sich gegenüber und sehen sich an.

Aber er macht keinen Schritt nach vorn. Und er umarmt sie auch nicht. Ihr Blick und alles, was darin liegt, machen ihm Angst.

Er dreht sich zur Küchenzeile um.

»Dann wollen wir doch mal sehen, ob es hier irgendwo einen Korkenzieher gibt«, sagt er.

Hätte er sie gefragt, ob sie an diesem Abend noch nach Hause wolle, hätte sie Ja gesagt und ihn gebeten, sie an Land zu rudern. Aber er fragte sie nicht. Er zeigte ihr, wie man Krabben isst, sie fand, dass die gelblich braune, dunkle Masse eklig aussah, folgte aber seinem Beispiel, schmierte sie auf ihr Brot und mochte den salzigen, leicht bitteren Geschmack, auch wenn sich herausstellte, dass ihr das Fleisch in den Scheren am besten schmeckte: Erstaunt beobachtete sie, wie er sie an den Gliedern aufknackte, die beiden weißen Zipfel auseinanderbreitete und den Inhalt heraussaugte. Lachend versuchte sie, es ihm nachzutun, allerdings erfolglos, sie saugte und saugte an der Schere, ohne etwas in den Mund zu bekommen, sie musste sie stattdessen aufbrechen und das rötlich weiße, faserige Fleisch mit den Fingern herauszupfen.

»Mm!«, sagte sie.

Nein, er fragte nicht, ob sie nach Hause wolle. Sie aßen und fragten sich abwechselnd nach verschiedenen Dingen, sie tranken Wein und wurden schläfrig, er streckte sich und sagte, es sei spät geworden, ob es für sie in Ordnung sei, auf dem Sofa zu schlafen?

Es war in Ordnung.

»Ich hole mal Bettzeug«, sagt er und breitet, so gut er kann, ein Laken auf dem Sofa aus, reicht ihr ein Oberbett und ein Kissen, das schwach nach Parfum riecht.

»Es ist nur einmal benutzt worden«, erklärt er. »Ich hoffe, das stört dich nicht. Es ist leider kein sauberes da.«

»Das macht doch nichts«, erwidert Ingrid.

Sie steht mit der Decke in den Armen vor ihm.

»Machst du hier das Licht aus?«, fragt Harald.

Ingrid nickt.

»Ja, ja«, sagt er. »Gute Nacht!«

»Gute Nacht«, sagt sie.

Er geht in sein Zimmer.

Sie setzt sich auf die Sofakante und hört ihn im Zimmer hantieren. In dem Häuschen ist es warm und gemütlich. Das Fenster über der Küchenzeile steht offen, um den satten, salzigen Krabbengeruch auszulüften. Sie spürt ganz leicht den Luftzug und denkt, dass sie jetzt nicht schlafen können wird.

Sie geht umher und löscht das Licht. Sie zieht sich aus und legt sich auf das Sofa. Die Sprungfedern sind hart und pressen sich in ihr Kreuz. Sie dreht sich ein wenig und versucht, eine etwas bequemere Stellung zu finden.

In der Dunkelheit seines Zimmers hört Harald das Quietschen der Federn. Er dreht sich im Bett und denkt, dass er schlafen muss und nicht daran denken darf, dass sie gleich nebenan ist.

Ingrid denkt, dass sie ihm wohl nicht näherkommen wird. Was soll er auch in ihr sehen? So blendend schön, wie er ist, so viele Freunde, wie er hat, und als Mitglied einer Familie, die so viel reicher ist als ihre.

Woran mag er jetzt denken?

Sie geht zum Fenster und schaut zu dem bedeckten Himmel hinaus, der noch immer ein wenig hell ist. Bleich und voller Wind liegt er über dem niedrigen, schwarzen Wald.

Er hört, dass sie aufgestanden ist. Trotzdem geht er nicht zu ihr. Er legt sich auf den Rücken und sieht zur Decke. Er braucht doch nur hinzugehen. Wenn er will, kann er sie haben. Das weiß er. Er könnte aufstehen und zu ihr gehen und sie haben, wenn er will.

Will er nicht?

Doch, er will. Aber er kann nicht.

Plötzlich dreht sich ihm der Magen um. Was ist, wenn seine Eltern am nächsten Tag kommen? Es ist doch ein Sonntag! Und seit er hierhergezogen ist, sind sie noch jeden Sonntag gekommen.

Er denkt daran, was passieren würde, wenn seine Eltern sie hier anträfen.

Sie setzt sich wieder auf das Sofa, genießt es, dort zu sitzen und die Wärme des Ofens auf ihrer Haut zu spüren.

Nein, denkt er, das Wetter ist zu schlecht, sie werden denken, dass es sich nicht lohnt. Hauptsache, es klart im Laufe der Nacht nicht auf. So war es am letzten Wochenende gewesen. Am ersten Tag Regen, am nächsten strahlender Sonnenschein.

Er zieht die Vorhänge auf und sieht hinaus.

Der Himmel ist verhangen und schwarz.

Sie legt sich wieder hin und hört, dass er noch nicht schläft. Vielleicht kann er nicht schlafen, weil sie da ist.

Soll ich zu ihm gehen?

Oh nein. Oh nein, oh nein.

Sie schließt die Augen, um zu schlafen.

Er schließt die Augen, um zu schlafen.

Eine halbe Stunde verstreicht. Es ist vollkommen still im Haus. Nur manchmal knistert das Holz, das allmählich ausbrennt. Und manchmal hebt draußen ein Windstoß knirschende Äste an. Ihr Atem. Er ist gleichmäßig und geht langsam.

Schläft sie?

Nein, sie schläft nicht.

In Gedanken bewegt sie sich durch die Landschaft daheim, das macht sie immer, wenn sie sich hingelegt hat, am Fluss entlang geht es in das Tal hinein, am Kolk vorbei, wo die Straße eine Kurve beschreibt und anfängt, sich den Berg hinauf zu schlängeln, bis zum Wasserfall, der auf den Felsgrund hämmert und das Tal mit Lärm erfüllt, sie spürt die Tropfen, die sich gelöst haben und durch die Luft schwirren und ihr eine feine Dusche ins Gesicht spritzen. Ganz kurz eine Lachsforelle. Glatte Wirbel im schwarzen, strömenden Wasser. Sie steigt die Felsspalte neben dem Wasserfall hinauf, hört Annas Atemzüge direkt hinter sich. Sie sind zwölf und haben beide einen Rucksack mit Broten und Saft auf dem Rücken. Das Moos ist dicht und nass und rutscht unter ihren Stiefeln manchmal weg und reißt auf.

Dann hört sie, dass er sich im Bett aufsetzt.

Sie öffnet die Augen und legt sich auf die Seite.

Er bleibt im Türrahmen stehen und schaut zu ihr hinüber.

»Schläfst du?«, flüstert er.

Sie schüttelt den Kopf.

Er tritt vorsichtig in das Zimmer.

»Ich kann nicht schlafen«, sagt er.

Sie zieht die Decke zur Seite und streckt den Arm aus.

»Komm her«, flüstert sie.

Als sie am nächsten Tag aufwachte, war er nicht da. Im Laufe der Nacht musste er in sein Zimmer umgezogen sein. Und dies ganz vorsichtig getan haben, denn sie hatte nichts gemerkt. Sie lag da und sog den Geruch ein, den er hinterlassen hatte. Sie war glücklich und beeilte sich aufzustehen, um das Gefühl mit ihm zu teilen. Ein wenig verlegen klopfte sie an die Tür seines Zimmers und öffnete sie.

Er war wach.

»Ich komme gleich«, sagte er. »Warte bitte draußen.«

Kurz darauf tauchte er in der Türöffnung auf. Mit schmalen Augen und finsterem Gesicht knöpfte er auf dem Weg durch das Zimmer sein Hemd zu.

Stimmte etwas nicht?

»Hast du gut geschlafen?«, fragte sie und dachte, dass er bereute, was geschehen war. Denn alles an ihm wünschte sich Distanz zu ihr, das sah sie und ängstigte sie.

»Wie ein Stein«, antwortete er und ging mit nackten Beinen zum Fenster. »Du, ich mache mir ein bisschen Sorgen, dass meine Eltern heute kommen könnten. Und wenn sie dich hier vorfinden, ist die Hölle los. Ich glaube, du musst möglichst bald los.«

Sie war erleichtert, es ging gar nicht darum, dass mit ihr etwas nicht stimmte.

Nach einem kurzen Frühstück, bei dem er reserviert, aber freundlich war, und sie voller Zärtlichkeit und Fragen, die sie nicht stellen konnte, packte sie das Regenzeug in den Rucksack und folgte ihm zum Bootshaus hinunter.

Was sind das nur für Eltern, dachte sie, wenn sie selbst in ihrer Abwesenheit noch eine solche Macht über ihn haben.

Was war mit ihren eigenen Eltern, hatten sie keine Macht über sie?

Wenn sie erführen, was hier passiert war!

Sie sah das stille, vorwurfsvolle Gesicht ihrer Mutter vor sich und verspürte einen Anflug schlechten Gewissens. Das hätte sie von ihrer Tochter nicht erwartet. Sie hätte gedacht, dass ihr Urteilsvermögen größer, ihre Unbesonnenheit kleiner wäre. Sie hatten ihr vertraut und sie allein in die Welt ziehen lassen.

Hatte sie ihre Eltern getäuscht?

Sie hatte nichts anderes getan, als ihrem eigenen Willen und ihrer Überzeugung zu folgen. Sie war ihrem Herzen gefolgt.

Und jetzt gehörte sie ihm.

Sie fragte sich, was ihm durch den Kopf ging.

Er bemerkte ihren Blick und konzentrierte sich darauf zu rudern. Er war mit der Gewissheit aufgewacht, dass etwas Furchtbares passiert war. Minutenlang hatte er wie gelähmt im Bett gelegen. Als er dann daran dachte, dass seine Eltern kommen könnten, war er sehr erleichtert gewesen. Jetzt hatte er einen Grund, sie wegzuschicken. Allerdings nagte weiter der Gedanke an ihm, dass sie vielleicht schwanger war und dadurch sein ganzes Leben zerstört sein könnte.

Wie hatte er nur etwas so Idiotisches tun können.

»Kommst du bald in die Stadt?«, fragte sie, als sie sich der Bucht am anderen Ufer näherten.

»Ja, klar«, antwortete er. »In ein paar Tagen, vielleicht.«

»Weißt du, wo ich wohne?«

Er schüttelte den Kopf und drehte sich um, weil er sehen wollte, ob sie an den Booten vorbeikamen.

Sie erzählte ihm, wo sie wohnte und dass sie jeden Tag bis vier Uhr arbeitete.

»Manchmal bleibe ich zum Essen bei Synnøves Eltern«, sagte sie. »Aber nach sechs bin ich meistens zu Hause.«

Er zog die Ruder hoch und trat in den Bug, um nach dem Bootssteg zu greifen. Sie stand auf, setzte den Rucksack auf, ging nach vorn und umarmte ihn, was halbherzig ausfiel, da er vorgebeugt stand und sich an der Kante des Bootsstegs festhielt.

»Mach's gut!«, sagte sie, als er sich abdrückte und zurückruderte.

Er hob die Hand und winkte ihr zu, und sie ging auf der Stelle los, damit er sie sah und dachte, dass sie jetzt für ein paar Tage verschwand, sie, Ingrid Hegrenes, die sich ihm hingegeben hatte.

In Aslaksens Fenster nahm sie vage ein Gesicht wahr und wusste, dass er sie beobachtete. Soll er doch denken, was er will, dachte sie und schmunzelte, während sie den Anstieg zum Wald hinaufging.

Als Harald wieder auf der Insel war, konnte er sich nicht dazu durchringen, gleich wieder ins Haus zu gehen. Nachdem er das Bootshaus abgeschlossen hatte, schlenderte er auf dem Pfad landeinwärts, der durch den schmalen Laubwald zur anderen Seite der Insel führte, wo das Meer in langen Wellen heranrollte, die an den Uferfelsen unter ihm zu Gischt gebrochen wurden. Er nahm den Weg über die flachen Felsen, hüpfte von Stein zu Stein über das kurze Geröllufer, das in manchen Jahren am äußeren Rand von Sand bedeckt war, in anderen Jahren nicht, er erinnerte sich, dass sie als kleine Kinder, wenn es endlich Sommer geworden war, hierher gelaufen waren, dass sie hier schwimmen gegangen und im Sand hinausgewatet waren, dass sie auf die zwei Riesensteine kletterten, die auf dem Grund brüteten, Harald und Marie.

Jetzt war er gequält. Die Gedanken quälten ihn. Das taten sie oft. Sie ergriffen Besitz von ihm, ließen ihn nicht in Frieden, zogen ihn in ihre verschiedenen Stimmungen, auf die er keinen Einfluss hatte, denen er auch nicht entkommen konnte.

Doch diesmal hatten sie einen konkreten Ausgangspunkt, eine klare Situation, so dass es ihm leichter fiel, sich mit ihnen auseinanderzusetzen. Sie war möglicherweise schwanger. Das würde all seine Pläne über den Haufen werfen. Dann würde er sie heiraten müssen. Musste er das? Oh ja, das musste er. Wenn sie daheim erführen, dass er ein uneheliches Kind hatte, wäre *alles* aus. Ingrid, die zerlumpt und mit nackten Beinen mit dem Kind im Arm zu Hause vor der Tür stünde, seine Mutter, die ihr aufmachte, *ja, bitte?*

Die Scham, die Wut, die Enttäuschung.

Du hast *das* getan? Mit diesem *Mädchen* geschlafen? Hast du das getan?

Und sein Vater, der endlich die Bestätigung für alles bekäme, was er über seinen Sohn dachte.

Er hob einen Stein vom Ufer auf und warf ihn flach in die See. Am Rand des offenen Meers brach die Wolkendecke auf und ließ in Strahlenbündeln die Sonne hindurch. Senkrechte Fälle aus Licht.

Er dachte, dass dies schön war.

Eine halbe Stunde später stand er am Herd und stopfte das Laken und den Deckenbezug in den großen Topf, den er mit Wasser und Waschpulver gefüllt hatte. Als das Wasser kochte, presste er den Stoff mit einem Stock hinein, den er sich zuvor zu diesem Zweck zurechtgeschnitzt hatte.

Der Bezug war sauber, das einzige Problem war der Geruch; ihr würde sofort auffallen, dass er frisch gewaschen war, was sie misstrauisch machen würde, ohne dass sie etwas beweisen konnte. Warum sollte er *ihren* Bezug waschen?

Schlimmer war das Laken. Er hielt es vor sich hoch und sah, dass die rotbraunen Flecken nicht herausgegangen waren. Obwohl er es gekocht hatte, waren die Flecken noch da, sicherlich verblasst, aber nicht zu übersehen.

Er kochte es noch einmal aus. Das Zimmer hing voller Dampf und die Fenster waren beschlagen, als er dachte, dass dies reichte, und es in kaltem Wasser ausspülte. Die Flecken waren blasser geworden. Aber sie waren noch da.

Deshalb trat Harald an diesem Vormittag mit einem Laken unter dem Arm aus der Tür, deshalb eilte er im Laufschritt über die Insel zu der Stelle, an der die Felsen am steilsten abfielen und das Wasser am tiefsten war. Er wickelte das Laken um einen großen Stein, verknotete es fest und warf das Bündel in die See.

Jetzt lag kein Laken mehr auf ihrem Bett. Er musste in die Stadt, daheim ein neues stibitzen und es mitnehmen. Selbst dann würde sie es merken. Er konnte schlecht das Bettzeug seines Vaters waschen und so tun, als hätte er ihnen einen Gefallen tun wollen, denn das sähe ihm wirklich nicht ähnlich, so dass sie sich fragen würden, was passiert war.

Er konnte nur eins tun, alles abstreiten.

3

Ingrid stellt den Koffer in der Gepäckablage im Gang ab und tritt noch einmal auf den Bahnsteig hinaus, um sich zu verabschieden. Synnøves Mutter gibt sie brav die Hand und bedankt sich, ehe Synnøve sie umarmt.

»Viel Glück in Bergen, Ingrid«, sagt sie. »Vergiss nicht, mir zu schreiben!«

Am Ende des Bahnsteigs bläst der Zugführer in seine Pfeife.

»Der Zug fährt«, sagt Ingrid. »Mach's gut! Und danke für den Sommer!«

Sie steigt ein und sucht nach ihrem Platz. Der Zug setzt sich in Bewegung, rollt langsam aus dem Bahnhof. Sie lehnt sich auf ihrem Sitz zurück und sieht die beiden Frauen hinter der Ecke des Bahnhofgebäudes verschwinden.

Endlich ist sie auf dem Heimweg.

Um mit ihren Gedanken nicht allein zu sein, holt sie ein Buch aus der Tasche und beginnt zu lesen, während die Häuser in der Landschaft immer weniger werden und verstreuter stehen. Als sie das nächste Mal den Blick von ihrem Roman hebt, sieht sie Wald. In ein, zwei Stunden wird sie in Oslo sein. Von dort aus geht es mit dem Nachtzug nach Bergen. Am nächsten Abend wird sie im Salon an Bord der *Kommandøren* sitzen, um am nächsten Morgen endlich am Kai daheim aussteigen zu können. Darauf freut sie sich. Wenn sie an Harald denkt, macht sie das immer noch traurig, aber sie weiß, dass dies vorübergeht, in ein paar Monaten hat sie ihn vergessen.

Sie ist sich vollkommen sicher, dass sie ihn niemals wiedersehen wird. Und das ist gut so. Nach ihrem Besuch im Sommerhaus hatte sie gewartet und gewartet, bis es sie ganz krank machte. Abend für Abend saß sie da und horchte auf Schritte im Treppenhaus, die nicht in der Etage unter ihr stehenblieben, sondern bis ganz nach oben weitergingen, darauf wartete sie, dass jemand bei ihr anklopfte, und wenn sie öffnete, wäre er es, Harald. Er habe an sie gedacht, er habe sie sehen müssen, jetzt stehe er hier, ob er eintreten dürfe?

Aber er kam nicht. Synnøve erklärte, das überrasche sie ganz und gar nicht. Auf Harald sei nun einmal kein Verlass, sie habe Ingrid gewarnt, jetzt sehe sie, was in ihm stecke.

In den ersten Wochen fand Ingrid noch Entschuldigungen für ihn; es war von da draußen nicht einfach, in die Stadt zu kommen, vielleicht hatte er mit seinen Eltern verabredet, dort zu bleiben, um auf alles aufzupassen – das war nicht abwegig, dachte sie, so genau, wie sie es damit nahmen, alles abzuschließen –, sie dachte, dass er schließlich auf der Insel war, um zu lernen, und dass der Sommer noch lang war, vielleicht würde er erst kommen, wenn er in der Stadt auch anderes zu erledigen hatte.

Sie gab die Hoffnung nicht auf, blieb abends zu Hause. Schließlich war es denkbar, dass er plötzlich auftauchte, und wenn sie dann in einem Kinosaal säße, würde sie sich das niemals verzeihen, sagte sie, als Synnøve quengelte. Sie lag auf dem Bett und las, sie aß abends zusammen mit den anderen Frauen, die dort wohnten, ab und zu wachte sie mitten in der Nacht in der Überzeugung auf, dass jemand gerade ein Steinchen an ihr Fenster geworfen hatte. Obwohl sie in der dritten Etage wohnte, stand sie auf und suchte mit den Augen die Straße ab.

Nichts.

Schließlich erkannte sie, dass sie sich idiotisch verhielt, dass dieses hoffnungslose Warten auf dem besten Weg war, ihr den ganzen Sommer zu verleiden. Synnøve gegenüber tat sie so, als hätte sie aufgegeben, und die beiden nahmen ihre früheren Gewohnheiten wieder auf: Sie flanierten abends durch die Stadt, manchmal gingen sie ins Kino, einmal aßen sie im Restaurant des Hotels, zwei Abende hintereinander waren sie im Vergnügungspark und hatten so viel Spaß, dass Ingrid ihn für eine Weile völlig vergaß.

Die beiden jungen Frauen schlenderten durch die Menschenmenge zwischen den vielen Buden und aßen Zuckerwatte; es war heiß und laut, überall blinkten Lichter, von der Achterbahn ertönten jedes Mal, wenn die Wagen abwärts rauschten, ängstliche Schreie. Sie blieben vor der Absperrung stehen und sahen, wie die Wagen larvenartig zum nächsten Scheitelpunkt hochkrochen, während die Fahrenden in der Höhe saßen, als würden sie ausgestellt, und sie konnten es nicht lassen, kauften Fahrkarten, und waren ein paar Minuten später auf dem Weg durch die ersten, flachen Kurven. Als der Boden unter ihnen verschwand, schrien sie auf, ihnen war schwindlig und leicht übel, und sie blickten auf die Häuserdächer, als sie durch die Kurve am Scheitelpunkt fuhren, erleichtert stiegen sie aus dem Wagen, als sie endlich vor der Schranke am Erdboden stoppten. Arm in Arm schlenderten sie weiter über das Gelände. Ingrid warf ihre halb aufgegessene Zuckerwatte in einen Mülleimer. Synnøve blieb vor einer Bude stehen und bezahlte drei Bälle, die sie auf eine Pyramide aus Blechdosen warf, ohne sie zu treffen. Ingrid lachte über Synnøves ungeschickte Mädchenwürfe und zog mit ihr zur Autoscooterbahn, wo sie dafür bezahlten, jeder seinen eigenen Autoscooter fahren zu dürfen. Dort fiel ihr Blick auf die leicht zu erkennende Gestalt Ivars und einiger anderer, denen sie schon einmal begegnet war. Sie standen rauchend zusammen und beobachteten die Leute. Sollte sie zu ihnen gehen und nach Harald fragen? Vielleicht hatte er sie ja erwähnt. Aber was hatte er dann gesagt? Hatte er damit angegeben, dass er sie mühelos erobern konnte? Sie sah es vor sich. Sie würden lügen, um ihn zu decken. Flackernde Augen, scharrende Füße, *Nein, Harald …?*

Am Steuer eines kleinen Autoscooters zu sitzen, erschien ihr plötzlich kindisch und entwürdigend. Sie stand auf, stieg auf den Rand der Fahrfläche und ging davon.

Synnøve lief ihr hinterher.

»Was ist los?«, fragte sie.

»Nichts«, sagte Ingrid.

»Ganz ehrlich, Ingrid. Das ist er nicht wert.«

»Ich weiß.«

Sie blieben an einer Losbude stehen. Ein großes Rad drehte sich immer langsamer, und das knatternde Geräusch löste sich nach und nach in seine einzelnen Bestandteile auf: *tacktacktack tack tack tack tack tack tack tack.*

Dann kam es endgültig zum Stehen.

»Wollen wir es mal probieren?«

»Ich habe nicht mehr so viel Geld«, sagte Ingrid. »Aber mach ruhig.«

Synnøve lehnte sich vor und lenkte die Aufmerksamkeit der beleibten Frau hinter dem Tresen auf sich. Sie hielt ihr einen Eimer mit Losen hin.

Während sie auf den Beginn der nächsten Runde warteten, sagte Synnøve:

»Habe ich dir nicht gesagt, dass du diesen Sommer einen Jungen treffen wirst, der dir gefällt? Erinnerst du dich?«

»Ich erinnere mich. Aber deshalb bin ich nicht hergekommen.«

Synnøve musste wegsehen, um das Lächeln zu verbergen, das sie sich nicht verkneifen konnte, aber Ingrid bemerkte es trotzdem.

»Das ist *wahr*!«, sagte sie.

Sie lachten.

»Erinnerst du dich an den Engländer letztes Jahr?«

»Der, oh Gott! Was hat er noch gesagt?«

Ingrid lehnte den Kopf ein wenig zurück und sagte steif:

»Do you want to join me for a drink later… Sinnøøve?«

»Niemals wäre ich mit dem irgendwohin gegangen!«

»Der war doch schick? Vierzig Jahre alt und, na ja… erfahren?«

»Und fett! Und eklig!«

Ingrid vergaß Harald nicht, aber im Laufe der Wochen wurde die Erinnerung an ihn schwächer, und daraufhin fiel es ihr leichter zu akzeptieren, was Synnøve gebetsmühlenartig wiederholte: Er war nichts für sie, er stand nicht zu dem, was er sagte, und hatte es nicht verdient, dass man seinetwegen traurig war.

Er würde nicht auftauchen.

Am Freitag vor ihrer Heimreise saß Ingrid in ihrem Zimmer am Schreibtisch und schrieb einen Brief an ihren Onkel und ihre Tante in Bergen. In den drei Jahren, die sie die Pädagogische Hochschule besuchen würde, konnte sie bei den beiden ein Zimmer mit Bad und einer kleinen Kochnische bewohnen. Nun schrieb sie, um ihnen endlich mitzuteilen, wann sie ankommen würde.

Als unten die Haustür aufging, verdrängte sie augenblicklich den vertrauten Gedanken, dass es Harald sein könnte. Die winzige Hoffnung, die ihr geblieben war, erstickte sie im Keim, indem sie sich auf Anderes konzentrierte. Sie hob das Blatt an und las sich den Brief noch einmal durch. Die Schritte auf der Treppe ließen die erste Etage hinter sich, dann die zweite und stoppten erst, als sie vor der Tür zu den Zimmern in der dritten standen.

Sie hörte, dass angeklopft wurde, blieb aber sitzen, da es sicher Besuch für eine der anderen war.

Doch dann erkannte sie seine sanfte, charakteristische Stimme und stand hastig auf, warf einen Blick in den Spiegel und rückte die Bluse am Hals zurecht, ehe sie sich wieder hinsetzte, um sich nichts anmerken zu lassen.

Ein Schauer durchlief sie: Er war da.

»Herein!«, sagte sie, als es klopfte.

Harald stand im Türrahmen. Weißes Hemd, schwarze Krawatte, ein Jackett über die Schulter geworfen.

Als sie aufstand, um zu ihm zu gehen, sagte er:

»Ich kann nicht lange bleiben. Ivar wartet draußen.«

Sie blieb stehen und sah ihn an, aber er erwiderte ihren Blick nicht. Er sah zu Boden und wirkte zögerlich.

»Ich habe mir solche Sorgen gemacht, nachdem … als du da draußen warst. Das, was passiert ist …«

Sie begreift, worum es geht, kommt ihm jedoch nicht zur Hilfe. Sieht ihn nur an.

»Du bist doch nicht …«, sagt er.

Ingrid bleibt weiter stumm.

»Es ist nichts passiert … mit dir? Hinterher?«

»Du meinst, ob ich schwanger bin? Fragst du mich danach? Ob ich ein Kind erwarte?«

»Das kann ja passieren. Ich habe mir da draußen solche Sorgen gemacht.«

»Nein«, sagt sie. »Ich bin nicht schwanger. Ich kann dich beruhigen.«

Er müsste erleichtert sein, ist es aber nicht. Denn er versteht natürlich, wie schlecht das in ihren Augen aussehen muss. Er hätte sich mehr Zeit nehmen, ein paar Stunden bleiben und sie *dann* fragen sollen. Dagegen hätte sie nichts sagen können. Aber nach dem, was zwischen ihnen passiert war, wollte er nicht mit ihr alleine zusammensitzen. Dies war die beste Lösung, hatte er gedacht.

Und nun stand er dort.

»Bist du *sicher*?«

Sie antwortete nicht. Und als er auf sie zuging, drehte sie sich weg.

Es blieb ihm nichts anderes übrig, als zu gehen.

»Er wartet draußen. Ich muss eigentlich gleich weiter. Aber ich komme später noch einmal vorbei.«

»Tu das nicht«, erwiderte sie.

»Dann also nicht«, sagte er. »Wenn du es nicht willst.«

Am Fenster stehend, sah sie ihn aus dem Haus treten und gleich darauf mit Ivar um die Straßenecke verschwinden.

Sie weinte. Stundenlang lag sie nur auf dem Bett. Dann riss

sie sich zusammen. Ging ins Bad und wusch sich das Gesicht, setzte sich und begann, ihm einen Brief zu schreiben. Er wurde lang. *Du bist nicht der, für den ich dich gehalten habe*, schrieb sie. Dass es gut sei, dies herausgefunden zu haben. Dass Synnøve sie gewarnt und gesagt habe, auf ihn sei kein Verlass. Und je mehr sie schrieb, desto besser fühlte sie sich. Ein Teufel schien in sie gefahren zu sein. Denn sie schrieb, um ihn zu verletzen. Sie erzählte von allem, was sie über ihn gehört hatte, und ließ nichts aus. Sie schrieb, er sei ihrer nicht würdig und dass sie unheimlich wütend auf sich selbst sei, weil sie eine Zeitlang etwas anderes geglaubt hätte.

Das war ihre Rache.

Den Brief warf sie erst kurz vor Abfahrt ihres Zugs nach Oslo ein. Sie wollte nicht riskieren, dass er sie wieder besuchte, um sich zu entschuldigen, sie wollte nicht riskieren, dass sie sich begegneten, nachdem er ihre Zeilen gelesen hatte. Sie schrieb den Brief in der Absicht, das letzte Wort zu behalten.

Sie wollte ihn niemals wiedersehen.

Der Gedanke tut ihr gut. Erneut wendet sie sich dem Buch zu, das aufgeschlagen in ihrem Schoß liegt. Sie liest auf der ganzen Fahrt durch die Agder-Provinzen, erst als der Zug schon in Telemark ist, schließt sie das Buch und legt es zur Seite, beugt sich vor und holt die belegten Brote heraus, die sie sich am Morgen gemacht hat, gießt sich Kaffee aus der Thermoskanne ein, isst und betrachtet dabei die Landschaft vor dem Zugfenster. Wald, Wald, Wald und von Zeit zu Zeit ein kurzer Blick auf einen Hof, grasende Kühe auf flachen Weiden und das eine oder andere Gesicht, das zu dem vorbeifahrenden Zug schaut.

In Oslo trifft sie gerade zur rechten Zeit ein, um ihr Schlafwagenabteil zu beziehen, ehe der Nachtzug nach Bergen aus dem Bahnhof rollt. Zum einschläfernden Rhythmus der Räder, die gegen die Schwellen schlagen, schlummert sie ein, *du-dunk, du-dunk, du-dunk*, zu diesem Rhythmus wacht sie sieben Stunden später wieder auf, zieht den Vorhang zur Seite und blickt direkt auf *Fleischers Hotel*: Sie sind in Voss.

Ingrid hört die Atemzüge der beiden schlafenden Frauen, das Schnorkeln bei jedem Ausatmen, und bewegt sich vorsichtig, um sie nicht zu wecken, während sie die Leiter hinabsteigt und in dem engen Abteil anfängt, sich umzuziehen. Draußen ertönt ein Pfiff, und der Zug fährt mit einem Ruck an, der sie zwingt, sich auf der Bettkante abzustützen, während das Nachthemd noch um ihre Beine liegt. Die Frau mittleren Alters, die im selben Moment die Augen aufschlägt, starrt direkt auf ihren nackten Körper. Ingrid dreht sich schamerfüllt weg und zieht hastig den Pullover über, während der Zug an dem morgendlich stillen Wasser entlangfährt.

»Sind wir da?«, fragt die Frau und setzt sich im Bett auf.

»Wir sind erst in Voss«, antwortet Ingrid, knöpft seitlich ihren Rock zu und bückt sich, um Socken und Schuhe anzuziehen.

»Ach so«, sagt die Frau. Sie legt sich zurück, und Ingrid verlässt mit dem Kulturbeutel in der Hand das Abteil. Der Fußboden zittert und bebt, je nachdem, wie sich der Zug auf seinem Weg durch das Flusstal in die Kurven legt. Sie wäscht sich als Erstes Hände und Gesicht an dem gesprungenen Waschbecken, in dem sich nach langjährigem Gebrauch am Abfluss eine rostrote Rinne abgesetzt hat, sie trocknet sich mit dem Handtuch ab und legt es auf den Beckenrand, ehe sie das Fenster herunterzieht und sich vorlehnt, um hinauszusehen. Frische Luft strömt ihr entgegen. Der Lärm des Zugs verändert sich, kommt jetzt von außen, zurückgeworfen vom Berghang auf der anderen Seite des Flusses, um im nächsten Augenblick in die Landschaft zu verschwinden, als der Zug zur anderen Seite schwenkt.

Das ist ihre Welt. Die hohen Berge, das satte Grün überall, das Wasser, das in rauschenden Fällen von Felsvorsprüngen und aus Klüften herabfällt, ehe es jäh innehält und sich in einer gleichmäßig strömenden Fläche sammelt, die an manchen Stellen von weißen Wirbeln durchbrochen wird, wenn Steine und

Felsbrocken im Strom aufragen, der in neuen Fällen hinabstürzt, in denen die grünliche Farbe in Schaum und Gischt verschwindet, bis er sich wieder sammelt und für die letzte Strecke grün wird, bis der Fluss sich in eine Mündung ergießt und sich fast schwarz verdunkelt.

Ingrid zieht die Zahnbürste aus dem Kulturbeutel, während der Krach des Zugs von den Häusern widerhallt, die hier ganz nah an der Eisenbahnlinie stehen, *du-dunk*, *du-dunk*, *du-dunk*, sie drückt etwas Zahncreme auf die Bürste und sieht die gelblich weißen Sandbänke beidseits des schmalen Gewässers, sie putzt sich die Zähne und schaut auf die kleine Ortschaft hinaus, die noch nicht zum Leben erwacht ist. Sämtliche Gebäude liegen am Fluss. Weiter hinten beginnen die leuchtenden Grashänge, die jäh zu den schwarzen Fichten aufsteigen, die auf dem letzten Hang wachsen, bevor in der Höhe das kahle Gebirge beginnt. Das ist ihre Welt, und was im Sommer passiert ist, erscheint ihr sehr fern, während sie dort steht, als gehörten die Ereignisse zu der Landschaft, in der sie geschehen waren, und nicht zu ihr. Denn die Enttäuschung darüber, so niederträchtig behandelt worden zu sein, die am Vortag, auf dem Bahnhof von Kristiansand, noch allgegenwärtig gewesen ist und ihr die Freude über Dinge genommen hat, die ihr sonst viel bedeutet hätten, zum Beispiel die Freundlichkeit und Fürsorglichkeit Synnøves und ihrer Mutter, ist hier blasser, schwächer, weiter weg.

Einen Monat später, als sie mit Norunn, der Schwester ihrer Mutter, und ihrem Mann Nils in Bergen beim Essen sitzt, wie sie es jeden Tag seit ihrem Einzug getan haben, heißt es:

»Da fällt mir ein, Ingrid, heute ist ein Brief für dich gekommen. Ich habe ihn auf deinen Schreibtisch gelegt.«

»Ein Brief«, sagt Ingrid. »Hast du gesehen, von wem er ist?«

»Es stand kein Absender darauf. Aber er ist in Oslo abgestempelt worden.«

»Dann ist er vielleicht von Anna.«

»Hm«, meint ihre Tante. »So sah er eigentlich nicht aus…«

»Komisch«, sagt Ingrid. »Ich kenne sonst niemanden in Oslo.«

Aber dann fällt es ihr ein. Der Sog aus dem Sommer ist zurück. Eine plötzliche Gefühlsregung erschüttert sie, und sie muss sekundenlang auf den Tisch hinabschauen, um sich wieder in den Griff zu bekommen und sich hier, bei ihnen, nicht zu blamieren. Als sie sich im nächsten Moment wieder im Griff hat, sieht sie jedoch, dass die beiden nichts gemerkt haben. Die einzige Veränderung hat sich in ihrem Inneren abgespielt. Außerhalb von ihr ist alles wie immer. Sie essen, und gleich wird Onkel Nils ins Wohnzimmer gehen, um ein Mittagsschläfchen zu halten, während Ingrid Norunn beim Spülen hilft. Das tut sie jeden Tag. Ingrid ist darauf bedacht, stets hilfsbereit und verfügbar zu sein, wenn sie im Haus ist. Auch wenn streng genommen keiner verlangt oder von ihr erwartet, dass sie ihnen etwas zurückgibt, nur weil sie dort wohnen darf, hat Ingrid das Gefühl, ihnen etwas zu schulden. Schließlich haben sie ihr für *drei Jahre* eine richtige kleine Wohnung zur Verfügung gestellt, natürlich will sie helfen, natürlich versucht sie, gegen den Gedanken anzugehen, dass sie eine Bürde für die beiden ist, indem sie ihnen möglichst oft zur Hand geht.

Norunn spült, Ingrid trocknet ab und räumt Gläser und Gefäße weg.

Sie hören ihn im Wohnzimmer seufzen, als er sich auf die Couch legt. Norunn zwinkert und lächelt ihr zu, als das brummende Schnarchen einsetzt. Ingrid erwidert das Lächeln, ist mit ihren Gedanken aber woanders, und sie unterhalten sich nicht so lebhaft wie sonst, sie stehen jede für sich und arbeiten, die eine Frau schwer und kraftvoll, die andere zierlich und leicht, die eine Ende vierzig, die andere achtzehn, die eine klug und erfahren, die andere noch unreif und unerfahren, wenngleich intelligent und begabt. Die eine hat ihren Platz im Leben gefunden, die andere ist rastlos und brennt vor Lust darauf *anzufangen*.

Ingrid hegt die Erwartung, dass das Leben, das wahre Leben, einen klar definierten Beginn hat, dass es irgendwann *ernst* wird. Dass die Dinge, die mit ihr geschehen, schwer wiegen vor lauter Bedeutung und Schicksal, ganz anders als das Zufällige und Flüchtige, das derzeit ihre Tage prägt.

Aus der Nachbarwohnung dringt das knarrende Geräusch eines Radios an ihr Ohr. Der Wetterbericht. Norunn streicht sich gedankenverloren mit der Hand das Haar hinter ihr Ohr, und eine Flocke aus Schaumblasen bleibt auf ihrer Wange hängen. Als Ingrid sich umdreht, um die Schublade aufzuziehen und die beiden Messer hineinzulegen, die im Küchenhandtuch liegen, mustert Norunn sie schnell.

Ihr ist natürlich klar, was für einen Brief Ingrid bekommen hat. Sie brauchte nur eins und eins zusammenzuzählen und sah einen Ablauf von Begebenheiten vor sich: Ingrid lernte einen jungen Mann kennen, als sie in Kristiansand war, wahrscheinlich einen Studenten, der zum Semesterbeginn nach Oslo ging. Jetzt ist September, und da sie nicht früher von ihm gehört hat, dürfte das bedeuten, dass ihre Beziehung Risse bekommen hat und er nun versucht, diese zu kitten, sie in einem Brief zu überreden, der nur für dieses eine argumentiert: Ich bin der Richtige für dich.

Ingrids bedächtige Bewegungen, Ingrids abwesende Augen. Die Röte, die für Sekunden in ihren Wangen brannte, als das Mädchen sich zu beherrschen versuchte, das Schweigen, das anschließend den Brief umgab.

Sicher, Norunn weiß, was los ist.

Aber warum sagt sie nichts? Warum geht sie nicht auf ihre Nichte zu? Denn bald darauf sind sie fertig, bald sagt Ingrid, dass sie in ihr Zimmer hinaufgeht, bald begibt Norunn sich ins Schlafzimmer, um sich kurz hinzulegen und in der Tageszeitung zu blättern, während sie darauf wartet, dass er wieder aufwacht, ohne dass der Brief mit einem Wort erwähnt worden wäre.

Diese vorsichtige Distanz hat nichts Unfreundliches geschweige denn Kaltes, im Gegenteil, sie ist fürsorglich, rücksichtsvoll. Norunn merkt, dass Ingrid unbewusst ihre Nähe sucht, und versteht, dass sie in ihr einen Ersatz für die eigene Mutter sieht, Norunns jüngere Schwester, eine Frau, die immer ernst gewesen ist und häufig streng oder abwesend wirkt. Drei Jahre wird Ingrid bei ihnen wohnen. Norunn versucht zu verhindern, dass Ingrid ihr näherkommt als ihrer eigenen Mutter, sie hält sich ein wenig zurück. Obwohl es schwierig, manchmal sogar hart ist, bleibt sie auf Distanz, lässt Ingrid erzählen, was sie erlebt und denkt, ohne mehr als notwendig darauf einzugehen.

Und vielleicht gilt es ja auch andersherum. Vielleicht hat Norunn Angst, zu sehr die Nähe ihrer Nichte zu suchen, vielleicht fürchtet sie die Leere an dem Tag, wenn Ingrid ausziehen und diese seltsame Mutter-Tochter-Beziehung ein Ende finden wird. Denn Ingrid würde in den Sommerferien nicht hierher fahren, nicht hierher würde sie ihren Zukünftigen mitbringen, wenn es so weit war, nicht zu *ihr* würde sie mit ihren Kindern kommen.

Sie selbst haben keine. Norunn zog Anfang der dreißiger Jahre nach Bergen und nahm eine Stelle als Hausmädchen bei reichen Leuten im Stadtteil Fjellsiden an, lernte Nils kennen, die beiden heirateten kurz vor dem Krieg und zogen nach Solheimslien, wo sie immer noch wohnen. Nils arbeitet als Klempner auf der Schiffswerft, sie ist Hausfrau, und Ingrids Anwesenheit ist ihnen beiden willkommen.

Jetzt faltet sie die Zeitung zusammen und legt sie auf den Nachttisch, setzt die Brille ab und schließt die Augen, liegt ein paar Minuten da und lauscht dem Knarren der Bodendielen in der Etage über ihr, ehe sie einschläft.

Es ist Ingrid, die sie über sich gehört hat. Der Brief und alles, was dieser Brief bedeutet, hat sie aufgewühlt. Rastlos geht sie in ihrem Zimmer auf und ab und denkt dabei unablässig an den

Umschlag, der vorerst noch ungeöffnet und ungelesen auf dem Schreibtisch liegt, wo Norunn ihn abgelegt hat.

Nach einer Weile wirft sie sich eine Strickjacke über die Schultern und geht in den milden Septembernachmittag hinaus, spaziert an der Reihe vollkommen gleich aussehender Steinhäuser vorbei, die man hier in den ersten Jahrzehnten des Jahrhunderts für Arbeiter gebaut hat, vorbei an der weißgetünchten Kirche mit ihrem rötlichen Dach und dem grünspangefärbten Turm und zum Danmarksplass hinunter, wo die grau gestrichenen Kräne mechanisch unter dem diesig blauen Himmel brüten, von dessen Glanz die Wände des Werftgebäudes ein wenig auffangen. Auf der anderen Straßenseite liegt das *Forum Kino*. Sie wirft einen flüchtigen Blick auf die Filmplakate, ehe sie die Straße nach Haukeland hinauf nimmt. Das Wohnviertel, durch das sie geht, ist in die leicht abgekämpfte Stimmung des Nachmittags gehüllt. Die Straßen sind leer und still. Aus den offenen Fenstern, an denen sie vorbeikommt, steigt ihr der Geruch verschiedener Gerichte in die Nase, hört sie die Geräusche von Familien, die um den Küchentisch zusammensitzen und essen, irgendwo wird gespült, irgendwo ruft eine Jungenstimme durch das Haus, *Ich will nicht, ich will raus, habe ich gesagt*, an einem Zaun vor ihr haben zwei kleine Mädchen eine Kordel befestigt, sie halten in ihrem Spiel inne und schauen neugierig zu ihr hoch, als sie vorbeigeht. Aber Ingrid nimmt sie überhaupt nicht wahr, sie ist in ihren Gedanken bei Haralds Brief. Er hat einen Keil in etwas geschlagen, was sie verschlossen hat. Sie weiß, dass die Öffnung noch etwas geweitet wird, sobald sie nachgibt und ihn liest, und dass Harald damit von Neuem Raum in ihr einnimmt. Dass sie sich erneut von ihm vereinnahmen und nach ihm sehnen würde.

Will sie das?

Etwas in ihr will es. Deshalb läuft sie durch die Stadt. Sie braucht Zeit und Abstand, deshalb läuft sie durch die Stadt, sie will sich stählen und verschließen, was der Brief durch seine bloße Existenz geöffnet hat.

Sie spaziert am Friedhof unterhalb des Krankenhauses Haukeland und am Studentenviertel Alrek vorbei und folgt der Straße Richtung Fjellsiden. Auf der Kuppe des Skivebakken stützt sie sich auf ein rostiges Eisengeländer und blickt auf Marken und zur Nygårdshøyden hinauf, wo die Johannes-Kirche selbstzufrieden über der Stadt emporragt.

Natürlich hat sie nicht die Kraft, den Brief liegen zu lassen. Kann es wirklich schaden, einen kurzen Blick hineinzuwerfen? Es musste ja nicht heißen, dass damit die Gefühle wieder entflammten. Sollte es nicht möglich sein, seinen Brief mit gestähltem Herzen zu lesen?

Doch, das müsste gehen.

Während das gestählte Herz schwer in ihrer Brust schlägt, schlitzt sie den Umschlag auf und zieht die drei Seiten heraus, für die Harald eine Woche gebraucht hat, immer neue Entwürfe, bis er schließlich mit seiner Komposition zufrieden war und endlich Ingrids Namen über die Adresse setzen konnte, die Synnøve ihm trotz großer Skepsis gegeben hatte.

Ohne es zu wissen, haben beide dem anderen genau das gegeben, was erforderlich war, um zwischen ihnen Offenheit zu schaffen. Ingrid hat Harald mit Nachdruck zurückgewiesen, ehe sie in einen anderen Teil des Landes gezogen ist. Und genau das braucht Harald: Widerstand und Abstand. Etwas, das überwunden und bekämpft werden muss. Das Bild, das Ingrid in ihrem Brief von ihm gezeichnet hat, kann er nicht auf sich sitzen lassen, er muss ihr zeigen, dass sie sich geirrt hat. Und da sie nicht da ist und umgarnt werden kann, muss er ihr schreiben. Schreiben kann er. Außerdem weiß er, was nötig ist, um einen guten Eindruck zu machen; im Laufe der knapp vierundzwanzig Stunden, die sie zusammen verbracht haben, hat er mehr als genug Informationen erhalten, um sich ausrechnen zu können, was gerade *ihr* gefallen würde. Und Ingrid? Sie ist ein lesender Mensch, aufgewachsen in einer nicht-lesenden Gemeinschaft, weshalb das geschriebene Wort für sie einen hohen Stellenwert hat, es macht sie immer glücklich, wenn sie Menschen trifft, die das Gleiche gelesen und gedacht haben wie sie selbst. In einer Welt aus pflichtschuldigen Lesern ist die Lektüre zum Vergnügen eine Auszeichnung. Das hat Harald erkannt, damit spielt er in seinen Zeilen. Er weiß, dass er sie schlecht behandelt hat, er weiß, warum sie so enttäuscht gewesen ist und nichts mehr mit ihm zu tun haben will, das schreibt er, Sätze, die in gewisser Weise demütigend sind, da sie auf die Gestalt einschlagen, die er ihr gegenüber gewesen ist, aber zugleich auch nicht, da das Demütigende hier eine *Absicht* hat und damit nur eine Art Mittel zum Zweck ist, dessen er sich bedient. Anschließend schreibt er, dass er sich wünschte, die Dinge hätten sich anders entwickelt, weil sie da draußen wirklich etwas Besonderes erlebt hätten, sie sei so warm und so lebendig gewesen, *Ich bereue meine Gefühllosigkeit von damals so sehr, Ingrid, wenn du nur wüsstest, wie sehr. Ich habe keine zweite Chance verdient, das weiß ich, aber vielleicht können wir ja ganz woanders beginnen? Vielleicht können wir uns Briefe schreiben? Auch wenn du mir ein wenig von dir erzählt hast, gibt es doch noch immer viel, was ich nicht weiß, Rätsel, die ich alleine zu lösen suche, wenn ich durch Oslo laufe, und bei deren Lösung du mir vielleicht helfen könntest?* Das schreibt er. Er erzählt ein wenig davon, wie es ihm in Oslo geht, womit er sich die Tage vertreibt, worüber er sich Gedanken macht und wie es um ihn herum aussieht. Und ja, es ist eine Rolle, weil der ganze Brief darauf aufbaut, was sie, wie er glaubt, von ihm hören will. Trotzdem kommt er sich selbst über diesen Umweg näher. So wie die Dinge im Moment liegen, ist es der einzige Weg zu Ingrids Herz. *Sie* weiß nicht, dass es ein Umweg ist, woher soll sie das wissen, so unerfahren, wie sie ist?

Ingrid sieht ihn, wie er für sie sein will. Und ihr gefällt, was sie sieht. Aber sie antwortet nicht. Die Entscheidung, die sie getroffen hat, ist zu stark, um von diesem einen Vorstoß erschüttert zu werden. Sie legt den Brief beiseite.

Aber Harald gibt nicht auf, er schreibt ihr einen weiteren Brief. Als sie auch diesen nicht beantwortet, geschieht es gleichwohl mit dem Versprechen an sich selbst, ihm zu antworten, wenn sein Wille *so* stark ist, dass er ihr einen dritten Brief schickt.

Das ist er.

4

Zwei Jahre später steigt Harald mitten in einem Ort weit draußen am Sognefjord aus einem Bus und dreht sich um und nimmt die Koffer an, die Ingrid ihm anreicht. Er setzt sie vor sich ab. Ingrid hüpft die drei Stufen herunter und stellt sich neben ihn, während der Bus die Tür schließt und wieder auf die Straße hinter ihnen fährt.

»Da ist es!«, sagt sie und zeigt.

»Da oben?«, fragt Harald.

Ein Kiesweg schlängelt sich einen leicht gewellten Hang hinauf. Am Scheitelpunkt steht ein kleines, weißes Haus, und zwischen dem Laub der mächtigen Eiche auf dem Hof erkennt man einen rot gestrichenen, länglichen Stall. Die Wiese hinter dem Haus ist schmal und erstreckt sich etwa hundert Meter am Wald entlang.

»Es ist so klein«, sagt Harald.

»Klein?«, erwidert Ingrid.

»Nach dem, was du mir erzählst hast, hatte ich mir einen riesigen Hof vorgestellt.«

»Es ist doch nicht klein«, sagt Ingrid.

Harald lächelt sie an und nimmt einen Koffer in jede Hand. Der Himmel über ihnen ist dunstig und mild.

»Der Berg ist jedenfalls nicht klein!«, sagt Ingrid und sieht zu dem Felsmassiv hinüber, das auf der anderen Seite des Fjords senkrecht ins Wasser abfällt. »Es tut gut, zu Hause zu sein.«

Sie öffnet das Tor, er geht hindurch und bleibt stehen, um zu warten, bis sie es hinter ihnen geschlossen hat.

»Bist du nervös?«, fragt Ingrid und legt den Arm um ihn.

Er antwortet mit einem Schnauben.

Sie nähern sich dem letzten Anstieg. Dort sieht er, dass die Wiese unterhalb des Hauses noch etwas weitergeht. Die Reihen der Heureiter scheinen aus dem Erdboden zu wachsen wie Hecken. Ganz hinten am Zaun sieht man einen Garten mit Obstbäumen. Danach beginnt der Wald wie eine Wand aus dunklem Grün, fast schwarzen Fichten.

Als sie zum Haus kommen, steht ihre Familie davor und erwartet sie.

Ihr Vater ist ein kleiner Mann Mitte fünfzig, sein Kopf ist rund und, abgesehen von einem weißen Haarkranz, kahl. Er trägt einen dunklen Sonntagsanzug. In seinen Mundwinkeln sieht Harald braune Kautabakspuren. Die Mutter ist ein wenig größer als er und wirkt älter, denkt er, ihr graues Haar ist in einem Dutt hochgesteckt, und sie trägt ein geblümtes Kleid mit Schürze, an der sie nun ihre Hände abreibt. Und natürlich Anna. Ihr ist er in Oslo begegnet, sie kennen sich.

Noch bevor Ingrid den Koffer abgestellt hat, läuft Anna zu ihr, und die beiden umarmen sich mit viel Hallo und Lachen, während Harald reserviert danebensteht.

»Mama und Papa, das ist Harald«, sagt Ingrid lächelnd, als die Umarmungen der Schwestern endlich vorbei sind.

»Wie groß du bist!«, sagt ihr kleiner Vater.

Die Augen hinter den dicken Brillengläsern sind heiter und klar. Sie geben sich die Hand.

»Ingeborg«, sagt die Mutter. »Herzlich willkommen.«

»Harald«, sagt Harald.

Sie geben sich die Hand, und er denkt, dass sie Ingrids Augen hat. Sie sehen ihn einen Augenblick forschend an. Er lächelt sie an und wendet sich Ingrid zu, legt die Hand auf ihre Schulter.

»Wo ist Norvald?«, fragt sie.

»Er ist rausgelaufen, bevor ihr gekommen seid«, antwortet Anna.

»Nur herein«, sagt der Vater.

Harald und Ingrid hängen ihre Jacken im Flur auf, die anderen gehen ins Wohnzimmer. Die Arbeitskleider, die an der Garderobe hängen, riechen streng nach Kuhstall. Harald rümpft Ingrid zugewandt die Nase, sie lächelt und nimmt seine Hand. Der Tisch im Wohnzimmer ist mit einer weißen Häkeldecke und einem Kaffeeservice gedeckt. Zwei Stühle sind dazugestellt worden, ansonsten gibt es ein Sofa, ein Bücherregal, ein Büfett und eine Truhe an der Wand. Das ist alles. In den Fenstern hängen gehäkelte Gardinen mit dem gleichen Muster wie die Tischdecke, an den Wänden Familienfotos und ein Kunstdruck von einem Gemälde Astrups.

»Es ist ein bisschen anders als bei euch«, sagt Ingrid leise zu Harald, als Anna mit einem Tablett in der Hand eintritt.

»Wir haben den ganzen Tag gebacken«, sagt sie.

»Das wäre doch nicht nötig gewesen«, erwidert Ingrid.

»Es ist doch das große Ereignis dieses Sommers«, sagt Anna, »dass du ihn endlich nach Hause mitbringst!«

Harald ist ein wenig verlegen und stellt sich mit den Händen auf dem Rücken ans Fenster. Er kann bis zum Fjord und dem Berg am anderen Ufer sehen. Ein langgestreckter, jäh abfallender Felsrücken in der Form eines ruhenden Pferds: der Kopf mit der Mähne als eine Erhebung im Osten, eine hohlkreuzartige Kurve zum hinteren Teil, der im Westen in einem Bogen im Meer verschwindet.

Als ihre Mutter mit der Kaffeekanne in der Hand aus der Küche kommt, dreht er sich zu ihr um und lächelt höflich.

»Jetzt setzt euch doch«, sagt sie. »Und erzählt, habt ihr eine gute Reise gehabt?«

Ingrid redet, Harald antwortet nur, wenn er gefragt wird, und Ingrid denkt, dass sie ihn noch nie so gesehen hat, und sorgt sich ein wenig wegen des Eindrucks, den er auf ihre Eltern macht, aber dann denkt sie, dass er lange bleiben und sie ihn mit der Zeit besser kennenlernen werden. In einer Woche werden sie heiraten. Deshalb sind sie gekommen.

»Du musst unbedingt Mamas Brotfladen probieren«, sagt Ingrid und reicht ihm die Schüssel.

»Nein danke«, erwidert Harald. »Ich bin versorgt.«

»Du *musst!*«, sagt Ingrid und lächelt ihn an. »Sie sind nämlich berühmt.«

Sekundenlang starrt Harald sie an. Hat er ihr nicht gerade gesagt, dass er keine möchte? Aber wenn sie darauf besteht, kann er sie nicht einfach zurückweisen. Das würde auffallen. Das würden die anderen merken. Deshalb nimmt er einen der Fladen und beißt hinein, beschließt aber zugleich, dass er später, wenn sie allein sind, mit ihr darüber reden wird.

Ihr Vater hat seine Hände auf die Knie gelegt und sitzt leicht vorgebeugt.

»Ich erinnere mich an die Zeit, als *wir* verlobt waren«, sagt er und starrt ins Leere, als würde er sich an keinen Bestimmten am Tisch wenden.

Harald setzt seinen Teller ab und wendet sich ihrem Vater zu, um ihm seine ganze Aufmerksamkeit zu schenken, als er nun ansetzt, eine Geschichte aus der Zeit zu erzählen, zu der er im Krieg Sprengmeister bei einem Straßenbauprojekt in Hordaland war, eine verlassene Strecke, fernab von Menschen, sie wohnten in Baracken und vertrieben sich die Abende mit Kartenspielen. An einem der Abende war das Glück zum ersten Mal seit langem wieder auf seiner Seite. Er hatte eine Glückssträhne, gewann und gewann, das Geld häufte sich vor ihm auf dem Tisch, während ein Spieler nach dem anderen aufgab und sich zurückzog. Dann aber habe er ein wahnsinnig schlechtes Gewissen bekommen, sagt er und lächelt Harald an: *Du verstehst, was ich meine.* Er hatte nämlich lange Geld gespart, um ihr einen schönen Verlobungsring schenken zu können, und begriff auf einmal, dass er das Geld, das er im Spiel gewonnen hatte, dafür nicht benutzen konnte! Deshalb schob er den ganzen Haufen in die Tischmitte und verkündete, dass er es einsetze und dass die vier verbliebenen Spieler darum spielen sollten. Dann habe er sich zurückgelehnt, erzählt er, an der Wand gesessen und gesehen, wie die Männer am Tisch immer nervöser geworden seien. Schweiß lief, Augen flackerten, Hände zitterten. Das alles hatte er in Gang gesetzt. Und er würde jederzeit wieder so handeln. Dieser Augenblick sei mehr wert gewesen als alles Geld auf der Welt.

»Ich vergesse es nie!«, sagt er und hat endlich Zeit, einen Schluck aus seiner Tasse zu trinken, die bis jetzt unangerührt vor ihm auf dem Tisch gestanden hat.

»Es ist nicht gesagt, dass Harald sich wirklich für deine alten Geschichten interessiert«, sagt Anna.

»Doch, doch«, widerspricht Harald. »Das könnt ihr mir glauben.«

Im dem Moment hört man Schritte im Flur. Sie bleiben einen Moment stehen, und Harald stellt sich den Bruder vor, den er noch nicht gesehen hat und der nun regungslos dasteht und hinter der Tür lauscht, ehe er die knarrende Treppe hinaufhuscht und in sein Zimmer geht.

»War das Norvald?«, fragt Anna und sieht ihre Mutter an.

»Kannst du ihn bitte holen gehen? Er muss doch unseren Gast begrüßen.«

»Ich mache das«, sagt Ingrid und springt auf.

Als sie die Tür hinter sich schließt, wird es still.

Ihr Vater stellt seine Tasse ab und sieht Harald an.

»Dein Vater ist bei der Bank?«

Harald nickt.

»Ja, er ist stellvertretender Direktor.«

Jetzt knirschen die Bodendielen direkt über ihnen. Harald schaut zur Decke und fragt, ohne nachzudenken:

»Hast du das Haus selbst gebaut?«

Anna lächelt.

»Ja. Zusammen mit meinem Vater. Wir haben hier in der Gegend viele Häuser gebaut.«

»Wir haben ein Bild, möchtest du es sehen?«, sagt Anna.

»Gern«, antwortet Harald.

Anna geht ins Nebenzimmer und kehrt mit einer vergilbten, verbogenen Fotografie zurück, die offenbar einmal feucht geworden und danach wieder richtig trocken geworden ist.

Harald nimmt sie in die Hand und tut so, als interessierte ihn diese Ansammlung von Männern, die vor der Fassade eines halbfertigen Hauses posieren. Sie sind dunkelhaarig, schmutzig und gleichen Landstreichern.

Anna beugt sich über ihn und zeigt.

»Das ist Papa, rechts außen.«

Sie sieht ihren Vater an.

»Da warst du noch ziemlich jung, nicht? Achtzehn?«

»Das war Mitte der zwanziger Jahre«, sagt ihr Vater. »Damals hatte ich noch Haare auf dem Kopf.«

»Und das ist Großvater. Vielleicht sollten wir sein Grab besuchen, solange du hier bist.«

Harald nickt und blickt gleichzeitig auf: Ingrid kommt mit ihrem unwilligen Bruder im Schlepptau zur Tür herein.

Er ist schmächtig, hat wirre Haare, und sein Blick ist starr auf den Boden gerichtet.

»Begrüß bitte Harald, Norvald«, sagt Ingrid.

Harald steht auf, streckt die Hand aus.

»Du bist also Norvald«, sagt er. »Ich habe schon viel von dir gehört.«

Der Junge sieht mit schwarzen, scheuen Augen zu ihm auf, gibt ihm die Hand.

»Du gehst gern angeln, stimmt's?«

Er nickt.

»Was hältst du von einem Spaziergang? Du könntest mir deine Angelstellen zeigen. Wäre das nicht nett?«

»Ja«, sagt er. »Jetzt?«

Harald wirft Ingrid einen Blick zu.

»Warum eigentlich nicht?«

»Macht das«, sagt sie. »Aber sagt mir, wohin ihr geht. Ich würde später gerne nachkommen.«

Ihre Mutter und Anna beginnen, den Tisch abzuräumen. Ihr Vater hat das Radio im Regal eingeschaltet und scheint aufmerksam jedem Wort zu lauschen, das gesagt wird.

»Fjord oder Fluss?«, fragt Harald.

»Fluss«, antwortet Norvald.

Harald wendet sich ihrem Vater zu.

»Möchtest du uns bei unserem kleinen Angelausflug begleiten?«

Er wedelt abwehrend mit der Hand und deutet ein Lächeln an.

»Nein, nicht jetzt.«

»Okay«, sagt Harald. »Dann sind wir zu zweit.«

Er war erleichtert, aus dem Haus zu kommen. Der Junge war ein anspruchsloser Begleiter. Harald gab vor, nichts von der Kunst des Fischens zu verstehen. Er ließ sich von Norvald zeigen, wie man Würmer fand, demonstrieren, mit welchem Knoten man den Haken am besten an der Schnur befestigte, und als sie in das Tal gingen, war Norvald aufgetaut, zeigte auf unterschiedliche Orte, an denen er etwas gesehen hatte, dort ein Reh, dort einen Adler, und dahinten wuchsen massenhaft Moltebeeren, und da drüben war eine gute Stelle zum Angeln, und da vorn hatte er einmal innerhalb von zehn Minuten fünf Forellen gefangen, aber jetzt wollten sie zu dem Kolk unter dem Wasserfall, seiner Lieblingsstelle.

Der Anblick Haralds und Norvalds, die mit ihren Angelruten ruhig auf dem Felsen unter dem Wasserfall standen, ließ Ingrid stehenbleiben, als sie eine Stunde später auf dem Weg zu ihnen war. Norvald holte die Schnur ein, und Harald sah ihm zu, bückte sich und reichte ihm die Dose mit Würmern. Norvald nahm sich einen und fädelte das zappelnde Tier auf den Haken, ehe er den Köder mit einem Armschwung in den Strom warf und ein gutes Stück flussabwärts treiben ließ.

Sie redeten nicht, aber Ingrid sah, dass sie etwas verband, und das wärmte ihr Herz; ihr Bruder war scheu, es war nicht einfach, an ihn heranzukommen, aber Harald war es in nur einer Stunde gelungen.

Das Wasser, das über ihnen die Felsschlucht herabschoss, verhinderte, dass die beiden ihre Schritte hörten. Sie ging zu Harald und legte die Arme um ihn. Für einen kurzen Moment blieb er regungslos stehen, dann spürte sie, dass er sich entspannte und umdrehte, lächelnd die Hand auf ihren Nacken legte und sie küsste. Sie war nach wie vor unsicher, wie er reagieren würde, wenn sie sich ihm so unvermittelt näherte, manchmal zog er sich dann zurück, manchmal war er offen für sie. Jetzt küssten sie sich lange.

»Habt ihr was gefangen?«, fragte Ingrid.

Norvald war verlegen geworden und hatte sich ein wenig abgewandt.

»Zwei Stück«, antwortete Harald. »Sie liegen da drüben.«

Er nickte zu zwei kleinen Forellen hin, die neben Norvald auf dem Stein lagen.

»Aber die hat dein Bruder gefangen. Bei mir hat noch keiner angebissen.«

Ingrid bückte sich und hob einen Fisch auf.

»Den hast du gefangen?«

Norvald nickte.

»Vielleicht können wir ihn heute Abend essen.«

Als er die Rute an sich zog und die Schnur mit starren, ernsten Augen ein Stück weit einholte, erkannte sie, dass er ihr sein Können zeigen wollte.

Sie lächelte Harald an.

»Ich lasse euch mal in Ruhe. Aber fangt ruhig noch ein paar mehr! Damit wir genug für alle haben.«

»Geht in Ordnung«, sagte Harald. »Hier gibt es bestimmt eine Menge Fische.«

Am Abend vor der Hochzeit ziehen Anna und Ingrid sich in dem Schlafzimmer aus, das sie sich in dieser Woche geteilt haben. In Ingrids früherem Zimmer hören sie manchmal Harald, der sich über die knarrenden Bodendielen bewegt.

»Meinst du, er ist nervös?«, flüstert Anna.

Ingrid nickt.

»Oh ja. Er kennt ja keinen von den Gästen. Nicht auszudenken, wie es gewesen wäre, wenn ich in *seiner* Familie alleine gewesen wäre.«

»Sind sie so schlimm?«

»Nein, ich fand sie nett. Aber sie kommen ja nicht. Zur Hochzeit ihres eigenen Sohns. Das sagt schon etwas über sie aus.«

»Ist seine Mutter nicht krank?«

Ingrid sieht ihre Schwester resigniert an.

»Sie ist natürlich nicht krank. Das sagt er nur. Er schämt sich. Aber das darfst du Mama und Papa nicht sagen.«

»Natürlich nicht«, sagt Anna.

Sie setzt sich auf die Bettkante und zieht ihre Socken aus, wirft sie auf den Stuhl.

»Du bist ganz schön unordentlich«, sagt Ingrid.

»Pst!«, meint Anna und legt den Zeigefinger auf die Lippen.

Aus dem Nebenzimmer dringt ein leises, monotones Murmeln an ihre Ohren.

»Was macht er da?«

Beide gehen zur Wand, um besser zu hören.

»Er übt seine Rede!«, flüstert Ingrid.

Sie lachen, so leise sie können, müssen sich setzen und nach Luft schnappen. Dann sagt Anna:

»Armer Harald.«

Sie sieht ihre Schwester an.

»Bist du dir *ganz, ganz* sicher, dass du das Richtige tust?«

Ingrid lächelt, nimmt Annas Hand und legt sie auf ihren Bauch.

»Wir haben keine Wahl, oder?«

Die Rede, die er an den letzten Abenden geschrieben hat, ist förmlich und feierlich, wie sie in seinen Augen von einem Bräutigam erwartet wird. Er hat sie auswendig gelernt und legt sie jetzt fort, bleibt anschließend eine Weile auf dem Stuhl neben dem Bett sitzen, bis er sicher ist, dass alle im Haus schlafen. Dann schleicht er sich die Treppe hinunter, zieht Schuhe und Jacke an und geht auf den Hof hinaus.

Die Hände in den Taschen und den Kopf in den Nacken gelegt, blickt er zum Himmel auf. Die Sterne sind deutlicher, als er es gewohnt ist. Sie wölben sich über allem, was er sehen kann. Steigen aus dem Wald im Norden auf, den Höhenkämmen im Westen, den Bergen im Süden, dem Meer im Westen.

Es ist dunkel und warm und still.

Zum ersten Mal in seinem Leben hält Harald sich in einem Kreis von Menschen auf, in dem er mit der leicht distanzierten, Konversation machenden Höflichkeit, die er so gut beherrscht, nicht sonderlich weit kommt. Diese Art, sich zu geben, ist abhängig von Kanten und starren Flächen, um zur Geltung zu kommen, die Worte, Gesten und Mimik stoßen fortwährend gegen etwas, dort finden sie eine Richtung, sind sie sinnvoll. Hier gibt es keine Ecken und Kanten. Oder sie sind hier anders. Es kommt ihm vor, als würde alles, was er sagt oder tut, unablässig verschwinden. Was er aussendet, kommt nie zurück. Aber was soll er denn anderes tun, wenn ihr Vater anfängt, eine seiner langen Geschichten zu erzählen, als bei ihm zu sitzen und zu nicken, ihn gelegentlich mit einem kurzen *Was du nicht sagst*, oder einem einfachen *Ja, genau* zu unterstützen, manchmal erstaunt die Augenbrauen zu heben, bei anderen Gelegenheiten zu lächeln, so gut es geht?

Ingrids Vater behandelt alle gleich. Dass Harald gut ausgebildet, gut gekleidet ist und sich auszudrücken vermag, im Unterschied zu seinem üblichen Publikum, scheint nicht den geringsten Einfluss auf sein Verhalten zu haben. Dass Harald sein zukünftiger Schwiegersohn ist, den er zum ersten Mal sieht, spielt offenbar auch keine Rolle. Harald wird behandelt, als ginge er bei ihnen schon sein Leben lang ein und aus. Das gibt ihm das Gefühl, nicht dazuzugehören.

Ingrid liegt wach und hört die gleichmäßigen Atemzüge ihrer Schwester neben sich. Sie haben viele Jahre nicht mehr im selben Bett gelegen. In jenem Sommer, als sie dreizehn wurden, hatten sie beide ein eigenes Zimmer bekommen. Aber sie erinnert sich, dass sie trotzdem zusammen waren, bevor sie schlafen gingen, dalagen und redeten, bis ihre Mutter hereinkam und sie ermahnte zu schlafen.

Sie rüttelt leicht an Annas Arm.

»Schläfst du?«

»Mhm«, murmelt Anna schlaftrunken, dreht sich ein wenig und seufzt, ehe sie sich Ingrid zuwendet und die Augen aufschlägt.

»Bist du nervös?«, fragt sie.

»Nein«, antwortet Ingrid. »Nicht wegen morgen. Aber ich denke daran, wie es danach weitergeht. Wie es für uns laufen wird.«

»Es wird bestimmt alles gut«, sagt Anna und schließt wieder die Augen.

»Willst du schlafen?«

»Mhm. Ich bin müde. Außerdem müssen wir früh aufstehen.«

»Harald ist aufgestanden«, sagt Ingrid. »Ich habe gehört, dass er rausgegangen ist.«

»Magst du nicht zu ihm gehen? Es ist für dich besser, mit ihm zu reden als mit mir. Über eure Zukunft und so. Ich will einfach nur schlafen.«

»Vielleicht hast du recht«, sagt Ingrid.

Sie setzt sich auf die Bettkante und zieht sich an.

»Du?«, sagt Anna.

»Ja?«

»Sei bitte leise, wenn du dich wieder hinlegst.«

Die frisch gemähte Heuwiese ist weich und feucht. Die Grassoden geben bei jedem seiner Schritte ein wenig nach. Ihr Vater hat ihm erzählt, dass es ein Sumpf war, den er trockengelegt hat. Er hat ihn auf dem Hof herumgeführt, das Deckenlicht im Kuhstall eingeschaltet, so dass er sehen konnte, wie sehr Boden und Wände und die vier leeren Boxen mit Kuhmist verdreckt waren. Er öffnete das Tor zur Tenne und zeigte sie ihm, die handbreiten Spalten in der Wand, durch die Licht hereinfiel, das Schwalbennest im Gebälk unter der Decke. Die drei Nerzgehege am Waldrand. Währenddessen redete er ununterbrochen. Es gab allem Anschein nach kein Wort in der norwegischen Sprache, das ihm nicht als Stichwort für irgendeine Geschichte dienen konnte. Und dann lachte er. Er lachte, bis er keine Luft mehr bekam, keuchend dasaß und ihm Tränen die rot angelaufenen Wangen herabliefen.

Bei dem Gedanken muss Harald grinsen. Es ist unmöglich, ernst zu bleiben, wenn Ingrids Vater erst einmal anfängt zu lachen. Sein Lachen ist ansteckend, man hat das Gefühl, dass er darin verschwindet und erst viele Minuten später wieder daraus auftaucht, wenn er sich vorbeugt, die Tränen wegwischt und sagt, *Das werde ich nie vergessen.*

Harald lächelt und weiß, über *seinen* Vater kann kein Mensch so lächeln. Harald denkt, dass es Ingrids Vater an Autorität mangelt. Er hat den Kopf voller Pläne, beginnt von Zeit zu Zeit Dinge, die er jedoch nie zu Ende bringt und deren Spuren man überall auf dem Hof sieht, halbfertige Projekte wie die drei Nerzgehege, die er seinerzeit gebaut hat. Damals hatte er seine Zukunft in der Pelztierzucht gesehen und sich eine Zeitlang ganz dieser Tätigkeit gewidmet, hatte Bücher gelesen und erfahrene Züchter besucht, die alles Erforderliche über die schlanken und geschmeidigen Tiere mit den schimmernden, glänzenden Pelzen, den spitzen Zähnen und dem hitzigen Gemüt wussten. Er fütterte sie, säuberte ihre Käfige und besorgte Leute, die sie schlachten und ihnen das Fell abziehen konnten, und fuhr zu

Auktionen, um ihre Felle zu verkaufen, bis er erkannte, dass die Einnahmen nur unwesentlich die Kosten überstiegen, woraufhin er jegliches Interesse verlor und die drei Frauen alle praktischen Aufgaben übernehmen mussten, zusätzliche Arbeit, die keinen nennenswerten Gewinn einbrachte.

»Warum hast du aufgehört?«, hatte Harald ihn gefragt. Sie gingen zu dem flachen Gebäude, das noch intakt war: Käfig für Käfig in langen Reihen. Eine dicke Staubschicht auf den Bodendielen, Spinnweben in allen Ecken. Als Harald sich vorbeugte, sah er Spuren von vertrocknetem Kot hinter dem Maschendraht. Der ekelhafte Nerzgeruch hing noch immer in der Luft.

»Man konnte kein Geld damit verdienen«, hatte Ingrids Vater geantwortet. Eine schwarze Prise Kautabak neben sich ausspuckend, hatte er mit beiden Händen in seinem Blaumann neben Harald gestanden und gemustert, woran er einst geglaubt hatte, bis er aufgab.

Aber erzählen konnte er. Eine endlose Reihe von Erzählungen kam aus diesem Leben, das so ungewöhnlich schillernd wirkte, in Wirklichkeit jedoch so war wie jedes andere auch: voller Sehnsucht nach etwas Anderem.

Harald geht über die dunkle Wiese, hört das schwache Rauschen aus dem Flusstal und sieht vage einen Hügel hinten am Zaun, auf den er Kurs nimmt. Dort kann er sitzen, die Pfeife aus der Tasche ziehen, sie anzünden und zum Schatten des ärmlichen Hauses schauen, in dem Ingrid aufgewachsen ist. In dem ihre Eltern jetzt schlafen, auf die er insgeheim herabsieht.

Er ist ja ganz allein dort oben. Er ist sich selbst überlassen.

Er ist gezwungen, sich zu verteidigen.

Auch Ingrids Eltern waren mit der Verlobung nicht einverstanden gewesen, sie war doch noch so jung, und von einem Harald hatten sie noch nie gehört. Am Ende akzeptierten sie es dennoch, Ingrid war ihre Tochter, sie verließen sich auf sie.

Aber *seine* Eltern? Sie waren verbittert und hatten ihm sofort klargemacht, dass er ohne ihre Hilfe zurechtkommen musste. Anstandshalber hatten sie ein Geschenk geschickt, wollten aber nicht zur Hochzeit kommen. Ein Entschluss, den alle anderen in seiner Familie, willig oder widerwillig, unterstützt hatten. In den letzten Wochen vor der Hochzeit hatte Harald mit seinen Verwandten telefoniert und sie nacheinander eingeladen, aber sie hatten alle höflich abgesagt. Sie wandten sich von ihm ab. Ingrid erzählte er, seine Mutter sei krank und bettlägerig, *Es könnte etwas Ernstes sein, vielleicht etwas mit den Nieren*, hatte er gesagt, sie könnten leider nicht kommen. Ingrid gestattete ihm diese kleine Lüge, er tat ihr leid, und sie wusste nicht, was sie für ihn tun konnte.

Als er in der Nacht vor seiner Hochzeit im Freien sitzt, hat er seit langem beschlossen sich zu rächen. Es ist ein befriedigender Gedanke. Nie wieder wird er etwas mit seinen Eltern oder seiner Familie zu tun haben. Er wird sie niemals besuchen, er wird niemals zulassen, dass sie ihn besuchen. Er wird sie niemals anrufen, niemals schreiben. Sie haben ihn zurückgewiesen, jetzt müssen sie mit den Konsequenzen leben. Er würde heiraten, seine eigene Familie gründen, auf eigenen Beinen stehen.

So hat er es sich überlegt. Aber in den letzten Minuten hat er seinen Gedanken freien Lauf gelassen, sie haben der Stimmung folgen dürfen, die das nächtliche Dunkel und das schwache Rauschen des Tals in ihm geweckt haben. Sorglos hat er dort lange gesessen, bis ein kurzes Aufleuchten von Licht in einem der Fenster dazu führt, dass seine Gedanken sich um die Situation verdichten, in der er sich befindet, um die Frage, was nun geschehen wird. Und als die Gedanken auf diese Weise plötzlich wieder heimkehren, dringen sie direkt in sein Innerstes vor. Der Ort, den er sonst mit einer Mauer aus Argumenten und Beschlüssen verteidigt, steht nun weit offen.

Was habe ich nur getan.

In einem leuchtend klaren und schmerzhaften Moment weiß

er, dass er sie nicht heiraten will. Dass er damit allem entsagen muss, wovon er geträumt hat und was er wirklich will. Dass sie für ihn nicht gut genug ist. Dass er sie nicht liebt.

Ingrid löscht das Licht im Bad und geht in den Flur hinunter. Sie schiebt die Füße in die Holzschuhe ihrer Mutter und legt sich die Jacke ihres Vaters um die Schultern, ehe sie die Tür öffnet und hinausgeht, um nach Harald zu sehen.

Er sieht sie als eine Silhouette vor dem Licht im Flur. Sie bleibt auf dem Hof stehen und schaut sich um.

»Ingrid!«, ruft er leise.

Ihre Augen finden ihn, und sie geht über die Wiese.

Er bemüht sich, die schlimmen Gedanken, die ihn ein paar Minuten zuvor übermannt haben, zu verdrängen. Nachdem er sich ihnen geöffnet hat, hat die Arbeit daran begonnen, Gegenargumente zu mobilisieren.

»Hallo«, sagt Ingrid und bleibt vor ihm stehen. »Graut es dir davor?«

»Setz dich.«

Beim Anblick ihres schläfrigen Gesichts und der viel zu großen Jacke muss er lächeln.

Sie setzt sich neben ihn.

»Ob es mir davor graut? Nein, du wirst sehen, es wird alles gut.«

»Das hoffe ich.«

Sie lehnt den Kopf an seine Schulter, er legt den Arm um sie.

»Ich habe nur solche Angst, dass du es bereust«, sagt sie. »Du musst nichts tun, was du nicht willst, Harald.«

»Ich bereue es doch nicht«, erwidert Harald. »Ich will es.«

»Ich auch«, sagt Ingrid.

Lange sitzen sie so wortlos zusammen.

»Es tut mir leid, dass sie nicht kommen«, sagt Ingrid.

Harald sagt zunächst nichts dazu, streicht mit der Hand über ihren Arm, drückt sie an sich.

»Das macht nichts«, sagt er. »Sie hätten sowieso nicht hierher gepasst. Sie sind doch so vornehm. Du hast es ja gesehen.«

»Trotzdem«, sagt sie. »Es ist schließlich unsere Hochzeit.«

»Ja«, sagt er.

Es wird still zwischen ihnen. Sie fröstelt leicht und will gerade aufstehen, als Harald sie umarmt.

»Ich liebe dich, Ingrid«, flüstert er.

»Tust du das?«, flüstert sie.

Er presst seine Wange an ihre und streicht ihr durchs Haar. Lange bleiben sie so sitzen. Als er sich freimacht, dreht er hastig den Kopf weg, und sie begreift, dass er weint.

5

Die Tage bis zu dem ausgerechneten Termin vertreibt Ingrid sich in der Wohnung. Sie liegt auf der Couch und liest Stapel von Illustrierten, kommt endlich dazu, alle Hochzeitsbilder in ein Album einzukleben, und nimmt sich viel Zeit dafür, sich zu überlegen, was sie unter die Fotos schreiben soll, denkt, dass ihre Kinder irgendwann in diesem Album blättern und lesen werden, was sie jetzt schreibt. Eines der Bilder schneidet sie in Herzform aus und platziert es einzeln auf der ersten Seite. Sie räumt auf, sie wischt Staub und spült, sie kocht, bis Harald nach Hause kommt. Nachts liegt sie manchmal wach und fragt sich, was auf sie zukommt. Wer da kommt. Ihre Eltern schicken ihnen Pakete mit gebrauchter Babykleidung, und sie erinnert sich vage, sie selbst einmal getragen zu haben, aber das kann nicht stimmen, niemand kann sich so weit zurückerinnern. Wahrscheinlich hat sie Norvald in ihnen gesehen. Und dann ist da der Geruch. Diese Kleider, die ihre Mutter vor zwanzig Jahren gestrickt hat, riechen so, wie es daheim riecht. Sie versucht sich vorzustellen, wie es gewesen sein mag. Ihr Vater, der in der Frühe aufstand, um den Stall auszumisten, ehe er zur Arbeit ging, kehrte am Nachmittag heim, vielleicht hörte sie ihn und ging zum Fenster, wo sie sah, wie er den Lastwagen an der Straße parkte, ausstieg und den Anstieg hinaufeilte, um zu hören, ob es an diesem Tag passiert war. Ihre Mutter hatte ja einen riesigen Bauch. Und sie war drei Wochen über die Zeit. Sie machten sich bestimmt Sorgen. Dann musste der Stall am Abend ausgemistet und verschiedene andere Dinge erledigt werden, ehe es dunkel wurde und die beiden ins Bett gehen konnten, sie mit ihrem runden Bauch.

Anna und Ingrid, die zusammen in der engen, umschlossenen Dunkelheit des Fruchtwassers schwebten.

Wussten sie damals schon voneinander? Merkten sie, dass noch jemand da war?

Ingrid schaut auf ihren eigenen Bauch. In ihm ist nur eins. Sie liegt ganz still und spürt, dass es sich bewegt.

Harald schläft.

Soll sie ihn wecken, damit er es fühlen kann?

Der Schlaf tut ihm gut. Jeden Tag ist er von neun bis sechs Uhr im Lesesaal. Wenn er nach Hause kommt, ist er erschöpft und schlecht gelaunt. Sie denkt, dass es vor allem daran liegt, dass sie nicht ein Wort von seinen Eltern gehört haben. Und Harald ist zu stolz, um sich bei ihnen zu melden. Sie wissen nicht einmal, dass die beiden ein Kind erwarten.

Soll *sie* es tun?

Sie macht die Augen zu und beschließt, seine Eltern am nächsten Tag anzurufen.

So kann es nicht weitergehen.

In der dunklen Straße vor dem Schlafzimmer beginnt es zu schneien. Eine dünne Schicht Pulverschnee legt sich auf den Bürgersteig, das Pflaster, den gelben Verteilerkasten und die vier Schranken, von denen die Straße am hinteren Ende abgesperrt wird. Harald wirft mit einer jähen Bewegung den Kopf und knirscht im Schlaf mit den Zähnen, die kurzen Bartstoppel auf seiner Wange scharren über das Kissen, und die Augen schießen unter der dünnen Haut der Lider hin und her, während auf die Dachziegel direkt über ihnen Schnee fällt. Ein sachtes Fallen von Weiß füllt den Raum zwischen den Häuserreihen. Der Schnee legt sich überallhin, bedeckt die Karosserie der zwei Autos, die vor der Tür des Mietshauses geparkt stehen, legt sich auf den schwarzen Asphalt, die graue Dachrinne, das Dach.

Auch Ingrid schläft jetzt. Ihre Haut ist glatt und feucht, ein Arm ruht über der Decke auf dem Bauch, ihr Mund steht ein wenig offen. Die Uhr an der Wand über dem Herd gibt ein gleichmäßiges Ticken von sich, das keiner hört, bis Ingrid langsam aufwacht und spürt, dass sie auf die Toilette muss.

Sie steht so leise auf, wie sie nur kann, und geht ins Bad. Ihr ist ein wenig schwindlig, sie muss sich auf den Rand der Badewanne setzen, bis das Blut wieder in den Kopf steigt und sie die wenigen Schritte zur Toilette machen kann, das Nachthemd anhebt und sich setzt, um zu pinkeln. Das Gesicht, das ihr im Spiegel begegnet, als sie fertig ist und abgezogen hat, ist blass, aufgedunsen. Sie fühlt sich hässlich und eklig. Sie denkt, dass sie nicht schwanger ist, sondern trächtig, wie eine Kuh trächtig ist.

Als sie sich wieder hinlegt, merkt sie, dass Harald wach ist. Aber er hat die Augen geschlossen und atmet möglichst ruhig. Er hat sie gehört, und das plätschernde, abstoßende Geräusch hat ihn geärgert. Wusste sie nicht, dass er unter Schlafstörungen litt, konnte sie nicht wenigstens die Tür zumachen, wenn sie auf die Toilette wollte, was war bloß los mit ihr, dachte er, und spürte die Wut in seinem Körper, lag aber ganz still, sie war schwanger, sie musste häufig auf die Toilette, sie war schwanger, dachte er, sollte er sie tadeln, weil sie nachts aufs Klo musste, war er ein Monster, sollte er ihr jetzt, da sie wegen jeder Kleinigkeit losheulte, Lappalien vorwerfen, da sie sich wegen allem ängstigte und so verletzlich war, wie er sie noch nie erlebt hatte?

Er legte sich zurecht und versuchte, der Klaustrophobie zu entkommen, die er empfand. Alles stürzte auf ihn ein und verdichtete sich um ihn, aber er war kein Monster, er hatte nichts gesagt, er hatte es nicht kommentiert und war erleichtert darüber, als sie hereingeschlichen kam und vorsichtig die Decke zur Seite zog.

Nun liegt er mit geschlossenen Augen neben ihr, atmet so gleichmäßig, wie er nur kann, und ahnt, dass sie ihn ansieht. Er spürt ihre Hand, die ihm durchs Haar streicht, und öffnet die Augen.

»Du bist wach?«, sagt sie.

»Ich habe dich gehört«, erwidert er. »Spürst du was?«

»Mm. Es ist ein bisschen unruhig.«

Harald legt das Ohr auf ihren Bauch und lauscht. Hört das Herz schwer und saugend schlagen. Dann spürt er eine Bewegung, ein leichtes Beben unter der Haut.

»Da«, sagt er.

»Das piekst«, sagt sie.

»Wenn er tritt?«

»Nein. Dein dummer Bart.«

Harald legt sich wieder hin.

»Ja, ja«, sagt er.

Ingrid hat das Gefühl, schon wieder auf die Toilette zu müssen, denkt aber, dass sie versuchen muss zu schlafen und bis zum Morgen zu warten. Er dreht sich neben ihr in eine neue Stellung. Ein paar Minuten später schlafen beide. Draußen schneit es nicht mehr. Der Wind schiebt sich durch die Straße und lässt das Reklameschild auf dem Bürgersteig vor dem Friseursalon auf der anderen Straßenseite im Kreis wirbeln, ohne dass jemand es sieht.

Ingrid wacht auf, als Harald früh am nächsten Morgen das Schlafzimmer verlässt. Benommen bleibt sie liegen und verweilt in jener bleichen, diffusen Zone zwischen Schlafen und Wachen, in der die Geräusche der Welt transformiert und in neue Umgebungen eingefügt werden. Er räumt in der Küche, zieht scharrend den Stuhl über den Fußboden und stellt seinen Teller auf den Tisch, und sie ist in einer Kombüse an Bord eines Schiffs, jemand reicht ihr das Essen durch eine Luke an, sie soll es servieren, weiß aber, noch ehe sie sich umdreht, dass etwas nicht stimmt, und dann sieht sie, wer die Gäste sind, ihr Vater, ihre Mutter, ihre Schwester und ihr Bruder, Freunde und Verwandte sitzen an den Tischen, alle schauen sie an, und der Speisesaal ist zu einer Halle gewachsen, Hunderte von Gesichtern starren sie an, tote und lebende, sie weiß, dass die Gäste ungeduldig sind und unverzüglich ihre Mahlzeit bekommen müssen, aber aus der Luke kommt immer nur ein Teller, selbst wenn sie sich beeilt, wird es viele Stunden dauern, denkt sie, und dann geht die Tür auf, und sie fällt wieder in die Welt, öffnet die Augen, blinzelt zu ihm hoch.

»Ich habe schlimm geträumt«, sagt sie, als er sich auf die Bettkante setzt.

Er streicht ihr über die Wange.

»Ich gehe jetzt«, sagt er. »Und du lässt es heute ruhig angehen.«

»Es dauert noch genau eine Woche«, sagt sie. »Ich wünschte, es könnte jetzt gleich passieren. Damit es vorbei ist.«

Er streicht ihr wieder über die Wange, und sie beginnt zu weinen.

»Möchtest du, dass ich zu Hause bleibe?«

Sie schüttelt den Kopf und lächelt unter Tränen.

»Das geht gleich wieder vorbei.«

»Bist du sicher?«

»Mhm.«

»Ich komme früh nach Hause.«

Er steht auf.

»Schneit es?«, fragt sie.

»Keine Ahnung. Ich habe nicht nachgesehen.«

Er zieht den Vorhang auf. Schwaches, gräuliches Dezemberlicht erfüllt den Raum.

»Nein«, sagt er. »Aber es ist bewölkt. Bestimmt kalt.«

»Zieh dich warm an«, sagt sie.

Er lächelt.

»Noch bist du keine richtige Mutter«, sagt er.

Dann schlägt er sich an die Stirn.

»Mein Gott! Du wirst Mutter!«

»Und du wirst Vater«, sagt sie. »Komm her.«

Er beugt sich über sie, und sie drückt ihn an sich. Eine Minute später hört sie seine Schritte die Treppe hinab verschwinden.

Sie ist enttäuscht von sich. Ohne jeden Grund so zu weinen. Sie streckt sich und denkt, dass es schön wäre, den ganzen Tag im Bett zu bleiben. Im nächsten Moment denkt sie, *Nein, jetzt muss ich aufstehen*, geht ins Bad und wäscht sich, zieht sich an und setzt sich an den Küchentisch, um zu frühstücken, und überlegt dabei, dass sie irgendetwas vergessen hat. Sie wollte an diesem Tag etwas tun. Es fällt ihr nicht ein, und sie betrachtet die Straße unter dem Fenster. Einzelne Flocken fallen durch die Luft. Der graue Himmel entzieht allem, was sie sieht, die Farben. Selbst die rotweißen Absperrgitter an der Stelle, wo sie den Bürgersteig aufreißen, um neue Leitungen zu verlegen, wirken farblos und blass. Der Generator brummt, und zwei Männer in oranger Arbeitskleidung stemmen mit vorgeneigten Rücken ihre Presslufthämmer auf den Asphalt. Das unangenehme, donnernde Geräusch lässt leichte Übelkeit in ihr aufsteigen.

Ach ja. Genau. Sie wollte Haralds Mutter in Kristiansand anrufen.

Eine Stunde später watschelt sie die Straße in Richtung Innenstadt hinab. Manche Schaufenster sind weihnachtlich geschmückt. Es ist der zehnte Dezember. Klaus' Geburtstag. In einer halben Stunde werden die ersten Wehen einsetzen, die im Laufe des Tages immer häufiger und stärker werden, und am Abend wird sie in einem Krankenhausbett liegen und unter Schmerzen darauf warten, dass sich der Geburtskanal weitet, damit ein dreieinhalb Kilo schwerer Säugling hinausgepresst werden kann. Mit wahnsinnigen Schmerzen und schweißnassem Körper wird sie schreien und sich stundenlang quälen, bis es endlich vorbei und die Nabelschnur durchtrennt ist und das Kind gewaschen und an ihre Brust gelegt werden kann.

Jetzt geht sie jedoch in Richtung Stadt, lässt den Blick über die Gegenstände schweifen, die in den Schaufenstern präsentiert werden, und tut so, als bemerkte sie die Passanten nicht, die sie anstarren. Sie bereut, dass sie zu dieser Expedition aufgebrochen ist. Es wäre so viel besser gewesen, zu Hause zu bleiben! Nein, es war die letzte Chance, sie anzurufen. Schließlich würden die Wehen auch schon ein paar Tage vor dem errechneten Termin einsetzen können.

Plötzlich wird es bei ihnen sein. Plötzlich wird es als ein Bündel im Schlafzimmer liegen. Was sollen sie damit machen? Es schreit und schreit, sie wiegt es, aber nichts hilft, ist es krank? Machen sie etwas falsch?

Sie fühlt sich nicht wie eine Mutter.

Vor der Telefonzelle auf der anderen Straßenseite steht eine Bank, auf die sie sich setzt. Sie muss sich gut überlegen, was sie sagen soll, die richtigen Worte finden, die verhindern, dass Haralds Mutter ihre Unsicherheit bemerkt, sie ruft nicht sich selbst zuliebe an, sondern Harald zuliebe, denkt sie und versteht nicht, dass es möglich ist, ein Kind zu erwarten, ohne seine Eltern darüber zu informieren.

»Hallo, Vankel?«

»Guten Tag. Hier spricht Ingrid Vankel.«

Zwei, vielleicht auch drei Sekunden vergehen, bis Haralds Mutter sagt:

»Oh, *du* bist es!«

»Ja. Ich wollte mich für das Hochzeitsgeschenk bedanken!«

»Das war doch nichts Besonderes. Wir wären ja gern gekommen, aber… na ja. Harald hat sicher erzählt, wie es aussah.«

»Ja.«

»Ja, ja. Du rufst aus Oslo an?«

»Ja. Also es ist so, dass wir ein Kind bekommen. Deshalb rufe ich an.«

»Das ging aber schnell!«, sagt sie und lacht kurz auf.

Ingrid weiß nicht, wie sie dieses Lachen deuten soll, und ergänzt:

»Der Termin ist nächste Woche.«

»Nächste Woche schon.«

»Ja. Ich weiß, dass Harald sich nach unserer Hochzeit nicht mehr bei euch gemeldet hat. Aber da wir jetzt ein Kind bekommen, habe ich mir gedacht… Magst du uns vielleicht einmal besuchen?«

»In Oslo?«

»Immerhin werdet ihr Großeltern.«

»Ja. Ja, das werden wir… Darüber muss ich erst einmal mit ihm reden.«

»Ich habe Harald nicht gesagt, dass ich dich anrufe. Könnte es nicht eine Überraschung sein?«

Im selben Moment spürt sie einen kurzen Schmerz im Unterleib und ein *Oh!* wird den ganzen, weiten Weg von Oslo nach Kristiansand und in das Ohr von Haralds Mutter getragen, die in ihrem Wohnzimmer über das Telefontischchen gebeugt steht.

»Hallo?«, sagt sie. »Stimmt etwas nicht?«

Ingrid rührt sich nicht, wartet, dass der Schmerz abklingt, und atmet langsam aus.

»Nein, nein«, sagt sie. »*OH!*«

»Bist du sicher, dass alles in Ordnung ist?«

Wieder entsteht eine Pause, aber dann geht es vorbei, und Ingrid kann sagen:

»Ich weiß, dass er sich freuen würde, wenn ihr vorbeikommt.«

»Es wäre sicher nett, euch zu besuchen. Aber darüber müssen wir erst reden.«

»Du, ich rufe aus einer Telefonzelle an, und jetzt stehen hier Leute davor. Ich muss auflegen.«

»Ja, dann auf Wiederhören.«

»Auf Wiederhören.«

Ingrid legt auf und eilt hinaus. Zum Glück ist in der Nähe ein Taxistand. Sie setzt sich auf die Rückbank und bittet den Fahrer, sie zur Theresesgate zu fahren, wo sie ihre Sachen packt, auf und ab geht, um die Schmerzen zu lindern, sobald die Wehen wieder einsetzen, und darauf wartet, dass er nach Hause kommt, es wird zwölf, die Schmerzen kehren zurück, es wird eins, und sie entdeckt ein wenig Blut in ihrer Unterhose, wäscht sich und zieht sich um, gegen zwei Uhr steht sie am Fenster und schaut hinaus, obwohl sie weiß, dass er erst in ein paar Stunden zu Hause sein wird, um drei werden die Wehen stärker, und sie beschließt, sicherheitshalber ins Krankenhaus zu fahren, schreibt ihm einen Zettel, zieht den Mantel an, nimmt die beiden Taschen und geht hinunter auf die Straße, um ein Taxi zu suchen, das sie hinfahren kann.

6

Ingrid hat ein schlechtes Gewissen, weil sie erleichtert ist, allein zu sein. Harald ist gerade gegangen. Klaus liegt neben ihr auf einer Wolldecke auf der Couch und fuchtelt mit den Armen. Das Abendlicht, das zum Fenster hereinfällt, legt sich in goldenen Feldern auf den Fußboden und die Möbel, lässt den Fuß der Lampe glühen, taucht die bräunlich trockene Oberfläche des Esstischs, den sie billig gekauft haben, in einen tieferen Ton und erfüllt sie mit diesem undefinierbaren guten Gefühl, das sich manchmal einstellt, wenn etwas sich verändert hat, ohne dass man es wirklich bemerkt oder darüber nachdenkt. Im Laufe der letzten Wochen hat das bleiche, neutrale Winterlicht nach und nach an Fülle und Glanz gewonnen, das ist es, was in ihr aufsteigt: das Gefühl von Frühling. Und endlich kann sie sich entspannen und das dringliche Gefühl, dass sie irgendetwas nicht oder falsch gemacht hat, verpuffen und in ihrer großen selbstauslöschenden Liebe verschwinden lassen, die von den lächelnden Augen ihres Sohnes in ihr geweckt wird.

Sie hebt ihn hoch, presst die Lippen an den nackten Bauch und bläst. Das Kitzeln bringt Klaus zum Lachen, er sieht sie mit großen Augen an, sie pustet noch einmal, er lacht wieder. Das bringt wiederum Ingrid zum Lachen. Sie freut sich, trägt ihn durch die Wohnung und redet leise mit ihm. Er ist aufgeweckt, denkt sie, er verfolgt genau, was um ihn herum geschieht.

Als er eingeschlafen ist, legt sie sich neben ihn auf das Bett im Schlafzimmer und sieht die kleine Brust, die sich hebt und senkt, und denkt, dass er so ernst wirkt, wenn er schläft. Das runde Gesicht weiß so wenig von der Welt, geht ihr durch den

Kopf, und sie lächelt. Er ruht in sich, er fühlt sich geborgen, weil immer jemand für ihn da ist.

Sonnenlicht fällt schräg auf die Wand am hinteren Ende des Raums. Die Außenseite des Fensters ist fleckig von Abgasen und Schmutz, stellt sie fest und wendet sich erneut ihm zu, zieht mit dem Zeigefinger die Linie von der Stirn über die Nase, ohne dass er aufwacht, während sie an Harald denkt, wie schade es ist, dass er in diesem allerersten Jahr so oft fort ist. Die vielen Dinge, die sie sieht, und er nicht. Aber er hat ja keine Wahl. Er tut, was er kann.

Harald rührt sich nicht und betrachtet die beiden, die schlafend nebeneinander liegen. Er bereut, dass er so aufbrausend war, bevor er das Haus verließ. Schon auf seinem Weg nach Blindern hinauf beschloss er, sich den Abend freizunehmen und es wiedergutzumachen. Er fuhr in die Stadt, kaufte zwei Beefsteaks, ein paar Tomaten, eine Gurke und einen Salat in einem Lebensmittelladen, ehe er ins Weinmonopol ging und eine Flasche Rotwein besorgte, mit der er sie überraschen wollte.

Vorsichtig schließt er die Tür und beginnt zu kochen, schält Kartoffeln und setzt den Topf auf, zupft den Salat in passende Stücke, hackt die Gurke und schneidet die Tomaten in Schnitze, vermischt alles in einer Schüssel. Aus dem Schrank im Flur holt er eine Decke, die er auf den Tisch legt. Behutsam, damit sie nicht aufwacht, bevor er fertig ist, deckt er den Tisch, öffnet die Weinflasche, schenkt sich ein Glas ein und trinkt einen Schluck, stellt die Bratpfanne auf die Herdplatte und gibt etwas Butter hinein, die sofort zerläuft und zu zischen beginnt.

Er kocht gern. Das hat er entdeckt, als er vier Jahre zuvor nach Oslo gezogen ist. Zum ersten Mal in seinem Leben wurde ihm kein Essen vorgesetzt. Vorher hatte er nie gekocht und musste selbst die elementarsten Dinge lernen, zum Beispiel, wie man ein Spiegelei zubereitet, Kartoffeln kocht, eine Bratensauce macht. Die Küche war die Domäne seiner Mutter gewesen, in der die Kinder nichts anrühren durften, so wie die Garage und sämtliche Werkzeuge dort die Domäne des Vaters waren, unantastbare Gegenstände, was dazu geführt hatte, dass Harald bei allen praktischen Tätigkeiten zwei linke Hände hatte. Vielleicht mochte er diese Dinge deshalb so sehr, vielleicht genoss er aus diesem Grund jeden Augenblick, den er in der Küche beim Kochen allein war. Und vielleicht ertrug er deshalb keine Einmischung von anderen, während er dort arbeitete. Wenn Ingrid mit dem Kochlöffel in den Zwiebeln herumstocherte, die er briet, oder das Messer in eine der Kartoffeln stach, um zu prüfen, ob sie gar waren, verkrampfte er innerlich. Wenn er, wie jetzt, vor Kraft strotzte, hatte er sich im Griff und konnte seinen Ärger überspielen, sie etwa mit einer Frage ablenken oder dem dumpfen Gefühl im Bauch trotzen und gelassen beobachten, dass sie sich einmischte. Wenn es ihm jedoch an Kraft mangelte, ertrug er es einfach nicht. Obwohl er eigentlich wissen musste, dass es in ihren Augen eine Kleinigkeit war, wies er sie zurecht, *Bleib weg*; sein Ärger war so groß, dass selbst das verletzte, leicht verständnislose Leuchten in ihren Augen ihn nicht erschüttern konnte. Sich selbst gegenüber rechtfertigte er es in den gebetsmühlenartig wiederkehrenden Gedankengängen, die in ihm wüteten. Wie sie es an diesem Tag getan hatten. Um halb sieben war er von seiner Arbeit als Nachtwächter nach Hause gekommen, müde und schlecht gelaunt schloss er die Tür auf und hörte sofort, dass die beiden wach waren, stellte seine Tasche an der Wand ab und ordnete mit resignierter Miene die Schuhe, die sie lediglich abgestreift hatte, in einer Reihe, so wie sie stehen *sollten.* Als er die Tür öffnete und ins Wohnzimmer ging, wurde das Schreien des Kleinen lauter.

Ingrid saß mit Klaus in den Armen auf dem Bett.

»Hallo«, sagte sie. »Ist es eine lange Nacht gewesen?«

Das Gesicht des Babys war vor Wut feuerrot.

»Warum stillst du ihn nicht?«, sagte Harald.

»Er hat gerade getrunken. Es ist etwas anderes.«

Harald ging in die Küche, um sich ein paar Scheiben Brot zu machen. Er aß sie an der Arbeitsplatte im Stehen, trank ein Glas Milch und hörte Ingrid, die mit dem Kleinen redete.

»Kannst du nicht versuchen, ihn zu stillen?«, sagte er, als er fertig war, im Türrahmen lehnte und sie ansah. »Ich muss jetzt wirklich schlafen.« Ingrid stand auf und ging aus dem Zimmer, als hätte sie seine Worte nicht gehört.

Er war gereizt, ließ sie aber in Ruhe und schloss die Tür, um ins Bett zu gehen. Er zog sich aus, faltete die Kleider zusammen und platzierte sie auf dem Stuhl am Fußende des Betts, legte sich unter die Decke, die noch warm war von ihr.

Wie sehr er ihre Art hasste, ihm den Rücken zuzukehren. Wie sehr er ihre Art hasste, ihn zu ignorieren, indem sie dem Kleinen plötzlich alle Aufmerksamkeit schenkte und so tat, als würde sie nicht hören, was er sagte, und wenn er seine Worte wiederholte, blickte sie mit ihrem ach so patenten Blick auf und drehte es so, dass *er* sich unmöglich benahm und *sie* im Recht war. Dass alles, was er ihr vorwarf, unwichtig war, und die Vorwürfe, die sie ihm machte, wichtige Fragen betrafen.

Was konnte er da tun?

Er hörte seinen Sohn im Wohnzimmer schreien und fand keinen Schlaf. Er wusste genau, dass er nun stundenlang nicht würde einschlafen können, was ihm den ganzen Tag verdarb. Wenn er aufwachte, würde er entweder so müde sein, dass es keinen Sinn hätte, in den Lesesaal zu gehen, oder er würde so spät aufwachen, dass ihm nur eine oder zwei Stunden blieben, ehe er wieder zur Arbeit musste. Arbeitete er nicht ihnen zuliebe jede Nacht in dem verfluchten Laden da draußen?

Aber *das* ist ja nicht wichtig. *Das* ist bedeutungslos.

Er stand auf. Er zog sich an. Beherrscht, ohne sie eines Blickes zu würdigen, ging er durch das Wohnzimmer in die Küche. Er setzte sich. Unendlich geduldig stierte er vor sich hin.

»Kannst du nicht schlafen?«, fragte Ingrid aus dem Wohnzimmer.

Er antwortete nicht.

Sie stellte sich mit Klaus auf dem Arm in den Türrahmen.

»Ich kann jetzt noch nicht mit ihm rausgehen. Es ist ja noch nicht einmal sieben«, sagte sie.

»Ist schon in Ordnung«, erwiderte Harald.

»Willst du da nur sitzen und warten?«, sagte Ingrid. »Das kann nämlich lange dauern.«

»Wenn ich nicht schlafen kann, kann ich eben nicht schlafen. Das lässt sich nicht ändern.«

Sie sah ihn an.

Er erwiderte ihren Blick. Wie immer, wenn sie nicht lächelte, fiel ihm ins Auge, dass ihre Mundwinkel nach unten zeigten. Sah er die Falten unter ihrem Kinn. Die verständnislosen Augen.

Er spürte die Wut wie eine Übelkeit im Bauch, sagte aber nichts.

»Wenn du da nur sitzen willst, könntest du ihn auch eine Weile nehmen. Dann kann ich mich waschen.«

Sie reichte ihm Klaus und ging ins Bad.

In den letzten Minuten war der Kleine ruhig gewesen, aber als er die Veränderung bemerkte, legte er wieder los. Harald hielt ihn an seiner Brust und spürte, dass der Junge alle Muskeln anspannte, um so laut zu schreien, wie er nur konnte, dabei musste er sekundenlang nach Luft schnappen, und das tat er exakt so lange, dass Harald schon dachte, *Na also*, ehe er dann doch weiterbrüllte. Harald strich mit seiner breiten Hand über den weichen Rücken des Kinds, ging ins Wohnzimmer, trug es umher, wiegte es in den Armen.

Klaus schrie.

Er hörte, dass im Bad Wasser in die Wanne eingelassen wurde. Wollte sie *jetzt* ein Bad nehmen? Er stellte sich ans Fenster, hielt den Kleinen vor sich hoch, versuchte Kontakt zu ihm aufzunehmen, aber seine Augen waren geschlossen. Er wiegte ihn eine Weile hin und her, verlor dann plötzlich die Geduld, drückte das Kind fest an seine Brust und ging mit schnellen Schritten ins

Schlafzimmer und legte es aufs Bett. Nichts half. Klaus schrie aus vollem Hals. Harald kehrte ihm den Rücken zu, dachte, dass er zur Ruhe kommen würde, wenn man ihm keine Aufmerksamkeit schenkte. Nein. Nach einigen Minuten hob er das rasende Bündel wieder hoch, trug den Jungen ins Wohnzimmer, fühlte die feuchten, schwabbeligen Hautwülste im Nacken und merkte, dass er Lust hatte, fest zuzudrücken, um den Kleinen zum Schweigen zu bringen, tat es aber nicht, ging mit ihm stattdessen in den Flur, vor den Spiegel, wo er das schreiende Kind hochhob, *So siehst du aus*, dachte er, *siehst du?*

In diesem Moment kam Ingrid aus dem Bad.

»Was tust du denn da?«

Neunzehn Jahre alt war sie, hatte aber schon die Gewohnheiten einer alten Frau angenommen. Weiße Rollen im Haar, Bademantel, Pantoffeln. Der Blick, der immer alles besser wusste.

»Nichts«, sagte Harald und legte sich das Baby wieder an die Brust.

Sie blieb vor ihnen stehen und streckte die Arme aus, als stünde es außer Frage, dass sie ihn halten würde.

»Was hast du da gerade *gemacht*?«

»Hier«, sagte Harald und reichte ihr das Baby. »Jetzt nimmst du ihn mit. Ich kann nicht mehr. Ich muss schlafen. Und dafür muss es hier still sein.«

Kurz darauf hörte er, dass sie die Wohnungstür hinter sich schloss. Er stellte den Wecker auf zwei Uhr und zog sich wieder aus. In der Wohnung war es vollkommen still, trotzdem fand er keine Ruhe. Über eine Stunde lag er wach und wälzte sich im Bett hin und her, ehe sich der Schlaf für ihn öffnete, in einem Spalt, zu dem er seine Gedanken lenkte, er weitete sich, und Harald konnte in diese friedliche Dunkelheit gleiten, die wir alle als eine Möglichkeit in uns tragen. Ganz gleich, wo wir sind, der Schlaf erwartet uns. Früher oder später werden wir von allem befreit, was uns quält, und wir finden Frieden.

Zumindest für ein paar Stunden. Dann geht es weiter. Wie an diesem Vormittag. Als Harald aufwachte, war für ihn alles unerträglich, was Ingrid sofort gemerkt zu haben schien, denn sie hielt sich zurück, und als er das entdeckte, reizte ihn das umso mehr, warum nahm sie ständig solche Rücksicht auf ihn, hatte sie keine eigenen Stimmungen, musste sie sich ihm in absolut *allem* fügen, auch darin?

Aber er hatte nichts gesagt, genau wie sie. Wortlos hatte er seine Sachen gepackt und die Wohnung verlassen, noch immer wütend und mürrisch trottete er los, bis der Nebel, der ihn so dicht umkreiste, sich auf einmal lichtete und er endlich aus ihm heraus war, und erkannte, was er da machte, wie unmöglich er sich aufgeführt hatte, nein, oh nein, hatte er gedacht, und die Scham, die in ihm aufwallte, ließ sich nur auf eine Weise ertragen: Er musste es wiedergutmachen, und zwar schnell. Denn so war er, so lief es häufig ab: Erst wenn er, viele Stunden später, wieder klar sah, merkte er selbst, wie absurd sein Verhalten gewesen war. Da hatte er sie jedoch manchmal an einen Punkt getrieben, der so schmerzhaft war, dass eine Entschuldigung nicht mehr reichte, und wenn er merkte, dass Ingrid sie nicht akzeptierte, ging es nicht selten wieder von vorne los.

Was zerrte so an ihm?

Das war die Frage, die Ingrid sich stellte. Lange hatte sie gedacht, es läge an seinen Eltern, die ihn nicht loslassen wollten, obwohl sie in einer anderen Stadt wohnten und sich nur als Stimmen am Telefon bemerkbar machten, solange er in Oslo wohnte. Doch als sie die beiden schließlich kennenlernte, entdeckte sie, dass Haralds Bild von ihnen nicht das einzig mögliche war. Zum ersten Mal fragte sie sich, ob die schrecklichen Geschichten aus seiner Kindheit der Wahrheit entsprachen oder ob er sie sich ausgedacht hatte.

Sie waren schon fast ein Jahr zusammen gewesen, als er endlich bereit gewesen war, sie seinen Eltern vorzustellen. Sie hatte darauf bestanden. Nach allem, was in dem ersten Sommer zwischen ihnen passiert war, sollte er der Welt zeigen, dass sie zusammengehörten, dass er zu ihr stand – vor allem seinen Eltern gegenüber, denn sie hatte begriffen, dass er einen Großteil seines Lebens vor ihnen verbarg, weil er fürchtete, es könnte nicht gut genug sein. Und sie wollte gut genug sein. Außerdem war sie natürlich unglaublich neugierig!

Synnøve hatte ihr erzählt, ihr Bruder, ein Jugendfreund Haralds, sei nur ein einziges Mal in Haralds Elternhaus gewesen. Als sie Abiturienten waren. Harald hatte eines Morgens die ganze Klasse zum Frühstück eingeladen, war ganz offensichtlich angetrunken gewesen und hatte sich mit dem Übermut, für den er bekannt war, um nichts geschert, ein Glas war zerbrochen, hohe Absätze hatten das Parkett zerkratzt. *Hoppla!*, hatte er nur gesagt und abgewunken, kichernd einen Plattenspieler mitten auf den Tisch im Wohnzimmer gestellt und verlangt, dass getanzt werden solle. Synnøve meinte, seine Klassenkameraden hätten sich dort unwohl gefühlt.

Das hatte sie gehört.

Ingrid fragte Synnøve, ob sie seine Schwester kenne, Marie, der sie noch nicht begegnet war und über die Harald offenbar nicht sprechen wollte; nur selten hörte sie, dass er ihren Namen erwähnte, was stets im Zusammenhang mit Episoden geschah, die Jahre zurücklagen, die in ihrer Kindheit passiert waren. Anhand der Dinge, die er erzählte, kam sie zu dem Schluss, dass die beiden sich früher nahegestanden hatten, der Altersunterschied zwischen ihnen betrug nur zwei Jahre, aber irgendwann war etwas passiert, und nun war es, als würde sie nicht existieren.

Synnøve konnte ihr jedoch nur mitteilen, dass sie die Schwester kaum kannte, da sie so scheu und in sich gekehrt und wahrscheinlich weggezogen war, sie wisse es nicht so genau, und Ingrid traute sich nicht, weitere Fragen zu stellen, schließlich ging es um die Schwester des Mannes, mit dem sie zusammenleben wollte, und wie würde es in Synnøves Augen aussehen, wenn sie begriff, wie wenig Ingrid von seiner Familie wusste, was würde das über ihre Beziehung aussagen?

Als sie Harald zum ersten Mal durch die Tür seines Elternhauses in Kristiansand folgte, wusste sie deshalb nicht recht, was sie erwartete. Sie war ein wenig nervös, denn sie verstand, wie wichtig es für Harald war, dass sie einen guten Eindruck machte. Im Zug hatte er ihr mehrmals Anweisungen dazu gegeben, was sie sagen sollte und was sie auf keinen Fall sagen durfte.

Seine Mutter, die in der Küche beschäftigt war, lächelte sie an, als sie eintraten. Sie war kleiner, als Ingrid sie sich vorgestellt hatte.

»Du bist also Ingrid!«, sagte sie.

Sie gaben sich die Hand, und Ingrid deutete einen Knicks an.

Sie hatte die hellblauen Augen ihres Sohnes. Lange dunkle und gewellte Haare. Ein grünes Kostüm, das nun von einer Schürze bedeckt war.

»Er ist im Wohnzimmer«, sagte sie zu Harald, der direkt hinter Ingrid stand. »Geht mal zu ihm und begrüßt ihn.«

Sie sah, dass er sie erwartet hatte, denn er blickte aus dem Fenster und drehte sich wie zufällig zu ihnen um, als sie eintraten. An den Wänden hingen Gemälde mit klassischen Motiven, in der Ecke stand eine Ledercouchgarnitur, auf dem Fußboden lag ein tiefer, roter Teppich. Die Fenster waren groß und das Zimmer hell.

»Guten Tag«, sagte Ingrid.

Sein Vater musterte sie mit freundlichen Augen und gab ihr die Hand.

»Ah ja!«, sagte er.

»Ingrid Hegrenes«, sagte Ingrid.

Er trug ein blaues Hemd, eine graue Hose und hatte braune Pantoffeln an den Füßen, die ihn weniger förmlich wirken ließen, als sie erwartet hatte.

Was hatte sie eigentlich gedacht? Dass er eine Uniform mit Schulterriemen und schwarzen Lederstiefeln tragen würde?

Kurz darauf musste sie sich anderen Herausforderungen stellen. Diese Familie unterhielt sich völlig anders, als sie es von daheim gewohnt war. Hier machte man Konversation. Und die Leichtigkeit ihres Gesprächs übertrug sich in Ingrids Vorstellung auf die Familie selbst, das Haus, in dem sie lebten, die schönen Möbel, die keine Gebrauchsspuren aufwiesen. Es gab an ihnen keine Spuren von Menschen. Keine Risse oder Kratzer im Lack, keine Spuren von gekleckertem Essen, keine Mulden im Polster von einem Körper, der dort Abend für Abend auf die gleiche Weise gesessen hatte, keine Flecken von fettigem Haar auf den Nackenlehnen. Als hätten sie kein Gewicht. Als wären sie dünne Blätter, zwischen denen sich die Gespräche bewegten. Unmerklich erzitterte eins unter dem Druck, ehe es abhob und auf einem der anderen landete. So schwenkte die Aufmerksamkeit im Raum, leicht wie ein Schmetterling glitt die Unterhaltung von einem Gesprächsstoff zum nächsten. Nicht die Themen waren wichtig, wie Ingrid es gewohnt war, sondern die Form selbst, der Gedankenstrom war das Entscheidende. Vielleicht konnte sie sich deshalb später kaum erinnern, was gesagt worden war.

Als sie sich an den Tisch setzten, legte Ingrid ihre weiße Stoffserviette wie die anderen auf den Schoß. Harald schenkte ihr Wein ein, seine Mutter reichte ihr über den Tisch hinweg die Terrine mit Kartoffeln, sie tat sich auf, reichte sie weiter, dabei verstohlen zum Vater schauend, der am Tischende thronte und unangefochten das Gespräch steuerte, während er mit einem scharfen Messer den Braten in Scheiben aufschnitt.

»Mm!«, sagte der Vater. »Bei der Sauce hast du diesmal ein glückliches Händchen gehabt.«

»Ein glückliches Händchen?«, erwiderte Haralds Mutter und lächelte.

»Es schmeckt wirklich gut, Mutter«, sagte Harald.

»Wie schön«, sagte die Mutter. »Möchtest du auch etwas Gemüse, Ingrid?«

»Ja, bitte«, antwortete Ingrid.

»Und wie ist das Wetter in Oslo gewesen?«, erkundigte sich der Vater.

»Hier hat es monatelang geregnet«, sagte die Mutter. »Ehrlich gesagt bis heute.«

»In Oslo ist es auch schlecht gewesen«, antwortete Harald. »Stimmt's, Ingrid?«

»Allerdings«, sagte Ingrid. »Es hat die ganze Zeit geregnet.«

»Daran müsstest du doch eigentlich gewöhnt sein«, sagte sein Vater und sah sie an. »Harald hat erzählt, dass du aus einem Ort am Sognefjord kommst?«

»Das stimmt«, sagte Ingrid.

»Wir sind einmal da oben gewesen«, erklärte die Mutter und sah ihren Mann an. »Erinnerst du dich?«

»Natürlich erinnere ich mich. Wir waren in Bergen. Und dann waren wir noch in Voss. Aber von da bis zum Sognefjord ist es noch ein ganzes Stück, oder?«

»Ja«, antwortete Ingrid. Sie schob den Bissen Fleisch, den sie auf der Gabel hatte, durch die Sauce, führte ihn vorsichtig zum Mund.

»Hellevik liegt ganz außen, nicht?«, sagte Harald.

Ingrid nickte.

»Betreibt dein Vater einen großen Hof?«, fragte sein Vater.

»Nicht besonders«, antwortete Ingrid.

Sie merkte, dass die Blicke der anderen jetzt auf sie gerichtet waren.

»Hält er Tiere?«

»Kühe. Und ein paar Schafe.«

Ingrid war unsicher und antwortete entsprechend, sie wagte es nicht, sich in lange Sätze zu begeben, ihr aufmerksames Schweigen machte die Pausen zwischen den Worten so markant, und als es vorbei war, wusste sie, dass sie keinen guten Eindruck hinterlassen hatte. Sie schämte sich und saß da und hörte, wie die Konversation sich anderen Themen zuwandte, während sie aß und sich fragte, wie sie den Eindruck korrigieren konnte.

Lange unterhielten sie sich über Fußball. Sein Vater und der kleine Bruder waren an dem Tag im Stadion gewesen und hatten die zweite Heimniederlage der Spielzeit gesehen. Er schimpfte über das Unvermögen der Spieler, der kleine Bruder wies darauf hin, dass sie auch Chancen gehabt hätten, aber sein Vater meinte, es fehle ihnen an Selbstvertrauen und sie seien nervös, spielten den Ball ab, sobald sich ihnen die Chance dazu böte, keiner traue sich etwas zu! Wer habe denn die Initiative ergriffen? Wer habe Mut gezeigt? Sie spielten wie Feiglinge! Anschließend gingen sie dazu über, die Chancen der Mannschaft in der laufenden Saison zu diskutieren. An diesem Punkt schaltete sich auch Harald ein, und Ingrid sah ihn erstaunt an. Sie hatte nicht gewusst, dass er sich für Fußball interessierte.

Ingrid war überrascht und ein wenig erschüttert: Wie konnten sie sich nur über Fußball unterhalten, als wäre es *wichtig*? Denn die Art, wie über dieses Thema gesprochen wurde, unterschied sich von keinem der anderen Themen, die bis dahin angesprochen worden waren.

Ingrid wusste: Das Leben ist ernst und Fußball nur ein Spiel.

Aber hier gab es offenbar niemanden, der so dachte wie sie.

Es war Ingrids erste Begegnung mit der Kunst der Konversation.

Still und verzagt saß sie dabei und wusste, dass sie gerade bewertet worden war und sich nicht besonders gut geschlagen hatte. Harald fand das auch, das merkte sie. Sie wollte nicht, dass er sich für sie schämte. Sie war nicht so wortgewandt und besaß nicht die gleiche Leichtigkeit wie seine Mutter. Zu einem Gespräch wie diesem konnte sie nichts beitragen. Sie war still, bescheiden, in sich gekehrt. Es war dämlich, das wusste sie, denn keiner von ihnen war besser als die Menschen, an die sie gewöhnt war, dennoch empfand sie Respekt vor Leuten, die diese

Welt beherrschten, in diesem wohlhabenden Haus lebten, dessen Gewohnheiten sie nicht gut genug kannte, um ohne Verstellung mitzumachen, das war nichts für sie, sie musste eine Rolle spielen. Ihre gesamte Aufmerksamkeit war darauf gerichtet, das zu schaffen, aber dadurch blieb nicht mehr genug für die erforderliche Leichtigkeit, die alle anderen prägte, für die Sicherheit. Sie verriet sich, dachte sie, und dies waren Verhältnisse, nach denen sie nicht einmal Harald fragen konnte, es war etwas, von dessen Existenz die anderen gar nichts wussten, und es hätte sie verblüfft, wenn sie es ihnen gegenüber angesprochen hätte.

Ingrid hatte ihre Mahlzeit fast beendet, als am Tisch zum ersten Mal eine Pause entstand. Das Rauschen des Verkehrs wurde von der unterhalb gelegenen Straße gehoben, glitt durch die offene Verandatür und erreichte sie als etwas Fernes, das sie erst jetzt bemerkte. Messer schlugen gegen Porzellan, der Fuß eines Glases berührte klirrend einen Tellerrand. Gustav füllte sein Glas mit Limonade, die Mutter legte das Besteck in die Schüssel mit Gemüse. Auch diese familiären Geräusche waren bis jetzt nicht gegenwärtig gewesen. Schmatzen, Schlucken, Atmen. Ingrid nahm alles wahr. Als das Gespräch versiegte, wusste sie, dass die anderen an sie dachten. Sie war die Fremde. Sie war die Unvorhersehbare. Niemand wusste, wie sie in einer bestimmten Situation reagieren würde. Sie hatten keine Ahnung, was sie auf eine direkte Frage antworten könnte.

Harald fühlte sich nicht verantwortlich für sie. Er saß beim Essen gewissermaßen über sich selbst gebeugt, dachte sie, gefesselt von etwas, das sie nicht kannte, weil sie nicht lange genug dort gewesen war. Sie selbst wurde von etwas anderem gefesselt, von den Regeln, die sie erahnte, aber nicht kannte, von dem, was sie von ihr erwarteten.

Als sie wieder aufblickte, entdeckte sie, dass sein Vater sie ansah. Das Schweigen hatte ihn nicht bedrückt, begriff sie, seine Frage wirkte natürlich, als wäre sie ihm erst jetzt, bei ihrem Anblick, in den Sinn gekommen.

»Hast du nicht einen Sommer in Kristiansens Wäscherei gearbeitet?«, fragte er.

»Stimmt. Das habe ich«, antwortete Ingrid.

»Welchen Eindruck haben sie auf dich gemacht?«

Haralds Vater hatte sein Glas erhoben, wartete auf ihre Antwort. Ingrid fragte sich, ob sie die Serviette anheben und sich den Mund abwischen sollte oder ob sich das nicht gehörte, weil sie auf ihrem Schoß lag.

»Es sind nette Leute«, sagte sie.

Sie versuchte ein Lächeln.

»Das sind sie bestimmt«, erwiderte der Vater. »Aber vor ein paar Jahren war da mal was. Es ging um Steuerhinterziehung. Haben sie das dir gegenüber erwähnt?«

»Nein …?«, sagte Ingrid.

»Ist doch klar, dass sie ihr nichts davon sagen«, meinte Harald und hob den Kopf. »Warum sollten sie das tun?«

»Ja, schon gut«, sagte sein Vater. »Aber du weißt ja, dass sie Torgeir zum Studieren in die USA geschickt haben. Sie möchten so gern den Eindruck erwecken, dass sie wohlhabend sind.«

Er trank einen Schluck, stellte das Glas auf den Tisch, griff nach seiner Serviette und wischte sich den Mund ab.

»Das ist dir doch sicher aufgefallen, oder? Denn wenn ich Harald richtig verstanden habe, hast du bei ihnen gewohnt?«

»Nein, nicht wirklich«, sagte Ingrid. »Ich hatte ein Zimmer gemietet.«

Sie wischte sich ihre Lippen mit der Serviette ab, behielt sie in der Hand, wollte nicht die Erste sein, die sie auf den Tisch legte.

»Da hast du es!«, sagte der Vater. »An die beste Freundin der Tochter *vermieten!*«

Er lächelte.

»Das ist schon komisch. Aber *nett* sind sie.«

Er sah Ingrid wieder an.

»Da hast du recht.«

Die Mutter zwinkerte und hielt ihr die Platte mit Fleisch hin.

»Nimm dir noch etwas«, sagte sie.

Ingrid schüttelte den Kopf.

»Danke, ich bin satt.«

»Harald?«

»Ich nehme gern noch etwas. In meinem Wohnheimzimmer bekomme ich selten ein Essen wie das hier.«

Wieder entstand eine Pause. Ingrid nippte an ihrem Weinglas und blickte dabei durch das Fenster in den Garten. Die Mauer am hinteren Ende war mit Efeu bewachsen, in dem rechteckigen Beet an der Hauswand standen dichtgedrängt rote und gelbe Tulpen, entlang des Felsens, der von der Rasenfläche aufstieg und sich dann zum Nachbargrundstück senkte, wuchsen Heckenrosen, in kleineren Felsspalten hatten sie verschiedene Blumen gepflanzt, und Ingrid dachte, dass sie diese vom Sommerhaus mitgebracht hatten. Ihr Anblick beschwor eine gute Erinnerung herauf. Ein schwacher Widerschein ihrer Gefühle von damals begann in ihr zu glühen. Ohne sich dessen bewusst zu sein, zerknüllte sie ihre Serviette in der Hand.

»Hast du vor, als Lehrerin zu arbeiten, wenn du mit deiner Ausbildung fertig bist, Ingrid?«

Sie zuckte zusammen und lief rot an, als sie merkte, dass alle sie ansahen.

Es war eine der Fragen, vor denen Harald sie gewarnt hatte. Sein Vater hatte im Grunde nichts dagegen, dass Frauen eine Ausbildung machten, aber wenn sie heirateten und Kinder bekamen, hatten sie seiner Ansicht nach im Arbeitsleben nichts mehr zu suchen.

Das dürfe sie nicht vergessen.

Sollte sie etwa lügen?

Würde Ingrid lügen können?

Ingrid, nein!

»Ja«, antwortete sie nach ein paar Sekunden. »Ich glaube schon?«

Bevor Harald eingreifen und ihren Fehler überspielen konnte, sagte sein Vater:

»Ich denke, Harald wird später auch einmal als Lehrer enden.«

»Und was bringt dich dazu, das zu glauben?«, fragte Harald.

»Das weißt du selbst am besten«, antwortete sein Vater. Ehe Harald etwas erwidern konnte, unterband der Vater jede Möglichkeit zu protestieren, indem er sich für das Essen bedankte, erklärte, es habe vorzüglich geschmeckt, und vom Tisch aufstand.

»Danke für das Essen!«, sagte Ingrid.

Sie nahm den Teller in die Hand, um ihn in die Küche zu tragen, als sie merkte, dass Harald sie ansah.

»Lass ihn einfach stehen«, sagte er.

»Nicht doch«, sagte seine Mutter. »Es ist doch nett, wenn ich ein bisschen Hilfe in der Küche bekomme, nicht?«

Das war im April gewesen. Ingrid hatte damals noch nicht gewusst, dass sie schwanger war. Ein weiterer Monat verging, bis sie es Harald erzählte und sie beschlossen zu heiraten. Ingrid erfuhr nie, warum seine Eltern nicht zur Hochzeit kamen, aber als sie kurz vor der Geburt von Klaus in Kristiansand anrief, reiste Haralds Mutter schon am nächsten Tag nach Oslo, sie hatte wohl geahnt, dass etwas passiert war. Gemeinsam mit Harald besuchte sie Ingrid und das Baby im Krankenhaus. Danach nahm Harald den Kontakt zu seinen Eltern wieder auf, und fast genau ein Jahr, nachdem Ingrid zum ersten Mal bei ihnen gegessen hatte, fuhren sie wieder nach Kristiansand, um sie zu besuchen, die mittlerweile ihre Schwiegereltern waren. Sie hatten den vier Monate alten Klaus dabei. Ingrids Unsicherheit war genauso groß wie damals, aber diesmal, weil sie nicht zur Hochzeit ihres Sohnes gekommen waren, weil sie ihn wegen ihr abgestraft hatten. Irgendetwas stimmte in ihren Augen nicht. Aber sie wollte Harald haben, nicht seine Eltern, und nun hatten sie gemeinsam Klaus. Das konnte ihnen keiner nehmen.

Einen Konflikt konnte sie allerdings nicht erkennen. Seine Eltern verhielten sich genauso wie beim letzten Mal. Als wäre in der Zwischenzeit nichts passiert. Seine Mutter war genauso heiter, sein Vater genauso freundlich – auf eine leicht berechnende Art, die Harald nicht ausstehen konnte, er nannte sie *seine Falschheit.*

Nur Ingrid hatte sich verändert.

Zur Haralds großem Entsetzen forderte sie seinen Vater ohne mit der Wimper zu zucken heraus. Er hatte die politische Lage in einem der afrikanischen Länder kommentiert, in denen zu jener Zeit Befreiungskriege tobten. Belehrend verteidigte er die Diktatur, sie sichere trotz allem eine gewisse Stabilität und sei für die Bevölkerung deshalb auch das Beste.

»Das denke ich nicht«, widersprach Ingrid.

Ihre Stimme klang wesentlich schwächer, als sie es sich gewünscht hätte, aber die Wirkung war die gleiche. Harald warf ihr über den Tisch hinweg einen wütenden Blick zu, als erwartete er, dass man ihn für ihre Freimütigkeit bestrafen würde.

»Nicht?«, sagte sein Vater.

Er sah sie an.

»Wozu soll Stabilität gut sein, wenn man unterdrückt wird?«, sagte sie. »Sie nutzt doch nur einer Minderheit.«

»Das mag sein«, erwiderte er. »Aber wozu nutzen sie ihre Freiheit? Sobald sie die Chance dazu bekommen, bringen sie sich doch nur gegenseitig um.«

»Lasst uns doch bei Tisch nicht über Politik sprechen.«

Seine Mutter versuchte die Situation zu retten. Aber Ingrid begegnete ihrem Blick

»Das ist wichtig«, erklärte sie.

»Ja, ja«, sagte sein Vater.

»Du möchtest *hier* ja wohl auch keine Diktatur haben, oder?«, fragte Ingrid.

»Das ist etwas anderes«, antwortete sein Vater.

»Nein«, entgegnete Ingrid.

»Ingrid findet, dass alle nett zueinander sein sollten«, sagte Harald.

»Selbstverständlich«, sagte Ingrid. »Ist jemand anderer Ansicht?«

Sie sah seinen Vater an. Er lächelte. Sie begriff, dass er sie mochte. Als sie nach dem Essen mit Harald auf die Terrasse hinausging, sagte sie ihm das.

»Ich glaube, dein Vater mag mich«, meinte sie.

»Gott, bist du *dumm*«, sagte Harald.

Er lehnte sich auf eine Weise an die Mauer, die deutlich erkennen ließ, was er von ihr hielt. Sie sagte nichts, öffnete die Tür einen Spaltbreit, um Klaus hören zu können, zog den Gartenstuhl an die Wand und setzte sich. Die Schatten der Bäume im Garten unter ihnen waren lang, und der Wind vom Meer setzte sie in Bewegung. Zitternde Blätter, eine schlagende Fahne, barsche Stimmen, die von der Straße unter ihnen hochgeschleudert wurden, das gleichförmige Rauschen der Stadt.

Ingrid rieb sich mit den Händen über die nackten Unterarme.

»Sobald wir gefahren sind, fangen sie an, sich über dich den Mund zu zerreißen«, sagte Harald. »Was glaubst du eigentlich, warum sie nicht zur Hochzeit gekommen sind?«

»Ich weiß es nicht«, sagte sie.

»Er macht sich über dich lustig, begreifst du das nicht. Und du glaubst, er *mag* dich.«

Harald schüttelte den Kopf, ging ins Wohnzimmer und ließ Ingrid auf der Veranda allein. Sie hätte vielleicht seiner Mutter in der Küche helfen sollen, konnte sich aber nicht dazu durchringen; beim letzten Mal hatte sie gehofft, der etwas steife Charakter, der die Familie am Essenstisch geprägt hatte, würde sich mit der Zeit verflüchtigen, deshalb hatte sie seiner Mutter angeboten abzutrocknen, wenn sie spülte, stellte aber im Laufe weniger Minuten fest, dass der förmliche und höfliche Umgangston auch in der Küche gepflegt wurde. Haralds Mutter ergriff nie die Initiative. Das verunsicherte Ingrid. Schließlich ging es hier nicht nach ihr. Während seine Mutter vor sich hin summte und spülte, stand Ingrid daneben und trocknete ab. Ab und zu begegneten sich ihre Blicke. Dann lächelte die Mutter sie an. *Hieß sie Synnøve, die Freundin, bei der du gewohnt hast?*, sagte sie dann etwa, oder *Ist es schön, wo ihr in Oslo wohnt?*

Nein, Ingrid wurde nicht schlau aus ihnen. Und als Harald hineingegangen war, wusste sie, dass es auffallen würde, wenn sie draußen alleine saß. Außerdem war ihr kalt. Jetzt, als die Sonne unterging, merkte sie, wie kühl es eigentlich war.

Sie öffnete die Tür und trat in die Wärme. Auf der Couch saß Haralds Mutter mit Klaus im Arm. Sie senkte den Kopf zu seinem Gesicht und plapperte zur großen Freude des Jungen.

»Wie schön er ist!«, sagte sie, als Ingrid vor ihnen stehenblieb.

»Ja, ist er nicht toll?«, sagte Ingrid.

»Hast du Bilder von Harald gesehen, als er klein war?«

»Nein.«

»Warte kurz, ich zeige sie dir. Ich finde, er sieht ihm ein bisschen ähnlich.«

Sie reichte Klaus an Ingrid weiter und verließ das Zimmer. Als sie zurückkam, setzten sie sich auf die Couch und sahen sich die alten Bilder von Harald an, aufgenommen zu einer Zeit, in der keiner etwas darüber wusste, was einmal aus ihm werden würde, am Rande der Geschichte, in der er sich befand und seither für immer befinden würde. Wie ein Pionier der Zeit ist er durch die Tage gereist, ohne zu wissen, was ihn erwartet. Immer in dem Tag vor dem nächsten Tag gefangen, in dem Monat vor dem nächsten Monat, in dem Jahr vor dem nächsten Jahr. Eine gewaltige Gegenwart, die durch die vierziger in die fünfziger Jahre führte, von den Fünfzigern in die Sechziger und bis hierher, wo er jetzt saß, in der Küche einer Wohnung in der Theresesgate nahe Bislett in Oslo Ende April 1967. Vater von Klaus, Mann von Ingrid, Sohn von Else und Kristian. Bruder von Gustav und Marie. Zweiundzwanzig, bald dreiundzwanzig Jahre alt steht er dort und tupft die feuchten, zarten Fleischstücke mit einem zusammengeknüllten Streifen Toilettenpapier trocken. In der Pfanne vor ihm ist die Butter gebräunt und still. Er mahlt ein wenig Pfeffer auf die Steaks und legt sie in die Pfanne. Jäh wie ein Vogel aus einem Sumpf steigt das zischende Geräusch auf und füllt die Küche. Harald dreht sich für den Fall um, dass sie aufgewacht ist und ihn beobachtet.

Das tut sie nicht.

Aber wach ist sie.

Seit er begonnen hat, in der Küche zu fuhrwerken, hat Ingrid wach gelegen und nachgedacht. Trotzdem schließt sie die Augen, als er zur Tür hereinkommt, um sie überrascht aufschlagen zu können, wenn er mit triumphierender Stimme verkündet, dass das Essen fertig sei!

Inzwischen kennt sie seine Signale und weiß, dass er sie nicht zurückweisen wird, als sie aufsteht und zu ihm tritt, um ihn zu umarmen.

»Hast du uns etwas gekocht«, sagt sie.

»Ich hatte so ein schlechtes Gewissen«, erwidert er. »Ich habe dich in den letzten Tagen nicht besonders gut behandelt.«

»Was hast du uns denn gemacht?«

Sie gehen in die Küche. Ihr fällt der Wein auf, ihr fällt das Fleisch auf, er ist zufrieden, und sie setzen sich, um zu essen, während die Dunkelheit in den Straßen kompakter wird. Er schmiedet Pläne für sie, vielleicht findet er ja eine Stelle an einem Gymnasium, vielleicht sollten sie noch ein Kind bekommen, damit Klaus nicht allein ist, vielleicht konnten sie nach Süden ziehen oder, falls ihr Heimweh zu groß werden sollte, nach Westen. Er mochte Bergen, es war eine schöne Stadt, dann wäre sie in der Nähe ihrer Eltern. Und wenn er als Lehrer arbeitete, würden sie genug Geld haben, so dass sie auch ihre Ausbildung abschließen konnte, wäre das nicht gut?

Sie würden ein Haus kaufen, sie würden eine Familie sein, sie mussten vorher nur noch diese schwierige Phase durchstehen. Denn wie sie im Moment lebten, war sicher nicht ideal, er, der nachts arbeitete und tagsüber lernte, und sie, die für Klaus verantwortlich war. Kein Wunder, dass sie manchmal wütend aufeinander waren. Aber es würde ja nicht ewig so bleiben.

Sie hätten eine gemeinsame Zukunft, sagte er, erhob sein Glas und prostete ihr zu.

»Auf uns, Ingrid«, sagte er.

Sie berührte vorsichtig sein Glas mit ihrem, lächelte.

»Auf uns«, sagte sie.

7

Schließt du auf deiner Seite ab?«, fragt Harald, als er den Schlüssel in die Autotür steckt und ihn dreht.

»Ja, klar, habe ich gemacht«, sagt seine Mutter.

Sie knöpft ihren Mantel auf und zieht die Tasche ein wenig den Unterarm hinauf. Klaus steht an der Eingangstür, wartet und sieht sie an. Der Parkplatz, auf dem sie sich befinden, ist halb gefüllt. Die Schatten der Kiefern am anderen Ende legen sich im Licht der tiefstehenden Sonne weit auf den Asphalt. Klaus hat ein paar Tauben gesehen und jagt ihnen hinterher. Er lacht, als sie vor ihm weglaufen.

»Komm her!«, ruft Harald und geht neben seiner Mutter über den Platz. »Klaus!«

Klaus steht da und schaut den Tauben hinterher, ehe er sich umdreht und zu seinem Vater und seiner Großmutter läuft.

Im Gebäude gehen sie zusammen die Treppe hinauf. Klaus ist an der Hand seiner Großmutter, sein Vater führt sie durch den langgestreckten Korridor in der ersten Etage, bleibt an einer Luke stehen und klopft mit dem Fingerknöchel gegen das Glas.

»Freust du dich?«, fragt die Großmutter und schaut zu Klaus hinunter.

»Ein bisschen«, antwortet Klaus.

Eine weißgekleidete Krankenschwester kommt zur Tür, lehnt sich vor, zieht die Glasscheibe zur Seite.

»Wir möchten gerne Ingrid Vankel besuchen«, sagt sein Vater. »Können wir einfach reingehen?«

Ingrid steht am Fenster. Sie dreht sich zu ihnen um. Klaus läuft durch den Raum, und sie hebt ihn lächelnd hoch.

»Wo ist das Baby?«, fragt er.

»Es schläft«, sagt sie. »Möchtest du es sehen?«

Klaus nickt ernst.

»Können wir los?«, fragt Harald.

»Natürlich. Ich bin schon seit Stunden fertig.«

»Da haben wir ihn ja«, sagt die Großmutter.

Eine Krankenschwester kommt zur Tür herein. Im Arm hält sie einen Säugling, der in eine Decke gewickelt ist.

»Das ist das Baby?«, fragt Klaus.

Zögernd steht er da und betrachtet dieses Bündel, um das sich die drei Erwachsenen versammeln. Als seine Mutter sich mit dem schlafenden Kind im Arm auf die Bettkante setzt, geht er zu ihr. Lange mustert er seinen Bruder.

»Das ist das komischste Baby, das ich in meinem ganzen Leben gesehen habe!«, sagt er und lacht.

Das Auto saust durch den Spätsommerabend nach Süden. Schon nach einer Stunde auf der Straße setzt die Dämmerung ein. Bald darauf schläft Klaus neben seiner Mutter und seinem neugeborenen Bruder auf der Rückbank ein. Harald ist am Vortag schon einmal dort gewesen, um nach dem Rechten zu sehen, alles ist in Ordnung, sie müssen nur noch einziehen.

Ingrid ist gespannt. Seit dem Frühjahr, als der Bau des Hauses gerade begonnen wurde, ist sie nicht mehr dort gewesen, eine Grundmauer mitten in einem Steinhaufen war alles gewesen, trotzdem hatte es ihr gefallen. Die Siedlung war an allen Seiten von Wald umgeben, ein paar hundert Meter weiter unten lag das Meer, sie dachte, dass es ein freier Ort war und Klaus und das Kind, das sie erwartete, an diesem Ort eine gute Kindheit haben würden.

Außerdem war es billig. Harald hatte sich überall im Land für eine Stelle an einem Gymnasium beworben, aber nur Zusagen von Schulen im hohen Norden bekommen, wohin sie nicht wollten, deshalb hatte er sich nach langem Zögern mit einer

Stelle als Lehrer in einer Gesamtschule begnügt. Im Gegenzug hatte die Kommune ihnen das Grundstück zur Verfügung gestellt. Und das Haus selbst war nicht teuer. Das konnten sie finanzieren.

Sie nehmen die E 18. Durch Vestfold und Telemark, fahren über die Breviks-Brücke, an Kragerø vorbei, durch den Tunnel Sørlandsporten, sie passieren Risør, Tvedestrand, Moland, Eidehavn und biegen an der Kreuzung hinter Saltrød links ab, um den letzten Anstieg zur Tromsøy-Brücke hinaufzufahren.

Es ist August 1970, es ist fast halb eins. Auf den letzten Kilometern haben sie darüber gesprochen, wie der neue Erdenbürger heißen soll. Obwohl seine Eltern das eigentlich längst entschieden haben, amüsieren sie sich damit, andere Möglichkeiten ins Spiel zu bringen, da er noch nicht getauft ist. *Tønnes*, sagt sein Vater, *Oh Gott*, sagt die Großmutter, *Was ist mit Moses*, sagt seine Mutter, *so hieß mein Urgroßvater. Moses?*, sagt der Vater, *warum nicht gleich Judas?*

»Ich finde, ihr solltet bei dem bleiben, was ihr schon beschlossen habt«, sagt die Großmutter, als der Wagen auf die Brücke kommt und es nur noch ein paar hundert Meter bis zu ihrem Ziel sind.

»Das denke ich auch«, sagt die Mutter und streicht dem Kind über die Wange. »Du wirst Henrik heißen.«

»Hört sich das nicht gut an, Mutter? Henrik Vankel?«

»Doch«, sagt die Großmutter. »Das wird das Beste sein.«

Als sie von der Hauptstraße abbiegen und den letzten Anstieg hinauffahren, durchschneiden die Scheinwerfer die kompakte Dunkelheit und öffnen einen Tunnel aus Licht mit der nicht asphaltierten Straße in der Mitte und Reihen von Bäumen zu beiden Seiten. In der Landschaft ringsum liegen Steinhalden aus gesprengten Felsen, sie sehen einen Bagger, dessen Schaufel auf der Erde ruht, einen Radlader, eine Baracke und den Hang hinauf die leeren Skelette von vier Häusern, die noch im Bau sind.

»Da ist es«, sagt Harald.

Die Scheinwerfer beleuchten ein noch nicht gestrichenes Haus zwanzig Meter vor ihnen. Das Auto fährt in die Auffahrt und hält direkt vor der Hauswand. Klaus schläft.

»Kannst du ihn bitte nehmen, Harald?«, sagt Ingrid, die mit dem anderen Kind im Arm neben dem Wagen steht und das Haus betrachtet.

»Es ist schön geworden!«, sagt sie.

»Warte erst einmal ab, wenn wir hier einen Garten angelegt haben«, erwidert Harald.

Er dreht sich zu seiner Mutter um.

»Das Grundstück ist größer, als es aussieht«, erklärt er. »Zum Wald hin wollen wir vielleicht einen Gemüsegarten anlegen.«

»Ich kann den Jungen nehmen«, sagt sie, öffnet die Tür und hebt behutsam das schlafende Kind heraus.

Klaus wimmert leise, wacht aber nicht auf.

Harald schließt auf, schaltet die Deckenlampe ein und führt sie in die obere Etage, wo sich die Schlafzimmer, das Wohnzimmer und die Küche befinden. Ihre Schritte hallen in den leeren Zimmern wider. Mitten im Wohnzimmer stapeln sich die Umzugskartons, um sie herum stehen ihre Möbel. Auch die Truhe, die Ingrids Eltern ihnen geschenkt haben, ein Erbstück, das sie jetzt sorgsam mustert, um zu sehen, ob sie den Transport unbeschadet überstanden hat.

»Es ist alles in Ordnung«, sagt Harald. »Ich habe schon nachgesehen.«

Seine Mutter geht in eines der Schlafzimmer und legt das schlafende Kind auf das Bett unter dem Fenster. Ohne dass der Junge aufwacht, zieht sie ihn aus und deckt den schlaffen Körper zu, während Ingrid und Harald von Zimmer zu Zimmer gehen. Aufgeregt unterhalten sie sich mit leisen Stimmen. Als sie in die Küche kommen, ruckelt Harald den Herd an seinen Platz in der Arbeitsplatte, während Ingrid die Kaffeekanne aus einem der Kartons heraussucht. Sie füllt sie mit Wasser und schaltet die Platte ein. Das rote Licht leuchtet im Dunkeln. An dem Tisch im Wohnzimmer, zwischen allen Umzugskartons, trinken sie Kaffee. Harald führt seine Mutter zu dem Zimmer im Untergeschoss, wo er für sie ein Bett bezogen hat. Als er wieder heraufkommt, sitzt Ingrid auf der Bettkante und sieht aus dem Fenster zu dem Hügel hinter dem Haus hinauf, wo eine Lampe vor der Tür der neuen Nachbarn leuchtet.

»Da sind wir endlich«, sagt Harald. »Gefällt es dir?«

Sie nickt.

»Aber es kommt mir seltsam vor, dass es uns gehört, unser Haus ist. Findest du nicht?«

»Seltsam? Nein, was soll daran seltsam sein?«

Sie lächelt, steht auf und zieht sich aus. Harald stellt sich ans Fenster.

»Woran denkst du?«, fragt sie vom Bett aus, schaltet die Lampe ein, die er am Vortag in die Wand geschraubt hat, und betrachtet die Gestalt, die ein, zwei Meter von ihr entfernt steht.

Er antwortet nicht, steht nur schweigend da und sieht in die Dunkelheit.

In dieser Nacht werden sie beide davon geweckt, dass ich schreie. Mutter nimmt mich und drückt mich an ihre Brust, sie trägt mich durch die Zimmer und spricht dabei leise mit mir. *Ist es so schlimm*, flüstert sie, *kleiner Henrik, ist es so schlimm? Ist ja gut*, flüstert sie, *ist ja gut.* Und ihre Stimme ist beruhigend, ihre Stimme lässt mich ruhig werden. Ich weiß nicht, wo ich bin, ich weiß nicht, wer ich bin, ich weiß nur, dass ich jetzt hier bin. Ich nehme ihren Geruch wahr, ich nehme ihre Stimme wahr, ich weiß, wie es ist, neben ihrem Körper zu liegen, die Wärme, die dort ist, ich sauge mich an ihren Brustwarzen fest und trinke ihre Milch, manchmal trinke ich zu viel und spucke, dann wischt sie mich ab, legt mich über ihre Schulter, spricht mit leiser Stimme. *Ist ja gut, Henrik, ist ja gut.* Sie badet mich, sie lässt lauwarmes Wasser über meinen Körper rinnen, sie trocknet mich ab und pudert mich, sie steckt meine Hände in die Ärmel kleiner Jacken und zieht mir Hosen an, sie bindet Mützen auf meinem Kopf fest und legt mich in den Wagen, um lange Spaziergänge in der Umgebung zu machen. Sie hebt mich hoch, wenn ich schreie, sie legt mich hin, wenn ich schlafe. Ich weiß nicht, wer sie ist, aber ich erkenne sie; wenn sie kommt, merke ich es immer, ich spüre ihre Anwesenheit. Höre ihre leise Stimme.

Ist ja gut, mein Junge. Ist ja gut.

Erst am nächsten Tag sahen sie die Landschaft. Was am Vorabend ein schwarz brütender Schatten gewesen war, erwies sich nun als ein kleiner, bewaldeter Berg, der sanft zu dem Waldboden abfiel, auf dem nun die Neubausiedlung lag. Von dort aus fiel das Gelände zu einer schmalen Bucht hundert Meter weiter unten ab, die vom Haus nicht zu sehen war. Die Bucht öffnete sich zu dem Sund, der die Insel vom Festland trennte, und sie konnten ihn sehen, ein blauer Gürtel aus Wasser direkt über den Baumwipfeln, die Türme der Brücke, über die sie am Vorabend gefahren waren. Sie sahen, wie die Straße sich in einem Bogen um eine Anhöhe schlang und dass man auf beiden Seiten dicht nebeneinander Grundstücke aus dem Fels herausgesprengt hatte. Ehe sie aufwärts an dem Berg vorbei zu einer langen Ebene führte, auf der es in ähnlicher Weise mehrere solcher Schleifen mit Grundstücken gab.

Das war der Ort, an dem ich aufwachsen würde.

Für meine Eltern war es nur ein Platz, an dem sie wohnten. Für mich war es die ganze Welt. Bis heute macht es mich irgendwie nervös, wenn ich mir sage, dass ich einfach dorthin zurückkehren könnte. Die Häuser stehen mit Sicherheit noch wie damals, als wir sie verließen, und ihre Bewohner würden die gleichen sein wie damals, wenn ich anklopfte und mich ihnen vorstellte, nur etwas älter, aber wiedererkennbar. Wenn ich daran denke, dass es nichts gibt, was mich daran hindert, dies tatsächlich zu tun, zieht es mich mit solcher Macht dorthin, dass es nicht mehr hilft, mir zu sagen, wie lächerlich es ist, mich ausgerechnet dorthin zu sehnen. Denn wer sehnt sich schon zu einer Ansammlung simpler Fertighäuser zurück, wen rührt der Gedanke an den Campingwagen des Nachbarn, der das ganze Jahr im Garten stand, an die mit Dachpappe gedeckte Garage, an Leitern, die an den Hauswänden hängen, und Hütten aus zusammengetragenem Material im Wald? Wer vermisst schon den Geruch von Mörtel und das Geräusch des Zementmischers, den der Nachbar jedes Jahr aus der Garage zog, um ein neues Projekt in Angriff zu nehmen? Wer beschwört den Anblick von Bordsteinen herauf, mit denen die Hauptstraße von dem Hang abgegrenzt wird, den die Kinder jeden Winter mit ihren Schneebobs und Schlitten hinunterrutschten, und lässt sich davon zu Tränen rühren, wer spielt schon in Gedanken mit dieser Siedlung, als wäre sie ein bedeutender Ort, ein Ort mit einer Geschichte, die bis in die Antike zurückreicht – eine staubige Provinzstadt am Fuße der Alpen, ein Viertel in einer der Metropolen dieser Welt, eine Hafenstadt am Mittelmeer, in der man bis heute Spuren römischer Architektur finden kann, oder den Einfluss der Mauren, hier und da Reste einer mittelalterlichen Stadtmauer und eine Bibliothek, in der die Schriften der Alchemisten aufbewahrt werden und sich bis zum heutigen Tag studieren lassen.

Ich fürchte, ich.

Ich kann nichts dafür. Ich stamme von dort, bin dort aufgewachsen. Eine Siedlung in Südnorwegen. Unauffällig und ohne jede Aura. Ein Ort, der keine Geschichte hatte, bis wir dorthin zogen. Aus dem ganzen Land trafen wir Anfang der siebziger Jahre ein. Vorher hatte es dort nichts als Wald gegeben. Dann wurden Baugrundstücke herausgesprengt, dann wurden Häuser errichtet, dann wurden Gärten angelegt. Quadratische Rasenflächen mit kleinen, verstreut wachsenden Obststräuchern und runden Blumenbeeten. Zäune wurden gebaut, an ihnen pflanzte man Hecken. Garagen wurden hochgezogen, vereinzelt Treibhäuser montiert, und an der Steinmauer vor dem Wald legten manche Gemüsegärten an. Danach vergrößerte man die Häuser, als Nächstes wurden die Autos, die man täglich in die Garage stellte, gegen etwas teurere ausgetauscht. Jeden Nachmittag im Frühling und Sommer waren die Gärten voller Aktivitäten. Es gab etwas, das sie heraufbeschwören wollten. Etwas, das sie schaffen wollten. Aber sie schafften es nicht. Das Projekt war unmöglich. Die Gegend wurde nicht schöner, kein attraktiveres Viertel, was sie so gern gesehen hätten, im Gegenteil, je hartnäckiger sie ihr Projekt vorantrieben, desto deutlicher trat das Geschichtslose und Blasse hervor. Nichts auf der Welt kann beschönigen, dass dort niemand lebt, der vor 1970 hierhingekommen ist. Besonders entlarvend sind die Straßennamen. Sie heißen *Pflaumenweg*, *Stachelbeerweg*, *Apfelweg*, *Birnenweg*. Sie sind mit keiner Geschichte verbunden, mit keinen Geschehnissen in vergangenen Zeiten, sie lassen sich einzig und allein auf eine Besprechung im Planungsausschuss der Gemeindeverwaltung an einem Tag 1969 zurückführen, bei der Straßennamen auf der Tagesordnung standen.

Die Siedlung war geschichtslos. Die Landschaft, in der sie lag, hatte selbstverständlich eine Geschichte, auf den langgestreckten Geröllufern an der Meerseite kann man Fossilien von Insekten finden, die zu einer Zeit lebten, als es noch keine Menschen auf der Welt gab, manchmal tauchen auch Pfeilspitzen und Werkzeuge aus Feuerstein auf irgendeinem Feld in Waldnähe auf und legen Zeugnis davon ab, dass diese Insel schon in der Steinzeit besiedelt war, es gibt Hügelgräber aus der Wikingerzeit, und der kleine Ort Kongshavn wird in Schriften aus derselben Epoche erwähnt, die Kirche aus dem zwölften Jahrhundert liegt an einer Stelle, die ihren Namen noch aus einer Zeit hat, in der man den alten Göttern opferte, und hier sank das Sklavenschiff Fredensborg an einem Wintertag des Jahres 1769, ein Jahrhundert vor der Blütezeit der Segelschifffahrt, als im mehrere Kilometer landeinwärts gelegenen Hafen von Arendal Masten aus aller Welt dicht an dicht aufragten.

Natürlich waren sie vor uns hier gegangen, natürlich waren sie da gewesen. Doch auch das wurde im Jahr vor unserer Ankunft mit Dynamit in Stücke gesprengt, das Gebiet wurde auf den Kopf gestellt, wie auch die Zeit umgestülpt wurde. Als die Siedlung angelegt worden war, begann eine neue Zeitrechnung: vor und nach 1970.

Auch die Menschen, die dorthin zogen, waren nicht mit dem Ort oder seiner Geschichte verbunden. Die Siedler kamen aus dem ganzen Land: Hammerfest, Lyngen, Bodø, Kristiansund, Ålesund, Bergen, Stavanger, Hønefoss, Brumunddal, Små, frisch gegründete Familien, deren Väter soeben ihre Ausbildung abgeschlossen hatten und in der Stadtverwaltung arbeiteten, oder als Journalisten und Lehrer, manche waren Handwerker – Maurer, Drucker, Schreiner, Maler –, und die Frauen arbeiteten im Gesundheitswesen, wenn sie nicht mit den Kindern daheim waren. Und die Kinder? Sie beherrschten alle zwei Dialekte: zu Hause sprachen sie den Ålesund-Dialekt oder den Bodø-Dialekt oder den Stavanger-Dialekt, draußen redeten sie wie die Leute auf der Insel. Manche von ihnen, die Eltern aus zwei verschiedenen Ecken des Landes hatten, waren so verwirrt, dass sie einen eigenen Dialekt entwickelten, bis sie in die Schule kamen und sich dort, in der Gemeinschaft mit den Schülern aus Familien, die schon immer auf der Insel gewohnt hatten, schnell an die neuen Anforderungen anpassten und sich umgehend auf den Dialekt der Insel umstellten, wenngleich es kleine Abweichungen gab und sie ihn niemals so breit sprachen wie die einheimischen Kinder.

Auch die Gebräuche waren von Haus zu Haus verschieden, je nachdem, aus welcher Ecke des Landes die Eltern stammten. Alles wurde unterschiedlich gemacht, alles wurde mit unterschiedlicher Wesensart ausgeführt. Da die Häuser so eng nebeneinander standen und die Kinder alle im selben Alter waren, gingen sie täglich beieinander ein und aus, liefen sie durch die Gärten zu den Nachbarn, schauten zu den Fenstern hinein, man sah, wie die Dinge dort getan wurden – alles war sichtbar, die Kinder wussten alles über alle, sie liefen von Haus zu Haus, saßen abends gemeinsam in ihren Zimmern, und die letzten Neuigkeiten verbreiteten sich in der Siedlung wie Seuchen. Denn allen Unterschieden zum Trotz: Wenn die Kinder draußen waren und spielten, was sie jeden Tag das ganze Jahr hindurch taten, zählte nur Gleichheit. So lebten sie in einer Doppelwelt, zu Hause verschieden, draußen gleich. Und viele von denen, die dort aufwuchsen, würden eines Tages in ein Haus in der Nähe ziehen, vielleicht sogar auf demselben Grundstück, wo schon das Haus der Eltern stand, denn das kommt vor, oder in eine der neuen Siedlungen auf der Insel, so dass der Ort allmählich eine Geschichte, Verbindungen, Verwandtschaften erhielt: Der Junge aus dem Pflaumenweg 6 hat ein Auge auf das zwei Jahre jüngere Mädchen aus dem Brombeerweg 7 geworfen, sie haben seit jeher voneinander gewusst, gelegentlich zusammen gespielt, sich manchmal auch gegenseitig verachtet – aber nun sehen sie einander, heiraten, bekommen Kinder, lassen sich in der Nähe nieder.

So werden die Unterschiede ausgeglichen, und in ein, zwei Generationen wird auch die Siedlung ihre Geschichte haben, ihre Tiefe, mit der Landschaft und der Zeit verknüpft sein, die durch sie hindurchgeströmt ist.

Bis heute gehe ich dort vor dem Einschlafen oft in Gedanken umher. Wenn ich die Augen schließe, sehe ich alles deutlich vor mir. Dort fing alles an. An diesem Ort begann die Welt. Eine schrittweise Orientierung. Von unserem Haus, dem Garten davor, der Straße, dem Berg, dem Wald, dem Wasser zur Stadt, zum Landesteil, zum Land, Erdteil, zur Welt bis zu dem Tag, an dem ich als Siebenjähriger meinen Namen schreibe, *Henrik Vankel, Universum, Erde, Europa, Norwegen, Aust-Agder,*

Tromøy, Pflaumenweg 1, mein Zimmer, und mich damit zum absoluten Mittelpunkt des Universums erkläre.

Eine Krönung.

König Henrik von Henrik. Ein Königreich, das erst in den letzten Jahren die erforderliche Kapazität hat und weit genug gekommen ist, um sich mit der frühesten Geschichte des Königreichs zu beschäftigen, die so lange in einer Dunkelheit ruhte, die als absolut galt. Einzelne Episoden haben sicherlich überlebt, weil sie so oft erzählt wurden, dass sie im Gedächtnis geblieben und zu einem Teil der Mythologie dieses Reichs geworden sind. Geschichten von Demütigungen, von Unterwerfung und ständigen Erniedrigungen. Geschichten von Heldenmut und einem Zorn, der so groß war, dass er Wunder bewirkte und die Menschen eine Weile in ein besseres Dasein führte.

Es ist nicht viel, was mir aus den ersten zwölf Jahren meines Lebens im Gedächtnis geblieben ist. Manchmal denke ich, dass etwas in mir die Erinnerungen aus jener Zeit auf ähnliche Weise aus der Welt befördert hat, wie man früher missgebildete Kinder im Wald aussetzte. Entscheidend war, es unmittelbar nach der Geburt zu tun, bevor man an ihnen hing. Sie der Mutter entreißen, hinaustragen, ablegen und zurückeilen, bevor die Schreie anfangen, einen zu quälen.

Ergeht es uns nicht so mit den Erlebnissen der Kindheit? Auch sie werden vergessen und verdrängt, sobald sie vorbei sind. Nur wenige haben überlebt, sie sind alleine zurechtgekommen, aber wenn sie zurückkehren, verbreiten sie Angst und Schrecken, und kein Mensch will etwas mit ihnen zu tun haben. Die Missbildungen, die damals dafür sorgten, dass sie ausgesetzt wurden, sind mit ihnen gewachsen, deutlicher, schmerzvoller, hässlicher geworden. Und die Jahre, in denen sie allein gewesen sind, haben dazu geführt, dass sie niemals gelernt haben, den Anforderungen der Zivilisation zu entsprechen. Sie grunzen und furzen, sie lassen sich von jeder noch so kleinen, abrupten Bewegung erschrecken, und dann laufen sie weg und starren mit großen Kinderaugen auf die Welt. Sie sind nicht erziehbar, bleiben geprägt von den Jahren in der Wildnis, wolfsartig. Selbst wenn man sie in feine Kleider hüllt und ihnen blankgeputzte Schuhe anzieht und so versucht, sie allen anderen Erinnerungen gleichzumachen, sieht man augenblicklich, dass diesen ausgesetzten Kindheitserinnerungen etwas Eigenartiges anhaftet, irgendetwas stimmt nicht, passt nicht.

Es ist besser, sie da draußen in Frieden zu lassen. Weiterzuleben, als existierten sie nicht, und zu versuchen, den grauenvollen Augenblick zu vergessen, in dem sie ausgesetzt wurden und sich selbst überlassen waren, ihr Heulen, das in den Ohren wehtat.

Sie zurückzulassen. Nach vorn zu schauen.

Wir waren die Ersten, die aus der Siedlung fortzogen, es war der Sommer, in dem ich vierzehn wurde und gerade die siebte Klasse abgeschlossen hatte. Klaus, der nur noch ein Jahr auf das Gymnasium gehen musste, hatte beschlossen zu bleiben, er wollte sich ein Zimmer nehmen und das letzte Schuljahr dort absolvieren. In Ordnung, hatte Vater ihm gesagt, aber dann musst du alleine zurechtkommen. Also beantragte Klaus ein Studiendarlehen und beschloss, uns nie mehr zu besuchen. Ich durfte ihn besuchen, genau wie Mutter, Vater dagegen nicht. Klaus wollte nichts mehr mit ihm zu tun haben.

Wir zogen an einen Ort, der zehn Kilometer von Kristiansand entfernt an einem Fluss lag, dort besuchte ich zunächst die Gesamtschule, später das Gymnasium. Gleichzeitig zog Mutter aus, um sich fortzubilden, so dass ich eine Weile mit Vater alleine war, bis sie sich einige Monate später trennten und sie zurückkehrte, während er aus unserem Leben verschwand. Seither kam Klaus uns wieder besuchen.

Nach dem Abitur zog ich nach Bergen, um dort zu studieren. Dort wohnte Klaus, dort fanden wir uns im Laufe einiger Wochen wieder.

Das war schön.

Es war schön, wieder mit Klaus vereint zu sein, es war schön zu studieren.

Sechs Jahre dauerte mein Studium in Bergen, ich stand kurz vor dem Abschluss, als ich die Stelle in Nordnorwegen annahm, fast neun Monate lebte ich dort, bis ich fortgehen musste und hierher kam, in dieses Zimmer in Kristiansand, in dem ich jetzt liege.

DRITTER TEIL

I

Obwohl die Ausrüstung an Deck sorgsam festgezurrt ist, rutscht sie ein wenig und gleitet hin und her, wenn der Bug des Schiffs die langen Wellen im Bewusstsein bricht. Es kann nicht mehr weit sein, denke ich und schaue auf die Uhr. Kurz vor fünf. Die Gummikappe, die straff am Kopf anliegt, verschluckt alle Geräusche und macht die eigenen Atemzüge aufdringlich laut. Als die Geschwindigkeit gesenkt wird, gehe ich mit steifen Schritten zur Taucherglocke und lege ein letztes Mal die Handfläche auf das kalte Metall, ehe ich die Handschuhe anziehe. Ein Mann steht bereit, den Kran zu bedienen. Ich setze den Helm auf und steige ein. Durch das Fenster sehe ich, wie sich der Winkel verändert, während wir von Deck hochgezogen werden. Wir baumeln eine Minute in der Luft, ehe sich das Wasser um die abgesenkte Glocke schließt und ich die Maschine anlasse, um mich in die Tiefe zu begeben.

Nach wenigen Metern verschwindet das Licht an der Oberfläche. Alles wird dunkel. Ich bin mir selbst überlassen. Ich sollte Angst haben, bin aber so sehr daran gewöhnt; Nacht für Nacht begebe ich mich auf der Suche nach unbekannten Erinnerungen in die Tiefe meiner selbst. Manchmal denke ich, dass die ältesten Erinnerungen ausgestorben sind, dass sie nirgendwo existieren und ich sie deshalb niemals sehe.

Im Laufe der Jahre, wenn die Kindheitserinnerungen verschwinden, passiert dann genau das, entstehen so viele neue Erinnerungen, dass diese neuen und frischen sie verdrängen? Und wenn es so ist, wohin? Wohin verschlägt es euch, meine alten Erinnerungen? Und was führt euch dorthin?

Ihr macht vermutlich, was ihr wollt. Ihr lasst euch in die Finsternis des Gehirns fallen, um nachts, wenn ich nicht da bin und es sehen könnte, wenn ich schlafe, wieder hervorzukommen, ihr zeigt euch, ihr tollt wie Delphine umher, in der großen Freiheit, die der Schlaf für die Gedanken ist.

Ihr macht, was ihr wollt. Ihr versteckt euch, versinkt im Schlamm und steigt jäh, stets unerwartet, wieder auf. Wenn ich suche, wenn ich mich in die Tiefe begebe, seid ihr nicht da. Ich treibe spähend durch die Dunkelheit, aber ihr entzieht euch mir. Abend für Abend. Von Zeit zu Zeit ändere ich den Winkel der Suchscheinwerfer, und der Lichtkegel, der sich in diesem Meer der Stille ausbreitet, erhellt ein neues Areal. Aber es zeigt sich nichts Neues, nichts, was ich nicht schon gesehen habe. Manchmal gleitet ein Schwarm Erinnerungen ins Licht, ich bin fünfundzwanzig Jahre alt und betrunken, auf einem Konzert in Bergen, mir geht es gut, sie glitzern, plötzlich machen alle eine Kehrtwende, die Bewegung pflanzt sich wie auf ein Signal unter ihnen fort, das sie alle gleichzeitig erreicht. Schon sind sie wieder verschwunden.

Dunkelheit. Stille. Nur das Brummen des Aggregats an Bord, der hohle Klang meiner Atemzüge im Helm. Die Taucherglocke, die ich auf diesen Expeditionen benutze, schaukelt ein wenig hin und her, aber ich fürchte mich nicht, ich bin zu sehr darauf konzentriert, was vor sich geht. Trotzdem streift mich der Gedanke. Wenn der Motor in diesem Moment ausfiele, würde die Glocke fallen, und im Sinken würde sie kippen und das Licht der Scheinwerfer hierhin und dorthin flackern und jede Ordnung enden, ich würde in der Tiefe verschwinden, durch Gebiete, in denen ich nie zuvor war, fallen und fallen und fallen, bis die Glocke mit hohem Tempo auf dem Grund aufschlüge und zur Ruhe käme.

In der Gewalt meiner eigenen Erinnerungen.

Und dort unten sind sie nicht leicht, flink und in Sekundenschnelle vorbei. Dort unten gibt es generell kaum eine Bewegung. Sie sind dort, um zu bleiben, sind so gut wie eins mit dem Grund, nur vereinzeltes aggressives Zubeißen, gefletschte Zähne, die nach mir schnappen, davon abgesehen liegen sie regungslos, unerschütterlich.

Sie hüten ein Geheimnis vor meinen Augen.

Annähernd jede Aktivität spielt sich an der Oberfläche ab, dort kocht es manchmal förmlich. Wenn die riesigen Schwärme von Eindrücken gefangen und auf engem Raum zusammengepfercht werden, brodelt es. Sie zappeln, drehen und winden sich, aber jeder Widerstand ist zwecklos, er führt zu nichts, die einen verschwinden, während neue in Sturzbächen entstehen. Kaskaden. Nur ein Einziger unter einer Milliarde darf bleiben, als Erinnerung, als Wissen, als Erkenntnis. Kleine Punkte in dem gewaltigen Feld aus Geschichte und Geografie, Biologie, Technik und Motorik, aus allem, was gewesen ist, und allem, was in der Welt ist, Tausende von Namen und Gesichtern, Namen von Menschen, von Blumen, von Tieren, von Vögeln, von Orten und Dingen. Alles, was ich kann. Doch es ist nicht meins, gehört nicht zu mir, mir gefällt es hier nicht, gefällt es nicht, den Spuren zu folgen, denn es wird beschwerlicher und kälter, je weiter ich vordringe, es windet sich so leicht aus meinem Griff. Es ist eine Anstrengung, die ich mir am liebsten ersparen würde. Besser ist es, aufs Geratewohl zu kreuzen, ruhig, die Hände um die schwarzen Kugeln am Ende der Steuerknüppel geschlossen, die Augen durch das breite Fenster hinausspähend. Die Stille und das Licht geben mir ein Gefühl von Kontrolle. Wenn ich an dem einen Knüppel ziehe, ändere ich unverzüglich die Richtung, bin ich sofort an einem neuen Ort; wenn ich ihn nach vorn schiebe, gelange ich in etwas Anderes. Summend gleite ich abwärts. Da hinten bin ich sechzehn, sehe ich, in der Mensa des Gymnasiums, der Rektor ruft meinen Namen auf, ich werde einer Klasse zugeteilt und gehe mit steifen Schritten durch den Raum zu meinen neuen Mitschülern, zweiundzwanzig sechzehn Jahre alten Mädchen und nur vier Jungen. Dort bin ich zehn und im Licht der Straßenlaternen auf Skiern unterwegs, kurz darauf finden wir am Straßenrand eine steifgefrorene Katze, Erling hält sie am Schwanz und präsentiert sie, wir lachen. Dort bin ich sieben und staue ein Bächlein auf, als es regnet, ich schichte im Wasser weiße und graue Steine aufeinander, eine gute Erinnerung: die Hand und mein Unterarm im klaren, kalten Wasser, das Grün auf den Steinen, der Regen. Dort bin ich vierundzwanzig, ein flüchtiger Blick auf mich selbst im Spiegel in einem fremden Badezimmer, Blut sickert aus langen Schnitten in meinem Gesicht. Dort bin ich zwölf und liege auf dem Bett und lese von Ged, dem jungen Zauberer aus Erdsee, dort stehe ich auf einem Uferfelsen und werfe den Blinker aus, er steigt und steigt und leuchtet im Licht, bis die Schwerkraft ihn herabzieht und er mit einem leisen Klatschen ins Wasser schlägt. Weit draußen beginnt er zu sinken, und ich denke daran, wie er sich dreht und ruckelnd in der Tiefe bewegt, wenn ich ihn einhole, und frage mich, ob ein Fisch anbeißen wird, woraufhin ich Klaus zurufen werde: *Fisch, Fisch!*, und er herbeieilt, um mir zu helfen, wenn ich das zappelnde Tier an Land ziehe. Neun, zehn Jahre alt, ich sitze in der Krone des alten, massiven Kirschbaums und blicke auf die Leute hinab, die auf der Straße unter mir vorbeiradeln, es ist Sommer, ich stopfe mir die schwarzen Beeren in den Mund, roter Fruchtsaft läuft über meine Finger. Dort bin ich in dem Autowrack auf der Lichtung im Wald, sitze auf dem Fahrersitz, halte das Lenkrad mit beiden Händen umfasst und fahre, auf dem Boden liegen die Scherben der pulverisierten Windschutzscheibe, ich trete eine der Pedale herunter, muss die Schule geschwänzt haben, bin elf Jahre alt.

All diese Bilder in mir.

Und ich finde sie, jedes Mal finde ich sie; wenn ich mich in die Tiefe begebe und durch die Dunkelheit treibe, kommen sie heraus. Vielleicht habe ich sie zu oft benutzt. Sie haben sich an mich gewöhnt, sind zahm geworden, wenn sie mich sehen, kommen sie. Und ich vertraue ihnen, sie tragen nichts Böses mehr in sich. Aber ich jage sie nicht, es sind nicht sie, die ich einfangen und möglichst detailliert beschreiben möchte, nein, ich bin auf der Suche nach denen, die immer am Grund leben, die in so extremen Verhältnissen existieren, dass sie Besonderheiten entwickelt haben, um zu überleben. Seltsame, monströse Auswüchse, die im Tageslicht an der Oberfläche unverständlich und funktionslos erscheinen würden. Sie sind angepasst an ein Leben auf dem Grund und leuchten im Dunkeln aus eigener Kraft phosphoreszierend. Die Erinnerungen, die für dich leuchten. Die zerfetzt und deformiert werden, wenn du sie zu schnell hochziehst. Sie müssen mit Bedacht behandelt werden, sollen aus freiem Willen hochschweben, was sie nur tun, wenn du sie nicht im Auge behältst. Wenn andere Dinge dich ablenken, kommen sie manchmal hervor, erst dann steigen sie ins Licht auf. Anschließend verweilen sie dort einige Minuten, solange du nicht nachsiehst, denn diese Erinnerungen mögen es nicht, beobachtet zu werden. Wenn das geschieht, schlüpfen sie wieder in die Tiefe. Sie sind scheu und wild. Nur selten bemerkst du ihre Anwesenheit. Sie kommen, wenn etwas nach ihnen ruft. Aber auf *dich* hören sie nicht! Sie erwachen nur durch Berührungen von außen zum Leben. Wenn du an einem glitzernden Sommermorgen die Leine löst und den Außenbordmotor herunterklappst, wenn das Motorengeräusch gegen die Felswände zu beiden Seiten des engen Sunds schlägt und der Fahrt des Boots folgt, dir folgt, dann steigen sie auf. Du spürst sie und wirst von einem guten Gefühl erfüllt, so dass du vielleicht lächelst, und wenn das Boot über die Meeresoberfläche gleitet, sind sie da, an diesen Tagen aus deiner Kindheit. Sie tollen umher, spielen, sind voller Freude, und du denkst, dass der Wind dir nicht entgegenschlägt, du vielmehr in den Wind eindringst, du und deine Delfine aus der Kindheit, und du weißt, hier geht es einfach weiter, in die Tiefe des Winds, auf die Oberfläche des Meers. *Das erinnert mich an etwas*, denkst du – und ihre Anwesenheit ist enthüllt. Daraufhin verschwinden sie dorthin zurück, woher sie gekommen sind. Zu einem Aufenthaltsort in der Tiefe deiner selbst, zu dem du keinen Zugang besitzt. Wenn du dich ihnen näherst, fliehen sie nur noch tiefer. Sie wollen selbst entscheiden, wann sie sich zeigen. Am besten gefällt ihnen der Schlaf. Dort kann sie keiner fangen, dort gibt es keinen Willen, wo der Schlaf am tiefsten ist, toben sie sich stundenlang aus. Wenn der Schlaf leichter wird und du kurz vor dem Aufwachen bist, verschwinden sie wieder, neckisch, sie sind nur so lange dageblieben, dass sie dir auf der Zunge liegen, wenn du die Augen aufschlägst. Aber dann verblasst auch das.

Wieder einmal sind sie aus deiner Erinnerung verschwunden.

Als ich aus der Glocke steige und den Helm abnehme, sehen sie meinem missvergnügten Gesicht an, dass ich auch in dieser Nacht kein Glück gehabt habe.

»Nichts?«

Ich schüttele den Kopf.

»Nichts.«

Mit dem Helm unter dem Arm und den Handschuhen in der Hand gehe ich die Treppe zur Kommandobrücke hinauf.

»Wir müssen es morgen Nacht wieder versuchen«, sage ich.

Der Kapitän nickt. Dann nehmen wir Kurs auf den Hafen. Ich sitze dösend auf einem Stuhl, während der Himmel heller wird. Als wir am Kai anlegen und ich in das Hafenviertel mit seinen pittoresken, weiß getünchten Häusern gehe, die eng an schmalen Gassen stehen, den Straßen in den modernen Teil dieser Metropole des Bewusstseins hinauf folge, hat die Sonne bereits ihren Zenit erreicht. Ich habe da oben eine kleine Wohnung in der höchsten Etage eines kürzlich erbauten Wohnhauses, wo ich von einer kleinen Veranda aus beobachte, was sich abspielt. Die Aussicht ist grandios. Das Meer, das sich ausbreitet, die Stadt, die sich terrassiert hangabwärts erstreckt, die monumentale Kathedrale mit ihren Zwillingstürmen. Wie die anderen Einwohner auch gehe ich manchmal dorthin, wenn ich unruhig bin, knie im kühlen Zwielicht, richte den Blick auf das Altarbild, nehme seinen Anblick in mich auf. Was wir dort anbeten, ist das Bild der ersten Erinnerung, die Mutter aller Erinnerungen. Nach vier Jahren als Gefangener in so großer Dunkelheit, dass nichts, nicht der leiseste Hauch, daraus entkam, stieg Henrik eines Tages auf, zum ersten Mal wurde er für sich selbst sichtbar, irgendwo im Binnenland auf einer Hängebrücke. Es war Sommer. Als wäre er erst *dort*, auf den Holzplanken der Brücke, in die Welt gekommen, als hätte er erst *dort* den Himmel gesehen, die Sonne gesehen, das grüne, rauschende Flusswasser. Jubelnd sprang er auf und ab, und die Holzplanken schaukelten, er war vier Jahre alt, er spürte den Wind, der um seinen Körper strich, und wenn wir seither an diese Erinnerung denken, steigt in uns unweigerlich die gleiche Freude auf, die er damals empfand.

An diesem Morgen führt mein Weg jedoch an der Kathedrale vorbei, die neu angelegte, breite Avenue hinauf und in den Wohnkomplex, in dem ich mich momentan aufhalte. Im Flur werfe ich die Tasche mit der Ausrüstung ab, dusche schnell, nehme mir mit dem Handtuch auf den Schultern ein Bier aus dem Kühlschrank und gehe damit auf die Veranda hinaus, ziehe den Stuhl an die Wand, setze mich, öffne die Augen, sehe.

Es ist vollkommen still im Haus. Es ist vollkommen still in den Straßen.

Wie viel Uhr mag es sein?

Ich lege mich auf die Seite und wühle in den Taschen der Hose, die unter dem Bett liegt. Wann werde ich endlich daran denken, mir ein neues Armband zu kaufen, denke ich gereizt, fühle dann aber die kalte, glatte Oberfläche, woraufhin es mir gelingt, die Uhr herauszuzupfen.

Zwanzig nach zwei.

Noch so früh?

Ich halte sie ans Ohr. Sie tickt und geht. Dann senke ich den Kopf zur Achselhöhle und sauge den strengen Geruch meines eigenen Schweißes ein. Woher kommt er? Ich habe doch erst vor ein paar Stunden gebadet. Hatte ich einen Alptraum, ohne es zu merken? Habe ich mich allein in der Dunkelheit hin und her geworfen, mich wieder einmal vom Realismus der Traumbilder täuschen lassen?

Ich suche das letzte saubere Handtuch und ein ungetragenes T-Shirt aus dem Koffer, reiße die Verpackung um die drei Unterhosen auf, die ich zwei Tage zuvor in Molde gekauft habe, gehe ins Bad hinunter und wasche mir das Gesicht mit heißem Wasser, rasiere mich, wasche den Oberkörper mit einem Lappen, ziehe mich an. Auf dem Rückweg bleibe ich kurz vor der Schlange im Wohnzimmer stehen. Ich will mich nur vergewissern, dass sie noch da ist, dass sie nicht im Haus unterwegs ist. Sie liegt regungslos auf dem Boden ihres leeren Terrariums und ahnt nicht, wie abstoßend ich sie finde. Ich gehe die Treppe hinauf, setze mich aufs Bett und sehe auf die Uhr. Kurz vor drei. Es ist so still, wie es das nur nachts sein kann, tot.

Auf dem Schiff nach Süden hatte ich es für eine gute Idee gehalten.

Ich fahre nach Kristiansand!

Jetzt bin ich nicht mehr so sicher.

Die Vergangenheit ist wie eine Flasche, die du im Schlamm am Flussufer findest. Wenn du sie vorsichtig aufhebst und musterst, wirkt ihr Inhalt durchsichtig und klar; sobald du sie schüttelst, steigt der Schlick am Boden als eine Wolke auf und verdunkelt alles, es vermischt sich, verändert sich vor deinen Augen.

Von meinem vierzehnten bis zu meinem achtzehnten Lebensjahr wohnte ich in Kristiansand, eine Zeit, an die ich immer klare und deutliche Erinnerungen hatte, die sich nun, da ich tatsächlich hier bin, jedoch allmählich vermischen, trübe werden. Statt mich dieser Zeit zu nähern, entferne ich mich von ihr.

Aber auf dem Schiff war ich bei dem Gedanken enthusiastisch gewesen.

Nach drei Tagen an Bord war ich in meiner Kajüte davon

erwacht, dass sich das Motorengeräusch verändert hatte. Ein wenig groggy lehnte ich mich vor und sah durch das Bullauge hinaus: Kräne, Lagerhallen, ein Hafen, Und dahinter eine Stadt. Das musste Molde sein.

Den Koffer hatte ich bereits am Vorabend gepackt. Ich musste mich nur noch anziehen, mir die Zähne putzen, die Schlüsselkarte in der Rezeption abgeben und von Bord gehen.

Ich folgte der Hauptstraße. Ich wusste nicht genau, wo der Busbahnhof lag, aber die Stadt war klein, es gab keinen Grund, jemanden anzusprechen und zu fragen. Die Geschäftigkeit, der Verkehr, die Menschen, die mit zugeknöpften Jacken und gegen den kalten Wind gesenkten Köpfen auf den Bürgersteigen vor der Reihe von Geschäften auf und ab hasteten, brachten mich aus dem Gleichgewicht, ich spürte, dass ich hier keinen Halt fand, und musste den Blick senken, um mich zu wehren, als ich in die Stadt ging. Für die Amerikaner, die ich vom Schiff kannte, war das alles exotische Folklore, für mich war es trivialer Alltag, und ich war froh, ihn bald hinter mir lassen zu können, als ich gleich unterhalb der Straße, auf der ich ging, den Busbahnhof entdeckte. Auch hier musste ich niemanden fragen. Die Abfahrtszeiten waren im Warteraum auf Tafeln angegeben. Der nächste Bus nach Åndalsnes ging in einer Stunde.

Ich schloss den Koffer in einem Gepäckfach ein, suchte Kents Telefonnummer aus der Innentasche meiner Jacke und ging zur Telefonzelle.

Es klingelte lange, und ich wollte schon auflegen, als er den Hörer abnahm.

»Ja, hallo?«, sagte er.

»Hallo, ich bin's, Henrik«, meldete ich mich.

Meine Stimme war tagelang nicht richtig gebraucht worden, sie klang unnötig kraftlos, und ich hielt den Hörer vom Mund weg und räusperte mich zwei Mal.

»Du bist's!«, hörte ich Kent leise und knisternd im Hörer sagen. »Ich habe lange nichts von dir gehört!«

Ich klemmte den Hörer wieder ans Ohr.

»Ja, da hast du recht!«, sagte ich. »Es muss mindestens zwei Jahre her sein!«

»Ja, das könnte hinkommen ... wie geht es dir?«

»Ganz gut«, antwortete ich. »Und dir?«

»Alles okay.«

»Hör mal, ich bin auf dem Weg nach Kristiansand. Deshalb rufe ich an. Ich wollte fragen, ob ich vielleicht ein paar Tage bei euch übernachten kann.«

»Na klar. Aber heißt das, du kommst *jetzt*?«

»Ja, genau. In zwei Tagen oder so.«

»Ich dachte, du hättest einen Job oben im Norden. Wo bist du jetzt eigentlich?«

»Ich habe gekündigt.«

»Aha?«

»Ja, aber können wir darüber nicht reden, wenn ich da bin? Mein Zug geht gleich. Ich rufe dich wieder an, okay?«

»Okay.«

Dann legte ich auf.

Das war alles. Aber es war genug. Genau vor solchen Fragen hatte mir gegraut, vor diesem ewigen *Warum*, davor, dass man jedes Mal, wenn man bei jemandem auftaucht, seine Beweggründe schildern muss. Auf dieser Welt ist es anscheinend unmöglich, einfach an einen Ort zu fahren, ohne einen Grund dafür zu haben, dachte ich. Aber mir würde schon etwas einfallen, was ich ihm bei meiner Ankunft erzählen konnte.

Am Zeitungskiosk kaufte ich *VG* und *Dagbladet* und begab mich wieder in die Stadt, um einen Ort zu suchen, an dem ich sitzen konnte. Ich erinnerte mich, dass gegenüber der Buchhandlung eine Konditorei lag, warf einen Blick auf die Kirchturmuhr und eilte die Straße hinunter, ich musste unbedingt noch ein paar Bücher kaufen, bevor der Bus fuhr, fast zwei Tage im Zug ohne genügend Lesestoff wären unerträglich.

Aber erst die Zeitungen. Obwohl die Chance, dass etwas über

mich darin stand, minimal war, spürte ich, dass ich keine Ruhe finden würde, ehe ich mich vergewissert hatte. Ich nahm mir ein belegtes Brötchen aus der Glasvitrine, goss mir eine Tasse Kaffee ein, bezahlte und suchte mir einen Fenstertisch ganz hinten. Solche Dinge brachten sie ja gern. Miriam war minderjährig, ich war ihr Lehrer. Wenn sie etwas gesagt hatte, würde es sicher schnell publik werden. Ich war geflohen, man würde Ausschau nach mir halten, es war eine ernste Angelegenheit.

Nichts.

Ich legte die Zeitungen fort und begann zu essen. Ganz sicher würde ich mich erst fühlen, wenn ich in Kristiansand war. Ich hatte mir überlegt, dort bis zum Sommer ein Zimmer zu mieten, für zwei Monate, die ich nutzen konnte, um mir darüber klar zu werden, was ich tun wollte, während sich die Lage um mich herum allmählich beruhigte.

Zum Glück hatte Kent so geklungen, als freute es ihn, von mir zu hören. Das kann keiner vortäuschen, den Unterschied zwischen einer bemüht erfreuten Stimme und einer wirklich erfreuten Stimme höre ich sofort. Trotzdem fühlte ich mich bei dem Gedanken, bei ihm zu wohnen, nicht wohl. Ich musste versuchen, möglichst schnell eine Bleibe zu finden. Vielleicht noch am selben Tag. Nicht wegen Kent, wenn es nach ihm ginge, würde ich bis zum Sommer bleiben können. Das Problem war seine Freundin Helga. Sie mochte mich nicht, hatte mich nie gemocht. Das verstand ich, das akzeptierte ich, im Grunde machte es mir nichts aus. Das Problem bestand darin, dass sie mir etwas Anderes vorgaukelte, sie überspielte ihre Antipathie mir gegenüber und versuchte Kent zuliebe so freundlich zu sein, wie sie nur konnte. Sie lächelt, obwohl sie mich nicht mag. Und ich lächele auch, obwohl ich weiß, dass sie mich nicht mag. Und selbst *das* liegt in ihrem Lächeln: Sie weiß, dass ich es weiß. Und dass in meinem Lächeln das Gleiche liegt.

Warum lächeln wir dann? Warum behandeln wir uns so verlogen?

Kent zuliebe. Deshalb dieses böse, befangene Lächeln. Aber am Schlimmsten war das Gefühl, dass Helga ihr wahres Ich zeigen würde, sobald ich den Raum verließ, dass sie Blicke mit Kent wechseln würde, *Dieser Henrik, irgendetwas ist unangenehm an ihm, ich weiß nicht, was es ist. Aber du merkst es auch, oder?* Wenn ich dort bin, verändert sich meine Aufmerksamkeit, sie sucht nach Rissen in ihrem Wesen, nach Stellen, an denen ihre Antipathie auf einmal offen zutage tritt und sichtbar wird: eine kurze Unmutsbekundung in Gestalt eines Seufzers, ein Blick, der sich kurz verdüstert und gesenkt wird, mein Name in einem ihrer Gespräche, wenn sie sich unbemerkt wähnen. Ich lausche ihren Stimmen, was sagen sie eigentlich, *Henrik*, kann ich hören, *Henrik dies, Henrik das*, oder auch nichts, kein Mucks, nur die Blicke, die sie sich hinter meinem Rücken zuwerfen.

Ich war ihnen einmal zu nahegetreten, hatte sie zusammen gesehen, als sie ganz für sich waren. Zum Glück hatte Helga mich damals nicht bemerkt. Im Gegensatz zu Kent. Ich hatte in ihrem Schlafzimmer gestanden, sie lagen nackt und eng umschlungen im Bett und schliefen, ich wollte wieder hinausgehen, als Kent mich mit seinen ruhigen Augen ansah, ohne etwas zu sagen, ohne mir Vorwürfe zu machen, er lag einfach nur da und starrte mich an. Es war grauenvoll. Mir wurde klar, dass er die ganze Zeit, die wir uns kannten, gewusst hatte, wer ich war. Wir haben allerdings nie darüber gesprochen, er hat es mir gegenüber niemals erwähnt. Vielleicht war Kent deshalb der Einzige, mit dem ich aus meiner Zeit in Kristiansand noch in Verbindung stand. Wir hatten nicht viel gemeinsam, interessierten uns für unterschiedliche Dinge, dachten anders und hätten uns eigentlich fremd sein müssen. Aber das waren wir nicht. Wir waren Freunde. Ein bestimmtes Erlebnis hatte uns zusammengeführt, und danach war unser Kontakt enger geworden.

Ich lernte ihn auf dem Gymnasium in Kristiansand kennen, wir gingen in dieselbe Klasse, ohne dass wir deshalb im ersten Halbjahr sonderlich viel miteinander zu tun gehabt hätten. Doch dann kam er eines Tages zu mir. Ich war auf dem Weg zur Sporthalle vor dem Schwarzen Brett stehengeblieben, um einen der Aushänge zu lesen. ZIEHT ES DICH ZU DEN BRETTERN, DIE DIE WELT BEDEUTEN stand dort gymnasial, und: MÖCHTEST DU BEI DER THEATERGRUPPE DER SCHULE MITMACHEN? WIR BRAUCHEN LEUTE, AUF UND HINTER DER BÜHNE. INFORMATIONSTREFFEN FÜR INTERESSIERTE AM FREITAG, DEN 19.2.

»Gehst du hin?«

Ich drehte mich um. Es war Kent.

»Weiß nicht!«, sagte ich.

»Es könnte Spaß machen«, meinte er.

»Kann sein«, erwiderte ich.

»Dann komm doch mit!«, sagte er und sah mich an. »Wir gehen zusammen. Es ist bestimmt sonst niemand da, den wir kennen.«

»Meinst du?«, sagte ich.

Er verstand mich falsch.

»Wir müssen ja nicht mitmachen, auch wenn wir zum Infotreffen gehen«, sagte er.

»Da hast du recht«, sagte ich.

An diesem Nachmittag blieben wir nach der Schule, gingen gemeinsam in den Luftschutzraum und ließen uns Rollen in dem Theaterstück zuteilen, das sie aufführen wollten. Ich dachte, dass es darauf ankam, die Chance zu ergreifen, ins kalte Wasser zu springen und nicht alles im Voraus zu bedenken, wie ich es sonst immer tat. Deshalb hob ich die Hand und erklärte mein Interesse, deshalb ging ich gemeinsam mit Kent während des ganzen Frühjahrs zwei Mal in der Woche zum Probenraum. Ich kann mich noch an die Stimmung erinnern, die hellen Frühlingsabende, den großen inneren Jubel, den ich dabei empfand, mit ihm dorthin zu gehen, meinem neuen Freund, und über alltägliche Dinge zu reden, an den Gedanken, dass ich bei etwas mitmachte, bei einem Theaterstück, das in der letzten Maiwoche vor der ganzen Schule aufgeführt werden sollte: Das war so gut. Mit meiner Rolle tat ich mich allerdings schwer. Denn trotz beharrlichen Übens und Probens während des ganzen Halbjahrs und obwohl ich *alle* Texte auswendig lernte, nicht nur meinen eigenen; obwohl ich nachmittags gleich nach der Schule für mich alleine spielte, in meinem Zimmer stand und meine Mitspieler heraufbeschwor, an die gewandt ich agierte, tagein, tagaus, war und blieb meine Darstellung schwach, um nicht zu sagen erbärmlich. Ich spielte gehemmt und verklemmt, nicht locker und lässig wie die anderen, ich hatte etwas Steifes und Gekünsteltes, was sich meinem Willen entzog. Denn ich wollte ja, ich kämpfte, ich bekam es nur einfach nicht hin.

In dem Stück sollte ich einen Jazzmusiker im New York der dreißiger Jahre spielen. Der Regisseur hatte sich einen coolen, distanzierten und *Etwas glatten!* Typen vorgestellt, mit *Jazz in den Bewegungen*, wie er sagte, *Rhythmus, Henrik, Rhythmus!* Mich umkreisend und einen Takt schnipsend, auf den ich mich einlassen, in dem ich aufgehen sollte. Genau deshalb hatte ich bei dem Projekt mitmachen wollen, ich war mir sicher, dass mir eine solche totale Umstellung gelingen würde, aus Henrik einen Amerikaner in New York zu machen, und dass mir das guttun würde. Das Problem bestand darin, dass ich auf der Bühne weder Henrik noch der Amerikaner war. Ich befand mich irgendwo dazwischen, ich bekam es einfach nicht hin. *Sei natürlich!*, sagte der Regisseur, anfangs noch ruhig, und dann, als er begriff, dass das bei mir nicht funktionierte, heftig, *Sei verdammt nochmal natürlich!*, bis auch das vorüberging und er mit einem Schulterzucken aufgab, *Mach, was du willst, Henrik.* Ich schaffte es nicht, Jack zu spielen, weil ich die ganze Zeit dachte, dass ich es tat, *Jetzt bin ich Jack*, dachte ich. *Jack, das bin ich.* Das funktionierte natürlich nicht. Entweder war ich

Jack, der leicht erstaunt und aus weiter Ferne sah, dass Henrik für ihn redete, dass Henrik seine Instrumentenkoffer trug, dass Henrik seine Frau zum Abschied küsste, oder ich war Henrik, der sich mit Jacks Gang über die Bühne gehen sah, auf Jacks Art beleidigt mit dem Kopf ruckte, Henrik okkupierte. Ich schaffte es nicht, der eine zu sein, ohne gleichzeitig vom anderen betrachtet zu werden, und umgekehrt. Mehr als einen Abend lag ich im Bett und dachte vor dem Einschlafen daran, wie das von außen, vom Theatersaal aus wirken musste. Ob man sehen konnte, dass in mir ein Kampf stattfand, oder ob es im Gegenteil nicht unbedingt natürlich, aber doch glaubwürdig aussah; schließlich handelte es sich um dasselbe Gesicht und denselben Körper, der die Bewegungen ausführte und die Texte sprach, dachte ich, ein Gedanke, der mir half einzuschlafen. Außerdem hatte der Regisseur mich in der letzten Woche nicht mehr so unter Druck gesetzt. Wahrscheinlich näherte ich mich allmählich etwas an, überlegte ich, vielleicht saß das Bewegungsmuster halbwegs. Auch wenn er an mich erinnerte, dieser Jack, hatte er ja Textzeilen, die nicht von mir waren, trug er Kleider, die nicht meine waren, er agierte im Verhältnis zu den anderen fiktiven Charakteren auf der Bühne, zu den Requisiten – und, dachte ich in der Zeit kurz vor der Premiere, vielleicht auch, um meine Nervosität zu betäuben – er ist aus Fleisch und Blut, er geht dort, Jack, und tut diese Dinge. *Sie wissen nicht, was er denkt.*

Allerdings war ihnen aufgefallen, wie er aussah. Einmal hatte ich mein Rollenbuch nach der Probe vergessen, was ich erst entdeckte, als ich draußen war; ich weiß es noch genau, das Licht der Abendsonne, das die Mauer des Theaters beleuchtete, die Menschenmenge in der Straße vor dem Kino, dem ich mich näherte, als mir schlagartig bewusst wurde, dass ich die Tüte nicht dabei hatte. Sie lag in der Garderobe. Ich eilte zurück. Um Zeit zu sparen, nahm ich eine Abkürzung zu den Garderoben, die über die Bühne, durch die Kulissen und in eine schmale, unbeleuchtete Passage führte. Dort hörte ich die übliche Plauderei und das ständige Lachen aus der Garderobe, die Stimmung, die ich so liebte. *Worüber reden sie, wenn ich nicht dabei bin?*, dachte ich und blieb kurz stehen. Keiner redete. Ich hörte nur leises Kichern und begriff, dass etwas vorging, dass jemand eine Parodie darbot. Das passierte oft. Und dann lachten sie los. Ich grinste in der Dunkelheit stehend, nahm den staubigen, dachbodenähnlichen Geruch von trockenem Holz wahr und wollte schon weitergehen, in die Lichter und Spiegel und das Gelächter treten, als Helga, mit der ich in dem Stück verheiratet war, sagte: *Es ist, als würde man mit einer Leiche spielen.*

Ich begriff augenblicklich, wen sie meinte. Ohne es zu sehen, wusste ich, was dort vorging. Sie meinte mich. Sie hatte mich imitiert. Sie hatte meine Bewegungen übernommen und sie den anderen gezeigt, die darüber lachten, was sie sahen: *Helga-Henrik.*

Ich stand im Dunkeln und hörte, wie sie über mich lachten. Ein höhnisches Gelächter. Anders ließ es sich nicht ausdrücken. Schallendes Gelächter. In dem einen Augenblick war ich unbekümmert gewesen, zufrieden, ohne nagende, schlechte Gedanken, im nächsten war mir übel und kalt und wurde mir schwarz vor Augen. *Ich kann nicht mehr*, dachte ich, *jetzt kann ich wirklich nicht mehr*. Aber es schien nicht enden zu wollen. Es wird mich niemals in Frieden lassen, dachte ich. Egal, was ich tue, egal, wo ich bin, wird es sich stets gegen mich wenden. Die Feindseligkeit, die in meiner Nähe immer da war, direkt neben mir, ich konnte ihr nicht entfliehen. Sie vergessen, sicher, das ging, und das tat ich, ich vergaß sie, eine ganze Weile, ein paar Tage, für einen Monat vielleicht. Aber sie vergaß mich nicht. Sie folgte mir, und dann trat sie in irgendeiner Form in mein Leben. Noch ehe das Gelächter verebbt war, traf ich eine Entscheidung. Besser gesagt, in mir nahm eine Entscheidung Gestalt an. In jenen Jahren betrachtete ich alles, was mir widerfuhr, als etwas, das unabhängig von einzelnen Personen geschah. Es wandte sich gegen mich, ganz gleich, wo ich war, und ganz gleich, mit wem ich zusammen war, folglich war es etwas, das *mir* folgte. *Sie* waren unschuldig, dadurch dass *sie* alle waren, und sich, wenn sie mir begegneten, gegen mich wenden *mussten*. Es lag eine Gesetzmäßigkeit darin, etwas, das ich überall in mir trug und das sie sofort erkannten.

So dachte ich, erinnere ich mich, und lag damit wohl auch nicht ganz falsch, denke ich heute. Warum sollte es sich sonst wiederholen? Nicht nur ab und zu, in einzelnen, zufälligen Schlenkern, sondern *ständig*, immer und immer wieder, unabhängig davon, wie alt ich war oder wo ich mich befand, wandte sich das gegen mich, was in dem Moment die Gestalt einer grotesken Pantomime von Henrik annahm. *So ist seine Form heute Abend*, dachte ich, während sie in dem Raum kicherten. Hatte ich, mein Auftreten, meine Person, diese Aufmerksamkeit *ausgelöst*? WAR ES ETWAS, VON DESSEN EXISTENZ ICH NICHTS WUSSTE?

All das wurde von der Entscheidung durchbrochen, von dieser neuen Entscheidung, die sich im Laufe weniger Sekunden selbst erschaffen hatte, als ich dort finster und kalt stand, diese Entscheidung, die mir nun erzählte – denn so war es tatsächlich, ich sagte mir nicht selbst, dass ich mich dem stellen, den Stier bei den Hörnern packen und in die Knie zwingen sollte, dieser Gedanke wäre für mich völlig undenkbar gewesen, nein, *sie*, die Entscheidung, sagte dem immer-wieder-gedemütigten Henrik leise und intensiv und drängend: *Wehr dich*. Und ich folgte ihrem Rat. Du hörst eine Stimme zu dir sprechen, in einem Moment größter Schwäche, solltest du da nicht auf sie hören? Doch! Du lauschst, du wählst, du gehst hinein. Du gehorchst. So war es, ich sehe es noch heute bis ins kleinste Detail vor mir, und bis heute ist mir irgendwie übel, wenn ich daran denke.

An das, was du getan hast.

Ich wollte mit eigenen Augen sehen, wie ich auf andere wirkte, auf den Rest der Welt, wie ich in den Augen der Welt war, und so schlich ich mich ein paar Schritte weiter und stellte mich so, dass ich etwas sehen konnte. Eine letzte Erniedrigung, ehe ich zurückschlagen würde.

Ich wollte Helga-Henrik sehen.

Es war schrecklich. Denn es war keine einzelne Szene, die dort, im Licht, dargeboten wurde, es war eine Parade von Szenen. Etwas war in Schwung gekommen. Als Erstes sah ich Helga, sie positionierte Jostein vor sich, *Stell dich dahin*, sagte sie, und danach benutzte sie ihre widerwärtige Pantomimenhand, dieses kurze Wippen mit der Handfläche, dieses *Stopp!*, das dann erstarrt, woraufhin der Zuschauer begreift, nun wird er Zeuge einer neuen Wirklichkeit. Der Augenblick zwischen *Vorher* und *Nachher* nimmt dort Gestalt an, die Regungslosigkeit selbst, bis die Welt wieder mit einem Ruck in Gang gesetzt wird, jetzt aber verändert, verzerrt. So simpel, eine starre Handfläche, ein Zauberschlag, ein Wirklichkeitswechsler. Helga war Henrik. Und Jostein war Helga.

Helga-Henrik ging durch den Raum. Das allein brachte die anderen schon zum Lachen. Das Wesen ging mit einem eigenartigen, einknickenden Gang. *Es war weich, gleichwohl steif.* Etwas Weiches, das einknickt, so ging es durch den Raum, darüber lachten sie. Und das Gesicht... *Als bahnte sich etwas Fürchterliches an*, eine Regungslosigkeit, wenn alles verloren ist, selbst die Gefühle, ein Gesicht ohne jede Regung bewegte sich dort mechanisch und veränderte sich abrupt zu einer Grimasse. *Das soll ein Lächeln sein*, dachte ich, aber nur, weil ich wusste: *An dieser Stelle im Stück lächele ich*, die Grimasse wäre sonst unverständlich gewesen, aber nicht für mich, und nicht für sie, die auf den Bänken saßen und sich vor Lachen krümmten, als Helga-Henrik, die Jack darstellte, sich dem näherte, was nach der Geste der Pantomimenhand Helga war, der Frau dieser sich wiegenden Missgeburt, dieses Monsters.

Helga-Henrik beugte sich vor, noch genauso steif und hilflos, und legte die Arme um Jostein, zur Begeisterung der Zuschauer, deren Lachen dem Höhepunkt entgegenstrebte, der erreicht wurde, als sie ihn auf die Stirn küsste und anschließend, mit einem Ruck, den Kopf zurückzog und mit tiefer, und etwas weichlicher Stimme, sagte: *Darling?*

Hahahahaha!, sang es im Raum, bis ein anderer aufstand. Es war Kent. Er schüttelte kurz die Arme aus, atmete tief durch und hielt *seine* Pantomimenhand hoch. Erneut trat erwartungsvolle Stille ein. Kent war Henrik. Er streckte die Finger vor sich aus, sie liefen an dem auf und ab, was in den Gedanken aller ein Saxofon war, mein Saxofon, seine Augen waren geschlossen, der Kopf wackelte zu einer Musik, die in den Köpfen aller die Charlie Parkers war, die wir in dem Stück einsetzten. Aber sie lachten erst richtig, als er das Saxofon mit einer Hand vom Gesicht weghob, sich mit der anderen über den Mund strich und mit dieser tiefen und weichlichen Stimme, der es für ein Theaterstück so katastrophal an einem Tonfall mangelte, die so unmusikalisch und monoton war, sagte: *Alright! Schön ist es. Aber bekomme ich dafür auch Geld?* Hahaha! Dann bewegte Kent sich durch den Raum, auch er mit grauenvollen Knicksern und krummem Rücken, ein, zwei Meter nur, bis er stehenblieb, das Saxofon weglegte und sagte: *Molly! Ich geh runter zu den Jungs. Warte nicht auf mich!* – woraufhin Helga, die sich auf einen Stuhl vor dem Spiegel gesetzt hatte, die Beine auf die Kommode gelegt, erwiderte: *Glaubst du, das macht mir was aus, geh nur, geh!* – und er geht zu ihr, *auf die exakt gleiche Art*, und bleibt direkt vor Helga stehen, die zu ihm hochlächelt, da läuft etwas zwischen ihnen, sie schauen sich an und er sagt: *Bist du sauer, Baby?* Und dann hebt er ihr Kinn an, wie der Regisseur anfangs zu mir gesagt hat: *Sieh dir Casablanca an, so soll es sein, schau sie liebevoll an, heb ihr Kinn an und sieh ihr liebevoll in die Augen, bekommst du das hin?* – eine Geste, die hier so aussah, als würde er sie kneifen.

So war es. Das sah ich. Über Helga wusste ich nichts, sie konnte mich nicht überraschen. Bei Kent hatte ich dagegen zu wissen geglaubt, wo er stand. Und das war auf keinen Fall dort gewesen.

Aber das alles ist lange her, ich war sechzehn, sie waren sechzehn, solche Dinge tun Menschen einander an, denke ich, aber NEIN, keiner wird mich dazu bringen, das zu sagen, NEIN, NEIN, NEIN. Denn die Situation kommt mit all ihrem Grauen wieder in mir hoch, das, worüber ich so lange nachgedacht habe, was passiert ist, ich habe ihm *Bedeutung* zugemessen, es sagte etwas über *mich* aus, dachte ich, nicht über sie, sondern über mich. Wer tut so etwas, habe ich gedacht, und selbst heute, so viele Jahre später, spüre ich, dass meine Wangen vor Scham brennen. Ich schäme mich. Ich schäme mich für den Menschen, der ich damals war, Henrik sechzehn. Nicht weil er vor Verzweiflung wie gelähmt war, nachdem er diese grausamen Szenen im Beisein fast des gesamten Ensembles in der Garderobe des Theaters beobachtet hatte, das war verständlich und hielt nur ein paar Minuten an, woraufhin er beschloss, etwas zu tun, und was er tat, ist verständlich, wenngleich unendlich peinlich. Nein, ich schäme mich, weil er ihnen einen *Grund* gegeben hatte, sich so aufzuführen, wie sie es taten. Er hatte etwas an sich, das sie aufgriffen, das sie vergrößerten und das sie amüsierte. Sie lachten über ihn. Und ihr Lachen war boshaft. Ich habe es noch im Ohr. Es war nicht das gemeinschaftliche Lachen über den jungen Mann, das an diesem Abend in der Garderobe erschallte, es war schlimmer: Dieses Lachen kam *von innen* und hatte nichts Generelles, sie lachten über mich und nur über mich. *Über den, der ich für sie war.*

Das hatte sich vor meinen Augen abgespielt. Nun stand ich dort, im Verborgenen, verzweifelt, und wusste nicht, was ich tun sollte. Nur, dass ich etwas tun musste. Denn schon da, als sie dort in dem Raum noch lachten, begriff ich, dass ich mich nicht mehr damit abfinden konnte, dass ich zum Angriff übergehen musste.

Du hättest alles Mögliche tun können, denke ich heute, du

hättest wutentbrannt hineinrennen und einen Spiegel zerschlagen, ein paar Stühle umwerfen können, darüber hätten sie danach geredet. Du hättest auf Kent losgehen können, pathetisch, aber he, ihr wart sechzehn, das geht, solche Dinge kann man machen. Aber das, was ich tat? Warum tat ich es? Intuition? Meine Intuition? Was in mir tritt da zutage, was in mir kommt auf so eine Idee? Aber als ich dort stand, wusste ich ja nicht, was es war. Nur, dass ich etwas tun musste. Ich stand im Schatten, im Halbdunkel, und spionierte, als hätte *ich* etwas falsch gemacht, als hätte *ich* weg sein sollen. Vielleicht war es dieser Gedanke, der mich hineintrieb, dieser letzte demütigende Gedanke daran, im Dunkeln entdeckt zu werden, während ich mich selbst ausspionierte. Den Erbärmlichsten der Erbärmlichen.

Denn ich ging hinein. Ich ging nicht *ganz* hinein, machte nur ein paar Schritte, so dass ich für ein paar, nicht alle, nur für manche sichtbar war. Ich trat nicht auf, machte vielmehr, fast unmerklich, diese drei Schritte. Dann stand ich im Raum, im Licht.

Allan sah mich als Erster. Ich begegnete seinem Blick. Ohne dass er etwas gesagt hätte, richtete sich die Aufmerksamkeit im Raum auf mystische Weise zunächst auf ihn, alle sahen, einer nach dem anderen, zu Allan hinüber, und von ihm zu mir.

Es wurde still.

Und dann wusste ich, was ich tun, wie ich mich rächen würde.

Denn als sie mich an der Wand stehen sahen, schlug die Scham in dem Raum ein. Es wurde still, sie wussten nicht, was sie sagen sollten, sie wussten nicht, wohin sie sehen sollten. Blicke wurden gewechselt, Augen gesenkt, lächelnde Gesichter erstarrten. Scham. In diesen langen Sekunden, in denen die Zeit hinausgezögert wurde. Jetzt hing alles von mir ab, erkannte ich angesichts des kollektiven Unbehagens, das sich ausbreitete, als ich einen nach dem anderen ansah, Camilla, Torill, Hans Kristian, Jostein. Mein Blick war nicht vorwurfsvoll, er war nicht traurig, nicht schockiert, nicht am Boden zerstört, nicht wütend. Ich hatte drei Schritte gemacht, angetrieben von einer Hoffnungslosigkeit, die verschwand, sobald Allans Augen den meinen begegneten und die qualvolle Stille eintrat. Ich weiß nicht genau, was geschah, nur dass sich etwas veränderte, denn als ich sie ansah, tat ich es mit einem Blick, der sich von den Gefühlen losgerissen hatte, die in mir nagten und wüteten, es war ein kalter Blick, denke ich heute, denn ich war innerlich kalt. Es tat weh, trotzdem sah ich sie weiter an. Zum ersten Mal besaß ich Macht über sie. Alles hing von mir ab. Ich erkannte, dass ich nicht übertreiben durfte, dass alles korrekt ablaufen musste, denn sonst würde alles noch viel schlimmer werden. Wäre ich gegangen, hätte ich meine Tüte geholt und sie verlassen, hätte sich die nervöse Stimmung gelöst, irgendwer hätte eine Bemerkung gemacht, sie hätten lachen, ihre Aktivitäten wiederaufnehmen, Witze reißen, sich anziehen und lärmend die Treppe hinauf- und hinausgehen können wie an einem ganz normalen Abend. Aber ich ging nicht. Ich sah sie an. Ich zog es in die Länge. Das sollte meine Rache sein. Wie ein böser Schatten würde ich mich an sie heften. Das dachte ich. EIN BÖSER SCHATTEN! Was ist das für ein Gedanke? Was? Was für eine idiotische Rache ist das? *Was hast du dir dabei gedacht?*

Denn dazu wurde ich, zu einem bösen Schatten. Vier, fünf Sekunden wartete ich, starrte, *Bleib da stehen*, und ging dann zu ihnen hinein. Durch den Raum zur Bank, wo ich mich niederließ. Weder vorher noch nachher bin ich mir meiner Bewegungen jemals so bewusst gewesen wie damals, dieser Schritte durch den Raum, *Geh dorthin*, als wären meine Gedanken und Bewegungen synchron, als fielen sie dort zusammen. So betritt ein böser Schatten einen Raum. Als wären die Augen aller in meinen Gedanken gebündelt und ihre Aufmerksamkeit nur auf das Eine gerichtet: diese Schritte, diesen Gang, von der Wand in die Garderobe, zehn Schritte, elf, die schmatzenden Laute, wenn die Gummisohle vom Bodenbelag gehoben oder auf ihm abgesetzt wurde, das Knirschen des Jackenstoffs, all das sammelte sich in meinem Kopf, in einem brennend schmerzhaften Bewusstsein meiner selbst. Ich begegnete keinem Blick, ich sah zu Boden, auf die Wand, folgte meinen Bewegungen, er, der durch den Raum geht, so war es, ich war er, der durch den Raum ging und sich setzte, und wusste, dass ihn jetzt keiner ansah, *sie sehen einander an.*

Ich legte mein Bein auf das andere Knie, lehnte mich leicht vor, blieb so sitzen. Irgendetwas musste geschehen. Die Spannung war zu groß, sie musste gelöst werden. Ich saß in der Stille, in der jede Bewegung und jeder Laut herausstach und alles unpassend erschien. Wie ein böser Schatten saß ich dort. Mit jeder Sekunde wuchs das Bedürfnis auszusteigen, heimzukehren, abzuhauen, sie nie wiederzusehen, sie zu vergessen. Aber ich blieb sitzen. Und sie wussten nicht, was sie tun sollten, keiner wusste, wohin mit sich. Es war meine Entscheidung, ich hatte gehandelt. Ich war der Einzige, der ihnen helfen konnte. Aber das hatte einen Preis.

Meinen Weg hinaus.

Irgendwo wird ein Fuß abgesetzt, jemand steht auf und schiebt seine Arme in eine Jacke. Meine Hand ruht im Schoß. Der Puls hämmert im Hals. Die Belüftungsanlage rauscht. Ich ergreife das Wort und ahne panisch, dass ihre Gesichter mich ansehen.

»Wo wollt ihr hin?«, sagt meine Stimme weichlich, sanft.

Wie sehr ich diese Stimme verachte.

Keiner antwortet. Sie sehen sich an, das ist die Stimmung, ich blicke auf.

»Jetzt, hinterher, meine ich? Geht ihr noch irgendwohin?«

Kent. Er war es, der meinem Blick begegnete. Es gelang ihm, sich nichts anmerken zu lassen, er saß da, rauchte und sagte mit völlig normaler Stimme:

»Zu Camilla.«

Er blies den Rauch aus, folgte ihm mit den Augen, ließ die

Zigarette hochwippen, etwas Zeit vergehen. Dann sah er zu mir hinüber und sagte:

»Kommst du mit?«

»Warum nicht«, antwortete ich.

Langsam löste sich das Unbehagen auf; einige standen auf, zogen ihre Jacken an und griffen nach ihren Taschen, redeten. Aber nur miteinander. In Zweiergruppen. Das Kollektiv war verschwunden; es gab kein zum Lachen aufgelegtes, selbstberauschtes *Wir* mehr. Es gab mich und sie, und wegen mir konnten sie sich nicht zu einem *Wir* sammeln. Das war meine Rache. Als wir hinaustraten und an diesem warmen Frühjahrsabend die Drottningens gate hinunter und über die Lunds-Brücke zu Camilla gingen, sprach keiner mit mir. Ich ging mitten in dieser Gruppe von Sechzehn- und Siebzehnjährigen, und die neben mir gingen, waren still, sie hielten den Mund. Was sollten sie sagen? Ich sagte auch nichts, ging nur, zwang ihnen mein Unbehagen auf. Ich war bei ihnen, ich war einer von denen, die dort gingen, andererseits auch wieder nicht, andererseits keiner von ihnen. So war es. Das war meine Rache. So entfernten wir uns die Hänge hinauf, und ich war einem natürlichen Jack ferner, als ich es je gewesen war. Obwohl das in dem Moment mein kleinstes Problem war, dachte ich daran. Jetzt würde es erst recht unmöglich sein, dachte ich, natürlich zu spielen. Wie sollte ich nach diesem Abend natürlich über die Bühne gehen und meine von Helga gespielte Frau küssen können? Sie wussten Bescheid, sie würden daran denken, ich wusste Bescheid, und ich wusste, dass sie es wussten.

So war die Situation an jenem Abend vor mehr als zehn Jahren, als wir zu der Siedlung flanierten, in der Camilla wohnte, in etwas hinein, was immer es sein mochte. Das mich acht Stunden später aus einer Schnittwunde an der Stirn blutend in Klaus' Zimmer stolpern ließ. Mit gebrochener Nase stand ich dort und lachte immer weiter, ich lachte und lachte, und er setzte sich verwirrt im Bett auf und starrte mich an, *Was ist passiert?*

Er war an jenem Abend aus Bergen zurückgekehrt, es war Ende Mai, sein Semester war vorbei. Ich hatte mich wochenlang auf ihn gefreut, aber jetzt erschien mir das nicht mehr so wichtig.

»*Blutest* du?«, sagte er. »Was ist passiert?«

»Hallo, Klaus!«, sagte ich und prustete erneut los.

Er stand auf und ging an mir vorbei, um Licht zu machen.

»Du blutest ja total!«, sagte er und sah mich an. »Hast du dich etwa geprügelt?«

»Da war so ein Typ, der mir einen Kopfstoß verpasst hat«, antwortete ich etwas ruhiger. »Aber es tut nicht weh. Es ist halb so wild.«

»Wenn du aufwachst, wird es höllisch wehtun«, widersprach er.

»Wie ist es, wieder zu Hause zu sein, Klaus?«, sagte ich und kicherte ein wenig.

»Ich denke, du legst dich jetzt besser hin«, sagte er. »Sonst sieht Mutter dich noch so.«

Er schob mich vorsichtig aus dem Zimmer und schloss die Tür hinter mir.

Ich legte mich angezogen ins Bett und schlief auf der Stelle ein.

Am nächsten Morgen erwachte ich in Panik. Anfangs erinnerte ich mich an nichts. Aber meine Nase war verstopft von geronnenem Blut und meine Kehle ausgedörrt: Ich hatte die ganze Nacht durch den Mund geatmet. Der Kopf schmerzte, als ich mich im Bett aufsetzte. Es gelang mir, unbemerkt ins Bad zu wanken. Im Spiegel sah ich, dass meine Nase angeschwollen war. Die Lippen waren aufgequollen. Trotzdem wallte bei dem Gedanken, was passiert war, Freude in mir auf. Außerdem war Klaus da.

Ich ließ Wasser in die Badewanne einlaufen und legte mich hinein. Durch das Fenster strömte Licht auf den Fußboden. Ich tauchte den Kopf unter und lag lange, ohne zu atmen. In langsamen Spiralen trieb das Blut im Wasser. Ich wusch mich, zog mich an und ging in die Küche, um zu frühstücken. Mutter und Klaus saßen am Tisch und unterhielten sich. Als ich eintrat, sahen sie beide auf.

»Ich will erst gar nicht wissen, was passiert ist«, sagte Mutter.

»Wann bist du gekommen?«, fragte ich und setzte mich.

»Gestern Abend«, antwortete Klaus. »Wir haben uns gefragt, wo *du* warst.«

Klaus war zum ersten Mal zu Hause, seit Vater im Winter ausgezogen war. Seit Weihnachten hatte ich mit Mutter zusammengewohnt. Jetzt war Klaus heimgekehrt. Und zwei Tage später würden sie mich zum ersten Mal auf der Bühne sehen, wovor es mir das ganz Frühjahr gegraut hatte, aber jetzt fand ich es nicht mehr so schlimm, im Gegenteil, ich war mir sicher, dass es gut laufen würde. Und so war es auch. Als wir nach der Premiere heimfuhren, merkte ich, dass Klaus erleichtert war. Denn auch ihm hatte es vor dieser Premiere gegraut, aber als er ganz hinten im Zuschauerraum saß, wurden seine Gedanken über mich entkräftet, es war ein Erfolg.

Würde Kent heute noch zu meinem Bekanntenkreis gehören, wenn ich an jenem Abend nicht gesehen hätte, was sich in der Garderobe abspielte? Ich bezweifle es. Durch die Episode war ich ihm irgendwie überlegen, denn obwohl er mich gedemütigt hatte, war ich ihm entgegengetreten und hatte ihm in die Augen gesehen, *er* hatte sich geschämt, *er* hatte versuchen müssen, es wiedergutzumachen. Und ich wusste, dass in unserer Beziehung nichts schlimmer sein konnte als das. Ich fürchtete mich nicht mehr davor, dass er mich vielleicht nicht mochte, ich konnte alles sagen, alles meinen, jederzeit anrufen. Es war befreiend. Und deshalb lernten wir uns näher kennen. Es gelang mir, mich von dem Gezwungenen in mir loszureißen, ich hörte auf, alles zu analysieren, was ich sagte und tat. Und wir wurden Freunde.

Aber *jetzt* nach Kristiansand?

Ich zog die Jacke an, legte den Schal um meinen Hals und verließ die Konditorei, überquerte die Straße und öffnete die Tür zu der menschenleeren Buchhandlung. Die Stille war eine Wohltat. Ich überflog die Titel und legte drei Bücher auf den Tresen. Ursula K. Le Guin, *Der Magier von Erdsee*, Rustichello da Pisa, *Il Milione. Die Wunder der Welt*, und Rainer Maria Rilkes *Die Aufzeichnungen des Malte Laurids Brigge*. Genügend Lesestoff für die verbleibenden Reisetage, dachte ich und sah weg, als der Verkäufer Konversation betreiben wollte. *Die drei wollen Sie haben*, fragte er. Ich nickte, wie kam er nur darauf. Er legte die Bücher in eine Tüte, ich bezahlte und ging in ein Bekleidungsgeschäft, ehe ich zum Busbahnhof zurückkehrte, wo ich den Koffer aus dem Gepäckfach holte, ihn im Gepäckfach des Busses verstaute und mir einen Platz im hinteren Teil suchte.

Der Gedanke, nach Kristiansand zu fahren, war keine abstrakte Idee mehr, Kents Stimme und alles, was ich mit ihr verband, hatte mir bewusst gemacht, dass ich dorthin unterwegs war. Am Vortag hatte ich auf dem Schiff beschlossen, mich nach Kristiansand zu begeben, *Warum eigentlich nicht?* Zufrieden, eine Entscheidung getroffen zu haben, hatte ich mir ausgemalt, wie es sein würde, das Frühjahr und der Sommer dort, lange Ferien, in denen ich lesen konnte, was ich wollte, vormittags schwimmen, abends ausgehen würde, als wäre Kristiansand auch für mich einfach ein Urlaubsort. Als hätte ich dort niemals gelebt. Als erinnerte ich mich an nichts. War ich nicht unbeschreiblich erleichtert gewesen, als ich wegzog, war es nicht ein unglaublich befreiender Gedanke gewesen, mir zu sagen: *Hierher werde ich nie mehr zurückkehren?* Doch, das war es. Aber auf dem Schiff hatte diese Erinnerung nicht den Weg zu mir gefunden, als wäre sie plötzlich fürsorglich und freundlich geworden und zu dem Schluss gekommen, mir, ihrem Wirt, nichts verbauen zu wollen, sondern still und ruhig unter allen anderen Erinnerungen zu verharren.

Es war immerhin fast zehn Jahre her, dachte ich jetzt und

lehnte mich auf dem Sitz zurück, als der Bus aus dem Busbahnhof auf die Hauptstraße bog. Selbst wenn die Stadt sich nicht verändert hatte, war *ich* heute ein anderer. Aber meine Erinnerungen an diese Zeit würden unabhängig von dem Ort, an dem ich mich aufhielt, unverändert in mir liegen. Sie waren Vergangenheit. Sie herrschten über eine Zeit, die vorbei war. Es war nicht so, dass dort etwas auf mich wartete, sondern umgekehrt: Es wartete in mir.

Als ich am nächsten Morgen im Hauptbahnhof von Oslo aus dem Zug stieg, war mir vor Müdigkeit schwindlig. Mehr als vierundzwanzig Stunden war es jetzt her, dass ich zuletzt geschlafen hatte. Im Nachtzug aus Åndalsnes hatte ich nur sitzend gedöst, war in die dünne Schicht von Schlaf gefallen, die niemals tief genug ist, um ganz in ihr zu verschwinden, und war wieder aus ihr hochgeschreckt. Schlaflosigkeit schaukelt sich hoch, die Sehnsucht nach dem Schlaf wird so groß, dass sie den Schlaf stört, und selbst das Einfachste vom Einfachen, zu schlafen, wird daraufhin zu einem Problem.

Mir blieben noch ein, zwei Stunden, bis der Zug nach Kristiansand ging. Ich schleppte den Koffer ins Café hinauf und setzte mich so, dass ich Aussicht auf die Bahnhofshalle hatte. Ich überlegte, ob ich hinausgehen und eine Stunde durch die Straßen Oslos bummeln sollte. Aber schon der Gedanke war mir zuwider. Ich langweilte mich hier lieber ein paar Stunden, als mich dem auszusetzen. Oslo ist eine abstoßende Stadt. Sie weiß, dass alle, die sie betreten, Besseres gewohnt sind, deshalb ist Oslo in den Gegenden rund um die Einfallstraßen, den Flughafen, den Busbahnhof und den Hauptbahnhof am schmutzigsten und vulgärsten. *Hier musst du dich mit dem zufriedengeben, was du bekommst*, sagt Oslo, *du hast nichts Besseres verdient.* Man behauptet, Oslo sei wegen seiner Lage schön. Aber die Lage ist das einzige Kriterium, das nicht zählt, wenn man eine Stadt beurteilen will. Man muss sich die Gebäude ansehen, man muss sich die Struktur ansehen. Denn sämtliche Gebäude sind irgendwann einmal erdacht und geplant worden. Sie verbergen ein Bewusstsein. Die Gebäude sind die Gedanken der Stadt über sich selbst. In Oslo sieht man es sofort: Hier gibt es keine Fürsorge. Oslo mag sich selbst nicht, das ist klar erkennbar: In Oslo sind die Gebäude Zwangsgedanken.

Doch selbst die hässlichste Stadt wird milder und wirkt schön, wenn der Frühling Einzug hält. Die grünen Baumwipfel, die alle Straßen mit Farbe und langsamer Bewegung füllen, das Lachen, das von den dicht besetzten Tischen der Straßencafés aufsteigt, die Freude, die in den vielen lächelnden Gesichtern, die überall auftauchen, unterschiedlich zum Ausdruck kommt.

Als der Zug aus dem Tunnel unter der Stadt rauschte und in der Gegend nahe des Stadtzentrums hochkam, erinnerte die Atmosphäre dort an das Gefühl, das man als Kind hatte, wenn der Tag gekommen war, an dem man die Stiefel des Winters gegen die Turnschuhe des Sommers austauschte, diese befreiende Leichtigkeit im Körper, als ich über den Rasen vor dem Haus lief, bis ich mich daran gewöhnte und alles wieder so war wie immer. Auf die gleiche Art gewöhnt sich die Stadt an den Frühling. Obwohl die Bäume noch genauso grün und die Straßencafés ständig überfüllt sind, verschwindet die berauschte Stimmung im Laufe weniger Wochen. Dann wird deutlich, dass sie ein Teil *des Neuen* war, und nicht der Form, in der sich das Neue ansiedelte.

Ich musste eingeschlafen sein, denn in dem einen Augenblick glotzte ich schläfrig auf eine Eigenheimsiedlung hinaus, grüne Rasenflächen, schmale, schattige, kreuz und quer führende Wege, eine Veranda mit zwei Frauen auf Sonnenliegen, die eine behält halb aufgerichtet ein paar Kinder im Auge, die immer wieder in die Dusche eines Rasensprengers laufen, im nächsten sehe ich draußen einen Wald Gestalt annehmen. *Du-dunk, du-dunk, du-dunk*. Ich zerrte die Uhr aus der Hosentasche und legte sie vor mir auf den Klapptisch. Es war halb elf. Eine Stunde Schlaf nur, dennoch fühlte ich mich munterer, lehnte mich auf meinem Sitz zurück und ließ mich unbekümmert durch die schöne Landschaft tragen, auf die sich sanft das Sonnenlicht legte.

In der Schule haben sie jetzt Norwegisch, dachte ich. Wer mochte die Stunde übernommen haben? Enoksen, vermutlich. Dann saßen sie lautlos und wachsam in der Klasse, während sie seinen Worten lauschten, ohne wirklich zu verstehen, worüber er sprach. Denn Enoksen würde keine Rücksicht auf sie nehmen. Sein Gespür für andere Menschen war nicht sonderlich gut entwickelt. Wenn Miriams Augen schmaler und trüber waren als sonst, würde er glauben, dass sie am Vorabend etwas zu lange aufgeblieben war, und das möglicherweise ansprechen, wenn er das nächste Mal ihren Eltern begegnete. Er würde niemals denken, dass direkt vor ihm ihr Herz in ihrer Brust schlug, er würde nicht fühlen, wie etwas in ihm schwach wurde bei dem Gedanken an ihre kleinen Brüste, die sich gegen ihren Pullover pressten, an die Hose, die sich so eng um ihre Schenkel und Hüften schloss, wie er ihr Freude schenken und mit der Wange über ihre nackte Haut, über den weichen Bauch, streichen könnte, ihre Wärme spüren und ihren heiseren Atem hören könnte. Er würde nicht darauf brennen zu hören, dass sein Name von ihren Lippen geflüstert wurde, oder sich über das Lächeln freuen, das sie ihm schenkte, wenn sie mit ihrer Hand rasch seine drückte, ehe sie den Hügel hinauflief und verschwand. Er würde sie nicht verstohlen anschauen und sich fragen, warum sie so traurig wirkte, was war los, hatte sie *geweint*? Warum weinst du, kleine Miriam, welche Trauer lastet auf dir?

Ich beschloss, sie am Abend anzurufen. So würde sie darüber reden können, so würde sie weiter hoffen und nicht das Bedürfnis haben, sich jemandem anzuvertrauen, so würde sie wissen, dass ich an sie dachte.

Anhand des Schilds, das ich flüchtig sah, als der Zug an einem Bahnhof vorbeisauste, erkannte ich, dass wir in Telemark waren. Wir näherten uns. Ich war nicht mehr in Südnorwegen gewesen, seit Henrik achtzehn beschlossen hatte, nie mehr zurückzukehren. Seltsamerweise hatte ich sein Versprechen gehalten. Es war von einem Pathos erfüllt, das mich gelegentlich erröten ließ. *Ich* war doch das Problem gewesen, *der Ort*, an dem ich meine Probleme inszenierte, war bedeutungslos. Was dazu geführt hatte, dass ich mir selbst die Freude versagt hatte, die ich nun dabei empfand, diese Landschaft zu betrachten.

Ich hatte nie eine Beziehung zu den langen, sanften Berghängen Westnorwegens aufgebaut, ich hatte sie einfach nur gesehen: Sie waren schön. Aber sie hatten nichts mit mir zu tun. Diese Landschaft dagegen ging mich etwas an. Jede kleinste Felskuppe, jede einzelne knorrige Kiefer, jeder funkelnde Waldsee und jeder Hügel gehörte mir, hier war ich aufgewachsen, hier hatte ich der Welt Namen gegeben. Und nun merkte ich, dass ich voller Erwartung war.

Durch das Fenster sah ich zwischen den rötlichen Kiefernstämmen einen glatten schwarzen Waldsee in der Sonne schimmern, dahinter lag ein Sumpf, der von fern nur ein pastellgelbes Feld war, bevor das Grün des Waldes erneut einsetzte und in Wellen aus dunkleren und helleren Farbnuancen den Hang bis zu dem gezackten Baumrand am oberen Ende hinaufstieg, wo das dünne, gleichwohl verschleierte Blau des Himmels begann. Dann schlängelten wir uns durch einen Ort an einem Fluss. Über den Bahnsteig vor dem Bahnhofsgebäude radelte ein alter Mann, ohne den Zug wahrzunehmen, der ihn passierte, auf dem Parkplatz zwischen Lebensmittelladen und Postamt sprangen drei Mädchen Seil, und eine Frau mit einer schweren Einkaufstüte in jeder Hand kam aus dem Geschäft. Dann waren wir vorbei. Ein Mann in Watstiefeln stand in einem Fluss und schwang die Angelrute in der Luft, zog mit der Hand an der Leine, es blinkte silbern. Weiter unten lagen ein Damm und eine Fabrik. Die Landschaft senkte sich nach und nach zur Küste hinab, das Gelände wurde flacher und flacher, dichter, unebener. Wie sehr ich das alles vermisst habe, dachte ich. Ich habe es wirklich vermisst. Aber was ich vermisste, war ohne die Trauer der Nostalgie um eine Zeit, die vorbei ist, ohne diese tränenselige Sentimentalität, die den sonst so klaren Unterschied zwischen Zeit und Ort verwischt. Ich war auf dem Weg zurück, aber ich war nicht auf dem Weg *dorthin* zurück.

Außerdem hatte ich ja nicht vor, dort für immer zu wohnen. Höchstens ein paar Monate. Eine Art Ferien. Im Herbst musste ich mir überlegen, was ich tun wollte, etwas mit einer Zukunftsperspektive finden. Vielleicht weiterstudieren. Es bestand jedoch kein Grund, im Moment daran zu denken. Das Wichtigste war, mir die Möglichkeiten offen zu halten. Nicht dem Gedanken nachzuhängen, der mich in den letzten Tagen gequält hatte, dem Gefühl, dass sich etwas um mich geschlossen hatte. Die Stelle als Lehrer war ja meine erste richtige Arbeit gewesen. War ich gut zurechtgekommen? Nein, das war ich nicht. Schließlich saß ich jetzt hier, weil ich mich sofort in etwas verstrickt hatte, vor dem ich jetzt davonlaufen musste. Und wer läuft schon vor seiner Arbeit davon? Ist das normal?

Nein, das ist nicht normal, das tut kein Mensch.

So hatte ich gedacht. Aber sich selbst zu quälen und zu schikanieren brachte einen auch nicht weiter. Man muss nachsichtig mit sich selbst sein. Wenn ich analysierte, was passiert war, mir Ereignis auf Ereignis vergegenwärtigte, von meiner Ankunft im Ort bis hierher, gab es dann etwas, was ich anders gemacht hätte? Wenn ich *ganz* ehrlich war?

Nein.

Nein?

Nein. Denn ich wollte sie immer noch haben. Wenn ich ihr Gesicht vor mir sah, empfand ich die gleiche Begierde und Lust, die ich da oben empfunden hatte. Ich wollte sie immer noch haben. Ich wollte sie immer noch umarmen, ihren schmalen

Körper an meinem fühlen. Aber es war unmöglich, es ging nicht, deshalb war ich geflohen. Sollte ich etwa nicht dazu stehen, sollte ich auch *sie* verleugnen?

Es war nicht das Ende der Welt. Ich hatte mir nicht alle Möglichkeiten verbaut. Es kam darauf an, ein paar Wochen zu warten, Ruhe zu bewahren, sich zurückzuhalten, um sich danach wieder hinaus zu bewegen, an einem anderen Ort neu anzufangen. Wichtig war, Nachsicht mit sich walten zu lassen. Den unreifen Hass, der zu Henrik achtzehn gehörte, nicht auch die Welt von Henrik sechsundzwanzig dominieren zu lassen.

Als eine Stimme über die Lautsprecheranlage ankündigte, dass wir in wenigen Minuten Kristiansand erreichen würden, stand ich mit den anderen auf, nahm meine Jacke und hob den Koffer von der Ablage herunter. Ich hatte Bauchschmerzen. Ich stellte mich vor die Tür und sah Momentaufnahmen der vertrauten Gebäude. Ich fragte mich, wie das alles auf mich wirken würde. Acht Jahre zuvor war ich das letzte Mal dort gewesen. Ich lehnte mich ein wenig vor. Da vorn war die Brauerei. Auf der anderen Seite sah ich den Hafen, das gelbe Gebäude der Color Line, den schlauchartigen Landgangtunnel, ein paar Kräne. Dann rollte der Zug in den Bahnhof.

2

Ich wartete noch damit, Kent anzurufen. Ich hatte das dringende Bedürfnis, mich erst etwas zu akklimatisieren, deshalb schleppte ich mich mit dem Koffer über den Bahnsteig und vor den Eingang des Bahnhofs, wo eine Bank stand, auf die ich mich setzte. Einzelne Wolken trieben an einem ansonsten klaren Himmel im Wind. Das Sonnenlicht war weiß und grell. Ich beschattete die Augen und blickte auf den Platz vor mir. Ein Badeort außerhalb der Saison, windig und offen, das war der Eindruck. Und alles war kleiner und kläglicher als in meiner Erinnerung. Nirgendwo Berge, nur diese lächerlich flachen Anhöhen und Felserhebungen, die sich landeinwärts erstreckten, die bewaldeten Inselchen der Schären, die wie versteinerte Wellen zum offenen Meer hin lagen. Und danach der kleine Skagerrak.

Aber das gefiel mir. Die Landschaft war kompakter als jene, in der ich mich in den letzten Jahren aufgehalten hatte, sie ist wie ein Konzentrat, dachte ich: Es gab mehr Details, mehr zu sehen, sie war reicher. Oder näher. Diese Landschaft lud nicht zu schwindelerregenden Gedankensprüngen ein wie die sublime Küste im Norden, nein, diese Landschaft sammelte sich um sich selbst und fand dort wie ein Montaigne mehr als genug, um sich daran zu erfreuen.

Überall wuselten Menschen herum. Die Türen des Busbahnhofs öffneten und schlossen sich wie ein Muskel, Menschen strömten unablässig ein und aus, manche blieben auf der Treppe stehen, um ihre Sonnenbrillen aufzusetzen, ehe sie weitergingen, andere schleppten ihr Gepäck über den Platz und stiegen in einen der vielen Busse, die dort standen. Am Taxistand lehnte sich ein

Fahrer an die Kühlerhaube seines Wagens und las eine Zeitung. Ab und zu blickte er auf, als wollte er sich vergewissern, dass in der Welt alles wie gewohnt ablief und sie nicht abrupt zum Stillstand gekommen war. Das wäre schon bitter, dachte ich, wenn man ausgerechnet *das* verpassen würde. An der Kreuzung vor der Straße, die am Bahnhof vorbeiführte, schnaubte ungeduldig ein auf Grün wartender Bus. An der Mündung der Stichstraßen leuchtete es in Schaufenstern, zwischen den Häuserfassaden hingen Schnüre mit kleinen Wimpeln, die im Wind schaukelten. In Gedanken nahm ich die Straße zum Stadtzentrum und in die Fußgängerzone, wo es stets von Menschen wimmelte. Auch jetzt. Während ich hier unten saß, flanierte man da oben auf und ab. Jeden Tag das Gleiche, jeder Tag unterschiedlich. Viele meiner Mitschüler am Gymnasium leben mit Sicherheit noch hier, dachte ich, wenn ich einen Spaziergang durch die Stadt machte, würden mir manche Gesichter bestimmt bekannt vorkommen und ihr Schicksal würde sich von jemandem ablesen lassen, der wusste, wonach er Ausschau halten sollte. Aber dazu hatte ich jetzt keine Lust. Das musste warten.

Stattdessen stand ich auf und ging in den Bahnhof, um Kent anzurufen.

Er wollte sofort kommen. Sie wohnten jetzt auf der anderen Seite der Brücke, in zehn Minuten würde er da sein. Für eine Zigarette reicht es, dachte ich, und hatte sie gerade an der Unterseite der Bank ausgedrückt, als er heranfuhr. Ich stand auf und grüßte.

Er stieg auf dem Parkplatz lächelnd aus dem Auto.

»Henrik!«, rief er.

Ich nahm meinen Koffer und ging zu ihm.

»Ja hallo, mein Lieber!«, sagte ich und lächelte.

Das hatte ich viele Jahre nicht mehr gesagt.

»Ja hallo, mein Lieber!«, erwiderte er und gab mir die Hand.

Früher oder später würde eine peinliche Pause entstehen, in

der wir beide dachten, dass wir nichts mehr gemeinsam, uns nichts mehr zu sagen hatten, das war unvermeidbar, aber jetzt schoben wir sie mit Lächeln und Gesten und kleinen Fragen danach, wie es uns ging, wie wir aussahen, vor uns her; er öffnete den Kofferraum, ich legte meinen Koffer hinein, er setzte sich ins Auto und öffnete die Tür an meiner Seite, ich nahm Platz, er ließ den Motor an. Ich schnallte mich an. Auf der anderen Straßenseite standen Leute und warteten auf den Bus. Sie waren alt, ihre Köpfe waren gebeugt, die Hände hatten sie auf eine Art um Taschen und Tüten geballt, die mir geizig vorkam.

Kent sah mich an.

»Schön, dich zu sehen!«, sagte er.

Ich lächelte.

»Du hast dich nicht verändert«, sagte ich.

»Nicht?«, sagte er. »Na ja, vielleicht nicht…?«

Dann legte er den Arm hinter meinen Sitz und wandte sich um. Das Auto setzte mit aufheulendem Motor zwei Meter zurück, hielt. Er zog die Hand zurück und legte sie aufs Lenkrad.

»Sollen wir direkt zu mir fahren?«, fragte er und sah mich wieder an.

»Ich weiß nicht«, erwiderte ich. »Wollen wir vorher noch irgendwohin fahren? Ein bisschen plaudern?«

Er nickte.

»Ich bin die ganze Woche unterwegs gewesen«, sagte ich. »Ich muss erst einmal ein bisschen runterkommen.«

»Was ist mit der Bibliothek?«, sagte er.

»Gibt es das Café noch?«

»Ob es das noch gibt? In unserer Stadt ist alles so, wie es immer gewesen ist«, sagte er.

»Okay, dann lass uns hinfahren«, erwiderte ich.

Es waren nur ein paar hundert Meter. Wir schwiegen. Es hatte keinen Sinn, hier ein Gespräch zu beginnen, es würde ohnehin unterbrochen werden, wenn er parkte und wir auf dem Weg zum Café die Straße überquerten. Ich sah hinaus. Wir hielten an einer Ampel. Zwischen den Häuserreihen erblickte ich einen Zipfel des Meers. Der Wind, der die Wellenkämme schäumte und weiterzog. Kent wechselte die Spur, als die Ampel auf Grün umschlug, bog in die Festningsgaten und parkte in der Nähe des Platzes. Ich ging zu einem Kiosk und kaufte die Lokalzeitung. Als ich das Café betrat, hatte er bereits einen Tisch ausgewählt, ich sah seine Jacke über dem Stuhlrücken hängen. Er stand an der Theke und drehte sich zu mir um: »Möchtest du einen Kaffee, Henrik?«

»Ein Kaffee wäre toll.«

Ich legte die Zeitung auf den Tisch. Im Hinterzimmer ertönte aus einem Radio gedämpfte Musik. Unablässig gingen Leute durch die Türen im Flur, keiner kam hierher, alle wollten weiter. *Die Wind und Regen fernhalten von einem Himmel so blau.* Die Bedienung goss Kaffee in zwei Tassen, die auf der Theke standen. Kent zählte Geld ab. Eine junge Frau stellte sich neben ihn. Sie lächelte, als er sich zu ihr umdrehte. Ich betrachtete ihren Körper. *Lächele, wenn du kannst, sei, wer du sein musst.* Dann blickte ich aus dem Fenster. Es war windig. Die Fahnen auf dem Dach flatterten straff, ich konnte schwach das metallische Kling, Kling, Kling der Schnüre hören, die gegen die Fahnenmasten schlugen. Es erinnerte mich an die Nächte in der Schule da oben. An den Wind. Die Dunkelheit. *Tu, was du willst, aber geh nicht.* Doch hier schien die Sonne, und der Himmel war blau. Hier gab es grüne Bäume. Das veränderte die Geräusche. Als würden sie kleiner, dachte ich. Selbst der Wind wirkte hier anders. Da oben schlägt der Wind den Raum zwischen Himmel und Meer auf, öffnet ihn immer weiter landeinwärts. Für den Wind ist der Ort wie Strandgut, klein und bedeutungslos, etwas im Weg, auf das er eindrischt. Hier gehört der Wind zur Stadt. Hier weht der Wind durch die Straßen der Stadt, schiebt er sich durch die breiten Fluchten zwischen den Häuserreihen und reißt Blätter und Papier mit, hebt Mäntel und Jackettschöße an, ergreift alles, was lose ist, lässt einen Schal flattern, rüttelt an einer Markise, dreht ein Reklameschild, wackelt an einem klappernden Mülleimer. Unaufhörlich bewegen sich die Bäume hin und her. Die Blätter rascheln und knistern, mal lauter, mal leiser; der Wind weht durch die Stadt, ein Strom, ein Rauschen.

So dem Wind zu folgen.

So zu spüren, wie der Wind an dir zerrt, während du fest auf der Erde stehst, von Bewegung erfüllt zu werden, von den obersten Zweigen, die schon beim leisesten Windhauch nachgeben, weiter unten, wo deine Äste schwer und träge schaukeln, sich wiegen, wo man es bei starkem Wind knarren hört, bis zum Stamm, der nur schwach erzittert, und zu den Stammwurzeln, die unerschütterlich, unverrückbar bleiben bis zu dem Tag, an dem du fällst. Aber das geschieht erst in vielen Jahren. Fast hundert Jahre stehst du dort schon und wirst bestimmt weitere hundert Jahre dort stehen. Ein Ring für jedes Jahr. Bis zu einem Sommer Ende des nächsten Jahrhunderts. Du spürst den Landwind, der sachte zwischen dich gleitet, die Blätter in der dichten Krone zittern und erinnern aus der Ferne an Pailletten an diesem dösigen, verschlafenen Vormittag, an dem die Wärme noch zunimmt und das Gras taufeucht ist. Deine Wurzeln sind trocken, und der Stamm ist morsch. Wenn eine behandschuhte Hand in die Borke greift, wird sie sich lösen und Holzstücke werden herausrieseln. Sie wird mit dem Finger bohren, ihn weit in dich hineinstecken, und wenn er Kraft einsetzt, löst sich ein großes Stück. Er schüttelt an die anderen gewandt den Kopf, schiebt die Schirmmütze hoch und wischt sich mit der Hand den Schweiß aus der Stirn, seufzt. Geht zum Pick-up, nimmt die Motorsäge von der Ladefläche, lässt sie an. Das Geräusch hallt durch den Park. Die sorgfältig geölte Kette presst sich in das Holz, und das Geräusch wird gleichmäßiger, lauter. Wenige Minuten später ist dein Stamm durchsägt. Holzmehl spritzt in alle Richtungen. Die Zähne der Motorsäge graben sich durch das Holz, fressen sich aggressiv durch Schicht auf Schicht, Jahr auf Jahr, schneiden sich von der Mitte des Jahrhunderts bis zur Jahrhundertwende, es geht schnell, 1999, 1998, die Jahre wirbeln als Späne um die grollende Säge, 1997, 1996, legen sich wie Schnee auf das grüne Gras, 1995 wird durchstoßen, weiter nach innen, die Achtziger werden passiert, die Siebziger, 1969, 1968, 1967, die sechziger Jahre, die Fünfziger, 1953, 1952, immer weiter zurück, die fünf Kriegsjahre vergehen binnen weniger Sekunden, 1931, 1929, 1927, und es gibt keinen Kontakt mehr zwischen der Krone und den Wurzeln.

Die beiden anderen ziehen an dem Seil, das sie im Astwerk befestigt haben, und du fällst, langsam kippst du auf das Gras, neben dem du so viele Jahre gestanden und das du begehrt, aber niemals berührt hast, erst jetzt, da du mit einem Krachen auf die Erde schlägst.

Ein paar Schaulustige klatschen. Die drei schnauben über dieses kindische Verhalten, sie haben hier einen Job zu erledigen, werden alle Spuren beseitigen. Sie werden den Stamm in passende Stücke zerteilen und diese abtransportieren. Sie werden das Sägemehl wegfegen. Sie werden die Wurzeln herausziehen und an derselben Stelle einen neuen Baum pflanzen. Das alles passiert jedoch in einer anderen Stadt. Einer Stadt, in der die allermeisten Einwohner jetzt noch gar nicht geboren sind. Einer Stadt, in der die Säuglinge von heute, die ringsum in den Wiegen und Kinderwagen liegen, entweder tot oder Greise mit einem Fuß im Grab sind. Zitternd und sabbernd werden sie irgendwo in einem Korridor einen Rollator vor sich herschieben, fast blind werden sie über eine Türschwelle stolpern und sich den Oberschenkelknochen oder einen Arm brechen, eines Nachts werden sie von einem fürchterlichen Schmerz in der Brust aufwachen, klar und scharf wie eine Klinge aus Stahl, an ihm sterben sie. Sie vergehen, sie verschwinden aus ihren Körpern, sie sterben, sie sterben. Sie werden immer weniger. Am Ende ist keiner von denen, die um mich herum leben, noch da, *Wir sind alle tot*: Eine solche Stadt ist das. Sie erinnert an diese Stadt, aber es ist nicht dieselbe, andere Menschen wachsen hier auf, andere Menschen sterben hier. In einer solchen Stadt wirst du eines Tages fallen und in Stücke zerteilt werden. Die Stadt der Zukunft. Du wirst Zeuge all dessen werden. Während Menschen sterben und neue geboren werden, stehst du dort, unerschütterlich. Sie werden Pläne schmieden, groß angelegte Projekte vorstellen und in ihrer Welt von Erfolg träumen, von Kindern und einer Zeit, in der sie nicht mehr so unter Druck stehen, in der sie ihre Ruhe haben, eine Reise, ein Urlaub, eine Liebe. Sie werden an Rache denken. Sie werden an Versöhnung denken. Jemand wird erstechen und jemand wird erstochen werden. Jemand wird erschossen, andere misshandelt, und die Körper vieler werden bei Autounfällen, bei Flugzeugunglücken malträtiert werden, andere fallen von Gerüsten und brechen sich sämtliche Knochen. Viele werden ertrinken, manche freiwillig, und ebenso freiwillig erhängen sich einige, in ihnen gibt es eine wachsende Lebensmüdigkeit, und am Ende den Entschluss: das grobe Seil auf der Haut am Hals, unter dem Kinn, sie atmen aus, und ihr Herz schlägt immer schneller, sie sehen auf ihre Hände, sie zittern, und dann machen sie einen Schritt nach vorn und fallen, das Genick bricht in der Schlinge, und für alle, die sie kennen, ihre Familie, ihre Mütter, ihre Väter, ihre Brüder, werden die Tage kalt und glatt, nichts findet Halt mehr in ihnen, alles gleitet ab. Wie können sie jetzt nur essen, wie können sie jetzt den Einkaufswagen durch die Gänge des Supermarkts schieben, wie können sie jetzt Zeitung lesen, wie können sie sich jetzt dazu durchringen, morgens zu duschen, an diesen kalten, fremden Tagen, an denen die Tränen sie in jähen Ausbrüchen stoppen: Wenn die Fähre am Kai anlegt und er den Motor anlässt, um an Bord zu fahren, bricht er auf einmal in Tränen aus. Ein Jahr ist vergangen, sie erwacht eines Nachts, sitzt am Küchentisch und raucht, als die Trauer sich wieder in ihr löst, *Was hast du mir angetan*. Du erhängst dich, du erschießt dich, du nimmst eine Überdosis Schlaftabletten, du fährst eines Nachts mit hoher Geschwindigkeit auf der Hauptstraße in den Gegenverkehr. Aber die meisten in dieser Stadt hegen keine Gedanken dieser Art, und wenn sie es doch tun, setzen sie diese niemals in die Tat um; sie wachsen auf, sie feiern ihre Geburtstage, verändern an jedem ersten Januar die letzte Ziffer in der Jahreszahl und leben weiter, Jahr für Jahr, sie sind freundlich zu ihren Freunden, höflich zu denen, die sie nicht kennen, sie spazieren an einem Sonntagvormittag an dir vorbei, sie laufen eines Samstagnachts im Regen jemandem hinterher, den sie haben wollen, sie sind voller Verzweiflung, sie sind voller Freude, voller Überdruss, sie schneiden die Rasenflächen in ihren Gärten, und der Geruch frisch geschnittenen Grases ist in deiner Erinnerung eins mit der Abenddämmerung und den Geräuschen spielender Kinder, als du im Dunkeln auf der Terrasse sitzt und daran denkst, was eigentlich schiefgegangen ist. Auf dem Gartentisch neben dir steht eine Flasche Bier, aus der du gelegentlich einen Schluck nimmst, während du dort in einem weißen Sommerhemd sitzt, mit leicht sonnenverbrannten Schultern und ein wenig steif, nachdem du den kompletten Rasen mit dem altertümlichen, klappernden Rasenmäher geschnitten hast. Aus dem Haus dringen Geräusche von jemandem, der spült, an dein Ohr, es ist deine Frau, von draußen hörst du Geräusche von mehreren, die aufwachsen, das sind deine Kinder. Sie rufen und toben, aber du sitzt in der Dunkelheit und trinkst und starrst ins Leere und denkst nach. Bald wirst du aufstehen, um hineinzugehen, wo sie wahrscheinlich vor dem Fernseher sitzt, und wo sie sich bald alle versammeln werden, um zu Abend zu essen, bevor sie sich hinlegen. Alle wissen, dass du jetzt draußen sitzt, denkst du, *Wo ist Papa*, denn du bist ein Fremder für sie, ein Fremder, an den sie sich gewöhnt haben. Es gibt viele wie dich, aber ihr erkennt euch nicht, ihr seid alle allein damit, überall in dieser Stadt, in die noch keiner seinen Fuß gesetzt hat, aber durch die man eines Tages fahren wird, in der man liegen, aufwachen, umhertrotten und die man vielleicht auch überfliegen wird – sie reisen in den Ferien in den Süden, sie gehen im Wald wandern, sie arbeiten hart, rollen Betten durch die Gänge eines Krankenhauses, nehmen den Aufzug in einem Geschäftsgebäude und mustern diskret ihr eigenes Spiegelbild, ehe sie am Finger lecken und ihn zum Gesicht heben, wo ein Fleckchen Schmutz hängt, das sie abreiben, sie schreiben mit weißer Kreide eine Jahreszahl und einen Namen auf eine Schultafel, bücken sich und binden einen von vielen Schnürsenkeln, drehen sich um und lächeln jemanden an, den sie lieben. Sie lieben sich, immer gibt es irgendwen, der einen anderen liebt, all diese Liebe, überall, man liebt seinen Mann, seine Frau, seine Eltern, seine Kinder, seinen Liebhaber oder seine Liebhaberin, und jeden Abend wird der Fernseher eingeschaltet, und sie sehen die Nachrichten des Tages. Eines Sonntags im Februar erkennt sie, dass sie sich für den Falschen entschieden hat, dass sie nicht mehr mit ihm zusammen sein will, sondern allein, was sie auch vorher schon gewusst, aber nie zu denken gewagt hat, wird nun gedacht, sie lächelt, und er sieht sie an, *Weshalb lächelst du*, fragt er und blickt wieder auf die Straße vor ihnen, *Was ist denn so lustig?*, und sie gibt ihm keine Antwort. Sie altern, sie verschwinden, auch sie verschwinden, sie pflanzen sich fort, und ihre Kinder wachsen auf, sie sterben, werden geboren, sterben wieder.

Aber ihr steht.

Drei Fahrradfahrer hielten direkt vor dem Fenster, schoben ihre Räder in den Ständer und bückten sich, um sie abzuschließen. Zwei Mädchen und ein Junge. Alle mit Rucksäcken auf dem Rücken. Kent nahm die beiden Tassen in die Hände und drehte sich um. Die junge Frau, mit der er gesprochen hatte, lächelte ihn an, ehe sie sich der Bedienung zuwandte. Im selben Moment traten die drei Radfahrer ein und schauten sich in dem fast menschenleeren Raum um.

Kent stellte eine Tasse vor mir ab.

»Ich hoffe, der Kaffee ist nicht kalt geworden!«

»Wer war das?«

Er zuckte mit den Schultern.

»Eine, die im Gymnasium in die Klasse unter mir ging. Besser gesagt, unter *uns*.«

Die drei setzten sich an den Nebentisch. Eines der Mädchen sah mich an. Ich erwiderte ihren Blick ernst. Daraufhin beugte sie sich vor, zog ein dickes, schwarzes Buch aus dem Rucksack zu ihren Füßen und legte es auf den Tisch.

»Aber jetzt erzähl mal«, sagte Kent. »Was ist da oben passiert?«

»Das ist eine lange Geschichte«, antwortete ich.

Er breitete die Arme aus.

»Wir haben Zeit.«

Und ich erzählte von dem, was mir dort widerfahren war. Zunächst skizzierte ich die Verhältnisse, der kleine Ort, in dem alle jederzeit wussten, wo du warst und was du machtest. Als Nächstes erzählte ich ihm von Linda. Wie wir anfangs zueinander standen, meine unschuldigen abendlichen Besuche, wenn Richard nicht da war. Ich erzählte ihm von Richards wahnsinniger Eifersucht und Lindas Verzweiflung. Deshalb ist es wahrscheinlich passiert, erklärte ich, Linda hätte so etwas niemals getan, wenn sie in ihrer Beziehung glücklich gewesen wäre. Aber das war sie nicht. Ich erzählte ihm, wie sehr mich das schlechte Gewissen gequält hatte, als wir das erste Mal zusammen gewesen waren, als ich am nächsten Morgen bei ihr aufwachte und sie mir ein Frühstück servierte.

»Verdammt, Kent«, sagte ich. »Das war doch eine Farce. Da saß ich und hatte einen verheirateten Mann betrogen!«

»Wie alt ist sie eigentlich?«

»Vierunddreißig«, sagte ich.

Er grinste.

»Ja, ja, aber sie war so *unglaublich* gut!«

»Und verheiratet«, sagte Kent.

»Es ist fast unmöglich, es zu erklären«, erwiderte ich. »Du hättest da sein müssen. Dort ist alles so *klein*, und wir haben ja täglich zusammengearbeitet, uns angesehen, du weißt, wie das ist? Plötzlich ergibt es sich einfach.«

Er nickte.

»Und dann?«

Ich sprach weiter. Ich erzählte ihm, dass wir uns eine Weile aus dem Weg gegangen waren, bis ich es nicht mehr aushielt und sie wieder besuchte. Und so ging es dann weiter. Fast drei Monate lang. Ich meinte, mir sei bewusst gewesen, dass die Leute etwas ahnten, aber ich hätte trotzdem weitergemacht, denn wirklich wissen hätten sie es ja nicht gekonnt. Bis zu jener Nacht Ende März, in der ich abrupt aufwachte und entdeckte, dass jemand in meinem Zimmer war. Eine Gestalt stand im Türrahmen. Ich bekam panische Angst. Es war Richard. Er stand da, lächelte, kam herein und setzte sich auf die Bettkante. *Ich weiß, was du da treibst, Henrik*, sagte er. *Denkst du, ich habe keine Augen im Kopf?* Seine gespielte Freundlichkeit ließ mich jedoch verstehen, dass er sich nicht ganz sicher war. Gut, er war sich sicherer als sonst, aber *vollkommen* sicher war er sich nicht. Ich sagte ihm, ich hätte keine Ahnung, wovon er rede. *Verdammt, bist du jetzt völlig übergeschnappt?*, sagte ich. Da legte er die Hände um meine Kehle und drückte zu.

»Scheiße, er hat mich richtig gewürgt! Ich war mir sicher, dass er mich umbringen würde. Du hättest seine Augen sehen sollen!«

»Machst du Witze?«, sagte er. »Sind da oben alle völlig verrückt?«

»Ja. Aber das Schlimmste habe ich noch gar nicht erzählt. *Nimm dich in Acht*, sagte er, *ich behalte dich im Auge*. Dann ging er. Sie haben in der Etage über mir gewohnt, ich konnte es *hören*, als er in seine Wohnung ging, nachdem er bei mir war.«

Dann erzählte ich von dem Mann, der ein Jahr zuvor seinen Onkel mit einer Schrotflinte erschossen hatte, um dadurch meine Angst zu rechtfertigen und klarzustellen, dass ich mit etwas konfrontiert gewesen war, das wirklich gefährlich werden konnte. Als sich eine Woche später herausstellte, dass Linda *schwanger* war, konnte ich nicht mehr bleiben. Schließlich hatten die beiden jahrelang versucht, ein Kind zu bekommen. Und Richard war gut darin, eins und eins zusammenzuzählen, sagte ich, er tat nichts anderes.

»Ich hatte keine andere Wahl«, sagte ich. »Ich habe es Samstag erfahren und bin noch am selben Nachmittag abgereist. Und hier sitze ich nun.«

»Du hast keinem Menschen Bescheid gesagt?«

Ich schüttelte den Kopf.

»Meine Sachen sind noch da oben, aber ich werde der Schule so schnell wie möglich schreiben. Ihnen eine schriftliche Kündigung schicken und alles regeln. Ich habe wegen der ganzen Sache ein verdammt schlechtes Gewissen. Mist!«

Kent lachte.

Ich wusste, dass meine Geschichte zu dem Bild passte, das er von mir hatte: Henrik war für ihn jemand, der in seltsame Situationen geriet, aus denen er keinen Ausweg mehr fand, außer alles stehen und liegen zu lassen, wegzurennen und das Beste zu hoffen. Ich merkte, dass er mich im Verdacht hatte, reichlich dick aufgetragen zu haben, er vermutete, dass die Episode mit Richard in meinem Schlafzimmer sich nur in meiner Fantasie abgespielt hatte, was aber nur dazu beitrug, die anderen Teile der Geschichte umso plausibler und die Geschichte glaubwürdig zu machen.

Er schüttelte den Kopf.

»Und jetzt wirst du also Vater?«, sagte er.

»Was?«

»Dann ist es nicht dein Kind?«

»Ach, das meinst du«, sagte ich. »Daran habe ich noch gar nicht gedacht.«

»Daran hast du noch gar nicht gedacht?«

»Nein. Seit sie schwanger ist, ist Richard für sie plötzlich wieder gut genug. Ich kann doch nicht denken, dass das Kind eigentlich von *mir* ist.«

»Nicht?«

»Mein Gott, was soll ich denn tun? Vor Gericht ziehen?«

Es entstand eine Pause. Kent sah auf den Tisch herab.

»Du erzählst es doch keinem?«, sagte ich.

»Natürlich nicht«, antwortete er und begegnete meinem Blick.

»Ich verlasse mich nämlich auf dich«, sagte ich. »Das habe ich immer getan.«

Eine Stunde unterhielten wir uns in dem Café. Kent betrieb mit einem Freund, den ich nicht kannte, ein Tonstudio, sie nahmen alle möglichen Aufträge an, um in den ersten Jahren über die Runden zu kommen, produzierten Reklamejingles für lokale Firmen, nahmen verschiedene christliche Musikgruppen auf, erzählte er, sogar eine traditionelle Tanzkapelle war im Studio gewesen, aber auch eine Band, an die er glaubte, Siebzehn-, Achtzehnjährige, die wirklich wussten, was sie taten. Wenn ich wolle, könne er sie mir einmal vorspielen. Abends arbeitete er an seinen eigenen Projekten. Als er davon erzählte, war seine Begeisterung spürbar, es war ein Enthusiasmus, der dazu führte, dass er mir plötzlich leidtat. Ich sah seinen Stolz vor mir, als er Helga zum ersten Mal das Studio zeigte, vielleicht ließ er sie dort proben, vielleicht stand sie dort und sang mit der Begleitung im Ohr, während Kent sie aus dem Kontrollraum verliebt ansah, ein wenig unsicher schaute sie zu ihm hin, ehe sie beschloss, nicht verlegen zu sein, und die Augen zumachte, um sich in die Musik einzufinden. Ihre hilflose Stimme ließ ihn denken, dass er sie liebte. Und dass sie hier, in seiner Welt, stand und sang. *Endlich*, dachte er, *das ist ja so gut.* Und sie strich ihm durchs Haar und freute sich für ihn. *Ich bin so stolz auf dich, Kent.* Das war es, wovon er geträumt hatte. Jetzt hatte er es geschafft.

Ich ließ mir jedoch nichts anmerken, nickte zu allem, was er erzählte, und stellte ihm weitere Fragen. Dann wurde es still zwischen uns. Es war eine Stille, die ausdrückte, dass wir uns nichts zu sagen hatten, eine Stille, wie sie manchmal zwischen zwei Freunden entsteht, die sich länger nicht gesehen haben, dachte ich, während ich im Kopf eine Reihe möglicher Gesprächsthemen durchspielte, dabei stets an Kent vorbeischauend, denn wenn unsere Augen sich begegneten und wir einander schweigend ansahen, würde es offensichtlich werden: *Wir haben uns nichts mehr zu sagen.* Und so richtete ich den Blick auf die Straße, betrachtete die Fahrräder, die Passanten, die Flaggen, die im Wind schlugen. Kent lehnte sich ein wenig vor, stocherte mit einem Streichholz im Aschenbecher, ich richtete den Blick auf sie, die am Nebentisch redete. Lange hatte ich mich von ihrer Stimme abgewandt, die pausenlos im Raum erklang. Jetzt hörte ich sie. *Das glaube ich wirklich, wenn du zu Gott nicht ehrlich bist, wird er dich verlassen, glaubt ihr nicht, nein, so IST es! Du musst dich Gott zuwenden, um von ihm erfüllt zu werden! Du musst ihn annehmen.* Kent grinste, und ich grinste auch, ohne wirklich zu wissen, ob wir wegen des Mädchens grinsten oder wegen etwas Anderem. *Und immer offen sein, die ganze Zeit, wenn du daran denkst oder diesen Gedanken hast, dann wird er dich nicht verlassen, dann ist er bei dir.* Irgendetwas an ihren Augen war seltsam, sie bewegten sich mit eulenartiger Unabhängigkeit, sie sahen auf den Tisch, auf die Straße hinaus, zur Theke, sogar zur Decke hinauf, als verfolgte sie die umherirrende, willkürliche Bahn einer Fliege und als wären die Worte nur etwas Sekundäres, das durch ihren Mund herausströmte. Dann streifte ihr Blick meinen, nach innen gewandt, beiläufig. Dennoch spürte sie eine Berührung, die sie lächelnd zögern ließ, ein dämliches Grinsen, bei dem das rote Fleisch über den Zähnen entblößt wurde. Dann legte sie die Hand auf die Bibel. Langsam öffnete sie das Buch, sah hinab, schaute auf, sah wieder nach unten und begann zu lesen. Gottes Worte aus dem Land. Dem Gelobten Land, Johannes, Jesus, Jakob, Petrus, Paulus. Stets ausgesprochen auf diese zugleich distanzierte und intensive Art, die ich nur hier, in dieser Stadt, Kristiansand, gehört hatte, der Ton, der zur Mitte des Worts hin ansteigt, um dann abzufallen. *Jé-suss, Jo-há-ness*, ein Dialekt, der keine Begeisterung empfinden konnte, er verschwindet immer, dachte ich, er hält nicht Wort.

Als Kent kurz danach aufstand, um auf die Toilette zu gehen, schlug ich die Zeitung auf dem Tisch auf und überflog die Mietangebote. Die meisten Wohnungen lagen außerhalb des Stadtzentrums, Randesund, Søm, Hånes, Tveit, Slettheia, Vågsbygd. Sie schloss ich von vornherein aus. Erst als ich zu der Rubrik »Wohnungen in der Innenstadt« und »Zimmer in der Innenstadt«, kam, hielt ich inne und studierte sie gründlich.

»Wollen wir los?«, sagte Kent. Er war vor dem Tisch stehengeblieben. Dann entdeckte er, womit ich beschäftigt war.

»Findest du was?«

»Zwei«, sagte ich und sah zu ihm hoch. »Vielleicht sollte ich direkt anrufen?«

»Warum nicht?«

»Ich mach das mal schnell. Wartest du hier?«

»Klar.«

Ich ging zu dem Apparat, der im Flur an der Wand hing, und wählte die erste Nummer. Eine Männerstimme meldete sich, ungewöhnlich laut, als wäre er nicht an Telefone gewöhnt.

»Ja?«

»Mein Name ist Henrik Vankel …«

»Ja?«

»Es geht um die Wohnung, die in der Zeitung steht …«

»Ach so, ja.«

»Ist sie … oder haben Sie sie schon vermietet?«

»Nein, die ist noch frei. Heute hat sie sich jemand angesehen, aber er wollte sie nicht haben. Anscheinend war sie ihm zu teuer.«

»Wie viel wollen Sie denn haben?«

»Fünfzehnhundert. Aber wenn Sie sie nehmen, können wir, tja, zwölf sagen?«

»Jetzt gleich, meinen Sie?«

»Ja.«

»Aber … was wollte ich noch sagen … es ist ein Zimmer?«

»Ein Zimmer mit Zugang zu Bad, Waschmaschine und Küche. Zwölfhundert.«

Warum nicht, dachte ich. Es gefiel mir, bei der ersten besten zuzuschlagen, ohne sie vorher gesehen zu haben.

Ich hatte ein gutes Gefühl dabei.

»Okay. Geht in Ordnung. Ich nehme sie.«

»Abgemacht. Sehr schön. Bis dann.«

»Warten Sie!«

»Ja?«

»Sie haben mir nicht gesagt, wo sie ist! Wo sie liegt!«

»Hahaha! Ja, da haben Sie recht! Wissen Sie, man denkt ganz automatisch, dass alle anderen es wissen. Aber das stimmt natürlich nicht! Haha! Ja, also, es ist gleich bei Lund.«

»Lund?«

»Ja, Lund. Kennen Sie sich in der Stadt nicht aus?«

Aus seinem Mund klang das wie ein Vorwurf. Ich erläuterte ihm, dass ich ein paar Jahre nicht in der Stadt gewesen sei, aber wisse, wo Lund sei, ehe ich ihn fragte, ob ich direkt einziehen könne. Das konnte ich. In einer halben Stunde werde er dort sein und mir alles zeigen.

»Und?«, sagte Kent.

»Ich bleibe euch erspart«, erwiderte ich und grinste, damit er nicht dachte, ich würde glauben, dass ich ihnen zur Last gefallen wäre.

»Der Typ, der sie vermietet, hat sich sehr merkwürdig angehört. Aber sie ist billig. Und ich kann sofort einziehen.«

»*Jetzt*?«, sagte Kent.

Ich nickte.

»Und wo ist sie?«

»Nicht weit vom Stadion entfernt.«

»Das ist doch gut. Soll ich dich hinfahren?«

»Würdest du das tun?«, sagte ich.

Ja, ich liebte das Gefühl, die Verantwortung dem Zufall zu überlassen. Er muss ja schließlich auch leben. Bei großen, wichtigen Angelegenheiten ist kein Platz für ihn. Wenn es um etwas von entscheidender Bedeutung geht, spielt der Zufall keine Rolle. Viele glauben das; wenn sie auf ihr Leben zurückblicken, denken sie, es wäre eigentlich von Zufällen bestimmt worden, *Ich hätte einen ganz anderen Weg einschlagen können*, geht ihnen daraufhin durch den Kopf und haben ein völlig anderes Leben an einem völlig anderen Ort vor Augen. Aber wer du bist und der Ort, aus dem du stammst, ist viel stärker als die Zufälle, das zwingt die Zufälle in die Knie und erobert die Macht über sie, sie sind gezwungen, sich deinem Willen zu unterwerfen. Das siehst du nicht, natürlich siehst du das nicht: du bist ja der Wille. *Das* macht dich aus. Wenn du durch das Leben preschst, knicken die Zufälle ringsherum wie Schilfhalme um. Dass sie von entscheidender Bedeutung für unser Leben sein sollen, ist eine Fehleinschätzung, die der Tatsache geschuldet ist, dass wir bei einem Unglück plötzlich, jäh und unerwartet, aus dem Leben gerissen werden können, nur weil wir zur falschen Zeit am falschen Ort sind, unabhängig von unserem Charakter und Willen. Wenn der Zufall die Macht hat, Menschen in den Tod zu führen, müsste er dann nicht auch die Macht haben, sie zu lenken, solange sie leben? Auch das Leben prägen?

Weit gefehlt. Denn die Zufälle besitzen auch keine Macht über den Tod. Zufälle mögen dich genau da und dort in dieses Flugzeug geführt haben, aber ohne deshalb etwas mit dem Unglück zu tun zu haben. Die Zufälle haben nur wie üblich das ihre getan, unschuldig und zuverlässig, dass die Maschine abstürzt, liegt nicht an ihnen. Denn *das* hat nichts mit Zufällen zu tun. *Das* hat mit dem Schicksal zu tun. Und das Schicksal ist etwas anderes. Es ist zu groß, um in unseren erbärmlichen Lebensläufen Platz zu finden, das Schicksal ist das, was außerhalb von uns ist, was wir nicht kennen, was wir nicht sehen, manchmal dennoch ahnen. Schwer bewegt sich das Schicksal in der Welt. Wenn wir ihm begegnen, vernichtet es uns. Aus ihm ist einst das Leben entstanden, und dorthin wird das Leben eines Tages verschwinden.

Die Zufälle dagegen! Sie sind munter und klein, voller Einfälle wimmeln sie verspielt um uns herum, sie sind bedeutungslos, sie haben keine Macht, wenn wir wollen, können wir sie wegtreten, oder ihre Gesellschaft genießen, wenn uns der Sinn danach steht. Steuern tun sie uns jedenfalls nicht!

So einfach sind wir nicht.

Wir fuhren eine Weile durch das Viertel, bis wir endlich die Straße fanden, in der das Haus stehen sollte. Aus irgendeinem Grund hatte ich ausgerechnet diese Abbiegemöglichkeit ausgeschlossen, da ich nur dort schon einmal gewesen war. In der Straße wohnte nämlich der alte Onkel von Vater, und wir hatten Roald, wie er hieß, einige Male in dem großen und einst vornehmen Haus besucht, das er dort besaß. Mittlerweile wirkten viele Häuser ein wenig verfallen, als wäre die Zeit an dieser vergessenen Gegend vorbeigegangen. Die Fassaden sahen schäbig aus, und den tiefen Gärten schien seit Jahren erlaubt worden zu sein, was sie so gerne tun wollten: zu wachsen.

Langsam fuhren wir an den Häusern vorbei und suchten die richtige Nummer.

»Da ist die Elf«, sagte Kent. »Dann muss es eigentlich auf der anderen Seite sein.«

Ich drehte mich um. Der Eingangsbereich des Hauses lag hinter den Ästen eines großen Kirschbaums verborgen.

Kent hielt an.

»Ich sehe erst einmal nach«, sagte ich. »Wartest du so lange?«

Er nickte, und ich öffnete das Gartentor. Der Mann, der auf der Treppe vor dem Haus saß, stand auf, als er mich sah.

»Sind Sie der Vermieter?«, fragte ich.

»Das bin ich«, antwortete er. »Und Sie sind Vankel?«

»Ja«, sagte ich und gab ihm die Hand.

Er war ein alter Mann, sein Gesicht war sonnengegerbt, und die Haut seiner Arme unterhalb der hochgeschlagenen Hemdsärmel schlaff und faltig. Trotzdem waren seine Haare pechschwarz. Das kam einem seltsam vor. Er war eine Erscheinung, bei deren Anblick man augenblicklich denkt: *Hier stimmt etwas nicht.*

Hatte er sie etwa gefärbt? In seinem Alter?

»Dann mache ich mal auf«, sagte er.

Ich hörte, dass hinter mir der Motor ausgeschaltet wurde und die Autotür aufging. Ich wandte mich um und winkte Kent zu. Er sah uns über das Autodach hinweg an.

»Soll ich den Koffer mitbringen?«, rief er.

»Tu das!«, rief ich zurück.

Mein neuer Vermieter schloss die Tür auf und ließ uns hinein. Das Haus hatte hohe Decken, aber die Luft war muffig wie in einem Keller. Entlang der Wand im Eingangsflur lagen Dinge aufgestapelt, ein wankendes Gebirge aus allen möglichen Gegenständen, das zu dem Zimmer unter der Treppe führte, das ebenfalls mit Gerümpel vollstand. Im Vorbeigehen sah ich zuunterst ein umgedrehtes Kajak, auf dem sich Autoreifen und Motorteile sowie mehrere Nummernschilder stapelten, ganz oben stand ein geöffneter Werkzeugkasten, an manchen Stellen lag schmutzige Putzwolle und ganz hinten, vor dem halb verdeckten Fenster, brütete ein Motorblock. Dazwischen waren verschiedene Dinge gestopft worden, ein paar Farbeimer, eine Angelrute, mehrere Paare Skier. An Nägeln entlang der hinteren Wand hingen morsche Netze, unter der Treppe sah ich einen Haufen stockfleckige Arbeitsanzüge, von denen der kellerartige Geruch auszugehen schien.

»Es ist ein bisschen unaufgeräumt«, sagte er entschuldigend, als er unsere fragenden Blicke bemerkte. Er zeigte mit der Hand. »Das Zimmer, das ich anbiete, ist oben. Aber ich kann Ihnen ja erst einmal alles hier unten zeigen.«

Wir gingen an der Treppe vorbei und gelangten in ein Wohnzimmer. Es herrschte ein Ungleichgewicht zwischen der Größe des Raums und den Möbeln darin. Eine Couchgarnitur, ein Tisch und eine Stehlampe standen auf einem Teppich ein paar Meter weit im Raum, an der Wand war ein Eckschrank aufgestellt worden, der aber so flach war, dass die Decke noch höher wirkte, als sie es ohnehin schon war. Es war nackt, kalt. Kein Einrichtungsspezialist auf der Welt wäre in der Lage, dieses Zimmer zu einer Einheit zu formen, dachte ich und sah eine Frauengestalt vor mir, die sich vorbeugte und eine dicke Zeitschrift vom Tisch nahm und darin blätterte und ab und zu an einer Teetasse nippte, die sie jedes Mal auf der Tischkante abstellte. Ihre Bewegungen verloren sich in diesem Nackten und bekamen etwas Hoffnungsloses, die schmucklose Umgebung ließ den Versuch selbst deutlich hervortreten. Es war hoffnungslos. Nähe zu ihr konnte nur entstehen, wenn sie durch das abgrenzende Auge einer Kamera betrachtet wurde, dachte ich, denn daran erinnerte mich der Raum: an ein kleines Filmstudio. Eine Kamera, die zwischen Wand und Möbeln hin und her gefahren wurde, die den Abstand wegzoomte und sich ganz nah auf ihre traurigen Augen legte.

»Das ist das Wohnzimmer«, sagte er. »Aber das benutzt keiner. Sie bestimmt auch nicht?«, sagte er.

»Muss nicht sein«, antwortete ich.

»Interessant für Sie sind Küche und Bad. Sie sind da hinten«, sagte er und nickte in Richtung der Tür am hinteren Ende des Zimmers.

»Was ist das?«, sagte Kent und zeigt auf ein leeres Aquarium, das am anderen Ende des Raums unter dem Fenster stand.

Es war mir nicht aufgefallen.

Er drehte sich um und grinste, als er sah, worauf Kent zeigte.

»Das? Ich zeige es Ihnen.«

Er ging zu dem beleuchteten Glaskäfig, ging in die Knie und schlug mit der flachen Hand auf den Deckel.

Eine Schlange fiel herunter.

Nein, nein, nein.

»Eine Schlange!«, sagte Kent.

»Ja«, erwiderte er und lächelte über die Schulter hinweg. »Eine nordamerikanische Würgeschlange. Manchmal kriecht sie unter den Deckel.«

Die Schlange schob sich über die flachen Steine, die den Boden bedeckten.

»Kann sie da rauskommen?«, fragte ich.

»Haben Sie Angst vor Schlangen? Nein, die kommt hier nicht raus. Es sei denn, ich nehme sie heraus.«

»Ist sie giftig?«

»Nein, wie gesagt, es ist eine Würgeschlange. Möchten Sie sie mal halten?«

»Oh nein.«

Er lachte.

»Sie gewöhnen sich an sie.«

»Sie halten die Schlange hier?«, sagte ich.

»Ja.«

»Und was ist mit Futter? Soll *ich* sie füttern?«

»Nein, nein. Sie frisst nur einmal im Monat oder noch seltener. Das ist also kein Problem. Sie kommt gut alleine zurecht.«

Unruhig angesichts der Aktivitäten um sie herum glitt sie durch ihr Terrarium, rieb ihre helle, gefleckte Haut am Glas, ließ ihre Zunge spielen.

Mir war schlecht.

In meinen schlimmsten Alpträumen ging es um Schlangen. Sie krochen in mein Zimmer, während ich schlief, und wenn ich aufwachte, waren sie in meinem Bett, ich schlug nach ihnen und schreckte zurück und schrie vor Angst, manchmal kam ich erst vor der Zimmertür zu mir, schweißnass und außer Atem wie nach dem Laufen.

»Sie fürchten sich vor Schlangen?«, erkundigte er sich wieder.

»Ja«, sagte ich. »Ein bisschen.«

»Keine Sorge«, sagte er. »Sie kommt da auf keinen Fall raus.«

»Sind Sie sicher?«

»Das kann ich Ihnen garantieren«, erklärte er. Dann beugte er sich hinab und tippte mit dem Finger gegen das Glas. Die Schlange zog den Kopf ein wenig zurück, ehe sie ihn *peng!* direkt gegen die Glasscheibe schleuderte.

»Sie hat Hunger«, sagte er.

»Was frisst sie?«, fragte Kent.

»Nagetiere«, antwortete er. »Mäuse und Ratten.«

»Und woher bekommen Sie die?«

»Ich habe meine Methoden«, erklärte er und richtete sich wieder auf. »Wollen wir uns die Küche ansehen?«

Wir wechselten Blicke hinter seinem Rücken. Kent verdrehte die Augen.

Die Küche war jedoch völlig normal. Die schwarzen und weißen Fliesen schienen aus den zwanziger Jahren zu stammen, als diese Häuser gebaut wurden, während der Rest des Zimmers offensichtlich zu einem späteren Zeitpunkt renoviert worden war. Eine Arbeitsplatte mit Hängeschränken darüber an der einen Wand, am Fenster auf der anderen Seite ein kleiner Küchentisch aus Holz mit Klappen, die jetzt herabgesenkt waren. Im Bad hing ein mannshoher Heißwasserboiler in der Ecke, unter dem eine weiße Badewanne stand, die um den Abfluss gelblich verfärbt war. Das Rohr, das an der Wand unter das alte rissige Porzellanwaschbecken hinabführte, war braun vor Rost.

»Ja«, sagte der Vermieter. »Wie Sie sehen, ist es nichts Besonderes.«

»Es sieht schon okay aus«, erwiderte ich.

»Dann fehlt nur noch Ihr Zimmer«, sagte er.

Wir stiegen die Treppe hinauf. Das Zimmer war etwa fünfzehn Quadratmeter groß und mit einem großen Eisenbett, einem Nachttisch und einem Schreibtisch unter dem Fenster möbliert. Mit einem fleckigen Teppichboden. Es roch ein wenig schal darin. Aber die Aussicht war schön, ich schaute direkt in den Garten: ein paar alte Obstbäume, Beerensträucher, eine ungeschnittene Hecke am Zaun zur Straße.

Ich ging zum Fenster und öffnete es, um etwas Bewegung in die uralte Luft im Zimmer zu bringen.

»Normalerweise vermiete ich auch den Rest der Etage«, sagte er an der Tür stehend. »Aber im Moment wohnt hier außer Ihnen niemand. Sie haben also Ihre Ruhe.«

»Wie sieht es aus«, sagte ich. »Das ist das Zimmer, das ich miete, und ansonsten darf ich Bad und Küche benutzen?«

»Wenn Sie wollen, können Sie das ganze Haus bewohnen«, sagte er. »Aber Sie haben ja gesehen, wie es aussieht.«

»Dann wohnen Sie selbst nicht hier?«, fragte Kent.

»Nein«, sagte er. »Ich wohne außerhalb der Stadt. In Strai. Das Haus hat früher meinem Vater gehört«, sagte er und sah mich an. »Sie haben meine Telefonnummer?«

»Ja, wenn es die war, die in der Anzeige stand?«

»Rufen Sie mich an, wenn etwas sein sollte. Ich komme ab und zu vorbei, manchmal benutze ich die Werkstatt in der Garage. Aber Sie werden ja sicher nicht viel hier sein. Sie sind Student?«

»Ja, genau«, sagte ich.

»Das wäre dann alles?«

Ich nickte.

»In Ordnung. Ich habe nicht viel Zeit«, erklärte er, zwinkerte uns zu und ging die Treppe hinunter.

Ich setzte mich auf die Bettkante.

»Du willst also wirklich hier wohnen!«, sagte Kent und grinste.

Wir hörten, dass unten die Tür geschlossen wurde, danach Schritte auf dem Kies davor.

»Was für ein Typ!«, sagte ich. »Aber das ist doch eigentlich ganz okay, oder?«

»Ich muss mir die Schlange noch einmal ansehen«, meinte Kent.

Ich begleitete ihn. Während Kent sich damit amüsierte, die Schlange zu reizen, öffnete ich die Tür zu dem anderen Zimmer und warf einen Blick hinein. Genau wie den Flur benutzte er auch diesen Raum offenkundig als Abstellraum, aber die Gegenstände wirkten etwas weniger ausrangiert. Dort standen viele alte Möbel, zwischen denen eine völlig unübersichtliche Menge von Dingen unterschiedlicher Größe lag: Schachteln, alte Schilder, Zeitungen und Illustrierte, eine Kiste, ein Stapel ungerahmter Ölgemälde und eine zusammenklappbare Staffelei, eine Musiktruhe, eine Nähmaschine, mehrere spulenförmige Metallgegenstände, LPs, jede Menge Weinflaschen, Porzellanteller und -tassen, und so weiter, dort gab es mehr, viel mehr Gegenstände, deren Verwendung sich mir nicht erschloss, und dann diese Massen unterschiedlicher Dosen und Schatullen, die mit Sicherheit verschiedene kleine Dinge enthielten.

»Ja, ja«, sagte Kent hinter mir. »Ich glaube, ich haue jetzt auch mal ab.«

Ich drehte mich um.

»Wenn du möchtest, kannst du mitkommen«, ergänzte er. »Du könntest mit uns essen, und ich fahre dich später am Abend zurück?«

»Ich denke eher nicht«, erwiderte ich. »Ich bin den ganzen Tag unterwegs gewesen. Aber willst du nicht morgen Abend vorbeikommen? Dann gehen wir ein Bier trinken.«

»Gute Idee«, sagte Kent.

Ich begleitete ihn zur Tür, schloss hinter ihm ab und ging in das Zimmer hinauf, wo ich am Fenster stand, bis das Auto hinter der Kurve verschwand. Mit etwas Glück würde ich sofort einschlafen, dachte ich und legte mich auf dem Rücken ins Bett, spürte, dass es unter meinem Gewicht ein wenig nachgab, schloss die Augen.

So war es. Ein paar Stunden lag ich dort in meinen Kleidern und schlief, während draußen die Sonne unterging und das Licht im Zimmer langsam schwand. Als wäre das Licht feucht und der Himmel poröses, grobkörniges Papier, das sich verdunkelte, je mehr Licht es aufsaugte, bis der Prozess abgeschlossen war und auch mein Körper in das zarte Dunkel des Frühlingsabends gehüllt war.

3

Als ich aufwachte, blieb ich eine Weile liegen, um zur Ruhe zu kommen und mir einen Überblick über die Situation zu verschaffen. Im Laufe des Tages war viel passiert. Ich war in Oslo gewesen, nach Kristiansand gefahren, hatte Kent getroffen und war hier eingezogen. Ich wusste noch nicht, was ich tun sollte. Jetzt war ich hier, in Kristiansand, weiter hatte ich nicht geplant. Als Erstes musste ich herausfinden, wie es da oben aussah, ob es herausgekommen war. Als Erstes musste ich Miriam anrufen.

Plötzlich fiel mir die Schlange wieder ein.

Wie hatte ich sie nur vergessen können?

Ich ging die Treppe hinunter und lugte ins Wohnzimmer. Das einzige Licht kam von dem Terrarium, in dem, eingerahmt von Dunkelheit, die Schlange lag und sich zur vollen Länge ausgestreckt, im Schein ihrer Lampe, wärmte. Minutenlang stand ich im Türrahmen und studierte sie. Jedes noch so kleine Detail war sichtbar. Das Züngeln bei jeder ihrer Bewegungen, die trockene, gelbliche Haut, die starren, unbeweglichen Augen. Als wäre sie in einer dauerhaften Trance. Ich wusste, dass sie mich nicht erreichen konnte, solange sie hinter der Glaswand lag, trotzdem musste ich mich zwingen, das Zimmer zu betreten. Immer wieder musste ich mir sagen, dass es nicht gefährlich war, dass die Furcht, die meine Beine wackelig und meine Hände schweißnass machte, nicht der Situation entsprach, in der ich mich befand. Ich machte die wenigen Schritte zu dem Terrarium, vor dem ich in die Hocke ging, um sie aus der Nähe zu betrachten.

Ich hatte einmal eine Schlange in dem Haus ausgesetzt, in dem wir wohnten, Mutter, Vater und ich, fünfzehnjährig hatte ich auf der Anhöhe oberhalb des Hauses gesessen und darauf gewartet, dass er nach Hause kommen würde, und vor mir gesehen, wie die Kreuzotter dort unten von Zimmer zu Zimmer glitt, seine Angst, wenn sie plötzlich direkt vor ihm den Kopf hob und zubiss. Der eine Augenblick, in dem die Angst unabweisbar war und ihm all seine Macht nahm, das war es, worauf ich wartete.

Es war viele Jahre her, dass ich an diese Episode gedacht hatte. Erst als ich die Schlange gesehen hatte, begann die Erinnerung sich erneut zu regen. Mit dir geschieht etwas in der Welt, dessen du dich entsinnst, das Ereignis wird eine Erinnerung, eine Spur in deinem Gehirn, Chemie. Allein hat die Erinnerung keinen Wert, solange du nicht an sie denkst, existiert sie nicht. Wie viele Erinnerungen mag es geben, die deshalb niemals erlöst werden? Denn es ist eine Erlösung. Doch der Austausch findet in der umgekehrten Richtung statt, die Erinnerung geht nicht aus der Welt in dich hinein, sie geht aus dir in die Welt hinaus. Und danach ist die Welt eine andere.

Ich klopfte mit einem Finger gegen das Glas. Die Schlange blieb still liegen. Nur der Schwanz bewegte sich. Und die Zunge. Die Augen starrten nach vorn. Sah sie mich an? Konnte sie mich spüren?

Vorsichtig hob ich den Deckel ab, um zu sehen, wie sie darauf reagierte. Ob sie wusste, dass sie frei sein könnte, wenn sie es wollte. Aber sie blieb liegen. Züngelte nur ein wenig, ließ den hinteren Teil ihres Körpers langsam zum Glas gleiten, sozusagen in einzelne Glieder aufgeteilt, als pflanzte sich etwas durch ihren Körper fort. Bei dem Anblick wurde mir übel. Dennoch verfolgten meine Augen sie. Langsam hob sie den Kopf. Es war deutlich erkennbar, dass sie eine Veränderung gespürt hatte. Ich hockte neben ihr, die Glasplatte bereithaltend, und sah den Kopf unter mir aufsteigen, eine lange gleitende Bewegung, immer höher stieg er, bis ich es nicht mehr aushielt und den Deckel an seinen Platz knallte. Blitzschnell sprang ich auf und ging rückwärts zur Tür, ohne die Schlange aus den Augen zu lassen. Aus sicherer

Entfernung betrachtete ich die Verwirrung, die meine heftigen Bewegungen in ihrem kleinen Reptilienhirn ausgelöst hatten.

Sie war unruhig geworden, glitt fortwährend im Kreis, in einer Verwirrung gefangen, deren Anblick ich nicht ertrug, so dass ich die Tür zuzog, meine Jacke überstreifte und mich in den klaren Frühlingsabend hinausbegab, um eine Telefonzelle zu suchen, von der aus ich Miriam anrufen konnte.

Am Gartentor blieb ich stehen und betrachtete das Haus, in dem ich jetzt wohnte. Es war alt und verwohnt, es war verfallen, aber der Wohlstand, für den es einmal gestanden hatte, ließ sich noch erahnen, das Haus blieb ein Teil der Zeit, in der es erbaut wurde, deren Zeuge es geworden war. Die zwanziger Jahre. Und irgendwann in den nächsten Tagen würde der Kirschbaum blühen. Darauf freute ich mich.

Auf dem gegenüberliegenden Grundstück standen zwei Männer auf Leitern an der Hauswand und strichen, tauchten die Rollen in die Eimer, zogen die Farbe in fetten, knisternden Strichen über die Holzplanken. Das Haus daneben gehörte meinem Großonkel. Die Fenster waren dunkel. Ich wusste nicht einmal, ob er noch lebte.

Die beiden Anstreicher riefen sich etwas zu. Bald würden sie wegen der Dunkelheit nicht mehr sehen können, was sie taten. Aber sie wirkten eifrig. Vielleicht war Regen vorhergesagt worden, dachte ich und ging in die Siedlung hinein, während die knarrende Musik aus dem Radio, das unter ihnen auf der Erde stand, allmählich immer leiser wurde und schließlich verklang.

Nach einem knappen Kilometer fand ich eine Telefonzelle. Sie war besetzt. Eine junge Frau in meinem Alter sprach mit dem Gesicht zur Metallwand, während ein Mann in Jeansjacke und -hose davor auf und ab trabte. Sobald er mich näher kommen sah, versuchte er meinen Augen zu begegnen, mir seinen resignierten Blick aufzuzwingen, aber ich starrte konstant zu Boden und setzte mich auf eine Bank. Er seufzte laut und trat in den Kies vor sich. Sie ließ sich nicht beirren. Wenn ihre Stimme mich erreichte, waren die Worte verschwunden, als hätte der schwache Wind sie poliert, alle scharfen Kanten verweht, so wie das Meer die Steine rundschleift. Ich hörte nichts als ein gleichmäßiges, einlullendes Murmeln.

»*Mein GOTT!*«, stöhnte der Wartende und warf einen letzten Blick auf ihren Rücken, ehe er mit wütenden Schritten davonging, aber sie lächelte nur. Ich sah, dass sie ihm hinterhersah und in das Telefon erzählte, was passiert war. Ein Geliebter vielleicht. Ein Gesicht, das ihr klar vor Augen stand, seine Züge, sein Körper, seine Zärtlichkeit, alles lag in der elektronisch wiedergegebenen Stimme, die an ihr Ohr drang.

Was für eine Entdeckung. Dass all diese Schichten aus Ereignissen, aus Landschaft, Erbe und Umwelt, Biografie und Geografie, die in einer Stimme liegen, mechanisch sind und sich umformen und so weit transportieren lassen, wie man will, dass sie sich lagern lassen, solange man will, noch lange nach dem Tod ihres Besitzers, durch den die Stimme jeden Sinn verloren hat, da ihre einzige Berechtigung die Kommunikation ist. Und dann verschwinden auch die Einzigen, die sämtliche Nuancen dieser Stimme deuten konnten, all das in ihr, was von einem Leben zeugte. Einem bestimmten Leben an einem bestimmten Ort. Die Zeitgenossen. Was bleibt, sind die Worte. Direkte Kommunikation. *Ich sage es, wie es ist.* Was haben die Toten davon, dass ihre Stimmen jahrelang weiter auf der Erde kommunizieren, nachdem sie selbst verschwunden sind, *wirklich* verschwunden, also ausgelöscht? Was ist das für eine idiotische Kommunikation?

Die Toten können ja nicht antworten.

Wenn es Telefonzellen im Totenreich gäbe, wären sie eine der Hölle würdige Qual. Wenn es klingelt, scharen sich die Schatten eifrig um die Zelle, greifen nach dem Hörer, haben aber nicht die Kraft, ihn abzuheben. *Wenn es wichtig war, rufen sie sicher noch einmal an*, sagen sie und sehen sich hoffnungsvoll an.

Ich lächelte bei dem Gedanken. *Die Stimme von der anderen*

Seite. In einem Herbst vor ein paar Jahren rief ich in Kairo an, wählte all die zufälligen Telefonnummern, die ich gesammelt hatte, als ich dort im Sommer Urlaub gemacht hatte, stellte mir die kompakte, klamme Nachtdunkelheit vor, den ständigen, nervenaufreibenden Lärm von den Straßen, ein kühles Schlafzimmer, in dem eine Klimaanlage rauscht. Leise hört sie das Telefon im Wohnzimmer klingeln, im Halbschlaf greift sie nach dem Wasserglas, das immer auf dem Nachttisch steht, und trinkt, um ihre ausgedörrte Kehle zu befeuchten. Dann sieht sie auf die Uhr. Halb drei. *Wer ruft um diese Uhrzeit an? Ist etwas passiert? Ist etwas passiert?* Schnell wirft sie sich einen Morgenmantel über, eilt die Treppe hinunter, das Telefon klingelt und klingelt. Sie nimmt den Hörer ab, steht in der Dunkelheit, ich höre die Ängstlichkeit in ihrer Stimme. *You're gonna die tomorrow*, sage ich und male mir aus, wie der folgende Tag für sie sein wird. Wochen später muss ich bei dem Gedanken an die Verwirrung, in die ich diese Frau in Kairo gestürzt habe, lachen. Ein Zweifel hat sich eingeschlichen, das ist unvermeidbar, *Was ist, wenn es stimmt, was ist, wenn ich sterbe*. Wachsam schaut sie sich in den belebten Straßen um, zuckt zusammen, wenn irgendwo vor den Fenstern der Firma, in der sie arbeitet, ein Autoreifen platzt. Jemand hat ihr Furcht eingepflanzt. Sie sieht alles wie zum letzten Mal. Selbst wenn der Verstand ihr sagt, sie solle sich zusammenreißen, bekommt sie dadurch einen Stempel aufgedrückt. Und ich bin es, der ihr diesen Stempel aufdrückt. Der die Nachrichtensendungen so erschütternd macht, wenn sie heimkommt und den Fernseher anstellt, um sich zu entspannen, ich bin es, der sie herausreißt und den Abstand erschafft, den sie nun zwischen dem empfindet, was sie sieht, und dem, was sie ist. Meine Stimme hört sie innerlich, wenn sie sich schlaflos im Bett hin und her wälzt, an mich denkt sie, wenn das Telefon noch einmal mitten in der Nacht klingelt, meine ferne Stimme, die sagt, *I'm so sorry. I got the wrong number yesterday. It wasn't you, after all. It was someone else.*

Das ließ mich immer noch schmunzeln. Denn der Gedanke, jemanden in Afrika aus dem Bett zu scheuchen, weil man es will, reizt einen schon, oder nicht? Reizt er einen? Doch, das tut er! Ein simpler Scherz. Aber solche Dinge kann ich nicht erzählen, denn dann sieht man mich nur verständnislos an. *Warum hast du das getan? Noch dazu allein?*

Was sie glauben, was sie denken. Als hätte das etwas zu bedeuten. Wenn man es recht bedenkt.

Wenn man es recht bedenkt?

Wann kommt es dazu?

Wenn alles sich seiner selbst bewusst wird, vielleicht. Der Blick der Welt auf die Welt. Nicht das mechanische Registrieren der Schlange von Vibrationen und Bewegungen, nicht der hungrige Blick des Leoparden auf die nervöse, wachsame Antilopenherde, nein, auch nicht die akustische Welt der Fledermaus aus Flächen und Räumen oder die schnelle Bahn der Fliege durch eine Landschaft aus langsamen, bedächtigen Bewegungen. Sondern der Blick dessen, der den Kopf der Schlange zertrümmert, der den Leoparden erschießt, der die Fledermaus im Flug fängt, der die Fliege auf dem Tisch plattschlägt, mit einer für die Fliege unerwarteten – und deshalb verhängnisvollen – Schnelligkeit, und vorsichtig die Finger um den einen abstehenden Flügel schließt. Der Blick dessen, der die Fliege so aufhebt, sie auf die Terrasse hinausträgt und von sich wirft, all das, was diese Augen gesehen haben, all das, was sie gedacht hat. Über sich selbst, über die Welt. Doch nun ist der Blick abwesend, die Gedanken sind uninspiriert, sie sieht, was sie sieht. Sie steht auf der Terrasse und starrt auf die grasgrünen Hügel, die sich vor dem Gebäude erstrecken, in dem sie wohnt. Es ist Morgen. Ein paar junge Frauen liegen bereits auf Decken und sonnen sich. Der Dunst am Himmel löst sich allmählich auf, aber es liegt noch Tau auf den Blättern der Blumen, die sie in einem Kasten im Schatten der niedrigen Mauer hat. Dahlien, Margeriten, Nelken. Die Farben der Blüten sind trocken, klar, sie wiegen sich ein wenig im Wind, der an der Hauswand aufsteigt. Nicht wie die feuchten, satten Farben der Tulpen oder Rosen, sondern trocken weiß, gestochen rot.

Eine Wespe hat sich auf das Geländer gesetzt. Als sie den Gartenstuhl von der Wand vorzieht, fliegt sie auf und summt in die gewaltige offene Luft hinaus. Ein Auto fährt sachte über die Bremsschwellen auf der Straße. Die gelben Flaggen auf dem Dach des Einkaufszentrums hängen schlaff wie Schuhzungen von den Stangen. Die Fliege, die einen Augenblick zuvor noch alles registrierte, was sie machte, ist vernichtet und fällt vier Etagen tiefer taumelnd auf den Erdboden. Keine Augen sehen sie jetzt. Sie streicht sich mit den Fingern mehrmals über die Stirn, ehe sie die Hand auf die Armlehne legt, die Augen schließt. Von fern hört sie, dass ihr Name gerufen wird, sie steht auf und legt die Hände um das Geländer, schaut nach unten. *Mama!*, hört sie. Doch da ist niemand. *Mama!* Dann begreift sie: Eine der jungen Frauen ist gemeint. Sie, die im selben Moment aufsteht und ihre nackten Brüste mit einem Handtuch bedeckt. Die Rufe kommen von einem Jungen bei den Wäscheleinen. Sie lächelt über sich selbst, verfolgt den Zwischenfall einige Sekunden, den laufenden Jungen, ehe sie sich umdreht und den Blick erneut über den reglosen Wald schweifen lässt.

Also das ist die Welt. Dieser Blick. *Also das ist alles.*

Es war lange her, dass ich an Mutter gedacht hatte. Ich merkte, es stimmte mich traurig. Sollte ich sie anrufen?

»Ja, hier spricht Ingrid?«

Nein. Ich konnte jetzt einfach nicht mit ihr reden. Sie würde sich Sorgen machen, wenn sie mitbekam, dass ich nicht mehr da oben arbeitete. Früher oder später würde sie es erfahren, vielleicht hatte sie ja schon angerufen, und wenn ich mich nie meldete, würde sie es natürlich in der Schule versuchen, wo sie sagten: *Henrik, nein! Keiner weiß, wo er steckt. Er ist abgereist. Er ist einfach abgehauen. Er hat sich als unzuverlässig erwiesen.*

Ich muss ihnen zuvorkommen. Muss sie morgen anrufen, dachte ich, mir bis dahin eine Erklärung zurechtlegen, die sie akzeptiert.

Die Frau drehte ihr Gesicht zu mir und lächelte die Stimme im Telefon an. *Mach's gut*, las ich von ihren Lippen ab.

Endlich legte sie auf.

Der Hörer war noch warm von ihrer Wange. Ich begann die Nummer zu wählen, überlegte es mir anders, drückte die Gabel herunter. Ich konnte sie nicht einfach anrufen. Ich musste mir gut überlegen, was eventuell passieren würde, musste gewappnet sein. Wenn ihr Vater oder ihre Mutter an den Apparat gingen, musste ich sofort auflegen. Wenn Miriam sich meldete?

Miriam.

Ich trat aus der Telefonzelle und ging ein paar Schritte auf dem kleinen Platz. Denn sie saß *jetzt* da oben. In diesem Augenblick war sie irgendwo, dachte etwas, tat etwas. Und dann würde ich hereinplatzen. Und mit ihr sprechen.

Ich atmete durch und wählte die Nummer.

Es klingelte.

Das Telefon auf dem Tischchen im Flur, am Fuß der Treppe, klingelte durch das Haus.

Tuuut. Tuuut. Tuuut.

Dann wurde der Hörer abgehoben.

»Hallo?«

Es war Miriam.

»Hallo, ich bin's, Henrik«, sagte ich leise.

»*Henrik!*«, sagte sie.

»Pst«, sagte ich. »Du musst leise sprechen!«

»Wo bist du?«, flüsterte sie.

Ich lächelte und hätte vor Freude am liebsten geschrien.

»Kannst du zu der Telefonzelle am Geschäft gehen, Miriam?«, sagte ich. »Und mich von da in zehn Minuten zurückrufen? Aber du darfst *keinem* sagen, dass ich angerufen habe, okay?«

»Ja«, flüsterte sie.

Ich gab ihr die Nummer. Sie schrieb sie sich auf, und als ich aufgelegt hatte, stellte ich mir vor, wie sie mit vor Aufregung geröteten Wangen die Treppe hinuntereilte, sich anzog und die Straße zum Geschäft hinablief.

Sie hatte nichts gesagt, da war ich mir ganz sicher, ihre Stimme hatte freudig geklungen. Freudig und überrascht. Als wäre nichts passiert. Als wäre es vorbei.

Das war besser, als ich zu hoffen gewagt hatte. Es würde vielleicht gutgehen. Vielleicht würde es mir gelingen, auch hieraus einen Ausweg zu finden.

Ich setzte einen Fuß auf die Bank und betrachtete die Häuser des Viertels. Zu spät begriff ich, dass die Schritte, die hinter mir näher kamen, auf dem Weg zur Telefonzelle waren. Als ich mich umdrehte, hatte der Typ mit der Jeansjacke schon den Hörer in der Hand und wählte. Ich brachte es nicht über mich, ihm zu sagen, dass ich einen Anruf erwartete. Einer solchen Situation wollte ich mich nicht aussetzen und ließ mich stattdessen auf der Bank nieder. Sie würde bestimmt warten, wenn besetzt war, und es später noch einmal versuchen.

Würde sie sich an die Wand des Geschäfts lehnen?

Miriam, nein! Sie scharrte bestimmte mit dem Fuß auf dem Boden, während sie wartete, vergrub die Hände in den Taschen und betrachtete die vorbeifahrenden Autos. Diese verdammten Jungspunde, die nichts Besseres zu tun hatten, als in diesem lächerlich kleinen Ort, aus dem sie stammten, immer im Kreis zu fahren, Hamburger zu essen, sich Filme auszuleihen und von den Frauen zu träumen, die darin vorkamen. Halten sie vor ihr an? Kurbeln sie die Scheibe herunter? Fragen sie, warum sie da herumsteht? Will sie jemanden anrufen? Wen willst du denn so spät noch anrufen, Miriam Halvorsen?

Sie lächelt geheimnisvoll. Vielleicht sagt sie, eine Freundin, und freut sich darüber, dass sie wirklich *gar nichts* kapieren.

Der Typ in der Jeansjacke legte auf. Eine Sekunde später klingelte es. Er drehte sich abrupt zur Telefonzelle um.

»Das ist für mich«, sagte ich, so ruhig ich konnte.

Es klingelte wieder.

Wortlos drehte er sich um und ging davon.

Ich hob den Hörer ab.

»Miriam!«, sagte ich.

»Ich habe immer wieder angerufen«, sagte sie. »Wo bist du eigentlich?«

»Hast du es jemandem gesagt?«

»Ich habe nur gesagt, was du mir gesagt hast«, erwiderte sie.

»Haben sie dir geglaubt?«

»Ja. Du hättest Papa sehen sollen! Er war *total* wütend! Und jetzt darf ich nur noch bis neun draußen sein.«

Ich lachte.

»Das ist gut«, sagte ich. »Dass du nichts gesagt hast, meine ich. Keiner darf es erfahren, verstehst du.«

»Das ist mir klar«, sagte sie. »So dumm bin ich ja nun auch wieder nicht.«

»Nein, nein, nein«, sagte ich.

Dann entstand eine Pause.

»Ich habe dich vermisst, Miriam.«

»Hast du?«

»Oh ja. Wenn du wüsstest.«

»Bist du denn nicht traurig?«, sagte sie.

»Traurig?«

»Ja, Henning hat erzählt, dass dein Vater gestorben ist. Dass du zur Beerdigung bist.«

Hatte er das gesagt?

»Ja«, sagte ich.

»Und wo bist du?«

»In Kristiansand«, antwortete ich.

»Da fahren wir auch bald hin.«

»Wirklich?«

»Ja. Zu einer Konfirmation. Nächsten Freitag. Aber die Konfirmation ist erst am Sonntag.«

»Ihr kommt hierher?«

»Ja. Aber da bist du doch sicher schon wieder zurück?«

Ich antwortete nicht. Sollte ich es ihr sagen?

»Hallo?«, sagte sie einen Moment später.

»Es ist nicht sicher, dass ich zurückkomme«, sagte ich. »Aber das darfst du keinem erzählen. Du darfst auch keinem sagen, dass ich dich angerufen habe. Aber vielleicht können wir uns ja hier treffen? Wenn du nach Kristiansand kommst?«

»Ja«, sagte sie.

Es entstand wieder eine Pause.

»Warum kommst du nicht zurück?«

»Wegen dem, was passiert ist. Es ist verboten. Wenn jemand davon erfährt, kann ich ins Gefängnis kommen.«

»Red keinen Scheiß!«, sagte sie.

Der abrupte Wechsel im Tonfall irritierte mich. Begriff sie wirklich nicht, was ich getan hatte?

»Das ist wahr, Miriam, deshalb ist es so wichtig, dass du keinem etwas davon erzählst. Selbst deinen Freundinnen nicht.«

»Keine Sorge«, sagte sie. »Ich werde nichts sagen.«

»Und, hast du Lust, mich hier zu besuchen?«

»Vielleicht«, sagte sie.

Wie meinte sie das?

»Hast du keine Lust?«

»Ich weiß nicht«, antwortete sie.

»Doch«, sagte ich. »Du hast Lust dazu?«

»Vielleicht«, sagte sie. »Mal sehen.«

Ich verstummte vor Verzweiflung. Dann lachte sie.

»Ich mache doch nur Spaß!«, sagte sie. »Ich habe total Lust, dich zu sehen.«

Nachdem ich aufgelegt hatte und auf dem Rückweg zur Wohnung war, fiel mir ein, dass ihre Mutter davon gesprochen hatte, dass sie im Frühjahr zu einer Konfirmation in Kristiansand wollten. Es hätte mich also nicht so überraschen sollen, wie es das getan hat, dachte ich und war außer mir vor Wut darüber, dass ich meine Autorität verloren hatte und mich von ihr gängeln ließ, das war entwürdigend, und ich schämte mich. Wenn ihr Körper nicht da war und den ständig gärenden Gedanken eindämmen konnte, dass sie erst dreizehn war, stach die Stimme heraus, dachte ich, denn in ihrer Stimme war ihr Alter gegenwärtig, genauso wie ihr Wunsch, älter zu erscheinen, zusätzlich zu der Gewissheit, dass sie mich in der Hand hatte. So oder so ähnlich musste sie denken. Am schlimmsten war, dass sie in mir jemanden sah, der so war wie sie selbst, ein einleuchtender Gedanke, da sie gemerkt hatte, dass ich sie haben wollte. Wäre sie hier gewesen, hätte ihre Gegenwart meinen Ärger gemildert, dann hätte sie mich mit ihrer Unsicherheit gerührt, mit ihrer Offenheit und diesem unbeschreiblich charmanten Lächeln, das ich jetzt nur innerlich heraufbeschwören konnte, um das Gefühl zu bekämpfen, so tief gefallen zu sein, wie man überhaupt fallen kann: sich in ein Kind zu verlieben.

Und bald kam sie hierher.

Mir blieb nichts anderes übrig, als dagegen anzukämpfen und an den drei Tagen, die Miriam hier sein würde, im Haus zu bleiben, um ihnen nicht zufällig zu begegnen. Da oben hatte ich mich selbst immer wieder in neue Situationen getrieben, die mich überzeugt hatten, Ja zu sagen, obwohl ich kurz zuvor beschlossen hatte, Nein zu sagen, ein idiotischer Selbstbetrug, aus dem ich schließlich die Konsequenzen gezogen hatte, deshalb war ich abgereist, deshalb war ich jetzt hier. Diese Einsicht musste ich im Kopf behalten und durfte sie nicht zu Begierde verfallen lassen. Es kam darauf an, an dem Gedanken festzuhalten, wie die Sache von außen wirkte. Wenn Kent oder ein anderer in dieser Stadt davon erführe. Die alten Klassenkameraden, die ich innerlich wegen ihrer Hilflosigkeit und ihrer winzigen, fast rührenden Lebensprojekte verhöhnte. Wenn sie herausfänden, was ich getan hatte, und anschließend Gespräche über Henrik führten: *Er war mit einer DREIZEHNJÄHRIGEN zusammen!*

Stell dir das mal vor? Was denkst du, worüber haben die beiden sich unterhalten? Ich sehe sie vor mir! Sie sitzen auf der Couch zusammen und lesen Bravo, *Henrik schenkt ihr Limonade ein, sie lutscht ein Bonbon und fragt ihn, ob er ihr nicht bei den Hausaufgaben helfen kann, sie nehmen gerade doppelte Konsonanten durch, das ist so schwer!, sagt sie. Und dann sieht sie, dass es schon neun ist, sie hätte schon vor einer halben Stunde zu Hause sein müssen, jetzt wird ihr Papa bestimmt böse.*

Ich errötete und war außer mir vor Wut, *unwürdig, unwürdig, unwürdig*, ich spuckte vor Verachtung aus und ging, so schnell ich konnte, durch das alte Wohnviertel, *unwürdig, unwürdig, unwürdig,* ich sehnte mich danach, etwas zu zertrümmern, jemanden zu schlagen, alles war besser als das, was mich erwartete: ein leeres Zimmer in einem leeren Haus.

Nur durch eine gewaltige Kraftanstrengung gelang es mir, mich zu beherrschen und die Wut in kleine Bewegungen zu kanalisieren, als ich ein paar Minuten später in meinem Zimmer stand: ein Handtuch aus dem Koffer heraussuchen und es säuberlich falten, die Kulturtasche in die Hand nehmen und mit ruhigen Schritten die Treppe hinabsteigen, vor dem gläsernen Käfig stehenbleiben, um mich zu vergewissern, dass die Schlange noch da war, den Stopfen in den Abfluss der Wanne stecken, das Wasser aufdrehen. Alles langsam, alles wohlüberlegt. Nach einer gewissen Zeit verschwand auf diese Weise das hohe Tempo, das mich erfüllt hatte. Ich konnte mich nackt auf den Badewannenrand setzen und abwarten, bis das Wasser hoch genug stand, um den Körper zu bedecken, ohne dass meine Gedanken umherjagten wie verrückt gewordene Hunde. Ganz ruhig war ich nicht, noch spürte ich, wie alle Kraft aus meinem Körper wich, sobald es auftauchte, aber dies geschah in immer größeren Abständen. Als ich in der Badewanne saß und sah, dass meine Hände in dem heißen, glatten Wasser allmählich immer roter wurden, hatte der Entschluss, mich nie wieder in eine solche Situation zu begeben, genügend Gewicht und Glaubwürdigkeit erhalten, um die Demütigung immer weiter zurückzudrängen. Es kam darauf an, sich alles einzugestehen, es war ein Nullpunkt, tiefer konnte man nicht sinken, um anschließend voller Dankbarkeit zu denken, dass es wirklich das letzte Mal gewesen war, jeder macht einmal Fehler, entscheidend ist, dass keiner davon erfährt, dass es aus der Welt bleibt. Von da aus musste man sich nur wieder aufbauen.

Nicht mehr als eine knappe Woche war vergangen, seit ich meine Zelte da oben abgebrochen hatte und nicht ahnte, dass ich mich wenige Tage später im Zug nach Kristiansand befinden würde, und damals wusste ich natürlich auch nicht, dass ich ausgerechnet *hier* landen würde, dass mich mein Weg exakt hierher führen würde: in eine dampfende Badewanne in diesem merkwürdigen Haus. Die schwarzweißen Fliesen, das rechteckige Fenster zum Hinterhof und die schmutzige, plastikartige Gardine, die es verdeckte, der trockene Geruch von Alter. Ein ganzes Haus, das in sich selbst ruht, in seiner eigenen Geschichte.

Und jetzt beherbergt es mich. Neue Augen sehen die Risse in der gelben und weißen Tapete an der Wand, die Seifenstücke in den Ablagen an den Ecken der Badewanne, verblichen, seit langem geruchlos. Diese Spuren vom Leben fremder Menschen. Der braune Rand, den unzähliges Ausleeren von schmutzigem, fettigem Wasser um den Abfluss hinterlassen hatte, ein Stück durchsichtiges Papier auf dem Fußboden, das ein wenig vom Licht der Glühbirne an der Decke auffängt und glänzt, vergessen.

So war es, das sah ich. Dort saß ich.

Irgendwo musste ich anfangen.

Ich holte tief Luft und glitt in das gelbliche Wasser. Die Geräusche schlossen sich um mich. Die Hitze kribbelte auf der Haut. Regungslos lag ich da und spürte, wie mein Herz immer härter arbeitete, je länger ich ohne Luft auskam. Bald wurde mir schwarz vor Augen. Das Blut pochte in den Schläfen, das Herz hämmerte in der Brust, die Lunge zog sich zusammen, und der Druck stieg, es war unerträglich, dennoch blieb ich so und dachte, dass der Körper ganz ruhig dalag, obwohl es mir vorkam, als wäre die Aktivität gewaltig, als würde etwas zerbrechen und in Stücke gehen: Dann richtete ich mich auf und gewährte der Lunge, was sie haben wollte. In gierigen Zügen schluckte ich Luft, mir war schwindlig und ich begriff, dass ich fast ohnmächtig geworden wäre. Ich lehnte mich über den Badewannenrand und wartete darauf, dass ich wieder normal sehen und die Übelkeit abebben würde. Ich schluckte mehrmals, um gegen den Impuls anzukämpfen, mich zu übergeben, wenn mein Magen sich zusammenzog. Schließlich wurde der Raum wieder deutlich, mein Körper kam zur Ruhe, und ich konnte mich zurücklegen, um das schläfrige Gefühl zu genießen, das sich langsam in mir ausbreitete.

Ich zog den Stopfen heraus und stieg triefend aus der Wanne. Von der abrupten Bewegung wurde mir erneut schwarz vor Augen, sekundenlang lehnte ich mich mit schwerem Kopf an die Wand.

Als ich wieder richtig sehen konnte, trocknete ich mich sorgfältig ab und betrachtete dabei den kleinen Strudel, der sich über dem Abfluss gebildet hatte. Das letzte Wasser verschwand mit einem unangenehmen Schlürfen: ein Laut, der Kinder glauben macht, ein Mann läge mit offenem Mund unter der Wanne und schluckte, was da kam. Der Mann lebte vermutlich von schmutzigem Badewasser, den mageren Nährstoffen, die es in abgeschrubbter Haut und fettigen Haarsträhnen geben mochte. Aber warum nicht, immerhin tischt man ihnen auch die Geschichte von den beiden skrupellosen Brüdern auf, die sich von Essensresten zwischen den Zähnen ernähren, zwei Bakterien, mit denen alle Kinder sympathisieren und um die sie weinen, weil das Schicksal ihnen so grausam mitspielt. Eine Tragödie.

Ich senkte den Kopf unter den Wasserhahn, saugte etwas Wasser ein, gurgelte, spuckte aus. Karius und Baktus, die beiden bösen Brüder auf wilder Fahrt durch die Rohre und in die unterirdische Kanalisation der Stadt. Zerzaust und mit fahlen Gesichtern, sie klammern sich an ihr Floß, Baktus schreit vor Angst, eine Ratte schleicht am Rand entlang, der glatte Schwanz schlägt gegen die Wand, das Tier faucht sie an.

Viel Glück, Jungs.

Im Wohnzimmer blieb ich stehen und sah aus dem Fenster. Die Wolken, die ich schon heranziehen gesehen hatte, als ich draußen war, hatten die Stadt erreicht: Im Licht der Straßenlaterne fielen Streifen von Regen.

Plötzlich begann in der Küche der alte Kühlschrank zu brummen. Ich war nicht einkaufen gewesen, das hatte ich vergessen, jetzt musste ich bis zum nächsten Morgen warten. Das können lange Stunden werden, überlegte ich und ließ den Blick über das Gerümpel in dem anderen Zimmer schweifen, um nachzusehen, ob es dort irgendetwas gab, womit ich mir die Zeit vertreiben konnte. Ein paar alte Zeitungen zum Beispiel, Bücher von unbekannten Autoren über Dinge, die keinen Menschen mehr interessierten. Ich fand jedoch nur ein altes Lexikon in sechs Bänden. Ich trug die Bücher nach oben und legte sie auf den Schreibtisch. Der schale Geruch dort ließ mich denken, dass dieses Haus kein guter Aufenthaltsort war. Das Oberbett ohne Bezug, die Matratze ohne Laken. Die eingetrockneten Flecken von den Körperflüssigkeiten der Menschen, die aller Wahrscheinlichkeit nach längst tot waren. Dort hatte ich vor Kurzem noch geschlafen. Jetzt fand ich es ekelhaft.

Trotzdem legte ich mich wieder ins Bett und schloss die Augen. Irgendwo in der Ferne hörte ich Hundegebell, es ist das Letzte, woran ich mich erinnere, im nächsten Moment muss ich eingeschlafen sein.

Ich drehe den Kopf und blicke zum Bett hinüber, versuche mich selbst zu imaginieren, als ich dort gerade noch gelegen habe, wie ich aufgewacht bin, wie ich in der Hosentasche nach der Uhr gesucht habe, wie ich stinke, nachdem ich in den Kleidern geschlafen habe.

Wird so dieser Sommer aussehen?

Werde ich hier Tag für Tag, Nacht für Nacht alleine in einem leeren Haus sitzen? So wird es kommen, wenn ich mich nicht gegen mich selbst auflehne. Ich entscheide, wie ich es haben will, und was ich tue, oder etwa nicht? Soll ich nach nur einem Tag hier aufgeben, verfallen, verschwinden?

Dazu besteht kein Grund. Ein paar Tage nur, dann wird es besser. Wenn die Ruhe im Haus sich auch in mir ausbreitet. Wenn die Unruhe fort ist. Dann kehrt die Hoffnung zurück, dann kann ich wieder an mich selbst glauben und daran, dass ich hier etwas zu tun habe. Dann kann ich die nächsten Schritte planen. Viel Zeit darauf verwenden, verschiedene Möglichkeiten durchzuspielen, die optimale zu finden und auf sie zu setzen.

In drei Jahren ist sie sechzehn, in nur fünf Jahren ist sie achtzehn.

Wird sie dann noch an mich denken?

Möglicherweise kann ich sie währenddessen daran erinnern, dass es mich gibt, sie gelegentlich anrufen, ihr gelegentlich schreiben, die Sehnsucht nach mir in ihr lebendig erhalten, dann kommt sie, um zu studieren, und ich bin da, dann finden wir wieder zueinander.

Ist das ein guter Weg, um das Problem zu lösen?

Nein.

Warum denkst du dann so etwas?

Um mich zu trösten.

Ist das nicht vergebliche Liebesmühe?

Sicher.

Bringt dich das weiter?

Nein.

Ist es dann nicht ein idiotischer Gedanke?

Doch.

Und warum denkst du ihn dann?

Um mich zu trösten, sage ich. Aber ich bereue es, das war dumm, ich werde nicht mehr so denken. Ich werde sie vergessen. Ich werde sie verdrängen. Jedes Mal, wenn der Gedanke an Miriam auftaucht, werde ich bereitstehen, um ihn zurückzuschlagen. Ich werde ihn vernichten. Ich werde mich mit all meiner Kraft auf ihn stürzen, ich werde ihn ausmerzen.

Um mich abzulenken und aus dem Gedankenkarussell auszusteigen, öffne ich das Fenster, stütze die Arme auf die Fensterbank und schaue in die kühle Frühjahrsdunkelheit hinaus. Die Gärten der Siedlung sind ineinander geglitten in Schatten, die sich drängeln und wie ein See aus Dunkelheit vor mir liegen. Hier und da leuchten Häuser auf. Sie gleichen vor Anker liegenden Schiffen, denke ich. Eine ganze Flotte hat sich in dieser Nacht auf den Reeden vor der Stadt versammelt. Das Einzige, was sie mit mir verbindet, ist die Zeit, die uns gemeinsam ist. Ist die Zeit nicht von allen Lebensbedingungen die absurdeste? Jedenfalls die unerschütterlichste. Dass es keinen anderen Ausweg, keine Öffnungen, keine geheimen Passagen gibt, die man bei Nacht und Nebel nehmen kann, um diesem Kerkerloch zu entfliehen, das die Gegenwart ist.

Wie gut das wäre. Wenn jedes Haus seine eigene Zeit hätte. Wenn ich die Straße überqueren und an die Tür klopfen könnte und zu einem Abend im sechzehnten Jahrhundert hereingelassen würde, der ärmliche Wohnraum ohne richtigen Boden, der beißende Gestank von ungewaschenen Körpern, die fast unverständliche, gleichwohl bekannt klingende Sprache. Worüber lachten sie so gemein? Doch nicht etwa über mich? Ich sollte ja wohl eher über sie lachen, ihre zahnlosen Gaumen und ihren getrübten Verstand, sollte spotten über ihre Angst vor dem

Jüngsten Gericht und ihr fehlendes Wissen über Narkosen, was sie zu einem Leben mit ständigen Schmerzen zwingt.

»Zucker?«, rufen sie und lachen schallend, während sie meine Bewegungen nachahmen, mir eine Hand wie eine Tasse hinhalten, *Zucker?*

Dienernd muss ich zurückgewichen sein, mit rotem Kopf, weil ich es nicht einmal schaffte, mich über *sie* zu erheben, diese erbärmlichen und unwissenden armen Schlucker aus dem sechzehnten Jahrhundert. Mit ihrem wiehernden Lachen im Ohr muss ich sekundenlang auf der Straße stehengeblieben sein, bis ich neuen Mut schöpfte und mich in eine neue Zeit begab, vor einer neuen Tür innehielt und darauf wartete, in ein neues Jahrhundert eingelassen zu werden. Den Kleidern nach zu urteilen befanden sich diese Menschen am Ende des neunzehnten Jahrhunderts. Durch das Fenster konnte ich sehen, dass die Armut genauso groß war wie im Nachbarhaus, sie hatte sich nur verändert, hier war eine abgearbeitete Frau damit beschäftigt, im Licht einer Petroleumlampe zu nähen, um sie herum lagen Kinder, mager, schmutzig; wenn sie eine Pause von ihrer Arbeit machte und die schlafenden Kindergesichter betrachtete, lief ihr jedes Mal eine neue Träne über die rußigen Wangen, und ich wusste nicht, ob ich lachen oder weinen sollte, das war ja so traurig, gleichzeitig aber auch fantastisch – denn he –, wer rechnet denn schon damit, der Welt eines Dickens zu begegnen? Hier?

Diese Hoffnung haben wir längst aufgegeben. Die Chancen dafür, einen Ausweg zu finden, stehen so schlecht, dass man all seine Kraft seit langem andernorts einsetzt, sämtliche Energie darauf verwendet, stattdessen Dinge möglichst schnell im Raum zu bewegen. Stimmen, Körper, Buchstaben. Und das ist schon gut. Aber nicht *so* gut. Es ist kein Grund zu prahlen, denn im tiefsten Inneren wissen wir natürlich, dass die Bedingungen die gleichen sind. Und führt diese Gewissheit nicht dazu, dass all diesen Versuchen, möglichst schnell in der Welt herumzukommen, etwas Trauriges anhaftet, eine Art kindlicher Trotz, eine große Hilflosigkeit?

Was hatten wir eigentlich auf dem Mond zu suchen?

In dem alten Lexikon steht nichts über die NASA oder Neil Armstrong, die Ausgabe ist von 1936, ich blättere flüchtig in einem der Bände, um nachzuschauen, ehe ich ihn auf den Schreibtisch zurücklege. Es dauert noch viele Stunden, bis die Stadt zu neuem Leben erwacht. Ich merke, dass mir der Gedanke, jetzt in die nächtlich stillen Straßen hinauszugehen, nicht behagt. Ich habe Lust, möglichst normal zu sein, solange ich hier wohne, in Geschäften einkaufen zu gehen, mir etwas zu kochen und nachmittags vielleicht in der Bibliothek zu sitzen und zu studieren, an nichts Anderes zu denken als das, was ich lese, ab und zu kurze Blicke auf die Leute zu werfen, die kommen und gehen, und zu denken, dass sie nichts über mich wissen, dass ich für sie nur irgendein normaler Student bin. Jemand, der nachts schläft und am Tag beschäftigt ist, jemand, der nicht zu Grübeleien neigt, sondern eine gesunde Beziehung zur Welt hat.

Ich setze mich ins Fenster, zünde mir eine Zigarette an, starre hinaus. Auf der anderen Straßenseite stehen die zwei Leitern noch immer an die Hauswand gelehnt. Die Fenster im Haus meines Großonkels sind genauso dunkel wie zuvor. Irgendwo hinter ihnen liegt er und schläft seinen friedlichen Greisenschlaf. Werden die Bewegungen in den Träumen im Alter auch langsamer? Schlurft er so auch die Treppe hinunter, ist das sein Universum, auch wenn er schläft, lange Flure mit verräterisch glatten Teppichen, auf denen er ausrutscht, hinfällt und sich vielleicht ein Bein bricht, um dann, für den Rest des Traums, nur dazuliegen und in dem großen, leeren Haus um Hilfe zu rufen? Oder streift er im Gegenteil im Schlaf durch sonst unerreichbare Landschaften, freudige Bewegungen mit geschmeidigen und starken Muskeln, ein scharfes und klares Gehirn in einer Welt, in der die Geräusche wieder klar und deutlich sind und die Dinge noch einmal aus den tiefen Schatten hervortreten, in denen sie sonst unklar und zitternd ruhen?

Er hat all seine Geschwister überlebt. Väterlicherseits ist er in meiner Familie der letzte seiner Generation. Dazu wurde er in jener Nacht, als Großvater starb. Und dann erzählten sie es mir nicht einmal. Drei Wochen dauerte es, bis ich erfuhr, dass Großvater tot war, und da hörte ich es auch nur zufällig. Ich wohnte damals auf Island, und alle dachten, Vater hätte mir Bescheid gesagt, denn das hatte er ihnen auf der Beerdigung erzählt, er habe mich angerufen und es mir mitgeteilt. Klaus zufolge teilte Vater den anderen mit, ich hätte gesagt, ich käme. Und dann war ich nicht gekommen. So wurden die Vorstellungen der Familie davon, wer ich war, untermauert.

Aber das macht nichts. Ich komme auch ohne sie zurecht.

Kein einziges Mal habe ich meine Familie vermisst. Und in Kürze ist es acht Jahre her, dass ich jeglichen Kontakt zu ihnen abgebrochen habe.

Jetzt bin ich wieder hier.

Wünsche ich mir unbewusst eine Wiedervereinigung?

Red keinen Unsinn.

Aber mir gefällt der Gedanke, nach so vielen Jahren in derselben Stadt zu sein wie sie. Vater, Großmutter, mein Onkel Gustav und seine Familie, Vaters Schwester Marie, der alte Roald. Dass sie jederzeit hinter der nächsten Straßenecke auftauchen könnten. Ich weiß nicht einmal, wie Vater heute aussieht. Er ist Anfang fünfzig, er muss Falten bekommen haben, vielleicht hat er zugenommen, ist fett geworden. Vielleicht hat er endlich Frieden gefunden.

Vielleicht auch nicht.

Bei der Beerdigung hatte er niemanden beeindruckt, wie Klaus es mit der ihm eigenen Distanz formulierte. Ein Mann, der bei einer Beerdigung eine Fahne hat, beeindruckt niemanden. Wird der eigene Vater zu Grabe getragen, macht es keinen guten Eindruck, das Gleichgewicht zu verlieren, wenn der Sarg über den Friedhof getragen wird. Die schweißnasse Stirn, die zitternden Hände. Doch auch das liegt jetzt schon ein paar Jahre zurück. Vielleicht lockte der Anlass es aus ihm heraus. Die vielen Gefühle, die eine solche Beerdigung auslöst, sind schwer zu verarbeiten, es ist alles so intensiv, du weinst und verlierst vor den Augen deiner Familie die Fassung, vielleicht fängst du an zu lachen, endlich ist er tot, endlich wird er in die Erde gesenkt, endlich ist er fort. Vielleicht gibt es etwas, das du bereust und das sich durch seinen Tod nicht mehr wiedergutmachen lässt. Da ist es besser, etwas zu trinken, die Gefühle zu betäuben, und zu warten, bis es vorbei ist und du endlich allein sein kannst.

So oder so ist er mein Vater.

Aber ich werde ihn nicht besuchen. Was ihn angeht, habe ich nichts zu gewinnen, nichts zu verlieren.

Oder?

Ich stehe auf, schnippe die glühende Zigarette zum Fenster hinaus und schließe es. Das Gefühl des Triumphs hat mich nicht verlassen. Nach all den Jahren durchströmt es mich bei dem bloßen Gedanken noch immer. Ich habe gewonnen. Ich habe gezeigt, dass ich stärker bin als er. Ich habe ihn verletzt und bin danach aus seinem Leben verschwunden.

Ist das wahr? Oder belüge ich mich wieder einmal?

HENRIK! Was hast du getan? JETZT KOMMST DU HIERHER! Was hast du getan? SIEH MIR IN DIE AUGEN! Wie alt war sie? Hm? Zwölf? Hm? War sie zwölf, Henrik? Dreizehn? ANTWORTE MIR, WENN ICH MIT DIR REDE! War sie DREIZEHN?

Ja.

Und was sagt das über dich?

Dass ich nichts tauge.

Da hast du vollkommen recht. Und dann wagst du es, mich zu kritisieren.

Entschuldige.

Wer ist also der Stärkere?

Das bist du.

Ja, das bin ich. Stell das niemals in Frage. Ich kann mit dir machen, was ich will. Was meinst du, was du jetzt verdient hast? Du hast Schande über mich gebracht. Und über dich selbst. Ein richtig begabter Junge bist du einmal gewesen. Sie ist dreizehn. Und du hast sie genommen. Bist du jetzt stolz auf dich? Henrik? Bist du das?

Hör auf damit. Bitte.

Ich stecke die Schreibtischlampe ein. Seufzend ziehe ich einen der Lexikonbände aus dem Stapel und blättere darin. Es spielt keine Rolle, was ich tue, schließlich bin ich allein, denke ich, und schlage zum Vergnügen Vankel auf, obwohl ich weiß, dass keiner von uns Aufmerksamkeit dieser Art verdient hat. Nicht einmal irgendein Großcousin hat irgendwann einmal etwas so Bemerkenswertes vollbracht, dass es über die unmittelbar Betroffenen hinaus einen Wert hätte. Dann blättere ich zu Wankel. Seltsamerweise finde ich kein Wort zum Wankelmotor. Ich sehe genauer nach. Nein.

Wie ist das möglich?

Vielleicht fanden die Redakteure die Erfindung eines Eintrags nicht würdig, vielleicht hatten sie sich überlegt, dass er ja nie besonders weit verbreitet war, vielleicht musste der Artikel irgendeiner anderen zufälligen Neuentwicklung weichen, die den dreißiger Jahren imponierte, heute jedoch längst vergessen ist. Oder war es etwa so, dass der Wankelmotor 1936 noch gar nicht erfunden war? Erschien das denkbar? Konnte auch die Geschichte, wie sie ihren neuen Namen gefunden hatten, wie so vieles andere, frei erfunden sein? Denn die Episode hatte sich doch irgendwann in den zwanziger Jahren abgespielt, laut Familienmythologie in dem Sommer, bevor Roald und Kristian nach Oslo umzogen, um dort zu studieren, als sie sich um ihre Mutter versammelt hatten und stundenlang verschiedene mögliche Namen für sich in die Runde geworfen hatten.

Nein. Hier steht nichts darüber, weil der Motor so unbedeutend ist, denke ich und lege den Band zurück, ziehe einen anderen heraus, blättere hin und her, ziellos, in der Hoffnung, auf etwas Interessantes zu stoßen. Und bald darauf ist der Gedanke an meinen Namen auf dem Weg zum Pfuhl des Unterbewussten, ich folge ihm ein Stück weit, eine steile Spalte hinab, in eine schwarze, enge Felsschlucht, bis wir vor dem ersten der Flüsse stehen, von wo aus ich den Gedanken in der düsteren Landschaft verschwinden sehe, die sich vor mir ausbreitet und in der Ferne schräg abfällt, in Kreis auf Kreis auf Kreis, ein Schlund. Als ich umkehre, lasse ich neue Gedanken entstehen, Namen von Menschen, Leistungen, die sie vollbrachten, die Orte, an denen diese sich abspielten. Und nach und nach wird mir klar, aus welch seltsamer Welt das Lexikon berichtet. Denn von all den abscheulichen und fürchterlichen Handlungen nimmt es nur die wirklich großformatigen auf. All die kleinen Fiaskos, all die kleinen Demütigungen, all die kleinen Niederlagen sind längst vergessen. Als stammte das Lexikon aus einer Welt, in der es keine Scham gab. Oder als wäre das Lexikon vor allem ein Nachschlagewerk für Verdrängung. Und für Hochmut. Es lässt sich gar nicht ermessen, welche Bedeutung diese Namen für uns haben – Isaac Newton, Charles Darwin, Albert Einstein –, und wir haben so wenig Fantasie, dass wir glauben, sie würden für immer ihre Gültigkeit behalten, so klein sind unsere Gedankensprünge, dass wir niemals bedenken, wie wir in den Augen unserer Nachfahren wirken werden, der Menschen, die hier in hunderttausend Jahren leben. Wir leben, als wären wir die Ersten, die Einzigen, die Letzten – und das Lexikon ist ein Beleg dafür. Aber selbst unsere größten Leistungen verlieren mit jedem neuen Jahr etwas von ihrem ursprünglichen Glanz, unmerklich verblassen die Farben, ohne dass wir etwas tun können, um uns davor zu schützen. Die Erosion der Zeit, der alles ausgesetzt ist, lässt sich nicht aufhalten, Jahr für Jahr spült sie über uns hinweg, und jedes Mal werden die Begebenheiten kleiner, mit jedem neuen Jahr werden die Details abgeschliffen, bald ist nur noch der harte Kern übrig, allein thront er in unserer Zeit, herausgerissen aus seiner Umgebung steht er hier als ein Monument, eine Spalte in einem Lexikon, als ein Name, eine Jahreszahl. Dann wird auch das unverständlich. Wie viele Jahre werden vergehen, bis niemand mehr da ist, der weiß, wer der heute noch so berühmte französische Schriftsteller Gustave Flaubert war? Fünfhundert Jahre? Tausend Jahre? *Flaubert? War das nicht dieser Heerführer, der Elefanten eingesetzt hat? Irgendetwas mit den Alpen? Oder verwechsele ich das mit dem Staatsmann, der Küchlein backte? Nein, nein, nein, das war natürlich Napolion. Sonst würde man ja bei dieser Variante von Mille-feuille von Flaubert-Küchlein sprechen! Eigenartig. Madeleine, warum denke ich jetzt daran? An Madeleines? Doch, warte, jetzt habe ich es: Flaubert hat doch dieses Buch über die Zeit geschrieben! Aber das ist wirklich lange her! Kein Wunder, dass ich das vergessen habe. Es gibt nicht viele, die sich noch an die Namen dieser Autoren erinnern. Von wie vielen Schriftstellern des zweiten Jahrtausends kennst du die Namen? Antworte schnell, ohne länger nachzudenken. Von zweien? Oder nur von einem? Dante. Vielleicht drei aus dem nächsten Jahrtausend. Zehn von dem danach. Aber dass wir Flaubert vergessen konnten! Der doch so toll über die Zeit geschrieben hat!*

Ich verändere den Winkel des Buchs unter der Lampe, um das kleine Bild besser sehen zu können, das dieses Lexikon Flaubert zugebilligt hat. Seine Augen wirken schläfrig. Was konnte er mit einem derart trägen Blick sehen? Oder übt der traurig hängende Bart auch einen Einfluss auf andere Teile des Gesichts aus. Ich decke ihn mit dem Zeigefinger ab, um es zu überprüfen. Und es stimmt. Die Nase richtet sich auf, die Augen werden schärfer. Nicht messerscharf, nicht dieser wilde, hungrige Blick, der sich von allem Möglichen berauschen lässt und den man auf Bildern junger Künstler am Anfang des Jahrhunderts findet, auch nicht der irre Blick der Polarforscher aus derselben Zeit, so schwer von Willenskraft, dass es einen wundert, wie sie es überhaupt schaffen, die Köpfe oben zu halten, ein solcher unbändiger Wille lässt sich bei Flaubert nicht aufspüren. Aber auch keine Resignation. Ein abgeklärtes Interesse vielleicht? Jemand, der sich für das Geschehen interessiert, von seinem Ausgang aber nicht persönlich betroffen ist? Genau. Einen solchen Blick hat er. Ein Mann, der bei seinem Spaziergang an einem Nachmittag im August stehenbleibt und leicht gereizt den Hals dreht, während er die Kinder beobachtet, die sich juchzend und schreiend von einer Brücke in das schimmernde Flusswasser werfen. Das klatschende Geräusch, das eine Sekunde später an sein Ohr dringt. Die beiden Frauen, die im Schatten der Bäume in dem Gehölz am Fluss dösen, fließender Kleiderstoff, das Licht, das durch die Laubkronen gesiebt wird, das Boot, das in der Strömung schaukelt und über das grasbewachsene Ufer neben ihm scharrt. Der überall gegenwärtige Vogelgesang. Der Junge, der die grob gehauenen Steine im Brückenfundament hinaufklettert und einer Eidechse ähnelt, als er auf halbem Weg innehält.

Vielleicht streift Flaubert eine Erinnerung, als er dort steht. Wie es war, fast nackt in dem kühlen Wasser zu schwimmen und den Körper hinterher von Wind und Sonne trocknen zu lassen. Wie das Wasser gewissermaßen die Nasenlöcher blähte, als er auf den knochentrockenen Feldwegen nach Hause lief. Das wartende Abendessen. Die Hitze im Schlafzimmer, auf dem den ganzen Tag die Sonne gestanden hatte, die sonnenverbrannten Schultern, die es ihm unmöglich machen zu schlafen. Hellwach setzt er sich auf den Fenstersims und schaut in die körnige Spätsommerdunkelheit hinaus, denkt an die ruhigen Pferdeleiber, die sich manchmal schläfrig im Stall auf der anderen Seite des Hofs bewegen, die Stimmen aus dem Wohnzimmer, jemand, der aufsteht, das Licht, das schräg hereinfällt, als seine Mutter die Tür öffnet, *Bist du noch nicht im Bett, Gustave?* Das Gefühl von knorriger Rinde, die unter nackten Füßen wegrutscht, die Panik, als der Boden alle Luft aus seiner Lunge presst, der

Schmerz in der Zunge, von der er sich einen Zipfel abgebissen hat, der Geschmack von Eisen im Mund, der ihn an seinem Finger lecken lässt, um sein eigenes Blut zu sehen, der Schwindel. Oder erinnert er sich an nichts, als er seinen Spaziergang nun heimwärts fortsetzt? Vielleicht erreichen ihn die Bilder aus seiner Kindheit nur im Traum. Das weiß niemand mehr. Satt und zufrieden flaniert er die Allee hinab. Über ihm biegen sich die schlanken Bäume sachte im Wind. Abgesehen von dem kratzenden Hemdkragen am Hals und dem Druck in seinem trägen Bauch, mit dem er sich seit Tagen herumplagt, fühlt er sich gut.

Will er nach Hause, um zu schreiben?

So dürfte es wohl sein. Er wird sich an den penibel aufgeräumten Schreibtisch setzen und sich erneut von allen Problemen seiner Arbeit überwältigen lassen. Ach ja. Er starrt die Sätze an, die er zu früherer Stunde geschrieben hat. Er versucht, eine bequemere Körperhaltung zu finden, ehe er sie mit einer gereizten Handbewegung durchstreicht und vor sich hin seufzt. Eine Fliege, die lange am Fenster gesurrt hat, ohne einen Weg hinaus zu finden, hat sich jetzt auf dem Stapel fertiger Manuskriptseiten am Schreibtischrand niedergelassen. Sie reibt ihre dünnen Beine schnell aneinander, hält inne, macht ein paar Schritte, hält inne, reibt sie wieder. Als putzte sie die Beine, denkt er und hebt behutsam die Hand. Vorsichtig bewegt er sie durch die Luft. Direkt über der Fliege senkt er sie gemächlich ab. Die Fliege bewegt sich nicht mehr und scheint sich zu fragen, was das wohl bedeuten mag. *Eine Hand? Gegen mich?* Als Flauberts Geduld aufgebraucht ist und er die Handfläche mit Wucht auf die Manuskriptseiten niedersausen lässt, hebt die Fliege im selben Moment ab und schwirrt elegant vor seinem Gesicht nach oben. *Merde!* Dann bemerkt er, dass noch jemand im Raum ist, und dreht sich um, aber zu spät, die Tür wird geschlossen, und er kann seinen Zorn, der davon geweckt wurde, so gesehen worden zu sein, wie er für sich selbst ist, gegen nichts richten. Stattdessen blickt er auf die Arbeit des Vormittags und entdeckt eine kleine Möglichkeit, die er sofort entwickelt, um Platz für die Bilder zu schaffen, die endlich wiederzukehren scheinen. Er schreibt schnell und lacht beim Schreiben leise in sich hinein. Wie boshaft er ist! Denn dafür hat er, Flaubert, ein Auge: für die Dummheit. *Die Stupidität unserer Zeit erfüllt mich mit Wellen eines Hasses, der mich fast erstickt.* Wie alle Romane des neunzehnten Jahrhunderts sind auch Flauberts Bücher ausbalanciert und formvollendet. Es ist ein Verdienst des Stils. Denn wie seine Zeitgenossen saß auch Flaubert geborgen in der Mitte der Romane und füllte sie von dort mit dem, was er hatte: eine verbissene, kurzatmige Raserei über die Dummheit, die er überall erblickte. Diese eine Linie scheint sich auszubreiten und dabei anzuschwellen; in einer ruhigen und beherrschten Prosa skizziert er seine Charaktere, in einem Stil, von dem er weiß, dass er seinen Willen noch bis in die äußersten Ränder des Romans zu heben vermag.

Wie sehr sich diese Reife doch von dem unterscheidet, was im Roman generell geschieht, wenn man sich der Jahrhundertwende nähert! Was ist der Grund für diese radikale Veränderung? In einer physiognomischen Literaturgeschichte würde man sicher betonen, dass die Autoren dünner werden. Von den soignierten, gut genährten Herren des neunzehnten Jahrhunderts zum hohlwangigen und hageren Autorentyp des zwanzigsten Jahrhunderts. Von Kielland, Bjørnson, Balzac und Flaubert zu Hamsun, Obstfelder, Kafka und Rilke. *Hunger*, *Pan*, *Tagebuch eines Pfarrers*, *Die Aufzeichnungen des Malte Laurids Brigge* und *Der Prozess* sind Bücher, bei denen man sich nicht vorzustellen vermag, dass beleibte Männer sie geschrieben haben. Sie sind schlank und nervös wie russische Windhunde, sie rennen geschäftig hin und her, durchstreifen mit langen, sanften Tanzschritten Gemächer, richten sich auf wie Wappenhunde und setzen ihre schlanken Pfoten auf den goldweißen Fenstersims und starren auf die Welt hinaus. Sie wirken in der Welt, und die Welt wirkt in ihnen. Etwas muss geschehen sein, denn der Unterschied ist größer, als ein literarischer Stil allein ihn erschaffen kann.

Es ist keine neue Richtung, es ist eine neue Welt.

Was geschieht? Warum dieses plötzliche Unfertige? Verhält es sich so, dass die Veränderungen und das Neue auch den Blick verändern und erneuern, verhält es sich so, dass die unfertige Gesellschaft den unfertigen Blick ermöglicht, also den des Kindes? Denn ihnen allen ist etwas Kindliches eigen. Und das ist nicht immer charmant. Hamsun ist es beispielsweise so sehr bewusst, was er zustande bringt, dass er unfähig ist, den stolzen Unterton zu verbergen, der alles begleitet, was er in den ersten Jahren schreibt: *Seht, was ich tue! Das hat noch keiner gemacht! Das ist neu, und ich bin der Erste hier! Ich, ich, ich!* Aber seine Bücher sind bis heute relevant, weil der kindliche Eifer sich fortwährend einen Weg durch Schichten aus Durchtriebenheit, Rohheit und grobschlächtiger Krämermentalität bahnen muss, die sich bei jemandem entwickelt haben, der um sein nacktes Überleben kämpfen musste. Daraus entsteht Literatur, die bleibt, auch wenn die verstreichende Zeit alle Gebärden und Gesten entlarvt, die seine Epoche fälschlich als inniglich deutete.

Wer einen Nekrolog über Hitler schreiben konnte, muss schon etwas Besonderes gewesen sein.

Hamsuns Unreife ist die Unreife des alten Kindes, das unablässig mit der Erfahrung um die Kontrolle ringt. Was wir hören, ist der Lärm dieses Kampfs, und die beiden Akteure sind so eng miteinander verflochten, dass es schwierig ist, sie voneinander zu trennen. In den ersten Büchern lenkt er seine Helden in so extreme Bereiche, dass die Erfahrung nicht mehr gültig ist. Der Hunger reißt ihn aus der gebildeten Welt und schleudert ihn in das Reich des Infantilen, wo er mit großer Autorität herrscht und die Anderen nicht wahrnimmt, die ihn dort besuchen müssen. Die schwindelerregende Verliebtheit in *Pan* führt ihn an denselben Ort, aber die Hand, mit der er uns hier führt, ist freundlicher, und der Fall deshalb umso größer. In seinem besten Roman hat er endlich verstanden, was ihn antrieb, es ist *Unter Herbststernen*. Darin ist der Held nicht mehr jung. Was geschieht daraufhin? Das Junge ist in diesem Roman gekünstelt, kokett, gewollt. Denn diesmal ist es ein Mann mittleren Alters mit großer Erfahrung, der spürt, dass die schwindelnde Verliebtheit nach ihm schnappt, der sich voller Qual verlocken lässt und sich kleiner macht, als er ist, um ihr zu folgen. Aber hier ist die Erfahrung überlegen, hier gewinnt sie, und die Infantilisierung hat jeglichen Charme, jede Pracht, jede Poesie verloren: Hier ist sie hässlich, hier ist sie abstoßend, hier ist sie grotesk.

Prousts Unreife ist ebenso ausweichend, aber aus anderen Gründen schwerer zu entdecken als bei Hamsun. Bei Proust ist sie in diesem ungeheuer kultivierten, fast schamlos guten Geschmack und der enormen Bildung verborgen, die er besaß, ergänzt um sein Wissen über die Klasse, die im Laufe seiner Lebensspanne unterging, die er liebte und in die er sich deshalb vertiefen wollte. Er las sie ab, als besäße er ein inneres Barometer, und jede Nacht klopfte der Finger gegen die Stirn, um den trägen Zeiger schwingen, zittern und dann auf einen Punkt in der Skala zeigen zu lassen, die das Register des gesamten menschlichen Temperaments umfasst. Schwäche, Dummheit, Schönheit. Was er zu Papier bringt, ist elegant, schön und von einem so sicheren Geschmack geprägt, wie er nur als Folge einer über viele Generationen reichenden Verfeinerung entsteht. Genau dort, wo der Stil seinen Halt in der Welt verliert und sich nach innen wendet, fängt Proust ihn ein, wenn er am schönsten und blendendsten ist, in dem Augenblick, bevor er aus Mangel an Nahrung aus der Außenwelt untergeht, tritt Proust auf den Plan, von dort aus blickt er hinaus, und deshalb gelingt es ihm niemals herauszuarbeiten, was er die ganze Zeit einzufangen versucht: sich selbst. Will er nicht oder fehlt ihm die Kraft, diese letzte kurze Strecke zu gehen? Was hätte er dort, im Inneren, erblicken können, was war so gefährlich, dass er sich nur zu diesen langen, gewundenen Abschweifungen durchringen konnte?

Der Stil hält ihn fern, im Stil spiegelt er sich, er gibt seiner Selbsterkenntnis den Charakter des Begehrens: Wie ein Hut vor den Füßen eines Clowns auf der Erde liegt, so liegt das Ziel immer direkt vor Proust, aber die Bewegung, die ihn zu dem beugt, was er begehrt, ist dieselbe, die ihn ins Leere greifen lässt und es wegtritt. Proust war das vergnügte Kind, das sich sein Leben lang davor fürchtete, die Mutter könnte vielleicht nicht kommen, eine Angst, die immer besänftigt wurde, denn natürlich kam sie früher oder später. Am Ende war sie bei ihm. In irgendeiner Weise streichelte sie seine Wange und versicherte ihm, dass er ein tüchtiger Junge sei und sie ihn mehr liebe als alles andere.

Selbst der Tod liebte ihn, wie eine Mutter ihren Sohn liebt.

Und wie wäre die Welt für ihn gewesen, wenn er keine Mutter gehabt hätte, die ihn tröstete? Sie wäre entblößt und ergreifend gewesen, es wäre die Welt gewesen, wie Obstfelder sie sah. Denn Obstfelder konnte sich hinter keinem System, keiner Kultur, keiner Mutter verbergen, die ihn tröstete. Obstfelder legt eine bebende Hand auf eine Mädchenbrust, und sein Herz erzittert, er zeigt auf die Sterne und jubelt vor Glück, das Mysterium der Eisenbahn und der Gesang der Telegraphendrähte lassen Tränen in seine Augen steigen. Gefühle durchwogen ihn und erschaffen eine Stimmung nach der anderen, es ist zum Verzweifeln, denn er weiß sich keinen anderen Rat, als sich mittreiben zu lassen und auszuharren, sich begeistern zu lassen, um in der nächsten Sekunde in den tiefsten Abgrund gestürzt zu werden, wobei er unablässig hofft, bald irgendwo Frieden zu finden. Obstfelders Unreife ist in ihrem Ausdruck rein und klar, ihr fehlt das Bewusstsein ihrer selbst, und so ist sie die reine Unreife des Kindes, ein fehlendes Selbstbewusstsein, wodurch es ein schmerzhaftes Erlebnis sein kann, Obstfelder zu lesen: *Oh nein, DAS hast du geschrieben?*

Die Angst, nicht gemocht zu werden, liegt wie ein Schatten über allem, was Kafka schrieb, während Joyce sich seiner selbst und der Welt vollkommen sicher ist, er ist gereift und gefestigt, Joyce weiß, worum es geht. Die Kindheit verarbeitete er in seinem ersten Roman. Im zweiten ist sie kaum noch präsent. In *Ulysses* gibt es kein Kind. Nur Reminiszenzen in Stephen Dedalus, aber er ist noch unentwickelt, ein Auftakt. Im Mittelpunkt steht der korpulente Anzeigenakquisiteur Leopold Bloom. Der Mann in der Mitte. Bloom ist der Sohn eines Vaters, der sich das Leben nahm, und Vater eines Sohns, der starb, und Mann einer Frau, die ihn betrügt. Die jungen Zeitungsboten ahmen seinen Gang nach, wenn er vorbeikommt, überall begegnen ihm kurze Blicke und grinsende Gesichter, die so gut überspielt werden, dass er nicht immer den Spott wahrnimmt, der in ihnen liegt, eitel schnuppert er den Duft seines eigenen, gut pomadisierten Haars und hebt den Hut ab, um den Brief herauszuziehen, den er unter dem Schweißband versteckt hat und der an ein Pseudonym adressiert ist, *Henry Flowers*, ein Mann, der ist, was er selbst gern wäre: ungebunden. Nun wird er einen Brief lesen, den ihm eine Frau in dieser Traumwelt geschickt hat, und danach wird er sich aufs Neue vom Trivialen und Alltäglichen vereinnahmen lassen, sich zwischen die Dinge begeben, auf die kein Blick mit Entzücken reagiert und über die man sich keine Gedanken macht. Ein Paar graue Damenstrümpfe mit Verstärkung an Saum und Fuß, ein Zipfel eines aufgerissenen Briefumschlags, die dunkelgrünen Augenspalten einer Katze, die sich lüstern verengen. Die wohlgeformten Nägel einer Frau, rot vom Blut zerdrückter Läuse in den Hemden der Kinder. Der Rücken eines Weichenstellers, der sich abrupt aufrichtet, klirrendes Pferdegeschirr und klingende Hufschläge auf glühendheißem Pflaster. Der Geruch von geräuchertem Speck, die rauen Fingerkuppen des Steinschleifers, der eine mattgeschliffene Kette beäugt, ein Nachtstuhl, an dem ein Bein abgebrochen ist, ein Plisséunterrock aus blauem Seidenmoiré, Shakespeares Gesammelte Werke, die sämige Kaffeesahne, die sich in erstarrten Spiralen in einer Tasse Tee dreht. Ein Fläschchen mit aromatischen Veilchenpastillen.

Vier zusammengeklebte, schwarze Oliven in Pergamentpapier auf einer Packung Epps Kakao. Aus diesen Dingen besteht seine Welt. Und hier dürfen sie selbständig erscheinen, hier werden sie als das gesehen, was sie sind: Dinge. Dinge, die angehoben und bewegt werden, Dinge, die klappern und rumpeln, Dinge, die süß riechen und feucht dampfen, Dinge, auf denen das Auge gerne ruht, Dinge, die das Denken in Gang setzen, Dinge, die beißend sauer und feuchtsüß schmecken, Dinge mit Etiketten, über die Blicke fahren, ohne innezuhalten. Ein Riemen, der sich auf eine Ader an der Flanke eines Pferdes presst, ein gesprungener Rasierspiegel, eine Reihe blankpolierter Äpfel in einem Wagen für zwei Penny das Stück. Wollen Sie? Ach nee. Bloom lässt es sein. Er geht weiter. Und egal, wohin er geht, folgt ihm Gelächter. Es ist das Lachen des Autors. Es kommt aus den Schatten unter den Markisen auf der anderen Straßenseite, an denen Bloom auf dem Heimweg vom Metzger vorbeikommt, um sich die Nierchen zu braten, die er gerade gekauft hat, es steigt von einem der mit Biergläsern beladenen Fenstertische in dem Pub auf, den er betritt, um zu Mittag zu essen, von einem Pult in der gereizten, rempelnden Geschäftigkeit der Zeitungsredaktion erklingt es fröhlich zusammen mit dem Rappeln der Fässer, die von der unterhalb gelegenen Straße angehoben und durch das Fenster gestemmt werden, das sie geöffnet haben, um etwas frische Luft an diesem Tag zu bekommen, der immer heißer wird. Das Lachen verändert sich, mal ist es freundlich, mal entschuldigend, mal schallend und polternd, mal schüchtern und unterdrückt, oder es steigert sich zu einem Lachanfall, aber boshaft ist es nie. Der hier lacht, weiß, dass der gute Mensch immer etwas leicht Erbärmliches an sich hat. Aber das weiß kein anderer, denn die Wahrheit über uns kennen wir nur selbst. Bestenfalls. Und ist es nicht gerade *das*, was Bloom zu einem guten Menschen macht, dass er selbst nichts davon weiß? Dass er nur tut, was er tun muss, und denkt, was er denken muss. Der Gedankenstrom ergießt sich durch ihn wie Lava: Die Welt schmilzt. All seine Erlebnisse und Erfahrungen stehen wie Steine und Felsbrocken im Strom der Eindrücke, unmerklich wird die Richtung verändert, und damit die Stimmung, dieses Unsichtbare, das die Reibung zwischen dem Fließenden und dem Stehenden freisetzt. Sinnliche Freude, Heiterkeit, Melancholie. Das Lachen, das ihn begleitet, ist ein versöhnliches Lachen. *Es ist nicht weiter schlimm.* Es ist ein robustes Lachen, *Es ist nicht weiter schlimm*, es ist ein entspanntes Lachen, wie die Trauer ist es, und die Lust, denn auch er, der lacht, begehrt Blooms Frau Molly, ihren schläfrigen, üppigen und wollüstigen Körper von dem Moment an, in dem sie sich im vierten Kapitel dösig auf dem Laken streckt, bis sie wachliegt und er im letzten Kapitel bis zum Ende ihren Gedanken folgt. Für sie schreibt Joyce, sie will er haben, und wer will das nicht?

Nur fünfzig Jahre liegen zwischen *Ulysses* und Flauberts *L'education sentimentale*. Beide Romane sind abgeklärt und formvollendet, aber etwas unterscheidet sie, sie stehen mit dem Rücken zueinander. Flauberts Abgeklärtheit lässt den Blick über die ebenmäßige, flache Landschaft des neunzehnten Jahrhunderts schweifen, deren Abschluss sie bildet, ein Monument, das die sinkende Sonne funkeln lässt, eine Illusion vom Leben, die von der nahenden Dämmerung entlarvt wird, denn wenn sich die Finsternis der Geschichte herabsenkt, verschwinden alle Details, und zurück bleibt allein eine schwarze Silhouette, eine Kontur, eine Form. Während Joyces' Abgeklärtheit es ermöglichte, sich von der dunkler werdenden Vergangenheitslandschaft abzuwenden, so dass er zum Morgengrauen blicken kann, das die Zukunft ist, und weiß, dass es dort nichts gibt, was ihr fremd ist.

Wie lange wird das anhalten? Wie viele Jahre wird es dauern, bis sich auch *Ulysses* um sich selbst geschlossen hat, und alles, was in dem Roman steht, fremd erscheint, wie Bilder aus einer unbekannten Welt?

Es hat bereits begonnen, und wie immer beginnt es im Kleinen, in Veränderungen, die eigentlich unbedeutend sind und nichts Entscheidendes bewirken, die aber, unmerklich, täglich mehr werden. Noch sind nur ein paar Maschinen neu, und die Menschen hier sind andere Menschen als damals, es gibt zahlreiche neue Gebäude und eine ganze Reihe neuer Kunstrichtungen, der eine oder andere Krieg ist vorbeigezogen, und die Menge erinnerungswürdiger Ereignisse hat sich erhöht. Epps Kakao hat hier keinen Platz mehr, so wenig wie ein Unterrock aus blauem Seidenmoiré: derzeit herrschen Regia und Triumph. Aber die Hand, die Kakaopulver in die heiße Milch streut, und der Blick, der geistesabwesend die Unterwäschereklame in der Zeitung registriert, tun es auf die gleiche Weise, genauso abwesend bewegen wir uns zwischen den Dingen, die unsere Welt sind, mit ebenso großem Wohlbehagen seifen wir das Kinn mit Rasierschaum ein, während wir den frischen, scharfen Duft einsaugen und spüren, wie der Rasierhobel über die Haut kratzt, ebenso schön ist es für uns, auf dem Toilettensitz Platz zu nehmen und uns am Morgen zu entleeren, bevor unser Tag richtig begonnen hat, den Geruch unserer eigenen Exkremente genauso wahrzunehmen wie das Wohlbefinden, das heißes Wasser und Seife den Händen schenken, ehe wir auf die Straße hinaustreten und durch die lärmende Stadt gehen, während die Temperatur steigt und uns der Schweiß auf die Stirn tritt. *Puh, ist das heiß*. Der Spalt in einem Paar Katzenaugen wird sich auf die exakt gleiche Art vor Lust verschmälern, denn was weiß die Katze schon vom Zeitgeist, wenn sie um die Beine ihres Besitzers streicht? Was weiß die Katze darüber, dass die Dinge, die sie umgeben, neu sind, wenn sie sich an der Schranktür auf zwei Beinen aufrichtet und heiser und gierig miaut? Was weiß die Katze über die Zeit, die vergangen ist, wenn sie die feuchte Fleischmischung schleckt und dabei schnurrt und schnurrt?

Die Katze weiß nichts von all dem. Sie frisst sich satt, trippelt anschließend zufrieden über den Boden des Wohnzimmers und springt auf ihren Stuhl. Ein paar Minuten wird das Fell geleckt, dann befeuchtet die Katze ihre Pfoten und kratzt mit schnellen Bewegungen Eiter aus den Augenwinkeln, ehe sie sich endlich zum Schlafen zusammenkauert. Ihre Träume scheinen furchteinflößend zu sein, denn plötzlich beginnt der Schwanz zu schlagen, plötzlich reißt sie angstvoll die Augen auf. Nein. Sie ist sicher. *Es war nur ein Traum.*

Immer noch leicht misstrauisch schließt sie erneut die Augen. Und schläft weiter. Erst gegen Abend ist sie ausgeruht, streckt sich und springt auf den Boden, um zur Tür zu laufen, die ihr sofort geöffnet wird, so dass sie in den Wald laufen kann. Lange Wanderungen am Bach entlang und Geröllhalden hinab. Über die Straße trotten und schnell im Schutz des Grabens verschwinden, wenn ein Auto um die Kurve kommt und dieses kräftige Licht auf die Landschaft wirft. Zwischen den Blättern der Farne hindurchschleichen, die dichtgedrängt auf dem Waldboden wachsen. Oh ja. Der sanfte Druck des Mooses unter den Pfoten. Die vielen Gerüche, die manchmal so intensiv werden, dass sie stehenbleiben und den Kopf schwingen muss, um die Richtung zu bestimmen, all diese Bewegungen überall, die sie ignoriert, bis eine auftaucht, von der sie sich viel verspricht und die sie deshalb verfolgt, wobei sich ihre Ohren senken und das Herz schneller schlägt. Futter! Spiel! Spaß! Herbst, Winter, Frühjahr. Der lange, trockene Sommer, in dem sich das Fell nicht ordentlich pflegen lässt, es verfilzt in harten Knoten, und sie reibt den Rücken an Baumstämmen und wälzt sich im Kies vor dem Haus, schnappt Haare mit dem Mund und wirft Haarbüschel auf den Rasen an einem Nachmittag, an dem der Regen das Fell verklebt und sie aussieht, als wäre sie auf die halbe Größe zusammengeschrumpft. Es ist Herbst, es wird Winter, die Welt ist weiß und hart und kalt, sie steht draußen auf dem Fenstersims und miaut, als ich herunterkomme, um zu frühstücken. Ich öffne die Tür, und obgleich sie an mir vorbeistürzt, vergisst sie nicht zu grüßen, *Mrr!*, ehe sie in der Küche verschwindet.

Es ist kurz vor halb zehn. Ich habe mich zwei Stunden verschlafen. Kein Grund zur Eile, denke ich, fülle einen Kessel mit Schmelzwasser aus der Wanne auf dem Fußboden, setze den Kessel auf den Herd und schalte die Platte ein, während Mephisto schnurrend um meine Beine streicht.

»Bist du die ganze Nacht draußen gewesen«, sage ich und bücke mich, um sie zu streicheln. *Miau!*, sagt sie und stupst ihren Kopf ungeduldig gegen mein Bein.

»Hast du solchen Hunger, Mieze?«

Als ich zum Kühlschrank gehe, eilt sie mir hinterher und verfolgt jede meiner Bewegungen mit gierigen Augen. Die Dose, die herausgehoben und durch das Zimmer getragen wird, die Fleischstücke, die daraus auf ihren Teller rutschen. Sie schnurrt weiter, während sie das Futter verschlingt. *Prr, prr, prr.* Ich lächele und suche etwas Brotbelag heraus, streue Teeblätter in die Kanne und rucke ein wenig an dem Kessel, um das Wasser schneller zum Kochen zu bringen. Das leise, wispernde Säuseln wird etwas lauter. Als ich die Tasse und den Teller auf den Tisch stelle, entdecke ich, dass Mutter mir einen Zettel hingelegt hat. *Kannst du heute bitte einkaufen gehen, Henrik? Ich komme erst spät nach Hause. Milch, Brot, Leberwurst, Eier – und etwas für das Abendessen (überleg dir was!).* Zwei Hunderter liegen daneben. Ich stecke sie in die Tasche, gehe ins Wohnzimmer und warte darauf, dass das Teewasser kocht, verschränke die Arme vor der Brust und schaue auf den Fluss am Talgrund hinab. Eisnebel steigt von dem engen, grauen, frei fließenden Wasserlauf auf, der täglich schmaler wird. Bald werden sich die beiden Eisränder vereinigen, denke ich, zusammenfrieren und das Wasser endlich einschließen.

Es war ein seltsamer Winter gewesen. Im Herbst war ich aufs Gymnasium gekommen, und Mutter war nach Bergen gezogen, um zu studieren – Vater und ich würden für diese Zeit alleine bleiben. Dann hatte er mir jedoch vorgeschlagen, in eine Bude zu ziehen, die seine Eltern unten in der Stadt besaßen, *Das ist praktischer, Henrik, jetzt, wo du in der Stadt zur Schule gehst, findest du nicht?* In den nächsten Monaten hatte er hier oben alles schleifen lassen. Zwei Tage, bevor Mutter über Weihnachten heimkehren wollte, besuchte er mich in meiner Bleibe und fragte, ob ich noch ein paar Tage damit warten könne, wieder nach Hause zu kommen, es gebe da etwas, das die beiden klären müssten.

Das war nicht übertrieben. Mutter hat mir ein bisschen von dem erzählt, was passierte, wie sie dafür kämpfte, dass er blieb, und nicht alles zurückließ, was sie sich in diesen Jahren gemeinsam aufgebaut hatten, aber er ging, und ich kam zurück. Und vielleicht war es gut für sie, dass er alles hatte verfallen lassen, denn so musste sie ihre Zeit damit verbringen, sich um praktische Dinge zu kümmern, zum Beispiel einen Klempner anrufen, um die Wasserleitungen in Ordnung zu bringen. Doch ausgerechnet das erwies sich als zwecklos. Der Klempner hatte nur den Kopf geschüttelt. Der einzige Weg, die eingefrorenen Rohre aufzutauen, hätte darin bestanden, den ganzen Garten umzupflügen. *Ihr werdet wohl einfach bis zum Frühjahr warten müssen*, hatte er gesagt, aber Mutter hatte es trotzdem versucht, wochenlang sorgte ein Heizlüfter im Bad für Saunatemperaturen, aber es half alles nichts: Wir mussten ohne fließendes Wasser auskommen. Ich fragte mich, wie es dazu gekommen war. Wie es möglich war, alles so verfallen zu lassen. Wenigstens hatte er mich aus dem Ganzen herausgehalten. Ich merkte nichts von dem, was vorging. Nur an dem einen Abend, als ich nach Hause kam, ohne ihm vorher Bescheid zu sagen. Als ich ihn von der Straße aus in der Küche sah, als er vollkommen regungslos, den Kopf in die Hände gelegt, dasaß. Ich hatte die Tür zugeknallt, um ihm die Chance zu geben, sich vorzubereiten, und ließ mir viel Zeit beim Ausziehen der Jacke. Als ich eintrat, war er verschwunden. Und der Tisch abgeräumt. Das Ganze war ziemlich eklig. Eingetrockneter Katzenkot auf der Couch, Dreck auf dem Fußboden in Flur und Küche, schmutziges Geschirr mit eingetrockneten Essensresten in der Spüle. Nirgendwo war geheizt. Ich schlich mich in mein Zimmer hinauf, nahm die Kassetten und Kleider an mich, deretwegen ich gekommen war, und eilte wieder hinaus. Ich wollte ihn so nicht sehen. Eigentlich hatte ich vorgehabt zu übernachten, es war schon spät, aber nein, nicht dort, das ertrug ich nicht, da trampte ich lieber in die Stadt. *Trotzdem dachte ich nicht darüber nach*. War ich völlig bewusstlos gewesen? Hatte ich keine Augen im Kopf gehabt? Ich kehrte zu meiner Bleibe in der Stadt zurück und tat so, als wäre nichts gewesen.

Das Teewasser kochte. Ich goss es in die Kanne und stellte sie auf den Tisch, zog die Gardine zur Seite und warf einen Blick auf das Thermometer. Minus zwölf Grad. Mephisto hatte sich auf das Stuhlpolster unter dem Tisch gelegt, um dem Ofen so nahe wie möglich zu sein.

»Ich kann dich verstehen«, sagte ich und setzte mich, um zu essen. »Es ist *unglaublich* kalt!«

Ich ließ mir Zeit. Der nächste Bus ging nicht vor halb elf. Was immer ich machte, vor Mittag würde ich es ohnehin nicht mehr zur Schule schaffen. Und wenn ich es ganz bleiben ließ? Mir den Tag frei nahm? In ein paar Geschäfte ging, ins Café, in der Bibliothek saß und eine Weile las. Zur üblichen Zeit nach Hause kam. Vielleicht für Mutter kochte?

Als ich fertig war, räumte ich den Tisch ab, lief in mein Zimmer hinauf, um mir einen dicken Pullover zu holen, und nahm zum Schein meinen Ranzen mit. Bevor ich ging, hob ich Mephisto in meine Arme. Die Katze war warm und schnurrte mit geschlossenen Augen. Ich brachte es nicht übers Herz, sie hinauszuwerfen.

»Weil es im Moment so kalt ist, darfst du hier drinnen bleiben«, sagte ich und ließ sie herunter. Eine Gnade, von der sie nichts ahnte, als sie sich leicht verwirrt streckte und dabei ein paar Schritte durch den Raum machte. Dann sprang sie wieder auf den Stuhl. Erst wenn ich sie zur Tür getragen hätte, wäre ihr klar geworden, wovor sie verschont blieb, erst da wäre die Kälte wieder real geworden. Jetzt war alles warm und gut.

Ich lieh mir den Schal, den Klaus bei seinem letzten Besuch vergessen hatte, und zog Jacke und Mütze an, ehe ich die Tür hinter mir abschloss und die Straße hinabging. Abgesehen von einzelnen Autos, die ich flüchtig auf der Hauptstraße am anderen Flussufer sah, war die Landschaft ohne Leben. Die wenigen Nachbarn, die wir hier oben hatten, waren alt und blieben im Haus, wenn die Straßenverhältnisse zu problematisch für sie wurden. Nach drei Jahren war ich mir immer noch nicht sicher, ob sie mich erkannten, wenn ich vorbeiging und sie mich von ihren Küchenfenstern aus anstarrten.

Als ich vor dem Unterstand an der Bushaltestelle stehen blieb, waren es noch fünf Minuten bis zur Abfahrt des Busses. Ich stellte den Ranzen ab und überquerte die Straße, wie ich es die wenigen Male, die ich zu früh war, immer tat. Von dort konnte ich zum Wasserfall hinunterschauen. Selbst er war mittlerweile teilweise zugefroren. Weiße Schneeverwehungen an den Rändern, die gewissermaßen einen Trichter bildeten, dem das Wasser in der Mitte abwärts folgte. Das Wasser aus der Fabrik gefror jedoch nie. Es dampfte vor Wärme. Träge und selbstsicher glitt es aus dem Tor in den Strudel unter dem Wasserfall, wo die Tiefenströmung es packte wie ein Schwimmlehrer seinen Schüler und es sachte im Kreis drehte, am Ufer entlang zog, immer näher zu dem tosenden Wasserfall. Die Wärme, die sich von der Oberfläche löste und als Dampf aufstieg, ermöglichte es, der Strömung so lange zu folgen. Sobald sie jedoch auf den Fall traf und in die wirbelnden Wassermassen gesogen wurde, verschwanden sämtliche Spuren.

Etwas weiter entfernt lag der alte Gutshof, der durch seine mit Schlingpflanzen bewachsenen Lusthäuser, seine majestätischen Laubbäume, seinen Springbrunnen und seine zwei Gipsstatuen in klassischer Pose zu beiden Seiten der Eingangstür in dieser Umgebung ausgesprochen deplatziert wirkte. Von dort kam das

Geld, das einst die Fabrik möglich gemacht hatte. Heute wurde das Gutshaus für repräsentative Zwecke genutzt und für ein Museum, in dem während des Sommerhalbjahrs jeden Sonntag Führungen stattfanden. Von den Hügeln unterhalb des Wasserfalls aus sahen wir manchmal Autos, die dort hielten. Wenn es endlich warm genug war, um schwimmen zu gehen, führte der Fluss nur wenig Wasser, aber unter dem Fall sammelte es sich in einem Kolk, der immer mehrere Meter tief war. Dort trafen wir uns.

Wie abwegig es einem jetzt, da alles von Eis bedeckt war, erschien zu baden!

Ich sprang ein paar Mal auf der Stelle hoch, um mich warmzuhalten. Zwei Männer überquerten dort unten den Parkplatz und betraten das Bürogebäude. Hinter ihnen flog ein Flugzeug in einem Bogen über den Höhenzug. Vor dem blauen Himmel war jedes Detail deutlich sichtbar. Das ausgefahrene Fahrwerk, als die Maschine sich ruhig aufrichtete. Gleichzeitig tauchte in der Kurve am anderen Flussufer der Bus auf. Der Schnee auf der Fahrbahn und entlang der Schneewälle am Rand folgte ihm wie ein Schleier durch die Luft. Als würde das Tempo, das der Bus der erstarrten Landschaft zuführte, die Regungslosigkeit verändern und sie mechanisch machen. Als wäre die Welt künstlich, dachte ich. Ein Modell.

Ich suchte mir wie immer einen Platz ganz hinten im Bus. Warf den Ranzen auf den Nebensitz, legte die Stirn ans Fenster und schloss die Augen in dem Versuch, die Veränderungen der Landschaft, durch die wir fuhren, vor meinem inneren Auge zu sehen, jede Kurve und jeden Anstieg in der äußeren Welt mit dem Bild zu synchronisieren, das die Landschaft in meinem Inneren hinterlassen hatte, um beides exakt zusammenfallen zu lassen, wenn ich ein paar Kilometer weiter wieder die Augen öffnete.

Zunächst der sanfte Anstieg mit den kleinen, spartanischen

Häusern aus den fünfziger Jahren dicht an der Straße, dann die bescheidene Autowerkstatt mit Reifen in mannshohen Stapeln zu beiden Seiten des Garagentors, eine abgerissene Autotür, die an der Wand lehnte, und Benzin, das im Frühjahr und Herbst auf den Kies floss, dieses Spiel von fremden Farben, das für Kinder inmitten des Graus stets überraschend ist: grün, blau, türkis, lila. Dann die dunkle, sonnenlose Felsspalte. Wenn ich aufwärts schaute, würde ich das Bett sehen, durch das der Bach floss, vereiste Absätze und Felsvorsprünge, die das Wasser sonst verdeckte. Eng zusammenstehende Fichten zu beiden Seiten. Die Schatten, die den Geruch von feuchtem Laub und gefallenen Baumstämmen, glitschig von Pilzen und Fäulnis, in sich aufnahmen, wenn man abends vorbeiging. Selbst im Hochsommer, wenn ansonsten alles knochentrocken war, erreichte einen von dort ein fauler Lufthauch. Nach der Kurve verlief die Straße jedoch gerade. Wenn der Bus auf die Ebene fuhr, würde es sein, als wäre eine Tür geöffnet worden. Vor uns lagen die schneebedeckten Felder, die heute sicher im grellen Sonnenschein glitzerten. Zwischen den Ästen der Bäume, die in Gehölzen am Ufer wuchsen, würde der Fluss sichtbar sein. Nach dem Wasserfall und den Stromschnellen war er nun breiter und floss ruhiger. Ich wusste genau, wie es dort aussah. Im letzten Sommer hatte ich meine Harpune mitgenommen und war mit dem Rad dorthin gefahren, um zu schnorcheln, war durch das unwegsame Gebüsch gegangen und hatte nach einer geeigneten Stelle als Ausgangspunkt gesucht. Niemand ging dort schwimmen, und ich erkannte sofort den Grund: Das Ufer war schlammig und das Wasser flach. Dennoch ging ich hinein. Im seichten Wasser schwamm ich flussaufwärts und hielt dabei die alberne Harpune in der Hand. Ich hoffte, dass keiner am Ufer stand und mich beobachtete. Harpune und Schnorchel und Taucherbrille und Schwimmflossen *hier*. Sie mussten mich für völlig verrückt halten. Dennoch schwamm ich weiter. Glitt durch das Wasser und hielt Ausschau nach Zeichen von Leben. Musste es hier nicht auch Fische geben? Es sah nicht danach aus. Das einzige Lebendige waren Algen. Sie wucherten wie Haare auf Steinen und herabgefallenen Ästen, wehten leicht in der Strömung und machten alles auf dem Grund glitschig.

Nach und nach wurde die Strömung kräftiger, das Wasser wurde an den Steinen weiß, und ich schwamm an Land, zog Schwimmflossen und Brille ab und nahm parallel zu den Stromschnellen den Weg über die Felsen. Die Sonne hatte sie unter meinen nackten Füßen den ganzen Tag über aufgeheizt. Es war so heiß, dass ich fast tanzte. Als ich die Ausrüstung ablegte und mich wieder in die Strömung gleiten ließ, damit das Wasser meine Beine überspülte, ließ die abrupte Abkühlung meinen Körper schaudern. Das war schön. Ich legte mich zurück und schloss für ein paar Minuten die Augen, ehe ich mich wieder aufraffte und weiter flussaufwärts ging. Unterwegs sah ich mehrere leere Gletschertöpfe, die der sommerlich flache Fluss nicht mehr erreichte. Kiesel und kleine Steine, die sonst immer mit dem Wasser wirbelten und die Felswände aushöhlten, lagen jetzt still auf dem Grund. Ich kletterte an der uralten Lachstreppe vorbei, die man direkt am Wasserfall angelegt hatte, ging hundert Meter weiter, bis ich die Schwimmflossen wieder anzog und hineinsprang. Hier war das Wasser tiefer. Drei, vier Meter vielleicht. Ich spürte die Strömung des Falls als schwachen, angenehmen Sog, schwamm in den Schatten der Bäume auf der anderen Seite, holte tief Luft, tauchte. Der Grund war eben und grau. Aus Lehm, schien es. Ich kratzte mit der Harpunenspitze darüber. Schlamm löste sich und stieg als Wolke auf. Im Licht der Sonne wurden kleine, körnige Partikel sichtbar, die im Wasser trieben, ohne die Sicht zu behindern, ich konnte etwa fünfzehn Meter weit sehen, als ich so über den Grund glitt. Ich tauchte zu einem halb begrabenen Baum, machte ein paar Schwimmzüge abwärts und packte den größten Ast. Hart und glatt lag er unter meinen Händen und rührte sich nicht, selbst als ich mit aller Macht an ihm rüttelte. Der Baum bewegte sich nicht, und ich musste an die Oberfläche, um Luft zu holen. Das nächste Mal tauchte ich etwas weiter hinten. Dabei entdeckte ich ihn. Ein gähnender Kiefer lugte aus dem Dunkel unter einem Stein hervor. Ich legte mich direkt darüber. Offenbar hatte er mich bemerkt, denn im nächsten Moment zog er sich in seine Höhle zurück. Ich löste vorsichtig den Speer aus der Harpune und stocherte damit unter dem Stein. Ein paar Sekunden vergingen. Dann glitt er blitzschnell heraus und schwamm in einem Tempo davon, dem ich nicht folgen konnte.

Ich war mir nicht sicher, was für ein Fisch es war. Möglicherweise ein Hecht. Groß war er jedenfalls gewesen, ein alter Brocken. Ich blieb in der Nähe und hoffte, er würde zurückkommen. Das tat er nicht. Erst am nächsten Tag sah ich ihn wieder. Obwohl es regnete, schwamm ich hinaus und tauchte. Er lag da wie zuletzt. Mit gähnendem Maul und kleinen, zitternden Flossen überwachte er seine Welt. Ich machte keinen Versuch, ihn zu harpunieren. Ich wollte ihn nur sehen. Schwebte im blanken Wasser knapp unter der Oberfläche und fragte mich, was ich für ihn war. Was er sah, wenn ich ab und zu hinuntertauchte und mich ihm näherte. Meistens zog er sich zurück, manchmal schwamm er davon, glitt flach über den Grund und verschwand. Wenn er aus seiner Höhle hervorkam, kam es einem vor, als löste sich etwas vom Grund und würde lebendig. Ein Stein, ein Fossil.

Ich schwamm an Land und stieg aufs Ufer. Die Luft war warm, obwohl es in Strömen goss. Das Wasser hatte meine Haut abgekühlt, aber mir war warm, ich stand auf der Landzunge, trocknete mich mit einem Handtuch ab und sah dabei zur Brücke hinauf. Ein Lastwagen aus der Fabrik fuhr vorbei. Das Geräusch erhob sich schwer über dem Rauschen des Wasserfalls. Ich hörte, dass er hinter der Kurve schaltete, um den Hang hinaufzukommen, legte das Handtuch in die Tüte und ging zwischen den Bäumen auf die Straße. Von dort schienen die Blätter an den Bäumen, die den Fluss säumten, in der Ferne zusammenzuwachsen: Wie ein einziges langes larvenartiges Wesen, mit vielen Stämmen und Ästen, einem Fachwerk oder Skelett ähnelnd, kroch es an den Biegungen und Ausbuchtungen des Flusses vorbei.

Man sah keine anderen Farben als grün und grau. Die grauen Bordsteine, die tiefgrünen Blätter, das hellere, fast leuchtende grüne Gras auf der Böschung des Flusses, das schimmernde Grau des Wassers.

Darunter lag er.

Das dachte ich immer, wenn ich dort vorbeiging, dass er da unten allein unter Wasser lag, wie er es viele Jahre getan hatte, und andere vor ihm, dass sie sich dort seit uralter Zeit aufgehalten und immer so ausgesehen hatten.

Seltsam.

Vermutlich lag er auch an diesem Tag da unten, im kalten Wasser unter dem Eis. Regungslos glotzte er mit seinem starren Blick in den Strom. Dann wurde der Bus langsamer, und ich hätte beinahe reflexartig die Augen geöffnet, als der Luftdruck des entgegenkommenden Fahrzeugs das Fenster leicht erschütterte, gegen das ich meine Stirn lehnte. Ich war abgelenkt worden und musste mich auf die Bewegungen des Busses konzentrieren, um wieder Anschluss zu finden. Wir fuhren schneller. Hieß das, dass wir noch immer auf der Ebene waren? Wenn das stimmte, würde ich unsere genaue Position bei der nächsten Kurve kennen. Danach gab es einen neuen Anstieg und eine weitere Kurve, kurz bevor die Straße nach der Hügelkuppe zur letzten langen und flachen Strecke abfiel, wo der Fluss in den Fjord mündete. Zwei Geschäfte mit schräg hängenden Wimpeln über der Tür und Plastikmülleimern an der Wand, ein Postamt und eine Schule lagen dort.

Ich öffnete die Augen und wurde halb von der Sonne geblendet, die hereinschien. Richtig. Da waren das Geschäft und das Postamt, da stand die Schule mit ihrem niedrigen Drahtzaun zur Straße. Der Felshang, aus dem man Grundstücke für eine neue

Siedlung herausgesprengt hatte. Den Lastwagen, der langsam die provisorische, nicht asphaltierte Straße hinauffuhr, hatte ich mir allerdings nicht vorgestellt. Genauso wenig wie den gelben Bagger, der untätig vor der Barackenreihe ganz oben stand und mit seinem eigenartigen Greifarm einem Tier glich, und ich stellte mir vor, dass er ihn benutzte, um sich Futter in den Mund zu schieben.

Ich drehte mich um und schaute zum Fluss. Ein barhäuptiger Mann öffnete einen der Briefkästen an der Straßenkreuzung, holte die Post heraus, blieb stehen und blätterte darin. Hinter ihm rutschte eine Gestalt in einem Mantel heran. Ohne dem Flugzeug Beachtung zu schenken, das in niedriger Höhe über ihr vorbeidonnerte, lenkte sie ihren Tretschlitten auf die Hauptstraße, während wir vorbeifuhren. Mein Blick war auf die Maschine gerichtet. Sie schien die Häuserdächer zu streifen, ehe die Räder auf dem Boden aufsetzten und sie abbremste. Als wir am Terminal des Flughafens vorbeifuhren, hatte sie bereits ihre Parkposition erreicht. Die Passagiere gingen in einer Reihe über das Rollfeld zum Eingang. Ihr weißer Frostatem glich Rauch. Als hätte jeder von ihnen ein kleines Feuer in seinem Kopf.

Manchmal fuhren wir nachmittags mit den Rädern zum Flughafen, saßen im Café und beobachteten die Passagiere oder gingen die Hänge zu der Kaserne hinauf, um uns die Soldaten anzusehen, die dort manchmal auf dem Platz davor gedrillt wurden. Verkniffene Gesichter und koordinierte Bewegungen, was unweigerlich dazu führte, dass ich mich schlaff und untauglich fühlte. Glotzend hingen wir auf unseren Fahrradlenkern wie irgendwelche Vollidioten. Den Militärdienst würde ich trotzdem verweigern. Darüber diskutierte ich des Öfteren mit meinen Großeltern. Sie verstanden nicht, warum das erforderlich sein sollte, sie lächelten sich an und sagten, es gehe mir nur darum, mich von den anderen abzusetzen. *Nein*, widersprach ich. Aber sie lächelten nur. Und das Gefühl, dass es mir an Ecken und

Kanten fehlte, kehrte zurück. Es ist das Gefühl der Schwachen, das sich immer in Situationen einstellt, in denen ich unterlegen bin. Wie in Französisch, meinem schlechtesten Fach, wenn ich lese und keine Kontrolle über die Aussprache habe, und sich in mir etwas öffnet und mit jedem Kichern, jeder Berichtigung verstärkt, ich habe keine Kanten mehr, bin weich und schwammig, eine Schnecke, die nichts anderes tun kann, als sich zusammenzuziehen, wenn jemand sie anstößt. *Nein, das stimmt nicht*, sage ich, aber die Worte finden keinen Halt, sie klingen falsch. Und das merken sie. Wie vielsagend das Schweigen meiner Großeltern ist, wie leicht es ihnen fällt, mich zu durchschauen, wenn ich anschließend ein anderes Thema anschneide und frage, wie es Diesem oder Jenem gehe, oder unvermittelt eine Nachricht auf der Titelseite der Tageszeitung kommentiere, die zwischen uns auf dem Tisch liegt. Es spielte keine Rolle, wie gut ich das Gefühl kannte, es gelang mir trotzdem nicht, ihm rechtzeitig zu entkommen. Es war zum Verzweifeln. Ich musste etwas mobilisieren, aber was genau ich mobilisieren musste, wusste ich nicht. Kanten? Was für Kanten, was war *das*?

Es waren wenig Menschen in der Stadt, aber selbst im Sommer, wenn die Straßen voller Touristen sind, wirkt Kristiansand leer. Die Straßen sind gerade, die Häuser sind klein und ähneln sich, die Stadt ist gleichmäßig. Eine Stadt sollte ungleichmäßig sein, sonst ist sie keine richtige Stadt. Man sollte um eine Ecke gehen und merken können, dass sich etwas verändert, dass diese spezielle Ansammlung von Häusern und Geschäften, Verkaufsständen und Menschen eine Stimmung erzeugt, die sich von der unterscheidet, die man gerade hinter sich gelassen hat. An einer Stelle ist die Straße dicht befahren, an einer anderen öffnet sie sich freundlich zu einem Park: Du siehst einen Mann, der sich an einem Springbrunnen vorbeugt, er formt eine Schale aus seinen Händen und wäscht sich die Stirn, ehe er sie mit den Hemdärmeln abtrocknet und erfrischt weitergeht. Ein Paar liegt auf dem Rasen, sie küssen sich erregt, schaffen es nur mit Mühe, sich zu beherrschen. Gierige Hände, pochende Herzen. Am anderen Ende des Parks beginnt das Büroviertel, dort gibt es weniger Geschäfte, mehr Glasfassaden und eine andere, zielstrebigere Betriebsamkeit als die lässige Geschäftigkeit, die man in den Einkaufsstraßen im Zentrum findet. Doch auch diese Gegend setzt unterschiedliche Akzente, je nachdem, wo man sich auf der Straße befindet. Wo sie Antiquitäten, alte Bücher und Secondhandklamotten verkaufen, herrscht ein anderer Ton als dort, wo sich die großen Einkaufszentren befinden. Und wenn man einen Abstecher in eine der Seitenstraßen macht, scheint alles schmaler zu werden, die Geschäfte werden kleiner und die Straße enger, über einem hängen Schnüre mit Kleidern, die im Wind flattern, zu beiden Seiten liegen Bars und Straßencafés, die immer schummriger werden, je näher man dem Hafen kommt. Und dann die Fülle des Hafens, vom Menschengewimmel des Fährterminals bis zur Menschenleere des Containerhafens. Die Trabantenstädte außerhalb des Zentrums, die alle verschieden zu sein scheinen. In Kristiansand ist dagegen alles gleich. Überall herrscht die gleiche vorsichtige Stimmung. Als hätten die Einwohner eine Stadt übernommen, die eigentlich nicht die ihre ist, so dass sie sich nicht trauen, sie zu prägen.

Von allen Städten, in denen ich gewesen bin, erinnert nur Lillesand an Kristiansand. Diese Stadt ist, wenn möglich, noch gleichmäßiger und leerer. So gering ist dort der Druck, dass man es gar nicht merkt, an einem bestimmten Ort gewesen zu sein, wenn man die Stadt wieder verlässt. Lillesand existiert nicht. Kristiansand existiert, aber auch nur, weil es so viel davon gibt. Sechzigtausend Menschen hinterlassen nun einmal Spuren. Würden dort jedoch nur dreißigtausend leben, würde auch Kristiansand nicht existieren.

Durch diese kraftlose Stadt ging ich. Über den Marktplatz und an der Fußgängerzone vorbei und die Straße zu dem Gebäude hinunter, das früher die Börse gewesen war und in dem das Plattengeschäft lag, zu dem ich wollte. Es waren keine anderen Kunden im Laden. Der Verkäufer saß auf einem Stuhl, las ein Magazin und blickte nicht auf, als die idiotische Glocke über der Tür klingelte, um anzukündigen, dass ein neuer Kunde eingetreten war.

Ich begann bei *A* und blätterte mich durch das gesamte Alphabet von Schallplatten. Zweihundert Kronen waren im Verhältnis zu den Waren, die auf dem Einkaufszettel standen, viel zu viel, überlegte ich. Wenn ich eine Platte zum vollen Preis und ein Sonderangebot kaufte, würde für die Lebensmittel immer noch genug Geld übrigbleiben. Also legte ich zwei Platten und die zusammengeknüllten Hunderter auf den Tresen. Der Verkäufer stand auf und schob die Platten in eine Plastiktüte. Anschließend tippte er die Summe in die Kasse ein, nahm die beiden Geldscheine und konnte der Versuchung nicht widerstehen, sie glattzustreichen, während ich zusah, ehe er mir ein wenig widerwillig das Wechselgeld herausgab und ich mit der Tüte in der Hand gehen konnte.

Die trockene Luft im Geschäft führte dazu, dass der rauchige Dunst, der mir in die Nase gestiegen war, als ich eine halbe Stunde zuvor aus dem Bus gestiegen war, erneut spürbar war. Als ich mich durch die Stadt treiben ließ, schaute ich zu den Dächern hoch. Nirgendwo war Rauch zu sehen. Nur Dampfwolken aus den Rohren auf dem Dach der Bäckerei. *Psshh.* Zwei ältere Frauen kamen aus dem Supermarkt. Beide zogen ihre Einkaufstrolleys hinter sich her. Das war ihre Zeit des Tages. Jetzt war es nirgendwo besonders voll. Keine gereizten Blicke und ungeduldigen Bewegungen in der Schlange, die hinter ihnen immer länger wird, während sie versuchen, genügend Münzen für die Kassiererin zusammenzulegen. Vielleicht greift sie ein, sucht Zehnkronenstücke zwischen den Kronenmünzen im Portemonnaie heraus, um die Sache etwas zu beschleunigen. Aber nicht jetzt. Jetzt kaut sie Kaugummi und hat alle Zeit der Welt, während sie vor ihr davonschlurfen. *Psshh.* Seltsam, dieser Geruch … Vielleicht ein Kaminbrand irgendwo, dachte ich und ließ den Blick die Fassade auf der anderen Straßenseite hinaufwandern. Die Tür der schmalen, länglichen Veranda schlug leicht gegen den Türrahmen.

Ich blieb stehen. Der Schnee, der hartgebacken und glatt unter dem Geländer lag, rundete den ansonsten rechten Winkel ab. Der Wind hatte eine Plastiktüte zwischen die Balkongitter geweht. Sie bebte. Ich blies warme Luft auf meine geröteten, eiskalten Hände. Gleichzeitig tauchte aus der Dunkelheit hinter dem Fenster ein Gesicht auf. Und dann der Arm im Licht: knochige, steife Finger, die sich hinauswagen, nach dem Rand der Tür greifen, sie zuziehen.

Wie das Glas in einem blendenden Aufblitzen das Sonnenlicht reflektierte.

Ich ging weiter. Irgendwo hörte ich einen Hubschrauber starten. Das ungewöhnliche Geräusch ließ mich hochschauen. Nicht eine Bewegung durchbrach die klare blaue Haut des Himmels, aber das Grollen wurde stärker. Und dann stieg die Maschine jäh über das Hausdach. Ich sah deutlich die beiden Männer im Cockpit, als der Hubschrauber Fahrt aufnahm und lärmend vorbeischoss.

Ich verfolgte ihn, bis er außer Sichtweite war und nur das Geräusch zurückblieb. Offenbar hatte es irgendwo einen Unfall gegeben.

Ich ging schräg über die Straße und stieg die Treppe zur Konditorei hinauf. Um diese Tageszeit bestand die Kundschaft ausschließlich aus alten Damen, aber das gefiel mir. Nichts an ihnen konnte sich in meine Gedanken drängen, es war mir vollkommen egal, was sie über mich dachten. So konnte ich dort Kaffee trinken und in aller Ruhe und unbeschwert rauchen. Denn auch wenn ich wusste, dass *keiner* sich dafür interessierte, wie ich aussah, was ich anhatte oder wie ich rauchte, quälte mich der Gedanke daran, sobald Leute in meinem Alter das Café betraten. Es war idiotisch, aber ich hatte mich damit abgefunden und mied diese Situationen, so oft es ging. Ich konnte dort nicht sitzen und *alles* kritisch beäugen, was ich machte. Wenn ich zum Beispiel eine Zeitung las, dachte ich augenblicklich darüber nach, was es bedeuten mochte, dass ich ausgerechnet *diese* Seite las. *Was ist das, ist er völlig durchgedreht, liest er das?* Es war hoffnungslos. Aber hier, umgeben von diesen plaudernden alten Damen, fühlte ich mich wohl.

Ich lächelte vor mich hin. War ich nicht jung? War das nicht meine Jugend, die Zeit, an die ich irgendwann voller Freude zurückdenken, von der ich meinen Enkelkindern erzählen würde? *Was hast du in den Achtzigern gemacht, Großvater?* Nun, wisst ihr, ich war viel mit Rentnern zusammen. Das war sehr nett. Kaffeetrinken am Vormittag, und, ja… eine schöne Zeit. Wirklich. Ihr hättet dabei sein sollen! Sie hatten so schöne kleine Tassen. Und Mille-feuilles und Schokoladenkuchen und… Als ich sechzehn war, ging ich oft in die Konditorei. Auf den Tischen lagen so kleine Spitzendeckchen. Hast du die schon einmal gesehen?

»Habe ich mir doch gedacht, dass ich dich hier finde.«

Ich sah auf. Es war Kent. Er stand mit dem Helm in der Hand vor dem Tisch.

»Warum bist zu nicht in der Schule?«, sagte ich.

»Das musst *du* gerade sagen!«

Er lächelte und setzte sich auf die Stuhlkante.

»Ich bin bloß los, um mir das Feuer anzusehen. Kommst du mit?«

»Was für ein Feuer?«

»Hast du es nicht gehört? Das Hotel hat diese Nacht gebrannt. *Vierzehn* Tote!«

»Nein…?«

»Doch, verdammt. Aber mittlerweile haben sie das Feuer bestimmt gelöscht. Kann sein, dass es nicht mehr viel zu sehen gibt.«

Er stand auf.

»Na komm.«

Als wir zum Unglücksort kamen, war alles Dramatische vorbei. Wir blieben einige Meter von den Schaulustigen entfernt stehen, die sich auf dem Parkplatz vor dem Hotel versammelt hatten. Es kam einem seltsam vor, dass ein paar Stunden zuvor vierzehn Menschen in dem Gebäude umgekommen sein sollten. Die Fenster in den obersten Etagen waren zerbrochen, die Fassade war verrußt, und es trieb etwas Rauch heraus. Ansonsten war alles normal. Feuerwehrleute liefen zwischen dem Gebäude und ihren Wagen, die am Eingang standen, hin und her und sprachen in Walkie-Talkies, Wasser strömte aus einem Leck irgendwo stetig über den Asphalt und würde bald zu Eis erstarren. Direkt an der provisorischen Absperrung stand eine junge Frau mit einer auf die Schulter gestützten Kamera. Sie ließ sie langsam von links nach rechts über die Fassade schwenken, trat dann einen Schritt zurück, drehte sich um und filmte uns, die Schaulustigen. Das gefiel mir nicht. Es war nicht so, dass die Kamera uns als objektive Phänomene registrierte, kalt und willenlos. Sie zeigte auf uns, sie sagte: *Das hättest du sein können.* So war es nicht gekommen, deshalb standen wir jetzt hier, und das war es, was die Kamera zeigte.

»Vielleicht kommen wir heute Abend in den Nachrichten«, meinte Kent und nickte zu dem Fernsehteam hinüber.

»Bist du sicher, dass es *vierzehn* waren?«, fragte ich.

»Mhm. Das haben sie jedenfalls gesagt.«

»Merkwürdig«, sagte ich. »Danach sieht es gar nicht aus.«

Das Pulsieren in den dicken Schläuchen, die sich an der Wand vorbei zum Eingang hinein schlängelten, zeigte vermutlich an, dass sie immer noch arbeiteten. Feuerwehrmänner mit Atemschutzgeräten, die Raum für Raum durchsuchten, für den Fall, dass es noch mehr Menschen gab, die es nicht mehr rechtzeitig ins Freie geschafft hatten, die erstickt waren und nun als Bündel dort lagen, wo der Rauch zu viel für ihre Körper wurde.

Es musste wie ertrinken sein. Nur noch schrecklicher. Denn Luft gab es ja. Ganz in der Nähe gab es jede Menge Luft.

Ich atmete tief ein und betrachtete die Fassade. Dann merkte ich, dass Kent mich ansah.

»Wollen wir?«, sagte er.

Ich nickte. Es gab nicht mehr viel zu sehen.

Wir gingen wieder zur Konditorei hinauf, wo er sein Moped abgestellt hatte.

»Einer von ihnen ist gesprungen«, erzählte er. »Das haben sie im Radio gesagt. Totale Panik.«

»Das hätte ich gerne gesehen«, sagte ich.

»Ja«, erwiderte Kent.

»Das ist echt furchtbar«, sagte ich.

»Das Schlimmste sind ja die ganzen Leute, die herumstehen und zugucken. Verdammt.«

Er lächelte mich an.

Warum hatte er mich abgeholt? Das hätte er nicht tun müssen. Er hätte auch alleine hingehen können. Aber das hatte er nicht getan. Wir hatten gemeinsam dort gestanden.

Ich freute mich so sehr darüber, dass ich mich umdrehen und einen letzten Blick auf das Hotel werfen musste, damit Kent es nicht merkte. Was sollte er sonst von mir denken?

»Kommst du mit in die Schule?«

»Das hatte ich eigentlich nicht vor«, antwortete ich.

»Mortensen hat heute nach dir gefragt.«

»Das kann er ruhig tun.«

Wir blieben vor dem Moped stehen. Kent sah auf die Uhr.

»Wenn wir jetzt fahren, schaffen wir es noch zur nächsten Stunde. Also kommst du jetzt mit oder nicht?«

Ich zögerte, aber dann begegnete er meinem Blick.

»Na schön«, sagte ich.

Er bückte sich und schloss auf. Ich blieb stehen.

»Vor zwei Wochen hat mein Vater dort übernachtet«, sagte ich.

Kent drehte sich zu mir um, schloss den Riemen des Helms unter seinem Kinn.

»Ach echt?«

»Da hat er Glück gehabt«, sagte ich.

»Ist er umgezogen?«, fragte Kent. Als wäre *das* das Wichtigste.

Ich nickte.

»Nach Sarpsborg.«

»*Sarpsborg?*«, sagte er, knallte das Schloss unter den Sitz, rollte das Moped etwas nach vorn und begann es anzutreten. Ich wartete. Der Motor sprang an. Er wendete in einem knatternden Bogen, kam zurück, hielt vor mir.

»Warum dahin?«

Ich zuckte mit den Schultern und setzte mich hinter ihn. Hielt mich am Gepäckträger fest. Wir fuhren die Straße hinauf, die ich eben hinuntergegangen war. Das kalte Metall war eisig an der Haut meiner Finger. Ich dachte an Vater. An meine eigene Gleichgültigkeit. *Ich komme gut ohne ihn aus.* So dachte ich. Allerdings nicht, ohne einen Begriff hinzuzufügen. *Verdrängung*, dachte ich, *nein*, dachte ich dann, *Schluss damit. Jetzt will ich fühlen, was ich fühle, und nicht alles Mögliche andere.*

Kent hielt an einer roten Ampel. Wir setzten die Füße auf die Erde und warteten. Unser feuchter Atem gefror in der Luft. Regelmäßige Stöße weißer Atemluft.

»Verdammt, ist das kalt«, rief Kent, ich rief *Ja, verdammt* zurück und sah wieder meinen Vater vor mir, sturzbetrunken im Bett, es brennt, er schläft, ein tiefer Vollrauschschlaf, der sich vom Klopfen an der Tür nicht unterbrechen lässt, auch nicht vom Feueralarm im Flur, er schläft, und dann stirbt er. Daran denke ich, Vaters Leiche, die Beerdigung, bei der ich einer der Träger sein muss. Der schwere Sarg zwischen uns. Durch die Kirchentür und über den Kiesplatz gehen wir mit dem Sarg auf den Friedhof. In ihm liegt Vater, denke ich. Berührt mich das?

Schiefe Grabsteine zwischen hohem Gras, eine verwitterte Steinmauer vor dem Wald, rostige Eisenkreuze und ein neues Grab ganz hinten an der Straße. Mit seinen Kränzen aus weißen, roten, blauen und gelben Blumen leuchtet es auf der ausgehobenen Erde. Das ist abscheulich. Solche neuen Gräber sind abscheulich. Ich denke, dass sie *frisch* sind. Diese farbenfrohen Blumen, die kürzlich ausgehobene Erde inmitten von allem Alten, Überwachsenen – die vielen Namen aus anderen Zeiten, die auf den Steinen verwittern und unleserlich geworden sind. Als würde jedes Mal eine Ordnung durchbrochen. Ein unerhörter Eingriff in alles Alte. Eine Art Verhöhnung. Aber wer wurde verhöhnt?

Die Toten?

Vielleicht. Die alten Toten sind verwitterte Namen und windgepeitschtes Gras, Steinmauern und ein Hauch von Salz im Wind. Die alten Toten sind die Erlösten. Die Möwen, die auf den Luftströmen über der See treiben. Die neuen Toten sind kalte und bleiche Leichen, in deren Adern das Blut gerade erst geronnen ist, mit Farbe in den Augen und starrgekrümmten Gliedern, Blumen, Kränzen und Fahnen in rot, weiß und blau. Kirmes.

Von solchen Dingen lasse ich mich beeinflussen: von den taufrischen Gräbern, dem baldigen Kontakt der weißen Leichenhaut und der schwarzen Muttererde, aber nicht von der Bestattung meines Vaters. Wenn sie singen und ich die verschiedenen Gesichter betrachte, meine Verwandten, ihre Tränen, und danach das Meer, und dann diese vier feuchtglänzenden Wände aus schwarzer Muttererde, in die der Sarg hinabgesenkt wird, wenn ich mich vorbeuge und ihn auf dem Grund liegen sehe, ganz unten in diesem Erdschacht, der ein Grab ist, bin ich dann gerührt? Bedeutet er mir dann etwas? Nein, nicht damals, nicht, als wir über die Brücke sausten und ich flüchtig *Thygesons Minde* auf einem Schild las und der Wind mein Gesicht vor Kälte taub werden ließ. Es war nur ein Bild. Vielleicht würde es mich fertigmachen, wenn es wirklich passierte, wenn ich wirklich an seinem Grab stünde und eine Schaufel Erde auf den Deckel gestreut würde, auf den Sarg mit der Leiche, dann vielleicht, aber nicht jetzt. Vielleicht, vielleicht auch nicht.

Mutter hatte das Gespräch angenommen, das unser letztes hätte sein können, und als sie hörte, dass er es war, hielt sie den Hörer von sich weg, als wollte sie auch in diesem Moment Abstand halten.

»Es ist dein Vater«, sagte sie. »Er will mit dir reden.«

»Hallo?«, sagte ich und dachte, dass meine Stimme überrascht klang.

»Hallöchen«, erwiderte Vater. »Ich bin morgen in der Stadt, was meinst du, wollen wir uns treffen, ich lade dich zum Essen ein?«

»Morgen«, sagte ich. »Ja, das geht.«

Wir verabreden, dass wir uns am Nachmittag im Hotel treffen würden. Wir einigen uns auf fünf Uhr, in der Lobby. Ich nehme den Bus in die Stadt, betrete die Lobby, setze mich und warte, ein wenig nervös, manchmal pocht das Herz, als würde ich auf ein Mädchen warten, ein *date*, und nicht auf meinen Vater. Es ist fünf, dann halb sechs, er taucht nicht auf. Um Viertel vor sechs frage ich den Portier nach seiner Zimmernummer, erhalte die Bestätigung, dass er da ist, gehe hinauf, es ist in der vierten Etage. Ein langer Flur mit Teppichboden, so still, wie es nur in Hotels ist, ich klopfe an. Drei Mal, keine Reaktion. Noch drei Mal, völlige Stille. Dann gehe ich wieder nach unten, bitte den Portier, das Telefon benutzen zu dürfen, ich rufe ihn an, und jetzt ist er wach, aber so, dass ich einfach auflege und hinausgehe, um den Bus nach Hause zu nehmen.

Als Mortensen mich nach der letzten Stunde aufhielt, hatte ich noch nicht begriffen, dass Kent *geschickt* worden war. Dass Mortensen ihn *gebeten* hatte, mich zu holen. Wenn ich nur den leisesten Verdacht gehegt hätte, wäre ich der Schule ferngeblieben. Aber jetzt war ich da. Dumm und naiv.

»Henrik?«, sagte Mortensen.

Er legte seine Bücher in die Tasche, die auf dem Lehrerpult stand, um es beiläufig wirken zu lassen.

»Was ist?«, fragte ich und blieb stehen.

»Kann ich Sie kurz sprechen?«

»Ja?«, sagte ich und blieb im Türrahmen stehen.

Ich wollte es ihm nicht zu einfach machen.

Er befestigte den Riemen in der Schnalle und nahm die Tasche in die Hand. Als er mich wieder ansah, lächelte er.

»Wenn Sie nichts dagegen haben, gehen wir ins Lehrerzimmer. Da ist um diese Uhrzeit keiner.«

»Okay.«

Er grüßte die Lehrer, denen wir unterwegs begegneten. Ich wich ihren Blicken aus. Ich hasste das Gefühl, dass sie wussten, was passieren würde. Dass sie wussten, wer ich war.

»So«, sagte er. »Setzen Sie sich.«

Er nickte zu einem Tisch in einer Ecke des Raums. Ihre Freistatt. Die alten Lehrer, die den Unterricht als einen Kampf betrachteten. Hier entspannten sie sich und unterhielten sich mit ihren Kollegen, hier wollte ihnen keiner übel mitspielen. Dass sie das aushielten. Dass sie die Kraft dafür aufbrachten. Am Lehrerpult zu stehen und sich Tag für Tag zu krümmen. Aber es gab nicht mehr so viele von ihnen. Wir hatten zwei. Alte Männer mit nervösen Zuckungen, die streng rochen und nicht begriffen, worüber wir lachten, wenn wir über sie lachten.

Ich setzte mich an den Tisch und trommelte mit den Fingern darauf, damit er begriff, wie idiotisch ich das Ganze fand. Dann kam mir der Gedanke, dass dies zu leicht zu durchschauen war, und hörte auf.

»Möchten Sie einen Kaffee, Henrik?«, fragte er.

Für wie dumm hielt er mich eigentlich?

»Nein danke, *Herr Mortensen*«, antwortete ich.

Er sah zu mir herüber und lächelte.

»Also nicht«, sagte er.

»Mein Bus geht bald«, erwiderte ich.

»Es dauert nicht lange.«

Er setzte sich auf den Stuhl mir gegenüber. Seine Augen waren klar, und ich empfand es als einen Kampf, ihnen nicht auszuweichen. Aber ich schaffte es.

»Sie haben in letzter Zeit häufig gefehlt«, sagte Mortensen.

»Ja«, sagte ich.

Er musste den Blick senken.

»Die anderen Lehrer beschweren sich darüber. Ich kann Sie nicht mehr lange in Schutz nehmen.«

Er betrachtete den Stift, den er auf der Tischplatte klicken ließ.

»Nicht.«

»Ich weiß, dass Sie es im Moment nicht leicht haben.«

Ich starrte ihn ungläubig an.

»*Bitte?*«, sagte ich.

»Ich habe mit Ihrer Mutter gesprochen«, erklärte er. Ebenso ruhig.

BITTE?

»Ich möchte Ihnen eine Abmachung vorschlagen. Sie brauchen nichts zu tun, außer zu kommen. Anwesend zu sein.«

Sein gütiger Ton und das Unwürdige an seinem Vorschlag machten mich wütend und beschämten mich zugleich. Glücklicherweise gelang es mir, mich zu beherrschen. Der leicht weinerliche Ton meiner Stimme verriet ihm nichts. Man musste mich schon wirklich gut kennen, um zu wissen, was das bedeutete.

»Wenn ich einen Tag fehle, ist das ja wohl meine Sache, oder?«, sagte ich. »Und wenn ich *sehr oft* fehle, wird man mich eben von der Schule werfen müssen. Haben Sie dafür keine Regeln? Ist es nicht *meine* Sache, ob ich in die Schule komme?«

»Doch, das ist es.«

Ich stand auf.

»Mir geht es gut«, sagte ich. »Sie sollten vielleicht lieber etwas mehr über Ihren Unterricht nachdenken und sich nicht den Kopf darüber zerbrechen, wie es mir und den anderen geht.«

Ich drehte mich um, ehe er etwas entgegnen konnte, und eilte so schnell davon, wie es ging, ohne dass ich dabei meine Würde verlor.

Als ich zur Kreuzung kam, war mein Bus gerade gefahren. Ich warf einen Blick auf den Fahrplan, um zu sehen, wann der nächste ging. Erst in einer halben Stunde. Es war zu kalt, um dort herumzustehen und zu warten, überlegte ich und ging in die Stadt.

Dann wurde mir schlagartig klar, dass Mortensen Kent geschickt hatte. Was hatte er noch einmal gesagt? *Mortensen hat heute nach dir gefragt*. Was hatte er gefragt? *Hat einer von Ihnen Henrik heute schon gesehen?* Und Kent sagt, dass ich bestimmt in der Konditorei sitze. Alle hören es. Alle denken sich ihr Teil. Und Mortensen sagt, *Können Sie in der Mittagspause bitte einmal nach ihm sehen, Kent?* Und Kent antwortete, *Klar, mache ich*. Dann fährt er in die Stadt. Findet Henrik bei den Rentnern und schafft es, ihn in die Schule zu locken. Ohne dass ich etwas kapiere.

Mist. Mist.

Aber ich war selber schuld. Ich hatte mich geschmeichelt gefühlt. Entscheidend war, mich so zu verhalten, dass sie nicht an mich herankamen. Ihnen keine Angriffsfläche zu bieten. Da zu sein. Auch wenn Mortensen auf die Art bekam, was er wollte. Denn wenn ich *nicht* kam, wäre das ja auch eine Reaktion auf ihn.

Wann würde ich endlich lernen, Dinge so zu tun, wie *ich* es wollte, und mich nicht immer nach den Erwartungen anderer zu richten?

Das waren wahrlich keine neuen Gedanken.

Ich hatte mich selbst satt und beschloss, bei Großmutter und Großvater vorbeizuschauen. Um diese Uhrzeit aßen sie immer. Das würde mich auf andere Gedanken bringen. Anschließend konnte ich einen späteren Bus nehmen. Mutter würde erst in vielen Stunden nach Hause kommen.

Großmutter und Großvater lebten in einem ruhigen, sonnigen Viertel gleich außerhalb des Stadtzentrums. Als sie 1940 in Oslo heirateten, besaßen sie nicht viel, aber durch ein paar gelungene Investitionen hatten sie es sich ohne größere Kredite leisten können, ein Haus zu kaufen, und waren so in der Lage gewesen, nach dem Krieg schnell in die Stadt zurückzukehren, aus der sie stammten. Heute besaßen sie drei Häuser in der Innenstadt und verdienten gut daran, sie zu vermieten. Reich waren sie nicht, aber es ging ihnen gut. Er war Abteilungsleiter in einer Bank, sie war zu Hause und verbrachte viel Zeit damit, in ihrem gepflegten und schönen Garten vor dem Haus zu arbeiten, der nach vielen Jahren leidenschaftlichen Einsatzes eher einem botanischen als einem normalen Garten glich. Darüber hinaus kümmerte sie sich um alle praktischen Dinge, was die Vermietung der Wohnungen anging. Sie akzeptierte ausschließlich männliche Mieter. Sie fand, dass Frauen immer nur Ärger machten, Dinge verschwanden, wenn sie auszogen, und früher oder später kamen Männer zu Besuch, die sie in ihren Wohnungen übernachten ließen, *Das tun sie immer*, erklärte sie. Wenn ich Einwände vorbrachte und meinte, die Mieter dürften ja wohl nach Hause mitnehmen, wen sie wollten, lächelte sie nur und sagte, sie wohnten dort freiwillig und seien bei ihrem Einzug mit den Regeln einverstanden gewesen. *Sie hätten ja sagen können, dass so etwas altmodisch ist*, sagte sie. *Hinterher damit anzukommen, hat keinen Sinn. Das siehst du doch ein, oder Henrik?*

Bei solchen Themen waren wir unterschiedlicher Meinung. Meistens beließ ich es dabei, aber manchmal biss ich mir die Zähne an ihnen aus. Es gefiel ihnen, dass ich einen eigenen Kopf hatte und mich ihnen nicht einfach beugte, selbst wenn sie eine völlig andere Meinung vertraten als ich. Zum Beispiel beim Thema Einwanderung. Da reagierte Großvater immer empört. Vielleicht weil er zu Hause war und sich mit seinen Ansichten nicht danach richten musste, was von ihm erwartet wurde. Endlich konnte er sie frei äußern. Er war leicht zu reizen und wirkte manchmal regelrecht wütend. Großmutter griff dann regelmäßig ein, zwinkerte mir zu und wollte wissen, ob ich denn ein hübsches Einwanderermädchen gefunden hätte, da ich sie offenbar so gern hätte? *Vielleicht*, sagte ich daraufhin. *Ich könnte mir vorstellen, dass euch das gefallen würde.* Auch Großvater lächelte dann. Sein Ärger saß nicht tief, es war nichts Persönliches, nicht ich war das Problem.

Wenn Großmutter und ich alleine waren, herrschte eine andere Stimmung. Sie servierte das Essen, und ich aß und erkundigte mich nach Familienmitgliedern, sie antwortete, und danach entstand jedes Mal eine kleine Pause. Als hätte sich alles, was wir gesagt hatten, in so großen Mengen zwischen uns angehäuft, dass wir nicht weiterkamen. Sie strich die Tischdecke glatt, sah hinaus, wenn ein Auto vorbeifuhr, räumte das Essen wieder weg und summte dabei ununterbrochen vor sich hin.

Zu jener Zeit wurde ich neugierig darauf, wer sie *war*, welches Leben sie vor diesem geführt hatte, was die schöne Frau mit den dunklen Augen, die ich auf Bildern gesehen hatte, damals wohl gedacht hatte. Kristiansand 1920, erzähl! Oslo 1930, erzähl! Der Krieg, die Nachkriegszeit, was ist passiert, was habt ihr gemacht, was hast du gedacht? Erzähl!

Ich musste auf den Fragen beharren. Andernfalls lenkte sie mich dadurch ab, dass sie eine Person in die Geschichte einfügte, die noch lebte und ihr so ermöglichte, blitzschnell eine Verbindung zu unserer eigenen Zeit und Situation herzustellen. Es war offensichtlich, dass sie mit anderen nie über diese Dinge sprach. Ihre Erinnerungen haben etwas Steifes, dachte ich; wenn sie zum Beispiel von der Arbeit erzählte, die sie in Oslo hatte, und ich eine konkrete Frage stellte, die von der Hauptlinie abwich, blieb sie mir häufig die Antwort schuldig, *Gerade daran erinnere ich mich nicht mehr so gut.* Sie hat nur das absolut Notwendige behalten, dachte ich, den Rest hatte sie hinter sich gelassen, aufgegeben, sie konnte sich nicht mehr erinnern. Es war eine Art Standardversion, in der für Unregelmäßigkeiten und Details kein Platz war. Manchmal erzählte sie mir Geschichten, die ich bereits kannte, fast wortwörtlich noch einmal. Es geschah jedoch nicht so, wie man es bei alten Menschen häufig erlebt, ihre Kräfte schwanden nicht, ihr Intellekt war klar und scharf, es handelte sich um etwas Anderes.

Natürlich ging ich behutsam vor, wenn ich sie ausfragte, ich sah ja, dass es ihr nicht behagte, weil ich Dingen zu nahekam, die sie möglichst auf Distanz halten wollte. Aber gerade diese Distanz wollte ich ein wenig zum Einbruch bringen. So wusste ich beispielsweise, dass sie nicht darüber sprachen, was mit Vater passiert war, das taten sie nicht, sie analysierten die Dinge nicht groß und breit, behielten ihre Gedanken lieber für sich. Und da Vater jeden Kontakt zu ihnen abgebrochen hatte, versuchte ich eine Art Bindeglied zu sein, auch das vorsichtig natürlich, ich sagte lediglich Bescheid, wenn ich mit ihm gesprochen hatte, erzählte, was er so machte, wie es ihm ging, sagte zum Beispiel, *Ich glaube, er hat es im Moment nicht leicht, er ist nicht ganz er selbst*, und ließ anschließend eine kleine Pause für Großmutter. *Nein, das hat er wohl nicht*, erwiderte sie dann etwa. Denn Vater war immer etwas Besonderes für sie gewesen. *Aber es wird sicher alles gut*, bemerkte ich dann. *Das tut es bestimmt*, sagte sie daraufhin.

Es war eine Gratwanderung. Nur selten ging ich zu weit. Wie vor ein paar Wochen, als ich mich zu ihr hinabbeugte, um sie zu umarmen, als sie mir die Tür öffnete, das war peinlich gewesen, sie erstarrte, weil es für sie so überraschend kam, ich hatte sie verlegen gemacht und verfluchte mich hinterher lange, weil ich so ungeschickt und unsensibel gewesen war. Kinder konnte sie umarmen, das war ganz natürlich und fiel ihr leicht, aber ich war kein Kind mehr, ich war fast siebzehn und genauso groß wie mein Vater und trampelte mit dieser radikalen Körperkontakt-ist-wichtig-Theorie zu ihr hinein, wo die Etikette noch hochgehalten und respektiert wurde, da sie aus einer anderen Zeit stammten. Ich fühlte mich wie ein dummdreister Missionar der neueren Zeit, jemand, der an die Tür klopfte und ihr seinen vorlauten Willen aufdrängte, unfähig, die Sichtweise zu verstehen, die dort herrschte. Vollkommen unflexibel preist er Broschüren an und zitiert Sätze daraus, wie toll es heute ist und wie furchtbar es früher war, während die Zuhörer, die ihm an Weisheit und Reife weit überlegen sind, in sich hinein lächeln in der Gewissheit, dass an ihren Werten nichts auszusetzen ist, dass dieses neue Reich, von dem er lallt, naiv und plump ist, eine Erkenntnis, die sie jedoch lieber für sich behalten, während sie ihn freundlich zur Tür hinausbegleiten, nachdem sie ihn zuvor zu einer Tasse Kaffee eingeladen haben.

Ich klingelte und trat zwei Schritte zurück, damit sie mich vom Küchenfenster aus sehen konnte. Die Gardine wurde weggezogen, und ein Gesicht tauchte auf. Dann musste sie in den Flur und die Treppe hinuntergehen, ehe ihr Schatten auf der anderen Seite der Tür hinter dem Glas auf mich zukam.

»Du bist das«, sagte sie.

»Ich wollte nur kurz vorbeischauen«, erwiderte ich, lächelte sie an und achtete darauf, meine Füße auf der Matte vor der Türschwelle gut abzutreten, ehe ich in den Flur ging. Sie schloss hinter mir die Tür.

»Kommst du gerade aus der Schule?«, sagte sie.

Ich blickte zu ihr hoch, während ich meine Schuhe auszog.

»Ja«, sagte ich und stellte sie neben die anderen Schuhe, die auf der Schuhablage an der Wand standen. »Da läuft es gut«, ergänzte ich, erhob mich und zog den Reißverschluss der Jacke auf.

»Ich koche gerade«, sagte sie.

Ich schob den Kleiderbügel in die Jacke und hängte sie an die Garderobenstange. »Aha?«, sagte ich. Als ich mich zu ihr umwandte, war sie schon auf der Treppe. Ich folgte ihr, schloss die Tür am Kopfende der Treppe hinter mir und trat in die Küche.

Es roch gut.

»Was gibt es?«, fragte ich.

Sie stand am Herd und rührte in einem Topf.

»Nur Frikadellen«, antwortete sie. »Soll ich für dich mitdecken?«

»Danke, da sag ich nicht Nein!«, antwortete ich und setzte mich an den Küchentisch. Sie holte einen Teller aus dem Schrank, den sie vor mich stellte.

»Besteck brauchst du wohl auch«, meinte sie.

Ich lächelte.

»Besser wär's«, sagte ich.

Sie zog die Schublade auf und suchte Messer und Gabel heraus, die sie sorgsam neben den Teller legte, während ich mich zurücklehnte, um ihr Platz zu lassen.

»So«, sagte sie.

Sie setzte sich auf den Stuhl neben dem Herd. Strich sich mit der Hand schnell durchs Haar.

»Er ist heute spät dran«, sagte sie.

»Hat er im Moment viel zu tun?«

»Nein, ich glaube nicht. Wie immer, denke ich.«

»Aber er will nicht in Rente gehen.«

»Nein, das will er nicht. Wenn er hier nur herumsitzt, langweilt er sich.«

»Ja.«

Sie zog die Gardine ein wenig zur Seite und lehnte sich vor.

»Nein, nichts«, sagte sie. Ich drehte mich um und griff nach der Zeitung, die auf der Bank neben mir lag. Breitete sie auf dem Tisch vor mir aus. Sie waren noch nicht dazu gekommen, etwas über das Feuer zu schreiben, sah ich. Großmutter war wieder auf den Beinen, rührte kurz im Topf, drehte die Platte herunter, ging zum Becken, mischte Saft in einer Karaffe und summte und pfiff dabei vor sich hin.

»Schreckliche Sache, das mit dem Feuer!«, sagte ich.

»Ja, hast du es auch gehört!«, sagte sie. »Und das *mitten* in der Stadt!«

»Vierzehn Menschen sind umgekommen«, meinte ich.

»Waren es so viele?«, sagte sie und schüttelte den Kopf.

»Ja, das ist schlimm«, meinte ich und fragte mich, ob ich ihr sagen sollte, dass Vater dort vor zwei Wochen übernachtet hatte, aber das wussten sie sicher schon.

»Wie geht es Roald?«, fragte ich stattdessen.

»Ach, er hat irgendetwas am Rücken«, sagte sie und lächelte. »Aber darauf muss man nicht viel geben. Er wäre nicht gesund, wenn er sich nicht über etwas beklagen könnte.«

Sie lachte kurz.

»Nein, das wäre er nicht«, sagte sie.

Ich lächelte auch.

»Und welchen Jahrgang hat er euch diesmal eingeschenkt?«

»Daran erinnere ich mich schon nicht mehr. Aber dass er *alt* war, das konnten wir schmecken.«

Roald war Großvaters älterer Bruder. Jahr für Jahr kelterte er jeden Herbst Wein. Jeder von ihnen schmeckte sauer. Dennoch bereitete es ihm große Freude, ihn auszuschenken, wenn er Gäste hatte, es war ein Ritual, wenn er sich erhob und in den Keller ging, um eine Flasche heraufzuholen, die Jahreszahl auf dem Etikett abzulesen und zu versuchen, sich zu erinnern, was sich in dem Jahr alles ereignet hatte.

»Jetzt ist er wirklich spät dran«, sagte sie.

Es entstand eine Pause.

»Und was machen die Mieter?«, sagte ich.

Dann ging unten die Tür.

»Da kommt er«, sagte sie und sprang auf, schaltete alle Platten aus, gab die Kartoffeln in eine Schüssel und stellte sie zusammen mit dem Topf auf den Tisch, gleichzeitig hörten wir ihn dort unten hantieren. Er zog das Jackett aus, streifte sich vor dem Spiegel die Strickjacke über. Dann folgten knarrende Schritte auf der Treppe.

»Du bist hier«, sagte er, als er hereinkam.

»Hab nur kurz vorbeigeschaut, während ich auf den Bus warte«, erwiderte ich. Ich hielt ihm fragend die Zeitung hin, aber er wedelte sie schmunzelnd weg und setzte sich. Ich legte sie auf die Bank.

»Hast du bis jetzt gearbeitet?«, fragte ich.

Er nahm sich von den Kartoffeln und stellte mir die Schüssel hin.

»Ja«, sagte er. »Heute war viel los.«

Großmutter goss Saft ein, erst in mein Glas, danach in ihr eigenes. Großvater begann, die Kartoffeln zu pellen. Er legte die Schalen auf den Tellerrand. Ich stand auf.

»Fehlt etwas?«, fragte Großmutter.

»Nur ein Teller für die Schalen«, antwortete ich.

»Den sollst du haben«, sagte sie. »Setz dich.«

Sie ging zum Schrank.

»Siehst du eigentlich auch schon mal Jacobsen in der Schule?«, fragte Großvater und sah kurz zu mir herüber. Sein Messer klirrte gegen den Tellerrand.

»Jacobsen?«, sagte ich.

Großmutter schob den Teller vor mich.

»So«, sagte sie.

»Mhm«, sagte Großvater.

»Er ist wie immer. Er wurstelt sich durch«, sagte ich.

»Das ist schon ein seltsamer Bursche.«

Er schüttelte den Kopf und lächelte mich dabei an, füllte den Schöpflöffel mit Sauce und goss sie über die Kartoffeln auf seinem Teller.

»Er ist ein bisschen merkwürdig«, erwiderte ich.

Jacobsen war einer meiner Lehrer, ein alter Nachbar, mit dem sie sich vor vielen Jahren überworfen hatten. Laut Vater war die Sache sogar vor Gericht gelandet. Ich war mir nicht sicher, ob das stimmte, aber sie direkt danach zu fragen, wäre sicher nicht so schlau gewesen.

»Ich habe mir heute das Feuer angesehen«, erzählte ich, als wir ein paar Minuten schweigend gegessen hatten.

»Aha?«, sagte Großvater.

»Aber als wir hinkamen, war schon alles vorbei. Jedenfalls war das Feuer gelöscht. Es sah überhaupt nicht dramatisch aus.«

»Nein, das tat es wohl nicht«, meinte Großmutter.

»Was hast du denn in der Stadt gemacht? Warst du nicht in der Schule?«, fragte Großvater.

Ich wurde rot.

»Ich bin in der Pause hin«, sagte ich. »Der Mittagspause.«

Großvater und Großmutter wechselten einen Blick. *Sie wussten, dass ich log.* Mein Gesicht verriet mich, das Verkrampfte an meinen Bewegungen verriet mich. Ich war nicht stark genug, um die Lüge glaubwürdig vorzubringen.

Da konnte ich so viel Saft trinken, wie ich wollte, konnte ich stundenlang essen, ohne dass es irgendetwas übertünchen würde. Das Schweigen zwischen uns klagte mich an: *Du lügst.*

Aber wir aßen weiter. Ich traute mich nicht, etwas zu sagen, es wäre als Versuch aufgefasst worden, die Aufmerksamkeit auf etwas Anderes zu lenken. Andererseits war mein Schweigen neu, ich hatte mein Verhalten nach meinen letzten Worten verändert, also wurde der Verdacht auch so bestätigt.

Ich war in meiner eigenen Verlogenheit gefangen und konnte nichts Anderes tun, als weiter zu essen.

Deshalb war ich sehr erleichtert, als Großvater aufblickte.

»Und deine Mutter?«, sagte er. »Wie geht es ihr?«

»Ihr geht es gut«, sagte ich. »Aber ich glaube, in der letzten Zeit war es nicht leicht für sie.«

»Bestell ihr schöne Grüße von uns«, bat Großvater.

»Das mache ich«, sagte ich. »Darüber wird sie sich freuen.«

Es wurde wieder still. Wir aßen. Als ich fertig war, fragte Großmutter, ob ich noch einen Nachtisch wolle. Ich lehnte dankend ab, da sie offensichtlich keinen essen wollten. Sie räumte den Tisch ab und setzte Kaffee auf, Großvater und ich gingen ins Wohnzimmer. Er ließ sich mit seiner Zeitung nieder, nachdem er zuvor eine entschuldigende Geste in meine Richtung gemacht hatte. *Ich weiß, das ist unhöflich, Henrik, aber ich muss jetzt einfach einen Blick in die Zeitung werfen, nachdem ich den ganzen Tag gearbeitet habe*, besagte die Geste, zu der ich lächelnd nickte. *Ja, klar.*

Ich öffnete die Schiebetür und betrat das zweite Wohnzimmer, in dem es kühler war. Es wurde nur benutzt, wenn sie Gäste hatten. Ich ließ die Hand über den Rücken des einen der zwei schweren Sessel gleiten und schaute mich um. Das Leder war glatt und kalt an der Haut. Wenn ich mit der Hand über das Sofa striche, würde es die Farbe von hell- zu dunkelgrün wechseln. Die eine Richtung war gerillt, die andere glatt. Das zierliche Tischlein mit den Löwentatzen, das vor dem Sofa stand, fing das schwache Licht von den Fenstern auf und schimmerte im Zwielicht in tiefer, warmer Glut. Als müsste das Holz erst lichtgesättigt sein, ehe es reflektiert werden konnte. Die Glasscheiben in der Tür des Eckschranks waren schneller, sie schärften das Licht und reflektierten es in einem kurzen Aufleuchten, das nicht zögerte.

Der Raum hatte sich etwas von seiner früheren Atmosphäre bewahrt, als wir klein waren und er verbotenes Terrain dargestellt hatte. Die Möbel, vor denen ich mich ein wenig fürchtete. Die gähnenden Sessel, das Klavier, auf dem niemand spielte. Doch die Bilder, die über dem Klavier an der Wand hingen, hatten nichts Dubioses, sie waren nur seltsam: *Ist das Vater?* Ein junger Mann mit einem eigentümlichen, viereckigen Hut, der mich breit anlächelte. Seine Schwester Marie in einem weißen Rock und mit langen, dunklen Haaren, ein wenig verlegen vor der weißen Wand der Kirche posierend, in der sie konfirmiert worden war, und eins von den beiden zusammen: Vater steht in einem Matrosenanzug da und starrt mit ernster Miene den Fotografen an, während Marie auf einer Art Schemel sitzt und lächelt, zwei und vier Jahre alt waren sie damals, in der Ecke ist eine Jahreszahl eingefügt: 1947. Daneben hing das Hochzeitsfoto von Großmutter und Großvater. Ich lehnte mich vor, um zu schauen, ob es darauf etwas gab, was mir bisher nicht aufgefallen war. Sie waren beide ernst. Aber hatte er nicht auch etwas Schelmisches an sich? Ich merkte, dass ich bei dem Gedanken schmunzeln musste. Er hatte sie erobert und war bemüht, seine geheimsten, seine triumphierenden Gefühle nicht zu offenbaren, als sie nun vor dem Fotografen standen. Er wusste, dass sie für immer sichtbar sein würden, und presste die Lippen aufeinander, um neben ihr würdevoll und stattlich zu erscheinen. Neben ihrem überbordenden Kleid. Sie war doch so schön! Und nun war sie die Seine.

Hatte er das gedacht?

Mich überkam ein plötzliches Unbehagen. Als hätte ich ihre Privatsphäre verletzt. Denn wenn sein Herz bei dem Gedanken, was kommen würde, gepocht hatte, gab es keinen Grund, dass ich hier daran dachte, in ihrem Wohnzimmer, so viele Jahre später. Die Gefühle, die ich benutzt hatte, um sie lebendig werden zu lassen, waren meine eigenen. Sie hatten ihr eigenes Leben, ihre eigenen Bilder. Und wer war ich, mir die Hochzeitsnacht meiner Großmutter vorzustellen?

Oh, verdammt.

Ich beschloss, nie wieder daran zu denken, aber das Gefühl blieb. Ich musste es loswerden, ehe ich zu ihnen zurückging, so dass ich den Deckel des Klaviers anhob und vorsichtig einen Akkord anschlug, aber es klang grauenvoll, die Töne waren brüchig, das Klavier war verstimmt. Ich schloss den Deckel wieder und ging zum Fenster, blickte auf die Stadt und den dunkler werdenden Himmel, auf das letzte Licht, das sich in einem bläulichen Feld knapp über dem Schnee zu sammeln schien, der den Garten bedeckte.

Als ich zu ihnen zurückkehrte, lag ein Stück Eistorte auf meinem Teller. Sobald ich den Löffel auf das Eis presste, rutschte es ein bisschen, es war an der Unterseite ein wenig geschmolzen, hatte dort offenbar schon ein paar Minuten gestanden und auf mich gewartet.

»Ich habe mir nur die Bilder angesehen«, sagte ich. »Es ist merkwürdig, Papa so jung zu sehen.«

»Ja, das ist wirklich lange her«, erwiderte Großmutter.

Sie aß mit raschen Bewegungen, hielt den Teller vor sich in der Hand und beugte jedes Mal, wenn der Löffel einen neuen Bissen Eis ablöste, den Kopf vor. Sie hatte etwas von einem Vogel. Flinke Augen und flinke Hände, die jedoch gewissermaßen in den größeren Bewegungen verschwanden, über die sie bestimmte, dachte ich. Als hätte sie unterschiedliche Geschwindigkeiten in sich, die um das Kommando kämpften.

»Das ist wahr«, sagte Großvater.

»Wie alt war er da?«, fragte ich. »Als das Bild gemacht wurde?«

»Tja, das ist entstanden, als er Abitur gemacht hat«, sagte Großvater. »Da muss er neunzehn gewesen sein.«

»Seine ganze Klasse ist zu Besuch gekommen«, sagte Großmutter. »Erinnerst du dich?«

»Natürlich erinnere ich mich«, sagte Großvater.

»Wann war das?«

»Das muss... 1962 gewesen sein?«, sagte Großmutter.

Großvater nickte und stellte den Teller auf den Tisch neben dem Stuhl. Der Zeiger der Wanduhr näherte sich der Fünf. Ich würde mich bald auf den Heimweg machen müssen.

Ich aß auf und folgte Großmutter, als sie die Teller in die Küche trug.

»Danke für das Essen«, sagte ich. »Es war richtig lecker.«

Sie spülte die Teller unter dem Wasserhahn ab und räumte sie in die Spülmaschine. Ich wusste nicht, ob diese Resignation etwas war, was sie nur überkam, wenn ich dort war und sie an Vater erinnerte, oder ob es am Alter lag, etwas Dauerhaftes war.

Als sie sich aufrichtete und sich mit der Hand durchs Haar strich, begegneten ihre Augen meinen.

»Wie geht es dir, Großmutter?«, fragte ich.

Der Zeitpunkt war schlecht gewählt.

Sie setzte sich auf die Stuhlkante, fegte mit einer schnellen Handbewegung ein paar Krümel von der Tischdecke und schaute zu mir hoch, ohne dass ihr Blick meinem wirklich begegnete, sie hatte etwas Ausweichendes, und ich hätte mir vor Reue über meine Taktlosigkeit am liebsten auf die Zunge gebissen.

»Ich habe nur gedacht, dass es für dich jetzt nicht so viel zu tun gibt, seit überall Schnee liegt«, sagte ich schnell, bevor sie auf meine vorherige Frage antworten konnte. »Im Garten und so.«

»Ach, hier gibt es genug zu tun«, erklärte sie.

Ich spielte die letzte Karte aus, die ich besaß, um das Unbehagen zu zerstreuen, das meine Frage geweckt hatte.

»Wie geht es eigentlich Gustav und den Kindern?«, fragte ich. »Ist es lange her, dass sie hier waren?«

»Sie haben uns am Wochenende besucht«, antwortete sie und lächelte bei dem Gedanken an ihr jüngstes Enkelkind Peder, der in einem Alter war, in dem die Kleinen so viel Komisches sagen. Er liebte es, bei ihnen zu sein. Mit seiner altklugen Art brachte er sie zum Lachen, manchmal imitierte sie ihn und blickte gespielt zu jemandem auf, der größer war als sie, und gab dabei mit der fragenden Stimme eines Kindes eine seiner letzten Überlegungen wieder. Ihr Lachen war ansteckend und unwiderstehlich.

Ich war erleichtert, dass die Stimmung sich gewandelt hatte. Das machte es einfacher, sie zu verlassen. Oft hatte ich das Gefühl, etwas Unausgesprochenes zurückzulassen, und wusste, dass sie über mich reden würden, sobald ich die Haustür zugezogen hatte und zur Bushaltestelle ging. Solche Dinge spürte ich. Aber diesmal hatte ich nichts Unfertiges hinterlassen, das sie vollenden mussten. Jetzt war es gut, dachte ich, setzte mich auf die Treppe, schnürte meine Winterschuhe und lauschte dabei auf Bewegungen in der Etage über mir. Nichts. Ich griff nach der Jacke und zog sie an, ging hinaus, schloss die Tür hinter mir und warf sicherheitshalber einen Blick zum Küchenfenster hinauf.

Dort war keine Bewegung zu sehen.

Als ich nach Hause kam, lag Mephisto auf der Couch. Ich gab der Katze etwas Futter, und dann fiel mir plötzlich ein, dass ich vergessen hatte einzukaufen. Ich zählte das Geld. Es waren nur noch fünfunddreißig Kronen übrig. Der Bus hatte etwas gekostet, da die Schülerausweise für die späteren Fahrten nicht gültig waren. Ein Kaffee in der Konditorei. Und zwei Schallplatten. Was würde Mutter dazu sagen?

»Was meinst du, Mieze, wird sie wütend sein?«

Ich musste ja nichts sagen. *Ich gehe morgen einkaufen*, würde ich sagen können. *Tut mir leid, ich habe es einfach vergessen.*

Der Kühlschrank war fast leer. Jedenfalls gab es nichts, woraus man etwas hätte kochen können. Und wenn sie lange gearbeitet hatte, dann würde sie erschöpft nach Hause kommen. Zu was? Haferflocken und Milch. Trockenem Brot und Molkenkäse. Weil ich Platten gekauft hatte.

»So kann es gehen«, sagte ich, ging in die Hocke und streichelte Mephisto. Sie konnte nicht sonderlich hungrig sein, denn als ich mich rücklings auf den Boden legte, stieg sie sofort auf meine Brust. Sie amüsierte sich köstlich. Ihre Pfoten gingen langsam auf und ab, wobei sie schnurrte. Die Krallen waren ausgefahren, sie piksten leicht durch den Pullover hindurch. Mittlerweile hatte sie ein langes Fell, einen heillos zerzausten Kranz direkt unter dem Kopf, in dem sie gern gekrault wurde. Ich sah, dass ihre Nase feucht wurde, und lachte, während ich sie streichelte. Die Augen waren schmal, der Kopf war jederzeit bereit, etwas anzustupsen, wenn es nur weich war.

Ich würde es Mutter sofort sagen müssen, wenn sie kam, es direkt hinter mich bringen, dachte ich.

Als ich das Auto um die Kurve kommen hörte, legte ich das Buch weg und ging in die Küche hinunter. Es war fast acht. Der Motor heulte gereizt auf, als die Reifen keinen Halt fanden. Sie musste zurücksetzen, damit sie genügend Schwung holen konnte, um den Anstieg heraufzukommen. Ein paar Minuten später ging das Garagentor hoch, während der Wagen im Leerlauf lief, ehe der Motor ausgemacht wurde und es wieder still wurde.

»Du bist echt spät«, sagte ich, als sie im Flur ihren Mantel auszog. »Hast du bis jetzt gearbeitet?«

»Hallo, Henrik«, sagte sie, wickelte den langen Wollschal ab und hängte ihn an den Haken. »Ich habe zusätzliche Arbeit übernommen, korrigiere Prüfungsklausuren. Habe ich dir das nicht erzählt?«

Sie zupfte an den Fingerkuppen ihres Handschuhs, an einer nach der anderen, bis er locker saß und sie ihn abziehen konnte. Dann der andere.

»Kannst du das nicht auch hier machen?«, sagte ich.

Sie lächelte mich an und streckte sich ein wenig, um die Handschuhe auf die Hutablage zu legen.

Als sie lächelte, bekam ich ein schlechtes Gewissen.

»Ich habe vergessen, einkaufen zu gehen«, sagte ich. »Wir haben nicht mehr viel im Kühlschrank.«

Sie sah auf die Uhr.

»Wenn ich mich beeile, schaffe ich es noch zum Geschäft«, sagte sie.

»Bist du nicht müde? Ich kann morgen einkaufen gehen«, entgegnete ich.

Als sie mich ansah, musste ich den Blick senken.

Ich konnte sie nicht anlügen.

»Ich habe ein paar Platten gekauft«, sagte ich. »Tut mir leid.«

»Warum *tust* du das, Henrik«, sagte sie und atmete tief durch.

»Ich habe doch gesagt, es tut mir leid. Ich konnte der Versuchung einfach nicht widerstehen.«

Sie seufzte, hängte den Mantel auf und ging in die Küche. Ich lehnte mich an den Türpfosten. Sie öffnete den Kühlschrank und sah hinein, nahm das Brot heraus, holte ein Messer aus dem Schrank.

»Du kannst so nicht weitermachen, Henrik«, sagte sie. »Das geht nicht. Du kannst nicht einfach unser Geld ausgeben, wie du willst. Hast du mich verstanden?«

»Du musst mich deshalb nicht gleich wie ein kleines Kind behandeln«, sagte ich. »Ich habe mich entschuldigt. Ich sage doch, es tut mir leid.«

»Wenn du dich wie ein Kind benimmst, behandele ich dich auch wie ein Kind.«

»Verdammt, Mama.«

Sie schnitt zwei Scheiben ab, legte sie auf einen Teller und holte die letzten Wurst- und Käsereste heraus und legte alles in diesem nachsichtigen Schweigen auf den Tisch, das ich so gut kannte.

»Ich habe heute mit Mortensen gesprochen«, sagte ich. »Ich musste ins Lehrerzimmer. Er meinte, ich könne einem leidtun. Hörst du? Und was denkst du, wie er auf die Idee gekommen ist? Wer ihn hinter meinem Rücken angerufen hat? Kannst du dir vorstellen, wie dumm ich mir vorkam? Scheiße, was hat *er* denn mit *mir* zu tun?«

»Er ist dein Lehrer, Henrik«, sagte sie. »Außerdem hat er mich angerufen. Er meinte, er mache sich Sorgen um dich.«

Sie sah mich an.

»Das gibt dir nicht das Recht, mich bloßzustellen«, sagte ich. »Darauf habe ich keine Lust, kapierst du?«

Dann ging ich in mein Zimmer, legte mich aufs Bett und las weiter in meinem Buch. Als ich es ausgelesen hatte, war es halb elf. Ich streckte mich und trat ans Fenster. Es war eine sternenklare Nacht, wie schon seit Wochen. Die Landschaft war eisig und starr. Daran konnten selbst die funkelnden Sterne am Himmel über dem Berg nichts ändern. Schon gar nicht das Licht des schmalen Monds, der leblos über dem Schnee vor den Bäumen im Wald hing. Aber die Bäume lebten. Es war ein Wille in ihnen. Sie streckten sich sachte dem Sonnenlicht entgegen, sie saugten Nahrung aus der Erde, sie wuchsen. Sie interessieren sich nicht für uns, dachte ich als Kind häufig, wenn ich abends in meinem Zimmer am Fenster stand und sah, wie sie sich in der Dunkelheit bedächtig wiegten. Schöne, schwarze Bewegungen. Ein Gruß, dachte ich, sie grüßen uns, die Bäume, sie sind uns wohlgesonnen. Ich stehe am Fuß einer alten, schlanken Kiefer, mir ist schwindlig davon, zu ihrem Wipfel hochzusehen, er schaukelt hin und her, es knackt im Stamm, weiße Wolken ziehen am blauen Himmel vorüber. Ich bin neun, lege die Wange an die raue Borke und frage mich, ob er denken kann, ob er weiß, dass ich da bin. Dann kommt der Winter, dann fallen die Blätter, dann sinkt der Baumsaft. Sieben Winter später stehe ich an einem anderen Fenster und blicke auf andere Bäume hinaus, aber sie haben das gleiche Geheimnis. Wie dunkle Türme stehen sie am Saum des Waldes und bewachen ihn. Die Sterne haben kein Geheimnis. Sie sind nur etwas, das irgendwann im Anbeginn der Zeit Feuer fing. Weit draußen in der Tiefe des Alls brennt es.

Ich presste die Fingerkuppen gegen das Fenster. Es war eiskalt. Obwohl ich die Heizung am früheren Abend voll aufgedreht hatte und das Zimmer warm war, spürte ich die Kälte, sie war ein Ort gleich unter der Wärme, dicht an der Wand, flach über dem Boden, am Fenster.

Ich streckte mich und sah auf die Uhr. Zwanzig vor. Ich war ein wenig benommen, wie immer, wenn ich lange gelesen hatte. Was am Abend passiert war, wirkte fern, als wäre ich eingeschlafen und als wäre der Ort, an dem ich aufwachte, neu. Aber ich erinnerte mich. Und etwas von meiner Wut kam wieder zurück. Denn Mutter hatte mich wirklich bloßgestellt, sich in etwas eingemischt, was sie nichts anging. Der entstandene Schaden war nicht wiedergutzumachen. Nicht genug damit, dass Mortensen etwas über mich zu wissen glaubte. Für Kent galt mit Sicherheit das Gleiche. Kent, der mich in der Konditorei gefunden hatte. Was mag er gedacht haben? Er hatte gemerkt, wie sehr es mich freute, ihn zu sehen. Und dann war es auf Initiative meines *Lehrers* dazu gekommen!

Ich beschloss, mich schlafen zu legen, ohne vorher hinunter zu gehen. Mir nicht die Zähne zu putzen, nichts, mich nur auszuziehen und das Licht zu löschen und zu schlafen. Das würde ihr zu denken geben. Das ist gut, dachte ich und setzte mich auf die Bettkante, zog den Pullover über den Kopf, warf ihn auf den Stuhl. Aus dem Wohnzimmer unter mir drang das Geräusch des Fernsehers an mein Ohr. So wie sie umgekehrt meine Geräusche hier oben hörte. *Was dachte sie dabei?*

Ich nahm den Wecker in die Hand, um ihn zu stellen. Wir standen immer um halb acht auf. Wenn ich ihr nicht sagte, dass ich ins Bett ging, würde dieser Protest im Laufe der Nacht größer werden, sie würde sich überlegen, daraus etwas zu machen, was sie bei unserem gemeinsamen Frühstück verwenden konnte. Dann hätte ich verloren. Dann würde ich es erklären müssen. Und was gab es da schon zu erklären? Mein Protest würde zu Trotz, zu kindischer Rache reduziert werden; ganz gleich, was ich tat, selbst wenn ich mich weigerte, darüber zu sprechen, würde sie gewinnen, sich ihren Teil denken. Ertrug ich das? Nein, das ertrug ich nicht, dachte ich und stellte den Wecker eine Stunde früher. So würde ich mich, noch bevor sie aufstand, aus dem Haus schleichen und einen früheren Bus in die Stadt nehmen können.

Ich stellte die Uhr auf den Fußboden, legte mich unter die Decke und genoss den Gedanken, dass sie aus der Küche nach oben rufen würde, ohne eine Antwort zu erhalten, woraufhin sie hinaufging, anklopfte und meinen Namen aussprach. Nichts. Das Bett ist leer. *Ist er etwa schon weg?* Das Schweigen am Frühstückstisch ein paar Minuten später ist ihre eigene Schuld. Und sie wird verstehen, warum ich nicht da bin. Sie wird verstehen, dass ihr Handeln Konsequenzen hat.

Ich lag im Dunkeln auf dem Rücken und hörte die Wände in der Kälte knacken. Ab und zu ertönte vom Fluss ein leises

Krachen. Das unheimliche Geräusch von gefrierendem Wasser. Wie es am Eis entlangströmt, als wäre es körperlich, etwas, das nicht herauskann, sich gegen dieses Harte, Kalte presst; es knackt, dröhnt, es findet keinen Weg hinaus.

Mutter würde erst in etwa einer Stunde ins Bett gehen. Offenbar brauchte sie nicht so viel Schlaf wie ich. Sie isst auch nicht so viel wie ich, dachte ich und merkte, dass ich bei dem Gedanken schmunzeln musste. Als wäre ich ein Monster, das immer weiter wuchs und täglich mehr Nahrung verlangte, um am Leben zu bleiben. Und nun würde es sich hinlegen. In seinem Bett liegen und im Schlaf wachsen.

Mitten in der Nacht wurde ich abrupt wach, richtete mich im Bett auf, starrte orientierungslos in den Raum hinein. Dann hörte ich Schritte auf der Treppe. Es war Mutter, die nicht schlafen konnte. Sie war auf dem Weg ins Wohnzimmer, um eine Zigarette zu rauchen. Um dort mit einer Wolldecke um die Beine zu sitzen und vor sich hin zu stieren, während im Radio leise das Nachtprogramm lief. Ich bereute, dass ich mich hingelegt hatte, ohne ihr Gute Nacht zu sagen. Sollte ich zu ihr gehen? Auch wenn sie meinte, das fände sie nicht gut, und wollte, dass ich schlief, merkte ich ihr an, dass sie sich im Grunde über meine Gesellschaft freute. Es tat ihr gut, zur Abwechslung einmal an etwas Anderes denken zu können.

Ich stand auf und ging in den Flur. Ich hörte, dass in der Küche die Kaffeemaschine arbeitete. Dann wurde die Tür zum Bad geöffnet und sie ging in die Küche. Ich stellte mir vor, wie sie den Bademantel mit der einen Hand zusammenhielt, das schmaläugige, blasse Gesicht, als sie die Glaskanne heraushob, noch ehe alles Wasser durchgelaufen war, das Wasser, das herausgespuckt wurde und auf der Platte zischte, während sie sich eine Tasse eingoss. Der Kopf, der sich dreht, als sie mich hört. *Du brauchst mehr Schlaf als ich, Henrik, du kannst nicht aufbleiben, musst du nicht morgen früh in die Schule?*

Dann überlegte ich es mir anders, kam wieder zu mir und wich ein paar Schritte zurück, damit sie nicht sah, dass ich oben stand. Was war nur los mit mir? Hatte ich mich nicht entschieden?

So war es immer. Am Abend fasste ich einen Entschluss, den ich verriet, wenn ich am nächsten Tag aufwachte, besänftigt von einer sentimentalen Stimmung, als hinge es von mir ab. Als existierten diese Kontroversen nicht außerhalb von mir, und als fielen sie deshalb weg, sobald der Zorn durch Mitleid ersetzt worden war. Aber das stimmte ja nicht. Der eigentliche Grund für meinen Entschluss hatte sich nicht verändert. Er war immer noch da. Ich war es, der hier so verflucht wankelmütig und instabil war.

Glücklicherweise hatte ich mich diesmal eines Besseren besonnen. Als ich hörte, dass sie die Küchentür hinter sich schloss, kehrte ich in mein Zimmer zurück und legte mich hin.

Wenn ich mich nicht einmal auf mich selbst verlassen konnte, auf wen dann?

Als der Wecker plötzlich klingelte und mich weckte, war ich mir sicher, dass ich nicht geschlafen hatte. Das ist der schlimmste Schlaf, der so leicht ist und Träume enthält, die so nahe an der Oberfläche liegen, dass sie von außen zu kommen scheinen. Als träumte der Raum. Gestalten treiben umher. Ein Gesicht lehnt sich zu mir vor. *Bist du Henrik? Wir haben schon so viel von dir gehört.* Was denn, frage ich. Aber es zieht sich zurück und entgleitet im Moment meines Erwachens in die Dunkelheit, der es entstammt.

Ich stand auf, zog mich rasch an, aß an der Arbeitsplatte stehend eine Scheibe Brot, packte meine Schultasche und trat in den nachtschwarzen Morgen hinaus. Eine halbe Stunde später saß ich ganz hinten in dem Bus, der das Tal hinabsauste. Die vertrauten Gesichter, die jeden Morgen an den immer selben Stellen standen und warteten und sich ebenso vorhersehbar auf denselben Platz neben denselben Schulkameraden setzten, waren ausgetauscht worden, diese Fahrgäste kannte ich nicht, die Gesichter waren älter und müder und auf dem Weg zu Arbeitsplätzen, von denen ich nichts wusste. Manche sahen mich leicht erstaunt an, als ich einstieg, denn was machte *ich* hier, unter ihnen? Sie kannten ihre Buswelt genauso gut wie ich meine. Und das freute mich. Es braucht nicht viel, damit die Welt sich verändert und von neuen Möglichkeiten erfüllt wird. Statt Ranzen standen bei ihnen Taschen auf dem Boden. Statt Büchern befanden sich Stullen und Thermoskannen in ihnen, eventuell auch Akten unterschiedlicher Art. Statt in die Schule getragen zu werden, über die ich alles wusste, würden diese durch Tore und Türen an Arbeitsplätze getragen werden, über die ich nichts wusste. Eine Schmelzhütte, eine Schiffswerft oder eine der vielen Baustellen überall in der Stadt. Statt weiche Finger mit Tintenflecken von einem Stift, der nicht richtig schrieb, hatten diese Menschen harte Finger, an denen sich Öl und Schmutz von den Maschinen, mit denen sie arbeiteten, in die rillenartigen Furchen eingegraben hatten, die kleine, feine Muster in den ansonsten rauen Händen bildeten. Handschuhe, Helme, Ohrschützer. Orange oder blaue Jacken mit dem Firmennamen in weißer Schrift auf dem Rücken: SELMER-FURUHOLMEN, AS VEIDECKKE, NORCEM. Ich blieb oft vor den Zäunen stehen und beobachtete die Betriebsamkeit, die an solchen Orten herrschte, der Beton, der aus den Mischern in die Formen strömt, aus denen dichtgedrängt die Armierungseisen aufragen, die Vibratoren, die den flüssigen Beton verteilen, die Eisenbinder, die mit routinierten Bewegungen mit einer Hand die Stange festhalten und mit der anderen den Draht darum schlingen, Schreiner mit Nägeln, die aus dem Mund ragen, wenn sie vor der Verschalung knien, die sie errichten, die Lastwagen, die zur Einfahrt hinein- und herausfahren, der Vorarbeiter, der dem Kranführer über ein Walkie-Talkie, das er sich ans Gesicht hält, Anweisungen gibt und dabei zu dem Stapel von Eisen hinaufschaut, der in die

Luft gehoben wird, langsam pendelt er hin und her, bis jemand dort oben seine Hände auf die Eisen legt und ihn stabilisiert, so dass er auf die Arbeitsbühne herabgesenkt werden kann. Dieses Gewirr aus lärmenden Ereignissen, diese so chaotisch erscheinende Welt, die dennoch einem System folgt, einem für mich geheimen Plan, dessen Ergebnis ich tagtäglich beobachten darf: das Parkhaus wächst, das Mietshaus wächst, die Brücke wächst, sie wissen, was sie tun. Und nun saßen die Bewohner dieser mir verschlossenen Welt überall um mich herum, während wir auf dem Weg zur Stadt das Tal hinabrauschten. Das freute mich.

In dem körnigen, gräulichen Licht glich der Schulhof, der leer und still vor mir lag, einer alten Fotografie. Es war halb acht, und eine weitere Stunde würde vergehen, bis er sich mit Schülern füllte. Aber die Tür stand offen. Ich stieg die Treppe zur Bibliothek hinauf, da ich hoffte, dass auch sie nicht abgeschlossen sein würde, so dass ich dort sitzen konnte, während ich darauf wartete, dass die erste Stunde begann. Zum Glück glitt die Tür auf.

Die Bibliothekarin, die kurz darauf hereinkam, sah mich leicht erstaunt an, als ich allein in der Leseecke saß und in einer der Zeitungen vom Vortag blätterte.

»Ich muss schon sagen, du bist heute wirklich früh dran«, sagte sie, als sie ihre Jacke abgelegt hatte und an mir vorbeigehen musste, um zum Ausleihtisch zu gelangen.

»Ja«, sagte ich.

Sie stellte ihre Tasche neben dem Stuhl ab und setzte sich, zog ein paar Blätter, die am Rand des Pults lagen, zu sich heran und betrachtete sie eine Weile. Ich dachte, dass sie nicht las, was darauf stand, sie nur anstarrte. Sie kannte mich, ich war oft hier, und obwohl mir die Signale nicht gefielen, die ich damit aussandte, hatte ich keine andere Wahl, es gab keinen anderen Ort, an dem ich mich in den Freistunden oder in der Mittagspause aufhalten konnte. Ich war schlecht vorbereitet gewesen, als ich im Herbst in die neue Schule kam. In den ersten Tagen kannte sich keiner untereinander, wir kamen aus verschiedenen neunten Klassen in der ganzen Stadt, alle hatten den gleichen Ausgangspunkt und ein gemeinsames Projekt: sich vertraut zu machen. Mit der Schule, die so anders war als das, was wir gewohnt waren, um herauszufinden, welche Anforderungen hier an uns gestellt wurden, und um sich miteinander vertraut zu machen.

Und ich? Kam einfach eines Tages dorthin und ließ die Dinge laufen. Hätte ich gewusst, wohin ich kam, hätte ich die Situation in den Griff bekommen können, aber das tat ich nicht, und dann war es zu spät. In den ersten Tagen waren alle Fremde füreinander gewesen, ich erinnere mich noch gut an die wachsame Stimmung, die damals herrschte. Aber das ging vorüber, man lernte sich kennen.

Vier Wochen später gab es nur noch einen Fremden, und das war ich.

Diese ersten Herbsttage. Die kalten, blauen Morgen, die zunehmende Wärme, mit der man nicht wirklich rechnet, denn sie passt nicht zu dieser Landschaft, in der die Bäume schon ein wenig gelb werden, in der die Grasflächen aufgeweicht sind und die Bäche anschwellen. Gleichwohl ist es jedes Jahr das Gleiche, warm in der Sonne, kalt in den Schatten. Zwei Temperaturen. Wie im Sommer an einem Waldsee, dessen Wasser an der Oberfläche lau ist, weshalb man gerne in ihm schwimmt, aber dann lässt man sich nach unten sinken und spürt den plötzlichen Sog der Kälte. Das Licht strömt ins Schlafzimmer, wenn du aufstehst, aber auf dem Autofenster draußen liegt Raureif, man friert auf dem Weg zum Bus, in der ersten Pause ist es kalt, in der zweiten Pause ist es kalt, aber dann wird es immer wärmer, man zieht sich aus, sitzt nur im T-Shirt da und blinzelt träge in eine Sonnenwand – und immer weckt dies Erinnerungen an erste Schultage. Man ist sechzehn und weiß genau, wie es war, zwölf zu sein, elf, zehn, neun. Aber man sehnt sich nicht zurück.

Man erinnert sich noch gut, wie es war. Man sehnt sich nach vorn. Man will ein Anderer sein.

Wer wollte ich sein?

Ich war mir nicht sicher, war aber überzeugt gewesen, dass das Gymnasium ein guter Ausgangspunkt sein würde. Dort kennt mich keiner, dachte ich, keiner wusste etwas darüber, wer ich war oder was ich getan hatte. Dort konnte ich so werden, wie ich sein wollte.

Und wie war das?

Das ließ sich leider niemals klar definieren, aber ich begriff natürlich schnell, auf wen es ankam und wer bedeutungslos war. Ohne dass mir dies weitergeholfen hätte. Es war nämlich unmöglich, an die heranzukommen, auf die es ankam. Ich versuchte, unmissverständliche Signale auszusenden, kam mit Buttons auf dem Jackettrevers in die Schule, auf denen sie die Logos der unbestritten besten Bands sehen konnten, Namen, die Klaus mir nahegebracht hatte, der mich meine gesamte Kindheit hindurch mit immer neuen Mixtapes versorgt hatte, so dass ich immer auf dem neuesten Stand war, so wie er auch für meine Kleidung gesorgt hatte, an diesen ersten Tagen hatte ich mir eine seiner Jacken geliehen, sie war mir zwar etwas zu groß, aber trotzdem: Er hatte sie in London gekauft, und damit sollte ich eigentlich bewundert werden und mir Respekt verschaffen können. Falsch. Nichts von all dem half. Keiner nahm Notiz von mir, egal, wie ich mich kleidete oder aussah. Sie kamen nicht zu mir. Nicht wegen der Kleider, nicht wegen der Bands.

Was sollte ich tun? Was verlangten sie eigentlich von mir? Ich wusste es nicht, ich war zu spät in Gang gekommen. Ich musste mich weiter an die Freunde halten, die ich bereits hatte, die in meiner Nähe wohnten, die jungen Bauernsöhne. Wir spielten Fußball, wir gingen schwimmen, liefen Ski, Dinge dieser Art. Aber keiner von ihnen hatte jemals etwas von *REM* oder *Green on Red*, *XTC* oder *Echo and The Bunnymen* gehört, sagte ich

Bowie zu ihnen, war *Messer* das Erste, woran sie dachten. Sie interessierten sich für das Jagen und Fischen, sie lasen keine Bücher und hatten Mopeds, an denen sie herumschraubten, ihre Fingernägel waren schwarz von Öl, und es interessierte sie nicht, wie sie aussahen. Sie waren ländlich, nicht urban. Aber sie waren alles, was ich hatte. Wie ein Mann, der zwei verschiedenen Frauen gleichzeitig den Hof machte, tat ich alles, was in meiner Macht stand, um diese zwei verschiedenen Wirklichkeiten getrennt zu halten. Sie durften unter keinen Umständen voneinander erfahren. Deshalb antwortete ich jedes Mal ausweichend, wenn sie vorschlugen, an einem Samstagvormittag den Bus in die Stadt zu nehmen, ich wusste schließlich nie, wem ich dort begegnen würde. Geir Helge und Are war es durchaus zuzutrauen, in Gummistiefeln und Steppjacke in die Stadt zu fahren. Meine flüchtigen Bekannten in der Schule hatten keine Ahnung, was ich trieb, wenn ich nicht in der Schule war. Wenn sie mich mit diesen kleinwüchsigen Gesamtschülern in ihren Gummistiefeln durch die Stadt trampeln sähen, würden sie erkennen, womit ich mich begnügte, und was sie bis dahin nur geahnt hatten, würde ihnen zur Gewissheit werden: *Er kennt sonst niemanden.* An einem Sonntag im September ging ich das Risiko jedoch ein und kam zu einem Fußballspiel in der Stadt mit. Ares Vater würde uns fahren, und ich hatte gedacht, dass endlich Schluss sein musste mit meiner Feigheit und Schwäche, als sie vor der Tür standen und mich fragten, ob ich Lust hätte mitzukommen. Also sagte ich Ja, schlüpfte in meine Jacke und ging mit ihnen zur Kreuzung hinunter, wo das Auto mit laufendem Motor wartete. Eine Stunde später befand ich mich an der Kasse vor dem Stadion. In dem Menschenstrom, der die Straße heraufkam, erkannte ich selbstverständlich Camilla aus meiner Klasse. Sie war mit einer ganzen Clique da. Ich wandte mich ab, so gut es ging. Aber es war schon zu spät. Sie winkte mir zu und näherte sich, als wir an der Reihe waren. Are beugte sich vor und fragte nach Karten. Camilla blieb neben uns stehen. Ein paar Meter weiter stand Ares Vater, rauchte und wartete darauf, dass wir fertig sein würden.

»*Du* bist hier?«, sagte Camilla.

»Ich dachte, ich könnte mal eine Runde drehen«, erwiderte ich.

Are drehte sich zu mir um.

»Für die Plätze gibt es keine Karten mehr«, sagte er. »Wo wollen wir jetzt sitzen?«

Ich sah Camilla an.

»Ich wusste gar nicht, dass du dich für Fußball interessierst«, sagte ich.

»Wo wollen wir *sitzen*«, sagte Are wieder.

Ich trat aus der Schlange und verdrehte dabei an Camilla gewandt die Augen. Ich tat so, als wäre mir plötzlich irgendetwas Wichtiges eingefallen, sah auf die Uhr, *Gehst du?*, sagte Camilla, *Wie spät ist es bei dir?*, sagte ich und ließ dabei rastlos den Blick über den Strom der Menschen schweifen, die durch die Tore zogen, *Gleich Viertel vor*, sagte sie. Hinter mir beugte Are sich wieder zu der Luke vor. *Mist*, sagte ich. *Ich wollte mich um Viertel vor da drüben mit Kent treffen.* Und dann ging ich.

Ich hoffte, dass mein Intermezzo mit Are so kurz gewesen war, dass sie ihn nicht mit mir in Verbindung brachte, denn jetzt schloss sie sich wieder ihrer Clique an. Ich blieb an der Wand stehen und verfluchte mich selbst. Was würde passieren, wenn Camilla Kent fragte, ob er heute beim Spiel gewesen war? Das würde sie mit Sicherheit tun, denn das hätten sie ja gemeinsam, und daraufhin würde er sie ansehen, *Beim Spiel?* Worauf sie erwidern würde, *Hat Henrik gesagt*, und dann sähen sich die beiden vielsagend an.

Warum hatte ich das nur getan?

Ich errötete vor Scham und Verzweiflung. Die Blicke der Menschenmenge streiften mich, am liebsten wäre ich weggerannt, aber ich kämpfte dagegen an, ich begegnete den Blicken aller mit geradem Rücken, brachte sie dazu auszuweichen, zwang sie, nach etwas Anderem zu suchen, das sie ansehen konnten.

»Hallo! Henrik! Kommst du?«

Are stand vor dem Eingang und winkte.

»Was ist los mit dir?«, fragte er, als ich wieder aufschloss.

»Nichts«, sagte ich. »Warum?«

»Du bist einfach gegangen?«

Wir traten einen Schritt vor. Die Kasse schepperte, und auf dem Tisch lag das Wechselgeld in kleinen Stapeln bereit. Wenn der Kartenverkäufer einen Geldschein bekam, schob er mit der einen Hand nur den Stapel zur Tischkante und hielt einem mit der anderen die Karte hin.

»Ich habe jemanden von der Schule gesehen, mit dem ich sprechen musste. Es war wichtig. Hast du die Karten?«

»Sie hatten nur noch schlechte. Was denkst du, warum wir in der Schlange zur Stehplatztribüne stehen?«

Er zeigte auf das Schild, das auf dem Dach über dem Eingang befestigt war. Ich zuckte mit den Schultern. Are gab mir mein Geld. Sein Vater blieb hinter uns. So war er immer. Kaum anwesend. Are schaltete und waltete, wie er wollte.

Als wir bezahlt hatten und mitten in der Menschenmenge auf der anderen Seite standen, warf der Vater die Kippe auf den Boden, wischte sich den Mund ab und trat die Glut mit dem Absatz aus. *Ja, ja, Jungs*, sagte er. *Dann wollen wir uns mal einen Stehplatz suchen.*

Es war kompliziert. Ich konnte ja schlecht sagen, *Hört mal, ich kann nicht mehr mit euch zusammen sein*, denn wenn sie mich daraufhin fragten, *Warum nicht*, was sollte ich ihnen dann darauf antworten? IHR SEID NICHT GUT GENUG FÜR MICH? Nein, denn das stimmte nicht. Ich war gern mit ihnen zusammen. Aber nur *da oben*, auf dem Land. Nicht in der Stadt, das ging nicht. Selbst wenn es bedeutete, dass ich ganz alleine sein musste. Selbst das war besser. Denn keiner konnte mich schlagen, wenn es um Musik ging, um die Bands, die ich hörte, oder die Kleider, die ich trug. Ich hatte es drauf, das wusste ich. Wenn ich mich gemeinsam mit Are und den anderen von da oben zeigte, würde sie glauben, dass ich es nicht drauf hatte. So einfach war das. Exzentrisch zu sein, ist völlig okay, solange man es draufhat, wenn die Leute entdecken, wer du bist. Was du kannst, was du magst, was du tust. Also blieb ich für mich, na und? Solange ich es draufhatte, spielte es keine Rolle. Solange ich selbst wusste, dass ich gut genug war, machte mir das nichts aus.

Aber für mein Verhalten in den Pausen wurde es zu einem Problem. Denn wo sollte ich mich aufhalten? Wo sollte ich stehen? Ein paar von den Mädchen blieben im Klassenzimmer, fiel mir auf, aber das war nichts für mich, es waren die Mädchen, die mit niemandem redeten, die in Strickjacken herumliefen und in der Stunde ihre Schuhe auszogen, die in der Klasse saßen und ihre dicken Socken aneinander rieben, als wäre die Schule das Gemütlichste, was man sich vorstellen konnte, eine Erweiterung des heimischen Wohnzimmers. Für mich waren sie das genaue Gegenteil von allem, womit ich mich identifizieren konnte. Ich war unfähig, sitzenzubleiben und mich über die sanften, leisen und freundlichen Mädchenstimmen zu grämen, ich musste hinaus, das stand fest. Aber wohin? Nicht in die Kantine, auch das war unmöglich, denn mit wem sollte ich zusammensitzen? Allein konnte ich dort nicht Platz nehmen, *Sitzt du hier etwa ganz allein*, ebenso wenig konnte ich mich einfach an einen Tisch voller Unbekannter setzen. An den ersten Tagen ging ich hin, stand am Eingang und betrachtete meine gleichaltrigen, plaudernden und lärmenden Mitschüler, die lächelten, lachten, riefen, redeten, sich rauften, sie waren angeberisch, sie waren albern, und ich errötete langsam vor Verwirrung und Nervosität. Ein paar Sekunden später tat ich so, als hielte ich Ausschau nach jemandem, seufzte laut, *Sie sind nicht da*, und ging. Von der Kantine musste ich mich fernhalten. Blieb nur noch der Schulhof. Doch auch er war ein heikler Ort. Schließlich standen sie in Gruppen zusammen! Was sollte ich tun, dort alleine auf und ab gehen, mich vor den Augen aller zum Gespött machen?

Eigenartig, dass man sich plötzlich in so unmöglichen Situationen befindet. Ich grübelte darüber nach, wie ich in diese Lage geraten konnte, und kam zu dem Schluss, dass es eine Frage des Timings war; ich war nicht vorbereitet gewesen, ich hatte zu spät begonnen. Und als ich dann auf einmal loslegte, wirkte das vor allem seltsam. Es gab ja kaum jemanden, der mich jemals reden gehört hatte.

Zum Beispiel, als ich drei oder vier Wochen auf dem Schulhof herumgetrottet war wie ein Idiot und auf einmal beschloss: So kann es nicht weitergehen. Ich sah Kent, er stand mit drei anderen zusammen und unterhielt sich. Er hatte etwas. Außerdem gingen wir in dieselbe Klasse. Konnte ich nicht zu ihm gehen, ganz beiläufig, gab es nichts, worüber wir uns unterhalten konnten? Doch, sicher. Schaden konnte es jedenfalls nicht, dachte ich und ging auf sie zu. Aber sie standen eng zusammen, ich konnte mich nicht hineindrängen, so dass ich direkt vor ihnen stehenblieb. Sie übersahen mich. Ich starrte sie an. Ich horchte darauf, was sie sagten. Ich lächelte, wenn jemand einen Witz machte. Trat ein wenig näher heran. Nickte Kent zu, aber er bemerkte es nicht, er hatte den Blick gesenkt. Das ging einfach nicht. Einer von ihnen schaute mich leicht fragend an, *Wer ist er*, das war unangenehm, andererseits konnte ich jetzt auch nicht gehen, dann würde ich wie ein *völliger* Idiot dastehen, mit *allen* Merkmalen eines Idioten. Deshalb blieb ich schweigend stehen, fünf Minuten lang, und schrie innerlich, bis es klingelte und ich weggehen konnte.

Es war zu spät, alle anderen hatten die einleitenden Phasen ihrer neuen Bekanntschaften bereits hinter sich, ich allein war übriggeblieben. Und ich hatte keinen Ort, an dem ich die Pausen verbringen konnte, ohne der Welt zu offenbaren, wie es um mich stand.

Ich musste etwas tun. So ging es nicht weiter.

Ich begann zu rauchen.

Auf Dauer war das keine Lösung, das wusste ich natürlich, aber es gab mir einen Grund, dort zu stehen. Ich hatte etwas zu tun. Ich rauchte. Meine allererste Zigarette wurde vor der einige hundert Meter entfernt liegenden Tankstelle angezündet, im Verborgenen, ich hustete und hätte mich natürlich fast übergeben, aber nun wusste ich, was das war, wie es sich anfühlte, jetzt erschien es mir möglich, öffentlich zu rauchen. Was konnte ich sonst tun? Ich musste mit irgendetwas anfangen, hatte ich mir überlegt und die Anschläge am Schwarzen Brett im Schulflur überflogen, ohne etwas zu finden. Schließlich waren wir in Kristiansand. Neun von zehn Schülerorganisationen waren christlich. Sie paddelten in Kanus, fuhren im Winter Ski, an Hängen oder in der Loipe, und gingen im Sommer surfen, sie spielten Schach und sangen im Chor, sie spielten Volleyball und trafen sich in Studienzirkeln. Ganz normale Aktivitäten. Dinge, für die man in allen Schulen im ganzen Land Clubs, AGs und Mannschaften gründete. Aber hier waren diese Aktivitäten an eine Bedingung geknüpft. Denn um all das *hier* zu tun, musste man zusätzlich Christ sein. Glauben. Und in Kristiansand ist der Glaube nichts Kompliziertes und Subtiles, dort folgt er der Heiligen Schrift, ist eindeutig und so simpel, dass jedes Kind ihn verstehen kann.

Und warum ließ ich mich nicht darauf ein? Warum machte ich nicht mit? Denn auch wenn ich nicht gläubig war, mussten *sie* das doch nicht wissen. Konnte ich nicht einfach lügen? Konnte ich nicht wie sie sagen: Ich *glaube!*

Nein, nein und nochmal nein.

Ich kannte den Gott in Kristiansand und wollte nichts mit ihm zu tun haben. Selbst wenn er sich *persönlich* an mich gewandt hätte – und warum auch nicht, das tat er bei den anderen ja auch –, hätte ich mich nicht bekehren lassen und mich einen Christen genannt, selbst wenn er eines Abends an meine Tür geklopft und gebeten hätte, einen Augenblick eintreten zu dürfen, hätte ich mich bei keiner dieser Organisationen angemeldet.

Denn wer ist er eigentlich?

Ich starre ihn an.

»Es dauert nicht lange«, sagt er und lächelt.

»Na schön«, erwidere ich. »Aber nicht mehr als fünf Minuten.«

Er bleibt vor der Couch im Wohnzimmer stehen und sieht mich fragend an. Ich nicke, er setzt sich. Mit freundlicher Stimme erzählt er von sich. Von den ersten Tagen, an denen er Licht und Finsternis erschuf, als er die Erde und die Sterne erschuf, den Himmel und das Meer, als er zunächst die Menschen erschuf und sie anschließend aus dem Garten Eden vertreiben musste.

»Das war nicht schön, Henrik«, sagt er. »Aber ich konnte es ja nicht erlauben, dass sie dort blieben! Das verstehst du doch sicher?«

Ich nicke, und er spricht weiter. Erzählt davon, wie sich Elend und Verderbnis auftürmten und er keine andere Wahl hatte, als alles, was es gab, zu ertränken, um noch einmal von vorn anzufangen.

»Das hat keinen Spaß gemacht«, sagt er. »Aber ich habe immerhin zwei von jeder Art eingesammelt. Und Noah hat die Arche gebaut, wie ich es ihm gesagt habe. Im Grunde war es eine schöne Zeit.«

Er sieht mich an, spürt meine Skepsis.

»Alles, was du gehört hast, ist wahr«, erklärt er. »Ich *habe* alles erschaffen. Und ich *will* nur Gutes tun.«

Wenn ich ihn schon einmal dahabe, nutze ich die Gelegenheit, ihn nach dem zu fragen, wovon wir immer hören, ohne es jemals zu sehen. Dinge wie das Leben nach dem Tod, das Himmelreich.

Er nickt.

»Ich bin froh, dass du gerade das ansprichst«, sagt er. »Es *gibt* ein Leben nach dem Tod. Ihr *kommt* in den Himmel.«

»Dann ist es also nicht nur ein Bild für alles, was gut ist? Das habe ich nämlich gehört.«

»Aber nein. Es *ist* tatsächlich so. Das Gute auf der einen Seite und das Böse auf der anderen.«

Er streckt eine Hand nach jeder Seite aus, um *Gut* und *Böse* zu markieren.

Es entsteht eine Pause. Er sieht mich prüfend an.

»Wie alt bist du?«

»Sechzehn. Fast siebzehn.«

»Dann solltest du das hier lesen«, sagt er und zieht ein Buch aus dem schmalen Koffer, der neben ihm liegt.

»Es ist sehr, sehr gut.«

Er gibt es mir. *Die göttliche Komödie* von Dante.

»Es ist auf Neunorwegisch, deshalb ist es vielleicht nicht ganz einfach. Über die Übersetzung kann man sicher diskutieren, aber ich persönlich finde sie gelungen.«

»Kann ich es behalten?«

»Ja, ja. Es gehört dir.«

»Aber ich verpflichte mich damit zu nichts? Wenn ich es annehme, meine ich?«

»Aber nein.«

Ich fing an, ihn zu mögen. Und das merkte er. Sofort lehnte er sich auf seinem Stuhl vor.

»Warum glaubst du nicht an mich, Henrik?«, sagt er.

Irgendwie vertraulich.

Er verlor alles, was er sich erarbeitet hat, als er der Frage ein Lächeln folgen lässt. *Du und ich, Henrik*, sagt sein Lächeln.

»Auch du bist mein Sohn, Henrik«, sagt er. »Mein verlorener Sohn.«

»*Ich?*«

»Mhm. Selbst du.«

»Und jetzt willst du mich zurückhaben?«

Darauf antwortet er nicht. Er begreift, dass ich ihm ablehnend gegenüberstehe, und versucht seine Verärgerung mit einem weiteren Lächeln zu überspielen. Aber er ist mit seiner Geduld fast am Ende.

»Warum glaubst du mir nicht? Ich habe den Himmel erschaffen, ich habe die Erde erschaffen, ich habe das Leben erschaffen, ich habe doch *alles* erschaffen.«

Er breitet die Hände aus, um zu unterstreichen, dass er wirklich alles meint.

»Okay, okay, ich glaube dir. Aber was ich nicht verstehe …«

»Ja?«, sagt er, milde, oder doch nicht, unter seinem milden Ton schwingt etwas mit, ich merke es, ein Wille.

»Was ich nicht verstehe, ist, was das alles mit *mir* zu tun hat?«

»Aber ich habe doch auch dich erschaffen, mein Junge! Verstehst du das nicht?«, ruft er beinahe.

Dann beherrscht er sich wieder.

»Auch dich, Henrik«, sagt er, ruhiger.

»Ich habe mir schon gedacht, dass du das sagen würdest«, erwidere ich. »Aber gerade *das* weigere ich mich zu akzeptieren. Ich habe doch nur mich selbst. UND IN MIR IST KEIN ANDERER. Und hier drinnen ist *niemals* ein anderer gewesen. Da bin *immer* nur ich gewesen. Und ich habe die volle Kontrolle. Ich bin mir hundertprozentig sicher, dass *du* mit *mir* nichts zu tun hast.«

Er seufzt.

»Du verleugnest mich?

»Was heißt hier verleugnen«, antworte ich. »Ich distanziere mich wohl eher.«

»Du möchtest am liebsten alleine zurechtkommen?«

Ich nicke.

Als er aufsteht, tut er mir plötzlich leid. Ich will ihm ja nicht wehtun.

»Danke für das Buch«, sage ich. »Das ist großzügig von dir.«

»Eigentlich hättest du von mir ein gutes neunorwegisches

Glossar dazu bekommen sollen, aber ich habe leider keins mehr.«

Ich stehe auf.

»Nein, nein, bleib sitzen. Du brauchst mich nicht hinauszubegleiten. Ich finde den Weg.«

Am Fenster stehend sehe ich ihn die Straße zum Nachbarhaus hinabgehen. Es regnet, er hat die Kapuze seiner Regenjacke über den Kopf gezogen. Plötzlich fällt mir etwas ein, was ich vergessen habe zu fragen. So schnell es nur geht stürze ich auf Strümpfen hinaus, laufe die Kiesböschung hinunter und rufe und winke dabei mit den Armen. Er hört mich und dreht sich um, schaut zu mir hinauf.

»Gibt es Leben auf anderen Planeten?«, rufe ich.

Er schüttelt den Kopf.

»Nein!«, ruft er zurück. Dann wendet er sich um und geht weiter, ich stehe im Regen und sehe ihn in den Schatten verschwinden.

So war der Gott in Kristiansand. Es war ein persönlicher Gott. Es war ein einfacher Gott. Es war ein Gott, der aufpasste, dass alles richtig ablief. Er mochte weder Saufgelage noch Streit, er mochte es nicht, dass manche dachten, sie wären besser als andere, und stürzte sich mit Härte auf alle, die herausragten. Er wollte in erster Linie seine Ruhe haben und in Nichts verwickelt werden. *Ich will es nur nett haben*, sagte er. *Ist daran etwas auszusetzen?* Er wollte Ordnung. Er wollte, dass die Leute anständig aussahen. Und von Fragen hielt er nicht viel. *Ist das denn so schwer zu verstehen!*, rief er. *Jesus wurde von der Jungfrau Maria geboren, unter Pontius Pilatus gepeinigt und gekreuzigt, er starb und wurde begraben. Und dann fuhr er am dritten Tag in den Himmel auf, wo er zu meiner Rechten sitzt. Und dort wird er in alle Ewigkeit sitzen. Punkt.*

Konnte man ihm das vorwerfen?

Jeden Abend stiegen Gebete und Lobgesänge aus der ganzen

Stadt zu ihm auf. Er wurde wirklich verehrt. Sie bauten Häuser für ihn, sie lasen aus seinem Buch vor und knieten einmal in der Woche dankbar vor dem Abbild seines Sohnes.

Oh ja, der Gott in Kristiansand hatte es gut.

An ihn glaubten sie unerschütterlich, auf ihn vertrauten sie, wenn es schlecht lief. Es blieb nicht aus, dass sie mich faszinierten. Ihre bodenlose Dummheit war mir ein Rätsel, denn sie waren ja nicht weniger intelligent als andere Menschen, wenn ich recht sah, es ging also um etwas Anderes. Wie konnten sie nur so fest und unerschütterlich und inniglich und klar an etwas so grenzenlos Idiotisches glauben? Es *musste* um etwas Anderes gehen, folgerte ich, es ging nicht um ihre Überzeugung, dass all diese Nonsensgeschichten *kein* Nonsens waren, diese Überzeugung war nur der Preis, den sie zahlten. Aber für *was*? Was bekamen sie, was sie an anderer Stelle nicht finden konnten? Das begriff ich beim besten Willen nicht. Aber es schien ihnen gutzugehen. Und sie hielten zusammen.

Dadurch, dass die Christen wegfielen, blieben nur die politischen Organisationen übrig. Sollte ich mich einer von *ihnen* anschließen?

Nein, das sollte ich nicht.

Ich musste alleine zurechtkommen. Und es würde ja auch nur vorübergehend sein. Früher oder später würde es schon besser werden, ich musste nur geduldig sein und durfte mir nichts anmerken lassen. Dann würde es gutgehen. In den kurzen Pausen stand ich am Eingang und rauchte, manchmal auch zusammen mit jemandem aus meiner Klasse, dort konnte ich dabei sein, wir sprachen über Hausaufgaben und Lehrer und Ähnliches, und in den Freistunden ging ich in die Bibliothek und las Zeitungen und Zeitschriften, so dass es den Anschein erweckte, ich täte es freiwillig. So vergingen die Tage. Abends war ich mit Are und Geir Helge zusammen. Und ging ich nicht in erster Linie in die Schule, um etwas zu *lernen*?

Als Mortensen die Klasse zu Beginn der ersten Stunde musterte, schien er beschlossen zu haben, mich in Ruhe zu lassen. Sorgsam sparte sein Blick die Ecke aus, in der ich saß. Ich hatte nichts dagegen. So konnte ich dort sitzen und in meinem Block kritzeln, während ich mir zerstreut anhörte, was er zu sagen hatte. Es ging um die Jahre vor dem Ersten Weltkrieg. Den Anfang des Jahrhunderts. In dem Buch, das ich auf meinem Pult aufgeschlagen hatte, gab es ein Bild von Kaiser Wilhelm, ein Gesicht, das mir bekannt und vertraut war. Er war in Norwegen im Urlaub gewesen, als er erfuhr, dass der Krieg ausgebrochen war, das wusste ich, er saß auf einem Stuhl in seinem Hotel in Balestrand, als die Nachricht eintraf, ich hatte es selbst gesehen, denn den Stuhl gab es noch, sowie eine kleine Plakette, die über ihm an der Wand befestigt war. Oft hatte ich ihn betrachtet, ihn angefasst, hatte ich mir die Fotos von diesem Mann in Uniform angesehen, der mit seinem ganzen Hofstaat das Hotel in Beschlag genommen hatte, von dem Schiff, das im Fjord lag. Auf unserem Weg zu meinen Großeltern fuhren wir im Sommer nämlich immer nach Balestrand, um dort zu übernachten, Mutter, Klaus und ich, um auf der Terrasse zu sitzen und in der Abenddämmerung auf den Fjord zu schauen, um die Stimmen der Leute im Garten zu uns aufsteigen zu hören. Vielleicht startete irgendwo ein Boot, um kurz danach auf dem stillen Wasser vorbeizurauschen. Und vielleicht ist Mutter aufgestanden, vielleicht steht sie mit beiden Händen auf das Geländer gestützt und blickt in die Ferne. Ich weiß, dass sie froh ist. Sie saugt die frische Luft tief in ihre Lunge ein. Sie sieht die Berge senkrecht aus der grünlichen Oberfläche des tiefen Fjords aufsteigen, die kein Windhauch kräuselt. Sie sieht das Abendrot am Himmel und den weißen Schnee, der sich so präzise auf den nächstgelegenen Erhebungen abzeichnet, auf der folgenden Bergkette jedoch schon vager ist und sich dahinter vollends aufgelöst hat und gleich unter dem Himmel zu einer Fläche ineinander gleitet und wie bei einer Luftspiegelung wabert. Ein Windstoß trägt den Geruch von Salzwasser heran, den schweren Duft des Flieders, der unter der Terrasse wächst, den Dunst des Grases, das gerade gemäht wurde. Er lässt die Blätter der alten Hängebirken, die auf der Landzunge wachsen, verspielt zittern. All das betrachtet sie, all das nimmt sie in sich auf. Dann dreht sie sich zu uns um und lächelt.

Ist es nicht schön hier, sagt sie.

In dem alten Hotel blieb ich stets vor der Wand stehen, an der die Bilder aus jener Zeit hingen, musterte dieses Gesicht, das von Bart und Augenbrauen zugewuchert war, Kaiser Wilhelm, der ebenfalls hier übernachtet hatte, am selben Ort wie ich. Es war ein seltsamer Gedanke, dass dies der Mann war, der in unseren Geschichtsbüchern abgebildet war. Ein Mann, der eine zentrale Rolle in der Weltgeschichte spielte, der für immer in Erinnerung bleiben würde, hatte *er* wirklich seinen Urlaub am selben Ort verbracht wie *ich*? Hatte *er* im selben Bett geschlafen wie *ich* in einem Hotel in Balestrand? Hatte *er* dasselbe Geländer angefasst, das *ich* eines Tages anfassen sollte, hatten *seine* Augen dieselbe Rieseneiche gesehen, auf die Jahre später *mein* Blick fiel?

Bevor ich einschlief, sah ich ihn vor mir, stattlich und aufrecht steht er da mit einer Hand auf dem Geländer und betrachtet dieses grandiose Panorama, das er liebt und zu dem er Sommer für Sommer zurückkehrt. Diese Berge haben etwas Majestätisches, zugleich etwas Fremdes und Unergründliches, denkt er, was mag sich hier im Laufe der Zeit alles abgespielt haben?

Er ist alt, es sind unruhige und chaotische Zeiten, ein neuer Krieg droht. Sollten seine Gedanken sich nicht lieber mit der Zukunft beschäftigen? Doch, das sollten sie, er verschränkt die Arme auf dem Rücken und denkt, dass sie nicht wissen, wie gut sie es haben, die Menschen, die hier wohnen, die so abgeschnitten sind vom Rest der Welt. Wie wird es dort in fünfzig Jahren aussehen? Oder in fünfundsiebzig? *Da lebe ich nicht mehr*, denkt er. *Wie sieht die Welt dann aus? Wird man sich noch an mich erinnern?* Anschließend dreht er sich um. Der Gedanke hat ihn traurig gestimmt, er wird sterben, er zieht sich zurück, um in dem Zimmer zu schlafen, in dem ich viele Jahre später liege, schwach höre ich das Wummern der Musik aus der Disco im Keller, die Luft ist klamm, und ich habe mich im Schlaf auf die Decke gelegt. Deshalb bin ich vermutlich aufgewacht, denke ich und schließe erneut die Augen. Am nächsten Tag frühstücken wir im Hotel, ehe wir weiterreisen. Das Auto ist noch warm, nachdem es den ganzen Vormittag vor dem Hotel in der Sonne gestanden hat. Ich kurbele das Fenster herunter. Das fühlt sich gut an. Bald sind wir da. Es wird schön werden. Ich sehe hinaus, und Mutters Stimme verschwindet im Rauschen des Winds, den die Geschwindigkeit draußen vorbeipresst. Auf der einen Seite stürzt sich die Felswand senkrecht und furchtlos in den Fjord, auf der anderen erstrecken sich die Berge ruhig und vorsichtig in anschwellenden Formen. Ein junges Paar, denke ich. Er brennt vor Begierde, er wirft sich hinaus und durchschneidet das Wasser. Denn was erwartet ihn? Seine schöne Liebste, sie ist so hübsch, sie wirft sich hinaus, um durch das Wasser zu gleiten, üppig und weich, er kann es kaum erwarten. Aber warten muss er. *Nein, noch nicht*, sagt sie. Das ist doch zum Verrücktwerden! *Bitte, nur ein bisschen*, sagt er und streicht mit der Hand über ihren weißen, nackten Schenkel, *Nein*, sagt sie, und er fragt sich, warum sie nicht will? Ist ihre Lust anders? Denn seine Lust überwältigt ihn völlig, sie steigt ihm zu Kopf und füllt ihn vollkommen aus, er sieht nichts Anderes, er denkt an nichts Anderes, er will nichts Anderes. Oh ja, ihr sämtliche Kleider vom Leib reißen und sich auf sie stürzen, sie umherwälzen und in Fleisch und Körpersäften schwelgen! Dazu hat er Lust. Das könnte er sich vorstellen. Aber nein. Sie stachelt ihn an, sie geht in diesem winzigen Bikini zum Ufer hinab, testet das Wasser mit der Zehenspitze, er steht auf der anderen Seite und verflucht ihren Willen, der ihn bezwingt. Sie gleitet ins Wasser und schwimmt los, er wirft sich hinaus und denkt, dass er einem Falken gleicht, einem Pfeil, einem Adler, und dass ihre Lust auf ihn in ihr wächst, wenn sie ihn durch die Luft schießen, sich ins Wasser bohren und verschwinden sieht.

Mutter erzählt von damals, als sie hier auf die Realschule gegangen ist und zum ersten Mal nicht zu Hause gewohnt hat. Nachdem wir am Abend ins Bett gegangen sind, hat sie noch einen Spaziergang durch den Ort gemacht, an den Holzhäusern mit Drachenkopfornamenten vorbei und zu ihrer alten Schule hinauf, wo Erinnerungen wach wurden, sagt sie; sie erinnert sich, dass es eine große Sache war, nach Hause zu kommen, dass sie Großmutter und Großvater bis in die Nacht hinein immer weiter von allem erzählt hatte, was seit dem letzten Mal passiert war, immer abwechselnd mit Anna, wenn *sie* daheim war. Anna war Mutters Zwillingsschwester. Aber die beiden hatten immer versucht, so verschieden wie möglich zu sein. Als Mutter in Balestrand in die Schule ging, besuchte Anna eine Schule in Førde, als Mutter nach Bergen zog, ging Anna nach Oslo, als Mutter zwei Kinder bekam, begnügte Anna sich mit einem, als Mutter in eine Neubausiedlung in Südschweden zog, ließ Anna sich an einem Ort an der Westküste nieder. Trotzdem glichen sie sich wie ein Ei dem anderen. Ich erkannte Mutter in Anna. Sie wollte immer nur mein Bestes. Auch wenn ich nicht ihr Sohn war, merkte ich das an ihren Augen, ihrem Lächeln. So wie sie es bei mir merkte. Wenn wir zufällig allein waren, entstand manchmal etwas zwischen uns. Es war immer schon dagewesen, ich erinnerte mich an ihre Augen aus der Kindheit, wenn sie meine suchten, ihre Güte, aber jetzt hatte sich ihr Blick geschärft, jetzt hatte er eine neue Richtung eingeschlagen, jetzt war er bewusster. Wir wussten beide darum und versuchten, es zu vermeiden. Obwohl ich mich danach sehnte, ihren Augen zu begegnen, gab es da auch etwas Heikles, eine Gefahr: Wir betrachteten uns ohne Distanz. Ich war wie ein Sohn für sie, aber sie hatte mich nicht geboren.

Und sie war wie eine Mutter für mich. Der Blick, dem ich bei ihr begegnete, dachte nicht, es war ein Blick, der wusste. Ich sehnte mich danach, den Kopf an ihre Brust zu legen und zu weinen, sie würde mir durchs Haar streichen und mich trösten.

Und dann?

Das war der springende Punkt. Denn wenn der Blick zwischen uns ohne Distanz war, dann war er auch schamlos. Scham ist Distanz zu sich selbst. Ohne Distanz fällt die Scham weg. Wenn wir uns ansahen, wollte ich dort sein, bei ihr, deshalb senkten wir den Blick und vollendeten nie, was begonnen hatte, deshalb begegnete ich zuweilen mitten in einer geselligen Runde ihren Augen, die sich dann sofort auf etwas Anderes richteten: Wir berührten uns.

Anna und Mutter waren Vertraute, sie telefonierten stundenlang und hatten wie andere Zwillinge ein Gespür füreinander: Wenn bei Mutter etwas passiert war, klingelte das Telefon im Laufe des Tages, es war Anna, sie wusste, dass etwas vorgefallen war. Auch ich erzählte Mutter alles, was sich ereignete. Es war eine andere Art von Nähe, aber sie war genauso hingebungsvoll. Doch das konnte ich ihr nicht erzählen. Es war das Einzige, was ich ihr nicht sagen konnte.

Als wir uns dem Fährhafen näherten, kam uns ein Strom von Autos entgegen. Am anderen Ufer des Fjords sah ich flüchtig die riesige Statue von Fritjof als ein dunkleres Feld in all dem Grün. Wir hatten am Vortag bei ihr angehalten und waren zu ihr gegangen, waren auf den Sockel geklettert und hatten zu der gigantischen Bronzegestalt aufgeblickt. Mutter wollte Fotos von uns machen. Wir setzten uns auf den Rand und warteten, als sie zum Auto zurücklief.

»Was meinst du, wie viele Bilder muss sie noch von uns machen, bis sie es leid ist?«, sagte ich.

»Das geht noch zehn Jahre so«, antwortete Klaus. »Da bin ich dreißig. Dann geht es nicht mehr.«

»Aber dann hast du Kinder«, sagte ich. »Und die müssen ja auch fotografiert werden.«

»Glaubst du?«, sagte Klaus.

»Was?«

»Dass ich mit dreißig Kinder habe?«

»Du, ja? Na klar.«

Wir sahen Mutter, die mit der Kamera in der Hand unter den Bäumen auf uns zukam.

»So!«, sagte sie.

Wenn Mutter fotografierte, war sie so zufrieden wie sonst nie. Augenblicklich nahm sie eine gewissermaßen professionelle Haltung ein, die das Kennzeichen des Dilettanten ist, sie drehte an Linsen und stellte uns scharf, winkte uns auf die Beine und wich ein, zwei Schritte zurück, schätzte die Lichtverhältnisse ein und komponierte ein Bild im Kopf, während wir geduldig darauf warteten, dass es mit dem Bild der Kamera von uns übereinstimmte, und sie endlich das Foto machte.

Wir kletterten vom Sockel herunter und kehrten zum Auto zurück. Unter uns glitt die Fähre heran, die wir nehmen wollten. Ich drehte mich um, weil ich sehen wollte, wie die Statue aus etwas größerer Entfernung wirkte. Sie war über Gebühr groß. Zwölf Meter hoch ragte sie auf, und Wilhelm hatte sie anfertigen und hierher verschiffen lassen. Er war ganz offensichtlich ein Gigantomane gewesen, aber die Geste gefiel mir: Er sah diese Gegend als das Geburtsland der Riesen. Er fuhr nicht nach Salzburg, Prag, St. Petersburg oder Wien oder in einen der traditionellen Kurorte im alten Europa, er fuhr *hierher*, nach Balestrand. In meinen Augen macht ihn das menschlicher. Das hätte ich sein können, dachte ich, wenn ich Kaiser gewesen wäre, hätte ich solche Dinge getan. Ich hätte kleinen Orten gigantische Statuen geschenkt, von denen die Einwohner nicht viel begriffen, ich wäre mit steifen und straffen Schritten durch den Ort gegangen, hätte mir mein Monokel vor das Auge geklemmt, damit ich sie richtig sehen konnte, die hübschen Hofdamen, die mich umgaben, all diesen Adel, mit dem ich wirklich alles tun konnte, was ich wollte. Gepuderte Haut, hochgesteckte Haare, perlendes Lachen. Die Bewunderung, die Unterwürfigkeit, dass die ganze Welt jedem kleinsten Wink von mir folgte. Spendabel würde ich sein, und überall, wohin es mich verschlug, würde ich das Angenehme suchen. Genuss. Ich würde genügend Geld und Macht besitzen, um den Luxus dieser Welt zu genießen. In ihm zu schwelgen. Mir all diese eleganten Adelsfrauen zunutze machen, sie jedem kleinsten Wink von mir folgen lassen, und wenn ich sie satthatte, würde man nachts üppige Frauen aus dem Volk zu mir schicken, die für ihre Dienste großzügig entlohnt würden, wenngleich die Freude darüber, ihrem Herrscher und damit ihrem Land auf so direkte Weise dienen zu dürfen, eigentlich schon Belohnung genug sein sollte. Um dann nach Balestrand zu fahren, um das Selbstbild für kurze Zeit korrigieren zu lassen, wie er es getan haben muss, es sei denn, er war völlig unsensibel und immun. Im Geschichtsbuch stand er da oben zusammen mit dem russischen Zaren, zusammen mit Königin Victoria von Großbritannien, zusammen mit Napoleon Bonaparte und Marie Antoinette, dem Sonnenkönig und dem Hof in Versailles: das alte Europa. Die Aristokratie. Prinzessinnen, Gräfinnen, Kaiserinnen, Baronessen. Jahr für Jahr kehren sie zurück. Ein Koffer nach dem anderen wird ins Hotel getragen. Die Diener verneigen sich, wenn sie vorbeischreiten. In gebührendem Abstand bleiben manche stehen und schauen zu, während ihr Herz höherschlägt. Fabrikbesitzer, Schiffsreeder, Bankiers. Sie wissen, selbst aller Reichtum dieser Welt kann den letzten Unterschied zwischen ihnen und jener Welt, die soeben durch das Foyer gezogen und die Treppe hinauf verschwunden ist, nicht aufheben. In Balestrand ist der Abstand ein anderer. Denn wer lebt dort? Dort leben Bauern. Der Ort gehört ihnen, wie er seit ewigen Zeiten ihren Vorfahren gehört hat. Dieser Ort ist so abgeschnitten vom alten Europa, dass beim Anblick eines Kaisers keine Herzen höherschlagen. Sie sehen diese Leute, dieses aufgetakelte Gefolge, das durch ihr Städtchen flaniert, aber das heißt nicht, dass sie die Welt begehren, für die dieser Hofstaat steht. Zwischen ihnen liegt ein Abgrund. Sobald das Gefolge um die Ecke verschwunden und nicht mehr zu sehen ist, schlagen sie weiter das Heu, gehen sie mit wiegenden Schritten aufwärts, während die Sense im Gras vor ihnen hin und her blitzt. Vielleicht bleiben sie kurz stehen, um sich den Schweiß abzuwischen und zu verschnaufen, und denken dabei an diesen wunderlichen Anblick, die weißen Kleider und langen Handschuhe der Frauen, die Sonnenschirme, die dunklen Uniformen der Männer, die roten Streifen an den Hosen, und dann tragen sie bei dieser Hitze auch noch dicke Jacken! *Ja, ja, jeder, wie es ihm beliebt!*, sagen sie zueinander. Für die Leute, die sich im Hotel aufhalten, ist der Abstand zwar geringer, aber genauso unüberwindlich. Das macht alles viel schlimmer. Sie haben die vage Hoffnung, Zugang zu erhalten, dass ein Diener ihnen eines Nachmittags eine Einladung zu einem Essen an Bord überreichen könnte. Und warum auch nicht, denken der Waldbesitzer und der Fabrikant, sind wir nicht wohlhabend, sind wir nicht gut gekleidet, wissen wir nicht, worum es geht? Verschwendet seine Frau nicht ein Vermögen damit, ihre Kleider und Kostüme in den Hauptstädten Europas zu kaufen, hat er ihr nicht gerade erst ein prachtvolles Schmuckstück geschenkt, und ist ihr Haus nicht mit den kostbarsten Gegenständen und Möbeln gefüllt, auch sie im Ausland erworben? Fahren sie nicht jedes Jahr im Urlaub in die Schweiz, nach Frankreich, nach Italien? Sind sie etwa nicht in Rom gewesen?

Ja, ja, denkt er, als er mit den Händen auf dem Rücken dasteht und auf den Fjord hinausschaut, aber *wohnen* tun wir auf einem kleinen Hof nahe Kristiansand.

Einem Hof?

Gutshof. Es ist ein *Gutshof*. Kein Bauernhof. Warum habe ich Hof gedacht, wenn es doch ein Gutshof ist? Es ist ein Gutshof. Mit einem Fluss vor dem Fenster. Was kann man mehr verlangen? Sicher, es ist nicht gerade die Seine oder der Rhein oder die Wolga oder die Donau, die wir hier sehen. Topdalselva klingt vielleicht nicht ganz so gut. Aber *hier*! Spielt das *hier* eine Rolle! Der Kaiser hat doch gesehen, dass wir vermögend und kultiviert sind, ein Blick reicht doch, um das festzustellen.

Wenn sie doch nur nicht gewunken hätte!

Was sollte der Kaiser nur denken. Er schritt an ihnen vorbei, als sie gerade aus dem Salon kamen, zwei Meter entfernt ging er durch das Foyer, und als sein Blick auf sie fiel, hatte er genickt – es war kein wohlwollendes Nicken gewesen, das musste er zugeben, aber mein Gott, was konnte man erwarten, dass Kaiser Wilhelm vor ihnen auf die Knie ging? Nein, ein kurzes Kopfnicken war angemessen. Als seine Frau später meinte, der Kaiser habe nur den Hals ein wenig gedreht, weil sein Kragen in der Hitze kratzte, versuchte sie damit nur, sich selbst zu entschuldigen. Denn was hatte sie getan? Gewunken wie ein kleines Kind!

Er spürte, wie sich sein Hals vor Ärger zuschnürte, und ging die Treppe hinunter, um im Garten vor dem Hotel spazieren zu gehen, während seine Frau in dem dunklen Hotelzimmer ein paar Meter über ihm mit Migräne im Bett lag und der Hofstaat des Kaisers auf dem Rückweg von dem privaten Gottesdienst war, dem er an diesem Vormittag beigewohnt hatte. So war es. Aber das war nicht alles. Denn an diesem Abend erhielt der Kaiser die Nachricht, dass der Krieg ausgebrochen war. Er saß auf einem Stuhl an der Wand im Salon, als der Kapitän seines Schiffs den Raum betrat und sich vorbeugte, damit der schwerhörige Kaiser ihn verstand. *Es ist Krieg!*, sagte er laut. *Hä?*, sagte der Kaiser. WIR SIND IM KRIEG!, rief der Kapitän. WIR MÜSSEN ABREISEN! Und der Kaiser erhob sich verwirrt im Stile älterer Herren von seinem Stuhl. Es war das letzte Mal, dass er dort war. Mit steifen Schritten geht er zu dem Boot hinunter, das ihn zu seinem Schiff bringen wird. Eine Stunde später nehmen sie Kurs aus dem Fjord hinaus. Sie fahren an der

Küste entlang und sind ein paar Tage später in Deutschland. Dort wartet ein Zug und auf dem Bahnhof ein Wagen, der ihn zu dem Palast bringt, in dem er, der Kaiser, residiert. Ein paar Tage später inspiziert er Soldaten auf einem Platz in der Stadt, geht an einer Reihe junger Männer in Uniform vorbei, und als er aufblickt, sieht er direkt in eine Kamera, der Fotograf drückt den Auslöser und hält seinen Blick für die Ewigkeit fest. Von Deutschland im Jahre 1914 reist dieser Blick durch das ganze Jahrhundert bis hierher, wo er mich aus dem Buch anstarrt, das aufgeschlagen auf dem Pult vor meinen Augen liegt.

Ich blickte auf. Mortensen hatte sich vom Lehrerpult erhoben. Er stand an der Tafel und schrieb einen Namen in Großbuchstaben. Die anderen in der Klasse notierten sich ihn oder zeichneten, wie ich es getan hatte, einige sahen aus dem Fenster. Ich war froh, ganz hinten in der Ecke zu sitzen, auf die Art schloss ich Blicke aus zwei Richtungen aus, gleichzeitig mussten sich jetzt alle umdrehen, wenn sie mich ansehen wollten. Aber das tat keiner, man dreht sich in einer Klasse nicht ohne Weiteres um, denn alle sehen die Bewegung und werden sich augenblicklich fragen, was so interessant ist, dass jemand sich die Mühe macht, sich dorthin umzudrehen.

»Er war ein ganz gewöhnlicher Schüler«, sagte Mortensen. Ich wippte den Stuhl zurück und lehnte mich mit dem Rücken an die Wand hinter mir. Mortensen legte die Kreide weg und rieb die Hände aneinander.

»Wie Sie«, fuhr er fort. »Und er veränderte den Lauf der Weltgeschichte. Vermutlich wäre es so oder so zum Krieg gekommen, trotzdem war dieser Schuss der, tja, der auslösende Faktor.«

Ich dachte daran, dass er am Vortag nach mir gefragt hatte, da vorne gestanden und auf die Klasse geschaut hatte, alles war wie jetzt gewesen, nur dass mein Platz leer gewesen war. *Hat einer von Ihnen Henrik gesehen?*, sagt er. Und alle sehen mich vor sich. Alle denken sich das ihre.

Er wollte mich also dabeihaben. Aber freute es ihn, dass ich jetzt da war? Oder betrachtete er das lediglich als einen Teil seiner Arbeit, einen Schüler, der die Schule schwänzte, zurückzuholen?

Immerhin hatte er bei mir zu Hause angerufen. Und da er mit Mutter gesprochen hatte, musste er das am Abend getan haben. Nach der Schule. Hatte er zu Hause gesessen und an mich gedacht?

Warum sollte er das tun.

Es gibt Beschwerden, er muss eingreifen, er ruft an, es hebt keiner ab. *Dann muss ich eben heute Abend anrufen*, denkt er daraufhin, *bevor ich die Klassenarbeiten korrigiere.*

Der Summton, die Telefonnummer wählen, warten. Und dann Mutters fragende Stimme.

Worüber sie wohl gesprochen haben?

Ich weiß, dass er es im Moment nicht leicht hat.

Was für ein Idiot.

Ich verschränkte die Arme vor der Brust und sah mit einem Blick zu ihm hoch, der voller Verachtung war, was er erkennen würde, falls er ihm begegnen sollte. Aber das tat er nicht. Er setzte sich auf die Kante des Lehrerpults.

»Gibt es unter Ihnen jemanden, der sich etwas so sehr wünscht, dass Sie jemanden erschießen würden, damit Ihr Wunsch in Erfüllung geht? Gibt es etwas, das Ihnen so wichtig ist?«

Er ließ den Blick über die Klasse schweifen. Jemand lachte bei dem Gedanken kurz auf. Er lächelte.

»Das habe ich mir fast gedacht«, erklärte er, ging zum Fenster und sah hinaus, ehe er sich wieder zu uns umdrehte.

»Welche anderen politischen Attentate kennen Sie?«

Cecilie am Pult vor meinem richtete sich auf ihrem Stuhl auf.

»Nun sagen Sie schon«, sagte Mortensen. »Von irgendeinem müssen Sie doch schon einmal gehört haben?«

Sie war noch ein wenig unsicher. Dann meldete sie sich.

»Ja?«, sagte Mortensen und nickte ihr zu.

»Präsident Kennedy«, sagte sie.

»Ja!«, sagte Mortensen. »Mehr?«

»Der Papst?«, sagte irgendwer.

»Ja, genau, der Papst«, sagte Mortensen.

»Reagan.«

»John Lennon.«

»Das war jetzt nicht unbedingt ein *politisches* Attentat, aber okay: John Lennon. Was ist mit der Geschichte? Alle, die Sie bisher erwähnt haben, sind in unserer Zeit verübt worden. Heißt das, es ist ein *neues* Phänomen?«

Keiner antwortete.

»Was ist mit den Römern?«, fragte er.

Wieder streifte sein Blick durch die Klasse, aber diesmal war ich nicht vorbereitet. Seine Augen begegneten meinen. Und hielten inne.

»Henrik?«, sagte er. »Haben *Sie* einen Vorschlag?»

Er benutzte meinen Namen, als wäre ich geistig behindert. Als müsste er mich besonders freundlich behandeln. Mit Bedacht hatte er eine Frage ausgewählt, bei der es passte, dass ich die Antwort gab, weil er der Klasse dadurch demonstrieren konnte, dass ich gar nicht so dumm war, wie sie vielleicht glaubten. *Seht ihr, Henrik ist eigentlich ziemlich helle*, sagte diese Frage. Und alle kannten diesen Klang. Alle wussten, was er da versuchte.

Ich blieb an die Wand gelehnt sitzen, mit verschränkten Armen, und lief rot an. Ich musste antworten. Ignorierte ich ihn, würden alle denken, meine Sturheit wäre das Ergebnis von Dummheit und nicht von Stolz. Andererseits war die Frage so einfach, dass ich mit einer Antwort nur erreichen würde, dass er sich freute. Und das wollte ich nicht.

Es ging so weit, dass einige sich neugierig zu mir umdrehten, um zu sehen, was los war.

»Nun, Sie denken vermutlich an Julius Caesar«, sagte ich.

»Ja, genau. Wissen Sie noch, wer ihn umgebracht hat?«, sagte Mortensen.

Er wollte mir noch mehr Glaubwürdigkeit verschaffen, begriff aber nicht, dass er so, indem er mich ausfragte wie ein kleines Kind, erst recht das bisschen Glaubwürdigkeit unterminierte, das ich noch besaß. Niemand will sich eingestehen, dass er zu besonderen Bedingungen aufgenommen wird, keiner will geistig behindert sein, keiner will vor den Augen aller verhätschelt werden. Alle wollen wie alle anderen behandelt werden, wusste er das wirklich nicht?

Es war peinlich.

Ich brachte es einfach nicht über die Lippen.

»Nein«, sagte ich.

Er gab die Frage mit einer Geste an die anderen weiter.

»Brutus«, sagte Cecilie.

Bis jetzt war ich passiv gewesen, er hatte die Initiative ergriffen, und obwohl das gut gemeint gewesen war, hatte er mit seinen Fragen nur die Position zementiert, die ich einnahm: der Junge, der nie etwas sagte und nur verlegen murmelte, wenn er gefragt wurde, der für sich blieb wie ein Idiot, der monatelang in der Schule herumlief, bis er es nicht mehr aushielt, und immer öfter wegblieb, wobei natürlich alle den Grund dafür kannten und darüber lachten, wenn ich nicht da war.

Ich musste die Initiative ergreifen.

Schon bei dem Gedanken wurden meine Handflächen feucht. Ich wippte den Stuhl nach vorn.

»Richtig, Brutus«, sagte Mortensen. »Haben Sie schon einmal darüber nachgedacht, dass die Geschichte aus solchen kleinen Zufällen besteht? Wenn jemand die Hand des jungen Studenten in Sarajewo weggeschlagen hätte und der Schuss vorbeigegangen wäre, was wäre dann passiert? Oder wenn Caesar ausgerechnet an diesem Tag erkältet gewesen und zu Hause geblieben und so seiner Ermordung entgangen wäre? Was wäre in Vietnam geschehen, wenn Lee Harvey Oswald entdeckt worden wäre, bevor er in dieses Gebäude hinaufging? Wäre alles, was passiert ist, auch dann passiert?«

Ich spürte, dass ich errötete, aber das ließ sich nicht ändern.

Ich zeigte auf.

Mortensens Miene erhellte sich, als er es sah. Er glaubte, mein Interesse geweckt zu haben.

»Ja, Henrik?«, sagte er.

»Ich verstehe nicht, was das mit dem Ersten Weltkrieg zu tun hat«, sagte ich. »Den wollten wir doch durchnehmen, oder nicht? Was Sie da machen, gehört doch gar nicht zum Lehrstoff, oder?«

Erst später erkannte ich, dass es für ihn ein Leichtes gewesen wäre, mich fertigzumachen, wenn er es gewollt hätte. Er hätte sagen können, dass dies *sehr viel* mit dem Ersten Weltkrieg zu tun hatte. Dass genau *das* Geschichte war. *Was steuert die Geschichte?*, hätte er sagen können. *Was veranlasste den jungen Studenten zu schießen? Wurde er von seiner Mutter gequält und seinem Vater gehasst, hatte er eine Schwester, die er liebte, aber verlor, weil sie in der Pubertät in der Schizophrenie versank, war er einsam, wollte er gesehen werden, lag es nur daran, ein plötzlicher Impuls, der Traum von eigener Größe, ein Gedanke, mit dem er Tag für Tag spielte und der so groß wurde, dass er sich nicht mehr aufhalten ließ, ich werde es ihnen zeigen, dachte er das, tat er deshalb, was er tat? Wie oft ist Bettnässen für die plötzlichen Volten und Wenden der Geschichte verantwortlich? Welche Rolle spielen eigentlich die Epileptiker, warum gibt es so viele von ihnen unter den Menschen, an die wir uns erinnern? Alexander der Große, seine verdrehten Augen, weiß und abgewandt, was sieht er? Und was sehen wir, die ihn sehen, den Mann, der in der Antike am häufigsten porträtiert wurde und folglich etwas in sich barg, was ihnen außerordentlich wichtig zu sein schien? Seht euch die Augen dieses Studenten an, ist sein Blick nicht in ganz ähnlicher Weise abwesend? Oder liegt es an etwas Anderem, das alltäglicher und verständlicher ist: Strukturen in der Familie, wirtschaftliche Veränderungen als Folge großer gesellschaftlicher Umbrüche? Oder war es Fanatismus, eine Idee, die er hatte – und wenn es so war: Teilte er diese Idee mit Anderen? Und warum tauchte diese Idee ausgerechnet damals auf? Welche Strömungen in der Gesellschaft konnten junge Männer dazu bringen, solche Dinge zu denken? Welche Kräfte waren hier am Werk? Bei all dem, lieber Henrik, geht es um den Ersten Weltkrieg. Das ist Geschichte. Unter anderem. Aber um all die anderen Implikationen zu verstehen, seid ihr noch nicht reif genug. Erst müsst ihr die Grundlagen lernen, das Einfachste, und dann, in einem Jahr vielleicht, werdet ihr mehr verstehen, genauer denken, tiefer in die Materie eindringen; dann wird sich euer Blickwinkel vielleicht verändert haben, denn ihr seid erst sechzehn, und wenn ich ehrlich sein soll: ziemlich dumm. Jedenfalls maßlos unwissend. SECHZEHN! Das ist nicht viel, auch wenn es euch im Moment so vorkommt. Man nehme nur die idiotischen Einwände, die ihr ständig vorbringt. Vor allem Sie, Henrik, ich hätte mehr von Ihnen erwartet.*

Aber er sagte nichts. Er ließ es einfach stehen. Er starrte mich an, und ich sah, wie sein Blick sich veränderte, von Freude darüber, dass ich offenbar endlich in Schwung kam, zu Verständnislosigkeit. Dass er zudem enttäuscht und möglicherweise auch verletzt war, begriff ich erst viel später. Um solche Nuancen wahrzunehmen, war ich viel zu sehr mit mir selbst beschäftigt. Ich hatte ihn angegriffen, er blieb stumm, und in der Klasse wurde es unruhig.

Aber ich hatte ins Schwarze getroffen. Ich hatte gewonnen.

»Ich finde, Henrik hat recht«, sagte Camilla mit ihrer nasalen Stimme.

»Wir müssen auch so schon so viel Stoff lernen«, ergänzte Endre.

Innerlich lachte ich schallend. Mortensen versuchte erst gar nicht, sich zu verteidigen.

»Wenn wir vor der Arbeit zu lesen versuchen, was wir uns in Ihren Stunden notiert haben, ist alles durcheinander«, sagte Kristian.

»Der *Lehrstoff* scheint euch ja sehr wichtig zu sein«, entgegnete Cecilie. »Das könnt ihr doch alles auch *zu Hause* lesen. Also, ich finde das gut. Es sind die besten Stunden, die wir haben.«

»Finde ich auch«, sagte Mette.

»Du hast gut reden«, meinte Linda. »Du tust ja nichts anderes als lesen.«

Mortensen hielt die Hände hoch.

»In Ordnung«, sagte er. »Ich verstehe, dass Sie möglichst gut abschneiden wollen. Aber es kann nicht schaden, selbst zu denken.«

»Wollen Sie damit sagen, dass wir nicht selbst denken?«, meldete sich Thomas.

In der Pause stand ich etwas abseits und hörte, dass sie weiter diskutierten, während mich kurze Freudenschauer durchliefen, wenn ich daran dachte, dass ich sie dahin gebracht hatte. Ich hatte die Stimmung in der Klasse perfekt getroffen. Niemals würde es ihnen in den Sinn kommen, dass ich gar nicht gemeint hatte, was ich sagte. Der Einzige, der das verstanden hatte, war Mortensen. Das hatte ich seinem Blick angesehen. Seine Verblüffung. Das war überraschend gewesen. Aber er begriff den Grund nicht. Oder doch? Jedenfalls war er jetzt unsicher, was mich betraf, und das war gut, nichts war schlimmer als das Gefühl, dass Leute einen so verdammt gut *verstanden*, obwohl sie in Wahrheit nicht das Geringste kapierten. Selbst wenn ich mich zurückzog und in den letzten Monaten häufig gefehlt hatte, musste das nicht gleich heißen, dass dies wegen *Problemen* geschah. Probleme? Was war das? Mutter hatte ihm bestimmt erzählt, dass sie sich getrennt hatten. Aber mein Gott! GETRENNT! GETRENNT!, blinkt es in seinem Lehrerkopf, und sofort läuft die Arbeit in der Abteilung für Holzhammerpsychologie auf Hochtouren, denn gleich dahinter blinkt SCHWÄNZT! SCHWÄNZT! *Und ja! Da muss es einen Zusammenhang geben! Dieser Junge hat es nicht leicht! Wir müssen uns um ihn kümmern, bevor es zu spät ist!*

Es war doch peinlich, dass einem so banale Probleme angedichtet wurden. Was hätte ich denn tun sollen? Wenn ich ihm gesagt hätte: *Hör mal, mir geht es gut*, hätte er nur gelächelt und genickt und insgeheim gedacht: *Das ist ja mal wieder ein schönes Beispiel für all das, was wir über Verdrängung gelernt haben.*

Das muss ich Mutter erzählen, dachte ich. Das würde sie zum Lachen bringen. Und dann fiel mir plötzlich ein, was ich am Morgen getan hatte. Ich war so auf das konzentriert gewesen, was sich in der Klasse abspielte, dass ich für eine Stunde mental vollkommen abwesend gewesen war, und dadurch hatte die Zeit einen Keil zwischen das geschlagen, was am Morgen passiert war, und dem, der ich jetzt war. Ein Abstand, der mich alles klar und deutlich sehen ließ. Warum war ich aufgestanden und hatte mich aus dem Haus geschlichen wie ein Dieb? Weil ich mich an Mutter rächen wollte. *Ich wollte, dass sie an mich denkt und ich ihr leidtue.*

Das war der Grund gewesen.

Aber *sie* hatte doch gar nichts getan. Mortensen hatte sie angerufen, und sie hatte ihm Rede und Antwort gestanden, so gut sie konnte, sie hatte sich bestimmt zurückgehalten, ihm bestimmt erklärt, wie alles zusammenhing. Er hatte es vereinfacht und alles so verdreht, dass es in sein simples Gehirn passte. Aber selbst wenn Mutter mich bloßgestellt hätte, war das noch keine vernünftige Erklärung für das, was ich getan hatte. Ich war nur deshalb wütend auf sie geworden, weil ich ihr hundertfünfzig Kronen gestohlen hatte. Und dann hatte ich sie beschimpft. Weil ich unser Geld ausgegeben hatte? Einen anderen Grund gab es nicht. All das hatte sie gewusst, *als es geschah*. Immer war sie mir voraus. Wenn ich sie um Entschuldigung bat, sobald sie nach Hause kam, würde sie nichts anderes erwartet haben. *Ich verstehe, dass du wütend warst, Henrik*. Und daraufhin sage ich, *Du hättest wütend sein müssen*. Schließlich hatte ich einhundert und fünfzig Kronen aus der Haushaltskasse für mich selbst benutzt. Und dann sie, dass das letztlich vielleicht gar kein schlechter Tausch war, Musik gegen Essen. Und dann lächelt sie. Und dann sage ich, *Doch, das war ein dummer Tausch, es ist doch völlig idiotisch, Platten anstatt von Lebensmitteln zu kaufen*. Und dann sitzen wir auf einmal da in vertauschten Rollen.

In dem Moment hätte ich die beiden Hunderter aus der Tasche gezogen und zwischen uns auf den Tisch gelegt. *Sieh mal*. Ich hätte ausnahmsweise zu meinem Fehler gestanden und wäre nicht mehr der, dem immer verziehen wurde.

Ich beschloss, mir das Geld zu besorgen.

Aber mein Konto war leer, und Are schuldete ich bereits mehr als dreihundert Kronen. In der nächsten Schulstunde ging ich die verschiedenen Möglichkeiten durch. Großmutter und Großvater? Oh nein. Es musste jemand aus meiner Klasse sein. Are und Geir Helge hatten schon Andeutungen gemacht, von ihnen konnte ich mir also nichts mehr leihen. Aber von wem in der Klasse würde ich mir etwas leihen können? Von Camilla? Ja klar, super Idee, Henrik. Sieh ruhig zu, dass sie noch mehr gegen dich in der Hand hat. Sorg dafür, dass sie dir noch überlegener wird.

Kent?

Ich tat es zunächst ab, sah aber keinen anderen Weg. Ich musste die Scham darüber, mir von jemandem Geld zu leihen, den ich nicht kannte, gegen die Scham abwägen, meiner eigenen Mutter Geld gestohlen zu haben.

Diese Wahl fiel mir nicht schwer. Ich musste nur einen passenden Zeitpunkt abpassen. Ich konnte nicht einfach in der Pause zu ihm gehen, wenn er mit seinen Freunden zusammenstand, und ihn mit der brutalen Frage herausreißen, die so abrupt kam wie ein Erdbeben: *Kannst du mir etwas Geld leihen?*

Trotzdem suchte ich nach ihm. Zunächst auf dem Schulhof, wo er jedoch nicht war, so dass ich in die Kantine ging und die Tische überflog, bis ich ihn ausfindig machte, ganz hinten, umgeben von fünf anderen, sie saßen in ihren klobigen Daunenjacken und unterhielten sich. Mich zu ihnen zu setzen, kam nicht in Frage, das ging nicht. Am anderen Ende der Kantine blieb ich im Flur stehen, um nachzudenken, und kam zu dem Schluss, dass ich mich am besten vor das Schwarze Brett stellen und warten würde, bis er auftauchte. Wir gingen in dieselbe Klasse, in der nächsten Stunde hatten wir Sport, die Halle lag hundert Meter weiter, wollten wir nicht gemeinsam dorthin gehen, Kent und ich?

Den Sportbeutel über die Schulter geworfen, blieb ich vor dem Schwarzen Brett stehen und las die verschiedenen Aushänge und Plakate. Musterte vor allem einen genau, wie ich es schon mehrmals getan hatte. ZIEHT ES DICH ZU DEN BRETTERN, DIE DIE WELT BEDEUTEN stand dort gymnasial, und: MÖCHTEST DU BEI DER THEATERGRUPPE DER SCHULE MITMACHEN? WIR BRAUCHEN LEUTE, AUF UND HINTER DER BÜHNE. INFORMATIONSTREFFEN FÜR INTERESSIERTE AM FREITAG, DEN 19.2.

Der Gedanke, es tatsächlich zu tun, hinzugehen, eine Rolle zu bekommen, machte mich nervös, jedes Mal, wenn ich den Zettel las, hatte ich ein flaues Gefühl im Magen. Traute ich mich? Vorteile, Nachteile. Es war bestimmt leicht, so Leute kennenzulernen, ein gemeinsames Projekt, ein halbes Jahr. Aber auf der Bühne stehen, wenn die ganze Schule zusieht? Errötend, schwitzend, ein Idiot, für alle sichtbar. Nein, nein, Schluss damit. Die Idee ist doch, ein anderer zu sein. Was für eine Befreiung. Alles liegt bereit. Eine ganze Persönlichkeit, die schon fertig war. Komm schon, bedien dich. Wer willst du sein?

Das dachte ich, wobei mir jederzeit bewusst war, wer hinter mir vorbeiging. Als Kent kam, drehte ich mich, wollte Blickkontakt mit ihm aufnehmen, damit er nicht einfach an mir vorbeigehen konnte.

Er stellte sich neben mich und nickte zu dem Aushang.

»Gehst du hin?«, sagte er.

»Weiß nicht!«, sagte ich.

»Es könnte Spaß machen«, meinte er.

»Kann sein«, erwiderte ich.

»Dann komm doch mit!«, sagte er und sah mich an. »Wir gehen zusammen. Es ist bestimmt keiner sonst da, den wir kennen.«

»Meinst du?«, sagte ich.

Er verstand mich falsch.

»Wir müssen ja nicht mitmachen, auch wenn wir zum Infotreffen gehen«, sagte er.

»Da hast du recht«, sagte ich.

Er sah auf die Uhr.

»Wir sind spät dran«, meinte er.

Auf dem Weg über den Schulhof überlegte ich, dass sein Handeln von Mildtätigkeit geprägt war. Warum sonst sollte er *mich* bitten, ihn zu dem Informationstreffen zu begleiten.

Wir nahmen den Weg über den Rasen, ohne uns zu unterhalten.

Aber Mildtätigkeit? Warum sollte er das tun? Wer dachte denn an so etwas?

Wir kamen in die Halle, er blieb am Kiosk stehen, um sich etwas zu kaufen, ich ging die Treppe zur Umkleidekabine hinunter. Die anderen Jungen hatten sich schon umgezogen. Ich zog schleunigst meine Kleider aus und schaffte es gerade noch rechtzeitig, die Shorts anzuziehen, bevor er hereinkam. Ich war erleichtert, denn so blieb es mir erspart, mich im selben Raum umzuziehen wie er, denn er hatte sicher bemerkt, dass ich Kontakt zu ihm suchte, und wenn wir uns umzogen, nur wir zwei, wusste ich, dass ihn der Gedanke streifen würde, dass ich schwul war, und das allein reichte schon, um mich erröten zu lassen, wenn er sich zwei Meter von mir entfernt auszog. Er schob die Hose herunter, und ich stand mit rotem Kopf vor ihm. Wenn er das sähe, würde er sich fragen: Warum wird Henrik rot, wenn ich mich ausziehe? Er muss schwul sein. Und dieser Gedanke ließ mich noch roter anlaufen. So war es. Hörte ich das Wort schwul, wurde ich automatisch rot, egal wo, egal, mit wem ich zusammen war, selbst auf einem Stuhl vor dem Fernseher daheim wurde ich rot, wenn das Wort schwul fiel, selbst wenn nur Mutter dabeisaß, fühlte ich mich gezwungen zu sagen:

»Also, ich bin nicht schwul.«

Obwohl ich wusste, wie dumm sich das anhörte, musste ich es einfach sagen.

Mutters leicht fragender Blick.

Als die Stunde vorbei war, trank ich eine Cola im Vorraum, was ich immer tat, um mich nicht mit den Anderen umziehen zu müssen, lieber komme ich etwas zu spät zur nächsten Stunde, dachte ich stets und trottete hinunter, wenn sie fast fertig waren. Kent hatte gerade den Arm gehoben und sprayte sich Deo in die Achselhöhle, die anderen hantierten mit Sportbeuteln und Taschen und Kleidern herum, zwei standen vor dem Spiegel und kämmten sich: glänzendes Haargel, auf die Finger verteilt, in die Haare massiert.

»Kent«, sagte ich.

Er legte die Spraydose in den Beutel, schloss ihn wieder.

»Ich habe ein Problem«, sagte ich, genau wie ich es geplant hatte. »Ich brauche Geld. Könntest du mir vielleicht zweihundert leihen?«

Lag Erstaunen in seinem Blick?

Nein.

»Klar«, sagte er. »Aber ich habe gerade kein Geld dabei. Ich kann in der nächsten Pause kurz in die Stadt gehen. Hat es so lange Zeit?«

»Natürlich«, antwortete ich.

Er lächelte mich an, warf sich den Sportbeutel auf den Rücken und strich sich mit der Hand durchs Haar, ehe er hinausging. Ich zog mich langsam aus, ging nackt durch die leere Umkleidekabine unter die Dusche. Ich war allein und ließ mir Zeit, das Wasser lief an mir herab, und ich lehnte mich an die glatten, weißen Kacheln an der Wand. Vielleicht war es ja gar keine so dumme Idee, bei der Theater-AG mitzumachen, überlegte ich. Ich musste ja nicht unbedingt Schauspieler werden, es gab bestimmt eine Menge anderer Dinge zu tun. Zum Beispiel die Beleuchtung oder das Schreinern von Requisiten. Oder Kostüme nähen?

Oh nein.

Schwul! Schwul! Schwul!

Ich lächelte und griff nach dem Handtuch. Als ich angezogen war und zum Schulgebäude gehen konnte, war der Platz ringsum verwaist. Ich ahnte neugierige Blicke von den vielen Fensterreihen, sie langweilten sich, sie stierten zum Fenster hinaus: *Da ist er wieder*. Um mich ihnen zu entziehen, benutzte ich den hinteren Eingang. So konnte ich den Flur bis zum Klassenzimmer am anderen Ende nehmen. Dort gab es keine Blicke, dachte ich, stieß die Tür auf und gelangte in die Pausenhalle.

Der Flur war leer.

Ich war spät dran und ging schnell. Überall um mich herum hatte die Stunde begonnen. Ich hörte hinter den Türen gedämpfte Stimmen lauter und leiser werden, wenn ich an ihnen vorbeikam.

Dann bog am anderen Ende eine Gestalt in den Gang. Ich sah sofort, wer es war. Elisabeth. Sie hatte mich noch nicht gesehen. Wenn ich weiterging, würden wir aneinander vorbeikommen, uns ansehen, womöglich grüßen. Nach dem, was zwischen uns passiert war?

Kam überhaupt nicht in Frage. Das ging nicht.

Und jetzt kam sie näher.

Ich musste etwas tun.

Ohne nachzudenken, öffnete ich die Tür zu einem Klassenzimmer und ging hinein. Alle Schüler starrten mich an. Ich wurde rot und schloss die Tür hinter mir. An der Tafel drehte sich ihr Lehrer um und sah mich fragend an.

In ein paar Sekunden würde sie draußen vorbei sein.

Ich musste durchhalten.

»Oh je«, sagte ich. »Ich wollte zur Eins c?«

»Die ist nicht hier«, sagte der Lehrer.

Einige kicherten. Ich wusste, dass ich ihnen aufgefallen war. Ich war der Junge, der rastlos, mit glühenden Wangen und flackernden Augen, durch die Schule lief. Jetzt stand er vor ihnen, verwirrt, errötend.

Natürlich grinsten sie.

»Nicht?«, sagte ich.

Der Lehrer drehte sich wieder zur Tafel um. Ich blieb stehen.

Jemand lachte.

Der Lehrer sah mich an.

»Die ist nicht hier«, wiederholte er.

»Oh nein«, sagte ich, als hätte ich es erst jetzt begriffen. Mit ihrem Lachen in den Ohren ging ich wieder hinaus und sah Elisabeths Rücken am Ende des Flurs um die Ecke verschwinden.

Ich kam mehr als eine Viertelstunde zu spät zur nächsten Stunde. Noch immer erhitzt nach dem, was passiert war, ging ich durch das Klassenzimmer. Mortensen machte eine Pause in seinen Ausführungen und sprach fast demonstrativ genau in dem Moment weiter, als ich mich an mein Pult setzte.

Was war nur los mit mir? Warum brachte sich kein Anderer so in die Bredouille wie ich? Wie war es nur möglich, dass ich *täglich* solche kleinen Demütigungen erlebte?

Anfang der letzten Stunde blieb Kent vor mir stehen, ganz offen legte er das Geld auf mein Pult.

»Hier, Henrik«, sagte er.

»Vielen Dank«, sagte ich.

Die Transaktion machte die Freude zunichte, die ich normalerweise empfunden hätte, nachdem mich Kent vorhin gefragt hatte, ob wir gemeinsam zu dem Informationstreffen gehen wollten. Andererseits schenkt mir der Gedanke an den Moment Befriedigung, in dem ich das Geld Mutter überreichen würde. Wenn sie fragte, woher ich es hatte, würde ich ihr ausweichend antworten. *Das war doch nicht nötig, Henrik*, würde sie vielleicht sagen, *Doch, das war nötig*, konnte ich dann erwidern, *es ist ja dein Geld.*

Am Nachmittag kamen Are und Geir Helge vorbei. Ich zog Jacke, Schal, Mütze und Handschuhe an, legte die Schlittschuhe in den Rucksack und begleitete sie. Der Weg führte ein paar Meter vom Haus entfernt in den Wald und zu einem See, der etwa einen Kilometer entfernt lag. Wir blieben ein, zwei Stunden, liefen auf dem Eis und füllten die Luft mit den messerscharfen, verschnörkelten Lauten von Stahl auf Eis, während sich der Himmel über uns allmählich verdunkelte. Als ich in der Dämmerung den Anstieg vor dem Haus hinaufging, kam Mephisto aus den Schatten angelaufen, um mich, auf Wärme erpicht, das letzte Stück zu begleiten.

Ich öffnete das Garagentor, um zu schauen, ob Mutter heimgekommen war. Das Auto stand da. Ich zog einen Handschuh aus und legte die Hand auf die Kühlerhaube. Sie war warm. Also war sie gerade erst gekommen.

Als ich mich dem Haus näherte, sprang Mephisto vom Fenstersims. Das Thermometer vor der Tür zeigte minus vierzehn Grad an. Die Katze schoss hinein, während ich im Flur stehenblieb, um Jacke und Schuhe auszuziehen.

»Hallo, Henrik«, sagte Mutter aus der Küche und tauchte in der Tür auf. »Ich habe dich vor fünf Minuten gehört. Warst du da hier?«

Ich schüttelte den Kopf, und Mutter lächelte.

»Das…«, sagte sie, »das ist ein bisschen unheimlich, findest du nicht?«

»Ach was. Das bedeutet nur, das ich lange leben werde. Und das ist doch gut, nicht?«

»Seltsam«, sagte sie. »Ach, könntest du bitte Brennholz holen gehen?«

»Hättest du das nicht ein bisschen früher sagen können? Ich habe mich doch gerade ausgezogen!«

»Das Essen ist gleich fertig«, erwiderte sie nur und verschwand in der Küche. Ich hörte es in der Pfanne zischen, seufzte laut und zog die Stiefel wieder an, ging über den dunklen Hof und in die Garage.

Vorzeichen.

Es war mir ein paar Mal passiert, und anfangs hatte es mich mit Stolz erfüllt: Ich dachte, dass ich nicht so war wie die Anderen. Ich dachte, dass sie einen anderen Henrik hörten, er lebte in einer anderen Dimension, die meiner ähnelte, wir hatten gemeinsame Erfahrungen, das tröstete mich, wie es ihn sicher tröstete, wenn er an mich dachte. Eine Art Schicksalsgemeinschaft, Henrik machte die exakt selben Dinge wie ich zur exakt selben Zeit wie ich. Eine Fantasiegestalt, wie sie alle Kinder haben, aber im Gegensatz zu diesen nahm meine manchmal in der Wirklichkeit Gestalt an, eine Gegenwart, die auch andere als ich bemerkten. Aber dann waren wir nicht mehr synchron, dann ging er mir voraus. Mein Agent in der Zukunft. So dachte ich als Kind. Mein heimlicher Zwilling Henrik. Wie hätte ich mir sonst erklären sollen, was ab und zu passierte, dass mein Vater und meine Mutter und Klaus hörten, wie ich unten im Flur die Tür öffnete, Schuhe und Jacke auszog, die Treppe hinaufging und anschließend verschwand?

Henrik?, ruft Mutter, aber da ist keiner, ich bin noch auf dem Heimweg, laufe im Dunkeln den Hügel herab. Drei Minuten, vielleicht auch vier, und dann hören sie alles noch einmal von vorn. Aber diesmal bin ich es, der nach Hause kommt. Großvater sagte immer, diese Vorzeichen seien gut, sie bedeuteten, dass ich ein langes Leben haben würde. Aber es gibt noch mehr Vorteile, denn ich nehme an, dass er da sein wird, wenn es zu Ende geht, mein vorauseilender Bruder, denn auch sterben wird er vor mir. Dann kann ich ihn endlich einholen. Wenn ich sterbe, werde ich erwartet, dachte ich manchmal und wusste natürlich, dass dies Blödsinn war, trotzdem war es angenehm, mit dem Gedanken zu spielen.

Vater meinte, es sei Einbildung, sie erwarteten, mich zu hören, und deshalb glaubten sie, es würde wirklich geschehen, er verabscheute jeglichen Aberglauben und machte sich oft über Großvater lustig. Ich war mir nicht sicher, was ich glaubte, ich selbst hatte es natürlich nie gehört, aber merkwürdig ist es auf jeden Fall, dachte ich, während ich so viele Holzscheite aufstapelte, wie ich tragen konnte, ehe ich mit schwankendem Rücken den Hof überquerte, um unterwegs nichts zu verlieren, die Klinke hinunterdrückte, die Tür aufschob und das Holz ins Wohnzimmer balancierte. Das Gepolter, als ich es in den leeren Korb neben dem Ofen fallen ließ, veranlasste die Katze, mir von der Couch aus einen missbilligenden Blick zuzuwerfen, ehe sie wieder die Augen schloss.

Essen ist fertig, rief Mutter, als sie mich hörte.

Der Plan war, das Geld in ihr Portemonnaie zu stecken, ohne ihr etwas davon zu sagen, aber als ich mit der Tasche in der Hand dastand, erkannte ich, wie dämlich das war, und fragte mich, was in aller Welt ich da machte. Was wollte ich eigentlich erreichen? Dass sie, wenn sie das Geld fand, in mir jemanden sah, der seine Schulden beglich? Oder wollte ich, dass sie dachte, sie wäre ganz schön hart zu mir gewesen, sobald sie verstand, dass ich mir große Mühe gegeben hatte, um das Gleichgewicht zwischen uns wiederherzustellen? *Ich habe es nicht so gemeint, Henrik*. Beides war für mich von Vorteil. Mein eigenes Wohlbefinden war das einzige Motiv gewesen, das mich geleitet hatte. Deshalb legte ich die Tasche zurück, deshalb beschloss ich, Kent das Geld am nächsten Tag zurückzugeben. Schließlich hatte ich keine Möglichkeit, mir einfach so zweihundert Kronen zu beschaffen, wenn ich sie ausgegeben hatte. Mein Gott, was ging eigentlich in meinem Kopf vor? Warum irrte ich auf einmal mit diesen kleinen, bescheuerten Projekten umher, und warum dauerte es immer so lange, bis mir klar wurde, dass sie vollkommen sinnlos waren? Ich kannte Kent doch überhaupt nicht. Und jetzt schuldete ich ihm auf einmal Geld.

»Heute gibt es nur etwas Einfaches«, sagte Mutter, als sie eine Pfanne mit Spiegeleiern und Frikadellen auf den Tisch stellte.

»Sieht aber gut aus«, sagte ich und setzte mich. »Hat der Tee lange genug gezogen?«

»Sieh nach. Ich denke schon.«

Ich goss mir ein. Er sah gut aus.

»Möchtest du?«

»Mhm.«

Ich füllte auch ihre Tasse. Sie war einkaufen gewesen. Auf einem Servierbrett lagen Salamischeiben, Tomatenviertel, Gurkenscheiben und ein paar Salatblätter zur Dekoration, auf einem anderen lag Käse, ein neuer Camembert, dazu eine Art Gouda und der Molkenkäse, den wir anscheinend niemals aufbekamen. Ich schnitt mit dem Käsehobel Scheiben von dem Gouda ab, die Kruste war hart und gelb, offenbar hatte er unabgedeckt im Kühlschrank gelegen.

Ich gab etwas Milch in meine Tasse und sah mich auf dem Tisch nach Zucker um.

»Du hast den Zucker vergessen«, sagte ich.

»Er steht direkt vor dir.«

»Ach da!«

Ich streute zwei Teelöffel in die Tasse und rührte. Hob die Tasse an den Mund und kostete. Nicht süß genug. Sicherheitshalber nahm ich noch zwei Löffel.

»Was ist?«, sagte ich, als Mutter mich ansah.

Sie lächelte.

»Klaus hat eben angerufen«, sagte sie.

»Aha?«

»Er bleibt Ostern in Bergen. Er muss für das Examen lernen.«

»Das haben wir doch schon gewusst«, erwiderte ich und legte eine Scheibe Brot auf den Teller. Es war frisch, fühlte ich, denn als ich es mit Butter bestrich, gab es unter dem Messer sanft nach.

»Er hat vorgeschlagen, dass du zu ihm kommst.«

»Nach Bergen?«, sagte ich und schaffte es, mir meine Freude nicht anmerken zu lassen, indem ich mich darauf konzentrierte, die Frikadelle mit dem Pfannenwender auf die Brotscheibe zu legen. Anschließend platzierte ich das Ei auf ihr. »Können wir uns das leisten?«, fragte ich, blickte auf und erkannte, dass sie mich die ganze Zeit angesehen hatte.

»Ich habe in letzter Zeit einige Überstunden gemacht«, antwortete sie. »Außerdem muss ich kurz nach Ostern eine Menge Klausuren korrigieren. Ich denke, es wird schon gehen.«

»Bist du sicher, dass er Zeit hat?«

»Wenn er lernt, kannst du ja alleine etwas unternehmen.«

»Ja.«

Ich schnitt vorsichtig am Rand des Eigelbs entlang, damit es nicht auslief, und spürte, dass mir das Wasser im Mund zusammenlief, als ich einen Bissen nehmen wollte.

»Ich habe einen Mordshunger«, sagte ich zwischendurch.

»Mit wem warst du oben im Wald?«, fragte Mutter. Sie aß wie üblich nicht viel, legte sich eine halbe Frikadelle und ein paar Tomatenviertel auf den Teller.

»Auf dem See? Nur mit Geir Helge und Are.«

Ich bereute, ihr nicht gesagt zu haben, dass ich an diesem Morgen eine Stunde früher zur Schule fahren würde. Aber sie hatte es sicher verstanden. Mein Gott, war das kindisch. Dass ich eine Stunde früher aufstand, nur um einen Effekt zu erzielen: *Ist er wütend auf mich?*

Es wurde still. Wir aßen. Mephisto trottete aus dem Wohnzimmer herein, schmiegte sich an mein Stuhlbein, ich beugte mich hinab und streichelte die Katze. Als ich mich aufrichtete, suchte ich den Blickkontakt zu meiner Mutter.

»Ich fange vielleicht an, Theater zu spielen«, sagte ich.

»Ach«, sagte sie. »Davon hast du mir noch gar nichts erzählt, oder?«

»Nein, einer aus meiner Klasse hat mich gefragt, ob ich mitmachen will. Es ist nur ein Infotreffen. Aber ich weiß nicht, eigentlich hätte ich Lust dazu. Was denkst du, soll ich das machen?«

»Ich finde, das ist eine gute Idee«, sagte sie.

»Du glaubst also nicht, dass ich mich blamiere? Wenn ich ehrlich sein soll, fühle ich mich nicht gerade zum Schauspielern berufen.«

»Du, doch! Wenn du dich wirklich darauf einlässt. Dann schaffst du das.«

»Glaubst du? Sei ehrlich!«

»Natürlich. Aber du musst an dich glauben.«

»Das tue ich nicht.«

»Aber wenn du es nicht versuchst, wirst du es auch nicht herausfinden.«

»Stimmt.«

»Und wann ist das Treffen?«

»Morgen. Nach der Schule. Kent, von dem ich dir schon einmal erzählt habe, macht auch mit.«

»Ich will morgen Nachmittag zum Friseur. Wenn du möchtest, kannst du mit mir nach Hause fahren. Wir könnten uns in der Stadt treffen.«

»Mhm«, sagte ich.

In dem Moment klingelte das Telefon.

»Du brauchst *mich* gar nicht so anzusehen«, sagte ich. »Das ist bestimmt Anna.«

Mutter stand auf und ging in den Flur. Während ich weiter aß, versuchte ich anhand des Tonfalls in ihrer leisen Stimme zu erraten, wer am Apparat war. Anfangs war sie überrascht. Dann wurde sie wortkarger, fast förmlich. Vielleicht jemand von der Arbeit, dachte ich, legte die letzte Frikadelle auf den Teller, aß sie ohne etwas dazu.

Als sie wieder hereinkam, war sie ernst. Diesen Gesichtsausdruck kannte ich: Es war etwas passiert.

»Wer war es?«

»Ich will eigentlich gar nicht darüber reden«, sagte sie und setzte sich. »Es war deine Großmutter.«

Sie stand wieder auf, ging in den Flur, kehrte mit ihrer Tasche zurück, aus der sie die Zigarettenschachtel zog, schob ihren Teller zur Seite und stellte den Aschenbecher vor sich.

»Was wollte sie? Ist etwas passiert?«

Mutter blies Rauch aus.

»Nein«, antwortete sie.

Sie machte eine Pause.

»Ich bin so wütend!«

»Aha?«, sagte ich. »Was hat sie denn gesagt?«

Sie begegnete meinem Blick.

»Sie hat gesagt, dass du zu oft bei ihnen gewesen bist. Dass du nicht mehrere Male in der Woche angelaufen kommen kannst. Sie hat gesagt, du seist ungepflegt und schlampig gekleidet gewesen, dass du sie um Geld für den Bus gebeten hast und nur kommst, um etwas zu essen zu bekommen. Dass ich mich um dich kümmern muss. Dass ich deine Mutter bin.«

Etwas zog mich herunter. Das Weiche und Schwache gewann die Oberhand, und ich musste den Blick senken, um mich zu beherrschen.

Mutter merkte es.

»Man könnte meinen, dass sie keine Menschen sind. Mein Gott, du bist ihr *Enkelkind*!«

Ich trank Tee, das Schlucken half, kurz darauf konnte ich ganz normal sprechen.

»Aber es stimmt ja«, erklärte ich, als ich meine Stimme wieder im Griff hatte. »Ich gehe ja wirklich mehrmals in der Woche zu ihnen. Und ich bekomme jedes Mal etwas zu essen. Und ich habe um Geld für den Bus gebeten. Ich dachte, das macht nichts.«

»So darfst du nicht einmal *denken*, Henrik! Du hast nichts falsch gemacht. Verstehst du?«

Ich nickte.

»Verstehst du?«, wiederholte sie. »Du bist sechzehn, du bist ihr *Enkelkind*. Das sollen sie niemals schaffen, dass du denkst, es ist deine Schuld. Das ist es nämlich nicht.«

»Beruhige dich«, sagte ich.

»Ich bin einfach so wütend«, sagte sie. »Ich weiß gar nicht, was ich tun soll.«

Sie rauchte, ich schob die Frikadelle auf dem Teller zur Seite und trank den restlichen Tee. Es gab etwas, das sie nicht wusste. Kurz vor Weihnachten hatte ich von Großmutter fünfhundert Kronen bekommen, sie waren für mich und Klaus gewesen, wir sollten sie uns teilen. Aber die Versuchung war zu groß gewesen, Klaus wusste ja nichts von dem Geld, ich behielt es für mich alleine. Die Sache kam natürlich heraus. Als Klaus das nächste Mal da war, an Weihnachten, fragte sie ihn nach dem Geld, und er, der völlig ahnungslos war, wollte von ihr wissen, um was für Geld es gehe. *Hat Henrik dir das Geld etwa nicht gegeben?*, sagte sie, woraufhin Klaus begriff, was passiert war. *Ach, das Geld meinst du!*, sagte er, um mich zu retten. *Doch, das habe ich bekommen. Vielen Dank übrigens. Ich konnte es gut gebrauchen.* Aber sie hatte es gemerkt, sie wusste, dass er das sagte, um mich zu decken, das merkte ich an der Art, wie sie mich später am Abend ansah. An dem Misstrauen in ihren Augen, das sie nicht verbergen konnte.

Das war das Eine.

Außerdem lieh ich mir von ihnen Geld für den Bus nach Hause und bekam häufig mehr, als ich brauchte, ein paar Mal hatte ich auch nach Geld gefragt, obwohl ich noch welches vom letzten Mal hatte.

Das wussten sie. Und ich richtete es immer so ein, dass ich sie zur Essenszeit besuchte.

Das merkten sie auch.

Dass ich ungepflegt war? Das stimmte sicher, ab und zu schlief ich in meinen Kleidern, konnte mich nicht einmal zum Umziehen aufraffen, wenn ich aufwachte, ging einfach zur Schule, wie ich war.

Das sahen sie.

Nichts von all dem wusste Mutter. Sie glaubte, es wären ganz normale Besuche. Deshalb war sie so wütend auf die beiden. Ich hatte Lust, es ihr zu erklären, irgendwie hatte ich das Gefühl, dass sie ihnen unrecht tat, dass ihre Wut die Falschen traf.

Obwohl ich ihr Geld gestohlen hatte, behandelte sie mich, als wäre alles normal.

»Mach dir deshalb keine Gedanken, Mama«, sagte ich.

»Doch«, entgegnete sie.

»Ja, aber ich *muss* sie ja nicht besuchen. Das habe ich doch vor allem getan, weil ich dachte, es wäre gut, weil Papa nichts mehr mit ihnen zu tun haben will. Dass sie mich so öfter sehen. Es sind ja nicht mehr viele Jahre, bis ich wegziehe.«

»Ich weiß«, sagte sie. »Aber das kapieren sie nicht.«

»Wenn sie es so haben wollen«, sagte ich, »ist das schon in Ordnung. Ich muss sie nicht besuchen.«

Mutter lächelte.

»Du hast vielleicht eine Familie!«, sagte sie.

Ich beschloss, ihr das Geld doch zurückzugeben. Dann musste ich mir eben die Mühe machen, das Geld für Kent zu beschaffen. Vielleicht konnte ich mir etwas von Klaus leihen, schließlich würde es nur ein paar Tage dauern, es mir aus Bergen zu schicken.

»Sieh mal«, sagte ich.

Ich legte die beiden zerknüllten Hunderter auf den Tisch.

»Das Geld, das ich für Platten ausgegeben habe.«

Sie zog die Augenbrauen hoch.

»Woher hast du das?«

»Ich weiß es ehrlich gesagt nicht«, antwortete ich. »Ich habe zufällig meinen Kontostand geprüft, und es waren tausend Kronen darauf.«

Sie sah mich an.

»Vielleicht ist es von Papa«, sagte ich. »Er schuldet dir ja einiges an Unterhalt. Außerdem hat er die ganze Zeit gesagt, dass ich Geld bekomme.«

Ich lächelte.

»Er denkt ja, wenn *du* das Geld bekommst, gibst du es für dich aus und nicht für mich. Eine feine Entschuldigung.«

»Glaubst du wirklich?«, sagte sie. »Es sieht ihm gar nicht ähnlich, etwas zu halten, was er versprochen hat.«

»Ich weiß nicht«, sagte ich. »Jedenfalls ist das Geld da. Kommen die Auszüge nicht irgendwann mit der Post?«

Sie nickte.

»Nimm du es«, sagte sie. »Es gehört ja dir.«

Ich tat so, als hätte ich sie nicht gehört, und ließ das Geld liegen. Wir räumten den Tisch ab, sie spülte, und ich warf mich im Wohnzimmer auf die Couch und sah fern. Als ich an dem Abend ins Bett gehen wollte, lag das Geld immer noch da.

Wenn ich es nahm, war das Problem mit Kent gelöst. Das Geld gehörte ja eigentlich ihm.

Ich nahm die beiden Hunderter und steckte sie in die Tasche, putzte mir die Zähne, wünschte Mutter eine gute Nacht und ging in mein Zimmer.

An jenem Abend schwor ich mir, Großmutter und Großvater nie wieder zu besuchen.

4

Diesen Schwur habe ich zehn Jahre gehalten. Nie wieder habe ich einen Fuß in ihr Haus gesetzt. Gesehen habe ich sie natürlich, das war unvermeidlich, aber besucht habe ich sie nicht. Wenn Klaus dort ist, sagen sie jedes Mal, er solle mich bitten, mal vorbeizuschauen, wenn ich in der Stadt sei. *So* hätten sie es nicht gemeint.

Aber ich weiß genau, wie sie es gemeint haben.

Als ich sie das letzte Mal sah, war ich achtzehn, und damals bestätigte ich, dass alles, was sie über mich gedacht hatten, zutraf. In meinem dritten und letzten Jahr auf dem Gymnasium war ich völlig von der Rolle, all diese verschwommenen, traumgleichen Nächte, in denen ich auf irgendwelchen Feten abhing und mich langsam von der Welt entfernte, mir selbst entglitt, geistesabwesend herumsaß und dachte, mein Körper wäre mit warmem Öl gefüllt, es war herrlich, ich spannte die Muskeln an, und alles lief so geschmiert wie eine gut geölte Maschinerie. Angst bekam ich erst, wenn ich aufwachte und nicht wusste, wo ich war oder was ich getan hatte. Es passierte so viel, und alles, was passierte, befand sich außerhalb meiner Reichweite. Es artete aus. Einmal ging ich direkt von einem Saufgelage in die Schule, saß am hintersten Pult und stank nach Alkohol, konnte kaum die Augen aufhalten und interessierte mich für nichts. Mortensen kam zu mir und sagte freundlich, dass ich nach Hause gehen und schlafen und am nächsten Tag lieber ausgeruht zurückkommen solle. Ich ließ ihn links liegen und erwiderte nichts, schweigend ging ich durch die Klasse und verließ sie, nahm den Bus nach Hause, schlief bis weit in den Nachmittag hinein, wusste, dass er mir bald keine weitere Chance mehr geben würde, machte aber trotzdem weiter, trank etwas mehr als die Anderen, grölte etwas lauter, lachte aus vollerem Hals, kletterte etwas weiter nach oben. Eines Abends ließ ich die Beine auf dem Dach eines Hotels in der Stadt herabbaumeln, ungefähr vierzig Meter über dem Erdboden, und warf im hohen Bogen leere Bierflaschen auf den Parkplatz unter mir, eines Nachts balancierte ich auf dem Geländer einer Brücke, sprang herunter und hing an einem Arm auf der Außenseite, damit sie etwas zu erzählen hatten, eines Nachts kletterten wir die Wand eines vierstöckigen Wohnhauses hinauf, liefen auf dem Dach herum und grölten, fanden einen Abgang zu einem Dachboden und begaben uns weiter abwärts ins Haus, wir suchten etwas, das wir stehlen konnten, und entdeckten, dass jemand die Polizei gerufen hatte, dass auf der Straße unter uns ein Streifenwagen hielt, jemand rief, und wir lachten und ließen uns blitzschnell auf der anderen Seite herunter und rannten so schnell wir konnten weg.

Woher kam dieser Wille? Es gab ja keinen Grund, es so weit zu treiben. Es gab keinen Grund dafür, dass ich auf dem Heimweg alle Mülleimer auf einem Hinterhof umkippte, auf den Straßen Autoantennen abknickte und Rückspiegel abriss, es gab keinen Grund dafür, dass ich an einem Hang eine Autotür nach der anderen in der Hoffnung untersuchte, eine offene zu finden, um daraufhin die Handbremse zu lösen und den Wagen immer schneller den Hang hinunterrollen zu lassen, bis er am Fuß in eine Hauswand krachen würde und sofort alle Lichter in der Nähe angingen, während ich durch die Straßen rannte, dafür gab es keinen Grund; ebenso wenig hatte ich einen Grund, Leute zu beleidigen geschweige denn, auf sie zu pissen. Aber selbst das tat ich eines Nachts. Wir waren einem alten Alki begegnet, der von sich behauptete, mit Shetland Larsen im Krieg zur See gefahren zu sein, wir nannten ihn Shetland Fotze, und als er sich auf die Bank setzte, bepisste ich ihn. Obwohl ich begriff, dass ich damit zu weit gegangen war, dass selbst die drei, mit denen ich trank, mich verabscheuten, tat ich es und pisste flötend seinen Rücken nass, und er merkte nichts davon.

So war ich. Mutter ahnte sicherlich, dass in diesen Nächten, in denen ich unterwegs war, so manches passierte, aber da ich mich daheim untadelig benahm, kann sie nicht einmal ansatzweise verstanden haben, was ich da trieb. Auf eine seltsame Weise erhöhte das den Druck in mir. Sie nur zu sehen, führte schon dazu, dass sich mein schlechtes Gewissen regte, und die einzige Chance, diesem zu entkommen, bestand darin, weiterzumachen, Gas zu geben. Es war eine Art Doppelleben, von dem meine Großeltern nur die eine Seite zu Gesicht bekamen. In der Nacht zum siebzehnten Mai des Jahres, in dem ich achtzehn wurde, kletterte ich mit Kent und Arne auf das Dach eines Mietshauses, in dem es auch eine Kneipe gab, die längst geschlossen hatte, von oben kommend schlichen wir uns durch ein kompliziertes Muster aus Fluren und Lagerräumen, bis wir endlich in die Bar gelangten, mitnahmen, was wir an Getränken tragen konnten, und uns jubelnd im Hafen niederließen. Dort tranken wir weiter, dort schliefen wir ein.

Ein paar Stunden später erwachte ich inmitten eines Meers von Menschen. Es war der siebzehnte Mai, der Nationalfeiertag. Hunderte festlich gekleidete Menschen mit Wimpeln und Flaggen strömten in einem Bogen um den Ort herum, an dem wir lagen, und verspotteten uns wahrscheinlich, was weiß ich.

Ich blickte in das Gesicht des Menschen, der mich wachgerüttelt hatte.

Es war mein Onkel Gustav.

Schamerfüllt rappelte ich mich auf, denn hinter Gustav standen Großmutter und Großvater, zusammen mit Gustavs beiden Söhnen, die ihren torkelnden, schmuddeligen Cousin anstarrten, der noch betrunken war und nichts anderes sagen konnte als *Hurra! Hurra! Hurra!*, um danach mit glasigen Augen zu versuchen, Gustavs vorwurfsvollen, beinahe hasserfüllten Blick totzustarren, wobei ich einen Schluck aus der Weinflasche nahm.

So war ich. Und so war ihr Bild von mir.

Wahrscheinlich hat sich dieses Bild von mir bis heute gehalten. Seit meinem Weggang aus der Stadt habe ich sie nicht mehr gesehen. In ihren Augen bin ich der Mensch, der ich damals war.

Ich schiebe das Buch an die Wand, kann jetzt nicht lesen, kann nicht hier sitzen. Wer liest denn auch ein Lexikon?

Das leere Bett, der Lichtkegel unter der Stehlampe in der Ecke, der offene Koffer auf dem Fußboden neben dem Schreibtisch.

Es ist so still, dass ich die Uhr hören kann, die auf dem Tisch tickt. Obwohl es noch immer dunkel ist, gehe ich hinaus, schließe die Tür ab und mache mich auf den Weg durch die leeren Straßen mit ihrer ruhigen nächtlichen Stimmung, die dennoch nicht ohne Kanten ist: So ungefähr wäre es, wenn alle Menschen tot wären. Wenn alle Länder verwaist lägen und nur Henrik übrig wäre.

Am Stadion vorbei und über die Brücke. Vereinzelt rauschen Taxis vorbei, leichter Regen fällt nieselnd und fast unmerklich durch die Luft, die Scheibenwischer winken, die Rücklichter glühen, die Stadt schläft.

Ich bleibe vor dem Haus stehen, in dem Großmutter mittlerweile alleine lebt.

Alles ist noch so wie in meiner Erinnerung.

Die Treppe, auf der ich wartete, bis sie mir aufmachte, das strukturierte Glas in der Tür, die Schatten der Pflaumensträucher, die man dort erkennt, wo der Garten beginnt.

Ist sie noch auf? Sitzt sie hinter der dunklen Fensterscheibe und schaut zu mir heraus, neugierig, *Wer ist das, der da unten steht und glotzt.* Nein, alle Lampen sind aus, sie schläft, und ich gehe in den Garten und auf den Felsen hinauf, von dem ich draußen in der Nebelbank das Licht des Leuchtturms schemenhaft pulsieren sehe. Der Regen ist stärker geworden, fällt gleichmäßig auf das Gras, den Felsrücken, das Hausdach. Die Tropfen lassen die Blätter an den sonst so regungslosen Obstbäumen zittern. Zwischen den Stämmen steht ein rostender Rasenmäher. Ich denke an die Wassertropfen, die in Bahnen über das glatte Metall und in das tiefe, dichte Gras rinnen. Eine Bewegung, so behutsam und still, dass selbst die Berührung des Gedankens brutal erscheint. Aber der Rasenmäher mit seinen zusammengeschraubten und geölten Einzelteilen aus unterschiedlichen Metalllegierungen, Gummi und Plastik, seine simple Mechanik, wirkt nicht auf die gleiche Weise primitiv und brutal, im Gegenteil, es ist, als würde er einverleibt, als wäre er ein natürlicher Teil dieser rieselnden Dunkelheit. Was mag ihm Zugang verschafft haben, überlege ich, die Finsternis? Nein, die tiefen Schatten verwischen nicht das Maschinenhafte an ihm, je länger ich ihn betrachte, desto deutlicher tritt es hervor. Vielleicht liegt es an dem, wovon er zeugt. Dass Großmutter an einem Tag vor ein paar Wochen genau dort stehenblieb, den Motor abstellte, und ihn in der abrupten Stille, die daraufhin eintrat, genauso stehenließ, wie er jetzt dort steht, vergessen, während der Regen auf die gelbe Maschine fällt und das Gras wächst und wächst, bis es seine Räder bald vollständig verdecken wird.

Ich drehe mich um und nehme die Treppe zur Terrasse hinauf. Die Markise ist ausgefahren. Der Regen prasselt auf das straffe Plastik, löst sich in schweren Tropfen und schlägt ununterbrochen Löcher in die dünne, hautartige Wasserschicht, die den Steinboden bedeckt. Jemand hat zumindest die Liegestühle zusammengeklappt und in den Schutz der Wand gezogen. Ich lehne mich zum Fenster vor und starre in das feinere Wohnzimmer hinein. Dieselben Möbel wie in meiner Erinnerung: zwei schwere Sessel mit dunkelbraunen Lederbezügen, stets kühl an der Haut, selbst in der Wärme des Sommers. Sie gähnen dort, schwer, fern, aus einer anderen Welt. Aber es hat sich etwas verändert. Der Fernseher ist hierher gerollt worden. Ein Heizradiator steht mitten im Zimmer. Und auf dem Tisch liegen stapelweise Illustrierte, alte Umschläge, Müll. Auf dem Tisch, der am weitesten von mir entfernt ist, sehe ich einen derart vollen Aschenbecher, dass er viele Tage benutzt worden sein muss.

Sie muss ihr Leben nach seinem Tod verändert haben.

Die Möbel sind noch dieselben, trotzdem ist die Atmosphäre im Raum neu. Die Kopie von Giorgiones Gemälde, dessen Name mir natürlich erst viele Jahre später geläufig ist, obgleich es dort immer schon gehangen hat: diese archaische, pastorale Flusslandschaft, eingefangen in dem Augenblick, bevor der Sturm losbricht. Der Himmel verdunkelt sich. Man braucht nur zu warten, hatte ich gedacht, erstaunt, dass der Sturm niemals kam, dass in dem Bild nichts begann, aber ständig auf dem Sprung war, jedes Mal, wenn wir sie besuchten. Das Klavier, auf dem keiner spielt. Die Wand mit den Bildern von den Kindern des Hauses, lächelnd, unterwegs hinaus ins Leben.

Jetzt sind sie einige Jahre da draußen gewesen, denke ich und muss grinsen: Für keinen von ihnen ist es gelaufen wie erwartet.

Ihre Mutter, die in diesem Haus schläft und davon aufwacht, dass jemand im Haus rumort, sie steht auf und entdeckt diesen herumschnüffelnden Schatten. Mein Gesicht, das sich zu ihr umdreht.

»*Du* bist das?

Ich versuche, die Tür zu öffnen. Abgeschlossen. Aber ich habe dort auch nichts verloren.

Ich gehe in Richtung Stadtzentrum, bin allein auf den Straßen, umgeben von zahlreichen Geschäften mit glänzenden Glasfassaden und Leuchtreklamen, es hört auf zu regnen, und in den Rissen zwischen den Wolken werden Sterne sichtbar. Als ich am Busbahnhof stehenbleibe, ist der Himmel über mir klar, aber die Luft bleibt feucht und schwül. Der satte Geruch warmen Asphalts nach Regen steigt zu mir auf, als ich, die Arme auf die Knie gestützt, auf der obersten Stufe sitze. Eine etwas zu intime Pose, erkenne ich, fast schon schamlos, als säße ich in meinem

Zimmer auf der Bettkante und nicht auf einer Treppe mitten in der Stadt, für jeden sichtbar. Deshalb richte ich mich rasch wieder auf, fische die Zigarettenschachtel heraus und zünde mir eine an, um allen Fragen zuvorzukommen.

Hier saß ich nicht selten und betrachtete die Passagiere, die an Bord der Dänemarkfähre gingen, während ich auf den letzten Bus nach Hause wartete. Jetzt liegt sie dort mit laufenden Motoren, glitzernden Lichtern. Als wäre in der Zwischenzeit nichts geschehen. Der Lärm der Maschinen erhält Tiefe und Klang in dem Raum zwischen Schiffswand und Kaimauer, steigt auf und verbreitet sich auf dem Platz in einem Dröhnen, das mich daran erinnert, wie es ist, die Hand auf die Reling zu legen, wenn das Schiff fährt, ein schwaches Vibrieren in den Fingerkuppen.

Während ich dort sitze, rollen in einem steten Strom Taxis zum Eingang. Die Fahrer sind sofort für die Reisenden zur Stelle, öffnen Türen, stützen gebrechliche Körper, tragen Gepäck, knallen Kofferräume zu. Es endet jedes Mal auf die gleiche Art, mit dem Überreichen des Geldes in einer kurzen Zeremonie: Geldscheine, die sorgsam zwischen die dünnen Lederwände der Brieftaschen gesteckt werden, um anschließend an den pochenden Herzen der Fahrer gelagert zu werden.

Ich beobachte sie, wie sie ihre schwammigen Körper auf die schimmernde Karosserie der Autos stützen, während sie schläfrig, desinteressiert warten. Wie die Aussicht auf eine Fahrt sie zu neuem Leben erweckt. Eifrig schnippen sie ihre halbgerauchten Zigaretten fort, sobald ein Kunde vor dem Auto stehenbleibt, schnell setzen sie eine neue Kette von Bewegungen in Gang, die sich leider jedes Mal innerhalb des gleichen Musters entfaltet wie zuvor. Einzig die Reihenfolge der Bewegungen sorgt für Variation, die Bewegungen selbst hingegen bleiben gleich. Wenn man erst einmal anfängt, an alle Wiederholungen zu denken, die jeden Tag und jede Nacht vor sich gehen, wird ihr Anblick mit der Zeit unerträglich, denn man weiß ja, dass es immer so bleiben wird, dass es hoffnungslos ist, etwas Anderes zu erwarten.

Selbst eine so drastische Handlung wie eine Auslöschung würde nicht weiterführen. Im nächsten Moment würde ein neues Taxi Kurs auf diese Verkehrsinsel nehmen, ein neuer fetter Fahrer würde sich auf die Karosserie stützen, spucken, rauchen, warten.

Als das Taxi davonfährt, nähert sich eine Gruppe junger Männer und Frauen. Sie reden laut und lachen miteinander, sie strahlen eine Lässigkeit aus, um die ich sie beneide. Dort, wo sie herkommen, scheint es noch viel mehr davon zu geben, ein schier unerschöpfliches Reservoir von Lachen und Leichtigkeit, über das sie selbst niemals nachdenken, da die Reflexion ja aus einem Vermissen und aus Mangel entsteht. Die da vermissen nichts, denke ich. Ihnen mangelt es an nichts.

Was ist das für ein Gedanke.

Du überträgst nur deine eigenen Erwartungen auf sie, denke ich und springe gereizt auf. Psychologie der simpelsten Sorte. Als wäre der dänische Fährhafen *Hirtshals* das endgültige Ziel meiner unterbewussten Träume.

Ich gehe am Hafen entlang, finde ein durchgängig geöffnetes Café, in dem ich eine Tasse Kaffee bestelle und mich an einen Tisch direkt hinter einem weinenden Mann in einem weißen Hemd setze. Wenn ihn eine neue Welle von Tränen durchläuft, bedeckt er seine Augen jedes Mal mit dem Arm. Ein jüngerer Mann redet unablässig auf ihn ein, eifrig, überredend; als er schließlich geht, umarmen sich die beiden. Und bei dem Zurückgebliebenen fließen neue Tränen. Das widert mich an, ich trinke aus und gehe, folge der Hauptstraße zu Falconbridge hinaus, wo ich auf die Felskuppen über der Fabrik klettere, mich hinsetze und darauf warte, dass die Sonne aufgeht. Warum, weiß ich nicht, vielleicht nur, um zu sehen, wie die künstlichen Lichter rund um die Fabrik im Morgengrauen allmählich verschwinden – ja, das muss der Grund sein. Um zu sehen, wie diese Lichter ihre Kraft verlieren, sich auflösen und schließlich im Tag verschwinden. Um den Himmel bleicher werden zu sehen, zunächst ohne sichtbare Ursache, denn die Berge und der

Wald liegen weiterhin in tiefer Dunkelheit, und dann die ersten Sonnenstrahlen auf den Bäumen im Osten, und danach mehr und mehr Licht, eine Wand aus Licht trifft die Meeresfläche, den Berg, die Höhenzüge, und dann ist das ganze Gelände unter mir in Sonnenlicht getaucht, ohne dass irgendwo ein Mensch zu sehen wäre.

Eine Stunde später stehe ich im Zentrum an einem Automaten, um Geld abzuheben, finde ein Geschäft, das Bettwäsche führt, kaufe ein Laken, einen Bettbezug und ein paar Handtücher, mache einen Abstecher zu einem Uhrmacher, um die Uhr in Ordnung zu bringen, ehe ich in einem Supermarkt Lebensmittel einkaufe. Zwei Tüten schleppe ich zu meinem Zimmer zurück und spüre zum ersten Mal seit langem, dass ich Hunger habe.

Ich habe die Waren gerade auf dem Küchentisch abgestellt und will sie auf die Regale verteilen, als die Haustür geöffnet wird.

Es ist mein Vermieter.

»Ja, hallo!«, sagt er und bleibt mitten im Wohnzimmer stehen. »Sie sind auf? Ich dachte, ich füttere mal die Schlange.«

Darauf fällt mir keine passende Erwiderung ein, also nicke ich nur und mache weiter.

Er öffnet den Deckel einer kleinen Gefrierdose und holt eine durchsichtige Plastiktüte heraus, rollt sie aus und hält sie mir hin, damit ich den Inhalt erkennen kann.

Drei gefrorene Mäuse.

»Sie haben Mäuse im Gefrierfach?«, ist alles, was ich herausbringe.

Er lächelt und schaltet den Ofen an.

»Ich muss sie nur schnell auftauen«, sagt er. »Sonst will sie die Mäuse nämlich nicht haben.«

Er nimmt zwei der Mäuse aus der Plastiktüte und legt die dritte in die Gefrierdose zurück, ehe er die beiden gefrorenen Tierkadaver mit abstehenden Beinen auf den Rost im Ofen legt.

Mir ist der Appetit vergangen, aber ich bin froh, dass ich es noch rechtzeitig gesehen habe, bevor ich auf die Idee gekommen bin, den Ofen zu benutzen.

Ich lege die leeren Plastiktüten in die unterste Schublade und gehe ins Wohnzimmer, betrachte die Schlange, der die Aktivitäten nicht entgangen sind. Ruhelos gleitet sie in ihrem kleinen Glaskäfig kreisförmig über die Steine. Ein paar Minuten später kommt mein Vermieter aus der Küche, in der Hand die beiden lauwarmen Mäuse. Er geht vor dem Terrarium in die Hocke und klopft mit dem Finger gegen das Glas, woraufhin die Schlange sich gegen die Wand wirft.

»Sie hat Hunger!«, sagt er, legt die Mäuse auf den Fußboden und hebt mit beiden Händen den Glasdeckel ab. Der Kopf der Schlange steigt langsam hoch. Bei dieser Bewegung wird mir wie zuletzt leicht übel, aber ich bleibe stehen, das will ich sehen.

Der Vermieter packt eine Maus am Schwanz und schwingt sie am anderen Ende des Käfigs, wo die Schlange nicht ist, hin und her. Angelockt von der Bewegung dreht sie sich blitzschnell um, und der Vermieter lässt los, und die Schlange schlingt den vorderen Teil ihres Körpers um das kleine tote Tier.

»Sie erwürgt sie«, sagt der Vermieter und richtet sich auf. »Hätte ich die Maus nur hingelegt, hätte sie nichts gemacht. Sie reagiert auf die Bewegung.«

Die Schlange hält die Maus fest an ihren schuppigen Körper gepresst. Dann senkt sie langsam den Kopf zu ihrer Beute. Ebenso langsam reißt sie das Maul auf.

»Schauen Sie!«, sagt der Vermieter begeistert. »Jetzt gleitet der Kiefer aus dem Gelenk. Sehen Sie?«

Ich nicke. Das gähnende Maul ist größer als die Maus, es sieht aus, als streifte sich die Schlange über sie, rasch ist die halbe Beute verschlungen, die Haare, die sich gegen den Gaumen pressen, die dünnen Beine, schließlich ist nur noch ein Zipfel übrig, der Schwanz, der herausragt, dann hat sie sich die ganze Maus einverleibt.

»Oh verdammt, ist das eklig«, sage ich.

Der Vermieter lacht.

»Jetzt muss man nur eine Stunde warten, bis sie tiefer gerutscht ist. Dann gebe ich ihr die zweite.«

Er sieht mich an.

»Sind Sie sicher, dass Sie die Schlange nicht mal halten wollen? Viele denken nämlich, Schlangen wären glitschig und eklig, aber ihre Haut ist trocken und weich.«

»Nein, danke«, erwidere ich.

»Übrigens, sind Sie nicht ein bisschen spät dran?«, sagt er.

»Wie meinen Sie das?«

»Sie werden ja wohl kaum *hier* sitzen und studieren?«

»Ach so. Nein, ich war auf dem Sprung«, antworte ich. »Ich musste nur vorher noch einkaufen. Bettzeug und etwas zu essen.«

»Was studieren Sie?«

»Geschichte.«

»Ah, interessant.«

Pause.

Ich drehe mich um und will gehen, als er mich mit einer Frage aufhält:

»Sie sind nicht zufällig mit dem Vankel auf der anderen Straßenseite verwandt?«

»Roald«, sage ich. »Doch. Ich glaube, es gibt keine andere Familie, die Vankel heißt. Kennen Sie ihn?«

Er sieht mich an.

»Warum wohnen Sie dann nicht *da*, bei ihm? Er hat doch das ganze Haus für sich alleine.«

Ich zucke mit den Schultern.

»Ich möchte lieber alleine wohnen«, antworte ich.

Die Beule in der Schlange ist inzwischen etwa fünfzehn Zentimeter nach unten gerutscht. Ich sehe, wie sich der Körper zusammenzieht, als die Beute unendlich langsam weitergeschoben wird. Als ich am Nachmittag zurückkehre, fläzt sie sich ausgestreckt auf den Steinen mit zwei gleichgroßen Buckeln in der Körpermitte. Vielleicht liegt es an der neuen Stimmung, in die das Tageslicht das Haus taucht, vielleicht habe ich mich schon daran gewöhnt, mit der Schlange zusammenzuleben; jedenfalls finde ich sie jetzt schon nicht mehr so abstoßend, ich kann sie beobachten, ohne mich vor ihr zu ekeln. Solange sie in ihrem Terrarium ist, denke ich, als ich vor ihr auf dem Fußboden sitze. Und alleine wird sie da ja wohl nicht herauskommen?

Am Nachmittag formuliere ich ein Kündigungsschreiben an die Schule, *Auf Grund eingetroffener Umstände sehe ich mich gezwungen zu kündigen*, schreibe ich, zufrieden mit meiner Formulierung: Sie entspricht der Wahrheit. Miriam war etwas, das eingetroffen war, ich wurde überwältigt, konnte nichts dagegen tun.

Wie schön sie war.

Das Begehren wächst in mir. Ich lege den Brief in den Umschlag, lecke am Leim und klebe ihn zu. Wenn ich mich beeile, schaffe ich es noch zum Postamt, bevor es schließt.

Es ist Freitag, in der Stadt wimmelt es von Menschen, ich kaufe Briefmarken und werfe den Brief ein, stelle mich im Weinmonopol in die Schlange und kaufe ein paar Flaschen Wein, die ich durch die windgepeitschten Straßen trage. Die plötzliche Lust, die ich verspürt hatte, will sich nicht legen, sie ist gewaltig, ich muss etwas tun, denke ich, stoppe bei einem Zeitungskiosk auf dem Weg, trete ein, stelle mich in einem Meter Abstand vor die Zeitschriftenregale und werfe ab und zu Blicke auf die oberste Reihe mit den Pornoheften und versuche, mich für ein Blatt zu entscheiden. In den amerikanischen Zeitschriften findet man die schönsten Frauen, aber gleichzeitig haben sie etwas fast schon Zurückhaltendes, ihre Posen sind brav und sie lächeln, als wäre alles echt. Das kommt der Wirklichkeit zu nahe, man denkt zu leicht, dass sie eine Existenz außerhalb des Bildes haben, dass sie in diesem Augenblick, da ich den Anblick ihrer

Brüste, ihrer Schenkel und ihrer provozierenden Augen in mich aufnehme, irgendwo in den USA langbeinig umhergehen, ein Leben, eine Familie, Freunde haben, mit ihrem Geliebten vielleicht in einem teuren Restaurant speisen, während ich komme, oder sie einen Ausflug zu den Niagarafällen macht, zusammen mit ihrem kleinen Bruder und der geschiedenen Mutter, ich spüre, dass ich kurz davor bin, ich starre auf ihre leicht konkave und halb rasierte Möse, und gleichzeitig dreht sie vielleicht gerade einen Ständer mit Postkarten, nimmt eine davon heraus, zeigt sie ihrer Mutter, während sie sich ein wenig unter dem Blick eines anderen Touristen windet, er betrachtet ihr Gesicht und danach ihre blonden amerikanische Haare, und im selben Moment ejakuliere ich irgendwo in Norwegen mit ihrem Bild im Kopf.

Nein, das geht nicht. Auch die norwegischen Pornos sind keine Alternative. Sie sind so vulgär und voller Rechtschreibfehler, dass ich mir immer wie ein Idiot vorkomme, wenn ich in ihnen blättere. Das waren die Pornos, die ich las, als ich zwölf oder dreizehn war, damals passte es, es war das Bild einer unbekannten, rohen und dummen Erwachsenenwelt ohne Hemmungen, die wir nicht verstanden, aber mit unbändiger Kraft begehrten.

Aber am schlimmsten ist *Cupido*. In der Welt des Pornos ist kein Raum für Nuancen. Es geht nur um ganz wenige Dinge, alles Andere ist unwichtig, der Porno nimmt keine Rücksicht, der Porno ist nicht freundlich und verständnisvoll. In der Welt des Pornos ist der Versuch eines intellektuellen erotischen Magazins wie *Cupido* krank und pervers. Aber selbst den Porno können die Achtundsechziger nicht in Frieden lassen, selbst *dort* müssen sie einem mit ihren bornierten Ansichten und windelweichen Gedanken über Gleichberechtigung kommen.

Letztlich bleiben einem nur die englischen Pornos. Sie wissen, worum es geht. Manchmal tauchen auch dort schöne Frauen auf, aber meistens spürt man deutlich, dass die jungen Frauen sich abbilden lassen, um damit ein wenig Geld zu verdienen, sie sind weder schön noch selbstsicher in ihren Posen, ihr Lächeln ist halbherzig, gekünstelt: dämliche Augen, dämliches Grinsen, Achtzehn-, Neunzehnjährige, manchmal auch eine Dreißigjährige, die etwas sicherer ist in dem, was sie tut. Trotzdem ist auch ihnen etwas Schmuddeliges und Hastiges zu eigen, eine Stimmung von schnellen Transaktionen und gesenkten Blicken, von Einsamkeit und Regen, von Hauseingängen, in denen es nach Müll stinkt. Außerdem sind die englischen Fantasien anders als unsere, die Unterschiede liegen in den Details. Was für einen gebildeten Engländer eine Ansammlung von Stereotypen und sicher unerträglich billig ist, das ist für mich nur billig, gleichzeitig aber auch faszinierend, weil es nicht ganz so ist, wie ich es mir vorgestellt habe. Die Frau mit Reitstiefeln und Reithose, schwarzer Jacke und roten Haaren, die gerade ihr Pferd sattelt, um zur Fuchsjagd auszureiten, sie sehe ich mir an, blättere schnell durch die Bilderfolge, sehe dabei ihren weißen, üppigen Hintern im Zwielicht des Stalls, schlucke, wenn sie sich mit gespreizten Beinen und der Hose um die Knie auf den strohbedeckten Stallboden legt, dann zieht sie den Pullover hoch und zeigt ihre leicht erschlafften Brüste und presst sie mit der einen Hand zusammen, die andere hat sie im Mund, und ich komme, als die Kamera dicht an die rotglänzende Möse heranfährt, fast steigt mir der Geruch von Mist im Raum in die Nase, des Urins von ihrem Geschlecht, von Schweiß und süßem Parfum. Wie sie die Pobacken mit den Händen auseinanderhält, der rote Nagellack, die weiße Haut, das braunrote Areal rund um das Loch, das Gefühl von Fleisch, das ihr Geschlecht mir aus diesem Blickwinkel vermittelt. Oder sie, die nicht älter als achtzehn sein kann, mit einem leichten Überbiss und gelblichen Haaren, abgebildet in einem Bett in einem Zimmer, das in einer dieser billigen Pensionen in London für hundert Kronen die Nacht sein könnte, ein fleckiger Teppich, der schwach nach Essen riecht, grobes Bettzeug, an dem sie sich reibt, wenn sie sich rasch und vollkommen unerotisch in der simplen Erzählung der Einzelbilder auszieht, ihre Augen leer, der Slip weiß, billig, keine Spitzen, keine Perlen, keine sonnengebräunte Haut oder runden Brüste, hier geht es nur um Eines, das weiß sie, das weiß der Fotograf, das weiß ich. Nie und nimmer wird man sich ihr Dasein vorstellen können, das vermutlich von Armut, Arbeiterklasse, fehlender Ausbildung, schmierigen Küchen, Fischstäbchen, *The Sun* geprägt ist. Zu ihrem Bild kann ich wichsen. Sie bringt mich nicht dazu, mich für das Idiotische zu schämen, was ich da treibe, das Schäbige an ihrem Dasein passt gut zum Schäbigen meines eigenen Daseins.

Ich bezahle, stecke die Zeitschriften in die Weinmonopoltüte und trete in den wolkenlosen Nachmittag hinaus. Ich empfinde die pochende Begierde eines Fünfzehnjährigen. Nur sie ist stark genug, um die Scham zu übertünchen, dass die Verkäuferin weiß, was ich zu Hause tun werde, die Verachtung auszuhalten, mit der sie mich mustert.

Als ich in die Straße zur Siedlung einbiege, sehe ich zum ersten Mal Roald. Er ist also doch nicht tot. Er harkt den Rasen. Er ist alt, kommt nur langsam voran, der Garten ist groß. Regelmäßig bleibt er stehen und wischt sich den Schweiß aus der Stirn, stützt sich auf den Stiel. Er ist gut gekleidet, trägt eine khakifarbige Hose und eine ähnlich aussehende Jacke. Geboren 1910, glaube ich, doch, das stimmt. Sechsundachtzig Jahre alt. Als ich ihn zuletzt gesehen habe, war er acht Jahre jünger, aber aus dieser Entfernung wirkt er unverändert, konserviert, genau wie das riesige Herbarium auf seinem Dachboden unverändert und konserviert ist, diese Stapel gepresster Blumen, die ihm so viel bedeuten, das Ergebnis eines mehr als fünfzigjährigen Interesses an Botanik.

Als ich vorbeigehe, erkennt er mich nicht. Er hört kurz auf, hält die Hände um den Stiel geschlossen und schaut zu mir hin. Ich lasse mir nichts anmerken, überquere die Straße, gehe in mein Zimmer hinauf, lege mich aufs Bett und blättere in den beiden Magazinen, will etwas Passendes finden, ich habe solche Lust, dass es schmerzt, sehe eine, die, schulmädchenartig, auf einem Tennisplatz abgebildet ist, sie ist vielleicht fünfzehn, hat die Haare zu einem Pferdeschwanz gebunden und hält einen Schläger in der Hand, ihre Möse ist klein, rasiert, und sie liegt auf dem Aschenplatz und presst die Hüften hoch, schiebt sie mir entgegen, auf dem nächsten Bild hat sie sich umgedreht und zieht den Rock etwas hoch, ich sehe die kleinen Pobacken und denke an Miriam, an ihre straffen, runden Brüste, erinnere mich, wie es war, sie zu küssen, die langen Schenkel, sie trennt mit einer Hand die Schamlippen, lächelt, sie liegt vor dem Netz auf einem Handtuch, sie ist nicht älter als fünfzehn, glatte Wangen und ein Bäuchlein, die Hüftknochen stehen vor, ich blättere weiter. Hier steht eine in einem Büro, über einen Schreibtisch gebeugt, die Strümpfe gehen bis auf die Oberschenkel hinauf, und zwischen ihnen wölbt sich ein haariges Geschlecht, das Gesicht ist mir zugewandt, die Brüste hängen auf den Tisch, ich komme auf sie und schluchze dabei, es ist so lange her.

Als ich mich aufsetze, ist mir die wüste, nur wenige Minuten zurückliegende Erregung fremd, und die Dummheit, die nun umgibt, was ich getan habe, und die ich nun fühle, ist grenzenlos.

Meiner Selbstverachtung fehlt die Tiefe des Begehrens. Die beiden verstehen einander nicht. Die Selbstverachtung kommt nie von der Stelle. Sie gleicht diesem Kinderspiel, bei dem Hand auf Hand gelegt wird, woraufhin die jeweils unterste herausgezogen und in einer ständig wiederholten Bewegung auf die anderen gelegt wird. Aber so schnell das auch geht, der Stapel aus Händen wird niemals höher. *Sitzt du hier herum und verachtest dich selbst, was willst du denn damit erreichen?* – und dann von unten, *Verachtest du deine eigene Selbstverachtung, wie clever ist das denn*, und dann von unten: *Verachtest du deine eigene Verachtung für deine Selbstverachtung und glaubst, clever zu sein, wenn du einräumst, dass du clever bist und dich dafür verachtest*, und dann wieder von unten, ohne jemals weiterzukommen. Die Selbstverachtung bleibt an der Oberfläche.

Es gab einen Sommer, in dem ich ihr auf den Grund zu gehen versuchte. Ich ertrug es nicht mehr, mich selbst zu quälen, ich beschloss, kompromisslos vorzugehen. Ich schloss mich in meiner Wohnung ein, steckte das Telefon aus, hängte Wolldecken vor die Fenster, löste die Leitung zur Türklingel im Flur, ging ein letztes Mal in die Stadt, um zu hamstern. Lebensmittel, Alkohol, Pornohefte und Videos, ein paar Romane für die Tage, an denen die Langeweile der Selbststimulierung unerträglich werden würde, Joyce, Proust. Ich würde dem Hass auf Henrik huldigen. Ich wollte mich in Scham und Erniedrigung suhlen, ich würde nicht aufgeben, ich würde weitermachen, der Selbstverachtung Raum geben, ihr die Kontrolle überlassen. Mehrere Wochen würde ich in einer geschlossenen Welt leben, Planet Henrik, dort wollte ich wohnen. Wo alles von mir ausging. Wo jede Befriedigung Selbstbefriedigung war. Dort saß ich und tat so, als existierte die restliche Welt nicht. Verweigerte den Frauen, zu denen ich onanierte, ein Leben außerhalb, es gab sie nur dort, in den Magazinen, und bei mir, in meinem Kopf. Aber sie nutzten sich natürlich im Laufe weniger Tage ab. Eine Zeitlang wechselte ich zwischen Paula und Linda und Chrystal, den hübschesten; als ich sie satthatte und jede einzelne Pore ihrer sichtbaren Haut kannte, wechselte ich zu den etwas weniger schönen Annabelle, Tray und Samantha, lernte sie so gut kennen, dass es am Ende unmöglich war, sich von ihnen erregen zu lassen, es reichte einfach nicht, sie gingen nicht weit genug, es war nicht roh genug, ich begann mich zu langweilen. Onanie ist eine Erniedrigung für Kinder, dachte ich und nahm den Gestank meines Geschlechts wahr, wenn ich mich nachts hinlegte, den verschwitzten Körper, das fettige Haar. Das feuchte Laken mit den steifen Flecken von Samen, die Küche, die voller Essensreste und Müll war. Draußen war es heiß, an den Abenden saß ich auf dem Fußboden und betrank mich, hielt den Schwanz schlaff in der Hand und spulte in den Filmen, die ich mir ausgeliehen hatte, vor und zurück und verhöhnte dabei das Hilflose meines Versuchs. Ich schaffte es nicht einmal, vor die Hunde zu gehen, ohne mich dabei wie ein Idiot zu fühlen. Es war ja kein Anderer da. Warum schaffte ich es nicht, die Sache durchzuziehen, ohne mich selbst anzuklagen? Der Verfall war nur ein äußerer Verfall, ein innerer Verfall braucht Zeit. Pornos sind unschuldig und verlieren nach ein paar Tagen die Kontrolle über das Begehren, Proust zu lesen war einfältig, *Hohes und Niedriges, Henrik!*, rief es in mir, *Hohes und Niedriges, wie schön, tolle Idee!* Ich schlug meine Faust an der Wand blutig, schlug und schlug, später erkannte ich, wie dumm das war, das *wollte* ich doch gar nicht?

Der Selbstverachtung fehlt es an Tiefe, und sie hasst Hingabe.

Denn was war eigentlich mein Problem?

Hatte ich einen wirklichen *Grund* dafür, mich so zu verhalten?

Nein.

Ich gaukelte mir selbst etwas vor. Und ging in diesem Schauspiel so weit, dass ich eines Abends, betrunken, ein Glas zerschlug und anfing, mit einer passenden Scherbe meinen Körper zu ritzen, lange, schmale Streifen in die Brust zu schneiden. Erst waren sie weiß, dann sickerte das Blut in roten Tropfen heraus. Aber es half alles nicht. Ich konnte mich selbst in Stücke schneiden, ohne dass mir das Ganze deshalb sinnvoller erschien, es wurde nicht tiefer dadurch, dass ich sickernd aus den Striemen auf meiner Brust blutete. Selbst eine vollständige Selbstzerstückelung würde den Gedanken nicht stoppen, dass ich im Grunde gar nicht meinte, was ich da tat. Dass ich nur mit mir selbst kokettierte.

Als ich am nächsten Tag aufwachte, brannten die Wunden auf meiner Brust, an manchen Stellen waren sie verkrustet, an anderen nicht. Ich versorgte sie den ganzen Tag nicht, war zum ersten Mal zufrieden mit mir, aber dann dachte ich, dass die

Wunden sich entzünden könnten, und wusch, begleitet vom Hohn der Selbstverachtung, vor dem Spiegel alles Blut ab, wechselte zum ersten Mal in zwei Wochen das Hemd und betrank mich, damit ich schlafen konnte, obwohl ich erst ein paar Stunden zuvor aufgestanden war.

Was war schiefgegangen?

Ich hatte nur mich selbst, und das war nicht genug. Es gibt eine Grenze dafür, wie sehr du dich selbst erniedrigen kannst, wenn du ganz allein bist.

Ich werfe das Pornoheft in den Mülleimer unter dem Schreibtisch und setze mich ins Fenster, was mir in den gut vierundzwanzig Stunden, die ich hier wohne, bereits zu einer Gewohnheit geworden ist.

Roald arbeitet mit systematischen, gleichmäßigen Bewegungen auf dem Rasen, legt regelmäßig Pausen ein. Während ich ihm zusehe, wächst der Haufen aus Laub und Zweigen. Dann ist er offenbar zufrieden mit seinem Werk. Er streckt sich, nimmt den Rechen, stellt ihn an die Hauswand und verschwindet hinter der mannshohen, penibel geschnittenen Hecke aus meinem Blickfeld. Zwei Minuten später kehrt er zurück, um den Rechen auf die Erde zu legen. Aber auch damit ist er nicht zufrieden. Er starrt ihn eine Weile an. Schließlich trifft er eine Entscheidung, bückt sich und trägt den Rechen ins Haus.

Ich öffne eine Flasche und fülle ein Glas mit Rotwein, zünde mir eine Zigarette an, sitze so im Fenster und warte auf Kent. Bis er kommt, sind es noch ein, zwei Stunden. Eigentlich habe ich keine Lust auszugehen, aber wir sind verabredet, und letztlich würde es besser sein, mit ihm loszuziehen, als den ganzen Abend hier herumzusitzen.

Ich rieche den Duft der Blüten am Kirschbaum, die sich im Laufe des Tages geöffnet haben, höre das Summen der vielen Wespen, die sich dort versammelt haben. Die nächsten Äste sind nur einen Meter entfernt.

In einer Woche kann ich Miriam bei mir haben. Wenn ich will.

Ich trinke Wein und beobachte, wie der Rauch meiner Zigarette vom Wind zerfetzt wird. Was hätte ich gedacht, wenn ich mich als Sechzehnjähriger hier sitzen gesehen hätte? Wäre ich zufrieden damit gewesen, was aus mir geworden ist?

Es ist eine große Ungerechtigkeit den Menschen gegenüber, die man einmal gewesen ist, dass der Blick nur in die eine Richtung geht. Dass ich jederzeit unumstrittener Herrscher meiner Bewertungen bin. Ich kann Henrik sechzehn sehen, ich weiß, wie er war, ich weiß, was er dachte, was er fühlte. Ich kann ihn mögen oder es lassen. Aber er? Es gab nichts, was er sagen könnte. Als er den Blick in die Zukunft richtete, geschah es, ohne dass er die Chance zu steuern gehabt hätte, was passieren würde, er besaß kein Selbstbestimmungsrecht. Und vielleicht war das ja auch gut so. Henrik sechzehn hatte mehr als genug mit sich selbst zu tun. Ihn hielt die Hoffnung aufrecht, dass die Dinge sich in der Zukunft bessern würden.

Der arme Kerl.

Er schrieb sogar Tagebuch. Genau wie seine Brüder Henrik siebzehn und Henrik achtzehn.

Ich werfe einen Blick zu dem Koffer auf dem Fußboden. In den Fächern unter dem Deckel befinden sich die drei Tagebücher. Aus irgendeinem Grund müssen sie mir wichtig gewesen sein. Selbst in jener Stunde, nachdem Miriam verzweifelt nach Hause gelaufen war und ich gedacht hatte, dass alles aus sei, erinnerte ich mich an diese Tagebücher, packte sie ein und nahm sie mit.

Soll ich sie mir ansehen?

Der Gedanke ist verführerisch. Aber ich verwerfe ihn. In ihnen hatte ich mich selbst auf die entwürdigendste Art überhaupt behandelt: Ich hatte in meinem eigenen Tagebuch gelogen. Was ich darin schrieb, war niemals für die Augen Anderer bestimmt. Was ich schrieb, war einzig und allein für mich selbst bestimmt, es waren meine Gedanken, meine Beschreibungen von Begebenheiten. Und dann log ich!

Wie unfassbar peinlich.

Ich hatte es nie gelesen. Vieles, was darin steht, habe ich vergessen. Die Menschen, über die ich schrieb, haben nie gewusst, wie wichtig sie für mich waren, dass sie jemandem, den sie kaum kannten, so viel bedeuteten. Woher sollten sie es auch wissen? Ich wusste es ja nicht einmal selbst. Es ist die einzige Zeit, die ich nicht vermisse. Die vier Jahre, die ich hier gelebt habe. Die Kindheit erfüllt mich manchmal mit Sehnsucht, wirklicher Sehnsucht, ich vermisse sie und trauere um sie. Auch die Zeit in Bergen, weil sie Möglichkeiten in sich barg, ein Potenzial, ich hätte mich fangen können, es hätte alles gut werden können. Und vielleicht ist es ja noch nicht vorbei. Aber die Zeit auf dem Gymnasium, da gab es nichts, gar nichts. Und das steht in den drei Tagebüchern, das weiß ich, es gab keine Alternative. Was geschah, musste geschehen. Dennoch nahm ich sie mit, hatte ich nicht das Herz, sie wegzuwerfen, denn das hätte bedeutet, mich selbst wegzuwerfen, hatte ich gedacht, als ich packte, *Nein, ich muss sie mitnehmen*. Ich hatte gedacht, dass ich sie irgendwann in ferner Zukunft öffnen und mit Freude und Großmut würde lesen können. Versöhnlich.

Soll ich mich mit *ihnen* versöhnen?

Henrik sechzehn, Henrik siebzehn, Henrik achtzehn?

Diesen Missgeburten. Diesen errötenden, verklemmten und unreifen jungen Männern, die nichts vom Leben wussten. Und diese Unwissenheit war so unbarmherzig, sie erschien so engstirnig, dass es nicht einmal Raum für Selbsterkenntnis gab. Das ist die schlimmste Dummheit: die nicht einmal weiß, wie dumm sie ist. Gibt es etwas Schlimmeres, als siebzehn zu sein und zu glauben, dass man alles versteht, nur um vier Jahre später an diese Zeit zurückzudenken und plötzlich zu der grotesken Erkenntnis zu gelangen, dass man in Wahrheit *nicht das Geringste* verstand?

Wer war ich dann? Wer war dieser Henrik, der so neunmalklug denkend mit unsicheren Bewegungen in der Welt seiner Tagebücher umherirrte?

Kein anderer als dieser junge Mann.

Ich erinnere mich an ihn. Ich kenne ihn.

Ich sehe ihn vor mir.

Es ist Frühherbst, 1986, der junge Mann ist sechzehn. Er denkt darüber nach, welche Männer die Mädchen, die er kaum kennt, aber dennoch so heftig begehrt, eigentlich haben wollen, wenn sie wählen könnten. Wahrscheinlich jemanden, der sich nicht für sie interessiert, überlegt er, jemanden, der sich überlegen gibt und sie ignoriert. Jemanden, der fähig ist, sich ganz souverän nichts anmerken zu lassen, wenn sie zusammen essen, der distanziert Konversation mit ihnen betreibt und so einen Wunsch in diesen Mädchen keimen lässt, ihm später näherzukommen, wenn er sich ihnen öffnet. Denn das wusste der junge Henrik: Sie brauchten einen Abstand, den es zu überwinden galt, damit ihr Interesse geweckt wurde. Den Abstand der Eleganz. Den Abstand der Selbstsicherheit. Solche Männer bekommen Frauen, denkt er, solche Männer sind gewollt, und nicht diese Nervenbündel, die kaum in der Lage sind, ein Glas Wein einzuschenken, ohne zu kleckern, die dümmlich grinsen und sich nicht trauen, etwas zu sagen, obwohl man ihnen ansieht, dass es in ihnen brodelt. Satz auf Satz fährt durch das Bewusstsein dieser Nervenbündel, mögliche Themen werden in einem rasenden Tempo geprüft und verworfen, *Nein nein nein nein nein nein, sieht sie mich an, jetzt muss ich etwas sagen, was was was was was was was.* Die Angst, gehemmt und verklemmt zu sein, haben allein die wirklich Gehemmten und Verklemmten. Verflucht und gedemütigt und am Ende auch ausgepumpt, setzen sie sich hin, sobald sie wieder zu Hause sind, und lassen den Ablauf der Ereignisse Revue passieren, teilen ihn in kleinste Komponenten auf und untersuchen jedes Teil so akribisch wie ein Wissenschaftler. Wenigstens ist er ehrlich, dieser junge Mann, er lässt nicht auf sich beruhen, was es zu kritisieren gibt, im Gegenteil: Er hämmert mit aller Kraft darauf ein, hält es sich Tag für Tag vor Augen: *Habe ich das wirklich gesagt? Zu ihr? Was soll sie nur glauben?*

Ja, was glaubt sie?

Wenn nur ein Tausendstel all der Gedanken und Emotionen, die im Laufe des Essens durch sein Inneres rasen, zum Ausdruck kommt, wird sie das nicht beeindrucken? Ein Mensch, der in einem solchen Maße von einer Frau besessen ist, dass für keinen anderen Gedanken Platz ist als für diesen einen, brennenden an sie, ein Mensch, der selbst nach den flüchtigsten Begegnungen – nur ein *Hallo, lange nicht gesehen, wie geht es dir*, Worte, die sie in der nächsten Sekunde vergessen hat – tagelang über seinen grandiosen, quälenden und schmerzlich bohrenden Selbstvorwürfen brütet, muss sie da nicht beeindruckt sein?

Beeindruckt, nein! Sie sieht doch, dass da etwas nicht stimmt, solche Typen ermutigt man nicht, das wissen Mädchen. Sie vertrauen Keinem, der so ziemlich alles sagen würde, um sie zu bekommen, Keinem, der womöglich seine persönlichen Vorlieben in den Bereichen Musik und Literatur und Politik und Religion aufgibt, um sie zu bekommen, Keinem, der die Geschäfte durchforstet, um Kleidungsstücke zu finden, bei denen er annimmt, dass es ihnen möglicherweise gefallen könnte, sie an ihm zu sehen, am besten etwas, das den Kleidern ähnelt, in denen er sie sieht. Auf diese Weise versucht er, sich ihnen zu nähern, der junge Mann, er folgt einer Logik, die er selbst einleuchtend findet: Je mehr ich ihr ähnele, desto größer stehen die Chancen, dass sie mich mag. Ein grausamer Irrtum. Denn was sie wollen, ist Abstand. Selbständigkeit. Charakter und Persönlichkeit wollen sie haben, keinen verzerrten Charakter und keine verzerrte Persönlichkeit, beides wollen sie nicht haben. Wenn sie Schweigen bevorzugt, dann will sie dieses mystische Schweigen, das reif und wohlüberlegt ist und sie veranlasst, sich mehr zu wünschen, das sie davon träumen lässt, dahinterzudringen, das die Begierde weckt, dem nahe zu sein, was es verbirgt. Nicht das panische, irre Schweigen, das sich in flackernden Augen und brennenden Wangen zu erkennen gibt, das herumtrampelt und einer jähen Eingebung folgend mit irgendeinem Projekt anfängt, das genauso jäh wieder abgeblasen und vergessen wird, kein solches Schweigen, wer hält das schon aus? Wer erträgt die Scham, das Erröten, den Schweiß, die Zweifel und die totale Unterwerfung dieses jungen Mannes?

Alle wollen angebetet werden, aber keine will einen solchen Anbeter in seiner Nähe haben.

Elisabeth, an die du auf diese Weise in deinem sechzehnten Jahr gedacht hast, Henrik, auf die du dich so gründlich vorbereitet hast, wie konntest du nur erwarten, dass sie dich so haben wollte, wie du warst?

Be prepared. Henrik is on his way.

Auf alle Phasen der Beziehung warst du vorbereitet, von der zögernden, nervösen Einleitung bis zur Phase der vorsichtigen Liebkosungen, und dann, so dachtest du, die bejahende Sturzflut von Gefühlen, in der ihr nicht wusstet, was ihr tatet, nur Dinge miteinander machtet, überwältigt, fast wahnsinnig vor Liebe. Aber welche Themen, die sie mit ihrer Spannweite und Schlagkraft beeindrucken sollten, erschienen dir einleitend passend für sie, welche Themen hattest du so sorgsam ausgewählt? Angespornt von den ständigen flüchtigen Begegnungen mit ihr, entwickeltest du nämlich ein detailliertes und kompliziertes Muster möglicher Gesprächsthemen. Seit deinem ersten Schultag am Gymnasium vier Wochen zuvor hast du im Bus täglich ihren Rücken und Nacken gesehen, du weißt, wo sie einsteigt, du weißt, wo sie aussteigt. Du weißt, wo sie wohnt. Du weißt, was du sagen wirst. Nur eins weißt du nicht, wie du Kontakt zu ihr aufnehmen sollst.

Du hast die weiche Mulde zwischen ihrem Schlüsselbein und Hals gesehen, den dünnen Goldschmuck, der sich sachte bewegt, im Takt der Atemzüge hebt und senkt. Schauer haben dich durchlaufen, wenn du hinter ihr gestanden hast und ihre Hand direkt vor dir die Stange an der Tür umfasst hielt. Die Fältchen auf den Fingergliedern, die schwache Rötung in den weißen Bögen der Nägel. Du hast sie in einer Pause lächelnd zusammen mit zwei Freundinnen gesehen, in einer anderen saß sie an einem Tisch in der Kantine am anderen Ende des Raums, dennoch sahst du sie. Wie eine Wärmebildkamera alles außer der Temperatur ignoriert und wie die Aufmerksamkeit des Betrachters alles ausblendet, was nicht rot und beweglich ist, sahst du sie, die warme, Elisabeth, unter Hunderten kalten Mitschülern. Du sahst, dass sie die Pausenbrote herausholte, und es rührte dich, *Steht sie morgens etwas früher auf, um sich Pausenbrote zu machen*, denkst du, und der Gedanke erfreut dich, du bist in ihrem Alltag. Wie geistesabwesend sie ist, wenn sie das Papier auseinanderfaltet! Denn sie redet und lächelt, ihr Gesicht strahlt, quer durch den Raum siehst du ihr strahlendes Gesicht, während du allein an einem Tisch sitzt und auf deinen trockenen Brotscheiben kaust.

Du musst die Chance ergreifen, denkst du, du musst dich ihr nähern. Aber wie?

Der Bus, natürlich, jeden Tag sitzt ihr im selben Bus, legt ihr gemeinsam Kilometer um Kilometer in diesem Gefährt zurück, aus dem keiner entkommt, wenn es erst einmal rollt. Ganz gleich, was passiert, ihr müsst gemeinsam darin sitzen. Gibt es einen besseren Ort für einen Annäherungsversuch? Keiner kann etwas dagegen sagen, dass du dich neben sie setzt. Der Bus ist der einzige Ort, an dem ein junger Mann sich eng neben sie setzen kann, die er haben will, ohne dass sein Motiv deshalb gleich für jeden offensichtlich ist.

Aber sie steigt nach dir ein.

Das Problem ist unlösbar.

Die Woche vergeht, und immer wieder stößt du kurz auf sie – mal wirft sie den Kopf, mal dreht sie sich in einer Gruppe von Freunden um: Sie wendet sich um und lacht, und deine Ohnmacht lässt dich verzweifeln, du biegst um eine Ecke, und sie steht direkt vor dir, allein auf der leeren Treppe, und bindet sich den Schuh zu, leicht gereizt zieht sie das herabhängende Haar zur Seite, siehst du, du gehst langsamer und willst, dass der Augenblick möglichst lange währt. Hättest du die Wahl gehabt, wäre es eine Welt gewesen, in der man wählen konnte, dann wärst du stehengeblieben und hättest sie angestarrt. Denn du konntest nicht genug von ihr bekommen, es war niemals genug, sie ging so schnell vorbei, und du musstest dich entscheiden, worauf du dich diesmal konzentrieren wolltest. Solltest du die leichte Wölbung in ihrem Pullover betrachten, die genau abgezeichnete und unendlich reizvolle Kontur, die du in den fünf Sekunden sahst, die dir zur Verfügung standen? Oder solltest du die Zeit nutzen, um ihre kleinen Füße zu betrachten, wie die dünnen, weißen Socken um das Fußgelenk spannten und ein kleines Stück die Beine hinauf reichten, die nach dem Sommer noch braun waren, solltest du dich auf dieses Gefühl konzentrieren, weicher, weißer Stoff, der sonnengebräunte Haut umschließt? Vielleicht, denn von dort konntest du ihr dahin folgen, wo sie diese Farbe bekommen hatte, zu einem Uferfelsen am Meer, wo die Sonnenstrahlen auf dem Wasser glitzern und eine leichte Brise ihr entgegen kommt und an ihr vorbei weht, sie spürt den rauen, warmen Fels unter den nackten Füßen, als sie mit schimmernden Augen und einem T-Shirt, das lose um ihre Schultern hängt, zur Meerkante geht. Was will sie dort? Vielleicht bückt sie sich, um das Wasser zu prüfen, denkst du und siehst sie vor dir, als sie dort mit einer ausgestreckten Hand hockt, über die Wasser fließt, fast lauwarm, denkt sie, und dann streift sie das Hemd ab, macht einen Schritt auf die kleine Felskuppe hinauf und springt gestreckt in die Wellen.

Oder sollst du dich lieber für ihren Nacken entscheiden?

Wohin könnte dich das führen?

Zu dem Augenblick, in dem sie den Kopf senkt und ihre

Haare, ganz selbstverständlich, in der einen Hand sammelt, während die andere nach dem Band greift, das sie zwischen den Lippen hat und es überstreift, sie wirft den Kopf und setzt fort, womit sie beschäftigt war, als wäre nichts Besonderes passiert, als hätte sie sich nicht gerade so gezeigt, wie sie ist, wenn sie allein ist, vor dem Spiegel im Badezimmer, wenn sie sich für jemanden schön macht. Ein Privileg, denkst du, das sie großzügig und ohne weiter darüber nachzudenken der Welt schenkt. Diese Hand, diese Berührung des Nackens, dieser Kopfschwung!

Aber du kannst nicht stehenbleiben, um sie anzustarren. Du musst dich mit kurzen, verstohlenen Seitenblicken auf Elisabeth begnügen, dieses junge Mädchen, das du vergötterst, und du wählst ihr Handgelenk, umschlossen von einem metallenen Armband. *Dort schlägt ihr Puls.*

In dem Moment begegnet sie deinem Blick. Gewaltige Röte schießt dir in die Wangen. Zum Glück bist du in der nächsten Sekunde vorbei, sie hat es nicht gesehen, du musst dir keine Gedanken machen. Aber sie hat *dich* gesehen, ihre Augen haben dich eingefangen, jetzt bist du ein Bild in ihrem Kopf. Die nächste Begegnung wird sie daran erinnern, denkst du, und siehst sie ein paar Tage später mit ihrer Tasche in der Hand frühmorgens im Flur mit einem Lehrer reden, als du auf dem Weg zu deinem Klassenzimmer bist. Du bleibst in sicherer Entfernung: Jetzt willst du alles sehen. Eine blaue, verwaschene Jeans trägt sie, so abgetragen, dass man Streifen von dunklerem Blau unter den Knien und am Reißverschluss sieht, eine weiße, locker hängende Bluse. Die Haare sind zu einem Pferdeschwanz gebunden, ein paar Strähnen, die das Band nicht umschließt, stechen daunenartig, blonder hervor. Da stehst du und glotzt sie an. Mitten im Strom der Schüler verharrst du und nimmst nicht wahr, dass sie dich anstoßen, denkst nicht daran, dass sie sich vielleicht fragen, was du so verzaubert anstarrst, dass sie deinem Blick folgen und sehen könnten, was du siehst: Elisabeth, die Tasche, die sie mit beiden Händen vor sich hält, ihr Bein, das stetig dagegen schlägt und die Tasche auf ihrem Schenkel hüpfen lässt, wie sie den Lehrer anlächelt, wenn er etwas Amüsantes sagt, die Hand, die in ihre Gesäßtasche gleitet, ohne dass ihr bewusst zu sein scheint, was geschieht, denn jetzt lacht sie, jetzt klingelt es, jetzt beenden sie mit einem Kopfnicken das Gespräch, mit einer Art Knicks, den du bei anderen noch nie gesehen hast und der deshalb einen Sog in dir erzeugt, wenn du später erneut auf diese Bewegung stößt, sie erinnert dich an sie, Elisabeth, und etwas von der Begierde und Vergötterung von damals wird für einen kurzen Moment wieder zum Leben erweckt.

Jetzt muss ich etwas tun, denkst du. Es ist unerträglich, sie so zu sehen, du musst näher an sie herankommen, denkst du, und stellst dir vor, wie die Welt aussähe, wenn alle immer bekämen, was sie wollten. Dann könntest du ihr hinterherrennen, wenn sie den Flur hinabgeht, die Arme um sie schließen, sie auf den Boden legen und mit wüsten Küssen überhäufen. In einer solchen Welt wärst du der König, Henrik, denn dein Wille war stark. In ihr könntest du tun, wozu du Lust hast. Aber du bist hier, du musst dich beherrschen; wenn du dich Elisabeth nähern möchtest, muss alles korrekt ablaufen, musst du die geltenden Regeln einhalten.

Wie in aller Welt willst du es schaffen, sie zu erobern?

Gegen Ende des Tages hast du es herausgefunden. Die Lösung ist ganz einfach. Du nimmst den ersten Bus am Morgen und steigst an der Haltestelle unterhalb von ihrem Haus aus. Dann kannst du dich rein zufällig neben sie setzen. Anschließend wirst du zwanzig Minuten Zeit haben, eine Freundschaft einzuleiten, die mit der Zeit vielleicht in eine Beziehung übergeht. Wenn sie dich nur kennenlernen könnte, denkst du, den Menschen, den Henrik, der du wirklich bist, dann wirst du ihr gefallen, dann wird sie dich haben wollen. Wenn du ihr nur so nahe kommen würdest, dass sie sehen könnte, wer du bist, Henrik, würde sie sich in dich verlieben.

Und sei es gegen ihren Willen.

Aber vorher musst du herausfinden, was im Laufe dieser zwanzig Minuten gesagt werden soll.

Am Abend schließt du die Tür zu deinem Zimmer, setzt dich an den Schreibtisch und versuchst das Gefühl von Perfektion heraufzubeschwören. Jetzt muss jedes Detail stimmen. Als Erstes räumst du alles Unnötige fort, so dass nur ein Buch und ein Stift auf der Tischplatte liegen. Danach setzt du dich hin, legst den Unterarm auf den Tisch, hältst den Stift gut fest und beginnst zu schreiben. Wenn du einen Fehler machst, streichst du das Wort nicht nur durch, um anschließend weiterzumachen, das reicht nicht, du reißt die Seite heraus, du stehst auf und gehst zum Fenster, wo der Papierkorb steht, dort hinein wirfst du das Blatt. Nichts darf es kaputtmachen, denkst du, es muss perfekt sein.

An diesem Abend schreibst du ein Thema nach dem anderen auf, erst grob in Hauptgruppen sortiert, von denen Pfeile zu Untergruppen und Weiterführungen ausgehen. Wenn sie auch nur halbwegs auf deine Betrachtungen eingeht, hast du genügend Stoff für ein Gespräch, das etwas mehr als vierundzwanzig Stunden dauert. Also konzentrierst du dich auf fünf Themen und schreibst sie hintereinander auf, etwa so:

1) Kultur.

a) Kunst. Hast du die Ausstellung von Kjell Nupen im Kunstverein gesehen, und wenn ja, wie hat sie dir gefallen? Interessierst du dich für moderne Kunst? Wenn nicht: Was bevorzugst du? Ich selbst bin ein großer Fan der Impressionisten. (Hier etwas über das Licht?) Eventuell, warum kommen eigentlich keine großen Künstler aus Südnorwegen? (ACHTUNG! Wenn sie sich gar nicht für Kunst interessiert, muss ich das Ganze ins Lächerliche ziehen.)

b) Pop. (Leichter, passender?) Nimm den Walkman mit, weise auf ihn hin, lasse einen Kommentar fallen (beiläufig): Das ist die neue von Lloyd Cole and the Commotions, *hast du sie schon gehört? Wenn nicht: Sie ist ganz okay. Was für Musik hörst du? Und dann: Ich mag vor allem britische Sachen. (Wenn sie wissen will, was, sagst du z. B. die* Kinks *und* The Who. *Die* Beatles, *die frühen Sachen von* Bowie. *Die drei ersten Platten von* The Police? XTC. Ska? Specials, Selecter, Madness. *Oder ist das zu speziell für sie? Vielleicht etwas Populäreres erwähnen. Mal sehen.) Wenn ja: Magst du die? Was magst du denn, wenn dir das nicht gefällt? Improvisiere im Anschluss. Vielleicht auf das Andere zu sprechen kommen?*

Eine andere Möglichkeit, die du dir überlegtest, war traditioneller und vielleicht ein wenig langweilig. Aber so lernen die Leute sich nun einmal kennen, dachtest du, die Menschen sind ja normal, und dann ist das Traditionelle und Langweilige vielleicht perfekt. Am wichtigsten ist, dass du es schaffst, eine Art Plattform zu etablieren, auf deren Basis du weiterarbeiten, auf der du aufbauen kannst.

Du: Hallo.

Sie: Hallo.

Du: Du gehst in die Zweite, nicht? *(Du bist mir aufgefallen?)*

Sie: Stimmt.

Du: Etwas darüber, wie ihre Klasse ist. Darüber, dass man viel lesen muss. Oder ist das zu langweilig? Nein, probier es aus. *Und wie ist das Umfeld in deiner Klasse?* UMFELD? Kein Mensch redet so! *Und, ist deine Klasse okay?* Schon besser. Und wer ist euer Klassenlehrer? Wenn ich den betreffenden Lehrer auch habe, kann ich etwas dazu sagen.

So machtest du weiter, Henrik, und dachtest dir sinnige Systeme aus, in denen jede noch so kleine Eventualität vorhergesehen wurde, und obgleich du nervös sein würdest, warst du die Gespräche ja unzählige Male durchgegangen und hattest sie einstudiert, du konntest mit ihr, der unbekannten Elisabeth, im Schlaf reden, es musste einfach gutgehen, es konnte gar nichts schieflaufen.

Am Morgen standest du um sechs Uhr auf. Draußen war es noch dunkel. Es kribbelte im Bauch, du fühltest dich wie vor einer Prüfung, konntest nicht einmal frühstücken. *Kein Mensch macht das so*, dachtest du in einem Augenblick furchtsamer und schwindelerregender Selbsterkenntnis. Trotzdem zogst du dich an und verbrachtest viel Zeit vor dem Spiegel, bis dir einfiel, dass du im Bus deine Jacke anhattest, es spielte also keine Rolle, und jetzt warst du spät dran; wenn du den ersten Bus an diesem Morgen bekommen wolltest, musstest du dir den Rucksack schnappen und loslaufen, anderthalb Stunden früher als sonst. Es war erst kurz nach halb sieben. Du nahmst den Bus die wenigen Kilometer, stiegst aus und gingst die Straße bis zur nächsten Haltestelle. Wenn jemand dich dabei beobachtet hätte, dass du aus dem Bus steigst, um anschließend eine Stunde später an derselben Stelle auf den nächsten Bus zu warten, hätte man dich für völlig verrückt gehalten. Das ging nicht. Nein, zur nächsten Haltestelle musstest du zu Fuß gehen. Dort konntest du warten, dort konntest du stehen.

Du stampftest mit den Füßen auf, gingst vor dem Wartehäuschen auf und ab. Der Asphalt war an manchen Stellen von einer dünnen Raureifschicht bedeckt, ein kleiner Tümpel war zugefroren, du schlugst mit der Ferse Risse in das Eis, frorst, es graute dir vor dem, was kommen würde. Während du dort standest, wurde es hell, die Sterne verblassten am Himmel, und die Anhöhen, die eben noch ineinander geglitten waren, tauchten um dich herum auf, zunächst körnig, fast wollig, später, im Licht der ersten Sonnenstrahlen, scharf und klar. Ständig fuhren auf der Straße Autos an dir vorbei, sie waren auf dem Weg zur Arbeit, zur Schule, sie transportierten Waren in die Stadt.

Jetzt sitzt sie daheim und frühstückt, dachtest du, an einem Küchentisch in einem Haus ganz in der Nähe sitzt sie und isst. Du schaudertest. Jetzt geht sie in ihr Zimmer, dachtest du, umgeben von ihren Sachen. Elisabeths Kleider, Elisabeths Bücher, Elisabeths Make-up. Elisabeths Möbel und ihr Bett. Elisabeths

Bett, dachtest du und schaudertest. Jetzt packt sie die Sachen zusammen. Jetzt verabschiedet sie sich von ihren Eltern, jetzt macht sie die ersten Schritte auf die Einfahrt hinaus, über das Pflaster. Und du öffnest den Rucksack, holst den Walkman heraus und setzt den Kopfhörer auf.

Lloyd Cole.

Jetzt bleibt sie an der Bushaltestelle stehen. Vielleicht spricht sie mit jemandem, einem von denen, die sie dort jeden Tag trifft. Jedenfalls grüßt sie die anderen, denkst du und schauderst. Ihre Stimme.

Jetzt sieht sie den Bus, jetzt hält der Bus, jetzt steigt sie ein.

Be prepared.

Du hast panische Angst. Du siehst auf die Uhr.

Noch zwei Minuten.

Der Bus kommt. Der junge Mann hat einen trockenen Hals. Seine Mundhöhle ist ausgedörrt. Sein Kopf ist erhitzt. Seine Hände sind schweißnass. Ob das Herz pocht? Keine Sorge, sein Herz pocht. Aber einsteigen muss er.

Und er steigt ein.

Als du die zwei Stufen nimmst, weißt du im selben Moment, wo Elisabeth sich befindet. Ohne sie zu sehen, hast du sie geortet. Deine gesamte Aufmerksamkeit ist dort gebündelt, bei ihrem Sitz, als du dem Busfahrer deine Monatskarte zeigst, merkst du, dass sie in deine Richtung sieht, als du sie in die Innentasche deiner Jacke zurücksteckst, ahnst du, dass sie wieder aus dem Fenster schaut.

Wagst du es?

Du gehst den Mittelgang entlang. Erst da bemerkst du, dass der Bus nur halbvoll ist. Und das ist dir niemals in den Sinn gekommen, dass der Bus halbvoll sein und es deshalb etwas seltsam erscheinen könnte, dich mit der Frage an sie zu wenden, ob der Platz neben ihr noch frei sei. Warum ausgerechnet da?, wird man denken. Nun, er ist *interessiert.* Dieses fürchterliche Wort! Interessiert! Sicher, Henrik war interessiert. Aber er war mehr. Wenn Interesse ein adäquater Begriff für die Hinwendung junger Männer zu jungen Frauen sein soll, muss man sagen, dass Henrik wie besessen interessiert war. Es war ein so glühendes Interesse, dass es sämtliche Einwände und Einsprüche sofort verwarf. Ein Entschluss war gefasst worden, er würde sich neben sie setzen, alles andere wäre eine Niederlage. Deshalb blieb er vor ihr stehen, als der Bus wieder auf die Straße schwenkte. Er hat an alles gedacht, selbst die Musik im Kopfhörer hat er in seine Überlegungen einbezogen: Er durfte auf keinen Fall zu laut reden, wie so viele mit Walkman es taten.

»Ist der Platz frei?«, flüstert er.

Wahrscheinlich hört sie nicht, was er sagt, aber die Situation spricht für sich, sie nimmt ihre Tasche und stellt sie neben ihre Füße. Sie sagt etwas, erkennt er, ihre Lippen bewegen sich, aber er hört nichts.

Sie presst die Knie zusammen und macht ihm Platz.

Er zögert. Er muss einen kleinen Ausfallschritt machen, um nicht zu fallen, als der Bus auf Höhe der alten Autowerkstatt in die Kurve fährt. Mit angstschlotternden Knien hält er sich am Sitzrücken fest.

Aber jetzt setz dich doch endlich, Mensch! Steh da nicht herum!

Sie sieht ihn wieder an, ein kurzer Blick nach oben. Das reißt ihn aus seiner Lähmung. Hastig setzt er den Rucksack ab und rutscht neben sie.

Laut Plan war jetzt die Zeit gekommen, ein paar Minuten stillzusitzen, nur leicht mit dem Kopf zu nicken und vorsichtig auf der Lehne des Vordersitzes den Takt zu schlagen, sich nichts anmerken zu lassen. Aber du saßt ja neben ihr! Ihr Schenkel berührte deinen!

Das hieltst du nicht aus, du rücktest von ihr weg und lehntest den Oberkörper möglichst weit in den Gang und blicktest durch das Fenster auf der anderen Seite auf die Landschaft hinaus. Gelegentlich nicktest du, aber sonderlich rhythmisch war das nicht. Für Elisabeth muss es eher so ausgesehen haben, als durchliefen plötzliche Zuckungen deinen Körper. Sie ist schläfrig und starrt träge aus dem Fenster. Sie ist müde, Henrik, sie ist nicht darauf vorbereitet, dass der Fahrgast neben ihr, nachdem er sich minutenlang in den Mittelgang hinausgelehnt hat, in plötzlicher Eile den Kopfhörer herunterreißt und dann den Kopf mit stierenden Augen zu ihr dreht, um zu sagen:

»Ich höre Lloyd Cole«, wobei er auf den Walkman in seinem Schoß zeigt.

Aber das tust du.

Was soll sie deiner Meinung nach dazu sagen?

Lloyd Cole, *ja! Tolle Band. Wollen wir uns nach der Schule treffen und uns mehr darüber unterhalten, ich finde dich so interessant, wie heißt du? Henrik? Mein Herr, Henrik.*

Sie sieht dich einen Augenblick mit hochgezogenen Augenbrauen an, ehe sie lächelt. Sanft und höflich lächelt sie.

Es ist ein grauenvoller Moment. Denn sie sagt nichts. Sie lächelt höflich, ehe sie den Kopf wieder von dir abwendet und aus dem Fenster schaut. Es ist ein grauenvoller Moment, weil du erkennst, dass du für sie ein Niemand bist. Sie dreht sich weg. Und warum sollte sie das auch nicht tun? Du bist niemand, Henrik, sie weiß nicht, dass du existierst. Du bist der Fahrgast, der neben ihr sitzt, der sich mit einer unmotivierten Bemerkung aufdrängt, er, den alle fürchten, weil sie nie wissen, was als Nächstes aus seinem Mund kommt und wie sie darauf reagieren sollen. Du bist der Unvorhersehbare, du bist der Verrückte. Du bist der Mann, der hinter ihnen im Café sitzt und mit sich selbst spricht, du bist der Mann, der in einer Warteschlange einem Mädchen auf die Schulter klopft und von etwas lallt, das sich nur in seinem Kopf abspielt, jemand, den sie mit Abscheu sehen und dem sie am liebsten aus dem Weg gehen, du bist die beharrende Stimme, die andere auf der Straße quält, du bist der schale Geruch körperlichen Verfalls, du bist der Sabber, der aus dem Mundwinkel rinnt, du bist ein schlüpfriger Zuruf, eine obszöne Geste, du bist das personifizierte Unbehagen, Henrik.

Für sie bist du das.

Das alles ging ihm durch den Kopf, als sie den Kopf von ihm wegdrehte, so sah er sich selbst, mit ihren Augen sah er sich, und daraufhin erschien er so, als das personifizierte Unbehagen. So fühlte er sich. Und es lagen noch zehn Minuten Busfahrt vor ihm.

Henrik schloss die Finger um den Bügel am Sitz vor ihm. Nun galt es auszuharren. Zehn Minuten neben ihr, in diesem beklemmenden Schweigen zu sitzen und hinauszusehen. Raus, raus, raus. Es galt, möglichst schnell aus dem Bus zu kommen, sich den Weg zur Schule zu bahnen, sich ins Klassenzimmer zu setzen und ihr unter allen Umständen aus dem Weg zu gehen. Das war alles, was du jetzt noch wolltest, möglichst weit weg von ihrem Körper zu kommen. Doch in den nächsten zehn Minuten warst du dazu verurteilt, neben ihr zu sitzen, und manchmal – wenn sie sich ein wenig anders hinsetzte – ihren Schenkel an deinem zu spüren.

Ein Hohn.

Aber dann geschieht etwas. Während du dir alles Mögliche vorwirfst, dreht Elisabeth den Kopf.

Du ahnst, dass sie dich ansieht.

Du wagst es nicht, zu glauben, du denkst, dass ihr bestimmt etwas ins Auge gefallen ist, und wenn du sie ansiehst, wird sie glauben, dass du glaubst, dass sie dich ansieht, du eingebildeter Depp, du Idiot, du starrst weiter verbissen nach vorn.

Dann sagt sie etwas.

Sie sieht dich an, Henrik.

»Bist du gerade umgezogen?«

Du starrst steif auf die Straße vor euch, die Schlange, die Autos.

Sie tippt behutsam dein Knie an.

Sie meint dich, Henrik, kannst dich ruhig zu ihr umdrehen!

»Was?«, sagst du. »Was hast du gesagt?«

Sie sieht dich unverwandt an und streicht ruhig mit einer Hand ihr Haar aus der Stirn und hinter ihr Ohr. Geduldig wiederholt sie.

»Hast du nicht weiter oben gewohnt? Du bist sonst immer vor mir eingestiegen.«

»Weiter oben?«, sagst du, ehe du es begreifst und sagen kannst: »Ja, genau! Stimmt, stimmt.«

Sie sieht dich weiter an, Henrik, jetzt musst du etwas sagen!

Das ist deine Chance.

Aber es entsteht eine Pause. Dein Blick ist starr nach vorn gerichtet. Ein weiteres Mal hat die Welt sich für dich gewendet. Jetzt ist die Zeit zu knapp. Noch vier Minuten vielleicht, ehe es zu spät ist. Jetzt musst du etwas sagen, denn die Pause ist bald so lang geworden, dass alles, was du sagst, keine natürliche Verbindung mehr zu dem haben wird, was sie gesagt hat.

»Wir sind letzte Woche weiter hinuntergezogen«, sagst du.

»Dann sind wir jetzt fast Nachbarn.«

»Ja.«

»Aber warum seid ihr umgezogen, das sind doch nur ein, zwei Kilometer?«

Eine lange Pause entsteht.

Du wischst den Schweiß in deinen Handtellern an der Hose ab, hältst den Bügel vor dir in einem neuen Griff gepackt. Du rutschst etwas nach vorn, stößt mit dem Knie gegen die Lehne vor dir.

»Ach, na ja, mein Vater ist pleite gegangen«, sagst du.

Weiß der Himmel, wie du darauf gekommen ist. Aber so hast du dich ausgedrückt.

»Deshalb mussten wir das alte Haus verkaufen, und jetzt wohnen wir da unten zur Miete.«

»Oh«, sagt sie.

Der Bus fährt an dem Friedhof neben der Kirche von Oddernes vorbei, und was du bis jetzt nicht gesagt hast, wird für alle Ewigkeit ungesagt bleiben, denn du musst aufstehen, du musst im Bus nach vorn gehen und warten, bis die Tür aufgeht und in zwei Schritten die Stufen hinabsteigen und dich so schnell du nur kannst von Elisabeth und allem, worin du dich verstrickt hast, entfernen. An diesem Tag wechseln sich die Freude darüber, dass sie wusste, wer du warst, dass sie dich gesehen hat und mit dir sprechen wollte, und die Verzweiflung darüber, wie du mit der Situation umgegangen bist, stetig ab. Pleite! Wer ging denn heutzutage noch pleite?

Ja, wir sind umgezogen.

Du wusstest natürlich, warum du das gesagt hattest, und musstest die Konsequenzen daraus ziehen.

Am nächsten Morgen standest du deshalb genauso früh auf, nahmst den Bus wie am Vortag und gingst den knappen Kilometer bis zur nächsten Haltestelle, wo du genau wie am vorherigen Morgen fast eine Stunde darauf warten musstest, dass der Schulbus kam. Es war genauso kalt, und du warst genauso rastlos. Aber diesmal ignoriertest du sie. Als der Bus kam, gingst du durch den Mittelgang, ohne Elisabeth auch nur eines Blickes zu würdigen.

Jetzt wohnst du dort, dachtest du, und nahmst in der hintersten Reihe Platz. Wenn du auch nur die leiseste Hoffnung haben wolltest, wieder mit Elisabeth zu sprechen, war dies der Ort, an dem du wohntest, und dies die Haltestelle, an der du warten musstest. Der Rest lag bei ihr. Du hattest den ersten Schritt gemacht, du hattest dich an sie gewandt, jetzt wusste sie, was du wolltest. Du konntest nichts anderes tun, als zu warten. Wenn du dich auf dem Schulhof in einem passenden Abstand von ihr hinstelltest, wenn du ihr die Chance gabst und für dich bliebst, war es durchaus vorstellbar, dass sie sich an dich erinnerte. Vielleicht verstand sie, wie es dir ging, vielleicht durchschaute sie dich und konnte, vorbei an deinen linkischen Gesten und errötenden Wangen, genau dort hineinsehen, wo sich dein wahres Ich befand. Und vielleicht mochte sie das, was sie dort sah?

Dachtest du das?

Am nächsten Tag wurde dir klar, dass es dazu niemals kommen würde. Du kamst dir lächerlich vor, als du den Wecker auf halb sieben stelltest, du fühltest dich wie ein Trottel, als du anderthalb Stunden früher als nötig das Haus verließt, du warst ein Narr und Idiot, ein Paradebeispiel dafür, wie Dinge gründlich schiefgehen können, als du da frierend herumstandest und lange, lange auf den Bus warten musstest.

Zum Glück kam dann das Wochenende, und du konntest dich an den nächsten beiden Tagen ausschlafen, dich entspannen und dir die Zeit nehmen, die Situation zu überdenken. Warum hatte sie dich angesprochen? Deine hilflose Bemerkung, dein *Lloyd Cole* hatte ihr keine Ruhe gelassen, dachtest du, du tatst ihr leid, sie hatte Mitleid mit dir. *Oh, nein.* Sie sah, wie gern du mit ihr geredet hättest, aber daran war sie gewöhnt, alle wollten mit Elisabeth reden, alle wollten sie für sich haben. Und sie gab, dachtest du, sie gab von ihrem Lächeln, von ihren flüchtigen Berührungen.

Sie hatte dich angefasst.

Hätte sie das getan, wenn sie nur Mitleid empfunden hätte? Hätte sie das? Warum sollte sie dein Knie anfassen? Warum sollte sie darauf bestehen, mit dir zu reden?

Für sie mag dein Blick wie eine Ablehnung gewirkt haben, als *wolltest* du nicht. Als wolltest du nur vor dich hin starren. Und das stimmte ja auch. Du wolltest nicht mit ihr reden, in dem Punkt hatte sie recht. Trotzdem machte sie weiter. Sie beharrte darauf! Warum hatte sie das getan? Und hatte sie nicht gewusst, wo du wohntest?

Vielleicht war es ihr ja genauso gegangen, dachtest du, und sie hatte ebenfalls versucht, ein passendes Gesprächsthema zu finden, und sich mit der geografischen Frage begnügt: *Bist du umgezogen?* Ihr habt ja geredet! Du hast mit ihr geredet, Henrik! Und sie wusste genau, wer du warst. Vielleicht hatte sie dich schon seit längerem im Auge gehabt und gedacht: *Wer mag er sein? Er steigt vor mir in den Bus, er muss da oben wohnen.* Vielleicht freute sie sich, als du dich neben sie setztest, vielleicht empfand sie eine überwältigende Freude, als du neben ihr Platz nahmst und eure Schenkel sich berührten.

Und dann hattest du sie zurückgewiesen.

Aber das war ja genial!, dachtest du an einem frühen Samstagvormittag im Herbst 1986 am Küchentisch sitzend. Du hattest sie zurückgewiesen. Du hattest viel Zeit zwischen deinen Antworten verstreichen lassen, als wärst du nicht besonders interessiert, ja, vielleicht hattest du regelrecht kalt gewirkt. Und das musste sie überwinden, das musste sie durchdringen. Eine Zurückweisung, an die sie nicht gewöhnt war. Du warst etwas Anderes für sie. Sie war es nicht gewöhnt, zurückgewiesen zu werden. Sie bekam sonst immer, was sie wollte, so wie alle schönen, jungen Frauen, aber das hattest du ihr nicht gegeben, du hattest sie abgewiesen, sie konnte dich nicht bekommen. Dadurch unterschiedst du dich von allen anderen.

Wenn sie wüsste!

Und dann kam dir der Gedanke, sie anzurufen. Kontakt zu ihr aufzunehmen, sie einzuladen. Ja, das war richtig. Ein nächster Schritt. Du stelltest dir ihre Freude vor, dass sie vor Freude jubeln würde. *Er will mich haben. Mich!*

Am besten würdest du sie am späten Nachmittag oder frühen Abend anrufen. Nachdem sie mit ihrer Familie gegessen hatte, aber bevor sie das Haus am Abend vielleicht verließ oder dabei war, sich schick zu machen. Gegen sechs, dachtest du, zwischen sechs und halb sieben würde der beste Zeitpunkt sein. Vielleicht lag sie allein in ihrem Zimmer, vielleicht hörte sie Musik und gab sich Tagträumen hin, vielleicht schrieb sie Tagebuch. Oder sie lag bequem von Kissen gestützt und sah fern. Frisch geduscht, dachtest du, aber noch mit nassen und deshalb dunkleren Haaren lag sie dort, die Locken verfilzter, als du sie jemals gesehen hattest, und dich durchlief ein kalter Schauer bei dem Gedanken daran, wie sie aussah, wenn du sie nicht sehen konntest, wenn keiner sie sah, gestützt von Kissen, so herrlich entspannt. Sie wand sich ein wenig, legte sich zurück, schloss die Augen. Vielleicht ruft er an, denkt sie, weist den Gedanken aber sofort von sich, warum sollte er mich anrufen? Nach dem, was ich gesagt habe. Nach den Trivialitäten, die ich zu ihm gesagt habe. Warum ist mir nichts Raffinierteres eingefallen, denkt sie, etwas, das seine Neugier geweckt hätte?

Nein, denkt sie, nein.

Und dann klingelt das Telefon.

Ihre Intuition sagt ihr, dass *er* es ist, aber ihr Verstand verwirft den Gedanken, es klingelt, sie liegt ganz still, um an der Stimme im Flur zu hören, für wen der Anruf ist. Und als sie erkennt, dass er für sie ist, schiebt ihre Intuition die Rationalität zur Seite, doch, er ist es, er ruft hier an, bei mir zu Hause. Mich. Er ruft hier an. Und mit pochendem Herzen hebt sie den Hörer ans Ohr. Hört seine sanfte, weiche Stimme.

Um Viertel nach sechs setztest du dich vor das Telefon. Vielleicht war es noch zu früh. Du wartetest. Und deine Angst wurde größer. Es war schlimm. Warum wolltest du dich dem aussetzen? Nicht nur einmal, sondern mehrmals, immer wieder hast du dich dem ausgesetzt. Konntest du es nicht einfach lassen, Henrik, denn solche Dinge tatst du ja nicht leichten Herzens. Es war immer schwierig, trotzdem zwangst du dich, sie zu tun. Alles an dir war von diesen Augenblicken durchdrungen, nicht nur der Kopf, nicht nur das Denken, sondern auch der übrige Körper, als wärst du in etwas hineingeworfen worden. Adrenalin wurde ausgeschüttet, das Blut pochte durch deinen Körper, du reagiertest, als wärst du im freien Fall, als würdest du durch die Baumwipfel krachen und zum Erdboden hinabschießen. Aber du saßt still. Nervenimpulse knisterten wild von Zelle zu Zelle, wir fallen, war das Signal, wir fallen, wir fallen, haltet euch bereit. Er fiel und fiel in wilder Fahrt zum Boden, und saß auf dem Stuhl in dem kalten Zimmer, wo das Telefon stand. Er war rastlos, zwang sich aber, vollkommen still zu sitzen, er schwitzte und fror, seine Hand lag auf dem Apparat. Er wartete. Inzwischen war es genau einundzwanzig Minuten nach sechs, sah er und beschloss, exakt eineinhalb Minuten später anzurufen. Er verfolgte die Bewegung des Zeigers. Er hob den Hörer ab, hörte den Summton. Er legte auf. Noch zwei Minuten. Nein, warum ganze Zahlen, dachte er, warum nicht willkürlich, zufällig? Warum nicht einfach mein Glück versuchen, dachte er, als ob das Ganze vom Timing auf die Sekunde abhinge. Als ob ihr Ja zu einem Nein werden könnte, wenn er drei Sekunden zu früh oder zu spät anrufen würde.

Und dann tatst du es, Henrik, du wähltest die Ziffern, du machtest die Augen zu, es klingelte, jetzt klingelt das Telefon bei ihr, und du bist der Anrufer.

»Ja, hallo, Kristiansen?«, sagt eine Kinderstimme.

»Darf ich bitte mit Elisabeth sprechen«, sagst du mit leiser und beherrschter Stimme.

»Hä?«

»Elisabeth. Dürfte ich bitte mit ihr sprechen?«

»Ja. Einen Moment.«

Der Hörer wird abgelegt, und du hörst ferne, schwache Geräusche. *Elisabeth? Telefon.* Und dann eine Tür, die irgendwo geöffnet wird, *Wer ist dran?* Und, *Keine Ahnung. Er hat nicht gesagt, wie er heißt* – und dann ein kurzer Augenblick der Leere, ehe der Hörer wieder angehoben wird.

»Hallo?«

Ihre Stimme, bevor sie weiß, dass du sie hörst. Du schluckst. In ihrer Stimme liegt ein Hauch von Erwartung. Von Hoffnung.

»Hallo?«, sagst du.

»Ja?«, sagt sie, nüchtern und trocken wie ein Büro. Deine Stimme hat ihre Erwartung gedämpft und sie zu einem Büro gemacht, aber du machst weiter, du gibst nicht auf.

»Ist das Elisabeth?

»Ja. Mit wem spreche ich, bitte?«

»Hi. Hier spricht Henrik.«

»Henrik?«

»Ja.«

»Kennen wir uns?«

»Wir haben im Bus nebeneinandergesessen.«

»Aha?«

»Ja, auf dem Weg zur Schule.«

»Aha.«

Eine Pause tritt ein.

»Was willst du?«, fragt sie dann.

»Erinnerst du dich? An mich, meine ich?«

»Doch, doch. Du bist umgezogen, weil dein Vater pleite gegangen ist.«

»Ja.«

Pause.

»Hör mal … *Henrik*. Was willst du, ich habe eigentlich keine Zeit.«

»Willst du … also liegt es daran, dass du heute Abend ausgehen willst?«

»Ja, genau. Und deshalb warte ich ehrlich gesagt gerade auf einen Anruf.«

Pause.

»Entschuldige«, sagst du plötzlich hastig.

Und legst auf.

Das war es dann.

Damit war Elisabeth verloren. Niemals würdest du dich ihr noch einmal nähern können. In ihren Augen warst du herabgesetzt, abgewertet; jetzt warst du einer dieser hoffnungslosen Fälle von Jungen, die sich manchmal einbildeten, sie würde sich für *sie* interessieren, für einen Fremden, der vor überbordender pubertärer Verliebtheit völlig hilflos war. *Er hat sich nicht im Griff*, dachte sie jetzt über ihn, und dieses Bild würdest du niemals korrigieren können, es würde dir für immer anhaften. Alles wurde zunichtegemacht im Laufe von wie vielen Worten, dachtest du, vierzig oder fünfzig? – und Elisabeth war für alle Zeit nicht die deine. Ein anderer würde sie auflesen und in seine Welt mitnehmen.

Sie dort bei sich haben!

Der Gedanke tauchte plötzlich in dir auf. Sie hier bei mir zu haben, dachtest du, *Sie hier* zu haben! Dass du *Elisabeth* rufen könntest, und sie würde *kommen*, *lebendig*, höchstpersönlich! Ihr Gesicht, ihr Kopf, ihre Brüste, ihr Rücken. Und der Bauch! Ja, dachtest du, ihr Bauch hier, jetzt, das wäre toll! Und ihre Hände, ihre Füße, die schlanken Finger! Das alles in einer einzigen Gestalt gesammelt. Nicht nur in deinen Gedanken, sondern in der Wirklichkeit, so dass du sie berühren könntest. So dass deine Hand ihre Wärme spüren könnte, deine Fingerspitzen eine Träne von ihrer Wange streichen könnten; sie ist traurig, du nimmst sie in den Arm, ihr setzt euch, und sie erzählt, was sie bedrückt, denn auch das will sie mit dir teilen, ihre Gedanken und Ansichten, ihre Erlebnisse und die Erinnerungen aus ihrer Vergangenheit, ihrer Kindheit. Ihre Stimme und ihr Blick *in diesem Zimmer. Hier*, bei dir. Was für eine Freude, dachtest du, was für eine einzigartige, wahnsinnige Freude das wäre. Aber nicht für dich, nicht hier, nicht jetzt. Was dich betraf, war sie verloren. Fünfzig Worte standen dir zur Verfügung, sie waren aufgebraucht, sie würde niemals weitere hören, es war zu spät.

Dieser Mann der Niederlage zog sich kurz darauf Schuhe und Jacke an, verließ das Haus und ging in der Dunkelheit die Straße am Fluss hinauf. Leichter Nieselregen fiel auf die Landschaft, nach hundert Metern waren Kleider und Haare feucht. Das ist gut, dachte er. Das Gefühl, dass die Luft etwas *ist*, dass sie sich gegen ihn presste, wenn er ging, porös, dass er sie ahnen konnte. Und sehen. Denn der Dunst hüllte das Licht der

Straßenlaternen ein, es schien nicht mehr kalt und präzise auf den Asphalt, die Luft dazwischen widersetzte sich dem Licht, schwächte es, verschluckte die Fahrbahn unter den Laternen allmählich. Nach einem guten Kilometer war nichts mehr zu sehen, denn wo die schmale Straße um eine Sandgrube herumführte und in eine Felskluft hinabführte, war es stockfinster. Aber er war dort so oft gegangen, dass er wusste, wie es um ihn herum aussah, obwohl nun alles schwarz war. Die Straße führte steil nach unten und beschrieb am Fuß des Hangs einen Bogen von fast einhundertachtzig Grad um einen Felsvorsprung herum und verlief anschließend gerade, viele Kilometer durch Flachland, parallel zum Fluss, ehe sie im Wald verschwand. Er ging über den Acker, an den Reihen des Erdbeerfelds vorbei und zum Fluss hinunter, den das Regenwasser anschwellen ließ. Schnell und nahezu lautlos glitt dieser in der Dunkelheit vorbei. Er bewegte sich flussaufwärts zur Brücke. Es war eine schmale Hängebrücke. Der hölzerne Belag war glitschig im Regen. Er blieb in der Mitte stehen und beugte sich über das Geländer. Dort stand er oft, um das Wasser vorbeiströmen zu sehen. Er mochte diese Brücke. Sie war nach dem gleichen Prinzip erbaut worden wie die großen Hängebrücken, die manchmal über hundert Meter breite Sunde hinwegführten und hundert Meter aufragten mit ihren dicken, starren Stahlseilen, die sich sanft abfallend vom Turm zur Fahrbahn erstreckten, ein hübscher Bogen, der sich symmetrisch fortsetzte, zu Turm Nummer zwei, und dann zur Verankerung in den gigantischen Betonblöcken hinab, die in seiner Vorstellung stets die Füße der Brücke waren. Denn er war in unmittelbarer Nähe zu einer solchen Hängebrücke aufgewachsen. Natürlich hatte sie nicht diese Dimensionen, war aber dennoch groß und spannte sich über die schmalste Stelle des Tromøysunds. Er hatte keine Angst vor ihr; obwohl er sich Nacht für Nacht in wirren Träumen auf ihr befand und sie zerbrach, sich in der Mitte öffnete und ihn in die Tiefe stürzen ließ, fürchtete er sich nicht vor ihr, wenn er wach war, sie tat ihm eher leid, da sie mit einem Bein auf der einen und einem auf der anderen Seite stand, diese aber nicht heben, niemals einen Schritt machen, immer nur stehen konnte. Zu fühlen, wie die Autos kitzeln, ohne sich kratzen zu können. Aber die Brücke, auf der er jetzt stand! Sie war eher eine Miniaturausgabe, bis zum anderen Ufer waren es nur sieben, acht Meter, dennoch war es das gleiche Prinzip. Kleine, zusammengeschweißte Stahlträger, die Seile, an denen sie hingen, alles perfekt ausbalanciert. Das hatten die alten Griechen ebenso wenig gekonnt wie die Römer, ganz zu schweigen von den Franken im Mittelalter. Aber hier, in einem kleinen Kaff ein paar Kilometer von der norwegischen Küste entfernt, beherrschte man diese Technik, dachte er. Sicher, im Miniaturformat, aber trotzdem: Das war Ingenieurskunst. Genau dort, wo er stand, hing eine Plakette, in die man die Jahreszahl 1932 eingraviert hatte. Außerdem war sie grün gestrichen, seine bevorzugte Farbe. Und das Wasser strömte direkt unter ihr vorbei.

Er legte die Hände auf das Geländer, lehnte sich vor und blickte auf den schwarzen Fluss unter sich. Nach einer Weile sah er einen herantreibenden Ast, lautlos blieb er an etwas am Ufer hängen und drehte sich, bis der Druck des Wassers zu groß wurde und er sich löste und im Dunst verschwand. Manchmal stand er dort und warf Holzstücke hinein und wettete anschließend mit sich selbst, wo sie sich drehen und in den Strudel treiben würden, wo sie zuerst ans Ufer stoßen würden.

Im Sommer gab es dort kaum Bewegung, im Juni wuchsen nach und nach die Ufer, ein Gürtel aus gelbem Sand entstand zwischen dem Wasser und der Vegetation auf der Böschung, die das eigentliche Ufer war. Im Winter streckte sich das Eis auf beiden Seiten zur Fahrrinne in der Mitte. Bei strengem Frost wucherte es manchmal zusammen, dann lag die Rinne wie eine graue Narbe im Weißen. Aber der Herbst war am besten, dachte er. Wenn das Wasser die Uferböschung hochstieg, wenn das schmutzige, gräuliche Wasser mit hoher Geschwindigkeit vorbeifloss, wenn es manchmal über die Ufer trat, auf die Felder floss und man die Schuhe ausziehen, die Hosenbeine hochkrempeln und in dem mancherorts halbmetertiefen, eiskalten Wasser waten konnte und es einen faszinierte, dass der Grund aus Gras und Erdbeerpflanzen bestand und die Haut taub wurde, man aber trotzdem weiterging, denn wenn eine Landschaft von Wasser bedeckt ist, geschieht etwas. Man stellt sich unweigerlich vor, wie es um einen aussähe, wenn *alles* unter Wasser stünde, nicht nur einen halben Meter, sondern zehn, zwanzig Meter. Dann könnte man durch den Fichtenwald schwimmen, zwischen den Bäumen hindurchgleiten, zu einer Hütte aus Tannenzweigen hinabtauchen, die ein paar Kinder gebaut hatten, über die Bergkämme treiben, wo sie im Winter Ski liefen, den Hang hinabschwimmen und unter sich eine Schotterstraße sehen, dieses Band, das sich durch die Landschaft schlängelte, ein paar eifrige Schwimmzüge machen und direkt darüber schweben, der Straße zum Bootshaus folgen, das am Ende des alten Bachbetts lag. Du schwimmst ganz nah heran, du streichst mit der Hand über die Teerpappe auf dem Dach, du öffnest von oben die schiefe Tür. Im Inneren treibt ein Holzboot direkt unter der Decke, du siehst auch das Ösfass, Ruder, einen Plastikkanister, alles liegt gegen die Balken gepresst. Sollst du es hinauslassen? Oh ja. Mit viel Mühe ziehst du das Boot heraus, das sofort hochtreibt. Schwer steigt es durchs Wasser. Du schwimmst daneben, hältst dich am Rand fest und schnappst nach Luft, als du schließlich auftauchst. Aber du machst weiter, aufs Neue tauchst du in die Tiefe des Waldes hinab, gleitest in die grünen Schatten und streichst mit der Hand über die Wurzeln umgestürzter Bäume, ruckst an ihnen, sie rühren sich nicht, und du schwimmst weiter. Langsam gleitest du durch das kalte, blanke Wasser zwischen den düsteren Fichten, folgst einer Steinmauer und gelangst über ein Feld. Das Gras ist gelb und zusammengepresst, aber dennoch klar erkennbar wie alles in klarem Wasser. Still und klar. Wasser über, Wasser unter dir. Nirgends ein Laut. Es ist eine

Sache, hier zu gehen, wenn die Dämmerung sich herabsenkt und das Licht überall schwindet und die Luft abkühlt, etwas völlig anderes ist die Dämmerung, wenn Wasser den Wald bedeckt. Dann verschwindet das Licht als Erstes vom Grund. Während die Stämme sich weiter als schwarze Türme erahnen lassen, ist der Boden fort, denn dort ist die Finsternis tief und undurchdringlich. Und das Licht vergeht mehr und mehr. Die Dunkelheit wächst. Am Ende gibt es nur oben an der Wasseroberfläche einen Anflug von etwas Hellerem. Ansonsten ist alles schwarz.

Die Zweige winden sich um deine Füße. Du ziehst die Taschenlampe vom Gürtel. Du hältst dich an der Steinmauer fest, die Strömung zieht dich zur Seite, aber du lässt nicht los, greifst nach einem Stein, er liegt so schön rund in der Handfläche, glänzt so schön im Licht. Du schlägst ihn gegen den Felsen. Die Steine klackern, aber der Knall hallt nicht in der Landschaft wider wie sonst, er schlägt nicht gegen den Berg auf der anderen Seite und kehrt auch nicht zurück, wie er es in deiner Erinnerung getan hat. Hier ist der Klang gedämpft, dumpf, und du wirfst den Stein enttäuscht fort. Sachte rollt er abwärts, klick, klack im Lichtkegel, als gäbe er eine Vorstellung für dich. Die klackernde Fahrt des Steins zum Grund. Und danach Stille. Alles ist lautlos und schwarz. Du treibst mit der Strömung. Allmählich bekommst du Angst, denn hier am Grund ist es ein wenig unheimlich, denkst du, leblos, denkst du, und kalt. Deshalb schwimmst du ein paar Züge, die Lampe in der ausgestreckten Hand vor dir, du tauchst flach über dem Boden und spürst die weiche Decke, die über deine Brust reibt, die Fichtennadeln, das Laub. Das Licht, das durch die Dunkelheit irrt, das kalte Wasser, das du gleichsam hinter dich schiebst, als du immer weiter hinauf schwimmst. Die ganze Zeit folgst du dem Hang, dem steilen Anstieg zu dem Gehölz auf der Kuppe. Und im Anschluss die wenigen Meter den Erdwall hinauf, wo du die Wasseroberfläche genau in Höhe der Straße durchstößt, die vorbeiführt, wo du aufgewachsen bist.

Du siehst das Haus, es brennt Licht in den Fenstern.

Du legst die Handflächen auf den Asphalt und stützt den Oberkörper auf, schiebst in einer Drehbewegung ein Knie auf Land, und dann stehst du, tropfend, auf der Straße.

Jetzt gilt es, vorsichtig zu sein, denkst du, es gilt, sich hineinzuschleichen.

In diesem Herbst hat es allerdings nicht viel geregnet. Das Wasser ist enttäuschend flach, kein schöner Anblick, nach ein paar Minuten gehst du weiter, auf die andere Seite, um der Hauptstraße nach Hause zu folgen. Die Landschaft, durch die er schreitet, bedeutet ihm nichts, sie hinterlässt keine Spuren in ihm, es ist keine Landschaft, an die er später mit Wehmut zurückdenken wird, mit dieser Mischung aus Glück und Trauer, die der Gedanke an einen Ort manchmal in uns aufwallen lässt. Sicher, manchmal überkam es ihn, kleine Offenbarungen, an die er sich für den Rest seines Lebens erinnern würde, wie jener Abend, an dem er mit zwei anderen über den Rasen am weiter unten gelegenen Gutshof ging, was er dort erlebt hat, wird viele Jahre in ihm leuchten. Es ist Frühsommer und dämmrig, sie laufen durch die offene Landschaft und riechen den Duft von Gras, von der Traubenkirsche an der Hauswand, den Fliedersträuchern, den Obstbäumen. Das taufeuchte Gras, die weiße Hauswand, die im bläulichen Nachtlicht schimmert, das Rauschen des Flusses. Sie kommen auf die Lichtung bei den sanft geneigten Felskuppen gleich unterhalb der Stromschnellen. Sofort spüren sie die feuchte Kühle, die aus dem Wasser steigt. Sie gehen hin. Der Fluss fließt stetig und rauschend vorbei. Er geht direkt davor in die Hocke. Ein solcher Augenblick. Eine solche Nacht in einer verschleierten Sommerdunkelheit, wenn kalte Luft aus dem Fluss steigt und etwas in dir öffnet.

Daran wird er sich immer erinnern.

Aber das ist Mystik, Religion, keine Nostalgie. Das hier ist eine Landschaft, die ihn niemals nostalgisch werden lassen wird.

Hierher zu reisen, würde niemals bedeuten heimzureisen. Er geht dort nur, wie er an so vielen Samstagabenden zuvor dort gegangen ist. Und wie schon so oft denkt er daran, wann er endlich wegziehen kann. Nicht, weil es ein furchtbarer Wohnort ist, auch nicht, weil er sich dort fremd fühlt, sondern einfach, weil er sich durch den Umzug an einen anderen Ort mit größerer Radikalität verändern kann, als es an diesem möglich ist. Er denkt, dass er fortgehen wird, er denkt, dass er sich verändern wird. Nicht nur in Details, nicht nur neue Kleider und eine neue Frisur, nicht nur die äußerlichen Umschwünge von den Achtzigern zu den Neunzigern, die alle unmerklich durchlaufen werden, er wünscht sich stattdessen, sein ganzes Repertoire auszutauschen. Er wird Dinge meinen, die er jetzt nicht meint, Dinge sagen, die er jetzt nicht sagt, Dinge denken, die er jetzt nicht denkt, ganz andere Bücher lesen und ganz andere Musik hören. Aber nicht willkürlich. Eben nicht willkürlich wie jetzt, sondern geplant. So dass die Teile sich zusammenfügen. So dass die Musik, die er hört, etwas über ihn als Person aussagt, und was die Musik sagt, passt zu dem, was seine Kleider sagen und zu seinen Meinungen. Die Persönlichkeit, die hier zu ihm, Henrik sechzehn, gehört, und die so zufällig ist, wird von einer neuen Persönlichkeit ersetzt, einem Henrik achtzehn, und das kann nur an einem neuen Ort geschehen, wo keiner, oder zumindest nur sehr wenige, wissen, wer er ist, oder war.

Also muss er warten. Und während er wartet, plant er. Das ist Henriks Technik, das ist Henriks Art, unangenehme Dinge zu verdrängen. Elisabeth? Besessen von ihr, ja. Bis zur Verzweiflung. *Das* kann er nicht unterschlagen, denkt er. Aber in drei Jahren wird das keine Rolle mehr spielen, eine Bagatelle, etwas, das ihn gelegentlich streift, aber ohne in seinem neuen Dasein Einfluss oder Gewicht zu haben. Dort wird Elisabeth keine Rolle mehr spielen. Dort wird Elisabeth nichts zu sagen haben. Dort wird es andere Menschen, andere Mädchen, andere Gedanken geben. Er wird andere Dinge tun, durch andere Straßen gehen, andere Musik hören, andere Bücher lesen. Von einem anderen Regen nass werden, andere Cafés besuchen, zu anderen Gesichtern hinüberschauen. Und mit der Zeit andere Erinnerungen bekommen, in denen die an Elisabeth nur eine unter vielen sein und deshalb ihre Bedeutung und Kraft verlieren wird.

So dachte er, Henrik, an diesem nebligen und regnerischen Herbstabend, als er am Fluss entlang trottete, in dieser Landschaft, in die sie zwei Jahre zuvor gezogen waren. Erneut überquerte er den Fluss, diesmal auf der soliden Betonbrücke, die im Gegensatz zur schmalen Hängebrücke für alle Arten von Verkehr gedacht war, auch für die Lastwagen, die zur Fabrik wollten. Sie lag unterhalb des Wasserfalls, den er hätte sehen können, wenn er stehengeblieben wäre und sich vorgebeugt hätte. Aber er blieb nicht stehen. Er war fast zehn Kilometer gegangen, er war durchnässt und müde und wollte nach Hause. Er schämte sich und biss im Gehen die Zähne zusammen. Der Mann der Niederlage auf einem Regenspaziergang nach der Stunde der Niederlage, konnte er an etwas Anderes denken als an seine Niederlage, an etwas anderes als Elisabeth? Dumm, dumm, dumm. Was mochte sie bloß von ihm denken. Du Idiot, Henrik, du Trottel, bist du wirklich so bescheuert? Solche Gedanken gingen ihm durch den Kopf, dumm, dumm, dumm, und in allen Gedanken lächelte Elisabeth spöttisch, vielleicht sogar verächtlich. Sie war mit ihren Freundinnen ausgegangen, in der Stadt, erzählte ihnen vielleicht von ihm. *Ich bin angerufen worden …* OH NEIN! Dumm, dumm, dumm. *Der Typ ist total schräg, sage ich euch.* Nein nein nein nein nein nein nein. *Plötzlich hat er* Lloyd Cole *gesagt! Einfach so.* Ohhhh. Lloyd Cole? *Ja, das hat er gesagt.* Nein nein nein nein NEIN!, dachte er und ging schnell, ungeduldig, sehnte sich danach, in sein Zimmer zu kommen, Musik zu hören, vielleicht zu lesen, zu vergessen, vergessen. Schnell und ungeduldig ging er den letzten Hügel hinunter und entschloss sich danach, die Abkürzung den Anstieg hinauf zu nehmen, statt wie sonst der Straße um die Kurve zu folgen.

Am Bachlauf entlang aufwärts. Büsche und Zweige in der Dunkelheit wegschieben, im glitschigen Gras stapfen und rutschen, fast über eine Wurzel stolpern und sich mit den Handflächen abfangen, Schlamm zwischen den Fingern hochquellen fühlen, kalt und unangenehm, und dann das Licht in den Fernstern sehen, auf das gepflasterte, terrassenartige Stück Land gelangen und schnell auf das dreißig Schritte entfernte Haus zugehen.

Henrik ist bis zu den zusammengewachsenen Fliederbüschen gekommen, als die Haustür aufgeht und er stehenbleibt. Er sieht das Licht ins Freie fallen. Sein Vater steht mit einer Hand auf der Klinke und starrt in die Dunkelheit. Du siehst ihn durch die Büsche, Henrik, dass er sich Schuhe überstreift, auf den Hof geht, auf dich zukommt. Dein Vater. Jetzt ist es zu spät. Wenn du dich umdrehst und gehst, wird er die Bewegung im Dunkeln wahrnehmen, dir hinterherrufen.

Du musst stehen bleiben, ganz still, du musst hoffen, dass du ihm nicht ins Auge fällst.

Er summt irgendeine Melodie, überquert den Platz und bleibt auf der anderen Seite der Fliederbüsche stehen. Einen halben Meter von dir entfernt. Du hörst seinen Atem und siehst sein Gesicht, bleich in der Dunkelheit. Seine Augen sind auf einen Punkt knapp über deinem Kopf gerichtet. Du stehst ganz still. Er summt kaum hörbar und dreht den Kopf, während seine Hände am Hosenstall herumfummeln. Den Reißverschluss aufziehen. Du hörst seinen Atem vom Brustkorb kommend zischend aus der Nase strömen, das Platschen der Schuhe, wenn er die Stellung ändert. Das Ratschen des Reißverschlusses. Du stehst ganz still. Wenn du die Hand ausstreckst, kannst du ihn anfassen, deinen Vater, seinen Oberarm berühren, den Wollstoff seines Pullovers an deiner Haut spüren. Du kannst ihm über die Wange streichen, mit den Fingern über das Netz aus Falten fahren, mit der Fingerspitze flüchtig die Falte unter dem Auge berühren. Du kannst ihn anfassen. Er steht einen halben Meter von dir entfernt.

Aber du fasst ihn nicht an. Du stehst ganz still, du versuchst, lautlos zu sein. Lässt alles an dir regungslos sein. Sein Blick geht nach oben, und dann seufzt er. Gleichzeitig trifft der Strahl den Erdboden zwischen euch. Er seufzt, und seine Pisse läuft auf deine Schuhe zu. Eine kleine Lache bildet sich, sie fließt auf dich zu. Aber du bleibst stehen. Du kannst nichts Anderes tun. Du stehst hinter den Sträuchern, einen halben Meter von diesem Mann entfernt, der in die Dunkelheit pisst. Du schaust zu Boden, und alles an dir ist regungslos.

Was denkst du?

Was kannst du schon denken. Vielleicht zählst du die Sekunden, während die Pisse vor dir auf den Boden plätschert. Du starrst nach unten und zählst Sekunden, er ist bald fertig, er wird bald gehen, denkst du, schaust nach unten, willst nicht im Gleichen sein wie er. Wenn du den Blick senkst und ihn nicht siehst, kannst du die Gedanken zu etwas Anderem abschweifen lassen, den rieselnden Regen spüren, die Tropfen, die sich auf den Blättern sammeln und tropfen, wenn der Wind auffrischt, und die Erde, die ganz schwarz ist, deine eigenen Füße eingepflanzt, dein eigener regloser Körper, und das ist alles, denkst du. Was ich sehe, ist alles, was es gibt, denkst du. Der schwarze Morast, die krummen Zweige, die sich ineinanderflechten, deine eigenen Füße. Und der Regen.

Du blickst auf. Deine Augen sehen direkt in seine. Er starrt dich an, sieht durch die Sträucher hindurch, hinter denen du dich verbirgst, und direkt in deine Augen. Doch kein Zeichen des Wiedererkennens regt sich in seinem Gesicht. Er starrt dich an, und dann schweift sein Blick zum Himmel über euch, als er den Reißverschluss zuzieht. Dann geht er zurück, du hörst ihn summen und siehst, dass die Tür hinter ihm zugeht.

Aus dem gleichen Grund, aus dem du dort stehen bleiben musstest, als er auf dich zukam und es zu spät war zurückzuweichen, musst du jetzt noch kurz verweilen, Henrik, und warten, bis er ins Wohnzimmer gekommen ist, sich in den Sessel gesetzt hat, und ihm dann noch etwas Zeit geben, ehe du hineingehst. Etwas Zeit verstreichen lassen zwischen seinem Blick hier und seinem Blick dort, dann wird es vielleicht gehen, dann spricht er dich vielleicht nicht darauf an.

Du bleibst noch ein paar Minuten regungslos im herabrieselnden Regen stehen, ehe du hineingehst, im Flur die Schuhe ausziehst, ganz vorsichtig, und danach durch den Flur ins Badezimmer gehst, das du abschließt. Das leuchtend reine Licht. Du drehst das Wasser in der Dusche an, du ziehst dich aus, stopfst deine Kleider tief in den Wäschekorb, du ziehst die Tür der Duschkabine zur Seite und spürst das heiße Wasser, das über deinen kalten Körper strömt. Du stützt dich an der Wand ab, presst den Rücken an die Wand, lässt das Wasser immer weiter an dir herablaufen. Langsam gleitest du an den Kacheln nach unten, bis du auf dem Boden sitzt, mit dem Rücken an die Wand gelehnt, nackt, während das Wasser auf dich herabströmt. Dampf hängt im Raum. Und dann bildest du dir ein, dass alles zu einförmig ist, zu einlullend; keine Laute heben sich aus dieser Monotonie, dem kontinuierlichen Spritzen aus der Dusche, also öffnest du den Mund und hörst deine Stimme leise *Aaaaaaaaaaaaaaaaaaaaa* sagen, aber das hilft natürlich nicht, die Monotonie ist da, und du stehst abrupt auf und beginnst, dich zu waschen, du seifst den ganzen Körper ein und achtest darauf, alle Bewegungen kantig auszuführen, nicht fließend, jäh bewegst du die Seife über den Körper, als es laut und hart an die Tür klopft.

»Henrik?«, ruft dein Vater.

»Ich dusche, was ist«, sagst du.

»Henrik!«

»Ich dusche!«

»Henrik!«

»Verdammt, ich dusche!«, rufst du.

»Was hast du gesagt!«

»HÖRST DU NICHT, ICH DUSCHE, VERDAMMT!«

Es wird still.

Aber du weißt, dass er noch vor der Tür steht.

»Komm sofort raus«, sagt dein Vater. Leiser.

»Was stimmt bloß nicht mit dir?«, sagst du, auch leiser.

»Was?«

»WAS ZUM TEUFEL STIMMT MIT DIR NICHT!«

Die Türklinke geht ein paar Mal hoch und runter. Dann wird es wieder still. Plötzlich erträgst du kein Wasser mehr, erträgst es nicht, unter der Dusche zu stehen, aber das Gegenteil ist auch keine Alternative, das Wasser abzudrehen, denn die Stille nach der Monotonie ist genauso unangenehm. Deshalb steigst du aus der Dusche, lässt das Wasser aber weiterlaufen. Jetzt strömt es auf niemanden herab, strömt vielmehr in den Abfluss, Liter auf Liter, während du dich über das Waschbecken beugst und den beschlagenen Spiegel mit der Hand freiwischst, einen Flügel, in dem dein Gesicht deutlich ist, um im nächsten Moment erneut schemenhaft zu werden, wenn der Dampf sich von Neuem auf das Glas legt. Diesmal reibst du ihn nicht weg, denn du hörst Bewegungen draußen und greifst schnell nach einem Handtuch und trocknest dich hastig ab, ehe du deine Hose hochziehst. Aus irgendeinem Grund hast du das Gefühl, dass er dich nicht nackt sehen darf. Er steht an der Tür und steckt etwas ins Schlüsselloch. Einen Schraubenzieher, denkst du.

Hinter dir läuft immer noch das Wasser. In der Tür vor dir wird herumgestochert. Metall klappert gegen Metall. Der Schlüssel fällt klirrend auf den Fußboden. Er zieht den Schraubenzieher heraus, und du hörst, dass ein Schlüssel hineingesteckt und umgedreht wird, die Klinke senkt sich, die Tür wird aufgeschlagen.

Er ist im Raum.

Er steht vor dir.

Ihr seht euch an, denn jetzt hast du dich entschieden, du begegnest seinem Blick.

Du schüttelst in gespieltem Erstaunen den Kopf.

»Was stimmt mir dir nicht, Papa? Was fehlt dir?«

Aber du flennst, und das nimmt deinen Worten die Kraft, er hört, dass deine Stimme tränenerstickt ist, er kann deine Tränen sehen und durchschaut, was du sagst, dein gekünsteltes Kopfnicken, deine Frage.

»Bei mir ist alles in Ordnung, Henrik«, sagt er, ruhig, denn er sieht, wie sehr er dich im Griff hat. »Raus mit dir.«

Du schüttelst den Kopf.

»Henrik. Das muss jetzt doch nicht sein.«

»Nein.«

»Du willst also hierbleiben«, sagt er, bückt sich und hebt den Schlüssel auf.

»Ja.«

»So, so. Kannst du mir sagen, warum? Was willst du hier?«

»Ich dusche.«

Er richtet sich auf und sieht dich dabei mit einem Blick an, der besagt, ihm ist bewusst, dass du dich angezogen hast.

»So, so. Wie alt bist du jetzt?«

»VERDAMMT, JETZT HAU ENDLICH AB«, rufst du und schlägst mit voller Wucht mit der Faust gegen die Tür, und er weicht einen Schritt zurück, du drückst gegen die Tür, setzt all deine Kraft ein und stemmst die Schulter dagegen, und er hält dagegen, will nicht hinaus, er will nicht, aber deine Raserei ist wilder, er hat keine Chance, muss rückwärts gehen, du schiebst ihn hinaus, und die Tür knallt zu. Du stehst breitbeinig mit dem Rücken zur Tür. Für den Fall, dass er versucht, wieder hereinzukommen. Das tut er nicht. Stattdessen schließt er die Tür ab und geht.

Du drehst die Dusche ab. Dann wäschst du dir das Gesicht mit kaltem Wasser, ehe du es sorgfältig mit einem Frotteehandtuch abtrocknest, das du an den Haken hängst, anschließend setzt du dich auf den Fußboden. *Was stimmt mit mir nicht*, denkst du. Warum fange ich an zu flennen, denkst du, warum muss ich weinen, was stimmt mit mir nicht? Ich bin sechzehn und kann meinen Vater nicht verhöhnen, ohne in Tränen auszubrechen, schaffe es nicht, meine Stimme gegen ihn zu erheben, ohne dass sie bricht, denkst du und weißt, dass du andere Wege finden musst, dich zu rächen. Das hast du schon oft gedacht. Welchen Sinn hat es, ihn zu schlagen, wenn ich dabei flenne, denkst du, welchen Sinn hat es, meine Verachtung hinauszuschreien, wenn dabei meine Stimme bricht, es hat keinen Sinn. Wenn es etwas bringen soll, musst du kalt sein. Kalt und blitzschnell musst du sein, kalt, kalt. Ein harter, präziser Schlag. Nein. Kein Schlag. Keine Faust in seinen Bauch oder sein Gesicht, das ist zu schwach. Du musst seine Haare packen, im Nacken, und seinen Kopf mit voller Wucht auf den Rand des Waschbeckens schlagen. Du ziehst ihn wieder hoch und schlägst ihn noch einmal auf den Rand des Waschbeckens. Sein Wangenknochen soll an der Beckenkante brechen. Das ist präzise. Die Knochen seines Körpers werden am Porzellan des Beckens zertrümmert. Blut trieft aus seiner Mundhöhle, trieft aus dem Ohr, ein Rinnsal Blut kommt aus dem Ohr. Die Zähne. Genau. Schlag den Kiefer auf die Beckenkante, und die Zähne fallen heraus, klirrend treffen sie das Porzellan und rutschen mit dem Blut zum Abfluss. *Genug? Was? Reicht es? Oder willst du mehr?*, sagst du und kannst so immer weitermachen, du kannst diesen Kopf gegen das Becken hämmern und hämmern und hämmern, gegen die Wand, den Spiegel, bis nichts mehr übrig ist, bis sein Gehirn aussetzt und verzerrte, unverständliche Signale an den Körper aussendet, Vaters Muskeln zittern in kleinen Krämpfen, in den Schenkeln zittert ein Muskel, im Bauch, und im Hals, selbst wenn er tot ist, zittern diese Muskeln, als lebten sie weiter, gegen seinen Willen, unkontrolliert.

Genug jetzt.

Und dann? Was jetzt?

Und dann geht man einfach.

Das denkst du, kalt und angeekelt und von immer größerer

Selbstverachtung erfüllt, denn du begreifst, dass du das niemals schaffen wirst, dass dich immer das übermannen wird, was größer ist als dein Wille. Du stellst dir deinen Willen als einen Strang vor, umgeben von allem Anderen. Obwohl dieser Strang existiert, ist er zu klein und dünn, dieses Andere fließt in dich hinein, du weinst, wenn du eigentlich die Stimme erheben solltest, du siehst nicht klar, wenn Klarheit erforderlich ist. Die Tränen aus dem Weichen. Und er ist ganz ruhig, wenn ich so werde, denkst du. Er hat eine andere Stärke. Nicht wie du. In dir ist alles in Bewegung, nichts ist stabil, alles gleitet ineinander, denkst du, es löst sich irgendwo in der Brust und steigt auf, du verlierst die Fassung. Und hinterher sinkt es. Wie das Blut sinkt, durch alle Glieder und Organe hindurch zum Bauch hinabsickert.

Dir dreht sich der Magen um. Der Gedanke, dass du voller Blut bist, dass dieses Blut in dir rinnt und pocht und pulsiert. Zäh und metallisch. Rotes, hellrotes Blut und dunkleres, fast schwarzes Blut. Du bist voll davon. Es ist gerade mit harten Schlägen gepumpt worden, jetzt beruhigt der Körper sich, das Blut fließt langsamer, du stehst auf. Du steckst dir den Zeigefinger in den Hals. Erst ein Kitzeln, dann ziehen sich die Bauchmuskeln reflexartig zusammen und der Mageninhalt spritzt in dir hoch, in den Hals, und du reißt den Mund auf, und er schießt heraus und klatscht in die Toilette. Der ekelhafte Geschmack der Magensäure lässt dich noch einmal würgen, aber jetzt kommt nichts mehr, nur Flüssigkeit. Du legst den Arm um die kalte Toilettenschüssel, bist ruhig. Das kleine Tier hat seine Arbeit getan, du bist entleert.

Du wusstest, dass er im Wohnzimmer saß und an dich dachte, den er eingeschlossen hatte. Ein Fehler. Möglicherweise bereute er es schon. Denn was sollte er jetzt tun? Er musste dir aufschließen, er musste dich herauslassen. Und das würde ein Eingeständnis bedeuten. Deshalb wollte er es nicht tun. Nichts auf der Welt konnte ihn dazu bewegen, dir aufzuschließen und dich herauszulassen, ein solches Eingeständnis zu machen. Andererseits konnte er dich auch nicht dort sitzen lassen. Eine Stunde vielleicht, ja, dazu war er durchaus fähig. Auch zwei. Drei Stunden wären kein Problem für ihn. Aber nicht die ganze Nacht. Das konnte er nicht tun. *Ich habe ihn irgendwie in der Hand*, dachtest du und setztest dich wieder hin, auf den Fußboden in einem feuchten Badezimmer voller Dampf an einem Samstagabend im Herbst 1986, denn du wusstest, dass er sich in eine Sackgasse manövriert hatte. Dir aufschließen konnte er nicht, dich dort eingeschlossen sitzen lassen konnte er auch nicht. Und daran dachte er jetzt, das wusstest du, er saß da, dachte an dich und wusste nicht, was er tun sollte. Vielleicht dachte er aber auch gar nicht daran. Vielleicht hörte er Musik, vielleicht war er in eines seiner Bücher vertieft, vielleicht wusste er, was zu tun war, und wartete nur. Las, sah ins Leere, wie Leser es tun, blätterte um. Trank einen Schluck Wein. Und dann kehrte es zurück. *Henrik.*

Dir wurde bewusst, dass dir der Gedanke noch nie in den Sinn gekommen war. Was du für ihn warst. Was er dachte, wenn er an dich dachte. Was mochte er wohl denken! *Mein Sohn, Henrik. Ich schließe ihn regelmäßig ein, es ist eine Schande, aber so ist es eben.* Nein, nein, nein. Härter. Ein Problem? Nein, kein Problem. Etwas, was es gibt. Genau. Etwas, was es gibt. Etwas von ihm. Was er aber nicht hat? Würde er so denken? Eine solche Beziehung denkt man nicht, sie existiert einfach. Sie existiert auch nicht als Gefühle. Sie kann Gefühle auslösen, ist an sich aber etwas Anderes. Etwas Konstantes. Aber keine Gedanken. Worauf basiert sie dann? *Ich komme von ihm*, dachtest du wieder, und der Gedanke ließ dich lächeln.

Lächelte ich?

So war es wohl. Mit dem ekligen Geschmack von Erbrochenem im Mund saß ich auf dem Badezimmerfußboden und lächelte an diesem Abend vor langer Zeit. Ist das so seltsam? Der Gedanke, dass ich von ihm komme, erscheint mir heute noch genauso seltsam. Dass er etwas mit mir zu tun haben soll. Dass diese beiden sich um mich kümmern sollten. Harald und Ingrid. Dreiundzwanzig, fünfundzwanzig. Dann bekamen sie mich in die Hände. Trugen diesen Fremden, diesen Neuen umher. Fütterten ihn. Dein Name sei Henrik. Unser kleiner Junge. *Henrik, oh Henrik, was hast du getan.*

Man kann sich nicht von ihnen befreien, egal, wo man ist. Vor allem genetisch nicht: Meine Begrenzungen stehen fest, andere haben sie für mich festgelegt. Die Grenzen meiner Fähigkeiten. Aber auch die Erinnerungen sind mir gegeben. Unsere gemeinsamen Erinnerungen. Das Haus, die Zimmer. Was dort geschah, Tag für Tag. Die Urlaubsreisen. Vaters Erinnerungen an mich, meine Erinnerungen an Vater. Was denkt er über sie? Kommt es vor, dass er an diese Abende zurückdenkt, die wir gemeinsam verbracht haben? *Wie war ich in seinen Augen?*

Bin ich. Bin. Jawohl, bin.

Wenn er denn zurückdenkt. An den Abend, als wir alleine zu Hause waren, als ich so lange im Bad war, als er im Wohnzimmer saß und las. Vielleicht glaubte er, sein winselnder Sohn würde gegen die Tür hämmern und schlagen, vielleicht hatte er deshalb Musik aufgelegt. Ich konnte sie ganz leise hören. Offenbar hatte er nicht die Absicht, bald wieder aufzuschließen. Denn das konnte er ja nicht. Was war mit mir, sollte ich dort sitzen bleiben? Sollte ich einfach herumsitzen und warten, bis er kam, mein himmlischer Vater, und mich herausließ?

Ich zog die Beine an, schloss die Arme um sie und legte die Wange auf die Knie. Genau das werde ich tun, dachte ich, warten. Irgendwann muss er kommen und seinen Fehler zugeben. Es geht um ihn und um mich. Mein Wille gegen seinen Willen. Ich kann hier bis morgen sitzen, dachte ich, das schaffe ich schon. Bald ist es zehn. Also dauert es nicht mehr lange, bis ich schlafen kann. Ich leg mich hierhin, kein Problem, im Dunkeln auf den Badezimmerboden, wenn ich mir ein paar Handtücher nehme, ist das kein Problem. Und dann kommt er, während ich hier schlafe, auf dem Fußboden, dachte ich und sah darin eine angemessene Strafe für ihn. Deshalb stand ich auf und suchte ein paar Handtücher heraus, die ich auf dem Boden verteilte, in zwei Schichten, deshalb schaltete ich das Licht aus und legte mich auf den Bauch, und deckte mich mit mehreren Handtüchern zu, deshalb schloss ich die Augen. Um meinen Vater zu bestrafen. Ich nahm an, dass er, wenn er mich so sah, seinen Fehler einsehen und vielleicht bereuen würde. Das war nicht gerade ein brillanter Plan, Henrik, denn getan ist getan, und seine eventuelle Reue ist für dich belanglos. Dadurch wird sich nichts verändern. Glaubst du, es ist so leicht? Glaubst du, winzige und lächerliche Siege wie dieser hier bringen dich weiter? Willst du da wirklich die ganze Nacht herumliegen und spüren, wie sich der Hüftknochen gegen den harten Fußboden presst? Bald wird es kälter, bald wirst du unter dieser Möchtegerndecke frieren, unter der du liegst, und die ganze Situation wird sich immer stärker in dir festsetzen, sie haftet an allem, woran du denkst, selbst schöne Gedanken, die dir normalerweise guttun, bekommen einen Badezimmertouch, selbst sie erscheinen lächerlich und unwürdig. So wird es sein, wenn du dort liegst, Henrik, alles wird dir sinnlos erscheinen, insbesondere der Gedanke, dass dies eigentlich eine Strafe für deinen Vater ist, der im Wohnzimmer sitzt und Musik hört, als wäre nichts passiert.

All das erkannte ich glücklicherweise schnell, denn nach ein paar Minuten, die ich im Dunkeln ausgestreckt auf dem Boden gelegen hatte, richtete ich mich abrupt auf und schaltete das Licht an. Es gab doch ein Fenster, das zwar klein und eng war, aber groß genug, um mich ins Freie zu schlängeln, überlegte ich, steckte den Kopf hinaus und schob den Oberkörper mit den Handflächen auf dem Fenstersims hinterher, hing mit dem Oberkörper draußen und den Beinen drinnen, spürte den Fenstersims, der gegen meinen Bauch drückte, und ruckelte mich weiter, bis ich plötzlich den Halt verlor und auf die Erde fiel. Der Aufprall des Ellbogens setzte sich durch den ganzen Körper fort, es tat weh, aber ich konnte sofort aufstehen, strich ein wenig Erde vom Unterarm und ging um das Haus herum. Mein Herz schlug vor Anstrengung schnell. Vorsichtig versuchte ich die Haustür zu öffnen. Sie war nicht abgeschlossen, und ich schlich mich hinein. Vor dem Wohnzimmer blieb ich einen Moment stehen. Dort saß Vater, und ich überlegte, ob ich hineingehen und ihm eine gute Nacht wünschen sollte. *Gute Nacht, Vater*, würde ich sagen können und, *Schlaf gut*, um ihm anschließend den Rücken zuzukehren und ihn mit seiner Scham sitzen zu lassen.

Doch dazu fehlte mir die Kraft. Vielleicht traute ich mich auch nicht. Jedenfalls ließ ich es sein. Ich achtete darauf, kräftig auf die Treppenstufen zu treten, als ich hinaufstieg, um ins Bett zu gehen, damit er wusste, dass ich das Badezimmer verlassen hatte und sein kleines Problem gelöst war.

Am nächsten Vormittag wurde ich davon geweckt, dass in der Ferne das Garagentor geöffnet wurde. Im Halbschlaf hörte ich, dass der Wagen ansprang. Der Schlaf hatte mein Bewusstsein noch fest im Griff. Und dort war es ein Geräusch, das mich nicht betraf. Schläfrig verfolgte ich das Brummen die Auffahrt hinunter und um das Haus herum. Erst da verband ich etwas mit dem, was vorging. Erst als der Laut irgendwo auf der anderen Seite verklang, stützte ich mich im Bett auf und war sehr erleichtert: Ich war allein. Bereit, die Zeit auszunutzen, die mir geschenkt worden war, zog ich mich an und ging hinunter, um zu frühstücken.

Mutter studierte in dem Jahr in Bergen. Vater und ich wohnten seit zwei Monaten alleine. In letzter Zeit verschwand er häufiger auf diese Art. Er nahm den Wagen und fuhr ohne ein Wort davon. Manchmal kehrte er erst am nächsten Tag zurück, manchmal nach ein paar Stunden. Ich verschwendete keinen Gedanken an sein Tun. Ich wusste nur, dass er irgendwo da draußen war, in einem Auto, auf einer Straße, mehr musste ich nicht wissen.

Bevor ich frühstückte, drückte ich die Klinke der Badezimmertür hinunter. Sie war offen. Ich holte die Zeitung aus dem Briefkasten, las sie, hörte ein paar Platten und saß auf der Treppe vor dem Gartentor, in den Strahlen der tiefstehenden Sonne, während mein Vater irgendwo da draußen Auto fuhr. Landeinwärts, dachte ich, und schnell, denn er hat so viel Wut in sich, dass er nicht langsam fahren kann, dagegen sträubt sich etwas in ihm. Er muss schnell fahren. Das Tempo der rasenden Wut. Stößt er auf ein langsames Auto, fährt er sofort dicht auf, als Zeichen seiner Verachtung oder als Drohung, ehe er sich ein wenig zurückfallen lässt. Dann fährt er auf die Gegenfahrbahn und schaltet hoch, das gefällt ihm, denn die Geschwindigkeit erhöht sich, er fährt immer schneller, und er lenkt und schiebt sich direkt vor das langsame Auto, das er hinter sich lässt, immer weiter, er fährt, mit einer Hand am Lenkrad, der anderen auf dem Schaltknüppel, immer bereit. Das Auto gleitet auf der schwarzen Fahrbahn durch die Kurven, als bewegte es sich auf Schienen. Lange, sanfte Schwünge. Sonnenreflexe glitzern auf der Kühlerhaube. *Woran denkst du dort?* Ist es wie ein Schmerz im Kopf, eine ständige Pein, ist es so, dachte ich, pocht das Blut in deinem Kopf, und geht das nie vorbei, treibt dich das an, musst du deshalb immer Dinge hinter dir lassen, weil du selbst in diesem Schmerz bist, diesem pochenden Blut, selbst wenn du fährst und alleine bist, ist es so? Ist es so? Die plötzlichen Ausbrüche, Gas geben, weil etwas unerträglich geworden ist?

»Miauuu!«

Mephisto steht auf dem Gras und betrachtet mich. Die gelben Augen sind im grellen Sonnenlicht schmal.

»Na, komm her!«, sage ich und merke, dass ich lächele. Die Katze kommt mit sanften Bewegungen, huscht die Treppe herauf und reibt sich an mir. Das schwarze Fell ist warm. Ich lege mich zurück, und sie steigt auf meine Brust. Ihre Pfoten gehen auf und ab, sie hat die Krallen ausgefahren, sie piksen, ich lache und streichele sie. Sie schnurrt und schnurrt.

Es ist eine freundliche Katze. Ab und zu legt sie Teile ihrer Beute auf die Türschwelle, als ihren Beitrag zum Haushalt. Zerbissene Vögel, halbtote Mäuse, blutige Eichhörnchen. Die Mäuse lässt sie immer am Leben, eine Liebesgabe an uns, ehe sie verzehrt werden. Sie hat ein gutes Leben. Lange Wanderungen im Wald, schleichende Manöver in der Wildnis, schnelle und effektive Angriffe auf Kleingetier, das vor Angst gelähmt ist. An einem Sonnentag im Frühjahr auf dem Kies zu liegen, dich herumzuwälzen und zu spüren, wie der knirschende Kies über die verfilzten Stellen in deinem langen Fell rollt. In der warmen Mittsommerluft so schnell du kannst den Waldweg hinunterrennen. In einer Nacht im Februar vorsichtig über den Harsch steigen, oder an einem Oktobertag zusammengekauert auf der Kühlerhaube eines Autos liegen und die Restwärme spüren, die sich in dir ausbreitet, während dein Fell immer nasser wird vom fallenden Regen. Den Geruch von frischem Fisch wittern, der durch die Luft zieht, als du dort liegst und nichts erwartest, aufspringen und in die Küche trotten, sich bettelnd an Beinen reiben, sich einen Fetzen Fischhaut schnappen, schnurren und schnurren und schnurren.

»Geht es dir gut, Mieze?«

Sie starrt mich mit schmalen, gelben Augen an, lange. Und dann legt sie den Kopf auf die Brust und schließt sie.

Ein halbes Jahr zuvor hatte sie eine Kreuzotter angegriffen, ich erinnerte mich gut: Nachdem ich mit Fieber ein paar Tage im Bett gelegen hatte, stand ich an einem Vormittag auf, ging zum Fenster und schaute zum Waldrand. Ich war allein, es war vollkommen still im Haus. Das Zimmer wurde von Sonnenlicht durchflutet. Ich dachte, dass das Haus an solchen Frühlingstagen schläfrig war und sich für nichts, was in ihm geschah, interessierte. Alle Bewegungen waren konturlos. Man lag auf der Couch, man las Zeitung, man saß auf einem Fenstersims und hörte die Vögel singen, träge, denn nichts sticht an solchen

Tagen heraus, alles ist ein Teil des Gleichen. Wenn du zu schlafen versuchst oder dir in der Küche ein Spiegelei brätst, bist du im Gleichen, das Sonnenlicht durchflutet alle Zimmer, alles ist ruhig und still. Etwas anderes sind die Stunden nach einem Regenguss. Dann warten die Zimmer auf dich. Deine Bewegungen durchmessen sie, und wenn du einen Blick nach draußen wirfst, siehst du das scharfe Grün der Bäume, die etwas fast Bedrohliches bekommen haben, etwas Kaltes und Schneidendes. Der rote Plastikeimer, den jemand abgestellt hat, hebt sich brutal von seiner Umgebung ab, Gleiches gilt für die weiße Bank unter dem Fenster, sie sticht heraus, du denkst: wartend.

Erst sah ich nur Mephisto. Die Katze stand regungslos da und starrte vor sich auf den Boden, wachsam, die Drohung einer blitzschnellen Exekution. Der Kopf bewegte sich langsam zur Seite. Ihre Augen hatten etwas im Blick, dem sie ein paar Schritte folgte. Ich sah das Opfer. Eine Kreuzotter. Sie glitt durchs Gras. Ich schauderte fröstelnd, blieb aber stehen. Denn jetzt hielt Mephisto erneut inne. Sie starrten sich an, Katze und Schlange, lange, regungslos. Dann griff die Kreuzotter an. Schnell drehte sie sich nach vorn, hob in einer einzigen langen Bewegung den Kopf und zog ihn zurück. Dann schoss ihr Kopf auf die Katze zu, aber Mephisto stand nicht einfach da und wartete, sondern sprang spielerisch zur Seite und war schon hinter der Schlange, schlug die Krallen in ihren glatten Körper und biss sich im Nacken fest. Die Schlange wand sich und bäumte sich auf, hatte aber keine Chance, konnte nicht zubeißen. Mephisto wartete, bis sie sich nicht mehr rührte. Dann ließ sie los und sprang zur Seite.

Die Schlange blieb liegen. Die Katze starrte sie an. Ging zu ihr und schnupperte. Regungslos lag sie da. Mephisto schlug mit der Pfote nach ihr. Sie blieb liegen.

Ich klopfte ans Fenster. Der Laut ließ die Katze den Kopf drehen. Ich hob den Daumen. Sie nahm die Schlange ins Maul und stolzierte zum Haus. Die Tür stand offen. Sie trug sie in die

Küche, was sie mit jeder Beute tat, wenn die Tür offen stand, was logisch erschien: *Hier essen sie.*

Ich träumte häufig von Schlangen. Sie krochen in mein Zimmer, dicke, weiße Schlangen glitten über den Fußboden, ein Alptraum, ich lag im Bett und schrie. Sie kamen zu mir, ich versuchte sie abzuschütteln, wegzutreten, aber es waren zu viele, ich muss weg, ich werfe die Decke auf den Fußboden und stürze hinaus, schließe die Tür hinter mir, und wache so auf, mit hämmerndem Herzen und schweißnasser Brust, vor meinem Zimmer. Nacht für Nacht. Nie bin ich sicher, dass es nur ein Traum war, immer sind meine Bewegungen nach einer solchen Flucht zögernd, wenn ich in mein Zimmer zurückkehre, um weiterzuschlafen. *Sind sie noch da?* Wachsam lege ich, der Heimgesuchte, mich hin. Denn sie tauchten regelmäßig in meinen Träumen auf. Und ich erwachte auf der Flucht. Eines Nachts war ich mir sicher, dass die Schlange in den Deckenbezug gelangt war. Ich warf die Decke auf den Fußboden und trampelte wie ein Irrer auf ihr herum, sprang auf und ab, um alles Leben auszulöschen, es wummerte durchs Haus, Mutter kam und fragte mich behutsam, was los sei, ich rief, *Da ist eine Schlange in der Decke*, sie sagte, *Nein, Henrik, du träumst*, ich sagte, *Nein, nein, ich habe sie gesehen*, aber jetzt haben sich Zweifel eingeschlichen, ich wache langsam auf und wage es, in den Bezug zu schauen, streiche auf der Suche nach Ausbeulungen darüber, nichts, ich bin wach, *Schlaf jetzt, Henrik, es war nur ein Alptraum.*

Das hier war etwas Anderes. Es war real. Eine Kreuzotter lag im Haus. Sie konnte noch leben, unter die Möbel kriechen, sich Tischbeine hochschlängeln, dachte ich, vielleicht lag sie in diesem Moment zusammengerollt auf einem Stuhl. Ich fühlte mich schwach. Schon der Gedanke an den glatten Echsenkopf ermattete mich. Sie befand sich in der Küche. Vielleicht. Sie befand sich vielleicht in der Küche. Nicht zu wissen, wo sie war, wurde unerträglich, der Gedanke, dass sie die Treppe heraufkommen könnte, während ich dort saß, war unerträglich, ich musste etwas tun. Wachsam und vorsichtig ging ich aus dem Zimmer, blieb vor der Treppe stehen und starrte von Stufe zu Stufe. Nichts. Auf jede Bewegung achtend, begab ich mich zur Küche hinunter, ging durch den Flur, blieb in der Tür stehen.

Die Schlange lag, den Kopf flach auf der Erde, unter dem Tisch.

War sie tot?

Ich wagte ein paar Schritte in den Raum hinein. Sie rührte sich nicht. Ich nahm ein Messer von der Arbeitsfläche und warf es unter den Tisch. Das Messer traf die Schlange, und mir drehte sich der Magen um. Das blanke Metall an der schwarzen Schlangenhaut. Doch die Schlange nahm die Berührung offenbar nicht wahr, sie lag still, tot.

Ich schloss die Tür. Auch die Tür zum Zimmer in der oberen Etage schloss ich hinter mir. Trotzdem fühlte ich mich nicht sicher. Die Furcht fuhr durch meinen Körper wie kalte Schauer, ein Kribbeln in den Füßen, als ich im offenen Fenster saß, gelang es mir nicht, an etwas Anderes zu denken. Ich musste sie loswerden. Irgendwie musste ich die tote Schlange aus dem Haus schaffen, sie weit fortwerfen, die Böschung hinab, dachte ich, vielleicht mit einem Besenstiel, vielleicht konnte ich sie dort hinunterschleudern.

Ich ging wieder nach unten.

Oh mein Gott.

Sie war fort.

Ich warf blitzschnelle Blicke um mich, hielt mich an der Türklinke fest. *Oh, verdammt. Oh, verdammt.* Meine Füße waren auf dem Fußboden, das ging nicht, ich musste auf etwas steigen. Aber wo war das Tier? Nicht auf dem Fußboden. Hinausgekrochen. Im Flur? Nicht im Flur. *Oh, verdammt.* Mit vorsichtigen Schritten ging ich in die Küche. Immer einen Fuß vor den anderen setzend, jederzeit bereit, davonzustürzen. Nächster Fuß. Nichts. Noch ein Schritt. *Wo bist du, du Teufel?*

Dann entdeckte ich sie.

Die Schlange war zwischen die leeren Flaschen an der Tür gekrochen. Sie hing zwischen den Flaschenhälsen. Sie lebte. OH VERDAMMT! Ich wich jäh einen Schritt zurück. Wollte weglaufen, hinausstürzen, hielt aber inne. Sie bewegte sich. Die dünne Schwanzspitze tastete nach einem Halt, während der Kopf sich an einer ganz anderen Stelle ein wenig hob. *Als hätten sie keinen Kontakt.* Ich hätte mich fast übergeben, ging etwas näher heran. Sie züngelte. Und dann zuckte der Körper zusammen, ein plötzliches Aufbäumen, sie fiel auf den Boden, und ich lief so schnell ich konnte zur Tür hinaus, knallte sie hinter mir zu und lief weiter, auf den Hof, zu der gepflasterten Fläche vor der Garage. Dort blieb ich stehen. Dort konnte ich stehen. Wenn eine Schlange näher käme, würde ich sie schon von Weitem sehen.

Ich war fünfzehn und stand in Strümpfen und völlig verängstigt vor dem Haus. So war es. Aber nicht lange. Denn ich begriff natürlich, dass meine Furcht vollkommen irrational war, dass keine Kreuzotter auf der Welt es schaffen würde, durch zwei verschlossene Türen ins Freie zu gelangen, um mir mörderisch hinterherzukriechen. Nach und nach beruhigte ich mich soweit, dass ich mich auf den Mauerrand setzen konnte. Lange blieb ich dort sitzen und schnippte Kieselsteine über die Einfahrt. Ich konnte nicht hineingehen. Das wagte ich nicht. Dennoch war ich ruhig. Ich stand auf, lief umher, öffnete das Garagentor, blieb stehen und sah in die Dunkelheit hinein. Ölige Lappen auf der Steinkante, eine rostige, rote Benzinkanne. Die Reihe mit Werkzeug, Rohrsteckschlüssel, Schraubenschlüssel, mehrere Feilen. Ein Jutesack, über den Holzstapel geworfen. Benzingeruch. Seine Domäne. Ich schlug das Tor wieder zu. Mephisto lag auf der Mauer und streckte sich genüsslich und wälzte sich im Winterfell auf den Rücken. Ich dachte an die Schlange, die durch das Haus kroch. Für sie war es eine neue Welt. Über die Türschwelle, ins Wohnzimmer. Auf die Couch. Zwischen Decke und Matratze. Sie konnte überall sein. Im Badezimmer.

In der Badewanne, hilflos rutscht sie am glatten Rand ab, zischelt. Jemand musste sie hinausschaffen.

Aber das war doch klar.

Ich musste gar nichts tun.

Ich konnte alles sich selbst überlassen.

Das Fieber war gesunken, ich war nicht mehr so heiß, etwas Sonne tat mir gut. Ich öffnete die Haustür und schnappte mir ein Paar Schuhe, eine Jacke, fühlte mich nicht mehr so schlecht, brauchte nur etwas frische Luft, nachdem ich tagelang im Haus gewesen war. Bald würde Vater aus der Schule zurück sein. Auf wackeligen Beinen nach einer guten Woche völliger Bettruhe ging ich in den Wald. Er würde heimkommen, ins Haus gehen. Dass dort eine Schlange war, konnte ich nicht ändern, dachte ich, ging an dem ausgetrockneten Bachlauf entlang und den Hang hinauf, zwischen die licht stehenden Eichen. Es war gut, über die weichen, vermodernden Blätter zu gehen, die feuchte Erde, zu spüren, wie die Sohle einsank. Dann ist er im Haus. Die Schlange liegt unter dem Tisch. Er nimmt sich etwas zu essen. Setzt sich. Wippt er mit dem Fuß?

Ich ging auf den Hang hinaus. Der kurze Spaziergang hatte mich angestrengt. Die Achselhöhlen waren schweißnass. Wenn ich mich bewegte, kitzelten die Kleider unangenehm auf der fieberheißen Haut. Aber hier konnte ich mich setzen. Zu unserem Haus hinunterschauen, das etwa fünfzig Meter unter mir lag, den Blick heben und in die Ferne gehen lassen, der Fluss, der sich wand und im Licht wie Silber schimmerte, breit von geschmolzenem Eiswasser, die Höhen, die sich in Wellen bis zum Meer weit draußen erstreckten.

Eine halbe Stunde vielleicht. Dann würde er da sein. Allein im Haus, unwissend und völlig unvorbereitet. Die Schlange in eine Ecke gedrängt, sie wird angreifen, wenn er so dumm ist, nicht aufzupassen. Ein Rascheln im Schlafzimmer, etwas Schwarzes auf dem weißen Laken. Er ahnt eine Bewegung auf dem Wohnzimmerboden, sieht schnell hin, reißt die Augen auf.

Ich legte mich auf die Seite, stützte den Kopf in die Hand und beobachtete die Ameisen, die in einer langen Reihe an mir vorbeizogen. Der Pfad führte durch Spalten und Mulden in dem großen, grauen Felsen, um mächtige Baumstämme und Wälle aus Fichtennadeln herum und in den feuchten, moosigen Wald. Ich stieß sie leicht an, und die Ameise schlug geduldig einen Bogen um meinen Finger. Eine von ihnen krabbelte an ihm hoch. Ich hielt sie am Hinterleib und sah die zappelnden Beine.

Die explosive Angst der Ameise vor Höhen.

Was geschah jetzt in ihrem winzigen Kopf? Empfand sie Freude und Erleichterung, wenn sie endlich wieder festen Boden unter den Füßen hatte und auf dem harten Felsen davonlaufen konnte?

Was für ein Erlebnis war es für sie, so hochgehoben zu werden von diesem Unverständlichen, das manchmal im Weg der Ameise auftaucht, diesen Stämmen aus Fleisch und Blut, was für ein Sog, was für eine Geschichte. *Also, plötzlich schwebte ich ganz hoch über der Erde, einfach so! Ich konnte mich nicht bewegen. Es klemmte mich fest. Hätte ich nur nicht solche Angst gehabt. Denn auf einmal sah ich die Welt, versteht ihr? Nicht nur als Fels und Erde und Gras und Pflanzen, mit jeder Menge Hindernissen überall, nein, ich bekam eine Art mystischen Überblick; sie erstreckte sich unendlich weit in alle Richtungen, und alles lag vollkommen offen, das hättest du sehen sollen! Das lässt sich einfach nicht beschreiben. Es war schwindelerregend. Und dann, genauso plötzlich, war ich wieder auf der Erde. Ich lief und lief, minutenlang, bis ich zur Besinnung kam. Es lässt sich mit nichts Anderem vergleichen. Es gibt mehr, als ihr hier glaubt! Es gibt nicht nur Sandkörner und Steinchen und Fichtennadeln und Gras und Zweige, Erde und Felsen, es gibt mehr! Wir sind nicht allein. Es gibt Andere. Nicht nur Käfer und Schnecken und Spinnen und Ameisen. Da draußen. Da ist Leben. Ich sag's euch.*

Nach diesem Erlebnis wirkt das alltägliche Dasein läppisch,

dieses Gewimmel vor dem Ameisenhaufen, die ganze Schlepperei von Nahrung, das ganze System mit Königin, Arbeiterinnen und Soldaten erscheint ihr sinnlos, und so zieht sie in den Wald und lässt sich alleine nieder, tut nur das, was sie tun muss, sammelt etwas Futter und denkt ansonsten darüber nach, was sie da eigentlich erlebt hat. Welche Erkenntnis sie in einem flüchtigen Blick gewonnen hat. Was sie den Anderen gegenüber das Heilige genannt hat. Denn mehrere folgten ihr. Da draußen entstand eine richtige kleine Kolonie, im Wald, von gläubigen Ameisen. Sie warteten darauf, geholt zu werden. Sie warteten auf ein Eingreifen. Sie wollten hochgehoben werden. Die Grenzen der Welt verschwinden sehen.

Ein Schauer durchlief mich, selbst dort, in der warmen Sonne. Ich legte die Hand an die Stirn. Sie schien heiß zu sein. Ich musste mich kurz hinlegen. Wie lange würde er wohl noch auf der Arbeit sein?

WAS MACHE ICH HIER EIGENTLICH?

Rasch stand ich auf. Ich muss hinuntergehen, bevor er kommt, muss ihm Bescheid sagen. Mein Gott. Was habe ich mir dabei nur gedacht. *Nein, nein, nein.*

Aber es war zu spät. Ich hörte das Brummen eines Autos, es folgte den Windungen der Straße, gedämpft von den Felsdurchbrüchen, den Bäumen, erreichte den Hügel vor dem Haus, wo das Motorengeräusch auf einmal lauter wurde, als hätte ein harter Windstoß es zu mir hochgehoben.

Er war es. Der rote Ascona sauste den Anstieg hinauf, bog ein und hielt direkt vor der Garage. Vater stieg aus, eine kleine Gestalt dort unten, nicht größer als der Zweig, den ich in der Hand hielt. Er knallte das Garagentor zu und lief schnell zum Haus.

Jetzt war er drinnen.

Lange saß ich da und starrte auf das Haus unter mir. Eine Stunde vielleicht. Als ich mich schließlich dazu durchrang hinunterzugehen, waren meine Glieder steif und der Körper kalt. Was passiert ist, ist passiert, dachte ich vor der Tür stehend.

Vorsichtig öffnete ich sie. Blieb im Flur stehen, lauschte. Nichts. Kein Mucks. Ich streifte die Schuhe ab. Es klirrte auf einem Teller.

Er lebte.

Ich hängte die Jacke an den Haken.

»Henrik, bist du das?«

»Ja.«

Ich stand im Flur. Die Geräusche ließen mich verstehen, dass er aufräumte. Ich musste hineingehen.

Als er mich sah, richtete er sich auf.

»Ich war nur ein bisschen draußen«, sagte ich.

Er sah mich an. Er war nicht wütend. Seine Augen wirkten verwundert, fragend, als würde er dem, was er sah, nicht recht trauen.

»Im Wald. Mit geht es etwas besser«, sagte ich und eilte die Treppe hinauf und in mein Zimmer. Das T-Shirt war nassgeschwitzt. Ich legte mich ins Bett, rieb den Kopf am Kissen. Er hat etwas über mich erfahren, dachte ich, *ist sich aber nicht sicher*. Mit einem solchen Blick hatte er mich angesehen. Erstaunt. Ihm war etwas klar geworden, aber er war sich nicht sicher. Deshalb diese schwache Spur von Verwunderung in seinem kalten, blauen Blick. *Wolltest du mir so etwas antun?*

»Was du so alles treibst, wenn du allein bist, Mieze«, sagte ich und streichelte die schwarze Katze, die auf meinem Schoß lag und im Schlaf leise schnurrte.

Ich erfuhr nie, was passiert war. Er erwähnte es mit keinem Wort. Aber an den Blick erinnere ich mich. Er war eine Art Einladung. Nicht von ihm an mich, sondern umgekehrt, von mir an ihn. Aber das war schnell vergessen. Gestern Abend schien es, als wäre er vorbereitet gewesen. Mein Gott, er sieht seinen Sohn einen halben Meter vor sich stehen, durch die Dunkelheit schleichend, während er pinkelt, und dann ist in seinen Augen nicht einmal ein Hauch von Überraschung zu erkennen.

»Uns Kreuzottern ins Haus zu holen«, sage ich.

Sie schnurrt nur. Schläft, als gäbe es keinerlei Gefahren auf der Welt. So unbekümmert ist sie jedoch nicht immer gewesen. Jedenfalls nicht damals, als Vater ihren ganzen Wurf ertränken musste. Ihm muss davor gegraut haben, es wurde immer wieder verschoben, aber irgendwann musste er es tun. Da waren sie schon zu groß, sie wehrten sich, er hielt sie in einem Plastikeimer in der Garage unter Wasser, spürte sie in seinem Griff zappeln, erschlaffen. Anschließend tauchte er sie in Benzin und zündete sie an. Puff. Ein Scheiterhaufen aus Katzenjungen. Der Gestank verbreitete sich auf dem ganzen Grundstück. *Was in aller Welt tust du denn da?*, fragte Mutter, *verbrennst du sie?*

Zwei Tage lief die Katze herum und rief nach ihren Jungen. Es war Sehnsucht, es war Verlust. Ein Trauergesang, von überall her, in allen Zimmern, aus allen möglichen Verstecken. Wieder und wieder, die ganze Nacht. In meinem Zimmer, in meinem Schrank, sogar in meiner Schultasche suchte sie, stand auf zwei Beinen und starrte hinein.

»Hast du das mittlerweile vergessen«, sage ich und streichele sie. Erst schlüpfen sie aus ihr heraus, eines Tages hat sie Schmerzen, sucht Zuflucht in der Abstellkammer und ist nicht im Mindesten erstaunt, obwohl es das erste Mal ist. Sie leckt die Kleinen sauber, sie kriechen um sie herum, blinde, glatte Tierchen, hinausgepresst. Die schnellen Herzen der Katzenjungen. Sie sehen nichts, und sie wissen nichts. Vor ein paar Tagen gab es dich noch nicht, jetzt bist du hier. Du krabbelst und kriechst zu den Zitzen, spürst etwas Warmes, Weiches, daran hältst du dich. Und wenn die Augen ein paar Tage später aufgehen, was siehst du dann? Was siehst du, wenn du die Welt zum ersten Mal siehst?

Dinge! Dinge! Dinge!

Okay, was haben wir hier? Das Warme, Weiche, das sich ab und zu bewegt, das ab und zu fort ist, aber immer wieder zurückkommt und schnurrt. Prr prr prr. Eine Menge wimmelnder kleiner Tiere, die dich wegschubsen, wenn du versuchst, etwas zu saugen. Ereignisse. Eine Wand, ein Fußboden, ein Dach. Dann, nach etwa einer Woche, in diesem Korb, mühst du dich über den Rand, um herumzulaufen, mit den Anderen zu raufen, mit Fäden zu spielen, die plötzlich über deinen Kopf schießen, einer kleinen Kugel, die vorbeirollt. Wie sehr dich das irritiert! Du bekommst sie nie zu fassen, diese Schnur, sie tanzt über deinem Kopf, du springst und schlägst mit der Pfote danach, ohne Erfolg. Aber jetzt. Jetzt holst du sie dir. In voller Fahrt. So schnell du kannst. Laufen, laufen, laufen! Und wirst jäh gestoppt. Im vollen Lauf schlägst du mit dem Kopf gegen die Wand. Ein plötzlicher Knall im Schädel. Alles schwarz. Du schüttelst dich, schnell hin und zurück. Hörst du das Gelächter? *Hahaha!*, direkt über dir. *Dumme Katze!* Und dann ist die Schnur wieder da. Aber jetzt. Du und sie. Schnell hinterher.

»Erinnerst du dich?«, sage ich und schmunzele bei dem Gedanken. Dann höre ich das Auto. Sehe auf die Uhr. Etwas mehr als zwei Stunden ist er fort gewesen. Ein kurzer Ausflug in die Stadt war das.

»Tut mir leid«, sage ich und richte mich auf, hebe Mephisto von mir herunter.

Sie geht auf den Rasen und beginnt, sich leicht beleidigt das Fell zu lecken. Ich eile ins Haus, nehme eines der Bücher aus dem Regal im Wohnzimmer und setze mich auf die Terrasse, als der Wagen die Auffahrt heraufkommt und in die Garage biegt, deren Tor kurz danach zufällt. Ich schlage willkürlich das Buch auf. Kann nicht hören, dass die Haustür geöffnet wird.

Vater ist auf dem Weg um das Haus herum.

Meine Augen gleiten über die Zeilen. Ich merke, dass er über den Rasen geht, einen Meter vor mir stehenbleibt.

»Da bist du«, sagt er.

Seiner Stimme höre ich an, dass er nur so strotzt vor Energie, er hat jetzt mehr davon, als er für sich benötigt, hat die Kraft, nicht alles so eng zu sehen.

»Was liest du?«

Das weiß ich nicht. Das Buch zu drehen, um nachzusehen, geht nicht, deshalb bleibe ich stumm.

Er drückt eine Hand vorsichtig gegen seine Haare an der Schläfe, wie er es häufig tut, macht die vier Schritte, die erforderlich sind, um direkt vor mir zu stehen.

»Hast du deine Mutter heute angerufen?«

Ich blicke auf. Er hat jetzt beide Hände in den Hosentaschen, ist rein zufällig stehengeblieben, führt ein zufälliges Gespräch mit seinem Sohn.

»Nein, habe ich nicht.«

Er zieht die Hose über den Knien ein wenig hoch, ehe er sich neben mich setzt. Leicht und lächelnd. Im Moment ist er mir wohlgesonnen. Der Stoff seiner Jacke berührt meinen Arm. Mephisto hat aufgehört, sich zu lecken, sitzt still und starrt uns an. Sie sieht ihre Familie, einen Vater, einen Sohn. Der Sohn liest, seine Augen springen von Zeile zu Zeile, der Vater schaut auf die Landschaft hinaus. Den Fluss, das flache Ufer. Er will jetzt gut zu mir sein, weiß aber nicht, wie er das anstellen soll. Deshalb sitzt er neben mir, denkt darüber nach, starrt Löcher in die Luft. Er ist zurückgewiesen worden. Das ist ein Problem. Er weiß nicht, dass mir flau im Magen ist, als er ein wenig rückt. Weil er neben mir sitzt. Das weiß er nicht. Dass ich lese und lese und gleichzeitig versuche, es aufzuhalten, ehe es sich löst und mich übermannt. Dass ich denke: *Sieh mich nicht an, das ertrage ich nicht, Papa, nicht.*

»Wir müssen uns unterhalten«, sagt er.

Ich blättere um.

»Und worüber?«, erwidere ich gleichgültig.

»Das läuft hier ja nicht besonders gut.«

»Was?«

»Das hier.«

Er lässt die Hand durch die Luft fahren. Mephisto putzt sich wieder, leckt ihre Pfote und reibt sie mit kurzen Bewegungen an der Stirn.

»Nein.«

»Ich möchte dir etwas vorschlagen.«

Ich sage nichts, sehe nichts, warte.

»Dass du umziehst.«

Er blickt in die Ferne.

»Ich glaube, das ist das Beste für uns beide. Du kannst in Großmutter und Großvaters zweitem Haus in der Mansarde wohnen. Sie steht im Moment leer.«

»Und du wohnst dann hier?«, frage ich und sehe ihn an.

Er lächelt. Seine Augen leuchten.

»Ja. Ist das nicht die beste Lösung?«

»Und für wie lange?«

»Was?«

»Für wie lange?«

»Bis deine Mutter zurückkommt. Drei Monate. Ist das nicht eine gute Idee, Henrik. Da bist du ganz für dich.«

Ich erwidere nichts.

»Und du kannst zu Fuß zur Schule gehen.«

Es entsteht eine Pause. Vater schaut weiter auf den Fluss, schweigt. Dann wendet er sich mir zu.

»Was hältst du davon?«

Er fuhr mich noch am selben Abend hinunter. Mit zwei Kartons im Kofferraum fuhren wir in die Stadt, ohne auf der Fahrt auch nur ein einziges Wort zu sprechen. Ein Kassettenrekorder, ein paar Kassetten, ein paar Bücher, meine Schulsachen, Kleider, Schuhe. Ich würde umziehen. Wir trugen die Kartons in die Mansarde hinauf und stellten sie an der Wand ab. Die Glühbirne in der Deckenlampe war kaputt, stellten wir fest, er schraubte eine im Erdgeschoss heraus und setzte sie ein, ich sah ihm vom Bett aus bei der Arbeit zu. Er stand im Raum, strich sich, leicht außer Atem, mit einer Hand durchs Haar.

»Dann gehe ich mal. Es wird dir hier gefallen. Ich komme bald wieder vorbei, um zu gucken, wie es dir geht.«

Ich nickte. Er machte einen Schritt auf mich zu und legte die Hand auf meine Schulter.

»In Ordnung?«

Ich musste wegsehen.

Er legte seine Hand auf meine Schulter, es war eine recht kurze Berührung, drehte sich um und ging.

Ich legte mich zurück. Ich starrte an die Decke. Ich hatte Tränen in den Augen. Ich stand auf und ging zum Fenster. Eine neue Aussicht, ein neuer Garten, eine neue Straße. Es war ein klarer Abend, kein Nebel zog in diese Dunkelheit. Ich schüttelte den Kopf. Jetzt musste ich mich dagegenstemmen. *Wann werde ich endlich lernen, mich dagegen zu stemmen.* Denn so einfach darf es nicht sein. Er darf nicht einfach seine Hand auf meine Schulter legen dürfen. Das reicht nicht. Trotzdem fühlt es sich so an. Wenn er mir so seine Hand auflegt, sagt er, *Du bist mein Sohn.* Wenn ich voller Gefühle für ihn bin, sage ich, *Du bist mein Vater.* Aber ich will das nicht. Ich will nicht in dir sein. Und ich will dich nicht in mir haben. Keine Zärtlichkeit. Keine Zärtlichkeit. Nur Strenge.

Das dachte ich, den Arm auf dem Fenster, den Kopf gesenkt. Stimmen zogen vorüber. Eine Abkürzung ins Zentrum führte dort entlang, an den Wochenenden liefen ständig Leute vorbei, Menschen, die ihre Stimmen erhoben, die riefen und lachten und sich manchmal auch stritten, sich nach einem Abend in der Stadt wüste Anschuldigungen an den Kopf warfen, sie gegen ihn, Worte, die sie insgeheim gedacht hatte, aber niemals hatte aussprechen wollen, erst recht nicht hier, auf offener Bühne. *Nicht einmal hast du gesagt, dass du mich liebst. Kein einziges verdammtes Mal in zwei Jahren!* Schreie und Tränen. Was für ein Theater. Du Armer. Sonntags ging es ruhiger zu, da spazierten sie gemütlich vorbei, ließen vielleicht einen Kommentar zu den Schiffen fallen, die am Kai lagen, über das alte pittoreske Kapitänshaus. Unter der Woche gingen Schüler vorbei, Gymnasiasten. Morgens in die eine Richtung, nachmittags in die andere. Dazwischen schlug die Stunde der Rentner, die ihren Verwandten gern erzählten, sie seien noch in so guter Verfassung, weil sie jeden Tag spazieren gingen. So stolz, diese Alten, auf ihr bedeutungsloses Dasein. Was ist irritierender, als die gekrümmten Rentner am Morgen vor dem Einkaufszentrum Schlange stehen zu sehen, eine halbe Stunde, bevor es öffnet? Wie verzweifelt sie sind. Und der ganzen Welt ist klar, dass ihr Dasein erbärmlich ist, denn sie stehen früh auf und schleppen sich auf ihren gebrechlichen Beinen dorthin, um sich anzustellen. Und worauf warten sie so geduldig? Nicht auf einen Ausverkauf mit sensationellen Preisnachlässen, nicht auf Karten für das Konzert eines brillanten Pianisten mit dem Symphonieorchester der Stadt, nicht auf die neue Kunstausstellung, über die alle kulturinteressierten Bürger sprechen, oder die Theatervorstellung, die in der Zeitung neulich eine so gute Kritik bekommen hat, ebenso wenig stehen sie dort in Erwartung ihres heißgeliebten und deutlich überbewerteten, oftmals wirr faselnden Königs, der ein Altenheim oder einen neuen Tunnel einweihen soll, nein, sie warten und warten darauf, in das Café der Einkaufsmeile gelassen zu werden! Es ist ganzjährig zwölf Stunden am Tag geöffnet, und es gibt immer Plätze für alle. Aber sie stehen Schlange. Auf diese Weise zeigen sie aller Welt, was für ein Leben sie führen, denn das ist der Höhepunkt, dieses lächerliche Café mit seinen Plastikblumen und dem bitteren Kaffee, das gibt ihrem Tag einen Sinn. *Sie können nicht warten.* Sie stellen sich eine Stunde vor Öffnung der Eingangstüren an. *Sie haben keine Kontrolle über sich.* Gierig schieben sie sich hinein. Die Hände alter Frauen in raschen Bewegungen auf dem Schoß: Ein Krümel soll weg. Die Alte auf der anderen Seite des Tischs leckt sich die Lippen, jetzt dreht sie sich eine Zigarette. Jetzt reden sie über irgendetwas, das sie sehen. Und danach werden sie still, trinken Kaffee, seufzen. *Ja, ja.* Dann sprechen sie über Krankheiten und die Aufenthalte ihrer Freundinnen im Zentralkrankenhaus und in der Strahlentherapie, über Röntgenbilder, Mammografien,

Blutproben. Zu hoch, zu niedrig, zu viel. Mit etwas Glück leiden sie selbst an etwas, ein schmerzendes Handgelenk, könnte es gebrochen sein? Ein übler Husten. Nimmst du etwas dagegen? Ach, weißt du … Die Nieren schwächeln anscheinend, die eine Seite tut weh. Er glaubt, dass ich ins Krankenhaus muss. Das musst du wohl, ja. *Ja, ja.*

Bei allen anderen Tierarten sterben die Alten von selbst, das ist natürlich und würdevoll. Bei uns klammern sie sich ans Leben, an das Stadtleben, sie gehen zum Friseur und bekommen eine Dauerwelle und färben sich die Haare, sie ziehen Ohrringe an, sie schminken sich, sie parfümieren sich. Für wen? Für was. Sie sind doch nicht mehr aktiv, sie sind unbrauchbar. Sie wollen so gern sein wie wir. Aber ihr Rouge ist wie eingetrocknete Röte. Ihr Parfüm ist bloß widerwärtig, denn der Duft ist anziehend, aber ihre Körper sind abstoßend. Was treibt diese Frauen an, die Augenbrauen nachzuziehen, obwohl sie keine Augenbrauen mehr haben? Sie wollen nicht sterben, reden aber dennoch frohgemut mit jedem, der es hören will, über ihre verfallenden Körper, sie drängen uns ihren Verfall auf und sind zufrieden damit. Woran denken sie, wenn sie auf der Straße vorbeischlurfen? Geht alles langsamer, auch das Denken? Ist es an die wachsende Trägheit der Bewegungen angepasst? Die Beschlüsse. Hebe den linken Arm. Und die Nachricht schießt durch die Nervenbahnen zu den entsprechenden Muskeln, schnell wie der Blitz, in Lichtgeschwindigkeit, so wie es seit achtzig Jahren geschehen ist. *Aber he, warte mal. Warte mal kurz. Doch, doch, noch einen Moment. Wir haben hier einen ziemlich großen Andrang. Okay. Jetzt bist du an der Reihe. Nun komm. Alles ist bereit. Komm schon.* Und daraufhin wird diese langsame Hand gehoben, und dann winkt sie sachte hin und her, ihre Tochter und die beiden Enkelkinder grüßend, macht's gut, sagt sie, als die drei sich in das Auto setzen, das im Schatten der alten Eiche auf dem Hof steht. Sie will schon ins Haus zurückkehren, als sie sich einer Eingebung folgend noch einmal umdreht und sieht, dass der eine der beiden Jungen etwas zum anderen sagt, ihre lachenden Gesichter. Sie weiß, dass die zwei über sie lachen. Weil sie die beiden verwechselt hat. Sie saß in der Küche mit dem jüngeren zusammen, den sie zunächst für den älteren gehalten hat. Sie hatte ihn gefragt, wie es in der Schule war, ging er in die achte Klasse? Und würde er im Frühjahr nicht zur Konfirmation gehen? Das hatte sie gesagt, und er hatte genickt, ja, er werde zur Konfirmation gehen, darauf freue er sich. Und dann wurde es still. Sie begriff, dass er intensiv nachdachte, und dadurch erkannte sie, dass er der jüngere war, der in seinem Kopf jetzt möglichst schnell alles umkrempeln musste, was er ihr hatte sagen wollen, seiner Großmutter, seine für andere ein wenig unangenehme Angeberei. Jetzt dachte er, dass alles, was er hatte erzählen wollen, zur Welt seines Bruders, des Konfirmanden, passen musste, bekam es aber nicht richtig hin, denn er sagte: *Und was ist mit dir, Großmutter, Mama hat gesagt, dass du krank warst, aber du siehst gar nicht so krank aus*, und sie erkannte, dass sie den jüngeren als den älteren bezeichnet hatte, und nun war es zu spät, sie hatten so lange geredet, und er hatte sich nichts anmerken lassen, und sie konnte sich nicht dazu durchringen, das Missverständnis zuzugeben, auch er tat das nicht, sie ließen sich nichts anmerken. Irgendwann saßen sie dort, die Großmutter und das Enkelkind, es hatte ein Missverständnis gegeben, und sie wussten sich nicht anders zu helfen, als sich nichts anmerken zu lassen. Das ist jetzt viele Jahre her. Immer älter wird sie, immer langsamer geht alles. Wie abgekühlte Moleküle immer langsamer schweben, sich stetig einem Nullpunkt nähern, der endgültigen Regungslosigkeit. Ihr Radius verkleinert sich. Sie ist nicht mehr in der Lage, sich mehr als einen, vielleicht auch zwei Kilometer, höchstens, von ihrem Haus zu entfernen. Langsame Schritte, langsame Bewegungen. Schlurfend. Mühsam. Zum Nachbarn, zum Geschäft, zum Briefkasten. Eines Tages schafft sie selbst das nicht mehr. Sie muss im Haus bleiben, sie muss sich mit den Zimmern ihres Hauses begnügen. Und dann schafft sie auch das nicht mehr. Eines Tages muss sie im Bett bleiben. Ihr Radius beträgt vierzig Zentimeter. Sich auf die Seite drehen, eine verschwitzte Stirn abwischen, klamm und kalt, immer kleinere Bewegungen, eines Tages ist nur noch in ihren Augen Leben, den freundlichen Augen, die dich anlächeln, bis sie schließlich brechen, auch die Augen brechen, am Ende liegen sie regungslos in den Augenhöhlen, sie ist tot. Das Gehirn ist erloschen, das Herz schlägt nicht mehr. Zum ersten Mal, seit es achtzig Jahre zuvor entstand, schlägt es nicht mehr. Jede Bewegung hört auf. Das Blut fließt nicht mehr, das Blut gerinnt, trocknet in den Adern ein. Und dann wird das Herz verwesen. Genau wie das Gehirn. Aber was macht das schon? Vom Gehirn werden keine Signale mehr in die Verästelungen der Nerven gesandt. Die Lungenflügel werden geleert, die Därme auch, es ist ein Ausstoßen, eine allerletzte Handlung. Als wollte der Körper sich so reinigen. Sich bereit machen. Der Körper ist zu einem Ort geworden. Platz des Herzens, Platz des Gehirns, Platz der Nieren, Platz der Leber. Für ein paar Tage ist der Körper ein Ort, ohne sich seiner selbst bewusst zu sein, und ohne Leben. Achtzig Jahre lang hat sich alles in ihm bewegt, Flüssigkeiten oszillierten, Muskeln pulsierten, alle Organe waren glatt und schlüpfrig, niemals hat ein Auge sie gesehen. In ihrer feuchtwarmen Dunkelheit ziehen sie sich zusammen und weiten sich aus. Blinde Bewegungen in nassen Hohlräumen, ungeplanten Systemen. Alles gleitet, alles läuft, bis jetzt, da das ganze System zusammengebrochen ist, da sich jedes Teil abkühlt, erstarrt, im Ort des Körpers. Dann setzt die Verwesung ein. Die Leber verwest, der Lungenflügel verwest, das Gehirn verwest wie irgendein Stück Fleisch, dessen Mindesthaltbarkeitsdatum überschritten ist: Schimmel, Pilzbefall, Fäulnis, und sie löst sich auf, sie verschwindet, der Ort, der sie war, verschwindet, nun ist sie Erde, Erde.

Irgendwann rief sie, angetrieben von einem plötzlichen Verfolgungswahn, ihre Tochter in Südnorwegen an. Bei ihrer Tochter schneite es. Sie sprach mit ihrer Mutter und beruhigte sie, während die großen weißen und trockenen Schneeflocken aus dem grauverhangenen Himmel fielen. *Ihr redet über mich*, sagte die Mutter, *ihr zwinkert euch zu und grinst, wenn ich da bin*, sagte sie, *ihr denkt, ich bin senil, und ihr hetzt alle anderen gegen mich auf*, sagte sie, und ihre Tochter entgegnete, *Nein, das stimmt nicht, das stimmt doch nicht, Mama, das passiert nur in deinem Kopf, nicht in der Wirklichkeit, so ist es hier nicht*, sagt sie, geistesabwesend, denn es schneite und schneite aus dem grauen Himmel, der jede Aussicht verschloss, *Und jemand bestiehlt mich*, sagt sie, *die Uhr deines Vaters ist fort, genau wie seine Bücher*, und die Tochter hält den Hörer etwas vom Mund weg, um zu seufzen, die Stimme spricht immer weiter, denn sie ist einsam da oben und grübelt zu viel, denkt die Tochter, als sie am Abend an einer Tankstelle hält, um Zigaretten und Süßigkeiten zu kaufen, *Werde ich irgendwann auch so?* Sie parkt, öffnet die Tür und betritt die klar strukturierten und leuchtenden Flächen der Tankstelle. Neon, rot, gelb. Fossiler Brennstoff, organische Energie, komprimiertes Leben, verkauft und verbrannt und für Geschwindigkeit benutzt, immer höhere Geschwindigkeiten auf einer Straße in der Nacht. Mein Vater, der Fahrer. Handschuhe, Rennfahrerbrille, ein Helm aus Leder. Ein Schal flattert hinter ihm her, er lächelt seiner Beifahrerin zu, einer jungen Frau. *Bugatti, Aston Martin. Jaguar. Lamborghini, Rover, Rolls Royce*. Flugzeuge, die flach über der Ebene heranfliegen und dann senkrecht aufsteigen, zu einem Looping, den Zuschauern stockt der Atem. Die Geschwindigkeit ist in die Welt gekommen. In Nevada explodiert ein Himmel. Mach 1. Mach 2. Mach 3. Die Schwerkraft presst dich mit gewaltiger Wucht in den Sitz. Kein Mensch hat das je zuvor gefühlt. Sie schwächt dich, du kannst die Hand nicht heben, dich nicht bewegen, nicht denken. Diese Kraft hat Macht über dich, aber mit Hilfe von Metall, Motor und Treibstoff wird sie bezwungen, und siehe! Die Kraft lässt dich los, du bist außerhalb der

Atmosphäre und hast nirgendwo mehr Halt. Das ist der Preis. Die Technik hat uns die Geschwindigkeit geschenkt, und die Geschwindigkeit überwindet die Schwerkraft, wir werden in den Weltraum geschleudert und sind leicht wie ein Traum von Luft. Hier draußen währen wir ewig. Du stirbst, aber was soll man mit deiner Leiche machen? Eine Luke öffnet sich, man erweist dir die letzte Ehre und lässt deinen Körper fahren, du fällst ins Weltall hinaus, eine ewig konservierte Leiche, auf ewig dazu verdammt zu schweben, nirgendwo befestigt und mit der immer gleichen, dämlichen Grimasse im Gesicht. Ein Engel der Dummheit. Für alle Zeit wirst du in diesem dunklen, leeren Nichts treiben, weiter und weiter hinaus, tot, aber intakt, ein Bote aus einem anderen Sonnensystem, bis der Muskel des Universums sich zusammenzieht und alles, was ist, heimruft, ein äußerst langsames Manöver, und du, mein starrer, schwebender Freund, bist ein niederes Wesen aus den Anfängen des Universums, das Zeugnis einer sehr primitiven Zivilisation, von Krieg und Religion, von grenzenloser Dummheit. *Der Engel der Dummheit.* Dein simpler Gott zerrt an dir, du lauschst blind und ohne Leben, die letzte Stunde ist gekommen, wird kommen, aber nicht für uns, nicht für dich, alte Frau, kommt überhaupt nicht in Frage. Ich zerbrösele dich zwischen den Fingern wie fette und feuchte Muttererde, ich wasche dich von mir wie Dreck, ich fege dich auf wie Staub, ich verstreue dich im Wind.

Ich richtete mich auf. Wischte mit dem Ärmel meines Pullovers die Tränen fort, verfluchte meine Schwäche, dass es für Vater so leicht war, an mich heranzukommen, dass ich nicht in der Lage war, ihn auszusperren. Wenigstens bin ich allein, dachte ich. Endlich. Noch war mir nicht ganz klar, was das bedeutete, dass er mich dort abgesetzt hatte. Aber ich ahnte es. Das Gefühl, aufzuwachen und ganz allein im Haus zu sein. Wenn ich die Treppe hinunterging und in die Küche kam, würde dort niemand sein. Das Wohnzimmer war leer, der Flur war leer, das

Bad war leer, und der Keller war leer. Während ich hier stand. Wenn ich hinausging, würde auch dieser Raum leer sein. Und in Gedanken füllte ich Zimmer auf Zimmer, verließ das eine, füllte das andere. Ich sah mich im Erdgeschoss umhergehen, Dinge betrachten, die fremden Gerüche in dem alten Haus meiner Großeltern wahrnehmen, die Teller des Services umdrehen und lesen, woher sie kamen und wann sie hergestellt wurden, mich auf den Fußboden des Dachbodens setzen und einen der Kartons dort öffnen, eine der alten Tischdecken herausholen, oder ein Foto oder eines der vielen Souvenirs meines Urgroßvaters aus tristen Häfen in aller Welt, die er einst für seine Tochter Else, meine Großmutter, gekauft hatte.

Auf dem Dachboden hing nach wie vor ein schwacher, süßlicher Duft von faulenden Äpfeln in der Luft. Diesen Geruch wurden sie nicht mehr los. Nach dem Tod meiner Urgroßmutter blieben die Kisten mit Äpfeln, Birnen und Pflaumen ein ganzes Jahr auf dem Dachboden und verfaulten. Else ließ alles so, wie es war. Sie brachte ihren Mann Kristian dazu, sämtliche praktischen Belange rund um die Beerdigung zu regeln. Er schloss das Haus ab, nachdem Marie Andersens Leiche hinausgetragen worden war, ein Schlüssel, der sich in Elses Obhut befand, die sich trotz der ständigen Aufforderungen ihres Mannes weigerte, ihn zu benutzen. Er war ja bei der Bank! Wahrscheinlich sah er das viele Geld vor sich, das ihm durch die Finger rann, sie könnten es vermieten, versuchte er vorzuschlagen, *Nein!*, sagte sie, sie könnten es verkaufen, sie brauchten das Geld, *Nein!*, sagte sie. Geld, Geld. Mit jedem neuen Tag verlor er Geld, mag er gedacht haben, denn sie hatte ihnen nichts Anderes hinterlassen als dieses Haus, und seine Frau weigerte sich, es zu verkaufen, weigerte sich, es zu vermieten. Und die Früchte verfaulten. Der Dunst verbreitete sich auf dem Dachboden und die Treppe hinab, sickerte in die restlichen Zimmer des Hauses. Die alte Frau hatte einen Vorrat angelegt, ein Depot, sie hamsterte, sie hortete Lebensmittel aller Art und räumte das Ganze auf den

Dachboden. Nicht in den Keller, wo es wenigstens kühl gewesen wäre, sondern auf den Dachboden, wo es warm war und die Lebensmittel im Laufe weniger Tage verdarben, das Obst im Laufe von Monaten. Sie folgte ihrer eigenen Logik, nach der dieser Dachboden dafür zweifellos am besten geeignet war.

In den letzten Jahren aß sie so gut wie nichts. Keiner hatte jemals gesehen, dass sie andere Nährstoffe zu sich nahm als die Sahne, die sie in den Kaffee gab. Während das Lager immer voller wurde, verschrumpelte die alte Frau, sie magerte immer mehr ab, ging hager und vertrocknet durch das Wohnzimmer unter dem sich biegenden Dachboden. So dachte sie an ihn, dass er sich bog, obwohl er sich in Wahrheit nur in ihren Gedanken bog. Ihre Senilität war selektiv und trieb sie an, zu hamstern und ihrem Schwiegersohn sämtliche Waren anzuvertrauen, die sie im Laufe der Woche eingekauft hatte, *Die Sachen müssen ins Lager*. In ihrem Kopf wuchsen die Lebensmittel zu einem Berg an, zu einem Fest, und das schenkte ihr Frieden, der Gedanke, dass sie gerettet war, für alle Eventualitäten vorgesorgt hatte: Sicherheit. Aber ihr Schwiegersohn stapelte natürlich nicht all diese Koteletts und Schweinebraten, Steaks und Lammkeulen und Schinken auf dem Dachboden, all dieses Fleisch, all dieses Gemüse, das wäre ja irre gewesen, stattdessen nahm er es mit, legte es in seine eigene moderne Gefriertruhe, natürlich tat er das, wenn es ums Essen ging, war seine Schwiegermutter ein bisschen plemplem, hatte sie eine Schraube locker, es war besser so. Wenn sie in ihrem dunklen Wohnzimmer vor sich hin brütete, so hager und ausgemergelt, dass alle Gliedmaßen vergrößert und verlängert erschienen, wenn alles an ihr hervorstach, herausragte, die Hüftknochen, das Schlüsselbein, die Wirbelsäule, die Fingerknöchel, dann lächelte sie manchmal mit ihren trockenen Lippen bei dem Gedanken an den Überfluss auf ihrem Dachboden. In Gedanken bereitete sie die opulentesten und raffiniertesten Gerichte zu. Die herrlichsten Düfte zogen durch ihren Kopf. Auf dem Tisch stand das feinste Porzellan;

Terrinen, Teller, Servierplatten, cremefarben und hellgrün, geschliffene Gläser im Empirestil mit viereckigen Füßen, ihr Silberbesteck, die schönen Besteckhalter aus Kristallglas, eine Vase mit frischen roten Rosen, eine Karaffe voller Wein, eine Tischdecke aus Damast. Was sollte man als Vorspeise servieren? Ein Paté von Geflügelleber vielleicht, und als Hauptgericht Filet Wellington, oder auch Fasan. Wild? Geflügel? Schneehühner? Wachteln. Alle Zutaten kommen aus dem Wald, das soll das Thema sein. Ein Waldessen mit Wild. Blutiges Hirschfleisch. Waldpilze, Pfifferlinge, Wacholderbeeren, und die Platten mit Wacholderzweigen geschmückt, zum Dessert Moltebeeren, Heidelbeeren, Himbeeren. Brombeeren in Schüsseln auf dem Tisch, denkt sie, Schlagsahne. Mmm! Und dann sieht sie ihre Gäste vor sich. Alle, die in diesem Haus verkehrten, als ihr Vater noch darin wohnte. Die gut gekleideten, heiteren Männer, ihre jungen Ehefrauen. Sie sitzen am Tisch. Es ist warm, der herabgesenkte Kronleuchter glitzert und blinkt in den Gläsern, in den Schüsseln, in lächelnden Augen, in Perlen- und Uhrketten, goldenen Armbändern. Ein Herbstabend. Sie hat den ganzen Tag in der Küche gestanden, und nun wird das Essen dampfend hinausgetragen, Platte für Platte mit den dunkelgrünen Farben des Waldes als Kontrast zum hellroten, fast rosa Fleisch, zu der satten, rotschwarzen Farbe, die in den Gläsern aufsteigt, wenn der Wein eingeschenkt wird. Rot und Grün. Was für Farben! Und der Mann, den sie hätte heiraten sollen, heißt alle willkommen, geistreich und mit dem ihm eigenen Esprit, sie lachen, alle unterhalten sich. Cognac, Zigarren. Eine beherrschte Ausgelassenheit, und dann zieht man die Uhr aus der Westentasche, es ist spät, danke für diesen Abend, sehr nett, sehr nett, die Stimmen und Schritte verklingen, der Motorenlärm verschwindet, sie sind allein, *Meine geliebte Marie.*

So saß sie dort brütend, eine hagere und abgezehrte Greisin, in ihrem Sessel vor und zurück schaukelnd. Sie sah schlecht, ihr Geruchssinn war kaum noch vorhanden, dennoch sah sie diese schönen Farben und stiegen ihr diese Wohlgerüche in die Nase, in der Dunkelheit brütend, umgeben vom sauren, beißenden Geruch von Urin und Schweiß, der von ihrem Körper ausging, und dem süßlichen Gestank verfaulenden Obstes auf dem Dachboden. Das rettete ihr Schwiegersohn nicht. Die Kisten voller Äpfel und Birnen wurden ins Haus geliefert, sie wies die Boten an: auf den Dachboden, an die Wand. Ein süßer Gestank, der nun, mehr als zwanzig Jahre danach, immer noch spürbar war, als hätte der Geruch sich festgesetzt, als wäre er in das Holz eingezogen wie chinesisches Holzöl.

Trotz der klaren Anzeichen von Senilität wohnte sie bis zu ihrem Tod in dem Haus. Denn sie kam ja zurecht. Der Verfall betraf nur ihr Verhältnis zu Essen und Dingen, er zeigte sich bloß als ein krankhafter Besitzwille. Was sie sich alles besorgte! Was sie alles aufbewahrte! Das Einzige, was sie ohne Knauserigkeit und Murren verschwendete, war Wärme. Selbst mitten im Sommer heizte sie. Marie Andersen konnte es niemals warm genug sein. Wenn der Schweiß von den Stirnen ihrer Gäste troff, wenn das Haar an der Schläfe feucht wurde und der Schweiß aus Achselhöhlen rann und die Hose an den Schenkeln klebte, die auf dem Stuhl rastlos in eine neue Stellung gebracht wurden, stand sie auf und warf ein weiteres Holzscheit in den Kamin. Als hätte sie ein ganzes langes Leben immer nur gefroren und gefroren und erst in diesen letzten Tagen die Wärme entdeckt. Ein Segen. Die steifen Glieder werden geschmeidiger, Röte steigt in die kalten Wangen, sie steht auf und wirft noch ein Scheit in den Kamin. Sie kann gar nicht genug davon bekommen. In ihrer Welt kann es niemals zu heiß werden.

Ansonsten waren ihre Erinnerungen deutlich, und sie war bei klarem Verstand. Trotzdem muss sich der Gehirnschwund mit der Zeit auch auf andere Gebiete ausgebreitet haben. Vor allem zum Ende hin, insbesondere am letzten Tag, als sie die Luftschutzsirenen über der Stadt heulen hörte und glaubte, es wäre Krieg. Sie musste in Deckung gehen und entschied sich für den Dachboden. Dort hatte sie ihr Depot, dort konnte sie einer Belagerung monatelang trotzen, muss sie gedacht haben. Dort hätte sie sitzen können, das alte Klappergestell, um an ihren Äpfeln zu knabbern, während in den Straßen gekämpft wurde. Aber die Treppe dort hinauf ist steil, eher eine Leiter, zu steil für sie. Vielleicht war sie in Panik, vielleicht war sie nur verwirrt, so oder so fiel sie. Rücklings stürzte sie ab und brach sich das Genick. Mit einem trockenen Knacken, stellte ich mir vor, einem Knacken, und schwups waren zweiundachtzig Jahre gesammelten Lebens vorbei.

Auch ihr Mann, Henry, fiel in den Tod. Es passierte zwanzig Jahre früher, im Krieg. Seine einzige Tochter besitzt die Medaille, sie hängt eingerahmt in ihrem Wohnzimmer, fünfzig Jahre später existiert er noch immer als eine, wenn auch ferne, Erinnerung in ihr. *Henry Andersen verschwand, als das Schiff, auf dem er diente, die M/S Varodd, am 23.2.1944 in Liverpool vor Anker lag*, stand dort. Die offizielle Todesursache. Es war die Nachricht, die sie nur zwei Wochen später erhielten, in einem vom Kapitän des Schiffs unterzeichneten Brief, der ihnen heimlich von einem Boten überbracht wurde, der nicht mehr wusste, als das, was in ihm stand.

Ich bin teilweise nach meinem Urgroßvater Henry getauft worden und deshalb immer neugierig auf ihn gewesen und habe Großmutter nach seinem Leben gefragt. *Er war Seemann*, sagte sie dann, *er war nie zu Hause. Er hat mir das Autofahren beigebracht. Er starb im Krieg, er fiel von einem Bootssteg. Und er konnte nicht schwimmen.* Vielleicht erzählte sie mir von jenem Tag, 1902, an dem Henry zum ersten Mal an die Tür dieses Hauses klopfte, in dem ich nun lag, an dem Henrys Onkel, der zugleich Maries Vater war, ihm anbot, auf einem seiner drei Schiffe anzuheuern. *Wenn du das Angebot annimmst, bezahle ich deine Ausbildung*, hatte er gesagt, und der junge Henry schlug ein, es war ein Angebot, das er nicht ablehnen konnte. Vielleicht erzählte sie von dem Tag, an dem Henry zum zweiten

Mal an diese Tür klopfte. Das geschah zehn Jahre später, 1912, an einem Sonntag im Juni, an dem er im schummrig dunklen Wohnzimmer saß und nach zehn Jahren auf See mit seiner Tante Tee trank, und erfuhr, dass Marie, die er hatte besuchen wollen, sich in einem Küstenhospital in Westnorwegen aufhielt, einem privaten Lungensanatorium.

In einer Familie kann im Laufe von zehn Jahren viel passieren.

Oder sie erzählt von jenem Tag, als Gunnar Gjerstad bei ihnen war, vier Monate nach Kriegsende, im September 1945, um ihnen, Marie Andersen und Else Vankel, zu erzählen, wie ihr Mann und Vater umgekommen war, die genauen Umstände, eine Ergänzung von Details, etwas Farbe, und wenn sie Fragen hätten, werde er antworten, so gut er könne.

Es war eine Geschichte, die auch Vater erzählte. Denn der zweite Maschinist Gjerstad hatte sich großzügig an den Getränken bedient, die sie ihm unüberlegt angeboten hatten, wodurch sein Selbstvertrauen gestärkt worden war und er in eine Stimmung kam, die auf das abfärbte, was er von dem letzten Tag in Henry Andersens Leben erzählte. Sie hatten an jenem Abend Landurlaub gehabt, eine neue Kurbelwelle sollte eingebaut werden, und da die Schiffe der Kriegsmarine stets Priorität genossen, mussten sie auf einen Platz im Reparaturdock warten. Sie lagen in Liverpool vor Anker, teilten sich ein Zimmer in einem Bed & Breakfast im Hafenviertel und waren an jenem Abend ausgegangen, zunächst zur *Sakristei* in der Upper Parliament Street, danach zu einem Pub, das sie *Der Oberst* nannten und das gleich neben dem *Rialto Dancing* lag, wo sie später auch noch hingingen. Sie waren fürchterlich betrunken gewesen. So betrunken, dass die beiden Seemänner mittleren Alters sich auf dem Rückweg durch die Straßen gegenseitig stützen mussten. Sie sangen und grölten, erzählte er ihnen beim Essen, seltsam unbeeindruckt von der Situation, und vulgär, dachten sie beide, denn er war immerhin ein Mann, der zwei Frauen eine Todesnachricht überbrachte. Ein Mann und Vater war gestorben.

Vermisst, wahrscheinlich ertrunken, war alles, was sie erfahren hatten, und nun, als sich ein Zeuge meldete, um ihnen zu erzählen, wie seine letzten Stunden abgelaufen waren, fuchtelte er mit Messer und Gabel herum und kaute und schluckte und lachte, während er mit ihnen redete, als wären sie alte Seebären. Als erzählte er eine hübsche Anekdote und nicht so, als überbrächte er eine Todesnachricht.

»Henry war ja ein alter Mann«, sagte er und zwinkerte Marie Andersen über den Tisch hinweg zu, dieser strengen, resoluten Frau, die damals knapp sechzig war und der bis zu diesem Moment niemals in den Sinn gekommen war, dass ihr Mann anders sein könnte als daheim, wenn er zur See fuhr, und die deshalb schockiert war und immer wieder mit einem Finger über den Faltrand der Serviette vor sich strich, während ihr Gast redete, auf die Bewegung starrte, ohne eine Miene zu verziehen.

»Er vertrug ja nicht mehr so viel wie früher. Das tue ich auch nicht. Aber hier sitze ich!«

»Was ist denn nun eigentlich passiert? Wir haben nichts erfahren«, sagt Else. »Nur, dass er ertrunken ist.«

»Nun ja. Hört zu. Wir gingen also zu unserer Unterkunft und waren, wie man auf gut Norwegisch sagt, sternhagelvoll. Gunnar!, sagt Henry. Hä?, sage ich. Was ist, Henry? Ich glaube, mir wird schlecht, Gunnar.«

Hier lacht er kurz.

»Und dann ging er in eine Toreinfahrt. Ich bin natürlich stehengeblieben und habe auf ihn gewartet. Aber er hat mir zugerufen, dass ich schon einmal vorgehen soll. Ich muss mich kurz setzen, hat er gesagt, weil ihm so schlecht war, versteht ihr.«

»Und?«

»Ich bin dann vorgegangen. Ab in die Koje mit mir. Aber Henry ist nicht nachgekommen.«

»Aber wieso ertrunken? Woher wollt ihr das wissen, wenn es keiner gesehen hat?«

»Na ja, am nächsten Morgen haben wir natürlich nach ihm

gesucht. Und haben seine Jacke gefunden, die an den Kais im Wasser trieb. Es war seine, da bin ich mir sicher. Henrys Jacke hätte ich überall wiedererkannt.«

Die beiden Frauen servieren ihm Kaffee, sie schenken ihm ein Glas Portwein ein und reichen es ihm, sie stellen einen Teller mit Gebäck auf den Tisch, ohne sich selbst davon zu nehmen. Sie sitzen mit den Händen im Schoß und sehen, dass er auf den Kaffee bläst, ein wenig schlürft, einen Keks in die eine Pranke nimmt und ihn sich ins Maul stopft, das sich schon geöffnet hat, als die Hand noch auf dem Weg zum Gebäckteller war. Danach wird es Zeit für den Portwein. Er trinkt ihn, als wäre es ein Kurzer, er wirft den Kopf in den Nacken, und der Inhalt des Glases ist verschwunden. Murmel, murmel. Ein Getränk für alte Weiber. Aber lecker, das schon! Ein bisschen süß, natürlich, aber lecker. Keine Frage. Wäre es eventuell möglich …

Versteht er sie nicht? Er hat keine letzten Worte seines toten Kameraden überliefert, er hat ihnen keine Liebeserklärung überbracht, auch keine Erzählung von Tapferkeit im Kampf, keine Geschichte von Torpedierungen und von Schotten, die ein Leck bekommen, während an Bord fieberhafte Aktivität herrscht, von Angst und Kälte und der Hölle auf Erden. Er ist zu ihnen gekommen und hat ihnen umstands- und rücksichtslos erzählt, wie besoffen Henry Andersen an diesem letzten Abend seines Lebens gewesen ist. Hat er denn gar kein Mitgefühl, ist er so ein kalter Hund, ein simpler Seemann, der in der Begegnung mit den Stickereien und dem Porzellan dieser Frauen seinem Wesen freien Lauf lässt und selbst aus seiner Rolle als Zeuge und Bote eine amüsante Anekdote macht?

Selbstverständlich nicht. Denn obwohl ich in meinem sechzehnten Lebensjahr fest an diese Geschichte glaube und keine Zweifel daran hege, dass ihr Verlauf korrekt wiedergegeben wurde, und Gunnar davon erzählte, dass mein Urgroßvater sternhagelvoll in Liverpool ins Hafenbecken fiel und in einer

Nacht im Zweiten Weltkrieg ertrank, ist es eine Lüge. Aber als Sechzehnjähriger glaube ich an den taktlosen Gunnar, an die mächtige Marie und die enttäuschte Else, an deren Wand trotzdem bis heute seine Medaille aus dem Krieg hängt. Und wer will mir das vorwerfen? Mein ganzes Leben habe ich diese Version gehört, in Bruchstücken, aus denen ein Bild entsteht, das mir übergeben wird. Familienmythologie. So ist es. Aber die Quelle ist immer dieselbe. Erst viele Jahre später geht mir nach und nach auf, dass es sich nicht so abgespielt haben muss, dass diese Version möglicherweise nicht der Wahrheit entspricht, sondern ein Hirngespinst ist wie so vieles andere, was Vater mir erzählt hat. Das Meiste ist leicht durchschaubar gewesen, aber nicht alles. Manche Lügen sind größer als andere. Manche Lügen sind gefährlicher als andere. Dies war eine gefährliche Lüge. Sobald sie ausgesprochen war, musste sie intakt bleiben, am Leben erhalten werden. Denn über solche Dinge lügt man nicht. Man unternimmt alles, um die Lüge in eine Wahrheit zu verwandeln. Die Geschichte wird wiederholt, aus neuen Blickwinkeln, mit neuen Details und immer *en passant*. So erhöht der Lügner seine Glaubwürdigkeit. Die Lüge muss so erzählt werden, dass die Zuhörer nicht begreifen, welchen Vorteil der Lügner aus seiner Lüge zieht. Die Lüge muss beiläufig, zufällig erzählt werden, als eine Besonderheit, die man nicht hätte erzählen müssen, ein Bonus. Und dann muss man sie möglichst oft wiederholen, denn nur so wird sie aufrechterhalten, unverrückbar, bis keiner sie mehr in Frage stellt, die Lüge, die zur Wahrheit wird. Henry, der so betrunken war. Henry, der nie etwas aus seinem Leben machen wollte, dem es an Ehrgeiz mangelte und der sein Leben lang Maschinist blieb.

Wie kommt eine solche Lüge in eine Familie?

Man schämt sich, jemand ist nicht gut genug. Man wächst auf und denkt, mein Vater ist nicht gut genug, er ist ein simpler Maschinist auf einem simplen Schiff. Als Kind spinnt man sich für ihn Romantik und Abenteuer zusammen, er segelt irgendwo auf der Welt, kämpft mit Seeräubern, steuert die größten Schiffe. In der Jugend nimmt man ihm alles, entblößt ihn vollständig, er ist nur ein einfacher Maschinist, und ist es nicht eigenartig, dass so jemand mein Vater wurde?

Wie kann eine Tochter so von ihrem Vater denken?

Wenn sie eine enttäuschte Mutter hat, die einst die Chance auf etwas Besseres hatte, aber die falsche Entscheidung traf, kann die Tochter so denken, denn dann wächst sie mit dem Blick ihrer Mutter auf ihren Vater auf, und solche Blicke stellt man nicht in Frage, mit ihnen sieht man, ohne zu wissen, woher sie kommen, woraus sie entstehen. Es ist zu einer Wahrheit geworden. Er ist ertrunken, weil er nicht Maß halten konnte, er trank zu viel, er fiel ins Meer. Ein Seemann, der nicht schwimmen konnte! Wir lachen uns kaputt. Und der Sohn der Tochter hört es und erzählt es seinem Sohn weiter, der eines Abends die Tür zu dem alten Haus öffnet und sich schließlich auf das Bett in der Mansarde legt, wo seine Urgroßeltern einst ihr Schlafzimmer hatten.

Eines Abends 1986. In einem Haus, das mehr als hundert Jahre zuvor erbaut wurde, vom Vater meiner Urgroßmutter, dem Reeder und Emporkömmling Oscar Andersen. Meinem Ururgroßvater. Hier lag er, hier liege ich. Von seiner Generation lebt keiner mehr. Auch von der Generation seiner Kinder lebt keiner mehr. Die Grabsteine, in die ihre Namen eingraviert sind, stehen auf dem Friedhof neben der Schule, deren Schüler ich jetzt bin. Einst gingen sie, die diese Namen trugen, in dieselbe Schule, in derselben Stadt. Genauso alt, wie ich es jetzt bin.

Das ist ein tolles Alter. Du kannst dich glücklich schätzen, Junge. Genieße deine Jugend.

Ihre Fotos hängen noch an der Wohnzimmerwand unter mir. Bis heute sind im Parkett die Scharten und Kratzer von ihren Absätzen zu sehen, in den Fenstersimsen die Abnutzung durch unzählige tägliche Berührungen, in einigen der Kisten auf dem Dachboden liegen ihre Anzüge und Hemden, mit Ausbeulungen von Ellbogen und Knien. Spuren, die sie zurückließen.

Ein Taufkleid, das seine Mutter nähen ließ, geliefert an einem Frühlingstag in der Mitte des vorigen Jahrhunderts, es existiert noch. Wenn man den gerissensten und erfahrensten unter den Bluthunden an der weißen Spitze schnüffeln ließe, würde er vielleicht ungeduldig und eifrig an seiner Leine zerren und einen auf der Stelle zur Kirche der Stadt ziehen, wo er an einem Sonntagvormittag im Sommer 1849 getauft wurde, danach im Zickzack durch die Straßen der Stadt, bis er einen erneut in den Kirchenraum führte. Konfirmation. 1864. Schulen? Nein. Gleich zur Arbeit, gleich auf See, wie so viele andere Jungen in seinem Alter. Die Töle bleibt unten am Hafen stehen. Dort enden alle Spuren. Aber nur für eine Weile, ein paar Jahre. Dann kehrte er zurück, investierte, expandierte, folgt man den Fußstapfen dieses Emporkömmlings, geht es mit der Zeit in die bessergestellten Viertel der Stadt, zu den neugebauten Wohnstätten des Bürgertums, zur Börse: Ihr seid einem langsamen Aufstieg auf der Spur. Er wurde immer reicher. Aufs Land müsst ihr, zu einem Sommerhaus am Fluss, und danach zurück in die Stadt, eine Zeitlang geht es hin und her, zu Haustüren hinein und hinaus, bis die Zeit des Niedergangs beginnt, seine private Depression, Fehlinvestitionen, Unglücke. Ihr befindet euch jetzt lange am selben Ort, er rührt sich nicht vom Fleck, dort gehen die Verlustnachrichten bei ihm ein, dort werden verzweifelte Maßnahmen und Transaktionen ergriffen, alles vergebens, die Verluste steigen, er geht in seinem Arbeitszimmer auf und ab, grübelt, ob ihm jemand schaden will, ob sich jetzt alter Groll zeigt. Insolvenz. Konkurs. Wieder dort, wo er einst begann. Zwei leere Hände. Er wringt sie. Er nimmt eine Kutsche zu seinem Freund, dem Industriellen, der seine Hände in Unschuld wäscht. Tut mir leid, Oscar, ich kann dir leider nicht helfen, würde ich ja gern, aber auch für mich sind das harte Zeiten. Hin und her auf den Straßen der Stadt, der eine oder andere sommerliche Ausflug an den Fluss, der eine oder andere Kirchgang, sein Kind heiratet, das ist Marie, sein Enkelkind wird getauft, das ist Else. Und dann kommt er auf einmal zur Ruhe. Ihr lauft die Treppe hinauf. Der eifrige Spürhund bleibt stehen. Hier enden alle Spuren. In diesem Zimmer. Und keine führen aus ihm heraus. Ein Mysterium.

Das Mysterium des geschlossenen Raums.

Hier verschwand er, spurlos. Er muss einfach weg gewesen sein.

Im Mai 1917.

Ich schließe wieder die Augen. In diesem Zimmer starb er. Hier verließ seine Seele den Leib. Um nie mehr zurückzukehren, denn inzwischen ist es ja schon recht lange her, dass jemand lebendig aus dem Totenreich zurückgekehrt ist. Seit Odysseus, dem listenreichen Helden, für einen Moment verließ er die Welt, trat durch eine Öffnung in der Erde, umarmte seine Mutter, ihren Schatten, weinte, und verließ danach das Totenreich wieder, um seine Fahrt fortzusetzen. Der römische Held Aeneas war dort und ging über die Felder von Elyseum. Auch Jesus durchmaß das Totenreich, ein strahlendes Licht glitt über die Ebenen der Hölle, auch er kehrte zurück. Die Jünger durften seine Wunden berühren, sein Blut schmecken, er wandelte noch eine Weile auf der Erde, ehe er zu seinem Vater im Himmel heimkehrte. Und Dante, an Ostern im Jahre 1300. Da sind Odysseus und Aeneas ein zweites Mal dort. Da ist Jesus vorbeigekommen. Noch erinnern sie sich daran, die schmutzigen Engel der Hölle, an das gewaltige Licht, das durch diese düstere, verfluchte Landschaft glitt. Die Schar der Engel, der Gesang. Ein Triumphzug, den sie niemals vergessen werden. Der Menschensohn in einer Bahn aus Licht.

Aber in modernen Zeiten?

Keine Wanderungen. Nur diese leuchtenden Tunnel und die himmlische Musik in den sogenannten Nahtoderfahrungen. Lohnt es sich wirklich, damit zurückzukommen? Mit Gemütlichkeit?

Nein, ihr träumt, eure Gehirne erglühen, füllen euch mit

Wohlbehagen, wie eine Flugzeugkabine von Loungemusik erfüllt ist, wenn die Maschine auf das Rollfeld manövriert wird. Sie wird noch nicht hinausgelotst! Sie haben nicht einmal die Motoren hochgefahren! Und haben erst recht nicht sämtliche Energien freigesetzt und sind in dieser grandiosen Entfaltung von Stärke die Startbahn hinabgeschossen, haben nicht abgehoben und sind in der Luft gewesen.

Loungemusik. Licht und Wärme. Ein Wiegenlied.

Irgendwie eine Nahtoderfahrung!

Aber es hat auch in unserer Zeit tapfere Versuche gegeben.

Houdini.

Wer noch?

Harry Houdini, der Entfesselungskünstler. Der Mann, der sich aus geschlossenen Räumen befreite, gefesselt mit zahlreichen klirrenden Handschellen, sachkundig verschlossen und kontrolliert vom Polizeipräsidenten der Stadt, in einer Zwangsjacke, immer wieder, mit einer Tolldreistigkeit, die immer größer wurde; an einem Kran fünfzig Meter über dem Erdboden in einer amerikanischen Stadt hängend, Chicago, Detroit, New York City, an den Beinen baumelnd, das Geschrei der Publikumsmassen in den Ohren, oder in Wasser versenkt, angekettet, verschnürt. Nachdem dieser Entfesselungskünstler zunächst einige Male tief Luft geholt hat, schiebt der Kranführer den Hebel nach vorn und senkt ihn herab, das Stahlseil wickelt sich ab. Houdini gleitet langsam zur Wasserfläche hinunter, tut einen letzten Atemzug, bevor er unter Wasser ist und weiß, dass ihm nun zwei Minuten bleiben, um sich zu befreien. Keiner kann ihm helfen, falls etwas schiefgehen sollte, falls er plötzlich alles vergessen haben sollte, was er kann, wenn er auf einmal Angst bekommen sollte. Zu fühlen, wie die Zwangsjacke drückt, die Arme auf dem Rücken, die Füße aufgehängt, unter Wasser. *Can't move. Can't move. I can't move.* Er ertrinkt, er wird erschlagen, er verbrennt. Doch Houdini zeigte keine Spur von Angst, niemals, er schaffte es immer, sich zu befreien. Dieser hagere, dunkelhaarige Einwanderer, der sich anketten ließ an Eisen, Stahl, an alles, was man an Technik und Mechanik besaß, in den schlimmsten Situationen, die der Mensch sich nur vorstellen kann, in Flammen, in Wasser, hoch über der Erde, diesem Mann gelang es immer, seine Glieder so zu winden und zu drehen, dass er jedes Mal auf wundersame Weise freikam. Dieser wortkarge Mann, der jede Herausforderung annahm, sollte er sich nicht auch an der letzten und größten von allen versuchen?

Aber sicher.

Auf dem Sterbebett liegend versprach er zu versuchen, sich auch aus den Klauen des Todes zu befreien. Er verabredete mit seinen Freunden ein Datum. Eine Uhrzeit. In der vereinbarten Nacht würde er aus der Geisterwelt zurückkehren. Die Grenze des Totenreichs überschreiten und erneut in die Welt eintreten. *I'll give it a shot.*

Houdini starb. Die Nacht kam. Seine Freunde richteten sich in einem schwach beleuchteten Raum mit Funkgerät, Kristallempfänger, verschiedenen elektrischen Apparaturen ein. Dort wachten sie mit gesenkten Köpfen im Lampenschein und konzentrierten sich auf das, was bald geschehen würde.

Sshh.

Der Zeitpunkt ist gekommen. Und wahrlich. Eine knarzende Stimme erreicht sie von fern, aus unermesslicher Tiefe.

Hi. It's Harry here. Do you read me? Over.

Ihre Augen leuchten vor Angst. Er hat es geschafft. Er ist da.

Sie sehen sich an. Einer von ihnen nimmt das Mikrofon und flüstert. *We read you. Loud and clear. How are you, Harry? Over.*

Gespannt starren sie ins Leere. Das Band klirrt. Es ist ein gleichmäßiges knisterndes Rauschen. Dann kommt die Stimme aus der Tiefe. *It's great to be back! You guys!* Krachen. Störungen. Und dann: *over and out.*

So müssen sie sich das vorgestellt haben, die Spiritisten. Houdini. Der richtige Mann, um diese irritierend unverständliche Kluft zwischen den Lebenden und den Toten zu überwinden. Ein Entfesselungskünstler! Der Durchbruch. Ein erster Gruß der Toten an die Lebenden, eine letzte Nachricht.

Mein Vater, warum hast du mich verlassen. Und dann das Ausatmen. Der Hals fällt zurück, der Hinterkopf schlägt gegen das Holz, der Kopf sinkt zur Seite, das Kinn fällt herab, sein Mund steht offen.

Ich sah auf die Uhr. Es war fast halb zwölf. Neun Stunden bis zum Unterrichtsbeginn. Ich stand auf und begann auszupacken, durchtrennte das Klebeband auf den Kisten, stapelte Bücher und Sachen auf dem Fußboden, lief herum und verteilte sie im Zimmer. Alle Geräusche kamen von mir, gehörten zu mir: meine Schritte, mein Atem, es war mein Gewicht, das die alten Bodendielen knarren ließ. Ohne jeden Zweifel. Trotzdem hatte das, was ich sah, die schmalen Spalten zwischen den weißlackierten Latten an der Wand, die schwarze Fläche des Fensters, die Fußleisten und das elektrische Licht der Glühbirne, einen Ton, der in mir aufstieg, lautlos, aber klar, so wie man stumm, in Gedanken manchmal einen Refrain summt, wie man ganz deutlich ein Gesicht vor sich sieht, wenn man die Augen schließt.

Was war das?

Ich schaute mich um. Alle Dinge standen für sich, als gehörten sie zu nichts, auch nicht zu diesem Raum. Sie waren ihre eigenen Herren. Sie leisteten Widerstand. Jeder Gegenstand für sich. Die Türklinke, wenn ich am Fenster stand, der Fenstersims, wenn ich an der Tür stand, die weißen Steckdosen mit ihren zwei Löchern, der Papierkorb aus geflochtenem Stroh, die vorgeneigte Lampe auf dem Schreibtisch. Selbst der dumme Linus von den Peanuts mit seiner Schmusedecke, dieses Monument der Kindheit, leistete hier Widerstand. Warum meinem Vater ausgerechnet an dieser Figur etwas lag, konnte man sich wahrlich fragen, dachte ich, ein Irrtum, ein kleiner Versprecher. Aber er passte. Henrik Schmusekind. Ich benutzte ihn als Buchstütze. Im Laufe der Jahre war er so von meinen Gedanken durchdrungen worden, dass er in meinem Denken fast lebendig geworden war, ein stilles, kleines Wesen, immer anwesend, das in den Raum schaute. Aber selbst Linus half nicht, das Zimmer ließ sich einfach nicht in Besitz nehmen, es gab zu viel Widerstand in ihm, zu viele Jahre mit anderen Menschen, Gedanken, Stimmen, Träumen. Das hörte ich, dieser Widerstand ertönte in mir.

Als würde ich hier gesehen.

Meine Hand schlug gegen die Wand. Ein kurzes Echo. Dann Stille. Der Papierkorb sah mich höhnisch an. Durch den Raum, meine Füße. Zur Tür. Sie gehört dir, liebe Hand. Greif zu. *Raus jetzt*. Die knirschende Treppe hinunter. In den kalten Eingangsflur. Die Jacke an. Das Licht der Straßenlaterne fiel schräg ins Wohnzimmer, lautlos auf den Fußboden, die abgedeckten Möbel. Rasch knöpfte ich die Jacke zu, rasch drückte ich die alte Türklinke hinunter, grünspanig wie ihr Bruder oben, und schob die Haustür auf. Drückte sie zu, schloss ab.

Zur Linken, am anderen Flussufer, lag die *Quadratur*, dieses sorgsam vermessene und regelmäßige Straßennetz, rechts eine Eigenheimsiedlung mit tiefen Gärten und Häusern aus den zwanziger und dreißiger Jahren, Hecken, Wäscheleinen auf Höfen. Ich atmete tief durch, vergrub die Hände in den Jackentaschen und ging los. Auf dem gesprungenen Bürgersteig, über die Straße, in diese Wohnsiedlung, die für mich neu war, bislang war ich nur auf der oberhalb gelegenen Straße an ihr vorbeigefahren. Ich hatte niemals die schmalen Kieswege in sie hinein genommen, wie ich es jetzt tat.

Die Häuser standen leuchtend um mich herum. Ich dachte, dass ich das Viertel öffnete, indem ich hindurchging, es lebendig werden ließ. Erst jetzt breitete es sich zu allen Seiten hin aus, erst jetzt wurde es gesehen, in Gang gesetzt. Allerdings nur schemenhaft, nur die Häuser selbst, die Hinterhöfe, die Hügel, die

Straßen. Nicht die Details, nicht all das Leben, das dort gelebt wurde, hinter den Wänden, verborgen in den Zimmern. Die Muster. Die Beziehungen. Die Bindungen. Die Gewohnheiten. Die Gespräche. Berührungen. Blicke. Niemals würde ich erfahren, woher sie kamen, diese Blicke, und was sie wohl bedeuteten. Was in ihnen lag. Wie ein Entdecker sich darauf beschränken muss, die Konturen der Küste zu zeichnen, die Tiefe des Meers zu vermessen und in groben Zügen Wälder, Gebirgsketten und Hochebenen auf dieser Inselgruppe anzugeben, zu der sie nach Monaten auf hoher See gelangt waren. Als wären alle Wälder, Berge und Hochebenen überall gleich. Linien auf einem Blatt Papier, ein paar Zeichen. Eine Insel. Die beiden rahgetakelten Karavellen liegen jenseits der Riffs vor Anker, die Mannschaft rudert in den Barkassen des Schiffs an Land, und schon aus der Ferne sehen sie, dass es eine überaus fruchtbare Landschaft ist; die dunkelgrünen Laubkronen der Bäume sind so eng miteinander verwoben, dass sie einer Ebene mit schattigen Senken und kleinen Höhenzügen landeinwärts gleichen. Die beiden Ruderer ziehen ihre Ruder ins Boot, als das Wasser langsam zur Reling ansteigt. Das Boot gleitet tief in der Brandung zum Land. Das blaugrüne Wasser schäumt weiß, dann knirscht der Kiel über den sandigen Grund. Am hinteren Ende der Bucht, zwischen Felsvorsprüngen, liegen Hunderte wohlgenährte, speckige Robben, neugierig und ohne jede Furcht glotzen sie die Männer an, die an Land gehen. Aus den Bäumen heben plump große Vögel ab, weil als Signal an die an Bord gebliebenen ein Gewehr abgefeuert wird. Eine fünfköpfige Gruppe begibt sich auf der Suche nach Wasser in das feuchtwarme Dunkel des Waldes, wachsam, da sie nicht wissen, was sie dort erwartet, im Fremden, ob Giftschlangen über den warmen, modrigen Waldboden kriechen, ob Raubkatzen sich in der dünn bewachsenen, trockenen Graslandschaft zwischen dem Wald und den Bergen auf sie stürzen werden, oder ob es hier tödliche Tiere gibt, von denen sie weder gehört noch die sie jemals gesehen haben. Wie diese großäugigen, lachenden Affen, die ihnen in den Baumwipfeln gefolgt sind, wie diese eigenartig gegliederten Tiere, die raschelnd im Unterholz verschwanden, ehe sie dazu kamen, das Gewehr zu heben, wie die zwei gigantischen, schuppigen Tiere, die vor ihnen den Berg hinaufstiegen und am ehesten riesigen Eidechsen glichen. Monstern. Sie sind ängstlich, voller Furcht, am liebsten würden sie umkehren, um eines Tages wieder den von Felsen übersäten, sandfarbigen Küstenstreifen zu erblicken und im Hafen von Lissabon ein weiteres Mal an Land zu gehen, wo die Straßen Namen haben, wo alles in Systemen geordnet ist, wo aus den umliegenden ländlichen Regionen täglich Lebensmittel in die Städte transportiert werden, Getreide, Obst, Fleisch, von exakt regulierten Ländereien und Feldern, die auf einer Karte und in Büchern und im Gedächtnis festgehalten sind, mit einer Geschichte, die man über Generationen hinweg zurückverfolgen kann, über Besitzverhältnisse, Erträge, Gewinne, in Tonnen bei Getreide, in Kilo bei Fleisch, in klingender Münze und knisternden Geldscheinen, wo die einzige Bedrohung andere Menschen sind, wie sie selbst, und damit verständlich, bezwingbar, unter Kontrolle.

Was ist mit den Krankheiten, den brutalen Epidemien, sind sie nicht überall gleich, brechen sie nicht auch dort ganz plötzlich aus, als Fieber, Ausschlag, Beulen und Geschwüre, als innere Blutungen, ohne Vorwarnung; auf einmal geschieht etwas mit dir, auch dort, in Salamanca, Cataluña, Andalucía, La Mancha.

Sicher, das alles passiert auch dort, aber hat man dafür nicht Ärzte, die ihre Kunst studiert haben, gibt es daheim nicht Krankenzimmer, so dass man in der Obhut seiner Familie ist und weiß, wohin man geht, wenn die Seele den Leib verlässt? Dort wirst du die Letzte Ölung erhalten, dort wird deine Leiche gewaschen und beerdigt werden, dort wirst du auf Friedhöfen begraben werden, auf denen bereits andere Familienmitglieder liegen, nicht wie hier, wo du dein Grab im nassen Sand auf einem Strand findest, tausende Kilometer von der Heimat entfernt, hier, wo kein Mensch ist außer den Wilden, die euch ohne Vorwarnung umbringen, oder wo du im Fieberwahn an Bord stirbst und dein Körper im Meer versenkt werden muss, noch ehe er kalt geworden ist, oder wie jetzt, hier draußen, im Dschungel, in den vor euch noch nie ein Mensch seinen Fuß gesetzt hat und wo deshalb alles, was ihr seht, zum ersten Mal überhaupt gesehen wird.

Dieser flache, graue Pilz, der in den massiven, meterdicken Baumstamm hineinwächst, wird zum ersten Mal gesehen und gedacht. Auf diesem Schwarm flatternder Schmetterlinge auf der Lichtung hat nie zuvor ein Auge geruht. Und zum ersten Mal steht jemand hier, eine Hand auf diesen mächtigen Baumstamm gelegt, und denkt, was für ein gutes Gefühl es doch sein muss, so leicht zu sein, dass dich noch der zarteste Windhauch erfasst. Die Luft, in der du treibst, dieses Unsichtbare, in dem du deine hauchdünnen bunten Flügel schlägst.

Noch nie hat hier jemand den Kopf in den Nacken gelegt, während ein Regentropfen seine Stirn trifft, um zu sehen, wie der blaue Himmel sich verdunkelt, um im nächsten Moment den Wind zu hören, der sich zwischen den Bäumen erhebt.

Nicht hier.

Der Weg weitete sich und wurde zu einem Platz, einem zugewachsenen Spielplatz, der mich an etwas Vergessenes denken ließ, an einen Haufen Autoreifen vor einer für immer geschlossenen Werkstatt, ein altes Boot, das im Schilf eines Sees verrottet, einen Tennisball, grün bemoost, den du irgendwo im Straßengraben findest. Doch der Spielplatz, über den ich ging, war nicht das Opfer eines brutalen, gemeinen Verfalls geworden. Ich dachte, dass es sich im Stillen abgespielt hatte, wie alles Vergessen im Stillen geschieht. Sie waren nicht mehr hier, die Kinder, sie spielten an anderen Orten, und am Fuß der Spielgeräte hatte der Wald inzwischen einen Brückenkopf erobert: Felder von Unkraut, Nesseln, Fingerhut wuchsen im trockenen Sand.

Ich blieb stehen. Riss den roten Schwefelkopf an, hielt die Flamme unter die Zigarette. Das blaubleiche Licht des Mondes legte ein schwaches Schimmern auf die festgetrampelte Erde, körniges Licht schwebte zwischen den verflochtenen Schatten der Spielgeräte. Ich sog den Rauch in meine sechzehn Jahre alte Lunge. Lehnte mich an ein Gerüst aus Metall. Blies ihn aus. *Was ist so verkehrt daran, hier zu wohnen*, dachte ich. Zupfte einen Tabakfaden vom angefeuchteten Ende der Zigarette. Nichts war verkehrt daran. Das Zimmer ist da drüben. Drei Meter über der Straße liegt es, leer. Es wartet. Wir wissen ja, dass er es für seine Zwecke nutzt. Und jetzt gibt er es mir, seinem Sohn. Um mich aus der Welt zu schaffen. Aber ist das nicht gut? So kann ich zu Fuß zur Schule gehen. Sicher. Das ist gut. Denn er bedeutet nur etwas, wenn er hier ist. Mein Vater höchstpersönlich.

Eine seltsame Eigenschaft. Wenn der eigene Einfluss so eng mit dem Körper verbunden ist. Die Hände, die gelben Augen, die rasende Wut. Wie ein Hund. Ein Höllenhund. Aber was bewacht er?

Ich setzte mich auf das flache Karussell. Schob es mit dem Bein an. Die Stadt als ein tiefes Rauschen. Ein gutes Gefühl. Fernes Grollen von einem Flusslauf. Aus dem Zimmer in die Tiefe, in die Dunkelheit. Ein gutes Gefühl. Elisabeth. *Elisabeth.* Hier ist Henrik. Ich muss dich heute Abend sehen. Mein Herz brennt. *Liebster Henrik.* Der Mond scheint für dich, meine Geliebte. *Selbst wenn ich schlafe?* Selbst wenn du schläfst. Und das Tempo des Meeres erhöht sich. Es dreht um und gleitet zum Mond, folgt der Bewegung des Himmelskörpers, strömt unter der schwarzen, gewaltigen Oberfläche. Jetzt, da draußen.

Bei mir, sagst du? Heute Abend, sagst du. Ja! Ja! Ja! Meine Augen werden leuchten, meine Wangen glühen, meine Brust wogen. Und mein Herz wird schlagen und schlagen.

Henrik. Henrik. Henrik.

Ich setzte meinen Weg auf dem Kiesweg fort, der eher ein Pfad war und in der Mitte und an den Rändern mit feuchtem Gras bewachsen, geradezu davon umzingelt. Ich platzte mitten in einen Angriff. Eine sensationelle Schnelligkeit in der Welt der Kieselsteine, ein Blitzkrieg, ein Überraschungsangriff grüner Horden, die auf die trockenen Ebenen stürzten. Stoßtrupps. Nach dieser ersten Niederlage muss der Kies größere Wesen als Gäste bei sich aufnehmen: Blumen, Büsche, Bäume. Mit Wurzeln, die weit in die Tiefe des Erdbodens eindringen, Flüssigkeit aufsaugen: Die Bäume wachsen und wachsen. Unendlich langsam. Sie breiten sich in einer Geschwindigkeit aus, die für uns unverständlich ist, sie kommen aus einem Willen, den wir nicht kennen, obgleich er uns nahesteht. Auch wir wachsen und wachsen, willenlos, es spielt sich etwas ab, etwas regt sich in uns. Selbst nach dem Tod wachsen deine Nägel, selbst nach dem Tod wachsen noch eine Weile die Haare auf dem Schädel, aus den Gehörgängen, parasitisch – wie Grassoden aus den Wurzeln umgestürzter, vermodernder Baumstämme wachsen, in einem Sumpf irgendwo da draußen.

Auf die breite, asphaltierte Straße, durch die Siedlung auf die Hauptstraße hinauf. Sie leuchtet kalt im gelben Licht der Straßenlaternen, ist zu dieser späten Stunde verwaist. In der Luft nehme ich den trockenen, fast süßlichen Dunst wahr, der hier in der Luft liegt, wenn der Wind von Norden kommt, denn dann enthält er die Gerüche der Fabriken, unsichtbare Partikel, die kilometerweit in der Luft schweben, bis ich sie aufnehme und etwas in mir sie in Impulse umwandelt, die rasend schnell die Nervenfäden hinaufschießen, wo bestimmte Gehirnzellen sie wiedererkennen. Sie werden sortiert, in die Welt eingeordnet. Ich weiß es. Ich bin sechzehn Jahre alt. Ich weiß alles. Ich gehe über die breite Fußgängerbrücke aus Metall und sehe die beiden Schulen, den asphaltierten Platz dazwischen und die Rasenflächen mit den dort gepflanzten Bäumen, die in Reihen bis zu der Sporthalle stehen, die wie ein aufgebocktes Boot daliegt.

Campus. Von allen lateinischen Vokabeln entschieden sie sich ausgerechnet für diese, campus: *Schlachtfeld.*

Jetzt natürlich menschenleer, dennoch beleuchtet, als gäbe es eine Gruppe junger Menschen in dieser Stadt, die nachts wissbegierig herbeiströmten. Schattenhaft, flüchtig, lebensdurstig: Sie wollen zurück. Sie sind die jungen Toten. Aber erst müssen sie wissen. Lehren aus der Welt ziehen. Der Erfahrung aller Epochen. Sie hören von Orpheus, dem Sänger, der vor Trauer und Verzweiflung verrückt wurde. Eben noch saß sie dort, Eurydike mit den strahlenden Augen, jetzt ist sie tot. Der Schrei, als sie die Schlange direkt neben sich entdeckt; sie zieht sich zurück, aber zu spät, die Schlange beißt zu, sie schreit; er läuft herbei, hält sie. Vergebens. Ihr Herz pumpt das Gift in den Körper. Sie sehen sich an. Dann beginnen die Krämpfe, die Zuckungen, die sie schütteln, die Augen, die sich zum Weißen verdrehen, das entschwindende Leben. Ihr Körper wird kälter, während er sie in seinen Armen hält. Er wird von rasender Wut gepackt und weiß nicht, wohin mit ihr, und dann die Trauer, die schwarze Trauer, die ihn zwingt, sich der Einsicht zu verweigern, dass sie für immer fort ist, das kann er sich nicht vorstellen, nicht für immer, nicht Eurydike. Er muss sie zurückholen. Er singt über sie. Wandert kalt vor Trauer durch den Wald, nur so kann er sich als Lebender in das Totenreich hinabbewegen, nur wenn alles bedeutungslos ist, kann er Zugang erhalten, erst wenn alles gleichgültig ist, öffnet es sich für ihn. Und sie, die seinen Gesang hören, werden davon gefangen genommen, verlieren jeglichen Willen, sie versinken in sich selbst und sehen die Welt nicht mehr; sie versinken in sich selbst, sie sind die Welt. So begibt er sich ins Totenreich hinab, Orpheus, und so findet er sie, Eurydike, gemeinsam werden sie fortgehen, er wird dafür sorgen, dass ihre Seele freigegeben wird, er wird sie zu den Lebenden mitnehmen, es könnte funktionieren, wenn er sich nur nicht umdreht und sie ansieht, ehe sie wieder in der Welt sind. Sein, nicht wissen. Dann kann er auf die andere Seite gehen und zurückkehren. Aber er will wissen, nicht sein. Das können sie nicht verstehen, die jungen Toten, hätte er sie nicht einfach *Nachher* ansehen können, als sie in die Welt getreten waren und die Gefahr hinter ihnen lag? Warum war er so ungeduldig, so verdammt neugierig? Warum in aller Welt drehte er sich zu ihr um, fragen sie sich, und finden vermutlich, dass er bekam, was er verdiente, der Eindringling Orpheus, als sein Kopf abgerissen und in die See geworfen wurde, ohne dass er sich etwas hätte anmerken lassen, er sang einfach weiter, der abgetrennte Kopf schaukelt in der See, singt aus vollem Hals und wird an ein Ufer gespült. Lesbos. So kam Orpheus nach Lesbos, lallend. Griechenland. Es gibt Gerüchte über Statuen, die lebendig sind, die aus Marmor gehauen wurden von Dädalus, dem Erfinder, und danach zum Leben erweckt wurden, es kracht von Stein auf Stein, wenn sie mit steifen Schritten durch die Gänge wandeln, sie brüllen, wenn sie über das Schlachtfeld laufen, der Feind flieht, sie sind unüberwindlich. Sie können nicht sterben. Wo sind sie hin? Irgendetwas geht ganz fürchterlich schief. Und sie werden zu einer Erinnerung an eine ferne Vorzeit, zu einer Sage über eine Welt, die mit jedem neuen Jahr tiefer in den Schatten verschwindet. Was sie hinterließen, verschwindet nach ihnen. Die Paläste sind längst eingestürzt, geblieben sind nur einige rätselhafte Ruinen. Was geschah dort, wer war dort, was taten sie? Sie werden zu Erinnerungen an eine Welt, die niemals existiert hat. Schöner, einfacher. Wie unsere Welt irgendwann eine Erinnerung sein wird, schöne Geschichten aus einer dunklen Vorzeit, von Flugmaschinen und Autobahnen, Fabriken und Raumschiffen. Schön, einfach. Der erste Flug zum Mond. Was hinterließen wir dort, damit sie es finden? Mondfahrzeuge, Flaggen, Fußspuren. Was werden die Archäologen der Zukunft diesen Dingen entnehmen? Eine kindische und hilflose Expansion. Wenngleich charmant. Das werden sie denken, diese

Archäologen, gerührt angesichts der Hilflosigkeit, für die diese Mondreisen ein Ausdruck waren, die Freude der Astronauten, als sie zum ersten Mal mit ihren langsamen Bewegungen auf der Mondoberfläche herumhüpften. So wie uns manchmal die Experimente der Alchemisten früherer Zeiten rühren, weil ihnen dieses Traurige zu eigen ist, das die Zeit allem Wollen anheftet, das auf das Unmögliche gerichtet ist. Der Traum, tote Materie lebendig werden zu lassen. Denn liegt der Keim zu leben nicht in allem? Das muss den Alchemisten durch den Kopf gegangen sein. Dass es eine Frage des Übergangs ist. Wie Eis zu Wasser und Wasser zu Luft wird. Wie Bäume zu Asche werden und Gold flüssig wird. Wie Lebende zu Toten werden. *Wie kann man das Tote zum Leben erwecken*. Einst war alles tot. Dann kam das Leben in die Welt. Ein Übergang. Ein Vorher, ein Nachher. Ein Mann aus Lehm, ein Gott, der ihm Leben einhaucht, eine Auferstehung. Dann Jesus. Der Menschensohn. Ihm wendet sich die Aufmerksamkeit zu, die jungen Toten, die sich nach Leben verzehren, die es zu den Kellergewölben der Kathedralen mit ihren heiligen Reliquien zieht, den Würfeln der Wächter, ihren Speeren, die einst in seine Seite gestochen wurden, das Grabtuch. Holzsplitter des Kreuzes, das er trug. Die Dornenkrone. Der Gral. Der Todesaugenblick. Die Erde bebt, die Felsen zerbersten. Und die Gräber öffnen sich, *und viele Leiber der entschlafenen Heiligen standen auf*, lesen sie in der Heiligen Schrift, die entschlafenen Heiligen steigen aus ihren Grabkammern und kommen in die Heilige Stadt, man sieht sie, die Toten, sie kommen. SIE KOMMEN! Auch Jesus gehört zu den Wiederauferstandenen. Was er in jenen Tagen tat, als er als lebender Toter auf der Erde wandelte. Warum fürchtet ihr euch, warum zweifelt ihr? Seht meine Hände, seht meine Füße, ich bin es. Euer Herr und Meister. Ich bin Jesus Christus. Fasst mich an und seht. Ich bin der eingeborene Sohn. Ein Geist hat weder Fleisch noch Knochen. Thomas, du zweifelst, aber du darfst meine Wunden, mein Blut mit deinen eigenen Händen berühren. Ich bin der Menschensohn. Strecke deine Hand aus und lege sie in meine Seite. Der Auferstandene. Ich bin tot, ich lebe. Zweifelt ihr an meinem Wort?

Diese Erzählungen fesseln sie. Denn was macht Jesus, wenn die Jünger ihm weiterhin nicht glauben? Er schaut sich um. Habt ihr etwas zu essen, fragt er, und sie geben ihm ein Stück gebratenen Fisch, den er vor ihren Augen verspeist. Das ist der Beweis. Der Tote lebt.

Er isst Fisch.

Sie lernen, die Lebenshungrigen, und sie glauben. Sie wollen zurück, sie wollen sich ausfüllen lassen, sie wollen neues Fleisch wachsen lassen, sie wollen das Blut wiederhaben. Sie wollen fühlen, wie es in ihrem Körper pulsiert, sie wollen ihre Hände über weiße Haut streichen lassen und die Augen wieder öffnen, sie wollen neue Farben sehen. Die Farben der Welt! Das satte Grün des Grases, das große Blau des Himmels, das reine Rot des Bluts. *Heute Abend sind die jungen Toten hier.* Nehmt sie herzlich auf. Und dann singen wir alle, als letzter Programmpunkt. *Schön ist die Erde.* Seite vier. Vielen Dank für den heutigen Abend und auf Wiedersehen. Kommt gut nach Hause!

Ich war kein bisschen müde. Und auf der Uhr im Schulflur war es zwanzig vor eins. Ich setzte mich auf eine der Bänke am Eingang. Wie anders hier jetzt alles war, ohne Menschen, im künstlichen Licht der Lampen. Ich legte den Kopf in die Hände. Schloss die Augen. Wiegte mich vor und zurück. Ein Windhauch strich über den Platz. Um mich herum, außerhalb.

Ich war drinnen.

Draußen gab es die Geräusche der Bäume, den Wind, der mit den schlafenden Blättern raschelte. Drinnen sah ich das Zimmer im Dachgeschoss. Es war leer, dunkel, still. Manchmal bin ich dort vorbeigegangen und habe sein Auto vor dem Haus stehen sehen. Aber jetzt ist er nicht da. Die Vorhänge, die sich fast unmerklich in der aufsteigenden Warmluft des Heizkörpers bauschen, sieht keiner. Und dann. Was kommt jetzt? Ich selbst, Henrik, der auf einer Bank vor der Schule sitzt, den Kopf in die Hände gestützt und die Augen geschlossen. Ich sehe ihn. In ihm ist es dunkel. Da ist kein Partikel Licht. Der Kopf ist dunkel. Die Kehle ist dunkel, in der Brust herrscht Dunkelheit, im Bauch ist es dunkel, in den Armen, Händen, Fingern, Schenkeln, Knien, Beinen, Füßen. Die große Dunkelheit, die ich bin.

Ich lege mich auf die Bank und beschließe, keinen Muskel zu rühren. Mich durch das Schwarze zu bewegen. Ein Punkt zu werden. Praktisch keine Ausdehnung. Und dann zu wachsen. Die Dunkelheit immer größer werden zu lassen. Wie groß bin ich jetzt? Eine Riesenhand wird gehoben und fährt durch den Raum, landet auf der weiten Fläche des Knies, ein Riesenfinger wird vorgeschoben, kratzt am Stoff, wird zurückgezogen, und die Hand hebt ab, ein gewaltiger Vogel gleitet durch die Luft, fällt und fällt, bis er eine Latte der Bank umfassen kann. Hab keine Angst. Ich bin es nur. Ich bin so groß, wie meine Gedanken mich machen. Nicht einen Muskel bewege ich. Eine Molluske in einer warmen, feuchten Höhle, die bin ich. Unermüdlich. Etwas lebt in mir. Aber eines Tages wird es stoppen. Ein letzter Schlag. Wo befinde ich mich dann? An irgendeinem Ort auf der Welt. Europa, Amerika, Asien, Afrika, Australien. Oder auf dem Meer. Vielleicht auf dem Bürgersteig einer Großstadt, ohne Vorwarnung kippe ich um. Eine unerwartete Veränderung des Blickwinkels. Das Regenwasser fließt direkt vor meinen Augen im Rinnstein vorbei und wird rasch vom Stoff meines Anzugs aufgesogen, er verfärbt sich dunkel. Eine unerwartete Kälte. Schuhe, Stimmen, Hände. Und das Dröhnen eines Automotors. Das klebrige Rauschen von Reifen auf nassem Asphalt. Ich höre es so gut, dieses Motorengeräusch, das tiefer klingt, als der Wagen heruntergeschaltet wird, mit Obertönen, die für einen Moment wie eingefroren sind, wenn die Schallwellen gegen die Hauswand geschleudert werden und dort in einem kurzen Echo hängen, während der Wagen weiterfährt und die Töne miteinander verschmelzen, dünner, höher werden, bis der Abstand sie aufhebt und sie verschwinden. *He passed away.* Ist es so? Ist es so zu sterben? Aus der Welt zu verschwinden, wie der Klang einer Stimme aus der Welt verschwindet. An einem bestimmten Ort, zu einer bestimmten Zeit. Vielleicht in meiner eigenen Wohnung? Ich bin wohl zu schnell aufgestanden, mir wird schwarz vor Augen, ich taste mich ins Bad, stütze mich mit den Händen auf das Waschbecken, aber das Schwindelgefühl geht nicht vorüber, noch ein Schritt, und ich falle und schlage mit dem Kopf gegen die Beckenkante. Was für eine Ironie. Dieses Schicksal hatte ich eigentlich für meinen Vater vorgesehen. Peng. Das Herz stoppt. Du bist draußen. Aber das Blut will weiter durch die Adern fließen. Nach dem letzten Schlag fließt das Blut noch für einen Moment weiter, das ist die Trägheit, und ich lebe noch lange genug, um zu denken: *Jetzt schlägt mein Herz nicht mehr, jetzt sterbe ich.* Zeit für einen weiteren Gedanken? Vielleicht. Was könnte es sein. Was wird mein allerletzter Gedanke sein?

Hm? Henrik?

Ja, genau. Dass ich hier einst lag und daran dachte zu sterben. *Du*, werde ich denken, schnell, bevor ich verebbe. *Du, der du an mich dachtest. Ein letzter Gruß an dich.* Und dann. Was jetzt? Wie mag es sich anfühlen? Geschieht es jäh? Oder langsam? Ich hoffe, es geschieht langsam. Und schwindelerregend. Denn das Leben verschwindet nicht aus dir. Du verschwindest aus dem Leben.

Die letzte Reise.

Reise!

Du bist draußen. Das Schiff fährt. Viele Jahre wirst du dort sein. Das Schiff fährt und fährt. Die Hutkrempe tief in die Stirn gezogen und mit hochgeschlagenem Mantelkragen stellst du die Koffer in deiner Kabine ab. Bemerkst den schweren Duft von Öl aus dem Maschinenraum, einen schwachen Schweißgeruch von dem Menschen, der zuletzt darin geschlafen hat, gehst zu dem beschlagenen Bullauge und wischst es frei. Mehrere Passagiere spazieren über den Kai, den Landgang hinauf, und mit etwas Mühe kannst du die klackernden Absätze auf dem Deck über deinem Kopf hören. Eine Frau, denkst du, eine von diesen unglaublich vielen Frauen auf der Welt geht über mir. Und ist das nicht eine der unglaublich vielen Freuden dieser Welt? Das Geräusch von Frauenschritten auf dem Schiffsdeck an einem Abend im Hafen, Minuten, bevor das Schiff vom Kai ablegt. Aber nur, wenn du sie in deiner Kabine hörst, allein. Dann ist es eine der Freuden dieser Welt. Genau wie die Freude, in eine schattige Bucht zu gleiten und vage den sandigen Grund im blanken Wasser an einem Sommermorgen zu sehen: der Gedanke, in das kühle, grünliche Wasser zu springen. Oder die Freude, in einem Bus zu stehen und an einem späten Abend über ein Flughafengelände zu fahren: in der warmen, feuchten, afrikanischen Dunkelheit auszusteigen und an Bord zu gehen, in dieser gewaltigen Geschwindigkeit mitgenommen zu werden, die dich in den Himmel hebt, dich die Großstadt aus weiter Ferne unter dir sehen lässt, glitzernde Felder von Lichtpunkten in der Finsternis.

Ein Ort auf der Welt.

Aber die Schritte der Frau erfreuen dich mehr, denkst du. Eine Möglichkeit, die über den Augenblick hinausweist. Du weißt, die Komplexität erwartet dich, aber nicht, in welcher Form du ihr begegnen wirst. Ihr werdet zusammen reisen. Du könntest sie kennenlernen. Sie könnte sich dir hingeben. Sie könnte dein Leben verändern, ihm eine neue und überraschende Richtung geben. Vielleicht ist sie eine Deutsche, denkst du, das wäre toll! Aus Darmstadt oder Memmingen, aus Aachen oder Heidenheim. Vielleicht ist sie Italienerin! Palermo, Ferrara, Montesilvano, Barletta. Oder Amerikanerin? Davenport, Pittsburgh, Appleton, Mansfield. Ein Ort auf der Welt, zu dem sie dich mitnehmen wird, eine Familie, die zu deiner Familie wird, ihre Freunde, die deine Freunde werden. Und nun will sie all ihre Erinnerungen mit dir teilen. Eine Kindheit, über die du fürs Erste nichts weißt, wirst du nach und nach kennenlernen, sie wird dir von Menschen erzählen, von deren Existenz du nichts geahnt hast, all diese Ereignisse, die in deinen Gedanken lebendig werden, weil sie das alles erlebt hat und sich für dich daran erinnert, deine Geliebte, die du so sehr begehrst, dass eure Gegenwart dir nicht reicht, du willst auch ein Teil ihrer Vergangenheit sein, dich auch in diese einspeisen, was unmöglich ist, aber sie tut, was sie kann, erzählt von allem, was sie erlebt, von allem, was sie gedacht, allem, was sie gesehen hat.

Das alles liegt in den Schritten, die du hörst, all diese Möglichkeiten gehen dir durch den Kopf. Aber dafür ist es jetzt ein bisschen spät, denkst du, und setzt dich auf das Kabinenbett. Dies dürfte meine letzte Fahrt sein, und ich werde sie alleine machen.

Wohin geht die Reise, mein Herr?

Ins Abendland.

Aha. Dorthin, tja.

Unter dir laufen die Motoren an. Die Vibrationen pflanzen sich durch das Schiff fort, der Aschenbecher auf dem kleinen Tisch klirrt. Die Leinen sind los, schwerfällig legt das Schiff vom Kai ab: So ist deine letzte Reise. In dieser Kabine musst du sitzen. Du frierst, es ist kalt und feucht, und wahrscheinlich musst du dich bald übergeben. Das Erbrochene fließt über den Fußboden, du spuckst und spuckst, bis nur noch Krämpfe bleiben. Nichts zu essen, nichts zu trinken, nur eine unendliche Menge an Zigaretten und dieses ständige Erbrechen. Du frierst, du rauchst und musst immer weiter würgen in einer Langeweile, die so allumfassend und damit unerträglich ist, und in der deine einzige Zerstreuung darin besteht, dir regelmäßig eine neue Kippe anzuzünden, ab und zu eine neue Schachtel zu öffnen, und, Hurra!, in seltenen Fällen zum Schrank zu gehen, um eine neue Stange zu holen.

Wenn der Tod eine Reise ist. Unsere Vorfahren glaubten das ja. Sie legten Hügelgräber an. Direkt am Meer. Der Geruch von

Salzwasser, vermoderndem Tang, Bergen. Wind. Nacht. Sie rudern in der Dunkelheit von Kongshavn los. Die Leiche liegt auf einer Bahre im Bug, prunkvoll gekleidet, die Arme gefaltet, die Augen wieder geschlossen. Taktfest treffen ihre Ruder die Wasseroberfläche, sachte gleitet das Boot durch den Sund. Sie umrunden die Ostspitze der Insel und rudern zu einer Inselgruppe hinaus, wo sie mit dem Toten an Land gehen. Schweigend in der hellen Nacht, runde Steine vom Ufer hinauftragen, Stein für Stein aufeinanderschichten.

Von hier aus sollst du fahren. Folge dem Helvegr bis zum Fluss Gjoll. Dort wirst du übersetzen.

Eine langsame Reise aus unserem Gedächtnis.

Dass das so guttut, dachte ich. Hier mit geschlossenen Augen zu liegen und die Orte so klar vor sich zu sehen. Sich einfach treiben zu lassen und zu sehen. Orte, die es gibt, Orte, die es nicht gibt. Keinen Muskel zu rühren. Nur zu sehen. Ein Strand irgendwo, wo ist das, ich warte, drehe mich um. Eine Bucht. Wenn das nicht die Bukkevika ist, die da vor mir liegt. Warmer, trockener Sand umschließt den Fuß. Der Sand erstreckt sich bis zum Berg, wird an ihn gepresst, Sandkörner, die sich am Massiv des Bergs reiben. Ich denke, dass der Berg unter dem Sand weitergeht. Unter allen Menschen, die überall ausgestreckt liegen, unter den rennenden kleinen Kindern, unter den Rücken, die durch die leicht aufgewühlten Wellen gleiten, unter den roten, schaukelnden Bojen. Unter dem Sand. Und die Sonne brennt und brennt. Das Plastik des Strandballs gibt ein wenig nach, als er mit der flachen Hand dagegenschlägt, im Wind fliegt er schief, sie wirft sich nach vorn, kommt aber nicht heran, sie liegt im Sand, der an ihrer verschwitzten Haut klebt. Er geht zu ihr, sie lacht ihn an. Der Himmel ist dunkelblau. Bedrohlich, denke ich. Ein Anzeichen für Veränderung.

»Klaus!«, rufe ich.

Aber er winkt mir abwehrend zu. Ich leihe mir sein Fahrrad.

Mein eigenes habe ich tief im Wald vergraben. Das weiß keiner. Sie wissen nur, dass es verschwunden ist.

Bist du noch da, Klaus? Wo sind wir jetzt?

In einem Auto irgendwo. Er sitzt vorn, ein kleiner Mann mit Sonnenbrille, er späht zur Tankstelle hinüber. Mutter ist dort hinein verschwunden, um Kekse und Limonade zu kaufen. Wir machen einen Ausflug. Wir drei. Der Himmel bewölkt sich. Als wir zu Hause losfuhren, schien die Sonne. Jetzt ziehen Schatten über den Asphalt. Da kommt sie. Was hast du gekauft, fragt Klaus, sie reicht ihm lächelnd die Tüte, lässt den Wagen an. Der Himmel ist bedeckt. Der Himmel wird grau. Wohin wollen wir, fragt sie, sollen wir zum Gjerstadvannet fahren, da ist das Wasser wärmer. *Sie macht es nicht richtig*, denke ich. Sieben Jahre alt bin ich. Wir sitzen am Ufer und essen Kekse, können aber nicht schwimmen, denn auf den Felsen am Ufersaum wachsen glitschige grüne Algen. Und die Sonne scheint nicht. Sie will, dass es uns gutgeht, denke ich. Zum allerersten Mal tut sie mir leid. Sie meint es gut, bekommt es aber nicht richtig hin. Zum allerersten Mal tut meine Mutter mir leid. Die Wolken werden dunkler, es fängt an zu regnen, wir bleiben nur kurz, und ich habe Lust zu sagen, *Mama, es macht nichts, dass du es nicht so hinbekommst, wie es sein soll*, denn dann kann sie mir durchs Haar streichen und mich anlächeln, *Henrik, lieber Henrik, hast du das jetzt so schlimm gefunden?* Auf dem Heimweg verrichten die Scheibenwischer Schwerstarbeit. Zwei Männer, die an etwas zerren, das ich nicht sehen kann. Sie lehnen sich jedes Mal weit zurück. Hau ruck, hau ruck. Hau ruck, hau ruck. Hol weg. Hol weg. Hol weg. Wenn Vater am Steuer ist, bete ich zu Gott, dass er nicht so schnell fährt und wir keinen Unfall haben. Ich will nicht sterben. Ich falte die Hände und schließe die Augen. Vater fragt mich dann immer, was ich da hinten mache. Wenn er wüsste. Vielleicht weiß er es. Ich bin sechs, als ich zum ersten Mal begreife, woher er so viel über mich weiß, obwohl ich ihm gar nichts erzähle. Denn eines Abends um sieben Uhr, als wir in der Küche zu Abend essen, sehe ich ihn draußen arbeiten, mit gekrümmtem Rücken, in seinem grünen Wollpullover. Ich rede mit Mutter, und dann zeige ich auf Vater und sage, *Jetzt hat er wieder den Pullover an.* Erde, Spaten, Hacke, Schaufel, Erde, braunes Wasser, Steine. Die Handschuhe. Der Bart. Feldsteine, die an die Schubkarre schlagen und scharren. Wenn Papa den Pullover anhat, habe ich Angst vor ihm, sage ich, er wird so wütend. *Und an dem Abend kommt er in mein Zimmer, als ich schlafe.* Er macht das Licht an. Ich wache auf und sehe meinen Vater in seinem grünen Pullover vor dem Bett stehen. Den er sonst immer nur draußen trägt. Daraufhin wird mir klar, dass Mutter alles, was ich ihr erzähle, Vater weitersagt. Er weiß, dass er mir Angst macht. Und dann kommt er in mein Zimmer, steht im Licht, in seinem Pullover, und fragt, *Hast du Angst, Henrik, bis du ein ängstlicher kleiner Junge?*

Es regnet, denke ich und öffne die Augen. Der Himmel ist grau wie Zement. Ich setze mich auf, mit wirrem Kopf und steifen Gliedern. Ich friere. Wie viel Uhr mag es sein? Ich gehe zum Eingang. Bald halb sieben. Dann hat es keinen Sinn, jetzt noch nach Hause zu gehen, denke ich. Zwei Stunden bis Unterrichtsbeginn. Hat mich jemand gesehen? Großer Gott. Und wie kalt mir ist. Verfroren laufe ich herum, zünde mir eine Zigarette an, huste. Ich will nur eins, weiterschlafen. Ich stoße die Tür an. Sie ist zum Glück offen. Ich werfe die glühende Kippe fort und trete in den Schulflur. An seinem hinteren Ende wischt eine Frau den Fußboden, schiebt den rollenden Putzwagen weiter, im Licht der Neonröhren glänzt das Linoleum wie im Krankenhaus. *Wir pflegen hier euren Geist, versteht ihr. Geben ihm Nahrung. Schenken ihm Fürsorge. Allerdings gibt es ein paar Fälle unkontrollierter Entwicklung. Das wollen wir nicht verhehlen.*

»Du meine Güte.«

Ich wachte auf.

»Schläft er schon lange hier?«

»Was ist mit ihm.«

»Hallo, Henrik!«

Ich öffnete die Augen.

Drei der Mädchen standen an der Wand. Kent und Jostein starrten mich an.

»Oh, verdammt«, sagte ich.

»Liegst du hier schon lange?«, fragte Kent.

Jostein wechselte einen Blick mit den Mädchen, er dachte, dass ich es nicht mitbekam.

»Nein«, sagte ich. »Ich bin eben erst gekommen. Ich war nur so verdammt müde.«

»Ohne Bücher?«, sagte Jostein. »Du bist ja klatschnass.«

Ich schüttelte kurz den Kopf, als wäre das alles überraschend, stand auf.

»Was hast du am Wochenende gemacht, Kent«, erkundigte ich mich.

Er sah mich fragend an.

»Hast du was unternommen?«, fuhr ich fort.

Die Mädchen lachten über etwas, das ich nicht mitbekam.

»Nein ... ich war die ganze Zeit zu Hause«, antwortete Kent.

»Aha.«

5

So war es. Das war die Situation, als ich an jenem Morgen aufwachte, so fanden sie mich, vor dem Klassenzimmer im Schulflur schlafend. Steif, kalt, schmuddelig. Den Kopf an die Wand gelehnt, die Beine ausgestreckt. Nasse Kleider, keine Schulbücher. Ich starrte zu Boden und versuchte, mir nichts anmerken zu lassen. Um mich herum versammelten sich die anderen Schüler, einer nach dem anderen trafen sie mit ihren weichen, wohlriechenden Körpern ein. Zweiundzwanzig Mädchen. Zweiundzwanzig sechzehn Jahre alte Mädchen gingen in meine Klasse. War es da so verwunderlich, dass ich Probleme hatte, mich natürlich zu verhalten? Schließlich wurde ich von Weiblichkeit überschwemmt. Tag für Tag war ich von etwas umgeben, was ich mehr haben wollte als alles andere, Mädchen, jede Menge Mädchen schwangen direkt vor meinen Augen ihre Hüften. Unabhängig davon, was mit mir geschah, waren sie da. Täglich roch ich sie, sah ich ihre Körper und stellte mir vor, wie es wäre, sie auszuziehen, anzufassen, sie für mich alleine zu haben, was wir miteinander tun würden. Allein schon, wie sie hießen! Sie hatten Namen wie Anne, Hanne, Katrine, Margrete, Kristin, Hilde, Merete, Therese, Bente. Zweiundzwanzig von ihnen waren in meiner Klasse. Und sie mussten aufgegeben werden. So wie ich Elisabeth aufgegeben hatte. Es geht um Entwöhnung, dachte ich anfangs, aber in Wahrheit ging es um Gewöhnung. Sie jeden Tag reden zu hören und zu sehen, wie sie sich in meiner unmittelbaren Nähe bewegten, sich beispielsweise über das Pult beugten, um einem eine Frage zu stellen, wie sie ihre forschenden Augen auf einen richteten, die Schultern hochzogen und sich wegdrehten, während man ihre Bewegungen, ihre Körper aufsaugte. Die Nacken. Die Hände. Die kleinen Zungen. Ihre Lippen, ihre Füße, all diese unterschiedlichen Schenkel, die man sah, all das Haar und all die nackten Bäuche, an die man dachte. An diese ganzen Dinge musste man sich gewöhnen. Das war nicht leicht. Denn sie hatten alle etwas. Jede Einzelne von ihnen hatte etwas, ob es nun um ihr Wesen oder um ihren Körper ging, sie hatten alle etwas, was ich begehren konnte. Mette war so schmal, so blass, hatte fast völlig weiße Haut, sie erinnerte mich an eine blasse Osteuropäerin, aus Polen oder Ungarn, dachte ich, aus einem alten Adelsgeschlecht, Bosnien-Herzegowina, Österreich, die Habsburger. Ich stellte mir vor, dass sie gerade von einem längeren Aufenthalt in einem Lungensanatorium zurückgekommen war. Sie wollte ich haben, ihre Kränklichkeit, und ihr sanftes, fast ängstliches Wesen. Mettes Zartheit. Die grünblauen Adern unter der weißen Haut. Anne, die mit ihrem üppigen Körper, ihren großen Brüsten und kräftigeren Armen Mettes Gegenteil war, auch sie wollte ich haben, mehr noch als Mette, glaube ich, das gesunde, fast Bäuerliche an ihrem Körper sprach mich eine ganze Weile an, ihre Sommersprossen, außerdem war sie freundlich, sie lächelte oft. Sie, die so scheu war, die immer für sich blieb und mit keinem anderen sprach, wollte ich haben, obwohl sie nicht schön war, im Gegenteil, sie war groß und hager, mit großen Zähnen, spitzen Hüften; Bodil hieß sie, glaube ich, aber es ging mir gar nicht um sie, sondern um ihre Verlegenheit. Hätte eine von ihnen mich gefragt, ob ich mit ihr zusammen sein wolle, jedes dieser zweiundzwanzig Mädchen, hätte ich ohne zu zögern Ja gesagt. Im Grunde weiß ich nicht, warum es so war. Damals nahm ich an, dass es allen so ging. Heute bin ich mir nicht mehr so sicher. Vielleicht wirkte sich ihre schiere Menge ja auch ablenkend auf Jacobsen aus, einen unserer älteren Lehrer, denn ich erinnere mich, wie sehr er darum kämpfte, sich von ihnen nicht unterkriegen zu lassen. Er war dreiundsechzig, hatte den Kopf stets streng in den Nacken gelegt, seinen Bewegungen fehlte es an Elastizität; er verschob sich in kleinen Bahnen, überlegte ich, so wie ein Schaltknüppel seiner Spur folgen muss. Adrett, schnell, dünn, mit nervösen Zügen, gleichzeitig wütend, das war Jacobsen. Jeden Montag ging er auf die für ihn typische Art den Flur hinab, und es graute ihm davor, uns zu begegnen. So auch an diesem Montag. Kurz nachdem ich auf die Beine gekommen war und versucht hatte, mir nichts anmerken zu lassen, bog er mit einem Stapel Blätter unter dem Arm in den Flur. Er blieb vor der Tür stehen und musterte uns, ließ den Blick über seine Schüler schweifen, ich sah zu Boden, und er verharrte nicht bei mir, bemerkte nichts Besonderes, ich hatte feuchte Haare, ein müdes Gesicht und keine Bücher, sollte daran irgendetwas ungewöhnlich sein? Dann schloss er auf und ließ die weichen, sechzehnjährigen Mädchen in seinen Klassenraum strömen, plaudernd, geschmeidig und mit einer vollkommen unbestimmten Sexualität, die sich in allem äußerte, was sie taten. Ob sie nun aufzeigten, um eine simple Frage zu stellen, durch den Klassenraum zur Tafel gingen, um eine Gleichung hinzuschreiben, oder verträumt aus dem Fenster schauten, es war alles sexuell aufgeladen. Und Jacobsen? Er wurde von Tics geplagt. Als versuchte er unablässig, sich den Arm einzurenken oder das Schulterblatt so zu justieren, dass es *exakt* in sein Jackett passte. Oder war es das Armband seiner Uhr, das nicht richtig saß? Wenn einer ihrer Arme ihm zu nahe kam, erstarrte er. Wenn ein Schenkel ihn im Gedränge anstieß. Dann erstarrte Jacobsen und war unfähig, sich normal zu verhalten. Vielleicht machte ihre Jugend es so schwierig für ihn, vielleicht war es ihre Weiblichkeit. Vielleicht würde er auch mir so ausweichen, falls ich ihm zu nahe käme, vielleicht würde er sich dann aber auch besser beherrschen können, denn was hatte sich nicht alles bei den Mädchen geändert, die er vierzig Jahre täglich unterrichtet hatte? Unmerklich hatten sie sich verändert, eines Tages kommt er zu sich, steht da, betrachtet die Klasse und begreift, dass sie heutzutage ganz anders sind. Sie lassen sich nicht wegschieben, sie lassen sich nicht von der Autorität niederzwingen, die seine Stellung ihm verleiht, sie kichern und lachen und hüpfen vor seinen Augen im Klassenzimmer umher. Der arme Mann. Die Mädchen wussten und wussten zugleich nichts von der Macht, die sie über ihn hatten. Sie merkten, dass er ein bisschen seltsam wurde, wenn sie ihm nahe kamen, ahnten jedoch den Grund dafür nicht. Manche von ihnen reizten ihn natürlich, sie zeigten sich ihm lächelnd, streckten sich träge in dünnen Pullovern, so dass man von ihnen mit Fug und Recht behaupten konnte, dass sie haargenau wussten, was sie taten.

Wir standen vor ihm auf. Er musterte uns noch einmal. Dann deutete er ein Kopfnicken an und legte die Blätter auf das Lehrerpult.

»Ihr braucht eure Bücher nicht herauszuholen«, sagte er. »Wir schreiben einen kleinen Test.«

Cecilie an dem Pult vor meinem drehte sich lächelnd zu mir um.

»Da hast du aber Glück gehabt«, flüsterte sie.

Ich freute mich und erwiderte ihr Lächeln. Jacobsen ging durch die Pultreihen, gab an jeden einen Bogen aus. In seinen Stunden schrieben wir häufig Tests. Dann saßen alle über ihr Blatt gebeugt, dann blieben ihm die auf ihn gerichteten Augen erspart, dann konnte er am Lehrerpult sitzen, dann herrschte Ruhe, und nichts beunruhigte ihn. Ab und zu eine jähe Kopfbewegung, ein kurzes Zucken im Arm, ein fast unsichtbares Zittern im Auge, ansonsten Ruhe.

Ich lieh mir von Cecilie einen Stift und begann wie die Anderen zu schreiben. Ich kam zu einem Punkt, bei dem ich mir nicht sicher war, und blickte auf, wie man es manchmal tut, um zu denken. Jacobsen glotzte mich mit starren Augen an und schlug dabei gedankenverloren mit dem Zeigefinger gegen die Tischkante. Als meine Augen seinen begegneten, sah er sofort weg, so beschämt, als hätte er etwas Bestimmtes gedacht, und als wüsste ich nur zu gut, was es war.

Ich schrieb weiter und dachte gleichzeitig an diesen Blick, den er mir zugeworfen hatte. Ich sah auf. Er hatte mich wieder angesehen und beeilte sich nun, in den Blättern zu lesen, die vor ihm auf dem Lehrerpult lagen. *Noch einer von denen*, dachte er vielleicht. Denn er kannte unsere Familie. Die Brüder Roald und Kristian Vankel. Er behandelte mich wie alle anderen, korrekt, förmlich, dennoch fragte ich mich, ob zwischen ihm und ihnen irgendwann etwas vorgefallen war. Sie sprachen seinen Namen mit einem Anflug von Verachtung aus, als ich ihnen erzählte, dass er mein Lehrer war. Ahh, dieser Jacob-*sen*, jaja. Seufz. Ich wurde von einem Blick aus den vierziger Jahren bewertet, dachte ich, aus den Fünfzigern. Er wusste etwas über mich, von dem ich keine Ahnung hatte.

Und das passierte mir nicht zum ersten Mal. Denn drei Wochen zuvor, am zweiten Tag in der Schule, kam eines der Mädchen in der Pause zu mir, sie heiße Camilla, sagte sie mit ihrer unangenehm nasalen Stimme, und du heißt Henrik Vankel, stimmt's? Ja. Bist du mit Kristian Vankel verwandt, fragte sie und sah zu mir hoch, *Kennst du ihn*, fragte ich, *er ist mein Großvater*. Nein, sagte Camilla, *aber meine Mutter kennt ihn. Sie waren früher Nachbarn. Vankel, hast du gesagt? Frage ihn mal, ob er mit Kristian Vankel verwandt ist. Das ist er bestimmt. Weißt du, wir haben einmal vor ihrem Haus auf der Straße gespielt, wir haben Ball gespielt oder sind Seil gesprungen, ich weiß es nicht mehr genau, aber er kam heraus, er war außer sich vor Wut, er schrie uns an, wir sollten uns von der Straße vor seinem Haus entfernen. Wenn nicht, werde er die Polizei rufen. Die Polizei? Ja, die Polizei. Und was ist dann passiert? Ach, na ja, ich war dreizehn und wusste, dass ihnen die Straße nicht gehört, also haben wir trotzdem weitergespielt. Eine halbe Stunde später kamen sie. Die Polizei? Ja, die Polizei. Ein Einsatz. Der Polizeibeamte meinte, es habe sich jemand über uns beschwert, ob wir nicht woanders spielen könnten. Aber die Sache war ihm sichtlich peinlich. Die Vankels hingen in den Fenstern und sahen uns an. Sie waren wütend … Frag ihn … wie heißt er, Henrik? – ob er mit ihnen verwandt ist. Sag ihm, dass ich das nicht vergessen habe.*

Als hätte sie, Camilla, dadurch etwas gegen mich in der Hand, was ihr offenbar gefiel, denn sie erzählte die Geschichte mit triumphierender Stimme. Sie reizte mich bis aufs Blut. Fleißige Menschen sind die schlimmsten. Sie bleiben lange auf und strengen ihre kleinen Gehirne an, und anschließend gelingt es ihnen nicht, ihren Stolz zu verbergen, wenn sie eine Arbeit zurückbekommen und gut abgeschnitten haben. Natürlich haben sie gut abgeschnitten! Sie setzen ja alles daran, sich in eine Position zu begeben, in der sie stolz in sich hineinlächeln, wenn andere es sehen, sie widmen all ihre Zeit dem Versuch zu verstehen, was in den Büchern steht. *Verflucht, was ist ihr Verstand doch beschränkt*, dachte ich, wenn sich in ihrem kleinen, eifrigen Gesicht der Mund öffnete, um zu wiederholen, was Jacobsen gerade erst gesagt hatte, aber mit einem ansteigenden Ton am Ende, so dass daraus eine Frage wird. Und jetzt, zehn Jahre später, ärgere ich mich immer noch, wenn ich an sie denke. Trotzdem, wenn ich die Chance gehabt hätte, wenn sie sich vor mir ausgezogen und mich gefragt hätte, ob ich sie nicht umarmen wolle, hätte ich es getan. Meine Lust war damals so groß, dass sie alle einschloss, selbst Mädchen, die ich überhaupt nicht mochte. Vielleicht sogar vor allem welche, die ich nicht mochte. Als wäre es besonders befriedigend, sich ausgerechnet sie mit mir im Bett vorzustellen, als wäre es eine Art Rache, mit ihnen zu schlafen. Als wären Begierde und Rachbegierde für mich das Gleiche.

So war meine Lust, sie trieb innerhalb der Wände unseres Klassenzimmers umher, ein paar Tage da, ein paar Tage dort, wie ein kleines Kätzchen, das sich nicht entscheiden kann, von wem es sich am liebsten streicheln lassen möchte. Sie ruhte nie, verweilte nie, wechselte jeden Tag, jede Stunde, ein Tier, das zum Glück niemand bemerkte. Wenn sie gewusst hätten, was ich dachte! Aber es gab keinen Raum, in dem es bleiben konnte, es starb dort, ich gewöhnte mich mit der Zeit an die Mädchen in meiner Klasse, mein Blick richtete sich nach außen und fiel, willkürlich, auf andere Mädchen. Wie Elisabeth. Und wie Elisabeth wussten auch sie nicht, wer ich war, wussten sie nicht, dass es mich gab, meine Existenz war ihnen unbekannt. Dass sie in den Gedanken eines gewissen Henrik Vankel lebten und dort Dinge taten, die ihnen sonst wahrscheinlich fernlagen. Die Körper fremder Mädchen, das Lächeln fremder Mädchen. Die Lippen fremder Mädchen. Die Kleider, die sie trugen. Alles, was sie taten. So viele Mädchen, die mich in diesen drei Jahren Tag für Tag umgaben. Ich starrte und starrte, und manchmal bot sich mir eine Gelegenheit, etwas zu sagen, aber es wurde nie mehr daraus. Wie viele waren es? Hunderte. Sie alle hatten ein Zuhause, standen morgens auf, duschten und zogen sich an, um dorthin zu kommen, wo ich sie sehen konnte. Manchmal stellte ich mir alle gleichzeitig vor, kurz vor dem Einschlafen, ein unmöglicher Gedanke, der mich stundenlang wachhielt: dass sie in diesem Moment überall in der Stadt lagen, Hunderte Mädchen, jede in ihrem Schlafzimmer, unter ihrer Decke. Sie wussten nicht, dass an sie gedacht wurde. Ebenso wenig wussten sie, dass ich sie im Auge behielt, dass ich mir vorstellte, gewisse Dinge mit ihnen zu tun, sie ahnten nicht, dass ich existierte. Sie, die eines Tages mit nagelneuen Schuhen auftaucht, ahnt nicht, dass mich dies innerlich jubeln lässt, denn ich freue mich über diese Schuhe, die sie gekauft und angezogen hat, und in denen sie nun über den Schulhof geht, mit dieser kindlichen Mischung aus Bescheidenheit und Freude über die Schuhe, die ich ihr zuschreibe, das reicht mir, sie hat eine Stupsnase, das reicht mir, einen langen, schlanken Hals, das reicht mir, eine engsitzende Jeans, das reicht mir, sie kaut an ihren Nägeln, und ihre Bewegungen zeugen von einer gewissen Nervosität, wenn ich sie in der Menge der Schüler vorbeigehen sehe, das reicht mir, sie spricht einen nordnorwegischen Dialekt, das reicht mir, sie spricht Schwedisch, das ist mehr, als ich ertrage, sie trägt den Kopf beim Gehen ein klein wenig schief, ich bin verliebt. Drei Wochen brauchte ich allein dafür, ihren Namen herauszufinden. Vorsichtige, rein zufällige Fragen in komplizierten Strategien, die letzten Endes zu ihr führten: Bente. Dunkle, kurzgeschnittene Haare, graublaue Augen. Ihr Gesicht hatte etwas Starres, fast Gefühlloses; wenn sie lächelte, blieben ihre Augen davon unberührt, nur die Lippen glitten flüchtig zur Seite, es wirkte eher wie eine Entschuldigung für etwas, weniger wie ein Zeichen von Freude. Ja, leblos. Blasse Haut, graublaue Augen, lebloses Gesicht. Nicht ernst oder traurig, sondern etwas anderes, dachte ich, Henrik achtzehn: Es erschien mir eher wie eine fürchterliche Arroganz, eine ungeheure Unbeschwertheit, eine herrliche Kälte. Ihr war nichts gut genug, dachte ich. Alles an ihr war in sich gekehrt. Und schön. Sie war zweifellos das schönste Mädchen auf meinem Gymnasium und eindeutig die Unerreichbarste von allen. Sie!, dachte ich, *ich und sie*.

Wieder bereitete ich mich vor. Wenn mir fünfzig Worte zur Verfügung standen, mussten diese Worte exakt berechnet werden. Wie eine Kalkulation, eine Zahlenkolonne, eine Bilanz.

Bente würde ich schreiben. Das konnte einfach nicht schiefgehen. Die Briefform gab mir völlige Kontrolle. Ich nahm mir so viel Zeit, wie ich wollte, legte jedes Wort auf die Goldwaage, strich durch, warf weg, schrieb noch einmal. Ich konnte jede beliebige Stimmung hineinlegen, Wehmut oder Freude, konnte amüsant oder ernst, beseelt und gelehrt sein, ich musste einfach nur schreiben und nochmals schreiben, bis es so war, wie ich es haben wollte.

Der größte Vorteil bestand jedoch darin, dass ich mich ihr präsentieren konnte, wie ich wollte. Ich hatte die Chance, für ihre Augen ein Bild von mir zu erschaffen, das sie wiedererschaffen würde, ich würde in ihrem Inneren sein und sie berührt davon sein, von mir, dem heimlichen Briefschreiber.

Dieser heimliche Briefschreiber machte sich beharrlich und systematisch ans Werk. Für meinen ersten Brief brauchte ich fast eine Woche. Er war kurz, lediglich als Einführung gedacht, als ein Versprechen von mehr. *Du kennst mich nicht.* Ich gab ihn in einem Postamt am anderen Ende der Stadt auf, damit der Stempel ihr keine Chance bot, im Ausschlussverfahren auf mich zu kommen. Niemals gab ich zwei Briefe im selben Postamt auf, ich verteilte sie, und am Ende musste ich nach der Schule aus der Stadt fahren, um einen neuen Stempel zu bekommen, nach Vågsbygd, nach Randesund, sogar bis nach Vennesla zog ich mit meinen Briefen, die immer länger wurden, da ich mit der Zeit das Gefühl hatte, sie immer besser zu kennen. *Liebste Bente.* Es war ein sonderbarer Prozess, wenn ich in diese andere Person überging, den Briefschreiber, der jedes Mal, wenn ich Platz nahm, um ein neues Schreiben zu verfassen, Besitz von mir ergriff. Er hatte einen anderen Ton in sich, er brachte eine andere Stimmung mit, er war reiner. Am merkwürdigsten war dennoch, dass er anfing, sie, Bente, zu kennen. Auch sie nahm in diesen Briefen Gestalt an, obwohl sie gar nichts mit ihnen zu tun hatte, kam sie näher, wurde sie ein Mensch, nein, eine Frau!, mit einer Persönlichkeit, zu der ich in Beziehung trat, nach der ich mich beim Schreiben richtete.

In mir wuchs die Anspannung. Tag für Tag suchte ich sie und beobachtete sie in den Pausen, ich wollte sehen, ob sich an ihr etwas veränderte. Ein plötzliches stilles Lächeln, ein prüfender Blick auf verschiedene Jungen: *Ist er es?* Aber ich sah nichts. Nichts geschah. Als schickte man Briefe in ein großes schwarzes Loch. Nichts kam zurück. Kein Lächeln, kein Zeichen. Nichts. Trotzdem machte ich weiter. In den Schulstunden notierte ich mir Ideen für den Brief am Abend. An manchen Vormittagen ging ich in die Bibliothek und suchte nach Büchern, aus denen ich zitieren konnte, nach Gedichten, die ich kopieren konnte, abends schrieb ich. Im Laufe von drei Monaten kamen so zweiunddreißig Briefe zusammen. Die längsten waren zwanzig Seiten lang. Ich schrieb und schrieb. Ausgehend von dem behutsamen, fast zärtlichen Ton der ersten Zeilen, in fürsorglicher Zurückhaltung, hatte ich die Intensität erhöht, so dass sie Schritt für Schritt eine Richtung erhielten, etwas wurde stärker, deutlicher, ein Wille wurde erkennbar: *Ich will dich haben*. Anfangs nur als ein zugrunde liegender Druck in der Geste, ihr Briefe zu schicken, dann direkter, *Ich brenne vor Ungeduld, Bente, ich weiß bald nicht mehr, was ich tun soll.*

Denn das ganze Spiel, all dieser Fleiß und Esprit, die ich aufgeboten hatte, diese gewaltige Arbeit wäre ja vergebliche Mühe gewesen, wenn sie in der Realität zu nichts führte. Wenn ich mit meinen Händen nicht über ihren Nacken streichen, meine Lippen nicht auf ihre Wangen pressen konnte, waren meine Briefe wertlos. Schließlich sollten sie Bente zu mir führen, darum ging es doch. Sie sollten eine Funktion erfüllen. Und nun ging es bald nicht mehr weiter, ich konnte das Ganze nicht mehr weiterentwickeln, da ich mich in meinen Schreiben der Grenze der Utopie näherte, ich war dabei, die Sache ins Unwirkliche und Unerreichbare zu treiben, bald würde es zu spät sein.

Ich musste handeln. Was ich in der Form des Briefs so kunstvoll ausgearbeitet hatte, musste in die Realität überführt werden. Und das war problematisch. Sie würden bald keine kompatiblen Größen mehr sein.

Eines Abends, als es dunkel geworden war, machte ich mich auf den Weg zu ihrem Haus, kletterte über den Zaun und gelangte in den Garten, wo ich zunächst von Fenster zu Fenster ging und in das Wohnzimmer hineinsah, den Blick über das Regal an der Wand, die Couchgarnitur und den kleinen Mann streifen ließ, der im blauen Lichtschein des Fernsehapparats Zeitung las. Fast durchsichtiger Dampf steigt aus der Kaffeetasse auf dem Tisch. Er senkt die Zeitung, schaut zum Fernseher und kratzt sich am Arm. Eine Frau betritt den Raum und geht zum Fenster. Bentes Mutter, denke ich und ziehe mich zurück, bewege mich zum nächsten Zimmer. Eine leere, hell erleuchtete Küche. Teller stehen auf dem Tisch, Essensreste sind in einer weißen Fettschicht erstarrt, halbe Kartoffeln, Knochen, etwas Gemüse. Kleine Luftblasen steigen in den halbvollen Wassergläsern auf. Hier hat sie gegessen. Bei dem Gedanken wird mir schwindlig, ich bin dort, wo sie gerade eben noch ein Messer und eine Gabel gehalten, das Fleisch geschnitten, es zum Mund gehoben hat. Den Bissen in der Mundhöhle faserig gekaut, geschluckt, vielleicht einen Schluck Wasser getrunken hat. Hier, denke ich, in diesem Raum ist sie gerade eben noch gewesen. Sie hat Dinge getan, sich bewegt. *Wie hat es dir geschmeckt, Bente.* Auf der Uhr an der Wand ist es ein paar Minuten nach halb acht. Sie essen spät in dieser Familie. Unter der Uhr hängt eine Pinnwand. Ich lehne mich vor, um zu sehen, ob dort eine Nachricht für sie hängt, als die Tür geöffnet wird und die Mutter hereinkommt. Schnell ziehe ich mich zurück. Sie schaltet das Radio ein, sehe ich, höre aber nichts, sie dreht den Wasserhahn am Becken auf und schabt die Reste des Abendessens in einen Mülleimer, während das Wasser läuft. Ich betrachte sie. Wie sie einen Finger in das Wasser taucht, um die Temperatur zu prüfen, ein Paar gelbe Putzhandschuhe anzieht, Spülmittel in das Becken spritzt und einem bestimmten System folgend spült: Von links nimmt sie Gläser, taucht sie ein und schrubbt sie mit schnellen Bewegungen sauber, um das Glas anschließend unter laufendes Wasser zu halten, es in einen Geschirrständer zu stellen und sich ein neues zu nehmen. Wenn Bente und ich zusammen wären, denke ich, könnte ich durch diese Küche gehen, sie würde sich zu mir umdrehen und mich anlächeln, ich sage etwas Belangloses, wir lachen, ich gehe ins Wohnzimmer, zu ihrem Vater, zusammen sehen wir die Nachrichten, und vielleicht kommt Bente zu uns und setzt sich auf meinen Schoß, denke ich in den Schatten des Gartens. *Was für ein idiotischer Gedanke*, schießt es mir dann durch den Kopf, was ist das bloß für ein selten dämlicher Gedanke, sie spült, er sieht fern, bist du total bescheuert, Henrik, was hat das mit dir zu tun? Nichts, denke ich, es hat nichts mit mir zu tun, weder das Wohnzimmer noch die Küche oder das Haus oder der Garten, auch nicht die Siedlung, auch nicht die Stadt oder das Land, hier gibt es nichts, was ich mir wünsche, denke ich, jedenfalls nicht so, denke ich, das Einzige, was ich hier haben will, ist sie.

Bente wollte ich haben, ihr ernstes Gesicht und ihren geschmeidigen Körper wollte ich lächelnd vor mir haben, zuhörend, deshalb ging ich weiter, um das Haus herum, bis ich fand, wonach ich suchte. Ihr Zimmer. Und Bente war da. Vor ihrem Zimmer stand ich, der heimliche Briefschreiber, und hielt Wache. Ich wartete darauf, dass sich eine Gelegenheit, eine Chance zu handeln ergeben würde. Aber es tauchte nichts dergleichen auf. Bente lag auf dem Bett und las, lag auf der Decke, mit einem Buch vor sich. Sollte ich an ihr Fenster klopfen, ganz vorsichtig, damit kein anderer Hausbewohner es merkte? Nein, das konnte ich nicht tun, sie wusste ja nicht, wer ich war, und bevor ich es ihr erklären konnte, würde sie vielleicht schreien. Also ging ich nur etwas näher heran, damit ich wenigstens alles etwas besser sehen konnte. Es war das erste Mal, dass ich die Gelegenheit hatte, sie wirklich zu betrachten, die Eindrücke zu verinnerlichen, die sie mir bot. Sieh, sieh, sieh. Die lesende junge Frau Bente, gesehen von dem jungen Mann Henrik. Sie lag auf dem Bauch, den einen Fuß auf das andere Bein gelegt, geistesabwesend strich er darüber, als wüsste sie nicht, was da hinten geschah. Aber es war der Körper, den ich betrachtete und speicherte. Das Bein, das von der Ferse zum Knie einen leichten Bogen beschrieb, und den sanften Anstieg vom Knie zum Po, der sich in einer Weise wölbte, die mich im Dunkeln schwer schlucken ließ, und danach die Senke des Rückens, ehe es wieder steil aufwärts ging: Sie stützte sich mit beiden Ellbogen auf dem Bett ab und hatte den Kopf in die Hände gelegt, so dass sich der obere Teil ihres Rückens hob. Die Wölbung des Hinterkopfs vom Nacken aus. Die Haare, die ihr in die Stirn fielen. Ihre Art, das Gewicht zu verlagern, wenn sie blätterte, einen Arm freigab, an einem Finger leckte, ihn auf das Papier drückte, umblätterte. Und zurück. Ihre Haut konnte ich nicht sehen, bis auf die ihres Gesichts natürlich, was davon hinter dem langen Pony sichtbar war. Die hohen Wangenknochen, die kalten, graublauen Augen. Und ihre Hände. Ich sah sie so, allein mit sich, und beschloss, die Reihe meiner Briefe zu beenden. Der letzte Satz würde lauten, *Ich liebe dich, Bente*, und dann Punkt. Keine weiteren Briefe.

Eine Bewegung ließ ihr T-Shirt ein wenig hochrutschen. Ein Zipfel des Rückens wurde sichtbar. Wenn sie so lag, stach das Rückgrat nicht hervor, konnte man die Wirbel unter ihrer Haut nicht erahnen, im Gegenteil: Der Rücken war eine weiche Mulde, eine Senke. Ich ging näher heran, weil ich das deutlicher sehen wollte, die weiche Haut, die Farbe, die kein Bild wiederzugeben vermochte, das Haptische, die weißgelbe Färbung wollte ich sehen, um mich später an sie zu erinnern.

Ich stand einen halben Meter von ihrem Fenster entfernt, als sie aufblickte. Eine knappe Sekunde starrten wir uns an, ehe ich mich umdrehte und so schnell ich konnte aus dem Garten floh. Hinter dem Zaun blieb ich kurz stehen, ihr Vorhang war zugezogen worden, dann lief ich weiter für den Fall, dass sie ihren Eltern Bescheid gesagt hatte. *Jemand schleicht durch unseren Garten, Vater.*

Am nächsten Tag sah ich sie in der Kantine. Sie hatte dieselbe Hose an, und ich bildete mir ein, dass wir etwas gemeinsam hatten, etwas teilten. Ich wusste, wie es bei ihr aussah, ich wusste etwas, das kein anderer wusste. Ihr Zimmer, die Familie. Dass sie am Zeigefinger leckte, ehe sie umblätterte. Ihre Art, mit dem Fuß das Bein zu tätscheln. Jetzt hatte sie Schuhe an, schwarze, kräftige Schuhe, die sie oft trug, sie gefallen mir, dachte ich und reihte mich hinter ihr in die Schlange ein. Sog ihren süßen, undefinierbaren Geruch ein, von Shampoo, von Parfüm, von

Kleidern, die gerade draußen gewesen waren. Sie nahm einen Milchkarton aus der Kühltheke. Im selben Moment beugte ich mich vor und folgte ihrem Beispiel. Strich mit den Fingern flüchtig über ihren Handrücken, ehe ich die Milch nahm. Sie drehte sich zu mir um.

»Entschuldige«, sagte ich.

Sie lächelte automatisch. Sie erkannte mich nicht. Ich war noch immer unbekannt, noch immer irgendwer. Aber nicht alle haben dir so schöne Briefe geschrieben, dachte ich, das habe nur ich getan. Es ist mein Begehren und meine Lust, die du gelesen hast, ich bin der, an den du denkst. *Du weißt es nur nicht.*

An dem Abend schrieb ich meinen letzten Brief. Und im Unterschied zu den vielen Malen, an denen ich das in den letzten Monaten getan hatte, geschah es diesmal in großer Eile. Ich schrieb, so schnell ich konnte, kritzelte Seite auf Seite voll, bekennend und mich selbst prüfend. Denn waren meine Briefe nicht im Grunde hilflos, hatte das Begehren nicht etwas Dürftiges und Armseliges, wenn es nur schriftlich zum Ausdruck kam und nicht im wirklichen Leben? War nicht etwas Mageres und Mangelhaftes an diesen Briefen, etwas Weltfremdes, eine große Distanz zwischen mir und dem Brief und zwischen ihr und dem Brief, und damit eine unermessliche Distanz zwischen mir und ihr? Glaubte sie, dass diese sich überbrücken lassen würde? Bente, was meinst du, wollen wir uns treffen? An einem der nächsten Tage werde ich mich zu erkennen geben. Ich will dir zeigen, dass ich ein Leben außerhalb dieser Briefe habe, dass mein Begehren und meine große Liebe sich nicht auf den Stapel von Briefen beschränkt, die du bis jetzt bekommen hast, sondern hier draußen existiert, in der Welt. Dort sehen wir uns. In der Welt. *Ich liebe dich, Bente.*

Ich wusste, dass ich meine Worte bald bitterlich bereuen würde, deshalb klebte ich den Umschlag augenblicklich zu. Statt bis zum nächsten Tag zu warten wie sonst, beschloss ich, ihn auf der Stelle bei ihr abzuliefern. Ein weiteres Mal trottete ich deshalb in die Siedlung, in der sie wohnte. Blieb am Gartentor stehen, sah zum Haus. Es war niemand da. Ich öffnete das Tor und ging zur Tür. Ich legte den Brief auf die Türschwelle. Ich klingelte. Dann eilte ich hinaus, blieb auf dem Bürgersteig stehen und drehte mich um. Einige Sekunden vergingen. Vielleicht waren sie ja nicht zu Hause. Ich wartete. Die Tür wurde geöffnet. Es war ihr Vater. Er schaute sich um, entdeckte den Brief, nahm ihn in die Hand, las. Hob den Blick, sah in meine Richtung.

Ich ging los.

»He, du!«, rief er.

Sicherheitshalber rannte ich davon. Als hätte ich etwas falsch gemacht, dachte ich, und wurde atemlos langsamer. Jetzt war es getan. Erneut musste ich handeln.

Am nächsten Tag in der Schule war ich bereit. Mir blieb nur eins zu tun. Direkte Konfrontation. Ich würde zu ihr gehen und erklären, sie sei mir schon seit längerem aufgefallen, dass ich sie gerne besser kennenlernen würde. Als ein Mann dieser Welt würde ich ihre Bekanntschaft machen. Ich würde sie zum Essen einladen, eine einfache Wahl für sie, keine Komplikationen. Ja oder nein. Weiß oder schwarz. Einfach. Sagte sie Ja, konnte ich ihr mit der Zeit elegant zu verstehen geben, dass ich diese Briefe verfasst hatte. Aber nicht zu früh. Ich hatte mich in ihrem Denken schon in der Welt des Briefs etabliert, dachte ich, jetzt würde ich mich genauso deutlich aus der Welt kommend in ihrem Denken etablieren. Später konnte beides vereint werden und gemeinsam den Wert des jeweils anderen steigern.

Aber die Zeit drängte. Mein Entschluss stand fest und durfte nicht durch Zögerlichkeit zunichtegemacht werden. In der nächsten Pause würde ich zu ihr gehen. *Was habe ich schon zu verlieren*, dachte ich.

Damals war ich achtzehn, woher kam also dieser kindische Gedanke an Verlust und Gewinn? Schließlich hatte ich *alles* zu verlieren. Ich hätte mich fernhalten sollen, weit, weit weg, sie war nichts für mich, ich hätte ein paar Tage verstreichen lassen sollen, um zur Besinnung zu kommen, um die ganze Geschichte zu vergessen, um sie zu vergessen, Bente, so wie ich sie heute vergessen habe. Aber nein, ich wollte mit ihr reden. Ich wollte sie einladen. Wir würden ein Paar werden. Sie würde die meine sein.

So dachte ich, als die Pause begann. Ich blieb noch kurz an meinem Pult sitzen, dann ging ich. Ich sah sie sofort, sie stand mit drei anderen zusammen, zwei Jungen und einem Mädchen, mit denen sie oft zusammen war.

Sofort blies ich die ganze Aktion ab. Ich begriff, dass ich da draußen keine Chance haben würde. Man kann einer Frau, die man nicht kennt, seine Liebe nicht im Beisein anderer Menschen gestehen. Das geht nicht.

Ich musste auf eine passende Gelegenheit warten. Nicht in der Schule, dachte ich, sondern an einem anderen Ort, mit anderen Assoziationen. Ich beschloss, es in einem Lokal zu tun. Sind das nicht die Orte, wo man so etwas macht, in denen man mit fremden Frauen spricht und ihnen etwas vorschlägt?

Doch. Außerdem lebten wir in einer kleinen Stadt. Wenn sie abends ausging, würde ich sie schnell finden. Ihre Nähe suchen, plaudern, freundlich, aber entschlossen. Ihr kleine Hinweise geben, charmant und gleichzeitig geheimnisvoll sein. Nicht zu viel, nicht zu wenig geben, aber genug, dass ein Begehren entsteht, jedoch nicht so, dass sie weiß, woran sie bei mir ist.

So musste es ablaufen.

Am zweiten Wochenende nach dem letzten Brief sah ich sie. Sie kam in Begleitung von zwei anderen Mädchen die Treppe herunter, hängte ihren Mantel an die Garderobe, trug darunter ein enges, schwarzes Kleid, hatte die Haare hochgesteckt.

Vorsichtig tippte ich Kent auf die Schulter, als sie an unserem Tisch vorbeikam, nickte.

»Das ist Bente«, sagte ich.

Er drehte sich um.

»Ist sie nicht süß?«

»Also das ist Bente!«, sagte er und grinste, zog den freien Stuhl zwischen uns heraus. »Sie kann sich zu uns setzen!«

»Sehr witzig.«

»Warum nicht?«

»Red keinen Müll.«

»Du bist immer so feige. Wie willst du an Bente rankommen, wenn du dich nicht einmal traust, mit ihr zu *reden*?«

»Ich werde mit ihr reden. Aber nicht gleich.«

»Und wann?«

»Bald.«

»Morgen? Nächste Woche?«

»Schluss jetzt. Ich habe gesagt, ich *werde* mit ihr reden.«

»Aber nicht jetzt?«

Wir lächelten, und er zog los, um Bier zu holen. Ich betrachtete Bente, ihren Nacken, die gestikulierenden Hände, eifriger, als ich sie je zuvor gesehen hatte. Was brachte sie dazu, so aufgekratzt zu sein, dachte ich, worüber unterhielten sie sich? Aber es war unmöglich, ihre Worte aus dem Stimmengewirr im Kellerlokal herauszuhören, aus dem Lachen, das durch die warme, stickige Luft schallte.

Kent kam zurück, wir tranken weiter, ich wurde allmählich betrunken. Dieser eigenartige Zustand, in dem die Kraft und Fähigkeit zu denken schrumpfen, während die Lust zu reden, der Wunsch nach einer neuen Form von Offenheit, der Glaube daran, dass dies gelingen kann, immer größer werden. Wenn man nur lange genug spricht, wird man sich einer bedingungslosen Ehrlichkeit annähern: Was man die ganze Zeit wirklich gedacht, wirklich empfunden hat, als alles im eigenen Wesen in Knappheit, Zurückhaltung, Strenge gehüllt war, so dass man viele Dinge für sich behalten hat. Dieses Missverhältnis zwischen dem inneren und äußeren Leben hebt der Alkohol auf. Das Innere wagt sich hinaus. Aber das ist ein Fluch. Denn das Innere richtet sich nicht nach dem Äußeren, es ist umgekehrt, das Äußere verändert sich, oder verschwindet für eine Weile, und was geschieht daraufhin, wenn das Innere auf diese Weise lebendig wird? Wenn das Innere einen Charakter bekommt? Ein Gesicht, eine Bewegung, eine Stimme. Nur so kann das Innere in die Welt gelangen, indem es in die Identität des Äußeren schlüpft. Das Innere weiß jedoch, dass es da draußen, im Licht, in der Bewegung, an Würde verliert. Der Alkohol flößt ihm Mut ein und überwindet Einwände, woraufhin das Innere wider seine Natur handelt, um Äußeres zu werden. Der Alkohol verleitet das Innere zu glauben, dass es durch ein solches Manöver sein wahres Wesen finden, sich endlich ruhig und abgeklärt zurechtfinden werde. Aber typisch für das innere Leben ist ja gerade, dass es völlig unbeweglich ist, abgeschnitten von der Welt, es ist abgekapselt und stagniert, schlimmstenfalls überwuchert, faulend, so wie ein Waldsee ohne Zufluss zuwächst und fault. Ideen und Gedanken und Gefühle, die sich voneinander ernähren, eine kontinuierliche Inzucht, die sich am besten bei älteren Menschen beobachten lässt, die nicht mehr aus dem Haus kommen und keinen Besuch mehr haben; ihre einzigen Zugänge zu Informationen über ihre Umwelt sind Telefon und Fernsehen, Informationen, die in ihren alten Gehirnen liegen und gären und blubbern, dort vermischt sich alles und wird zu neuen Vorstellungen und Theorien umgebaut, die nichts mit der Realität zu tun haben und nie korrigiert werden. Aber wehe, wenn man versucht, ihnen das zu sagen! Wollen sie es hören? Nein, nein, nein, sie hören nicht, denn sie *wissen*, dass die Welt so ist. Glücklicherweise stößt das junge innere Leben normalerweise auf Widerstand von der Außenwelt, es wird korrigiert und zurechtgewiesen, deshalb ist das innere Leben so vorsichtig, wenn es darum geht, sich im Äußeren klar zu erkennen zu geben. Daher die Zurückhaltung, daher die Knappheit. Bis der Alkohol es herauslockt und das Tote Fleisch und Blut werden lässt, ihm unter dem Deckmantel von Ehrlichkeit und Sensibilität eine Stimme, ein Gesicht gibt.

Eine Missgeburt, ein Monster: der betrunkene junge Mann.

Draußen im Licht, draußen in der Welt wird das Faule und Entzündete des inneren Lebens, das sonst verborgen ist, offenbar: Eine Kloake ist es, was über den Tisch in Kents Ohren strömt, faule Gedanken, verdorbene Gefühle. Das im Äußeren sich zeigende Innere stinkt. Aber auch das Äußere lässt sich verlocken und weicht freundlich zurück, um seinem heimlichen kleinen Bruder, dem Inneren, Platz zu machen. Es hält sich fern, solange es andauert. Wenn das Äußere wieder zurückkehrt, entdeckt es dann, dass das Innere alles durcheinandergebracht und Chaos und Verwirrung gestiftet hat, unverzeihlich, unverzeihlich. Das Innere schämt sich, versucht, sich zu verstecken, aber das Äußere ist gnadenlos: *Das hast du gesagt? Hast du das wirklich gesagt? Du solltest dich schämen! So etwas kann man doch nicht sagen!* Das Innere bereut, und die beiden Brüder geloben einander, so etwas nie wieder zu tun. Wir werden nie mehr trinken. Und selbst wenn wir es tun, werden wir aufpassen, das Innere soll im Inneren, das Äußere auf seinem Posten als Hüter seines Bruders bleiben.

Aber für mich war die Ehrlichkeit nur ein Übergangsstadium, was ich damals jedoch noch nicht herausgefunden hatte. Als Achtzehnjähriger in dem Lokal *Der Keller* war ich bis dahin nur allgemein betrunken gewesen. Noch wusste ich nicht, dass mein Körper außerordentliche Mengen Alkohol vertrug, dass ich mich weit an meiner Redseligkeit vorbei in etwas Anderes hineintrinken konnte, wo von mir kaum noch etwas übrig war, dass ich mich in etwas Maschinenartiges verwandeln konnte, einen Ort ohne Gedanken, auch ohne Gefühle, an dem der Körper aber weiter funktionierte. Ich übergab mich nie, ich schlief niemals ein, ich torkelte nie. Auf Außenstehende wirkte ich normal, während ich in Wahrheit jenseits aller Normalität war, ein Nichts, vollkommen blank. Blank lief ich herum, ohne normale Bewegung im Gehirn, keine Gedanken, keine Gefühle, blank, wie Schnaps blank ist, und neutral.

Von dieser Kapazität wusste ich noch nichts. Ich war nur betrunken und wollte mich mit Kent über Dinge aussprechen, die mir in letzter Zeit durch den Kopf gegangen waren. Über Helga, seine Freundin, ihre Motive, denen ich misstraute. Ging es ihr nicht immer nur darum, auf sich aufmerksam zu machen, hatte ich überlegt. Trug sie nicht immer enganliegende Kleider, sorgte sie nicht immer dafür, dass man ihre Brüste, ihre Figur sehen konnte? Sicher, sie war hübsch, aber deshalb musste sie ja nicht so darauf bestehen, dachte ich, dadurch war es einfach zu viel des Guten. Zu viel Parfüm, zu dick aufgetragenes Make-up, zu große Ausschnitte, zu enge Hosen, zu lautes Lachen. Albern. Aber Kent geht ihr auf den Leim, er vergöttert sie, dachte ich, sie hatte sich festgebissen, und er ließ sie gewähren.

»Aber das ist nur… nein, vielleicht ist es gerade *deshalb*«, sagte ich.

Kent sah mir in die Augen.

»Weshalb?«, sagte er. »Was meinst du?«

»Scheiße, ich bin besoffen«, erwiderte ich. »Das letzte Bier merke ich.«

Wir schwiegen. Dann stand Kent auf, um auf die Toilette zu gehen. Währenddessen besorgte ich uns noch zwei Bier. Ich ließ das Thema auf sich beruhen. Er kannte meine Meinung, wir hatten schon einmal darüber gesprochen, an einem ähnlichen Abend, ich war etwas zu betrunken gewesen und Kent ziemlich wütend geworden – was nicht weiter verwunderlich war, denn solche Dinge sagte man einfach nicht, man behielt sie für sich. Aber mein Gott, dachte ich, sie nutzte ihn aus, daran gab es keinen Zweifel, aber er sah es nicht, wenn es um sie ging, war er blind. Trotzdem, dachte ich, so oder so geht es hier um Kent. Diese Sache zwischen uns treten zu lassen, ist unnötig, dachte ich, er machte, was er wollte, natürlich machte er das. Seine Beziehung zu Helga ging mich nichts an.

Als wir am früheren Abend hier eingetroffen waren, hatten mich der Lärm und die vielen Menschen in dem Lokal gestört.

Alle, die an unserem Tisch vorbei zur Bar gingen, die lauten Rufe und leuchtenden Augen, das Gewirr aus Aktivitäten und Stimmen, die Musik – das alles war so deutlich, ich fühlte mich nicht wohl dabei, es war so schrill, als fassten sie mich an, als fasste mich alles dort an, dachte ich, obwohl mich natürlich keiner anfasste, empfand ich es so; und wir hatten momentan so wenig Gesprächsstoff, saßen mit unseren Biergläsern zusammen, rauchten und schauten uns um, stellten uns gegenseitig ein paar kurze Fragen, gaben kurze, verlegene Antworten, als würden wir uns nicht seit über zwei Jahren kennen, sondern wären einander gerade erst vorgestellt worden, kämen aus völlig unterschiedlichen Milieus, aus unterschiedlichen sozialen Klassen, und als wären wir nun gezwungen, uns zu unterhalten, aber ohne Herz, nur ein Austausch, ein formaler Ritus mit Pflichten und Rechten: Eine Frage führt zu einer Antwort, und danach muss der Antwortende den Fragesteller etwas fragen, woraufhin es in diesem Stil weitergeht; ein Bier, noch ein Bier, vielleicht noch eins, und dann scheint eine Wärme in die Beziehung einzufließen, eine neue Innigkeit, ein Glanz in den Augen, er lacht! – und gleichzeitig hat es den Anschein, dass die Umgebung in den Hintergrund rückt, eine auffällige Verwandlung, ein langsamer und angenehmer Rückzug; alles wird ruhiger, weicher, gleitet ineinander, ganz unmerklich. Als wäre eine Dämmerung hereingebrochen, dachte ich, als würde das grelle Licht kontinuierlich gedimmt und alles immer düsterer werden, unterwegs zur Dunkelheit. Wohlbehagen. Eine neue Vertrautheit.

Auch Bente wurde von dieser Dämmerung umschlossen. Als würde sich der Abstand zwischen uns verringern, dachte ich, es war nicht mehr undenkbar, zu ihr zu gehen und mit ihr zu reden. Alles war so ruhig und schön. Die Anspannung, die bislang scharf und hart gewesen war, wurde jetzt gedämpft. Welch eine Freude in mir aufstieg, als sie auf dem Weg zur Bar vorbeiging, welch eine Freude es doch war, sie dort stehen zu sehen.

Ich lächelte Kent an, weil sie in allem, was sie tat, so schön und selbstsicher war.

Jetzt war auch ich selbstsicher. Und stolz auf ihre Schönheit.

»Wenn du mit Bente reden willst, must du es jetzt tun«, sagte Kent plötzlich. »Es ist fast eins.«

»Soll ich?«

»Wir trinken noch ein Bier, und dann gehst du zu ihr. Entweder sie will, oder sie will nicht. Das findest du schnell heraus.«

»Ein Bier? Bist du sicher?«

»Nun komm schon. Davor musst du keine Angst haben.«

»Okay, ein Bier.«

Ich trank schnell. Kent grinste, als ich aufstand, und ich wurde nervös, aber es war zu spät, ich war aufgestanden, ich hatte gesagt, dass ich es tun würde, ich musste es durchziehen, ich musste.

Alles hat seine Zeit, dachte ich und ging auf sie zu.

Ich blieb in ihrem Rücken stehen. Die Mädchen saßen eng zusammen um einen Tisch und unterhielten sich lautstark, um die Musik zu übertönen. Bente mit einer qualmenden Zigarette in den Fingern, was ein wenig ungeübt aussah. Aber vielleicht denkt sie das Gleiche über mich, wenn ich rauche, dachte ich.

Sie lachten sich an, unterhielten sich angeregt, waren fröhlich. Mich nahmen sie überhaupt nicht wahr. Aber ich blieb geduldig und ruhig und wartete darauf, dass ich einer ihrer Freundinnen ins Auge fallen und diese Bente darauf aufmerksam machen würde, dass ich hinter ihr stand. So kam es dann auch. Die Augen der einen verweilten bei mir, als wollte sie prüfen, ob ich da wirklich stand und nicht nur auf dem Weg vorbei war. Dann nickte sie auf einmal zu mir hin. Bente drehte sich um. Alle drei sahen mich an.

»Ist hier frei?«, fragte ich und legte die Hand auf den Stuhlrücken neben ihr.

»Siehst du das nicht?«, antwortete sie und wies mich zum ersten Mal ab.

Die drei redeten sofort weiter. Es spielte keine Rolle für sie, ob ich neben ihr saß *oder nicht.* Schwer legte ich die Unterarme auf die Tischplatte und betrachtete die drei.

Aber sie hatte natürlich recht. Sie konnte ja nicht wissen, wer ich war. Was erwartete ich? Noch war ich für sie ein wildfremder Junge. Wie der da hinten, dachte ich und sah zum Nachbartisch, nur einer von all denen, die du die ganze Zeit siehst, ein zufälliges Gesicht, das verschwindet, sobald du in eine andere Richtung schaust. Aber ich war kein solcher Fremder. Sie wusste es nur nicht. Sie wusste nicht, dass ich es war, an den sie in diesen Wochen gedacht hatte. Das große Mysterium. Wer mag es sein? Irgendwer. Nicht mehr irgendwer, Bente, aber das weißt du nicht.

Ich genoss das Geheimnis. Später würden wir sicher darüber sprechen, über diesen Abend, als ich am selben Tisch saß wie sie, ohne mich zu erkennen zu geben. *Ich dachte, du wärst nur irgendein Typ, der mich anbaggern will*, sagt sie lächelnd, umfasst meinen Nacken, *stell dir vor, du hättest nichts gesagt. Was würden wir dann heute tun?*

Dann begriff ich, dass die Sache schiefging. Je länger ich dort saß, desto komplizierter würde es werden. Mein Mangel an Tatkraft würde im Scheinwerferlicht landen, sobald ich handelte. Sie nahmen mich nicht wahr, ineinander vertieft beugten sie sich über den Tisch, Bente saß mit dem Rücken zu mir; sie lachte und brach ab, um etwas zu sagen, lauter, als ich es von ihr erwartet hätte, sie machte große Gesten, um sie herum geschah mehr, als mir bewusst gewesen war. Ich fühlte mich ganz schwer, nicht leicht, wie ich doch sein musste, damit ich das schaffte, sondern schwer. Und kleiner als diese Gesten und dieses schallende Lachen, viel kleiner. Wenn ich etwas sagte, die Unterhaltung unterbrach, würde die Stille so groß und gewaltig werden wie diese Gesten, und die Erwartungen an das, was ich sagte, ebenso groß; was ich möglicherweise zu sagen hatte, musste bei diesen Gesten den Kürzeren ziehen, dachte ich. Nur eins würde groß genug sein, und das konnte ich nicht sagen. Oder etwa doch?

Bente, du kennst mich nicht, aber ich liebe dich.

Das war groß genug. Ich testete den Satz in Gedanken. *Bente, du kennst mich nicht, aber ich liebe dich.* Nein, nein. Was sollte denn danach kommen? Nein, nein, nein! Das ging nicht. Sie waren zu sehr mit sich beschäftigt. Ich war viel zu weit weg. Es war unmöglich, in dieses Große vorzudringen.

Ich stand auf und kehrte zu Kent zurück.

»Was ist, traust du dich nicht? Du hast doch bei ihr gesessen!«

Ich antwortete nicht.

»Scheiße. Hast du *nichts* gesagt?«

»Es ging nicht.«

»Du redest mit mir? Du kannst reden?«

»Sehr witzig.«

»Aber das ist doch genau das Gleiche! Denk einfach nicht daran, dass es Bente ist. Tu so, als wäre sie jemand Anderes. Jetzt komm schon, du darfst dich jetzt nicht drücken. Wie willst du sie sonst gewinnen?«

Er hatte recht. Ich ging auf die Toilette, spritzte mir kaltes Wasser ins Gesicht, sah mir in die Augen und dachte: Das sieht sie. *Das ist Henrik.* Dann ging ich zurück. Aber das machte alles nur noch schlimmer. Denn was würden sie nun über meine Absichten denken? War ich erst einmal auf die Art zurückgekommen, war mein Stuhl der Ort, den ich dort hatte, und es gab keinen Grund, mit ihnen zu reden, wie ich zunächst angenommen hatte. Wenn ich mich setzte, hatte ich mir überlegt, konnte ich eine Bemerkung fallenlassen und mich irgendwie in ihr Gespräch mogeln, und dann würden wir zusammensitzen und reden, locker und unangestrengt, und mit der Zeit würde es immer mehr um Bente und mich gehen, um uns zwei, die wir schon bald in ein Gespräch vertieft wären, wir zwei, schnell in ein Gespräch vertieft, und dann würde ich, nach *langer Zeit*, vorschlagen, uns wieder zu treffen. Morgen vielleicht? Essen gehen, ich kenne da ein Lokal. Sonntagnachmittag, hinterher ein Spaziergang, aber nicht mehr. Aber nun saß ich da, ohne zu ihnen zu gehören, stattdessen allein, und damit auffällig: Warum saß ich dort so allein? Kannte ich niemanden? Allein an einem Tisch mit Unbekannten. Sollte das ihr erster Eindruck von mir sein. Nein. Ich musste handeln. Die Zeit drängte. Wenn ich zu lange wartete, würde eine Handlung merkwürdig wirken, und sie würde erkennen, dass ich die ganze lange Zeit dort gesessen und daran gedacht hatte, ein Gespräch anzufangen, mich aber erst jetzt traute. Und das würde ihr vielleicht schon ausreichen, um mich zurückzuweisen, dachte ich, ein solcher Mangel an Courage.

Aber es war doch Bente.

Ich schloss die Augen. Sie saß fünfzehn Zentimeter von mir entfernt. Näher konnte ich ihr nicht kommen. Wenn ich den Arm ausstreckte, würde ich sie berühren können. Also warum sich quälen, warum nervös sein. Warum nicht einfach handeln?

Jetzt oder nie, dachte ich. Wenn ich in den nächsten zehn Sekunden nichts tat, würde ich es niemals versuchen.

Zehn, dachte ich. Neun. Acht. Sieben. Sechs.

Zu schnell.

Fünf.

Vier.

Drei.

Zwei.

Ich öffnete die Augen.

Ich legte die Hand auf ihre Schulter.

Jetzt war es getan.

Sie drehte sich zu mir um. In ihren Augen ging das Gespräch weiter, an dem sie sich gerade noch beteiligt hatte. Lächelnde Augen, die langsam etwas Neues in den Blick nehmen, mich, sie verlieren ihren Glanz und werden schmal, schmaler, *Was willst du.* Ich sah diesen Übergang. Die Freundlichkeit, die noch einen Moment andauerte, die Feststellung, die Resignation.

Ich zwang mich zu einem Lächeln.

»Ich möchte nur kurz mit dir reden«, sagte ich.

»Siehst du nicht, dass ich mich mit Anderen unterhalte?«, entgegnete sie, drehte sich wieder um und sprach weiter, ich wurde ignoriert, war etwas Lästiges in ihrem Rücken, eine juckende Stelle.

Jetzt waren die Briefe meine einzige Chance. Ich musste mich zu erkennen geben. Und dass sie sich so schnell umdrehte, machte es umso wichtiger, ohne Unterbrechung weiterzumachen. Wenn ich jetzt zu viel Zeit verstreichen ließ, würde es ja völlig peinlich aussehen, als schmiedete ich direkt neben ihr Pläne, als nähme ich mir viel Zeit, um ihre Zurückweisung zu analysieren, bis ich, eine halbe Stunde später, wieder genug Mut geschöpft hätte, um sie noch einmal anzusprechen. Das ging nicht, ich musste weitermachen, auch wenn sie unangenehm war, diese einleitende Phase, in der sie nichts und ich alles wusste, in der sie mich für einen Anderen hielt und ich nicht deutlich genug erklären konnte, wer ich war.

Also legte ich meine Hand noch einmal auf ihre Schulter, ließ sie nun aber kurz liegen: Es war ernst. Diesmal reagierte sie jedoch noch gereizter, denn sie drehte sich blitzschnell um, und diesmal gab es keinen Übergang in ihrem Blick, da sie jetzt wusste, wer ich war.

»Hör auf, mich zu belästigen«, sagte sie nur, obwohl ich lächelte und ihr ganz deutlich zeigte, dass ich sie niemals unterbrechen würde, wenn ich es nicht müsste. Wenn es nicht wirklich wichtig wäre.

»Bente«, sage ich.

Eine Formel, denn jetzt nimmt sie mich wahr. Jetzt sieht sie mich zum ersten Mal.

»Woher weißt du, wie ich heiße?«

Das Gespräch ist verstummt. Alle drei sehen mich an. Endlich.

»Ich bin mir nicht sicher«, sage ich. »Irgendwer muss von dir gesprochen haben.«

»Was willst du eigentlich?«

Ich neige den Kopf etwas vor, um mit ihr zu reden.

»Ich habe dir etwas Wichtiges zu sagen«, erkläre ich leise.

»Was?«

»Etwas Wichtiges.«

Sie verdreht die Augen und will sich wieder umdrehen, ich lege von Neuem die Hand auf ihre Schulter.

»Es ist wichtig«, sage ich noch einmal. »Aber nicht hier. Komm kurz mit, es dauert nicht lange.«

»Wovon redest du?«

»Bitte, Bente.«

»Nenn mich nicht Bente«, sagt sie schneidend. »Du kennst mich nicht. Das ist eklig.«

»Aber darum geht es ja«, sage ich, »darüber will ich mit dir reden. Eine Minute nur, dann gehe ich.«

Sie mustert mich. Und zuckt dann mit den Schultern.

»Okay«, sagt sie. »Aber danach hörst du auf, mich zu belästigen.«

Das sieht sie also in mir, eine Belästigung, denke ich und stehe auf, eine Belästigung, eine Belästigung, denke ich, aber nein, sie weiß ja nichts. Woher soll sie es auch wissen. Und dann schiebt sie den Stuhl zurück, nachdem sie erst etwas zu ihren Freundinnen gesagt hat. Eine Minute gibt sie mir. Ich muss sofort zur Sache kommen, genau wie in den Briefen. Erst eine Einleitung, dann mehr, sie muss mehr haben wollen, denke ich, muss Lust haben, mich wiederzusehen, denke ich und gehe weiter in das Lokal hinein, wo es etwas dunkler ist und weniger Leute sind, bis an die Wand, aber das hilft bei dem gewaltigen Abstand zwischen uns nicht. Wie soll ich es nur schaffen, ihn in so kurzer Zeit zu verkleinern, das geht mir durch den Kopf, als ich stehenbleibe und mich umdrehe. Mit dem Rücken zur Wand sehe ich Bente zwischen allen Menschen auf mich zukommen. Um mit mir zu sprechen. Es hat geklappt, denke ich, wir werden miteinander reden, nur Bente und ich, und Kent steht an der Bar und sieht, was vorgeht, er gibt mir ein Zeichen, hebt den Daumen. Jetzt oder nie. Und Bente bleibt, aufmerksam, gespannt, vor mir stehen.

»Du bist so schön«, sage ich direkt. »Ich sehe dich schon so lange.«

Sie starrt mich an. Wortlos sieht sie mir in die Augen.

Ich nehme ihre Hände.

»Was tust du da, rühr mich nicht an!«, sagt sie und reißt ihre Hände zurück. *Du verstehst mich falsch*, sage ich und schüttele den Kopf. *Lass mich*, sagt sie, *Nein, nein*, sage ich, *du verstehst mich falsch, Bente, hör mir zu, nur ganz kurz, nur noch ein bisschen*, und sie sieht mich an.

Alles ist zerstört.

»Ich habe dir geschrieben«, sage ich und hebe die Hand, um über ihre Wange zu streichen, und sie weicht schnell zurück, *Verdammt*, sagt sie, *oh verdammt, was bist du doch für ein Arschloch*, und ich, *Wie bitte*, und sie ganz laut, *Wir haben überlegt, dich anzuzeigen, ist dir das klar?* Und ich, *Was redest du denn da, was glaubst du eigentlich*, und sie, *Verdammt, was hast du mich verletzt*, und ich, *Nein, nein*, und sie, *Denn du hast doch da draußen gestanden und gespannt*, und ich, *Was?* Und sie, *Und du hast diese ganzen Briefe geschrieben, oh VERDAMMT!*

Ich erkenne, was für ein wahnsinniges Missverständnis das ist, und trete näher zu ihr, damit sie mich versteht, *So habe ich das doch nicht gemeint*, und sie, *Scheiße, rühr mich nicht an*, ganz laut, und ich, *Aber Bente, so ist das nicht, ich liebe dich*, und sie macht sich mit einer heftigen Bewegung frei, und dann ruft sie *Hau ab* und schlägt mich.

Ich spüre einen plötzlichen Schmerz an der Lippe, und sie schreit wütend irgendetwas. Blut auf der Zunge, salziges Blut, ich spucke es aus, *Sie hat mich geschlagen*, und dann überkommt sie mich, die Übelkeit, ich habe weiche Knie, stütze mich an der Wand ab, spucke Blut, und sie steht da, als wollte sie sehen, welche Wirkung er hat, immer noch wütend, schwer atmend starrt sie mich an. Mir dreht sich der Magen um. Ich halte die Hand gegen die Lippe, sie blutet, ich spucke, *Scheiße, was für ein Arsch*, höre ich jemanden sagen, ich sehe zu Boden, das ertrage ich nicht, bloß keine Tränen, bitte, nicht jetzt. Und dann kommt Kent, er drängt sich durch den Raum, so schnell er kann, ich weine, *Nein, nein, nein,* und er legt den Arm um meine Schultern.

»Was ist passiert, Henrik, was hast du GESAGT?«

»Nichts«, antworte ich. Meine Stimme versagt fast. »Ich habe nichts gesagt. Gar nichts.«

»Aber sie hat dich geschlagen«, flüstert Kent. »Ich habe es gesehen. Was hast du gesagt?«

Jetzt bahnen sich zwei Türsteher einen Weg zu uns. Blut auf dem Fußboden. Eine von Bentes Freundinnen zeigt auf uns. Alle starren. Ich weine.

»Na komm, wir gehen«, sagt Kent.

»Nein. Warum soll ich gehen«, sage ich und kann mich nicht auf meine Stimme verlassen, sie bricht, ich muss eine Pause einlegen, um nicht zu schluchzen. »Ich habe nichts Schlimmes getan«, sage ich, bin aber unfähig, seinem Blick zu begegnen.

Kent sagt nichts.

Die Türsteher bleiben vor mir stehen.

»Es wird wohl das Beste sein, wenn du jetzt gehst«, sagt der eine.

»Scheiße, ihr habt sie doch nicht mehr alle«, sage ich laut. »Sie hat geschlagen.« *Sie hat mich geschlagen.*

»Komm jetzt«, sagt der Türsteher und will meinen Arm nehmen, aber ich drehe mich zur Seite.

»Scheiße, nein«, sage ich, *Ich habe nichts falsch gemacht*, und wieder versagt meine Stimme, ich versuche, seinen Arm wegzuschieben, *Henrik*, sagt Kent, und sie packen mich links und rechts. Bente starrt uns an, als sie mich durch das Lokal führen, alle starren, ABER ICH HABE NICHTS FALSCH GEMACHT, und einer der Türsteher nickt jemandem zu, während sie mich hinausführen, wir steigen die Treppe hoch, zur Tür hinaus, wo sie mich mit einem Schubs loslassen und mit verschränkten Händen vor mir stehenbleiben, als könnte ich jeden Moment angreifen, aber ich schüttele nur den Kopf und gehe möglichst schnell die Straße hinunter, und dann ruft Kent hinter mir *Henrik! Henrik!*, und ich bleibe stehen.

Er läuft zu mir.

»Was in aller Welt ist passiert? Was hast du getan?«

»Ich will nicht darüber reden.«

»OKAY«, sagt er, und dann ruhiger. »*Okay.*«

Ich gehe weiter.

»Komm mit zu uns. Fahr jetzt nicht nach Hause.«

Ich nicke. Die kalte Luft hilft ein wenig. Wir gehen. Keine Fragen. Nur Kent und ich die Straße hinunter. Was muss sie nur gedacht haben. Dunkelheit. Ihr Blick ruht die ganze Zeit auf mir, während ich rede, und dann muss sie sich entschieden haben. Als sie dort im Zwielicht stand und mir zuhörte.

Sie ist noch da.

»Ich muss mit ihr reden, Kent. Komm mit zurück.«

Aber er zieht mich am Arm und stößt mich weiter.

»Bist du verrückt, das geht nicht. Hast du nicht gesehen, wie wütend sie war?«

»Das ist alles nur ein furchtbares Missverständnis.«

»Wir gehen jetzt zu mir. Trinken einen Tee. Komm schon.«

Die Boote unter den Persenningen, an Land gelegt. Zwei Jungen an der Wand, der eine johlt, klirrend fällt eine Flasche auf den Boden. Kent geht schnell. Dann, als wir vor der Haustür stehenbleiben, im Licht, und er seinen Schlüsselbund aus der Tasche zieht, sieht er mich an.

»Hast du gar nichts kapiert? Wolltest du wirklich zurückgehen?«

Er grinst.

»Lass dich mal ansehen.«

Ich hebe das Kinn. Seine Finger streichen über die Lippe.

»Du hast ganz schön was abgekriegt! Tut es weh?«

Ich taste mit der Zunge. Eine Beule. Blut, Salz.

Ich spucke.

»Ich meine es ernst, Kent, ich muss mit ihr reden.«

»Komm jetzt.«

Wir steigen die Treppe hinauf. Kent hält den Zeigefinger vor den Mund und schließt auf. Wir ziehen ganz leise unsere Schuhe aus und gehen in die dunkle Küche.

»Mach das Licht nicht an«, sage ich.

Kent füllt Wasser in den Teekocher, ich sehe ihm zu, er stellt vor jedem von uns eine Tasse auf den Tisch.

»So«, sagt er. »Kannst du mit der Lippe rauchen?«

Die Dunkelheit und ihr Blick. Als sie mich ansieht und nichts sagt.

»Sie war total hysterisch. Verdammt, ich habe nichts Schlimmes gesagt.«

Kent lehnte sich an die Arbeitsplatte. Das anschwellende Rauschen des Teekochers.

»Was hast du denn gesagt?«

Irgendwo in der Wohnung geht eine Tür auf.

Und dann sah sie mich. Und das führte zu dem, was sie sagte, nein schrie. Aber sie sah mich.

»Etwas musst du doch gesagt haben?«

»Nein. Nicht so was.«

Ich schüttele den Kopf und drehe die Tasse immer im Kreis.

»Ich kapiere das nicht. Ich kapiere das nicht. Aber sie, nein, das ist doch nicht normal.«

»Das denkst du.«

»Glaubst du mir nicht?«

»Irgendwas musst du gesagt haben.«

Pause.

Helga steht in der Tür.

»Habe ich doch richtig gehört«, sagt sie.

Ein viel zu großes T-Shirt. Das ist alles. Schläfrige Augen.

»Habt ihr einen schönen Abend gehabt?«

Sie stellt sich hinter Kent und legt die Hände auf seine Schultern. Er lehnt den Kopf zurück und lächelt. Schaut zu ihr hoch.

»Ja …«

Und sieht danach mich an.

»Eine Zeitlang jedenfalls?«

»Ein Mädchen hat mir eine geknallt«, sage ich ruhig.

»Nein!«, sagt sie.

»Sieh dir mal seine Lippe an!«

»Lass mich mal sehen, Henrik«, sagt sie und nimmt mein Gesicht in ihre Hände. Hebt vorsichtig die Oberlippe an. Verstohlen atme ich den Duft ihres Haars ein. Schließe die Augen, um sie nicht zu sehen. Sie steht so dicht vor mir.

»Wow, ich muss schon sagen. Was hast du getan?«, sagt sie lächelnd und tritt einen Schritt zurück, wird aber sofort wieder ernst, als ich nur auf den Tisch herabsehe.

»Ich gebe dir etwas Eis zum Kühlen, Henrik«, sagt sie, geht zum Kühlschrank und öffnet das Gefrierfach. *Henrik, als würde sie mich kennen.*

Sie wechseln Blicke, aber ich sehe nur ihren, nicht Kents. Und dann verlässt Kent den Raum, und sie hält einen Eisbeutel in der Hand, zieht einen Eiswürfel heraus und reicht ihn mir.

»Halt ihn einfach an die Oberlippe. Dann wird sie wenigstens nicht noch dicker.«

Ich lege den Kopf ein bisschen schief und presse das Eis auf die Lippe. Helga setzt sich auf die andere Seite des Tischs.

»Blutest du? Ich könnte dir Watte besorgen, wenn du willst …«

Ich schüttele den Kopf.

»Willst du diese Nacht hier schlafen?«, fragt sie.

»Hier schlafen?«

Daraufhin sagt sie nichts mehr.

Wenn sie spricht, zieht sich ihre Oberlippe manchmal nach oben, es ähnelt fast einem Zucken. Man sieht das Zahnfleisch, und ich denke, dass sie eine Geschichte hat, ein Leben, bevor wir sie kennenlernten; dass dieses Leben sie hierhergeführt hat, zu diesem Augenblick, in dem sie vor mir sitzt und Kent zuliebe freundlich zu sein versucht, obwohl sie mich nicht mag. Ein kleines Mädchen mit einem Zucken in der Lippe. Und dadurch fühle ich mich irgendwie bedeutsam, wegen dieses Zuckens und allem, was darin liegt. Denn dieses Leben wendet sich jetzt mir zu.

Ich erzähle ihr, was passiert ist. Ich weiß nicht, ob es mir gelingt, es ihr richtig zu erklären, ob sie aus meinen Worten schlau wird. Sie hört nur wortlos zu. Als Kent zurückkommt, gehen die beiden ins Bett. Der letzte Bus ist längst weg, schon bevor wir losgezogen sind, hatte ich vorgehabt, bei ihnen auf der Couch zu schlafen, aber jetzt kommt es mir vor, als wäre ich wegen dem bei ihnen, was passiert ist, als würden die beiden sich um mich kümmern, weil ich alleine nicht zurechtkomme. Ich liege im Wohnzimmer und versuche zu hören, worüber sie sprechen, denn Kent hat so viel von dem, was er an diesem Abend gedacht hat, für sich behalten und wird es mit Sicherheit Helga erzählen, aber ihre Stimmen sind so leise, ein schwaches Summen nur, und dann herrscht Stille.

Ich kann nicht einschlafen. Keine Chance. Also stehe ich auf und spüre, dass meine schwitzenden Fußsohlen ein wenig am Parkettboden kleben, als ich zum Fenster gehe. Auch die Stirn ist verschwitzt, merke ich, als sie das kalte Glas berührt. Alle Fenster auf der anderen Seite des Hinterhofs sind schwarz. Außer einer einzigen Reihe: das beleuchtete Treppenhaus, das Fenster für Fenster hinaufführt. Die leeren Stufen, das Geländer. Ich ertrage es nicht, das zu sehen. Ich setze mich auf die Sofakante. Was passiert ist, habe ich mitgenommen, es ist in mir, denke ich, obwohl sie geschlagen hat, haftet das Ganze an mir. Die Dunkelheit, das Blut, die starrenden Augen. Als wäre ich böse. Ja, böse. Das Gefühl, böse zu sein, und alles, was ich sehe, ist böse.

Ich versuche, an etwas Anderes zu denken. Aber auch das

verschwindet im Bösen. Ich stehe auf. Selbst die Dinge hier. Die Teller und die vielen Blätter auf dem Tisch. Die Tassen, halb gefüllt mit kaltem Kaffee. Die Pflanzen auf der Fensterbank, die Poster.

Ich gehe in den Flur, zur Schlafzimmertür. Erst lausche ich davor und höre nichts, keinen Ton, dann öffne ich die Tür einen Spaltbreit, nein, sie schlafen, sie haben nichts gemerkt, ich kann ruhig hineingehen. Sie liegen in einem Bett am hinteren Ende des Zimmers, erhöht, wehrlos. Kent an ihrem Rücken, die Hand schlaff auf ihrer Schulter, ich betrachte ihre Brüste, weich, groß, gehe ganz nahe an die beiden heran, sie schlafen so ruhig, und ihre Lippe ist hochgeglitten, ohne dass sie es weiß, denke ich, und es überkommt mich wieder, als trüge ich es bei mir, das Böse, als läge es in mir. *Woran denkst du, Henrik.* Direkt vor ihnen, und sie wissen nichts, liegen nur da, als sähe sie keiner, ihre Brüste, ich hatte mir immer Mühe gegeben, sie möglichst nicht anzustarren, jetzt sehe ich sie, und eine ungeheure Lust regt sich in mir, die Hand auf sie zu legen, mein Herz schlägt schwer, sie zu küssen, denke ich, behutsam, aber nein, *Nein, nein*, denke ich und weiche einen Schritt zurück, noch einen, gehe zur Tür, bleibe stehen.

Als ich mich umdrehe, hat Kent die Augen geöffnet. Er liegt ganz still und sieht mich an.

Seine ruhigen Augen machen alles unmöglich.

So schnell ich kann, werfe ich mich in meine Kleider, eile nach draußen und laufe die Treppe hinunter. Es sind noch immer viele Menschen unterwegs, sie rufen und grölen, ich senke den Blick und gehe an dieser lärmenden, johlenden Schar vorbei, eilig, düster.

Ich wünschte, ich könnte das alles hinter mir lassen, denke ich kurze Zeit später auf einer Bank im Park. Dass all diese Dinge nicht in mir blieben, sondern vergingen, sobald sie passiert waren. Nicht wie jetzt, wenn sich alles Schicht für Schicht aufstapelte und unumgänglich wurde. Fast alle Gedanken führten zu etwas, was ich einmal getan hatte, als wären sämtliche Gedankengänge Sackgassen, in denen man nicht weiterkam. Die Gedanken waren wie kleine, glänzende Straßenbahnen, die mit Vollgas durch die Gegend sausten. Sehr schön anzusehen. Dann aber taucht ein Hindernis auf, man ist gezwungen, anzuhalten und das Fahrzeug von Hand zurückzuschieben, eine weite Strecke, bis man eine Weiche findet und die Spur wechseln kann. Wer legt diese Hindernisse in den Weg. Ich nicht. Wenn es nach mir ginge, wäre alles vergessen. Aber irgendwer da drinnen erinnert sich an alles und hat einen stärkeren Willen als ich. Dinge wie das hier sind ihm allerdings egal. Daran wollen wir uns lieber nicht erinnern. Eine beliebige Nacht in der Dunkelheit des Parks, ach was, das ist wertlos, das lassen wir ziehen.

Ich beschließe, mich an diesen Augenblick zu erinnern. Haargenau so, wie er jetzt ist. Eine Erinnerung, über die ich allein bestimme. Die leuchtende Scheibe der Kirchenuhr, die gotischen Zeiger, zehn Minuten vor drei. Der menschenleere Platz mit den zwei flachen Gebäuden, eins aus Holz, eins aus Stein; beleuchtet von einer Reihe schwarzer Straßenlaternen, auf alt getrimmt, geschmacklos. Der Fußweg vor mir, der Kies, der am Untergrund festgefroren ist, die Rhododendronbüsche zu beiden Seiten. Das Geräusch eines Motorrads, das anschwillt und die Nacht durchschneidet, dann erstirbt. Und ich. Die Hände auf der Brust gefaltet. Den Blick gehoben, über die roten, gewölbten Dachziegel hinweg und zum Himmel hinauf. Sternenklar, werde ich mich erinnern, *Alpha Eridani*, werde ich mich erinnern, fünfundsechzig Lichtjahre entfernt, in *Achernar.*

6

Ich habe den ganzen Wein getrunken, im Fenster gesessen und stundenlang eine Zigarette nach der anderen geraucht, und in der Zwischenzeit ist es in den Gärten um mich herum still geworden, mit einem etwas schweren Kopf habe ich mich auf das Bett gelegt und die Augen geschlossen, ohne zu schlafen, ich habe nur dagelegen und nachgedacht, darauf gewartet, dass Kent wie verabredet kommen würde. Eine Zeitlang habe ich gedacht, dass er es sich anders überlegt hat, mit Helga zusammensitzt und über mich spricht, über die Schlange, den ganzen Krempel, *Wie eine Müllhalde*, sagt er, *aber ist das nicht genau die richtige Wohnung für Henrik?* Darüber lachen sie, denke ich, aber sie hatten ja recht, ich konnte es ihm nicht verübeln, dass er keine Lust hatte, mich zu besuchen, ich hätte es auch nicht getan, wenn ich er wäre, und nicht Henrik, wäre ich auch zu Hause geblieben, hätte ferngesehen, mit Helga gegessen, hinterher vielleicht einen kurzen Spaziergang gemacht.

Als ich dort liege, höre ich das Geräusch eines Autos, es kommt näher, wird lauter. Dann hält der Wagen. Vor dem Haus. Noch etwas benommen vom Wein stehe ich vom Bett auf, gehe zum Fenster und schaue hinaus. Es ist Kent. Er kommt spät. Er hat an der Bordsteinkante geparkt, steigt aus, knallt die Tür zu.

Ich kann jetzt nicht mit ihm ausgehen. Das muss warten. Ich werde ihn morgen anrufen und sagen, ich wäre aufgehalten worden, ich habe lange gewartet, Kent, aber du bist nicht gekommen, und dann bin ich mit jemand anderem los. Schließlich war es schon nach neun! Stimmt schon, dass wir keine genaue Uhrzeit abgesprochen hatten, aber trotzdem, meinst du, ich hätte an einem schönen Frühlingsabend nichts Besseres zu tun, als herumzusitzen und auf dich zu warten?

Er bleibt vor der Tür stehen. Einen Augenblick später schrillt das Klingeln durchs Haus.

Aber ich habe mich entschieden. Ich will nicht mit ihm zusammensitzen und mich die ganze Zeit abmühen, um Dinge zu finden, über die wir uns unterhalten können, Kent und ich, während wir beide wissen, dass er nur gekommen ist, um mir einen Gefallen zu tun.

Er klingelt noch einmal. Dann, nachdem er sekundenlang regungslos gewartet hat, tritt er einen Schritt zurück und schaut zum Fenster hoch. Es geschieht so schnell, dass ich nicht rechtzeitig wegkomme. Unsere Blicke begegnen sich.

Zögernd weiche ich ins Zimmer zurück, so dass er mich nicht sehen kann, und überlege, was ich tun soll. Er weiß, dass ich da bin. Wenn ich ihm nicht aufmache, wird er natürlich abhauen, er wird sich mir nicht aufdrängen. Aber wozu macht mich das? Zu einem Menschen, der in einem alten Haus herumschlurft und niemandem die Tür öffnet, der sich versteckt, nur diese ängstlichen Augen gibt es, die ab und zu hinausspähen.

Ich ziehe das Hemd aus, zerzause mir die Haare und trete wieder ans Fenster, halte das Hemd vor mir hoch, zeige darauf und gebe ihm so zu verstehen, dass ich mich erst umziehen muss. Er nickt. Ich streife ein neues Hemd über und laufe die Treppe hinunter. Vielleicht hat er den Lärm gehört, der durch das Haus hallt, und verstanden, dass ich mich beeilt habe, jedenfalls lächelt er mich an, als ich die Tür öffne.

»Ich habe geschlafen«, sage ich. »Hatte ganz vergessen, dass du kommen wolltest.«

Fünf Minuten später bin ich ihn wieder los. Im Flur stehend höre ich ihn über den Kies gehen, das Klicken der Autotür, den Motor, der unmittelbar darauf anspringt, den Wagen, der auf die Straße fährt und verschwindet. Anschließend gehe ich hinaus, warte noch eine Weile am Gartentor, will nicht Gefahr laufen, ihm unterwegs an irgendeinem Kiosk zu begegnen, nachdem ich ihm gerade gesagt habe, ich fühlte mich nicht so gut und wollte an diesem Abend lieber daheimbleiben. Vielleicht hatte er schon damit gerechnet, dass ich nicht mitkommen würde, es kam mir beinahe so vor, er hatte mir nicht widersprochen, nur genickt, *Okay, dann rufst du mich an, wenn es dir besser geht?*, und war gegangen. Denn das war auch früher vorgekommen, als ich mir einbildete, dass er mich eigentlich gar nicht mochte, sich nur gefangen fühlte von dem, was passiert war und immer komplizierter wurde, bis er unangenehm berührt mit einer Freundschaft in der Hand dastand. Und Kent ist so anständig, dass diese Dinge ihm etwas bedeuten. Er fühlt sich in gewisser Weise verantwortlich für mich. Da bin ich mir sicher. Denn wer zum Teufel hält Kontakt zu jemandem, der in dein Schlafzimmer eindringt und gierig den nackten Körper der Frau anstarrt, mit der du zusammen bist, wer will mit jemandem ausgehen, der sich nicht im Griff hat und erst aufgibt, wenn die Niederlange so niederschmetternd ist, dass die ganze Welt Zeuge seiner Demütigung wird?

Ja, ja.

Ich schließe das Tor hinter mir und gehe die Straße hinab. Blicke zu den schweren Ästen hoch, die über mir hängen, zu dem Himmel, der sich stärker einzutrüben scheint, als es der Dämmerung geschuldet sein kann. Ich fühle mich schon besser. Dazu bedarf es nicht viel. Ich brauche nur etwas frische Luft und muss eine Weile aus dem ungesunden Zimmer herauskommen, schon finde ich alles besser. Aus dem Haus gehen. Schließlich ist Frühling. Die Obstbäume blühen, die Birkenblätter knospen, das Gras ist überall grün. Hier und da sind noch Leute in ihren Gärten emsig mit nützlichen Dingen beschäftigt, sie mähen den Rasen, kalken ihn, walzen Samen in neue Erde. Sie streichen ihre Häuser und putzen die Fenster, während ihre Kinder mit Helmen auf den kleinen Köpfen mit Vollgas umherradeln.

Helme kannten wir nicht, denke ich und drehe mich nach dem Kleinen um, die schnellen Beine, die in einem viel zu niedrigen Gang treten und treten, das Pappstück, das er an den Speichen befestigt hat, um ein Geräusch wie von einem Motor zu erzeugen. Neun, vielleicht auch zehn Jahre alt. Jedenfalls alt genug, um selbst an den Helm zu denken, wenn er Fahrrad fahren will, aber zu klein und zu eifrig, um nicht zu vergessen, dass das Band unter dem Kinn geschlossen werden muss, wenn der Helm einen Sinn haben soll.

Ich stelle den Korb mit den Pommes Frites auf den Holztisch vor der Imbissbude und setze mich, beiße die Ecken der kleinen Portionsbeutel Senf und Ketchup ab, streiche mit den Fingern über die weiche Verpackung und verteile zunächst einen gelben, danach einen roten Streifen kreuz und quer auf den Fritten. Während ich sie mir eine nach der anderen in den Mund stecke, schaue ich zu der Tankstelle auf der gegenüberliegenden Straßenseite hinüber, stets dazu bereit, aufzustehen und zu verschwinden, falls dort ein bekanntes Gesicht auftauchen sollte. Mir reichen schon die vielen fremden Blicke, die mir zugeworfen werden, während ich hier sitze und in aller Öffentlichkeit esse, denke ich und presse den Trinkhalm in den Deckel des Colabechers und beuge mich vor, um einen Schluck herauszusaugen, auch ohne dass sie wissen, wer ich bin.

Ich bin unruhig, als würde bald etwas passieren, als steckte ich immer mitten in etwas, all die Gedanken, die durch meinen Kopf schießen, das große Tempo, das mich erfüllt, selbst wenn ich wie jetzt einigermaßen stillsitze, esse und dabei auf die Straße schaue. Die vorbeifahrenden Autos, die Möwen, die auf dem Hausdach weiter hinten in einer Reihe hocken. Es geschieht nichts, das weiß ich, dennoch finde ich keine Ruhe.

Man könnte meinen, ich säße in New York und nicht in dieser winzigen und für den Rest der Welt völlig uninteressanten Stadt Kristiansand. Selbst wenn ich meine Großeltern in Westnorwegen besuche, ist es so, und einen abgelegeneren Ort wird man so schnell nicht finden. Ganz zu schweigen von dem Dorf im Inland, aus dem meine Großmutter stammt. Vollkommen still ist es dort, die Landschaft liegt ruhig, selbst die hektischsten Bewegungen verschwinden in dieser Ruhe. Manchmal denke ich, dass meine Verwandten von dieser Landschaft erfüllt sind, ich spüre es, wenn ich einem von ihnen begegne, sie haben etwas anderes an sich, ich merke es ihnen an, sie sehen mich an, und in ihren Augen ist ein anderes Tempo, eine andere Schwere, eine Art Ruhe. Wenn wir in den Ferien dort waren, auf der Alm unter dem Berg, wenn wir in dem eiskalten Kolk unter dem Wasserfall badeten, wenn wir abends im Fluss angelten und es ins Dorf hinunter ging, um eine der Schwestern Großmutters zu besuchen, merkte ich es. Ihre Art zu sprechen, was sie beschäftigte. Auch in ihr wurden durch das, was sie sah, die Landschaft, Erinnerungen wach. Aber die Begebenheiten, an die sie zurückdachte und von denen sie uns erzählte, gehörten nicht zu ihr, nicht sie hatte den Augenblick erlebt, als ein ganzer Berghang ins Wasser donnerte und eine Flutwelle auslöste, die das Land überschwemmte und Häuser und Scheunen mitriss, als wären sie aus Pappe. Das geschah zweihundert Jahre vor ihrer Geburt, gleichwohl denkt sie an diesen Tag, wenn sie die Narbe im Berg sieht, die immer noch deutlich zu erkennen ist. Als hätte ein Riese zunächst seine Hacke in den Stein geschlagen und diese dann nach unten gezogen, die Erde umgepflügt, die Baumstämme umgeknickt, als wären sie aus Stroh, ein gewaltiges Donnern, das die Menschen veranlasst hatte, aus den Häusern zu stürzen. Angsterfüllt sahen sie die Staubwolke nach dem Sturz, hörten sie das Krachen, als das Gestein in den See schoss, sahen sie die Flutwelle, die sich erhob, sachte, als hätte das Wasser beschlossen, dem Land einen ruhigen Stoß zu versetzen. Langsam stieg das Wasser zu einer Welle an, ein Ungeheuer, das stillstand, bebend, als schaute es sich zunächst ein wenig um, ehe es sich an Land warf und alles mitriss, was ihm im Weg war. Ein Wunder, dass niemand umkam. Dann steht sie auf, geht zum Ende der Veranda und zeigt auf den schmalen Fluss, der vom Berg herabfließt, dann erzählt sie von dem Dienstmädchen, das dort einst ertrank, als erinnerte sie sich selbst an die Leiche, die vom Frost gekrümmt dalag, als man sie fand, die unheilvolle Stimmung, die sich ausbreitete, denn hatten sie das Mädchen nicht später noch gehört? Huhu! *Ich friere*, sagt die Stimme, wenn der Wind durch die Bäume streicht, *Ich friere so schrecklich, kann mir denn keiner helfen?* Und da hinten, auf der anderen Seite des Gewässers, wurde ein anderes Dienstmädchen erstochen, es muss ein heftiger Kampf gewesen sein, überall auf den Steinen waren Blutspuren, er hatte sie im Schutz der nächtlichen Dunkelheit zum Wasser geschleift, war hinausgerudert, hatte sie versenkt und war geflohen. Keiner hat ihn jemals wiedergesehen. Und sie? Sie hatte sich befruchten lassen, die Arme, sie war schwanger, und damit konnte er nicht leben, er stach sie nieder und floh. Was für ein Leben er geführt haben muss, wie sehr er sich geschämt und schuldig gefühlt haben muss! Und da unten ist mein Vater über die Felder gegangen, sagt sie und zeigt erneut, sie erinnert sich genau, ist selbst aber kein Teil der Erinnerung: dass er Anfang des Jahrhunderts all diese kleinen und unpraktischen Blockhäuser abriss, um sie durch neue, moderne, praktische zu ersetzen, wodurch er den Hof erneut aufblühen ließ, der zu einem der am besten geführten und einträglichsten Betriebe im ganzen Distrikt wurde. Aber sie, die alles mag, solange es nur alt ist, runzelt beim Erzählen die Stirn, denn die kleinen Scheunen und Ställe waren aus dem siebzehnten Jahrhundert gewesen, es war eine Schande, dass sie verschwanden.

So denkt sie, das ist ihre Welt: durchzogen vom Schicksal anderer Menschen. Und warum ist es so? Das Dorf ist klein, das Dorf ist von allem abgeschnitten; als die Pest überstanden war, lebten die Menschen jahrhundertelang isoliert. Sollte jemals ein Fremder bei ihnen auftauchen, würden sie sich noch viele Jahre an sein Gesicht erinnern, denn alles, was ihre Augen ansonsten erblickten, blieb unverändert, Tag für Tag sahen sie immer das

Gleiche, sie kannten alle, und alle kannten sie, natürlich erinnerten sie sich daran, wenn jemand *ermordet* wurde! Natürlich erinnerten sie sich, wenn ein Berghang *abrutschte*! Natürlich erinnerten sie sich, wenn *Fremde* zu Besuch kamen!

Solche Begebenheiten waren so erschütternd ungewöhnlich, dass die Erinnerung an sie von Generation zu Generation weitergegeben wurde. So war es. Und das ist noch gar nicht so lange her. Nur ein paar Generationen. Für die Menschen, die heute dort aufwachsen, mag es anders sein, was weiß ich, vielleicht geht es ihnen wie mir, vielleicht ist es die Zeit und nicht der Ort, was in diesem Blick liegt. Vielleicht verschwindet es allmählich.

Denn Mutter trägt es in sich, das weiß ich, dagegen habe ich selbst nichts davon und ahne es nur wie aus großer Entfernung, es ist mir fremd, ich bin anders.

Eng kreist alles, was ich sehe, um mich selbst. Was hier ist, was ich sehe, erweckt nur Erinnerungen an Dinge zum Leben, die ich selbst früher gesehen habe. Ein potentiell unendliches Areal, da die Gegner einander ebenbürtig sind, jede Herausforderung in der Gegenwart erhält augenblicklich eine Antwort aus der Vergangenheit. Ganz gleich, wie raffiniert der Ball gespielt wird, er kommt umgehend zurück. Sie sind exakt gleich gut, die Partie zwischen ihnen endet nie. Die Gegenwart schlägt den Ball ins Feld der Vergangenheit, die den Aufschlag returniert, die Gegenwart bleibt an der Grundlinie und schlägt den Ball zurück, die Vergangenheit spielt offensiv und geht ans Netz, die Gegenwart versucht einen Lob, die Vergangenheit sprintet zurück, dreht sich abrupt, bringt den Ball mit einer plumpen Rückhand hoch über das Netz, die Gegenwart hat leichtes Spiel, hart platziert sie den Ball in der Ecke, ein gnadenloser Schmetterball, und die Vergangenheit ist ausgespielt worden.

15–0.

Jeder einzelne Ball wird auf diese Weise ausgespielt. Und da sie gleich stark sind, gelingt keinem ein Break, jeder Satz endet in einem Tiebreak, das niemals endet, sie sind ebenbürtig.

Advantage, Past.

Advantage, Present.

Hin und her. Die Vergangenheit findet immer eine Entsprechung in dem, was ich in der Gegenwart sehe, und umgekehrt. Aber eines Tages wird auch diese Partie enden, denke ich, und die Vergangenheit triumphierend auf dem Platz knien, den Schläger küssen, aufspringen und der Gegenwart über das Netz hinweg die Hand reichen, der Verliererin, die in die Umkleidekabine trottet, sie ist geschlagen, ihre Zeit ist vorbei, denkt sie, es ist aus. *Game, set and match to Mr Past.*

Ich schmeiße den leeren Becher in den Mülleimer, wische mir mit der Serviette den Mund ab und werfe sie hinterher, setze mich auf den Rand der Bank, hole die Zigaretten heraus und frage mich, wohin ich gehen soll. Eigentlich müsste ich Mutter anrufen, es wird wirklich Zeit, bald wird sie herausfinden, dass ich nicht mehr da oben arbeite, sondern vor etwas geflohen bin und mich hier aufhalte. Aber vorher muss ich mir gut überlegen, was ich ihr sage. Sie weiß ja nichts von dem, was seit unserem letzten Gespräch passiert ist.

Wann war das? Wann habe ich zuletzt mit ihr gesprochen?

Ich schlage ein Bein über das andere und ziehe den Rauch der Zigarette tief in die Lunge. Es muss zwei oder drei Wochen her sein, denke ich. Rechne zurück. Vorige Woche Samstag hat Miriam bei mir übernachtet.

Eine Woche seit allem.

Und zum ersten Mal seit meiner Ankunft ruft der Gedanke an Miriam nichts in mir wach. Als hätte sich an jenem Abend ein Anderer auf sie gelegt, erregt und vor einer unfassbaren Begierde zitternd. Dennoch. Miriam würde hierherkommen. Und ich würde sie aufsuchen, mit zu mir nehmen, sie bei mir haben, denke ich, wie vor einer Woche, als ich mit meinem Kopf auf ihrem kleinen Bauch lag und sie mir durchs Haar strich. Ihre ängstlichen Augen. Ihre Lust, jenes in ihr, was nicht Nein zu mir sagte, was sie dazu brachte, sich für mich zu öffnen, auf meinem Bett zu liegen, ganz nackt und warm, ich erinnere mich, das Gefühl ihrer Haut an meiner, meine unbändige Lust und die Freude, als sie erwidert wurde, als sie ihren Körper mir fast entgegenschob, ihre schlanken Glieder. Der süße Atem.

Vielleicht würde ihr Anblick genügen, vielleicht kehrte dadurch dieses Leuchtende zurück, mit dem sie mich vollkommen ausgefüllt hatte, das große Glück, das nun in Abscheu vor dem umgeschlagen ist, was zwischen uns geschehen war, und was mich nun daran hindert, zu Hause anzurufen. Denn Mutters Stimme, der liebevolle Klang ihrer Stimme, wenn sie hört, dass ich am Apparat bin, wäre unerträglich, sie weiß nicht, was ich getan habe. Als wir das letzte Mal telefonierten, war ja noch nichts passiert. Ein unschuldiger Kuss, das war alles. Damals rief ich daheim an. An dem Tag kam Linda mit einem Kuchen zur Arbeit. Auch das war nichts Besonderes. Der unangenehme Blick, den Linda mir über den Tisch hinweg zuwarf, ihre Verachtung für mich, die sie darin zum Ausdruck brachte, war unerträglich gewesen. Ich legte mich schlafen, aber das half nicht, als ich aufwachte, war es noch genauso übel, das Gefühl ihres Hasses noch genauso stark. Deshalb rief ich Mutter an. Ganz gleich, was ich machte, ihre Haltung zu mir würde sich niemals verändern, hatte ich gedacht. Aber das, was zwischen Miriam und mir geschehen war, würde selbst sie niemals gutheißen können.

Oder?

Sekundenlang spiele ich mit dem Gedanken, ihr alles zu erzählen, ihr zu gestehen, was ich getan habe, um ihre Vergebung zu erhalten. *Ich habe dich auch so lieb, Henrik, das sollst du wissen.* Nein. Das Risiko kann ich nicht eingehen. Noch weiß sie nicht, was passiert ist, noch ist alles, wie es war. So ist es, denke ich, schnippe die Kippe auf die Straße, stehe auf und spüre im selben Moment leichten Nieselregen im Gesicht. Lange stehe ich ganz still und überlege, was ich tun, wohin ich gehen soll. Jedenfalls nicht in mein Zimmer zurück, so viel steht fest. Ich brauche Raum, ich brauche Luft. Also überquere ich die Straße und betrete die Tankstelle, um zu schauen, ob es dort ein Münztelefon gibt. Miriam ist der Raum, Miriam ist es, mit der ich sprechen will.

Ich stelle mich vor die Verkaufstheke, und zum ersten Mal seit langem fürchte ich mich nicht vor den Konsequenzen dessen, was ich getan habe, es spielt keine Rolle. Ich will, was ich will, ich tue, was ich tue, ich fühle, was ich fühle.

»Kann man hier irgendwo telefonieren?«, frage ich.

Der Verkäufer nickt zu der Wand am Ende des Geschäfts hin. Vor den Toiletten hängt ein Telefonapparat, zu dem ich gehe, den Hörer abhebe, Miriams Nummer wähle. Die Lichter der vorbeifahrenden Autos sind weich unter dem grauen Himmel. Es klingelt. Vor der Imbissbude bleibt eine Frau stehen, sie steckt eine Hand in den Mülleimer, durchsucht den Inhalt und sieht dabei in eine andere Richtung. Ich bin nicht mehr nervös, fingere an den Waren herum, die neben mir an der Wand hängen, Gummiblätter für Scheibenwischer, verpackt in Pappe und Plastik, eine Reihe von Starthilfe-Spraydosen. Ich werde keine große Sache daraus machen, sie nur fragen, wann sie in die Stadt kommen, um welche Uhrzeit. Dann wird sie mir antworten, dann werde ich auflegen. Dann werde ich mich mit ihr treffen. In einer Woche kommt Miriam hierher. Dann werden wir wieder zusammen sein, denke ich. Der Gedanke stimmt mich traurig, nicht froh, wie früher, sondern traurig. Trotzdem werde ich es tun.

Es klingelt, und ich denke, dass sie nicht zu Hause sind, sondern bei einem Nachbarn, vielleicht sind sie auch weggefahren. Es spielt keine Rolle, denke ich und sehe zu dem Verkäufer hinüber, er hat die Hände auf die Theke gestützt und wartet darauf, dass der Kunde, der draußen tankt, fertig ist und zum Bezahlen hereinkommt.

Dann wird der Hörer abgehoben.

»Hallo?«

Es ist Miriam.

»Miriam«, sage ich. »Ich bin's, Henrik.

»Hallo!«, flüstert sie. Als würde sie das Ganze für ein Spiel halten, denke ich. »Soll ich zum Geschäft gehen und dich anrufen?«, fragt sie.

»Nicht nötig«, antworte ich. »Solange du nicht sagst, dass ich es bin, wenn sie dich fragen.«

Die Tür geht auf, eine Frau kommt herein, sie hält den Kopf gesenkt, schaut auf das Portemonnaie, das sie in Händen hält, auf den Geldschein, den sie herauszieht.

»Hallo?«, sagt Miriam.

»Ich wollte nur fragen, wann ihr kommt?«, sage ich. »Um welche Uhrzeit?«

»Ich weiß es nicht genau«, sagt Miriam. »Am Vormittag, glaube ich.«

»Kommst du mich dann besuchen?«, sage ich.

»Ja«, antwortet sie. »Wenn ich Zeit habe.«

Auf der flachen Brücke, die etwa hundert Meter hinter der Tankstelle über den Fluss führt, komme ich wieder zu mir und lege die Hände auf die Mauer, um das Gefühl zurückzubekommen, an einem Ort zu sein. Etwas zu berühren. Bei jedem vorbeifahrenden Auto spüre ich eine winzige Vibration in der Mauer. Das hilft. Etwas bewegt sich durch die Welt, eine Brücke erzittert, ich spüre es. Ich bin hier, ich stehe hier, ich sehe den alten Himmel, der über dem Meer zusammensinkt. Vor ein paar Minuten muss ich den Hörer aufgelegt und die Tankstelle verlassen haben, unbewusst muss ich in Richtung Stadtzentrum gegangen sein, im strömenden Regen, ohne es zu merken. Bis ich stehengeblieben bin und entdeckt habe, dass ich hier stehe.

Auch Miriam war zu einem Teil des Blassen, Unklaren geworden. Ihre Stimme hatte mich nicht erschüttert, mir war nicht schwindlig worden, wie ich befürchtet hatte. Ich wollte etwas mit ihr tun, das hatte ich gedacht, sie in mein Zimmer mitnehmen und etwas mit ihr tun.

In einer Woche kommt sie in die Stadt. Ich werde zum Flughafen fahren, um sie zu sehen. Wenn sie nichts in mir auslöst, muss ich sie in Ruhe lassen und nach vorne schauen. Wenn es so ist wie jetzt, muss ich mich von ihr fernhalten. Aber vielleicht wird ihr Anblick etwas in mir wecken, vielleicht fügt sich das Bild wieder zusammen, vielleicht kehrt der leuchtende Wille zurück.

In einer Kneipe unten in der Stadt trinke ich ein paar Bier. Gegen Mitternacht stehe ich auf und mache mich auf den Heimweg. Überquere die Lundsbrücke und trotte zum Stadion, es regnet, es ist ein milder Mairegen, den ich kaum spüre, als ich durch die breiten, flachen Straßen spaziere, die so hübsch von den Reihen vorgeneigter Straßenlaternen beleuchtet werden. Statt nach links zu meinem Zimmer zu gehen, wende ich mich nach rechts und gehe zum Campingplatz, über das nasse Gras und zu dem alten Badeplatz, zum Meer, das sich in der Dunkelheit ausbreitet, zu den verwaisten Uferfelsen.

Im Sommer wimmelt es hier von Menschen. Es ist seit vielen Jahren der Badeplatz der Stadt. Hier wuseln sie herum, sonnengebräunt und stattlich zeigen sie sich einander, klettern den Sprungturm hinauf, laufen auf das Brett hinaus, spüren es unter sich nachgeben und sie hochfedern, durch die Luft, ins Wasser. Eisverkäufer, Boote, die weiter draußen vorbeituckern, Leute, die mit Kühltaschen und Tüten voller Handtücher in den Händen auf der Suche nach einer halbwegs ungestörten Stelle, an der sie den Tag verbringen können, über die Felsen steigen.

Auch Mutter und Vater sind hier gewesen, das weiß ich, sie hat es mir erzählt. Ein seltsamer Gedanke, dass sie einmal jung und begierig auf das Leben waren, das sie erwartete. Dass er vielleicht ihren Rücken mit Sonnencreme einrieb, dass sie ihm ein Eis reichte, das sie gerade gekauft hatte, und ihn mit verliebten Augen ansah.

Ich gehe zu dem gemauerten Absatz, der sich am Fels entlang erstreckt, betrachte die rostige Eisenleiter, die zu dem ruhigen Wasser hinabführt, das weiße Steinhaus dahinter, denke, dass ihm eine fast unerträgliche Schönheit zu eigen ist. Dass es das Schönste ist, was es gibt.

Von allem? Von allem.

Ich packe das nasse Geländer und klettere zum Sprungbrett hinauf, gehe vorsichtig hinaus. Es wippt ein wenig unter dem Druck meines Körpers. Vor mir liegen die Schäreninseln als schwarze Silhouetten in der erdigen Vorsommerdunkelheit, hinter mir liegt, außer Sichtweite, die Stadt, dennoch spüre ich sie. Eine Ahnung. Ich hüpfe ein wenig auf und ab und denke daran, wie es wäre, jetzt zu springen, Anlauf zu nehmen und mich hinauszuwerfen. Wie kalt das Wasser wäre, wie schwer ich mich fühlen würde, wenn ich durch das Schwarze, Glatte sänke, das Gewicht meiner Kleider, das mich hinabziehen würde, der Gedanke, dass es vorbei ist, alles aus ist. Meine Leiche, die nach oben treibt, der Aufschrei der Menschen, die mich finden, ein älteres Ehepaar beim Sonntagsspaziergang vielleicht, ihr schnüffelnder Köter, der Mann, der sich hinabbeugt, *Was hast du denn da Feines gefunden*, der Anblick meiner weißen, im Tang verhedderten Hand, der leeren Augen.

Ich friere ein wenig, und um mich warmzuhalten, gehe ich bis zu den äußersten Felsen hinaus. Abgesehen vom fernen Rauschen der Stadt und dem monotonen Druck der Meeresgeräusche, wenn es sich gleitend zum Land bewegt, ist alles friedlich und still. Inzwischen regnet es auch nicht mehr. Der Gedanke, dass das Wetter am nächsten Tag schön sein könnte, muntert mich auf, als wäre ich eine Pflanze, denke ich und gehe wieder landeinwärts zur Bucht. Die Erwartungen der Pflanzen und ihre große Freude über Regen, über Sonne, über Nebel, über einen klaren Himmel. *Wie schön!*, denken sie und öffnen ihre Blütenblätter, *noch mehr Sonne!*

Ich bleibe vor der weißverputzten Wand des Steinhauses stehen. Obwohl es nass ist, setze ich mich mit dem Rücken an die Wand. Daraufhin merke ich, wie erschöpft ich bin. Wenn ich nicht hierher gegangen wäre, könnte ich jetzt in meinem Zimmer liegen und schlafen, denke ich, wie die Leute in der ganzen Stadt in ihren Zimmern schlafen. Gleichmäßig, still, ruhig. Manche an der Oberfläche des Schlafs, andere in der Tiefe des Schlafs, manche stehen auf und gehen verwirrt im Haus umher, in der Wirklichkeit der Wachen dem Kommando von Kräften aus der Welt der Träume unterliegend. Sie stimmen nicht überein, und er erwacht verwirrt, vielleicht sogar ängstlich.

Unglaublich, dass wir uns das trauen.

Nacht für Nacht überschreiten wir furchtlos diese Schwelle, weil wir damit rechnen, dass alles wie immer sein wird, wenn wir am nächsten Morgen zurückkehren. Beruhigt von unserer Erfahrung, der Gewohnheit: Wir wachen auf, und alles ist noch genau so, wie es war, als wir eingeschlafen sind. Eine Garantie dafür haben wir jedoch nicht. Vielleicht wachst du eines Tages in einer anderen Welt auf. Plötzlich und ohne Vorwarnung: Du öffnest die Augen und weißt intuitiv, dass sich etwas verändert hat. Vielleicht erinnerst du dich nicht einmal an deinen Namen. Vielleicht ist dir alles um dich herum fremd. Vielleicht gibt es eine gewisse Ähnlichkeit, die groß genug ist, um dich endgültig zu verwirren. Hast du dort ein Verhältnis mit einem jungen Mädchen gehabt? Nein, das hast du nicht. Unglaublich erleichtert solltest du sein, bist es aber nicht, natürlich nicht: Denn wer bist du, wenn du an einem Ort aufwachst, an dem du nicht zu Hause bist?

Du hast die Augen geschlossen und bist ruhig eingeschlafen, um dann an einem anderen Ort, zu einer anderen Zeit, in einer neuen Welt aufzuwachen. Einer Welt, auf die sich für alle Zeit die Dunkelheit herabgesenkt hat. Dort wachst du auf. Und wirst niemals erfahren, ob du dich verändert hast oder ob die Welt es getan hat. Wie schlafwandeln, denkst du. Das ist die Welt, die deine Augen sehen, aber sie wird durch die Wirklichkeit der Träume gefiltert, und du weißt nicht, was richtig ist. Schlagen die Träume flirrend in der Welt ein, oder zeigt sich die Welt schnarrend im Traum, wenn du dich in einem Zimmer wiederfindest, ohne dich zu erinnern, wie du hineingekommen bist? Die Hand auf die Türklinke gelegt.

Also auf dem Weg hinaus.

Unwillkürlich öffnest du die Tür. Du trittst in die Dunkelheit im Freien hinaus.

Sie arbeitet gebückt in einem Beet an der Hauswand, kehrt dir den Rücken zu, hält eine kleine Harke in der einen Hand, klopft mit der anderen die Erde um einen frischgepflanzten Baum fest.

Als du die Tür schließt, dreht sie sich um und lächelt dich an.

»Endlich bist du wach. Ich dachte schon, ich hätte dich verloren!«

»Wie meinst du das?«

»Du hast rund um die Uhr geschlafen. Volle vierundzwanzig Stunden!«

Sie legt die Harke weg, wischt sich die Hände an den Hosenbeinen ab, kommt zu dir, legt den Kopf an deine Brust. Du umarmst sie.

»Ich habe versucht, dich zu wecken, aber du hast so tief geschlafen, dass ich fast ein bisschen Angst bekommen habe.«

»Warum arbeitest du mitten in der Nacht im Garten?«

»Ich habe frei, erinnerst du dich nicht?«

»Aber in finsterster Nacht? Es ist ja … fast drei!«

Sie schaut zu deinem Gesicht hoch. Sagt nichts.

»Kannst du mir nicht antworten?«

»Wonach fragst du?«

»Es ist doch drei Uhr!«

Sie sieht dich fragend an, und als du ihren Blick erwiderst, ahnst du eine Sorge bei ihr.

»Na und?«, sagt sie. »Ich sage doch, ich habe frei. Hast du

Lust, etwas zu trinken, wir könnten feiern, dass du wieder zum Leben erwacht bist. Was hältst du davon?«

»Was ist passiert?«

»Nichts ist passiert. Woran denkst du?«

»Ach, nichts. Doch. Können wir machen.«

Hinter dem Zaun geht auf der Straße ein Paar vorbei, leise Stimmen in der Nacht, und als sie hinter dir ins Haus geht, kommt ein Radfahrer vorbei. Du bleibst stehen. Auf der anderen Straßenseite brennt Licht in allen Häusern. In manchen Fenstern erahnst du Bewegungen, eine Küche, jemand füttert ein Kleinkind in einem Kinderstuhl.

»Was geht hier vor!«, rufst du zu ihr hinein. Hörst, dass das Büfett geöffnet wird, im nächsten Moment kommt sie aus dem Haus und reicht dir ein Glas.

»Was machen alle draußen, jetzt, mitten in der Nacht?«, fragst du nach längerem Schweigen.

»Was ist denn nur los mit dir«, sagt sie und streicht dir über den Arm. »Bist du noch nicht richtig wach?«

Du zeigst.

»Gibt es einen besonderen Grund dafür, etwas, was ich nicht mitbekommen habe?«

»Was meinst du?«

Du trinkst aus. Sie ist ein wenig genervt, schaltet den Fernseher ein und setzt sich auf die Couch. Auf der Straße, unter dem Nachthimmel, gehen Menschen vorbei, Kinder spielen lachend im Dunkeln. Du fühlst dich nicht gut, stellst das Glas auf dem Tisch ab.

»Ich gehe ein bisschen spazieren«, sagst du, und sie nickt, ohne dich anzusehen. Tu das, sagt sie. Tu das. Du öffnest das Gartentor und gehst Richtung Stadt. Überall Aktivität. Überall Leute. Alle Gebäude und alle Häuser sind hell erleuchtet. Die Stadt ist voller Menschen. Unter einem weißen Mond gehst du, in die tiefen Schatten der Hochhäuser gehst du, überall ist es dunkel. Die Hauptstraße hinab und an den Straßenverkäufern vorbei, die vor ihren Waren hocken und dich anlächeln, an den Kleiderständern vor den Geschäften vorbei, mitten durch das Gewimmel von Fremden, die offenbar alle irgendetwas zu erledigen haben, gehst du, als wäre alles so, wie es sein soll und schon immer gewesen ist. Als hätten alle öffentlichen Gebäude schon immer diese schwarzweißen Fahnen unter den Gesimsen gehabt, schon immer dieses Emblem in Spolien an der Wand, als hätte es schon immer diesen uniformierten jungen Mann gegeben, der deinem Blick begegnet, als du vorbeigehst. Träumst du? Denn alle Autos, die du siehst, werden elektrisch angetrieben, die Straßen sind von einem Summen erfüllt, Verbrennungsmotoren existieren nicht. Es gibt keinen Benzinmotor, es gibt keinen Dieselmotor. Erst recht keinen Wankelmotor. Aber Dampf haben sie, Elektrizität haben sie, Fernsehen und Telefon haben sie, das alles existiert, begreifst du und bleibst stehen, eine Bewegung hat deine Neugier geweckt. Über der Eingangstür zur Bibliothek dreht sich eine Kamera sachte im Kreis und hält fest, was auf dem Platz davor geschieht. Eine Gruppe betrunkener Jugendlicher, die lachend vorbeistreunt. Ein Mann mit einem Rucksack, der auf einer Bank eine Karte studiert. Und gab es früher wirklich so viele Statuen in dieser Stadt, denkst du, denn das ist auffällig: Auf allen offenen Plätzen stehen Kopien antiker Statuen: ein schlanker, aber muskulöser Ringer, der sich vorbeugt und sich dabei den Schweiß abwischt, er hat ein hartes, verschlagenes Gesicht, ein aufrechter und geradliniger Wagenführer, ein geschmeidiger, fast weiblich wirkender junger Mann, der sich an einen Baum lehnt, eine prächtige Frau, die sich wäscht, du denkst, dass sie dich gerade erst entdeckt hat, denn sie hat erschrocken die Augen aufgerissen. Was soll das, denkst du, warum hat man all diese Kopien antiker Statuen aufgestellt, was für eine Idee steckt dahinter? Du bleibst vor einer der mobilen, weißen Buden auf dem Markt stehen. Der Verkäufer sieht dich schläfrig an. Du suchst in der Hosentasche nach ein paar Münzen und kaufst dir ein Eis, das du auf einer Bank im Park schleckst. Mütter schieben ihre Kinder in die schweren Schatten der Bäume, ein junges Mädchen eilt mit geradem Rücken auf Rollschuhen davon; deine Augen folgen ihr, bis sie zum Tor am anderen Ende hinaus verschwindet. Eine Skulpturengruppe steht direkt am Eingang, weiß, massiv, sie schimmert im bleichen Licht der Straßenlaternen. Aus dieser Entfernung kannst du nicht erkennen, ob sie aus Gips oder Marmor ist, auch keine Details ausmachen, nur die groben Züge: ein kräftiger, verdrehter Mann im Kampf mit einer Schlange, umgeben von zwei jüngeren Männern. Ein Mann und seine Söhne. Ein Drama. Du kennst es, hast es schon einmal gesehen, in einem Buch, jedoch niemals hier, im Park. Laokoon. Ein Name. Die Antike. Der Hellenismus. Du schaust zum anderen Tor. Dort ist nichts. Nur ein älterer Mann, der wütend an einer Hundeleine zerrt; seine Töle zieht es knurrend zu einer anderen am hinteren Ende des Parks. Die Frau, die den Hund an der Leine zieht, kommt näher, und du siehst, dass es gar kein Hund ist, was an dem fesselnden Band nagt, sondern eine Katze, du erkennst das einem Kinnbart ähnelnde Fell im Gesicht, die samtenen Pfoten.

Sie faucht dich an.

Du träumst. Du träumst die Dunkelheit, die Bäume, die Menschen. Du träumst den Mann, der in seiner Wächteruniform höflich vor dir stehenbleibt und, die Hände auf dem Rücken verschränkt, zu dem Papier auf der Erde neben deinen Füßen nickt, könntest du bitte so freundlich sein, es zu entfernen? Später siehst du diese Wächter an anderen Orten, im Park, auf dem Markt, im Hafen, in den Kaufhäusern, auf dem Bahnhof und begreifst, dass es kein Traum ist, sondern etwas Anderes. Die Kinder spielen sich schwindlig im nächtlichen Wald, können sich zwischen den Bäumen kaum sehen. Du hörst sie in der Ferne: das schallende Gelächter, die hellen Rufe. Das fließende Metall, das du rot glühen siehst, als die Fabriktore sich öffnen und dir das harte, sich wiederholende *Klang klang klang* immer lauter entgegenschlägt, der Wächter überquert den Platz, und du machst kehrt, gehst die schmale Straße hinab, die den gewundenen Kurven der Landschaft folgt, ohne irgendwo durch den Fels zu führen – auf, ab, auf und ab, du bleibst auf einem Hügel stehen, von dem du auf den Hafen hinabblickst, die gebeugten Rücken der Schauerleute, beladen mit Säcken und Kisten, die schwarzen Schiffsrümpfe, die Ladekräne. Masten auf Segelschiffen. Das Schattenreich. Die Schattenstadt. So ist es. Denn es geht weiter. Es geht ja weiter. Jede Nacht ist wie die erste. Angefangen damit, dass du von den langsamen, summenden Müllwagen am frühen Abend geweckt wirst und die uniformierten Männer siehst, die hinten mitfahren, abspringen, in die Auffahrten laufen und mit einer düsteren Effektivität die Mülltonnen leeren, die so ganz anders ist als in deinen Erinnerungen, an die schmutzigen, abgearbeiteten kommunalen Gesichter in ihren orangen Arbeitsanzügen mit den feuchten Selbstgedrehten im Mundwinkel, die die Mülltonnen um elf Uhr morgens wegrollen, die ihnen eigene Unordnung, Nachlässigkeit. Die Wolken schwarzer Abgase. Das alles siehst du hier nicht. Und die Rechnungen, die ihr bekommt, weisen alle das gleiche Monogramm auf, eine dorische Tempelfassade; das Symbol, das alle Aktivitäten verbindet, begreifst du, in Gestalt kleiner Wimpel auf dem Schreibtisch hinter der Schranke in der Schwimmhalle, als Schilder über den Eingängen aller Schulen, in der Bibliothek, an allen öffentlichen Gebäuden, die du siehst, wenn du in diesen Nächten durch die Stadt gehst. So ist es. Aber seit wann? Wann fing das an? Eine Frage, die keiner versteht. Du weißt nicht, was du glauben sollst. Was habe ich eigentlich früher gemacht, fragst du deine Frau. Sie fürchtet sich ein wenig vor dir, vor deinem Unverstand, deinen fehlenden Erinnerungen. Du hast in der Stadt in einem Büro gearbeitet, sagt sie. Und als was, fragst du, und sie sieht dich erst an, als wäre es ein Spiel, später, als du stur bleibst, mit ängstlichem Blick. Ein Sachbearbeiter, sagt sie, das bist du gewesen. Und dann, fragst du. Dann hast du etwas gemacht, sagt sie, was, sagst du, *Nicht*, sagt sie, *nicht.* Wie lange soll das so weitergehen? Wie lange willst du so sein?

»Bis ich Bescheid weiß«, antwortest du. »Bis ich verstehe.«

Sie schweigt.

Du sprichst es nicht mehr an.

Sie schlägt vor, am kommenden Wochenende einen Ausflug ans Meer zu machen, um die Dinge zu bereden, und du sagst, in Ordnung, es wäre schön, mal rauszukommen, und sie füllt eine Kühltasche mit Essen, sucht Wolldecken heraus, ihr nehmt den Nahverkehrszug aus der Stadt. Der Himmel ist sternenklar, die vier Waggons sind voll, sie tätschelt deine Hand, du schaust aus dem Fenster. Über die Brücke, in den Tunnel, der Zug hält, und die meisten steigen aus; ihr bleibt allein im Abteil. Der Zug jagt durch die Landschaft der Nacht. In den Kurven kannst du die Lokomotive sehen, die euch zieht, die Kegel aus Licht, dic das Dunkel öffnen, das Tempo. Kurze Blicke auf einen Hof, Schatten auf dem Platz, der Häcksler, der das abgeschnittene Laub in den Anhänger hustet, und am Waldrand mehrere Männer, die mit Sensen das Gras mähen – eine Linie, die sich langsam vorwärtsbewegt. Eine Front, denkst du. Rotierende Windmühlenflügel. Breitbeinige Strommasten durch den Wald. Die Aktivitäten der Dunkelheit. Denn auch die landwirtschaftlichen Maschinen, die du vage in den reifen Kornfeldern zu beiden Seiten der Eisenbahnlinie siehst, haben etwas Bedrohliches, wie sie dort über die Felder rollen, etwas Kraftvolles, als würde ein Wille sichtbar. Hin und her, hin und her auf dem riesigen Acker.

Ein System, denkst du. Ein gut organisiertes System, in dem jedes einzelne Teil nichts anderes kennt oder beeinflusst als die angrenzenden Teile, trotzdem funktioniert es, jede Nacht tun alle, was sie tun sollen, die ganze Gesellschaft gleitet wie auf Schienen durch die Zeit.

Sie, bei der du aufwachtest, als du so jäh zu dir kamst und entdecktest, dass alles anders war, zieht das Zugfenster nach unten, und kalte Luft strömt in das Abteil, sie schließt die Augen. Wie ist es für sie, denkst du, wenn ich mich verändert habe und nicht die Welt? Wenn ich selbst die einfachsten Dinge und Sachverhalte nicht verstehe. Wenn doch alles schon immer so gewesen ist. Aber wie sind dann diese anderen Erinnerungen in mein Inneres gelangt, wenn diese Dinge niemals existiert haben?

Eine Verschwörung, denkst du und lächelst.

Sie erwidert dein Lächeln.

Sie hat Angst vor dir, denkst du, als ihr durch die Nacht fahrt. Dabei hast du ihr bisher nur einen Bruchteil erzählt. Ein Tausendstel. Nur ein Hauch von Verwunderung in äußerst prekären Situationen offenbart. Bei praktischen Dingen. Nicht ein Wort über deine aufkeimende Panik, als dir klar wurde, dass du keinen Namen für dich selbst hast. Du wurdest wach, du sahst sie, die du auch vorher gesehen hattest, aber nicht recht einzuordnen wusstest. Ein bisschen seltsam fühltest du dich, aber nicht mehr. Als hättest du, am Anfang, irgendetwas verpasst, ähnlich wie einzelne Redewendungen und Gesprächsthemen im Heimatland unverständlich erscheinen, nachdem du dich ein paar Monate im Ausland aufgehalten hast, dachtest du. Deshalb passierte es so spät, deshalb verging eine ganze Weile, bis dir bewusst wurde, dass du keinen Namen für dich selbst hattest. Dass du jeden beliebigen Namen haben könntest. Du erinnertest dich nicht. Du versuchtest, an andere Dinge zu denken, als wolltest du dich so von dir selbst ablenken, um dann zuzuschlagen, *Mein Name ist …* Aber es ging nicht. Und es breitete sich aus. Habe ich Kinder, dachtest du im Morgengrauen, auf dem Heimweg. Und Eltern? Leben sie?

Als du nach Hause kamst, hatte sie sich hingelegt, du konntest also ein paar Stunden damit verbringen, alles durchzusehen, was du an Rechnungen, Papieren, Bildern fandest. Mit Hilfe der Zeitung fandest du das Jahr heraus, 1996, was mit deiner Erinnerung übereinstimmte. Das Land war Norwegen, die Stadt Kristiansand.

Trotzdem war alles anders.

Wie war das möglich?

Was war passiert?

Behutsam versuchtest du, ihr Informationen zu entlocken, eine mögliche Erklärung für das zu finden, was sich nicht erklären ließ. Aber sie begriff natürlich, was du da versuchtest. *Amnesie*, sagte sie, es gibt Hilfsangebote, lass mich anrufen und einen Termin für dich vereinbaren. Du tatst es lächelnd ab, denn du wusstest, dass du nicht unter Gedächtnisschwund littst, auch nicht an einer Form von Verdrängung. Das nenne ich mal eine Verdrängung, denkst du, und erkennst an der Landschaft, dass ihr nur noch ein paar Kilometer von eurem Ziel entfernt seid. Herr Professor, ich habe alles verdrängt. *Alles?* Ja, die ganze Welt. Alles, was es in ihr gibt.

»Ich fühle die Nähe des Meers«, sagst du zu ihr, als ihr an dem kleinen Bahnhof aus dem Zug steigt, der nicht einmal einen Wartesaal hat, nur aus einer Betonplatte, einem Schild, einem Laternenpfahl besteht.

»Riechst du es? Das Salz? Ich nicht.«

»Nein«, erwiderst du und nimmst im Gehen ihre Hand. »Es ist etwas, das ich schon immer gewusst habe. Wo ich mich im Verhältnis zum Meer befinde. Und wenn ich mich ihm nähere, wie jetzt, habe ich ein Gespür dafür. Ich weiß, dass es dahinter liegt.«

Du zeigst auf den dichten Gürtel aus Laubwald, der ein kurzes Stück hinter der Eisenbahnlinie beginnt.

»Ich glaube, irgendwo führt ein Weg hindurch«, sagt sie.

Der Weg ist bloß ein Pfad. Die Baumwipfel schließen sich über euch. Zu beiden Seiten dichte Vegetation, Blätter, Äste, Büsche, sie geben euren Bewegungen nach, schlagen raschelnd zusammen, wenn ihr hindurch seid. Sie geht schwer atmend vor dir. Bleibt stehen.

»Was sagt dir deine Intuition. Ist es noch weit?«

»Ein kurzes Stück noch«, sagst du. »Glaubst du mir etwa nicht?«

Dann öffnet sich der Wald zu einer Lichtung mit kniehohem Gras, kleinen, struppigen Bäumen, Brennnesseln; du siehst eine Mauer und begreifst, dass es hier gebrannt hat, ihr macht eine Pause.

Sie setzt sich auf die rissige Mauer.

»Ich erinnere mich noch an die Zeit, als hier Leute wohnten«, sagt sie. »Der Pfad führte direkt über ihren Hof.«

»Es ist noch nicht lange her, dass es gebrannt hat?«

»Vor vier Jahren. Im Winter, glaube ich. Ja, genau.«

»Muss schön sein, hier zu wohnen.«

»Könntest du dir das vorstellen?«

»Könntest du?«

»Ich weiß nicht recht«, sagt sie. »Es ist schon ein bisschen abgelegen.«

»Ist das so schlimm?«

»Nein!«

Sie lächelt dich an. Eine Bewegung am Himmel lässt dich den Kopf in den Nacken legen. Da oben ist etwas.

»Was siehst du da?«, fragt sie.

»Das frage ich mich auch«, antwortest du.

Sie starrt hoch, und dann zeigt sie:

»Das?«

»Mhm.«

»Erkennst du es nicht? Ein Luftschiff. Kjevik ist ja nur ein paar Kilometer entfernt.«

Du sagst nichts.

Das Schiff treibt langsam über euch hinweg, ein leises Summen der Motoren, es ist dunkel, du siehst nur die Umrisse, schwarz vor dem helleren Himmel.

»Wie jetzt, ein Luftschiff?«

»Wollen wir weitergehen?«

»Ja.«

Sie legt den Arm um dich, als ihr an dem Lagerfeuer sitzt, das ihr am äußersten Punkt einer Landzunge entfacht habt, an der

Fjordmündung. Kurz zuvor habt ihr Eier gesammelt, während kreischende Möwen und Austernfischer über euch schwebten. Hässliche Vögel. Hässliche Schreie. Sie flatterten dicht über euren Köpfen, ein Wirbel aus Flügeln und Federn, du musstest dich ducken, sie lachte. Ihre Eier schmecken nach Salzwasser, sie ähneln den Steinen, die man auf dem Boden von Gletschertöpfen findet: schwarz gesprenkelt, abgeschliffen, glatt. Alle Felsen in der Nähe sind glatt, als würde die Erosion hier draußen nicht Zersetzung oder Zerstörung bedeuten, sondern im Gegenteil zu einer Veredelung der Landschaft führen, denkst du, du spürst die Wärme des Feuers und ahnst die Tiefe in der Dunkelheit vor euch, das Meer, das sich, schwarz und still, Meile für Meile ausbreitet. Wenn du aufstehst, kannst du in der Ferne vage ein weißes Feld erkennen, wo Wellen über Steine schlagen. Der Klang ist beruhigend, denkst du, einschläfernd.

Schhh Schhhh Schhhh.

Die Wochen vergehen. Du läufst durch die Straßen, siehst fern, sitzt im Café und trinkst, schläfst. Du treibst sie langsam, aber sicher zur Verzweiflung. Sie steht nicht zu dir, sie begreift nicht, dass etwas geschehen ist, was das Alltägliche für dich unerträglich und unmöglich macht, es gelingt dir nicht, es ihr zu erklären, denn sie wendet sich ab, will nichts davon hören. Was ist los, was ist mit dir, sagt ihr Blick, wenn du ihr mitteilst, dass du spazieren gehst, warum kannst du nicht bei mir bleiben?

Was sagen deine Blicke?

Kannst du mich nicht in Ruhe lassen? Ich muss allein sein. Komm mir nicht nahe. Damit kann ich nicht umgehen. Jedenfalls nicht, wenn es so ist wie jetzt.

Also gehst du hinaus, läufst durch die Straßen und siehst fern, wenn sie nicht da ist, du sitzt im Café, du schläfst und schläfst. Sie sagt, dass du verfällst, dass du dich zusammenreißen musst, dass du so ungepflegt bist, sagt sie, du liegst nur herum und raffst dich zu nichts auf. Was soll ich denn tun, sagst du, hast du vergessen, dass man mich hinausgeworfen hat, hast du das vergessen?

Hast du das vergessen?

»Du könntest dich hier nützlich machen, spülen oder die Wäsche übernehmen, du könntest das Haus putzen, du könntest von mir aus im Garten arbeiten. Hauptsache, du tust etwas.«

»Wie vernünftig du bist.«

»Oder lesen. Du könntest lesen. Warum hast du damit eigentlich aufgehört? Jetzt hast du doch endlich Zeit«, sagt sie.

Nicht ohne Ironie, denkst du. Aber wer bist du, ihr deshalb Vorwürfe zu machen. Mein Mann sagt, dass er in einer Welt ins Bett gegangen und in einer anderen aufgewacht ist. *Tatsächlich? Hochinteressant.* Aber ich bin doch die ganze Zeit an seiner Seite gewesen! Wir haben uns verliebt, wir haben geheiratet, wir sind hierhergezogen. Seit fast acht Jahren kenne ich ihn jetzt. Und dann wacht er eines Nachts auf und sagt, dass er Erinnerungen an ein ganz anderes Leben, an eine ganz andere Welt hat, und kann sich nicht einmal erinnern, wo er fast fünf Jahre täglich gearbeitet hat. *Oh je, oh je. Was Sie nicht sagen.*

Du beschließt, dass dies von nun an ein Gespräch sein wird, das du mit dir selbst führst.

Am nächsten Abend fährst du nach Kjevik hinaus. Nur um zu schauen. Die Luftschiffe, die über den bewaldeten Höhenzügen herantreiben, tiefer und tiefer gleiten sie durch die Luft; du stehst auf der betonierten Fläche und hörst das leise Brummen der elektrischen Motoren, wenn sie näher kommen, siehst das leinenartige Material, mit dem der riesige Rumpf bespannt ist, die zwei schmalen Gondeln, die darunter hängen, die Gesichter, die du schemenhaft hinter den Fenstern erkennst, als das Schiff direkt über dir schwebt. Der Wind macht es schwierig, es senkrecht zu Boden zu lassen; man vertäut es hastig an einem Mast, und aus dem Hangar kommt ein kleines Fahrzeug, das drei leere Karren zieht, du nimmst das alles in dich auf; endlich scharren die Gondeln über den Erdboden und die Türen werden geöffnet, die Passagiere steigen aus. Die Leute um dich herum lächeln, Gesichter strahlen, jemand setzt seinen Koffer neben sich ab und umarmt einen der Wartenden, ein Vater hebt einen kleinen Jungen auf seinen Arm, andere gehen einfach vorüber und in die Wartehalle, Geschäftsreisende, denkst du und wartest auf die nächste Ankunft, auf den nächsten gleitenden Schatten über den Anhöhen. Stattdessen steht jedoch ein Abflug bevor; die Türen des Hangars werden aufgeschlagen und ein Zeppelin hinausgeschleppt, er ist kleiner, du fragst, wohin er fährt. *Arendal, Risør, Moss, Oslo*, antwortet ein Mann. Und der gerade angekommen ist, erkundigst du dich, *Großbritannien*, antwortet er und nimmt die Fahrkarten der einsteigenden Passagiere in Empfang.

»Du hast einen Job!«, sagt sie lächelnd, als du in dieser Nacht heimkommst.

»Einen Job?«

»Ja, sie sind hier gewesen, als du weg warst. Du fängst nächste Woche an.«

»Wen meinst du mit sie?«, fragst du, denkst dann aber an deine Frau und beeilst dich fortzufahren: »Und wo?«

Sie zuckt mit den Schultern, gibt dir einen Brief.

Du liest ihn.

»Was steht drin?«

»Ich soll mich nächste Woche in der Stadt melden. Am Bahnhof. Aber es steht nicht darin, worum es geht.«

»Zeig mal.«

Sie liest ihn.

»Acht Wochen am Stück. Dann arbeitest du bestimmt nicht hier in der Stadt. Wo bist du eigentlich gewesen?«

»In Kjevik. Ich habe mir die Luftschiffe angesehen.«

»Wie alt bist du, zwölf?«

Sie streicht ihm über die Wange.

»Als er klein war, ist Vater oft mit dem Fahrrad dorthin gefahren«, sagt sie lächelnd.

»Dann muss ich diese Stelle also annehmen.«

»Allerdings. Und darüber solltest du dich freuen. Ein zweites Einkommen können wir wirklich gut gebrauchen.«

Du legst den Brief weg und streichst ihr das Haar aus der Stirn.

»Du verdienst doch so gut, was soll das, willst du etwa nicht für mich aufkommen?«

»Doch. Aber was ist, wenn noch jemand dazukommt.«

»Noch jemand.«

»Ja, noch jemand. Etwas Kleines.«

»Du meinst, wir sollen ein Kind in diese Welt setzen?«

»Also manchmal …«, sagt sie.

»Das war doch nur Spaß«, sagst du. »Natürlich machen wir das.«

Zum ersten Mal seit langer Zeit gingt ihr gemeinsam ins Bett. Du wachtest ausgeruht auf, und dir kam die Idee, zu einer der Schwimmhallen zu fahren. Du nahmst den Pendelzug. Die Anlage lag mitten in einer Ebene, in einer Trabantenstadt, sie wurde häufig für größere Sportveranstaltungen genutzt, was du anhand der Bilder erkanntest, die im Foyer neben den Umkleideräumen an der Wand hingen: vollbesetzte Ränge in Schwarzweiß, Männer mit Hüten und Schals und Mänteln, hier und da ein Kind auf den Schultern eines Vaters. Die großgewachsenen, muskulösen Körper der Schwimmer, die im Flutlicht auf den Startblöcken stehen, ehe sie in die Hocke gehen und sich auf den nächsten Moment konzentrieren, in dem sie in einer blitzschnellen Vorwärtsbewegung explodieren, in das stille Wasser springen und losschwimmen werden, hin und her, hin und her, bis sie mit der Hand anschlagen und atemlos zu der massiven Anzeigetafel aufblicken. Die Zahlen, die dort aufleuchten, werden für viele Jahre in Erinnerung bleiben, es ist ein Rekord für die Ewigkeit, denken sie. 1.40.18.

Das Becken war in den Erdboden eingelassen, zu beiden Seiten lagen Emporen für die Zuschauer, und es war herrlich, Bahn für Bahn unter freiem Himmel zu ziehen, sich auf den Rücken zu legen und zu den Sternen aufzublicken, den Sprungturm hinaufzusteigen und durch die kalte Nachtluft zu springen, um sich von dem angenehm temperierten, gechlorten Wasser umschließen zu lassen. Fröstelnd auf dem Gras zu sitzen und sich abzutrocknen, in eine der Kabinen zu gehen und zu spüren, wie einen die Wärme umschließt, durchdringt, und anschließend erquickt den Zug in die Stadt zu nehmen.

Um aus dem Stumpfsinn herauszukommen, der mit der Zeit alles einlullte, was du machtest, entschiedst du dich zu lesen. Nicht, dass ihr so viele Bücher gehabt hättet. Im Gegenteil: Das Einzige, was du in eurem Haus finden konntest, war ein sechsbändiges Lexikon, das du neben dem Küchentisch aufstapeltest, denn du hattest vor, bei A zu beginnen und dich durch das Alphabet zu lesen. Fürs Erste saßt du jedoch nur da und blättertest willkürlich in einem Band nach dem anderen.

Es war interessant.

Als sie von der Arbeit kam, saßt du noch immer da und nahmst kaum wahr, dass sie sich etwas zu essen machte und dir gegenüber, einen Meter entfernt, speiste, du last immer weiter, und als du ein paar Stunden später ins Bett gingst, konntest du nicht verstehen, warum du das nicht schon früher getan hattest.

Lange lagst du wach und wälztest dich unruhig hin und her, denn was du gelesen hattest, war beunruhigend.

Die Namen kanntest du. Nicht alle, natürlich, viele Namen hat nur das Lexikon im Gedächtnis behalten, aber die meisten. Und sie waren, wie du sie in Erinnerung hattest. Erfinder, Ingenieure, Ärzte, Philosophen, Komponisten, Schriftsteller, Maler, Filmstars, Regisseure, große Staatsmänner und Befehlshaber, Kirchenväter und Religionsstifter, Wirtschaftsmagnaten, weniger bedeutende Politiker und Künstler, mythologische Gestalten, fiktive Charaktere. Alle, die im Laufe der Zivilisationsgeschichte in unterschiedlicher Weise auf sich aufmerksam gemacht hatten. Ihre Namen stimmten mit deiner Erinnerung überein, und sie waren auch in denselben Epochen aktiv. Von den jüngsten gab es Fotos, und die Bilder sahen aus, wie sie dir im Gedächtnis waren; andere waren in Gemälden oder Zeichnungen abgebildet, auch sie erkanntest du wieder. Unbekannt und für dich unverständlich war die Tatsache, dass all diese historischen Persönlichkeiten im Lexikon als die Urheber *anderer* Erfindungen, *anderer* Kunstwerke, *anderer* Leistungen präsentiert wurden, allerdings nicht systematisch, nicht konsequent; manche hatten getan, woran du dich zu erinnern meintest, andere nicht.

Das gesamte relevante Wissen über die Welt war hier in komprimierter Form gesammelt, das wusstest du, alles, was wir wissen, alles, was wir zu wissen glauben, alles, was wir meinen, und alles, was wir über die Welt denken. Du versuchst das, was dort steht, den seltsamen anderen Erinnerungen gegenüberzustellen, die du hast. Wie die Welt ist und gewesen ist, und was lediglich eine Erinnerung an einen Traum in dir ist. Du vergleichst, aber deine Erinnerungen sind so unpräzise, so schwammig, sie vermischen sich mit dem, was du liest, du bist dir nicht sicher, du zweifelst. Trotzdem. An manche Namen erinnerst du dich besser als an andere. Du hast einmal an einer Universität studiert. Die Biografien und Leistungen dieser Namen vergisst du nicht. Du hast sie verinnerlicht, aber sie stimmen nicht mit den Informationen überein, die du dem Lexikon entnimmst. In der ersten Nacht schlägst du Immanuel Kant nach, denn ihn hast du gelesen, ein halbes Jahr hast du gebraucht, um dich durch *Die Kritik der reinen Vernunft* zu quälen. Mit Kant kennst du dich also aus. Über Kant liest du. Dir läuft ein kalter Schauer über den Rücken. *Kant, Immanuel*, liest du. *1724–1804. Deutscher Arzt und Schriftsteller. Geboren in Königsberg, wo er sein ganzes Leben verbrachte, ab 1749 als Professor.*

Was steht da?

Kant, liest du, war zu seinen Lebzeiten vor allem dafür bekannt, die örtliche Betäubung eingeführt zu haben. Bereits mit fünfundzwanzig Jahren wurde er, als einer der Jüngsten im Land, Professor für Medizin, und ihm wurde eine glänzende Zukunft als Forscher und Wissenschaftler prophezeit. Doch Kant verzichtete auf diese Karriere. Nachdem er eine hochgelobte Abhandlung über Neurologie geschrieben hatte, beschloss er, in Königsberg eine Praxis zu eröffnen und als praktischer Arzt der städtischen Bevölkerung zu dienen. In dieser Funktion entwickelte er die örtliche Betäubung als Antwort auf ein Bedürfnis, das sich bei zahllosen Behandlungen verschiedener Verletzungen und Krankheiten geltend gemacht hatte, die er zeit seines Lebens in seinem Büro vornahm. *Dennoch ist Kant heute zweifellos vor allem als Schriftsteller bekannt.* Alle Einwohner Königsbergs kamen zusammen, als dieser geachtete Arzt im hohen Alter von achtzig Jahren nach einem erfüllten Leben beerdigt wurde. Kurz darauf machten allerdings erste Gerüchte die Runde. In Kants umfassendem Archiv im Hinterzimmer seiner Arztpraxis, zwischen Hunderten von Krankenakten, fand man seine Memoiren. Sie bestanden aus vielen tausend Seiten und waren augenscheinlich im Laufe seines ganzen Lebens verfasst worden: von dem Tag an, als Kant seinen ersten Patienten empfing, mit siebenundzwanzig Jahren, bis zu dem Tag, an dem er im Garten vor seinem Haus, dreiundfünfzig Jahre später, beim Gießen seiner Kohlpflanzen zusammenbrach.

Es waren keine gewöhnlichen Memoiren. Der Autor selbst blieb die meiste Zeit im Hintergrund, wurde nur gelegentlich sichtbar, zum Beispiel in den ersten drei-, vierhundert Seiten, auf denen seine Geburt und Kindheit in einer Weise geschildert wurden, die Literaturwissenschaftler annehmen ließ, dass dieses Werk ursprünglich als eine traditionelle Autobiografie begonnen wurde. Dann jedoch trat nach und nach eine Veränderung ein. Der Autor wurde in den Hintergrund gedrängt, gegenwärtig war er nur noch als Beobachter, als ein Schilderer von Ereignissen, über die er zuweilen reflektierte und spekulierte, lange, gewundene und etwas trockene Passagen, die jedoch äußerst präzise psychologische Einblicke enthielten. Welche Ereignisse? Der Umschwung ließ sich auf den Tag genau datieren, an dem Kant seine Arbeit als Arzt in der Stadt aufnahm. Dadurch eröffnete sich ihm eine völlig neue Perspektive. Er fand seinen Stoff. Zu ihm kamen alle, sämtliche Einwohner der Stadt, wenn sie Probleme hatten, wenn sie krank waren, wenn sie Kinder bekamen, wenn sie keine Kinder bekommen konnten, wenn sie starben. Anfangs beschränkte Kant sich darauf, detailliert den Krankheitsverlauf zu schildern, er spekulierte natürlich über Ursachen, aber jeder einzelne Fall sollte für sich stehen. Er gab die Gespräche so wieder, dass man glaubte, die Niederschrift wäre nur Minuten nach den Gesprächen erfolgt. Doch dann muss Kant etwas ins Auge gefallen sein, das Werk veränderte sich radikal, eine neue Figur betrat die Bühne: die Stadt. Königsberg. Kant machte es sich zum Ziel, in das innere Leben der Stadt vorzudringen, alle Schichten des Firnis abzuschälen, den man das Bürgertum nennt, über jeden einzelnen Einwohner zu schreiben, aber stets in einem größeren Zusammenhang gesehen, in ein riesiges soziales Netz eingeordnet. Und er wurde seinem Vorsatz gerecht. Er schrieb über alle Geburten, in welche soziale Schicht die Kinder geboren wurden, über die Krankheiten und Probleme der Eltern, über ihre wirtschaftliche Situation und ihre tägliche Arbeit. Man sah sie aufwachsen, hörte sie spielen und sah schließlich die Reihe, die am Tag der Konfirmation durch die Kirche zog. Sie waren unschuldig, sie waren Kinder – dennoch ahnte man, was sie erwartete, welches Leben sie führen würden, diese Kinder, denn die Prämissen waren in ihnen angelegt, und die Arena, in der sie diese entfalten würden, stand bereit. Auch in diesem Universum gab es Ausnahmen, manche von ihnen hatten die Kraft, sich freizukämpfen, sich über ihr Schicksal zu erheben, andere wurden von ihren Kräften nach unten gezogen;

einer war ungewöhnlich begabt und erhielt ein Stipendium, um an einer Universität zu studieren, eine andere löste einen Skandal in der Stadt aus, als sie heimlich ein Kind zur Welt brachte und sich ein paar Wochen später damit zeigte, einer erschlug, erst dreizehn Jahre alt, seinen Freund mit einem Stein, in tumber Raserei hämmerte er mit der Tatwaffe immer wieder auf den Kopf ein, verwandelte ihn in einen blutigen Brei und schlug noch lange nach dem Eintreten des Todes weiter zu, schleifte die Leiche mehrere Kilometer durch den Wald und warf sie in einen See, wo sie ein paar Tage später weiß und aufgedunsen von einem Suchtrupp gefunden wurde. Er bestritt alles, wurde aber zum Tode verurteilt, und als er aus dem Gerichtssaal geführt wurde von der Bevölkerung gesteinigt. Manche heirateten, andere blieben unverheiratet, manche gingen fort, um eines Tages, dreißig Jahre später, als Fremde zurückzukehren. Die Stadt hatte nur noch eine schwache Erinnerung an den Fremden, so wie der Leser sich nur noch schwach an ihn erinnern kann, wenn er nach Tausenden von Seiten von Neuem auftaucht. Denn so ist dieses Werk, die Stadt wird zum Leser, der Leser wird zur Stadt – der Leser weiß alles über alle, verfügt über sämtliche Informationen, ist aber dennoch außer Stande vorherzusehen, was im nächsten Augenblick passiert. Selbst wenn man ahnt, was mit einer Figur geschehen wird, so wie ein Dorf seit langem gewusst hat, welchen Weg einer seiner jungen Einwohner einschlagen wird, weiß doch niemand, *wann*. Der Zeitpunkt bestimmt die späteren Ereignisse. Das ist das Leben der Stadt, so ist das Leben der Stadt, in der sich täglich die gleichen Begebenheiten abspielen und in der alles vorhersehbar ist, andererseits aber eben auch nicht, denn trotzdem ist alles vollkommen unvorhersehbar, so ist es dort. Kant folgt ihnen, allen Einwohnern, schreibt täglich über sie, vertrauensvoll kommen sie mit ihren Leiden und Problemen, ihren Freuden und Hoffnungen zu ihm. Offenbar treiben Kant keinerlei Bedenken angesichts dessen um, was er da tut, bei diesem großen Verrat an seinen Patienten, dieser umstandslosen Enthüllung von moralischer und seelischer Schwäche, von Doppelmoral und Gier, Begierde und Verstellung. Er ist ein Registrator, eine Maschine, so präzise wie ein Uhrwerk. Kant ist ein Pedant. Dennoch lautet das kritische Urteil der Nachwelt einhellig: ein Meisterwerk. Alle Handlungen der Figuren werden bereits durch andere Handlungen in der Kindheit festgelegt, das Handeln der Eltern, das Handeln der Vorfahren, man ahnt unter den schlichten Oberflächen, hinter den Etiketten und Moralvorstellungen der Gesellschaft, hinter den alltäglichen Tätigkeiten, den Gesten, hinter den dramatischen Ereignissen, die in diesen Lebensläufen eintreffen, eine gewaltige Tiefe. Gleichzeitig ahnt man auch die große Welt; sie schlägt sich in kleinen Notizen in den zwei Zeitungen der Stadt nieder, zum Beispiel kleinere technische Errungenschaften und Verbesserungen, oder Kleidermode und wechselnder literarischer Geschmack. Sie schlägt sich in Gestalt einer reisenden Theaterkompanie nieder, die in die Stadt kommt, in Form von Geschäftsreisenden, die möglicherweise angereist sind, um zu investieren oder etwas zu verkaufen. Manchmal verschwindet eine der Figuren aus dem Werk, um nie wieder persönlich aufzutreten, fortan ist sie nur noch als ein Name gegenwärtig, den jemand erwähnt, als ein Gedanke, eine Erinnerung. Er stirbt, oder er zieht in die Welt hinaus. Er schickt eine Postkarte, und seine Mutter liest sie dem Arzt vor, sie macht sich Sorgen um ihren einzigen Sohn. Was da draußen geschieht, in der großen Welt, wird uns nie ganz klar, die Informanten sind unzuverlässig, streuen Gerüchte.

Kants Welt ist übersichtlich, aber unvorhersehbar. Alles ist beim Alten, gleichwohl immer neu. Die bissigsten Kritiker von Kants Werk vergleichen es mit einem gepflegten, kunstvoll angelegten Garten. Es gibt dort Leben, das aber von *einem* bestimmten Willen, einer bestimmten Vision, einer bestimmten ästhetischen Kraft gesteuert wird: Immanuel Kant. Diese Sichtweise hat viele prinzipielle literarische Debatten über den Unterschied zwischen Kunst und Dasein ausgelöst, der in diesem

Werk weniger distinkt zu sein scheint, als es in der Literatur sonst so häufig der Fall ist. Schilderte Kant schlicht, was er in diesen fünf Jahrzehnten sah, wie es war, oder handelte es sich um einen sorgsam redigierten Ausschnitt der Welt, eine Lebensanschauung? Das ist bis in unsere Zeit eine relevante Diskussion geblieben. Und obgleich sich wohl alle einig sind, dass sein Werk zu den bedeutendsten der Literaturgeschichte gehört, gibt es nach wie vor Kritiker, denen sein Stil missfällt. Unsensibel und kalt sei er, behaupten sie. Außerdem viel zu umständlich und langweilig. Wenn man über Literatur sagen könne, sie vermittele die Wahrheit, dann gelte dies für sein Werk wie für kein Anderes, sagen die Bewunderer. Kants Beschreibungen als kalt zu bezeichnen, empfinden sie als ungerecht und verweisen auf den Humor und die Wärme in den langen, übergangslos eingestreuten Passagen, in denen Kant selbst in seinem Werk auftritt. Wenn er die Tür seiner Praxis abschließt und die Hauptstraße hinabspaziert, auf dem Weg zu seinem Stammcafé, so pünktlich, dass die Einwohner Königsbergs ihre Uhren nach ihm stellen können, wenn er durch die Stadt flaniert, die Hände auf dem Rücken verschränkt, mit einem freundlichen Kopfnicken für alle, denen er unterwegs begegnet, dann muss er es so empfunden haben: *Jetzt flaniere ich in meinem eigenen Roman.* Wenn sie sein Lächeln erwidern, lächeln sie ihrem Schöpfer zu, wenn sie sich höflich verneigen, tun sie dies vor einem Alleswisser. Dann schließt er die Tür, setzt sich im Kerzenschein an den Schreibtisch und greift zu seinem Federkiel, um die Begebenheiten des Tages zu schildern, auch den Spaziergang. Er lacht über ihre Unschuld, ihre Naivität, ihre hübschen Kleider, ihre wohlfrisierten Haare, ihre höflichen Manieren, sie verbeugen sich vor ihm. Aber Kant – und mit ihm der Leser – weiß, woher sie kommen, was in ihnen vorgeht, welche Tiefe dort lächelnd steht. Sie selbst wissen es nicht. Aber Kant weiß es, und nun wissen wir es auch. Denn obwohl die Einwohner Königsbergs vor Gericht zogen, um Kants Memoiren zu stoppen, als sie deren Dimension erkannten, und damit auch Erfolg hatten – das Werk war in Deutschland noch bis 1952 verboten –, fanden die Bücher im Rest der westlichen Welt weite Verbreitung und wurden überall mit Bewunderung aufgenommen. In den knapp zweihundert Jahren, die seit der posthumen Veröffentlichung seines Werks vergangen sind, dessen Titel aus dem letzten Satz des letzten Buchs besteht, *Doch war es herrlich zu leben*, ist die Sekundärliteratur immer umfangreicher geworden, und es steht außer Frage, dass Kants besondere Memoiren zu den größten der Weltliteratur gehören.

Das schrieben sie über Immanuel Kant, der in deiner Erinnerung einer der großen Philosophen gewesen war. Das hielt dich wach, denn du wusstest nicht mehr, was du im Hinblick auf die Frage, was mit dir geschehen war, glauben solltest. Ob es um dich oder um die Welt ging. Und wenn es um dich ging: Woher kamen dann diese glasklaren Erinnerungen an etwas Anderes? Wenn es um die Welt ging: Warum hattest nur du allein es entdeckt? Schlaflos wälztest du dich im Bett, dein Kopf war voller Namen, Oppenheimer, dachtest du, der bekannte Finanzmagnat. Der berühmte Forschungsreisende Conrad, der tief im Dschungel gefunden wurde, nachdem er viele Jahre als vermisst galt, Marie Curie, die alle Opernbühnen im Sturm eroberte, Diesel, der Gründer von *Der Blaue Reiter*, jener Künstlergruppe, die versuchte, die Malerei zu revolutionieren, indem sie auf der Bewegung insistierte und sich dadurch nach und nach vom Konkreten verabschiedete und ins Abstrakte überging, eine natürliche Konsequenz, denn in der Welt des Tempos verschmilzt alles, was du siehst, alles verliert seine Konturen, abgesehen von dir selbst, du, der du vorbeifährst, bleibst unbeeinflusst, deine Hände sind immer gleich deutlich, genau wie die Gedanken, die dir durch den Kopf gehen. *Der Blaue Reiter* löste einen Skandal aus und setzte sich bei der Mehrheit der Menschen niemals durch, obwohl junge Frauen und Männer sich später oft von den farbenfrohen, extremen

Gemälden angezogen fühlten. Unzählige Seminararbeiten haben sich mit der Thematik beschäftigt, die diese Bilder implizieren, haben die Grenzen der Lebensanschauung aufgezeigt, die sich in der klassischen griechischen Kunst manifestierte, die ebenfalls mit Raum und Zeit arbeitete, aber zum umgekehrten Ergebnis kam: die Welt ausbalanciert, die Welt unveränderlich, die Welt kontrolliert. Eine Kunst, in der sogar das Innere einen äußeren Ausdruck erhält, eine Kunst für den Raum *zwischen* den Menschen. Revolutionär und bahnbrechend an der Kunst Diesels und des *Blauen Reiters* war, dass sie über die Geschwindigkeit den großen Unterschied herausarbeiteten, der zwischen der Welt bestand, wie sie für alle ist, und der Welt, wie sie für den Einzelnen ist. Für den Sehenden formt sich alles im Tempo, alles um ihn herum verändert sich, während er, der in der Bewegung ist, feststeht. Sollte das nicht auch Auswirkungen auf die Kunst haben? Sollten wir die Welt nicht malen, wie sie für *uns* war, uns in das hineinbegeben, was sich veränderte, so wie die Welt sich veränderte, je nachdem, aus welchem Blickwinkel wir sie betrachteten?

Bis dahin hatte es zwei Hauptströmungen in der Kunstgeschichte gegeben, diejenigen, die sich mit dem dekorativen Aspekt von Kunst beschäftigten, Flächen und Farben und Ornamente und Bilder in diesem Sinne malten, die sich über die Zeit erhoben, indem sie sich vom konkreten Augenblick abwendeten, ein Universalismus, den es auch in der anderen Strömung gab, der dort aber völlig anders zum Ausdruck kam. Diese Schule arbeitete mit Tiefe für das Auge, malte Personen in unterschiedlichen Situationen und unterschiedlichen Landschaften, ein ganz bestimmter Augenblick, versuchsweise gemalt, wie er *war*, naturgetreu – dennoch innerhalb eines Kanons, in dem alle Proportionen und alle Relationen im Voraus genau festgelegt waren, und damit universal. Und dann kam Diesel mit seinen irrsinnigen Bildern, seinen Farbschmierereien, seinem individuellen Augenblick in der Welt. Schnell wurden die Anhänger dieser Stilrichtung *Die Unreifen* getauft, da einen das Individualistische der Bilder an Selbstüberschätzung denken ließ, denn wie wir wissen, ist die Selbstüberschätzung ja der wichtigste Charakterzug des Unreifen. Und die Kritiker bekamen viel Wasser auf ihre Mühlen, als Diesel selbst sich gegen Ende seines Lebens umorientierte und in seinen letzten Jahren dazu überging, streng naturalistisch zu malen, denn so war die Welt, wie ein reifer Mann mit der Erfahrung eines langen Lebens wusste. Unveränderlich.

Das war Diesel. Du schlugst Montaigne nach, der hier ein berühmter Staatsmann war, du last den Artikel über Röntgen, der das Maschinengewehr konstruierte und sich, nachdem er Zeuge des Blutbads der Engländer an den Buren geworden war, das Leben nahm, du studiertest Pasteurs überirdisch schöne Choräle und Symphonien, last über Francis Bacon, den Erbauer des ersten U-Boots, dessen Prototyp sich heute in einem Museum in Barcelona befand, im Lexikon gab es eine Abbildung, die du mit großem Interesse studiertest: Das Boot war aus Holz, deiner Meinung nach ähnelte es zwei Spitzgattbooten, die man zu einer Hülle zusammengefügt hatte, man tauchte damit bis zu zwanzig Meter tief, last du und schlugst Dante auf, und wurdest über seinen Bruch mit dem Papsttum unterrichtet, über die zentrale Rolle, die er als Gründer der ersten italienischen Republik spielte, über die Zusammenführung von Antike und christlicher Kultur in der wiedergeborenen Stadt Florenz. Du last über Newtons komplizierte und stark kritisierte Theorie zur subjektiven Zeit und determinierten Geschichte, zwei eigentlich unvereinbare Perspektiven, die in seinem Hauptwerk zusammengeführt wurden. Drake, der Anführer des fehlgeschlagenen Staatsstreichs in Großbritannien, hingerichtet, seither in aller Welt ein Symbol für den Kampf um Freiheit. Da Vincis verrückte, aber erfolgreiche Experimente im Bereich der Luftfahrt. Die Prototypen der ersten Fluggleiter entwickelte er im Alter von einundzwanzig Jahren. Eine große Menschenmenge hatte sich eingefunden, um den verrückten Erfinder zu sehen, als er ihn auf den Anhöhen außerhalb der Stadt vorführte. Beide Hände in großen Schwingen befestigt lief er los, das Holzgerüst war mit Leinen bespannt, und man sah, wie er sich über die Kante stürzte, man hielt den Atem an. Er schwebte! Und dann trafen ihn die warmen Luftströmungen, er glitt dahin, er stieg und stieg in Kreisen über ihnen, berauscht vom Jubel, der zu ihm aufstieg. *Leonardo! Leonardo! Leonardo!* Er erhielt die nötigen finanziellen Mittel, um weiter zu experimentieren, er bekam eine eigene Werkstatt mit Schülern, er stand über den Zeichentisch gebeugt und konstruierte komplizierte technische Apparate, wie die Welt sie nie zuvor gesehen hatte; er begann, mit Gas und Ballons zu experimentieren, auch das ein Triumph; fortan konnten auch normale Bürger der Schwerkraft trotzen und über der Stadt, über dem Land segeln; über *das Meer*, versprach Leonardo, ging jedoch zu weit, sein Übermut wurde ihm zum Verhängnis, dem jungen Genie da Vinci. Er wollte untersuchen, wie hoch man aufsteigen, wie weit man hinausfahren konnte. Seine Abreise wurde von Festlichkeiten begleitet, er wurde gefeiert, dann wurden die Leinen gelöst, der Ballast wurde abgeworfen, und er hob ab, die Menge verfolgte den Ballon, der immer kleiner wurde, bis er aus ihrem Blickfeld verschwand.

Drei Wochen vergingen.

Gerüchte machten die Runde, er sei in der Neuen Welt gelandet, er sei auf irgendeiner Insel gestrandet, er habe die Oberfläche der Erde verlassen und sei nun auf dem Weg ins Weltall. Dann wurde er gefunden. Zwei Kinder spielten an einem Strand nahe Genua, in der Ferne sahen sie etwas im Wind flattern. Sie gingen näher heran. Blaues und rotes Segeltuch bauschte sich in den Windstößen, ein Korb wurde durch den Sand geschleift. Sie liefen lachend hinterher, er kam zur Ruhe, sie entdeckten, dass in dem Korb ein toter Mann lag. Die Augen waren aus ihren Höhlen gepresst worden, sie sahen geronnenes Blut, das in Striemen aus den Ohren, aus der Nase kam, er war in Blut getaucht, was Furcht verbreitete: Was war mit ihm geschehen? Wo war er gewesen? Die Ärzte, die seine Leiche obduzierten, kamen zu dem Schluss, dass er gesprengt worden war, mehr wussten sie dazu nicht zu sagen. Niemand konnte erklären, aus welchem Grund es passiert war.

Du last immer weiter, warst verwirrt, verzweifelt, denn du konntest mit niemandem darüber sprechen, deine Erinnerungen an eine andere Welt gehörten dir ganz allein, vor und zurück blättertest du in diesem Lexikon und hattest keine Augen mehr für etwas Anderes, deine Frau war wie ein Schatten für dich, manchmal da, manchmal nicht. Nach zwei Tagen stand für dich fest, dass du herausfinden musstest, wie das alles zusammenhing. Wenn das Lexikon alles abdeckte, was es über diese Welt zu wissen gab, musste irgendwo in ihm auch die Antwort liegen. Als Ausgangspunkt stelltest du eine Hypothese auf. Dass du eine andere Wirklichkeit kanntest. Es spielte keine Rolle, ob sie geträumt oder gelebt, ob sie wirklich oder fiktiv war: Entscheidend erschien dir, dass du sie und ihre Geschichte kanntest. Die Welt, die das Lexikon beschrieb, war ähnlich und trotzdem anders. Die gleiche physische Wirklichkeit, das wusstest du, aber die Ereignisse waren anders gewesen. Das war der Ausgangspunkt und die Basis für deine systematische Arbeit. Zunächst schriebst du die Namen aller historischen Gestalten und Ereignisse auf, an die du dich erinnern konntest, von früheren Epochen bis in die Gegenwart. Neben jedem Namen notiertest du eine kurze Biografie, ungefähre Angaben zu Geburts- und Todesjahr, eine Leistung. Erst so, wie du es in Erinnerung hattest, danach so, wie es hier war. Du suchtest nach einem System. Und du fandest es. Sicher, manche Personen hatten auch in moderner Zeit auf beiden Seiten der Trennlinie exakt das Gleiche getan, aber das kam eher selten vor. In den allermeisten Fällen ging es um unterschiedliche Dinge. Nicht so in früheren Zeiten. Alles Wissen und alle Leistungen, die weit zurücklagen, waren genauso wie in deiner Erinnerung. Platon, Aristoteles, Alexander der Große. Julius Caesar. Vergil, Augustus. Du konntest die Veränderung lokalisieren: In der Zeit um die Geburt Christi fingen die Dinge an, sich anders zu entwickeln. Ab da.

Damals musste etwas geschehen sein.

Du stehst auf und gehst hinaus, sie steht unter der Dusche, bald legt sie sich ohnehin schlafen, denkst du, da kann ich ebenso gut hinausgehen, in der kalten Frühlingsluft einen klaren Kopf bekommen. Du nimmst die Straße ins Stadtzentrum, gehst durch die Stadt und auf der anderen Seite wieder hinaus, wo du zu einer Felskuppe hinaufsteigst, auf der du in Ruhe sitzen, auf die blinkende Stadt unter dir schauen, nachdenken kannst. Wenn damals etwas passierte, grübelst du. Oder wenn gerade nichts passierte. Etwas Neues ereignete sich auf der Welt, oder es ereignete sich nicht. Ein Detail, eine Bagatelle. Was könnte das gewesen sein? Das spielt keine Rolle. Wenn Caesar beispielsweise nicht ermordet worden, sondern an der Macht geblieben wäre, hätte dies wellenförmige Auswirkungen gehabt, immer weiter und weiter, aber das spielt keine Rolle, denkst du. Die Konsequenzen würden sich ausbreiten, durch die Geschichte hindurch anwachsen, immer größer werden. Sobald *eine* Sache anders war, würde sich alles, unerbittlich, verändern und die Welt eine andere werden.

Aber was, fragtest du dich. Welches Ereignis fehlte in diesem Jahrhundert? Oder welches Ereignis fand zusätzlich in diesem Jahrhundert statt? Du wusstest es nicht. Du grübeltest. Du last immer weiter und versuchtest, dich gleichzeitig zu erinnern, was du über die Geschichte gelernt hattest. Deine Frau war geistesabwesend, wenn sie zu Hause war, ihr redetet kaum miteinander, du machtest dir Notizen, du besuchtest die Bibliothek, gingst spazieren, schliefst, schwammst. Du last. Eines Nachts wolltest du Charles Darwin nachschlagen und entdecktest, dass es nichts über ihn gab, er existierte nicht. Rasch blättertest du zu Evolution, wo nur ganz kurz *Engl. für Entwicklung* vermerkt wurde. Du schlugst Fossilien nach. Nichts. Du liehst dir ein Buch über Geologie, Felsarten und Gesteine in der Bibliothek aus und entdecktest darin ein kleines Bild, ein Beispiel für Organismen, die in den Tiefen der Ozeane lebten, stand dort, und die versteinert waren, um anschließend, im Laufe eines sehr langen Zeitraums, mit Sand und Steinen an der Küste angeschwemmt zu werden. Zu diesen Organismen gebe es keine gesicherten Beobachtungen, hieß es, aber ihre eigentümliche Form mache es wahrscheinlich, dass sie in extremer Tiefe im Meer lebten, früher habe man sie für sogenanntes anorganisches Leben gehalten, eine Art Spielerei Gottes: lebensähnliche Steine.

Sie wussten nicht, dass Tierarten aussterben konnten. Sie glaubten, nichts hätte sich jemals verändert, alles wäre immer gleich gewesen.

»Was liest du?«

Du blicktest auf. Sie setzte sich zu dir. Du sahst sie an. Sie war blass, angespannt. Plötzlich bekamst du ein schlechtes Gewissen und strichst ihr über die Wange.

»Etwas über Steine.«

»Oh.«

»Es ist eigentlich ganz interessant, wenn man sich erst einmal damit beschäftigt.«

»Sicher.«

»Du hast mich gebeten zu lesen. Jetzt lese ich jedenfalls.«

Sie seufzt und steht auf.

»Hast du vergessen, was heute für ein Tag ist?«

»Heute? Sag jetzt nicht, du hast Geburtstag.«

Sie war sichtlich enttäuscht.

»Nein«, sagt sie.

»Wir haben Hochzeitstag.«

Sie schüttelt den Kopf.

»Habe *ich* Geburtstag?«, fragst du.

»He! Hallo!«, ruft sie und schnippt vor deinem Gesicht. »Es wird Zeit, zur Arbeit zu gehen!«

»Oh, verdammt«, sagst du.

»Du hast es vergessen.«

»Ja.«

»Du hast es *wirklich* vergessen.«

»Es ist mir einfach nicht eingefallen, ich weiß nicht, es ist so viel ...«

»Du bist ein hoffnungsloser Fall.«

»Ja.«

»Deshalb habe ich auch schon alles für dich geregelt.«

Sie geht in den Flur und kommt mit einem Rucksack zurück.

»Hier hast du Brote, Kaffee, frische Wäsche, einen dicken Pullover und ein Buch. Falls du dazu Zeit finden solltest. Hast du nicht eine fürsorgliche Frau?«

»Doch. Ich habe dich gar nicht verdient.«

Sie küsst dich.

»Und ob du das hast«, flüstert sie.

Du siehst über ihre Schulter auf die Uhr.

»Ich denke, dann sollte ich jetzt auch gehen. In einer halben Stunde muss ich da sein.«

Sie begleitet dich zur Tür.

»Wir werden zusammen sein, wenn ich zurückkomme«, sagst du. »Ich bin in letzter Zeit nicht ich selbst gewesen.«

»Ich weiß. Denk jetzt nicht mehr daran.«

»Also dann gehe ich jetzt.«

»Nur eins noch«, sagt sie.

»Was ist?«, fragst du.

»Fühl mal«, sagt sie und führt deine Hand zu ihrem Bauch. »Spürst du das?«

»Ach, Mensch«, sagst du. »Das ist ja toll. Wir bekommen ein Kind.«

Du fühltest dich elend, als du zum Bahnhof gingst. Eine Gruppe von zwanzig Männern hatte sich bereits eingefunden und bibberte in der Kälte. Der Zug stand vor ihnen auf dem Gleis, aber die Türen waren verschlossen. Niemand unterhielt sich, die anderen schienen einander auch nicht zu kennen. Zwei Männer kamen auf euch zu. Sie blieben ein paar Meter vor euch stehen, der eine zog ein Blatt heraus und begann Namen aufzurufen. Der andere schloss die Tür zum Wagen auf, in dem das Licht anging. Nach jeder Bestätigung nickte der Aufrufende zu dem Waggon, dein Name wurde verlesen, du stiegst ein, setztest dich ans Fenster. Der Motor wurde angelassen, langsam rollte der Zug aus dem Bahnhof. Ihr fuhrt durch die Stadt und nahmt die Strecke entlang der Küste. Die meisten schwiegen. Wenn jemand etwas sagte, geschah es leise. Aber das erschien ja auch durchaus angemessen. Lud die Nacht nicht zu ruhigen Gesprächen, einem gewissen Ernst, zu würdevollem Verhalten ein? Nach Westen fuhrt ihr, gut vier Stunden, bis der Zug schließlich hielt. Du sahst den Lokomotivführer vorbeigehen, das Bahnhofsgebäude betreten, wo er einige Minuten blieb. Dann fuhrt ihr weiter, wurdet auf ein anderes Gleis geleitet, frisch verlegt, fiel dir auf, denn entlang der ganzen Linie sah man noch die Spuren von Tiefbauarbeiten, gefällten Bäumen, Gruben in der Erde, Erdhaufen. Ein paar Kilometer ging es durch Wald, dann öffnete sich das Gelände vor euch, ein großes Areal aus Licht, eine kleine Stadt aus Baracken. Der Zug hielt an einer Absperrung, der Zugführer lehnte sich hinaus und übergab Papiere, ein Schäferhund stand mit den Pfoten auf dem Fenstersims und bellte, der Wachposten sah sich die Papiere sorgfältig an, ehe er sie zurückgab und einem anderen ernsten Mann in einem kleinen Verschlag etwas zurief. Der Schlagbaum ging hoch, und ihr fuhrt auf dieses Gelände, wo du die nächsten zwei Monate verbringen würdest. Euch wurden in den Baracken Zimmer zugeteilt, die spartanisch eingerichtet waren, ein Bett, ein Nachttisch, ein Schrank und eine Dusche für jeweils fünf Zimmer.

Die Baracken waren untereinander verbunden, so dass sie einen langen Korridor mit Zimmern auf beiden Seiten bildeten. Die Kantinen lagen hundert Meter weiter unten, und du begabst dich mit drei anderen dorthin, um einen Happen zu essen, bevor du zu Bett gingst. Es wurde an nichts gespart. Mitten im Raum stand ein reichhaltiges kaltes Büfett; entlang der Wände gab es Schüsseln mit warmem Essen. Die Männer, die dort aßen, schienen ihre Mahlzeit allerdings nicht zu genießen, sie wirkten erschöpft. Etwa fünfzig Personen saßen dort schläfrig und schmutzig und schaufelten still ihre Mahlzeit in sich hinein.

Am frühen Abend des nächsten Tages wurdet ihr ein weiteres Mal aufgerufen, wieder wurden eure Namen auf einem Arbeitsplan abgehakt, danach bekamt ihr einen Ausweis und Arbeitsausrüstung: Sicherheitsschuhe, Arbeitsanzug, Helm, Visier, Handschuhe. Dann musstet ihr euch vor der Treppe zum Bürogebäude versammeln. Der Mann, der euch zuvor aufgerufen hatte, informierte euch kurz darüber, dass es sich um ein äußerst wichtiges Projekt handele. Dass es eine Ehre sei, daran beteiligt zu sein und hier zu arbeiten. Dass ihr niemandem beschreiben dürftet, was hier vorging, selbst den am Nächsten stehenden Menschen nicht. Dass er sich auf euch verlasse.

Er wünschte euch Glück, und ihr gingt zum Kai hinunter. Ein Schiff brachte euch dorthin, wo ihr arbeiten solltet. Aus irgendeinem Grund warst du nervös. Vielleicht nur, weil dir alles so fremd vorkam. All diese Männer in identischen Arbeitsanzügen, alle gleich still, mit leerem Blick, an Bord dieser Fähren mit ihren brausenden Schaufelrädern, die man nur zu diesem Zweck, für diese Fahrten, aus dem fahrplanmäßigen Verkehr genommen haben musste: in der Abenddämmerung hinaus, im Morgengrauen zurück. Das Kind, dessen Vater du sein würdest. Und dein eigenes verschobenes Gleichgewicht. Vielleicht war dieser Job ja das Beste, was dir passieren konnte, dachtest du, harte Arbeit, richtig harte Arbeit, was die Ausrüstung andeutete, die man euch ausgehändigt hatte. Zwölfstundenschichten. Acht Wochen lang, dann eine Woche Pause, bevor eine neue Arbeitsphase begann. Du gingst auf das Achterdeck hinaus und sahst die Lichter der Barackenstadt verschwinden, als ihr aus der schmalen Bucht in den Fjord hinauskamt.

Zehn Minuten später erblickst du zum ersten Mal die vier Türme. Oder das, was wie Türme aussieht. Denn nur der Sockel und die Spitze sind beleuchtet, wodurch es aussieht, als schwebten die oberen Lichter wie Raumschiffe hoch über dem Wasser. Sie stehen mitten im Fjord. Du starrst sie an. Außer dir scheint das keinen zu interessieren, die anderen sitzen unter Deck, den Helm im Schoß oder vor sich auf dem Tisch, sie rauchen, trinken Kaffee, einige spielen Karten.

Aber das ist ja fantastisch!, denkst du, ohne zu wissen, was du eigentlich vor dir siehst. Du weißt nur, dass es groß ist und mitten in dem schwarzen Fjord liegt. Und dass es leicht regnet, ein schwaches Nieseln, erfrischend. Und dass ihr euch nähert.

Das Schiff senkt die Bugklappe und treibt auf die Rampe zu. Annähernd hundert Männer warten darauf, dass ihr anlegt. Das gesamte riesige Fundament wird von Scheinwerfern beleuchtet. Du steigst aus, und es ist, als setzte man seinen Fuß auf eine Insel, ein Massiv. Zwischen den gewaltigen, nassgrauen Türmen herrscht fieberhafte Aktivität; Menschen strömen hin und her, Schweißflammen blitzen auf, überall erklingt ein Stoßen und Schlagen, hört man Hämmern und schrillende Winkelschleifer, Rufe und Kommandos, Lachen und ein saugendes, pulsierendes Geräusch, das alles begleitet: Der Druck lässt die Schläuche von den Frachtschiffen vibrieren, dein Blick folgt ihnen die Pfeiler hinauf, bis sie in der Dunkelheit verschwinden. Das Grollen der Dampfturbinen und Schiffsmaschinen. Der jähe Klang von Metall auf Stein, als ein Stapel Armierungseisen direkt neben dir auf die Erde knallt. Das konstante Summen der vier Kräne, gelbe, schmächtige Skelette. Sie wanken im schwachen Wind, und du stellst dir vor, wie es sein muss, in der engen Kranführerkabine in hundert Metern Höhe zu sitzen und mutterseelenallein unter dem Himmel hin und her zu schwanken.

Durch dieses mechanische Wirrwarr gehst du, überall ist Bewegung, Menschen kommen und gehen, einer hängt die Haken am Ende von Stahlseilen an einem Container ein, zieht ein Walkie-Talkie aus der Tasche, ruft, starrt nach oben. Sekunden später wird der Container langsam vom Boden gehoben, und er schiebt ihn mit einer Hand von sich und hält mit der anderen das Funksprechgerät vor den Mund. Der Container pendelt sachte. Wie eine Beute, denkst du. Jetzt schwebt er zwanzig Meter über dir und gleitet stetig aufwärts.

Dann entdeckst du, dass die anderen schon weit voraus sind, und folgst dem Weg aus Brettern und Platten aufwärts. An manchen Stellen steht das Wasser mehrere Meter über dem Fundament, und du denkst: Es schwimmt. Diese gigantische Konstruktion aus Eisen und Beton schwimmt mitten im Fjord.

Noch weißt du nicht, was geschehen wird, wohin du kommst. Die anderen sind an dem Pfeiler stehengeblieben und warten vor einer orangen Maschendrahttür, der Lack ist abgeschabt, hier und da scheint das Metall durch, Rost, Stahl. Du blickst nach oben. Ein Aufzug ist auf dem Weg nach unten. Er ist Teil einer schienenartigen Konstruktion, die in die Betonwand montiert ist, hängt fast widernatürlich auf der Außenseite, fährt langsam, krabbelnd wie ein Insekt abwärts. Eine Fliege, die an der Wand auf und ab krabbelt. Die von alleine stehenbleibt. Die Tür lässt sich öffnen, der Aufzug lässt sich füllen. Zwanzig Männer zwängen sich hinein. Du nimmst den Geruch von Schweiß, Deodorant, Essen, frischem Zement wahr. Körper dicht an dicht, zu allen Seiten. Wohin sollst du sehen? Jedenfalls nicht hinaus, das hältst du nicht aus, den Erdboden unter euch verschwinden und immer kleiner werden zu sehen, während der Wind stärker wird, je höher ihr kommt, nein, geradeaus starrst du, auf diese Luken, die im Turm auftauchen, die Absätze, das Licht dort.

Großer Gott, denkst du, wie hoch? Sechzig Meter, siebzig. In diesen Windböen. Der Geruch von salzigem Wasser, offenem Meer. Und der Boden, auf dem du stehst, ist eine Art Gitter, von Löchern durchsetzt, durch die man hinabschauen und anschließend panische Angst bekommen kann. Merken sie das? Spüren sie deine Angst, kann man sie riechen? Hunde können das, denkst du, Tiere riechen Angst. Die Männer dagegen nicht. Sie merken nichts, bis der Aufzug hält und die Tür aufgeht und ihr aussteigt; dann lachen sie, denn du eilst hinaus, musst ein paar Meter vom Abgrund fortkommen, wo du stehenbleibst und in die Hocke gehst, die Handflächen auf die Holzplatten presst. Um dich herum, an allen Seiten, geht es hundert Meter nach unten.

Sie schauen dich an und lachen, einige rufen höhnische Bemerkungen. Du reißt dich zusammen. Mitten auf der Laufbrücke, mit der die Pfeiler verbunden sind, gehst du, dein Blick ist starr und erinnert an den von kleinen Tieren, wenn sie in die Augen einer Schlange starren. Als hätte etwas Besitz von dir ergriffen. Woher rührt diese wahnsinnige Lust, einfach loszurennen und dich hinauszuwerfen, über das Geländer, Anlauf zu nehmen und dich in den Abgrund zu stürzen? Die zehn, vielleicht auch fünfzehn Sekunden im freien Fall? Der Fall? Was ist mit diesem Fall, denkst du und achtest auf jeden einzelnen deiner Schritte, die du sorgsam mitten auf die Brücke setzt, und der Körper hält die Balance, ist kontrolliert, denkst du, keine Panik, kein Sprung über das Geländer, kein Fall.

Die ganze erste Nacht hemmte dich das. Du hattest dort oben genug mit dir selbst zu tun und wurdest für die einfachste Arbeit von allen eingeteilt, die du aber auch nur mit Mühe ausführen konntest, am Rand – entlang der Form, die rund um den Turm verlief, zwei Meter unter dem Deck –, rundherum dem Beton folgend, der sich vor euch aus dem Schlauch ergoss. Die schlaffen Plastikwürste, die jedes Mal anschwollen, wenn der nasse Zement hindurchschoss und in die Form gespült wurde, zähflüssig und träge, immer höher stieg, während ihr die Rüttler hineinstecktet und ihn weitertriebt: immer rundherum, zwei innen und du außen. Zu etwas Anderem warst du nicht fähig. Den Gedanken daran, was für ein Projekt das eigentlich war, schlugst du dir aus dem Kopf. Die Frage, woher diese gut geölte und effektive Organisation kam, die diesen gewaltigen Apparat betrieb, der um dich herum aktiv war, und was der Zweck des Ganzen war. Wie du dort gelandet, in diese Nacht gekommen warst, hundert Meter über der Meeresoberfläche in einer Kakofonie aus industriellem Lärm. Du warst zu sehr mit dir selbst beschäftigt. Mit dem Rücken zu einem dünnen Geländer aus Holz folgtest du den beiden auf der anderen Seite, spürtest den Sog des Abgrunds hinter dir, lehntest dich vor, schobst den Rüttler zwischen dem Gestrüpp aus Armierungseisen hindurch, das hochragte, stießt die Eisenbinder an, die über deine Unfähigkeit meckerten. Überall schwirrten knisternde Stimmen aus den Walkie-Talkies, Schreiner, die hämmerten und sägten und Verschalungen und Geländer und Laufbrücken bauten, unablässig das Vibrieren des Rüttlers in der Handfläche, es regnete, es war kalt, und du hattest Angst.

Ihr spültet die Formen aus und fegtet die Platte für die Essenspause, du klettertest hoch, um in das Pissoir zu pinkeln, das man an der Wand einer der Buden an Deck befestigt hatte, und sahst fünf Gestalten über die Brücke kommen, in dunkelblauen Arbeitsanzügen, keinen orangen, wie alle anderen sie trugen, die du bis dahin gesehen hattest. Weiße Helme, keine gelben. Du machtest ein paar Schritte hinter die Bude, hörtest, dass sie sich in einer fremden, harten Sprache unterhielten, gutturale Laute verschwanden die Treppe hinunter, von der du gekommen warst.

»Und, was hast du früher so getrieben?«, erkundigte sich der Vorarbeiter beim Essen.

Die anderen grinsten, du murmeltest eine Antwort. Die Pausen waren so organisiert, dass nur jeweils ein Team nicht bei der

Arbeit war. Dein Team bestand außer dir aus fünf anderen: zwei jungen Burschen, noch Jugendliche, die eindeutig Zwillinge waren, denn nur eine Markierung am Helm des einen unterschied sie voneinander. Einer in deinem Alter, der Vorarbeiter und ein etwas älterer Mann, den du für um die fünfzig hieltst.

Die Baubude, in der ihr saßt, hing mitten im Turm, eine provisorische Konstruktion mit vier Laufbrücken, die von jeder Seite zu ihr herabführten. Unter euch waren nicht nur hundert Meter Luft, wie du anfangs glaubtest, sondern zweihundertfünfzig Meter; der Koloss steckte tief im Wasser. Wenn du die Tür öffnetest, über das Geländer stiegst und dich in das Sicherheitsnetz rutschen ließest, schaukelnd zum Rand krabbeln und hinüberrobben würdest, ginge der Sturz einhundertfünfzig Meter unter die Meeresoberfläche. Du konntest nicht fragen, was für ein Projekt es eigentlich war, weil du nicht wusstest, wer sie waren. Du musstest einen Verbündeten finden, jemanden, auf den du dich verlassen konntest, dachtest du und schraubtest die Thermoskanne zu. Die kräftigen Pumpen liefen, der Behälter an Deck wurde gefüllt, du gingst dorthin, wo ihr zwanzig Minuten zuvor aufgehört hattet, wartetest. Kurz darauf wart ihr wieder bei der Arbeit. Immer rundherum. Mehrmals pro Nacht werdet ihr höher gehoben, und mit der Zeit verstehst du das System etwas besser. Die Form wird gefüllt, dann wird sie hydraulisch ein paar Zentimeter von dem bereits hart gewordenen Beton hochgefahren, ihr legt Schicht auf Schicht rundherum, die Eisenbinder arbeiten sich immer weiter vor, alles geschieht Hand in Hand, es ist unmöglich, Pausen einzulegen, weil es dann zu Rissen im Beton kommen würde. Hat man das Ganze erst einmal angefangen, muss es ohne Unterbrechung weitergehen. Zwölf Stunden arbeitet ihr, und du bist erschöpft und schläfst sofort ein, wenn du in die Baracke kommst, elf Stunden traumloser Schlaf, dann geht es wieder los.

Hinaus zu diesem wahnsinnigen System, dieser Organisation, deren Arbeit die Türme Tag für Tag, Meter für Meter höher aufsteigen ließ, weit draußen im Fjord, hoch oben im Himmel, dachtest du, voller Bewunderung, denn nach dem Chaos und der Angst der ersten Tage spürtest du immer deutlicher, dass du die Sache im Griff hattest, die schwindelerregende Höhe, die Technik, die Mechanik, die Motorik in dem Ganzen: alle Bewegungen waren koordiniert, griffen ineinander wie Zahnräder: hoch, hoch, hoch.

Es regnete, es fiel Schneeregen, eines Nachts wirbelte Schnee in den Scheinwerfern, obwohl es April war, eines Nachts war es sternenklar, und als einer der Schläuche verstopft war, stiegst du so hoch, wie es nur ging, setztest dich an den Rand des geräumigen Behälters und sahst hinaus. Die Landschaft, die dir bewusst war, die Berge, die Ebenen, Hunderte Kilometer landeinwärts, das Meer. Und ihr. Auf diesem glitzernden, arbeitenden Planeten. Dieser gigantischen Säule, die in den Fjord geschlagen worden war wie ein Nagel. Du sahst dich selbst, in Kleider gehüllt, den kurzen Schatten, den du auf den Bretterboden warfst, auf dem du saßt. Leitungen, Seile, Haufen von Armierungseisen, Stahlträger, Container, Kratzeisen und Besen, Eimer, eine Schubkarre, irgendein Aggregat, mehrere Behälter mit Schmierfett, das in die hydraulischen Rohre gepumpt wurde, die glänzend die gesamte Plattform hochpressten. Das alles sind unglaublich primitive Instrumente, denkst du. Keine Rechenmaschinen, keine Computer, keine Messinstrumente, keine Bildschirme, keine Hochtechnologie. Holz, Eisen, Zement, Wasser. Und körperliche Arbeit. All das, was schon die Römer für ihre Bauwerke benutzten. Eimer, die an Gerüsten auf und ab gefiert werden, Mörtel, Maurerkellen. Blöcke, Flaschenzüge, Seile. Aquädukte, Bäder, Verwaltungsgebäude. Ihre Städte wurden alle nach dem gleichen Grundmuster errichtet. Die Militärunterkünfte, die Villen und Paläste. Forum Romanum, Kapitol, Kolosseum. Die Katakomben und der Zirkus. Und Straßen. Brücken wölbten sich über tiefe Klüfte, Schluchten, Abgründe. Alles wurde erbaut und ein System etabliert. Steine mussten aus dem Felsen geschlagen und in die Stadt transportiert werden, an den Gerüsten angehoben, auf die Mauer gesenkt werden. Nahrungsmittel mussten angebaut und geliefert werden, Tiere, Wasser, Steine, Holz, Eisen. Und Arbeitskraft.

»Hier sitzt du.«

Es ist Jebsen, der etwa fünfzigjährige Mann.

»Hallo«, sagst du.

Er setzt sich neben dich.

»Du findest es schön?«, fragt er.

Du nickst.

»So etwas habe ich noch nie gesehen.«

»Das haben nicht viele.«

»Nicht?«

»Nur die Leute, die hier arbeiten.«

»Warum ist es so geheim?«

Er wirft einen Klumpen Beton, der scheppernd einen Blecheimer trifft.

»Mich haben sie auch rausgeworfen«, sagt er.

»Was ist passiert?«

»Ich weiß nicht, ob das der richtige Ort ist …«

»Vielleicht nicht.«

Deine Augen folgen dem Arm des Krans. Schemenhaft eine Bewegung in der Führerkabine, als er sachte über euch hinwegschwenkt. Der Wind erfasst das Skelett, und du spürst das Gefühl im Körper: im Wipfel eines Baums zu sitzen, wo der Stamm so dünn ist, dass er dich kaum noch trägt, du schwankst hin und her, und du hast keine Angst.

Eine Erinnerung. Aber woher?

Das rhythmische Klopfen setzt wieder ein, du siehst, wie der Schlauch sich windet, als der Zement hindurchfließt, und stehst auf.

»Ja«, sagst du. »Dann wollen wir mal wieder.«

Ihr geht wieder eurer eintönigen Arbeit nach. Dir gefällt das. Die Arbeit erfordert exakt so viel Konzentration, dass du deinen Gedanken keinen freien Lauf lassen kannst, du musst bei der Sache sein. Gleichzeitig ist sie so, dass sie keine besondere Denkleistungen verlangt; jeder Idiot könnte hier arbeiten, denkst du, nur das: rütteln, warten, rütteln, warten. Du arbeitest und stirbst, denkst du manchmal, als wärst du in deinem Körper nicht mehr anwesend. Der Körper arbeitet für sich allein, und du lässt ihn arbeiten. Du siehst nicht einmal zu. Du bist nicht da. Und das ist gut. Denn alle Probleme verschwinden, alle Gedanken, nur die Form, der Beton und der Rüttler existieren in dieser Welt, zwölf Stunden am Tag, Stunde um Stunde. Die restlichen zwölf verbringst du mit duschen, essen und schlafen. Durch die Barackenstadt zu gehen, an den Zäunen vor dem dunklen Fichtenwald entlang, zum Fjord hinunter, die Wellen, die flüsternd an Land schlagen. Immer dieser tiefe, traumlose Schlaf. Tag für Tag. Du denkst nicht mehr daran, dass die Zeit vergeht, denn ihr tut immer das Gleiche, ob es ein Dienstag ist, an dem du zum Fuß des Pfeilers kommandiert wirst, um verschütteten Zement wegzuschaufeln, spielt keine Rolle, ob es ein Mittwoch ist, an dem du allein den Aufzug nach unten nimmst, um ein paar Büchsen Epoxidharz zu holen, ist nicht so wichtig, aber manchmal fragst du dich, wie viele Wochen du jetzt schon da draußen bist, fünf oder sechs oder sieben, als du auf den Spaten gestützt am Fuß des Turms stehst, allein in der Dunkelheit, und zu den Lichtern in der Höhe spähst, der fernen Kakofonie, dem Wummern der Pumpe, die zu deinen Füßen liegt, lauschst. Und dann stichst du den Spaten in den nassen und schweren Beton und schaufelst ihn in die See. Und dann geht ihr vom Kai die Hügel hinauf, um euch den Dreck vom Leib zu duschen und ein weiteres Mal das Gefühl sauberen Stoffs auf der Haut zu genießen. Und dann stehst du da und bläst Hochdruckluft auf den Rand des Metallbehälters und siehst, wie die Zementreste sich lösen und in den Abfluss fließen, und gleichzeitig die deutschen Ingenieure über die Laufbrücke kommen. Und dann rollst du die Leitung zusammen und hängst den Rüttler weg, ehe du zu der Leiter hinabsteigst, die darunter hängt, drei Bretter breit mit einem kleinen Tau zum Festhalten. Du baumelst an ein paar Tauen hoch, sehr hoch über dem Fjord, und spürst das Schwanken der Bretter, während du in dem porösen Beton bohrst, der ausgebessert werden soll. Und dann löschst du das Licht über dem Bett und legst den Kopf zurück, um im nächsten Moment einzuschlafen. Und dort, in der Tiefe des Schlafs, hörst du einen immer lauter werdenden Lärm und denkst: Hubschrauber. Sie sausen direkt über die Baracken. Schnell bist du auf den Beinen und siehst sie gerade noch verschwinden, ein klappernder Schwarm knapp über den Baumwipfeln. Mit hämmerndem Herzen stehst du dort. Hubschrauber. Die hast du hier noch nicht gesehen. Keine Hubschrauber, keine Flugzeuge, keine Autos. Nur Dampfschiffe, elektrische Züge, Luftschiffe. Bist du jetzt zurück, wo immer das sein mag, bist du aus deinen Wahnvorstellungen erwacht, ist es das gewesen, eine Wahnvorstellung, und ist sie jetzt vorbei, denkst du, schlaftrunken, an deinem letzten Tag.

Aber es ist nicht vorbei, es geht weiter; du wachst auf, und alles ist wie zuvor. Acht Wochen sind vergangen, du fährst den Weg zurück, den ihr gekommen seid, steigst am Bahnhof aus, gehst durch die Stadt und bist guter Dinge, in deinem Kopf hast du den Klang und den Lärm und die Lichter der Türme, selbst als du in die friedvolle Siedlung biegst, in der ihr wohnt, selbst als du sie im Haus sitzen siehst, auf der Couch, vor dem Fernseher. Sie ist an einem anderen Ort, denkst du und siehst, dass sie nach der Fernbedienung greift, um daraufhin still dazusitzen und keinen Muskel zu rühren. Sie ist blasser als in deiner Erinnerung. Und dünner. Auf dem Wohnzimmerboden liegen Kleider verstreut, auf dem Tisch stehen benutzte Tassen und Gläser, Teller, ein voller Aschenbecher.

Du öffnest die Tür und stellst die Tasche ab.

»Verdammte Scheiße, warum hast du nicht angerufen?«, ruft sie aus dem Wohnzimmer. Du erinnerst dich nicht, dass ihre Stimme jemals so schneidend geklungen hat.

»Ich habe hier jeden Scheißtag darauf gewartet, dass du anrufst.«

Du streifst deine Schuhe ab und gehst hinein.

»Freust du dich nicht, mich zu sehen?«

Sie zündet sich eine Zigarette an und bläst den Rauch aus, ehe sie sich zu dir umdreht.

»Wie kannst du nur zwei Monate weg sein und nicht anrufen?«

»Es gab da keine Telefone. So einfach ist das.«

Du setzt dich auf die Tischkante.

»Möchtest du nicht hören, wie es mir ergangen ist?«

»Doch«, sagt sie. »Aber willst *du* nicht hören, wie es *uns* ergangen ist?«

Es gelingt dir nicht, zur Ruhe zu kommen. Als wäre in dir etwas ständig in Bewegung. Wenn du sitzt, wird es unerträglich. Du stehst in der Tür zur Küche, riechst den feuchten Gestank von Müll, siehst die Tellerstapel mit den eingetrockneten Essensresten auf der Arbeitsplatte und im Spülbecken, in dem das Wasser fettig und kalt steht, ein halbherziger Versuch zu spülen, begreifst du, sie ist krank. Sie wird dein Kind bekommen. Sie wird dünner, erzählt sie, als ihr nebeneinander im Bett liegt, immer dünner, während der Bauch anschwillt. Du siehst es, der wachsende Bauch und der magere Körper. Dünne, blaue Adern verlaufen unter der weißen, fast fahlen Haut. Das ist abstoßend, denkst du, da ist etwas in ihr, das gierig die Kraft heraussaugt. Dein Sohn. Sie will mit dir schlafen, sie presst ihr Becken gegen deine Schenkel, küsst dich.

»Was ist los?«, fragt sie.

»Nichts«, sagst du.

Es ist still zwischen euch.

»Ich bin nur ein bisschen angespannt«, sagst du nach einer Weile. »Es liegt bestimmt an der Arbeit. Als müsste ständig etwas passieren.«

Du streichst ihr über den Nacken.

»Verstehst du?«

»Ich habe solche Angst«, sagt sie. »Ich habe solche Angst, Henrik.«

Später, als sie tief und fest schläft, presst du das Ohr auf ihren Bauch. Sie ist kalt. Du hörst das andere Herz schlagen, schnell, wie das eines Vogels.

Als du aufwachst, ist sie gegangen. Du isst und beschließt, den Tag mit Lesen zu verbringen. Wenn du dich zwingst, denkst du, wird dieses andere Tempo in dir abnehmen, sich beruhigen. Du ziehst die Schublade des Sekretärs auf. Die Papiere sind fort. Deine gesamten Notizen sind verschwunden. Sie muss sie weggeworfen haben, denkst du. Dich packt die Wut. Du knallst die Schublade wieder zu, ziehst dich an und gehst schnell in die Stadt. Erst in einen Schreibwarenladen, wo du ein Notizbuch und einen Stift kaufst, danach in die Bibliothek, zu den mit *Geschichte, Gesellschaft* beschrifteten Regalen. Dort ziehst du einige Bücher heraus, die du in den Lesesaal mitnimmst.

Du willst mehr über den Mann erfahren, dem das Lexikon den mit Abstand längsten Artikel widmet, was ihn zur wichtigsten Person des Lexikons und damit zur wichtigsten Persönlichkeit dieser Welt macht: Dante Alighieri. Geboren 1265 in Florenz, gestorben 1321 am selben Ort. Dante zufolge stammte seine Familie von den Römern ab, die seine Stadt gegründet hatten. Sie war nicht besonders wohlhabend, und ihre Geschicke wurden seit jeher von den papsttreuen Guelfen gelenkt. Seine Mutter starb, als er zehn war, ein Verlust, über den er niemals hinwegkam, und viele populäre Biografien legen großen Wert auf diesen Verlust, wenn sie seine Psychologie zu erklären versuchen: seinen Ehrgeiz, seine Grausamkeit und seinen Mut. Ein Mann, der fühlt, dass alles verloren gegangen ist, hat nichts mehr zu verlieren. Diese vulgärpsychologische Deutung dürfte etwas zu simpel sein, um ein so komplexes und unerklärliches Phänomen wie die menschliche Psyche zu erfassen, liest du, gleichwohl steht fest, dass dieses Ereignis lange eine zentrale Rolle in seinem Leben spielte und sicherlich ein wichtiger Grund dafür war, dass Dante im Florenz der achtziger Jahre als Lebemann und Genießer bekannt war und in den ersten Jahren seiner politischen Laufbahn als harmlos betrachtet wurde, ein *Dandy* – zwar spitze Sarkasmen formulierend und mit einem großes Wissen, der sein Ziel zwar durchaus traf, aber nicht entscheidend. Dante galt als ein Mann des Worts, nicht der Tat. Ausgebildet wurde er von den Franziskanern von Santa Croce, er studierte Arithmetik, scholastische Logik, Rhetorik, Theologie und Geschichte; und dank seiner Bildung und eleganten Erscheinung bekam Dante Zugang zum mondänen Leben der Stadt. In dieser Phase schrieb er *Vita Nuova*, eine Sammlung unbedeutender Liebesgedichte im höfischen, gezierten, leblosen Stil seiner Epoche. Dante war auf dem besten Weg, sein Talent zu vergeuden, seine Fähigkeiten zu verschwenden. Man weiß, dass er zu dieser Zeit einzelne militärische Aufträge erhielt, man weiß, dass er damals mit Gemma di Manetto Donati den Bund der Ehe schloss und sich ansonsten seines Lebens erfreute. Bis zu dem Jahr, in dem er dreißig wurde, 1295, und sein Name zum ersten Mal in offiziellen Dokumenten auftaucht: Er wird Mitglied im *Rat der Weisen*.

Warum wollte man einen solchen Flegel und Scharlatan in den Rat des Stadtstaats wählen?

Taktische Spielchen natürlich, man strebte eine Fassade an, hinter der man das politische Handwerk ausübte, einen Deckmantel. Dante war ein Strohmann, ein Jasager, ein redegewandter und gut gekleideter Idiot, den das Volk in guten Zeiten verehren und auf den es in schlechten wütend sein konnte, ein *dummy*. Die Macht, die wahre Macht lag dort, wo das Geld war. Zu jener Zeit erlebte Florenz einen wirtschaftlichen Aufschwung, die Handelsverbindungen mit Persien wurden Anfang des neuen Jahrhunderts wiederaufgenommen, und der wachsende Export führte nach und nach zu einer effektiveren Produktion: ein Prozess, in dem die alten Adelsfamilien allmählich die Kontrolle verloren. Das alte Geld gelangte verstärkt in neue Hände; die Stadt boomte, und die Machtverhältnisse verschoben sich. Gegen Ende des zwölften Jahrhunderts war eine ganze politische Partei ausradiert worden, die republikanischen Ghibellinen. Die Guelfen, die den Adel repräsentierten, hatten eine Revolution befürchtet. Die politischen Führer wurden im Laufe einer grausamen Nacht hingerichtet, jeder Einzelne von ihnen wurde auf den Marktplatz geschleift und bei lebendigem Leib verbrannt. Die Guelfen verbündeten sich mit dem Papst in Rom; indem sie sich so der Rückendeckung durch die Kirche versicherten, waren sie überzeugt, ihre Position gestärkt zu haben und in der Phase voller Veränderungen, die unausweichlich kommen würde, an der Macht bleiben zu können.

Zu Dantes Zeit spalteten sich die Guelfen in zwei Fraktionen: eine fundamental papstfreundliche Front, *die Schwarzen* genannt, und einen liberalen, papstkritischen Flügel, *die Weißen* genannt. Dante saß für Letztere im Rat des Stadtstaats, was für diesen jungen, politisch unerfahrenen Mann allerdings nicht selbstverständlich gewesen sein kann. Hätte er, der ohne Scheu die direkte Verbindung seines Geschlechts mit den Gründern der Stadt, den Römern, proklamierte, sich nicht eher in der Partei des Adels heimisch fühlen müssen? Nicht unbedingt. Denn man lachte ja über diesen großspurigen Dante, den Sohn eines Apothekers, ohne Geld, ohne Namen; er hatte nichts als eine bissige Zunge und einen scharfen Intellekt. Die Weißen interessierten sich verständlicherweise nicht sonderlich für Namen. Außerdem ging Dante bei den Franziskanern in die Schule, deren Fundament papstkritisch war. Sie legten großen

Wert auf Jesus' irdisches Leben, sein Leiden; Franz von Assisi verzichtete auf sein Erbe, kleidete sich in einfachster Weise, ein Bettler, ein Penner, der mit den Tieren sprach und den das Volk ins Herz schloss und verehrte. Eine Bewegung, die das Papsttum fürchtete. Diese Anschauungen wurden Dante während seiner Zeit in Santa Croce vermittelt. Der wichtigste Grund für Dantes politische Wahl dürfte jedoch seine Bewunderung für die Römer gewesen sein, die ehrenvolle Vergangenheit der Italiener, als sie mehr waren als Krämer und Bankiers, als sie die gesamte bekannte Welt unterwarfen. *Ein* gewaltiger Staat, der römische, *ein* gewaltiger Herrscher, der Kaiser.

Zu Dantes Lebzeiten war diese Epoche nur noch eine ferne Erinnerung, ein Gerücht, ein Haufen Ruinen, eine verfallene Stadtmauer, das Fundament einer vor langer Zeit eingestürzten Brücke. In seiner Jugend hatte er die Klassiker gelesen, Vergil, Horaz, Cicero, Caesar, sie färbten seinen Blick, er konnte vor sich sehen, wie es einst war, schrieb er später, denn die Landschaft war ja noch die gleiche, die Bedingungen waren noch die gleichen. *Sie waren hier*, dachte er, und in seinem Kopf verwandelte er die Ruinen in prächtige Gebäude; die überwucherten Straßen wurden erneut geradlinige, effektive Verkehrsadern zwischen den Städten, und die eingestürzten Türme, die es auf den Ebenen außerhalb von Florenz hier und da noch gab, wurden wieder zu Aquädukten, die kaltes, klares Wasser aus den Bergen in die Stadt brachten. Wo andere eine Blütezeit und Wachstum wahrnahmen, sah Dante einen schändlichen Verfall, gierige Krämerseelen. Kein stolzes, ehrenvolles Volk umgab ihn, sondern ein Volk von engstirnigen, nichtswürdigen Bürgern, die bei dem Gedanken an einen leicht gesteigerten Gewinn für eine Partie Stoff strahlten, ihnen fehlte es an Feingefühl, sie waren ohne Kultur und Geist, für sie hätte Vergil ebenso gut ein venezianischer Wucherer und Augustus ein Seemann aus Genua gewesen sein können.

Und dann machten sie Dante in Florenz zum Prior.

Im Jahr 1300.

Hinter seinem Rücken lachten sie über seine Visionen, über seine feurige Rhetorik, seine politische Naivität. Sie würden die Weißen auf die gleiche Weise ausradieren, wie sie hundert Jahre zuvor die Ghibellinen losgeworden waren. Sie wählten Dante und beglückwünschten sich gegenseitig. Sie wussten, wer er war, sie lauschten und nickten, sie stimmten seiner Beschreibung der Situation im Stadtstaat zu – die wachsenden sozialen Unruhen, die anfällige Wirtschaft, die Inflation und die immer schwierigeren Verhältnisse, die durch die Kreuzzüge des Papstes im Hinblick auf die Länder geschaffen wurden, in die der Stadtstaat exportierte. Sie führten ihn dahin, zu der in seinen Augen einzig möglichen Schlussfolgerung zu kommen: mit Papst Bonifatius in Rom zu verhandeln. Er wünschte Veränderungen, aber das erforderte den Segen des Papstes. Sie klopften ihm auf den Rücken und entsandten ihn als Führer einer dreiköpfigen Verhandlungsdelegation. Als diese ankam, wurde auf ausdrücklichen Befehl des Papstes allein Dante empfangen. Während der Verhandlungen zwischen Dante und den Männern des Papstes begab sich Charles de Valois als Gesandter des Papstes nach Florenz. Drei Tage benötigte er, um die Weißen zu vernichten und die Schwarzen wieder einzusetzen. Als die Verhandlungen endeten, war Dante der einzige politische Führer der Weißen, der noch lebte. Der Papst ließ ihn mit einer wertlosen Vereinbarung in der Hand ziehen.

Er muss sich wie ein politisches Genie gefühlt haben, als er nach Hause ritt; und vielleicht fand der Papst diesen naivvisionären Apotheker ja charmant; denn Dante wurde nicht verbrannt wie seine Gesinnungsgenossen, er hatte Glück, er wurde nur auf Lebenszeit verbannt.

Dante ging nach Ravenna, wo er sich in den ersten Jahren Studien widmete. 1304 schrieb er *De vulgari eloquentia*. Darin verteidigt er den Gebrauch von *il volgare*, der Volkssprache, gegen das traditionelle Latein. Die Politik hatte er offenbar aufgegeben. Über diese Phase weiß man, dass er durch Europa reiste, an der Universität in Paris zu Gast war, sich in England und Deutschland aufhielt; überall wurde er mit offenen Armen empfangen, er war eine intellektuelle Kapazität, ein gelehrter Mann, der sich in den wichtigsten Fächern seiner Zeit auskannte, von der Mathematik, Arithmetik und den Naturwissenschaften bis zur Literatur, Geschichte und Theologie. Aber er wird in dieser Phase in keiner Quelle genannt, die Motive für seine Reisen sind daher nicht bekannt, aber man geht davon aus, dass er durch sie Kontakte knüpfen wollte; wahrscheinlich führte er in sämtlichen Ländern, die er besuchte, Gespräche mit hochstehenden Persönlichkeiten. 1310 ist er wieder in Ravenna, dort verfasst er *Monarchia*, sein Hauptwerk, seine Vision, ein Traktat in drei Bänden, in dem er die Notwendigkeit einer universalen Monarchie zum Besten des Volks propagiert. Die Monarchie ist das Recht des römischen Volks, schreibt er, und sie ist von Gott gegeben, nicht von Gottes sogenanntem Stellvertreter auf Erden, dem Papst.

Dantes Ehrgeiz hatte ihn fast in den Selbstmord getrieben, als er begriff, wie gründlich er hintergangen worden war, wie grenzenlos gutgläubig er gewesen war, als sie ihn mit diesem Auftrag fortschickten, über den er so stolz gewesen war, er war verletzt und wurde in eine tiefgreifende Verbitterung getrieben: Menschen, die ihm begegneten, notierten, dass er niemals lächele, er sei misstrauisch, fast paranoid, er misstraue jedem und nähre einen lodernden Hass auf den Adel und das Papsttum. Er beschloss, nach Florenz zurückzukehren und sich grausam zu rächen. Und er hatte dazugelernt. Er wurde von Hass und Verbitterung angetrieben, aber er behielt einen kühlen Kopf, er wusste, wie die Macht zu ihm kommen würde. Aus heutiger Sicht lässt sich darüber spekulieren, *wann* er das erste Mal mit dem Gedanken an eine Rückkehr spielte; fest steht, dass sich das theoretische Fundament in den beiden Büchern befindet, die er zwischen 1301 und 1310 schrieb. Auf Latein als Sprache der Kirche und der Literatur zu verzichten, kann ihm nicht leichtgefallen sein, aber es war notwendig, der Zweck heiligte die Mittel. Er muss gewusst haben, dass Allianzen von oben nicht tief genug verankert sein würden, um die turbulenten Zeiten, die Umwälzungen, die gesellschaftlichen Veränderungen zu überstehen. Er muss gewusst haben, dass es nur eine Frage der Zeit war, bis sie kamen. Er wusste, dass die Ordnung, von der er träumte, ein neues Römisches Reich, nicht von oben eingeführt werden konnte. Sie musste von unten kommen. Er musste die Ärmsten der Gesellschaft auf seine Seite ziehen. Ohne ihre Unterstützung würde es eine Revolte sein, die sie problemlos niederschlagen konnten, diese Machthaber, die über das Geld, die Waffen, die Soldaten verfügten. Gleichzeitig musste er die Mittelschicht und die Kleinbürger für sich gewinnen, die auf Grund der Veränderungen eine wachsende Gruppe bildeten. Und es gab etwas, was sie alle vereinte: ein keimender Hass auf die Kirche. Bei den Armen entstand er durch ihre Identifikation mit dem heiligen Franziskus, durch die Vulgärtheologie, die auf dem Vormarsch war, die Heilige Botschaft verkündet in der Volkssprache, Jesu Armut, den direkten Kontakt mit dem Heiligen, den sie dort erlebten: die Ekstase der Volksversammlungen, das Sprechen in Zungen. In der Mittelschicht entstand er aus der wachsenden Unzufriedenheit mit dem Adel, mit den Restriktionen, die für sie galten, weil ständig versucht wurde, sie gesellschaftlich und wirtschaftlich zu ersticken, klein zu halten. Dante hetzte sie auf. Er passte seine Vision an die Ärmsten an, legte großen Wert auf Religionsfreiheit, auf einen Staat, in dem die Kirche kein Machtfaktor mehr war und in dem die Kirche, die große Ländereien besaß, keine großen Paläste für sich selbst errichten sollte. Eine einfache Kirche in einem einfachen Staat, lautete die Botschaft; denn war Jesus nicht ein Mann in Opposition zur Macht, zu den Schriftgelehrten der Kirche gewesen? Gab Franziskus nicht alles ab? Er spottete über die Päpste, beschrieb ihre Völlerei und

Gier bis ins kleinste Detail; die Zuhörer lachten, wenn er sie mit Hilfe theologischer Argumente den verschiedenen Orten in der Hölle zuordnete, an die sie gehörten. Und für die Bürger, die Mittelschicht: Die Städte produzieren die Waren, die Städte sorgen für Wirtschaftswachstum, von dort kommt das Geld. Warum soll dieses Geld, dieser Reichtum in den Händen der Kirche landen? Warum sollen wir Steuern an die Kirche zahlen? Sind wir nicht vernünftige, rational denkende Menschen? Warum sollen wir uns der Kirche unterordnen, oder Christus? Warum diese Demut? Haben wir nicht einst über die ganze Welt geherrscht? Sollen wir nicht wieder über die Welt herrschen können? Wir entstammen demselben Geschlecht, wir sind Römer, die Menschen, denen die ganze Welt zu Füßen lag, waren unsere Vorfahren. Wollen wir nicht ein neues Römisches Reich errichten, wollen wir nicht wieder ein stolzes Volk werden?

Ostern 1317 kehrte er nach Florenz zurück. Zehn Jahre zuvor hatte man sein Todesurteil verkündet: Wenn er durch die Tore der Stadt träte, würde man ihn bei lebendigem Leib verbrennen. Und seine drei Söhne würden das gleiche Schicksal erleiden. Jetzt kam er, der Verurteilte, und ritt in die Stadt. Keiner hielt ihn auf. Er war die ganze Zeit von einer großen Menschenmenge umgeben, er war unangreifbar. Nach zweitägigen Unruhen wurde Dante ein Platz im Rat der Weisen angeboten. Er lehnte ab. Noch wusste man nicht, welche Pläne er hatte. Nur, dass er über eine mächtige Waffe verfügte: Das Volk auf den Straßen würde jedem kleinsten Wink von ihm folgen. Sie waren wie hypnotisiert. Er bat sie, Ruhe zu bewahren, sie bewahrten Ruhe. Die Schwarzen schickten dem Papst eine Botschaft, sie baten ihn um militärische Hilfe, aber der Papst war nicht handlungsfähig, die Franken, angeführt von ihrem König Karl, standen vor den Toren Roms.

Du siehst ihn vor dir, im Augenblick seines Siegs. Wie er in seinem Zimmer sitzt und hört, wie die Menschenmenge seinen Namen skandiert. Wie die Politiker der Stadt über Nacht all ihre Macht verlieren, ohne dass außer Dantes Anwesenheit in der Stadt etwas geschehen ist. Nach siebzehn Jahren im Exil ist er zurück und hat seine Gegner ohne Gewalt, ohne Widerstand vernichtet. In dem Buch, das du liest, ist ein Gemälde abgedruckt; du erkennst das charakteristische Profil, den kalten Blick. Er hatte gewonnen, aber das reichte ihm als Rache nicht, der Triumph vermochte seinen Hass nicht zu stillen. Er ordnete Hinrichtungen an. Er radierte sie aus, eine ganze Partei, ganze Familien, Kinder, Frauen, Männer. Im Laufe von zwei Wochen wurde der gesamte Adel von Florenz entweder getötet oder aus der Stadt vertrieben. Der Fluss war rot von Blut. Dante saß währenddessen in seiner Kammer; für ihn waren die Hinrichtungen auf dem Marktplatz ferner Lärm, belangloses Getöse. Nach drei Tagen kam er heraus, um sich feiern zu lassen. Er ernannte sich zum Kaiser. Er führte einen Senat ein, der keine wirklichen Machtbefugnisse erhielt; die Macht lag bei ihm, sie bewegte sich mit ihm. Er dirigierte grandiose Paraden und Volksversammlungen, er schaffte es, das gesamte Volk durch einigende Symbole zusammenzuschweißen, die schon bald allgegenwärtig waren: Flaggen, Armbinden, Siegel, Wappenschilde. Ein Volk, ein Staat. Und die Stadt erblühte, die Region erblühte. Die alten, engen und unübersichtlichen Viertel im Zentrum von Florenz wurden zugunsten eines rechtwinkligen Straßennetzes so saniert, dass die zentralen Institutionen in einem Achsensystem rund um den Marktplatz angeordnet waren: die gesetzgebende Versammlung im Norden, der Kaiserpalast im Süden, die Kirche im Westen und ein Stadion für das Volk im Osten. Es wurden riesige öffentliche Bäder angelegt, eine zentrale Parkanlage, und Wohnhäuser wurden hierarchisch geordnet, die wohlhabendsten Bürger in Zentrumsnähe, dann die Mittelschicht, dann die Unterkünfte der Soldaten, dann, an den Stadttoren, das einfache Volk. Künstler aus ganz Europa strömten herbei: Florenz wurde Mäzen für eine lange Reihe der größten Künstler weltweit, und wie Dante es sich gewünscht hatte, florierte die Kunst, die sich in die Tradition der Antike stellte. In dieser Renaissance wurde die Zeit erneut unendlich, der Mensch erneut endlich. Dante starb 1321, bevor er das Ergebnis seiner Revolution erleben durfte, aber seine Gedanken zu Religion und Staat und die Wiedergeburt des antiken Gedankenguts, die er auf den Weg gebracht hatte, leben bis in unsere Zeit weiter, liest du, wenngleich man heute nicht mehr glaubt, dass Dantes Rolle bei dieser Revitalisierung so groß war, wie es die Verehrung, die er in früheren Zeiten genoss, nahelegte. Denn die Strömungen existierten bereits, waren ein Teil seiner Zeit: Früher oder später wären sie wohl auch so in diese Richtung gegangen. Die Sehnsucht nach der Antike, nach der Freiheit des Menschen, verläuft parallel zur Entwicklung der dominierenden Stellung des Papsttums, eine Unterströmung; auch wenn sich die Mehrheit der Künstler mit religiöser Kunst beschäftigt, sich innerhalb eines statischen und starren Weltbilds unterordnete, gab es doch immer Ausnahmen, Menschen, die Fresken malten, wie die Alten es taten, die Statuen meißelten, wie die Alten es taten, die Theaterstücke und Epen schrieben, die auch fünfhundert Jahre früher hätten entstanden sein können. Lange vor Dante gab es eine Sehnsucht und Nostalgie. Sein Genie bestand in der Vereinigung des christlichen Volksglaubens, der neuen, expandierenden Mittelschicht *und* des Menschenbilds und Symbolgebrauchs der Antike.

Warum schrieb Dante nicht die *Divina Commedia*, dachtest du und wusstest, dass diese Frage zum ersten Mal überhaupt gestellt wurde. Sowohl in dieser Welt als auch in der anderen, in der sich deine Träume abspielten, aus der deine Erinnerungen stammten.

Als du dort saßt und nachdachtest, fielen dir auf einmal die Hubschrauber ein, die du im Schlaf gehört hattest. Aus irgendeinem Grund waren sie für dich mit Jebsen verbunden, mit dem du zusammengearbeitet hattest, denn sein Gesicht sahst du vor dir, als du die Bibliothek verließt und dich auf den Heimweg machtest. Du dachtest, dass er vielleicht genauso war wie du, denn er hatte gesagt, dass man ihn auch hinausgeworfen hatte, dass auch er eine andere Stelle bekommen hatte, und, ja genau, dachtest du: Er wollte da draußen nicht darüber sprechen.

Sie hatte aufgeräumt, hatte die Kleider vom Fußboden aufgehoben und gespült: Du fandst sie im Schlafzimmer, unter einer Wolldecke, an die Decke starrend. In der Wohnung roch es säuerlich nach Erbrochenem. Sie war im vierten Monat.

»Irgendetwas stimmt nicht«, sagte sie in den Raum hinein. »Das soll nicht so sein, das weiß ich.«

»Willst du dann nicht zum Arzt gehen?«

»Was kann der schon tun? Wenn etwas nicht stimmt, dann stimmt etwas nicht.«

»Es ist alles in Ordnung«, erklärst du und setzt dich neben sie. »In der ersten Zeit ist es ganz normal, dass einem schlecht ist.«

»Seit wann interessierst du dich dafür?«

Du erwiderst nichts, gehst ins Wohnzimmer, sie ruft nach dir. Du nimmst dir etwas zu essen, wirfst beim Essen einen Blick in die Küche der Nachbarn, sie essen auch, ein Paar mit zwei Kindern, ein Junge von fünf Jahren, ein Säugling. Der Säugling brüllt aus Leibeskräften. Die Eltern essen, sie unterhalten sich nicht. Der Junge schlägt mit dem Messer gegen die Schale, die vor ihm steht. Er weiß, was er tut, denkst du. Der Säugling schreit. Der Junge schlägt. Die Eltern essen, schweigend. Der Junge schlägt. Sie essen. Der Säugling schreit. Für dich spielt sich das alles lautlos ab, und du denkst, dass es ein Experiment ist. Ein Film, den du siehst. Das Kind, das schreit und schreit und schreit und schreit, ohne jemals aufzuhören. Die Mutter wiegt es, nimmt es hoch, drückt es an sich, trägt es umher. Es schreit immer weiter. Sie sind in einem kleinen Zimmer, Mutter und Kind, und egal, was sie tut, das Kind schreit. Sie hält sich die Ohren zu. Sie schreit selbst. Sie nimmt es. Es schreit. Sie legt es hin, wendet sich ab. Wenn das eine Zeitlang, ein paar Tage, eine Woche so weitergeht, wird sie es am Ende umbringen. Um ihre Ruhe zu haben. Was kann sie sonst tun. Ein Kissen auf das Gesicht, ein kurzes Zucken. Das ist unmenschlich, denkst du und fragst dich, was du tun sollst. Dann fällt dir ein, dass deine Papiere verschwunden sind. Du gehst zu ihr ins Schlafzimmer.

»Ich wollte dich etwas fragen. Meine Papiere, hast du sie gesehen? Sie sind weg, ich habe das ganze Haus nach ihnen abgesucht. Und als ich gefahren bin, waren sie noch da.«

»Ich hätte es dir erzählen sollen«, sagt sie.

»Was?«

»Sie waren hier, als du weg warst. Um dich zu überprüfen. Zwei Männer. Sie haben mir Fragen gestellt.«

»Aha?«

»Was du so machst, wie du in den letzten Wochen gewesen bist, und so weiter. Ich habe ihnen gesagt, dass du viel liest. Daraufhin wollten sie wissen, ob du auch schreibst, und da habe ich ihnen deine Notizen gezeigt.«

»Du hast sie ihnen gezeigt?«

»Was sollte ich denn tun. Sie haben mich gefragt, ob ich wüsste, was du da gemacht hast. All diese Namen, die du aufgeschrieben hast. Ich habe ihnen gesagt, dass ich keine Ahnung habe. Und dass du in der letzten Zeit seltsam gewesen bist.«

»Das hast du gesagt?«

Du kannst dir ein Lächeln nicht verkneifen.

»Ja.«

Sie lächelt auch.

»Das ist jetzt vorbei«, sagst du. Stehst auf. Bleibst an der Tür stehen und drehst dich zu ihr um. »Kann ich dir etwas bringen?«

»Magst du nicht herkommen und dich zu mir legen«, fragt sie, und du antwortest, sicher, bald, und gehst hinaus; es gibt nichts, was ich lieber täte, denkst du, als mich hier hinzulegen, in den Gestank von Erbrochenem und verrottendem Müll und stockfleckigen Kleidern, neben deinen kalten und abstoßenden Körper; ich komme, ich komme, denkst du. Es waren nur noch zwei Tage, bis du wieder zur Arbeit musstest, und du freutest dich, allein der Gedanke machte es leichter, die frische Luft da draußen, die simple Arbeit.

Du sitzt in der Küche, liest und versuchst, das eine historische Ereignis zu finden, das entweder fehlt oder hinzugekommen ist, als es an der Tür klingelt.

Es ist Jebsen.

»Hier wohnst du also«, sagt er.

»Hallo! Das ist ja ein Ding!«, sagst du.

»Du musst mal auf andere Gedanken kommen«, sagt er.

»Hm?«, sagst du.

»Für ein paar Stunden besoffen und so dumm wie ein Kind werden. Deshalb habe ich nach dir gesucht. Und hier bin ich. Kommst du mit?«

»Ja, klar. Das ist das Beste, was jemand seit langem zu mir gesagt hat. Warte kurz. Ich will nur meiner Frau Bescheid geben.«

Ihr gingt zur Stadt hinunter. In Zivil, in einem adretten schwarzen Anzug wirkte Jebsen anders.

»Wo wollen wir hingehen?«, fragte er, und hätte seine Frage durchaus um ein »junger Mann« ergänzen können, denn so war er, dachtest du, dieses Gefühl flößte er einem ein, als wüsste er eine Menge über einen, wie man war, was man dachte, während du umgekehrt nichts über ihn wusstest, du hattest keine Ahnung, wer er war, und wusstest erst recht nicht, was er wohl dachte.

»Ich weiß nicht«, sagtest du. »Wir gehen nicht so oft aus.«

»Dann entscheide ich.«

Ihr gingt über die Brücke und in das quadratische Straßennetz hinein, Kristiansands Innenstadt, über die du nunmehr wusstest, dass man sie nach dem Modell der Renaissancestadt Florenz angelegt hatte, nach einem Stadtplan, der in Dantes Kopf entstanden war. Übersicht, muss er gedacht haben, Ordnung, Klarheit. Der Mensch, der sich Macht erkämpft hat, der Formen entwickelt, die der Natur fremd sind. Rechte Winkel. Würfel, Rechtecke, Quadrate.

»Ich habe es sofort gewusst, als ich dich gesehen habe«, meinte Jebsen. »Ist das nicht eigentlich ein bisschen seltsam? Diese Dinge, die man einfach weiß. Besonders da draußen ist das merkwürdig. Weil doch alle die gleiche Kleidung tragen, meine ich. Woran liegt es wohl? Dass wir einander erkennen? An der Körpersprache? Am Blick?«

Du hattest keine Ahnung, wovon er redete, wolltest aber nicht, dass er das merkte, weshalb du vorsichtig mit den Schultern zucktest und möglichst wenig sagtest.

»Hier ist es«, sagte er und zeigte auf ein weißes, zweistöckiges Holzhaus am Ende der Straße.

»Da?«, sagtest du. »In einem Privathaus?«

»Warte ab«, erwiderte er.

Jebsen klopfte an. Ein Mann öffnete und lächelte, als er sah, wer es war.

»Kommt rein!«

Eine Stickerei hing gerahmt an der grüngestrichenen Wand, Läufer bedeckten den Fußboden, an der Wand stand ein Paar Schuhe. Ihr gingt in einen etwas größeren Flur, der ebenfalls ein wenig altmodisch eingerichtet war, mit Plastikblumen in einer Vase auf der Kommode, einem ovalen Spiegel an der Wand, drei Türen. Jebsen öffnete die eine, eine Kellertreppe, sahst du, mit breiten Stufen, denen ihr knirschend nach unten folgtet. Im Keller war eine Garderobe, an der man seine Jacken abgab, und dort hörtest du die Musik, den Bass, der gegen die Wand wummerte, und das Grölen feiernder Menschen, ein lautes Stimmengewirr, das anschwoll, sobald die Tür geöffnet wurde und ihr das hell erleuchtete, grelle Lokal betratet. Jedes Detail der Einrichtung trat deutlich zutage, alles konnte betrachtet werden, dachtest du und setztest dich an den Tisch, den Jebsen ausgewählt hatte, direkt an dem Ring mitten im Raum, einem abgesenkten Boxring, der momentan verwaist lag, aber du nahmst an, dass er schon bald Schauplatz eines Kampfes werden würde, da die meisten einen Tisch in seiner Nähe gewählt hatten.

»Ich gebe einen aus, Henrik«, sagte Jebsen, ging zur Bar, kam mit zwei Gläsern und einer Flasche zurück, die mit einer klaren Flüssigkeit gefüllt war. Er schenkte beide Gläser bis zum Rand voll und reichte dir das eine.

»Na dann, Prost!«, sagte er und leerte sein Glas in einem Zug. Du folgtest seinem Beispiel. Jebsen lachte über die Grimasse, zu der sich dein Gesicht verzog. Es war reiner Alkohol.

»Weißt du eigentlich, wie der Schnaps in die Welt kam?«, fragte er und schenkte nach.

»Keine Ahnung«, sagst du.

»Das wissen auch nicht viele. Die Alchemisten in Alexandria. Du weißt ja, sie experimentierten auf der Grundlage von Aristoteles' Theorie über die vier Elemente und die Substrate; und wenn sie die Eigenschaften eines Stoffs verändern und ihn verwandeln wollten, mussten sie ihn verschiedenen Bedingungen aussetzen, Hitze oder Kälte, oder, anderes Beispiel, sie ließen ihn mit anderen Stoffen reagieren. Irgendwann müssen sie dabei auf die Destillation gestoßen sein, es war unvermeidlich. Aber wie sie auf die Idee gekommen sind, das Zeug zu trinken! Das weiß ich nicht.«

Er lacht bei dem Gedanken.

»Na, Prost!«

»Prost«, sagst du.

Ein Mann kommt zu euch und geht vor Jebsen in die Hocke, die beiden unterhalten sich, du schaust dich um, bist verblüfft, wie betrunken die Leute sind, sie johlen und grölen, dauernd fällt jemand auf einen Tisch oder rutscht von einem Stuhl, weiter hinten siehst du welche, die mit den Armen auf dem Tisch schlafen, andere küssen und befummeln sich roh und ohne Scham, in einer Ecke gibt es laute Stimmen und eine Schlägerei, zwei Angestellte kommen von der Bar dazu, beschwichtigen, und alles geht weiter, trinken, reden, grölen, du schenkst dir noch einmal ein und genießt das Gefühl, das der Alkohol dir einflößt, von Klarheit, Reinheit, Notwendigkeit. Ein lange unterdrücktes Bedürfnis, das hier gestillt wird, denkst du, und trinkst mehr.

Der Mann geht. Du beschließt, Jebsen ein wenig auf den Zahn zu fühlen. Er ist ein Mann, der einiges weiß, denkst du und erinnerst dich an andere wie ihn: Menschen, die einen mit ihrem Wissen über entlegene Dinge überraschen, Dinge, die sonst niemand weiß, deren Erzählungen man lauscht, über all das, was in der Welt passiert ist, irgendwann, worauf man ansonsten jedoch niemals stößt. Sie gehören zu einer Sekte, denkst du ein wenig benommen, durch die das Wissen weiterlebt, und sie vermitteln es stets so, dass es zufällig wirkt, eine harmlose Anekdote, ein bizarres Detail, nebensächlich; aber so bleibt das Wissen erhalten, so bleibt es im Gedächtnis.

»Arbeitest du schon lange da draußen?«, fragst du.

»Fünf Jahre«, antwortet er.

»Fünf Jahre?«

»Ich war schon bei dem Vorgängerprojekt dabei. Aber von dem hast du bestimmt noch nie gehört.«

»Nein.«

»Es war das Gleiche. Wir waren sogar noch etwas weitergekommen, als wir es jetzt sind, aber dann ist es gesunken. Wir waren fast fertig, als das ganze Dinge unterging. Zum Glück ist es passiert, als kaum jemand an Bord war. Um die dreißig, glaube ich. Und alle arbeiteten unten. Wir hörten nur ein verfluchtes Krachen, und dann sanken wir auch schon. Es ging schnell unter, es dauerte nur eine halbe Minute oder so, bis der ganze Krempel unter Wasser war. Die Flutwellen schlugen bis weit aufs Land. In den Nachrichten hieß es, ein Erdbeben sei registriert worden. Die Messgeräte am Geologischen Institut der Universität Bergen schlugen aus. Aber das waren wir! Weißt du, das sind ziemlich viele Tonnen, die da senkrecht in die Erdkruste krachen. Kein Wunder, dass es knallt.«

»Und dann habt ihr wieder von vorn angefangen?«

»Ja. Nachdem eine Kommission alle Pläne und Berechnungen noch einmal durchgesehen hat, um herauszufinden, was schiefgegangen ist.«

»Und jetzt sind sie sich ihrer Sache sicher?«

»Sicher kann man sich nie sein. Aber ich glaube, sie haben beim letzten Mal zu wenig Eisen benutzt. Etwas in der Art.«

Er war bereits ziemlich betrunken, sahst du, seine anfangs fast förmliche Art, einzuschenken und zu trinken, war inzwischen von vielen schluderigen Bewegungen ersetzt worden, er trank fast geistesabwesend und versank in Gedanken. Für sein Gesicht galt das Gleiche, auch dieses wurde schluderiger behandelt, die Mimik war jetzt weniger streng: Er zerfloss vor deinen Augen. Die Unterhaltung verlief jedoch weiter in geordneten Bahnen. Das ist das Letzte, was verloren geht, denkst du, das Letzte, was entgleitet.

»Du hast erzählt, dass du deinen Job verloren hast?«, sagst du nach einer Weile.

»Ja.«

»Und warum? Was war dein Job?«

»Ich bin Ingenieur. Habe in der Forschungsabteilung der Gesellschaft gearbeitet.«

»Ingenieur?«

»Motoren. Maschinen. Wir haben mit anderen Energieformen als Elektrizität und Dampf experimentiert. Versucht, einen anderen Motorentyp zu entwickeln.«

»Einen Verbrennungsmotor?«, fragst du.

Er lächelt.

»Lange her, dass ich das Wort gehört habe.«

Er schenkt dir noch einmal ein. Ihr trinkt. Und dann braust in dem Lokal Jubel auf. Drei ungefähr zehnjährige Jungen stehen im Ring. Das Licht wird heruntergedimmt, um euch drängen sich die Leute, alle starren auf die drei schmächtigen Jungen im Scheinwerferlicht. Ein Mann mittleren Alters schiebt sich unter den Seilen hindurch. Er ist korpulent, trägt ein weißes

Hemd und eine schwarze Hose, die Jungen werden kleiner in dem Moment, als er sich zwischen sie stellt, verglichen mit ihm. Die Leute applaudieren. Die drei Jungen verneigen sich. Keiner von ihnen hat Muskeln entwickelt, ihre Brustkörbe sind schmal, die Arme und Beine dünn, die Hände und Füße klein. Du denkst, dass sie kleine unentwickelte Menschen sind, die in ihrer eigenen Dimension aber dennoch fertig und entwickelt erscheinen, in der Welt der Kinder sind sie perfekt, denkst du. Dort sind sie vollkommen.

Der Ringrichter – denn das ist seine Funktion – bindet weiße Bänder um die Köpfe der Jungen, verknotet sie straff. Sie bedecken die Augen, die Jungen können nichts mehr sehen und tasten sich zu ihrer jeweiligen Ecke des Rings vor. Das Publikum applaudiert. Ein Signal ertönt. Vorsichtig kommen die drei aus ihren Ecken, der eine hält die Hände vor sich ausgestreckt, als würde er schlafwandeln, die anderen sind schneller, entschlossener. Ihr lacht über ihr blindes Tasten, denn anfangs finden sie einander nicht, stoßen sie in die Luft vor sich, aber dann trifft eine Hand auf eine Schulter, und sie stürzen sich aufeinander und schlagen systematisch zu, aber ihre Schläge treffen nur zufällig, das Gesicht, die Brust, den Bauch, die Schultern. Der dritte hört die Boxgeräusche der beiden anderen, dreht sich um und wirft sich nach vorn, auch er schlägt nun blindlings in das Menschenknäuel. Das Publikum lacht und johlt.

»Es ist nicht so schlimm, wie es aussieht«, sagt Jebsen, der dir ansieht, dass du nicht daran gewöhnt bist. »Weißt du, ihre Schläge sind ja ganz schwach. Da ist nicht viel Kraft dahinter.«

Das Gleichgewicht hat sich inzwischen verschoben; einer der Jungen ist überlegen, er schlägt gleichmäßig und hat herausgefunden, wo das Gesicht ist, seine Faust trifft die Nase, er trifft die Lippen, und der andere blutet aus dem Mundwinkel, er blutet aus der Nase, anscheinend außer Stande, sich zu verteidigen, zieht er sich im Ring immer weiter zurück, einige Zuschauer buhen; du begreifst, dass sie Geld auf ihn gesetzt haben. Und plötzlich hat er genug. Plötzlich will er nicht mehr. Du siehst den Moment, als es umschlägt, als ihn die Wut packt, du siehst, eine Raserei, die ihn wie ein Irrer um sich schlagen und hämmern lässt, ohne das Systematische und die Gerissenheit des anderen, der leichtfüßig zur Seite springt. Und dann halten sie blind füreinander inne, stehen da und lauschen. Anweisungen aus dem Publikum hageln auf sie ein, *links, rechts, hinter dir*, auf einmal fürchten sie sich, denkst du, vor einem plötzlichen Schlag, sie tasten vor sich, alle drei, und dir wird bewusst, dass du zu einem von ihnen hältst. Zu dem Wütenden. Sein grün und blau geschlagenes Gesicht beobachtest du. Er steht mitten im Ring, im Dunkeln, hört die Rufe und den Lärm der Leute von allen Seiten, macht einen Schritt nach vorn, schlägt. Luftlöcher. Dann die Explosion von Schmerz in der Nase, ihm wird schwarz vor Augen, er schlägt um sich, nichts, nichts, und dann ein weiterer Schlag auf die Nase, ein neuer durchdringender Schmerz, er wird so wütend, dass er nicht mehr weiß, was er tut, nur, dass er treffen will, was ihm wehtut, dass er es zerstören, zertrümmern wird, er schlägt und schlägt, und spürt endlich, dass seine Fäuste Fleisch treffen, sie sinken ein, in Weiches, er hämmert los, der Schmerz ist fort, er verschwindet in seiner blinden Wut, die ihn nach vorn treibt, er schlägt und treibt das Weiche vor sich her, er schlägt sich die Knöchel blutig, denn jetzt trifft er jedes Mal einen Knochen, und den will er zertrümmern. Dann verschwindet der Andere. Er macht ein paar leichte Schläge in die Luft. Nichts. Dann nimmt jemand seine Hände und hält sie fest, er begreift, dass es der Ringrichter ist. Die Binde wird abgenommen. Das Publikum klatscht und johlt. Er geht zu seinem Stuhl in der Ecke, setzt sich. Die drei mustern einander, siehst du, vielleicht um zu prüfen, wie viel Schaden sie angerichtet haben. Das Gesicht des Jungen, der zu Boden gegangen ist, sieht malträtiert aus. Aufgeweicht, denkst du. Das Blut wird mit einem Lappen abgewaschen. Sie sind wieder bereit. Du begreifst, dass zwei der Jungen Blicke gewechselt haben oder auf andere Art eine Abmachung getroffen haben müssen, denn in der zweiten Runde zeigt sich ein System: den beiden, die bisher am besten weggekommen sind, gelingt es, den dritten von zwei Seiten anzugreifen, der eine schlägt ihm in den Rücken und die Seite, der andere schlägt auf Gesicht und Brust ein, sie lassen nicht locker, und schon bald bricht er zusammen und bleibt liegen, woraufhin der Ringrichter den Kampf beendet und der Junge herausgezogen wird; du siehst seine verklebten, zugeschwollenen Augen und fragst dich, ob er wirklich bewusstlos ist oder nur so tut, um wegzukommen.

Als ihr durch die Stadt nach Hause geht, ist es heller Tag. Wind weht durch den menschenleeren Park. Die Äste der Bäume wanken in großen, ruhigen Bewegungen hin und her, die Blätter schimmern im Sonnenschein, und so ist es immer gewesen, denkst du, auch wenn keiner hier gewesen ist, um es zu sehen, und so wird es immer sein. An einem solchen sonnigen, windigen Tag, wenn die Straßen menschenleer sind, wenn kein Mensch zu sehen ist, kann man sich vorstellen, wie die Welt aussehen wird, wenn sie keiner mehr sieht, wenn sie verlassen liegt. Erosion, Expansion. Wenn die Stadt nach und nach immer mehr überwuchert wird, wenn Bäume sich durch die Betonruinen sprengen, Sträucher den Asphalt aufbrechen, Laub fällt und mit der Zeit alle Straßen bedeckt, zu Erde vermodert, wenn das Moos Halt findet, es sich wie ein Teppich ausbreitet, ohne Augen, ohne Gedanken, nur dieses eine: Expansion. All das, was blind wächst und wächst und irgendwann alles umgestaltet. Dann hier zu gehen, denkst du, all das zu sehen, was hier ohne uns ist, ohne jemanden, es zu erblicken, ohne jemanden, es zu denken. Und noch immer regnet es, ein stiller Regen, den keiner hört, noch immer scheint die Sonne, eine Wärme, die keiner spürt, ein Licht, das keiner sieht; noch immer weht der Wind durch die Straßen.

Gemeinsam torkelt ihr durch die leere Stadt. Als du nach Hause kommst, legst du dich auf die Couch. Sie weckt dich eine halbe Stunde vor Abfahrt des Zugs. Du kannst nur noch ein paar Scheiben Brot essen und deine Kleider einpacken, und dann bist du wieder für weitere acht Wochen auf dem Weg dort hinaus. Die gleiche Monotonie, die gleiche Sorglosigkeit. Eines Nachmittags erwachst du früh und kannst nicht mehr einschlafen, bis zum Beginn deiner Schicht sind es noch ein paar Stunden, und du stehst auf, gehst durch das Lager und bis zu den Zäunen, die es umgeben, kletterst darüber und begibst dich zum Meer hinunter.

Die Sonne geht bald unter; das Licht wirkt intensiver, als es ist, denkst du, du bist zu lange in der Dunkelheit gewesen. Du folgst einem Pfad, der sich abwärts schlängelt. Bald siehst du den Fjord. Die Sonne ist ein roter Rand am Himmel. Die Wolken sind heller, fast rosa. Auch die Farben der krummgewachsenen Kiefern leuchten, du fühlst dich so leicht, und wieder taucht eine Erinnerung auf, daran, wie es im Frühjahr war, an den ersten Tagen mit freien Straßen, wenn ihr die schweren, plumpen Stiefel gegen Turnschuhe austauschen durftet. Das Gefühl, denkst du, gibt mir dieses Licht.

Die blanke Meeresfläche ist so dunkelblau wie der Himmel Und dort, mitten im Fjord, stehen die Türme. Aus dieser Entfernung fließen sie ineinander, du siehst, wie sie zur Spitze hin schmaler werden. Wie ein Messer im Fjord. Ein Monument. Gleichzeitig verleiht das Sonnenlicht ihnen einen völlig anderen Charakter, das beinahe Außerirdische, das sie in der nächtlichen Dunkelheit prägt, ist verschwunden, nun siehst du klar und deutlich, was es ist: ein Bauwerk. Mitten im Fjord, an einem Ort zwischen den Bergen, dem Wald, du denkst: von Menschenhand.

Du betrachtest es eine Weile, dann gehst du zum Meeresufer, suchst dir ein paar Steine, die du flach wirfst. Du denkst an die Hubschrauber, die du gesehen hast. Dann denkst du an das

Kind, das du bekommen wirst. Du musst alles vergessen, denkst du, wie es war, woran du dich erinnerst, du musst versuchen, der Sehnsucht zu entkommen. Du gehörst nicht hierher, du bist ein Fremder, die anderen hier bedeuten dir nichts, selbst sie, die dein Kind in sich trägt, interessiert dich im Grunde nicht, denkst du, nicht wirklich. Du bist hier aufgewacht, in dieser Welt, unverschuldet hat es dich hierher verschlagen, und nun konfrontieren sie dich mit ihren Forderungen, absurden Forderungen, mit denen du dich dennoch abfindest, die du dennoch erfüllst. Und obwohl du inzwischen weißt, was hier geschehen ist, in dieser Welt, warum alles so anders ist, hilft dir das nicht weiter.

Niemals hat das Wissen bei dem unmenschlichen Gefühl geholfen, irgendwo fremd zu sein.

Ein paar Tage zuvor hast du herausgefunden, wie alles zusammenhing. Als du müde und leer auf der Fähre hocktest und in die Gesichter der anderen Arbeiter sahst, die vor dir zu wachsen schienen und dir das Gefühl einflößten, dass sie dir schaden wollten, erkanntest du auf einmal, dass Jebsen nicht zufällig Alexandria erwähnt hatte, dass er dich damit auf eine Spur bringen wollte. Sicher warst du dir jedoch erst, als du ein Lexikon konsultiertest, um es zu überprüfen. Ja, genau. Hier, in dieser Welt, waren in jener schicksalsschweren Nacht dunkle Wolkenbänke über Alexandria gezogen, hier hatten sich die Flammen niemals ausgebreitet: Ein gewaltiger Wolkenbruch hatte das Feuer gelöscht, so dass alle antiken Schriften erhalten blieben und die Welt, unmerklich, zwangsläufig, eine andere wurde. Als du darüber liest, was sie die größte Katastrophe in der Kulturgeschichte nennen, musst du lachen, denn es gingen lediglich ein paar läppische Werke verloren, Aristoteles' Buch über das Lachen verschwand und Aristophanes' Komödie über König Ödipus, aber alles andere war erhalten geblieben, und sie jammerten über den Verlust, diesen winzigen Verlust, zwei erbärmliche Bücher.

Doch, du weißt, was geschehen ist, verstehst jetzt etwas mehr von dem, was du um dich herum siehst, ohne dass es dir helfen würde, das Gefühl der Macht- und Sinnlosigkeit lässt dich trotzdem nicht los, es reicht nicht, du hältst es nicht aus und versuchst, in der Monotonie der Arbeit zu verschwinden, aber immer gibt es etwas, was dich zurückholt, ein Gedanke, auf den du stößt, und was früher eine Art neutrale Zeit gewesen ist, etwas, das du nicht bemerkt hast, am ehesten ein Zustand, der sich nicht unterschieden hat, ob du nun gearbeitet, gegessen oder geschlafen hast, ist nun zu einer unerträglich langsamen Vorwärtsbewegung geworden, zu etwas, aus dem du nicht herauskommen, das du nicht ertragen kannst.

Manchmal denkst du an den Fötus, der in ihr wächst, dieses zehrende Wesen, das von dir ist, ein Monster, das sie ausmergelt, sich an ihr labt, und du denkst: *Was habe ich nur in Gang gesetzt.* Du träumst wieder von den Hubschraubern, erinnerst dich schwach, dass du eines Nachts aufgestanden bist und gesehen hast, wie sie in Formation über den Wald fliegen.

Aufrüstung.

Am nächsten Tag fasst du einen Entschluss und schreibst ihr, die du verlassen wirst, einen Brief, bittest sie um Verzeihung und legst ihn in einen Umschlag, den du Jebsen gibst. Obwohl er begreift, was du vorhast, nimmt er den Brief an, ohne eine Miene zu verziehen, er nickt nur, sicher, er kann ihn ihr geben, selbstverständlich, und daraufhin, denkst du, ist der Weg frei. In der nächsten Nacht begibst du dich den Turm hinunter, um zu tun, woran du insgeheim schon so lange gedacht hast, du hast genug, du willst nicht mehr. Das Einzige, was zwischen dir und deiner Auslöschung steht, ist der Wille, der Überlebenswille, er allein hindert dich daran, dich über das Geländer zu stürzen und auf der Meeresoberfläche zerfetzt zu werden. Deshalb steigst du nun bis zum Fuß des Turms hinunter, mehr als hundert Meter unter der Meeresoberfläche bleibst du stehen, dort kannst du dich hinlegen, dort kannst du schlafen. Es ist so kalt, dass dein

Körper es nach ein paar Stunden nicht mehr schaffen wird, die Körpertemperatur aufrechtzuerhalten, das weißt du, aber wenn du schläfst, wirst du davon nichts merken, denkst du, sitzt an der Betonwand und döst, und so schläfst du ein, so finden sie dich, in der Dunkelheit, kalt, erstarrt, mit gefalteten Händen.

7

Und so erwache ich vor dem Badehaus, steif und verfroren schlage ich die Augen auf, zunächst unfähig, mir einen Reim darauf zu machen, was ich vor mir sehe, um anschließend nach und nach zu mir zu kommen und mich zu erinnern, dass ich hier in der Nacht herumgelaufen bin, ein böser, rastloser Schatten, der in der Dunkelheit vorbeitrieb, der schläfrig wurde, der sich dort hinsetzte.

Der Tag bricht an. Es ist fast fünf, sehe ich und raffe mich auf, gehe in die Stadt, komme am Stadion vorbei und folge eine Weile der morgendlich leeren Straße, bis ich abbiege und in das Wohnviertel gelange. Den Schlüssel in der Hand gehe ich die Einfahrt hinauf, stecke ihn ins Schlüsselloch und drehe ihn, stoße die Tür auf und eile die Treppe zu meinem Zimmer hinauf. Ich friere und kann die Kleider nicht schnell genug loswerden, ziehe die Decke über meinen kalten Körper und kauere mich zusammen. Minutenlang klappere ich mit den Zähnen, bis mir warm wird und der Schlaf mich ein weiteres Mal mit seiner Gegenwart segnet.

Erst am Nachmittag wache ich auf und beschließe, dass ich so nicht weitermachen kann, nachts aufbleiben und tagsüber schlafen, also wache ich in der Nacht, und als es Tag wird, zwinge ich mich, die Augen aufzuhalten, bis ich wie alle anderen gegen elf ins Bett gehen kann. Es hilft, in den nächsten Tagen sitze ich in der Bibliothek und lese, esse im Café, gehe abends ins Kino, vertreibe mir die Zeit, während der Gedanke, dass Miriam bald kommt, immer mehr Raum einnimmt. Ich widerstehe der Versuchung, sie anzurufen, ich suche Bücher heraus, die für die Seminararbeit wichtig sein könnten, die ich abgebrochen habe, an einem dieser Tage kaufe ich mir Garnelen, sitze auf der Kaikante und lasse die Beine in dem schönen Wetter baumeln, während ich sie schäle und mir das rotweiße Fleisch in den Mund stopfe, das mich stets an den Sommer erinnert.

Es geht mir gut mit mir alleine. Das Wetter ist schön, die Stimmung in der Stadt ist leicht, die Tage vergehen, an den Abenden sitze ich häufig im Fenster, es ist zu einer Gewohnheit geworden, und rauche, bevor ich ins Bett gehe, ich beobachte die Leute, die auf der Straße vorbeigehen. Etwas später trotte ich ins Bad hinunter, um mir die Zähne zu putzen. Zufrieden, dass wieder ein Tag vorbei ist, betrachte ich mein Gesicht im Spiegel, die Zahncreme, die wie Geifer um den Mund schäumt, die lächelnden Augen, wenn ich daran denke, dass ich daran denke, dass ich mich selbst ansehe und dies an einem Ort hinter den hellblauen Augen geschieht, die mich lächelnd anschauen.

Das ist nicht weiter schlimm.

Als ich in mein Zimmer komme, schließe ich das Fenster und ziehe die Vorhänge zu, trotzdem ist der Raum hell, und um einschlafen zu können, muss ich mir die Decke über den Kopf ziehen, und so, erfüllt von dem Gefühl, ein kleines Kind zu sein, das sich eine Höhle gebaut hat, schlafe ich ein und komme am nächsten Tag früh wieder zu mir, mit schwerem Kopf, nachdem ich die ganze Nacht die schlechte Luft im Zimmer eingeatmet habe.

Ich steige aus dem Bett, ziehe die Vorhänge auf und sehe, dass es regnet.

Morgen wird sie in die Stadt kommen. Mit ihren Eltern und Andreas wird sie in Kjevik aus dem Flugzeug steigen, vielleicht werden sie von ihren Verwandten abgeholt, vielleicht setzen sie sich in ein Auto und fahren nach Vågsbygd, wo sie bis Montag wohnen werden. Ich denke daran, dass sie sich darauf freut, in der Schule sitzt, nach Hause kommt, den Koffer packt, während das Haus wie immer voller Aktivitäten und Vorfreude ist, wenn alle gemeinsam verreisen wollen.

Nach dem Frühstück ziehe ich mich an, gehe in den Regen und die Stadt hinaus, wo ich zwanzig Minuten später völlig durchnässt die Tür zur Bibliothek öffne, auf der Toilette meine kalten Hände unter heißem Wasser wasche und gründlich abtrockne, ehe ich in den Lesesaal gehe und mich hinsetze. Ich kann die Kirche und etwas von dem hinter ihr liegenden Platz sehen und lese ein paar Stunden, in denen es auf den Straßen draußen in Strömen gießt.

Erst als ich mich irgendwann am Nachmittag endlich durchgerungen habe, mir einen Schirm zu kaufen, und das Geschäft verlasse, klart es auf.

Typisch.

Mit dem Schirm in der Hand gehe ich zu dem Zeitungsladen in der Fußgängerzone, kaufe ein paar und begebe mich zum Bibliothekscafé, um sie dort zu lesen. Die Reifen der Autos auf den Straßen lassen Wasser aufspritzen. Einige haben noch nicht bemerkt, dass es nicht mehr regnet, und sind eilig mit geöffneten Schirmen unterwegs. Ein Mann fährt in einem Rollstuhl auf mich zu, der Motor summt, sein Kopf wackelt ein wenig, wenn die Räder über die Unebenheiten im Pflaster rollen.

Ich kaufe mir eine Tasse Kaffee und einen Kopenhagener und setze mich, wo Kent und ich eine Woche zuvor gesessen haben, nach meiner Ankunft in der Stadt. Die Frau hinter der Theke ist dieselbe wie beim letzten Mal. Ansonsten habe ich im Laufe dieser Woche kaum bekannte Gesichter gesehen. Die meisten sagen mir so wenig wie die Fußgänger, die ich jetzt vor dem Fenster sehe, sie gehen mich nichts an. Es gibt nur einzelne vage Gesichter, mit denen mich heute nur noch verbindet, dass ich sie früher einmal gesehen habe. Manche schauen mich an, und offenbar geht es ihnen mit meinem Gesicht ähnlich. Immer sieht einer von uns weg, ehe die Blicke auffällig werden und wir stehenbleiben müssen, um zu reden oder uns zumindest zu grüßen.

Und morgen kommt Miriam.

Ich weiß nicht, wie ich damit umgehen soll.

Vielleicht nehme ich den Bus nach Kjevik hinaus, um sie zu sehen. Nur das. Aber das wäre riskant. Ich vermisse sie. Und es ist gut möglich, dass ich mich bei ihrem Anblick nicht mehr im Griff habe, einer spontanen Eingebung folge und mich ihr zeige. Ich kenne mich. Kann ich das riskieren?

Ich überfliege die Zeitungen und lasse sie auf dem Tisch liegen, als ich zehn Minuten später gehe. Das Pflaster ist noch dunkel vom Regen. Im Gehen versuche ich mich zu erinnern, wie Miriam eigentlich aussieht. Mir ist nichts als dieses intensive Gefühl im Gedächtnis geblieben. Ihr Gesicht ist verschwunden. Ich ergänze es um Details aus dem Bewusstsein, dass sie eine Lücke zwischen den Zähnen hat, dass ihr Haar blond und halblang ist, dass ihre Augen grün und schmal sind. Trotzdem sehe ich sie nicht vor mir.

In den letzten Tagen bin ich manchmal an einer Gesamtschule vorbeigekommen und vor der Mauer stehengeblieben, um die Schüler zu beobachten, die in den Pausen ins Freie strömen, habe gesehen, wie sie in Gruppen auf dem Schulhof zusammenstehen, sich unterhalten, Dinge mit ihren Körpern tun, laufen, lachen, gestikulieren, sich vorbeugen und aus dem Trinkbrunnen trinken, sich mit der Schulter an die Wand lehnen, ein Bein anheben und die Sohle gegen die Mauer pressen, schauen. Ich weiß, dass ich dort nicht zu lange stehenbleiben darf, weil das verdächtig wirken würde, ich muss rein zufällig dort sein, eine rauchen, eine Pause in meinem ansonsten stressigen Alltag machen. Vielleicht bin ich ein früherer Schüler, der zurückgekehrt ist, um in schönen Erinnerungen aus der Zeit zu schwelgen, als ich vor mehr als zehn Jahren in diese Schule ging.

Jetzt ist der Schulhof menschenleer.

Ich lege den Regenschirm auf die Mauerkrone, zünde mir eine

Zigarette an, sehe den Widerschein des Schulhofs in einem der leeren Fenster am Regenunterstand. Die Reihe von Fahrrädern in den Ständern, den Asphalt, der weißgefleckt von Kaugummis ist.

Es ist erst eins. Sie haben noch Unterricht. Sie laufen im Kreis um den Lehrer in der Mitte der kleinen Turnhalle. Der federnde Fußboden, das Geräusch von trampelnden Füßen, die Kommandorufe des Lehrers. Oder sitzen an ihren Pulten, lösen Aufgaben, die große Langeweile, die sich manchmal über so einen Schultag legt, ein Mädchen meldet sich, der Lehrer sieht sie an, sie bittet um die Erlaubnis, auf die Toilette gehen zu dürfen.

Mit raschen Schritten läuft sie allein durch den Flur.

Ich drücke die Zigarette aus, nehme den Regenschirm und trete durch das Tor, überquere den Schulhof und denke, dass mich jetzt jemand sieht, jemand sich fragt, wer ich bin, was ich will.

Aber meine Bewegungen sind entschlossen. Es besteht kein Zweifel, dass ich dort etwas zu erledigen habe.

Die Treppe hinauf, durch die Tür.

Ich gehe den langen, schmalen Schulflur hinab. Es ist kein Mensch zu sehen, aber aus den Klassenzimmern zu beiden Seiten höre ich gedämpfte Laute. Stimmen, die herausdringen, um die Schüler zu Ruhe zu ermahnen, Augenblicke, in denen sie sich gegenseitig ins Wort fallen, das allgemeine Gelächter, das plötzlich durch eine Klasse schallt.

Am hinteren Ende teilt sich der Flur. Zur Rechten führt eine Treppe abwärts, geradeaus ist eine Tür, die zum Lehrerzimmer geht. Ich bleibe stehen und drehe mich um. Die Wand hat an ein paar Stellen Risse, die ähnlich aussehen wie ein Sprung in einem Glas. Eine Reihe von Haken mit Jacken. All die Gerüche, die in ihnen hängen. In jeder ein anderer.

Ich lasse den Blick über sie wandern, entscheide mich für eine rote, dünne, lehne den Kopf vor und rieche. Knittere den Stoff in der Hand. Seife, Parfüm, Kleidung. So riecht sie, wer immer sie sein mag.

Die Tür am Ende des Flurs wird geöffnet. Ich drehe mich um. Die Frau, die mit schnellen Schritten vorbeiklackert, sieht mich leicht erstaunt an, sagt aber nichts, hält nicht inne. Ich werde meine Gründe haben, dort zu sein.

Als sie gegangen ist, drehe ich um, öffne die Tür zum Treppenhaus, denke, dass dort unten, im Keller, sicher die Toiletten liegen. Es stimmt. Sobald ich unten bin, steigt mir der säuerliche und metallische Geruch von Toiletten in die Nase, die schon seit einigen Jahrzehnten in Gebrauch sind. Ganz gleich, wie sehr sie schrubben und putzen und abspülen, diesen Geruch bekommen sie nicht mehr weg.

Ich habe fast zehn Minuten gewartet, als ich jemanden höre, der die Treppe herunterläuft. Es ist ein Mädchen. Sie sieht mich, eine großgewachsene Gestalt an der Wand, und hört sofort auf zu laufen, kommt mit entschlossenen Schritten auf mich zu, öffnet die Tür und verschwindet in der Toilette.

Ich vermute, dass sie in die achte Klasse geht. Ein breites und etwas grobes Gesicht, dunkle Haare, Augen, die ganz woanders sind. Jetzt zieht sie die Hose herunter und setzt sich, denke ich, mache ein paar Schritte in den Flur hinein, warte.

Was soll ich sagen, wenn sie wieder herauskommt?

Was will ich eigentlich?

Ihnen nur nahe sein. Sehen, wie sie sind, hören, was sie sagen.

Ich führe nichts Böses im Schilde. Und wenn sie von mir erzählt?

Da war ein Mann vor dem Klo, er hat mit mir geredet.

Das Plätschern am Waschbecken hört auf, wahrscheinlich steht sie vor dem Spiegel, denke ich und höre im selben Moment ihre Schritte, die sich der Tür nähern. Als sie herauskommt, setze ich mich in Bewegung, Seite an Seite gehen wir den Flur hinunter.

Löst sie etwas in mir aus?

»Hallo«, sage ich und sehe sie an.

Sie ist nicht besonders anziehend, denke ich, aber sie ist hier, neben mir, mit schwingenden Armen und Schenkeln, die sich aneinander reiben, wenn sie geht.

»Ich bin hier vor vielen Jahren in die Schule gegangen«, sage ich. »Wollte nur mal sehen, wie es hier heute aussieht.«

»Aha«, sagt sie, nimmt die Treppe in ein paar Sätzen, interessiert sich nicht im Geringsten für mich. Als ich wieder vor der Mauer stehe, bin ich froh darüber. Heilfroh. Sie hat mich nicht einmal an Miriam erinnert. Und selbst wenn sie es getan hätte, wäre ich ohne jeden Grund ein großes Risiko eingegangen, denn da drinnen konnte ich nichts erreichen, was nicht auch von hier aus ging, aus einer Entfernung, die kein Mensch verdächtig oder pervers finden kann, im Gegenteil, es ist unschuldig, denke ich, denn das sehe ich mir ja gerade an, ihre Unschuld, das Unbeholfene, das alles umgibt, was sie tun, gleichzeitig ihre ungeheure Lebenskraft, in diesen Jahren schlagen sie sich durch, schüchtern und verlegen, dennoch voller Willen und Leben. Schließlich war Miriam zu mir gekommen und hatte allen Einwänden und der Angst, dumm zu erscheinen, abgewiesen zu werden, getrotzt. Ich hätte sie auslachen können. Ich hätte den anderen Mädchen, ihren Freundinnen, von ihr erzählen können. Ich hätte ihren Eltern erzählen können, dass sie zu mir gekommen war. Das muss sie verunsichert haben. Sie stand vor mir, hatte ihre Mütze abgesetzt, für die sie sich schämte, und mich gefragt, ob sie hereinkommen könne. Sie hatte sich schön gemacht für mich. Sich über ihr Pult zu Katarina vorgelehnt, so dass ich sie sehen konnte, ihre Hose, die sich hauteng um die Schenkel, den Po schloss. Sie hatte den dicken Wollpullover über den Kopf gezogen und dabei die Brüste vorgeschoben, um sie mich sehen zu lassen. Sekunden später begegneten sich unsere Blicke. Sie wusste, was sie tat, war sich aber nie sicher, wusste nicht genau, was diese unverhohlen einladenden Gesten bedeuteten, vielleicht glaubte sie, es falsch zu machen, dass ich sie höhnisch angrinste, vielleicht begriff sie nicht, dass alles, was sie tat, mich rührte und sie gar nichts falsch machen konnte. Dass alles auf jeden Fall richtig war.

Plötzlich schrillt die Pausenglocke zwischen den Wänden des Schulhofs. Ich gehe in Richtung Stadt, bevor die Schüler ins Freie strömen und mich dort gaffen sehen. Sie will ich ja gar nicht haben, das habe ich die ganze Zeit gewusst, nur Miriam. So gesehen habe ich sie gerade erniedrigt, denke ich, denn so empfinde ich es: Indem ich andere Schülerinnen anstarre, habe ich gedacht, dass es keine Rolle spielt, *wer* es ist, Hauptsache, es ist irgendwer, anders kann ich es mir nicht erklären, dass ich ein paar Minuten zuvor in diesem Schulgebäude herumgelaufen bin, als wäre ich ein simpler Spanner, dass ich an Jacken gerochen und ein Mädchen abgefangen habe, als wäre alles gut genug für mich, als hätte ich mich in den letzten Monaten im freien Fall befunden und wäre immer tiefer gesunken, immer tiefer gefallen, bis jetzt. Das habe ich gedacht. Meine Fantasievorstellungen, was sie in der Toilette gemacht hat, als ich davorgestanden und auf sie gewartet habe. Das Erniedrigende an diesen Gedanken erniedrigt auch Miriam, und ich beschließe, mich am nächsten Tag von ihr fernzuhalten, nicht zum Flughafen zu fahren, um sie zu sehen, sie nicht zu treffen, sie stattdessen zu vergessen und zu hoffen, dass die Enttäuschung darüber, mich nicht zu sehen, sie nicht anspornt, ihren Eltern oder einem ihrer Lehrer alles zu erzählen.

Im Stadtzentrum hat der Wind die Straßen schon fast trocken geweht, es gibt nur noch vereinzelte nasse Flecken, aber die Sonne ist herausgekommen, jeden Moment werden die letzten Spuren des Regengusses verschwunden sein. Auf dem Heimweg gehe ich in einen Supermarkt. Er liegt unterhalb der Fußgängerzone, es ist kurz vor drei, und das Geschäft ist voller als vormittags. Ich ziehe einen Wagen heraus und schiebe ihn durch die Regalreihen. Vor vielen Jahren war ich hier einmal mit Vater einkaufen. Ich kann nicht älter als acht, neun Jahre alt gewesen sein, dennoch erinnere ich mich gut: Ich stand vor dem Comicregal, während Vater durch den Laden ging, in die

Hefte vertieft vergaß ich die Zeit, und als ich endlich wieder zu mir kam und mich umschaute, merkte ich, dass sich etwas verändert hatte. Die Frau an der Kasse, die eben noch die Preise eingetippt und die Waren auf das Fließband gelegt hatte, saß regungslos da. Auch die Kundin vor ihr rührte sich nicht. Ich bekam Angst. Es war etwas passiert. Zögernd begab ich mich weiter in das Geschäft hinein. Alle standen vollkommen still und rührten sich nicht vom Fleck. Niemand redete. Ich lief los. Ganz hinten, an der Tiefkühltheke, fand ich Vater. Beide Hände lagen auf dem Griff des Einkaufswagens, er starrte vor sich hin. Nahm mich nicht wahr. *Papa*, sagte ich. *Was ist, Papa?* Aber er rührte sich nicht, er hörte mich nicht. Ich dachte, sie wären alle hypnotisiert worden, dass es eine Invasion fremder Streitkräfte aus dem Weltall gegeben hätte. Sie hingen in ihren Schiffen über der Stadt. Ließen ihre Suchscheinwerfer durch die Straßen unter sich schwenken, ein Mensch nach dem anderen erstarrte, sie standen wie Salzsäulen um mich herum. Bis auf mich. Ich war allein auf der Welt. Mir liefen Tränen über die Wangen, während ich überlegte, was ich in meinem neuen Dasein tun würde. Dann ertönte jedoch eine Stimme von der Decke herab. *Danke*, sagte sie, und Vater wandte sich mir zu. *Was ist los mit dir, Henrik*, fragte er, ehe er mit dem Wagen vor sich weiterging. Später habe ich begriffen, dass an dem Tag irgendeine prominente Persönlichkeit beerdigt wurde und man über die Lautsprecheranlage um eine Schweigeminute gebeten hatte. Für mich war es eine Ewigkeit. An dem Tag war ich der einzige lebende Mensch auf der Welt.

Heute bringt mich die Erinnerung zum Schmunzeln. Ich bleibe vor den Bierkästen stehen, lege ein Sixpack in den Wagen, eine Tüte Chips, eine Dose Erdnüsse. Ansonsten brauche ich nur noch Milch und Brot. Vielleicht irgendetwas zum Kochen. Was soll es heute geben? Jedenfalls etwas, das nicht in den Ofen muss, denke ich und sehe die beiden gefrorenen Mäuse mit den abstehenden Beinen auf dem Rost vor mir. Ich muss lachen. Ich kann nichts dagegen tun. Ich stehe im Supermarkt und beherrsche mich, so gut es geht, schnappe stockend nach Luft, bis es vorbei ist und ich weitergehen kann.

Unmittelbar darauf fällt mir auf der Treppe eine vertraute Gestalt ins Auge.

Zum ersten Mal passiert, womit ich die ganze Zeit gerechnet habe: Rein zufällig taucht jemand aus meiner Familie auf. Die Stadt ist klein, ich habe gewusst, dass es nur eine Frage der Zeit sein würde.

Es ist Gustav, er kommt die Treppe herunter. So schnell ich kann, ohne Aufsehen zu erregen, begebe ich mich außer Sichtweite. In der hinteren Ecke bleibe ich stehen, um nachzudenken. Jetzt zieht er einen Wagen heraus. Jetzt geht er zwischen die Regale. In wenigen Sekunden wird er um die Regalreihe biegen und mich direkt ansehen.

Ich schiebe den Wagen in Richtung der Kassen, aber er ist unberechenbar, hat einen anderen Weg gewählt und kommt, den Blick auf die Waren neben sich gerichtet, auf mich zu. Ich habe keine Chance, mich der Situation zu entziehen. Zurück kann ich auch nicht. Ich darf mir nichts anmerken lassen, muss die Initiative ergreifen.

»Gustav!«, sage ich laut.

Er zuckt zusammen.

»Ich muss schon sagen. *Du* bist in der Stadt, Henrik?«

»Lange her, dass wir uns gesehen haben«, sage ich und gebe ihm die Hand.

Er hat sich überhaupt nicht verändert.

»Hast du frei?«

Ich nicke.

»Ich besuche einen alten Schulfreund in der Stadt.«

»Wir dachten, du würdest in Nordnorwegen arbeiten?«

»Wer hat das gesagt?«

»Klaus.«

»Ah«, sage ich.

»Stimmt das nicht?«

»Doch, doch. Ich fahre am Montag wieder hoch.«

»Du bist nur für das Wochenende hier?«

Ich nicke und sehe ihm in die Augen.

»Da hast du aber Glück«, meint er. »Erinnerst du dich noch an deinen Cousin Peder?«

»Natürlich«, sage ich. Das klingt jetzt ein bisschen unfreundlich, denke ich und ergänze: »Die Frage ist ja wohl eher, ob er sich noch an mich erinnert?«

»Flüchtig, denke ich.«

Wir lächeln uns kalt an.

»Jedenfalls geht er dieses Wochenende zur Konfirmation.«

»Ist er schon so alt?«

»Allerdings. Er ist jetzt ein Jugendlicher. Die Konfirmation ist am Sonntag. Dein Vater kommt auch. Und Klaus. Und deine Großmutter.«

Marie aber nicht, denke ich.

Er sieht mich an.

»Du kannst dich nicht dein ganzes Leben von allen fernhalten, Henrik«, sagt er. »Das ist idiotisch. Du bist keine sechzehn mehr.«

»Ich habe meine Gründe.«

»Die haben alle. Ich weiß, dass Großmutter sich freuen würde, wenn du kommst.«

Hatte er sich etwa vorgenommen, in unserer Familie für Ordnung zu sorgen?

»Und wann ist sie?«

»Um elf in der Kirche. Danach fahren wir zu uns.«

»Ich werde es mir überlegen«, sage ich.

Er schüttelt den Kopf.

»Weißt du, das müssen wir schon im Voraus wissen. Aber du kommst!«

Wir schweigen einige Sekunden.

Das ist für uns beide peinlich.

»Also gut«, sagt er. »Abgemacht.«

Ich erwidere nichts.

»Was für ein Zufall«, sagt er und will weitergehen.

»Das kannst du wohl laut sagen«, entgegne ich und mache einen Schritt zur Seite, um ihn vorbeizulassen.

»Ja, ja«, sagt er. »Du rufst mich an?«

»Mache ich«, sage ich, ohne mich umzudrehen, dann gehe ich zur Kasse, lege die Waren auf das Band, bezahle, eile hinaus.

Auf dem Heimweg überlege ich, ob seine recht kalte Freundlichkeit aufrichtig war, ob er sich wirklich wünschte, *mich* dabeizuhaben, die Familie wieder zu versammeln, oder ob sie das Ergebnis seines Versuchs war, zu tun, was formal richtig erschien, und somit kalkuliert, berechnend war. Keine Gefühle, sondern kalkulierte Herzlichkeit.

Ist meine Familie mit anderen guten Gefühlen ausgestattet als im Voraus geplanten?

Die Begegnung mit Gustav hat mich aufgewühlt. Nachdem ich die Waren in der Küche abgestellt habe, gehe ich wieder in die Stadt. Während die Wolken vorüberziehen, denke ich, dass es gut wäre, etwas ganz Anderes zu tun. Das Schwimmbad in Kristiansand hat ein Salzwasserbecken und große Fenster zum Meer, man sieht die Veränderungen im Licht. Dorthin will ich gehen. Ich finde ein Sportgeschäft, kaufe eine Badehose und mache mich auf den Weg zur Schwimmhalle, wo ich mir ein Handtuch leihe und mich in der Umkleidekabine ausziehe, lange unter erst lauwarmem, dann eiskaltem Wasser dusche, bevor ich die Badehose anziehe und in die Halle gehe. Ich springe in das kühle Salzwasser und schwimme los. Systematisch, geduldig, eine Bahn nach der anderen.

Eine knappe Stunde mache ich so weiter, bis ich mich völlig ausgepumpt über den Beckenrand stemme und in die Sauna gehe, um alles Unreine auszuschwitzen. Zwei Männer sind darin. Sie sind in sich selbst vertieft, sitzen vorgebeugt, die

Bäuche wölben sich nach vorn, sie glänzen schweißgebadet. Ich steige zur höchsten Bank hinauf, lehne mich an die Wand, lasse die Hände im Schoß ruhen. Als der Schweiß aus den Poren dringt, löst sich etwas. Ich denke, dass es gut wäre, wenn die Gefühle meinen Körper auch so verlassen würden. Wenn man etwas tun könnte, um die Scham, den Hass, die Erniedrigung auszutreiben, so dass man rein sein könnte. Man sähe schwarze Scham aus den Drüsen unter den Armen treten, die Sünde rot die Schenkel hinablaufen, die Erniedrigung, die wie Tränen aus den Augen strömen würde. Dann muss man sich nur noch waschen, abtrocknen und denken: Jetzt ist wieder alles gut.

Der Schweiß brennt ein wenig in den Augen, und ich wische mir die Stirn mit dem Handrücken ab und genieße dabei das Gefühl, dass die Lunge arbeitet. Die Hitze leistet ihr Widerstand und ermöglicht mir, der Luft bis in die Lunge hinein zu folgen. Der Hitze, die sich wie Baumsaft in die Verästelungen des Lungenbaums ausbreitet.

Soll ich zu der Konfirmation gehen?

Eine halbe Stunde später lege ich das Handtuch in der Umkleide vor mir auf den Boden und setze mich mit weichen und entspannten Muskeln. Die Chance, dass Gustavs Sohn derselbe Jahrgang ist wie Miriams Kusine, dürfte zwar gering sein, aber sie existiert, denke ich. Das wäre ja was.

Einer der beiden Männer aus der Sauna kommt mit schlurfenden Schritten in die Umkleidekabine und öffnet seinen Schrank mit so selbstverständlichen Bewegungen, dass man meinen könnte, er wäre in seinem eigenen Badezimmer. Ich richte mich auf und ziehe die Hose an, streife den Pullover über den Kopf, stecke meine Füße in die Schuhe, werfe mir auf dem Weg zum Eingangsbereich die Jacke über, gebe den Schlüssel ab und gehe hinaus. Auf dem Platz vor dem Bad bleibe ich einen Moment stehen, ich weiß nicht recht, was ich tun soll, habe noch keine Lust, nach Hause zu gehen. Es ist Nachmittag, da oben ist sie vielleicht gerade dabei zu packen, was weiß ich. Der Koffer auf dem Bett, das Kleid, das sie für die Konfirmation gekauft hat, liegt daneben, es soll als Letztes hinein.

Miriam ist weniger als einen Tag entfernt. Ich merke, dass meine Hemmungen verschwunden sind. In ein paar Stunden werde ich zum Flughafen fahren, um sie zu sehen, später werde ich sie anrufen und mich mit ihr verabreden, sie abholen und mit zu mir nehmen. Dort werden wir zusammen sein. Dort werde ich sie ausziehen, wie ich sie schon einmal ausgezogen habe. Bevor jemand Verdacht schöpft, wird sie zurück sein, es ist Samstag, sie hat ihnen gesagt, sie wolle in die Stadt, um etwas zu kaufen, es solle eine Überraschung sein. Am nächsten Tag geht sie zu der Konfirmation, genau wie ich. Sich von der Familie fernzuhalten, hilft niemandem. Außerdem habe ich Lust, Klaus wiederzusehen, mit ihm zu reden, ihm vielleicht von Miriam zu erzählen. Alles zu gestehen. Was wird er sagen? Da gibt es nicht viel zu sagen. *Das hättest du nicht tun sollen.* Nein, das hätte ich nicht. Aber, mein Gott, denkst du, das wüsste ich nicht? Denkst du, ich würde es nicht bereuen? Es lässt sich einfach nicht beschreiben, was sie in mir weckt. Das muss doch gut sein, oder? Mir tut es jedenfalls gut. Aber jetzt ist es vorbei, es ist zwei Mal passiert, das ist alles.

Leicht reserviert werde ich Distanz zu Vater wahren, nicht zu herzlich, nicht zu kalt sein. Gute Miene machen. Auch von ihm werde ich nicht viel sehen, nur dieses eine Mal, ein ganz normales Familienfest. Aber Gustav hat recht, meine Sturheit ist kindisch. Wie meine Gefühle für Miriam kindisch sind. Na und?

Weiter komme ich nicht. Für und Wider in einer Endlosschleife.

Ich gehe in die Stadt, durch das Zentrum und in die dahinter gelegene Eigenheimsiedlung, an diesem dämmernden Frühlingsabend, an dem Kinder auf der Straße Fußball spielen, in den Einfahrten Seil springen, Menschen Autos waschen und Boote polieren, den Rasen mähen und ab und zu einen Blick über die Schulter werfen, wenn ich gelassen vorbeigehe, während die Aktivitäten um mich herum allmählich abnehmen. Die Atmosphäre weckt eine vage Sehnsucht in mir, eine Sehnsucht, die nicht wirklich weiß, wonach sie sich sehnt. Der Duft von feuchtem Gras, das brennt, der Klang von Kinderstimmen in der Dämmerung. Die Siedlung, die sich allmählich leert, wenn ihre Bewohner sich in die Häuser zurückziehen, wodurch einen Passanten das Gefühl beschleicht, die Gegend wäre völlig verlassen, verwaist. Es ist ganz schnell passiert, denke ich, man hat keine Zeit mehr gehabt, Werkzeuge oder Spielsachen wegzuräumen; ich sehe noch einen Ball, der unter ein Auto gerollt ist, ein Fahrrad mit Stützrädern vor dem halboffenen Garagentor, ein Paar Schuhe vor der Tür, einen Sack mit Kalk mitten auf dem Rasen. Was mag der Grund für eine so überstürzte Evakuierung gewesen sein?

Ich stelle mir den Abend vor, an dem es passiert ist, die durchdringenden Luftschutzsirenen, die jede alltägliche Aktivität übertönen, man schaltet den Fernseher ein, dreht das Radio an, erhält die Anweisung, sich unverzüglich zu den Schutzräumen in den nahegelegenen Bergen zu begeben, nur das Nötigste mitzunehmen. Man packt auf die Schnelle Kleider ein, bricht sofort auf. Ein Strom von Menschen aus allen Häusern, die Straße hinunter, geprägt vom Ernst der Katastrophe, stumm, unruhig.

So, überstürzt verlassen, liegt die Kindheit in uns, voller kleiner Spuren, aber wir sind unfähig, ihnen noch einen Sinn zu geben. Natürlich sehnt man sich dorthin zurück. Schließlich kommen wir von dort. Natürlich will man zurück und da weitermachen, wo man alles fallen ließ, will unter den Wagen robben, als wäre nichts gewesen, und den Ball herausholen, durch den Garten auf die Straße laufen und nach den Anderen suchen, um Fußball zu spielen, bis alle Glieder vor Müdigkeit schmerzen, in die Bäume klettern, ins Wasser springen und immer tiefer tauchen, bis die Lunge fast platzt, voller Freude auftauchen, *Hast du gesehen!*

Denn die Landschaft liegt da, in der Welt, wenn du willst,

kannst du zurückkehren, dieselben Badestellen finden, dieselben Kletterbäume, dieselben hartgetrampelten Brachflächen und abfallenden Berghänge, dieselben Gärten, dieselben Keller, dieselben Fußballplätze. Der Regen rinnt noch immer auf den Straßen, bindet noch immer den Staub wie in deiner Erinnerung, die Abende senken sich herab wie im Reich deiner Kindheit, die Sonne steht über denselben Baumwipfeln, geht im selben Meer unter. Also wenn man das will, wenn man sich danach sehnt, warum sollte man dann nicht einfach zurückkehren?

Den Weg vom Meer hinaufgehen und vor dem Anstieg stehenbleiben, an dem die Neubausiedlung beginnt. Ein Haus nach dem anderen ins Auge fassen. Vollkommen still, vollkommen leer. Niemand ist da. Es hat kürzlich geregnet, siehst du, aber Wind und Sonnenstrahlen werden die Nässe bald verdampfen lassen. Unter dem Baum im Garten des Nachbarn fällt dir eine Gestalt ins Auge, und du gehst über das nasse, blassgelbe Gras und beugst dich über ihn, der dort liegt. Es ist Erling. Als du an seinem Arm ziehst, kippt er mit einem dämlichen Grinsen auf den Lippen zur Seite. Seine Glieder sind erstarrt. Er wurde dreizehn Jahre alt, denkst du, denn seine Jacke erkennst du, schwarz, mit zwei weißen Streifen auf jeder Seite des Reißverschlusses, die blauen Joggingschuhe. Was ist mit seiner Schwester? Den Eltern? Du schaust dich um. Der verblasste Wimpel an der Fahnenstange schlägt im Wind. Das Fenster zu ihrem Schlafzimmer steht offen. Du versuchst es dort, drückst es auf und steigst ein. Sie liegt da, wie ihr sie verließt, vierzehn Jahre alt, die Haut genauso weiß wie in deiner Erinnerung, eine Hand bedeckt die Augen, die andere ist auf das Bett gefallen. Lichte schwarze Haare zwischen den Beinen, runde Brüste. Es ist das Letzte gewesen, was du getan hast, bevor du weggefahren bist, und bei ihrem Anblick wird dir ein wenig übel, ein Zucken, die Erinnerung an sie, Hanne, Erlings Schwester. Schnell schließt du die Tür, gehst ins Wohnzimmer. Es riecht intensiv nach

Staub, nach Alter. Der Vater hat sein Leben auf dem kleinen Acker an der Steinmauer ausgehaucht, siehst du, er liegt auf dem Bauch, Arbeitshandschuhe an den Händen, in einem Overall, in Arbeitermontur, wie er sich gefiel. Die Merkmale eines Funktionärs ablegen und Bauer werden. Der blaue Stoff ist schmutzig, dunkle Feuchtigkeitsflecken sind auf dem Rücken, den Oberschenkeln zu sehen. Die Mutter sitzt auf der Couch, hält eine Illustrierte in den Händen, ihre Brille liegt auf dem Tisch, daneben steht eine Tasse Kaffee. Eine blauweiße Schimmelschicht klatscht gegen den Rand, als du die Tasse zu den Lippen hebst. Du stellst dich ans Fenster. Von dort kannst du das Haus sehen, in dem du aufgewachsen bist, dein Elternhaus, so hat es ausgesehen, als du fortgegangen bist. Zu deinem Zimmer kannst du hinaufschauen, halb versteckt liegt es hinter den Blättern des dreizehn Jahre alten Pflaumenbaums. In der Einfahrt parkt der rote Ascona, der Kofferraum steht offen, und dahinter siehst du einen Anhänger, abgekoppelt, die Achse auf die Erde gelehnt.

Dorthin gehen, durch die Tür, ins Haus?

Oh nein, nein. Denn du verstehst, dass du selbst dort liegst, zurückgelassen wie die Haut einer Schlange, längst vergessen, aus der Welt verdrängt.

Du gehst in die Küche. Sie sind an dem Tag nicht einmal dazu gekommen, nach dem Essen alles wegzuräumen, noch immer stehen die Teller auf dem Tisch, eine Schüssel mit Kartoffeln, ein Topf mit brauner Sauce, die erstarrt ist. Und die Uhr an der Wand ist stehengeblieben. Fünf Uhr nachmittags. Der Zeitung, die zusammengefaltet über der Rückenlehne des Stuhls hängt, entnimmst du, dass es der neunzehnte Juli 1984 ist. Der Tag, an dem ihr weggezogen seid. Du wirfst das Blatt von dir und eilst hinaus. Die Geräusche deiner Schritte die Treppe hinunter wirken lauter, als sie in Wahrheit sind, da sie von einer Stille davor und einer Stille danach umgeben sind. Nur das Rauschen des Winds in den Kiefern durchbricht sie, und wenn du zum

Meer gehst, denkst du, wirst du die Wellen hören, die schlaff gegen die Felsen schlagen, sonst hört man nichts.

Du gehst zum nächsten Nachbarn, Eriksen, um zu schauen, was sich dort abgespielt hat. Anne Kristine steht regungslos mit einem Gummiband um die Beine, das andere Ende ist um einen Zaunpfahl geschlungen. Tove tritt mit einem Fuß auf das Band, mit dem anderen zieht sie es nach außen, so steht sie da, die Hand auf dem Zaun hält sie aufrecht. Der Wind weht ihr das Haar in die Stirn, das Gummiband schaukelt. Tot. Eriksen selbst wartet, dass sein Hund apportiert. Die Haltung seines Arms lässt dich verstehen, dass er das zehn Meter weiter auf dem Kies liegende Stöckchen gerade erst geworfen hat, knapp jenseits der Reichweite des starren, offenen Hundemauls. Du trittst in den Kies. Erst durch dieses Geräusch, diesen Zeugen von Leben, wird dir bewusst, wie unheimlich das alles ist. In der Garage stehen Steinar und Geir mit der Tischtennisplatte zwischen sich. Kenneth findest du in seinem Zimmer, er liegt nackt auf dem Bett, die eine Hand spielt mit seinen langen Haaren, die andere umfasst das steife, weiße Glied. Vom Plattenspieler ertönt ein Scharren, es ist die Nadel, die einfach nicht die letzte Rille verlassen will, etwas stimmt mit der Mechanik nicht, der Teller dreht und dreht sich. Du schauderst, verlässt ihn, die Tür knallt hinter dir zu, genau wie in deiner Erinnerung. Zwischen den nicht gekitteten Sprossen klirrt das Glas.

Auf dem Weg die Straße herunter siehst du auf einmal jemanden am Waldrand auftauchen.

Es ist ein Mann.

Abrupt bleibst du stehen, in panischer Angst, denn er geht mit schnellen Schritten zu eurem Haus und verschwindet durch die Tür. HIER IST NOCH JEMAND. Was sollst du tun? Irgendwo Schutz suchen, in einem Haus, einer Garage, und warten, bis er wieder gegangen ist? Nein, deine Neugier ist zu groß. Was tut er hier, in dieser toten Welt? Der Gedanke, dass dort noch jemand ist, macht deine eigene Anwesenheit umso unheimlicher.

Trotzdem. Vorsichtig gehst du die abfallende Straße hinab, schleichst dicht an der mannshohen Hecke entlang, die euren Garten vor den Blicken anderer schützt, eilst in die Auffahrt, öffnest behutsam die Tür und schiebst dich hinein. Im Flur bleibst du stehen und lauschst. Anfangs hörst du nichts, dann ein schwaches Rumoren.

»Hallo?«, sagst du ängstlich. »Ist da jemand?«

Oben wird es still. Du rührst dich nicht vom Fleck, aber dann fallen dir deine alten Schuhe ins Auge, blaue Adidas mit weißen Streifen, und du entspannst dich. Da hängt auch die alte Jeansjacke. Wie klein sie ist! Der Gedanke macht dir Mut, du wagst dich nach oben. Du gehst am Spiegel im Flur vorbei, die Treppe zur ersten Etage hoch. Die Tür zu Klaus' Zimmer steht offen, es ist leer.

Deine eigene ist dagegen geschlossen.

»Hallo?«, sagst du wieder und klopfst an.

»Herein.«

Du öffnest sie. Auf dem Bett siehst du dich selbst als Dreizehnjährigen, den Arm unter dem Kopf und den Blick in ein Buch gerichtet. Vor dir steht über das Bett gebeugt ein Fremder. Er dreht sich um.

Du kennst ihn.

»Was tust du hier?«, fragst du verwirrt.

»Das Gleiche wie du«, sagt er und lächelt. »Weißt du, ich habe darauf gewartet, dass du auftauchst. Hast du mich draußen gesehen?«

Du nickst.

»Du bist in Kristiansand unterwegs? In den Gärten des Kleinbürgertums?«

»Mhm.«

Es entsteht eine Pause. Du betrachtest Henrik dreizehn, und entsinnst dich dieses Augenblicks, des letzten Tages hier.

»Aber woher kommst du?«, fragst du und siehst ihn an.

»Für dich ist es die Zukunft«, sagt er. »Und dann musste ich hieran denken«, sagt er und nickt zum Bett hin. »An diese alte Erinnerung. Der da ist uns beiden ja gemeinsam.«

»Ja.«

»Erinnerst du dich?«, sagt er und geht zum Schrank, öffnet die Tür und reckt sich zum obersten Regalbrett. Zieht einen Stapel Zeitschriften heraus.

Du grinst. Nummer drei von unten ist ein Pornoheft, das du mit John aus einem Bauwagen geklaut hast, ihr lugtet durch das Fenster hinein und saht sie dort liegen, zwei Stück auf einem Tisch. So groß war eure Begierde, dass ihr die Scheibe einschlugt und die Hand hineinstecktet, sie herauszogt und hierher mitnahmt, wo du sie bei eurem Umzug vergaßt, so dass du hinterher jedes Mal Angst bekamst, wenn das Telefon klingelte, weil der Mann am Apparat hätte sein können, der das Haus gekauft hatte und nun deinem Vater mitteilen würde, was man in deinem Zimmer gefunden hatte.

»Er hat nicht angerufen«, sagt er, erneut lächelnd.

»An diesen Tag habe ich seit Jahren nicht mehr gedacht«, sagst du.

»Meinst du, das wüsste ich nicht?«, erwidert er.

Ihr lacht.

»Mach einen Abstecher nach draußen«, sagt er. »Erinnerst du dich daran? An dieses Frühjahr?«

»Nicht besonders gut. Nur ein bisschen. Dass wir mit dem Fahrrad unterwegs waren, John und ich. Du denkst an die Tanker? Die stillen Tage in Hove?«

»Ja. Mach einen Abstecher dahin. Das wird dir guttun.«

Und das tust du, du verlässt ihn. Wie so oft leihst du dir Klaus' Fahrrad, wie so oft knirscht der Kies unter den Rädern, als du es rollst und aufsteigst. Den Anstieg hinauf, durch die Siedlung, zum Geschäft und auf die Hauptstraße. Der Wind, der dir bergab um die Ohren pfeift, die Landzunge und die alten Häuser zur Rechten, die Hallen, in denen Boote gebaut wurden, die Hügel dahinter. Die Autos, die an manchen Stellen still auf der Fahrbahn stehen. Als du um sie herumfährst, siehst du die Insassen unbeweglich auf ihren Sitzen, gefangen in einer Langeweile, die sich als endlos herausgestellt hat. An der Tankstelle siehst du eine Frau stehen, die ihren Tank füllt, sie hat die Hände in die Hüften gestemmt, auf der Veranda vor der Verkaufsluke der Imbissbude sitzt eine Clique zusammen, an die du dich vage erinnerst, Neuntklässler, in der Kurve bei Færvik stehen drei Busse geparkt, im Wartehäuschen sitzt dösend ein alter Mann, auf der Erde vor ihm liegt der Hals einer Bierflasche. Überall herrscht vollkommene Stille. Du radelst zum Sund zwischen den beiden Inseln hinaus, siehst dahinter die eingeklemmte Kleinstadt, Arendal, ehe du die letzten Kilometer dorthin fährst, wo die mächtigen Öltanker auf Reede liegen, stellst das Fahrrad ab und gehst den Hügel hinauf, auf dem die Trosse befestigt sind, denn das ist der einzige Ort, von dem aus man an Bord gelangen kann. Du läufst auf das riesige leere, rostige Deck wie ihr damals. Nun aber allein. Du setzt dich vor der Kommandobrücke an die Wand und lässt dich von der Sonne wärmen. Sie geht bald unter, färbt den Himmel im Westen rot, purpur, orange. Ein Fenster in dem Badehaus auf der Insel mitten im Sund blinkt. Du siehst den Sprungturm, die Stadt dahinter. Eine kahle Welt. Dorthin willst du zurück. Um was zu tun? Ein Strohfeuer zu entfachen? Ja, eine gute Idee. Halt das Streichholz an die Grassode da drüben, sieh dir an, wie sie Feuer fängt, qualmt und dann auflodert, tanzende Flammen, die sich gierig landeinwärts fressen, steigt dir der Geruch in die Nase? Dieser eigentümliche Geruch von brennendem Gras und Stroh hat dich hierhergeführt, jetzt erkennst du ihn, weißt, woher er stammt. Und das Feuer brennt und brennt und wird dort alles verzehren. Vielleicht hältst du es für eine gute Idee, alles bis auf den Grund niederzubrennen, all dieses Vermodernde, Ekelhafte loszuwerden. Nicht bloß eine simple Verdrängung, nein, eine totale Auslöschung.

Denn keiner will dorthin zurück.

Nicht dorthin.

Auf dem Heimweg bleibe ich vor derselben Telefonzelle stehen wie am Abend meiner Ankunft. Zuerst rufe ich Mutter an und erzähle ihr, dass ich nach Kristiansand gefahren bin, um auf die Konfirmation zu gehen. Ich höre, dass sie sich freut, und begreife, dass sie sich Sorgen um mich gemacht hat, mehrmals hat sie in der vergangenen Woche vergeblich bei mir angerufen. Als ich ihr sage, dass ich ein paar freie Tage aufgespart habe, die ich jetzt abfeiere, ist sie erleichtert, *Ich dachte schon, es wäre vielleicht etwas nicht in Ordnung*. Wir unterhalten uns eine halbe Stunde, man hört, dass es ihr gutgeht, denke ich, ich erzähle ihr, dass ich auf die Konfirmation gespannt bin, *Aber ich glaube, Gustav war ehrlich, als er mich eingeladen hat*, sage ich, *er denkt sicher schon lange daran zu vermitteln*. Ich erzähle ihr, in der Schule laufe es immer besser, die Schüler hätten mich gern, aber dass ich mich trotzdem freute, wenn es vorbei sei und ich wieder in den Süden ziehen könne.

Danach rufe ich Miriam an. Ihr Vater geht an den Apparat. Statt aufzulegen, was ich eigentlich vorhatte, bleibe ich lange in der Leitung, *Hallo?*, sagt er, *Hallo, ist da jemand? Hallo!*, dann legt er auf. Wenn ich Glück habe, wird er den anderen erzählen, dass jemand angerufen hat, ohne ein Wort zu sagen, dann wird sie verstehen, dass ich es war, und wissen, dass ich noch hier bin, für sie, wenn sie es will.

Als ich nach Hause komme, gehe ich in die Küche, fülle ein Glas mit Milch und mache mir drei Brote, die ich auf mein Zimmer mitnehme, um dort zu Abend zu essen. Diese ewigen Geräusche, die von mir selbst kommen, die ich so leid bin. Lag in dem Gerümpel unten nicht auch ein Radio?

Ich gehe hinunter, suche, trage das alte Transistorradio, das ich finde, nach oben und stecke es ein. Drehe am Senderrad, es knistert in den Lautsprechern, an manchen Stellen höre ich ganz schwach Musik wie von einem Ort in weiter Ferne, *Köln, Wien, London, Zürich*, ehe diese wabernden und wirren Laute einsetzen, unverständliche Signale, die unsichtbar durch die Luft schwirren, bis sich irgendwer ihrer erbarmt, sie einfängt und ihnen eine Form gibt.

Schließlich finde ich einen Sender, der mir zusagt, esse, lese ein wenig und denke, dass es im Moment eigentlich gar nicht so schlecht läuft. Klaus kommt in die Stadt, wenn ich auf die Konfirmation gehe, kann ich mit ihm reden, das würde mich freuen. Ich habe ihn vermisst. *Was habe ich dich vermisst*, denke ich, setze mich im Schneidersitz vor das Radio und drehe die Markierung über das leuchtende Senderband. Wenn ich lange genug suche, werden mir früher oder später die fünfziger Jahre entgegenströmen, Elvis Presley, Chuck Berry, Roy Orbison, die Sechziger, die *Beatles*, *Kinks*, *The Who*, *Led Zeppelin* in den Siebzigern, gespielt von einer Station in Dänemark, *Dancing days are here again*. 1973. Kleine nackte Mädchen mit blonden, flatternden Haaren, einen Hügel hinaufsteigend. Keine Brüste, schmale Hüften: Kinder. In dem Jahr bin ich drei und werde manchmal bewusstlos, wenn ich Angst bekomme, man spricht von Affektkrämpfen, die Lunge leert sich, und der Körper läuft blau an, unkontrollierte Zuckungen durchlaufen einen, ich weiß nicht mehr, was für ein Gefühl es war. Davon ist nichts geblieben. Ich drehe weiter, höre Nachrichten, die ich nur bruchstückhaft verstehe, einzelne Wörter, die ich zu einem Zusammenhang kombiniere, der wahrscheinlich nichts mit der wirklichen Welt zu tun hat. In einer Flüchtlingsunterkunft hat es gebrannt, alle haben überlebt, Demonstrationen gegen Rassismus in Berlin. Ein Minister spricht über die Währungsunion, Nebel und Niederschläge auf der Autobahn, eine Massenkarambolage, sieben Autos sind daran beteiligt gewesen. Drei Tote, fünf Schwerverletzte. In Deutschland regnet es an diesem Abend, denke ich, das Tiefdruckgebiet, das hier vom Meer kommend heranzieht, liegt auch dort über dem Land, Streifen in der dunstigen Luft, glänzende Pflastersteine unter einer pendelnden Straßenlaterne, über der Straße an straffen Stahlseilen befestigt, eine Tür wird geöffnet, ein Regenschirm aufgespannt, jemand hastet davon. Der

Mann sieht die Frau vom Fenster aus, spürt die Wut, die in ihm pulsiert, und beschließt, dass es das letzte Mal gewesen ist, er will nicht mehr. Sie kann nicht einfach kommen und gehen, wie sie will, denkt er, das halte ich nicht aus, nein, keine Geheimnisse mehr, nicht noch mehr davon, denkt er und hört das fremdartige Geräusch aus der Wohnung nebenan, das von Neuem einsetzt. Regungslos steht er an der Wand und lauscht: metallisch wie ein Schlag mit einem stumpfen Gegenstand auf hauchdünn gehämmertes Kupfer, in festen Intervallen, *Was mag das sein, was geschieht da*. Eine Frau reckt den Kopf vor und streicht sich mit der Hand über den Nacken, während das Wasser aus dem Hahn läuft und läuft, auf das weiße, massive Porzellan spritzt und im Abfluss verschwindet. Niemand sieht sie, und sie handelt, ohne zu denken: Sie nimmt das kalte, durchsichtige Glas von der Arbeitsplatte und führt es zum Mund, sie trinkt, das klare Wasser rinnt in ihren Mund. Im Wohnzimmer läuft der Fernseher, stummgeschaltet. Keiner sieht hin. Eine Katze erwacht und streckt sich, ehe sie hinaustrottet, um nachzusehen, ob Futter in ihrer Schale ist, ein Säugling schreit, ein Mann kommt in den dunklen Raum, hebt das Kind hoch, es spannt alle Muskeln an und windet sich in seinem Griff. Wie ein Fisch, denkt er, streicht mit seiner breiten Hand über den weichen Rücken des Kindes, geht ins Wohnzimmer, stellt sich ans Fenster, das Kind schreit und schreit. Der Regen schlägt gegen die Scheibe. Die Buchen in der Allee bewegen sich wie Schatten in der Finsternis. Überall passiert etwas, und das Ausmaß ist so gewaltig, dass man unmöglich alles in sich aufnehmen kann. Denn wenn ich die Angst wiedererkenne, die in diesem Moment bei jemandem da draußen so anwächst, dass alles andere seine Bedeutung verliert, ist sie trotzdem nicht identisch mit der Angst, die ich einst empfand und die noch in mir steckt, obwohl man versucht ist, sich einzubilden, es wäre so. Dass es nur eine bestimmte Anzahl möglicher Gefühle gibt, unsere Gedanken alle gleich und die vorhandenen Variationen klein und unbedeutend sind.

Oder ist es so?

Ich schalte das Radio aus, habe Lust, andere Gesichter zu sehen als mein eigenes, und beschließe auszugehen, zum Hotel, dort vielleicht ein Bier zu trinken, bevor ich heimgehe, um früh im Bett zu sein, denn wenn ich Miriam wiedersehe, will ich ausgeruht sein.

Der laue Regen tut gut. Ich gehe in die Quadratur und zum Hotel. Nach dem Feuer wurde es umgebaut, viele Jahre sind seither vergangen, keiner von denen, die sich an diesem Abend darin aufhalten, denkt an den Brand, und warum sollten sie auch? Selbst Menschen mit Verwandten, die dabei umkamen, denken selten an jene Nacht zurück, in der sie umfielen und erstickten, als sie in Rauch ertranken und ihre Lungen sich zusammenzogen, ohne das Einzige zu bekommen, was sie begehrten: ein wenig Luft.

Der Regen prasselt weiter herab. Es wird noch eine ganze Weile so weitergehen, denke ich, als ich aus dem Fenster der Hotelbar schaue und mit einem goldenen Pils vor mir den menschenleeren Parkplatz betrachte. In der Stadt ist heute Abend nicht viel los, habe ich vor ein paar Minuten jemanden sagen hören, es liegt am schlechten Wetter, da bleiben die Leute lieber zu Hause. Vielleicht ist der Kommentar ein Zeichen, denke ich plötzlich, ein unerwartetes Eingreifen von oben in meinen früheren Gedankengang: *Ja, ihr seid gleich, alle.* Denn in Wohnungen in der ganzen Stadt entscheidet man sich für das Gleiche, *Nein, verdammt, es gießt ja in Strömen, da können wir genauso gut zu Hause bleiben*, und selbst wenn jeder einzelne dieser Entschlüsse individuell zu sein scheint, ist die Summe doch immer gleich, als wären solche Dinge für uns da, wir erfüllen nur eine Quote. Kalkulierbar, übersichtlich. Heute Nacht werden zwei Menschen im Straßenverkehr sterben, einer wird Selbstmord begehen, neunzehntausendzweihundertfünfzig werden Tee mit zwei Löffeln Zucker trinken, fünfhundertzwölf nehmen drei Löffel, vierzehn vier und zwei fünf und nur einer sechs, er schämt sich jedes Mal, wenn er einen Termin beim Zahnarzt hat, obwohl er einiges über vierzig ist, denkt er, dass der Zahnarzt bald sagen wird, *Lernst du es denn wirklich nie*, um anschließend diese Riesenprothese herauszuholen, die sie benutzen, um an ihr korrekte Zahnhygiene zu demonstrieren.

Ich bestelle noch ein Bier, trinke langsam und beobachte die Leute um mich herum. Nach einer Weile gehe ich auf die Toilette, und auf dem Weg dorthin bleibe ich vor der Telefonzelle stehen und versuche noch einmal, Miriam anzurufen. Ihr Vater geht an den Apparat. Ich lege sofort auf. Ich will ihn nicht schikanieren.

Als ich mich auf meinen Platz in der spärlich gefüllten Bar setze, entdecke ich draußen eine Gestalt, die aus einem Taxi steigt. Ich hätte ihn überall erkannt. Jetzt ist er auf dem Weg ins Hotel. Ich eile ins Foyer und schaffe es gerade noch, ihm den Rücken zuzukehren und in einen Gang zu laufen, als ich spüre, dass er hinter mir durch die Tür tritt. Minutenlang warte ich auf der Toilette, ehe ich zurückkehre, um mich zu vergewissern, dass ich richtig gesehen habe.

Das habe ich. Er steht an der Theke.

Er ist eine massige Erscheinung. Der Bauch spannt unter seiner viel zu engen Windjacke. Die Hemdschöße hängen über der Hose. Die Hand mit dem Geldschein zittert.

Als er das kleine Schnapsglas bekommt, leert er es sofort, trinkt einen Schluck Bier, winkt den Kellner zu sich, bekommt ein neues Glas Schnaps, das er leert, ehe er das Bierglas nimmt und sich auf die Suche nach einem Tisch macht.

Einfach hingehen, sich dazusetzen, mit ihm reden.

Ich weiß, wie es sein wird. Erst drückt er wie üblich das Haar an der Schläfe glatt, eitel, ja eitel, um anschließend diese harten, meereskalten Augen auf mich zu richten. Dann kann er tun, was er will.

Er hat immer noch Macht über mich.

Sein bloßer Anblick hat mich bereits geschwächt. Würde er mich jetzt entdecken, könnte er mich schon dadurch erzittern lassen, dass er die Stimme erhebt. Nähme er mich in den Arm, würde ich weinen. Er ist der Einzige, gegen den ich mich nicht wehren kann. Gegen ihn hilft keine Strategie. Selbst wenn er schwach ist, bin ich schwächer. Und so wird es immer bleiben.

Er sieht sich suchend um.

Ich eile in die Toilette, schließe die Kabinentür und setze mich auf die Kloschüssel. Gäbe es einen Weg, in der Bar zu sein, ohne dass er mich entdeckte, würde ich den ganzen Abend dort verbringen, ihn ohne mich beobachten, mich daran erfreuen, wie erbärmlich er ist, der Verfall, all die Mängel, die wir früher nur ahnten, die nun aber für alle Welt sichtbar sind. Die kleinen Versuche, seine Selbstachtung zu wahren, die so unübersehbar sind, wenn er in der Verfassung ist wie jetzt. Neue Kleider und genug Geld, um ein gewisses Niveau zu halten, wenn er sich hinauswagt. Wenn er nicht nur zu Hause herumliegt, das Telefon ausgesteckt hat, die leeren Flaschen umgekippt auf dem Fußboden liegen, die schmutzige Wäsche sich vor dem Schrank stapelt. Vielleicht fegt er Asche vom Hemd, vielleicht schleppt er sich auf die Toilette, um sich dort zu übergeben, vielleicht liegt er nur regungslos in seinem mächtigen Körper und wartet.

Klaus hat ihn einmal besucht, da war er nicht ansprechbar, lag in einem Dämmerzustand auf der Couch. Klaus begriff, dass er seit Tagen in diesem Zustand war, und rief einen Krankenwagen. Unterernährt, obwohl er so fett geworden war. Das war zu der Zeit, als er noch eine Stelle hatte, als seine Kollegen manchmal Klaus anriefen, seinen ältesten Sohn und damit nächsten Verwandten, er sei seit Tagen verschwunden, sie machten sich Sorgen und fragten sich, was zu tun sei. Woher sollten wir das wissen? Lasst ihn einfach machen. Lasst ihn mit seinen zitternden Händen und den Hemden mit den großen Schweißflecken vor seinen Schülern stehen, lasst ihn seinen Job verlieren, lasst ihn untergehen. Lasst ihn außer Landes reisen, damit er seine Ruhe hat.

Ich hatte es nie zuvor gesehen, nur davon gehört, ich wusste, was vorging, aber gesehen hatte ich es nicht. Eine von Annas Freundinnen war ihm vor einem Jahr im Süden begegnet, erzählte Mutter, damals hatte er wie jetzt in einer Bar gesessen und den ganzen Abend die Rolle eines Seemanns gespielt, wegen seiner Rückenprobleme habe er die Arbeit aufgeben müssen, jetzt sei er Frührentner, hatte er erzählt, wo sie herkämen, aus Hellevik? Vor vielen Jahren, als er noch in Arendal wohnte, habe er eine Frau gekannt, die von dort komme, sie heiße Irene oder Ingrid, er sei sich nicht ganz sicher, aber an den Nachnamen erinnere er sich, den vergesse man nicht so leicht, Vankel, ja, kannten sie die Frau?

Sie kannten sie gut.

Er erzählte ihnen von seinen vielen Reisen, sie lauschten seinem Seemannsgarn und ließen sich von ihm unterhalten. Er bat sie, die Frau von ihm zu grüßen. Wie war sein Name?

Henrik Knutsen.

Danach hätten sie ihn nur sporadisch gesehen, erzählten Annas Freundinnen, er sei mit klirrenden Tüten durch die Straßen der Stadt gegangen, schwer atmend und stark schwitzend habe er viele Pausen machen müssen, erzählten sie, eines Morgens sei er umgekippt und ins Krankenhaus gebracht worden, zwei Tage später sei er zurück gewesen, er habe sie nie mehr gegrüßt, sie fuhren heim, ohne noch einmal mit ihm gesprochen zu haben.

Jetzt sitzt er da draußen.

Warum kann ich mich nicht an seinen Tisch setzen und triumphieren? Das Messer in der Wunde drehen?

Weil ich weine.

Wie ein kleines Kind sitze ich in der Toilette und weine und habe nicht die Kraft aufzuhören. Ich bin weich und schwach und ohne eigenen Willen. Soll *ich* ihn verhöhnen?

Innerhalb weniger Sekunden würde er wieder zu mir vordringen und mich packen. Egal, in welcher Verfassung er ist. Wenn er seine Augen auf mich richtet, wird das hochkommen, was jetzt, schon bei dem Gedanken daran, hochkommt. Seine Art, meinen Namen auszusprechen. Sie ist von allem durchdrungen, was geschehen ist. Und sicher, ich kann mich ungerührt geben, mit ausdruckslosem Gesicht vor ihm sitzen und mich darauf konzentrieren, mit einer Stimme ohne Gefühle zu sprechen. Jeder andere würde daraufhin keine Ahnung haben, was in mir vorgeht. Aber er? Er durchschaut mich. Ist er freundlich, weiß er, wie sich das auf mich auswirkt, *So war das nicht, Henrik, das musst du verstehen*, und wenn er die Stimme erhebt, weiß er, was mit mir passiert. Selbst jetzt noch.

Das weiß ich. Deshalb reiße ich ein Blatt Toilettenpapier ab, wische meine Tränen ab, wasche mir das Gesicht und verlasse das Hotel.

Um wieder zu mir zu kommen, laufe ich eine Weile durch das Hafenviertel, bleibe am Ende des Silokais stehen und schaue in die Nebelbank hinein, gehe durch die leeren Straßen zurück, die Hände in den Taschen und den Blick gesenkt, an der Bibliothek vorbei und über den Marktplatz, bis zum Fluss gehe ich, die grasbewachsene Böschung hinunter und auf die Ufermauer. Ferner Donner rollt über der Stadt. Ich gehe in die Hocke und tauche die Hand ins Wasser. Ein Blitz leuchtet am Himmel auf. Automatisch beginne ich zu zählen: einhundert, zweihundert, dreihundert, *da*, der Donner. Ich lecke an den Fingern. Ein schwacher Salzgeschmack, selbst hundert Meter von der Mündung entfernt. Brackwasser. Tückische Unterströmungen. Wie damals, als er hier ins Wasser fiel und nur mit Mühe von ein paar anderen Jungen gerettet werden konnte. Wann war das? Mitte der fünfziger Jahre. Es gibt keine Entschuldigung für ihn. Kein Herz ist groß genug für Vergebung. Es gibt nichts als Freude über seinen Verfall, seine langsame Selbstauslöschung, seinen Tod.

Alle Herzen freuen sich.

Ist das wahr?

Erfüllt von ohnmächtiger Wut stütze ich mich auf eines der Boote, denn im tiefsten Inneren weiß ich, dass es nicht wahr ist, dass ich ihm nichts Schlimmes wünsche, dass er mir leidtut. Und das ist unerträglich.

Aber wenn er tatsächlich hier ertrunken wäre, an jenem Sommerabend 1954, wären all meine Sorgen aus der Welt gewesen, wäre ihnen der Zugang verweigert worden, seine Gene wären verwest. Keiner hätte mich in Gang gesetzt. Kein Beginn. Der Ort in der Geschichte, an dem ich entstehe, hätte nicht existiert. Niemand wäre hier am Flussufer entlanggegangen und hätte sich dem Hass hingegeben, keiner hätte in diesem Augenblick die Reihe verfallener, weißgestrichener Häuser mit schwarzen Fenstern gesehen, keine Stirn wäre von Regentropfen getroffen worden, kein Selbstmitleid wäre an diesem Abend zu Fuß in der Stadt unterwegs gewesen.

Ich richte mich auf, gehe am Fluss entlang. Nass und kalt und teilnahmslos komme ich an der Imbissbude vorbei, sehe auf der Uhr über der Ladentheke in der Tankstelle, dass es schon nach Mitternacht ist. Zehn Stunden, bis Miriam kommt. Ohne dass mir das etwas bedeuten würde.

Ich erahne eine Bewegung am Rande meines Gesichtsfelds und drehe mich um. Ich begegne dem Blick einer Frau mittleren Alters. Sie wirkt verlebt, denke ich, eine verlebte Frau, der ich den Rücken zukehre, um meinen Heimweg fortzusetzen. Aber sie ruft mir hinterher. SEAN!, ruft sie. Ich gehe. SEAN!, ruft sie wieder. Ich höre, dass sie mir hinterherläuft. *Bist du das!*, ruft sie.

Als sie auf gleicher Höhe mit mir ist, muss ich stehenbleiben.

»Sean«, sagt sie. »Bist du das. Ich habe dich so vermisst.«

»Tut mir leid, Sie irren sich«, entgegne ich. »Ich heiße nicht Sean.«

Aber sie lächelt nur. Als wüsste sie es besser. Ihre Augen sehen mich fast flehend an.

Das ist mir jetzt wirklich zu viel.

Ich bin entnervt, habe große Lust, sie umzustoßen, besinne mich aber eines Besseren und begnüge mich damit, einen Schritt zur Seite zu machen, um an ihr vorbeizukommen.

»Sean«, sagt sie. »Lieber, lieber Sean.«

Ich gehe schnell davon, aber sie folgt mir, bleibt mir auf den Fersen. Wieder muss ich stehenbleiben.

»Sie irren sich«, sage ich. »Ich heiße nicht Sean, ich kenne niemanden, der Sean heißt. Können Sie mich jetzt bitte in Ruhe lassen.«

Sie streicht mit ihrer Hand behutsam über meine Wange.

Ich packe sie und reiße sie weg.

»Schauen Sie«, sage ich laut und hole meine Bankkarte heraus. Halte sie ihr hin. »Schauen Sie. Henrik, steht da. Das bin ich. Sie können doch lesen?«

Ihre Augen verändern sich nicht. Sie sieht mich an, als würde sie mich lieben, sanftmütig, bittend.

»Okay«, sage ich. »Sehen Sie mich genau an. Sehen Sie mir in die Augen. Sie sehen, dass ich nicht Sean bin?«

Sekundenlang starren wir uns an.

»Sean«, sagt sie.

Ich stoße sie fort, fest, sie verliert das Gleichgewicht und muss sich mit den Händen abfangen.

»Bleib mir vom Leib, Fotze«, schreie ich und gehe weg, so schnell ich kann. Diesmal folgt sie mir nicht. Ich bleibe unbehelligt, aber es ist ihr gelungen, mich zu beunruhigen. Als ginge mir nicht schon genug durch den Kopf. Sie war verrückt, sie hatte mich herausgepickt, es gab keinen Grund, sie an mich heranzulassen. Aber das hatte ich getan. Als ich endlich mein Zimmer aufschließe, habe ich ihre Augen im Kopf, den klaren Blick, mit dem sie mich angesehen hat, als gäbe es nicht den geringsten Zweifel daran, dass ich der war, nach dem sie suchte. Dass ich nicht Henrik war, sondern Sean.

Sean?

Ich lege mich rücklings auf das Bett.

Hatte sie vielleicht Sjón gesagt? Sjón?

Das ist ein isländischer Name. Und ich habe ein halbes Jahr auf Island gelebt.

Aber sie habe ich nie zuvor gesehen. Und ich habe mich auch niemals Sjón genannt.

Es muss jemanden geben, der mir ähnelt, denke ich. Jemanden, der mir zum Verwechseln ähnlich sieht.

Sekundenlang hatte sie mich angesehen. Ohne den geringsten Zweifel.

Sjón.

Ein Doppelgänger. Einer, der aussieht wie ich, einer, der redet wie ich, einer, der denkt wie ich. Einer, der in diesem Augenblick aufgewühlt in einem Bett in einem Zimmer irgendwo in Reykjavík liegt, eine Frau hat ihm gerade in die Augen gesehen und darauf bestanden, dass er Henrik ist. *Henrik?*, denkt er. *Sie muss verrückt sein. Ich bin doch Sjón.* Vielleicht gibt es jemanden, der mir ähnelt, denkt er. Einen Doppelgänger. Jemanden, der aussieht wie ich, der redet wie ich, der denkt wie ich. *Henrik.* Wir sind Doppelgänger. Sjón und Henrik. Henrik und Sjón.

Und niemals werden sich die beiden begegnen.

Hellwach liege ich in der Dunkelheit. Höre einen Hund, der irgendwo in der Nähe winselt. Das ununterbrochene Jaulen. Das Geräusch muss von der anderen Straßenseite kommen. Aus einem der Häuser mit dunklen Fenstern. Wen ruft er an. Andere Hunde. *Bin heute Abend alleine zu Hause. Tische können umgekippt, Lampen zerbrochen werden.* Oder er ist nur sehr wütend. Eingeschlossen in einem engen Flur, immer im Kreis, geifernd aus Mangel an Platz.

Morgen ist Freitag, morgen kommt Miriam, morgen werde ich im Haus bleiben. Drei Tage hinter verschlossenen Türen. Dann ist die Gefahr vorüber. Dann muss ich zusehen, dass ich von hier wegkomme.

Oder soll ich wieder in den Norden fahren?

Ich bin nur eine Woche weg gewesen. Das haut sie nicht um. Meine Mutter war krank, ich musste ein paar Tage für sie da sein. Mein Vater? Sicher, er ist beerdigt worden. Deshalb bin ich ja abgereist. Die Kündigung? Versteht ihr hier denn gar keinen Spaß?

Ich setze mich auf, nehme die Decke zum Fenster mit, lege sie über mich und zünde mir eine Zigarette an. Regen fällt in den Garten. Die Töne der einzelnen Niederschläge sammeln sich zu einem leisen Zischen. Als würde jemand atmen. Etwas hinter allem, was wir sehen, atmet kaum merklich, ist gefangen in einem tiefen Schlaf. Wenn es erwacht, bebt die Erde, werden selbst die Berge erschüttert, sie öffnen sich, und Lava aus dem Erdinneren wird Hunderte Meter in die Luft geschleudert, eine rotglühende Masse strömt mit Geräuschen wie von knirschenden Glasscherben den Berghang herab.

Aber jetzt ist alles ruhig. Nur dieses Bellen, das manchmal die Stille durchschneidet, bis der Kläffer zur Ruhe kommt oder begreift, dass es nichts bringt, jedenfalls wird es still, und ich stelle mir vor, wie er sich in einer Ecke zusammenrollt, die Schnauze liegt an den Füßen, er winselt ein wenig, bis er endlich ruhig wird und das leise Klatschen des fallenden Regens das einzige Geräusch ist, das ich höre.

Eine Krähe hüpft auf der Suche nach Müll die Straße hinab. Ihre hässlichen Rufe dringen zu mir durch und lassen mich verstehen, was ich sehe. Ich friere. Das Fenster steht offen, die Luft ist kühl, ich habe eine Gänsehaut auf meinen nackten Armen.

Wie lange habe ich so gesessen?

Ich sehe auf die Uhr. Es ist ein paar Minuten vor neun.

Mit mir geschieht etwas, denke ich. *Es geschieht etwas.*

Schwach wie aus einem Traum erinnere ich mich, dass die Dunkelheit sich auflöste und das Licht der Dämmerung die Landschaft unter dem wolkenverhangenen Himmel füllte, erinnere ich mich an die Krähen, die auf der Straße landeten, die ersten Autos, die aus den Auffahrten zurückgesetzt wurden.

Ich stehe auf, lege die Decke aufs Bett und strecke die steifen Glieder, denke, dass ich geschlafen haben muss, ein leichter Schlaf, aus dem ich immer wieder aufgewacht bin, ein Dösen, ein Traum.

Draußen ist der Himmel weiß, und alle Farben sind klar. Geparkte Autos stehen scharf konturiert auf graugesprenkeltem Asphalt. Die Äste der Bäume in den Gärten dahinter hängen schwer und reglos wie in Trance. Ich schließe das Fenster, nehme mir ein paar Hemden und gehe ins Bad. Während ich darauf warte, dass das Wasser warm wird, mustere ich mich im Spiegel. Versuche ich, mein Gesicht von außen zu sehen. Es wirkt so unbedeutend, denke ich, es enthält so wenig. Ein bisschen Lächeln, einige kleine Nuancen von Zorn, Traurigkeit, Gleichgültigkeit.

Mich kann nichts mehr berühren. Es spielt keine Rolle, was geschieht. Vielleicht hat nur die Müdigkeit dazu geführt, vielleicht etwas anderes. So oder so werde ich bald zum Flughafen fahren. Das habe ich beschlossen.

Ich wasche mich und ziehe das Hemd an, das ich trug, als Miriam mich das letzte Mal gesehen hat. Als ich auf dem Bett saß und sie umarmte. Als sie so verzweifelt war. Als sie etwas getan hatte, was sie nicht hätte tun sollen.

Nein, das ist mir zu dumm.

Ich ziehe es wieder aus, wähle ein anderes, rieche daran.

Arme Miriam.

In diesem Moment ist sie in der Luft, ernst starrt sie auf die Wolkendecke unter sich, vielleicht langweilt sie sich ein wenig, vielleicht ärgert Andreas sie, vielleicht denkt sie an mich.

Ich knöpfe das Hemd zu und gehe dabei ins Wohnzimmer. Es kommt nicht in Frage, dass ich wie ursprünglich geplant die nächsten zwei Monate hier wohnen bleibe. Es wird etwas passieren, das habe ich im Gefühl. Wie immer, wenn ich mich entscheide, zu mir selbst nicht Nein zu sagen. Außerdem habe ich in dieser Stadt nichts verloren.

Die Schlange kriecht züngelnd an der Glaswand entlang. Ich trete mit dem Fuß dagegen, um ihr einen Schreck einzujagen. Sie rollt sich zusammen und liegt wie ein Seil auf dem Boden, hebt langsam den Kopf.

Ich stehe erst seit ein paar Minuten an der Bushaltestelle, als ich den weißen Bus mit dem Fluglogo auf der Seite entdecke und eine Hand hebe, um ihn anzuhalten.

Ich bezahle und setze mich hinten in den halbvollen Bus. Von der Brücke aus sehe ich Kjevik, den Beginn der Startbahn, den kleinen Turm. Manchmal gingen wir kurz dahinter schwimmen, sollten die Touristen sich doch ruhig am Strand von Hamresanden vergnügen, da draußen waren wir allein. Ab und zu legten wir uns auch mit allen anderen in das Menschengetümmel, weil es dort Kioske gab, weil man mit nackten Beinen Eis, Limonade und Chips kaufen konnte, es gab dort Mädchen, es gab eine Wasserrutsche, die wir, wie von Sinnen vor niemals befriedigter Lust, hinuntersausten. Vierzehn, fünfzehn Jahre alt streunten wir durch den Sommer. Älter als Miriam jetzt ist. Und wir waren Kinder. Warum kann ich es nicht einfach etwas sein lassen, was früher passiert ist, irgendwann vor langer Zeit, als ich in Nordnorwegen wohnte und arbeitete und so unter Druck stand, dass ich der erstbesten Neigung nachgab und kurz mit ihr zusammen war?

Wir rollen an dem Supermarkt und dem Gebetshaus am Fuß der Neubausiedlung vorbei, überqueren den Fluss und fahren parallel zur Startbahn. Die ausgestellte Maschine aus dem Krieg, die grüngestrichenen Baracken, der Hangar. Dann erreichen wir den Parkplatz. Die Leute um mich herum stehen auf und nehmen ihr Gepäck, der Bus hält.

Ich gehe auf die Toilette und vergewissere mich, dass außer mir niemand da ist, bevor ich mich in einer der Kabinen möglichst lautlos übergebe, abziehe, den Mund mit Wasser aus dem Hahn ausspüle.

Ich bin da und kann ebenso gut zu Ende bringen, weswegen ich da bin.

Von der Theke nehme ich mir ein Brötchen, aus der Kanne vor der Kasse gieße ich mir eine Tasse Kaffee ein und gebe reichlich Milch hinein, um meinen leeren Magen zu schonen, und reiche der Kassiererin mittleren Alters einen Hundertkronenschein. Sie sieht mir ins Gesicht. Ich erinnere mich an sie, sie ist die Mutter eines Klassenkameraden aus der Gesamtschule. Als sie mir das Wechselgeld gibt, senke ich den Blick und tue so, als würde ich sie nicht erkennen, gehe in die Cafeteria und suche mir einen Platz am Fenster.

Von dort aus habe ich alles im Blick. Alle Flugzeuge, alle Passagiere. Dem Bildschirm hinter mir entnehme ich, dass ihr Flug wahrscheinlich der nächste ist, der landet. Die Maschine kommt aus Oslo.

In fünf Minuten ist Miriam hier.

Was wird sie tun?

Sie versteht nicht, welche Konsequenzen es hat, was zwischen uns passiert ist. Das weiß ich, das habe ich ihr bei unserem letzten Gespräch angemerkt. Ein kleiner Ausruf, eine flüchtige Umarmung, und ihre Eltern hätten genug erfahren, um sich alles zusammenreimen zu können. Die Nacht, in der sie fort war. Ihre Verliebtheit. Meine Flucht, meine Abwesenheit, über die alle sprachen. Und dann ihre spontane Freude hier. Oh ja, das würden sie verstehen.

Das Flugzeug fällt mir erst auf, als es schon mitten auf der Landebahn ist, ich höre das Dröhnen, sehe es abbremsen, das Wasser auf der Landebahn, das um die Reifen spritzt. Wie ein langhalsiger Vogel rollt es gemächlich vor das Flughafengebäude, in dem ich sitze. Kurz darauf wird die Fluggasttreppe angesetzt. Die Tür geht auf.

Sie kommt direkt nach ihrem Vater heraus.

Sie trägt eine hellblaue Jacke, und ihre Schuhe sind weiß und neu. Als sie die Luft außerhalb der Kabine spürt, dreht sie den Kopf, als wollte sie die unbekannte Landschaft in sich aufnehmen, legt die Hand auf das Geländer und steigt die Treppe herunter, sie ist genauso wie in meiner Erinnerung, macht den letzten Schritt auf den Erdboden und ist nur noch zwanzig Meter von mir entfernt und kommt näher, ich sehe immer mehr von ihr, das weiße T-Shirt, das sie mit Sicherheit gewählt hat, weil es so weit in den Süden des Landes gehen würde, da ist es wärmer, muss sie gedacht haben, mit offener Jacke und weißem T-Shirt, so sehe ich sie, als sie kurz wartet, bis ihre Mutter zu ihr aufschließt. Die beiden bleiben stehen und schauen in die Ferne, zur Brücke, das sehe ich, Miriam, die bald so groß sein wird wie ihre Mutter, die blonden Haare, die sie nun zurückstreicht, ehe sie weitergehen und aus meinem Blickfeld verschwinden.

In die Ankunftshalle.

Ich könnte es mir immer noch anders überlegen, immer noch ungesehen den Flughafen verlassen. Aber ich kann so nicht weitermachen. Deshalb habe ich beschlossen, dass Miriams Anblick entscheiden soll. Dass ich ehrlich zu mir selbst sein werde.

Deshalb stehe ich auf. Als ich sie gesehen habe, ist mir klar geworden, dass ich sie immer noch haben will, dass es daran nicht den geringsten Zweifel gibt. Deshalb stecke ich den Tabak in die Jackentasche und gehe durch die Cafeteria und an den Ticketschaltern vorbei in die Ankunftshalle. Dort stelle ich mich an die Wand. Jetzt liegt es bei ihr. Wenn sie es verbirgt, können wir uns später treffen, verbirgt sie es nicht, geschieht, was geschehen muss.

Die ganze Familie steht am Gepäckband. Der Vater mit einer Zeitung unter dem Arm, Andreas, der aus Langeweile die Arme schwingt, Miriam, die sich die Leute ansieht.

Ihr Anblick, nur ein paar Meter entfernt, macht mich weich und schwach. Ich weiß, dass ich sie haben will. Nur Miriam zählt. Es gibt keine andere.

Ihren Körper will ich haben. Die Hüfte, auf der ihre Hand ruht, die schlanken Schenkel. Die schönen grünen Augen. Daran *muss* ich mich erinnern, denke ich, denn jetzt will ich nicht mehr dagegen ankämpfen, jetzt will ich dem nachgeben.

Wieder streicht sie sich ihre langen Haare aus dem Gesicht und dreht den Kopf.

Dann sehen wir uns an.

»HENRIK!«, ruft sie.

Mehrere Leute drehen sich um. Ihre Blicke fallen auf Miriam. Neugierig folgen sie der Richtung, in die sie läuft, und sehen mich an der Wand stehen, einen großen, schlanken, jungen Mann, dem nichts Besseres einfällt, als die Arme zu öffnen und sie zu umarmen, als sie kommt, ihren Körper an seinem zu fühlen, das bebende Herz.

Kristiansand – Balestrand – Jølster – Volda
10.1.1997 – 28.4.1998

Sollte diese Publikation Links auf Webseiten Dritter enthalten,
so übernehmen wir für deren Inhalte keine Haftung,
da wir uns diese nicht zu eigen machen, sondern lediglich auf
deren Stand zum Zeitpunkt der Erstveröffentlichung verweisen.

MIX
Papier aus verantwortungsvollen Quellen
FSC® C014496
FSC
www.fsc.org

Penguin Random House Verlagsgruppe FSC® N001967

2. Auflage
Genehmigte Taschenbuchausgabe Juli 2022
btb Verlag in der Penguin Random House Verlagsgruppe GmbH,
Neumarkter Straße 28, 81673 München
Copyright © der deutschsprachigen Ausgabe 2020
Luchterhand Literaturverlag, München,
in der Penguin Random House Verlagsgruppe GmbH,
Neumarkter Straße 28, 81673 München
Copyright © der Originalausgabe 1998,
Karl Ove Knausgård & Tiden Norsk Forlag, 1998, Oslo
All rights reserved
Umschlaggestaltung: buxdesign | Ruth Botzenhardt
Umschlagmotiv: © Yngve Knausgard
Satz: Uhl + Massopust, Aalen
Druck und Einband: GGP Media GmbH, Pößneck
rk · Herstellung: sc
Printed in Germany
ISBN 978-3-442-77227-8

www.btb-verlag.de
www.facebook.com/btbverlag

KARL OVE KNAUSGÅRD

Das große autobiographische Projekt in sechs Bänden.

Band 1 **Sterben · 74519**

»Ein Roman über das männliche Ego unserer Zeit.«
Stern

Band 2 **Lieben · 74685**

»Die intensivste Leseerfahrung seit Jahren … Da steht nämlich alles drin. Unser ganzer Patchworkwahnsinn. Und zugleich die reine Sehnsucht nach dem richtigen Leben. Erst harmlos reingeblättert, dann fünf Tage komplett im Buch verschwunden.«
Alex Rühle, Süddeutsche Zeitung

Band 3 **Spielen · 74932**

»Es erfordert Mut, ein gewisses Maß an Größenwahn und so etwas wie eine mystische Hingabe ans Schreiben, sich an ein so immenses und jeder Konvention spottendes literarisches Unternehmen zu wagen, wie er es getan hat … Aus Stein gehauen, präzise und kraftvoll. Wirklicher als die Wirklichkeit.«
La Repubblica

Band 4 **Leben · 71306**

»In den autobiographischen Büchern des norwegischen Schriftstellers passiert nichts Spektakuläres – und doch verfallen ihm die Leser weltweit wie sonst nur Harry Potter.«
Ijoma Mangold, ZEIT

Band 5 **Träumen · 71526**

»Das autobiographische Bekenntniswerk dieses Norwegers hat inzwischen einen Triumphzug um die ganze Welt angetreten.«
Volker Weidermann, Der Spiegel

Band 6 **Kämpfen · 71748**

»Mehr als in den anderen Büchern fallen in ›Kämpfen‹ der Schreibprozess und die erzählte Zeit zusammen, erzählt dieser sechste Band von seiner eigenen Entstehung.«
Gerrit Bartels, Der Tagesspiegel

btb